빈센트 반 고흐, 영혼의 편지들

III

일러두기

1. 빈센트 반 고흐의 그림 180여 점과 그의 편지 대부분을 수록했습니다.
2. 편지에는 시간 순서대로 번호를 붙였고, 그 뒤에 사용된 주 언어를 표시했습니다.
3. 또한 편지의 수신인이 테오가 아닐 경우에 번호 앞에 '라, 베, 빌'을 붙여 구분했습니다.

예) 133프 : 테오에게 보낸 133번째 편지로, 프랑스어로 쓰였습니다.
라58네 : 판 라파르트에게 보낸 58번째 편지로, 네덜란드어로 쓰였습니다.
빌23영 : 여동생 빌레미나에게 보낸 23번째 편지로, 영어로 쓰였습니다.
베22프 : 에밀 베르나르에게 보낸 22번째 편지로, 프랑스어로 쓰였습니다.

4. 연대기 순으로 정렬했으나, 날짜 표기가 없는 편지들이 많아서 추정도 많습니다.
5. 형제간의 일상적인 편지이기에 서로 명확히 언급하지 않고 넘어가는 사건들이 많아서, 내용이 어렵지 않음에도 이해하기 힘든 부분들이 종종 있습니다. 이에 독자들이 읽기 편하도록 관련 사항들을 각주로 간략히나마 적어두었습니다. 또한 기울임체로 표기된 부분들은 빈센트가 개인적으로 강조했던 부분입니다.
6. 다음 글들은 편집부 번역임을 밝혀둡니다(『1914년 네덜란드판』 서문, 『빈센트 반 고흐 탄생 100주년 기념판』 서문, 122a, 193a, 460 첨부글, 462a, 467 첨부글, 470 첨부글)

빈센트 반 고흐, 영혼의 편지들

III

빈센트 반 고흐 지음 | 이승재 옮김

더모던
Themodern

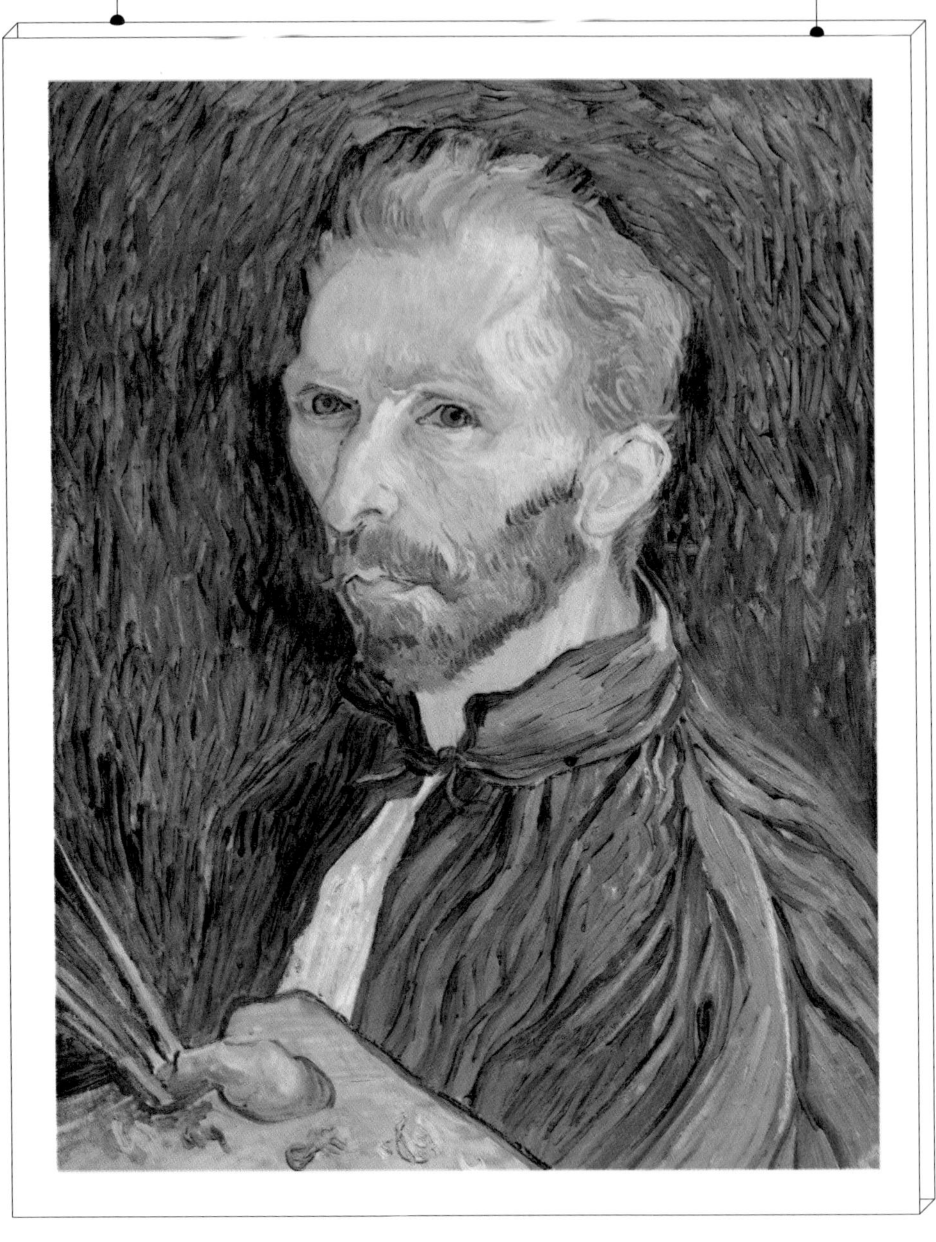

자화상
Self-Portrait
생레미, 1889년 8월 말
캔버스에 유채, 57×43.5cm
워싱턴, 국립미술관

화병의 해바라기 열네 송이
A Vase with Fourteen Sunflowers
아를, 1889년 1월
캔버스에 유채, 95×73cm
암스테르담, 반 고흐 미술관

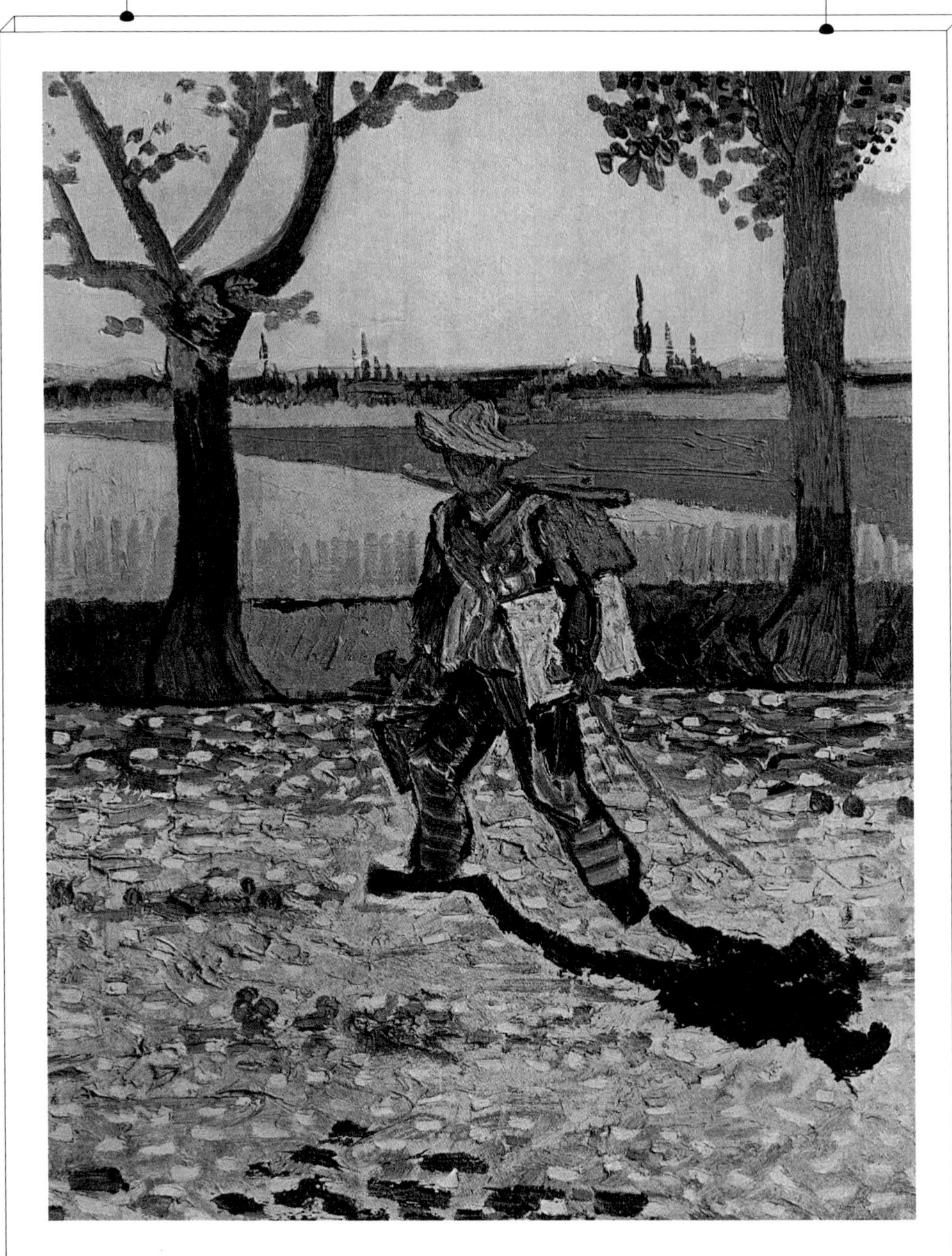

작업하러 가는 화가
The Painter on His Way to Work
아를, 1888년 7월
캔버스에 유채, 48×44cm
제2차 세계대전 때 화재로 소실
(카이저 프리드리히 박물관에서 소장했음)

야생화가 꽂힌 마요르카 항아리
Majolica Jug with Wildflowers
아를, 1888년 5월
캔버스에 유채, 55×46cm
펜실베니아 메리온 역, 반즈 재단

밀밭의 농가
Farmhouse in a Wheat Field
아를, 1888년 5월
캔버스에 유채, 45×50cm
암스테르담, 반 고흐 미술관

앞

아를의 빈센트의 집(노란 집)
Vincent's House in Arles(The Yellow House)
아를, 1888년 9월
캔버스에 유채, 72×91.5cm
암스테르담, 반 고흐 미술관

생트 마리 해변의 어선들
Fishing Boats on the Beach at Saintes-Maries
아를, 1888년 6월 말
캔버스에 유채, 65×81.5cm
암스테르담, 반 고흐 미술관

생트 마리의 거리
Street in Saintes-Maries
아를, 1888년 6월 초
캔버스에 유채, 38.3×46.1cm
개인 소장(1981년 5월 19일 뉴욕 크리스티 경매)

씨 뿌리는 사람
The Sower
아를, 1888년 6월
캔버스에 유채, 64×80.5cm
오테를로, 크뢸러 뮐러 미술관

론강 위로 별이 빛나는 밤
Starry Night over the Rhône
아를, 1888년 9월
캔버스에 유채, 72.5×92cm
파리, 오르세 미술관

오베르의 교회
The Church at Auvers
오베르쉬르와즈, 1890년 6월
캔버스에 유채, 94×74cm
파리, 오르세 미술관

아를의 빈센트 침실
Vincent's Bedroom in Arles
생레미, 1889년 9월
캔버스에 유채, 56.5×74cm
파리, 오르세 미술관

차례

12 — 벨기에 — 21

안트베르펜 Antwerpen

1885년 11월 말~1886년 2월 말

13 — 프랑스 — 87

파리 Paris

1886년 3월~1888년 2월 20일

14 — 프랑스 — 119

아를 Arles

1888년 2월 21일~1889년 5월

15 — 프랑스 — 507

생 레미 St. Rémy

1889년 5월~1890년 5월

16 — 프랑스 — 667

오베르 쉬르 우아즈 Auvers sur Oise

1890년 5월 21일~7월 29일

옮긴이의 글 715

빈센트 반 고흐 연보 717

Antwerp

12

벨기에

/

안트베르펜

1885년 11월 말

/

1886년 2월 말

빈센트는 안트베르펜으로 온 직후 오랜만에 느껴보는 도시의 활기에 만족했다. 특히 길에서 마주치는 사람들의 개성 있는 얼굴에 매료되어, 인물화를 최대한 많이 그리기로 결심했다. 하지만 역시나 모델을 섭외하는 일은 쉽지 않았고, 무엇보다 모델료가 턱없이 부족했다. 그래서 자신이 평소에 혹독하게 비판했던 '미술학교'에 들어갔는데, 수업 시간에 모델을 매일 무료로 그릴 수 있기 때문이었다.

카럴 페를라트Charles (Karel) Verlat의 채색반, 프란스 핑크Frans (François) Vinck와 외젠 시베르트Eugène Siberdt의 데생반, 그 외에 야간 스케치 모임까지, 그야말로 강행군이었다. 거기에 식사까지 부실하니 건강이 심각하게 악화되었는데, 빈센트는 그림이 좋아지고 있다는 기쁨으로 견뎠다. 이번에는 어떻게든 미술 분야에서 인맥을 쌓고 성공하고 싶어서 학교의 방식을 따르려고 애썼다. 하지만 빈센트의 독자적인 작법은 곧 교사들의 지도와 충돌했다.

그러자 빈센트는 또다시 동생에게 '파리로 가고 싶다'고 말했다. 테오는 '브라반트로 돌아가는 게 최선'이라며 반대하다가, 나중에는 '6월까지 더 큰 집을 구해볼 테니 그 후에 오라'고 달랬다. 그런데 미술학교에서 개최한 선발전에서 빈센트가 출품한 게르마니쿠스 석고상 그림을 본 심사위원들이 전원 만장일치로 그의 실력을 낙제생으로 평가하고 기초반으로 내려보내게 된다. 이에 빈센트는 테오에게 '완전히 지쳤다'는 편지를 쓰더니 2월 말에 파리로 훌쩍 떠났다. 안트베르펜에서 그린 그림들 대부분을 이마주가 194번지에 그대로 놔둔 채로(그래서 이 시기의 그림들이 현재 별로 남아 있지 않다).

안트베르펜 생활이 고작 3개월 만에 끝났지만, 빈센트에게는 의미 있는 시간이었다. 여기서 그는 들라크루아의 글을 연구하면서 이미 직감으로 느꼈던 부분들의 본질을 파악해가기 시작했다. 자신이 표현하려는 분위기에 어두운 색조가 어울리지 않는다는 것을 깨달았고, 루벤스의 도시인 안트베르펜과 이 도시의 성당과 미술관을 담은 화려한 구도의 그림들에서 색조의 진가를 배웠다. 그런 그림들을 파리로 가져가게 되면서 팔레트의 색에도 획기적인 변화가 찾아온다.

436네 ___ 1885년 11월 26일(목) 추정

테오에게

안트베르펜에 도착해서 벌써 이것저것 많은 걸 구경했다.

이마주가 194번지에 있는 건물에 작은 방 하나를 빌렸어. 아래층에는 물감 파는 가게가 있고 월세가 25프랑이야. 그러니 다음번 편지는 유치 우편이 아니라 이 주소로 보내주기 바란다.

우선, 여기 오자마자 레이스의 식당에 가서 본 그림 이야기부터 해야겠다. 〈스케이트 타는 사람들〉, 〈성벽을 도는 사람들〉, 〈연회〉, 〈식탁〉 그리고 창문 사이에 걸린 〈성 루카〉 등은 너도 잘 알 거야. 그런데 놀랍게도 그림의 구도가 내가 상상했던 것과는 상당히 다르더라. 아직 그림을 찍어놓은 *사진*과 비교해보진 못했다만.

게다가 프레스코 벽화야. 그러니까 벽을 덮고 있는 석고 위에 그려졌다는 거지. 프레스코 벽화는 세월의 풍파를 견딜 수 있고 또 그래야 하는데, 이 그림은 벌써 상당히 색이 바랬어. 특히, 〈연회〉는 벽난로 맨틀 피스 부분이 갈라진 상태야. 또 레이스 남작의 잘나신 아드님께서 홀의 구조를 변경한다면서 문틀을 확장하는 바람에, 〈스케이트 타는 사람〉의 경우 다리 위에 서서 난간 위를 바라보는 몇몇 사람의 다리도 잘려 나갔는데, 보고 있자니 애석하기 짝이 없더라. 거기다가 조명은 또 얼마나 엉망이었는지 몰라. 이 방의 그림들은 애초에 등불을 켜두고 보도록 계산된 그림이었어. 적어도 내 생각은 그래. 그런데 아무것도 보이지 않더라고. 그래서 거기 종업원에게 몇 푼 쥐여주고 샹들리에에 불을 좀 켜달라고 부탁했지. 그제야 좀 제대로 보이더라.

비록 세부적으로 들어가면 군데군데 실망스러운 부분들이 있지만(우선, 프레스코 벽화 색감이 평소 레이스의 색감하고 *전혀* 달랐어) 그림에도 불구하고 아주 환상적이었어.

〈성벽을 도는 사람들〉에 등장하는 하녀, 빵집 앞의 여인, 연인을 비롯한 여러 인물, 위에서 내려다본 마을의 풍경, 하늘 아래 드리워진 종루와 지붕의 그림자, 얼어붙은 해자 위에 모여 스케이트를 타는 사람들까지, 정말 환상적으로 표현되었다.

고전 미술관과 현대 미술관도 다녀왔어. 네가 〈연옥의 그리스도〉에서 전경에 나온 인물들의 얼굴 하나하나가 주인공보다 *더욱* 아름답다고 했었는데, 나도 동의한다. 특히 두 명의 금발 머리 여성은 루벤스의 기량이 최고로 발휘된 결과물이라고 할 수 있어.

프란스 할스의 〈소년 어부〉와 마르턴 더 포스의 〈조합장의 초상화〉가 상당히 인상 깊었다. 렘브란트 2점도 *대단히* 아름다웠는데, 그 소형화들은 렘브란트가 아니고 N. 마스나 다른 사람의 작품이 아닐까 싶기도 해. 요르단스Jacob Jordaens의 〈사제의 노래에 화답하는 수도사〉나 판 호이언, 라위스달의 그림도 봤고. 컨텐 마시스의 그림, 판 에이크의 〈성 바바라〉 등도 인상 깊게 감상했어.

현대 미술관에서 본 몰스Robert Mols의 대형화는 메스나흐 화풍인데, 볼롱Antoine Vollon이 손을 본 흔적이 고스란히 남아 있었어(볼롱과 몰스는 잘 아는 사이였지). 브라켈레이르의(엉터리 칠장이인 *그 아버지 말고*) 〈브라반트 여인숙〉은 묘하게 근사한 분위기가 풍겼어. 드 코크의 풍경화를 비롯해 라모리니에르Jean Pierre François Lamorinière, 코세만스, 아셀베르그Alphonse Asselbergs, 로셀Jacques Rosseels, 바롱Théodore Baron, 문테Ludwig Munthe, 아헨바흐 등의 풍경화도 괜찮았어. 클레Paul Jean Clays의 그림도 좋았고, 레이스가 그린 예전 그림 2점도 괜찮았어. 하나는 브라켈레이르의 화풍을 닮았고, 다른 하나는 낭만적인 정취가 느껴지는데 이게 더 나아 보였다. 앵그르의 초상화도 아름다웠고 다비드Jacques Louis David의 초상화도 근사했어. 아름다운 그림들이 많았지만 흉측한 것들도 있었는데, 예를 들면 독실한 페르북호번Eugène Verboeckhoven이 그린 실물 크기의 황소 그림이 그랬어.

반면 미술상의 갤러리에는 볼만한 그림이 거의 없더라. 아니, *전혀 없다고 해도 과언이 아닌 게*, 고작 손바닥만 한 크기에다 라파엘리의 그림만도 못한, 전혀 특별할 게 없는 그림만 달랑 하나 있었어. 예술품 거래 시장이 심각할 정도로 침체된 게 아닌지 걱정이다. 그래도 유명한 네덜란드 속담이 있잖아. '절망하지 말아라.'

나는 안트베르펜이 좋다. 벌써 곳곳을 돌아다니며 탐색했고 부두의 풍경도 더할 나위 없이 개성 있다.

그러니까, 안트베르펜을 더 알아본다고 해서 전혀 나쁠 건 없겠어. 결국 어디를 가더라도 모든 게 다 똑같겠지. 내 말은, 환상은 깨지겠지만 이 도시 고유의 분위기는 확실히 존재하니까.

그리고 가끔 분위기를 전환하는 것도 나쁘지 않잖아.

안부 전한다. 곧 편지해라. 여건이 되면.

너를 사랑하는 형, 빈센트

437네 ____ 1885년 11월 28일(토)

토요일 저녁

테오에게

안트베르펜이라는 도시의 인상에 대해 몇 가지 더 들려주고 싶었어. 오늘 아침에는 비가 쏟아지는 가운데 산책다운 산책을 하고 왔어. 세관 사무소에 가방을 찾으러 다녀왔거든. 부둣가를 따라 늘어선 보세 창고와 격납고가 꽤 아름다워 보이더라.

도크와 선창을 따라 이쪽저쪽으로 벌써 몇 번이나 돌아다녔어. 특히 보이는 거라곤 모래와 황야가 전부인 조용한 마을에서 한적한 풍경만 보고 지내서 그런지 그 대비가 아주 크게 다가온다. 혼란스럽고 번잡하기가 이루 말할 수 없을 정도야.

공쿠르가 자주 쓰던 표현이 있지. 'Japonaiserie forever(일본풍이여, 영원하라).' 그래, 길게 이어지는 도크를 보고 있자니, 마치 기묘하고 특징적이고 남다른 게 꼭 일본풍 그림 같더라. 적어도 오늘은 그렇게 보였어.

언젠가 너와 함께 다시 걷고 싶다. 너와 내가 같은 시각으로 바라볼지 궁금하거든. 거기서는 뭐든 다 그릴 수 있어. 도시 풍경으로 아주 개성 있는 다양한 인물들이 보이고, 가장 중심에는 배들이 있는데 섬세한 회색조의 물과 하늘이 배경이지. 그런데 무엇보다 일본풍이야. 내 말은, 남다르고 기묘한 배경 속에서 인물들이 끊임없이 움직이고 있는데, 매 순간 변화무쌍한 대비효과가 아주 흥미롭게 펼쳐진다는 거야.

한 마리 백마가 방수포를 뒤집어쓴 물건 상자들이 쌓인 구석에서 진창 위를 걷고 있는데, 그 뒤로 보이는 배경이 낡고 검게 그을린 가게의 벽이야. 너무나 단순한 흑과 백의 대비인데 효과는 기가 막혀!

대단히 우아한 영국식 선술집에서 창밖을 내다보면, 질척이는 갯벌이 보이고, 거기 배 한 척에서 기골이 장대한 뱃사람과 외국인 선원들이 버펄로 가죽이나 뿔 같은 신기한 물건들을 내리고 있어. 피부가 하얗고 우아한 자태의 영국 아가씨가 그 창문으로 그 장면을 비롯해 여러 상황들을 물끄러미 바라보고. 선술집 내부와 인물이 아주 조화롭게 잘 어울리는 데다, 갯벌과 버펄로 뿔 위로 펼쳐진 밝은 은빛 하늘이 조명처럼 이 모든 장면에 극명하고 강렬한 대비효과를 주더라. 혈색이 좋고 떡 벌어진 어깨에 건장해 보여서 머리부터 발끝까지 안트베르펜 출신이 분명한 플랑드르 뱃사람 여럿이 선 채로 소란스럽게 홍합을 먹거나 맥주를 마시고 있는데, 어디선가 이와 대조적으로 체구가 작은 사람이 검은 옷을 입고 두 손을 몸에 찰싹 붙인 자세로 조용히 나타나더니 회색 벽을 따라 걸어간다. 머리카락이 흑옥 같은 검은색인데 아담한 타원형 얼굴은 갈색이었나, 노란색 반에 주황색 반이었나? 잘 모르겠다. 그자가 곁눈질을 하는데 가만 보니 눈동자가 흑옥같이 검은 중국인 소녀야. 신비롭기도 하고, 생쥐처럼 조용하고 빈대처럼 납작한 인상이다. 홍합을 먹고 있는 플랑드르 뱃사람들과 또 얼마나 대조적인지!

그게 다가 아니야. 엄청나게 높은 집들과 창고들과 작업장들 사이로 아주 협소한 길이 있지. 거기에는 온갖 국적을 가진 사람들이 모여드는 카페가 늘어섰고 그들을 상대할 수 있는 남녀 종업원들이 나와 있다. 식료품 장사, 알록달록하고 요란한 선원복 장사 등도 있어. 길게 뻗은 길을 지나가는 내내 신기한 볼거리가 끊이지 않아. 간혹 시비가 붙어 몸싸움으로 번지면 구경꾼들이 그 주변을 둘러싼다. 갑자기 함성과 비명이 들려서 발걸음을 재촉해보면, 대낮에 선원 하나가 매음굴에서 여자들 손에 끌려 쫓겨나고 있다. 그 뒤로 머리끝까지 잔뜩 화가 난 것처럼 보이는 사내하고 아가씨들 무리가 쫓아오고. 쫓겨난 뱃사람은 겁을 집어먹은 눈치였어. 아무튼 그 친구는 잔뜩 쌓인 자루 더미 위로 올라가더니 창고 창문을 통해 사라졌어.

이런 소란을 뒤로하고 도시를 등지고 뒤돌아서, 하리치Harwich나 아브르Havre에서 온 배들이 정박해 있는 부두 끄트머리로 가면. 눈앞에 아무것도 안 보인다. 그저 망망대해처럼 무한대로 펼쳐진, 반쯤 침수된 벌판만 펼쳐져 있지. 지독하게 황량하고 축축하고, 마른 갈대가 이리저리 흔들리고, 그 진창에 까만 조각배 한 척만 떠 있고, 전경의 잿빛 수면에 안개로 흐릿한 차가운 하늘이 찰랑찰랑 반사되는 그곳은, 사막처럼 고요하다.

항구나 선창은 전체적인 분위기가 마치 가시나무 울타리처럼 빽빽하게 얽히고설켜 있어서 아주 혼란스럽고 도대체 눈이 쉴 틈이 없어. 끊임없이 반짝이는 색과 선의 움직임 때문에 정신이 아득해지고 오랫동안 한곳에 시선을 두거나 사물을 구분하는 게 힘들어져서 이쪽이나 저쪽으로 시선을 돌려야 해. 하지만 전경에 탁 트인 황야가 보이는 지점에 이르면 한없이 아름답고 고요한 선을 다시 만나게 돼. 종종 몰스가 그림에 담아내는 효과도 보인다.

건강미가 넘치는 얼굴에 진실되고 순박할 것 같은 아가씨도 만나지만, 또 교활하고 위선적이어서 마치 하이에나를 마주 대한 것처럼 두려워지는 얼굴도 마주쳐. 천연두 자국으로 엉망인 얼굴도 보이고. 삶은 새우 같은 피부색에 흐릿한 잿빛 눈동자, 눈썹도 없고, 듬성듬성하고 기름기가 흐르는 데다 돼지털 색 같기도 하고 노란색 같기도 한 머릿결을 가진 얼굴들. 스웨덴이나 덴마크에서 온 자들의 분위기. 이들을 그려도 좋은데, 과연 어디서 어떻게 그려야 할까?

순식간에 좋지 않은 일에 휘말릴 수도 있을 거야.

그나마 대로며 골목길을 다니면서 지금까지 불미스러운 일은 한 번도 겪지 않았지. 심지어 나를 뱃사람으로 여기는 아가씨들하고 농담도 주고받았다.

어쩌면 초상화를 그려주면서 그럴듯한 모델을 찾는 것도 불가능하지는 않겠어.

오늘 애타게 기다렸던 내 물건과 화구를 찾아왔어. 화실도 다 준비됐지. 실질적으로 돈을 지불하지 않아도 되는 괜찮은 모델만 구해지면, 정말 이제는 못 할 것도 없겠다.

모델에게 지불할 돈이 없다고 해도 영 방법이 없는 건 아니야. 모델을 서주면 초상화를 그려 선물하는 것도 방법이겠지. 도시 사람들은 시골 사람들하고 다를 테니까.

아무튼 한 가지는 확실하다. 화가에게 안트베르펜이라는 도시는 정말 아름답고 흥미로워!

내 화실은 그럭저럭 괜찮아. 무엇보다 가장 좋아하는 일본 판화를 전부 벽에 걸어둬서 더 마음에 들어. 너도 알 거야, 정원이나 해변에 서 있는 여성들을 그린 작은 인물화에 말 타는 사람들, 꽃, 구불거리는 가시나무 가지 등.

여기 오기를 잘했어. 올겨울은 손 놓고 있을 일은 없으면 좋겠다. 궂은날에도 작업할 수 있는 공간을 찾아서 정말 마음이 편해.

하지만 월말이다 보니 내 사정이 여유롭지가 않단다.

1일에는 되도록 편지를 보내주기 바란다. 그때까지 먹을 빵은 있는데, 그 이후에는 힘들어질 테니까.

방은 작지만 그래도 마음에 들어. 우중충하지도 않고. 여기 올 때 습작을 3점 가져왔는데 그걸 들고 미술상을 찾아가볼 생각이야. 여기 미술상들은 거리에서 보이는 진열장을 갖춰놓지 않고 개인 주택에 사는 것 같더라.

공원도 아름다워. 한 번은 아침에 나가서 자리잡고 데생도 해봤어.

결과적으로 지금까지는 별 탈 없이 잘 지내고 있다. 거처도 적당한 것 같아. 몇 프랑 들여서 난로와 램프도 마련했어.

장담하는데 이제 지루할 일은 없을 거야. 레르미트의 〈10월〉을 찾았어. 저녁에 감자밭에 나와 일하는 여성들을 그린 건데, 환상적이야! 그런데 〈11월〉은 못 찾았다. 혹시 너는 하나 가지고 있니? 「피가로 일뤼스트레」에 라파엘리의 아름다운 데생도 하나 실렸더라.

이제 내 주소가 이마주가 194번지라는 건 알 테니, 편지는 이 주소로 보내주면 좋겠다. 그리고 다 읽거든 공쿠르 책 2권도 보내주기 바란다.

안부 전한다.

너를 사랑하는 형, 빈센트

신기한 게, 내 유화 습작이 시골보다 도시에 나오니 더 어둡게 보인다. 혹시 도시는 전체가 빛이 잘 들지 않아서 그런 걸까? 나도 잘 모르겠다. 그런데 직접 보면 이렇게 말하는 것보다 그 차이가 훨씬 크게 다가와. 내가 깜짝 놀랄 정도였으니까 말이야. 네가, 내가 보낸 습작들을 내가 시골에서 보던 것보다 훨씬 더 어둡게 본 이유를 이해했어. 그래도 여기 가지고 온 그림들은 제법 그럴듯해 보여. 풍차, 가을 나뭇잎이 무성한 거리, 정물, 그리고 소품 몇 점 등.

438네 ____ 1885년 12월 6일(일) 추정

테오에게

편지와 동봉해 보내준 150프랑 고맙게 잘 받았다. 여기 오기를 정말 잘했다는 말을 하고 싶어. 지난주에는 유화 습작 3점을 그렸어. 하나는 내 방 창문에서 보이는 집들의 뒷모습이고 나머지 두 개는 공원에서 바라보고 그린 거야. 이 중 하나를 미술상에게 가져가 보여줬지. 시골에서 가져온 그림들도 다른 미술상 두 사람에게 위탁했어. 날이 좋아져서 그림 그릴 여건이 되면 부두에 나가 풍경화를 그려서 네 번째 미술상을 찾아갈 거야. 이 사람에게 몰스의 그림이 있는데, 그것과 짝을 이룰 그림이 있었으면 하더라고. 게다가 이 사람이 다른 미술상 주소를 하나 주면서 나를 잘 대해줄 거라고도 했어.

물론 이들이 안트베르펜의 대형 미술상은 아니지만, 그래도 가게 네 곳 모두에서 마음에 들지 않는 그림들 사이로 딱 내 취향인 것들도 더러 보였어. 예를 들면, 한 가게에서는 판 호이언의 그림과 트루아용의 습작을 봤고, 두 번째 가게에서는 몰스의 그림과 네덜란드 화가들이 그린 소품 몇 점, 세 번째 가게에서는 라파엘리가 그린 것 같다고 말한 그림(모르만스의 그림이었어)과 근사한 수채화 몇 점, 네 번째 가게에서는 벨기에 청년 화가들이 그린 바닷가 풍경 여러 점이 있더라. 인물화는 몇 점 없길래 인물화를 그려보기로 했어.

네 번째 미술상이 소개한 사람은 니콜리에Paul Emile Nicolié라고, 제법 규모가 큰 상점을 운영하는데, 진열장은 따로 없고 집에서 전시하더라. 이 사람을 찾아가 인물화를 보여줄 거야.

게다가 물감 등의 화구를 상당히 싸게 구입할 방법도 알아냈어. 지난여름에 혹시 안트베르펜에 아는 사람이 있냐고 물었을 때 네가 말했던 리너흐라는 양반을 찾아냈거든. 그런데 그 양반, 가지고 있는 그림들이 *하나같이* 낡고 볼품없더라. 본인도 페르틴 화풍 비슷하게 그림을 그리는데, 내가 보기에는 주눅 들어 사는 사람 같았어. 아마도 평생 과감하게 살아본 경험이라곤 전혀 없을 게다. 그런데 내가 만난 모든 미술상들이 이구동성으로 '경기가 안 좋다'고 말하는데, 이건 뭐 새로운 사실도 아니지.

조만간 네가 말했던 그림들을 보러 가고 싶구나. 여기저기 다니며 미술상들도 만나고 모델도 찾아다니느라 정신없이 바빴다. 모델을 찾기가 대단히 어렵지만, 다른 곳에서도 어떻게든 사람을 구했으니 여기서도 당연히 찾을 수 있겠지. 내일 외모가 근사한 노인하고 약속은 했는데, 과연 와줄까?

에인트호번에서 보내준 물감을 오늘 받으면서 비용도 치렀는데 50프랑이 넘게 들었어. 그림을 사주는 이는 없는데, 제아무리 혼자 검소하게 산다고 해도, 대다수가 의식주 해결하기도 빠듯한 액수의 돈으로 물감까지 사가며 계속 작업을 하려니 힘들어도 너무 힘들다. 거기다가 모델료도 들지. 그래도 나는 운이 좋은 편이야. 큰 기회라고도 할 수 있는 게, 현재 활동하는 화가의 수가 상대적으로 적은 편이니까.

내가 볼 때, 상황이 이렇게까지 된 것에 대해 화가들은 절반의 책임밖에 없다(나머지 절반은, *그자들의 책임이지*). 화가로 사는 건 정말 힘들기 때문이야.

어마어마한 거금을 들여 국립미술관*을 비롯해 비슷한 시설을 짓고 있지만, 정작 예술가들은 생활고에 시달리잖아.

그렇지만 어쨌든, 거기도 다시 가서 찬찬히 살펴볼 거야. 무언가 결실을 거둘 확률이 내가 생각하는 것보다는 작지 않고, 더 클 것 같거든. 얀 판 베이르스의 작품은 사진으로 여러 장 보았다만, 직접 보니 훨씬 특징이 살아 있더라. 그래도 마네 같은 *화가*가 판 베이르스보다는 역시 한 수 위야. 훨씬 아름답고 예술적으로 그리지. 부디 여기서 이름을 알리고, 제발 내가 찾는 모델들을 만날 수 있으면 좋겠다!

어제는 스칼라라는 극장식 식당에 갔어. 폴리 베르제르하고 비슷한 곳이지. 공연 자체는 평범하고 지루했지만, 관객들 구경하는 재미가 쏠쏠했어. 그림으로 옮기면 아주 근사할 그런 얼굴을 가진 부인이 몇몇 보였는데, 나름 재력을 갖춘 소시민들이 차지하는 맨 뒷줄에 앉아 있었

* 암스테르담 국립미술관인 레이크스 미술관

어. 사람들이 안트베르펜에 대해 하는 말들이 대부분 사실이더라. 여기 여성들이 아름답다는 이야기 말이야.

아! 다시 말하지만, 내 마음에 드는 모델을 꼭 찾았으면! 극장식 식당 인근에 모여 있는 젊은 독일 여성들은 전혀 관심이 가지 않아. 하나의 모델에서 찍혀나온 것처럼 똑같은 분위기. 이런 외모가 바이에른 맥주처럼 어디를 가도 흔히 보인다. 대량으로 수입한 수입 상품 같다니까.

나는 이런 독일적인 요소들이 정말 끔찍이 싫은데, 요즘은 진짜 어디를 가든 곳곳에 스며들어 있어. 독일인들이 아마 이런 식으로 파리까지 잠식했을 거야. 더 하자니 지루한 주제 같다.

다른 사람들 그림을 보면서 봄에 다시 시골로 돌아가면 어떤 그림을 그릴지 차곡차곡 계획 중이야. 자신감이 점점 커지면서 있는 힘껏 최선을 다해보자고 나를 독려하고 있다.

안트베르펜은 아름다운 색채를 가진 도시고, 그 색채만으로도 훌륭한 그림의 주제가 될 수 있어. 어느 날인가 저녁에, 도크 인근에서 개최된 뱃사람들의 무도회를 봤다. 진짜 그림 같은 장면이었는데 *큰 소란 없이* 잘 끝났어. 그런데 모든 무도회가 다 이런 식으로 순조롭게 마무리되지는 않을 거야. 거기서는 취한 사람이 단 한 사람도 없었고, 술도 별로 안 마셨거든.

아름다운 아가씨들은 여럿 있었어. 가장 아름다운 아가씨는 못생긴 아가씨였지. 내 말은, 요르단스나 벨라스케스, 고야의 그림 속 인물처럼 감탄이 절로 나는 인상적인 얼굴이라는 뜻이야. 검은색 실크 재질의 옷을 입었고 아마 선술집 여주인인 것 같아. 못났지만 정형화되지 않은 그 얼굴이 프란스 할스의 그림 속 인물처럼 활기 넘치고 자극적인 분위기를 풍기더라고. 춤도 기가 막히게 췄는데 주로 흘러간 옛 춤이었어. 한 번은 부유해 보이는 농부와 마주 보고 춤을 췄는데, 농부가 겨드랑이에 큼지막한 초록색 우산을 낀 채로도 무섭게 빠른 속도로 왈츠를 추는데 무난하게 소화해내더라.

다른 아가씨들은 블라우스에 치마, 평범한 붉은 스카프를 두르고 춤을 췄어. 뱃사람과 견습 선원들은 물론 은퇴한 선장같이 진한 인상을 가진 노신사들도 다함께 구경하고 있었다. 무도회의 진수를 경험한 순간이었어. 한판 신나게 즐기는 사람들을 보고 있으니 나까지 즐거웠다.

보다시피 방구석에 틀어박혀 지내지는 않지만, *court d'argent(돈이 궁해서)* 참으로 난처하다는 말을 다시 안 할 수가 없구나.

나한테 최선의 가능성은 아무래도 인물화겠어. 왜냐하면 인물화를 그리는 화가들이 별로 없거든. 그래서 나로서는 더더욱 이 기회를 살려야 해. 인물화에 매진해서 인물화를 잘 그리는 화가, 예를 들면, 페르하르트Pieter (Piet) Verhaert 같은 이들과 친분을 쌓는 거지. 그러면 초상화로 돈벌이를 해서 다른 그림들까지 그릴 수 있을 거야.

내 안에 무언가를 이뤄낼 힘이 느껴진다. 내 그림이 남들 그림과 비교해도 결코 뒤지지 않는 걸 보니, 이런 자신감이 작업 열망을 자극하고 있어. 뉘넌에서는 사실, 포르티에 씨가 내 그림에 전혀 관심을 보이지 않는다는 사실을 감지하고 내 능력을 의심하기 시작했었어.

돈만 더 있었어도 더 많이 그렸을 텐데, 아쉽게도 내 작업은 내 주머니 사정에 달렸지.

간판 같은 것을 그릴 계획도 세워놨는데 일할 기회가 생기면 좋겠어. 생선 장수에게 생선 정물화를 그려주는 거지. 이렇게 꽃가게, 채소가게, 식당 등에 간판을 그려주는 거야. 적절한 주제를 고르면 가로 1m에 세로 50cm, 아니면 75cm 정도 되는 캔버스면 대략 50프랑은 넘지 않을 거야. 만약 단번에 그려내면 30프랑에도 될 테니까 몇 번 시도는 해볼 만한 것 같아.

내가 원하는 건 누군가 내 그림을 봐주는 거야. 나중에 결국 낙담할 수도 있겠지만, 그런 일이 찾아올 시기를 최대한 늦춰야 해.

시간 되면 편지해라. 추가적인 네 도움이 없는 월말은 언제나 가혹할 따름이다. 내가 얼마나 버틸 수 있는지에 모든 게 달렸어. 그리고 굶주리고 불행한 사람처럼 보여서는 안 된다. 오히려 말끔하고 단정해 보여야 해.

안부 전한다. 마음의 악수와 함께.

너를 사랑하는 형, 빈센트

439네 —— 1885년 12월 14일(월)

테오에게

모델을 세우고 그림을 그렸다는 소식을 전한다. 제법 큰 얼굴 그림 2점인데, 초상화 작업에 앞서 시험 삼아 그려본 거야. 하나는 일전에 얘기했던, 빅토르 위고를 닮은 노인 양반의 얼굴이고, 다른 하나는 여자 얼굴을 습작으로 만들어봤어. 여성 초상화에서 피부를 좀 밝은 색조로 처리하려고 흰색에 양홍빛, 주홍색, 노란색을 가미했는데, 뒷배경을 밝은 황회색을 썼더니, 얼굴이 검은 머리카락으로만 구분된다. 옷은 자홍색으로 칠했고.

루벤스의 그림은 확실히 인상적이야. 그의 데생을 보면 실로 대단하다는 말밖에 안 나와. 얼굴과 손 데생을 말하는 거야. 순수한 원색의 빨간색으로 선을 긋는 붓질로 얼굴을 그리고, 똑같은 붓질로 손가락의 모양을 만들어내는 그 솜씨에 완전히 매료되었지. 지금도 시간 나면 미술관을 찾아가는데, 거의 루벤스와 요르단스의 그림 속 얼굴과 손만 눈여겨보다가 와. 루벤스가 할스나 렘브란트처럼 친밀하게 그려내진 못했지만, 그 얼굴 표정들이 너무나 생생해.

나는 남들이 보편적으로 극찬하는 부분에는 별로 관심이 없고, 다른 부분들에 주목하는 것 같다. 예를 들면 〈연옥의 성녀 테레사〉에 나오는 금발 머리 여성의 얼굴을 눈여겨보았고, 지금 루벤스 때문에 금발 머리 모델을 찾고 있어. 그러니 내가 이번 달에도 적자를 면치 못했다고 화내지 말아라. 물감도 새로 샀고 새로 나온 데생 전용 붓도 사야 했는데, 특히 이 붓 덕분에 데생이 더 정확하고 훌륭해졌어.

그리고 여기 가져온 캔버스들도 얼굴을 그리기에는 너무 작았어. 왜냐하면 다른 색을 사용하다 보니, 배경으로 삼을 공간이 더 필요해졌거든.

이 모든 구입비와 모델료 때문에 내가 빈털터리가 되는 거야.

그 어느 때보다 절박한 심정으로 양해를 구한다. 왜냐하면 시간을 허비하면 손해는 그 2배가 되기 때문이야.

월말 즈음에는 얼굴 그림을 몇 점 더 그린 다음에 스헬더강 풍경화를 그리러 갔으면 좋겠다. 벌써 캔버스도 마련해뒀어. 날이 안 좋아도 성 안나 여인숙에서 비를 피하면서 그리면 돼. 노트르담 성당[L. Vrouwe kerk]이 있는 언덕 맞은편이거든. 거기서 작업했던 화가들이 이미 여럿 있지.

안트베르펜으로 와서 정말 기쁘다. 여러모로 나에게 유용하고 필요한 결정이었어.

이 일대에서 최고의 물감 제조업자인 티크라는 양반을 알게 됐는데, 친절하게도 색에 관한 유용한 정보들을 알려주더라. 예를 들면, 어떤 초록색이 더 오래 남는지 그런 것들. 내가 루벤스의 기법들을 몇 가지 물어봤는데, 대답을 듣고 보니 그가 작품 속에 사용된 물감들을 얼마나 철저히 분석했는지 알겠더라. 대단히 유용한 일인데도, 거의 아무도 이렇게 하지 않거든.

무슨 말을 더 해야 하지? 아, 그래. 현대 회화 소장품전을 두 차례 가봤었는데, 하나는 박람회가 끝나고 조직위원회가 추첨을 위해 사들인 소장품들이었고, 다른 하나는 판매용으로 나온 소장품들이었어.

거기서 그럴듯한 그림들을 여러 점 봤다. 특히, 앙리 드 브라켈레이르의 습작 2점을 봤는데, 드 브라켈레이르 영감과는 전혀 관련 없어. 유명한 색채화가로, 마네처럼 사물을 정확히 분석하고 마네처럼 독특한 재능을 가진 화가 말이야.

하나는 여성을 그린 습작이었는데 배경이 화실인지, 어딘지는 모르겠지만 아무튼 일본식 장식품이 갖춰진 실내야. 여성은 검은색과 노란색으로 된 의상을 입었는데, 피부색은 양홍빛이 들어간 흰색이고 주변에는 여러 개의 기이한 색조가 조금씩 자리를 차지하고 있어. 다른 습작은 절반 정도 완성된 풍경화였어. 누렇게 색이 바랜 평야가 à perte de vue(끝없이 펼쳐지고), 숯처럼 시커먼 길과 길을 따라 흐르는 운하가 평야를 가로지른다. 위로 보이는 하늘은 양홍빛 자주색으로 강조한 자회색이야. 저 멀리 주홍색과 빨간색이 섞인 점 같은 지붕과 검은색으로 칠해진 작은 나무 두 그루도 보여. 뭐, 대단한 것도 아니고, 별것 아니라고도 할 수 있지만, 색을 늘어놓은 화가의 감수성과 의도가 궁금해서 호기심이 생기더라고. 드 그루의 옛 습작도 봤어. 요람 옆에 서 있는 여성을 그린 건데, 이스라엘스 초기 작품 비슷한 느낌이 들었어.

그다음에는 뭐가 있지? 이 현대화가들의 그림에 대해서 무슨 이야기를 해야 하나? 대부분은 *아름다웠어*. 그러니까, 색채화가들의 작품, 그 솜씨를 따라 하고 싶은 사람들의 작품, 다시 말해, 밝은 부분들은 다 진주모 빛으로 칠하고 싶어 하는 사람들의 작품을 말하는 거야. 그런데 나한테는 그게 항상 좋아 보이지는 않았어. 너무 의도성이 느껴졌거든. 나는 단순한 붓질과 너무 공들여 만들지 않은 색을 보는 게 더 좋다. 단순미를 말하는 거지. 한마디로, 솔직한 기법의 손길을 두려워하지 않는 현명한 단순미라고 할 수 있어.

내가 루벤스를 좋아하는 것도 바로 지극히 단순한 방법을 사용하는 그의 손재주와 진지한 붓터치 때문이야.

앙리 드 브라켈레이르를 인위적으로 진주모 빛을 칠하고 싶어 하는 화가로 생각지는 않아. 그에게는 말 그대로 사실적인 묘사를 추구하는 흥미롭고 신기한 경향이 있어. 그래서 유일무이한 화풍을 지닌 화가기도 하고.

회색조의 다른 그림들도 보기는 했는데 주로 인쇄물 위주였어. 그중에서도 메르턴스Charles (Karel) Mertens의 〈인쇄소〉하고 자기 화신을 그린 페르하르트의 그림이 괜찮았어. 본인은 앉아서 동판화 작업을 하고 아내는 그의 뒤에 서 있는 장면이지. 라 리비에르Adrianus (Adriaan) Philippus de la Rivière의 〈장례식 후의 암스테르담 장의사〉는 어두운 분위기가 *아주 근사해.* 고야풍으로, 위엄이 느껴지는 소품이었어.

아무튼 소장품전 두 곳에서 훌륭한 풍경화나 바다 풍경을 아주 많이 봤어. 그런데 초상화로는 프란스 할스의 〈소년 어부〉, 렘브란트의 〈사스키아〉, 루벤스가 그린 얼굴들의 웃고 우는 표정들이 여전히 가장 강렬하게 기억에 남아 있어.

아, 유화는 유화답게 그려져야 하는데 단순할 수는 없는 걸까? 삶을 바라봐도 같은 생각이 들어. 거리를 돌아다니는 사람들이 보여. 좋아. 그런데 종종 사모님들보다 더 아름답고 관심을 끄는 시중 드는 아가씨들이 있고, 신사분들보다 훨씬 호감이 가는 일꾼들이 눈에 들어와. 이렇게 신분이 낮은 여자나 남자들에게서 어떤 힘과 활력이 느껴지는데, 이런 남다른 특징을 살려서 표현해내려면 아주 단순한 기법과 단호한 붓질로 그려야 하는 거야.

바우터르스는 그 사실을 간파했지. 적어도 예전에는 그랬어(최근 그림은 전혀 본 적이 없거든). 내가 들라크루아를 이토록 좋아하는 이유 또한, 그가 피사체에 생명을 불어넣기 때문이야. 그 생생한 표정과 동작들이 *색채를 완전히 압도하거든.*

내가 본 그림 중에는, 물론 아름답다고 생각은 하지만 *색이 너무 많이* 들어간 그림들이 더러 있었어. 이제는 나도 그림을 그리는 동안 모델들과 이런저런 이야기를 주고받는 게 익숙해졌어. 이렇게 하면 표정을 더 생생하게 포착할 수 있거든.

예전에 파리에서 살면서 쉐페르, 지구, 들라크루아 등에게 모델을 구해줬다는 부인을 만난 적이 있는데(지금은 많이 늙었지) '프리네를 그리는 화가'에게도 모델을 찾아줬다고 하더라. 지금은 세탁장 일을 하는데, 알고 지내는 여자들이 많아서 모델을 얼마든지 구해줄 수 있대.

눈이 내리고 나니 도시가 더 아름다워 보여. 이른 아침 눈 내린 도시와 눈 치우는 사람들의 모습이 정말 근사해 보인다.

여기로 옮겨오길 잘했어. 이미 새로운 구상들이 잔뜩 떠올랐고, 다시 시골로 돌아가서 그릴 것들까지도 머릿속에 쌓이고 있을 정도야.

E. 바타유Pierre Albert Bataille의 기사를 읽었는데, 아마 파리의 현 상황에 대해 「피가로」에 썼던 글을 「에투알 벨주」에서 다시 받아쓴 내용이었을 거야. 내용이 대단히 솔직해서 인상적이었는데, 바타유는 현재 파리의 상황을 매우 나쁘게 보고 있어. 게다가 암스테르담 시장에 대해서도, 네덜란드 기자들의 의견과는 정반대로, 암울하게 전망하고 있지.

미술품 거래 시장에 관해서는 내가 지난번에도 이야기했다시피, 여기 상인들은 지금 misère ouverte(완전히 울상이야). 그래도 나는 아직도 해볼 여지가 많다는 생각이야. 예를 들면 요즘은 카페나 식당, 극장식 식당 같은 곳에서는 그림을 볼 일이 거의 없잖아. 아니, 아예 없다고 봐야겠지. 이게 이상하다는 생각이 안 드니? 왜 페이트Jan Fijt나 혼데쿠터르Melchior de Hondecoeter를 비롯한 여러 옛 화가들의 훌륭한 정물화로 벽을 장식하지 않지? 매춘부는 원하면서 왜 여성의 초상화는 걸어두지 않는 거야? 물론 그런 용도의 그림은 싸게 그려야 하겠지만, 그거야 비교적 싼값을 책정하면 되지. 가격을 너무 올리면 거래 시장이 망가지고, 결국 모두가 무너지는 결과를 초래할 뿐이야.

안부 전한다. 틈이 나면 또 편지해라. 돈은, 할 수 있는 만큼만 해주면 되는데, 다만 우리가 성공을 위해서는 할 수 있는 건 다 해봐야 한다는 사실을 명심해라. 그리고 초상화를 그리겠다는 생각은 버리지 않았어. 충분히 승산이 있는 일이니까. 사진사가 기계에서 뽑아낸 사진과 달리 인간적인 분위기가 있는 초상화를 사람들에게 보여줄 수 있잖아.

안부 전한다. 마음으로 청하는 악수와 함께.

너를 사랑하는 형, 빈센트

여기에도 다른 곳들과 마찬가지로 사진사들이 참 많은데, 다들 꽤나 바쁜 것 같더라.

하지만 천편일률적으로 똑같은 분위기의 눈, 코, 입이 마치 밀랍을 매끄럽게 발라놓은 듯 차갑게만 보이지.

생기라는 게 전혀 느껴지지 않아.

손으로 그린 초상화에는 화가의 영혼에서 나온 고유의 생명력이 담긴다. 그건 감히 기계가 도달할 수 없는 경지야. 사진을 들여다보면 들여다볼수록, 이런 생각만 든다.

440네 ____ 1885년 12월 17일(목) 추정

테오에게

오늘은 여기 와서 처음으로 좀 의기소침해지는 날이었어. 〈헷 스테인 성〉을 그려서 미술상들을 찾아갔더니 둘은 자리에 없고, 세 번째 상인은 마음에 들지 않는다면서 지기 하소연을 늘어놓는데, 거짓말처럼 손님들 발길이 뚝 끊긴 게 벌써 2주째라더라. 안 그래도 날씨까지 으스

스하고 추운 데다, 마지막으로 남은 5프랑을 깨면서 남은 보름을 또 어떻게 버터야 하나 고민하는 와중에 듣기에는 그리 반가운 소식은 아니었다.

그래도 2주 동안 어떻게든 버텨봐야지. 얼굴 그림을 몇 점 더 그렸으면 하거든. 오늘아침 내가 지난 편지에 썼던 그림들 몇 점이 중개인 없이 개인 간 거래로 팔렸다는 소식을 들었는데, 매출 규모가 대략 21,000프랑쯤이라더라. 그게 사실인지는 모르겠지만, 어쨌든 내가 갔을 때 구경꾼들이 많았고 전시회도 꽤나 붐볐거든. 괜찮은 그림들을 더 많이 걸었더라면, 분명히 더 많은 거래가 이뤄졌을 거야. 그런데 상인들이 저마다 내놓는 전망들은 다 암울해. 〈헷 스테인 성〉은 나름 정교하게 그렸는데, 부두 반대편 끝으로 자리를 옮겨서 하나 더 그려볼 생각이야.

하지만 나는 인물화 그리는 게 훨씬 더 좋고, 풍경화 시장은 조만간 포화 상태가 될 것 같아. 그러니, 인물화는 모델료가 더 드는 어려움이 있지만, 결국엔 더 좋은 기회가 될 거야. 미술상들 말이, 여성 인물화나 얼굴 그림이 잘 팔린다고 하더라.

봄에는 뉘넌 근처로 다시 돌아갈지 말지를 결정해야 해. 너도 같이 고민해주면 좋겠다.

그나저나 포르티에 씨를 도통 이해할 수가 없다. 내 그림에 대해 처음으로 호의적인 의견을 주더니, 그때 이후로 완전히 묵묵부답이니 말이야. 받는 돈보다 물감값이 *더* 드는데 이렇게 계속 지낼 수는 없어. 지금의 내 상황은 몇 년 전, 브뤼셀에서 겨울을 나던 때보다 나아진 게 전혀 없다. 한 치도 나아지지 않았어. 그때는 지금보다 50프랑을 덜 받았지만, 그림에 들어가는 돈만 50프랑이 넘어. 그것도 매번 바로바로 지불해야 하고.

그림을 그리는 동안은 괴로운 마음이 들지 않지만, 길게 보면 그림을 그리지 않는 사이사이 기간에는 점점 더 우울해진다. 갈 길은 먼데 발목이 잡혀 걷지도 못한다는 생각에 화가 치밀지만, 딱히 뭘 어떻게 해야 할지도 모르겠어. 솔직히 말하면, 여기 도착한 뒤로 따뜻한 식사는 딱 세 끼밖에 먹어보지 못했어. 그저 빵만 먹으며 지내고 있거든. 이렇게 살다가는 건강을 해칠 정도로 지나친 채식주의자가 되겠어. 게다가 뉘넌에서도 반 년을 이런 식으로 지냈었지만, 그때도 물감에 들어가는 비용을 도저히 메꾸지 못했지.

그림 그리는 일은 돈이 많이 들지만, 그럼에도 불구하고 그림을 훨씬 더 많이 그려야 해. 일단 초상화 모델을 서주겠다는 약속을 반쯤은 받아냈으니, 어떻게든 그녀가 오게 만들 거야. 그런데 말이다, 포르티에 씨나 세레 씨 같은 사람들은 내 그림을 팔지 못하겠으면 적어도 일감 같은 거라도 구해줘야 할 것 같은데, 도대체 왜들 팔짱만 끼고 있는 건지 모르겠다.

테오야, 말하고 싶은 게 하나 더 있다. 내가 다른 식구들에게 편지 쓸 마음이 전혀 없다는 건 너도 잘 알 거다. 특히, 어머니가 사랑스러운 여동생 아나의 집과 언제나 나를 반겨주는 친척들 집에 계시는 동안은 더더욱.

그런데 어머니께 편지가 왔어. 너한테 주소를 물어봤다고 하시면서 소식 좀 전하라고 하시더라. 그런데 나는 그럴 마음이 전혀 없다는 뜻을 네가 대신 좀 전해드리면 고맙겠다. 지난번에 내가 집에서 나올 때 그런 뜻을 분명히 밝히지 않았었느냐고 말이야. 지난 3월에 있었던 일이 결정적이었다는 건 너도 잘 알 거야.

나는 그렇게 집에서 나왔어. 그러니 식구들은 *소원 풀이*를 한 셈이잖아. 그래서 나도 식구들 생각 거의 안 하고 지내. 마찬가지로 식구들도 내 생각은 안 해주면 좋겠다.

물론 상황이 이렇게 된 건 심히 유감스럽다. 하지만 나도 기억이라는 게 있어. 아버지는 어떠셨어? 돌아가시기 직전까지 얼마 전에 나를 괴롭힌 그 목사 양반처럼 나를 대하셨지. 도대체 왜 상황 파악이 그렇게 안 되는 건지 모르겠다. 이제는 서로 화낼 일도 없는 남이 됐고, 아니, 남보다 더 남 같은 사이가 됐는데도 말이야.

네 방식대로 풀어서 어머니께 말씀 좀 전해드려라. 나는 굳이 모진 말을 하고 싶지는 않다. 그냥, 내가 편지 쓸 마음이 없다고만 전해라. 연로하신 분한테 쏘아붙이는 말투로 편지 쓸 마음이 없다는 말은 안 하는 게 나을 것 같아서 그래. 나 같은 처지에 놓인 화가들이 적지 않을 거야. 그리고 굳이 더 참견해선 안 될 일도 있는 법이고.

미술관에 포르타엘Jean François Portaels이 그린 들라로슈 초상화가 있어. 들라로슈는 생전에 대단한 인물로 평가받았지만, 훗날 빈껍데기에 불과하다는 사실이 드러났잖아. 마네와 쿠르베는 생전에 별 볼 일 없는 사람들로 여겨졌지만, 지금은 얼마나 진지한 화가 대접을 받고 있냐.

무슨 우연의 장난인지, 들라로슈 초상화가 훼손됐는데, 이마에 구멍이 난 거야. 그대로 아주 잘 어울리기도 하고, 또 원래 그래야 했던 것도 같고 그렇다. 아! 가만히 보면 그때는 그렇다는 생각이 들지 않았는데, 지나고 보니, 빈 껍질에 지나지 않았던 신기한 사람들이 더러 있더라. 잘못 생각할 수도 있는 거야. 그리고 잘못 생각했었다는 걸 깨닫고 나면 얼마나 다행인지 모르겠다. 뭐, 처음부터 다시 생각해야 하는 단점이 있기는 하지만 말이야.

안부 전한다.

너를 사랑하는 형, 빈센트

441네 ____ 1885년 12월 19일(토)

테오에게

오늘 얼굴 그림을 하나 더 그렸어. 모델료가 없었는데, 모델을 서주겠다기에 일단 그렸지.

초상화를 그려줄 사람도 생겼는데, 보수로 습작 2점을 더 그려서 내가 갖기로 합의했어.

하지만 상황이 절박하다고 말할 수밖에 없구나. 남은 돈이 5프랑뿐이었는데, 초상화 2점을 그릴 캔버스도 사야 했고, 맡겼던 빨래도 받은 터라, 이제 주머니에 남은 건 몇 센트가 전부다.

그래서 제발 이렇게 간곡히 부탁하는 건데, 편지 쓸 날까지 굳이 기다리지 말고, 다만 얼마라도 네가 해줄 수 있는 만큼 좀 보내주면 좋겠다. 정말 말 그대로, 배가 고파 죽겠다.

얼굴 그림을 대략 50여 점 정도 그려보면, 사진사들에게 일감을 받을 수 있지 않을까 싶어. 내 처지가 이 지경까지 몰리지 않았으면 결코 하지 않았을 일이지만, 이런 상황이니 얼마든지 할 용의는 있거든. 여기서 보니 사진사들이 하는 일이 많더라. 사진관 진열장에 채색 초상화들이 보이는데, 뒷배경 처리를 사진으로 작업했더라고. 물론 그림을 제대로 볼 줄 아는 사람의 눈에는 한없이 밋밋하지.

내 생각에는, 색을 넣고 싶은 사진을 실물을 보고 그린 습작을 참고해서 보정하면 그 결과물이 훨씬 더 나을 것 같거든. 어쩌면 돈벌이가 되는 작업일 수도 있겠어.

그런데 어디든 가서 일감을 부탁하려면, 당연히 내 작품을 보여줘야 하잖아. 내 모든 열정과 힘이 필요한 상황이니만큼 에두르지 않고 솔직히 털어놓는 건데, 체력이 끔찍이 약해졌다.

〈헷 스테인 성〉을 들고 미술상을 찾아갔더니 색감은 괜찮은데 지금 소장품 목록을 정리하느라 바쁘고 공간도 협소하니 신년이 지나서 다시 오라더라. 이 그림은 안트베르펜에 왔다가 기념품을 사 가고 싶은 외국인에게 팔면 괜찮겠어. 다른 배경의 도시 풍경도 더 그려보면 좋겠다 싶어서, 당장 어제만 해도 성당이 보이는 구도의 습작을 2점 그렸어. 공원 배경의 작은 습작도 하나 만들고.

하지만 내가 그리고 싶은 건 성당이 아니라 사람의 눈이다. 눈에는 성당에는 없는 무언가가 있거든. 성당이 아무리 장엄하고 웅장한들, 눈에는 영혼이 담겼어. 그래서 딱한 걸인이나 거리 여성의 눈이 내게는 훨씬 더 흥미롭지.

그러니까 모델을 보고 그리는 방법이 직접적으로 효과가 가장 크다는 말이야.

다만 문제는 모델료야. 지금은 힘을 입증해야 하는 시대고, 내 작품도 구매자를 찾아내려면 그만큼 끌어당기는 힘을 발산해야 해.

여기서는 충분히 승산 있는 사업이라고 자신한다. 이 도시에는 아름다운 여성이 많아. 그래서 여성의 초상화나 얼굴 그림, 혹은 인물화를 그리면 돈을 벌 수 있을 거야.

나로서는 더 고급스러운 붓으로 코발트색, 진홍색, 밝은 노란색, 주홍색 등을 쓸 수 있어서 진짜 즐거운 일이지. 코발트색처럼 가장 비싼 물감을 사는 게 이득일 때도 있어. 그 어떤 파란색도 코발트색처럼 섬세한 색조를 잘 살릴 수 없거든.

그림에서 물감의 질이 모든 걸 결정하진 않지만, 확실히 생명력을 불어넣는 건 물감이다.

여기 아예 눌러앉을까 하는 고민도 있지. 미술품 거래 시장의 전망이 장밋빛만은 아니니까, 요즘은 화가들이 아예 미술상을 거치지 않고 직접 자기 그림을 팔아보려고 애쓰고 있어. 내가 볼 때 이런 분위기는 점점 더 고조될 거야. 그러니 여기 화실을 꾸리는 게 현명할 수도 있어.

네 생각은 어떠냐? 너라면 어떤 조언을 할 건지, 찬성인지 반대인지, 허심탄회하게 얘기해 주면 좋겠다.

내가 확실히 말해줄 수 있는 건, 수년 내로 네가 네 사업을(구필 화랑과 별도로) 꾸린다면, 안트베르펜이 사업 무대로 아주 적합하다는 거야. 미술상들이 꾸미는 진열장 수준이 쳐다보기도 민망한 수준인 걸 감안하면, 이 점만 개선해도 분명 좋은 반응을 얻을 거야. 기존의 화랑이나 가게는 이 부분을 전혀 이해하지 못해.

게다가 여기 살면 영국 왕복도 그리 어렵지 않고.

거래하려는 그림들은 왜 모조리 액자에 넣는 걸까? 주고받는 거래 대상이 되려면 무겁지 않고 운반이 편해야 하잖아.

이런 거래는 낡은 방식이야……. 고리타분하고 케케묵은 구시대 유물.

모든 걸 다 새롭게 혁신해야 해. 낡은 체제가 더 이상 작동하지 않으니까.

가격, 대중, 모든 분야에 변화가 필요해. 미래에는 바로 소시민들을 위해 적절히 가격을 내려야 해. 일반인 예술 애호가들은 점점 더 준비되고 두터워지고 있지. 어쨌든.

자본금을 들고 사업을 시작했을 때 처음에는 전부 잃는 경우도 종종 있는데, 그러면 용기와 자신감까지 잃게 돼. 그런데 사실상 맨주먹으로 사업을 시작하면, 무언가를 잃는 게 아니라 오히려 강인하고 자신감 있는 성격을 얻는다. 그렇다고.

안부 전한다. 바로 답장하는 거 잊지 말아라. 이것저것 무리하다 보니 점점 체력이 고갈되는 게 느껴지는데, 힘이 필요해서 그래.

다시 안부 전한다.

너를 사랑하는 형, 빈센트

442네 ___ 1885년 12월 28일(월)

테오에게

진작에 전했어야 했는데, 네가 보내준 50프랑이 얼마나 고마운지 모르겠다. 덕분에 무사히 월말을 넘겼어. 물론 오늘부터 다시 똑같은 문제가 반복되겠지만 말이야.

그래도 습작 서너 점을 더 그렸는데, 그릴수록 실력이 느는 게 느껴진다. 돈을 받자마자 매력적인 모델을 불러서 실물 크기로 얼굴을 그렸어. 검은 머리카락 빼고는 다 밝아. 그래도 금색 반사광 효과를 살려보려 한 배경 때문에 단색의 색조가 유난히 도드라진다.

이런 계열의 색을 썼지. 진한 살색에 목은 그을린 구릿빛, 머리카락은 흑옥 같은 검은색으로. 검은색은 암적색과 프러시안블루로 만들었어. 블라우스는 희끄무레한 색으로 칠했어. 배경은 흰색보다 훨씬 환한 밝은 노란색이고. 검은 머리에 강렬한 빨간색을 살짝 첨가했고 두 번째 리본에도 희끄무레한 색 위에 강렬한 빨간색을 썼어.

모델은 극장식 식당에서 일하는 아가씨인데, 내가 찾던 *에케 호모*ecce homo* 같은 표정이다.

하지만 그 표정을 *사실대로* 묘사하면서도, 동시에 나의 생각도 넣으려고 애썼지.

그녀가 우리 집에 왔을 때는 틀림없이 이미 밤새도록 일에 시달린 후였을 테고, 딱 그런 분위기의 말을 했어. "Pour moi le champagne ne m'égaye pas, il me rend tout triste(전 샴페인을 마시면 기쁘기보다 오히려 더 슬퍼져요)."

그 순간 어떻게 그려야 할지 알겠더라. 관능적이면서도 동시에 잔인하리만치 비통한 감정을 표현해내려고 노력했다.

같은 모델로 두 번째 습작을 시작했는데, 이번엔 측면 모습이야.

그것 말고, 일전에 말했던 초상화도 그렸어. 초상화를 그려주고 습작은 내가 갖기로 했던 일 말이야. 이달 안에 남자 얼굴도 하나 그렸으면 좋겠다.

작업 구상에 의욕이 막 넘쳐. 이곳 생활을 아주 잘 활용하고 있는 것 같아.

이 아가씨들을 잘만 그리면 그림에 쓴 재료비만큼은 회수할 수 있지 않을까 싶다. 다른 주제의 그림을 그리는 것보다 이게 빠른 방법일 것 같아. 두말하면 잔소리인 게, 제법 예쁜 아가씨들이 있는데 딱 요즘 찾는 그림이 이런 모델들이거든.

* '보라, 이 사람이로다'라는 뜻의 라틴어로, '가시 면류관을 쓴 예수'를 가리킨다.

가장 상위의 예술적 관점에서 봐도 말할 것도 없는 게, *인간을 그리는 것*이 이탈리아 고전 예술의 근본이었고, 밀레의 작업이었고, 브르통의 그림이었다.

단지 관건은 출발점이 영혼이냐 옷이냐야. 형태를 리본이나 매듭을 거는 옷걸이로 쓰는지, 아니면 형태 자체로 인상과 감정을 표현하는지, 혹은 모델이 한없이 아름다워서 그 형태를 만드는 것 자체를 즐기는지, 그 차이 말이야.

첫 번째 방식은 덧없고. 나머지 둘은 고상한 예술이지.

더 기뻤던 건, 모델 아가씨가 내가 그린 초상화를 갖고 싶다고 말한 거야. 가급적 내가 그린 것과 똑같으면 좋겠다더군.

그리고 되도록 빠른 시일 내에 자기 집에 와서 무용복을 입은 자신의 모습을 그리게 해주겠다고 약속했어. 당장은 힘든 게, 가게 사장이 그녀의 모델일을 싫어한대. 하지만 조만간 다른 아가씨와 함께 이사할 거니까, 두 사람 모두 초상화를 하나씩 그려달라고 하더라. 나는 이 아가씨가 또 모델을 서주기를 간절히 바라고 있어. 얼굴이 특징적인 데다 표정도 아주 활기차거든.

그런데 그만큼 나도 연습을 많이 해서 실력을 키워놔야 해. 워낙 시간도 없는 데다 인내심도 부족한 사람들이라서, 단번에 작업을 마쳐야 할 테니까. 하지만 단숨에 그려내도 그림이 엉망이면 안 되고, 또 모델이 가만히 못 있고 자꾸 움직여도 그려낼 수 있어야 해. 아무튼, 보다시피 나는 아주 의욕적으로 작업하고 있다. 몇 점 팔아서 다만 얼마라도 번다면, 더 힘차게 일할 수 있을 거야.

포르티에 씨에게는, 아직 희망을 버리지는 않았다만, 워낙 가난이 내 발목을 잡고 좀처럼 놔주지를 않는구나. 요즘은 미술상들도 마찬가지로 절뚝거리는 분위기더라. 마치 une nation retirée du monde(이 세상에서 고립된 집단)처럼 자기들끼리 모여 침울해하고 있어. 이렇게 전염성이 강한 우울한 분위기 속에서 이 무관심과 무력감을 어떻게 뚫고 가야 할지 막막하다. 아예 그림이 안 팔린다고 노래를 부르고 있다니까!

하지만 그럴수록 해야 할 일은 열심히 해야지. 담담하게. 의지를 갖고. 정말 열정적으로.

너는 포르티에 씨에 대해서, 처음으로 인상파 회화 전시회를 기획한 건 이 양반인데 뒤랑-뤼엘Durand-Ruel의 그림자에 완전히 묻혔다고 했지. 그래, 포르티에 씨는 *말*에서 그치는 게 아니라 *행동*으로 보여주는 추진력을 갖춘 것 같기는 해. 다만 나이가 예순*이다 보니, 그림에 대한 관심이 높고 시장이 활황일 때처럼 생각하는 거지. 미술상들이 의기양양해서는, 똑똑한 대중들을 마치 아무것도 모르고 대수롭지 않은 자들로 취급하며 옆으로 밀쳐두었던 때처럼 말이야. 그러니 이토록 급격한 미술품 열풍과 가격 상승에 적응하지 못하고 있어.

아, 몇 년 전까지만 해도(대략 10여 년 전이라고 하자) 번창하던 미술상들이, *지금*의 시장 침

* 미술상 포르티에는 44세였다. 빈센트가 뒤랑-뤼엘과 착각한 듯하다.

체기에 이 세상에서 고립된 집단처럼 변해버렸어. 그런데 이게 아직도 밑바닥을 친 게 아니야.

소액의 자본금, 혹은 아예 무일푼으로 시작하는 개별적인 시도가 미래를 위한 씨앗이 될 수 있어. 두고보면 알 거야.

어제 렘브란트 작품의 커다란 사진 복제화를 봤다. 처음 보는 그림이었는데, 상당히 인상적이었어. 여성의 얼굴인데, 빛이 가슴—턱—아래턱—코끝으로 쏟아져 내려오더라. 이마와 눈은 그늘이 졌는데 빨간 깃털 장식의 커다란 모자 때문이야. 가슴골이 드러나는 꽉 끼는 블라우스에도 빨간색과 노란색이 쓰였고. 배경은 어두워. 묘하게 웃는 그 표정이, 렘브란트 자신의 자화상 속 웃음과 은근히 닮았더라고. 사스키아를 무릎에 앉히고 한 손에 술잔을 든 그림 말이야.*

지금 내 머릿속은 온통 렘브란트와 할스로 가득 차 있다. 이들의 그림을 하도 많이 봐서가 아니라, 여기서 이 두 화가가 살던 시절을 떠올리게 하는 사람들을 워낙 많이 봤거든.

지금도 무도회장에 종종 가서 여성, 뱃사람, 군인들의 다양한 얼굴을 관찰하지. 입장료를 20~30센트 내면 맥주 한 잔을 줘. 술 마시는 사람도 거의 없는데, 밤새도록 흥겨운 분위기야. 적어도 나는 활기찬 사람들을 관찰하며 즐겁게 저녁 시간을 보낼 수 있지.

모델을 보고 많이 그려보는 것, 그것이 내가 반드시 해야 할 일이자, 그림 실력을 확실히 키울 수 있는 유일한 방법이다.

너무 오랫동안 식욕을 강제로 억누르고 지냈던지, 네게서 돈을 받았는데 내 위장은 음식을 소화시키지 못하네. 그래도 꼭 건강을 회복할 거야. 작업할 때는 정신도 멀쩡하고 몸도 끄떡없어. 다만 야외로 나가서 그리는 일이 너무 버거울 정도로 몸이 약해졌다.

그림 그리는 일이 기력을 많이 소모하는 일이긴 하지. 그래도 여기 오기 직전에 판 더 로Van der Loo 박사에게 진찰을 받았는데, 나더러 건강한 편이라고 했어. 걸작을 남길 때까지 살지 못하면 어쩌나 걱정하고 절망할 필요가 없다는 거야. 그래서 내가 그랬지. 신경쇠약 등에 걸리고도 예순 살, 심지어 일흔 살까지 산 화가도 여럿 있으니 나도 그 정도까지 살면 좋겠다고.

그건 아마도 우리가 어떻게 마음먹느냐에 많이 좌우될 거야. 평온한 마음으로 삶의 기쁨을 추구하면 돼. 난 여기 와서 평온과 기쁨을 얻었지. 새로운 아이디어도 많아졌고, 내가 원하는 방식대로 표현하는 새로운 방법도 터득했거든. 새질이 좋은 붓이 엄청나게 도움이 되더라. 그리고 이 두 가지 색에 완전히 푹 빠졌어. 암적색carmine과 코발트색cobalt.

코발트색은 신이 내려주신 색이야. 어떤 사물을 중심으로 주변에 공간을 만들고 싶을 때 코발트색이 가장 효과적이지. 암적색은 적포도주처럼 진한 붉은색으로 포도주처럼 따뜻하고 묵직한 힘이 느껴져. 에메랄드그린도 그래. 이런 색들을 쓰지 않고 표현해보겠다는 건 어리석은 절약일 뿐이다. 카드뮴색Cadmium도 마찬가지고.

* 〈선술집의 탕아(The prodigal son in the tavern)〉. 처음 제목은 〈렘브란트와 사스키아(Rembrandt and Saskia)〉였다.

내 신체적인 체질에 관해서 들었던 기분 좋은 소식이 있었어. 예전에 암스테르담에서, 오래 못 살겠다 싶은 생각이 들 정도로 걱정되는 증상들이 나타나서 진찰을 받은 적이 있거든. 그때 별다른 말은 안 했지만, 날 전혀 모르는 의사가 나에 대해 어떤 첫인상을 가졌는지 궁금하더라고. 그래서 자잘한 증상부터 시작해서 이런저런 이야기를 하다가 자연스레 내 건강 전반에 관한 질문으로 옮겨갔어. 그때 의사가 나를 노동자로 보고 "철공소에서 일하시나 보군요" 하고 말하는데, 어찌나 기쁘던지! 정확히 내가 변하고 싶은 모습이야! 어렸을 때는 어떻게든 조금이라도 더 지적으로 보이려고 애썼는데, 지금은 선원이나 철공소 노동자처럼 보이나 보더라.

하루아침에 건장한 사람으로 변신할 수는 없는 법이지.

다만 체력을 유지하고, 더 나아가 체력을 키울 수 있도록 계속 신경 써야 해.

지금이 우리가 미래의 사업으로 키울 씨앗을 뿌릴 적기라는 내 제안을 터무니없다고 여긴다면, 당장 편지해라.

난 지금 하는 작업들을 더 잘할 수 있을 것 같아. 그저 신선한 공기와 공간이 좀 더 필요할 뿐이지. 그러니까, 형편이 좀 넉넉했으면 좋겠다는 거야. 무엇보다, 무엇보다 모델을 자주 부를 수 없는 게 가장 큰 문제야. 훨씬 더 나은 그림을 그릴 수 있는데 그럴수록 비용이 더 많이 든다. 그렇지만 더 고급스럽고 진정성이 담긴 남다른 작품을 추구해야 하는 거 아니야?

이곳에서 오가며 마주치는 여성들의 모습은 정말 인상적이야. 사귀고 싶다는 생각보다 그림으로 그려내고 싶은 마음이 훨씬 간절해. 솔직히 말하면, 둘 다 하고 싶긴 하다.

공쿠르의 책을 다시 읽었는데, 정말 괜찮은 책이야. 너도 읽게 되겠지만, 『셰리Chérie』의 서문에 공쿠르 형제가 그간 겪었던 일들이 나열돼 있는데, 이들도 말년에는 상당히 암울한 기분이었더라고. 왜 아니었겠어? 그래도 자신들이 확실히 *이뤄낸 게 있고,* 작품은 영원히 남을 테니 자신들의 일에 관한 자신감은 넘쳤지. 대단한 사람들이야! 우리가 지금보다 더 긴밀히 협조하고, 전적으로 힘을 합치면, *그들 형제처럼 되지 말라는 법도 없지!*

그건 그렇고, 연말이면 대략 나흘에서 닷새는 굶어야 할 것 같으니, 늦어도 1월 1일까지는 편지를 보내주면 정말 고맙겠다. 너는 이해하지 못할 수도 있겠지만, 이래서 그래. 돈을 받으면 나의 가장 큰 허기부터 채우는데, 그건 며칠씩 굶었더라도 음식을 먹는 게 아니라, 그림 그리는 일이거든. 그래서 즉시 모델을 찾아나서고, 돈이 떨어질 때까지 이런 생활을 반복하는 거야. 그동안 내가 붙잡고 있는 마지막 생명줄은 숙소 사람들과 함께 먹는 아침 식사와 저녁에 간이식당에서 먹는 커피 한 잔에 빵, 혹은 가방에 넣고 다니는 호밀빵이 전부다.

그림만 그릴 수 있다면야 식사는 이걸로도 충분해. 그런데 모델을 부를 수 없는 처지가 되면 온몸에 힘이 다 빠져나가는 것 같다.

난 모델로서 여기 사람들이 정말 좋다. 시골 사람들과 완전히 다르거든. 특히 저마다의 개성을 가지고 있어. 그리고 대조되는 특징, 예를 들면 서로 다른 피부색을 통해 새로운 아이디어가 떠오르기도 해. 가장 최근에 그렸던 얼굴 그림들은, 여전히 만족스럽지는 않지만, 그래도 이전에 그렸던 것들과는 확실히 다르다.

너는 '*진실됨*'의 중요성을 그 누구보다 잘 알 테니까 너한테 솔직하게 털어놓을게.

나는 시골 아낙네를 그릴 때에는 시골 아낙네의 분위기가 느껴졌으면 해. 마찬가지로 매춘부를 그릴 때에는 매춘부의 표정이 드러나게 그리고 싶다.

그래서 내가 렘브란트가 그린 매춘부의 얼굴을 보면서 충격을 받은 거야. 그 묘한 미소의 순간을 포착해서 한없이 아름다운 모습으로 표현해내다니, 마법사 중의 마법사야!

내겐 새로운 영역인데, 나도 어떻게든 그 경지에 오르고 싶다. 마네도, 쿠르베도 그 경지에 도달했지. 아아, 빌어먹을, 나도 똑같은 야망이 있다고! 졸라, 도데, 공쿠르, 발자크 같은 문학 거장들의 작품으로 여성이 가진 그 무한한 아름다움을 뼛속까지 깊이 느낀 터라서 더더욱 그래!

스티븐스의 그림도 성에 안 차. 그 여성들은 내가 개인적으로 알 수 있는 여자들이 아니거든. 그리고 그 역시 그녀들에게 대단한 흥미를 느낀 것 같지 않고. 어쨌든, 나는 무슨 일이 있어도 à tout prix(기필코) 실력을 키우고 싶어. 나다운 그림을 그리고 싶다고. 내가 고집스럽게 느껴지겠지만, 더 이상 사람들이 나와 내 그림에 대해 하는 말들에 신경쓰지 않아.

여기서는 누드모델을 구하기가 힘들어. 적어도 내 모델을 서준 아가씨는 원치 않더라.

물론 '원치 않는다'가 상대적일 수도 있겠지만, 아무튼 쉬운 문제는 아니다. 그래도 모델로는 아주 괜찮은 아가씨야. 사업적인 관점으로 봤을 때 이렇게밖에 말할 수가 없다. 우리는 이미 *la fin d'un siecle(한 세기의 끝자락)*의 시대를 살고 있고, 여성들은 혁명기의 매력을 지니고 있어. 또 그만큼 할 말도 많고. 그러니 그녀들을 그리지 않는다면 이 세상에서 점점 멀어지는 거야.

시골이 됐건, 도시가 됐건, 사정은 어디나 똑같아. 시대에 맞춰 살아가려면 여성들을 고려하면서 살아야 해.

잘 지내고, 새해 복 많이 받아라. 마음의 악수 청한다.

너를 사랑하는 형, 빈센트

443네 ＿＿ 1886년 1월 2일(토) 추정

테오에게

이미 늦었지만, 150프랑이 든 편지를 잘 받았다는 인사가 더 늦어지면 안 되겠기에 펜을 들었다.

우선 얼마 전에 네가 물어봤던, 성 안드레 성당에 걸려 있는 프랑크인지, 프랑컨Frans Francken II인지 하는 이의 그림부터 대답해줄게. 오늘 보고 왔는데, 아주 괜찮더라. 특히 감수성이 남달랐는데, 플랑드르 고유의 감성도 아니고, 루벤스풍도 아니야. 오히려 무리요Bartholomé

Esteban Murillo가 떠올랐어. 색감은 따뜻하고 붉은 계열의 색조가 들어간 게 요르단스의 색감 같기도 하고.

피부 위에 진 그림자가 꽤나 강렬한 건, 루벤스의 그림에서는 볼 수 없고 요르단스의 그림에서 종종 보이지. 그래서 그림이 더 신비로운 분위기를 풍기는 걸 수도 있고.

어떤 기법으로 그렸는지 확인할 수 있을 정도로 가까이 다가가서 보진 못했어. 그랬으면 좋았을 텐데. 예수의 머리를 표현한 구도가 관습을 따르지 않은 게 여타 플랑드르 화가들의 그림과는 달랐어.

그런데 나도 이 정도는 그릴 수 있을 것 같다는 생각이 들더라. 새로울 것도 별로 없더라고. 지금 내 실력이 못마땅하기도 하고 더 열심히 해서 완벽해지려 애쓰고 있으니 여기까지만 할게. 다른 그림으로 넘어가면, 성당에서 가장 인상 깊었던 그림은 〈십자가에서 내려짐〉이었다. 높은 곳에 걸려 있었는데 정말 아름다워 보였어. 창백한 그 시신에 수많은 감정이 묻어나더라. 굳이 몇 마디 덧붙이자면 그렇다는 거야.

가장 압권은 스테인드글라스였어. 아주 아주 신기하더라고. 모래사장, 청록색의 바다와 바위 위에 서 있는 성, 파란색과 초록색과 흰색이 어우러지면서 가장 강렬하고 그윽한 색조가 환상적인 분위기를 연출하는 반짝이는 파란 하늘까지.

하늘 아래 펼쳐진 울긋불긋 환상적인 거대한 세 돛 범선의 모습. 어디를 봐도 대조 효과가 두드러져. 어둠 속의 빛, 빛 속의 어둠. 파란색을 배경으로 성모 마리아로 보이는 인물이 강렬한 노란색과 주황색과 하얀색으로 조화를 이루고 있어. 스테인드글라스 위쪽은 진한 초록색과 검은색, 강렬한 빨간색으로 처리됐고.

아무튼 너도 기억나니? 정말 아름답더라. 레이스 마음에 꼭 들었을 거야. 제임스 티소나(그의 초기작을 생각하면) 테이스 마리스도 마찬가지고.

현대 미술관에 소장된 페르하스Jan Verhas와 파라신Edgard Farasyn 등의 그림도 좀 봤어. 페르하스는 해변에서 당나귀를 탄 여인들과 소년 어부들을 그렸고, 파라신의 그림은 안트베르펜의 옛 어시장을 그린 대형화야. 그리고 에밀 바우터르스의 그림도 봤는데 〈카이로의 시장〉이었을 거야. 페르하스는 인물을 잘 그려. 아주 잘 그린 그림이야. 색감도 과감하고 여러 계열의 색조가 섬세하고 아기자기하게 잘 조화를 이루고 있어. 특히, 주황색 옷차림의 인물이 밝은 파란색, 밝은 초록색, 흰색과 절묘하게 대비를 이루고 있어.

나는 여전히 내 자화상을 그리고 있어. 이제 2점을 마무리했는데 상당히 '닮았다'(옆모습과 대각선 방향). 이 작업만 하는 건 아니고, 또 이게 뭐 핵심적인 작업도 아니야. 그렇더라도 계속 추구할 가치는 있어. 덕분에 데생 실력이 더 완벽해질 수도 있거든. 게다가 초상화 그리는 게 점점 더 좋아진다. 아주 유명한 루벤스의 그림을 예로 들어보자. 〈앵무새와 여자아이〉와 〈밀짚 위의 예수〉 같은 그림들. 그런데 나는 이것들을 지나쳐서 한 남자의 초상화를 감상할 거야. 아주 자신감 넘치는 손으로 과감하게 그린 그림이야(아직 군데군데 손 볼 부분은 남아 있지만). 렘브란트의 〈사스키아〉 근처에 걸려 있지.*

가로 길이보다 세로 길이가 더 긴 판 다이크의 대형화 〈십자가에서 내려짐〉 속에도 초상화가 있어. 진정한 초상화라고 할 수 있는데, 하나님 감사하게도 얼굴만 있는 게 아니라 머리부터 발끝까지 나온 전신 초상화야. 노란색과 자주색의 색조가 훌륭하고, 목을 앞으로 숙인 자세로 울고 있는 여성의 경우 옷 속에 가린 상체와 나리의 윤곽이 고스란히 느껴진다. 예술은 단순할 때 그 진가가 드러나는 법이지.

앵그르나 다비드의 초상화를 봐. 두 사람 모두 화가로서 봤을 때, 항상 아름다운 그림만 그린 건 아니었어. 그런데 어떤 특징을 살려내기 위해 현학적인 태도를 버리고 진실된 모습을 보이려 하는 자세가 상당히 흥미로웠어. 현대 미술관에 걸린 그 두 초상화가 딱 이런 경우야. 아! 정말이지 나도, 딱 내가 그리고 싶은 모델을 눈앞에 두고 그릴 수 있으면 좋겠다!

자, 너도 돈 계산을 좋아한다는 원칙에서 얘기해보자(나로서는 반대할 이유도 없고, 오히려 잘됐다고 생각하니까). 올해 초 네가 펼쳤던 주장에 여전히 만족하냐? "저도 갚아야 할 돈이 너무 많으니, 형님도 월말까지 아껴쓰셔야 합니다"라고 했었지.

일단 내 생각을 듣고서, 이게 옳은지 그른지, 적어도 내 주장이 타당하다고 생각하는지를 판단해주면 좋겠다. 내가 네 채권자들보다 못한 사람이냐? 만약 누군가를 *기다리게 할 수밖에* 없다면, *그들이냐, 나냐*???

물론 채권자는 *네 친구*가 아니지. 그런데 나는, 넌 그런 *확신이* 없을 수도 있겠지만, 나는 네 친구야. 매일같이 나를 짓누르는 작업에 관한 고민이 얼마나 무거운지 아니? 모델을 구하는 일이 얼마나 힘든지, 화구들이 얼마나 비싼지 등등을 생각해봤냐고? 가끔은 말 그대로 버티는 것조차 불가능하다는 게 상상이 가니? 그런데도 나는 *그림을 그려야 한다*. 나한테는 여기서 계속 그림을 그리는 일에 모든 게 달렸으니까. 그것도 *지금 당장, 지체 없이*.

너무 지체하다간 얼마 버티지 못하고 쓰러져서 다시는 재기하지 못할 수도 있어. 모든 상황이 최악이다. 여기서 벗어나는 유일한 길은 계속해서 활기차게 그림을 그리는 길뿐이야. 물감 대금 청구서가 납덩어리처럼 무겁게 나를 짓누르지만, 그래도 *난 계속 앞으로 나아가야 해*!!!

나 역시 사람들을 기다리게 하고, 인정사정 봐주지 않는 때가 있어. 다들 *받을 돈은 받겠지만* 어쩔 수 없이 기다려야 하는 거야. 그때 내가 그들에게 하는 말이 있어. 외상을 덜 준 사람일수록, 더 오래 기다려야 할 거라고.

이 상황을 타개할 유일한 방법은, 아주 좋은 작품, 아주 비범한 그림을 그리는 수밖에 없어. 최고의 작품을 만들기 위해서는 그만큼 많은 돈이 들어가고, 많은 고생을 해야 하고, 많은 노동

* 루벤스의 〈Jan Gaspar Gevartius〉을 말하는 듯하다.

을 쏟아야 해. 하지만 그 어느 때와 비교하더라도 지금은 이것이 유일한 길이야.

내가 한 말은 단순하고 명쾌하잖아. 초상화와 관련된 일감이라도 얻으려면 여기 화실에 얼굴 그림들을 *많이* 준비해둬야 한다는 내 말이 도대체 이해가 가는 거냐, 안 가는 거냐? 이렇게만 한다면, 비록 목적지에 도달하는 게 결코 쉽진 않아도, 결국엔 확실히 성취해낼 수 있다고.

지금 우리가 멍청하고 바보 같은 사람들처럼 말해야 할까? "우린 못 해. 돈이 없으니까 아무것도 못 한다고." 내 대답은 이거야. *절대 아니지!* 우리는 이렇게 말해야 해(제발 너도 함께 한목소리로 외치자). 우리는 필요하다면 이 가난과 결핍을 견디겠다고. 그래서 *마을이 포위 당했어도* 굴복하지 않고 버텨내는 자들처럼 스스로 *시시한 사람들이 아님*을 증명해내겠다고.

우리는 용자(勇者)일 수도 있고, 겁쟁이일 수도 있어. 그런데 대중의 관심을 끌어당겨야만 해. 내 말은, 여성들이 자신들의 초상화를 갖고 싶게 만들어야 한다는 거야. 난 실제로 자신의 초상화를 갖고 싶어 하는 여자가 있다고 생각하거든.

오늘 사진관에서 일하는 직원에게 혹시 초상화 제작 주문을 받아줄 수 있느냐고 물어봤어. 그랬더니 자신의 소개로 초상화를 그리러 오는 여성 한 명당 수수료를 달라고 하더라. 일단 수수료를 장담할 수는 없다는 의미로 더 이상 진척시키지는 않았어. 내가 상대하는 자가 어떤 사람인지 좀 알고 싶어서 말이야. 하지만 조만간 다시 만날 거야. 그래서 그와 직접 일하면 되는지, 아니면 그의 사장에게 물어봐야 하는지 알아봐야 해. 너도 알다시피, 직원과 거래하는 게 더 나을 때도 있거든. 뭐, 상황에 따라 다르겠지만. 어쨌든 그 직원에게는 이렇게 말해줬어. 내가 아직 당신을 잘 모르기 때문에 과연 내 부탁대로 사람을 구해줄 수 있는지부터 알고 싶다고. 나로서도 모험인 게, 일단 초상화를 그리려면 비용이 들어가잖아.

아무튼 상황을 좀 두고볼 생각이야. 제일 시급한 문제는 보여줄 만한 그럴듯한 얼굴 그림들을 그리는 일이다. 여성들과의 관계도 좀 넓히도록 애써야 해. 그런데 이게, 주머니 사정이 나쁜 사람에게는 여간 힘든 일이 아니더라. 이 일에 즐기며 놀고 싶은 마음은 전혀 없다.

하지만 나는 이런 난관 앞에서 뒤로 물러서지 않을 거다. 다만 내가 언제나 푸대접을 받고 사는 걸 네가 너무나 당연하게 여기는 것 같다는 생각이 들더라. 수년간 내가 정당한 대우를 받지 못하고 살아왔다는 것도 의도적으로 잊고 사는 게 아닌가 싶기도 하고.

사업 영역을 확장하고 싶다는 내 의지는 나한테만 좋은 게 아니라 네게도 득이 되는 거야. 돈벌이를 할 수 있는 유일한 방법이기 때문이야.

그리고 한 가지 더. 네가 그랬잖아. 이론적으로 봤을 때, 사람들을 만나 이런저런 이야기를 해야 하는 자리에서는 겉모습에 신경도 쓰고 잘 차려입을 필요가 있다고 말이야. 그래, 그런 문제에 예민하지 않았던 내가, 이제 좀 신경을 써야 할 때가 왔어. 그럴 필요가 있잖아. 안 그래? 그 문제가 성패를 가를 수도 있는 거 아니었어?

정면으로 뚫고 나가야 할 순간이 와서 하는 말인데, 네가 보내주는 생활비로는 제대로 차려

입고 다니기가 힘들다.

너도 절약하며 사니까, *꼭 필요한 것들*이 뭔지는 잘 알 거야. 그래서 부탁하는 건데, 화구들 구입비와 모델료와 월세까지 다 낸 다음에 남는 돈으로 꼭 필요한 것들을 좀 사도 되겠니? 주변에 친구라도 있거나 내가 조금이나마 이름이 알려진 사람이었다면 지금보다는 쉬웠겠지. 하지만 나는 친구도 없고, 여전히 이름을 알려야 할 처지다.

공쿠르의 책 제2권을 보내줘서 얼마나 고마운지도 꼭 말해야겠다. 그 시절을 들여다보는 일은 정말 즐거워. *정말 배울 게 많거든*. 책에 나온 표현을 쓰자면, 우리가 살아가고 있는 *notre fin du siècle*(*우리의 세기말*)에 대해서 말이야.

안트베르펜으로 오길 정말 잘했어. 한동안 세상과 거리를 두고 살아온 내 눈에, 이곳에서 보는 것들이 얼마나 놀라운지 모르겠다!

도시를 다시 보니 정말 반가워. 내가 농부들과 전원생활을 좋아하는 것만큼이나 말이야. 극과 극을 오가는 과정에서 새로운 아이디어가 떠오른다. *고요한 전원생활과 이곳 도시의 부산함*이 어찌나 대비되던지! 내게는 절대적으로 필요했던 일이야.

아! 그토록 매정하고 인간미 없이 대하면서 나와 거리를 두지 않았더라면, 너도 대단히 만족스럽고, 우리는 더 가까운 사이가 되었을 텐데! (이번 여름 일을 떠올려봐라. 그 이전의 여름도 그렇고!) 너도 이제는 네 방식이 잘못됐다는 걸 깨달았을 거야.

언제나 추방된 사람처럼 떠도는 기분, 언제나 모질거나 어중간한 대우만 받는 기분! 하지만 괜찮아. 가족과 남보다 못한 사이가 된 탓이고, 네덜란드를 등지고 떠났기 때문이니까. 가끔은 *안도감이 들기도 한다*.

정말로 그렇게 느껴. 그렇지만 가족과 나라에 깊은 애착을 두고 있었기에, 처음에는 미친 듯이 화가 났었다. 하지만 내막을 다 알고 난 지금은 일말의 미련도 남지 않더라. 나는 자신감도 되찾았고 평정심도 되찾았어. 형편없는 '들라로슈' 같은 그들만의 비밀 따위는 알고 싶지도 않아. 역겨울 따름이니까.

너는 계속해서 양쪽의 비위를 맞춰주고 있지. 그래서 내가 늘 조언했었다. 어떤 식으로든 네 성격의 최종적인 방향을 확실히 정해야 한다고. 그렇게 내면의 갈등을 겪고, 지금의 네 자리를 지키기 위해 벌여온 그 어떤 싸움보다 더 치열하게 싸워야 할 거라고.

내가 식구들을 가혹하게 대한다고 생각한다는 거, 나도 잘 안다. 그런데 나는 생전에 *아버지도* 당신 자신이 실수를 했고 잘못 판단했었다는 걸 *어렴풋이 알고 계셨을* 거라 생각해. 그런데도 아버지는 이어붙일 수 없는 걸 어떻게든 이어보려 하셨지……. 아버지는 보기와는 달리 그렇게 성격이 강한 분이 아니셨어. 돌이켜보면, 어렸을 때, 그리고 그 이후에 봤던 아버지는 내가 막연히 생각했던 것만큼 강한 분은 아니셨어. 아, 그랬지…….

타사에르Nicolas François Octave Tassaert의 전시회 이야기를 해보자. 아마 가장 크게 오해받은 사람을 꼽으라면, 당연히 타사에르야. 이 기회에 한 가지 더 말하자면(화가에 대한 내 의견을 갖자고 전시회를 기다리는 건 아니야), 조만간 *샤플렝*Charles Chaplin의 진가도 인정받을 날이 올 거야. 타사에르는 색을 조화롭게 잘 썼어. 거의 한 가지 색조로 그려진 그의 작품은 형체, 여성적 형체의 섬세한 감각, 표현 속에 나타나는 열정 덕분에 아름다워 보이지. 타사에르는 그뢰즈Jean Baptiste Greuze나 프뤼동Pierre Paul Prud'hon 등과 궤를 같이하는 화가야. 물론 그의 감성이 훨씬 더 뛰어나고 현대적이며 그뢰즈보다는 성실했지. 샤플렝은 그보다도 한 수 위의 색채화가였고.

그림 실력만큼이나 열정이 넘쳤던 타사에르가 색이 가진 일종의 빛이나 생명력을 더 깊이 파고들지 않았던 건 참 아쉬워. 그래도 그다지 *화가답지 못한 화가*였던 쉐페르나 들라로슈, 뒤뷔프Edouard Dubufe, 제롬에 비하면 실력이 월등한 화가였지. 제롬 같은 화가가 〈죄수〉, 〈러시아 수용소〉, 〈시리아 목동〉 등 너무 차갑고 경직된 그림을 선보인 건 정말 아쉬워. 이자베Louis Gabriel Eugène Isabey나 지엠 역시 훗날 진가를 인정받을 작가들이야. 두 사람은 *화가다운 화가*거든. 어쨌든 그림에서 중요한 건 그거니까.

이쯤 해야겠다. 그림에서의 배색은, 삶에서의 열정과 같아. 그러니, 그 열정을 계속 유지해가는 건 결코 만만한 일이 아니야.

모델 문제 때문에 아무래도 이번 달에 미술학교의 페를라트 교장 선생님을 찾아가볼까 해. 가서 학칙이 어떻게 되는지, 학교에서는 누드모델을 그려볼 수 있는지 등을 물어봐야지. 내가 그린 인물 그림하고 데생 등을 가져갈 생각이야.

어떻게든 누드에 대한 개념을 파악했으면 좋겠어. 랑보Jef Lambeaux가 만든 커다란 청동상을 봤어. 두 사람의 형상으로, 남자가 여자를 끌어안는 동작인데 *근사하더라*. 폴 뒤부아풍 같기도 하고, 아무튼 일류 조각가의 작품 같았어. 미술관이 구입한 작품이라더라.

가끔은 조각가들이 부럽기도 해. 그런데 뭐는 안 부럽겠냐. 작업을 더 많이 하려면 더 많이 벌어야 하는 건 다 마찬가지겠지.

또한, 인물화 공부를 더 해보고 싶기 때문에, 만에 하나 여기서 실패하더라도, 네덜란드로 돌아가는 대신, *더 먼 곳*으로 갈 생각이야. 여기서 바로 파리로 건너갈 수도 있다는 말이야.

나를 보면서 참 말도 안 되는 성격을 가졌다고 생각할 수도 있을 거야. 그거야 전적으로 *네 자유야*. 그러니까, *내가 신경 쓸 문제도 아니고, 신경도 안 쓸 거다*. 네가 나보다 더 나은 의견을 가질 때도 있지. 하지만 네가 판에 박힌 직장 생활을 하다 보니, 나에 관해서 가졌던 나쁜 편견으로 자꾸 되돌아가는 것 같더구나. 내가 도달하고자 하는 목표는 워낙 분명하니 결국, 너도 인정하게 될 거야. 일단 결론 비슷하게 마무리하면, 이르면 이를수록 좋다는 거지.

안부 전한다. 마음의 악수와 함께.

너를 사랑하는 형, 빈센트

월말에, 워낙 급해서 조심스럽게 부탁하는 건데, 너의 채권자에게 50프랑을 좀 나중에 주겠다고 말해주면 좋겠다(그들은 견딜 수 있을 테니, 걱정하지 말아라). 제발 나에게는 기다리라고 말하지 말아다오. *그렇게 해주더라도* 내 상황이 여유로워지는 건 전혀 아니니 말이다.

444네 ____ 1886년 1월 12일(화)에서 16일(토) 사이

테오에게

지난 일요일에 처음으로 루벤스의 대형 작품 2점을 감상했어. 안 그래도 미술관에 전시된 루벤스의 그림을 여러 번에 걸쳐 마음껏 보고 온 터라 이 두 그림, 〈십자가에 매달리신 예수〉와 〈십자가에서 내려오신 예수〉에 더 관심이 갔어. 〈십자가에 매달리신 예수〉는 마주 대하는 순간부터 특이점이 느껴지더라. 여성 인물이 세 폭 제단화의 양 측면에만 그려져 있다는 사실이야. 그렇다고 해서 최고의 그림이라는 생각은 안 들었어. 반면 〈십자가에서 내려오신 예수〉는 아주 마음에 들었는데, 그게 렘브란트의 그윽한 감성이나 들라크루아의 회화, 밀레의 데생과 닮은꼴이어서가 아니었어.

루벤스만큼 인간의 슬픔을 감동적으로 표현하는 작가는 없을 거야.

더 자세히 설명하자면, 이런 거야. 루벤스가 그린 울고 있는 막달라 마리아나 성모 마리아를 보고 있으면, 하감(下疳)에 걸렸거나 인간사의 소소한 불행을 겪어서 눈물을 흘리는 귀여운 아가씨가 떠오른다.

그림 그 자체로 웅장한 느낌이 고스란히 전해지고, 굳이 다른 감정을 찾을 일이 없는 거야.

루벤스는 평범하게 아름다운 여성을 누구보다 잘 그리는 화가야. 그런데 그 표현 기법이 딱히 극적인 효과를 동원하지는 않아.

라 카즈가 소장하고 있는 렘브란트의 얼굴 그림이나 〈유대인 신부〉에 나오는 남성과 비교해보면 무슨 말인지 이해할 거야. 〈십자가에 매달리신 예수〉에서 근육질의 사내 여덟 명 정도가 힘겨루기를 하듯이 무거운 나무 십자가를 옮기는 장면은, 인간의 열정과 감정에 관한 현대식 분석이라는 관점에서 보면 도저히 이해할 수 없는 장면이지. 루벤스는 표정, 특히, 남성들의 표정을(내가 말했던 진정한 의미의 초상화를 제외하고는 항상) 피상적이고 빈약하면서도 과장된 방식, 요컨대 줄리오 로마노Giulio Romano처럼 관습적인 방식으로 그리거나, 그보다 더 심한 평을 하자면, 데카당스를 대표하는 화가들처럼 그렸어.

그런데도 내가 루벤스의 그림에 열광하는 건, 그가 환희, 평정심, 고통이라는 감정을 제대로 표현하기 위해 애썼던 화가이기 때문이야. 간혹 빈약해 보이는 인물도 있기는 하지만, 색의 조합을 통해 그럴듯하고 사실적으로 그려내는 작가야.

〈십자가에 매달리신 예수〉를 보면, 강렬한 빛을 비춘 그 창백한 몸이, 어둠 속에 잠긴 나머지

부분들과 아주 극적인 대조를 이루고 있어.

마찬가지로(비록 내 생각에는 훨씬 더 아름다운 그림인데) 〈십자가에서 내려오신 예수〉도 금발의 머리카락과 창백한 얼굴과 여인들의 목덜미 등 밝은 부분이 반복되지만, 어둡게 처리된 주변은 짙은 색과 빨간색, 진한 녹색, 검은색, 회색, 자주색 등의 각기 다른 덩어리로 나뉜 인물들이 색조로 하나가 된 것 같은 분위기를 연출하고 있어서 매력적이야.

들라크루아는 대중에게 색의 조화에 관한 믿음을 다시 불러일으키려 노력했다. 그런데 사람이 지엽적으로 *정확한 색*을 '아름다운 색'으로 생각하는 걸 보면 다 허사가 아니었나 싶어. 그렇게 편협한 의미에서의 정확성은 렘브란트도, 밀레도, 들라크루아도, 그게 누구든, 마네, 쿠르베조차 추구했던 목표가 아니야. 루벤스나 베로네제도 마찬가지였고.

여러 성당을 돌아다니며 루벤스의 그림을 몇 점 더 봤어.

루벤스의 그림을 연구하는 건 아주 흥미롭다. 기법이 무척이나 단순하거든. 그러니까, 단순하게 보인다는 말이야. 별다른 특별한 도구도 없이 그냥 그리는데, 손길이 상당히 민첩하고 망설임이 없어. 그런데 초상화와 여성의 얼굴 그림, 인물화 등이 그의 강점이야. 아주 깊이가 있고 친밀하게 느껴지지. 또한 기법이 단순한 덕에 그의 그림은 아주 생생한 느낌을 전해줘.

또 무슨 말을 더해야 하나? 요즘 들어 지금까지 내가 그린 인물 습작들을 차분하고 침착하게, 서두르지 않고, 신경질 내지 않고 처음부터 다시 시작해보고 싶은 마음이 든다. 누드와 인간의 신체 구조에 대한 기초지식도 좀 늘리고 싶어. 얼굴 그림에 도움이 되도록 말이야.

페를라트 선생 화실이나 다른 화실 등에서 얼마간 더 작업할 수 있으면 좋겠고 나 자신을 위해서라도 최대한 모델을 세우고 그릴 기회가 많았으면 해.

일단 페를라트 선생 교실에 내가 그린 유화 5점을 갖다놨어. 인물화 2점, 풍경화 2점에 정물화 1점이야. 방금도 들렀다 왔는데 번번이 선생은 자리에 없더라고.

그래도 반응이 어땠는지 조만간 너한테 알려줄 수 있을 거야. 그리고 학교에서 온종일 모델을 보고 그림을 그릴 수 있게 되면 좋겠어. 그렇게만 되면 일이 훨씬 수월해질 거야. 여기서는 모델료가 내가 감당하기 힘들 정도로 비싼 편이거든.

그래서 이 부분에서 도움받을 방법을 찾아봐야 해. 어쨌든 나는 시골로 돌아가기보다, 여기, 안트베르펜에 조금 더 머물 생각이야. 그게 여러모로 더 나은 것 같아. 여기 있으면 이래저래 도움이 될 사람들을 만날 기회가 훨씬 많거든. 과감한 시도를 할 수도 있을 것 같고, 뭔가는 할 수 있겠다는 느낌도 들고. 사실 지금까지 너무 오랫동안 질질 끌어오기만 했잖아.

내가 너에 관해 무언가를 지적하면 넌 기분 나빠 하거나, 아니면 다른 사람들처럼 아예 무시해버리겠지. 하지만 네가 너무 소극적이었다는 사실, 내가 주변 사람들에게 조금이나마 신임을 얻을 수 있도록 적극적으로 나서주지 않았었다는 사실을 너 스스로 인정해야 할 시간이 올 거다. 하지만 괜찮다. 우리는 과거가 아니라, 미래를 마주 봐야 하잖아. 그렇긴 해도, 지난일을 다시 한 번 언급하자면, 예전에 우리가 서로를 더 따뜻하게 대하고 서로를 보듬어줬었다면, 비록 네가 구필 화랑에 있었다고 해도 우리에게 무언가를 해볼 기회가 저절로 굴러들어왔을 거라는 사실, 분명, 시간이 지나면 너도 깨닫게 될 거다.

그런데 너는 이렇게 말했었지. 고맙다는 말 대신에 돌아오는 건 골치 아픈 일들 뿐이었다고. 잘 생각해봐라. 여기서 심각한 오해가 발생한다는 사실 말이야. 아버지도 당신이 만드신 오해 때문에 마음고생만 하셨어. 그렇다고 해도 나는 낙심하지 않는다. 그건 믿어도 좋다. 지금, 이 순간에도, 아직 해야 할 일이 많거든.

며칠 전에 처음으로 졸라의 신간 『작품』을 일부분 읽었어. 너도 알다시피 「질 블라스」에 연재되던 소설이지. 이 소설이 예술가의 세계를 어느 정도 잘 파악하고 있다면 아마 좋은 반응을 얻을 것 같아. 내가 읽은 부분은 아주 정확했거든.

네 말대로 엄밀히 따져보자면, 실물만 보고 그림을 그린다고 해도 다른 능력이 필요하다는 사실은 나도 인정해. 구상하는 능력, 인체에 대한 지식 등등. 그런데, 그러니까 결국엔, 내가 그동안 헛되이 시간을 보낸 건 아니었던 거야. 내 안에서 어떤 힘이 느껴지는데, 그 이유는 어디를 가더라도, 언제나 달성할 목표가 있기 때문이야. 내가 보는 대로, 내가 아는 대로, 사람들의 모습을 그림으로 담아내는 일.

그나저나 인상주의도(이 표현을 굳이 쓰자면) 거의 사라져간다는 이야기가 들리던데, 나는 특히, 인물화 분야에서는 항상 새로운 화가들이 나타날 거라 생각해왔어. 그래서 지금같이 어려운 시기에는 미래를 위해서라도 더욱 고차원적인 예술을 깊이 있게 파고드는 게 바람직하다는 생각이 점점 확신처럼 들어.

예술에도 상대적으로 고차원적인 부분이 있고 저급한 부분도 있잖아. *인간*이야말로 그 어떤 대상과 비교해도 가장 흥미로운 대상이야. 그런데 그만큼 그림으로 담아내는 게 어려워.

여기서 최대한 인맥을 쌓을 거야. 페를라트 선생 밑에 들어가면 안트베르펜 사정이 어떤지, 무얼 할 수 있는지, 어떻게 해야 그 안에 한자리를 마련할지 등의 정보를 얻을 수 있겠다 싶거든.

그래서 우선은 내가 이것저것 알아보고 다닐 테니, 절대로 낙담하지 말아라, 약해지지도 말고. 나더러 시골로 다시 돌아가서 한 달에 50프랑이라도 더 아끼라고는 쉽게 말할 수 없을 거다. 앞으로 다가올 시간은 내가 여기 안트베르펜이나 나중에 파리 같은 도시에서 쌓아나갈 인맥에 달려 있기 때문이야.

앞으로 업계에 얼마나 많은 변화의 바람이 불지, 네게 구체적으로 설명할 수 있으면 정말 좋겠다. 이런 변화의 바람 속에서 독창적인 특징을 가진 작품들을 보여줄 수 있으면 새로운 기회를 그만큼 더 많이 얻을 수 있을 거야.

그런데 지금 이 시대에는 값어치 있는 작품으로 여겨지려면 반드시 *독창성*이 살아 있어야 해. 내가 너한테 이런저런 걸 힘차게 해봐야 한다고 말하는 건 잘못도 아니고, 더욱이 범죄도 아니야. 자본금이 없다면 더더욱 새로운 사람들을 만나서 인맥을 쌓아야 해. 한푼이라도 더 벌고, 한 명이라도 더 친구로 만들어야 해. 둘 다 한다면 금상첨화겠지. 이런 식으로 목표지점을 향해 나아갈 수 있어. 그런데 최근 들어 상황이 너무 힘들다.

특히 이번 달 같은 경우, 적어도 50프랑 정도는 꼭 더 보내줘야 한다.

자꾸 몸이 말라가는 데다 옷도 다 해졌어. 이런 상황이 결코 유리하지 않는다는 건 네가 더 잘 알 거야. 그래도 우리는 어떻게든 잘 헤쳐나갈 수 있을 거라는 믿음은 여전하다.

내가 병에라도 걸리면 우리 일이 더 힘들어질 거라고 말한 게 너였어. 물론, 그럴 일은 없어야겠지만, 병에 안 걸리기 위해서라도 내 생활이 조금이나마 편해졌으면 한다.

사는 게 걱정인 상황이 도대체 어떤 건지 상상도 못 하는 사람들, '다 잘되겠지' 늘 염려하는 사람들이 얼마나 많은지 모르겠구나! 마치 이 세상에 굶는 사람도 없고, 죽는 사람도 없는 것처럼 말이야! 너 스스로가 계산에 밝은 사람처럼 행동하면서 나를 정반대의 사람으로 여긴다는 것에 점점 동의하기가 어렵다. 사람은 모두가 다 똑같지 않아. 특히 계산에 관한 문제에서, 계산이 맞았는지 제대로 확인하려면 *시간*이 걸리니까 기다려야 한다는 걸 이해하지 못하는 사람은, 그는 *전혀 계산에 밝은 게 아니야*. 돈 문제를 보다 넓게 바라보는 시각, 이게 바로 현대 자본가들이 가진 남다른 특징이야. 말하자면, 착취하는 대신, 상대에게 행동의 자유를 주는 거지.

테오야, 너도 생활이 녹록치 않다는 건 잘 안다. 그래도 지난 10~12년간 내내 힘겨웠던 나보다는 낫잖아. 내가 '그 세월 고생했으면 할 만큼 했다'고 말한다면, 내 말이 옳다고 인정해줄 순 없는 거냐? 그 시간을 거치면서 예전에는 몰랐던 걸 많이 배웠어. 그러니 이제 기회도 새로워진 거야. 그래서 전처럼 푸대접을 받는 상황은 참지 않을 거다. 혹시라도 내가 한동안 대도시에서 지내겠다고 하면, 파리 같은 곳에 화실을 얻어 지내겠다고 하면, 너는 반대할 생각이야?

내가 뭘 하겠다고 하면 믿고 맡겨주면 좋겠다. 이렇게 부탁한다. 난 너와 싸우기 싫고, 싸우지 않을 거다. 하지만 내 갈 길을 가로막는다면 참지 않겠어. 모델료와 물감값을 충분히 들고 가는 게 아니라면, 내가 시골에 가서 뭘 할 수 있겠어? 거기서는 아무런 기회도 없어. 그림을 그려서 돈을 벌 기회라고는 전혀, 아무런 기회도 없다고. 그런 기회는 도시에 있지. 그래서 여기 도시에서 친구를 사귀고 인맥을 쌓기 전까지는 안심할 수 없어. 지금은 그게 가장 필요한 일이야. 어쩌면 이로 인해 당분간은 힘들 수 있지만, 그게 유일한 길이야. 여기서 다시 시골로 돌아가면 그건 아무런 발전 없는 정체된 삶을 살겠다는 뜻이야.

마지막으로 안부 전한다. 공쿠르의 책은 정말 좋은 책이야.

너를 사랑하는 형, 빈센트

445네 ___ 1886년 1월 19일(화) 혹은 20일(수)

테오에게

페를라트 선생이 드디어 내가 가져다 놓은 작품을 봤다는 소식을 전하려 편지했어. 내가 그린 풍경화 2점과 정물화를 보더니 이렇게 말하더라. "난 딱히 관심은 없네." 그래서 얼굴 그림 2점을 보여줬더니 이러더라. "이거는 좀 다르지. 인물화에 관한 문제라면 언제든 찾아오게." 그래서 내일부터 미술학교 채색반에서 그림을 그리게 됐어.

또 핑크라는 선생(레이스의 제자인데 중세를 배경으로 한 레이스풍의 그림을 본 적 있어)과도 이야기가 잘돼서, 야간에 고대를 주제로 한 석고상을 보고 데생 공부를 할 수 있을 것 같아.

두 수업 모두 내게 나쁠 게 없다. 채색이든 데생이든 큰돈 들이지 않더라도 뭐라도 배울 수 있으니 유용하지. 그리고 어쨌든 인맥 쌓는 기회도 되잖아. 지나는 길에 보니 나와 비슷한 연배의 학생들이 그림을 그리고 있더라.

페를라트 선생이나 핑크 선생하고 가까워지면 분명, 모델도 소개받을 수 있을 거야.

어쨌든 실용적인 측면도 생각해야 하니까.

두 사람의 초상화를 그리러 가야 하는데, 어떤 결과물이 나올지는 모르겠다.

하나는, 검은 눈에 검은 머리를 가진 예쁘장한 아가씨 두 사람의 초상화인데, 자매 같기도 하고, 아무튼 누군가의 정부가 아닐까 싶어.

다른 하나는 결혼한 어느 부인의 초상화야. 그런데 다시 말하지만, 아직 결정된 건 아니라서, 성사되지 않을 수도 있어.

하지만 나는, 공짜로라도 초상화를 그려줄 용의가 있다. 연습을 위해서 말이지.

그런데 한번 생각해봐라. 여기저기 남의 집에 가서 그림을 그려야 할 상황인데, 옷은 좀 그럴듯하게 차려입어야 하지 않을까 싶다. 지금 옷이 벌써 2년째 입고 다녀서 많이 해졌는데 최근에 찢어지기까지 해서 더 형편없어졌어. 양복 한 벌에 40프랑 정도면 충분할 것 같다.

페를라트 선생이 이것저것 준비하라고 한다면 그것도 챙겨야 해. 그러니 내가 부탁한 대로 딱 50프랑만 더 보내주면 좋겠다. 월말도 버티고 당장 새 바지에 새 웃옷을 살 수 있도록 말이야. 외투는 나음 달에 사고.

여기 날씨가 몹시 추운데 건강이 별로 좋지 않다. 그래도 그림만 잘된다면, 이런 게 대수냐.

저녁 데생 수업을 시작한 지 이틀 됐는데, 뭐, 농부들의 인물화를 그리려면 고대 석고상을 보고 그리는 게 도움이 되기는 할 거야. 다만, 정말이지, 습관처럼 따라 그리는 방식이어서는 안 된다는 게 내 생각이야. 내가 수업 시간에 본 데생들은 영 형편없었어. 하나같이 잘못된 데생이더라. 내 데생은 완전히 달라. 과연 누구의 데생이 옳았는지는 나중에 시간이 말해주겠지.

고대 석고상이 표현하고 있는 그 감정을, 빌어먹을, *아무도 그림에 담아내지 못하는 거야*!

몇 년간 제대로 된 고대 석고상(여기 있는 건 아주 훌륭해) 한 번 본 적 없었고 살아 있는 모델만 보고 그렸던 터라, 고대 석고상을 다시 접하고 보니, 고대 사람들이 얼마나 철두철미하게 과학적이었고, 정확한 감정을 포착해 조각에 담아냈는지, 입이 다물어지지 않더라.

뭐, 미술학교 선생들은 나를 이단아로 취급하겠지. 그러고 싶다면 그러든가!

페를라트 선생 밑에서 잘 배워보고 싶다. 그 양반 그림에서 좀 딱딱하고 정확하지 않은 부분들이 보여. 색이며 *붓칠*이 다 그래. 하지만 *그 양반도 전성기가 있었*겠지. 왜냐하면 초상화만큼은 남들보다 훨씬 잘 그리거든. 그러니 좀 더 두고 보자.

나는 이런 여러 사정들에도 불구하고 의욕적으로 작업하는 중이야. 시골과 정반대의 이유로 여기 생활이 점점 마음에 들기 시작해서, 조만간 여기가 집처럼 느껴질 것 같아. 아무튼 그렇다고. 그런데 조속한 시일 내에 편지해라. 이번 달에 그 50프랑이 꼭 필요한 상황이다. 그 돈이 없으면 밖에 나갈 수도 없어. 모든 게 시급하다. 잘 있어라.

너를 사랑하는 형, 빈센트

446네 ___ 1886년 1월 22일(금) 추정

테오에게

며칠 전부터 학교에 나가서 그림을 그리는데, 아주 마음에 들어. 온갖 유형의 그림 그리는 사람들을 다양하게 만날 수 있고, 다들 저마다의 방식으로 그림 그리는 모습을 볼 수 있다는 점 때문이야. 남들이 그림 그리는 모습을 옆에서 지켜본 적은 한 번도 없었거든.

가장 좋은 점은 여기서, 괜찮은 모델을 세워두고 계속해서 작업할 수 있다는 점이야. 돈을 많이 아낄 수가 있거든. 이미 했던 말이지만 다시 한 번 하자면, 너는 모델료와 물감값이 정확히 얼마나 드는지 잘 모른다. 네가 어림짐작하는 것보다 훨씬 더 많이 들고, 특히나 혼자 작업하면 더 힘들어. 그래도 이런 조건이라면 분명히 상황이 개선될 거라고 기대해보자.

다음 주 월요일에 새 모델들이 와. 사실 나는 그때부터 본격적으로 시작이다. 그래서 월요일에 대형 캔버스가 필요해. 또 지금 쓰는 붓 외에 다른 붓들이 여러 개 필요할 거라고 하더라.

그런데 남은 돈이 하나도 없어서, 아주 다급한 상황이야. 어떻게든 네가 할 수 있는 부분만이라도 해주면 좋겠다. 나도 어떻게든 내가 할 수 있는 부분을 할 테니까. 그런데도 항상 먹을 것 하나 남지 않은 상황이 계속 반복되는구나.

저녁에도 데생하러 가지만, 그 반 학생들은 죄다 완전히 잘못된 방식으로 그리고 있어.

채색 수업은 나은 편이다. 너한테도 말한 것 같은데, 온갖 유형의 그림 그리는 사람들도 있고 나이도 천차만별이야. 다섯 명은 심지어 나보다 나이가 많아.

지금은 아이의 얼굴을 그리고 있다.

월요일까지 네가 편지를 보내준다면 안심이 될 것 같다. 옷도 필요하다고 했었잖아. 그것도 시급한 문제야. 학교 입학을 위해 가져갔던 내 작품을 본 사람들과 교류를 하게 됐거든.

졸업생들의 작품이 학교에 전시돼 있는데 기가 막히게 좋은 그림도 더러 있어.

뇌하위스의 그림도 있고 하위버르스의 그림도 있어.

그런데 가장 눈에 띄는 건 미국 학생의 작품인데 아쉽게도 이름은 모르겠어. 노부인의 누드화인데 포르투니나 르노의 화풍을 닮았어.

실력을 키울 수 있는 지름길이 따로 있다고 생각하진 않는다. 그래도 나중에 내가 시골로 돌아가든, 파리 같은 곳에 화실을 얻든, 다른 사람들이 그림 그리는 과정을 최대한 많이 보고, 무엇보다 꾸준히 모델을 보고 그려보는 기회를 최대한 많이 가지는 건 매우 도움이 될 거야.

안부 전한다. 다시 나가봐야 해서 급하게 썼다. 그런데 더 기다릴 일 없도록 최선을 다해주기 바란다. 내 작업이 걸린 문제인데, 여전히 내 상황은 녹록지 않으니 말이다. 마음으로 악수 청한다.

너를 사랑하는 형, 빈센트

447네 —— 1886년 1월 28일(목) 추정

테오에게

네 편지와 동봉해 보내준 것, 잘 받았다는 소식을 너무 오래 끌었구나.

편지를 읽어보니, 넌 여전하더구나. 내가 보기에 넌 일반론과 편견에 치우쳐서 날 판단해. 근거도 없고 사실과도 완전히 다른데, 도대체 네가 왜 그런 걸 믿는지 도저히 이해가 안 된다. 이 문제 때문이라도 *아무튼* 조만간 너와 내가 파리에서 만나서 얘기해보는 것도 나쁘지 않겠다.

이번 주에는 끔찍하게 바빴다. 채색 수업 말고도, 저녁에 데생 수업도 듣고, 그다음에는 데생 클럽에서 밤 9시 반부터 11시 반까지 데생을 해. 두 군데에 등록했거든. 두 사람을 새로 알게 됐는데, 둘 다 네덜란드 사람이고 데생 실력도 제법 있는 것 같아.

이번 주에는 큰 캔버스에 레슬링 선수 두 명의 반신상을 그렸어. 페를라트 선생이 잡아놓은 포즈였는데, 이 작업이 아주 마음에 들더라.

마찬가지로 고대 석고상을 따라 그리는 작업도 괜찮았는데, 커다란 얼굴 그림 2점을 마쳤다. 이 작업은 두 가지 장점이 있어. 첫째, 몇 년간 옷 입은 모델들만 그리다가 누드와 고대 석고상을 다시 접하고 이것저것 세세한 부분을 확인할 수 있어서 상당히 흥미로웠어. 둘째, 나중에 파리에서 학교라도 다녀보려면 다른 기관에서 이 정도 기초는 다졌다는 경력이 필요하지. 어딜 가더라도 제법 긴 시간 동안 미술학교를 다닌 이들과 경쟁해야 하니까.

페를라트 선생이 내게 아주 혹독한 지적을 했는데, 데생반을 담당하는 핑크 선생도 그랬다. 무엇보다도 데생에 집중하라고 말이야. *가능하면* 최소한 1년 동안은 고대 석고상과 누드의 데생만 해보라는 거야. 그것이 실력을 키우는 *가장 빠른 지름길*이라고, 그러고 나면 다시 야외 작업에 나가거나 자화상을 그렸을 때 확연히 달라져 있을 거라더라. 맞는 말 같다. 그래서 한동안은 고대 석고상과 누드모델을 접할 수 있는 곳부터 찾아봐야 할 것 같아.

반에서 가장 실력이 월등한 친구도 이런 식으로 훈련했다는 거야. 그 친구 말이 습작 하나를 끝낼 때마다 나아지는 게 느껴졌대. 그 친구가 이전에 그린 것과 최근에 그린 걸 비교해보니 내 눈에도 차이점이 보이더라.

너도 아마 기억할 거야. '그리스인들은 윤곽선부터 시작하지 않고 중앙(핵심)부터 시작했다. 제리코는 그리스인들에게 이런 기술을 물려받은 그로에게 이 기법을 배웠는데, 자신도 그리스인들에게 직접 배우고 싶었다. 그래서 그는 스스로 공부하고 연구했다. 나중에 들라크루아도 제리코와 같은 길을 걸었다.'*

그 누구보다도 밀레가 이런 기법으로 그렸지. 인물화 작업의 핵심일 거야. 특히나 붓으로 직접 형태를 그리는 방식과 밀접한 관련이 있어. 부그로를 비롯한 여타 화가들의 방식과는 전혀 다르지. 그들이 그린 인물들은 내적인 굴곡이 부족해서, 제리코나 들라크루아의 그림과 비교하면 *밋밋*한 데다 채색에 파묻혀버린다.

제리코와 들라크루와의 인물들은, 정면을 바라보고 있는데도 등까지 보이거든. 인물 주변으로 공간감이 느껴질 정도로 색을 뚫고 나오는 느낌이야.

나는 이런 경지에 도달하려고 노력 중이야. 다만 페를라트나 핑크 선생한테는 말하지 않을 거야. 두 양반 모두 색을 못 다루는데, 그런 경지에 오르는 길을 알려줄 리가 없지.

이상하게도, 내가 그린 습작과 다른 학생들의 습작을 비교하면 도무지 닮은 구석이 없다. 걔네들은 *맨살과 거의 똑같은 색*을 써서, 가까이서 보면 꽤나 정확해 보이는데 한 걸음만 물러나도 보고 있기 힘들 정도로 밋밋해. 분홍색, 섬세한 노란색 등등 그 자체로는 흠잡을 데 없는 색들이, 오히려 칙칙한 효과를 내는 거야. 내가 그린 건, 가까이서 보면 적록색 분위기가 먼저 눈에 들어오고 황회색, 흰색, 검은색을 비롯해서 다양한 중성적인 색조, 그리고 대부분은 뭐라고 이름 붙이기 힘든 색감의 색들이다. 그런데 한 걸음만 물러나도 그 주변에 공간이 생기고 일렁이는 빛이 느껴져. 동시에 글라시 효과로 넣은 색조차 말을 걸어오는 것 같은 분위기도 느낄 수 있어.

내게 부족한 건 연습이야. 얼굴 그림을 50여 점은 그려봐야 해. 그래야 *그럴듯한 것* 몇 개쯤 건질 텐데. 지금도 펼쳐 놓고 사용할 *색을 고르는 일*이 너무 힘들다. 아직 충분히 습관이 들질 않아서, 아무리 오랜 시간 고민해봐도 다 헛수고야. 하지만 한동안 꾸준히 붓질을 연습하는 게 중요하겠지. 그러면 처음부터 *곧바로 정확하게* 느낌을 살리게 될 거야.

* 지누(Jean Gigoux)의 책에서 불어로 인용했다.

몇몇 학생들이 내 데생을 봤는데, 그중 하나가 내가 그린 농부 얼굴에 영감을 받아서 누드모델 데생 시간에 강렬한 방식으로 형태를 잡고 그림자 부분을 강조해서 그렸더라. 나중에 보여줬는데 넘치는 힘이 느껴지고, 여기 와서 본 학생들 데생 중에서 단연 가장 뛰어났어. 그런데 평가가 어땠는지 알아? 시베르트 선생은 그 학생을 불러서, 한 번만 더 이런 식으로 데생하면 교사를 조롱하는 행위로 간주하겠다고 엄포를 놨대. 다시 말하지만, 여기서 유일하게 괜찮은 데생이었다니까. 타사에르나 가바르니의 화풍이 느껴질 정도로. 여기 분위기를 알겠지? 그래도 괜찮아. 이런 걸로 분개하면 안 돼. 그냥 이 못된 습관을 바로잡고 싶은데 그게 마음대로 되지 않는 것처럼 순진한 척해야 해. 여기 학생들이 그리는 인물 데생은, 항상 머리가 바닥으로 거꾸로 곤두박질칠 것처럼 무거워 보여. 제대로 *중심을 잡고 서 있는* 인물이 하나도 없어.

그건 *애초 구상 단계에서부터* 신경썼어야 할 부분이지.

아무튼, 그래도 난 여기 오게 된 게 기쁠 따름이야. 수업 방식이 어떻든, 결과가 어떻든, 페를라트 선생과 잘 지낼 수 있든 없든 말이야. 난 내가 추구해왔던 생각들이 여기서 현실과 충돌하는 것을 본다. 그래서 내 그림을 새로운 시선으로 바라보게 되었어. 그러자 내 단점들을 더 잘 파악하게 되었고, 그것들을 고치기 위해 차근차근 노력할 수 있게 되었지.

너한테 간곡히 부탁하고 싶은 건, 성공을 위해서 인내심을 잃지 말고, 무엇보다 희망을 잃지 말자는 거야. 용기가 자꾸 꺾이는 지금 같은 순간에 위험을 불사하고 뛰어들어 끈질기게 버틸 수만 있다면, 분명히 어느 정도 영향력까지 행사할 수 있는 무게감을 갖출 절호의 기회가 눈앞에 다가올 텐데, 여기서 주저앉는 건, 창문을 열고 그냥 돈을 뿌리는 행위와 다름없다.

돈 얘기가 나와서 말인데, 만약 내가 학교 화실에서 그려서 모델료 지출을 줄이면(솔직히 150프랑도 아주 큰 돈은 아닌 게, 그림 그리는 일에는 돈이 많이 들어가거든) *어떻게든 버틸 수는 있어*. 먹는 것 등을 줄이면 될 테니까.

그런데 모델료로 내야 한다면 150프랑으로는 *어림없고,* 그냥 시간 낭비인 셈이야.

그러니 학교 화실에서 작업하는 게 훨씬 경제적이다. 특히 누드 습작의 경우에는, 혼자서는 모델을 섭외할 방법도 없고.

다른 학생이 수업 시간에 또 그림자를 강조해서 그릴 경우에, 나야 일부러라도 그런 그림을 그리지 않도록 피해간다 해도, 페를라트 선생이나 다른 선생이 내 탓으로 삼을 게 분명해. 그런 상황만큼은 신중하게 피할 거야. 학교에 남아 있는 게 내 그림에 훨씬 이로우니까.

네가 새로 이사한 집이 어떤지 궁금하다. 나는 만약 파리에 가게 되면 외진 곳(몽마르트르 정도)에 있는 호텔의 작은 방이나 다락방에서도 지낼 수 있어. 그런데 이런 건 지금 논할 중요한 이야기는 아니지. 일단은 여기서 더 지내보고, 나중 일은 나중에 생각하자.

겨울학기는 3월 31일에 끝난다. 잘 있어라.

너를 사랑하는 형, 빈센트

448네 ___ 1886년 2월 2일(화) 추정

테오에게

편지와 동봉해준 것 고맙다. 코르몽Fernand Piestre Cormon의 화실에서 그림을 그려보겠다는 내 계획을 이제 너도 지지해준다니 얼마나 기쁜지 모르겠구나.

여기서는 어떤 일들이 있었는지 말해줄게.

지난주에 채색반 겨울학기가 끝났어. 학기 말에는 경연대회가 열리는데, 개강 때부터 수강한 학생들만 참가할 수 있어서 나는 자격 미달이야.

데생반은 지금도 나가는데, 요즘 초상화를 잘 그린다고 조금 이름이 알려진 선생이 내게 이것저것 묻더라. 전에는 석고상을 그려본 적이 전혀 없는지, 그림을 독학으로 배웠는지 등등. 그러더니 이렇게 말했어. "지금까지 잘 그려온 것 같고, 머지않아 뛰어난 실력을 갖추게 될 거야. 1년쯤 걸리겠지만, 그 정도야 뭐 대수겠나?"*

나와 나이가 비슷한 학생이 내 옆에 앉아 있었는데, 그에게는 그렇게 말해주지 않았어. 그도 제법 그림을 오래 그렸고, 석고 데생은 3년쯤 했다더라고. 여기서는 대체로 배경은 그리지 않는데, 문제의 이 양반은 아주 철저히 안 그리거든. 그래서 데생이 너무 무미건조해 보여.

시베르트 선생이(선생 이름이야) 누드 수업도 맡는데 이렇게 말하더라고. "자네는 마음대로 그려보게. 자네는 데생을 아주 진지하게 여기는 게 느껴지거든. 다른 학생들에게는 배경을 그리지 못하게 하지. 형태를 뭉뚱그려서 대충 그리는 경향들이 있어서 말이야. 배경이 없으면 어쩔 수 없이 형태를 제대로 묘사해야 할 테니, 일종의 구속복인 셈이야."

그러면서 페를라트 선생이 내 그림을 칭찬했다는 말도 하더라고. 정작 당사자는 내게 아무런 말도 안 해줬는데 말이다.

네 편지를 받자마자 시베르트 선생이 학생들 데생을 보러왔어(난 아마 미켈란젤로의 그림에서 따온 듯한 니오베의 얼굴과 손을 그렸어). 두세 시간 만에 그렸는데, 바로 이걸 보고 칭찬한 거야. 그래서 그에게 코르몽의 화실에 갈 계획이라고 했더니 이렇게 말하더라. "그거야 자네 마음이지만, 페를라트 선생은 유능한 학생들을 많이 키워냈네. 또 우리로서는 학교의 이름을 영광스럽게 만들 학생을 하나라도 더 양성하는 게 목표니, 웬만하며 여기 머물러주기 바라네."

아, 내 성공을 보장해주는 솔깃한 제안이긴 해. 어떻게 해야 할까? 그리고 파리에서 생활했던 영국인들을 알게 됐는데, 각각 제롬과 카바넬의 밑에 있었대. 두 사람 말이, 파리의 교육방식은 여기에 비해서 자유로운 편이라서 그림의 주제를 각자 알아서 고르는데, 그 대신 수정 및 지도에는 무심한 편이라더라.

내 생각을 말해줄까? *확실히* 여기보다 파리에서 더 많은 작업을 할 것 같다. 데생 같은 건 하

* 448번 편지에서 시베르트 선생의 말들은 모두 불어로 적혀 있다.

루이틀에 하나씩 완성하겠어.

그리고 우리가 아는 사람들, 사실은 네가 아는 것이겠지만, 그들 중에서 내 그림을 살펴보고 조언을 마다하지 않을 유능한 사람들도 여럿 있을 거야. 어쨌든, 내가 여기에 좀 더 머물든, 네가 있는 파리로 가든, 해결책은 있는 셈인 거지.

게다가 코르몽도 페를라트 선생과 하는 말이 비슷하겠지. 여기서 여러 사람들과 내 그림에 대해 논해볼 수 있다 보니, 내 눈에도 *내 실수*들이 보여. 이런 실수를 바로잡을 수 있다는 것도 크게 도움이 돼.

어쨌든 힘을 내자. 다만, 편지는 자주 해주기 바란다. 너나 나나 슬기롭게 난관을 헤쳐나가야 하니 말이야. 코르몽의 화실은 오전에 4시간 동안 그리게 한다더라. 그러면 오후 시간에는 루브르나 미술학교, 아니면 다른 화실에 가서 그릴 수도 있다는 거야.

그런데 내가 그 모든 걸 다 꾸준히 참여하면 초상화에 쏟아부을 시간이 별로 안 남지. 그건 여기서도 마찬가지고.

그런데 내가 여러 분야에 걸쳐 더 다듬고 확실히 바뀌어야 한다는 걸 절실히 깨달았다.

다른 학생들과 비교해보니, 내가 *한 10년쯤 감방 생활이라도 한 사람처럼* 뻣뻣하고 부자연스러운 거야. 실제로 10년이라는 시간이 괴롭고 고통스러웠지. 고민과 슬픔에 짓눌리며, 친구 하나 없이 살았으니.

하지만 이제 달라질 거야. 내 작품이 완성도가 높아지면서 분명히 그럴듯한 그림을 그려낼 수 있어. 내가 그랬지, 우리는 지금 탄탄대로에 접어들고 있다고. 이 사실을 의심하지 말아라. 성공하는 방법은, 용기와 인내심을 가지고 꾸준히 작업하는 것뿐이야.

그래서 내 외모를 좀 말쑥하게 단장해야 할 것 같아.

그게 예술과 무슨 상관이냐고 반문할지 모르지만, 듣고 보면 고개를 끄덕일 게다! 지금 치아를 제자리에 끼우는 시술을 받고 있어. 이가 열댓 개나 빠졌거나 빠지기 직전이다. 상태가 너무 심하고 너무 불편해. 이런 탓에 마흔이 훨씬 넘어 보여서 이래저래 손해 보는 일도 있어.

그래서 시술을 결심했던 거야. 비용은 100프랑쯤 예상하는데, 다른 때보다 그림이 수월하게 잘 그려지는 지금 하는 게 여러모로 낫겠다 싶어. 썩은 이는 이미 다 뽑아냈고 시술비 절반은 선불로 냈어.

치료를 받는 동안 위장도 신경쓰라는 이야기를 들었어. 기능이 정상이 아니라더라고. 여기 온 뒤로 계속 악화되고 있기는 해.

하지만 문제가 뭔지 파악했으니 작은 노력으로도 큰 문제를 충분히 고칠 수 있을 거야.

즐거운 일은 아니지만 꼭 필요한 일이잖아. 그림을 그리려면 목숨이 붙어 있어야 하고 체력도 어느 정도 있어야 하니까.

나는 치아가 빠지는 이유를 다르게 추측했었지, 위장이 이 지경으로 망가진 탓일 줄은 상상

도 못 했어. 그래, 네게는 멍청한 얘기로 들릴 거야. 하지만 가끔은 두 가지 악마(병) 사이에서 반드시 하나를 골라서 그편에 서야 할 때가 있어.

바로 지난달이 그랬다. 계속 기침이 나고, 자꾸 희끄무레한 물질을 게워내서 속이 너무 불편했어. 하지만 이건 우리가 바로잡을 수 있어.

보다시피, 내가 남들보다 더 건강하거나 하진 않아. 내 말은, 내가 이 증상들을 그냥 내버려둬서 방치한다면, 다른 *수많은 화가*들처럼(찾아보면 *정말 많아*), 목숨을 잃거나, 최악의 경우 아예 미쳐버리거나 몸 어딘가가 마비되는 일이 발생할지도 모른다.

이게 사실이야. 중요한 건, 이러한 온갖 암초를 피해가며 배를 앞으로 몰아가는 거야. 손상을 입더라도 어떻게든 물 위에 떠 있어야 해.

들라크루아는 'lorsqu'il n'avait plus ni dents ni souffle(이가 다 빠지고 숨도 잘 쉬어지지 않을 나이가 되어서야)' 그림의 세계를 발견했다고 말했지. 하지만 그는 그 순간부터 철저하게 자신을 돌봤다. 아마 곁을 지켜주던 정부가 없었다면 적어도 10년은 일찍 죽었을 거야.

그러니 제발 이 돌발적인 지출에 화내지 말아다오. 어떻게든 아껴볼 테니까. 하지만 나로서는 너무 시급한 문제라 치료를 미룰 수가 없었다.

식구들 근황을 적어 보냈던데, 네가 최선이라고 생각하는 방법을 따르마.*

내가 편할 때 언제든 가볼 수 있으니까, 대략 3월 초로 하자. 그런데 내가 굳이 집까지 갔다 오는 게 과연 식구들에게 도움이 될지부터 따져보는 게 좋겠다. 사실 나는 여기 남아 있다가 네가 원하는 시기에 맞춰 코르몽의 화실로 가는 게 더 좋거든. 뉘넌까지 움직이면 경비도 꽤 들고, 화구 등의 짐 가방을 보내는 운임이 내 기차표 삯보다 더 비쌀 거야.

그러니까 나중에 다시 얘기해보자.

여기로 왔던 건 다시 생각해봐도 정말 잘한 일이다. 안 그랬다면 여전히 진창에서 허우적거리고 있었을 거야. 여전히 여러 난관들을 마주하고 있지만, 그래도 계속 발전하고 있거든.

그러니 내가 파리로 가든 여기에 더 오래 남아 있든, 내 입지는 더 굳건해질 거다.

우리가 함께 지내고, 좀 괜찮은 화실을 하나 빌려서 필요할 경우 사람도 받는 방법을, 한번 진지하게 고려해봐라. 나도 같이 고민해볼 테니까.

1년간은 데생에만 매달려야 할 텐데, 마땅한 곳이 있을지 걱정이다. 네가 좋은 곳을 비싸지 않은 가격에 찾는다면 괜찮지만, 비싸다면 안 그래도 첫해는 허리띠를 졸라매야 할 상황이 발생할 수도 있겠다.

그 1년이 결정적인 전환점이야. 그 이후에는 초상화가 됐든 유화가 됐든 자유롭게 할 수 있을 테니까. 그러니 이 부분을 가장 먼저 고려해봐야 한다. 어쩔 수 없어. 들라크루아, 코로, 밀레

* 뉘넌의 식구들이 브레다로 이사를 계획하고 있었고, 테오가 빈센트에게 이사를 도울 것을 제안했다.

도 계속해서 고대 석고상을 생각하고 연구하고 그랬었잖아? *특히 꽤나 나중까지*. 그러니 고대 석고상에 관한 연구를 *대충 날림으로* 하고 넘어간 이들은 크게 실수하는 거야. 고대 석고상을 그리려면 대단히 평온한 마음, 거기에 실물에 대한 이해와 지식, 차분함, 인내심 등이 필요해. 안 그러면 하나도 못 그리지.

학교의 정형화된 교육방식에 맹렬히 반대했던 제리코나 들라크루아가 다비드 같은 사람보다 고대 석고상을 더 상세히 파악하고 더 잘 해석한다는 게 신기할 따름이야.

투르게네프의 책은 아직 못 읽었지만 얼마 전에 그의 전기를 아주 흥미롭게 읽었어. 그도 알퐁스 도데처럼 실제 인물을 모델로 삼아 글을 썼는데, 하나의 등장인물에 실존 인물 대여섯 명의 특징을 녹여낸다더라. 오네Georges Ohnet도 잘 모르는데, 흥미로운 작가일 것 같기는 해.

점점 l'art pour l'art(예술을 위한 예술), 일을 위한 일, l'énergie pour l'énergie(힘을 위한 힘)이 결국 좋은 작가들의 삶에 중요한 원칙이라는 생각이 든다. 공쿠르 형제만 봐도, 정말 고집스럽게 버티잖아. 왜냐하면 사회는 절대로 고맙다고 말해주지 않을 테니까.

그런데 이 모든 난관을 뚫고 더 높은 경지를 열망했던 화가들의 이야기를 들으면, 초조함이 사라지고 마음이 어느 정도 평온해진다.

이스라엘스가 무명의 가난한 화가였던 시절, 딱딱하게 마른 빵밖에 못 먹는 형편이었어. 그렇게 열악한 상황에서도 그는 파리에 가고 싶어 했지.

포기하지 않았던 거야! 절반쯤 굶어 죽어가는데도, 삶에서의 모든 물질적인 편의와는 영영 작별해야 할 상황인데도 말이야. 얼마나 대단하냐!

우리도 변화를 논의하고 있는 시점이니, 네 의견은 어떤지 더 자세히 적어주면 좋겠다. 화실을 같이 꾸리는 건 *매우* 좋은 일일 거야. 하지만 끝까지 버텨낼 자신이 있어야겠지. 우리가 어떤 방향으로 해나갈지, 어떤 방향을 원하는지 정확히 알고 있어야 해. 일단 시작하면, 잃어버린 환상에 지나지 않았던 일련의 경험 속에서도 간직해온 믿음이 전적으로 필요할 거야.

이런 화실을 열 거면, 다들 대놓고 무시부터 할 테니까 치열한 전투가 되리라는 걸 각오해야 한다. 한 번 시작하면, *시대를 대표하는 누군가*가 될 자신이 있어야 해. 적어도 죽기 전에 이런 말은 할 수 있도록 말이야. "과감한 사람들이 간 길을 나도 가봤다." 그래, 한번 두고 보자…….

마음의 악수를 청한다.

너를 사랑하는 형, 빈센트

나 자신을 남들과 비교하면서 '10년 동안 감방 생활한 사람' 같다고 묘사했던 건 과장이 아니었고, 꼭 고쳐야 할 문제다. 이 문제를 꼭 해결해야 하는 게, 또다시 예술계와 대립각을 세우고 살 수는 없기 때문이야. 상황이 달라질 때까지 꾸준히 노력하고 화실이든 미술학교든 어디서든 열심히 작업할 거다. 그러고 나면 이런 모습도 사라지겠지.

449네 ___ 1886년 2월 4일(목) 추정

테오에게

그제 쓴 편지에 이미, 건강이 아주 좋지 않지만, 그래도 서서히 서광이 보인다고 썼잖아.

그런데 이제는 말 그대로, 그 어느 때보다 지치고 힘들어 죽겠다고 딱 잘라 말할 수밖에 없구나. 생각해봐라. 지난 5월 1일에 (뉘넌의) 화실로 옮긴 뒤로 지금까지 따뜻한 식사라는 호사를 누린 건 여섯 번인가 일곱 번이 전부였어. 그런데 내 건강이 좋지 않다는 사실은 어머니께 전하지 말아라. 당시 일로 나를 원망하실 테니 말이야. 그러니까 내가 집에서 그렇게 나가버린 일을 말하는 거야. 내가 집을 나간 건 그런 일이 있을 거라 예상했기 때문이었어.

아무튼 어머니께는 아무 말씀 안 드렸으니 너도 그렇게 해라.

그런데 *그때* 거기서나 *지금* 여기서나, 언제나 저녁 식사를 할 돈이 없다. 작업에 들어가는 돈이 많은 탓에 식사는 대충 해도 버틸 수 있을 거라 굳게 믿고 있었거든.

그런데 의사가 이렇게 말하더라. 기력을 회복해야 한다고. 그러려면 몸이 저항력을 되찾을 때까지 작업을 줄여야 한다는 거야.

몸이 *완전히* 쇠약해진 거지.

그 상태에서 허기진 위장을 속이려고 그렇게 담배를 피워대기까지 했으니 나 스스로 상황을 악화시킨 셈이지.

'manger de la vache enragée(지지리 궁상)'이라는 말이 딱 나 같은 경우가 아닌가 싶다.

어디 부족한 게 먹을 것뿐이냐. 걱정거리에 슬픔에.

뉘넌에서 지냈던 시간이 여러모로 내게는 근심 걱정의 나날이었다는 건 너도 잘 알겠지! 그런데 여기 생활은 정말 마음에 들어. 이곳으로 오기를 잘한 것 같아. 지금은 가시밭길을 걷고 있긴 하지만.

우리가 해야 할 일, 우리한테 부족한 건, 바로 이런 거야. 모델에게 들어가는 비용은 솔직히 큰 부담이야. 그러니 여유가 생길 때까지는 페를라트 선생이나 코르몽 등의 화실을 최대한 활용해야 해. 그리고 예술계 사람들과 친분도 쌓아야 하고 모델 비용을 공동으로 분담하는 클럽 같은 곳에 가서도 작업을 하는 거야.

전에는 이런 생각을 하지 않았어. 아니, 엄밀히 말하면 행동으로 옮기지 않았던 거지. 진작에, 1년 전에라도 이렇게 했었으면 좋았을 텐데 말이야. 지금으로서는 우리가 같은 도시에서 지낼 방법만 찾을 수 있다면, 그것만큼 좋은 해법도 없을 거다.

코르몽 이야기가 나와서 말인데 그 사람도 아마 페를라트 선생과 똑같은 말을 할걸. 한 1년 석고상을 보고 그려야 할 거라고. 워낙 그전에는 실물만 보고 그린 터라서 말이야.

이게 지나치게 가혹한 조건은 아니야. 지난번에도 말했지만 3년째 데생 수업을 받는 학생도 하나 있는데, 아직도 더 해야 한다더라고. 올 한 해는 남자나 여자의 얼굴을 세세한 부분과 전체적인 조화가 어울리도록 그리는 연습을 하면 아예 외워서 그릴 정도의 실력을 갖추게 될 거야.

데생 자체는 딱히 어려운 건 없어. 이제는 글 쓰듯 거침없이 그릴 수 있으니까. 이 정도 단계가 되면 능숙한 솜씨를 점점 갖춰나가는 것에 만족하지 않고 독창성이나 보다 폭넓은 개념에 관심이 가게 마련이야. 윤곽선 대신 덩어리를 데생하고 힘차게 형태를 만들어내는 기법 등.

페를라트 선생이나 코르몽 같은 사람들이 나한테 그런 데생을 요구한다면 그건 나쁜 신호가 아니야. 페를라트 선생이 몇몇 학생들에게 그저 편하게 열심히 그림을 그리게 하는 건 그 학생들이 그만큼 큰 인물이 될 수 없을 것 같다고 생각했기 때문이야. 네가 그랬지, 코르몽의 화실에 가면 손재주가 뛰어난 사람들이 여럿 보인다고. 난 그런 사람들과 함께 있고 싶어. 마음속으로는 벌써부터 누드와 석고상을 데생할 1년이라는 시간을 파리에 가서 보낼까도 생각하고 있어. 그렇게 되면 이것저것 주어지는 대로 그림을 그리며 지낼 수도 있잖아. 밖에 나갔더니 이런 저런 효과가 관심을 끌 수도 있고, 오가는 길에 근사한 모델이 될 사람과 마주칠 수도 있고 말이야. *너무 먼 길*이라고 속단하지 말아라. 이게 *가장 빠른* 길일 테니까. 인물을 마음속으로 외워서 그릴 수 있는 사람은 그러지 못하는 사람보다 훨씬 풍성한 결과물을 만들 수 있어. 올 한 해를 데생에 쏟아부으면 더욱 풍성해진 결과물을 볼 수 있을 거야.

그러니 지난날, 밖으로 돌아다니면서 이것저것 그리고 다닌 시간을 잃어버린 시간이라고 여기지도 말아라. 화실이나 학교에서만 그림을 그린 사람들에게 부족한 부분이 바로 이런 경험이니까. 주변을 둘러싸고 있는 현실을 바라보는 시각, 그림의 소재를 잡아내는 능력 같은 것. 일단 상반기까지는 화실을 얻지 않는 게 더 현명하지 않을까? 지금은 우리 둘 다 돈이 워낙 없으니까 말이야.

이것만 아니라면 화실을 차리는 계획은 아주 그럴듯하지. 다른 화가들과 의견을 나누면서 공동으로 모델을 부를 수도 있잖아.

적극적으로 임할수록 더 나아질 거야. 모든 비용이 만만치 않은 이런 시기에는 친분을 적극적으로 활용하고 힘을 합쳐 해결해 나가야 하는 거야.

그러나 테오야, 상황이 이 지경까지 이르니까 정말 힘이 든다. 너무 후회스러울 따름이야. *그래도 용기를 잃지는 않는다*. 다 잘 해결될 테니까.

내가 내 건강에 신경 쓰지 않았으면 상황은 더 심각했을 거라는 거, 너도 알 거야. 하지만 반쯤 골병이 들거나, 완전히 골병이 들었다고 해서 그림을 아예 못 그리는 건 아니다. 서른에 그림을 시작했다면, 예순까지는, 적어도 오십 대까지는 계속 그려야 되겠지. 그렇다고 해서 완벽하게 건강할 필요까지는 없어. 온갖 병에 시달릴 수도 있겠지. 그 상황이 필연적으로 작업을 방해하지는 않아. 오히려 신경이 날카로울수록 더 예민해지고, 더 섬세해질 수 있는 법이니까.

그런데 테오야, 내 건강이 영 좋지 않다 보니, 나는 수준 높은 얼굴 데생과 내 실력을 완벽히 다듬는 일에 집중하기로 결심했다. 건강 문제는 전혀 예상하지 못했던 부분이야. 줄곧 허약하고 신경이 날카로웠지만, 그래도 계속해왔다. 다만 걱정인 건, 이가 하나둘 빠지는 탓에, 행색이 심하게 초라해 보인다는 거야. 이 문제도 곧 해결할 거다.

치아 치료를 다 받고 나면 마음이 좀 편해지지 않을까 싶다. 이가 아파서 음식물을 제대로 씹지도 않고 넘기기 바쁘거든. 그리고 내 외모도 좀 나아지겠지.

이번 달에는 선불로 월세 25프랑, 음식값 30프랑을 냈어. 치아 치료에는 50프랑이 들어갔고 의사한테 진찰 한 번 받고, 화구 등을 샀지. 그랬더니 6프랑이 남더라.

이번 달만큼은 절대로 아프면 안 돼. 그랬다가는 아주 곤란해질 것 같거든. 틀림없이 그럴 거다. 나는 내가 시골 농부들의 강인함을 지녔다고 믿고 있다. 특별히 잘 챙겨 먹는 것도 아닌데 멀쩡히 살아서 쉬지 않고 일하고 있으니까.

그러니 지나치게 나를 걱정할 필요는 없다. 그저 단돈 얼마라도 조금 더 보내주면 좋을 따름이야. 그런데 그게 힘들다면, 뭐 어떻게 될지는 차분히 기다리며 두고 볼 생각이다.

그런데 마음에 들지 않는 건, 열이 좀 오른다는 거야. 몸이 허약해진 게 사실이라 상한 음식은 먹지 않으려 항상 신경을 썼거든. 그리고 지나치게 작업에 몰두하지도 않았어(그렇다고 활력을 잃은 건 아니고). 과로로 인해 몸이 이렇게 약해진 거니까. *이런 거라면 조만간 잘 해결될 거야*. 그런데 상황이 악화해서 발진티푸스나 장티푸스 같은 병에 걸릴 수도 있다는 사실도 의심해봐야 해. 이건 내가 전혀 예상 못 해본 상황이거든. 왜냐하면 나는 신선한 공기를 마실 수 있는 야외 활동 시간이 많았고, 또한, 이미 말했다시피, 영양가를 잘 챙기지는 못했어도, 싸구려 식당에서도 몸에 해로운 음식을 피해 주로 간단한 음식만 먹었고, 마지막으로, 이 모든 상황에도 불구하고 침착하고 차분하게 지내왔어. 그러니 일단은 기다려보는 수밖에.

너무 걱정하지 말아라. 나도 그리 걱정은 안 하고 있으니. 한편으로는 이런 생각도 들어. 너무 간단한 음식만 먹고, 너무 간단히 살다 보니, 열도 너무 간단히 쉽게 올라버린 게 아닌가 하고 말이야. 열이 그냥 오른 건 아닐 거야. 다 이유가 있을 거야.

시급히 편지해주면 고맙겠다. 그 어느 때보다 네 편지가 절실하다. 뉘넌행에 대한 네 생각도 꼭 알고 싶다.

내가 가도 *별로 도움이 될 것 같지 않*거든. 나보다 정원사 레이컨 아저씨 같은 양반이 짐을 싸고 운반하는 일을 훨씬 더 잘하지 않을까 싶다. 하지만 네가 가는 게 좋겠다고 하면, 3월 초에는 갈 수 있다.

안부 전한다. 마음의 악수와 함께.

너를 사랑하는 형, 빈센트

450네 ___ 1886년 2월 6일(토) 추정

테오에게

네가 보낸 편지와 동봉해준 25프랑 잘 받았다. 정말 고맙다.

파리행 계획을 긍정적으로 생각해줘서 정말 기쁘다. 파리에 가면 정말 실력이 많이 늘 것 같아. 그곳으로 가지 않으면 결국, 모든 게 뒤죽박죽 엉망이 되고 맨날 같은 자리에서 빙빙 돌기만 할 것 같거든. 게다가 너도 저녁에 화실로 퇴근하는 기분이 나쁘지는 않을 거야.

그런데 네가 한 말을 똑같이 되돌려줘야 할 것 같다. 그러니까, *내가 널 실망시킬 수도 있어.*

하지만 우리는 반드시 힘을 합쳐야 한다. 이렇게 해서 서로를 더 깊이 이해하게 될 거야.

내 건강에 대해서는, 일단 심각한 질병은 피할 수 있을 것 같지만 건강을 되찾으려면 시간이 걸릴 거야. 아직 치아도 2개 더 채워 넣어야 해. 상태가 더 심각했던 위턱도 지금은 다시 괜찮아졌어. 이제 남은 치료 비용은 10프랑인데 아래턱까지 치료를 받으려면 40프랑이 더 필요해.

아무튼 '10년간 감방 생활'하고 나온 흔적은 이렇게 하면 사라질 것 같다. 썩은 이는, 요즘은 치료가 쉬워져서 찾아보기 힘들어졌지만, 얼굴을 정말 볼품없게 만들어.

그리고 이런 것도 있어. 똑같은 음식을 먹더라도 제대로 씹어야 소화가 잘 될 테고, 그러면 내 위장도 정상으로 돌아올 거야.

정말이지 내 상태가 밑바닥까지 갔다는 걸 절감했다. 네가 편지로 말했듯이 내 몸을 돌보지 않았으면 더 심각한 일을 겪을 수도 있었어. 그러니 이 문제는 바로잡도록 하자.

며칠간 아예 작업을 손 놓고 지내는 호사도 누렸고, 이삼일 정도는 일찍 잠도 자고 했어(데생 클럽에 나가는 날은 새벽 1~2시에 잠들었거든). 이렇게 지내니 마음이 차분해지더라.

어머니한테 편지가 왔는데 3월경 이삿짐을 쌀 예정이라고 하시네.

그나저나, 너는 6월까지 월세를 미리 냈다니, 내가 뉘넌으로 가는 게 나을 수도 있겠다만, 그곳을 떠나기 전과 마찬가지로 푸대접을 받거나 말싸움이라도 벌어지면 나로서는 시간 낭비일 뿐이야. 왜냐하면 다만 몇 달간이라도 어딘가에서 시간을 보내야 한다면, 파리에 들고 갈 그림을 그리기 위해서가 되어야 하니까.

데생반의 시베르트 선생 말이야, 그러니까 고대 석고상을 그리는 수업을 맡고 있고 나한테 이런저런 이야기를 했다고 편지에 적었던 그 선생이 오늘은 나한테 시비를 거는데, 꼭 나를 쫓아내려는 *의도*가 있는 것 같았어. 하지만 내가 딱 잘라 말했지. "Pourquoi cherchez vous dispute avec moi, je ne veux pas me disputer et en tout cas je n'y tiens aucunément à vous contredire, seulement vous me cherchez dispute exprès(왜 나하고 말싸움을 하려는 겁니까? 나는 그러고 싶지 않습니다. 나는 선생한테 대들지도 않는데, 왜 일부러 말싸움을 거는 겁니까)?"

아마 이런 반응을 전혀 예상하지 못했는지, 아무런 대꾸도 못 하더라고. 그런데 다음에는 이렇게 끝나지는 않을 것 같더라.

시비의 발단은 이런 거였지. 다른 학생들이 수업 시간에 내 그림에 대해 이런저런 이야기를 하길래, 그들 중 몇몇 사람에게(시베르트 선생에게 한 말이 아니고, 그것도 교실 밖에서), 자네들 데생은 완전히 잘못됐다고 말해줬지.

생각해봐. 나는 코르몽의 화실에 가게 되거나, 조만간 선생이나 다른 학생과 사이가 틀어지게 되더라도, *전혀 신경 쓸 사람이 아니야*. 가르쳐줄 선생이 없더라도, 루브르 등지를 다니면서 석고상을 보고 혼자 충분히 배워갈 수 있거든. 그래야만 할 상황이 닥치면 기꺼이 그렇게 할 거야. 물론 누군가 내 그림을 보고 고쳐주고 바로잡아주면 훨씬 좋겠지만, 남들과 달리 유별난 방식으로 그림을 그린다는 이유만으로 *고의적으로 괴롭히는 상황은 참지 않아*.

한 번만 더 이런 일이 생기면 교실에서 큰소리로 받아칠 생각이다. "Je veux bien faire mécaniquement tout ce que vous me direz de faire parce que j'y tiens à vous rendre ce qui vous revient, à la rigueur, si vous y tenez, mais pour ce qui est de me mécaniser comme vous mécanisez les autres, cela n'a, je vous assure, pas la moindre prise sur moi. Vous avez du reste commencé à me dire tout autre chose c'est à dire que vous m'avez dit: prenez vous y comme vous voudrez(당신이 뭘 하라고 시키든, 기꺼이 기계적으로 따라 할 용의가 있습니다. 왜냐하면 당신한테 받은 건 돌려주고 싶으니까요. 정 원하시면 그렇게 해드리겠습니다. 그런데 다른 학생들한테 하듯이 나까지 그림 기계로 만들려 들면, 장담하는데, 어림도 없습니다. 아니, 처음에는 나한테 다르게 말하지 않았습니까? 그리고 싶은 대로 그리라고요)."

내가 석고상을 따라 그리는 이유는, *ne pas prendre par le contour mais prendre par les milieux*(*윤곽선에서 시작하는 게 아니라 중심에서부터 시작하는 기술*), 이걸 아직도 습득하지 못해서야. 그런데 조금씩 되어가는 것 같아. 그래서 *끝까지* 해보려는 거야. 점점 흥미로워지고 있어서. 너와 함께 며칠 동안 루브르를 들락거리면서 이 이야기를 해보고 싶다. 너도 흥미로워할 게 분명하거든.

오늘 아침에 너한테 『셰리』를 보냈다. 무엇보다 서문을 읽어봐야 하는데, 아마 강렬할 거야.

언젠가, 너와 함께 우리가 지나온 길을 되돌아보며 이런저런 이야기를 나눌 수 있으면 좋겠다. "처음엔 우리가 *이런 걸* 했지. 두 번째엔 *저걸* 했고, 세 번째엔 또 *그걸* 했고."

우리가 원하고, 우리가 감행하면, 그 이유로 우리를 헐뜯을 수 있을까? 두 가지를 시도할 수 있어. 값어치 있는 그림을 우리 스스로 만들어내거나, 남들의 그림을 수집해서 장사하는 거. 그런데 *너나 나나 모두* 치열하게 살아야 해. 어쩌면 힘을 합치는 과정이 그 첫 시작일 거다.

이쯤에서 민감한 문제를 하나 꺼내마. 내가, 우리가 받았던 교육이나 우리 집안 분위기에 대해 듣기 거북한 말을 했던 건, 이 부분에 대해서 *비판적*인 시각을 가질 필요가 있었기 때문이다. 함께 사업을 할 때 서로를 이해하고 힘을 합치려면 말이야.

이제 나는, 누군가 혹은 무언가를 열정적으로 사랑하는 게, 그 사람 탓이 아니라는 걸 확실히 안다.

좋아, 나도 단합이 꼭 필요한 상황에 우리를 갈라놓는 치명적인 일만 아니라면, 끼어들 생각이 없어. 그런데 우리가 받았던 교육이 우리가 가졌던 환상만큼 썩 좋은 내용이 아니었다는 게 점점 드러나고 있어. 그러니까, 다른 방식의 교육을 받았다면, 더 행복했을 거라는 거야.

우리가 계속해서 함께 좋은 그림을 만들어서 뭔가 해내고 싶다면, 성취해낸 일들에 대해서만 말하면 돼. 불가피한 경우에는 얼굴 붉히지 말고 구필 화랑이나 가족들과 직접적으로 연관된 사실들만 이야기할 수도 있을 거야. 물론, 전적으로 너와 내가 상황을 더 깊이 이해하기 위해서 그런 이야기를 주고받는 것이지, 한풀이를 하자는 게 아니야.

그런데 사업에 착수하려면, 우리 둘 다 건강을 챙기는 게 가장 중요해. 앞으로 25~30년은 꾸준히 일해야 하니까. 지금 이 시대가 여러모로 흥미로운 점은, 한 사회가 저물기 시작하는 광경을 지켜볼 수 있다는 거야.

가을이나 석양의 풍경이 거대한 한 편의 시를 연출하듯이, 자연이 오묘한 힘의 조화로 돌아간다는 사실이 느껴진다. 예술에서는 뭐랄까, 퇴행적인 분위기가 느껴져. 들라크루아, 코로, 밀레, 뒤프레, 트루아용, 브르통, 루소, 도비니 이후의 분위기는 정말로 그래. Que soit(어쨌든), 이런 퇴행적인 분위기도 꽤나 매력적이어서 하루하루가 지날수록 아름다운 작품들이, 정말, 어마어마하게 쏟아져나올 거라는 희망이 있어.

정말이지 루브르와 뤽상부르 미술관 등에 가고 싶다. 모든 게 다 새롭게 보일 것 같아.

들라크루아의 걸작 100선 전시회와 메소니에 전시회를 놓친 게 두고두고 후회스러울 것 같다. 그래도 그 빈 자리를 채울 다른 방법이 있겠지.

여기서 크게 실력을 키우지 못한 게 사실이야. 마음은 너무 급했는데 건강이 발목을 잡아버렸어. 내 바람대로, 건강을 되찾게 되면, 그간 고생하고 공들인 게 헛되지는 않을 거야.

잘은 모르겠지만 에콜 데 보자르Ecole des Beaux-Arts 학생이 아니어도 사전에 요청해서 허가를 받으면 루브르에서 석고상을 보고 그림을 그릴 수 있지 않아? 같이 살자는 계획을 실행에 옮길 때가 돼서 하는 말인데, 지난 10년간 우리가 함께 지낸 시간이 거의 없었다는 사실에 너도 꽤나 놀랐을 게다.

어쨌든, 나는 진심으로 이런 생이별의 시간이 끝났으면 한다. 여기서 완전히 끝이 났으면 좋겠어.

네가 말한 숙소는 월세가 좀 비싼 것 같다. 좀 더 싼 집이어도 괜찮아.

내가 잠시 몇 달간 뉘넌으로 돌아가 지내면 어떨까 궁금하기는 하다.

가구도 몇 점 남아 있고, 경관도 아름답고, 동네도 꽤 익숙하니까, 가구나 집기 등을 들여놓을 여관방 같은 pied à terre(임시거처)를 마련하면 적당하겠어. 그게 아니면 다 처분해버려야 하는 데 언제 또 유용하게 쓸지 모를 일이잖아.

잘 아는 익숙한 곳에 가면 할 일도 많을지 몰라.

이제 그만 편지를 마무리해야겠다. 데생 클럽에 갈 시간이거든. 우리에게 뭐가 최선일지 잘 생각해봐라. 안부 전한다.

너를 사랑하는 형, 빈센트

451네 ____ 1886년 2월 9일(화) 추정

테오에게

다시 한 번 이렇게 펜을 들었다. 우리가 결정을 빨리 내릴수록, 더 유리하기 때문이야. 화실 문제는, 벽감이 있는 방과 창고나 다락방이 있는 집을 빌려서, 벽감이 있는 방을 최대한 편하고 안락하게 꾸며 네 거처로 쓰고, 낮 시간에는 그 방을 화실로 활용하고, 보기 흉한 도구들은 다락방에 잡동사니와 함께 넣어두면 돼. 난 거기서 자고, 넌 벽감이 있는 방에서 자고.

첫해는 이런 정도면 충분할 거야. 우리가 한 지붕 아래서 같이 잘 지낼 수 있을지는 아직 모르지만, 그래도 희망은 버리지 말자. 네 입장에서도 퇴근하고 돌아올 집이, 황량하고 침울한 빈 방이 아니라 화실이라면 더 기분 좋지 않을까 싶다. 황량하고 침울한 분위기는 최대의 적이야.

의사가 내게 건강을 챙겨야 한다고 말했다고 했잖아. 그런데 생각해보니, 너도 건강을 관리하면 훨씬 편안해질 거야. 사실 너 역시 행복하지도 않고, 활력도 잃은 상태잖아. 아니, 더 솔직히 말해보자. 너는 근심 걱정은 너무 많은데, 가진 건 너무 없다고 생각하잖아.

그런데 이건 우리 잘못이기도 해. 서로 완전히 따로 생활하니까, 우리가 가진 힘과 재산을 너무 분산해서 쓰느라고 항상 부족했던 거야. 백지장도 맞들면 낫다고 하잖아. 같이 지내면 훨씬 나아질 거야.

우리는 활기차게 살 필요가 있어. 의심이나 불신은 내던져야 해. 혼자가 되어도, 아무도 너를 이해해주지 못해도, 물질적인 안락함이 사라져도 마음의 평온을 지킬 수 있는 *근거*가 필요해?

그건 바로 네 *믿음*이야. 본능이 네게 말해줄 거야. 많은 게 달라지고 있고, 모든 게 변화할 거라고. 우리는 지금 거대한 혁명을 겪으며 사라질 시대의 끝자락에 서 있지.

잠깐 이런 가정을 해보자. 우리가 지금 생의 끝자락에 서서 이 시작을 보고 있다고. 우리는 이 폭풍우가 지나고 나서 온 사회가 신선한 공기로 충만할, 그런 좋은 날을 경험할 수는 없을 거야.

하지만 이 시대의 위선에 속지 않고, 폭풍우보다 먼저 나타나는 곰팡이와 악취는 찾아내야 해.

그리고 이렇게 말해야 해. 우리 가슴은 짓눌리고 있지만 미래 세대는 더 자유롭게 숨 쉴 수 있을 거라고.

졸라와 공쿠르는 덩치만 큰 아이들처럼 순진하게 그걸 믿었어. 파격적이고 예리한 분석을 내놓던 엄격한 분석가들이.

네가 언급했던 투르게네프와 도데도, 뚜렷한 목적이 있거나 미리 내다보고 글을 쓰지 않았어. 이들은 모두 당연히, 유토피아를 예견하지 않았어. 이런 의미에서는 다 비관주의자들이지. 일련의 일들을 분석해보면 이 세기의 역사가 보여주는 것은 애초에 제아무리 정당한 대의명분으로 시작되었어도 모든 혁명은 실패로 돌아갔다는 사실이야.

남들과 함께 일하면서 '이 감정과 생각이 나 혼자만의 것은 아니다'라고 느낄 때, 사람은 꿋꿋이 버텨낼 수 있어.

또한, 더 강해지고, 무한히 행복해지지.

너나 나나, 이미 오래전에 이런 마음가짐으로 살았으면 얼마나 좋았을까. 너도 계속 혼자 지냈으니, 삶이 우울해졌을 거야. 지금 이 시대가 그리 힘이 나는 시대가 아니잖아. *자신의 일에서 만족감을 찾지 않는 이상은 말이야.*

공쿠르의 소설을 보낸 건, 서문을 잘 읽어보라는 뜻에서야. 그들이 무슨 일을 했는지, 그들이 무엇을 열망하고 살았는지 한눈에 보여주거든. 아마 그들도 엄밀히 말해서 *행복하진 않았던 모양이다.* 이런 말을 했던 들라크루아처럼 말이야. 'Je n'ai pas du tout été heureux dans le sens où je l'entendais, le désirais autrefois(나는 예전에 내가 원하고 바랐던 방향으로 따지면, 전혀 행복하지 않았다).' 그래! 머지않아, 이런 순간이 네게 찾아올 거야. 물질적인 행복이 돌이킬 수 없이 치명적인 계산 착오였다는 걸 *깨닫는* 시간이. 내 감히 장담하는데, 그 순간이 오면 아마 보상심리가 작용해 일에 대한 욕구가 불타오를 거다.

경이로울 정도로 평정심을 유지하고 있는 이 시대 사상가들을 보고 있으면 마음이 무거워진다. 공쿠르 형제의 마지막 산책길이 그랬어(너도 곧 읽겠지). 도데와 함께였던 투르게네프의 마지막 날도 마찬가지고. 여성처럼 감상적이고, 섬세하고 현명한 그 모습. 자신들이 느끼는 고통도 감상적으로 받아들일 뿐만 아니라 언제나 생명력과 자신감이 넘치는 모습이었어. 철저한 금욕주의를 따른 적도 없고, 삶을 경시하지도 않았지. 다시 말하지만, 이 사람들은 마치 여성들처럼 생을 마감했어. 신에 대한 편견도 없었고, 그렇다고 모호한 개념을 가지고 있지도 않았어. 이들은 오로지 삶이라는 현실을 단단히 딛고 서 있었어. 역시 *여성*들처럼. 사랑도 많이 했고, 또 그만큼 괴로워했어. 실베스트르의 증언이 전하는 들라크루아처럼. 'Ainsi il mourut presqu'en souriant(그렇게 눈을 감았다. 거의 미소 짓는 모습으로).'

우린 아직 이런 경지에 오르지 못했어. 우리는 오히려 더 일하고, 더 살아야 할 시점에 있어. 그래야 겨우 물질적 행복에 관한 생각이 실수였다는 걸 깨닫게 될 거야. 언제나 그렇듯 말이야.

미래가 어떻게 되든, 나는 코르몽의 화실에 1년쯤 다니면 좋겠어. 에콜 데 보자르나 여기서 이름을 들어본 다른 화실을 추천 받지 않는 이상은 말이야.

석고상을 그린다고 현실 감각이 떨어지는 건 아니야. 오히려 그 반대지! 물론 프랑스 화가들의 회화도 정말 보고 싶다.

그나저나 이 짧은 시구가 정말 매력적이지 않니?

모든 악은 여자에게서 나온다. 흐릿한 이성,
금전욕, 배신, 찌꺼기가 뒤섞인 포도주가 담긴 금 술잔,
온갖 범죄, 행복한 거짓말, 모든 광기는
여자에게서 나온다……. 그래도 여자를 사랑하라.
신이 만드신 존재니까…… 신이 만드신 최고의 성공작이 바로 여성이니까.*

작업은 우리에게 제2의 젊음이라는 비밀을 가르쳐주고 있어.

혹시 칼라일의 책은 읽어봤어? 아마 이 사람 얼굴을 알고, 미슐레와 비슷한 책을 쓴다는 것까지 알고 나면, 굳이 읽을 필요는 없어. 휘슬러와 르그로가 각각 칼라일의 초상화를 그렸지.

제법 배포도 있고 범인(凡人)들과는 달리 통찰력이 남다른 사람이었어. 이런 사람들의 이면을 들여다볼 때마다, 한결같은 사연들을 발견한다. 궁핍한 생활, 건강 악화, 반감, 고립감…… 한마디로, 태어나서 죽는 날까지 힘든 날의 연속이었다는 사실.

망츠Paul Mantz가 폴 보드리Paul Jacques Aimé Baudry에 관해 쓴 기사가 아주 괜찮더라. 특히 이 구절이 인상적이야. 'Il a travaillé au renouvellement du sourire(그는 미소의 새로운 발견을 위해 헌신한 사람이다).'

이 말을 들라크루아에게 적용할 수 있을까? 'Il a travaillé au renouvellement de la passion(그는 열정의 새로운 발견을 위해 헌신한 사람이다).' 틀린 말은 아니지.

아무튼, 조만간 편지해라. 안부 전한다.

너를 사랑하는 형, 빈센트

452네 ___ 1886년 2월 11일(목) 추정

테오에게

나의 파리행을 6~7월보다 앞당겨도 괜찮다고 네가 생각해준다면 한결 마음이 편하겠다는 말을 꼭 전하고 싶구나. 생각하면 할수록 그 편이 더 나을 것 같다.

그게, 모든 상황이 순조롭고 그 동안 내가 매 끼니를 잘 챙겨 먹는다고 해도(당연히 순조로울 리가 없지만), 건강을 완전히 회복하기까지 최소 6개월은 걸릴 거야.

* 테오도르 드 방빌의 『소크라테스와 그의 아내』에서. 불어로 옮겨 적었다.

그런데 3~7월을 브라반트 체류 시절의 마지막 몇 달처럼 보낸다면, 건강 문제는 훨씬 더 오래 걸리겠지. 분명 그때처럼 궁색하게 지낼 테니까.

요즘은 심지어 그때보다도 쇠약해졌는데, 전적으로 과로 탓이야. 어쩌면 당연한 결과고 정상인 거지. 다만 관건은 건강을 회복하는 거야. 그런데 브라반트에서 지낼 때처럼 또다시 마지막 한푼까지 모델료로 쓴다면, 결국 예전과 똑같은 상황만 반복될 뿐이야. 전혀 달갑지 않은 일이지. 결국 우리가 가야 할 길과 멀어질 뿐이야. 그래서 이렇게 부탁하는데, 내가 파리로 좀 빨리 갈 수 있게 해주면 좋겠다. 아니, 어차피 갈 거면, 지금 당장 가고 싶다.

파리에서 다락방을 빌려서 화구만 가져다 놓을 수 있으면, 당장 그길로 석고상을 보고 습작들을 그려낼 수 있어. 그러면 코르몽의 화실에 찾아갈 때 도움이 좀 되지 않을까? 루브르나 에콜 데 보자르에 가서 그려도 괜찮고.

새로 거처를 정하는 문제도 얼마든지 상의해서 더 나은 해결책을 찾아볼 수 있을 거야. 정 그래야 하면 3월경에 뉘넌으로 갈 용의는 있다. 가서 동네 분위기를 살펴보고 과연 사람들이 모델을 서줄지 확인해볼 생각이야. 그런데 내 예상과 다르면(아마도 그렇게 될 듯한데) 4월에 곧장 파리로 건너가 루브르 같은 곳에서 데생 연습을 시작하겠어.

화실을 꾸리는 부분에 대한 네 계획을 읽고 곰곰이 생각해봤는데, 일단은 함께 보러 다니는 게 더 좋겠다. 그리고 한집에 같이 살기로 결정하기 전에 다른 방식도 고려해보자. 예를 들면 4~7월까지는 나 혼자 다락방을 구해 지내본다거나.

그러면 코르몽의 화실에 나갈 때쯤에는 파리 생활에 다시 적응되어 있지 않을까 싶어.

또 이렇게 하면 열의만큼은 고스란히 간직할 수도 있어.

너한테 할 말이 있어. 난 지금도 미술학교에 다니고 있지만, 견디기 힘들 정도로 억지 트집을 잡는 자들이 자주 있다. 아예 작정한 듯 의도적으로 나를 못살게 굴더라.

하지만 말싸움을 걸어올 때마다 번번이 자리를 피하고 내 방식대로 해나가고 있다. 내가 추구하는 방향이 맞는 길이라는 게 느껴져. 다만 석고상 모델 앞에 오롯이 혼자 앉아서 열심히 연습했다면 더 일찍 방향을 찾았을지도 모르겠어.

그래도 여기 미술학교에 다닌 건 잘한 일이야. *prendre par le contour(윤곽선부터 그리는 경우)*를 수도 없이 봤으니까.

그렇게 모두가 기계적으로 그리니까 내 방식에 트집을 잡지. 'Faites d'abord un contour, votre contour n'est pas juste, je ne corrigerai pas ça si vous modelez avant d'avoir sérieusement arrêté votre contour(윤곽선부터 시작해라, 윤곽선이 엉망이다, 윤곽선을 마무리하기도 전에 형태부터 잡으려고 하면 그림을 바로잡아줄 수 없다)' 등등.

매사에 이런 식이야. 네가 직접 봐야 해!!! 그 결과물들이 얼마나 허접하고 영혼 없고, 무미건조한지. 난 다행히도 아주 가까이서 내 두 눈으로 똑똑히 봤어. 다비드, 더 심한 경우에는 전성기의 피네만Jan Willem Pieneman 같은 그림들. “votre contour est un truc, etc.(당신의 윤곽선은 눈속임에 지나지 않습니다)!”라고 말하고 싶었던 경우가 스무 번도 넘어. 그런데 굳이 그런 말싸움을 할 필요가 있나 싶더라. 그렇게 내가 입을 꾹 닫고 있는 것도 그들의 성질을 긁는 셈이야. 그들 역시 나한테 마찬가지고.

하지만 이런 건 중요하지 않아. 중요한 건 데생 본질을 속속들이 파악하고 있느냐지. 그래서 꿋꿋이 참고 버티는 거야.

이런 말까지 하더라. “La couleur et le modelé, c’est peu de chose, cela s’apprend très vite, c’est le contour qui est l’essentiel et le plus difficile(색과 형태 잡기는 아무 의미 없어. 저절로 배워지거든. 그림의 본질은 윤곽선이고 그게 가장 어려운 부분이야).”

봐라, 미술학교가 아니면 어디서도 배울 수 없는 내용이야! 세상에, 색과 형태 잡기가 그냥 저절로 배워진다는 얘기는 생전 처음 들었다.

바로 어젯밤에 저녁반의 데생 선발전에 낼 그림을 완성했어. 너도 잘 아는 게르마니쿠스 상이다. 뭐, 당연히 꼴찌일 거야. 다른 학생들 데생은 하나같이 똑같이 그렸는데, 내 그림만 분위기가 완전히 다르거든. 반에서 가장 실력이 뛰어나다는 학생이 어떻게 그리는지 직접 보기도 했어. 그 친구 바로 뒤에 있었거든. 정말 정확하게, 잘 그리더라. 하지만 그건 죽은 데생이었어. 여기 와서 본 수많은 다른 데생들과 마찬가지로.

그만하자. 이런 고민을 하면서 그 힘으로 더 높은 목표를 세우고, 거기에 다다를 수 있도록 최선을 다해보자.

너도 네 건강을 더 잘 돌봐야 한다. 우리가 같이 살게 되면 혼자 살 때 몰랐던 것, 할 수 없었던 것들을 함께 더 알아가고, 더 해볼 수 있을 거야.

너도 폴 망츠의 섬세한 기사를 읽었는지 모르겠다. ‘*Dans la vie les femmes sont peut-être la difficulté suprême(인생의 최대 난제는, 아마, 여자일 것이다).*’ 보드리에 관한 비평글이야.

우리도 곧 경험하게 되겠지. 이미 지난 경험들도 쌓였고.

「질 블라스」에 연재되는 졸라의 『작품』에서도 흥미로운 대목을 읽었어. 화가(분명 마네일 거야)에게 모델을 서주다가 결국은 진저리를 내는 한 여성과의 관계를 묘사했는데, 꽤 그럴듯했어. 이 부분과 관련해서 여기 미술학교에서 배운 거라곤, 여성 모델을 안 그린다는 거야. 여성 누드모델은 거의 부르지 않아. 교실에서는 절대 없고, 개인적으로도 매우 드문 모양이더라.

석고상을 그리는 데생반에도 남자 석고상은 10개인데, 여성 석고상은 단 1개야. 편하다면 편한 거지…….

파리는 사정이 좀 낫지 않을까. 나는 남자의 신체와 여자의 신체를 끊임없이 *비교*하면서 많은 걸 배울 수 있다고 생각해. 모든 면에서 매우 다르니까. 이런 게 최대 난제겠지. 하지만 이런 것도 없으면 예술이며 삶이, 무슨 의미가 있겠어?

안부 전하고, 곧 편지해라. 마음으로 악수 청한다.

너를 사랑하는 형, 빈센트

3월에 뉘넌에 가게 되면 그건 이사를 돕기 위해서야. 개인적으로도 가긴 가야 하는 게 거기 거처도 바꿔야 하거든. 그런데 기기 돌아가는 일이 정말 내키지 않는다.

453네 ___ 1886년 2월 14일(일)

테오에게

요즘 내가 소식을 자주 전하면서 매번 같은 말을 했지. 그냥 이렇게 결론을 내리면 될 것 같다. 내 머릿속에는 한 가지 생각밖에 없다고. 한동안 인물 데생에 몰두해야 할 필요성 말이야.

이기적이라고 말해도 좋다만, 우선 건강을 회복해야겠다. 여기 생활에 대한 지배적인 인상도 크게 달라지지 않았어. 어떤 면에서는 여기 와서 만든 작품들이 무척 실망스럽다는 거지. 하지만 생각은 새롭게 달라졌고, 그게 애초에 이곳에 온 진짜 목표였어. 건강 문제는 너무 과신했다는 생각이 들어. 근본적인 부분은 여전히 괜찮은 편이지만, 예전과 다름없이 완전히 만신창이 상태야. 내가 받은 처방처럼, 너 역시 전적으로 건강에 신경 쓰고 챙겨야 하는 상황이라고 해도 전혀 놀랄 일은 아닐 거다.

내 생각이 틀리지 않았다면, 우리는 빨리 만날수록 좋을 것 같다. 아무리 봐도 내가 시골로 돌아가서 지내는 건 단점이 너무 많은 것 같거든. 신선한 공기 덕에 기분은 상쾌할지 모르지만, 도시의 다양한 볼거리와 유쾌한 사람들이 너무 그리울 것 같아. 그런데 우리가 이전에 줄곧 함께 생활했었다면, 아마 여러모로 너를 실망하게 했을지도 모르지만, 모든 면에서 그러지는 않았을 거야. 특히, 무언가를 바라보는 시각에 관해서는 절대로 아니었을 거다.

여러 가지를 의논하는 김에 하는 말인데, 일단 우리 둘 다 조만간 아내를 얻는 게 좋겠다는 생각이다. 너나 나나 결혼 적령기라는 말이야. 너무 오래 끌다간 영영 놓칠 수도 있고.

아내가 생기면 생활이 안정되겠지. 하지만 건강하게 살기 위한 첫 번째 조건이기도 해. 이런 이야기를 꺼내는 이유도, 너나 나는 이 부분에서 큰 어려움을 극복해야 하기 때문이야. 많은 게 그 부분에 달렸거든. 그래서 이 편지를 통해 그간의 침묵을 깬 거야. 앞으로도 종종 허심탄회하게 이 문제를 논할 일이 있을 거다. 여성과의 교제는 예술에 있어서도 아주 중요해.

여성에 대해 알아가는 동안에도 젊음을 유지할 수 없다는 게 참 아쉽다만, 만약 그랬다면, 삶이 지나치게 아름다웠겠지.

공쿠르의 『셰리』 서문 읽어봤냐? 아무리 생각해봐도, 이 두 형제는 살면서 정말 어마어마한 일을 해낸 것 같더라.

함께 작업하고, 함께 생각하는 것만큼 기발한 아이디어가 또 있을까 싶어. 예술가들 사이에 발생하는 불행의 근본적인 원인이, 바로 그들의 분열에 있다는 증거를 매일 눈으로 본다. 서로 협동하지 않고, 서로를 적대시하기 때문이야. 우리가 이 부분에서 현명하게 행동하면, 내가 장담하는데 1년 안에 더 나은 방향으로, 더 행복한 방향으로 길을 찾아갈 수 있을 거야.

작업이 마음먹은 대로 진행되지 않고 있지만, 무리는 하지 않을 생각이야. 과로는 삼가라는 조언을 들었거든.

힘을 비축해뒀다가 파리 생활을 시작할 때 적극적으로 활용할 생각이기도 해. 내 예상으로는 그렇게 되기까지 1달여밖에 남지 않은 것 같거든. 아무튼 가볍고 경쾌한 몸과 마음으로 파리 생활을 시작했으면 좋겠어.

일요일인데 날씨가 완연한 봄 같았어. 오늘은 아침부터 공원에 나가고 대로를 따라 걸으며 산책을 했어. 날씨가 얼마나 좋은지, 시골이었으면 벌써 첫 종달새 울음소리를 들었겠다 싶더라. 한마디로, 만물이 소생하는 분위기가 느껴지는 날이었어.

반면, 경제 상황이나 사람들 분위기는 축 가라앉은 상태야. 파업의 물결이 도시를 휩쓸고 있는 게 불길한 징조 같다고 해도 과언이 아닐 정도야. 확실히 미래 세대에게는 어떤 식으로든 도움이 되겠지. 그러니 명분은 어느 정도 서는 셈이야. 하지만 하루 벌어, 하루 먹고 사는 사람들 입장에서는 암울할 따름이야. 더욱이 해를 거듭할수록 상황이 심각해질 것 같으니. 부르주아에 대한 노동자들의 투쟁은 100년 전, tiers état(제3신분)들이 나머지 두 계급을 상대로 벌인 투쟁만큼이나 정당성은 있어. 그러니 입을 닫고 조용히 지내는 게 최선일 거야. 왜냐하면 운명은 부르주아의 편이 아니거든. 곳곳에서 비슷한 상황을 보게 될 거다. 상황이 끝나려면 한참 남았으니까. 그러니 봄이 와도, 얼마나 많은 수천 수만의 사람들이 침통하게 방황하며 지내겠어?

봄에는 긍정의 수호신인 종달새가 하늘 높이 날아오르는 장면도 보지만, 건강해야 할 스무 살의 젊은 아가씨가 폐결핵으로 고생하다가 병이 자신을 데려가기 전에, 결국 물속으로 뛰어들어 생을 마감하는 장면도 볼 수 있어.

언제나 품위 넘치는 환경 속에서, 유복한 부르주아들과 어울려 지내다 보면 주변에 이런 일들이 있는지도 모르고 살 거야. 그런데 내가 그랬던 것처럼 몇 년간 궁핍하게 살아보니, 가난이라는 게 저울의 추를 좌우할 수 있는 현실이라는 사실을 무시할 수 없더라고.

이런 상황을 해결할 수도, 사람들을 구해줄 수도 없지만, 서로 위로하고 공감할 수는 있지.

보기 드물게 성격이 차분했던 코로는 이런 상황에서도 봄을 느끼고 살았어. 하지만 그는 평생을 단순 노동자처럼 살면서 자신처럼 가난한 이들의 사정에도 관심을 기울였잖아? 그의 전기에서 이 부분이 무척 인상적이었어. 그는 이미 지긋이 나이를 먹은 1870년과 1871년에도, 청명한 하늘을 감상하는 동시에, 부상자들이 누워서 죽어가는 야선병원을 찾아다녔디더라.

허상은 사라져도 숭고함은 *영원히 남는다.* 세상 이것저것 다 의심해도 코로, 밀레, 들라크루아 같은 화가들은 의심할 수 없어. 더 이상 자연을 신경 쓰지 않는 지금도, 사람들은 여전히 다른 사람들을 걱정하고 사는 것 같더라.

이번 달에, 다만 얼마라도, 단돈 5프랑이라도 보내줄 수 있으면 잊지 말고 보내주면 좋겠다. 사정이 여의치 않다면야, 뭐, 어쩔 수 없지.

아무튼 네가 어떤 결정을 내릴지 무척 기대된다. 혹시 가능하면, 내가 4월 1일에 파리로 간다고 해도 괜찮을지 모르겠다. 어쨌든 곧 편지해라. 안부 전하고, 마음의 악수 청한다.

너를 사랑하는 형, 빈센트

454네 ___ 1886년 2월

테오에게

나는 지금 내가 도달하고자 하는 지점에 오르려고 모든 관심과 노력을 집중하고 있어. 말하자면, 일에 있어서 더 자유롭게 내 길을 가려는 거야. 그러려면 난관들에 짓눌려 쓰러지는 대신 극복해내야겠지. 건강이 많이 안 좋아서 건강 회복에 만전을 기해야 한다는 얘기는 이미 했다.

그리고 첫해에는 굳이 시골로 가서 작업할 이유는 없다는 것과, 앞날을 위해서도 도시에서 지내며 석고상이나 누드 데생을 하는 게 훨씬 낫다고도 했었지. 전반적인 가격 하락 혹은 폭락, 그 결과 발생한 최근의 사업 부진과 침체에도 대비하고 있어야 하지 않을까? 너에게 어떤 해답을 가지고 있으라고 주문하는 게 아니야. 나도 그런 건 없으니까.

이렇게 방대한 분야의 문제를 어떻게 정확히 예측할 수 있겠어. 그러니 차라리 그냥 이대로 내버려두는 게 답일 수도 있어. 하지만 자세히 들여다보면, 금세기에 기개 넘치는 탁월한 인물들은 모두 *시대의 흐름을 거스른* 사람들이었고, 그들이 남긴 결과물은 모두 자기 주도적인 작품들이었어. 미술 분야도 그렇고 문학도 그렇고(음악은 내가 문외한이지만 아마 마찬가지일 거다). 소규모로 시작해 꾸준히 노력해서, 적은 돈으로 많은 걸 만들어내면서, 돈보다는 개성을 갖춰나가고, 자본보다는 대담함을 갖춰나갔지. 밀레와 상시에가 그랬어. 발자크, 졸라, 공쿠르, 들라크루아도 마찬가지야. 그렇지만 지금 당장 파리에 화실을 얻기보다, *1년간은 실력을 연마*하며 기다려보는 게 너나 나, 모두에게 현명한 일이 아닐까 싶다.

한 1년 코르몽의 화실에서 그림을 그릴 수 있게 해주면 좋겠어. 그동안 너는 시장이나 업계 전반의 동향을 더 철저히 관찰해야겠지. 그런 다음에는 위험을 무릅쓰고 감행해도 될 것 같아.

지금과 같은 침체기에 자본이라는 건 적국에 홀로 선 병사에게는 실탄과 같은 필수품이기 때문에, 절대로 허투루 사용해서는 안 돼.

게다가 이렇게 불평하는 소리도 들려. 화가들도 그렇고 일반인들도 그렇고. "사람들을 초대할 목적으로 비싼 집을 빌렸는데, 오는 사람 하나 없고, 나조차 내 집처럼 편안하게 느껴지질 않아!"

아무래도 초상화를 그리려면 화실이 어느 정도 편안한 분위기여야 해. 모델 서는 사람들이 난처할 일 없도록 말이야.

그런데 화실을 얻으려면, 미리 지역을 잘 정해놔야 해. 어디에 얻어야 사람들을 더 오게 할 수 있는지, 친구들을 더 많이 만들 수 있는지, 이름을 알릴 수 있는지 등등.

한 1년 더 데생에 집중하는 게 최우선이니까, 좋은 화실을 꾸리는 건 *나중 문제다*. 그러니 모든 게 괜찮은 셈이야.

차분히 이것저것 따져보면, 데생에 집중하는 한 해가 불행한 시간이 될 거라는 생각은 안 든다. 반대로 일을 시작하기 전에 차분하게 생각하고 확인할 시간을 벌어주는 걸 수도 있어.

그러니까 만약 내가 파리에 가게 되면, 가장 현명한 방법은 화실은 1년 후에 얻고, 그 시간을 서로에 대해 잘 알아가는 시간으로 활용하는 거야. 그러면 아마 많은 게 달라지겠지. 그런 다음에 지평을 넓혀나가자는 거야. 기다리는 과정에서 우리가 가진 약점도 보완할 수 있을 테니 두려운 마음 없이 시작할 수 있어.

한 1년 작업하면서, 너나 나나, 건강 회복에 더 신경을 쓰면 *지금보다는* 훨씬 더 잘 버틸 수 있을 거다.

그런데 지금은 어떻게 해야 할까? 브라반트로 돌아가는 건 정말이지 쓸데없이 우회하는 거야. 시간도 돈도 낭비하는 길이라고. 여기서 곧장 파리로 갈 수는 없을까? 네가 오라고 할 때까지 여기 남아 계속 그림을 그리다가 말이야. 진심으로 하는 말인데, 몸이 너무 좋지 않아! 돈이 조금이라도 남는다면, 일단 내 몸부터 돌봐야 해. 식구들이야 일꾼을 고용하는 게 더 나을 거야. 계속 이렇게 식사도 제대로 못 하고 지내면, 이번에는 분명히 앓아눕게 될 거다. 나도 어쩔 수 없는 문제야. 그런데 솔직히 난 아무래도 상관없다. 벌어질 일이면, 어차피 벌어질 테니까!

브라반트로 가려면 여비가 들어. 내 물건들을 보관해둔 방의 임대료도 줘야 할 텐데 그게 못 줘도 50프랑은 될 거고, 새로운 창고를 임대해서 물건들을 옮기려면 그것도 한 50프랑 들지. 또, 다시 그림을 그려야 할 테니 물감도 새로 사야 하고.

이런저런 force majeure(불가항력)으로 인해 일시적이지만, 내 의무를 다할 수 없다고 편히 말할 수 있겠다 싶었어. 그러니까 물건 보관료를 내지 못하겠다고 말하는 거야. 대신 "창고에 있는 내 가구들을 담보로 잡아두세요! 돈은 물건들을 찾으러 올 때 드리지요!" 이렇게 하면 적어도 새 창고를 임대할 필요는 없어지잖아.

내가 원래 마음이 약해서, *방법이 없는 상황에서도* 항상 양보만 하는 편이거든. 그건 좋다고. 그런데 이게 정도가 심하다 보니 내 작업에도 지장을 받게 돼.

너도 내 상황을 이해해줄 거라 믿는다. 최근 들어 도서히 이렇게는 못 살겠다고 말하며 늘어놨던 내 불평을 가만 돌이켜보면, 이건 진짜 대수롭지 않은 일에 불과하다는 생각이 들 거다.

도시에 있는 화실에서 작업할 기회가 많다는 걸 미리 알았더라면, 진작에 그렇게 했을 거야.

지금은 그림도 *계속 그려야* 하는데 건강 상태는 엉망이라서, 파리로 가기 전까지는 계속 여기 머물러 있을 수밖에 없는 상황을 네가 좋게 봐줬으면 한다. 여기 학기가 끝나는 3월 31일 전에는 파리로 갔으면 좋겠어.

그렇게 되더라도 부득이하게 여기서 파리까지 가는 경비가 들겠지. 너도 움직여야 할 텐데, 그게 저절로 되는 일도 아니고 말이야. 그러니 아무리 생각해도 브라반트행은 돌아가는 길이고, 시간 낭비일 뿐이다.

지금은 나도 하루하루 근근이 버티며 지내고 있고, 나한테 받을 돈이 있는 사람들은 기다려야 하는 상황이다.

건강이 좋아지고 파리에서 그림이 팔리면, 그래, 그땐 월세와 물감값을 나 스스로 감당할 거야.

그런데 *지금은 아니야*. 지금은 그럴 돈이 없어. 너도 마찬가지고. 그러니 더 이상 말을 말자.

게다가 집에서는 워낙 안 좋은 일만 겪었던 터라, 너그럽게 봐주고 싶은 사람은 단 하나도 없어. 네가 무언가를 바꾸고 싶다고 해도 역부족일 거야.

너도 여윳돈이 없다고 계속 편지했었잖아. 좋다. 그런데 음식을 사먹을 *돈도 없는데,* 월세 낼 돈이 있을 리 없고, 이 상황에서 괜한 여행 경비를 지출하는 건 더더욱 불가능하지 않을까?

집의 이삿짐을 싸고 나르는 일은, 내가 아니라 정원사 레이커 아저씨나 하위징 씨한테 도움을 청하는 게 훨씬 나을 거야. 내가 거기 산다면 당연히 돕겠지만, 일부러 거기까지 찾아가는 건 아닌 것 같다. 나만큼 힘쓸 수 있는 팔이 다 합쳐서 적어도 여섯 쌍은 나올 텐데 말이야. 어쨌든 나는 상관없어. 그냥 내 생각에 합리적으로 보이는 걸 말하는 것뿐이다. 그리고 우리 능력과 실력을 키우기 위해 시급한 것들이 무언지를 너도 알았으면 하는 것뿐이야. 그리고 다시 앓아눕고 싶지는 않거든. 이 부분만큼은 너도 반대할 수는 없을 거다.

일단 몸부터 추스를 수 있게 해주면 좋겠다. 체력이 바닥을 친 상황이라서 말이야.

이번 편지와 지난 편지 내용을 한마디로 요약하자면 이런 거야. 침착하게 앞으로 나아가자. 가급적이면 여기서. 코르몽의 화실이면 금상첨화겠지. 그리고 작업은 계속하겠지만, 몸이 정말 아프다.

할 수만 있다면, 브라반트에 잠시 가 있으라는 말에 굳이 반대할 이유도 없어. 아니, 기꺼이 갈 수 있어. 그럴 수만 있다면 말이지. 그런데 너도 그렇고, 나도 그렇고 그렇게 할 여유도 없고, 또 내 도움이 있는 것보다는 차라리 없는 게 우리 집 사람들에게는 더 나을 거야.

안부 전한다. 힘들겠지만, 조만간 또 편지해라.

너를 사랑하는 형, 빈센트

455네 ___ 1886년 2월

테오에게

네 소식이 무척이나 궁금하다. 이제는 결정을 내려야 할 순간이 된 것 같거든.

이제 월말까지 고작 열흘쯤 남았으니, 내가 어떻게 해야 하는지 알아야겠다.

하지만 나로서는, 결심을 굳혔어. 너도 나와 같은 시각이면 고맙겠다.

파리행 여비는 피할 수 없는 문제야. 뭘 어떻게 해야 할지는 네가 잘 알 거라 생각한다.

네가 예정보다 앞당겨 파리로 가는 계획에 큰 반대가 없다면, 나는 브라반트에서 며칠 시간을 보내고 와서, 여기 있는 습작과 데생을 너한테 보냈으면 한다.

모든 걸 빨리 처리하고 싶어. 그러지 않으면 여기 안트베르펜에서 계속 미적거려야 하거든.

그리고 치아 치료도 빨리 마무리하고 싶다. 어떻게 해야겠냐?

수중에 1.5프랑이 전부야. 월말까지의 식비로 5프랑을 선불로 냈고.

변화에 대한 결심을 빨리 굳히는 게 여러모로 바람직할 거야.

브라반트에 갈 때 화구까지 부칠 돈이 없다는 건 너도 잘 알 거야. 그러니 거기 가서 모델이나 물감에 돈 들어갈 일은 전혀 없을 거다.

그러니 선택할 것도 없어. 골라서 뭘 하겠어? 시급한 문제부터 해결해야지. 지금으로서는 누드모델과 석고상 데생이 급선무야.

설명이 너무 느닷없게 느껴질 수도 있을 거야. 그런데 계속 미뤄둘 수만은 없는 문제잖아. 게다가 파리에서는 임시로 지낼 다락방 정도는 쉽게 구할 수 있으니, 도착하자마자 바로 루브르나 에콜 데 보자르에 가서 그림을 그릴 수도 있고, 또 그렇게 하면 코르몽의 화실에 다닐 자격도 더 쉽게 얻어낼 수 있어. 그러니 늑장을 부리거나 주저하고 망설이지 말자는 거야.

박차를 가해야 해. 우린 그렇게 할 수 있어.

그럴듯한 걸 만들어내고 싶을수록, 과감하고 빠르게 행동해야 한다는 걸 명심해라. 그리고 우리가 아무리 애써도 우리가 시작한 일이 어떤 방향으로 흘러갈지 미리 알 수는 없어. 하지만 과감하고 힘차게 행동해서 손해 볼 건 전혀 없어.

가능하다면, 이번 달에는 치아 치료비 나머지 절반을 해결하고 습작들을 포장해서 네게 보낸 다음, 이달 마지막 날이나 그보다 며칠 앞서서 여길 떠났으면 한다. 그런데 3월까지 더 있지는 않을 거야. 월세 부담 때문에.

이게 가능할까? 가능하다면 집에 가서 이삿짐 싸는 일을 도울 수도 있을 텐데. 물론 식구들이 원한다면 말이야. 간 김에 유화도 그리고 데생도 하고 그럴 수 있으면 좋겠지. 그렇지만 조금 더 일찍, 더 단호하게 파리로 그림 그리러 가는 계획을 마무리할수록, 더 나은 미래를 바라볼 수 있어. 여기 와서 몇 주간 한 것들이 나한테 많은 도움이 될 것 같은 느낌이야. 만약 파리로 가지 않고, 어떤 식으로든 다른 곳에서 비슷한 화실에 다니게 되더라도 내 데생을 눈엣가

시처럼 여기는 미술학교 사람들이 계속해서 성가시게 굴 게 분명해.

여기 미술학교에서 또 무슨 일을 겪게 될지 모르겠다. 지난번에 얘기했었잖아. 얼마 전에는 나한테 일부러 *시비* 거는 일도 있었다고.

그런데 내가 들은 바로는, 시베르트 선생이 어제인가, 수업 시간에 나에 대해 이런 이야기를 했다더라. 내가 데생에 관한 이해력이 높은 학생인데 자신이 너무 성급하게 판단했었다고.

매일 수업이 있는 양반이 아니다 보니 며칠째 마주칠 일이 없더라.

지금은 여성 토르소를 그리는 중이야.

안부 전하다. 그리고 시간 되면 편지해라. 건강은 그냥 여전하다. 그래도 곧 나아지겠지.

마음으로 악수 청한다.

너를 사랑하는 형, 빈센트

이렇게 하지 않으면(파리행 말이야) 내게는 회복할 기회가 없을 것 같다. 다만 얼마라도 벌어야 하잖아. 지금, 사는 게 너무 힘들다. 이래저래 지불할 돈들만 없어도 한 달에 150프랑이면 충분히 잘 지낼 수 있어. 그런데 거기서 떼어 줘야 할 돈이 너무 많다.

그래도 건강은 좋아지고 있으니, 다 잘되겠지.

456네 ___ 1885년 2월 18일(목)

테오에게

가진 돈이 완전히 바닥이 나서 이렇게 다시 네게 편지한다.

뭐라도, 단돈 5프랑이라도 보내줄 수 있으면 당장 그리 해주기 바란다. 월말까지 아직도 열흘은 더 버텨야 하는데 어떻게 해야 하는 거냐? 정말 말 그대로 *빈털터리*다. 빵 가게에 선불로 줬던 돈까지 *다 떨어졌어*.

이제는 아무리 봐도 내가 할 수 있는 게 하나밖에 없구나. 너한테 편지로 이야기했던 대로 하는 것 외에 달리 대안이 없는 것 같다는 거야. 더 이상 지체하지 않고 파리로 가는 것 외에는.

게다가 너는 아직 못 봤지만, 내가 최근에 그린 걸 보면 잠시 작업을 쉰다고 해도 걱정할 게 하나도 없다는 걸 알게 될 거야. 내 그림 솜씨가 하루아침에 사라질 정도는 아니거든. 석고상을 그린 데생 몇 점 같이 보낼게. 여전히 능숙하게 해내진 못하지만, 계속 좋아지고 있어.

오늘 완성한 여성 토르소 데생이 그래. 형태 잡기도 두드러지게 나아졌고, 나도 모르게 농부나 벌목꾼같이 그렸던 이전 데생보다는 덜 투박해 보여.

아프지만 않았어도, 어쨌든 여기서 더 많은 걸 할 수 있었을 거야.

우리가 해야 할 일은 묵묵히 앞으로 나아가는 거야. 그런데 데생만큼은 그럴 수가 없어. 그게 가장 시급한 문제거든. 그렇기 때문에 코르몽의 화실을 찾아가기 전까지 꾸준히 데생 연습을 하는 게 많은 도움이 될 것 같아. 코르몽이 다른 이들과 어떻게 비슷할지는 모르지만, 어쨌든 바쁘기는 다른 사람들과 마찬가지일 거야. 이런 사람들에게 조언을 받고 싶으면 최대한 나도 능력이 있는 사람이라는 걸 보여줘야 할 거야. 그 화실에 나오는 다른 사람들만큼은 석고상 데생 경험이 있어야 해. 화실 분위기가 얼마나 자유로운지는 모르겠지만, 그 정도 실력은 당연히 갖췄다고 예상할 테니까.

그러니 현명하게 행동하자. 그들은 야외에서 그린 습작들을 좋게 평가하지만, 그렇게 높이 사지는 않아. 파리에서 지냈던 사람들이 다들 그렇게 말했지.

코르몽의 화실에 가면 필시, 실제 누드모델을 보고도 잘 그릴 수 있다는 능력을 보여줘야 해. 내가 신체의 구조를 정확히 파악하고 있다는 사실을 먼저 보여줘야, 코르몽도 나한테 이런저런 조언을 해주거나, 해주고 싶겠지.

그다음에는 우리가 함께 잘 지낼 수 있을지 직접 확인해보는 거야. 별문제가 없으면 좋겠지만 만에 하나, 잘 맞지 않더라도 먼저 몇 달간 경험하면서 분명, 더 많은 걸 깨닫게 될 거다.

그리고 내 생각, 그러니까 여기서 곧바로 파리에 가게 되면 네 입장에서도 경제적일 수 있어. 이리저리 다녀야 하고, 브라반트에서는 쉽지 않은 까다로운 일을 하게 되면, 평소에 쓰는 생활비로는 감당이 안 돼. 하지만 파리에서는 가능해. 파리 생활이 예상보다 수월하다는 게 확인되면 금상첨화겠지. 힘들 일도 줄어들 테고, 여름 즈음에는 필요한 화구들도 준비할 수 있을 거야. 이런 식으로 해서 한꺼번에 돈이 나가는 일을 피해 보자.

그런데 이건 되고, 저건 안 되고, 내 식대로 나눠서 계산한다고 나쁘게만 생각하지 말아라.

요즘 다시 브라크몽의 책을 읽고 있는데, 읽을수록 참 괜찮은 책이라는 생각이 들어.

너는 내가 곧바로 파리로 가는 게 내키지 않는 모양이다. 그게 아니라면 벌써 답장을 했을 테니까. 하지만 지금 당장 실행하는 게 나아. 여기서 제법 진지하게 그림을 그리는 사람 여럿에게 물어봤는데, 확실히 여러모로 이게 최선이야. 사실은, 훨씬 전에 이미 이렇게 했었어야 해.

어쨌든, 너무 걱정은 말아라. 우린 실패하지 않을 테니까. 그런데 내가 하고 싶은 말은, 이 편지를 보내고 나서 네 답장이 올 때까지(편지가 서로 엇갈렸으면 하는 게 내 바람이지만) 무일푼 신세라서 또다시 금식의 시간을 가져야 한다는 거야.

어쨌든, 머지않아 우리는 함께하게 될 거야. 그러면 최악의 시간도 끝일 거다.

안부 전한다. 마음의 악수와 함께.

너를 사랑하는 형, 빈센트

내가 묵고 있는 여기 사람들은 도저히 신뢰가 안 가. 혹시 지난번처럼 현금을 넣어 편지를 보내려거든 불안해서 그러니 등기로 보내주기 바란다.

요즘 뒤마의 『춘희』를 읽는데 내용이 괜찮더라. 혹시 읽어봤는지 모르겠다.

457네 ____ 1886년 2월 22일(월) 추정

테오에게

먼저 써둔 편지가 있었는데 찢어버렸어. 그래서 답장이 다소 늦어졌다. 먼저 보내준 50프랑, 고맙게 잘 받았다는 말부터 전한다. 정말 잘 받았고, 네가 해준 모든 것, 정말 잘 받았어. 그런데 이 편지는 너한테 다소 실망했다는 내용으로 시작해야 할 것 같다. 왜냐하면 내가 부탁한 부분에 대한 답이 전혀 없기 때문이야. 지난번 편지에 내가 예상보다 일찍 파리로 넘어가는 게 나을 것 같다고 설명한 내용은 아무리 봐도 타당한 것 같거든. 어쨌든 이 문제로 너와 신경전 벌이고 싶은 마음은 전혀 없으니, 그냥 진지하게 다시 한 번 생각해주면 좋겠다.

나로서는 확실히, 코르몽의 화실에서 석고상을 그려보는는 게, 야외에서 그리는 것보다 나은 선택이거든. 왜냐하면 인체의 구조를 더 정확히 파악할수록 다른 부분을 수월하게 따라갈 수 있기 때문이야. *수년간* 석고상을 보고 데생을 연습한 사람들을 상대해야 하니, *몇 달만이라도* 데생에 집중하는 게 터무니없는 일은 아닐 거다. 어쩌면 내가 거기 있는 대다수보다 훨씬 더 과감한 사람이거나 전체를 더 제대로 바라보는 사람일 수도 있어. 다년간 언제나 실물만 보고 그림을 그렸으니까.

그래도 다른 사람들 누드 데생 실력은 나보다 분명 나을 거야. 나는 그쪽으로 공부할 기회가 거의 없었잖아. 내가 뒤처지는 부분을 빨리 만회할수록, 코르몽의 화실에서 많이 배울 수 있어.

그리고 건강 문제에 있어서는, 내가 야외에서 그릴 때는 거의 먹지도 않거든. 그래서 문제가 계속 재발해. 이런 생활을 계속 이어나가면 건강 회복이 힘들어질 거야.

그리고 들어가는 비용은, 그거나 그거나야. 그러니 다시 한번 잘 생각해봐라. *적극적으로* 나서야 해. 있는 힘껏 최선을 다해야 할 때이기 때문이야.

여기 생활을 시작한 뒤로 프랑스 영감님을 알게 됐어. 이 양반 초상화도 그려봤는데 페를라트 선생도 괜찮다고 했고, 너도 곧 보게 될 거야. 이번 겨울에 나보다 이 양반이 훨씬 더 힘들게 지냈더라고. 비참하게 사는 것도 모자라 건강 상태도 나보다 엉망이었어. 연로한 탓에 허약해졌던 거지. 오늘은 그 양반을 데리고 나를 진찰해줬던 의사를 찾아갔어. 병원에 입원해서 수술을 받아야 할 것 같은데 그건 내일 결정할 거야. 간신히 설득하긴 했는데, 얼마나 의지가 없었는지 의사 앞에 데려가 진단을 받게 하기까지 제법 오랜 시간이 걸렸지. 자신의 상태가 얼마나 심각한지 모르지는 않았지만, 병원에 가서 의사를 만날 엄두를 못 냈던 거야.

어떻게 결정될지 궁금하다. 이 영감님 때문에 3월에도 여기 며칠 더 머물 수도 있겠어. 어쨌든 세상에 인간만큼 흥미로운 존재는 없을 거야. 연구하고 들여다봐도 도대체 끝이 없어. 그래서 투르게네프 같은 작가를 대가라고 하는 거야. 세상을 바라보는 법을 가르쳐주니까.

발자크 이후의 현대 소설들은 이전 시대의 작품들과는 달라. 어쩌면 더 나은 것 같기도 해.

도데가 쓴 기사를 읽고 난 뒤로, 투르게네프의 책이 정말 읽고 싶어졌어. 도데는 기사를 통해 작가와 그의 특징, 그의 작품을 분석했는데 정말 괜찮은 내용이더라고. 아주 모범적인 작가였어. 지긋한 나이가 돼서도 젊었을 때처럼 *쉬지 않고* 글을 썼지. 늘 스스로에게 만족하지 못했고 더 나아지려고 항상 노력했어.

안부 전한다. 내 계획에 대해 다시 한번 생각해주기 바란다. 네가 내 의견에 동의해준다면 그것만큼 좋은 일은 없겠지.

특히 6월경까지 계속 석고상을 그릴 필요가 있다고 생각하지 않았으면, 이렇게 우기지도 않았을 거야. 어쨌든 곧 편지해라. 좀 다른 주제의 그림도 그려보고 싶긴 하지만, 현실적으로 생각해봤을 때 불가피한 일이다. 마음의 악수 청한다.

너를 사랑하는 형, 빈센트

안트베르펜에서 생활하며 많은 걸 얻었어. 그리고 바로 그 이유 때문에 우리는 계속해서 앞으로 나아가야 해.

458네 —— 1886년 2월 24일(수) 추정

테오에게

여기 생활도 이제 막바지에 달해서 조만간 떠나야 할 것 같아 이렇게 다시 편지한다. 날씨라도 조금 좋아지면 밖에 나가 그림이라도 그릴 수 있을 테고, 그렇게 되면 네 뜻이 여전한 이상, 내가 브라반트에 가서 생활하는 게 헛수고가 되지는 않을 거야. 어쨌든 내 생각은 여전히, 여기서 곧바로 코르몽의 화실로 가는 거라고 다시 한번 반복하지만, 그 전에 석고상 데생은 계속 연습할 수 있으면 좋겠어.

음식물이 조금씩 더 소화가 잘 되는 걸 보니, 건강이 좋아지는 것 같다. 눈에 띄게 달라진 건 아니고. 괜찮았다가, 시원찮았다가, 그런다.

석고상 데생을 하나 또 끝냈어. 여기 선생 하나가 괜한 시비를 걸고는 나중에 그게 생각 없이 내뱉은 말이라는 식으로 사과 비슷하게 말했다고 너한테 편지했었잖아. 그 이후로는 그 양반하고 언쟁하는 일은 없어졌어. 심지어 오늘은 내 데생을 보면서 비율은 흠잡을 데가 없고, 명암은 손볼 부분도 없다고 하더라고. 그런 말을 듣고 나니, 코르몽의 화실에 가서도 잘 해낼 것 같다는 희망이 생겼어. 그러니까 그 화실에 가서 제대로 작업해보고 싶다는 뜻이기도 해. 올 한 해는 내 건강이 발목만 잡지 않는다면, 실력을 크게 키울 수 있으면 좋겠어.

아직 성공해본 경험은 없지만, 그래도 일감을 찾을 방법이 분명히 있을 거야.

다만, 미술학교 수업이 내 시간의 대부분을 차지하고 있다는 게 문제야.

내가 들은 바에 따르면 팔리는 그림은 주로 초상화라고 하더라고. 브뤼셀에서는 인상주의 작가들의 전시회가 열리는 모양이야.

여기 학생들이 어떤 식으로 인물화에 집중하는지 내가 직접 본 것도 있고 들은 것도 있어. 너도 알아둬야 하는 게, 이 사람들은 나보다 훨씬 많은 돈을 써. 도시에 있는 화실 여기저기에서 항상 모델을 보고 그릴 기회가 있어. 그 비용을 들인다는 거지. 게다가 그러면서 친분을 쌓기도 하고 다른 사람들이 작업하는 과정을 지켜볼 수도 있어.

2년 반 전에, 왜 이런 계획을 실천에 옮기지 않았는지 생각하지 않을 수가 없더라고. 그래서 더더욱 이번만큼은 차일피일 미룰 수가 없다는 거야.

안트베르펜이라는 도시는 무척 마음에 들어. 물론, 지금은 이곳을 떠나지만, 더 많은 도시 경험을 하고 돌아오면 더 좋겠다 싶어. 하지만, 어디 그렇게 되겠어? 뭐든 그렇게 쉽게 되는 일은 없지. 새로 옮기면 언제나 풋내기 초보자가 된 기분이 들잖아. 그렇지만 나중에 언제든 다시 안트베르펜을 찾고 싶다. 잘 들여다보면 이곳 생활에는 자유와 예술이라는 향기가 그 어느 곳보다 진하게 배어 있는 것 같거든. 거기다 온갖 사람들을 다 만날 수 있는 곳이야. 영국 사람, 프랑스 사람, 독일 사람, 벨기에 사람 등등. 정말 흥미로워.

여러모로 파리와 비슷한 도시를 찾으라면, 브뤼셀보다는 안트베르펜이 더 파리에 가까워. 첫째, 온갖 국적을 가진 사람들을 만날 수 있는 대도시이고, 둘째, 사업의 기회가 많고, 셋째, 활기가 넘치고 즐길 거리가 많기 때문이야.

미술학교 수업이 계속 이어지면 기꺼이 여기 남을 수 있겠지만, 불행히도 5월까지는 경진대회 위주로 진행되고 석고상 데생반 과정은 곧 끝나.

사람들 말이 내가 안트베르펜을 경험한 시기가 썩 좋지는 않았다고 하더라. 예전에는 정말 활기찼다더라고. 그런데 지금은 전반적인 경기 침체에다 만국박람회의 부정적인 여파, 그러니까 단순한 도산이나 도산을 가장한 사기 등으로 인해 경직된 분위기가 팽배하지.

6월 전에 내가 파리로 갈 방법이 없는지 한 번 다시 생각해보기 바란다. 그럴 수 있기를 간절히 기원한다. 이미 네게 열거해 설명했던 이런저런 이유로, 내가 그리 가는 게 훨씬 낫다는 생각이거든. 덧붙이고 싶은 말이 있다면, 만약 6월 전에 우리가 파리에서 만나게 된다면, 함께 사정을 잘 알아보고, 장단점도 잘 따져봐서 화실로 삼을 장소를 알아볼 수 있을 거야.

아무튼, 곧 편지해라. 마음으로 악수 청한다.

너를 사랑하는 형, 빈센트

Paris

13

프랑스 / 파리

1886년 3월
/
1888년 2월 20일

1886년 2월의 마지막 날, 테오는 오전에 사무실에 출근해서 일하다가 쪽지를 하나 건네받았다. 크레용으로 휘갈겨 쓴 쪽지는 형 빈센트가 보낸 것으로, 자신이 파리에 도착했으니 마중을 나와달라는 내용이었다. 테오는 루브르로 가서 형을 만났고 라발가의 자신의 집으로 데려갔다. 집이 좁아서 코르몽의 화실에 다니며 그림을 그려야 했고, 6월에 몽마르트르 르픽가 54번지 3층의 꽤 넓은 집으로 이사한 후에는 집에 화실을 두었다. 형제가 둘 다 추위를 타서 거실을 큰 벽난로와 소파로 아늑하게 꾸몄고, 빈센트는 작은 방을 침실로 정하고 그 옆에 파리가 내려다보이는 공간을 화실로 썼다. 화실 창밖으로 보이는 갈레트 풍차, 식사를 하던 바타유 식당 창밖의 몽마르트르 전경(그때만 해도 꽤나 시골스러웠다) 등을 그렸는데, 마우베처럼 부드럽고 따스하게 색을 칠했다. 나중에는 정물화, 특히 꽃을 그렸는데 모네, 시슬리, 피사로 등처럼 칠해서 새롭게 그려냈다.

환경이 풍족하고 편안해져서인지 파리 체류 초기에 빈센트는 매우 건강해졌다. 여름에 테오는 어머니에게 이렇게 편지했다. "새 아파트에서의 생활이 무척 흡족합니다. 형을 보면 놀라실 거예요. 다른 사람처럼 보여서, 저보다 남들이 더 놀랄 정도입니다. 대대적으로 치과 치료를 받았는데, 위가 나빴던 탓에 치아 대부분이 상했거든요. 그래도 의사가 이젠 많이 건강해졌다고 하니 다행입니다. 형의 그림도 무척 좋아졌어요. 예전보다 활기찬 모습을 보여서 형을 좋아하는 사람들도 많아졌고, 정물화로 그릴 꽃을 매주 보내주는 친구들도 생겼어요. 형은 주로 꽃을 그리는데, 색이 갈수록 더 선명하고 밝아지네요. 우리 생활이 이렇게만 계속 간다면, 최악의 시기는 지나가고 곧 형이 성공하지 않을까요."

하지만 몇 달이 지나자, 빈센트는 초반의 흥분이 가라앉으며 신경질적으로 되돌아갔다. 대도시의 삶도 자꾸만 그의 신경을 긁었다. 추위 때문인지 겨울에 최악의 상태가 되었고, 당시에 건강이 좋지 않던 테오마저 힘겹게 했다. 테오는 몽마르트르 지점을 인상주의 중심의 전시장으로 만들고(모네, 시슬리, 피사로, 라파엘리, 드가, 쇠라 등등), 매일 오후 5~7시에 소규모 토론과 담론의 장을 펼쳤다. 그렇게 지쳐서 귀가하면, 형 빈센트가 늦은 밤까지 미술과 미술품 시장에 대한 의견을 피력하며 구필 화랑을 떠나 개인 화랑을 열라고 주장했다. 때로는 테오의 침대 옆에 의자를 놓고 앉아서 잠들기 전까지 떠들기도 했다.

테오는 막내 여동생 빌레미나에게 보내는 편지에 이렇게 하소연했다.

"집에 와도 너무 힘들어. 아무도 우리 집에 오려고 하지 않는 게, 형과 논쟁하다가 늘 싸우게 되니까. 게다가 형은 방도 치우지 않아서 집 안이 아주 지저분하다. 형이 나가서 혼자 살면 좋겠어. 하지만 불쑥불쑥 본인 입으로 나가겠다고 말하면서도, 내가 그러라고 맞장구치는 순간 더 기를 쓰고 여기 머물겠다고 우기겠지. 내가 형에게 별 도움이 되지 못하는 것 같다. 형에게 바라는 건 단 하나, 내게 손해를 끼치지 않는 건데, 형이 여기 머물고 있는 것만으로도 난 너무 힘들구나."

"형의 마음속에는 두 사람이 사는 것 같다. 재능을 타고난 매력적이고 다정다감한 사람과, 이기적이고 무자비한 사람. 그 둘이 번갈아 나타나서 어제는 찬성했던 걸 오늘은 반대하며 따지고 들거든. 형님 스스로 자신의 발목을 붙잡는 걸 보고 있자니 너무 속상하다. 남의 삶만 힘들게 하는 게 아니라, 정작 본인의 삶까지 힘들게 하고 있으니 말이야."

그렇지만 빌레미나가 제발 빈센트와 떨어지라고 조언하면 이렇게 답했다.

"이건 정말 독특한 경우잖아. 만약 형이 다른 직업을 가졌더라면 진작에 네 말처럼 했겠지. 나도 자주 자문해본다. 형을 계속 돕는 게 잘못은 아닐까, 그냥 내버려둬야 하는 게 아닐까 하고 말이야. 네 편지를 받고 다시 한 번 생각해봤는데, 결론은 이대로 계속해야 한다는 거야. 형은 확실히 화가니까, 현재 작품들이 시원찮아도 나중에는 틀림없이 좋아질 거야. 그러니 형의 잠재력이 드러나도록 도울 수밖에. 지금은 돈을 쓰고만 있지만 언젠가는 틀림없이 형의 그림이 팔릴 거야."

봄이 되자 모든 상황이 좋아졌다. 날이 풀리자 빈센트는 다시 야외 스케치를 나갔고, 코르몽의 화실에서 만난 에밀 베르나르(당시 18세, 빈센트는 33세)와 아니에르Asnières에서 센 강변의 경쾌한 식당들, 강 위의 보트들, 싱그러운 공원들을 그렸다. 베르나르는 아니에르에 있는 부모님 집에 화실이 있었고, 빈센트는 거기서 베르나르의 초상화를 그렸다. 그런데 그의 아버지와 논쟁을 벌인 후에 그림을 들고 집으로 왔고 다시는 발걸음을 하지 않았다.

1887년 겨울부터 빈센트는 다수의 자화상을 포함한 인물화를 연달아 그렸다. 클로젤가에서 화구상점을 운영한 탕기 영감의 초상화도 그렸는데, 그는 빈센트와 같은 무명 화가들의 그림들을 진열장에 걸어주었다. 아르망 기요맹은, 비록 판매까지 성사시키지는 못했지만 빈센트의 그림 몇 점을 받아준 미술상, 포르티에와 함께 빈센트를 찾아오기도 했다. 그 외에도 툴루즈-로트렉과 루이 앙크탱을 비롯해 신인상주의 화가들(조르주 쇠라, 폴 시냑)과도 가깝게 지냈다.

사실 빈센트는 처음에 인상주의 화가들을 무시했다. 인상주의 화풍이 태동한 지 10년이 지났고, 테오가 그들을 포섭하고 있었지만, 피사로와 기요맹을 제외한 '대로(大路)[Grand Boulevard]'의 인상주의 화가들*과는 교류하지 않았다. 그런데 테오를 통해 인상주의 화가들의 그림을 자주 보며 점차 흥미를 느꼈고, 특정 기법보다는 작품의 분위기를 살리는 그 정신에 주목했다. 다만, 빈센트는 빛의 매력을 자신만의 독특한 방식으로 해석해냈고, 나이가 어린 '소로(小路)[Petit Boulevard]의 인상주의 화가들'과 친해진다. 폴 고갱을 비롯하여, 코르몽의 화실 동료인 로트렉, 에밀 베르나르, 루이 앙크탱, 존 러셀 등이 있었다.

빈센트의 파리 체류 기간 2년에 대한 자료는 상당히 빈약하다. 형제가 한집에서 살았으니 휴가나 출장이 아니면 편지를 주고받을 일이 없었고, 그나마 지인들에게 썼던 편지들도 얼마 남아 있지 않다. 그래서 이 시기 반 고흐의 삶을 조명하려는 전기 작가들은 에밀 베르나르와 귀스타브 코키오의 기억, 고갱과 로트렉과 쉬잔 발라동의 증언, 테오가 가족에게 보냈던 편지 등에 크게 의존했다. 파리에서

* 라피트가, 펠티에가 등 중심가의 주변에 위치한 화랑(뒤랑-뤼엘, 조르주 프티 등)에 작품을 전시하고 조금씩 유명세를 얻어가던 화가들을 말한다. 이들이 유명세를 얻은 이후에 부각되기 시작한 젊은 화가들을 '소로의 인상주의 화가들(후기 인상파)'이라고 구분해서 불렀다.

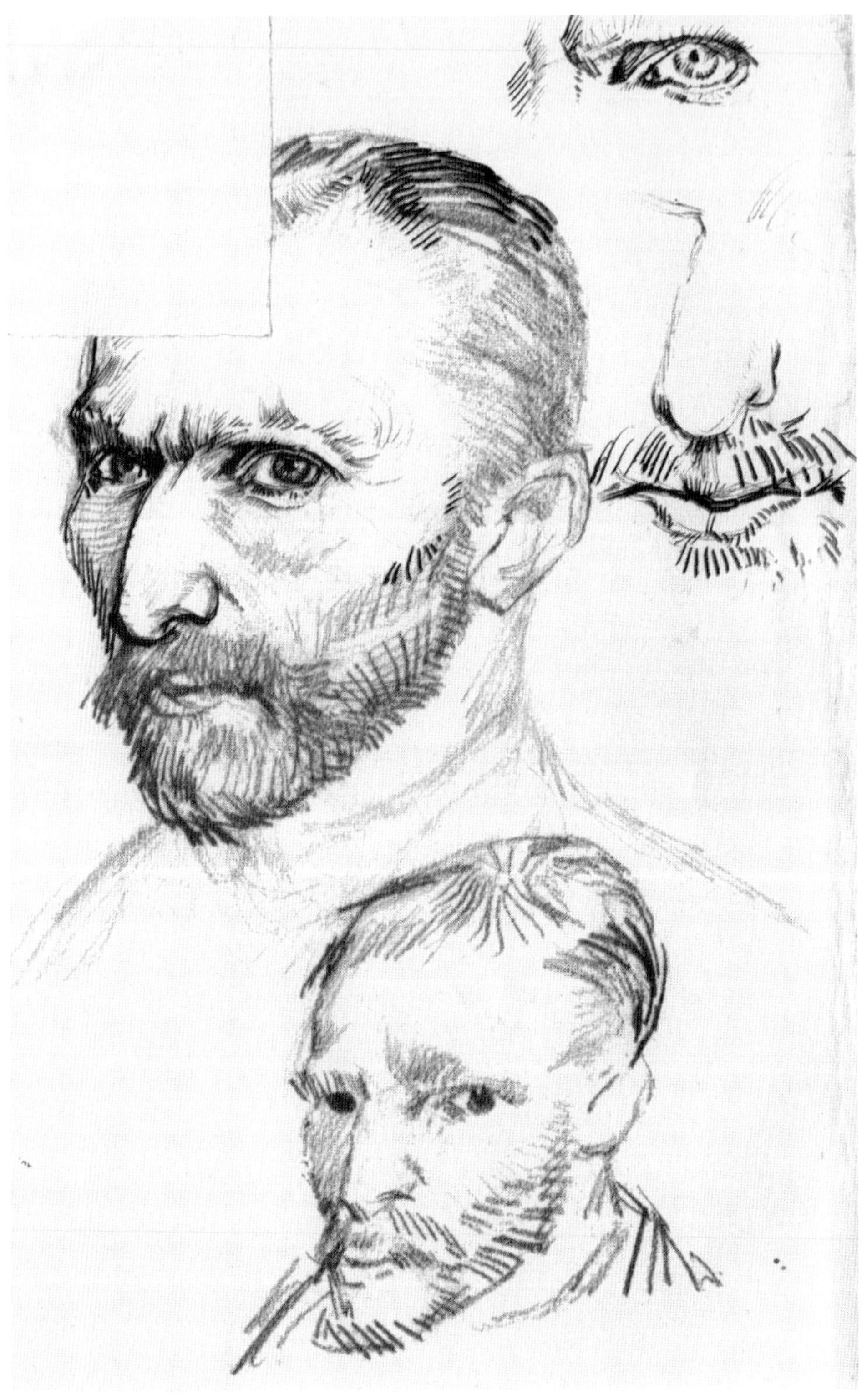

작품을 200여 점이나 그렸지만 날짜별로 정확히 분류할 수도 없다. 동일한 주제를 여러 번 반복해서 그렸기 때문이다. 자화상이 23점이 넘고, 꽃 정물화며 풍경화 등은 50여 점에 이른다. 확실한 건 빈센트가 오랫동안 유지해왔던 화풍을 포기하고 파리에서 밝은 색채를 쓰기 시작했다는 것이다. 안트베르펜에서 시작된 변화는 몽마르트르에 자리 잡은 초기에 신발 연작을 그릴 때만 해도 미완성이었지만, 인상주의 화가들을 접하면서 그의 팔레트는 급속도로 밝아졌다(459a번 편지).

귀스타브 코키오의 증언에 따르면, 빈센트는 아베스로에 있는 식당 '바타유'와 클리시 대로 62번지의 카페 '탕부랭Bal Tambourin'에 자주 들렀고, 카페 여주인 아고스티나 세가토리Agostina Segatori와 연인으로 지내기도 했다. 그런데 카페 직원과 언쟁이 벌어져서 탕부랭의 벽을 장식해줬던 자신의 그림들을 회수하려는 시도를 하는데, 가게가 망하고 팔리는 과정에서 자신의 그림까지 팔렸다는 이야기를 듣고 포기한다. 그 외에 몽마르트르의 다른 가게들도 자주 갔고, 이때 그림을 그릴 때 종종 자극제 역할을 하는 압생트의 맛을 알게 된다.

그는 일본 판화 전문점인 프로방스가에 있는 빙 화랑에도 자주 들렀다. 공쿠르 형제의 소설을 통해 접하게 된 일본 그림에 매료된 빈센트는, 일본의 분위기가 번잡한 안트베르펜의 항구 분위기와 닮았을 거라고 막연히 상상한다. 세기말, 일본 대중 판화가들의 작품은 거의 모든 프랑스 화가들에게 큰 영향을 끼쳤다. 하지만 빈센트에게는 그 여파가 남달랐다. 파리에서 보낸 불과 몇 달 사이, 빈센트는 눈부시게 빠른 속도로 변화에 변화를 거듭했다.

빈센트는 일 드 프랑스Île-de-France 지역의 빛에 익숙해지자, 더 강렬한 빛을 느껴보고 싶었다. 지금까지 네덜란드, 영국, 벨기에의 하늘에 익숙했던 북구 출신의 화가에게는 특히나 더 강렬한 마음이었을 것이다. 그런데 무슨 이유로 뜬금없이 아를을 행선지로 삼았을까? 1888년 2월, 파리를 떠나 지인 하나 없는 그 먼 곳으로 떠난 건 과연 로트렉의 조언 때문이었을까? 아무도 명쾌한 답을 내놓을 수 없을 것이다. 다른 수많은 질문과 마찬가지로…….

빈센트 반 고흐(왼쪽)와 예술 비평가 펠릭스 페네옹.
뤼시엥 피사로의 데생(애시몰린 박물관)

459프 ___ 1886년 2월 28일(일) 추정*

테오에게

한달음에 불쑥 여기까지 달려왔다고 날 원망하지는 말아다오. 아무리 생각해봐도 이게 시간을 줄일 방법이더구나. 정오에 조금 못 미쳐 루브르에 도착할 것 같다.

네가 몇 시까지 카레 전시실Salle Carrée로 올 수 있는지 답장 부탁한다. 생활비는, 다시 말하지만, 큰 차이가 안 날 거야. 남은 돈도 물론 아직 좀 있고. 다만 이게 다 떨어지기 전에 너와 의논하고 싶다. 우린 어떻게든 잘 해낼 수 있어. 두고봐라.

그러니 빨리 와다오.

마음으로 악수 청한다.

너의 형, 빈센트가

459a영 ___ 1886년 8월 이후로 추정

친애하는 리벤스 씨**

파리에 도착한 뒤로 선생과 선생 그림이 자주 생각납니다. 내가 선생의 색감이나 예술과 문학에 대한 안목을 좋아했던 걸 기억할 겁니다. 무엇보다 선생의 인품에 크게 감동했다는 말도 전하고 싶군요. 진작부터 내가 어디서 뭘 하고 지내는지 선생에게 알려야겠다고 생각했지만, 안트베르펜에 비해 파리의 물가가 워낙 비싸서 선생 형편도 모르면서 오라고 말할 엄두가 나지 않았습니다. 생활비가 워낙 많이 드니까 돈이 없으면 여러모로 힘든 상황에 처할 거라는 설명도 없이 무작정 '안트베르펜을 떠나 파리로 오라'고 할 수가 없었던 겁니다. 하지만 한편으로는 그림을 팔 기회가 더 많습니다. 또한 좋은 화가들과 그림을 교환할 진지한 기회도 훨씬 더 많고요.

한마디로, 열정이 넘치고 자연의 색을 진지하고 개성적으로 탐구하는 화가라면, 파리 생활의 난관을 극복할 수 있다는 겁니다. 그래서 나는 여기 조금 더 머물 생각입니다.

파리는 볼거리가 정말 넘쳐납니다. 대가를 한 사람 꼽자면, 들라크루아가 있습니다. 안트베르펜에서는 인상파 화가들이라고 불리는 이들에 대해 잘 몰랐는데, 여기 와서 그들의 그림을 보니, 비록 내가 그들 모임의 일원은 아니지만, 몇몇 그림들은 무척 마음에 들더군요. 특히 드

* 빈센트는 파리에 도착하자마자 스케치북을 찢어서 검정색 크레용으로 이 메모를 휘갈겨서 테오가 근무하는 갤러리로 보냈다. 테오는 6월에 이사를 마친 후에 오라고 형에게 당부해둔 상태였다. 그들은 6월에 라발가에서 몽마르트르 언덕의 르픽가 54번지로 이사했다.

** 빈센트가 안트베르펜 미술학교에서 만난 영국 화가 호레이스 리벤스(Horace Mann Livens, 1862~1936)에게 영어로 써서 보낸 편지다. 1929년 2월 17일자 런던 「선데이 타임스」에 실렸다.

*가*의 누드화와 *클로드 모네*의 풍경화가 훌륭했습니다.

내가 그리고 있는 그림들에 대해 말해야겠네요. 사실 모델비만 부족하지 않았더라면 온통 인물화에 집중했을 겁니다. 그 대신 빨간 개양귀비, 수레국화, 물망초, 흰색과 분홍색의 장미, 노란 국화 등 채색 습작을 연작으로 그렸습니다. 그러면서 파랑과 주황, 빨강과 초록, 노랑과 보라 사이의 대비 효과를 내보고, 회색조로 통일하지 않고 *LES TONS ROMPUS et NEUTRES*(가미한 색조와 중성 색조)로 거칠고 자극적인 색들 간의 조화도 도모해봤습니다.

이렇게 연습한 덕분에, 얼마 전에 얼굴 그림을 2점 완성했는데, 기존의 그림들보다 빛과 색채가 훨씬 뛰어나다고 감히 말할 수 있습니다.

우리가 예전에 말했던 '*색*에서 *생명력*을 추구하는' 결과물입니다. 진실된 그림은 색으로 형상을 만들어나가는 거니까요.

풍경화도 12점 그렸는데 대부분 '명백한 *초록색*'이나 '명백한 *파랑색*' 계열로 칠했습니다.

이렇게 나는 삶을 위해서, 그림 실력을 쌓기 위해서 투쟁하듯 살아가고 있습니다.

자, 이젠 선생이 어떻게 지내고 있는지 정말 궁금하네요. 파리에 올 계획이 있는지도요.

혹시 올 생각이 있다면 미리 연락을 주세요. 선생만 괜찮다면, 제 거처와 화실을 내드릴 수도 있습니다. 봄에, 그러니까 2월이나 그보다 조금 이를 수도 있는데, 어쩌면 나는 *파란색* 색조와 청명한 색채가 넘쳐나는 땅, 프랑스 남부로 갈지도 모르겠습니다.

그래서 하는 말인데, 혹시 선생도 같은 생각이라면 함께 갈 수도 있을 겁니다.

나는 항상 선생을 진정한 색채화가라고 생각했습니다. 인상파 화가들의 그림을 보고 확실히 깨달은 건, 선생과 내가 지금의 색채를 계속 추구한다면 그들이 내세우는 이론과 *정확히* 일치할 수는 없다는 사실입니다. 하지만 친구를 만들 기회, 그것도 아주 좋은 기회가 될 거라는 건 자신 있게 말할 수 있습니다. 늘 건강하시길 바랍니다. 나는 안트베르펜에 있을 때 몸이 좋지 않아 고생했는데 여기 와서 많이 나아졌습니다.

상황이 어떻든 편지해주십시오. 앨런Henry Allan, 브리에트Arthur Briët, 링크Paulus Rink, 뒤랑Ernest Durand 씨에게도 안부 전합니다. 그래도 그들보다 선생 생각을 더 많이 하며 지냅니다. 거의 매일같이요.

진심을 담아 마음의 악수 청합니다.

친애하는 친구, 빈센트

현주소입니다. '빈센트 반 고흐, 르픽가 54번지, 파리.'

내 그림을 팔 기회가 그리 많지는 않지만, 그래도 한 가닥 현실적인 희망은 *있습니다*.

최근에 4명의 미술상을 만났는데 내 습작들을 전시해줬습니다. 그리고 화가 여럿과도 습작을 교환했고요.

Menu du Soir 8 avril 8[illegible]

Potages

Parmentier vermicelle croûte au pot 20

Hors d'oeuvre

Sardines beurre et saucisson 20

Filet harengs et artichaut [illegible] 30

Escargots de Bourgogne la douz. 70

Poissons

Friture de Seine raie beurre noir 5[illegible]

~~Sole frite [illegible]~~ 60

Entrées

ordinaire et boeuf portugaise 35

Tête de veau [illegible] 50

Cervelle beurre noir 50

Veau marengo 40

Rognons sautés champignons 50

Saucisses épinards 40

Epaule d'agneau salsifis 60

Boeuf à la carotte

Gigot pré salé haricots verts 100

Noix de veau mayonnaise 50

Poulet sauté petits oignons 60

Bifteck Bercy 50

Poulet froid mayonnaise 60

Noix de veau épinards 50

Filet de mouton [illegible]

Jambon épinards 50

Omelette aux confitures 60

Rôtis

Poulet cresson et veau rosbif 40

Légumes

Salsifis frits plaquettes macaroni 30

Choux-fleurs sautés 30

~~[illegible]~~ 30

~~Pommes sautées~~ et épinards 15

Haricots pommes purée et à l'huile 15

Salades

Salsifis [illegible] romaine [illegible] 20

Desserts

Brie gruyère suisse livarot 15

Roquefort mirabelle [illegible] 15

Camembert pruneaux [illegible] 20

Mendiants petits-fours

Gâteau de riz au Kirsch 30

~~Charlotte [illegible]~~ 30

Salade d'orange au Kirsch 25

VINS BIERE

CIDRE [illegible]

리벤스가 그린
빈센트 반 고흐 초상화

내 그림값은 현재 50프랑입니다. 물론 보잘것없지만, 내가 아는 한, 처음에는 되도록 저렴하게, 거의 제작 원가로 팔아야 합니다. 친구여, 명심하십시오. 파리는 역시 파리고, 세상에 파리는 단 하나뿐이죠. 비록 이곳의 삶은 아주 힘들고 앞으로 더 힘들어질지도 모르지만, 프랑스의 공기는 머리를 맑게 해주고 사람을 기분 좋게 만들어줍니다. 어마어마하게요.

코르몽 화실에 서너 달 다녔는데 기대에 못 미치더군요. 어쩌면 내 잘못일 겁니다. 어쨌든 안트베르펜을 떠나듯 그 화실을 떠났고, 그 뒤로는 혼자 작업하는데, 더 나다워진 기분이 듭니다.

이곳 미술시장 분위기는 다소 가라앉았습니다. 이름난 대형 미술상들은 밀레, 들라크루아, 코로, 도비니, 뒤프레 등 대가들의 그림은 어마어마한 가격으로 팔면서, 젊은 작가들을 위해서는 해주는 게 거의 없어요. 이류 미술상들은 그림은 잘 팔아주지만 거의 헐값에 넘기는 수준이고요. 내가 높은 가격을 요구하면 1점도 못 팔 겁니다. 그래도 채색화에 희망을 걸고 있습니다. 대중들도 결국에는 가격에 상관없이 훌륭한 채색화에는 돈을 지불할 겁니다. 하지만 현재로서는 상황이 지독하게 어렵습니다. 그러니 지금 여기 올 생각이라면, 장밋빛 꿈이 아니라 가시밭길을 각오해야 합니다.

그 대신 여기서는 실력을 키울 수 있습니다. 그 막막한 '*실력 키우기*'가 여기서는 가능하다는 겁니다. 장담하는데, 어디서든 굳건한 입지를 다진 사람이라면 거기 머물면 되지만, 나처럼 모험을 원하는 사람이라면 과감한 선택으로 손해 볼 게 없습니다. 내 가족들 사이에서는 물론, 내 나라에서도 언제나 타인 같고 이방인 같은 기분인 걸 보면, 모험가는 내 선택이 아니라 타고난 운명인 모양입니다.

선생의 집주인인 로스말런 부인께도 안부 전합니다. 혹시 내 그림을 전시할 의향이 있으시면 작은 그림 하나 보내겠다고도 말씀해주시기 바랍니다.

460네 ___ 1886년 8월 18일(수) 추정

테오에게

우리는 오늘 아침, 네 편지* 잘 받았다. 본격적으로 사업을 시작할 마음으로 서먹서먹한 분위기를 깨고 네덜란드의 어르신께 네 생각을 말씀드린 건 아주 잘한 일이야. '전속력으로 달려 나가야 한다'는 내 생각은 결코 틀리지 않았어. 왜냐하면 머지않아 우리가 실제로 '전속력으로 달릴' 것을 난 알거든. 앞으로 분명히 그렇게 되겠지만, 지금은 내가 예전에 했던 말만 기억해라. 비록 지금은 거절과 맞닥뜨리더라도, 다시 시도하면 된다는 말. 다음번에는 봉어르와 네가 함께 네덜란드로 찾아가면 그만이다. 그때까지는 팡글로스 영감**처럼 말할 충분한 이유가 있는 셈이지. "최선의 세상에서는 모든 게 다 최선이다."

그러나 아우야, 네가 오늘 편지에 거론한 S의 문제에 대한 해법, 그러니까 '그녀가 나가든, 제가 나가든 하겠다'는 식은 확실하고 단호한 해결책이 될 게다. 실행할 수 있다면 말이지. 그런데 너는 필연적으로 봉어르와 내가 요 며칠 고민하고 있는 난관에 봉착하게 될 거야. 지금 그 문제를 원만히 해결할 최상의 방법을 찾아내려 애쓰는 중이다. 다만, 네가 생각하는 그런 문제는 아니고, 지금은 자세히 논할 때가 아니야. 네가 돌아오면 전부 설명해줄게.

내 눈엔 확실히, 너도 S와 어울리지 않고 S도 너와 어울리지 않아. 그러니 끝내야겠지. 그런데 어떻게? 우선, 네가 원하는 방식의 결말은 불가능하다는 점부터 알아두거라. 그런 갑작스러운 결별은 그녀를 자살로 몰아넣거나 미치게 만들 수도 있기 때문이야. 또한 네게도 유감스러운 결과일 뿐만 아니라 그로 인해 네 삶이 완전히 망가져버릴 수 있어.

* 테오가 네덜란드로 휴가를 갔을 때 형과 안드리스 봉어르 앞으로 보낸 편지. 테오는 안드리스와 함께 미술품 사업을 시작해보려고 큰아버지에게 지원을 요청했지만 거절당했다. 안드리스는 훗날 테오의 아내가 되는 요안나의 오빠다.

** 볼테르의 소설 『캉디드』에 등장하는 낙관주의 철학자

그러니 부탁인데, 그런 엄청난 불행은 제발 벌이지 말아라! 네게 편지로 했던 말, 봉어르에게도 했다. 그녀가 다른 사람을 만날 수 있게 애써보라는 말 말이야. 이 문제에 관한 내 생각과 감정도 자세히 설명해줬어. 원만한 합의가 무엇보다 필요한 상황이니만큼 그녀를 내 쪽으로 유도하라는 내용. 물론, 너와 그녀 두 사람 모두 동의한다면, 나는 그녀와 사귈 용의가 있어. 결혼을 전제로 교제할 마음은 *없지만*, 최악의 상황이 닥친다면 정략결혼*까지도* 고려해볼 수 있다.

돌아오기 전까지 시간을 두고 심사숙고하라는 뜻으로 에두르지 않고 솔직하게 설명하는 거야. 이 해결책을 선택하면, 그녀가 가사일을 계속 할 수 있고, 그렇게 되면 그녀도 자력으로 생활할 수 있게 되는 거니 네 경제적 부담도 줄어들지 않을까 싶다. 이미 뤼시*에게도 상황설명은 해놓았어. 비용 부담이 버거워서 계속 붙잡아둘 수 없고, 그 대신 네가 돌아올 때까지는 계속 일해달라고 말이야. 네가 출장에서 돌아온 다음에 결정해라. 어쨌든 *네가 S의 문제를 해결할 때까지*는 뤼시가 오는 게 나을 거야. 당장 가사를 해결할 수는 없을 테니 말이야.

이 해법에 네가 동의하면 첫 번째 결과로, 다시 완전한 자유인이 된 기분이 들 테고, 그렇게 되면 네 약혼 문제도 à la vapeur(일사천리로) 진행될 거다.

그러니 용기를 내라. 그리고 침착해라.

내 작업으로는, 너희 집에 있는 꽃다발 그림과 짝을 이룰 유화를 하나 그렸어. 진주모 빛 무늬가 들어간 일본식 칠기처럼 검은 바탕 위에 흰 백합들(흰색, 분홍색, 초록색)이 있다. 어떤 분위기인지 알겠지. 그리고 파란 바탕 위에 작은 주황색 붓꽃 줄기 하나, 노란 바탕 위에 보라색 달리아 한 다발, 밝은 노란색 바탕 위에 파란 꽃병 안에 든 빨간 글라디올러스도 그렸어.

기 드 모파상의 『벨 아미』를 읽었다.

봉어르도 S도 여기서 자고 가는 거 알고 있니? 분위기가 아주 희한해. 그녀가 무척 염려스러울 때도 있지만 또 어떨 때에는 믿을 수 없을 정도로 밝고 쾌활하거든. 아무튼 S가 극도로 불안정한 상태인데 쉽게 치유될 것 같지 않다는 생각이 든다.

그러나, 너나 그녀나 두 사람 모두 다시 만나면 서로가 *끝*인 걸 느낄 거야. 그러니 그녀를 다시 떠안아야 하는 건지 염려할 필요는 없다. 대신, 그녀와 이야기를 많이 해서 그녀가 안정적으로 자리를 잡게 해줘야 할 거야. 어쨌든 오기 전까지 충분히 생각해봐. Aux grands maux les grands remèdes(병이 중하면 약도 중하게 써야 하는 법이니까).

봉어르가 이 편지에 몇 마디 덧붙일 듯싶다. 자기 사무실에서 따로 네게 편지를 쓰지 않았으면 말이다.

이자베Louis Gabriel Eugène Isabey의 수채화 2점과 교환하는 것은 대찬성이다. 특히나 인물화라면 말이지. 내가 여기 가지고 있는 그림과 교환해서 다른 것도 더 구해보자. 말하자면, 오토 베

* 테오의 집에서 살림을 거들어주던 가사도우미

버가 프린센하허의 아름다운 가을 풍경을 그린 그림을 구할 방법은 없겠니? 내 그림 4점을 주고라도 얻고 싶은데. 데생보다 채색화가 더 유용하다만, 너 편한 대로 해라.

집에도 안부와 마음의 악수 전해주기 바란다.

너를 사랑하는 형, 빈센트

(첨부된 안드리스 봉어르의 편지)

빈센트의 생각은 대체로 내 의견과 일치하네. 문제는 S가 상황을 제대로 봐야 한다는 거야. 그녀는 자네에게 반했을지는 몰라도, 사랑에 빠진 건 전혀 아니야. 정신적으로는 대단히 위험해. 당연히 우리는 그녀를 그런 상태에 내버려두지 않고, 오히려 매우 친절을 베풀고 있다네. 안 그랬다면 아마 미쳤을 것 같아. 그래도 그녀가 어젯밤에 한 말 때문에 상황을 낙관적으로 보고 있어. "논리적으로 말하지도 못하다니, 난 참 한심해요." 그녀도 뭐가 문제인지 알고 있는 거야. 제일 난제는 그녀의 고집이네. 돌벽처럼 어찌나 단단한지 빈센트와 나는 수도 없이 부딪치고 있어. 가혹하게 대해서 얻어질 건 전혀 없어. 당분간은 어떤 계획을 짜기는 매우 힘들겠고(빈센트의 계획은 실효성이 전혀 없어), 다만 자네가 확실히 깨닫기를 바라네. 그녀를 대하던 방식이 완전히 잘못되었다는 걸 말이야. 작년에 당신들의 관계는 그녀를 완전히 무기력하게 망가뜨렸을 뿐이네. 혹시나 완전히 동거를 했더라면 더 나았겠지. 그랬다면 둘이 전혀 맞지 않다는 걸 그녀가 확실히 깨달았을 테니까. 그녀가 자신의 관능을 채워주고 세심히 돌봐주는 남자와 다만 한 달이라도 살았더라면(아마 무척 많이 돌봐줘야 했겠지) 건강을 회복했겠고 자네쯤은 잊었을 거야. 그녀는 네덜란드의 수많은 소녀들이 그러하듯 신경과민과 심히 닮은 증세를 보여. 그러니 그녀를 설득하고 안심시키는 게 그토록 어려운 거야.

자네는 내 여동생 요안나와 애니를 안 만나봤지? 지금은 둘 다 여행 중이지. 빈센트와 나는 자네가 암스테르담에 간 일이 어떻게 됐는지 정말 궁금하다네. 지금 빈센트가 어떤 평가를 받는지 듣는 것도 대단히 기뻐. 자네도 정말 기쁘겠지! 자네야말로 늘 빈센트의 잠재력을 강하게 확신했으니까. 아주 아름다운 작품들을 많이 그렸다네. 특히 노란 바탕의 그림들은 아주 충격적이야. 꽃들이 아주 생생하고 화려해. 하지만 어떤 그림들은 좀 평면적이어서 별로야. 빈센트가 아주 끈질기게 의견을 달라고 하는데, 나라면 색 대비를 다르게 해보라고 제안하고 싶어. 다만 *마침 그가 딱 하려고 했던* 것을 제안하듯이!

언제 돌아오는지 속히 편지해줘. 새롭게 심기일전해서 돌아오길 바라네. 건강한 신체, 맑은 정신, 그리고 굳건한 의지를 가지고 말이야. 자네에겐 이 세 가지가 다 필요할 테니까. 그 문제는, 상황이 아주 위태위태하긴 하지만, 완전히 절망적인 건 아니야. 스페커는 아주 느리게 회복하고 있는 거야. 가족들에게 안부 전해주고, 내가 언제나 자네 편인 걸 기억하게.

자네의 친구, 봉어르

베1프 ____ 1887년 여름 추정

파리, 르픽가 54번지에서*

친애하는 벗, 베르나르에게**

지난번에 느닷없이 자네를 내팽개치듯 남겨두고 온 것에 꼭 사과해야겠기에 이렇게 지체없이 편지를 쓴다네. 톨스토이의 《러시아 민화》를 한 번 읽어보기를 권하네. 일전에 말했던 외젠 들라크루아에 관한 기사도 보내주겠네.

저녁에 직접 기요맹의 집에 다녀왔어. 그런데 생각해보니 자네는 정확한 주소를 모를 수도 있겠다 싶어. 앙주 강변로 13번지네. 정말이지 인간적으로 남들보다 아이디어가 넘쳐나는 친구야. 모두가 그 친구만 같으면 좋은 것들을 더 많이 만들어낼 수 있고, 서로 그렇게나 맹렬히 싸워댈 시간도, 그럴 마음도 줄어들 텐데.

나는 지금도 여전히 같은 생각인데, 자네한테 뭐라고 해서 그런 게 아니라, 아마 자네도 확실한 신념처럼 깨닫게 될 일이겠지만, 아무튼 나는 지금도 여전히 같은 생각이야. 화실에서는 그림에 대해 배우는 게 거의 없을 뿐만 아니라 세상 사는 법도 신통한 걸 배울 수 없다는 걸 말이야. 고전적인 기법이나 트롱프뢰유trompe l'oeil*** 같은 기법도 모르고 그림을 그리듯 그냥 그렇게 사는 법이나 배우게 될 거라는 걸 말이야.

자네 자화상이 *자네*를 상당히 닮았지만, 그게 마지막 자화상도, 최고의 자화상도 아니겠지.

지난번에 자네한테 설명하려던 내용을 들어보게. 이야기가 일반론으로 흐르지 않도록 실례를 들지. 만약 자네가 다른 화가와 사이가 틀어져서 "내 그림이 시냐크Paul Signac의 그림과 같이 걸린다면, 내 그림은 전부 거둬가겠소"라고 말한다면, 훌륭한 처신이 아니라는 거야. 단호한 비난을 내뱉으려면 미리 길게 보고 심사숙고하는 게 현명하지. 누군가와 사이가 틀어졌을 때, 깊이 생각하다 보면 자신을 돌아보게 되고, 상대방만큼이나 자신에게도 잘못이 있다는 걸 깨닫게 되거든. 또 자신이 정당한 이유를 바라는 만큼, 상대도 마찬가지라는 사실도 알 수 있고.

그러니 시냐크을 비롯해 점묘법을 사용하는 동료들이 종종 그럴듯한 그림을 그려낸다고 생각된다면, 아무리 사이가 틀어진 경우라도 험담 대신 칭찬을 하고 호감을 보여야 해. 안 그러면 시각이 편협한 편파적인 사람이 되는 거야. 남들을 한없이 업신여기면서 오직 자신만 옳다고 생각하는 사람들처럼 말이야.

* 당시에 몽마르트르 르픽가는 '교외 거주지'로 불렸다. 막 개발되기 시작한 지역이어서 도시와 시골 풍경이 모두 있었다. 주택가로는 지저분한 오솔길들이 뻗어 있고, 큰길가에는 공장 굴뚝과 농장들이 어지럽게 섞여 있었다.

** "Mon cher copain Bernad." 'copain'은 동료 혹은 벗이라는 뜻인데, 빈센트는 베르나르를 늘 '벗'이라고 불렀지 한 번도 '동료'라고 칭한 적이 없었다. 그는 자칭 '진실한 예술(l'art véridique)이라 부르는 가치를 위해 투쟁하는 화가들을 전우(comrades-in-arms)'로 여겼는데, 베르나르는 그들 중의 하나였기 때문이다.

*** 눈속임 기법 혹은 착시화. 실물과 같을 정도로 철저하게 사실적으로 묘사한 그림. 주로 정물화와 천장화로 그렸다.

교육기관 사람들도 마찬가지야. 팡탱 라투르Henri Fantin-Latour의 작품들을 떠올려보자고. 반항이라는 걸 모르는 사람의 전형적인 분위기가 느껴지지. 그렇다고 해서 이 친구에게 가장 독립적인 삶을 사는 사람들의 특징들, 차분함과 공정함이 없다고 말할 순 없어. 자네한테 할 말이 하나 더 있는데, 자네가 곧 치르게 될 병역의 의무에 대해 당장 지금부터 신경 쓰라는 거야. 직접적으로는 군부대에서 그림 작업을 계속할 수 있는지, 복무지를 선택할 수는 있는지 알아보고, 간접적으로는 건강 관리에도 신경 써야 할 거야. 더 강해진 모습으로 제대하고 싶다면, 너무 풀이 죽은 상태나 너무 흥분한 상태로 입대해서는 안 돼.

나는 자네의 군 복무 의무가 커다란 불행이라고 생각지 않아. 큰 시련이기는 하지만, 슬기롭게 극복해내면 위대한 예술가로 성장할 수 있어.

그날이 올 때까지 자네는 최대한 건강을 유지할 수 있도록 힘쓰기 바라네. 분명, 그만큼 체력이 필요할 테니 말이야. 군 복무 1년 동안 열심히 작업하면 아마 제법 작품을 모을 수 있을 거야. 그다음에 몇몇 개는 팔아보자고. 자네도 모델에게 줄 돈이 필요할 테니 말이야.

식당에서 시작한 그 일*을 성공적으로 해내기 위해서 기꺼이 모든 노력을 다할 거야. 하지만 성공의 첫 번째 조건은 사사로운 질투심쯤은 넘기는 거야. 뭉쳐야만 큰 힘이 되니까. 자기 일에만 신경 쓰는 개인적인 이기심을 희생하는 게 공동의 이익을 위한 길이야.

마음으로 악수 청하네.

빈센트

* * * * *

첫 번째 편지 이후, 빈센트는 프로방스에서 에밀 베르나르에게 20통의 편지를 더 쓰게 된다. 그는 1886년, 3개월간 코르몽의 화실에 다닐 때 에밀 베르나르를 만났다. 빈센트는 관학적인 분위기를 탈피하지 못하는 젊은 동료 화가를, 예전에 판 라파르트에게 그런 것처럼 나무라곤 했다.

1868년, 릴에서 태어난 베르나르는 빈센트 반 고흐보다 나이가 열다섯이나 어렸다. 하지만 천재적인 재능을 타고난 덕에 열여덟 살 때부터 선배 격인 빈센트가 매료될만한 그림을 그려냈다. 또한 작가인 동시에 미학자이면서 극작가이기도 하고 시인이기도 했다. 그는 빈센트 사망 1년 후, 「라 플륌」에 기고한 글에서, 빈센트 반 고흐라는 인물을 이렇게 묘사한다. "한마디로 붉은 턱수염에 제대로 다듬지 않은 콧수염, 짧게 깎은 머리, 그리고 독수리 같은 눈빛에 예리한 입을 가진 사람이었다. 중간 정도 되는 키에 적당히 다부진 체구

* 1887년 빈센트는 몽마르트르 클리시 대로 62번지의 카페 탕부랭에서 앙케탱, 베르나르, 로트렉, 코닝 등 후기인상파들의 전시회를 기획했고, 11~12월경에 개최했다.

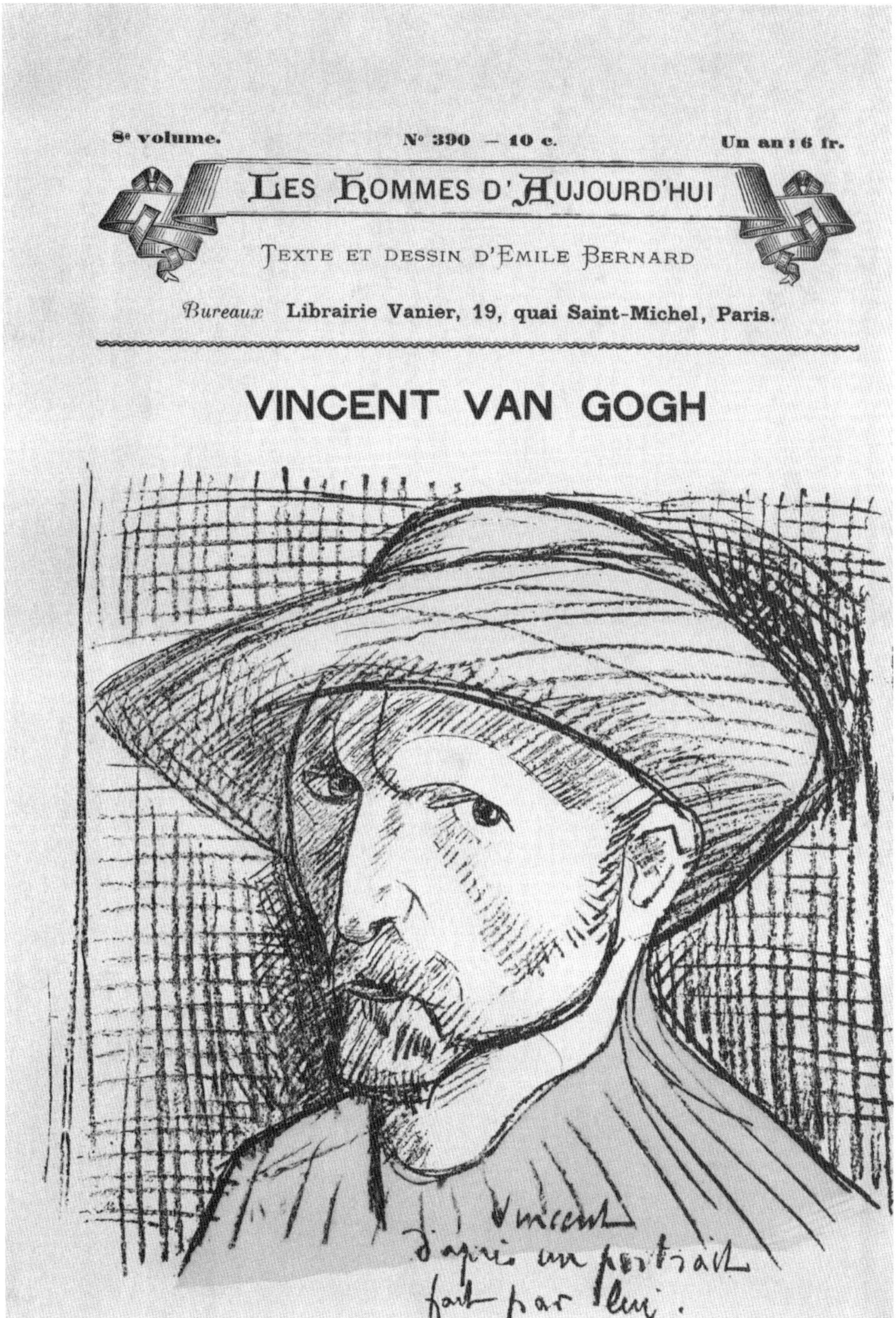

8e volume. N° 390 — 10 c. Un an : 6 fr.

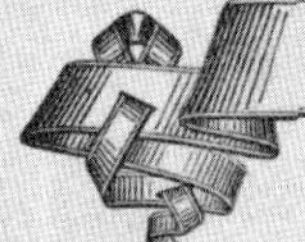

LES HOMMES D'AUJOURD'HUI

TEXTE ET DESSIN D'EMILE BERNARD

Bureaux **Librairie Vanier, 19, quai Saint-Michel, Paris.**

VINCENT VAN GOGH

Vincent d'après un portrait fait par lui.

에밀 베르나르의 데생 ⓒSPADEM 1990

였지만 동작에는 활기가 넘쳤고 걸음걸이가 빠른 편이었다. 반 고흐 선생은 그렇게 언제나 파이프 담배, 캔버스, 혹은 판화 아니면 상자 같은 걸 가지고 다녔다. 말을 시작하면 언제나 격렬했고, 끝을 알 수 없을 정도로 상세히 설명하면서 머릿속에 떠오르는 생각을 계속해서 발전시켜나가곤 했지만, 논쟁을 잘 받아넘기지는 못했다. 그래도 그에게는 꿈이 있었다. 아! 바로 그 꿈들! 거대한 전시회, 화가들의 박애주의적인 공동체, 프랑스 남부에서는 예술가 공동체를 꿈꾸고, 다른 곳에서는 한때나마 예술에 관심을 가졌던 일반대중을 대상으로 하는 강의를 꿈꾸고 있었다."

이 글을 기고할 당시, 에밀 베르나르는 일명 퐁타방파에서 가장 영향력 있는 인물인 동시에 반 고흐와 같은 시기인 1886년에 알게 됐으며 자신의 뒤를 이어 클루아조니슴의 대열에 합류한 고갱의 이론에 정통한 전문가였다. 빈센트가 추구한 미학적 성향과는 상당히 다른 방향에 서 있었던 에밀 베르나르는 그의 작품을 진심으로 높이 평가했고, 빈센트 사망 2년 후, 펠티에가에 있는 바르크 드 부트빌 화랑에서 첫 번째 '빈센트 반 고흐 전'이 열릴 수 있도록 전적으로 도왔다. 에밀 베르나르가 전시회에 선보인 빈센트의 그림 16점은 대부분 탕기 영감이 대여해준 것들이었다. 현재 로댕 미술관이 소장하고 있는 탕기 영감 본인의 초상화, 포플러나무, 흔들의자 중 1점, 고갱의 영향이 느껴지는 그림에 해당하는 무도회, 올리브나무, 프로방스를 배경으로 한 풍경화 등이 포함돼 있었다.

1893년, 에밀 베르나르는 이탈리아를 둘러본 다음 동양 여러 곳을 여행하면서 전혀 다른 시각을 갖게 된다. 그리고 같은 해 4월부터 8월까지 「르 메르퀴르 드 프랑스」에 빈센트가 자신과 테오에게 보낸 편지의 일부를 발췌해 기고하게 된다. 1911년, 볼라르 출판사는 100여 점의 삽화와 함께 『빈센트 반 고흐가 에밀 베르나르에게 쓴 편지』라는 제목으로 호화판 서간집을 출간했고, 빈센트의 삶에서 후기 시대의 주요 증인에 해당하는 에밀 베르나르는 이 책의 서문을 썼다. 1893년, 베르나르는 자신이 참석했었던 오베르의 빈센트 장례식 모습을 담은 작은 그림 하나를 그리기도 했다.

빈센트가 막내 여동생 빌레미나에게 편지를 쓰기 시작한 것도 파리 체류 기간이었다. 빌레미나에게 보낸 스물세 통의 편지는 백 주년 기념 판에 수록되었으며 이 전집에는 최대한 시간순에 맞춰 실었다. 미술과 문학에 관심이 많았던 빌레미나는 네덜란드에서 페미니즘 운동의 추종자가 되었고 빈센트와 테오가 눈을 감은 몇 년 후, 신경병증으로 정신병원에 입원한 뒤 젊은 나이에 유명을 달리했다.

461프 ____ 1887년 7월 17일(일)에서 19일(화) 사이

사랑하는 벗에게

어제 도착했던 네 편지를 동봉한다.* 건물 관리인이 즉시 건네주지 않았더군.

탕부랭에 가 있었어. 내가 안 가면, 그들이 내가 엄두를 못 낸다고 생각할 것 같아서 말이야.

그래서 세가토리에게, 난 이번 일로 당신을 탓할 마음이 없지만, 당신은 스스로를 탓해야 할 것이라고 말해줬지.

그림값 영수증은 찢어버렸지만 당신이 *고스란히 보상*해야 할 거라는 말도.**

또, 내가 당한 일에 당신이 아무런 역할도 하지 않았다면 다음날 나를 찾아오라고도.

그런데 당신은 찾아오지 않았으니, 내 느낌에 누군가 나와 드잡이를 하려 한다는 걸 당신은 알았고, 그 사실을 알려주려고 "그냥 가세요!"라고 말했지만 내가 알아듣지 못했고, 어쩌면 이해하고 싶지 않았던 것 같다는 말까지 전했어. 그랬더니 그림과 나머지 것들은 내 소유니 알아서 하라더구나.

그러면서 시빗거리를 찾아다닌 쪽은 나라고 주장하는 거야. 놀랄 일도 아니지. 내 편을 들었다가는 험한 꼴을 당한다는 걸 알았을 테니까.

카페에 들어가는 길에 종업원을 봤는데 그자는 어딘가로 사라지더라고.

지금은 당장 내 그림을 가져오고 싶은 건 아닌데, 네가 파리에 돌아온 뒤에 다시 얘기하자고 말해뒀어. 내 그림이지만 네 그림이기도 하니까. 그리고 이번 일을 다시 한 번 곰곰이 돌아보라고도 충고했다. 표정이 영 좋지 않더라. 거의 밀랍처럼 창백해졌는데 좋은 징조는 아니야.

그녀는 종업원이 네 집에 다녀온 걸 몰랐어. 그렇다면, 그녀가 나를 속이려 했다기보다는 누군가 드잡이하려 한다는 사실을 미리 내게 경고하려 했다는 쪽으로 생각이 기운다. 그녀는 자신이 원하는 대로 할 수 없었지. 어쨌든 네가 돌아온 후에 어떻게 대응할지 정할 생각이다.

네가 떠난 후로 그림 2점을 그렸어.

아직 2루이***가 남아 있다만, 네가 돌아올 때까지 버틸 수 있을지 모르겠다.

왜냐하면, 아니에르에서 그림을 시작했을 때만 해도 캔버스도 여러 개였고, 탕기Julien François Tanguy 영감님도 참 잘해줬잖아. 정확히 말하자면, 영감님은 그대로인데 마녀 같은 영감님 마누라가 다 알아차리고 반대하고 나섰어. 그래서 그 여편네한테 버럭했지. 그 가게에서 아무것도 사지 않게 되면 그건 전부 *당신 탓*이라고. 탕기 영감님은 내내 침착하게 있었는데, 결국

* 어떤 편지를 돌려보냈는지는 확실치 않다.

** 빈센트는 탕부랭의 실내를 꾸며주면서 꽃 정물화들을 그려서 걸었다. 베르나르는 빈센트가 밥값 대신 그려준 것이라고 말했지만, 사실은 판매가 될 것으로 희망했던 것 같다. 하지만 카페가 매각되면서 여주인 세가토리는 권한이 없어졌고, 빈센트의 그림은 창고에 쌓여 있다가 대부분 헐값에 경매로 처분되었다.

*** 금화 1루이(louis)는 20프랑의 가치에 해당한다.

툴루즈 로트렉이 그린 빈센트 반 고흐(파스텔)

엔 내 부탁을 들어주시게 될 거야. 어쨌든 이런 상황들 때문에 작업이 쉽지 않아.

오늘 로트렉Henri Marie Raymond de Toulouse-Lautrec을 만났다. 그 친구, 그림을 1점 팔았더라. 포르티에 씨가 중개한 것 같아. 누군가 메스다흐 부인Mme Mesdag의 수채화를 가져왔는데 제법 아름답더라.

네덜란드 여행이 즐거운 시간 되기를 바란다. 어머니, 코르, 빌레미나에게도 안부 전해주고.

그리고 혹시 가능하다면, 네가 돌아오기 전까지 내가 곤란해지지 않도록 얼마라도 보내주면, 그러면 그림 몇 점 정도는 더 그려놓을 수 있을 것 같다. 요즘 정말 차분하게 그림이 잘 그려지거든. 아무튼 이번 일로 좀 곤란한 건, 내가 탕부랭에 안 가면 비겁해 보일 수 있다는 거야. 나도 그곳에 가면 마음이 편했고.

마음으로 악수 청하며, 빈센트가

462프 ___ 1887년 7월 23일(토)에서 25일(월) 사이

사랑하는 벗에게

편지와 동봉한 것, 고맙게 잘 받았다.

성공을 거둬도 그림에 들어간 비용을 회수할 수 없다고 생각하면 슬플 따름이다.

네가 전한 식구들 소식에 뭉클했다. "다들 잘 지내지만, 서로 얼굴을 보고 있자니 슬프기만 합니다." 10여 년 전이었다면 서로, 그래도 우리 집은 결국 다 잘될 거라고, 화목해질 거라고 장담했겠지. 네 결혼이 성사되면 어머니도 기뻐하실 거야.* 더구나 너 자신을 위해서도, 일과 건강을 위해서도 독신으로 지내서는 안 돼.

나로서는, 결혼이나 자녀에 관한 생각이 점점 사라져간다. 가끔은 서른다섯이라는 나이에 이렇게 정반대의 마음이 드는 게 꽤나 서글프다. 그럴 때면 그림과의 이 고약한 인연을 탓하지. 리슈팽이 어딘가에서 이런 말을 했었어.

"L'amour de l'art fait perdre l'amour vrai(예술을 사랑하면 진짜 사랑은 잃게 되리)."

정말 구구절절 옳은 말이다. 그런데 반대로 생각하면, 진짜 사랑은 예술을 싫어한다는 말이기도 해.

때로는 벌써 늙고 지쳐버린 기분이 든다만, 아직 그림에 대한 열정을 방해할 정도의 애욕은 여전히 있다. 성공하려면 야망을 품어야 하는데 그 야망이라는 게 내게는 영 어리석어 보여. 어

* 테오는 암스테르담을 방문해서 봉어르 가족을 만나던 중에, 1887년 7월 22일 금요일 요안나 봉어르에게 청혼했다.

떤 결과가 나올지 알 수가 없으니까. 다만 나는 무엇보다도, 네 부담을 어떻게든 줄여주고 싶다. 지금부터는 아예 불가능한 얘기도 아닌 게, 네가 곤란할 일 없이 자신있게 내 그림을 남들에게 보여줄 수 있을 만큼 실력을 키울 작정이거든.

그러고 나서 어디 프랑스 남부 지방으로 가 틀어박혀서 인간적으로 역겨운 화가들과 마주치지 않을 생각이다.

한 가지 확실히 말할 수 있는 건, 더 이상은 탕부랭을 위해 그리지 않을 거라는 거야. 가게는 아마 다른 사람 손에 넘어갈 것 같은데 굳이 내가 반대할 일도 없어.

세가토리는 전혀 다른 문제야. 난 여전히 그녀에게 애정을 느끼고, 그녀도 내게 같은 감정이기를 바라지. 그러나 지금은 그녀의 상황이 좋지 않아. 카페에서도 자유롭지 못하고 주인도 아닌 데다 병으로 힘들어해. 말하기 조심스럽다만, 아무래도 중절 수술을 받은 것 같다(아니면 유산이거나). 그랬다고 그녀를 비난할 마음은 없어. 2달 후에는 나아지겠지. 그러길 바란다. 그땐 자신을 곤란하게 만들지 않은 내게 고마워할 거야.

하지만 건강을 회복하고도 여전히 내것을 돌려주지 않겠다고 냉정하게 거절하거나 내게 어떤 해라도 입힌다면, 그땐 나도 봐주지 않아. 하지만 안 그럴 게다. 난 그녀를 잘 알기에 여전히 믿고 있거든. 게다가 만약 그녀가 카페를 잘 운영해보겠다면, 사업적으로 그녀가 바가지를 씌울지언정 손해는 안 봤으면 좋겠다. 필요하다면 내 발을 살짝 밟고 가도 괜찮아. 그녀만 잘 지낼 수 있다면. 마지막으로 봤을 때, 내 마음까지 즈려밟진 않았지. 사람들 말처럼 고약한 사람이었다면 그러고도 남았을 거다.

어제 탕기 영감님을 만났는데, 내가 얼마 전에 그린 그림을 진열장에 걸어뒀더라. 네가 떠나고 나서 4점을 그렸고 지금은 큰 호수를 그리는 중이야. 크고 기다란 그림은 팔기 어렵다는 건 나도 잘 안다만, 나중에 사람들도 그런 그림 속에 신선한 공기와 활기가 넘친다는 사실을 알게 될 거야. 지금도 식당이나 시골 별장의 장식품으로 좋아.

네가 진짜로 사랑에 빠져서 결혼하게 된다면, 여느 미술상들처럼 시골 별장을 하나쯤 마련할 수도 있지 않겠냐. 편하게 잘살면 비용은 많이 들지만, 또 그만큼 입지도 넓어지지. 그러니 요즘은 가난해 보이는 것보다 부유해 보이는 편이 훨씬 나아. 자살을 택하느니 즐겁게 사는 게 훨씬 나은 거야. 식구들에게 안부 전한다.

너를 사랑하는 형, 빈센트

S. 하트릭이 그린 빈센트

462a네 ____ 1886년 3월 17일부터 1887년 2월 18일 사이

(안드리스 봉어르가 파리에 체류하며 암스테르담의 부모님에게 보냈던 편지글에서 발췌한 대목들)

1886년 3월 17일

며칠 전에 한 유명한 화가가 반 고흐*를 방문했습니다. 우리 생각이 틀리지 않았더군요. 거의 히스테리를 부렸는데 [……] 반 고흐는 그가 마음껏 이야기하도록 내버려뒀지요. 제 생각에도 처음 만난 이의 의견을 알기 위한 최선책은 마음껏 이야기하게 두는 것입니다. [……] 제가 반 고흐의 형님 얘기를 드렸던가요? 화가가 되려고 공부하는 중인데 바로 얼마 전에 파리로 왔어요. 그 결과, 앞으로는 반 고흐를 많이 보지는 못할 듯합니다. 그들이 지근거리에서 함께 살게 되었거든요. 그의 어머니와 누이들은 곧 뉘넌을 떠나서 브레다로 이사한다고 합니다.

1886년 6월 23일

반 고흐가 몽마르트르로 이사했다고 말씀드렸던가요? 그들은 이제 크고 넓은 (파리 스타일의) 아파트에서 살게 되었고 가정부를 두었어요. 그래서 *in optima forma(최상의)* 식사를 하고 있습니다. 테오는 아직도 무척 아픕니다. 안색이 너무나 창백해요. 그 가엾은 친구는 보살펴야 할 식구들이 많습니다. 게다가 그의 형님이 다소 큰 부담이 되고 있어요. 테오와 아주 무관한 온갖 일들로 동생을 비난하곤 하거든요. 여동생 리즈는 꽤 오랫동안 소식이 없다고 합니다.

1886년

이제 테오의 형님은 아주 파리에 정착하셨습니다. 앞으로 최소 3년간 코르몽의 화실에 다닐 예정이라서요. 지난 여름에 그의 형님이 얼마나 기이한 삶을 꾸려가고 있는지 말씀드렸을 겁니다. 그는 사회적 위치에 관해서는 눈곱만큼도 신경 쓰지 않아요. 언제나 모두와 싸워대지요. 결과적으로, 그와 함께 사는 테오가 큰 어려움을 겪고 있습니다.

1886년 8월 27일

제 환자** 때문에 편지를 쓰기 어려웠습니다. 안 그랬다면 진작에 테오를 진심으로 따듯하게 맞아주셔서 감사하다는 인사를 전했을 겁니다. 그는 거기 머물며 제법 기운을 회복한 모양입니다. 목요일 아침에 돌아왔어요. 두 분이 그를 좋아해주셔서 저 역시 무척 기쁩니다. 그를 알면 알수록, 그의 고상하고 세련된 정신에 감탄합니다. 그와 함께 있으면 늘 즐겁습니다. 그가 없을 때 그의 아파트에 머물렀어요. 빈센트가 혼자 있으니까요. [……] 앞으로는 반 고흐의 집

* 테오를 말한다.

** 테오가 출타중일 때 빈센트 반 고흐도 아팠다.

에서 저녁을 함께 먹기로 했습니다. 물론 시간이 많이 걸릴 거예요. 몽마르트르까지 오가려면 아마 저녁 시간에 아무것도 못 하게 되겠지요. 하지만 즐거움이 더 클 겁니다. 우린 항상 이야깃거리가 넘쳐나거든요. 우리 셋이 있으면요.

1887년 2월 18일

반 고흐는 휴식이 시급히 필요해 보입니다. 계속 아프고 야위어갑니다. 그리고 연약해졌고요. 그렇게까지 고집을 부리지 않았더라면, 진작에 그뤼비 박사*에게 데려가서 진찰을 받게 했을 겁니다.

빌1네 ___ 1887년 10월 말

사랑하는 막내 누이동생에게

편지 고맙구나. 그게, 내가 요즘 편지 쓰는 게 지긋지긋한 지경이란다. 하지만 네 편지 속 질문들에 꼭 답을 하고 싶어서 펜을 들었다.

먼저, 올여름에 만난 테오가 무척 *불행해보였다*는 네 지적부터 반박해야겠다. 나는 그 반대로, 테오의 외모가 작년 한 해 동안 훨씬 좋아졌다고 생각하거든. 파리 생활을 견뎌내려면 누구라도 지난 수년간의 테오처럼 강해져야 해.

그런데 솔직히, 암스테르담과 헤이그에 있는 가족과 친구들은 과연 테오에게 잘 대해주었는지, 따뜻하게 맞아주었는지부터 돌아봐야 하지 않을까? 이 부분에서, 테오가 상처를 받았을 텐데도 크게 개의치는 않더라. 결국 이렇게나 그림 시장이 불황인데도 여러 점을 거래해냈거든. 아마 그래서 동종업계의 네덜란드 동료나 친구들이 질투심을 느낀 게 아닐까 싶다.

자, 식물과 비에 관한 네 문학적인 글에는 무슨 말을 해줄 수 있을까? 자연을 잘 들여다보면, 많은 꽃잎들이 추위에 얼고 더위에 말라 바닥에 떨어져 짓밟히지. 곡식 낟알들도, 잘 무르익었다고 해서 모두 다시 흙으로 되돌아가 싹을 틔우고 줄기를 이루는 건 아니고. 오히려 우리가 뿌린 씨앗의 대부분은 제대로 자라지도 못한 상태로 풍차 방앗간으로 보내지는 게 현실이지, 안 그래?

인간들을 이런 밀알에 비교해 보자…….

자연의 순리대로 건강하게 살아가는 모든 인간은 양질의 밀알처럼 *발아 능력*을 지녔어. *싹을 틔우는 것*이 너무나 자연스러운 일이지.

밀알의 발아 능력이, 우리 인간에게는 바로 사랑이야.

* 나이 지긋한 의사로 독일 시인 하인리히 하이네를 치료하기도 했다.

그런데 우리가 이런 자연스러운 과정에서 방해를 받고 싹을 틔울 수 없게 되어 풍차의 절구 속으로 들어가야 할 황망한 상황에 놓이면, 아연실색해서 그저 멍하니 그렇게 갈려 사라지는 모습을 보고 있을 수밖에 없을 거야.

그런 일을 겪고 자연의 순리대로 살아갈 수 없게 되면, 그대로 순응해버릴까 하면서도 자의식을 포기할 수가 없어서, 대체 뭐가 문제인지, 진짜로 무슨 일이 일어나고 있는 건지 알아내려고 노력하는 사람도 있는 법이야.

열의에 차서 어둠 속의 빛과도 같다는 책들을 뒤적여봐도 딱히 확실한 내용, 만족스럽고 위로가 되는 내용을 찾아낼 수가 없어. 그래서 우리 문명인들을 가장 괴롭히는 질병이 우울증과 비관주의지.

나처럼 적잖은 시간 동안 웃고 싶은 마음을 완전히 잊고 산 사람은(이게 과연 내 잘못인지 아닌지는 논외로 칠게) 그 무엇보다도 크게 한번 제대로 웃어보고 싶은 마음이 간절해. 모파상의 소설을 읽다가 그런 경험들을 했다. 이런 작가들이 더 있을 거야. 옛 작가 중에는 라블레Rabelais가, 현대 작가 중에는 앙리 로슈포르Henri Rochefort가 그래. 볼테르의 『캉디드』도 마찬가지고.

반대로 진실, 있는 그대로의 삶을 들여다보고 싶으면 그땐 공쿠르의 『제르미니 라세르퇴Germinie Lacerteux』나 『창부, 엘리자La fille Eliza』, 혹은 졸라의 『삶의 기쁨La joie de vivre』이나 『목로주점L'assommoir』 등의 다양한 걸작을 읽어. 우리가 느끼는 삶을 사실적으로 그려내서, 진실에 목마른 우리의 갈증을 해소시켜주는 작품들.

프랑스의 자연주의 대가들인 졸라, 플로베르, 기 드 모파상, 공쿠르, 리슈팽, 도데, 위스망스Huysmans 등의 작품은 정말 대단해. 이런 작품들도 모르면서 '이 시대를 살아간다'고 말할 수는 없다. 모파상의 걸작인 『벨 아미』라는 소설이 있는데 한 권 구해서 네게 보내주고 싶구나.

성경 한 권으로 충분할까?

이 시대에는 예수님도 우울해하며 주저앉아 있는 사람들에게 이렇게 말씀하실걸. '*여기에 안 계신다. 일어나라! 어찌하여 살아 계신 분을 죽은 이들 가운데서 찾고 있느냐?*'

성경의 말과 글이 여전히 세상의 빛이려면, 우리도 그렇게 말과 글로 전해질 만한 시대에 사는 게 우리의 권리며 의무야. 더 없이 위대하고 선하고 근원적이고 강력해서 사회 전체가 변혁되고, 결국 과거 그리스도적인 혁명의 시대와 비견될 만한 시대에 말이야.

나는 개인적으로, 내가 대다수의 요새 사람들보다 성경을 제대로 정독했다는 사실이 늘 뿌듯하다. 이런 고귀한 사상이 예로부터 존재하고 있었음을 알아서 마음의 평화를 얻었으니까. 하지만 더 정확히는, 옛것을 아름답게 여기기에 새것은 à plus forte raison(말할 것도 없이 더) 아름답게 느껴. 왜냐하면 우리가 직접 살고 있는 시간이잖아. 과거나 미래는 우리에게 간접적인 영향만 줄 뿐이지.

개인적인 경험을 돌이켜보면 내가 한 행동은 결국, 노화의 지름길과 연관된 것들이었다. 무슨 말인지 알 거다. 주름이 자글자글해지고, 거친 턱수염에 의치도 여러 개 해넣은 이 상태 말이야. 하지만 무슨 상관이냐! 난 힘들고 어려운 직업을 가지고 있어. 바로 그림 그리는 일이지. 만약 내가 이런 사람이 아니었다면, 애초에 그림은 그리지도 않았을 거다. 이런 사람이라서 항상 즐겁게 그림을 그리고, 비록 내 젊음은 잃어버렸어도 언젠가는 젊음의 활력이 담긴 그림을 그릴 거라는 희박한 가능성을 바라보며 지내고 있는 거야.

테오가 없었다면, 나는 도저히 내가 원하는 바를 그림에 담아낼 수 없었겠지. 하지만 테오를 친구로 뒀기에, 나는 더 크게 성장할 수 있고, 내 생각을 오롯이 펼칠 수 있을 거야.

내 계획은, 떠날 수 있는 여건이 마련되면, 프랑스 남부에서 시간을 보내는 거야. 더 많은 색채를 경험할 수 있고 더 많은 햇살을 맞을 수 있는 곳 말이야.

그런데 무엇보다 내가 도달하고 싶은 목표는 근사한 초상화 솜씨를 갖추는 거다.

다시 네 글로 돌아오면, 저 높은 곳에 계신 절대자가 관여해 개인적으로 우리를 돕거나 위로한다는 믿음은 나한테는 물론 다른 사람들에게도 딱히 권할 만한 조언은 아닌 것 같다. 신의 섭리란 아주 오묘하거든! 고백하건대, 나는 이 신이라는 존재를 도대체 어떻게 생각해야 할지 모르겠다. 네 편지를 읽다 보면 꽤나 감상적인 부분들을 마주하는데, 바로 좀전에 언급한 '신의 섭리'를 연상시키는 것들이야. 그러니까 예지력이라고 해야 할까, 증명하는 건 아무것도 없고 반박할 거리는 무수히 많은 그런 동화 속 이야기 말이야.

무엇보다도, 글을 잘 쓰려면 반드시 공부를 해야 한다는 네 생각은 부모해 보인다. 아니지, 사랑하는 누이야. 차라리 춤을 배워라. 공증인 서기나 장교 등 네가 만날 수 있는 사람들과 연애를 해. 그래, 네덜란드어 공부를 하느니 차라리 엉뚱한 짓들을 저지르는 게 훨씬 낫단다. 공부해서 머리가 아둔해지는 건 백해무익한 짓이야. 이런 이야기는 더 듣고 싶지 않다.

나는 여전히 말도 안 되고 온당치도 않은 연애사를 경험했고 헤어질 때도 여느 때처럼 상처와 수치심만 떠안고 헤어졌지.

하지만 내가 볼 때, 내 행동은 전적으로 옳았다. 왜냐하면, 사랑에 빠지는 게 당연했던 그 시절에, 나는 종교와 사회주의 그리고 예술에 헌신했거든. 특히 예술을 가장 신성하게 바라봤지. 지금보다도 훨씬 더.

종교나 정의나 예술이 뭐가 그리 신성하다고?

그저 사랑에만 빠져 있는 사람들이, 사상을 위해 사랑과 마음을 희생하는 사람들보다 어쩌면 훨씬 더 진지하고 건전해. 그런 거야. 글을 쓰고, 행동하고, 생명력이 느껴지는 그림을 그리려면 그 행위자 자체가 생기가 넘쳐야 해. 그러니 (조금이라도 성장하고 싶다면) 공부는 네게 부차적인 일에 불과해. 최대한 즐겁게 지내고 흥밋거리를 찾아라. 오늘날의 예술이 원하는 건 강렬할 정도로 생기가 넘치는 그림들이야. 색채가 화려하고 솜씨도 뛰어난. 그러니 건강을 잘 챙겨. 네가 가진 힘을 더 키우고 네 삶을 더 높은 곳으로 끌어올려라. 그게 최고의 공부야!

마르호 베헤만은 잘 지내는지, 더 흐로트 씨 댁은 다들 어떻게 지내는지, 그때 일은 어떻게 됐는지, 소식 좀 전해주면 고맙겠다. 시엔 더 흐로트는 사촌과 결혼했니? 아이는 살아 있고?

내 작품들을 떠올려보면, 뉘넌에서 감자 먹는 농부들을 그린 그림이 최고의 걸작 같다. 그 이후로는 불행히도 그럴듯한 모델을 못 만났지. 그렇지만 그 대신 색채를 더 깊이 연구할 기회가 되었어. 나중에 인물화에 적절한 모델을 만나면, 내가 추구하는 게 단지 꽃이나 푸르른 풍경이 아니라는 걸 보여줄 거야. 작년에는 회색 이외의 다른 색조에 적응하느라 온통 꽃만 그렸지. 분홍색, 연한 초록색, 강렬한 초록색, 연한 파란색, 자주색, 노란색, 주황색, 그럴듯한 빨간색 등등.

올여름 아니에르에서 풍경을 그리는데, 그 어느 때보다 다양한 색채가 보이더라. 지금은 초상화에서 그 과정을 해내고 있다. 내 초상화 실력이 썩 괜찮다는 말은 분명히 해둬야겠다. 아무래도 이제는 다른 화가나 다른 그림들에서 단점을 언제든지 짚어낼 수 있고, 또 그만큼 장점도 찾아내 너한테 말해줄 수준이 됐기 때문이야.

나는 우울증 환자로 취급되기 싫다. 신랄하고 날카롭고 성마른 사람으로 여겨지고 싶지 않아. Tout comprendre c'est tout pardonner(모든 걸 이해한다는 건, 모든 걸 용서한다는 뜻이다). 우리가 모든 걸 알 수 있으면 틀림없이 어느 정도는 평온해질 거야. 최대한 그렇게 평온하게 지낼 수만 있다면, 아는 게 거의(혹은 아예) 없더라도, 약국에서 파는 온갖 나쁜 것들보다 나은 치료제가 될 거다. 많은 게 자기 자신에게서 비롯돼. 그렇게 스스로 자라고, 스스로 발전하는 거야.

그러니 공부한다고 너무 애쓰지 마. 그러다 오히려 메마를 수가 있어. 너무 안 노는 것보다는, 차라리 최대한 즐겁게 지내라. 그리고 예술이든 사랑이든 너무 진지하게 대하지 마. 그건 스스로 어떻게 해볼 수 있는 문제가 아니거든. 무엇보다 기질의 문제니까.

지근거리에 살았다면 너를 데리러 갔을 텐데. 이렇게 글로 쓰는 것보다 야외로 데려가서 나와 같이 그림을 그려보게 한다면 더 확실히 알려줄 수 있는데. 네 감정도 더 수월하게 표현할 수 있을 테고 말이야.

그러니까, 나로서는 그림이라면 알려줄 수 있는데, 글은 아는 게 별로 없다. 그렇지만, 네가 예술가가 되겠다는 생각은 나쁘지 않아. 마음속에 열정과 영혼이 담긴 사람은 꽉 억누르고 있을 수만은 없거든. 억누르기보다 불태우는 쪽이 낫지. 마음속에 있는 건 결국엔 밖으로 *드러나기* 마련이니까. 내 경우에는 그림을 그려서 다행이야. 그림이 없었다면 지금보다 훨씬 더 불행했을 테니까. 어머니께도 안부 전해드려라.

빈센트

내가 특히 감동적으로 읽은 건 톨스토이의 『행복을 찾아서A la recherche du bonheur』*였어.

얼마 전에 기 드 모파상의 『몽토리올Mont-Oril』도 읽었다.

네 지적대로, 때로 예술은 상당히 고차원적인 분야로 보이지. 뭔가 신성한 대상으로. 그런데 그건 사랑도 마찬가지다. 문제는 모두가 그렇게 생각하는 건 아니어서, 예술을 알고 예술에 이끌리는 사람들은 고생길을 가야 한다는 거야. 이해받지 못하는 건 기본이고, 또 그만큼이나 빈번하게 영감이 안 떠오르기도 하고, 주변 사정 때문에 작업이 무산되는 일을 겪어야 하니까. 그러니 두 가지 혹은 그 이상의 일들을 한꺼번에 해내야만 하지. 그러다 보니 어느 순간에는, 예술이 과연 정말로 신성하거나 아름다운지 모호해질 때가 있어.

어쨌든 이 모든 걸 곰곰이 생각해봐라. 예술에 이끌리고 예술을 하려는 자들은, 애초에 그렇게 태어났고, 이 길 외에 다른 길을 갈 수가 없어서 그냥 생긴 대로 사는 거라고. 뭔가 고상한 목표가 있어서가 아니라. 『행복을 찾아서』에서도, 애초에 악이 우리의 본성에 있다고, 우리가 만들어낸 게 아니라고 말하지 않든? 현대 작가들이 옛사람들처럼 도덕적 잣대를 들이대지 않는 걸 보면 정말 훌륭하다. 이렇게 말하면 많은 사람들이 불쾌해하고 분개하니까 말이야. '악과 선은 화학 제품이다. 마치 설탕과 황산염처럼.'

* 19세기 말, 프랑스 출판사가 저자인 톨스토이의 허락을 받고 7편의 단편을 담아 출간했던 단편집이다. 국내에는 『사람은 무엇으로 사는가』로 소개된 책에 이 7편 중 서너 편이 포함되어 있다.

Arles

14
프랑스
/
아를

1888년 2월 21일
/
1889년 5월

1888년 2월 21일, 빈센트는 아를에 초췌한 몰골로 도착했는데, 이후 파리의 우중충하고 추운 날씨와 번잡함 속에서 억눌러야 했던, 대자연에 대한 깊은 애정이 남프랑스의 강렬한 햇살 아래에서 되살아났다. 아를에는 로마네스크 양식의 유명한 건축물들도 있었지만, 빈센트는 도심의 모습이 아니라 꽃이 만발한 과수원과 추수기의 황금빛 밀밭 등의 풍경에 집중했다. "지금 이순간 모든 게 지독하게 또렷하다. 자연은 너무나 아름답고, 더 이상 내 자신은 의식되지 않아. 그림이 꿈처럼 내게로 온다."

이때 빈센트는 프랑스어로 써내려간 편지들에 내면에서 일어나는 변화들을 생생하게 기록했다. 아침에 쓰다가 저녁에 이어 쓰며, 낮 동안의 작업이 얼마나 환상적이었는지 말하는 편지가 많다. "이제껏 이토록 아름다운 자연을 본 적이 없었어!" "그래, 오늘 이미 네게 말했었지. 하지만 너무 사랑스러운 날씨였거든. 네가 여기 와서 직접 보지 못한다는 게 너무나 안타깝구나."

아를에서 집배원 룰랭, 알제리 보병 출신의 밀리에, 역전 카페 주인이었던 지누 부부, 화가인 맥나이트와 더 복 등과 교류했지만, 빈센트는 또다시 외로움을 느꼈다. 그는 일찍부터(1880년) 예술가들이 모여 사는 공동체(협회)를 구상했고, 아를에서 실현시키고자 했다. 마침 늘 흠모해오던 화가 폴 고갱이 브르타뉴에서 '당신의 동생이 내 그림을 팔아주면 좋겠다'는 편지를 하자, 테오를 설득해서 카발르리가 30번지 카렐 레스토랑의 숙소를 떠나 라마르틴 광장 2번지의 작은 집(일명 노란 집)을 마련하고 고갱을 맞아들였다. 빈센트는 또한 테오에게 자신의 그림이 여전히 팔리지 않고 있지만 곧 인기를 얻을 것이라는 확신을 주고 싶었고, 동생과 자신의 관계를 동업자로 반복해서 말했다.

하지만 공동체 실험은 최악의 결과를 맞았다. 고갱은 이런저런 핑계를 대며 미루다가 10월에야 아를에 왔고, 빈센트의 열렬한 태도에 부담을 느꼈다. 테오에게 "당신의 형이 좀 진정했으면 좋겠다"고 편지했고, 베르나르에게는 더 정확한 심경을 밝혔다. "빈센트와 난 사사건건 부딪치고 특히 그림에 대해서는 더 하다네.

빈센트는 도비니, 지엠, 루소 등을 칭송하는데, 전부 내가 견디기 힘든 자들이야. 반대로 내가 존경하는 라파엘, 드가는 그가 경멸하지. 빈센트의 그림은 좀 낭만적이고, 난 원초적인 상태에 끌리고."

노란 집에서의 긴장감은 점점 고조되었다. 결국 12월 중순 고갱은 테오에게 이렇게 편지했다. "난 파리로 돌아가야 할 것 같으니, 내 그림을 판매한 돈을 주십시오. 빈센트와 나는 함께 살 수가 없습니다. 그는 놀랍도록 지적인 사람이지만, 네, 반드시 따로 살아야 합니다." 빈센트도 이즈음 테오에게 편지를 썼다(565번 편지). "고갱이 지겨워하는 것 같다. 아를 생활이며 노란 집을, 그리고 자기 자신까지도 말이야."

고갱은 테오에게 곧바로 자신이 괜한 말을 했으니 잊으라는 글을 보냈지만, 비극은 일어나고야 말았다. 크리스마스이브에 고갱과의 갈등으로 극도로 흥분한 빈센트가 자신의 귓불을 잘라 매춘부에게 선물로 보내는 기행을 저질렀고, 결국 경찰이 와서 그를 병원에 입원시켰던 것이다.

아를에서의 편지에서 가장 눈에 띄는 특징은 겸손해진 빈센트의 행동이다. 헤이그에서는 지나친 자신감을 내비쳤는데, 오늘날 최고의 걸작으로 일컬어지는 그림을 설명할 때조차 놀랍도록 겸허하다. 빈센트는 자신이 원하는 사람들이 자신의 그림을 꼭 받아주기를 바랐고, 동료 화가들과 그림을 교환하는 것만으로도 만족스러워했다. 알베르 오리에가 「르 메르퀴르 드 프랑스」에 처음으로 자신에 관한 특집 기사를 실었을 때도 자랑스러워하지 않고, 오히려 비평가에게 찬사는 자신보다 다른 동료들에게 돌아가야 한다고 강조했다. 그리고 자신에게 주어진 전시회 기회를 적극적으로 받아들이지 않았다. 1888년, 결국 테오가 나서서 빈센트의 정물화 〈파리의 소설〉과 풍경화인 〈몽마르트르의 언덕〉과 〈갈레트 풍차 뒤에서〉를 앵데팡당전에 공모하는데, 카탈로그에는 그의 이름이 아니라 성(姓)만 게재된다.

하지만 성과는 열의에 못 미쳤다. 빈센트는 몽티셀리와 메소니에를 동시에 높이 평가했기 때문에, 자신이 진정 염원했던 방향을 정확히 구분하기 어려웠다. 그림의 분위기보다 주제에 더 관심을 두던 시기나, 영국 삽화가의 그림에 국한되었던 대중적인 그림에 열정을 보였던 시기부터, 지속적으로 변화를 거쳤다. 하지만 젊은 시절부터 신봉했던 대가는 한결같았다. 렘브란트, 들라크루아, 밀레, 그리고 일본의 판화가들. 빈센트는 일본 판화를 너무 좋아한 나머지 프로방스를 통해 일본을 보는 것 같다고 여길 정도였다.

아를에서 작성한 수많은 편지는 대부분 테오와 빌레미나, 그리고 최초의 화가 친구 판 라파르트와 관계를 끊은 이후 가장 자주 편지를 주고받게 된 베르나르에게 보내졌다. 이 시기의 편지 대부분은(여동생에게 보낸 초반 편지를 제외하고) 프랑스어로 작성되었지만, 네덜란드어와 영어, 프랑스어를 자기 식으로 뒤죽박죽 섞어 사용하는 그만의 독특한 언어습관으로 인해 억지로 쥐어짠 듯한 투박한 문장들이 많아 이해하기 어려운 점이 많다.

빈센트는 아를에서 200여 점에 가까운 작품을 그렸다. 또한 몇몇 대작들은 놀랍도록 순식간에 그려냈다. 그림 기법은 지속적으로 변화를 거듭했다. 그림 주제를 가리지는 않았지만, 한번 선택한 주제를 반복적으로 그렸다. 기꺼이 모델을 서준 아를 사람들의 초상화(룰랭의 초상화만 6점이 넘고, 룰랭 부인이 모델인 〈자장가〉만도 5점이었다), 해바라기, 꽃나무, 풍경화 등등…….

463프 ____ 1888년 2월 21일(화)

테오에게

여행하는 동안 처음 보는 새로운 세상만큼이나 네 생각도 많이 했다.

나중에는 너도 여기에 자주 올 수 있지 않을까 생각해봤다. 파리에서는 작업이 거의 불가능할 지경이어서, 마음의 안정과 평온함을 되찾을 수 있는 은신처가 꼭 필요했어. 그럴 수 없다면 아마도 완전히 멍해졌겠지.

가장 먼저 해주고 싶은 말은, 이 일대 전체에 눈이 60센티미터나 쌓여 있는데, 아직도 계속 눈이 내리고 있다는 거야. 아를이 브레다나 몽스보다 큰 고장은 아닌 듯해.

타라스콩에 도착하기 전에 근사한 장관을 감상했다. 커다란 노란 바위들이 서로 뒤얽힌 모습이 상당히 웅장했어. 그 바위틈 사이로 자리 잡은 골짜기에는 황록색과 적록색 잎사귀가 달린 키 작은 둥근 나무들이 줄지어 서 있는데, 꼭 레몬나무처럼 생겼더라.

그런데 여기 아를은 평지 같다. 붉은 흙이 인상적인 포도밭이 펼쳐지고, 그 뒷배경으로 섬세한 자홍색 산들이 자리를 잡았어. 그리고 흰 눈으로 뒤덮인 산봉우리와 눈처럼 밝게 빛나는 하늘이 서로 맞닿은 설경이 마치 일본화 속 겨울 풍경 같다.

이게 내 주소야.

카렐 식당, 카발르리가 30번지, 아를.

아직까지 동네 한바퀴 돌아봤을 뿐이야. 어젯밤에 완전히 녹초가 됐었거든.

조만간 또 편지할게. 그래도 어제 이 거리에 있는 골동품점에 들렀는데 주인이 몽티셀리 Adolphe Joseph Thomas Monticelli*의 그림을 알더라. 너와 네 동료들에게 마음의 악수 청한다.

너를 사랑하는 형, 빈센트

464프 ____ 1888년 2월 24일(금) 추정

테오에게

정겨운 편지도, 함께 보내준 50프랑 지폐도, 고맙게 잘 받았다.

여기 생활비가 기대했던 것만큼 저렴하지는 않아. 그래도 습작을 3점이나 완성했는데, 아마 파리에 있었다면 지금 같은 시기에 꿈도 못 꿀 일이지.

네덜란드에서 들려오는 소식이 만족스럽구나. 리드Alexander Reid**가 내가 먼저 남부로 내려온 걸 못마땅하게 바라본다 해도(잘못된 시선이지만) 크게 놀랍진 않다. 그래도 우리로서는, 그

* 마르세유 태생의 프랑스 화가. 근대 회화의 선구자로서, 가난한 속에서 자유분방한 그림을 그린 인상파 번방의 화가였다. 이 당시에는 벌써 사망 2주기를 맞고 있었다.

** 파리에 거주하는 스코틀랜드 화가 겸 미술상

와의 친분이 우리에게 전혀 이롭지 않다는 생각도 그리 옳진 않아. 일단은 아주 근사한 그림을 선물받았고(우리끼리 얘기지만, 우리가 사려던 그림이잖아), 그가 몽티셀리의 그림값을 높인 덕에 우리가 소장한 5점도 같이 가격이 올랐으며, 어쨌든 첫 몇 달간은 우리한테 잘해줬으니까.

그런데 지금은 몽티셀리보다 더 큰 사업에 끼워주려는데, 그가 상황을 제대로 파악하지 못하는 것 같아.

인상주의 화가들에 관해서 우리가 확실한 주도권을 쥐면서 리드가 우리 선의를 오해하거나 의심할 일 없도록 하려면, 마르세유의 몽티셀리 그림은 그 친구 마음대로 하도록 관여하지 않는 게 좋겠다. 작고한 화가들의 경우에 우리는 작품 가격에만 간접적으로 관심이 있다는 점을 강조하면서 말이야.

너도 같은 생각이라면, 그 친구한테 내 뜻도 같다면서 이렇게 말해도 될 거야. 몽티셀리 그림을 사러 마르세유에 갈 거라면 우리 형제는 전혀 신경 쓰지 말라고. 다만 일단 우리가 먼저 관심을 두었던 분야니 그 친구의 뜻 정도는 충분히 물어볼 수 있는 거라는 말도.

인상주의 화가들을 영국에 소개하는 일은 네가 적임자라고 본다. 직접 하지 않더라도 네가 중개해야 옳아. 그러니 만약 리드가 이 일을 선수치면, 우리를 배신한 거라 간주해도 될 거야. 더구나 우리는 마르세유의 몽티셀리 그림 거래를 그냥 내버려둘 텐데 말이야.

그나저나 우리의 친구 코닝을 네 집에 머물게 해주면 그에게 큰 도움이 될 게다. 리베 박사*를 만나고 오면 우리가 해준 조언이 틀리지 않았다는 걸 깨닫겠지. 네가 그 친구를 받아주면 그 친구는 큰 짐을 더는 셈이야. 그 대신, 그 친구 아버지께는 간접적으로라도 네가 책임질 일은 전혀 없다는 점을 명확히 설명드려야 해.

베르나르를 만나거든, 아직은 퐁타방보다 생활비가 더 들지만 중산층이 사는 가구 딸린 집에 세들면 더 절약할 수 있다고 전해주기 바란다. 지금 내가 그 방법을 찾는 중이니 상황 파악이 되면 평균 생활비가 어느 정도 들지 곧 편지한다고.

가끔 피가 온몸을 순환하는 게 느껴지는 듯하다. 최근에 파리에서 지낼 때에는 통 경험하지 못했던 일이야. 정말 죽을 맛이었지.

물감과 캔버스는 식료품 잡화점이나 서점에서 사야 하는데, 없는 게 많더라. 마르세유는 사정이 어떤지 확인차 한 번 가봐야겠다. 근사한 파란색 등등을 만들겠다는 희망을 버리지 않았거든. 마르세유에 가면 직접 원재료를 구할 수 있으니 가능하겠지. 나도 지엠Félix Ziem이 쓰는 파란 색조를 만들어보고 싶어. 다른 색들처럼 쉽게 변색되지 않는 색. 아무튼 두고 보자고.

별 걱정하지 말고, 동료들에게 내가 악수 청한다고 전해라.

너를 사랑하는 형, 빈센트

* 형제의 주치의

습작으로 아를의 노부인, 눈 덮인 설경, 정육점이 보이는 거리 풍경을 그려봤어. 아를의 여인들은 하나같이 다 미인이야. 거짓말이 아니라니까. 반면에 이곳의 미술관은 끔찍하고 영 장난 같아서, 차라리 타라스콩에나 어울릴 수준이야. 고대 유물 박물관도 있는데 거기는 제대로야.

빌2네 ____ 1888년 2월 24일(금) 추정

사랑하는 막내 누이에게

나 역시도 이렇게 말해줄 수 있어. 네가 편지를 보내도 난 답장을 하지 않을 수 있다고. 가장 간단한 방법은, 편지 쓰기가 너무 괴롭거나 그럴 마음이 들지 않을 때는 그냥 안 쓰는 거야.

어쨌든 너도 이제 무뢰배 같은 볼테르가 무슨 나쁜 짓을 했는지 이해하기 시작했다니 잘된 일이다. 이미 『캉디드』를 읽어서 그가 '최상의 목표만을 추구하려는 진지한 삶'을 어떤 방식으로 비웃었는지도 알 테니 이런 행위가 얼마나 고약한 범죄인지 굳이 설명할 필요가 없겠구나.

마우베 형님 일은 뭐라고 해야 할지 모르겠다.* 그저 매일같이 그 양반을 생각할 뿐이다. 너무 갑작스러워서 충격이 컸지. 그런데 인간적으로는, 그 양반은 남들이 말하던 그런 사람과는 달랐어. 그러니까 예술가로서보다 인간으로서 더 진지했고, 나는 그런 인간적인 면을 좋아했다. 말로 설명하기가 정말 힘든데, 삶의 본질을 꿰뚫어볼 줄 알고, 자기 자신을 타인처럼 객관적으로 평가하면서 동시에 타인들을 기꺼이 자기 자신처럼 대하던 사람이 더 이상 이 세상에 존재하지 않는다는 걸 받아들이기가 힘들다.

이제야 알 것 같더라. 감자나 샐러드 속에 숨어 살다가 훗날 풍뎅이로 변태하는 흰 애벌레가 미래에 자신이 이 땅에서 어떻게 살아가게 될지 내다본다는 건 불가능하다는 사실을 말이야. 그 문제를 조사해보겠다고 목숨을 걸고 땅속에서 기어 올라오는 게 얼마나 어리석은지를. 샐러드나 채소를 관리하는 정원사들이 보는 즉시 해충으로 여기고 발로 짓이길 테니 말이야.

그런데 같은 이유로 나는 인간이 미래의 삶에 관해 생각하는 것도 정확한 건 아니라고 봐. 흰 애벌레가 자신들이 어떤 모습이 될지 모르는 것처럼, 인간도 선입견이나 착오 없이 우리가 어떤 모습으로 변해갈지 알 수 없기 때문이지. 또 같은 이유로, 샐러드 속에 숨어 사는 흰 애벌레는 최종적인 모습을 갖추기 위해서라도 샐러드 뿌리를 파먹어야 해.

그렇기 때문에 화가는 그림을 그려야 하는 거야. 어쩌면 그 이후에 또 다른 무언가가 있을 수 있겠지.

알다시피, 나는 더 멀리 남쪽으로 내려왔다. 아무리 노력해봐도 겨울에는 그림 작업도, 건강 관리도 제대로 할 수가 없더라고. 게다가 요즘은 사람들이 칙칙한 회색조보다, 밝고 구분되는

* 안톤 마우베가 1888년 2월 5일, 향년 49세의 나이로 갑작스럽게 세상을 떠났다.

쾌활한 색조의 대비가 두드러지는 그림을 원해. 그래서 이런저런 이유로 다른 사람들을 피곤하게 하고 싶지 않아서, 다시 한 번, 나를 끌어당기는 것이 있는 곳으로 옮겨온 거야.

어머니께도 안부 전한다. 이젠 네덜란드로 돌아가기가 쉽지 않을 것 같구나. 잘 지내라.

빈센트

주소 : 카렐 식당, 카발르리가 31번지, 아를. [부슈-뒤-론 지방]

465프 ____ 1888년 2월 27일(월) 추정

테오에게

내가 테르스테이흐 씨한테 쓴 편지를 네가 먼저 읽어보고, 내용이 그럴듯한 것 같으면 네 편지와 함께 전해주면 좋겠다. 보다시피, 나는 이쪽으로 더 애써봐야 한다고 생각해. 판 비셀링예 씨를 통해서 리드를 끌어들일 수 있고, 테르스테이흐 씨를 통해서 판 비셀링예 씨를 포섭할 수 있을 테니까. 이 관계를 네가 테르스테이흐 씨에게 설명하면 되는 거고. 난 네 덕분에 먹고 사는데, 그런 네가 부소&발라동 화랑에서 월급을 받고 있으니, 네 회사의 이익에 반하는 일은 하고 싶지 않다. 오히려 네가 몽마르트르 대로 지점에서 시작한 일이 앞으로도 지속되고 더 중요한 사업이 되기를 바랄 따름이야.

하지만 그렇게 되려면 다른 직원들의 도움이 필요해. 테르스테이흐 씨가 관여하지 않겠다고 해도, 리드와 비셀링예 씨를 영국의 대리인으로 활용할 수 있어. 판 비셀링예 씨가 리드의 경쟁자인 글래스고의 미술상 따님하고 결혼한 건 너도 알잖아. 만에 하나 리드가 인상주의 화가들 관련 사업을 들고, 우리를 배제한 채 거기서 단독으로 판을 벌일 방법을 모색하고 다니면, 그 순간부터 우리는 그쪽에 있는 그 친구 경쟁자에게 이런 사실을 당당히 알릴 권한이 생기는 거야. 그런데 비셀링예 씨가 관여하거나 아니면 오늘이나 내일, 네가 비셀링예 씨와 만나 이런저런 이야기를 나누게 될 경우, 당장 테르스테이흐 씨가 문제 삼을 수도 있어. 인상주의 화가들을 담당하는 화랑 직원이 왜 자기한테 이런저런 상황에 대해 설명하지 않았느냐고.

그러니 일단 그 양반에게 먼저 설명부터 하는 게 좋겠다. 그래야 구구절절 긴 편지 쓰느라 고생할 일을 피할 수 있을 거야. 이번에는 그 수고를 내가 도맡아서 하는 거야. 너는 거기에 그냥 리드나 인상주의 화가들과 관련된 일에 대해서 몇 마디 설명을 곁들이고, 판 비셀링예 씨도 이 일에 관심을 보이는데 그렇게 되면 일이 얼마나 복잡하게 될지를 은근슬쩍 흘리면 될 거야.

내가 추신으로 가격 얘기는 덧붙여두었어. 그림에 대한 관심도에 비해 가격이 낮게 책정돼 있으니 테르스테이흐 씨라면 네덜란드에서 50점 정도는 팔 수 있을 거라고 말이야. 막말로 *그 정도는 당연한 게* 벌써 안트베르펜하고 브뤼셀에서는 소문이 돌고 있으니, 암스테르담과 헤이

그에서도 곧 인상주의 화가들 이야기를 하게 될 거거든.

어쨌든 내 편지에 담긴 제안은 테르스테이흐 씨나 너에게 불편할 내용은 하나도 없어. 너는 그 양반을 여기저기 화실로 데리고 다녀야 해. 그러면 그 양반도 알게 될 거다. 내년부터는 한동안 모두가 이 새로운 학파에 대해 이야기를 하리라는 걸. 그럼에도 불구하고 네가 보기에 내 편지 내용이 부적절하다고 판단되면 건네지 말고 그냥 태워버려도 상관없다. 그 대신, 내 편지를 그 양반한테 보내겠거든, 너도 직접 그 양반한테 똑같은 제안을 해야 해.

너도 알다시피 테르스테이흐 씨가 영국 쪽 사업은 손바닥 보듯 꿰고 있잖아. 그러니 그 양반이 거기서 진행되는 새로운 그림 시장의 관리를 도맡게 될 가능성이 아주 커. 그렇게 되면 테르스테이흐 씨와 영국 지점장은 런던에서 인상주의 화가들의 상설전시회를 개최할 테고, 너는 파리에서, 그리고 나는 마르세유에서 시작할 수 있지. 그런데 우선은 테르스테이흐 씨가 자기 눈으로 직접 봐야 해. 그렇기에 그 양반이 너와 함께 여기저기 화실을 직접 돌아볼 필요가 있는 거야. 돌아다니면서 이 일이 얼마나 중요한지를 다시 한번 설명해줘야 하고.

우리가 화가들의 이익을 최우선으로 삼는 한, 테르스테이흐 씨도 화가협회에 반대하지는 않을 거야. 특히 그림 원가를 상향 조정하는 부분도 말이야. 원가도 안 나오게 팔 수는 없으니까.

어쨌든 이제부터는 과감하게 밀고 나가야 해. 그리고 메스다흐며 다른 화가들이 인상주의 화가들을 농담거리로 치부하지 못하게 만들어야 하고. 테르스테이흐 씨가 이 부분에 관해 인터뷰 같은 걸 하면 도움이 될 텐데.

예나 지금이나 나는 영국에서 벌이는 사업의 핵심을 두 가지로 봐. 화가들이 그림을 그쪽 미술상들에게 헐값에 넘기거나 화가들끼리 뭉쳐서 자신들에게 도움이 되는 유능한 중개인, 탐욕을 부리지 않을 중개인을 직접 고르거나. 그러니 잘 생각해보고 내 편지를 그 양반에게 보낼지 태워버릴지, 네가 결정해라. 그 양반에게 꼭 편지를 보내야 한다고 결정한 건 아니야. 다만, 그 양반이 꼭 이 일에 관여해줬으면 하는 바람은 있어. 그 양반만큼 이 일을 안정적으로 처리할 사람도 없거든. 악수 청한다.

빈센트

습작 1점 더 그렸다.

466프 ____ 1888년 3월 2일(금) 추정

테오에게

네 답장과 테르스테이흐 씨에게 보낼 편지 초안, 50프랑 지폐까지 정말 고맙게 받았다.

편지 초안의 내용이 아주 괜찮더라. 제대로 옮겨 쓸 때 논조에 힘이 빠지지 않도록 신경 써주면 좋겠다. 네 편지가 내 편지를 보완하더구나. 솔직히, 우편으로 보내고 나서 아쉬운 부분들이 떠올랐거든. 눈치챘겠지만, 테르스테이흐 씨를 영국에 인상주의 화가들을 소개할 대표주자로 내세우자는 생각이 편지를 쓰던 도중에 떠올라서, 본문에는 거의 못 쓰고 추신으로 덧붙였지. 그런데 그 부분을 네가 아주 상세히 설명했더라. 알아들을까? 뭐, 그 양반 마음에 달렸겠지.

고갱에게 편지를 받았다. 병이 나서 보름이나 앓아 누웠었다더라. 빚 독촉에 무일푼인 모양이야. 그래서 혹시 네가 그림을 팔았는지 궁금한데, 번거롭게 하는 걸까봐 직접 편지를 못 쓰겠대. 당장 몇 푼이라도 벌어야 할 처지라서 그림값을 더 내릴 용의도 있다고 한다.

내가 도와줄 수 있는 거라곤 러셀John Peter Russell*에게 편지 한 통 써주는 것뿐이다. 오늘 바로 편지를 부칠 생각이야.

게다가 사실은 우리가 벌써 테르스테이흐 씨에게 1점을 팔아보려고 애써봤잖아. 그런데 어쩌겠어. 난색을 보일 게 뻔하니. 어쨌든 네가 그 양반과 연락할 일이 있을까 해서 짤막한 서신을 동봉하는데, 혹여 나한테 편지가 오거든 네가 열어서 읽어봐라. 그러면 내가 나중에 네게 다시 설명할 번거로움이 줄잖아. 이번만 그렇게 하자.

화랑 명의로 고갱의 바다 풍경화를 사줄 수는 없는 거냐? 그렇게만 되면, 그도 잠시나마 숨통이 트일 텐데.

코닝을 집에 받아준 건 참 잘했다. 네가 혼자 지내지 않게 돼서 다행이고. 파리에서의 삶이란 늘 삯마차 끄는 말 신세처럼 처량하게 느껴지는데, 거기다가 마구간 같은 집에서 혼자 지내다 보면 정말 이건 아니다 싶잖아.

앵데팡당전Indépendants에 관해서는 네 의견대로 해라. 몽마르트르 언덕을 그린 대형 풍경화 2점을 내면 어떠냐? 나는 솔직히 아무래도 상관없어. 오히려 올해 작업할 그림이 더 기대된다.

여긴 추위가 매섭다. 밖에는 여전히 눈이 쌓여 있어. 마을을 배경으로 한 설원을 습작했어. 그러고 나서 아몬드나무 가지도 2점 그렸다. 이 추위에도 벌써 꽃이 피었더라고.

오늘은 여기서 이만 줄인다. 코닝에게 전하는 몇 마디 말도 동봉할게.

네가 테르스테이흐 씨에게 편지를 써서 정말 만족스럽다. 이번 일이 네덜란드에서의 네 인맥을 새롭게 다지는 계기가 되면 좋겠다.

너와 네가 만날 모든 동료들에게 마음의 악수 청한다.

너를 사랑하는 형, 빈센트

* 코르몽의 화실에서 만난 호주 출신의 화가

467프 ___ 1888년 3월 9일(금)

테오에게

마침내 오늘 아침에서야 날이 조금씩 풀리기 시작했다. 그리고 난 이제 이 미스트랄*의 실체를 확실히 깨달았지. 근처 여러 군데를 돌아다녔는데 이놈의 바람 때문에 도대체가 아무것도 할 수 없더라고. 파란 하늘에 떠오른 강렬한 태양이 이글거리면서 눈을 녹이고 있는데도 바람이 어찌나 차갑고 건조한지 소름이 돋을 정도야. 그래도 아름다운 것들을 많이 구경했어. 호랑가시나무, 소나무, 잿빛 올리브나무 등이 늘어선 언덕에 수도원 건물 잔해가 남아 있더라. 조만간 그림으로 그려내고 싶어.

막 습작을 하나 마쳤는데, 뤼시앵 피사로Lucien Pissarro에게 주었던 그림과 비슷해. 대신 이번에는 오렌지를 그렸어. 이것까지 포함하면 습작을 8점 그린 건데, 이것들은 작품으로 치지 않을 생각이야. 아직은 따뜻한 곳에서 느긋하게 그릴 수 없었거든.

네게 보내려다가 순간 착각해서 다른 종이들과 함께 태워버린 줄 알았던 고갱의 편지를 결국 다시 찾았어. 여기 같이 동봉한다. 그런데 내가 이미 직접 편지를 써서 러셀의 주소를 알려줬어. 러셀에게도 고갱의 주소를 줬고. 그러니 원한다면 서로 직접 연락하겠지.

그나저나 우리 중 대다수(당연히 우리도 포함해서)의 미래는 여전히 힘들 거야! 그래도 나는 최후에는 승리하리라 믿는다. 그런데 과연 예술가들이 그 승리의 혜택을 누릴 수 있을까? 그들이 평안한 날을 경험할 수 있을까?

여기서 재질이 거친 캔버스를 하나 샀어. 그걸로 무광 효과를 연습해볼 거야. 이제는 여기서 파리에서 파는 가격으로 웬만한 건 다 구할 수 있어.

토요일 저녁에 아마추어 화가 둘이 찾아왔어. 한 사람은 식료품 잡화상을 운영하면서 화구들도 팔고, 다른 한 사람은 치안판사인데 인상이 선하고 지적이야.

불행히도 파리에서의 생활비보다 낮출 수가 없구나. 하루에 적어도 5프랑은 든다.

아직은 중산층 집의 하숙을 못 구했는데, 꼭 구해볼 거야.

파리도 추위가 누그러졌다면 너한테도 좋은 소식이겠지. 유난한 겨울이었어!

습작이 마르지 않은 것 같아서 말아놓을 엄두가 안 난다. 빨리 마르지 않을 정도로 두텁게 칠한 부분이 더러 있거든.

『알프스의 타르타랭』을 읽었는데 엄청나게 재미있더라.

그나저나 지독한 테르스테이흐 씨한테는 아직도 답장이 없는 거냐? 그렇더라도 우리에겐 잘된 일이지. 답장이 없더라도 우리에 대한 이야기를 듣고 있을 테니, 책잡힐 행동만 하지 않도록 조심하자. 예를 들어, 마우베 형님을 추모하는 그림을 그리고 우리 형제가 같이 쓴 편지를

* 프랑스 남부 지방에서 부는 강한 북풍

동봉해서 형수님한테 보내면 어떨까? 테르스테이흐 씨가 끝내 답장하지 않더라도, 그 양반 험담은 일절 담지 않을 거야. 다만 우리가 죽은 사람처럼 취급받을 이유가 없다는 사실은 알려줘야지. 아무튼 테르스테이흐 씨가 우리에게 적대적인 건 아닐 거야.

가엾은 고갱, 운도 없지. 침상에서 보낸 보름보다 회복에 더 많은 시간이 걸릴까봐 걱정이야.

세상에, 도대체 언제쯤에야 예술가들이 건강한 시대가 될까? 가끔은 스스로에게 정말 화가 난다. 남들보다 더 아프니 덜 아프니 하는 문제가 아니야. 여든까지는 족히 살 만큼 강한 신체와 혈통을 가지는 게 이상적이잖아.

그렇지만 더 행복한 화가들의 시대가 오고 있음을 느끼는 것만으로도 위안이 된다.

이제 겨울이 다 지나갔기를 바라는 마음을 전하고 싶었다. 파리의 겨울도 끝났기를 바란다. 악수 청한다.

너를 사랑하는 형, 빈센트

(폴 고갱이 퐁타방에서 빈센트에게 보낸 편지. 1888년 2월 29일(수) 추정)

친애하는 빈센트 씨께

동생분에게 편지하려다가, 두 분이 매일 만나시는 줄 알고 있었고,* 또 동생분이 아침부터 저녁까지 업무에 매여 있는데 괜히 번거롭게 해드리기 싫었습니다.

나는 그림 작업을 위해 브르타뉴로 왔는데(늘 그리고 싶던 곳이죠), 그림 작업에 필요한 비용을 벌 수 있었으면 하는 마음입니다. 몇 안 되는 작품을 팔아서 번 돈으로 급한 빚들은 갚았고, 한 달 후면 빈털터리가 됩니다. 0은 맥빠지는 부정적인 기운의 숫자입니다.

동생분에게 부담을 드리고 싶지는 않지만, 당신이 이 문제에 관해 짧게라도 언급해 주신다면 내가 조금 안심이 될 듯합니다. 적어도 잘 참을 수는 있을 것 같습니다. 세상에, 예술가로서 이런 돈 문제들이 얼마나 끔찍한지!

내가 돈을 받을 수만 있다면, 가격은 조금 깎여도 상관없습니다. 비용을 마련할 수만 있다면 말입니다. 지난 2주 동안 열병으로 쓰러져서 병상에 누워 있었습니다. 이제 막 일어났고, 다시 그림 그릴 채비를 하고 있습니다. 앞으로 5~6개월간 작업량을 대폭 늘려서, 그럴듯한 작품들을 들고 갈 생각입니다.

폴 고갱으로부터

피니스테르 주 퐁타방, 글로아넥 부인댁.

* 폴 고갱이 1월 26일에 먼저 파리를 떠나 브르타뉴로 갔기 때문에, 빈센트가 아를로 떠난 줄 모르고 있었다. 이전 달인 1887년 12월에 테오가 고갱의 작품들을 맡았고 12월 26일에 처음으로 〈Bathing at the watermill in the Bois d'Amour〉를 450프랑에 판매해주었다.

468프 ____ 1888년 3월 10일(토)

테오에게

편지와 동봉한 100프랑 지폐, 고맙다. 네 기대처럼 나 역시 테르스테이흐 씨가 조만간 파리에 오기를 무척 바라고 있다. 네 말처럼 모두가 궁지에 몰리고 곤란한 요즘이니 아주 적절하지. 랑송Auguste André Lançon의 유작 판매와 그의 애인 이야기를 썼던데, 매우 흥미롭더구나. 개성 있는 작품을 많이 그렸는데, 그의 데생을 보고 있으면 종종 마우베 형님이 연상된다. 그의 습작 전시회를 놓쳐서 무척 아쉽다. 빌레트Adolphe Willette 작품전을 못 본 건 말할 것도 없고.

빌헬름 황제Kaiser Wilhelm의 서거 소식을 어떻게 생각하냐? 프랑스 정세가 급변할까, 아니면 파리는 그냥 차분할까? 모르겠다. 그림 시장에까지 여파가 미칠까? 어디선가 미국에서는 그림 수입 관세가 폐지될 거라는 글을 읽었는데, 사실이냐?

아마도 몇몇 미술상과 수집가들이 합의해서 인상주의 화가들의 작품을 적절히 나눠서 사는 편이, 화가들이 그림 판매 대금을 공평히 나누기로 합의하는 것보다 수월하겠지. 그럼에도 불구하고, 화가들에게 최선책은 연대하는 거다. 각자의 그림을 조합에 내놓고 판매 대금을 나누고, 조합은 모든 회원들의 생계와 작업을 보장하는 거야.

드가, 모네, 르누아르, 시슬레, 피사로가 주도적으로 나서면 어떨까? "자, 우리 다섯 사람은 각자 작품을 10점씩 내고 (아니면 1만 프랑 값어치에 해당하는 그림들을 내놓되, 감정평가는 테르스테이흐 씨나 너처럼 조합이 인정한 전문가가 행하고, 지정된 전문가들은 그림 대신 투자금을 내놓는 방식으로) 이후에도 매년 비슷한 액수의 그림을 내놓을 테니…… 기요맹, 쇠라, 고갱 등등 여러분들도 우리의 대의에 동참해주기를 부탁합니다(여러분의 그림도 같은 전문가의 감정평가로 가격이 결정될 겁니다)."

그렇게 되면, 훌륭한 '대로의 화가들'은 그림을 조합의 공동 재산으로 내놓고 명성을 지키는 동시에, 더 이상 명성에 따른 이익을 독차지한다는 비난도 듣지 않게 되지. 일차적으로야 물론 개인의 노력과 천부적 재능으로 얻은 명성이지만, 이차적으로는 지독하게 궁핍한 상황을 견디며 작업에 임하고 있는 여러 화가들 덕분에 그 명성이 더 커지고, 견고해지고, 유지되고 있으니까. 어쨌든 이런 상황이 조성돼서 테르스테이흐 씨와 네가(어쩌면 포르티에 씨도 함께?) 전문가로 위촉되면 좋겠다.

풍경화 습작을 2점 그렸는데, 꾸준히 그려서 1달 후쯤 첫 번째 소포를 보낼 수 있으면 좋겠구나. 왜 1달 후냐면, 그래도 너한테 근사한 걸 보내고 싶거든. 제대로 말릴 시간도 필요하고. 게다가 운송비 때문에 최소한 12점씩은 한꺼번에 보내야 좋아.

쇠라의 그림을 샀다니 축하한다. 내가 곧 보낼 것들도 쇠라의 작품과 교환할 수 있는지 알아보면 좋겠구나.

너도 느끼겠지만, 이번 일을 테르스테이흐 씨가 같이해주면, 아마 두 사람이 부소&발라동 화랑 양반들에게 필요한 그림을 사들일 돈을 선뜻 내놓도록 설득할 수도 있을 거야. 하지만 서둘러야 해. 안 그러면 다른 미술상들이 중간에서 가로챌지 몰라.

덴마크 화가*를 알게 됐는데 헤이여달과 크뢰이어Peter Severin Krøyer 같은 북유럽 화가들 이야기를 하더라고. 이 사람, 그림은 좀 무미건조한데 아주 진실되고 아직 젊어. 라피트가에서 열렸던 인상주의 화가 전시회를 봤대. 아마 전시회가 열리면 파리로 갈 거야. 네덜란드의 미술관 여행도 하고 싶어 해.

앵데팡당전에 〈책〉 정물화를 출품하겠다니 나도 찬성이다. 이 습작엔 이 이름을 붙여야 해. 〈파리의 소설Romans parisiens〉.

네가 마침내 테르스테이흐 씨를 설득했다는 소식을 들으면 정말 행복할 텐데. 아무튼 좀 더 기다려보자.

네 편지를 받자마자 물건값으로 50프랑을 지불해야 했다.

이번 주에 네다섯 점 정도 작업에 착수할 예정이야. 매일같이 화가 공동체에 대해 생각한다. 머릿속에서 계속 계획들이 구체화되는데, 사실은 전적으로 테르스테이흐 씨에게 달렸어. 지금은 화가들이 우리 이야기에 귀는 기울이겠지만, 테르스테이흐 씨의 지원 없이는 그 이상 진척되지 않으니까. 그 양반 도움 없이는 그저 아침부터 밤까지 남들 한탄이나 듣게 될걸. 그들은 저마다 해명이나 이치를 따져 물으러 쉴 새 없이 찾아올 테고. 테르스테이흐 씨가 '대로의 화가들'이 빠지면 아무것도 못 한다고 보는 것도 당연해. 거기다가 틀림없이, 그들이 협회 창설을 위해 일부 그림의 소유권을 조합의 공유 재산으로 내놓는 일에 앞장서게 설득하라고 네 등을 떠밀 게다. 그런 제안이 있으면 '소로의 화가들'은 도의상 어쩔 수 없이 따르겠지.

그러면 '대로의 화가들'은 일부 '소로의 화가들'이 "매번 당신들만 모든 걸 챙겨간다"며 일견 타당한 비난을 내놓기 전에 선수를 쳐야 명성을 유지할 수 있어. 이렇게 말할 거야. "아니, 그 반대야. 오히려 우리가 먼저 나서서 말했어. *우리의* 그림은 *예술가 모두*의 것이라고."

드가, 모네, 르누아르, 피사로가 이렇게 말하는 게 (이걸 현실적으로 실행하는 방식에는 저마다의 생각이 다르겠지만) 아무 말 않고 그냥 내버려두는 것보다 훨씬 잘하는 거야.

너를 사랑하는 형, 빈센트

469프 ____ 1888년 3월 16일(금) 추정

테오에게

편지 정말 고맙게 잘 받았다. 50프랑을 이렇게나 빨리 보내줄 줄은 생각도 못 했는데.

* 크리스티안 무리에-페테르센 (Christian Mourier-Petersen)

테르스테이흐 씨는 여전히 답장이 없나 본데, 우리가 굳이 다시 편지를 보내서 압박할 필요는 없을 것 같다. 다만 네가 부소&발라동 화랑의 헤이그 지점 이름으로 공식 서한을 보낼 수 있다면 '문제의 편지를 받았다는 언급조차 없는 게 다소 의아하다' 정도의 말만 추신으로 덧붙이면 어떨까?

나는 오늘 15호 캔버스를 들고 나왔다. 파란 하늘 아래, 마차 한 대가 지나가고 있는 도개교를 그렸지. 아래도 역시 파란 강물이 흐르고, 옆에는 초록 풀들이 자라는 주황색 제방에, 카라코를 걸치고 얼룩덜룩한 머리쓰개를 쓴 여자들이 모여 앉아 빨래를 해. 작고 수수한 다리와 그 아래서 빨래하는 여인들을 담은 또 다른 풍경화도 그렸어. 플라타너스가 서 있는 역 주변의 산책로도 그렸다. 전부 더하면 여기 와서 그린 습작이 12점이야.

이 지역 날씨는 정말 변화무쌍하다. 바람이 잦고 툭하면 먹구름이 하늘을 뒤덮는데, 그래도 아몬드나무들이 꽃을 피우기 시작했어. 앵데팡당전에 내 그림이 걸렸다니 반가운 소식이다. 시냑을 찾아가 만나면 좋을 거야. 오늘 받은 네 편지에 보니, 그 친구에 대해 첫 만남 때보다 호감이 생긴 듯해서 마음이 놓인다. 어쨌든, 오늘부터 네가 그 아파트에서 홀로 지내지 않을 테니 기쁘구나.

코닝에게 안부 전해주기 바란다. 건강은 괜찮니? 난 조금씩 나아지고 있어. 다만 열도 나고 식욕이 전혀 없어서 식사가 진짜 고역이다. 일시적인 현상일 테니 참아야겠지.

저녁에 함께 시간을 보낼 말벗이 생겼어. 여기서 알게 된 젊은 덴마크 화가인데 아주 괜찮은 친구야. 그림은 무미건조하고 정직하면서 좀 소심한데, 아직 젊고 총명하니 나아지겠지. 예전에는 의학을 공부했다더라. 졸라, 공쿠르, 모파상의 소설도 알고, 여유롭게 사는 모습이 돈도 제법 있는 모양이야. 게다가 자신의 화풍을 바꾸려고 진지하게 고민하고 있어. 내 생각에는, 귀국을 한 1년쯤 미루고, 정 그리우면 잠깐 가서 친구들만 만나고 돌아오는 게 나을 거야.

그나저나 사랑하는 아우야, 나는 꼭 일본에 와 있는 기분이다. 딱 그렇게 표현할 수 있겠어. 그런데도 이 아름다운 풍경을 아직 제대로 눈에 담지는 못한 셈이다.

그래서 (비록 지출은 가파르게 상승하고 그림은 돈이 안 되는 게 걱정이다만) 남부로의 이 긴 여정이 반드시 성공할 거라고 확신하는 거야.

여기 와서 나는 새로운 것들을 보고, 배우고 있어. 여유 있게 해나가니, 몸도 별 탈이 없고.

이런 여러 가지 이유로 나는 일종의 도피처를 마련했으면 한다. 파리에서 삯마차를 끄는 가련한 말들, 그러니까 너를 비롯해서 우리 친구들, 가난한 인상주의 화가들이 지쳤을 때 편히 쉬어갈 수 있는 공간 말이야.

이 근처의 매음굴 입구에서 벌어진 범죄사건 수사 과정을 구경했어. 이탈리아인 두 명이 알제리 보병 둘을 살해했거든. 그 참에 '레콜레가'라는 작은 골목에 있는 매음굴에 들어가 봤다. 아를 여성들과의 사랑 이야기는 아마 여기를 넘지 않을 것 같다.

군중들은(남부인들은, 타르타랭인들처럼 행동보다는 의지가 앞선다만) 정말이지 시청에 가둬 둔 살인범들을 집단으로 때려죽일 *기세*였다만, 실제 보복은 이탈리아인 전부(남자고 여자고, 하다못해 굴뚝 청소하는 어린아이까지)가 모조리 강제로 마을을 떠나는 거였어.

흥분한 군중들이 이 마을의 대로를 가득 채운 모습을 두 눈으로 보지 못했다면 너한테 이런 이야기도 하지 않았을 거야. 장관은 장관이었어.

너도 잘 아는 원근틀을 이용해서 습작 3점을 더 그렸어. 나는 이 원근틀 사용을 중요하게 생각해. 독일이나 이탈리아 옛 화가들이 그랬듯, 틀림없이 조만간 적잖은 화가들이 사용하게 될 거야. 플랑드르 옛 화가들도 분명히 사용했을 거고. 이 도구의 현대식 활용법이 옛사람들의 방식과는 다를 수 있어. 하지만 유화의 기법도 얀Jan van Eyck과 휘버르트 판 에이크Hubert van Eyck 형제가 유화 작업을 고안해내던 시기에 비하면 요즘은 전혀 다른 효과를 만들잖아. 내 말은, 나만의 작업 방식만 고집하고 싶지 않다는 거고. 나는 색 사용과 데생 기법이, 나아가서 예술가의 삶까지도 완전히 새로워져야 한다고 굳게 믿는다. 이런 신념으로 작업하면 우리의 소망이 결코 헛된 기대로 끝나지는 않을 거야.

여차하면 언제든 습작을 보내줄 수 있는 건 알지? 아직 덜 말라서 두루마리로 말 수 없을 뿐이다. 악수 청한다. 일요일에 베르나르와 로트렉에게 편지를 쓸 거야. 그러겠다고 굳게 약속했거든. 어쨌든 그 편지들도 일단 네게 보내마. 고갱 일은 정말 유감이다. 무엇보다 건강이 좋지 않아서 이런저런 힘든 일을 버텨낼 여력이 더는 없을 거야. 시련을 거치면서 나아지는 게 아니라 오히려 더 지칠 테고, 결국 작업에도 지장을 받게 될 텐데. 또 연락하마.

너를 사랑하는 형, 빈센트

470프 ____ 1888년 3월 21일(수) 혹은 22일(목)

테오에게

여기 베르나르와 로트렉에게 보내겠다고 약속한 짤막한 편지를 동봉하니, 혹시 만나면 전해주기 바란다. 진혀 급할 건 없어. 네게도 그 친구들 그림을 감상하고 이런저런 이야기를 들을 기회가 될 거야.

그런데 테르스테이흐 씨는 도대체 어떻게 된 거냐? 아직도 연락이 없어? 내가 너였다면 짧고 차분하게 한마디 했을 거야. 이렇게 감감무소식인 게 놀랍다고 말이야. 물론 너에게 답장을 주지 않는 것이지만, '나를 무시하는 것'으로 느껴진다. 그 양반은 *답을 해야지!* 너도 답을 얻어내야 하고. 너도 자신감을 잃을 수 있을 테니까. 하지만 답을 얻어내면 반대로 자신감을 얻을 좋은 기회이기도 하지.

그렇다고 같은 이야기를 반복하는 편지를 또 쓰진 마라. 그 양반과 관계된 일에는 신중하되,

죽은 사람이나 무법자 취급을 당하고 있어선 안 돼. 됐어.

어쨌든 조만간 답장이 올 수도 있겠지.

고갱에게 소식이 왔어. 궂은 날씨를 불평하면서 여전히 건강이 좋지 않다더라. 인간이 겪는 여러 가지 난처한 일 중에서 돈 없는 것만큼 고약한 일도 없다면서 평생 이렇게 궁핍하게 살 운명으로 느껴진다네.

요 며칠 비바람이 심해서 집에서 습작을 했는데, 베르나르의 편지에 크로키로 그려 넣었어. 이걸 스테인드글라스처럼 굵은 윤곽선으로 데생해서 색을 넣고 싶어.

모파상의 『피에르와 장Pierre et Jean』을 읽고 있는데 내용이 훌륭하다. 이 책의 서문을 읽어봤나 모르겠다. 무릇 작가는 과장을 통해 소설 속에서 더 아름답고 단순하고 위안이 되는 세계를 그려낼 자유가 있고, 플로베르가 '*재능은 오랜 인내의 산물*'이라고 말한 건 독창성이 곧 강렬한 의지와 날카로운 관찰력의 산물이라는 뜻이라고 설명하고 있어.

이 지역 생 트로핌Saint-Trophime 성당에 고딕풍 주랑 현관이 있는데, 볼수록 근사하더라.

그런데 한편으로는 중국어가 들리는 악몽처럼 잔인하고 기괴해 보이기도 해서, 이토록 웅장하고 아름다운 구조물인데도 마치 딴 세상 것처럼 보이기도 해. 그 세상이 로마 황제 네로가 군림했던 영광스러운 세상이 아닌 게 다행이라면 다행이지.

솔직히 말하면, 알제리 보병들이나 매음굴 사람들, 첫영성체에 참여하러 가는 아를의 꼬마 아가씨들, 위협적인 코뿔소를 닮은 중백의(中白衣) 차림의 신부, 압생트를 마시는 술꾼들 모두가 딴 세상 존재들 같다고 할까? 예술적인 세계만이 내 집같이 편안하다는 말이 아니라, 헛소리라도 지껄이는 게 홀로 고독한 것보다 좋다는 뜻이야. 매사를 농담으로 여기지 않으면 사는 게 우울해질 것 같아서 그래.

친애하는 「랭트랑지장」 지에 따르면, 파리가 여전히 눈 속에 파묻혀 있다지. 그나저나 불랑제Georges Boulanger 장군*에게 분홍색 알을 넣은 안경이 비밀경찰의 눈도 속이고 장군의 수염과도 잘 어울릴 거라고 조언한 기자의 재치가 참 남다르더라. 이런 상황이 이미 오래전부터 염원해왔던 긍정적인 영향을, 그림 시장에도 가져다주지 않을까 싶다.

이제는 이 바쁜 양반 테르스테이흐 씨 얘기를 좀 해보자. 우리 형제와 친구나 다름없는 입장이니만큼 뭐라고 답은 줘야 하잖아. 이렇게 우리를 없는 사람 취급을 할 수는 없어. 단지 우리 형제가 아니라, 인상주의 화가 전체의 문제거든. 그러니 우리의 요구사항을 전해들었으면 답은 해야지.

너도 같은 생각일 거야. 그 양반 의도를 정확히 파악하지 못하면 앞으로 나아갈 수 없다고 말이야.

* 19세기 프랑스의 군인이자 정치인. 알제리 원정 및 여러 전쟁에서 혁혁한 공을 세우고 국방부 장관을 역임했다.

우리는 런던과 마르세유에서 인상주의 화가들의 상설전시회를 여는 게 좋겠다고 생각하니까, 당연히 그 방법을 모색해야겠지.

자, 그렇다면 테르스테이흐 씨는 어떻게 나올까? 함께할까, 아닐까?

동참하지 않겠다면 무슨 이유로 적대적인 걸까? 적대적인 의도가 있기는 한 걸까? 혹시 그 양반도 우리처럼 계산해봤을까? 그러니까, 인상주의가 뜨는 순간 현재 고가로 거래되는 인상주의 화가들의 그림값이 떨어지겠구나 하고 말이야. 고가로 책정해서 그림을 팔아온 미술상들의 방식을 생각해봐. 그들은 제 잇속을 위해서 새로운 화파의 출현에 반대하면서 서로 제 살만 깎아 먹었지. 벌써 몇 년 전부터 밀레와 도비니에 버금가는 열정과 끈기를 보여온 화파의 출현을 말이야.

어쨌든 행여 테르스테이흐 씨한테 답장이 오거든 뭐라고 썼는지 알려주기 바란다. *이 일에 관해서는 전적으로 네 의견에 따르마.* 행운을 빌면서 악수 청한다.

너를 사랑하는 형, 빈센트

다른 친구들에게 보내는 편지와 함께 고갱이 보내온 편지도 동봉하니, 읽어봐라.

(폴 고갱이 퐁타방에서 빈센트에게 보낸 편지. 1888년 3월 17일(토)과 19일(월) 사이로 추정)

친애하는 빈센트 씨께

답장해줘서 고맙습니다. 선생은 선생을 매료시키는 태양을 공부하기 좋은 곳으로 가셨으니, 그만큼 선생의 관심을 끄는 대상을 그림으로 담아내기 수월하겠다는 생각이 듭니다. 나를 향한 선생의 선의*에 다시 한 번 감사드립니다. 요즘은 그림 거래가 쉽지 않은 시대죠. 게다가 나는 끊임없이 고통에 시달리고 있습니다. 돈 문제는 그중 하나일 뿐이지만, 불행히도 나는 이 문제로 끝없이 고통받을 운명인 것 같습니다.

퐁타방은 요즘 날씨가 나빠서 을씨년스럽기 짝이 없습니다. 연일 비바람에 시달리지요. 어서 날씨가 다시 좋아져서 그림을 그릴 수 있기를 고대하고 있습니다. 안 그래도 병으로 오래 쉴 수밖에 없었습니다.

진심으로 따뜻한 악수를 전합니다.

폴 고갱으로부터

퐁타방, 글로아넥 부인댁.

* 빈센트가 테오에게 고갱의 그림 판매를 독려해주고, 러셀에게 고갱과 직접 서신을 교환하도록 주소를 알려줘서 러셀의 그림 구매를 유도해준 것을 말한다.

베2프 ____ 1888년 3월 18일(일)

친애하는 벗, 베르나르

자네한테 편지하겠다고 약속한 대로 이렇게 소식 전하면서, 우선 이 동네가 공기도 청명하고 밝고 쾌활한 색채가 주는 효과 덕분에 일본만큼 아름다워 보인다는 말부터 해야겠네. 풍경을 둘러보다 보면 아름다운 에메랄드색과 풍부한 파란색이 얼룩처럼 어울려 흘러가는 물길이 마치 크레퐁*에서 본 장면 같기도 해. 일몰이 만들어내는 연주황색 태양 빛은 땅을 퍼렇게 보이게도 만들지. 노란 햇살은 화려할 따름이고. 하지만 아직은 이곳의 찬란한 분위기를 절감할 수 있는 여름은 구경도 못 했어. 여성들 옷차림은 아기자기한 편인데, 특히 일요일이면 대로변을 걷다가도 수수하면서도 기가 막히게 잘 어울리는 색상의 옷을 입은 여성들을 본다네. 여름엔 색상이 훨씬 더 쾌활해지겠지.

유감스럽게도 여기 생활비가 기대했던 것만큼 저렴하지는 않아. 그래서 아직은 퐁타방만큼 알뜰하게 살 방법을 못 찾았어. 그래도 초반에는 하루에 5프랑 들었는데 지금은 4프랑만 쓴다

* 프랑스어로 작성한 편지 원문에는 crépon(크레이프페이퍼)으로 썼지만, 그가 뜻한 바는 일본 판화였다.

네. 아마 여기 사투리를 알아듣고 부야베스*와 마늘을 잘 먹을 줄 알면, 분명, 중산층 가정이 운영하는 저렴한 하숙집을 찾을 수 있을 거야.

그런데 여럿이 같이 살 집을 찾으면(나는 그렇게 믿네만) 더 유리한 조건으로 집을 구할 수 있을 것 같아. 태양과 색채의 매력에 빠져든 화가들이라면 여기 남부로 옮기면 실질적으로 얻는 게 많을 거야. 자국에서 예술적 발전을 도모할 수 없게 된 일본인들조차, 이곳 프랑스 남부에서는 분명 그들의 예술을 발전시킬 수 있을 거야.

편지 첫머리에, 어떻게 그릴지 고민 중인 습작의 크로키를 그려봤어. 뱃사람이 애인과 함께 마을로 올라가는 장면인데 커다란 노란 태양 위로 마을의 도개교가 묘한 그림자를 만들어내. 이 도개교를 배경으로 빨래하는 여인들을 그린 습작도 있어.

자네는 뭘 하고 지내고 어디를 다니는지 짤막하게나마 소식 전해주면 좋겠어. 자네를 비롯해 다른 동료들에게 진심 어린 악수 청하네. 잘 지내고.

빈센트

471프 ____ 1888년 3월 25일(일) 추정

테오에게

네 편지 정말 반갑게 받았다. 정말 고맙다. 동봉해준 50프랑 지폐도 고맙고.

테르스테이흐 씨의 편지를 받았다니 정말 축하할 일이다. 정말 대단히 만족스러운 일이야.

그 양반이 나에 관해서 침묵으로 일관했다고 해서 굳이 상처받진 않았어. 네가 편지를 고스란히 나한테 전달할 걸 잘 아는 양반이니까. 또 네게만 편지를 썼다는 건 나름 자신도 실질적인 선택을 한 셈이지. 그리고 나에 관해서는, 내 그림이 못마땅하면, 아마 내 그림을 본 즉시 편지로 싫은 소리를 해올 거야. 그래서 다시 한 번 말한다만, 네게만 간단히 반가운 소식을 전했다는 게 나로서는 말할 수 없이 반갑고 기쁘다. 네가 알아둬야 할 게, 그 양반, 조만간 개인 수집 용도로 그럴듯한 몽티셀리 그림을 1점 사겠다는 뜻을 알려올 거야.

혹시 네가 먼저, 디아즈의 꽃 그림보다 예술적이며 동시에 아름다운 몽티셀리의 꽃 그림을 우리가 보유하고 있다고 이야기하면 어떨까? 몽티셀리는 한 패널 위에 자신이 낼 수 있는 가장 풍부하고 균형 잡힌 색조를 표현하려고 꽃다발을 그리곤 했어. 이런 식의 색의 향연을 찾고 싶으면 곧장 들라크루아의 작품을 뒤져봐야 해.

우리가 알고 있는 또 다른 꽃다발 그림도(들라르베레트 씨의 수집품을 말한 건데) 상당히 수준급인데 가격도 합리적인 수준이고 몽티셀리의 인물화보다 훨씬 괜찮아. 사실, 요즘은 이 양

* 프랑스 남부의 마르세유에서 주로 먹는 얼큰한 맛의 지중해식 생선 스튜 요리

une gamme grise et sans personnages
Je ne trouverais pas mauvais que
tu envoyes à Tersteeg une étude de
moi – veux tu dire le pont de Clichy
avec le ciel jaune et deux maisons
qui se reflètent dans l'eau allons.
là ou les papillons ou le champ de coquelicots
pourraient aller à la rigueur. Cependant
j'espère arriver à mieux ici. –
Dans le cas ou tu serais de cet avis tu
pourrais dire à Tersteeg que moi même
crois avoir plus de chance de vente en
Hollande. avec – les études de la

반 인물화는 어딜 가도 볼 수 있고 저무는 세대라고 할 수 있잖아.

나는 네가 그 양반한테 고갱의 바다 풍경화도 보내면 좋겠다. 어쨌든 테르스테이흐 씨가 너한테 그런 답장을 보내서 정말 만족스럽구나!

답장할 때, 러셀의 말도 꼭 전해라. 나도 러셀에게 편지하면서 나와 그림을 교환하겠느냐고 물어보려고. 왜냐하면 현대판 르네상스 화파에 관한 이야기가 나오면 그 양반 이름과 그림이 주목받았으면 하거든.

최근에 환한 초록색 배경의 조그마한 과수원에서 꽃이 피기 시작한 살구나무 몇 그루를 그려봤어. 베르나르에게 이야기했던 일몰 무렵의 인물화와 도개교 때문에 골치가 아프다. 날씨가 궂어서 하는 수 없이 집에 앉아서 이 습작을 완성하려다 보니 진이 다 빠진다. 그래도 곧장 다른 캔버스에 똑같은 소재를 다시 그리기 시작했어. 단, 배경 날씨는 완전히 다르고 인물 없이 회색조로 그릴 생각이야.

네가 테르스테이흐 씨한테 내 습작 하나쯤 보내는 것도 나쁘지 않겠어. 노란 하늘에 건물 두 채가 강물 위로 비쳐 보이는 클리시 다리 그림은 어떨까? 아니면 나비나 개양귀비밭 그림도 괜찮아. 어쨌든 여기서는 더 그럴듯한 걸 그렸으면 좋겠다.

너도 같은 생각이라면 테르스테이흐 씨한테 이렇게 전해라. 여기 프랑스 남부의 사연을 그린 습작들이 네덜란드에서 제법 팔릴 것 같으니, 5월경 파리에 오게 되면 그 시기에 맞춰서 여기서 그린 그림 몇 점을 보내겠다고.

앵데팡당전을 위해 여러모로 신경 써준 점은 정말 고맙다. 내 그림을 인상주의 화가들의 작품과 같이 걸어줬다니 그렇게 좋을 수 없구나.

그런데, 이번에야 뭐 아무 상관은 없지만, 다음번에는 카탈로그에 내가 캔버스 위에 서명한 이름을 넣어야 해. 그러니까 '반 고흐'가 아니라 '빈센트'로. 이유야 간단해. 사람들이 그 성을 제대로 발음할 줄 모르니까.

테르스테이흐 씨 편지를 돌려보내면서 러셀의 편지도 동봉하마. 예술가들이 쓴 서신을 보관하고 있는 것도 괜찮을 것 같거든. 그리고 나한테 물건 같은 거 보낼 때 베르나르가 그렸다는 작은 크기의 브르통 여인 얼굴 그림도 보내주면 좋겠다. 그 친구한테 인상주의 화가들은 다들 괜찮은 사람들이고 다양한 그림을 그린다는 걸 보여줘야 해.

그리고 우리 친구 리드가 우리와 사이가 틀어진 걸 후회하는 듯한데, 유감스럽지만 그 친구한테는 전처럼 똑같이 유리한 조건을 제시해선 안 돼. 그러니까 그림을 가져가려면 수수료를 물게 하라는 거야. 그림을 좋아하는 마음만으로는 부족해. 내가 보기에, 그 친구는 화가들을 대하는 마음에 진심이 부족해. 달라질 수 있다고 해도, 당장 내일 바뀌진 않을 거야.

테르스테이흐 씨는 마우베 형님이며 여러 사람과 개인적인 친분이 있고, 예술 애호가들을 설득해내는 뭔지 모를 자신감도 있어. 너도 알게 되겠지만, 자신감이 넘치면 인맥도 넓어지는 법이야.

조만간 또 편지할게. 이번에는 네덜란드와의 관계에 전환점을 마련했다는 소식을 듣자마자 축하 인사를 전하고 싶었어. 악수 청한다.

너를 사랑하는 형, 빈센트

파리 시는 너무 인색해. 쇠라의 그림들이 지방의 미술관이나 어디 창고에 틀어박혀 있는 걸 보면 정말 속상할 것 같다. 테르스테이흐 씨가 의지만 있었어도 그 그림들이 사람들의 손에서 돌고 있을 텐데……. 3곳에 상설전시회를 연다면 파리, 런던, 마르세유에서 대규모 쇠라 전을 열어야 해.

빌3네 ____ 1888년 3월 30일(금) 추정

사랑하는 막내 누이동생에게

네 편지에 묵묵부답으로 일관하지 않으려고 너와 어머니의 편지를 받자마자 두 사람에게 행운을 기원하며 이렇게 펜을 들었다.

자주 편지하고 싶다만 온갖 일들이 내 시간을 내 마음대로 쓰게 내버려두지 않는다는 점을 알아주면 좋겠다. 그러니까 날, 내가 하고 싶은 일만 하고, 하고 싶지 않은 일은 신경도 안 쓰는 사람으로 여기지 말아달라는 거야. 지금은 그림에 온 신경이 다 쏠려 있는데, 아마도 계속 이렇게 지낼 것 같다. 그런데 이렇게 사는 게 불행이 아니라 나는 오히려 행복해.

먼저, 정말 어마어마하게 반가운 소식이 있다면 테오와 테르스테이흐 씨의 관계가 다시 좋아졌다는 사실이야. 그래서 여기서 인상주의 화가라고 불리는 작가들의 작품을 네덜란드에도 알리는 일을 하게 될 거야.

게다가 나도 여기로 온 걸 전혀 후회하지 않아. 여기 자연은 정말 어마어마하게 아름답단다.

내년에 프랑스에서 만국박람회가 열릴 텐데 그 시기에 맞춰서 할 일이 아주 많아. 다른 동료들도 그 기회를 놓치지 않고 흥미로운 그림들을 선보일 게 분명하거든. 나는 물론이고 나와 남다른 관계를 유지하고 있는 동료 화가들은, 공식 행사에 출품하진 않아도 분명히 소규모 독립 전시회 같은 걸 열 거야. 내가 지금 작업하는 건 꽃 피는 과일나무 6점인데, 아마 오늘 그린 게 가장 네 마음에 들 것 같다. 과수원을 배경으로 잘 일궈놓은 땅에 갈대로 이어붙인 울타리가 뒤로 보이고, 꽃이 만개한 분홍색 복숭아나무 두 그루가 서 있는데 그 위로 펼쳐진 파란 하늘과 흰 구름과 찬란히 쏟아지는 햇살을 그린 거야. 아마 너도 볼 수 있을 거야. 이걸 마우베 형수님한테 보내기로 했거든. 그래서 서명도 '마우베를 기억하며, 빈센트와 테오'라고 해놨어.

이제는 다른 곳에 가서도 비슷한 그림 주제를 찾을 수 있는데, 다른 화가들도 마찬가지일 것 같더라. 그래서 얻은 결론이, 비록 네덜란드에 가더라도 똑같은 그림 주제가 주어지기는 하겠지만 훨씬 밝고 풍부한 색채의 자연 속에서 그린 그림은 다를 수밖에 없다는 거야.

게다가 여기서는, 사람들도 그림 같아. 네덜란드에서는 걸인이 유령처럼 보이는데, 여기서는 풍자화의 주인공처럼 보여. 졸라나 모파상의 작품을 읽다보면 알겠지만, 요즘 사람들은 예술에서 보다 풍부하고 즐거운 분위기를 원해. 물론 두 작가의 소설에 지금까지 한 번도 언급된 적 없는 비통한 대목이 군데군데 있기는 하지만. 그림 쪽에서도 풍부하고 즐거운 분위기를 추구하는 성향이 점점 더 규칙처럼 자리잡기 시작했어. 예를 들면, 요즘 화가는 피에르 로티의 책에서 묘사된 인물처럼 살 수도 있지. 오타히티Otaheite*의 자연을 묘사한 『로티의 결혼』 말이야. 이 책은 정말 너한테 추천하니 꼭 읽어봐라.

너도 알겠지만, 지중해에 있는 이 나라의 자연은, 예를 들어 북구 출신인 마우베 형님의 팔레트로는 제대로 그려낼 수가 없어. 그 형님이 대가고 앞으로도 회색조의 대가로 불리겠지만 말이야. 요즘에 볼 수 있는 팔레트는 정말 다채로워. 하늘색, 주황색, 분홍색, 주홍색, 진한 노란색, 밝은 초록색, 와인 같은 밝은 빨간색, 보라색.

그런데 이렇게 다양한 색을 쓰면서도 그 안에서 차분함과 조화를 끌어낼 수 있어. 뭐랄까, 마

* 타히티섬의 원래 이름

치 대형 오케스트라가 연주하는 바그너의 음악에서 벌어지는 것과 비슷한 효과가 일어난다. 단지, 사람들이 햇살과 다채로운 색의 효과를 더 선호한다는 거지. 그래서 드는 생각인데, 나중에는 아마 적잖은 화가들이 그림을 그리러 열대 지방까지 갈 것 같아. 예를 들면, 풍경이나 인물을 표현한 알록달록한 일본 판화를 어디서든 볼 수 있는데, 그 판화를 떠올리면 요즘 그림이 어떻게 변하고 있는지 대충 분위기를 읽을 수 있을 거야. 테오하고 나는 그 판화를 몇 백 장 가지고 있어.

오늘은 너한테 작업 이야기만 했구나. 이제 마쳐야겠다. 언제 또 몇 줄 덧붙일 수 있을지는 모르겠다. 너도 어머니도 좋은 일만 있기를 바라고, 편지 고맙게 잘 받았다.

빈센트

그러고 보니 네 생일도 축하했어야 했구나. 지금 그리는 것들 중에서 네 마음에 들 만한 걸 하나 보내야겠다! 책과 꽃을 그린 작은 습작을 챙겨놓을게. 분홍색, 노란색, 초록색, 이글거리는 빨간색 표지의 책 여러 권을 (〈파리를 배경으로 한 일곱 권의 소설〉과 거의 비슷한 주제의 그림이야) 그린 큰 그림도 있어. 테오가 갖다줄 거다. 마우베 형수님에게 보내는 습작까지.

472프 ____ 1888년 4월 1일(일) 추정

테오에게

편지와 동봉한 50프랑 지폐, 고맙게 받았다. 더 여유롭게 답장하려고 했다만, 급한 사정이 생겼어. 이번에도 먼저, 테르스테이흐 씨 얘기야. 네가 월요일에 소포를 발송한다니 정말 반가운 소식이다. 아마도 그 안에 내 그림*이 포함돼 있겠지. 하지만 그 그림은 중요하지 않아. 막 완성한 이번 그림이 네 마음에 들어서, 이것이 네덜란드로 보내졌으면 하거든.

과수원에 나가서 20호 캔버스에 그린 그림이야.** 쟁기로 일궈놓은 연보라색 땅과 갈대로 이어붙인 울타리가 있는 과수원에, 분홍색 복숭아나무 두 그루가 파랗고 하얘서 찬란해 보이는 하늘 아래 서 있다. 내가 그린 최고의 풍경화 같다. 이 그림을 들고 집에 돌아왔는데 우리 누이동생이 네덜란드 신문에 실린 마우베 형님의 추모글을 보냈더라. 초상화는 아주 근사했는데, 글은 별 내용도 없고 그저 그랬어. 동판화는 괜찮았고. 그런데 뭔가에 감정이 북받치면서 목이 콱 막히더라. 그래서 그림 위에 이렇게 썼어.

* 〈센강의 클리시 다리〉

** 〈분홍색 복숭아 나무들〉

마우베를 기억하며

빈센트와 테오가

네가 동의한다면 우리 같이 서명해서 이 그림을 형수님에게 보내자. 여기서 그린 것 중에서 가장 잘 그린 습작을 고른 거야. 우리 집 사람들이 뭐라고 할지 모르겠지만, 상관없어. 아무래도 마우베 형님을 추모하는 뜻을 담으려면 진지하고 무거운 그림보다 부드럽고 밝은 분위기가 더 나을 것 같거든.

「죽은 이들이 죽었다 여기지 말아라.

산 자들이 살아가는 동안에는

죽은 이들도 살아간다. 죽은 이들도 살아간다.」

나는 세상사를 이렇게 느끼고 있어. 그렇게 슬픈 일은 아니라고.

이것 말고도 과수원이 배경인 습작이 네다섯 점 더 있고, 곧 30호 캔버스에 같은 주제를 또 그릴 생각이야.

지금 사용하는 아연 백색 물감이 도대체 마르지를 않네. 다 마르면 바로 보내마. 이제 하루하루가 편안하다. 그런데 날씨는 반대야. 사흘 내리 바람이 쌩쌩 불고 나서야 겨우 하루 조용해지지. 그래도 과수원 유실수들에는 꽃이 활짝 피었다.

바람 때문에 그리기가 여간 힘든 게 아닌데, 말뚝으로 이젤을 땅에 고정하고 여차저차 해나가고 있어. 풍경이 정말 아름답거든.

그리고 앞으로는 테르스테이흐 씨와의 관계를 돈독히 이어가거라. 성공 여부와 상관없이, 어차피 한 1년 안에 결판이 날 테니까.

이젠 리드가 아니라 테르스테이흐 씨가 영국의 인상주의 작가전을 도맡아야 할 거야. 리드가 화가들을 대하는 태도가 아주 못마땅해. 그래서 기요맹과 네가 문제의 그 그림 판매를 취소하지 않는 게 이해되지 않는다. 기요맹에게 가서 내 뜻이 단호하다고 전해줘. 그 양반 자신의 이익으로 따져봐도, 일반적인 그림 거래로서도 *터무니없는 헐값*이라고.

그런 일이 벌어졌으니 이제 리드는 정당한 가격을 지불해야 해. 안 그러면 화가들이 그에게 등을 돌려야지. 과거에도 그런 경우를 보았고, 곰곰이 생각해봐도 그게 맞아. 고작 300프랑 때문에 미래의 거래들을 망쳐버린다면, 너무 불행한 일이다.

혹시 그 그림을 네가 구매할 방법은 없을까? 테르스테이흐 씨도 리드에 관해 알아야 해. 영국 전시회에 자신의 경쟁자가 있고, 우리는 그 양반을 적임자로 믿었었던 사실을. 그런데 이건 내가 상관할 문제는 아니지. 엄연히 테르스테이흐 씨와 네가 속한 부소&발라동 화랑의 일이니까. 급하게 써 보낸다.

너를 사랑하는 형, 빈센트

코닝에게 안부 전해주고, 시간 여유가 생기면 내일 또 편지 쓰마.

473프 ____ 1888년 4월 3일(화) 추정

테오에게

요즘은 미친 듯이 작업에 몰두하고 있다. 나무에 꽃들이 만발해서 주체할 수 없을 정도로 쾌활한 이 프로방스의 과수원을 그림에 담아내고 싶거든. 차분히 앉아서 네게 편지 쓰는 일이 여간 힘든 게 아니야. 어제도 몇 장 썼다가 찢어버렸다. 지금도 매일같이 네덜란드에서 일을 도모해야 한다는 생각이 들어. 우리가 추구하는 대의명분에 걸맞도록 상퀼로트*의 열정과 프랑스적인 쾌활함을 이어받아 이 일을 추진해야 한다고.

그래서 이런 공략법을 생각해봤다. 물론, 너와 내가 만든 최고의 작품 몇 점, 몇천 프랑 값어치가 나갈 그림들을 희생해야 할 수도 있어. 어쨌든 돈도 들고, 우리 삶도 크게 희생해야 해.

그 대신 은근히 우리를 죽은 사람처럼 무시하던 자들에게는 확실하고 분명한 대답이 될 거야. 작년에 네가 다녀갔을 때, 널 건성으로 대했던 이들에 대한 복수도 돼. 그거면 됐지.

그래서 말인데, 우선 마우베 형수님에게 〈마우베를 기억하며〉를 보내자. 그리고 내 습작 하나를 브레이트너르에게 헌정하는 거야(L. 피사로와 교환한 것과 리드가 소유한 습작하고 똑같은 게 하나 있거든. 오렌지 그림인데, 전경은 하얗고 배경은 파란색이야). 빌레미나에게도 습작 몇 점을 보내주자. 그리고 헤이그에 대한 추억도 많으니, 앵데팡당전에 출품했던 몽마르트르 언덕 풍경화 2점을 헤이그 현대미술관에 기증하고.

하나가 남았는데, 가장 어려운 일이야. 테르스테이흐 씨가 네게 편지했었지. "인상주의 화가들 그림들을 보내봐라. 네 눈에 가장 뛰어난 것들로만 골라서." 그런데 네가 내 그림을 한 점 포함시켰잖아. 그러니, 내가 실제로 '소로의 회가'이고 그 위치를 고수할 거라고 그 양반을 납득시키기가 쉽지 않겠어.

뭐, 그 양반이 내 그림을 하나 가지는 셈이지. 매일 생각하는 건 아니지만, 며칠 그 생각을 할 때마다 기분이 묘해지더라고. 도개교 위를 지나는 노란 마차와 물가에서 빨래하는 여자들을 그린 습작인데 흙은 진한 주황색으로 칠했고 풀은 초록색으로, 하늘과 물은 파랗게 칠했어.

이 그림은 특별히 감청색과 금색으로 된 액자에 넣어야 해. 평평한 쪽은 파란색으로, 바깥 테

* 프랑스 대혁명 당시 과격 공화파를 일컫던 별명으로, 귀족들이 입던 '퀼로트(속바지)'를 입지 않은 계층을 의미한다.

verte le ciel et l'eau bleu
il lui faut seulement un cadre calculé
exprès en bleu de roi et or. de ce
modèle le plat bleu la baguette
or
bleu
extérieure or. au besoin le
cadre pourrait être en peluche bleu
mais mieux vaut le peindre
Je crois pouvoir t'assurer que
ce que je fabrique ici est supérieur
à la campagne d'Asnières au
printemps dernier.

두리는 금색으로. 필요하다면 플러시 천으로 액자를 만들어도 되지만, 그러려면 칠을 해야 해. 자신 있게 말하는데, 여기서 그리는 그림이 지난봄 아니에르에서 작업한 것들보다 훨씬 낫다.

여러 계획 중에서 〈마우베를 기억하며〉와 테르스테이흐 씨에게 보낼 그림 외에는 아무것도 결정된 건 없어. 그 양반에게는 뭐라고 써서 보내야 할지 모르겠지만 뭐, 적당한 내용이 떠오르겠지. 그림을 주겠다는 생각도 그렇게 불쑥 떠올랐어. 테오야, 우린 능력이 있어. 그래서 우리가 마음만 먹으면, 사람들이 우리 이야기를 하게 만들 수 있다고. 그리고 침착하고 자신 있게 인상주의 화가들의 작품을 계속 소개할 수 있어.

러셀이 나와 리드를 화해시키려고 나서는 모양이더라. 그런 내용의 편지를 보냈어. 이렇게 답장할 생각이다. 난 리드에게 분명히 말했다고. 죽은 화가들의 그림만 신경 쓰고 살아 있는 화가들의 작품은 무시하는 건 멍청한 실수라고. 적어도 그가 그런 부분은 고쳤으면 한다고 말이야.

편지를 받자마자 돈 대부분을 물감과 캔버스 구입에 써야 했어. 그래서 말인데, 며칠 내로 추가로 더 보내줄 수 있을까? 〈공원의 연인들〉은 지금 리브르 극장에 있어. 액자 기술자인 부아이에 씨는 여전히 민머리 노인의 동판화를 가지고 있고.

테르스테이흐 씨가 파리에 오기 전에 너한테 이것저것 보낼 수 있으면 좋겠다. 꽃이 만개한 사과나무는 네 방에 걸어둬도 괜찮을 거야. 코닝과 잘 지낸다니 다행이고, 네가 홀로 외롭게 지내지 않아서 또 다행이다. 그나저나 가엾은 비뇽Victor Alfred Paul Vignon! 분명히 미술상 장드르 씨와 관련된 일이겠지. 그 양반 하는 일마다 다 말아먹으면 좋겠어. 남들에게 너무 피해를 줘. 아무튼 마르탱 영감님Pierre Firmin Martin한테는 슬픈 일이겠다.

이번에도 편지로 전하고 싶은 이야기를 다 전하지 못했다. 정신이 온통 작업에 쏠려 있거든. 아무튼 무엇보다 네게 가장 하고 싶은 말은, 습작을 여러 점 그려서 네덜란드에 보낸 다음 그쪽 일은 영원히 신경 쓰고 싶지 않다는 거야. 요즘 마우베 형님과 J. H. 베이센브뤼흐 씨, 테르스테이흐 씨, 어머니와 빌레미나를 떠올리면 필요 이상으로 감정이 북받쳐 오른다. 그래서 거기 있는 사람들을 위해서 그림을 그리겠다고 생각하니 마음이 편해졌어. 그렇게 한 다음 그냥 깨끗이 잊고 살 생각이야. 아마 '소로의 화가들' 생각만 하게 되겠지.

테르스테이흐 씨가 그림을 거부하지는 않을 거다. 어쨌든 그 그림과 마우베 형님에게 갈 그림은 무슨 일이 있어도 네덜란드로 보낼게. 테르스테이흐 씨한테 직접 편지하진 않고, 전할 말이 있으면 몇 마디 적어서 그림과 함께 네게 보내마.

(결말 부분 소실)

474프 ____ 1888년 4월 9일(월)

테오에게

편지 정말 고맙다. 동봉해준 100프랑 지폐도. 네덜란드로 보낼 그림들의 스케치를 몇 점 보냈다. 유화가 색감이 훨씬 밝다는 건 두말하면 잔소리지. 지금도 한창 과수원의 꽃나무들을 그리는 중이야.

이곳 공기는 확실히 나한테 이로워. 너도 와서 마음껏 들이키면 좋겠구나. 공기가 너무 좋아서 묘한 효과가 생겼는데, 코냑을 약간만 마셔도 금방 얼큰하게 취한다는 거야. 그래서 혈액순환을 돕는 별도의 강장제가 필요없고, 녹초가 될 일은 줄었어. 다만 여기 온 이후로 내내 소화가 안 돼서 고생이다. 인내하며 고쳐야 할 문제겠지. 올해는 그림 실력을 크게 발전시키고 싶다. 또 반드시 그래야 하고.

과수원에 가서 그림을 하나 더 그렸는데, 분홍색 복숭아나무들만큼이나 잘 그려졌다. 연분홍색의 살구나무들이야. 지금은 검은 줄기의 황백색 자두나무 숲을 그리고 있어. 캔버스와 물감이 제법 많이 들었는데, 부디 이게 돈 낭비는 아니길 바랄 뿐이다. 4점 중에서 테르스테이흐 씨나 마우베 형님의 기준으로 *그림*이 될만한 건 고작 하나야. 그래도 나머지 습작들은 교환 용도로 사용할 수 있을 거야.

언제쯤 네게 보낼 수 있을까? 테르스테이흐 씨에게는 2점을 보내고 싶다. 아니에르에서 그렸던 습작보다 낫거든.

어제도 투우를 보러 갔어. 투우사 다섯이서 리본 달린 창과 휘장으로 황소를 대적하는데 한 명이 담장을 뛰어넘으려다 급소를 다쳤어. 금발에 회색 눈동자를 가진 상당히 침착한 투우사였는데, 사람들 말이 회복하려면 오래 걸릴 거라더라. 하늘색과 금색이 들어간 의상을 입었는데 딱 몽티셀리가 그린 숲속의 세 사람 인물화 속의 기사 같은 분위기였어. 해가 들고 사람들이 들어차니까 원형 경기장이 무척 아름답더라.

피사로에게 찬사를! 그 양반이 옳았어. 언젠가 우리와도 그림을 교환하면 좋겠다.

쇠라도 마찬가지야. 그가 그린 습작을 가지고 있으면 좋을 거야.

아무튼 나는 열심히 그리고 있다. 그들처럼 그려낼 수 있기를 바라면서 말이야.

나도 나지만, 네게도 힘든 달이 되겠구나. 그래도 너만 버텨준다면 꽃이 핀 과실수를 최대한 많이 그리는 게 우리에게 이득이야. 작업은 순조로워. 같은 주제로 10점쯤 더 그릴 거야. 너도 알겠지만 내 작업 성향이 좀 변덕스럽잖아. 그러니 과수원에 쏟는 열정도 곧 사그라들겠지. 그 다음에는 아마 원형 경기장을 그리지 않을까. 그려보고 싶은 데생은 *어마어마하게* 많아. 일본 판화풍으로 데생을 해보고 싶거든. 쇠도 달궈졌을 때 두들겨야지.

25호, 30호, 20호 캔버스를 연달아 그리고 있으니, 과수원 작업이 끝나면 기진맥진하겠어. 하지만 작업량을 2배로 늘려도 지나친 건 아니야. 이렇게 해야만 얼어붙은 네덜란드의 얼음을 완전히 녹일 수 있을 테니까. 마우베 형님의 부고는 정말 충격이었어. 분홍색 복숭아나무를 어떤 열정을 담아 칠했는지 보일 거다.

사이프러스나무 혹은 황금빛 밀밭 위로 *별이 빛나는 밤*도 꼭 그릴 거야. 여기 밤 풍경이 정말 근사하거든. 열병을 앓듯 계속 작업에 매달리고 있다.

이렇게 1년이 지나면 결과가 어떨지 정말 궁금해. 그때는 병치레 좀 덜하면 좋겠다. 지금도 간혹 며칠씩 힘들다만, 크게 걱정할 일은 아니야. 지난 겨울이 유독 추웠던 탓이니까. 빈혈도 나아지고 있다. 그게 중요하지.

지금까지 그림에 돈을 많이 들였으니, 이젠 내 그림이 들인 돈만큼, 아니, 그보다 훨씬 더 값어치가 나가게 만들어야 해. 그럼, 그렇게 될 거야. 물론 그리는 것마다 성공작은 아니지만, 작업은 순조롭게 진행되고 있어. 지금까지는 넌 내가 쓰는 비용에 대해 불평하지 않았지. 그런데 미안하지만, 계속 이 속도로 그리다간 돈이 턱없이 부족해질 것 같다. 더 작업해야 할 건 엄청나게 많고.

그러니 한 달이나 보름쯤 형편이 빠듯해질 것 같으면, 미리 알려다오. 그땐 데생에 치중해서 비용을 낮출게. 괜히 고생하지 말라는 말이야. 여기는 그릴 게 너무 많아. 온갖 다양한 습작이 가능하지. 파리와는 달라. 파리에서는 마음에 든다고 아무 데나 자리잡고 앉을 수가 없잖아.

네가 한 달쯤 비용을 좀 넉넉히 쓸 수 있다면 딱 좋을 텐데. 왜냐하면 꽃이 만개한 과수원 그림이 팔기도 좋고 교환하기도 좋잖아.

하지만 너도 집세를 내야 하니, 어쨌든 힘들면 미리 알려주면 좋겠다.

나는 지금도 덴마크 화가랑 같이 다니는데 이 친구, 조만간 돌아간대. 똑똑한 친구가 성실하고 예의도 바르다. 다만 그림 솜씨가 아직도 많이 부족해. 이 친구가 파리에 들르면 너도 만날 수 있을 거야.

베르나르를 만나러 다녀왔다니 잘했다. 그 친구가 알제리에서 군 복무를 하면, 나도 거기 가서 같이 그림을 그릴 수도 있겠지. 누가 알겠냐.

파리의 겨울도 이제는 끝이 났겠지? 칸Gustave Kahn의 지적은 옳아. 내가 색조에 큰 고민을 하지 않았다는 평 말이야. 하지만 나중에는 다들 다른 평가를 내리게 되겠지. 분명히.

색조과 색채는 둘 다 구현하기가 불가능해. 테오도르 루소가 그런 기술이 탁월했지만, 여러 색을 섞다 보니 시간이 흐르면서 점점 검어져서 이제는 그림조차 알아보기 힘들 정도야.

극지방과 적도에 동시에 살 수는 없잖아. 한 쪽을 선택해야지. 난 아마 색채를 택할 것 같다.

또 연락하자. 너와 코닝과 다른 동료들에게 악수 청한다.

빈센트

475프 ___ 1888년 4월 5일(목) 추정

테오에게

물감이 필요해서 부득이하게 주문서를 보낸다. 이걸 가지고 퐁텐가의 타세&로트 화방에 가면 나를 잘 아는 사람들이니 운송비만큼만이라도 깎아달라고 부탁해볼 수 있을 거야. 그러니까, *물감 가격의 20퍼센트 정도를 할인*해달라고 말이야. 그 조건을 수락하면(내 생각에는 해줄 것 같은데) 다음 주문 때까지의 물감을 구입하면 되는데, 그 양반들에게도 제법 큰 물량의 거래인 셈이야.

타세 사장님이나 로트 사장님에게 일반 캔버스 천 혹은 압소르방트 캔버스 천의 10미터 최저가가 얼마인지 꼭 물어봐줘. 또 물건들을 어떻게 보낼지도 정해서 알려다오. 주문 내용이다.

실버 화이트, 대형 튜브(이하 '대형') 20개
아연 백색, 대형 10개
베로니즈그린, 중형 튜브(이하 '중형') 15개
크롬옐로-레몬, 중형 10개
크롬옐로 2번, 중형 10개
주홍색, 중형 3개
크롬옐로 3번, 중형 3개
진홍색, 소형 튜브(이하 '소형') 6개
꼭두서니 색, 소형 12개
양홍색, 소형 2개

(최근에 빻아서 만든 게 아니라 기름진 물감이면 돌려보낼 거다.)

프러시안블루, 소형 4개
주색(아주 밝은), 소형 4개
선홍색, 소형 2개
에메랄드그린, 소형 6개

제법 큰 물량의 주문이야(하지만 내가 기대하는 할인과 운송비 차이를 감안하지 않아도). *비록 내가 운송비를 물더라도, 여기서는 할인을 못 받으니 결국은 이득인 셈이야.*

너한테 너무 부담스러울지 모른다는 생각에 여기 진짜 시급한 물량들만 다시 적어둔다. 첫 번째 주문서에서 급하지 않은 것들은 뺀 거야.

[긴급]
실버 화이트, 대형 10개
베로니즈그린, 중형 6개
크롬옐로-레몬, 중형 3개
크롬옐로 2번, 중형 3개
크롬옐로 3번, 중형 1개
주홍색, 중형 1개
진홍색, 소형 3개
꼭두서니 색, 소형 6개
프러시안블루, 소형 2개
에메랄드그린, 소형 4개

그리고(최대한 빨리) 압소르방트 캔버스 천 10미터 최종가격도 알려주기 바란다.

이곳 물감 상인도 압소르방트 캔버스를 만들기는 하는데 어찌나 작업이 느린지 참다 참다 파리나 마르세유에 주문해서 받으려고 취소했어. *30호 압소르방트 캔버스를 기다리는 동안 일반 캔버스 2개에 그림을 완성할 정도야.*

네가 거기서 물감을 주문해주면 내가 여기서 쓸 지출이 절반은 줄어드는 셈이야. 지금까지 나 자신을 위해 쓴 돈보다 물감과 캔버스 구입에 쓴 돈이 더 많거든. 너에게 보낼 과수원 그림 하나를 더 그렸어. 그런데 제발이지 물감을 신속히 보내주면 좋겠다. 과수원 나무들이 꽃을 피우는 시기는 금방 지나가는데, 이게 모두가 좋아하는 그림 소재인 건 너도 잘 알잖아. 상자와 운송비(운송비는 리옹 역보다, 여기처럼 작은 역이 더 저렴할 거야)가 생기면, 바로 습작을 보낼게.

지금은 전에도 이야기했다시피, 빈털터리 신세야. 네가 할 수 있는 만큼만 해주되, 물감 비용을 할인받도록 신경 써주기 바란다. 너도 우리가 힘을 합쳐 일하는 게 이득이라고 생각할 테니 말이야. 타세&로트 화랑에 직접 보내는 주문서 동봉한다.

너를 사랑하는 형, 빈센트

여기서 보내는 첫 결과물에 적어도 캔버스가 10개쯤 포함될 것 같은데 네가 어떤 반응을 보일지 궁금하구나.

476프 ____ 1888년 4월 11일(수) 추정

테오에게

부탁했던 물감을 전부 보내주다니 정말 고맙구나. 지금 막 받아서 아직 자세히 확인은 못 했다만, 정말 만족스럽다.

게다가 오늘은 날씨도 좋았어. 오전에 과수원에 나가서 꽃이 핀 자두나무를 그리고 있었는데 갑자기 강한 돌풍이 부는 거야. 여기서만 나타나는 현상으로, 주기적으로 돌풍이 반복되지. 바람이 불 때 햇살에 작고 하얀 꽃들이 반짝이는데, 정말 아름다웠어! 덴마크 화가 친구와 함께, 바람이 불 때마다 마치 지진이라도 난 듯 모든 게 다 변하는 땅을 그렸다. 땅에는 파란색과 자홍색이 가미된 노란색 속에서 하얀색이 도드라지고, 하늘도 하얀색과 파란색으로 그렸어. 그런데 이렇게 밖에 나와 그림을 그리는 방식을 다들 뭐라고 말할까? 아무튼 반응을 기다려보자.

저녁식사 후에 테르스테이흐 씨에게 보낼 〈랑글루아 다리〉 그림을 하나 더 그리기 시작했어. 네게 주려고. 마우베 형수님에게도 하나 보내고 싶어. 내가 쓴 돈이 워낙 많으니, 어떻게든 순식간에 빠져나가는 돈을 거둬들여야 한다는 사실을 잊고 있는 건 아니거든.

그나저나 탕기 영감님한테 물감을 주문하지 않은 게 좀 후회된다. 크게 덕을 보는 일은 없지만(오히려 그 반대지) 참 남다른 양반이라서 자주 생각이 나더라. 오가는 길에 뵙거든 꼭 내 안부를 전해주고, 혹시 진열장에 내걸 그림이 필요하면 여기에도 내걸 그림이 있다는 말도 전하고. 아주 근사한 걸로. 아, 갈수록 *사람*이야말로 모든 일의 뿌리라는 생각이 든다. 비록 현실에서는 진실되게 살아가지 못해서 우울한 감정에 빠져 지낼지라도 말이야. 아니, 그러니까 색을 칠하고 석고를 만지는 것보다 몸으로 부딪쳐서 일하는 게 더 중요하지. 그림을 그리거나 사업을 하는 것보다 자식을 낳는 게 더 가치 있고 말이야. 하지만 그러면서도 주변의 친구들도 삶에서 헤매고 있는 것 같다는 생각이 들면, 또 사는 게 사는 것 같은 느낌도 든다.

그런데 사람의 마음속에 장삿속이 있는 것 또한 분명하기 때문에, 네덜란드 측과의 친분을 돈독히 다지고 유지해야 해. 더군다나 지금은 인상주의의 앞날에 대해 실패를 염려할 필요가 전혀 없으니까 말이야.

승리가 거의 눈앞에 보장된 상태이니만큼 우리는 그저 올바르고 차분하기만 하면 돼.

네가 지난번에 말했던 〈마라의 죽음〉이 정말 보고 싶다. 꽤나 흥미로울 것 같아. 얼핏 든 생각으로는, 마라는 도덕적으로 비수 같은 사랑을 품은 여인인 크산티페에 버금가는(물론 더 강렬하지) 인물 같거든. 그래서 감동적이긴 해도, 모파상의 『텔리에의 집』만큼 유쾌하지는 않아.

로트렉은 카페 테이블에 턱을 괴고 앉아 있는 여인의 그림을 완성했나 모르겠다.

만약 내가 실물을 보고 그린 것을 다른 캔버스에 습작해내는 요령을 익히면, 그림을 더 많이 팔 수 있을 거다. 꼭 해내려고 해. 그래서 네덜란드로 보낼 2점을 시험삼아 그려보는 거고. 또한 네게 보내는 그림이니 무모한 행동도 아니지.

타세 사장님에게 진홍색도 추가하라고 말해준 건 정말 잘했다. 방금 들어 있는 걸 확인했어. *인상주의 화가들이 유행시킨 색들은 다 쉽게 변색돼*. 그래서 더더욱 과감하게 원색을 활용해야 하지. 시간이 흐르면서 강렬함이 사그라들며 부드러워지니까.

그래서 내가 주문한 물감들, 그러니까 세 가지 크롬옐로(주황색, 노란색, 레몬색), 프러시안블루, 에메랄드그린, 진홍색, 베로니즈그린, 선홍색 등은 마리스, 마우베, 이스라엘스 같은 네덜란드 화가의 팔레트에는 없어. 들라크루아의 팔레트에서나 구경할 수 있지. 그는 너무나 당연한 이유로 모두가 배척했던 두 색상, 레몬색과 프러시안블루를 즐겨 쓴 화가야. 그런데 그 두 색상으로 환상적인 작품을 그려냈어.

너와 코닝에게 악수 청하고, 다시 한 번 물감 보내줘서 고맙다.

너를 사랑하는 형, 빈센트

베3프 ___ 1888년 4월 12일(목) 추정

친애하는 벗, 베르나르에게

훈훈한 편지와 장식으로 같이 그려준 크로키 고맙게 잘 받았어. 그림이 아주 흥미롭더군. 가끔은 집에 앉아서 상상을 동원해 그릴 생각을 못 했던 게 후회돼. 상상력이란 반드시 키워야 할 능력이야. 이 상상의 힘은 우리가 언뜻 쳐다본 한 번의 눈길에 비친 (빛의 속도로 바뀌고 지나가는) 현실에서 깨우치는 것보다 더 흥미롭고 위안이 되는 환경을 창조할 수 있게 해주거든.

예를 들면, 별이 빛나는 하늘을 봐. 내가 그림으로 그려보고 싶은 장면이야. 마치 한낮에 민들레가 별처럼 흩어진 푸르른 초원을 그리듯이 말이지. 그런데 집에 앉아서 상상력을 동원해서 그리지 않는 한, 어떻게 그릴 수 있겠어? 나에 대한 반성이자 자네에 대한 칭찬일세.

요즘 난 꽃이 핀 과실수를 한창 그리고 있어. 분홍색 복숭아나무, 황백색 배나무 등등. 붓질을 체계적으로 하진 않아. 캔버스에 붓을 불규칙하게 휘두르고 그대로 두지. 임파스토도 만들어놓고, 캔버스 군데군데를 칠하지 않고 남겨놓거나 캔버스 한쪽을 아예 건드리지 않기도 해.

그리고 덧칠도 하고 거칠게 칠하기도 해. 그래서 그 결과물이 아마 꽤 어수선하거나 짜증스럽게 보일 거야. 그리기 기법에 대해 선입견을 가진 사람들 눈에는 결코 즐겁게 보이지 않을 거라는 거지. 여기 보내는 크로키는 프로방스의 어느 과수원으로 들어가는 입구야. 갈대로 이어붙인 노란 담장, 검은색 사이프러스로 지은 쉼터(미스트랄을 피하는 용도), 노란색 샐러드, 양파, 마늘, 에메랄드색 파 등등 그 지역 특유의 다양한 녹색 채소를 그렸어.

여전히 야외에 나가 직접 보면서 그리는데, 우선 데생에 본질을 담아내려고 애쓰고 있어. 그 다음은 윤곽선으로 제한한 공간인데, 윤곽선을 그대로 표현할 때도 있고 아닐 때도 있지만 언제나 *느낌*은 확실히 살려. 그리고 그만큼 단순한 색조로 채워나가니까 땅 부분은 전부 보라색 색조가 되고, 하늘 부분은 파란색 색조, 초목은 녹청색이나 녹황색으로 칠해지는데, 이 경우에는 일부러 노란색과 파란색 색조를 과장되게 강조하게 돼.

아무튼, 친애하는 벗이여, 어떤 경우에도 트롱프뢰유를 사용하지는 않네.

엑상프로방스, 마르세유, 탕헤르를 둘러보는 걸 두려워할 필요없어. 만약 내가 그곳에 간다면, 싼 집을 알아보기 위해서일 거야. 아무튼 평생 여기 눌러앉아 살면서 작업한다고 해도, 이

지방의 특징적인 소재를 반도 다 그려낼 수 없을 거야.

그나저나 원형 경기장에 가서 투우를 봤는데, 아니, 엄밀히 말하면 투우 흉내를 내는 경기였지. 왜냐하면 소는 여러 마리 있었는데 아무도 소와 싸움을 하지 않았거든. 그런데 경기장을 가득 채운 관중들 모습이 정말 대단했어. 알록달록한 옷차림으로 이단, 삼단에 걸쳐 서로 겹친 듯이 앉은 관중 위로 햇빛과 그림자 효과와 거대한 원형의 그림자까지 정말 장관이었지.

여행 잘 하고, 마음으로 악수 청하네.

자네의 벗, 빈센트

477프 ___ 1888년 4월

테오에게

압소르방트 캔버스 견본을 동봉해준 편지 고맙게 받았다. 얼른 받아보고 싶다만 그렇다고 급한 건 아니야. 미터당 6프랑짜리 천이 3미터가 필요하겠어.

보내준 물감 상자에는 흰색 물감이 대형 튜브는 4개뿐이고, 나머지는 다 그 절반 크기 튜브더라. 용량에 맞게 계산했다면 다행이다만 잘 살펴봐라. 흰색 대형 튜브가 1프랑씩이니까, 나머지는 그 반값이어야 해. 프러시안블루와 주색은 좀 질이 떨어진다. 나머지는 다 괜찮고.

지금은 그림 2점을 따라 그리고 있어. 분홍색 복숭아나무가 가장 까다롭네.

et son cinabre Le reste est bien
Maintenant je te dirai que je travaille
aux 2 tableaux desquels je voulais faire
des repetitions Le pêcher rose me donne
le plus de mal

옆의 스케치들은 3개의 과수원을 이어 그린 거야. 작은 배나무를 세로로 그리고 있고, 가로로도 2개 그려놨어. 그러니까 꽃이 만개한 과수원 그림이 총 6점이야. 매일 조금씩 덧칠해가면서 전체적으로 어울리게 만드는 중이야.

여기다 3점을 더 그렸으면 한다. 다 같이 어울리는 분위기로. 그런데 그건 아직 초기 구상 단계에 불과해. 어쨌든 총 9점을 전체적으로 어울리게 그리고 싶어.

올해는 애초에 생각했던 큰 크기(25호 캔버스와 12호 캔버스의 조합으로)의 그림 9점을 최종적인 결과물로 여겨주면 좋겠다. 내년 이맘때에도 정확히 똑같은 주제로 그릴 생각이야.

이거는 가운데에 놓을 또 다른 12호 캔버스 그림이야. 땅은 보라색이고 뒷배경으로 담장이 있는데 포플러나무가 곧게 서 있고 파란 하늘이 보이지. 작은 배나무의 몸통은 보라색이고 꽃은 흰색인데 큰 노란 나비 한 마리가 그 꽃송이 위에 앉았어. 왼쪽 구석에는 노란 갈대와 초록색 소관목 그리고 꽃밭으로 둘러싸인 작은 정원이 있고. 그리고 아담한 분홍색 주택도 있다. 네게 보낼 과수원의 꽃 핀 나무 그림 장식화의 상세한 설명이야.

다만, 마지막 3점은 아직 구상 단계로만 존재하는데 아마 사이프러스 그리고 커다란 배나무와 사과나무로 둘러싸인 아주 넓은 과수원을 표현할 것 같아.

네게 보낼 〈랑글루아 다리〉도 잘 진행되고 있는데 애초에 예상했던 습작보다 더 나은 결과물이 나올 것 같아. 얼른 다시 나가서 그려야겠다. 기요맹의 그림은 가능하면 사두는 게 좋아. 파스텔을 착색시키는 새로운 기법이 있다던데, 그림을 사게 되면 꼭 물어봐라.

너와 코닝에게 악수 청한다.

너를 사랑하는 형, 빈센트

베르나르가 편지에 자작 소네트를 적어보냈는데, 어떤 행은 제법 그럴듯해. 시도 잘 짓고, 참이 친구가 부럽더라.

〈랑글루아 다리〉와 분홍색 복숭아나무 복제화가 다 마르면 같이 보내마.

477a영 ____ 1888년 4월 19일(목)

친애하는 러셀에게

진작에 답장했어야 했는데, 매일같이 밤늦게까지 작업하다 보니 도무지 편지 쓸 기력이 남지를 않더군. 오늘은 마침 비가 와서 시간이 났네. 지난 일요일에 맥나이트Dodge Macknight와 덴마크 화가 친구를 만났는데, 월요일에 그 친구를 보러 퐁비에유로 갈 생각이야. 아무래도 나는 편협한 시각으로 웃음만 자아내는 비평을 쓸 때보다 그림을 그리는 그 친구 모습이 더 좋아.

진심으로, 자네도 곧 영원히 파리를 떠날 수 있기를 바라네. 파리를 떠난다는 건 여러모로 자네에게 좋은 일이 될 거야. 나는 장식 같은 이곳 풍경에 취해서 지내고 있어. 과수원에 가서 꽃이 핀 과실수를 연작으로 그리는 중이야. 예전에 자네가 시칠리아에서 그랬던 것처럼 나도 문득문득 자네 생각이 나더군. 조만간 파리에 그림 몇 점을 보낼 건데, 자네의 시칠리아 습작과 교환하고 싶네. 물론 교환할 만한 그림이 있다면 말이야.

알다시피, 나는 예전에도 지금도, 자네 습작을 아주 좋아해. 자네가 그린 초상화가 진지할 뿐만 아니라 예술적으로 뛰어나. 파비앙과 맥나이트의 초상화를 통해서 대단하면서도 흔치 않은 재능을 지녔음을 유감없이 보여줬어. 스케르초와 아다지오를 적절히 구사해서 즐겁고 쾌활한 음계 같은 그림을 그리기에, 보다 힘이 넘치고 보다 더 고차원적인 느낌을 주지. 그렇기 때문에 진심으로 바라는데, 자네가 계속 진지하면서도 정교한 작품들, 바로 스케르초 같은 그림들을 그려주면 좋겠어. 자네더러 가벼운 그림만 그리고 진지하지 못하다고 수군거리는 사람들은 그렇게 지껄이라고 내버려둬. 비평가들에게는 아쉬운 일이 되겠지만, 자네에게는 잘된 일이지.

친애하는 우리 친구, 리드에게는 아무런 소식도 없어. 그 친구 하는 일이 좀 걱정스러워. 아무래도 엉뚱한 방향으로 가는 것 같거든. 내 동생은 편지를 받았는데 내용이 전혀 만족스럽지 않은 모양이야.

처음 6~8주는 나도 그 친구한테 신경을 많이 써줬어. 그런데 그 이후부터 금전적으로 문제가 있는 것 같더니 어느 순간부터, 마치 정신이 나간 사람처럼 행동하더라고.

내 생각이 맞을 거야. 그러니까, 그가 보여준 행동이 비겁하긴 했지만, 그 친구 탓만 할 수도 없어. 너무나 불안해하고(사실, 그건 우리 모두가 그렇지) 도무지 차분해지질 않았어. 그 친구, '돈을 벌려고' 성질까지 부리면서 아주 기를 쓰지. 하지만 자고로 화가는 그림을 그려야지.

아무래도 그 친구는 화가라기보다 *미술상*에 가까워. 스스로도 내면의 갈등을 겪고 있을 거야. 그 결과가 어떤지는 나도 모르지. 어쨌든, 그 친구를 자네에게 소개한 게 나니까 자네에게는 알려야겠다는 생각이 들어서 참고하라고 하는 말이네. 어쨌든 난 지금도 여전히 그 친구에게 호감은 가지고 있어. 몽티셀리를 지지하는 그에게서 예술가의 모습을 보기 때문이야. 나도 같은 생각이었거든. 몽티셀리에게 영감을 준 풍경을 단 하나밖에 볼 수 없었지만, 그것만으로도 이 예술가는, 비록 뒤늦긴 했지만, 대중에게 알려질 만한 사람이야. 몽티셀리가 우리에게 선사한 건, 지역 고유의 색이나 특유의 진실이 아니라, 바로 열정적이고 영원한 것이지. 남부의 풍부한 색채와 화려한 태양! 진정 프랑스 남부의 정서를 화폭에 담은 들라크루아에 버금가는 색채화가야. 한마디로, 프랑스 남부의 분위기는 다양한 색채의 동시적인 대비와 조화로 표현돼. 희랍 시대나 미켈란젤로처럼 선의 형태로만, 아니면 라파엘, 만테냐, 옛 베네치아 화가들(보티첼리, 치마부에, 조토, 벨리니)처럼 선의 묘사로만 표현되는 게 아니야.

베로네제나 티치아노가 시도한 것과는 정반대의 개념이지. 바로 *색채*. 벨라스케스와 고야의 시도는 계속 이어져야 해. 더 넓고 광범위하게. 우리가 알고 있는 각각의 색이 가진 프리즘과

존 F. 러셀이 그린 파리 시절의 빈센트

속성보다 훨씬 보편적인 지식을 통해서.

조만간 다시 편지 쓸 여유가 생기고, 자네 소식도 들을 수 있기를 기원하며.

친애하는, 빈센트

베4프 ____ 1888년 4월 19일(목)

친애하는 벗, 베르나르

보내준 소네트 잘 받았어. 첫 구절의 형식과 음색이 아주 훌륭하더군.

"잠든 지붕처럼 우거진 커다란 나무 아래서"

하지만 의미나 감성 면에서는 마지막 구절이 더 마음에 들었어.

"희망이 가슴속에 근심 걱정을 뿌리기 때문이라네"

그런데 자네가 느낌으로 전하고 싶은 게 무언지 명확하게 설명하지는 않은 것 같아. 우리에게 있는 것도 같고, 어쨌든 입증해 보일 수 있을 것 같은 그런 확신, 허무함, 공허함, 바람직한 선과 아름다운 것들의 배신 같은 것. 이런 지식에도 불구하고 우리는 외적인 삶이나 우리 자신 이외의 것들이 우리의 육감에 작용하는 매력에 평생 속아서 마치 아무것도 할 줄 아는 게 없고, 무엇보다 객관적인 것과 주관적인 것조차 구분하지 못하게 되는 것 같기도 해. 다행인 건, 우리는 여전히 아무것도 모른 채 희망하고 살아간다는 거지.

이 구절도 좋았어.

"돈도 없고, 꽃도 피지 않는 겨울"

「경멸」도 괜찮았고.

그런데 「예배당 구석」과 「알브레히트 뒤러의 데생」은 좀 헷갈리더군. 그러니까, 알브레히트 뒤러의 데생이 어떻다는 거지? 그래도 그럴듯한 구절도 있기는 했어.

"푸르른 들판을 넘어 왔네
그 긴 여정에 녹초가 되어서"

이 문장은 크라나흐나 판 에이크 그림의 배경처럼 우뚝 솟은 푸른 바위 사이로 구불거리며 난 길을 풍경화처럼 잘 묘사하고 있어.

"소용돌이치는 그 십자가 위에서 몸을 비틀며"

이 문장 역시 신비로운 그리스도의 몸이 극단적으로 야윈 것 같은 느낌을 잘 잘 전하는 것 같아. 삯마차를 끄는 말의 슬픈 눈처럼 괴로워하는 순교자의 눈빛 같은 분위기는 왜 덧붙이지 않은 건가? 그랬다면 더더욱 파리지앵들의 분위기가 느껴졌을 텐데. 파리 어디서나 그런 눈빛을 볼 수 있잖아. 가난한 연금생활자, 시인, 예술가들에게서.

어쨌든 전체적으로는 자네 그림만 못한 듯해. 괜찮아. 나아질 테니까. 자넨 꾸준히 소네트(14행시)를 쓸 거 아닌가. 적잖은 사람들, 특히 주변 동료들은 말로 하는 게 큰 의미가 없다고 여기고 있어. 그런데 오히려 그 반대잖아. 언어를 구사해 잘 설명한다는 건 무언가를 그리는 것만큼 흥미롭고 어려운 일이지. 선과 색의 예술이 있다면, 언어의 예술도 있어. 적어도 앞으로는 그렇게 될 거야.

여기 단순한 구도의 과수원 그림이 하나 더 있어. 흰 나무 한 그루, 작은 초록색 나무 한 그루, 한쪽 구석의 네모난 잔디밭, 자주색 땅, 주황색 지붕, 그리고 넓게 펼쳐진 파란 하늘.

지금 작업 중인 과수원 그림이 9점이야. 하얀 거 하나, 빨간색에 가까운 분홍색 하나, 하얀색 하나, 파란색 하나, 분홍색 하나, 회색 하나, 초록색 하나, 분홍색 하나.

어제 하나를 망쳤어. 파란 하늘과 대비되는 벚나무 한 그루와 막 자라기 시작한 주황색과 금색의 새싹, 흰 꽃송이 등이 찬란하게 펼쳐진 초록빛 감도는 파란 하늘 아래 놓여 있는 그림이었는데. 불행히도 오늘은 비가 와서 작업을 마무리하지 못했어.

일요일에 이곳 매음굴을 봤는데(다른 요일은 말할 것도 없고) 시퍼런 회반죽 색의 커다란 방이, 꼭 동네 학교 같더라. 빨간 옷을 입은 군인과 검은 옷을 입은 일반인 50여 명의 얼굴은 화사한 노란색과 주황색에 가까웠어(어쩌다 얼굴색이 이런 조화를 이룬 건지). 거기에 하늘색, 주홍색을 비롯해 최대한 원색에 가깝고 화려한 의상을 걸치고 있었지. 그리고 노란 조명이 이들을 밝히고. 파리의 비슷한 업소에 비하면 덜 음침했어.

이 지역에서는 우울한 분위기가 돌아다니지를 못해.

나는 요즘 차분하고 조용하게 시간을 보내. 왜냐하면 내가 자랑스럽게 거느리고 있는 이 위장병을 제대로 다스려야 하기 때문이야. 하지만 그다음에는 한바탕 소란을 피워야 할 것 같아. 불멸의 존재 같은 타라스콩의 타르타랭이 지닌 명성을 나도 같이 거머쥐고 싶거든.

자네가 알제리로 갈(군 복무) 마음이 있었다니 정말 놀랐다네. 아주 좋은 생각이야. 불행과는 아주 거리가 먼 결정이지. 정말 축하하네. 어쨌든 우리는 마르세유에서 볼 수 있을 거야.

이곳의 파란 분위기를 눈으로 보고 태양을 느끼는 게 얼마나 기쁜 일인지, 자네도 알게 될 거야. 나는 지금 테라스를 화실로 사용하고 있어.

마르세유에 가서 바다 풍경을 그릴 생각인데 북해의 잿빛 바다를 떠올리면 그럴 마음이 사라지기도 해. 혹시 오가는 길에 고갱을 만나면 내가 안부를 묻는다고 전해주게. 이참에 그 양반에게 편지를 써야겠어.

친애하는 나의 벗 베르나르, 좌절하지 말고, 무엇보다 우울해하지도 말게. 자네가 가진 능력에 알제리 군 복무 경력이 더해지면, 자넨 진정한 예술가가 될 테니까. 자네도 프랑스 남부로 오게 될 거야. 조언을 하자면, *그래*, 1년 전부터 미리, 양질의 음식을 먹어서 건강을 잘 챙겨둬. 지금부터 말이야. 위장이 엉망이 되고 피가 탁해진 상태로 여기 오는 건 좋은 생각이 아니거든.

내가 바로 그랬어. 지금은 조금 나아졌고, 여전히 회복되고는 있는데, 너무 더뎌서 미리 좀 조심할 걸 하고 후회가 되더라고. 하지만 올해처럼 혹독한 겨울엔 어쩔 수 없지. 정말 말도 안 되는 추위였잖아. 그러니 자네도 미리부터 단단히 준비하라고. 여기서는 변변찮은 음식으로는 건강을 되찾기 어려워. 하지만 일단, 건강만 받쳐주면 파리에서 지내는 것보다 훨씬 수월할 거야.

곧 편지하게. 주소는 여전히 같아. '카렐 식당, 아를'.

마음의 악수 청하네.

자네를 사랑하는 친구, 빈센트

478프 ___ 1888년 4월 20일(금) 추정

테오에게

오늘 편지와 100프랑 고맙게 잘 받았다. 50프랑이 든 이전 편지도 잘 받았고, 데생 2점을 보내기 하루인가 이틀 전에 잘 받았다는 편지도 써서 보냈어. 데생은 갈대를 깃털 펜처럼 깎아서 그린 거야. 이걸로 비슷한 분위기의 그림을 몇 점 더 그려볼 건데, 먼저 그린 2점보다 결과가 나으면 좋겠다. 예전에 네덜란드에서 시도했었는데 거기 갈대는 여기 것보다 별로였어.

코닝이 편지했던데, 고맙다고 전해주면 좋겠다. 그리고 내가 보내는 데생 2점을 그 친구 습작과 기꺼이 교환할 마음이 있으니, 네가 마음에 드는 걸 골라서 보관해라. 그 친구에게는 어떻게 해야 하는지 내가 편지하마. 갈대를 깎아 만든 펜도 써보라고 권할 생각이야.

브뤼셀에 간다니 중대한 소식이다. 이번에는 고가의 옛 그림들이 어떻게 거래되고 있는지 알아볼 수 있겠구나. 도대체 어떻게 돌아가는 일인지! 어쨌든 거기 양반들이 분명히 무슨 일을 꾸미고 있는 거야. 내가 파리를 떠나기 전에 너와 나눴던 얘기 기억할 거야. 만국박람회에 맞춰서 부그로, 르페브르, 벵자맹 콩스탕 등이 부소 씨에게 몰려가서 B화랑만큼은(세계 최고라는) 그 무엇보다 고상하고 우아한 예술의 원칙을 전적으로 지키고 유지해야 할 거라고 주장하고 으름장을 놓을 거라고 했던 거. 그러니까 자신들의 작품을 말하는 거였지.

아무튼 꽤나 심란한 상황이네. 그런데 네가 그 양반들과 사이가 틀어지면 상황은 자못 심각해질지도 몰라.

솔직히 말하자면, 지금 당장은 아닐지 몰라도 반 년쯤 지나면 네게 타격이 올 수도 있어. 그 일이 네 삶에 가져올 변화 때문에.

감옥에 오래 갇혀 있다가 밖으로 나오면, 감옥 생활이 그리워지는 순간들도 가끔 있다지. 갑자기 주어진 자유를 감당하기 힘들어서 말이야. 말이 좋아 자유지, 먹고살려고 지친 일상을 이어가다 보면 그 안에 자유는 어디에도 없어.

하지만 너도 다 아는 내용이잖아. 어쩌면 너도 다른 걸 얻으면서도 본의 아니게 무언가를 그리워할 수도 있을 거야.

Si tu préfères que cela sèche
encore ici cela n'est pas mauvais
peutêtre. Ils sont maintenant
sur une terrasse couverte pour
y sécher
Ainsi donc Daumier est exposé
aux Beaux arts & Gavarni n'est pas.
Bravo pour le Daumier pas pour
les Beaux arts

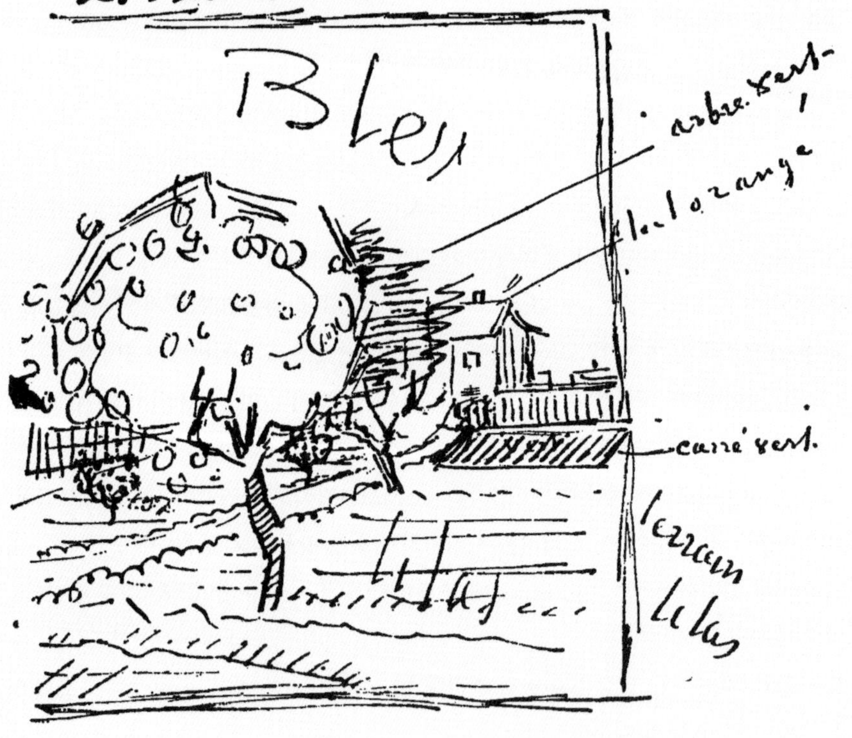

과수원 그림이 10점이 됐다. 작은 습작 3점과 망쳐버린 커다란 벚나무를 빼고 말이야.

언제 돌아올 예정이냐? 이 그림들은 어떻게 보낼까? 이젠 소재를 바꿔야 할 때라서 말이야. 과수원 나무들도 이제 꽃이 다 떨어졌다.

그래서 이 과수원 그림들과 〈랑글루아 다리〉가 첫 번째 연작이 되는 셈이야. 더 마를 때까지 여기 두는 것도 나쁘지 않지. 안 그래도 지금 가림막이 있는 테라스에 두고 말리는 중이야. 도미에가 에콜 데 보자르에 출품했었는데, 가바르니도 했었나? 도미에는 박수갈채를 받을 일이지만 보자르로서는 아니었겠어.

특별히 5월 1일, 네 생일에 맞춰주려고 신경 쓰고 있는 과수원 그림 크로키야. 아주 밝은 색조로 단번에 그렸어. 첫 번째 흰 꽃잎에 노란색과 자홍색을 살짝 가미해서 강렬한 임파스토로 만들었지. 그때쯤 넌 네덜란드에 가 있을 듯한데, 그날 거기서도 같은 꽃나무를 볼 수 있겠다.

그나저나 코닝에게 요리를 배웠다니 잘됐다. 젊은 친구가 그쪽으로 솜씨가 대단해. 파릇파릇한 젊은 예술가와 함께 요리해서 먹는 것도 흥미로운 일이겠다.

그 친구가 그린 흑인 여성 습작을 받았다는 소식도 반갑고.

어쨌든 아침을 먹는 게 건강에 좋아. 나도 여기서 그렇게 지내고 있어. 아침마다 계란을 2개씩 먹는다. 내 위장은 상태가 영 시원치 않지만, 곧 나아질 거야. 필요한 건 시간과 인내심이야. 어쨌든 파리에 비하면 *정말* 잘 지내고 있으니까.

게다가 여기서는 음식이 그리 많이 필요하지도 않아. 그래서 말인데, 몽티셀리가 압생트를 들이부었다는 이야기가 정말인지 점점 의심스러워. 그 사람 그림을 보고 있으면 독주에 취해서 흥분한 상태로 어떻게 그런 그림을 그렸을지 상상이 안 되거든. 아무래도 리무쟁 사람인 로케트 부인이 몽티셀리와 관련된 이야기를 진짜처럼 보이게 만들려고 수를 쓴 것 같아.

급하게 썼다. 네가 이번 일요일에 떠난다면, 그 전에 받아보게 하려고 말이야.

고상한 벨기에 양반들 수집품으로 가게 될 들로르 화랑의 그림을 취급하러 가는 길이라면 썩 발길이 내키지는 않겠다만 그래도 어쨌든 잘 다녀오거라. 무엇보다 용기를 잃지 말아라.

베르나르가 그리는 정물화를 봤는데 상당히 괜찮더라.

너와 코닝에게 악수 청한다.

너를 사랑하는 형, 빈센트

479프 ____ 1888년 4월 25일(수) 추정

테오에게

우선, 네가 편지를 못 받은 건, 내가 주소를 잘못 적어서 반송되었기 때문이라는 말부터 전해야겠다. 좀 멍한 상태로, 딱 나답게도 주소를 '르픽가' 대신에 '라발가'로 썼더라고.

그래서 그 편지에 썼던 내용을 마치 새 소식처럼 다시 전한다. 러셀의 친구 맥나이트가 지난 일요일에 다시 여기에 왔었어. 그래서 나도 그 친구 집에 가볼 생각이야. 어떤 작업을 하는지도 궁금하고. 그 친구 그림은 본 적이 없어.

다른 양키보다는 그나마 좀 낫겠지만, 그래도 양키는 양키잖아.

이 정도면 설명이 충분할까? 그 친구 유화나 데생을 직접 본 다음에 작품으로 인정할 수 있을 것 같아. 어쨌든 양키라는 사실에는 변함이 없어.

이 편지의 논점은 네가 떠났는지, 그렇다면 어떤 식으로 떠났는지 알고 싶어서야. 그리고 이후의 일들도. 아! 이후의 일들은 너도 알 수 없겠구나.

어쨌든 부소&발라동 어르신들은 화가들의 이야기를 귀담아듣지 않는 듯하더라.

어쩔 수 없이 나쁜 소식으로 느껴졌고, 생각하지 않으려고 해도 매일같이 자꾸 떠오른다.

왜냐하면 나도 이젠 네게 수입보다 지출을 더 많이 안겨주는 일을 계속할 엄두가 안 나거든.

부소&발라동 어르신들과의 이 모든 대화들이 일종의 신호 같다. 인상주의가 아직 충분히 받아들여지지 않은 것 같다는 신호.

나는 당장 유화를 중단하고 펜 데생들만 했다. 네가 받은 그 작은 크기의 그림 2개 말이야. 왜냐하면 네가 그 어르신들과 사이가 틀어지면, 내게 보내줄 비용도 줄어들 거라고 생각했기 때문이야. 내 그림이 아주 조심해야 하는 상태는 아니니, 불평 않고 그냥 내버려둘 생각이다.

나로서는 다행인 게, 내가 유화만 좋아하는 사람은 아니라는 거지.

정반대로, 예술적 작품을 유화보다 적은 비용으로도 만들어낼 수 있다고 믿기에, 펜 데생을 계속하고 있는 거야.

그런데 골치 아픈 문제가 좀 있어. 지금 이곳에 계속 머물면서는 해결할 수가 없어. 방을 하나, 아니, 가능하면 두 개쯤 구하는 게 좋겠다. 하나는 침실로, 하나는 화실로.

왜냐하면 여기 사람들은 어떻게든 핑계를 대서 내게 더 많은 돈을 받아내려고 해. 화가가 아닌 다른 사람들보다, 내가 그림 때문에 공간을 많이 차지한다나. 나로서도 큰소리를 칠 생각이야. 계속 드나드는 뜨내기 인부들보다, 장기 투숙객인 내가 더 많은 돈을 냈다고. 내 호주머니를 그렇게 쉽게 털어가게 놔둘 수는 없지.

하지만 화구며 그림이며 매번 이렇게 쌓아두고 지내는 일이 여간 힘든 게 아니다. 드나드는 것도 힘든 지경이야.

꼭 이사를 가야 하는 상황이라면, 넌 다른 곳으로 옮기겠냐, 아니면 차라리 이 길로 마르세유로 가는 게 낫다고 생각하냐? 여기서 과수원을 배경으로 꽃이 핀 나무를 연작으로 그린 것처럼 거기 가서도 바다 풍경화를 연작으로 그릴 수 있어. 게다가 옮겨갈 생각을 하면서 두툼한 셔츠 3벌에 튼튼한 신발도 2켤레 사두긴 했지.

마르세유에 가게 되면 인상주의 화가들의 그림을 전시할 기회를 더 적극적으로 찾아볼 수 있어. 단, 네가 그런 전시 기회가 생겼을 때 지원을 보장해줘야 해. 네게 직접 인상주의 화가들의 작품전을 부탁하는 게 더 쉬울 수도 있겠다.

가끔은 너도 그렇고 나도 그렇고 부소&발라동 화랑 어르신들한테 놀아나는 게 아닌가, 심히 걱정도 된다. 워낙 그 양반들이 우리를 힘들게 하니까. 난 그렇게 되도록 두지 않겠어.

너도 그 양반들에게 놀아나지 않도록 조심해라. 오늘은 이만 줄인다. 여행 중이라면 주소지를 알려줘. 네덜란드에는 언제 갈 참이냐? 내 주소는 같다만, 이사를 나가고 싶다. 지내기가 너무 불편해. 조만간 펜 데생 몇 점 보낼게. 벌써 4점이나 그렸어.

악수 청한다.

빈센트

월말에 힘들겠지만 어떻게든 버텨낼 거다. 다만 당장 거처를 옮겨야 할지, 그게 걱정이구나.

480프 ___ 1888년 5월 1일(화)

테오에게

편지와 50프랑, 고맙게 잘 받았다.

미래를 암울하게 보진 않는다만, 부침은 많겠지. 때로는 내가 감당해낼 수 있을까 싶기도 하다. 특히 건강이 좋지 않을 때 그래. 지난주 아주 혹독한 치통에 시달리느라 애꿎은 시간만 버렸어.

그래도 방금 펜으로 데생한 작은 그림들을 두루마리로 발송하고 왔다. 12점이야. 보다시피, 유화를 멈췄다고 작업까지 멈춘 건 아니다. 그 속에 노란 종이 위에 급하게 쓱쓱 그린 마을 입구 작은 공원 잔디밭 크로키가 있는데, 그 끝에 대충 이렇게 생긴 건물이 있거든.

그게, 오늘부터 그 건물 오른쪽 공간을 빌리기로 했어. 방이 넷이야. 정확히 말하면 2개의 방에 각각 작은 공간이 딸린 구조. 건물 외벽은 노란색이고 실내는 석회로 하얗게 칠해져 있어. 햇볕도 잘 드는데 월세는 15프랑이야.

일단 2층 방에 가구를 놓고 침실로 사용할까 한다. 여기를 남부 지방에서 활동하는 동안 화실 겸 창고로 활용할 생각이야. 이로써 내 주머니를 털어가며 나를 억누르던 여인숙 주인의 괜한 트집에서 해방되는 거야. 안 그래도 베르나르에게 편지가 왔는데 그 친구도 *집 전체*를 빌렸는데 거의 헐값이었대. 운도 좋지!

이 크로키보다 훨씬 나은 데생으로 이 집을 다시 그려 보내줄게. 그리고 이제부터는 감히 단언하는데, 베르나르와 다른 화가들에게 그림을 보내라고 할 거야. 모아두었다가 기회가 생기면 여기서 전시회를 열어야지. 마르세유에서는 분명히 기회가 생길 거야. 이번에는 운이 좋았

plume une douzaine je crois. Par où tu verras
que si j'avais cessé de peindre, j'ai pas cessé de
travailler. Tu y trouveras un croquis
hâtif sur papier jaune
une pelouse dans le square
qui se trouve à l'entrée
de la ville. et au fond
d'une batisse à peu
près comme ceci —
Eh bien — j'ai aujourd'hui
loué l'aile droite
de cette construction qui contient 4 pièces
ou plutôt deux avec deux cabinets
C'est peint en jaune dehors blanchi à la
chaux à l'intérieur — en plein soleil
je l'ai loué à raison de 15 francs par mois

던 것 같아. 무슨 말이냐면, 노란 외벽에 실내는 하얀색인데 볕까지 잘 드니, 드디어 실내에서도 그림을 환하게 볼 수 있겠다는 거야. 빨간 벽돌 바닥이고 밖으로 나가면 정원 딸린 작은 공원이 나오는데, 그걸 그린 데생 2점도 보내마. 완성도가 훨씬 높을 거라고 장담한다.

러셀이 편지했는데 기요맹의 그림 1점과 베르나르의 그림 두세 점을 샀다더라. 게다가 나와도 습작을 교환하고 싶다는데, 어찌나 기쁘던지!

이 끔찍한 건강 문제만 아니면 아무것도 거칠 게 없을 텐데. 그래도 파리 시절보다는 나아지고 있어. 내 위장이 이토록 약해진 건, 무엇보다 파리에서 싸구려 와인을 지나치게 마신 탓이겠지. 여기 와인도 형편없다만 그나마 거의 입에도 대지 않아. 그러니까 제대로 먹지도 마시지도 못해서 몸은 허약해졌지만, 오히려 피는 탁해지지 않고 더 맑아지고 있어. 그래서 다시 말하지만, 지금 내게 필요한 건 인내하며 견뎌내는 거야.

압소르방트 캔버스가 도착했길래 30호 캔버스에 새 그림을 그리기 시작했다. 전작들보다 나은 결과물이 나오면 좋겠다.

『행복을 찾아서』의 주인공 기억하지? 하루 동안 큰 원을 그리며 돌아다닌 지역의 땅을 모조리 사들인 남자. 내가 과수원을 그리면서 꼭 그 남자처럼 지냈어. 12점 중에 6점은 괜찮은데 나머지 6점은 그저 그래. 차라리 마지막에 그린 6점 대신 2점만 그릴 걸 하고 후회하고 있어. 아무튼 10점 정도는 조만간 보내마.

신발 두 켤레 사는데 26프랑을 썼고, 셔츠 세 벌을 사니 27프랑이 들었어. 그러니까 100프랑짜리 지폐로도 풍족하게 지낼 수는 없다는 말이야. 하지만 마르세유에 가서 일을 벌여볼 계획이라서 옷차림에 신경을 써야 했어. 정말 괜찮은 것들만 골라서 산 거야. 마찬가지로 내 작업도, 그럴듯하게 못 그릴 바엔 차라리 하나라도 덜 그리는 편이 나아.

만에 하나 네가 그 영감님들 곁을 떠나야 할 상황이 발생해도, 나는 사업의 가능성을 추호도 의심하지 않아. 다만, 불시에 일격을 당하는 일만큼은 피해야겠지. 그 상황을 조금이라도 뒤로 미룰 수 있으면 더 좋고. 나로서도 몇 달 준비해서 마르세유에 가는 게, 쫓기듯 급하게 하는 것보다 더 자신 있게 진행할 수 있을 테니까.

맥나이트는 다시 만나봤는데, 여전히 눈에 띄는 그림은 하나도 없었어.

물감이며 붓이며, 아직은 이것저것 남았다. 그래도 낭비해선 안 돼. 네가 영감들과 결별하면, 나는, 예를 들어 매달 생활비를 150프랑 아래로 아껴써야겠지. 지금 당장은 어렵다만 두 달쯤 후에는 그럴 수 있을 거야. 그때쯤 벌이가 나아지면 금상첨화겠지. 그렇게 되기를 바라고 있고.

진하게 끓인 수프만 먹어도 당장 몸이 나아질 것 같은데, 참 끔찍하지, 지금 사는 곳에선 그렇게 간단한 음식조차 *전혀* 먹을 수가 없다. 이 근방의 작은 식당들도 다 마찬가지고.

아니, 감자 좀 삶는 거 별로 어려운 일 아니잖아?

안 된다는 거야!

그렇다면 쌀이나 마카로니는? 다 떨어졌다, 기름 범벅이라 못 먹는다, 오늘은 그 요리 안 하는데 내일은 된다, 화덕이 모자란다……. 어처구니가 없지. 이게 내 건강이 형편없는 이유야.

그런데도 어떤 결단을 내리기가 너무 힘들었던 건, 헤이그에서도 뉘넌에서도 화실을 차려서 잘 꾸려보려 했지만 결과가 좋지 않았기 때문이야. 하지만 그때와는 많은 게 달라졌고 나도 입지를 어느 정도는 다진 셈이니, 해볼 거야. 이 고약한 그림 그리기에 이미 많은 돈을 쏟아부었으니, 반드시 그림으로 다시 그 돈을 거둬들여야 해.

인상주의 화가들의 작품 가치가 올라간다고 감히 믿는다면(난 확신한다만), 그들의 그림을 더 많이 모으고, 그림값을 계속 올려야지. 그렇기 때문에 더더욱 차분한 자세로 작품의 질에 신경을 쓰고 시간을 낭비하지 말아야 해. 몇 년만 지나면 그간 쏟아부었던 돈이 다시 우리 수중에 돌아올 것도 같다. 현금이 아니면 그림의 값어치로라도 말이야.

너만 괜찮으면 빌리거나 사서, 침실에 가구를 좀 들여놓을까 해. 오늘이나 내일 아침에 알아보러 갈 거야. 이곳의 자연은 정말이지 채색하기 너무 좋은 조건을 갖췄어. 그러니 이곳을 떠날 가능성은 크지 않을 것 같구나.

라파엘리가 에드몽 드 공쿠르의 초상화를 그렸지? 얼마나 근사할까. 「릴뤼스트라시옹」에서 소개한 전시회 관련 내용을 봤어. 쥘 브르통 그림도 좋지?

5월 1일에 맞춰 네게 보낸 그림이 곧 도착하겠구나. 필요하다면 새로 구한 화실을 다른 이와 공유할 수 있어. 그러고 싶기도 하고. 고갱이 남쪽으로 내려오면 어떨까? 맥나이트와 같이 생활할 수도 있고. 그러면 집에서 요리도 할 수 있겠지.

어쨌든 화실이 개방된 공간이니 여자들을 불러들이기에 적절치 않고, 그러니 여자들 꽁무니를 쫓아다니다 동거할 일도 없을 거야. 뭐, 이곳의 미풍양속이 파리만큼 비인간적이거나 부자연스럽진 않다. 하지만 나는 기질적으로 향락과 그림을 동시에 할 수 없는 사람이고, 지금은 그림에 만족해야 할 때지. 진짜로 살아가는 모습은 전혀 아니지만, 어쩌겠어? 게다가 이런 예술가의 삶이, 비록 *진짜 삶*은 아닐지라도, 내게는 생생한 삶이고, 여기에 만족하지 못한다면 배은망덕한 거야.

흰 벽의 화실을 얻은 만큼 큰 걱정 하나가 줄었어. 수많은 아파트를 보러 다녔는데 허탕만 쳤거든. 화장실이 집주인 소유의 큰 옆 건물에 딸려 있다니 너무 이상하잖아. 하지만 이 남쪽 마을에서는 이런 일로 불평해선 안 돼. 그런 시설들마저 좀처럼 찾아보기 힘들 뿐더러, 간혹 있어도 너무 더러워서 병균의 온상이라는 생각이 절로 들거든. 이 집에는 수도 시설도 되어 있어.

벽에는 일본 판화를 걸어야지.

혹시 너희 집에 보관하기 불편한 그림들이 있다면 이곳을 보관창고로 써도 좋다. 아마 그럴 필요도 있을 듯한 게, 형편없는 그림을 너희 집에 두면 안 되잖아.

베르나르가 편지와 함께 크로키를 보냈어.

어머니와 빌레미나가 잘 지내는 걸 네가 보고 왔다니, 가장 기쁜 소식이구나.

휴가 때 네덜란드로 돌아갈 거냐? 혹시 네덜란드에 가서 테르스테이흐 씨도 만나고, 인상주의 화가들 업무와 관련해서 마르세유에도 갈 수 있으면, 도중에 브레다에 들를 수 있지 않을까? 쇠라는 다시 만났어?

악수 청하면서, 오늘 이곳의 날씨처럼 네게 화창한 한 해가 되기를 기원한다.

코닝에게도 안부 전한다.

너를 사랑하는 형, 빈센트

다음 편지에 100프랑을 보내줄 수 있으면, 당장 이번 주부터 화실에서 지내려 한다. 가구상이 제시하는 조건을 들으면 편지로 전하마.

481프 ___ 1888년 5월 4일(금)

테오에게

어제 침대 등 가구를 빌려보려고 몇몇 가구상을 찾아갔는데, 불행히도 가구는 *임대*하지도 않고, 또 금액을 다달이 나눠 내는 조건도 거절하더군. 영 난처한 상황이야.

막 생각났는데, 코닝이 살롱전을 구경한 다음에 자기 나라로 돌아갈 거라면, 그게 애초에 그 친구 계획이었으니까, 그러면 지금 코닝이 쓰는 침대를 나중에 내게 보내주면 어떨까 싶다. 화실에서 기거하면 1년에 300프랑을 아낄 수 있는데, 안 그러면 그 돈을 고스란히 호텔에 내야 해. 내가 여기 언제까지 머물지 확답은 못 하겠다만, 제법 오래 머물러야 할 이유가 많다.

어제 퐁비에유에 있는 맥나이트의 집에 다녀왔어. 파스텔로 그린 분홍색 나무와 막 시작한 수채화 2점이 있더라. 그런데 내가 갔을 때 목탄으로 웬 노부인의 얼굴을 그리고 있었어. 색채에 관한 새 이론 때문에 고전하고 있더라. 새 이론에는 숙달되지 못했고 기존의 방식은 따를 수가 없으니, 아직 새롭게 구성한 팔레트를 제대로 다루지 못해 죽을 맛이었겠지. 그림 보여주기를 껄끄러워할 정도여서, 오죽하면 내가 일부러 찾아가 *그림을 꼭 봐야겠다* 말했겠어.

이 친구와 당분간 함께 지내도 괜찮겠더라고. 우리 둘 모두에게 이득일 것 같아.

여기서 지내면서 르누아르의 순수하고 선명한 데생을 곧잘 떠올린다. 여기서 보는 사물이나 인물이나 딱 그렇거든. 아주 선명해.

요즘은 바람하고 미스트랄이 기승을 부리고 있어. 나흘 중 사흘은 내리 바람이 부니까, 해는 언제나 떠 있지만 야외 작업이 너무 힘들다.

여기서는 그럴듯한 초상화를 그릴 수 있을 것 같다. 이곳 사람들은 그림에 관해서는 전반적으로 문외한인데 얼굴이나 생활상은 북구 사람들보다 *훨씬 더 예술적*이야. 고야나 벨라스케스의 그림 속 주인공들만큼 아름다운 사람들도 봤어. 이들은 검은 정장에 분홍색을 매치시킬 줄 알아. 게다가 흰색과 노란색과 분홍색, 혹은 초록색과 분홍색, 아니면 *파란색과 노란색*이 같이 들어간 옷을 입는데, 예술적 관점에서 흠잡을 게 하나도 없어. 쇠라가 여기 오면 분명, 비록 복장은 현대식이지만, 그림의 소재로 잘 어울리는 남성들 얼굴들을 발견할 거야.

장담하는데, 여기 사람들은 곧 초상화에 큰 관심을 갖고 뛰어들 거다.

그런데 나는 본격적으로 그 판에 뛰어들기에 앞서, 쉽게 흥분하는 내 신경부터 먼저 차분하게 다스린 다음, 제대로 자리를 잡고 이곳 화실에 다른 화가들을 불러 모았으면 한다. 대략적인 내 계획을 말하자면, 계산해 보니 건강을 회복하고 이 지역에 완벽히 적응하는 데 한 1년쯤 걸리고 완전히 자리 잡는데 1,000프랑쯤 필요하겠어. 첫 해에(올해겠지) 매달 생활비로 100프랑, 공동 화실에 100프랑이 들어가니, 보다시피 그림에는 한 푼도 못 써.

하지만 1년이 끝나갈 무렵에는, 공동 화실도 자리잡고 내 건강도 개선될 거라고 본다. 그렇게 되기까지 내 직업은 매일 데생을 그리고 매달 유화 두세 점씩 그리는 일이지.

이번 화실에서는 시트며 옷, 신발 등을 다 새것으로 바꿔야지.

연말이면 난 완전히 다른 사람이 되어 있을 거다. 내 집을 가지고, 안정과 건강을 되찾고. 여기서, 내 시대가 오기 전에 지쳐서 쓰러지고 싶지는 않거든.

(너희 집에서 공간만 차지하고 있는 그림들은 차차 여기로 보내라. 화실에 보관해둘게. 당장은 못하고, 조만간 그렇게 될 거야. 네게 보내기 좀 부족한 습작들을 여기 보관하고 있거든).

몽티셀리는 나보다 신체적으로 건강했던 모양이야. 몸만 받쳐줬어도 하루하루 몽티셀리처럼 살았을 텐데. 하지만 몽티셀리도 마비 증상을 겪었는데, 그보다 술이 약한 나는 아마 당연히 버티지 못했겠지.

파리를 떠날 때만 해도 확실히 나는 알콜 중독을 향해 가고 있었어. 나중에 단단히 고생했지! 술도 끊고, 담배도 확 줄이고, 사색을 회피하지 않고 골똘히 숙고하기 시작했더니, 세상에, 얼마나 우울하고 낙담이 되던지! 그나마 이 환상적인 자연 속에서 작업하면서 기운을 좀 내긴 했지만, 그렇게 얼마쯤 애를 쓰다 보면 또 힘이 쭉 빠지더라. 그래서 일전에 네게, 구필 화랑을 떠나면 속은 후련하겠지만 재기는 매우 고통스러울 거라고 편지했던 거야. 하지만 병세는 느끼지 않겠지.

가엾은 아우야, 이 신경쇠약 같은 강박증은 예술가적인 우리 삶의 방식 때문이면서, 숙명적인 유전 탓이기도 하다. 왜냐하면 문명사회에서는 인간이 세대를 거듭할수록 약해지기 때문이야. 빌레미나를 봐라. 그 아이는 술도 안 마시고 방탕하게 살지도 않지만. 사진에서 보면 정신나간 사람의 눈빛이잖아? 이건 즉, 우리가 우리 기질의 실체를 직시하려면 이미 오래전부터 신경쇠약에 시달려온 사람들의 대열에 서야 한다는 뜻 아니겠냐?

이 부분에서 그뤼비 박사의 진단은 옳았어. 잘 먹고, 잘 지내고, 여자들은 좀 멀리하라는 말. 요약하면 실질적으로 앓고 있는 신경쇠약은 말할 것도 없고, 뇌나 골수에 심각한 질환이 있다고 여기면서 살라는 거지. 황소를 뿔로 붙잡는 식의 정면승부도 나쁘지는 않아. 드가도 이런 식으로 문제를 해결했어. 그런데 말이다, 나처럼, 너도 힘겹지 않냐? 리베 박사나 팡글로스같이 진정 쾌활한 골족의 후예답게 타고난 낙관주의자들의 현명한 조언에 귀 기울인들 크게 도움되는 것도 없잖아? 결국은 자존심 문제라는 말에 불과하니 말이야.

하지만 제대로 일하며 살고 싶다면 매사에 신중하고 스스로를 잘 돌봐야 해. 신선한 물과 공기, 소박하고 좋은 음식, 든든한 의복, 숙면 그리고 근심 걱정 없는 생활. 또한 이성도 멀리하고, 하고 싶은 대로 다 하는 게 아니라 자제하는 삶을 살아야지.

화실에서 먹고 자는 생활을 *원하는 건 아니지만*, 만약 그렇게 된다면 장기적으로 봤을 때 나를 좀 더 굳건히 할 수 있을지 가능성을 따져본 다음일 거야.

이제는 더 이상 호텔 방을 얻을 필요가 없지. 화실을 얻었으니까. 그들에겐 하루 3프랑을 받아들이라고 말할 거야. 전혀 급할 게 없으니까. 그런데, 너만 괜찮다면 다음 편지에 100프랑만 보내다오. 속옷을 사야 하고, 셔츠와 신발도 장만해야 해서 그래. 입던 옷들도 죄다 세탁하고 수선해서, 한참은 더 입을 거야. 다만 마르세유에도 가고, 여기서도 사람들을 만나려면 새로 장만하는 일이 시급하다. 이런 사항들만 잘 주의하면 앞으로는 더 오래 버티면서 순차적으로 작품을 내놓을 수 있을 거야.

캔버스 10개쯤 넣어 보낼 상자를 찾는 중이야. 며칠 내로 보내마.

너와 코닝에게 악수 청한다. 코닝에게 엽서를 받았는데, 앵데팡당전에 출품했던 그림을 찾아가라는 연락이 왔다더라. 본인이 찾아오면 될 일이지, 나더러 어쩌라는 건지.

너를 사랑하는 형, 빈센트

482프 ____ 1888년 5월 5일(토)

테오에게

몇 마디 전할 말이 있어 다시 펜을 들었다. 곰곰이 생각해보니 그냥 깔개 하나에 매트리스 하나를 구해서 화실 바닥에 놓고 잠자리로 쓰는 게 가장 나은 방법 같다. 여름 내내 무척 더울 테니, 그거면 충분할 거야.

침대는 겨울에 다시 필요할지 아닐지 고민해보자. 너희 집 침대는 아무래도 다른 화가를 들여서 쓰게 하는 게 낫겠어. 너도 말벗이 있으면 좋을 테니까. 코닝이 떠나도 그 자리를 대신할 다른 화가가 있을 거야. 어쨌는 침대는 그대로 너희 집에 두는 게 어떨까?

거주할 집이라면 해안 근처인 마르티그나 다른 곳에서도 구할 수 있어. 하지만 화실로는 바로 맞은편에 공원이 있는 이곳이 정말 매력적이다. 그런데 보수 공사나 가구 구입은 일단 보류하는 게 현명하겠어. 행여 여름에 콜레라라도 돌면, 시골로 피난 가야 할 수도 있으니 말이야. 이 동네 오래된 골목길은 얼마나 더러운지 모른다!

소문이 자자한 아를의 여인들에 대해 얘기해줄까? 확실히 매력적이야. 하지만 예전만은 못하지. 그러니까 만테냐보다 미냐르Pierre Mignard의 화풍에 가깝다는 거야. 쇠퇴기에 접어든 여인들 말이야. 그래도 아름다워, 상당히 아름답지. 내가 말하는 건 딱 로마스러운, 다소 시시하고 평범한 유형들에 국한된 거야.

그래도 예외들도 있지! 프라고나르의 여인들, 르누아르의 여인들도 보여. 또 어떤 화풍의 그림으로도 그려진 적 없는 여인들도! 여기서 할 수 있는 최선은, 여러모로 아무리 살펴봐도, 여인과 아이들의 초상화 그리기 같아. 그런데 내가 적임자는 아닌 듯하다. 난 여인들을 상대하는 벨아미*에 어울리지 않는 사람이거든.

* 모파상이 쓴 동명의 소설 속 주인공, 조르주 뒤루아의 별명

그래도 남부의 벨아미 같은 이가 나타나 주면 정말 기쁠 것 같다. 몽티셀리는 어울리지 않았지만 나름 준비를 했었고, 나는 그런 바람은 있지만 어울리지 않다는 걸 너무나 잘 알거든. 그러니 미술계의 모파상 같은 이가 등장해 이곳의 아름다운 사람들과 풍경들을 표현해준다면 심히 만족스러울 것 같다. 나는 계속해서 이런저런 그림을 그려서 남기겠지. 그런데 풍경화 하면 클로드 모네이듯, 과연 인물화 하면 떠오를 화가는 누가 될까? 혹시 너도 로댕을 떠올렸니? 그런데 그는 색을 칠하지 않으니까 안 돼. 미래의 화가는 *이전에 없었던 색채를 쓰는 화가*일 거야. 마네는 그러려고 노력했지만, 너도 잘 알다시피 인상주의 화가들이 이미 훨씬 강렬한 색을 구사했지. 싸구려 식당 겸 호텔에 거주하고 입에는 의치를 여럿 해넣고 그림을 그리면서, 가끔은 알제리 보병들이 드나드는 매음굴을 찾는 나 같은 사람이 미래의 화가라고 쉽게 상상할 수는 없을 것 같다.

하지만 다음 세대에는 이런 사람이 나올 것이니, 우리는 의심하거나 불평하지 않고 현재의 조건에서 이 방향으로 최선을 다해야 한다. 난 내 생각이 옳다고 본다.

러셀이 기요맹을 찾아가 만나고 싶어 하는데 그림도 살 모양이라고 꼭 좀 전해다오. 러셀에게는 내가 오늘 편지를 쓰마. 어제 맥나이트와 덴마크 화가 친구에게 들었는데, 마르세유에 갔더니 미술상들의 진열장에 괜찮은 그림들이 전혀 없더래. 도대체 거기서는 일하는 사람이 아무도 없나 싶을 정도라더구나.

내가 직접 가서 확인하고 싶지만, 지금은 흥분하고 싶지 않으니, 가더라도 마음이 좀 차분해진 다음에나 가볼 생각이야.

안 그래도 내가 잘못 보낸 편지에 봉어르 이야기를 했었어. 그 친구가 그토록 세게 말하는 건 아마 리브르 극장에서 러시아 이야기가 인기를 끌어서가 아닐까. 하지만 그런 이유로 프랑스를 깎아내리는 건 옳지 못하지. 졸라의 『여인들의 행복 백화점Au bonheur des dames』을 막 다 읽었는데 읽을수록 더 흥미진진하더라.

자, 리드가 돌아왔다더라. 전에 러셀에게, 자네에게 리드를 소개한 게 나였으니 리드와 무슨 문제가 있었는지 설명하겠다고 했어. 리드는 야망이 있는 친구인데, 우리처럼 늘 돈 문제에 시달리다 보니 돈 버는 일이라면 물불을 가리지 않았다고. 그런데 그게 고의적인 게 아니라(그러니 그 친구 책임도 아니고 용서받을 만하고) 극도의 신경과민 탓일 거라고 설명했어.

그런데 리드는 남다른 예술가적 기질보다는 천박한 장사치 기질이 더 많다고도 말했다. 리드에게 유리한 얘기가 아닌데, 너무 많이 털어놓은 건가? 하지만 지금 더 나아진 것도 아니고, 오히려 더 나빠졌잖아.

러셀의 친구인 맥나이트는 사람이 좀 쌀쌀맞고 그닥 호감이 가지 않는 부류야. 나한테 반감을 갖는 사람이 둘이나 생겨서 유감이다만 어쩌겠냐. 그래도 맥나이트에 대해서는, 리드만큼이나 별로라고 생각하지만 아무 말도 안 했어. 그자는 자기 그림 스타일만 찾으면 잘될 거야.

영 가망이 없지는 않지. 아직 스물일곱밖에 안 됐잖아.

너만 괜찮으면 화실 꾸미는 일은 서두르지 않을 생각이다. 당분간은 충분히 괜찮은 상태니 말이야. 위에서 설명한 대로 바닥에서 자면 돈도 안 들어. 호텔비 30프랑 대신 월세만 15프랑 내는 셈이니까 훨씬 이득이고.

너와 코닝에게 악수 청한다. 데생을 하나 더 그렸다.

너를 사랑하는 형, 빈센트

시장에서 내 그림들을 담을 만한 상자들을 여럿 봤어. 다시 가서 크기를 재볼 계획이다.

브뤼셀 미술관의 〈식사 기도〉와 소재가 같다는 그림이 드 그루의 작품이었나? 네가 더 브라켈레이르에 관해서 한 말은 사실이더라. 그 양반이 뇌 질환을 앓아서 몸을 거의 못 가눈다던데, 그 소식은 들었나 모르겠구나. 일시적인 증상 아닐까? 네가 또 누군가의 이름을 말했었는데 기억이 안 난다.

483프 ___ 1888년 5월 7일(월)

테오에게

방금 100프랑이 든 편지를 받았어. 정말 고맙다. 이전에 50프랑을 동봉한 편지도(역시 브뤼셀에서 보냈더구나). 무사히 잘 받았다고 알려주려고 쓰는 편지야. 그런데 파리로 편지를 2통 이상 보냈고 데생 두루마리도 하나 도착했을 텐데, 아마 네 짐작대로 코닝이 네게 발송하지 않은 모양이다. 그 친구, 앵데팡당전에서 연락을 받았다고 엽서를 보냈더라고. 4월 5~6일 사이에 그림을 가져가지 않으면 가구 창고 같은 곳에 보관된다고 했대. 5월을 잘못 쓴 거라면 그냥 가서 찾아오면 될 일인데. 착실한 젊은 친구가 네가 없다고 오락가락하는 모양이다.

드가의 그림을 팔았다니 반가운 소식이다. 구매자에게 쓴 편지도 아주 잘 썼어. 뫼니에나(그림을 여러 점 봤는데 괜찮더라) 더 브라켈레이르도. 20인전(展)을 대표해서 왔다는 사람 있잖아, 로스 리오스 데 구아달키비르인지 뭔지 하는 이름을 가진 그자가 더 브라켈레이르가 뇌 질환으로 몸도 제대로 못 가눈다고 말해서 그를 망연자실하게 했다더라고. 이게 사실이 아니기를 바란다. 너도 혹시 그런 소식을 들었어?

파리로 보낸 문제의 편지에 적었다만, 내가 화실을 빌렸다. 방 4개짜리 집 전체야(연세가 180프랑). 이제부터 거기서 지낼 거라서, 오늘 깔개와 매트리스와 이불을 사려고.

그런데 호텔비 미납이 40프랑 있어서, 남는 돈이 거의 없을 것 같아. 하지만 이제 돈은 돈대로 내면서 제대로 대접받지 못하는 숙소에서 영영 벗어나는 거야. 내 집이 생기는 거니까.

자세한 내용은 이전 편지에 썼어. 여기는 정말이지 미스트랄이 기승을 부리는데, 그래도 작게나마 데생 12점을 그려서 보냈다.

지금은 날씨가 화창해. 그래서 커다란 데생 2점에 작게 5점 또 그렸어.

그림 보낼 상자를 찾았으니, 내일은 발송하마. 작은 데생 5점은 오늘 브뤼셀로 보낸다.

클로드 모네의 근사한 작품들을 봤다면, 내 그림들이 상대적으로 초라해 보일 거야. 나 역시 지금의 나 자신이, 내 그림이 못마땅하다. 하지만 갈수록 나아질 가능성이 엿보여.

그리고 머지않아 다른 예술가들이 이 아름다운 지방에 모여들어 같이 활동하면 좋겠어. 일본 사람들이 자기 나라에서 했던 것처럼 이곳을 그렇게 만들고 싶다는 거야. 그렇게 함께 작업하는 게 나쁜 생각 같지 않아.

네가 말한 그곳은 예전에 라파르트와 자주 산책했던 곳이야. 스하르베이크Schaarbeek라고 부르는 국민의회 기념탑 너머로 가는 변두리와 시골을 말하는 거지? 요사팟의 계곡이던가 하는, 포플러나무들이 늘어서 있던 곳도 떠오른다. 풍경화가 이폴리트 불렝제르가 근사하게 그렸지. 대로변에서 식물원 위로 저무는 석양을 바라봤던 것도 기억난다.

상자에 코닝에게 주는 갈대 펜도 넣었다.

그리고 이게 이제 내 주소야. '라마르틴 광장 2번지.'

네가 돌아올 무렵이면 파리도 완연한 봄이 되어 있겠지. 틀림없이. 맙소사, 그래도 전혀 이른 게 아니지.

호텔에서 지내다 보니 작업 진척도가 형편없다. 앞으로 1년여가 지나면 내 가구가 생기겠지. 내 소유의 가구. 남부에 고작 몇 달 머물고 말 거라면 아무 의미 없겠지만 장기 체류라면 사정이 달라지잖아. 그리고 나는 이곳의 자연을 영원히 좋아할 게 틀림없다. 일본 그림들처럼 말이야. 한번 좋아하면 생각을 바꾸지 않지.

악수 청한다.

너를 사랑하는 형, 빈센트

484프 ___ 1888년 5월 7일(월)

테오에게

오늘 두 번째로 편지를 쓴다. 호텔에 정산을 하려다가 이번에도 이 인간들에게 뒤통수를 얻어맞았다는 걸 깨달았거든.

타협을 보려 했는데 거부하더라. 그래서 내 물건을 챙기려니까 그것도 가로막아.

거기까지는 좋다 이거야. 그런데 내가 치안판사 앞에 가서 시시비비를 가려보자고 했지. 판사가 내 잘못을 지적할 수도 있다면서. 다만, 내 잘못이라는 판결이 나오면 내가 줘야 할 돈이 40프랑이 아니라 67.4프랑이기 때문에 최대한 현금을 들고 있어야 해. 그러면 매트리스를 살 수가 없고, 결국 다른 호텔에서 묵어야 한다. 그래서 부탁하는데, 매트리스는 살 수 있게 해주면 좋겠구나.

여기서 지내면서 가끔 서글픈 건, 내가 계산한 것보다 비용이 더 나온다는 거야. 이러면 브르타뉴로 간 베르나르나 고갱과 비슷한 수준으로 생활비를 도저히 맞출 수가 없어. 이제는 건강이 많이 나아져서 패배감에 사로잡히지는 않지만, 진작에 건강을 회복했더라면 이런 일들을 굳이 안 겪었을 텐데. 하루 종일 이 문제로 실랑이하느라, 그림 상자도 발송하지 못했다.

넌 아직 내 그림을 하나도 받아보지 못했을 텐데, 난 이미 적잖은 돈을 써버렸어. 이번에는 내가 작업한 습작을 전부 보내마. 망친 건 빼고. 모든 습작에 서명하지는 않았는데, 틀에서 떼어낸 것이 12점, 그대로 붙어 있는 건 14점이야.

흰색, 빨간색, 초록색으로 그려진 초가집과 그 옆의 사이프러스를 그린 작은 풍경화가 있어. 데생으로는 이미 보냈는데, 처음부터 끝까지 집에서 칠했다. 이 작품이 네가 보기에 괜찮다면, 내 데생들을 일본 판화처럼 작은 그림으로 그릴 수 있다는 뜻이야. 어쨌든 네가 그림을 본 다음에 다시 이야기하자.

당분간은 어쩔 수 없이 화실에서 불편을 감수하고 지내야겠지만, 조만간 편하게 작업하게 될 거야.

일단 첫 습작들을 다 보냈으니 이제 새로운 연작을 시작할 거다.

파리에 있는 편지에 이미 다 설명했다.

제대로 준비될 때까지는 여기 호텔에 머물려고 했는데, 뭐, 이젠 아무래도 상관 없게 됐지.

어떻게든 그림들은 꼭 오늘 부치마.

곧 답장해 주면 좋겠다.

너를 사랑하는 형, 빈센트

485프 ____ 1888년 5월 10일(목)

테오에게

일간 청구서 비용을 다 치렀다. 그런데 영수증에, 일단 그건 내 소지품을 돌려받는 비용이고 과다 청구금액은 치안판사에게 제출된다고 적혀 있더라.

그러니 거의 빈털터리가 됐다. 집에서 먹을 커피와 수프 재료를 좀 사고 의자 2개와 탁자를 샀더니 달랑 15프랑 남았어. 그래서 부탁하는데, 파리에 오기 전이라도 어떻게든 돈을 좀 보내주면 좋겠다.

상당히 난처한 게, 이 일로 작업에 지장이 크거든. 더없이 좋은 날씨가 이어지고 있는데.

이 화실을 더 일찍 찾지 못한 게 아쉬울 따름이다. 이 인간들에게 바가지만 안 썼어도 진작에 가구까지 들여놓았을 텐데.

언제 닥칠지 모를 불행에게 치러야 할 대가를 미리 치른 셈이라고 여겨야지. 그래도 큰일을 앞두고 막바지에 겪느니 초반에 겪고 지나가는 게 더 낫잖아.

조만간 이젤 위에 새 캔버스 여럿을 올리고 작업에 들어갈 거라는 자신감이 들어.

보낼 그림들을 상자에 차곡차곡 넣었으니 오늘 보낼 거야.

열심히 일해서 얻은 대가가 내가 싫어하는 사람들의 손으로 넘어가면 참 힘이 빠지잖아. 그런 일만큼은 없게 해보자. 난 여기서 탄탄한 화실을 열 거야. 다른 화가도 초대하고.

외지인들은 여기서 쉽게 사기를 당해. 그런데 여기 사람들은 자신들의 행동이 잘못이라고 생각하지 않아. 최대한 얻어내는 걸 자신들의 의무로 보거든. 맥나이트처럼 아예 오지로 들어가면 큰 비용은 안 들지만, 너무 따분한 곳이라서 *여태* 제대로 된 작품 하나 못 그리고 있다. 그러니 작업을 활발히 하는 데 불가피하게 드는 비용이라면, 치르는 게 낫지.

내가 보내는 것들에서 괜찮은 건 네가 따로 챙기면서, 내가 네게 갚아야 할 비용에서 공제해주면 좋겠구나. 나로서는 그렇게 1만 프랑어치가 모아지면 마음이 한결 편해질 것 같다.

지난 수년간 쓴 돈이라도 고스란히 회수해야 해. 그 정도 가치는 인정받아야지.

거기까지는 아직 갈 길이 멀다.

하지만 이곳의 자연은 좋은 그림을 그리기에 필요한 모든 걸 다 품고 있어. 그러니 제대로 된 작품을 못 그려낸다면, 전적으로 내 탓이다. 예전에 마우베 형님 말이, 한 해에만 수채화로 6,000프랑을 벌어들였다더라. 그래, 비록 지금은 걱정이 많지만 나중에 그런 *행운*으로 이어질 것 같다.

이번에 보낸 그림에 거친 캔버스에 그린 분홍색 과수원 나무 그림, 가로로 긴 흰 과수원 나무 그림, 다리 그림이 있어. 이것들을 잘 가지고 있으면 나중에 분명히 가격이 오를 텐데, 이 정도 수준의 그림을 50여 점쯤 가지고 있으면 과거에 그토록 내게 야박했던 기회를 충분히 보상받을 수도 있을 거야. 그러니 이 3점은 꼭 너희 집에 따로 보관하고 되도록 팔지 말아라. 나중에 각각 500프랑의 값어치는 할 테니까.

이런 작품을 50여 점 따로 가지고 있으면 그나마 마음 편히 작업할 수 있을 거야.

어쨌든 곧 편지해라.

너를 사랑하는 형, 빈센트

486프 ____ 1888년 5월 10일(목)

테오에게

브뤼셀에 있는 네게 다시 편지하는 건, 적어도 파리로 돌아온 직후에는 돈을 좀 보내줬으면 해서야. 소지품을 돌려받기 위해서 잠정 합의한 청구서 비용을 다 치러야 했고, 동시에 과다 청구된 비용은 치안판사가 확인해야 한다는 영수증을 받았다.

이길 수 있을지 자신은 없다. 27프랑은 *절대적으로* 공제받을 권한이 있지만, 내가 입은 손해를 보상받을 방법은 없어. 처음에는 한동안 작업에만 몰두하며 지냈고, 그다음에는 너무 지치고 병까지 들어서, 혼자 있는 시간이 힘들길래 그냥 되는대로 지냈거든. 그런데 어제 청구서는, 내가 아파서 더 좋은 와인을 주문하던 시기의 비용을 기준으로 작성된 거야. 어쨌든 결과적으로는 잘된 거야. 덕분에 내가 이런 결심까지 하게 됐으니까. 나는 물러터진 외국인이나 놀러 온 관광객이 아니라 일꾼처럼 지낸다. 그러다 보니 이렇게 속수무책으로 이용당하고 말았어. 그래서 앞으로 여기 올 동료들이나 이곳에 사는 화가들에게 도움이 되는 화실을 꾸릴 생각이야.

우선 내가 보낸 상자에 마우베 형수님과 테르스테이흐 씨에게 보내는 그림이 들었어. 만에 하나, 그림을 주기 전에, 테르스테이흐 씨가 내 그림을 별로 반기지 않거든, 그냥 네가 보관하면서 그 양반 이름은 지워라. 다른 동료와 교환하면 될 테니까.

2개씩 그린 습작의 경우, 다리 그림은 테르스테이흐 씨에게 가는 게 더 낫고, 마우베 형수님에게 보내는 습작은 다시 그린 것보다 더 간결한 느낌이야.

시간이 갈수록 이렇게 반복적으로 작업하는 솜씨도 늘 것 같아. 정말 열심히 그리거든.

그다음에는 과수원 나무들을 연작으로 그렸어. 이미 펜 데생으로 네게 보낸 흰 나무 과수원과 압소르방트 캔버스에 그린 가장 큰 분홍색과 초록색 나무 과수원이 가장 훌륭해.

틀 없이 보낸 커다란 습작과 틀에 끼워 보내는데 점선을 많이 찍은 다른 습작은 아직 미완성이라 조금 아쉽기는 해. 왜냐하면 전체 구도가 사이프러스로 둘러싸인 이곳의 커다란 과수원을 그대로 재현하는 거였거든. 어쨌든 내 생각은 이미 네게 적어 보냈고 그림도 곧 받아볼 거야. 아마 오늘밤에는 떠날 거다. 악수 청한다.

너를 사랑하는 형, 빈센트

파란 하늘 아래 노란 다리 그림 2개는 로열블루라고 하는 진한 파란색 액자에, 흰 과수원 나무는 차가운 흰색 액자에, 커다란 분홍색 나무는 따뜻한 크림색 액자에 넣어라.

487프 ____ 1888년 5월 12일(토)

테오에게

몇 줄 더 적는다. 『타르타랭』에서 발음이 좋지 않은 아랍계 유대인이 '지안판사님'이라고 부르는 양반을 만나고 와서 말이야. 그래도 12프랑은 돌려받은 셈이 됐고 호텔 주인은 내 짐 가방을 강제로 돌려주지 않았다고 단단히 한 소리를 들었지. 내가 숙박비를 내지 않겠다고 한 것

J'ai trouvé un restaurant mieux
où je mange pour 1 franc.
La santé va mieux ces jours ci
maintenant j'ai deux nouvelles
études comme ceci:

bleu
vert
vert
jaune

Tu en as un
dessin déjà d'une
ferme au bord de la
grande route dans
les blés

Bleu
Vert gris
violet

Une prairie pleine de boutons d'or
très jaune un fossé avec des ~~fond~~
plantes d'Iris aux feuilles vertes à fleurs
violettes dans le ~~fossé~~ fond la ville
quelques saules gris — une bande de
ciel bleu.

도 아닌데 그런 식으로 소지품을 압류할 권한은 없는 거라고 말이야. 만약 호텔 주인이 옳다는 판결이 나왔으면 자동적으로 내가 틀렸다는 소리니까, 아마 내가 숙박비를 낼 능력이 없다느니 안 낼 심보여서 압류밖에 방법이 없었다느니 동네방네 떠들고 다녔을 거야. 그자와 같이 밖으로 나왔는데 오는 길에 나한테 화를 내기는 했지만 험한 말을 하지는 않더라.

그가 이런 걸 원한 건가 싶기도 해. 내가 자기네 숙소를 지긋지긋해하는데 붙잡을 구실은 없으니, 내 명예라도 더럽히는 거 말이야. 좋다고. 나도 기왕에 비용을 깎을 거라면, 차라리 손해배상이라도 더 크게 요구할 걸. 만만한 사람에게 어리숙하게 이용당했으면 아마 여태 쩔쩔매고 있었겠지. 1프랑에 식사할 수 있는 더 나은 식당도 찾았어.

요즘은 건강도 훨씬 좋다.

습작을 2점 그렸는데 이런 그림이야. 너한테 벌써 데생으로도 보냈다. 밀밭 사이의 넓은 길가에 있는 농가. 노란 미나리아재비가 가득한 들판과 보라색 꽃에 초록색 잎이 달린 붓꽃들이 늘어선 도랑, 그 뒤로 마을과 잿빛 버드나무 그리고 파란 하늘이 보인다.

아직 들판의 풀을 베지 않았다면 이 습작을 다시 그려보고 싶어. 너무 아름다워서 구도를 잡느라 애를 먹었거든. 노란색과 보라색 꽃이 활짝 핀 들판으로 둘러싸인 작은 마을, 이런 분위기야말로 일본식 꿈이 아닐까 싶다.

완행열차로 가는 화물 운송비를 알아보니 파리 역까지는 7프랑이더라. 돈이 없어서 착불로 보냈는데, 그것보다 더 나오면 따져라. 화물 상자 번호는 VV&W1042야.

어제 오늘, 또 미스트랄이 기승을 부리고 있다. 화물 상자가 테르스테이흐 씨가 파리에 오기 전에 도착해야 할 텐데.

악수 청한다. 곧 편지해라.

너를 사랑하는 형, 빈센트

488프 ____ 1888년 5월 14일(월) 추정

테오에게

100프랑을 넣어준 편지, 잘 받았다. 그 인간들 집에서 나와서 정말 기쁘다. 건강까지 확 좋아진 기분이야. 내 건강 회복을 가로막은 건 아무래도 형편없는 그 집 음식이었던 것 같아. 그 와인하고. 거의 독약 수준이었지. 지금은 1~1.5프랑으로 괜찮은 식사를 하고 있어.

타세 화방의 압소르방트 캔버스는 내 그림에 정말 잘 맞아. 천 자체가 3배 정도 거칠거든. 혹시 타세 사장님을 만나면 사전작업에 어떤 성분의 석고를 쓰는지 좀 물어봐라. *파이프 점토*를 쓴대도 놀랍지 않아. 이런저런 것만 조금 알면 내가 직접 만들 수도 있을 것 같아서 그래. 아무튼 급한 건 아니지만, 그래도 좀 알아봐줘. 아직은 폭 1.2미터짜리 캔버스 천이 4미터 남아 있어. 여기서 구입한 건데, 사전작업이 안 된 상태야.

다음에 물감 주문을 할 때, 4미터 캔버스 천 사전작업에 필요한 석고도 좀 보내주면 좋겠다. 어쨌든 당장 시급한 건 아니야.

그나저나 네가 돌아온 뒤에 그 양반들이 출장에 대해 이것저것 물어보니?

며칠 내로, 파리를 방문하는 덴마크 화가 친구를 만나게 될 거야. 그 친구 이름을 어떻게 쓰는지 모르겠다(Mories인가?). 여기서 만난 친구야. 살롱전을 관람한 다음 자기 나라로 돌아갈 텐데, 한 1년여 후에 다시 남부로 돌아올 수도 있어.

그 친구가 마지막으로 그린 습작 3점은 이전 것들에 비해 색감도 뛰어나고 훨씬 괜찮아.

나중에 어떤 화가가 될지는 잘 모르겠다만, 성격이 아주 좋은 친구라서 이렇게 가버린다니 좀 서운하다. 그 친구에게 네덜란드 화가가 너와 같이 살고 있다고 말해줬어. 만약, 코닝이 그 친구를 몽마르트르 언덕까지 데려다주면 거기서 습작 몇 점을 그릴 수 있을 거야.

인상주의 화가들 이야기를 많이 해줘서 이름은 다 알 테고 그림도 여러 점 본 데다 관심도 많아. 러셀이 써준 추천서도 가지고 있어. 여기 와서 건강도 많이 회복해서 아마 한 2년은 거뜬히 버틸 거야. 그 뒤에 다시 요양차 여기로 오는 게 그 친구에게는 도움이 될 거다.

도미에에 관한 신간, 『도미에, 인간과 작품』은 어떤 내용이야? 풍자화가들 전시회는 가봤냐?

습작을 2점 더 그렸어. 다리하고 대로변에서 본 풍경이야. 여기서 볼 수 있는 대다수 그림 소재들은 전적으로 네덜란드와 마찬가지로 특징적이긴 해. 그런데 색채만큼은 확실히 달라. 햇살이 내리쬐는 곳이라면 어디든 유황빛이 느껴질 정도야.

르누아르가 그린 장미 정원을 같이 봤던 거, 기억할 거야. 그것과 똑같은 소재를 여기서도 찾을 수 있을 것 같은 거야. 그렇게 과수원을 찾아다니며 꽃나무를 그리다보니까 비슷한 배경이 정말로 찾아졌어. 지금은 분위기도 달라지고 자연도 좀 까칠해졌지만, 초록색과 파란색의 향연은 여전해! 솔직히 고백하는데, 내가 본 세잔의 아름다운 풍경화가 이 분위기와 너무 잘 어울리더라. 그 사람 그림을 많이 보지 않은 게 후회스러울 정도야. 며칠 전에는 리드의 집에서 봤던 포플러나무가 서 있는 몽티셀리의 풍경화에서 본 것과 똑같은 소재도 봤어.

르누아르의 정원 같은 그림의 소재를 찾으려면 아무래도 니스 쪽으로 가야 해. 여기서는 장미를 거의 볼 수 없거든. 있기는 있지. 프로방스 장미라고 크고 시뻘건 장미.

어쨌든 어딜 가도 그림 소재가 무궁무진하다는 것만으로도 대단해. 내가 그린 결과물이 그림 그리는 데 들어간 비용만큼만이라도 되면 좋겠다. 인상주의 화가들의 인지도가 올라가면 그렇게 되겠지. 그리고 그렇게 몇 년 작업하면 지난 과거를 보상받을 수도 있어. 한 1년쯤 지나면 정말 내 집을 갖게 될 수도 있을 거야.

내 그림을 받고 네가 어떤 반응을 보일지 궁금하다. 여기서 완행 화물열차로 파리까지는 대략 열흘 정도 걸려. 네가 보기에 형편없는 것들은 아무에게도 보여주지 말아라. 그런 걸 전부 보낸 이유는 다 펼쳐놓고 봤을 때 든 느낌을 전해주고 싶어서야. 이제 새로운 그림 소재를 찾으러 가야겠다. 신속히 편지 써줘서 정말 고맙다. 너와 코닝에게 악수 청한다.

너를 사랑하는 형, 빈센트

489프 ___ 1888년 5월 20일(일) 추정

테오에게

네가 그뤼비 박사를 찾아갔었다니, 좀 놀랐다만 한편으론 안심도 된다. 얼이 빠져나가는 듯 극심한 무기력증이 심장병 때문일 수 있다면, 아이오딘화칼륨과는 아무 상관이 없을 수도 있지 않을까? 기억할지 모르겠는데, 나도 지난겨울 그림 몇 점만 간신히 그릴 뿐 아무것도 할 수 없을 정도로 무기력증에 시달렸는데, 그때 아이오딘화칼륨을 복용하고 있지 않았거든.

그러니 내가 너라면, 그뤼비 박사가 복용을 금한 것에 대해 리베 박사에게 상의해볼 거야. 어쨌든 너도 두 의사 양반들 모두와 친분을 유지할 생각이잖아.

이곳에서 요즘 그뤼비 박사가 종종 생각나더라. 어쨌든 내 건강은 괜찮아. 이곳의 신선한 공기와 따뜻한 온기 덕분에 많은 걸 할 수 있게 됐거든. 온갖 근심 걱정과 탁한 파리의 공기 속에서 지낼 때, 리베 박사는 모든 상황을 있는 그대로 파악하고 굳이 천국 같은 환경을 만들려고 하지도 않았고, 우리에게 완벽하라고 하지도 않았어. 단지 병에 대항할 수 있는 갑옷을 맞춰주고, 한편에서는 우리가 앓는 병에 대해 농담을 던져서 우리가 그 상황에 익숙해지고 정신적으로 버텨내도록 해줬지. 그러니 네가 지금 당장, 한 1년 정도 시골에서 자연을 접하며 지낸다면, 그뤼비 박사의 처방이 훨씬 효과적이야. 아마도 그 양반, 철저히 여자를 멀리하고, 피치 못할 경우에도 최소한으로 줄이라고 조언했을 거야.

그런데 그런 부분이라면, 나는 여기서 아무런 문제가 없어. 여기서는 해야 할 작업이 있고 자연이 있거든. 이런 게 없었다면 우울해졌을지도 모르지. 너도 거기서 매력적인 일을 하며 지내고, 인상주의 화가들과의 일도 잘돼간다면, 대단한 결실이지. 외로움, 걱정, 골칫거리, 우정의 필요성, 공감의 결여 등은 아주 나빠. 슬픔, 실망 같은 감정적인 문제는 방탕한 생활보다 더 크게 우리를 무너뜨리지. 번민하는 마음을 소유한 행복한 사람들인 우리를 말이야.

아이오딘화칼륨은 피를 맑게 하고 신체 모든 기관의 기능을 원활하게 해주잖아. 그런데 복용하지 않고 지낼 수 있겠어? 어쨌든 리베 박사와 제대로 터놓고 의논해봐라. 다른 의사의 처방이라고 불쾌해하고 그런 분이 아니니까.

네 주변에 네덜란드 사람들보다 훨씬 더 활기차고 다정다감한 사람들이 있었으면 했는데, 예외적으로 코닝은 그만의 독특한 세계가 있긴 하지만 꽤 괜찮은 친구지. 어쨌든 누군가 곁에 있다는 건 언제나 좋은 일이야. 그래도 네 곁에 프랑스 친구들 몇 명은 있었으면 좋겠다.

부탁이 있어. 덴마크 화가 친구가 화요일에 파리로 떠나. 그 친구가 작은 그림 2점을 들고 갈 텐데, 별 건 아니다만 아무튼 그 그림을 받아서 아니에르의 부아시에르 백작 부인에게 전해 드릴 수 있으면 좋겠다. 클리시 다리 끝자락에 있는 볼테르 대로 첫 번째 집 2층에 사는 분이야. 1층에는 페뤼쇼 영감이 운영하는 식당이 있어.

네가 직접 찾아가서, 내가 봄에 다시 뵙기를 바라고 여기 내려와서도 그녀를 잊지 않았다는 말도 전해주면 좋겠다. 작년에도 그녀와 그녀의 딸을 위해서 작은 그림 2점을 선물했었어. 너도 이 두 사람을 알아두면 좋을 거야. 그게, *대단한 집안* 사람들이잖아. 그녀는 젊지 않지만 어쨌든 백작 부인이지. *귀부인*이라고. 따님도 마찬가지고.

그런데 네가 직접 가봐야 하는 게, 올해도 백작 일가가 그곳에 사는지 모르겠거든(몇 해 전부터 그곳에 살았으니까, 페뤼쇼 영감이 주소를 알고 있을 거야). 나만의 착각일지는 모르겠지만, 난 난 늘 두 사람을 생각을 하는데, 아마도 만나면 너도 그들도 서로 반가울 거야.

테오야, 도르드레흐트 전*에 선보일 새 데생을 보내는 일만큼은 최선을 다하마.

이번 주에는 정물 2점을 그렸어. 파란 에나멜이 칠해진 커피 주전자, 로열블루와 금색이 들어간 커피잔(왼쪽), 연한 코발트색과 흰색이 교차하는 체크무늬 우유 주전자, 황회색 점토 접시 위에 흰 바탕에 주황색과 파란색으로 무늬가 들어간 찻잔(오른쪽)이 있고 빨간색, 초록색, 갈색이 어우러진 꽃과 꽃잎 무늬가 들어간 마졸리카 단지, 그 사이로 오렌지 2개와 레몬 3개, 파란 식탁보 그리고 배경을 녹황색으로 처리한 그림이야. 파란색 계열이 6개, 노란색과 주황색 계열이 네다섯 개 정도 되더라.

또 다른 정물화는 야생화를 꽂아놓은 마졸리카 단지야.

편지와 50프랑 지폐는 고맙게 잘 받았어. 수일 내로 그림 상자가 도착하면 좋겠다. 다음에는 틀을 떼어내고 두루마리로 말아서 급행으로 보내야겠어. 내 생각에는 덴마크 화가 친구와 네가 친해질 것 같다. 뭐 거창한 능력을 지닌 친구는 아니지만 두뇌가 명석하고 마음씨가 착해. 그림은 시작한 지 얼마 안 된 것 같아. 일요일 같은 날을 잡아서 서로를 잘 알아보면 좋을 거야.

내 건강은 많이 좋아졌고 혈액순환도 괜찮고 소화에도 큰 문제가 없다. 이제는 음식도 아주 아주 잘 먹으니까 효과가 즉각적으로 나타나네.

그뤼비 박사가 입술을 앙다물고 "여자관계는 없었죠?"라고 물을 때 표정 알지? 정말이지 꼭 드가의 그림 같아. 하지만 대답할 필요없는 게, 넌 하루 종일 머리를 써서 계산하고 고민하고 이런저런 계획을 짜는 일을 하니, 얼마나 신경을 혹사하는 일이냐.

그러니 이제 떠나서 예술계나 이런저런 여인들도 만나라. 그게 좋을 거야. 틀림없이. 다 잘될 거야. 잃을 것도 별로 없잖아, 안 그래?

가구상과는 아직도 협상 중이다. 마음에 드는 침대가 있는데 생각보다 비싼 거야. 가구에 돈을 쓰기 전에 작업비부터 생각해야 할 때지. 지금은 숙박비가 하루에 1프랑이야. 그리고 속옷 몇 벌에 물감도 조금 샀어. 속옷은 아주 질긴 재질로 골랐지.

혈액순환이 빨라지면서 성공에 대한 확신도 되살아나고 있다. 네가 겪는 병이 이 혹독한 겨울 때문이라 해도 놀랍지 않다. 도대체 끝이 안 보이니. 나도 똑같단다. 되도록 봄 공기를 많이 마시고 *아주 일찍* 잠을 청해봐. 네게 필요한 건 숙면과 음식, 무엇보다 신선한 채소를 많이 먹어야 해. *싸구려* 와인과 술은 삼가고. 여자는 되도록 멀리하고 *강인한 인내심*으로 버텨라.

당장 효과가 나타나지 않으면 어때? 그뤼비 박사는 아마 고기를 많이 먹으라고 할 거야. 그런데 나는 여기서 고기를 많이 못 먹지만 그럴 필요도 없어. 마침 멍해지는 느낌도 사라져서 기분전환도 필요없고, 욕구 같은 것도 크게 느껴지지 않아서 차분하게 작업에 집중할 수 있어. 별 방해받지 않고 혼자서 잘 지낸다. 좀 늙어버린 기분은 들지만, 딱히 서글프진 않아.

* 네덜란드 동판화 작가협회 위원회가 빈센트에게 제2회 정기 전시회 참여 의사를 물었다. 이 전시회는 도르드레흐트가 아니라 암스테르담에서 열리게 된다.

다음 편지에 네가 씻은 듯이 나았다는 소식을 전할 리는 만무하지만, 만약 그런 일이 생긴다면 중대한 변화겠지. 어쨌든 건강이 회복되는 동안에는 어느 정도 계속 우울감에 시달려도 이상할 건 없어. 사실 우울감은 늘 있고, 예술가의 삶에서는 주기적으로 돌아오지. 진짜 삶, 그러니까, 이상적이지만 실현 불가능한 삶에 대한 향수 같은 것이지.

때로는 자신을 온통 예술에 던질 욕망이, 다시 일어설 힘이 모자란다. 삶은 말이 끄는 삯마차와 같고, 우리는 앞으로도 계속 그렇게 묶인 채로 지내야겠지. 그런데 그러기 싫잖아. 햇살이 쏟아지는 들판과 강가에서, 자유로운 다른 말들과 함께 뛰어다니고 싶잖아. 후세를 만들면서.

결국 네 심장병에 이런 원인도 있을 거야. 놀랍지 않다. 이 흐름을 뒤집고 싶은데 방법이 없고, 그렇다고 포기할 수도 없고, 그러니 병이 들고, 나아지지 않아. 정확히 치료 방법도 모르고. 누군가 이런 상태를 '죽음과 불멸이 덮쳤다'고 표현했더라.

우리가 끌고 다니는 삯마차가 미지의 누군가에게는 분명히 유용할 거야. 하지만 우리가 새로운 예술, 미래의 예술가를 믿는다면, 우리의 예감은 결코 틀리지 않을 거다. 선한 코로 영감님은 눈을 감기 며칠 전에 이렇게 말했어. "간밤에 꿈에서 하늘이 온통 분홍색으로 물든 풍경화를 봤지." 인상주의 화가들이 분홍색 하늘, 노란색이나 초록색 하늘을 그리잖아? 그러니까 내 말은, 미래에 그렇게 될 거라고 느껴지면, 실제로 그런 일이 벌어진다는 거야.

우리는, 죽음이 당장 우리 앞에 놓여 있다고 생각지는 않지만, 죽음이 우리보다 훨씬 크고 우리의 삶보다 훨씬 길다고 느끼잖아. 죽음을 직접 느끼진 못해도, 우리가 하찮은 존재에 불과하다는 현실은 느껴. 그래서 예술가라는 테두리에 들어가려고 혹독한 대가를 치렀지. 건강, 젊음, 자유, 그 어떤 것도 제대로 못 누렸어. 봄나들이 가는 사람들이 탄 삯마차를 끄는 말보다 나을 게 하나도 없다고. 그러니까, 내가 나와 네게 바라는 건, 건강 회복이야. 반드시 그래야 해.

퓌비스 드 샤반느의 〈희망〉은 어찌나 사실적인지! 미래의 예술은 분명히 아름답고 젊을 것이기에, 지금 이 순간 우리가 젊음을 다 바치고 장차 편안하게 보답을 받을 수 있을 거야. 어리석은 말 같지만, 그게 내 느낌이야. 너도 나처럼, 네 젊음이 연기처럼 사라져가는 모습을 보며 괴로워하고 있겠지. 하지만 젊음은 우리가 이뤄낸 작품 안에서 되살아날 테니, 결국 잃는 건 없는 셈이야. 작업해 나가는 힘이야말로 또 다른 젊음이다. 그러니 건강 회복에 전력을 다해라. 우리는 건강이 필요해. 손을 건네 악수를 청한다. 네게도, 코닝에게도.

너를 사랑하는 형, 빈센트

베5프 ____ 1888년 5월 22일(화) 추정

친애하는 벗, 베르나르

지난번 편지 잘 받았어. 그래, 그 흑인 여성들이 비통해하고 있다고 본 거, 맞아. 그 장면을 순수하게 보지 않은 게 옳은 거야. 잘 봤어.*

근래 읽은 책이(내용도 그저 그렇고 잘 쓴 것도 아니야) 마르키즈 제도의 모든 원주민 부족을 몰살하는 내용이었는데 읽다가 너무 가슴이 아팠어. 식인 풍습, 거의 한 달에 한 명꼴로 사람을 잡아먹는 부족이 있었다니, 그게 말이나 되냐고!

독실한 그리스도교 신자인 백인들이…… 이 야만적인(?), 잔인한 정도가 아닌, 만행을 근절시키려면…… 식인 풍습을 가진 원주민 부족 및 그들과 전쟁 중인 다른 부족을(서로 제물로 바칠 포로를 붙잡기 위해서) 모조리 몰살하는 것 외에는 다른 방법이 없었던 걸까?

그러고는 두 섬을 하나로 합병했고, 섬 전체가 음울하게 변했지!!

몸에 문신한 인종들, 흑인들, 원주민들, 모두, 모두, 정말 모두가 사라지거나 타락해버렸어.

술병과 돈지갑 그리고 매독을 달고 다니는 끔찍한 백인들은 도대체 언제가 되어야 만족하겠다는 걸까? 위선적이고 인색하면서 무익한 이 끔찍한 백인들은 말이야!

그 원주민들이 얼마나 온화하고 사랑스러웠는데!

아! 고갱을 떠올리다니 정말 적절했네. 그의 그림에 표현된 흑인 여성들은 고귀한 한 편의 시와도 같지. 그의 손을 거치면 모든 게 온화하고, 비통하고, 놀라운 특징을 지니거든. 사람들은 아직 그의 진가를 깨닫지 못했어. 그래서 진정한 시인들처럼 그림을 팔지 못해 힘들어해.

친애하는 벗인 자네에게 진작에 소식을 전했어야 하는데, 그간 이런저런 일들이 많았어. 우선은 얼마 전에 습작을 챙겨서 동생에게 보냈고, 건강도 좋지 않았지. 그리고 세 번째로, 외벽은 노랗고 실내는 석회로 하얗게 칠해져 있는 볕이 아주 잘 드는 집 한 채(방 4개)를 구했다네. 거기다가 새 습작까지 시작했거든. 저녁이면 편지 쓸 힘도 없이 녹초가 되곤 했어. 그래서 답장이 이렇게 늦어진 거야.

거리의 여성들을 주제로 한 소네트, 아주 괜찮았어. 그런데 마지막에 가서 힘이 좀 빠지는 느낌이야. *숭고한* 여인이라……. 이 대목으로 자네가 무슨 말을 전하려는지 잘 모르겠어. 자네도 모르는 건 아닌가 싶기도 해. 그리고,

> 늙은 도둑 젊은 도둑들 중에서
> 오늘은 늦은 밤 누구를 침실로 데려갈까

이 대목도 그래. 특징이 살아나지 않아. 왜냐하면 우리 동네 거리의(그 골목) 여성들은 원래 밤에는 혼자 자거든. 왜냐하면 낮이나 밤에 대여섯 번 정도 손님을 받으니까, 늦은 밤이 되면

* 폴 고갱이 1887년 5월~10월에 마르티니크 제도에서 그려온 그림 중에서 반 고흐 형제가 2점을 소장하고 있었는데(〈On the shore of the Lake, Martinique〉, 〈Among the mangoes〉) 베르나르는 그것들을 보았고 특히 후자에 대해 '화풍과 색채, 인물 묘사 등에서 이 시기 고갱의 작품 중 최고'라고 평했다.

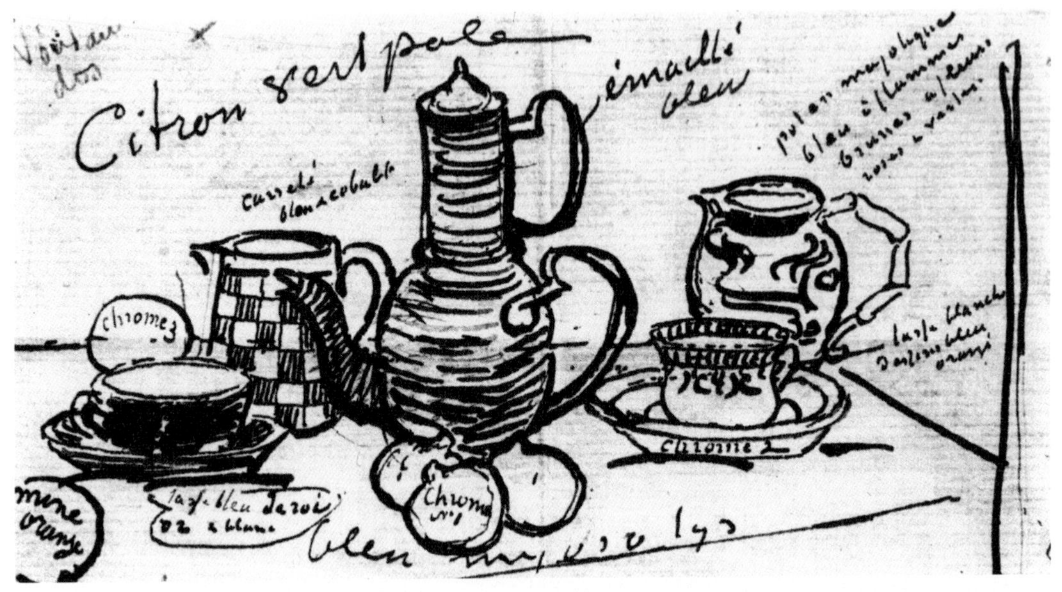

기둥서방들이 와서 그녀들을 데려가긴 하지만 같이 자는 일은(아주 간혹) 없기 때문이야. 그녀들은 피곤에 지쳐서 혼자 곯아떨어진다고.

하지만 두세 줄 정도 손을 보면 나아질 것 같아.

요즘은 어떤 그림을 그리고 있나? 나는 정물화를 하나 그렸어. 파란 에나멜이 칠해진 커피 주전자, 로열블루 커피잔과 컵 받침, 연한 코발트색과 흰색이 교차하는 체크무늬 우유 주전자, 흰 바탕에 주황색과 파란색으로 무늬가 들어간 찻잔, 초록색, 갈색, 분홍색이 어우러진 꽃과 꽃잎 무늬가 들어간 마졸리카 단지야. 이것들이 파란색 식탁보 위에 놓였고 뒷배경은 노란색인데 찻잔과 주전자 사이에 오렌지 2개와 레몬 3개도 그려 넣었어. 전체적으로 다양한 파란색 계열이 지배적이고 주황색을 포함하는 노란색 계열의 색조로 분위기를 밝게 만들어봤어.

정물화를 하나 더 그렸는데 노란색 배경에 바구니에 든 레몬을 그린 거야.

그리고 아를의 풍경을 하나 그렸어. 마을은 빨간 지붕 몇 개와 탑만 보이고 나머지는 무화과나무 잎들에 가려 잘 보이지 않지. 그걸 배경으로 하면서 그 위로 파란 하늘이 가느다란 줄처럼 펼쳐졌어. 미나리아재비꽃이 (노란 바다처럼) 흐드러지게 핀 너른 들판이 마을을 둘러쌌는데, 보라색 붓꽃을 따라 흐르는 도랑이 들판의 전경을 가르고 있지. 내가 그리는 동안 풀을 베는 바람에 애초의 계획대로 완성하지 못하고 습작에 그쳤지만, 정말 괜찮은 그림 소재라고! 보라색 붓꽃이 가르고 있는 노란 바다, 그 뒤로 보이는 작은 마을, 그 안에 사는 아름다운 여인들까지! 그 다음에 길가에서 습작을 2점 더 그렸는데 미스트랄이 쓸고 지나가는 한복판에서 완성한 거야.

자네가 즉각적인 내 답장을 기다리는 상황이 아니었다면, 크로키 1점 더 그려줬을 텐데. 아무튼 힘내고, 행운을 기원하면서 악수 청하네. 오늘은 완전히 녹초가 됐어. 조만간 편한 마음으로 다시 편지하지.

빈센트

추신 : 지지난번에 보내준 여인의 초상화 크로키는 괜찮았어. 내 주소는 여기야. 라마르틴 광장 2번가, 아를.

490프 ___ 1888년 5월 26일(토)

테오에게

「랭트랑지장」을 읽다가 광고를 봤는데 뒤랑-뤼엘 화랑에서 인상주의 전시회를 연더라. 나는 한 번도 본 적 없는 카유보트Gustave Caillebotte 작품도 전시된다던데, 어떤 그림인지 네가 알려주면 좋겠다. 틀림없이 눈여겨볼 만한 다른 작품들도 있을 테니까.

오늘 데생 몇 점을 보냈는데, 2점을 더 보낼 거야. 바위 언덕에서 바라본 풍경인데 크로Crau(아주 고급 와인이 나오는 지역이지)의 전경, 아를의 마을인 퐁비에유 모습이야. 야생과 낭만이 대비되는 전경에, 원경은 지평선을 따라 넓고 잔잔하게 퍼지다가 서서히 사라지며 알피유 산맥the Alpilles까지 이어져. 『알프스의 타르타랭』에서 주인공이 알피유 클립 회장과 회원들과 함께 오르던 유명한 산이지. 전경과 후경의 대비가 정말 근사해. 나중에 추가할 데생 2점은 바위 주변으로 보이는 폐허의 분위기를 짐작하게 해줄 거야.

그런데 도르드레흐트 전에 출품할 그림은 액자를 굳이 씌워야 할까? 그건 좀 우스꽝스러운데, 차라리 불참하는 편이 낫겠어.

베르나르나 고갱이, 네덜란드 사람들은 *진가를 못 알아보는* 우리 그림을 교환해 주리라 믿어.

덴마크 친구, 무리에 페테르센은 만났냐? 데생 2점을 더 들고 갔을 거야. 의대생이었는데, 내 추측이다만 학교생활에 낙담하고 동급생이나 교수들한테 기가 눌려 지낸 모양이야. 직접 들은 건 아니지만, 딱 한 번 이런 말을 했었거든. "하지만 의사는 사람들을 죽여요."

여기 왔을 때, 시험에 대한 압박감 때문에 정신적으로 쇠약한 상태였대. 그림을 언제부터 그렸는지는 모르겠다만 화가로서는 아직 두각을 나타내지 못하고 있어. 그래도 동료로서는 아주 괜찮은 친구야. 사람을 보는 눈도 꽤나 정확하고.

혹시 이 친구가 너희 집에 머물 수 있을까? 지적으로는 L*보다 훨씬 총명할걸(왠지 모르겠는데, 좋은 사람 같지가 않아). 그런 6등급, 아니, 그 이하 수준인 네덜란드인과는 절대로 어울릴

* 라코스테(Carel Eliza van der Sande Lacoste)

필요없다. 고국으로 돌아가면 멍청한 소리나 해대고 멍청한 짓만 골라서 하겠지. 불행히도 미술상은 공인일 수밖에 없지. 어쨌든, 알아둬서 나쁠 건 없을 거야.

스웨덴 친구*는 가문도 좋고, 생활방식과 인간관계에도 절제와 규칙이 있어. 보고 있자면 피에르 로티가 만들어낸 주인공들이 떠올라. 대단히 침착하면서도 동시에 마음씨가 따뜻해서 말이야.

앞으로도 데생을 많이 할 계획이야. 여긴 벌써부터 날이 더워지고 있다.

이 편지에 물감 주문서를 동봉한다. 혹시 네가 당장 주문해줄 형편이 안 된다면 데생을 더 그리고 있으면 되니까 괜찮다. 급한 정도에 따라 주문서를 2장으로 나눴다.

물론 언제나 가장 시급한 건 데생이지. 붓이든 펜이든 쉼 없이 그려도 늘 부족해. 나는 요즘 본질적인 부분은 과장하고 평범한 부분들은 일부러 모호하게 처리하고 있어.

도미에에 관한 책을 샀다니 반가운 소식이다. 다만 도미에의 석판화도 몇 장 더 사두면 아주 좋을 거야. 장차 그의 작품을 구하기 어려워질 거다.

건강은 어떠냐? 그뤼비 박사는 다시 만나봤어? 난 아무래도 그 양반이 네 신경계 치료에 집중해야 하는데 너무 심장병에만 신경 쓰는 게 아닌가 걱정이다. 네가 처방을 잘 따르면 그 양반도 곧 상황을 파악하겠지. 어쨌든 그뤼비 박사만 있으면 넌 장수할 텐데, 문제는 그 양반이 오래 못 살 것 같아. 워낙 연로하니 막상 우리가 그 양반의 도움이 절실해졌을 때 이 세상 사람이 아닐 것 같단 말이지.

난 말이다, 신을 이 세상으로 평가하면 안 될 것 같다는 생각이 자꾸 든다. 왜냐하면 이 세상은 그 양반이 그리다가 실패한 습작 같거든. 어쩌겠어. 망친 습작이라도 좋아하는 작가가 그렸으면 비난하지 않잖아. 그냥 침묵해주지. 하지만 그래도 우리에겐 더 나은 작품을 요구할 권한이 있어. 우리는 같은 이의 손으로 만들어낸 다른 작품도 필요해. 이 세상은 분명, 작가가 자신이 뭘 해야 하는지도 모르고 창작에 대한 정신적 여유도 없었던 시기에 성급하게, 그냥 되는대로 막 만든 거야. 전설에 따르면, 신이 세상이라는 습작을 만드느라 엄청나게 고생했다더라.

나는 그 전설이 진실이라고 생각하지만, 그 습작은 몇 가지 면에서 실패했어. 이런 실수를 하는 건 대가들뿐이야. 그러니 그가 같은 손으로 설욕전을 펼쳤으리라는 기대를 품는 것이 크나큰 위안이 된다. 그러니까 이 세상을, 꽤나 정당하고 확실한 이유로 수많은 비판을 받고는 있지만, 다른 모습을 덧씌우지 말고 있는 그대로의 모습으로 받아들여야 해. 그래야 다른 생에서는 지금보다 더 나은 세상을 볼 수 있다는 희망도 계속 생기는 거니까.

너와 코닝에게 악수 청한다.

너를 사랑하는 형, 빈센트

* 빈센트는 덴마크인 무리에 페테르센의 국적을 종종 스웨덴으로 착각했다.

내일은 네 편지가 도착하면 좋겠다. 내일, 일요일 하루 버틸 정도의 돈밖에 없어서 그래. 그나저나 이제 내가 보낸 상자는 받았는지 모르겠다. 상자를 이 역에서 저 역으로 일일이 옮겨야 하니 이렇게 느리게 간다고 해도 놀랄 일은 아니지만, 그래도 좀 심하네!

491프 ____ 1888년 5월 27일(일)

테오에게

이전 편지에 타세 사장님한테 보낼 주문서와 캔버스 천 견본을 동봉하지 않았다는 걸 뒤늦게 깨달았어. 그래서 여기 이렇게 보낸다.

오늘은 네게서 소식이 오기를 기대했어. 그림들을 받았겠지 싶어서 말이야.

*송장*에다 *주소지*로 배달해달라고 분명히 적었거든.

그런데 완행으로 가는 화물은 *역*에 방치되는 경우도 있는 모양이니, 아직 못 받았다면 한 번 가서 확인해보는 게 좋겠다.

집에 페인트칠을 다시 해주겠다는 약속을 받아냈어. 정면과 문, 창문 안팎까지. 그 대가로 내가 10프랑쯤 내야 하는데 그 정도 비용은 충분히 낼 필요가 있는 작업이야.

나는 기쁜 마음으로 그림을 그리고 있어.

수채화 물감 몇 개를 부탁한 건, 펜 데생을 할 건데 그 위에 일본 판화처럼 색을 입혀볼까 싶어서야.

파리에서도 여기만큼 아름다운 일요일 보내기 바란다. 오늘은 별이 얼마나 환상적이었는지 몰라. 거기다가 바람 한 점 불지 않더라.

곧 편지해주기 바란다. 가진 돈이 한 푼도 없다.

너와 코닝에게 악수 청한다.

너를 사랑하는 형, 빈센트

코닝과의 그림 교환은 어떻게 됐니? 그 친구가 내 그림 2점을 자기 습작 하나와 바꾸자길래, 그러기로 하고 습작은 네게 주라고 했는데, 그 이후에 소식이 없다. 코닝이 생각을 바꿨다면 나도 굳이 강요할 마음은 없다.

492프 ____ 1888년 5월 28일(월)

테오에게

오늘 아침에 네 편지를 받고 정말 기뻤다. 동봉해준 100프랑, 정말 고맙게 받을게.

그림 상자가 드디어 도착했다니 정말 다행이다. 네 눈에 〈마우베를 기억하며〉가 그럭저럭 괜찮아 보이면, 소박한 흰 액자에 넣어서 다음에 헤이그행 화물에 같이 넣어서 보내라. 그리고 테르스테이흐 씨가 괜찮게 생각할 만한 다른 습작이 있으면 별도의 서명이 없는 그림을 상자에 넣고, 테르스테이흐 씨에게 보낼 그림은 서명을 긁어내고 네가 가져라. 그 양반에게는 서명을 않고 보내는 게 나아. 그래야 그 양반도 나중에 그게 자신을 위한 그림이었는지 몰랐다고 주장할 수 있고, 내 그림을 받고 싶지 않으면 말없이 돌려보낼 수도 있을 테니까.

그 양반한테 어떻게든 내 그림을 줘야 해. 내가 그림에 이만큼 열정이 있었고, 그런 내 열정을 받아줘서 고맙다는 뜻을 보여주기 위해서 말이야. 어쨌든 상황 되는대로 해라. 서명 없는 그림을 보내든 말든, 아니면 다른 걸 보내든, 난 상관없다. 다만 마우베 형님과 워낙 돈독했던 양반이니, 마우베 형님을 추모하는 그림을 그리면서 테르스테이흐 씨에게도 뭔가 줘야겠다 싶었을 뿐이야. 그렇게 단순한 생각이었어. 그뿐이다.

네가 말했던 과수원 습작은(수많은 점을 찍어서 그렸지) 장식용 그림의 주요 주제 반쪽에 해당해. 나머지 반쪽은 같은 크기의 습작인데 틀이 없어.

두 그림을 같이 보면 여기 과수원 구조가 대충 파악될 거야. 그런데 내 눈에는 하나는 영 힘이 없고 다른 하나는 너무 거칠어서, 둘 다 실패작 같다. 계절이 달라진 탓도 있지. 또 내가 하루 종일 원을 그리며 돌아다닌 땅을 차지하려 했던 러시아인같이 행동했기 때문일 수도 있어.

1년 정도 *꾸준히* 그뤼비 박사의 처방을 따르면 그 결과가 어떨지 무척 궁금하다. 가끔 찾아가 이런저런 이야기도 나누며 *그 양반의 관심을 제대로 끌 수 있다면* 나쁠 건 없지. 봉어르가 그렇잖아. 그 친구, 진지하게 노력해서 결국 그뤼비 박사에게 호감을 얻고 진지한 인간관계를 쌓아가고 있어. 전에는 네 걱정할 일이 크게 없었던 것 같은데, 지금은 내 마음이 그렇지 않다.

위에 계신 어르신들이 제안한 해외 업무 때문에 네가 많이 피곤하겠구나. 그런데 나도 지속적으로 돈을 요구해서 널 힘들게 하고 있으니, 뭐라 할 말이 없다.

그래도 그 양반들이 네게 그런 일을 맡기는 건 어쩌면 당연해. 다만, 그 전에 한 1년쯤(월급은 전액 그대로 보장해주면서) 건강을 회복하도록 안식년을 줘야지. 그렇게 쉬는 한 해를 넌 모든 인상주의 화가들과 애호가들을 일일이 다 찾아가서 만나는 데 써야 하고. 그것도 엄연히 부소&발라동 화랑의 이익을 위한 활동이니까. 그다음에는 혈액순환 문제나 신경계통의 문제도 해결하고 보다 차분해진 상태로 떠나, 거기서 새로운 사업을 진행할 수 있을 거야.

그런데 지금의 네 상태로 그 양반들을 위해 죽어라 일하면, 1년이란 시간이 피곤해질 거다. 그리고 그건 아무에게도 도움이 되지 않아.

사랑하는 아우야, 죽음은 때가 되어야만 찾아온다는 회교도들의 믿음이 과연 옳은지 두고 보자. 나는 저 위에서 그런 가르침을 직접 준다는 증거는 어디에서도 못 찾았다. 하지만 위생적인 생활이 장수에 도움이 되는 건 확실하지. 게다가 무엇보다, 삶을 평안하게 만들어준다. 아주 맑은 물처럼. 그런데 불결한 생활은 삶의 흐름을 방해할 뿐만 아니라, 때가 되기도 전에 삶에 종지부를 찍게 할 수도 있어. 나는 현명한 의사를 만나지 못해 선량한 사람이 내 눈앞에서 죽어가는 걸 본 적도 있어. 매사에 차분하고 침착한 사람이었는데, 이런 말을 입에 달고 살았지. "다른 의사에게 진찰을 받았더라면." 그러더니 어깨를 한 번 들썩하고는 그대로 눈을 감았어. 그때 그 분위기, 결코 잊을 수 없다.

내가 미국에 함께 가주기를 바란다면, 그 영감님들이 내 경비를 내줘야 해.

나야 대개는 이래도 그만 저래도 그만인데, 네 건강 회복이 일순위라는 건 양보할 수 없다.

또한 지금은 네가 자연과 예술가들의 세상으로 더 깊이 빠져들어야 할 시간이라는 생각도.

그리고 네가 구필 화랑에서 독립해서 인상주의 화가들의 일에 매진하는 모습을 보고 싶어. 그 영감님들 소유인 고가의 그림들을 들고 이리저리 돌아다니는 것보다는 말이야. 큰아버지가 동업자로 계실 때만 해도 수년간 월급을 두둑하게 받으셨지. 그런데 그때 일로 그 양반이 치른 대가를 생각해봐.

그래, 네 폐는 아무런 문제가 없지. 하지만, 하지만…… 한 1년 그뤼비 박사에게 치료를 받아봐라. 그러면 지금 네 상태가 얼마나 위험한지 알게 될 거다. 벌써 파리 생활이 10년째니, 이미 지나치게 긴 시간이야.

아마 넌 이렇게 말하겠지. 드타이유는 30년 넘게 파리 생활을 하고 있는데도 여전히 정정하다고. 그래, 네게 그런 체력이 있다면 너도 그렇게 해라. 나도 반대하지 않아. 어쨌든 우리 집안 사람들의 생명력도 강인하니까.

내가 궁극적으로 하고 싶은 말은 이거 하나야. 그 양반들이 그 먼 거리에서도, 자신들 사업을 위해서 너를 부려먹으려 든다면, 그에 응당한 대가를 치르게 하라는 거야. 그게 아니면 거절하고, 인상주의 화가들의 일에 뛰어들어. 사업 규모는 전만 못하겠지만, 자연과 더불어 살 기회는 훨씬 많아질 테니까.

내 건강은 확실히 나아지고 있어. 지난달부터는 소화력도 훨씬 좋아졌어. 여전히 나도 모르게 감정적으로 울컥하기도 하고 며칠간 멍할 때도 있다만, 조만간 진정될 거야. 근시일 내에 지중해를 보러 생트 마리Saintes-Maries에 다녀올 계획이야.

누이들이 파리에 오면 좋아하겠어. 당연히 그 아이들에게 나쁠 건 없지.

다들 여기 남부도 한 번 내려왔으면 좋겠구나.

난 그림이 들인 비용에 비해 신통찮아서 항상 자책하며 지낸다. 그래도 작업을 멈출 수 없어. 이것만은 알아주면 좋겠다. 만에 하나 이런저런 상황으로 인해 내가 사업에 뛰어들어야 하고, 또 그게 네 부담을 줄이는 일이라면, 기꺼이 그렇게 할 거야.

무리에가 데생 2점을 또 들고 갈 거야. 그 데생을 받으면 말이다, 일본 데생집처럼 6장, 10장, 혹은 12장씩 짝을 이루는 데생집을 만들어라. 이런 데생집을 고갱에게 하나, 베르나르에게도

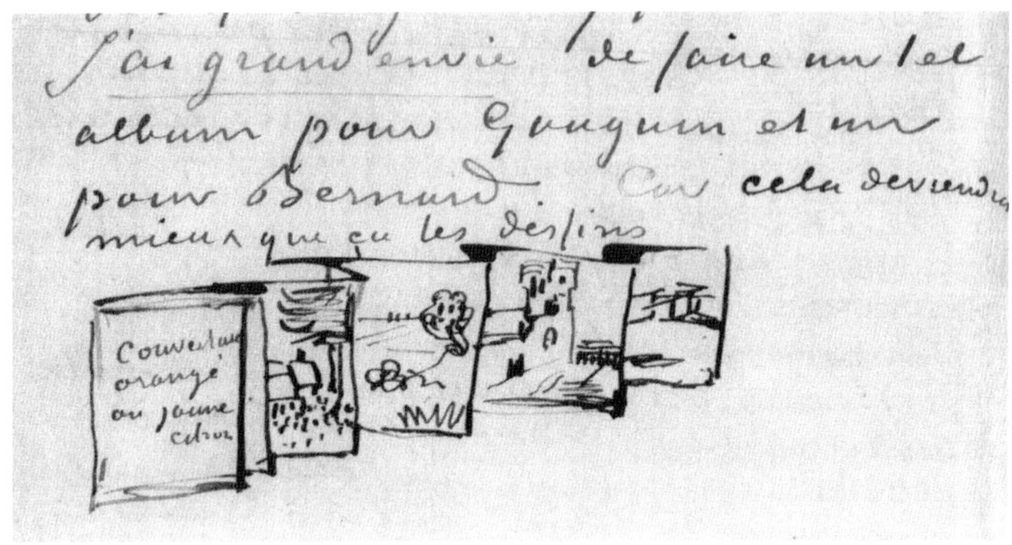
J'ai grand envie de faire un tel
album pour Gauguin et un
pour Bernard. Car cela deviendra
mieux que ça les dessins

정말이지 하나 만들어주고 싶어. 데생집을 만들어놓으면 훨씬 보기 좋으니까.

오늘 여기서 물감과 캔버스를 샀어. 요즘 날씨를 보니 당장 필요하겠더라고. 그래서 말인데, 흰색 대형 튜브 10개 말고 나머지 물감 주문은 서두를 필요가 없겠다.

얼마 전, 저녁에 몽마주르Montmajour에 올라 붉게 지는 노을을 바라보는데, 빛이 바위 사이에 뿌리를 내린 소나무의 몸통과 잎사귀로 쏟아지고, 그 뒤로 보이는 소나무들은 은은한 청록색에 푸르스름한 하늘 아래 프러시안블루로 칠해진 것처럼 보였어. 아주 신기했다. 이런 게 바로 클로드 모네 효과구나 싶더라. 무척 근사했거든. 흰 모래는 물론 나무들 아래로 보이는 하얀 바위들까지 파랗게 보였어. 내가 그리고 싶은 건, 먼저 보낸 데생 속의 풍경 같은 장면이야. 널찍한 풍경인데 회색조로 흐려지지 않고 마지막 한 줄까지 그대로 초록색이 살아 있고, 언덕 위는 파란색으로 칠한 풍경.

오늘은 폭우에 천둥 번개가 요란하게 지나가는데 왠지 기분이 좋아질 것 같다. 코닝이 유화 습작을 원하면, 그냥 그렇게 해줘라.

어쨌든 구필에서 네게 무슨 부탁을 하든, 결정하기 전에 충분히 생각해라. 그리고 그로 인해서 나한테 어떤 변화가 일어나더라도, 이제는 나도 건강을 어느 정도 회복해서 어디 가서든 작업할 수 있으니, 굳이 어디서 어떻게 작업해야 한다는 고정 관념 같은 건 없다는 거 알아두고.

너와 코닝에게 악수 청한다.

너를 사랑하는 형, 빈센트

흰 과수원 그림은 차갑고 다소 투박한 하얀색 액자에 넣어야 할 거야.

네가 돈 버느라 힘들고 지쳐가는 모습을 보느니, 차라리 그림을 그만둘 각오가 되어 있다. 물론 돈은 벌어야 하지만, 과연 우리가 이렇게까지 해야 할까?

너도 잘 알다시피, '죽음에 대비한다'는 다분히 그리스도교적인 생각(다행히, 그리스도 본인은 이런 생각에 동의하지 않는 듯해. 이 땅의 사람과 사물을 너무나도 사랑하니까. 그분을 그저 괴짜로만 여기는 자들의 눈높이에서 볼 때 말이지), 그러니까 죽음에 대비한다는 개념을 그냥 방치로 이해한다면(그냥 있는 그대로 놓고 보자고), 남을 위해 살아가는 헌신도, 그게 자살과 엮인다면 그냥 실수로만 보겠지. 그런 거라면 네 친구들을 살인범으로 모는 거야.

그러니까, 네가 몸도 마음도 평안을 회복하지 못한 상태로 이리저리 외국을 떠돌아야 할 상황이라면, 나도 내 마음의 평안을 회복하려는 모든 의지가 뚝 꺾인다.

그래 좋다, 네가 그 제안을 받아들인다면, 화랑측에 나까지 포함해야 한다고 꼭 요구해라. 네가 가는 길에 나도 같이 가야 한다고. 사람은 물건보다 중요하다. 그림은 내가 고민하면 할수록, 더욱 날 외면해. 그럼에도 불구하고 난 계속 그림을 그리며, 예술가로 남아 있는 거야. 너도 알지, 돈을 벌지 않으면 안 되는 상황으로 너를 몰아넣어서 내가 얼마나 서글픈지. 그러니 어쨌든 같이 헤쳐나가자. 뜻이 있는 곳에 길이 있다고 했어. 건강부터 회복하면, 나중에는 얼마든지 네 체력이 받쳐줄 거야. 그런데 지금 당장 지쳐서 쓰러지면 너는 물론이고, 나를 비롯한 다른 사람에게도 결코 좋을 리 없어. 렘브란트가 그린 얀 식스의 초상화 말이야. 장갑을 손에 들고 어딘가로 가려는 남자. 그게 네 모습 같다. 결혼하고 파리에 단단히 *입지를 굳힌* 모습. 너는 그런 역할을 하게 될 거야. 그러니 제안을 받아들이기 전에 심사숙고하고 그뤼비 박사의 치료를 잘 받아라.

너를 사랑하는 형, 빈센트

493프 —— 1888년 5월 28일(월) 혹은 29일(화)

테오에게

고갱*에 대해 생각해봤다. 자, 고갱이 여기로 오겠다면 여비를 부담해주고 침대나 매트리스도 2개씩 있어야겠지. 하지만 그가 뱃사람 출신이니 집에서 요리를 해먹을 수 있을 거야.

그러면 나 혼자 쓰던 생활비로도 둘이 지낼 수 있어.

알다시피, 난 화가들이 홀로 사는 것을 어리석다고 생각하잖아. 고립되어 지내면 손해야. 이 양반을 돕고 싶다는 네 뜻에 대한 내 대답이다.

네가 브르타뉴로 이 양반 생활비를 보내고, 프로방스로 내 생활비도 보내고, 그럴 수는 없어.

* 1888년 5월 22일, 고갱은 테오에게 편지를 써서 도움을 청했다. 이미 2달 전부터 퐁타방의 여인숙에서 외상으로 지냈고, 혼자 힘으로는 해결할 수 없는 처지였다. 이런 상황이 빈센트가 그를 아를로 불러들이는 계기가 된다.

그런데 우리 둘이 생활비를 합치면 괜찮을 거다. 예를 들어 매달 250프랑쯤으로 액수를 정하고 매달, 내 그림과 별도로 고갱의 그림도 1점씩 받는 거야. 그 예산을 넘기지 않으면, 이익을 보는 셈이잖아? 게다가 내가 다른 화가들도 합류시킬 생각이고.

그래서 여기 고갱에게 보내는 편지 초안을 동봉하니까, 네가 읽어보고 괜찮다고 하면 발송하마. 물론 몇몇 문구는 당연히 좀 손볼 거야. 어쨌든 우선 이렇게 써봤다!

그냥 단순 업무 정도로 여겨주면 좋겠다. 모두에게 최선일 테니, 되도록 이렇게 처리하자. 다만 네 개인사업이 아니니, 내가 책임을 지고 고갱을 동료로서 맞이하는 게 맞는 것 같다.

넌 이 양반을 돕고 싶은 모양이다. 나도 이 양반의 궁핍한 사정을 듣고 마음이 아팠지. 하지만 하룻밤새 해결할 수는 없잖아. 우리로서는 이보다 나은 제안을 하기 힘들지만, 다른 이들도 더 좋은 제안을 내놓지 못할 거야.

나로서도, 내 작업에만도 이렇게나 돈이 많이 들어가서 걱정이 많다만, 아무리 궁리해도 돈 많은 아내를 얻거나 그림 그리는 친구들끼리 힘을 합치는 것밖에는 달리 방법이 없어.

나는 결혼은 어렵겠고 동료를 얻는 쪽을 생각하고 있다.

만약에 고갱이 동의한다면, 시간을 지체하지 않을 작정이야.

이게 조합의 시작이 될 수도 있어. 그러면 베르나르도 남부로 내려와 합류할 거야. 이건 알아둬라. 나는 여전히 네가 *프랑스 인상주의 화가협회*를 이끌 적임자라고 본다. 만약 내가 그네들을 한자리에 모으는 데 일조할 수 있다면, 기꺼이 그들 모두를 나보다 유능한 화가로 대우하겠어. 그들보다 더 큰 비용을 쓰고 있다는 사실에 내가 얼마나 화가 나는지 너도 느낄 거야. 너와 그들에게 더 이득이 될 유익한 동반자 관계를 구축해야 해. 그럴 거다. 그러니 잘 생각해봐라. 괜찮은 동거인을 구하면 확실히 생활비는 줄어들 거야.

나중에 언젠가는 사정이 풀릴 수도 있겠지. 하지만 큰 기대는 걸지 않는다. 그저 지금은 네가 고갱부터 도와주면 정말 기쁘겠다. 난 요리나 살림에 전혀 재주가 없지만, 다른 이들은 이런저런 경험에 군 복무 경력도 있으니 다른 재주들이 많을 거야.

악수 청하고, 코닝에게도 안부 전한다. 그 친구, 건강하게 잘 데리고 있다가 보내는 거라서 정말 얼마나 다행인지 모르겠다. 네가 데리고 있지 않았으면 이렇게 잘 지낼 수 없었을 거야. 구필 화랑에서 네 제안에 관심을 보였다니 그것도 반갑다.

너를 사랑하는 형, 빈센트

그런데 테르스테이흐 씨는 벌써 파리에 도착한 거냐?

어쨌든 여행 전에 꼭, 아주 아주 아주 아주 심사숙고해라. 내 생각에 네가 있어야 할 자리는 프랑스 같거든.

이런저런 준비를 하고 편지를 마무리하려면 고갱 편지도 얼른 써야겠다. *별다른 얘기 않고*

작업에 관해서만 이야기할 거야.

494프 ____ 1888년 6월 6일(수)

테오에게

고갱이 제안을 수락할 마음이 있고, 여비만 해결하면 되는 상황이라면, 더 이상 이 양반을 기다리게 두지 않는 게 좋겠다. 이젤에 올려둔 그림이 2점이라 시간은 거의 없지만 그래도 편지는 썼어. 네가 읽어봐서 의도가 명확히 전달될 것 같으면 보내라. 하지만 모호해 보인다면 우리를 위해서라도 보내지 마. 그리고 무엇보다도 네가 이 양반 때문에, 누이를 파리로 부르는 일에 차질을 빚거나 특히 너와 나에게 필요한 일들에 방해를 받아선 안 돼. 왜냐하면 우리 입지도 든든하게 다지지 못한 상태에서 어떻게 다른 사람의 불편을 덜어주고 이래라저래라 할 수 있겠어. 그나마 우리는 지금 형편이 조금 나으니, 최대한 우리 앞에 놓인 옳은 일을 하도록 하자.

편지에 타세 사장님에게 보낼 캔버스 천 견본 동봉한다. 그런데 그 집 캔버스를 계속 써야 할지 고민이다.

일요일 *오전*에 네 편지가 도착하면, 그날 바로 생트 마리에 가서 한 일주일 지낼 계획이야. 바그너에 관한 책을 읽었는데 나중에 보내주마. 정말 대단한 작곡가야. 미술계에도 이런 예술가가 나오면 정말 좋겠다. *그런 날이 올 거다*. 그리고, 이거 알아?

6월 7~8일, 오후 1~7시
코에틀로공가 6번지, 렌느가
레가메의 유화와 데생 전시회

흥미롭겠어. 세계 곳곳을 돌아다닌 형제들이잖아.
악수 청한다.

너를 사랑하는 형, 빈센트

고갱은 물론 다른 화가들의 앞날에 영광이 있을 거라 믿는다만, 예전과 지금 사이 많은 시간이 흘렀어. 비록, 그 사이에 그림 한두 점 정도는 팔겠지만, 그래봐야 달라질 건 없을 거야. 그렇게 지내다가 고갱도 메리옹처럼 낙담한 채 눈을 감을 수 있어. 제대로 작업도 못 하고 지내는 건 결코 좋지 않아. 어쨌든 이 양반 대답을 기다려보자.

494a프

(고갱에게 보내는 편지의 초안)

친애하는 벗, 고갱 선생에게

선생 생각은 자주 했는데, 공허한 말만 전하고 싶지 않았기에 이제야 펜을 들었습니다. 러셀과의 거래는 아직 성사 전이지만, 그래도 그 친구가 기요맹과 베르나르 등 인상주의 화가들의 작품을 구입했으니 선생의 차례도 곧 오지 않을까 싶습니다. 그 친구가 자발적으로 여기까지 오긴 했습니다만, 이미 두 번이나 거부 의사를 밝혀서 더 강요하진 않았습니다. 그래도 다음 기회라는 약속을 주었습니다.

이렇게 편지하게 된 건 내가 아를에서 방이 4개인 집을 임대했다는 소식을 전하기 위해서입니다.

그리고 이런 화가가 한 명 더 있었으면 어떨까 합니다. 프랑스 남부 지역을 돌아다니면서 나처럼 작업에 집중하고 보름에 한 번 정도만 매음굴에 들르는 등 수도사처럼 살 수 있는 화가 말입니다. 그 외에는 작업에 충실하고 시간을 낭비하지 않는 사람이면 충분합니다. 혼자서는 이렇게 외로운 생활을 견디는 게 쉽지 않더군요.

그래서 선생에게 이런 상황을 단도직입적으로 말해볼까 여러 차례 생각했습니다.

나와 내 동생 테오가 선생의 그림을 높이 평가하는 것, 우리 형제가 선생이 조금이나마 심리적으로 편안하게 지냈으면 한다는 것도 잘 아실 겁니다. 하지만 테오가 브르타뉴에 있는 선생과 프로방스에 있는 내게 동시에 돈을 보낼 수 있을 정도로 여유롭지는 못합니다. 혹시 이곳으로 내려와 나와 함께 지내면 어떻겠습니까? 힘을 합치면 우리 둘이 지내기에는 충분할 겁니다. 내가 확실히 장담합니다.

프랑스 남부에 자리 잡으려고 도전한 이상, 여기서 단념할 이유는 전혀 없습니다. 나는 처음 여기 왔을 때 건강이 매우 나빴는데, 지금은 거의 회복했고, 또 1년 내내 야외에 나가 그릴 수 있는 이곳 남부 지방의 매력에 점점 더 빠져들고 있습니다. 생활비는 다소 비싼 편이지만, 그만큼 그림 그릴 기회도 많습니다.

어쨌든 테오가 우리 두 사람 몫으로 매달 250프랑씩 보내준다면, 이곳에서 나와 함께 생활할 용의가 있는지 알고 싶습니다. 만약 그렇다면, 식사는 최대한 집에서 해결하고, 살림은 하루 몇 시간쯤 가정부를 고용하는 식으로 호텔에서 지내는 생활비보다 낮춰야 할 겁니다.

그 대신 내 동생에게 매달 그림을 1점씩 보내주면 됩니다. 다른 작업들은 원하는 대로 얼마든지 해도 되고요. 우리 두 사람이 마르세유에서 전시회를 연다면 우리뿐만 아니라 다른 인상주의 화가들에게도 길을 터주는 셈입니다. 당장은 여행 경비와 침대 등의 집기를 살 돈을 구해야 하는데, 이 문제도 그림을 그려서 해결할 수 있을 겁니다.

이 일을 얼마든지 내 동생과 의논해보십시오. 다만 테오가 선생한테 무언가를 보장하고 책임져주진 않을 겁니다. 단지, 지금까지 우리 형제가 고민해본 결과, 실질적으로 선생을 도울 수 있는 유일한 방법은, 선생이 괜찮다면 나와 같은 집에서 함께 지내는 길이라는 사실이 전부일 겁니다. 우리는 충분히 심사숙고했습니다. 무엇보다 선생의 건강을 위해 필요한 건 심리적 안정 같습니다. 내 생각이 틀렸거나 혹은 남부의 더위가 견디기 힘들 것 같다면, 글쎄요, 다른 해결책을 찾아봅시다. 나는 여기 기후에 아주 잘 적응해 지냅니다. 할 말은 여전히 많지만, 우선 일과 관련된 부분부터 먼저 이야기하는 겁니다. 조속한 시일 내에 우리 형제에게 답장해주기 바랍니다.

495프

테오에게

우체국에서 두루마리를 일반 우편으로 받아주면 커다란 펜 데생 1점을 더 보낼 텐데. 이 그림은 일요일에 피사로 부자(父子)가 온다면 그들이 꼭 봤으면 좋겠거든. 주문한 물감은 일부 받았다. 정말 고마워.

내일은 아침 일찍 지중해가 보이는 생트 마리로 간다. 토요일 저녁까지 머물 예정이야. 캔버스 2개를 챙겼는데, 바람이 너무 심하게 불까봐 걱정이다. 서둘러야 하는 게 여기서 약 50킬로미터나 떨어진 거리거든. 카마르그Camargue를 가로지르는 여정인데, 푸른 들판에 소 떼가 지나다니고 절반은 야생 상태로 방목하는 흰 소랑말들도 뛰어놀아서 아주 풍경이 아름답다.

필요한 화구들도 거의 다 가져가. 네가 지난번 편지에 썼던 그 이유 때문에라도 나는 최대한 많이 그려야 하니까. 이곳에는 개성이 넘치는 게 정말 많아서, 내 데생이 보다 적극적이고 과장에 가까울 정도로 과감했으면 좋겠어.

네 여행 계획, 정확히는 화랑 측에서 제시한 출장 계획이 좀 걱정이다. 출장은 피곤한 일이야. 무엇보다 네 뇌를 더 지치게 할 뿐이니까. 어쨌든 모든 게 내 책임인 것 같다. 네가 이렇게까지 해야 하는 게 나한테 들어가는 돈 때문일 테니까. 이건 정말 아니지 싶다.

그러다가 이렇게 다짐했어. 조만간 괜찮은 작품을 매달 한두 점씩 그려내겠다고. *실력이 점점 좋아지고 있거든*. 그러니까 일단 최대한 늑장을 부리면서 그뤼비 박사와 이야기해봐. 그 양반은 아마 네게 한 1년쯤 편하게 쉬라고 말할 거다. 내 생각이 틀렸으면, 그뤼비 박사가 기분전환으로 충분하다고 말해주면 좋겠다만, 그럴 리가 없지.

고갱에게 편지했다. 그냥 우리가 이렇게 멀리 떨어져서 그림을 그리고 있는 게 유감이라고만 했어. 여러 화가가 힘을 합치지 않는 이 상황도 아쉽다고 했지. 어쩌면 인상주의 화가들의 그림 가치가 단단히 굳어지기까지 수년이 걸릴 수도 있어. 그러니 이 양반을 도우면서 장기적으로 바라봐야 해. 하지만 고갱은 재능이 넘치는 사람이니까, 그와 협력하는 것만으로도 우리는 한 걸음 진일보하는 거야.

네가 원한다면 나도 너를 따라 미국에 가겠다는 말, 진심이다. 비록 지독하게 먼 길이지만 그만 한 가치가 있다면 기꺼이 고생하마.

우리 같은 사람은 아프지 않도록 신경 써야 해. 왜냐하면 우리는 아프면, 얼마 전에 사망한 불쌍한 건물 관리인보다도 *더 외롭고 고립될 테니까*. 그들은 주위에 사람들이 있고, 어쨌든 멍하게라도 집안에서 들고나는 살림들을 보살피잖아. 그런데 우리는 홀로 생각에 파묻혀 지내고, 가끔은 아무 생각도 않고 멍청하게 살고 싶기도 하지.

하지만 우리도 육신이라는 걸 가지고 있으니 함께 살아갈 친구들이 필요하잖아.

코닝에게 전하는 짤막한 작별인사 동봉한다. 토마 영감님 같은 미술상을 어떻게든 끌어들이고 싶다. 너와 함께, 화가들에게 여기로 와서 작업하라고 딱딱 알려줄 사람 말이야. 그러면 고갱도 확실히 이쪽으로 올 텐데.

악수 청하고, 물감, 정말 고맙다.

너를 사랑하는 형, 빈센트

고갱을 책임지는 게 위험 부담이 클 수도 있어. 하지만 그게 우리가 추구해가는 방향과 맞다. 너라면 테르스테이흐 씨나 토마 영감님, 또 다른 사람들의 도움도 얻을 수 있을 거라고 믿는다.

(코닝에게 보내는 편지. 네덜란드어로 작성)

친애하는 코닝에게

테오에게 자네가 네덜란드로 돌아간다는 소식을 듣고 짤막하게나마 작별 인사를 전하고 싶었어. 자네도 분명 뒤랑-뤼엘 화랑에서 열린 인상주의 화가 전시회를 둘러봤겠지. 네덜란드로 돌아가면 아마 한동안 파리에서 경험한 것들을 주변 사람들에게 풀어놓을 수 있을 거야.

테오 말이, 자네는 건강에 큰 문제가 없다던데, 참 다행이야. 우리 같은 일을 하는 사람들은 건강이 정말 중요하잖아. 나는 내일 생트 마리의 바다에 갈 예정이야. 파란 바다와 푸른 하늘을 보러 가는 거야. 간 김에 인물화에 대한 아이디어도 좀 구상할 수 있을 것 같아. 갑자기 인물화를 그리고 싶다는 욕구가 강렬하게 솟구치더라고. 사실, 항상 인물화를 생각하면서도 늘 뒤로 미뤘는데, 따지고 보면 궁극적인 내 목표기도 해.

서서히 솜씨를 갈고닦을 거야. 여기 사람들은 강렬한 태양에 그을려서 피부가 노랗거나 주황색인데, 가끔은 적갈색에 가까운 사람도 있어.

그런데 그림 교환에 관한 소식이 안 들려서 좀 놀랐어. 나는 그림을 교환했으면 하거든.

얼마 전에 데생을 하나 그렸어. 이전의 두 데생보다 훨씬 크게 그렸는데, 바위 위에 서 있는 소나무 여러 그루를 언덕에서 본 장면이지. 전경 뒤로 저 멀리 들판도 있고, 포플러나무들이 서 있는 길도 하나 보여. 맨 끝에 마을이 자리잡고 있고, 햇살이 쏟아지는 들판 너머로 짙은 색 나무들이 서 있어. 자네도 아마 이 데생을 볼 수 있을 거야. 굵직한 갈대 펜으로 얇은 와트먼지에 그렸어. 멀리 보이는 것들은 거위 깃털 펜을 이용해 얇은 선으로 처리했고. 자네도 거위 깃털 펜을 한번 써봐, 갈대 펜으로 그린 선보다 훨씬 특징을 잘 살릴 수 있어.

여기서 처음으로 보낸 상자에 든 그림을 자네도 봤다니 반가운 소식이야. 조만간 다른 상자를 또 보낼 건데, 바다 풍경도 있을 거고, 아마 [……] 인물화도 포함돼 있을 거야.

그렇게 됐으면 좋겠다는 거지. 하지만 지금까지는 여기저기 돌아다니며 밖에서 그림 그리는 일이 더 마음에 들었어. 건강 문제 때문이기도 했고. 인물화는 건강을 완전히 회복한 다음에 다시 시작할 생각이야.

우리가 파리에서 함께 보냈던 시간을 종종 추억하게 될 거야. 네덜란드에 돌아간 뒤에도 소식 계속 전해주겠지? 자네가 건강을 회복하고 활기찬 상태로 돌아가니 정말 잘됐어.

내년에 다시 프랑스에 오거든 하루쯤 시간 내서 여기까지 내려와주게. 자네한테 이 지역의 강렬한 색을 보여주고 싶어.

내일 갈 지역이 어떤 모습일지 정말 궁금해. 특히 그곳의 바다가 말이야.

요즘은 거의 매주 일요일에 투우 경기가 열려. 지난 일요일에는 황소 한 마리가 경기장 울타리를 뛰어넘더니 관중들이 앉은 계단식 좌석으로 뛰어올라갔지. 그런데 여기 원형 경기장이 워낙 높아서 큰 사고는 없었어. 그래도 인근 마을에서는 황소 한 마리가 울타리 밖으로 뛰쳐나가 관중들 몇몇을 들이받고 넘어뜨리면서 마을 쪽으로 뛰어가는 사고가 있었어. 마을 끝자락에 깎아지른 듯한 바위 낭떠러지가 있는데, 성난 황소가 속력을 주체하지 못해서 허공으로 몸을 던져 바위 아래로 떨어졌어.

아무튼 마음으로 악수 청하네.

자네를 사랑하는 친구, 빈센트

496프 ____ 1888년 6월 12일(화)

테오에게

월요일 아침에 네가 보낸 우편환 50프랑 잘 받았다. 정말 고마워. 그런데 아직 편지를 못 받은 건 좀 이상하다.

고갱한테 편지가 왔는데, 50프랑이 동봉된 네 편지 잘 받았고 정말 감동했다고 썼더라. 네 계획을 설명한 편지 말이야. 내 편지는 네게 먼저 보냈던 터라, 이 양반이 편지를 쓸 때는 우리의 제안을 정확히 인지하지는 못했던 모양이야.

그런데 그런 경험이 있었대. 마르티니크에서 라발Charles Laval과 함께 지냈는데, 각자 혼자 지낼 때보다 이득이었다고. 그래서 공동생활의 장점에 충분히 동의한다더라.

장 문제로 여전히 고통스럽다는데, 내가 듣기에도 서글프게 들렸어. 자기 바람을 설명하는데, 자본금 60만 프랑을 모아서 인상주의 화가들의 그림을 다루는 전문상점을 세우고 싶대. 너를 그 회사 대표에 앉히고.

궁핍한 처지에 몰려서 신기루 같은 꿈을 꾸는 것이겠지. 돈에 쪼들릴수록, (거기에 몸까지 아프면) 이런 허무맹랑한 가능성에 기대게 되니까. 그래서 이 계획을 듣자마자, 고갱이 목을 빼고 기다린다는 걸 알았어. 최대한 빨리 그를 도와주는 게 좋겠어.

고갱 말이, 뱃사람들은 무거운 짐을 옮기거나 닻을 끌어올릴 때, 무거운 하중을 견디고 없는 힘까지 끌어내기 위해서, 모두가 함께 노래를 부르며 서로 힘을 북돋워준다더라. 예술가들에게 부족한 게 바로 이거야! 그러니 이 양반이 여기 오는 걸 반기지 않는 게 더 이상한 일이지. 다만 호텔비에 진료비 청구서까지 더해져서 여행 경비가 더 복잡해졌다. 만만치 않은 비용이 들겠어.

그러니 고갱이 여기 오려면 빚을 갚아주고 그림을 담보로 맡겨야 할 거야. 이 조건에 동의하지 않으면 그림을 맡지 않는 대신 빚도 그대로 두어야 하고. 나도 파리로 갈 때 비슷한 상황을 겪지 않았냐. 비록 이래저래 손해는 봤지만 이런 상황에서는 다른 방법이 없으니까, 이대로 진창에 빠져 허우적거리고 있느니 한 발이라도 앞으로 내딛는 게 낫다.

결국 생트 마리에는 못 갔어. 집 안에 페인트칠이 끝나서 비용을 치렀고, 캔버스 천도 제법 많이 장만해야 했거든. 그래서 50프랑에서 겨우 금화 1루이가 남았는데 이제 겨우 화요일 오전이니 어디 갈 형편은 안 되더라고. 다음 주에도 힘들 것 같아.

무리에가 너희 집에 잘 도착했다니 반가운 소식이다.

고갱이 이번에 다시 한 번 사업에 뛰어들기로 하면, 진심으로 파리에서 그럴듯한 일을 해보고 싶은 거라면 당장 그리로 가야겠지. 하지만 그도 최소한 1년쯤은 여기로 와서 머무는 게 이득인 걸 알 거야. 여기서 통킹Tonkin에 있었다는 사람을 만났어. 그 아름다운 곳에 있다가 아파서 이리로 왔다는데, 여기 와서 건강을 완전히 회복했대.

데생을 두세 점 새로 그렸고 유화 습작도 두세 점 새로 작업했어.

타라스콩에 갔다가, 그날 햇살이 어찌나 강하고 먼지도 심하던지, 하는 수 없이 빈손으로 돌아왔다. 마르세유에 몽티셀리가 그린 250프랑짜리 꽃다발 그림과 인물화 여러 점이 있다더라. 러셀의 친구 맥나이트가 봤다는데 나도 마르세유에 직접 가서 보고 싶다.

나는 여전히 여기서 아름답고 흥미로운 그림 소재들을 발견한다. 비용 문제가 발목을 잡지만, 그래도 북부보다 남부에 그림 소재가 더 많아. 너도 카마르그 같은 곳을 두 눈으로 직접 보면 라위스달의 그림과 꼭 닮은 그 분위기에 놀랄 거야.

지금은 새로운 소재를 작업 중이다. 초록색과 노란색이 끝없이 펼쳐진 들판이야. 전에도 두어 번 데생으로 그렸는데 유화로 다시 시작하는 거다. 너도 알지, 렘브란트 제자 중에 드넓은 시골 평원을 자주 그렸던 살로몬 코닝크. 그 사람 그림과 완전히 똑같은 분위기야. 미셸이나 쥘 뒤프레의 분위기도 풍기지만, 아무튼 장미 정원 분위기는 전혀 아니야. 어쨌든 내가 둘러본 건 프로방스의 일부에 지나지 않아. 아직 구경하지 못한 지역에는, 클로드 모네의 그림 같은 자연도 펼쳐져 있겠지.

고갱이 어떤 결정을 내릴지 궁금하다. 예전에 뒤랑-뤼엘 화랑에 35,000프랑에 달하는 인상주의 화가들 그림을 사게 했다는데, 너와도 비슷한 거래를 하고 싶은 모양이야. 다만 시기가 좋지 않아. 네 건강에 문제가 생겨서 과감한 도전을 하기에는 무리가 있으니. 지금으로서는 고갱이 가진 가장 확실한 자산은 그림이고, 그가 할 수 있는 최고의 돈벌이 수단 역시 그림이야. 수일 내로 네게 편지할 거다. 나는 지난 토요일에 이미 답장을 했어.

이 양반이 거기서 진 빚과 여행 경비 등등을 다 갚으려면 제법 액수가 클 거야. *러셀이 고갱의 그림을 사주면 좋겠지만* 지금 집을 짓고 있어서 힘들 거야. 그래도 편지는 써보려고. 내 그림과 바꾸고 싶은 것도 있고, 고갱이 여기로 오겠다면 더 당당하게 물어볼 수 있을 거야. 고갱에게 돈을 주는 대가로 그의 그림을 시세로 사들여도 결코 손해 보는 일이 아니다. 나는 고갱이 마르티니크에서 그린 그림들을 모조리 다 사고 싶구나. 어쨌든 우리가 할 수 있는 건 해보자. 악수 청하고 조만간 편지해주면 좋겠다.

너를 사랑하는 형, 빈센트

살롱전에 소개된 로댕의 여성 상반신상은 도대체 누구일까? 러셀 부인일 리는 없어. 그건 지금 한창 작업 중일 테니까.

무리에의 억양이 정말 대단하지? 항상 코냑에 물을 타서 마셔서 그런가.

497프 ___ 1888년 6월 12일(화) 혹은 13일(수)

테오에게

네 편지가 아직 오지 않아서 몇 마디 더 적는다. 아마도 내가 생트 마리에 가 있다고 생각해서 그런 거겠지.

월세에 문과 창문 페인트칠 비용, 캔버스 천 구입비가 한꺼번에 나가서 그런데, 돈을 며칠 앞당겨서 보내주면 정말 고맙겠다.

밀밭이 배경인 풍경화를 작업 중인데, 흰 과수원 그림 수준쯤 된다. 두 풍경화 모두 얼마 전 앵데팡당전에 출품했던 몽마르트르 언덕과 비슷한데, 더 안정적이고 특징이 살아 있어.

또 다른 소재는 농가와 짚단 더미인데 아마 같이 짝을 이루는 그림이 될 것 같아.

고갱은 어떤 그림을 그릴지 궁금하다. 여기로 와주면 좋겠구나. 너는 앞날을 그려봐야 부질없다고 여길지 모르겠지만, 그림이라는 게 서서히 그려나가면서 동시에 앞으로의 상황도 미리 계산해야 하는 거야. 나도 그렇지만 고갱도 그림 몇 점 팔면 형편이 훨씬 나아질 거야. 작업을 계속하려면 어떻게든 생계는 해결해야 하니, 생활이 보장되는 든든한 기반이 있어야 해.

이 양반과 내가 여기 *오래 머문다면*, 점점 더 개성적인 그림을 그리겠지. 왜냐하면 당연히 이 지역의 풍광을 속속들이 다 연구했을 테니까.

나로서는 남부에서 본격적으로 시작했고, 이제는 다른 곳으로 방향을 바꾸는 건 생각하기 힘들다. 옮겨갈 생각보다는 이 지역을 더 깊숙이 파고드는 게 이로울 거야. 뭘 해도 (사업과 관계된 것이라도) 자제하면서 소극적으로 하기보다, 큰 규모로 벌여야 성공할 기회가 더 많아진다. 그래서 한 30호 정도로 과감하게 키워서 그려볼까 해. 여기서는 4프랑에 파는데 운송비를 생각하면 비싼 가격은 아니야.

마지막에 그린 밀밭 풍경화가 단연 압도적으로 좋다. 의외로 파란색과 노란색으로 커피 주전자와 잔들, 접시 등을 그린 정물화가 견줄 만하고.

데생이 좋아서 그런 모양이다.

나도 모르게 전에 봤던 세잔의 작품이 문득문득 떠오르는데, 그의 그림이 프로방스의 억척스러운 면을 강조했기 때문이겠지. 포르티에 씨 집에서 봤던 〈추수〉처럼 말이야. 지금은 봄과는 완전히 다른 느낌으로 변했지만, 벌써부터 타들어가기 시작하는 자연의 분위기가 싫지 않다. 짙은 황갈색에 청동색, 구리색이 지배적이고 거기에 흰색으로 달궈놓은 초록색과 파란색 하늘이 대비를 이루는데, 이 분위기가 만들어낸 감미로운 색조는 더 없이 조화롭게 어우러지면서도 들라크루아식의 강렬한 대비를 이룬다.

고갱이 함께한다면, 우리는 한 걸음 앞서갈 수 있어. 그러면 분명히, 우리는 남부의 개척자로 입지를 굳히고 아무도 그 사실에 반박하지 못할 거야. 나는 나머지 그림을 압도하는 이 풍경화 속에 표현한 색들을 자유자재로 다룰 수 있어야 해. 포르티에 씨의 말이 기억난다. 처음에는 자신이 소장한 세잔의 그림들을 대수롭지 않게 보았는데, 다른 그림들과 나란히 세우니 다른 색들을 완전히 압도하더래. 게다가 세잔이 금색을 표현한 걸 보면, 얼마나 색을 격조 있게 사용하는지 알 수 있어. 그래서 말인데, 어쩌면 내가 제대로 된 궤도에 오른 것도 같고, 내 눈이 이곳의 자연에 잘 적응해가는 것도 같아. 확실히 그런지는 일단 조금 더 두고 보자.

마지막에 그린 그림은 화실의 벽돌 바닥에 두어도 절대로 밀리지 않아. *시뻘건* 벽돌을 오히려 배경으로 삼듯, 색감이 죽거나 희멀겋게 뜨는 일이 없어. 세잔이 그렸던 엑상프로방스의 자연도 여기와 흡사해. 같은 크로 지역이지. 내가 캔버스를 들고 집으로 돌아오며 '그래, 내가 세잔 영감님과 똑같은 색조를 다룰 수 있게 됐어' 하고 중얼거리는 건, 말하자면, 세잔이 졸라와 마찬가지로 *이 지역 출신이라서* 이곳의 자연을 속속들이 알았는데, 그런 사람과 똑같이 계산해 보고 똑같은 색조를 낼 수 있다는 뜻이다. 한눈에 서로 어우러져 보이지만, 뜯어 보면 서로 닮은 구석이 하나도 없는 색들을 말이야.

악수 청한다. 며칠 내로 또 편지 보내주기 바란다.

너를 사랑하는 형, 빈센트

498프 ___ 1888년 6월 15일(금)과 16일(토)

테오에게

모호할 경우에는 자제하는 편이 낫다고, 아마 내가 고갱에게 편지했을 거야. 이 양반의 답장을 읽고 난 지금도 여전히 같은 생각이다. 그 양반이 자기 입장을 번복한다면, 그야 얼마든지 그 양반의 자유지. 다만 지금 이 상태에서 고갱에게 긍정적인 답변을 강요한다면 우리 이미지가 어떻게 비칠지 모르겠다.

네 편지는 잘 받았어. 정말 고맙다. 안에 든 게 여러 개더라. 특히 동봉된 100프랑 지폐, 고마워. 전신환이 늦은 건, 일요일 소인이 찍힌 걸 보니 우체부 실수 같은데, 뭐, 상관 없지. 생트 마리행 열차는 매일 있으니까. 다만 내 발목을 잡았던 건, 캔버스와 밀린 월세였어.

전에도 언급했다시피 타세 상점의 캔버스가 야외 작업에서 마음에 안 드는 점이 너무 많아. 앞으로는 일반용을 써야겠기에, 틀까지 포함해서 캔버스 천을 50프랑어치 샀어. 캔버스 크기도 다양하게 필요하고. 물론 네게 보낼 때는 두루마리로 말면 돼. 30호, 25호, 20호, 15호, 전부 다 큰 편이지. 사각형 모양이고. 큰 크기가(막상 그려 보니, 그렇게 큰 것도 아니더라) 내 작업에 잘 어울려.

그런데 네 편지 내용들에 대해 이야기해보자. 모네 전시회를 열었다니 축하한다. 가보지 못해서 정말 유감이다. 테르스테이흐 씨의 방문은 나쁠 건 없어. 그가 나중에 분명히 다시 찾겠지만, 아마 네 생각대로, 그러면 너무 늦어져. 그나저나 그 양반이 웬일로 졸라에 대한 생각을 바꿨을까. 내가 겪어봐서 아는데, 남들이 자기 이야기하는 걸 못 견디는 양반이거든. 성격도 참 희한하지. 그래도 그 양반과의 일에 희망을 버리지 말자. 테르스테이흐 씨가 남다른 건, 사고방식은 경직되었지만, 일단 무언가가 처음에 생각했던 것과 다르다고 확실히 깨달으면 졸라처럼 과감할 정도로 적극적으로 바뀐다는 거야. 불행히도 우린 이 시대를 앞서가고 있는데, 우리를 도와줄 그는 이미 연로했고 마땅한 후계자도 보이지 않아. 아, 그 양반과 네가 지금 이 사업과 관련해서 한배를 타지 않았다는 게 얼마나 슬픈지! 어쩌겠어. 이런 게 소위, 운명이라는 거겠지.

기 드 모파상을 만났다니 정말 운도 좋다. 얼마 전에 그가 스승인 플로베르에게 헌정하는 『시선집』을 읽었어. 「물가에서」라는 시는 거의 *자전적인 내용이더라.* 화가로 치면 렘브란트 곁에 서 있는 델프트의 페르메이르야. 프랑스 소설가로는 졸라에 버금가는 인물이니까.

어쨌든 테르스테이흐 씨의 방문은 감히 상상도 못 했고, 그 양반이 이렇게 협조적으로 나올 줄도 전혀 예상하지 못했다.

어쩌면 고갱과의 일도 가능성이 있겠어. 한번 기다려보자. 안 그래도, 그가 궁지에 몰린 것 같아서 자책이 되더라. 나보다 유능한 건 그 친군데, 정작 쓸 돈은 내가 가졌다니! 그래서 내가 내 몫의 절반을 가지라고 말했다. 그가 수락한다면, 그렇게 해주자.

그러나 고갱이 별로 다급하지 않다면 나도 굳이 서두르진 않을 거다. 확실히 제안을 철회하겠어. 남은 고민은 간단해. 내가 같이 작업할 동료 화가를 구하는 게, 과연 잘하는 일일까? 테오와 내게 도움이 될까? 그 동료는 어떤 손해 혹은 이득을 얻을까? 맞아, 이것들이 현재 나를 사로잡고 있는 고민거리야. 하지만 그 사실 여부는 직접 만나봐야 알겠지.

고갱 일은 그만 얘기할게. 지난겨울에 이미 충분히 검토했잖아. 결과는 너도 잘 알고. 나는 인상주의 화가들의 연합이 12인의 영국 라파엘 전파 연합과 비슷한 성격을 띨 거라고 생각한다. 이런 연합이 반드시 탄생할 수 있다고 믿고. 그렇기 때문에 예술가들이 각자 값나가는 작품들을 연합에 내놓고 그 이익과 손해를 공통으로 짐으로써, 미술상에게서 독립해서 서로의 생계를 보장할 거라고 생각하는 거야. 물론 영원히 지속될 거라는 건 아니고, 다만 존속하는 동안만큼은 화가들이 꿋꿋하게 버티며 그림을 그릴 수 있어.

그러나 내일 당장 고갱과 그의 채권자인 유대인 은행가들이 찾아와 그림을 10점 주문하는데, 예술가 협회가 아니라 미술상 협회로 의뢰한다면, 글쎄, 내가 과연 그들을 믿고 거래할지 모르겠다. 반면에 예술가 협회라면 50점도 기꺼이 내놓겠어.

리드와의 일과 비슷하지 않아? 아니, 본인도 똑같은 짓을 하면서 무슨 이유로 가브리엘 드 라 로케트Gabriel de la Roquette*를 웃기는 사람이라고 말한 거지? 은행가들로 구성된 단체를 왜 예술가 협회라고 부르는 거냐고? 그만하자. 세상에, 본인이 마음 동하는 대로 하는 것까지 뭐라고 하겠냐마는, 난 그 계획이 마음에 안 들어. 그보다는 차라리 지금 상태가 더 낫지. 굳이 통째로 뜯어고쳐서 설익은 개혁을 하느니, 있는 그대로 받아들이는 게 더 낫다고.

'예술가를 위한 예술', 그 위대한 혁명은, 아, 아마도 유토피아일 뿐이겠지. 너무나 속상하지만, 어쩔 수 없지.

인생은 너무 짧고 너무 빨리 지나간다. 그렇다고 해도, 화가라면 그림을 그려야지.

너도 잘 알다시피 지난겨울 피사로를 비롯한 여러 화가들과 이 문제에 대해 많은 이야기를 나눴잖아. 거기에 굳이 다른 사족은 달지 않고 딱 하나만 덧붙이마. 난 연말까지 50여 점을 더 그릴 계획인데, 만약 이걸 해내면 내 입장을 그대로 고수하겠어.

오늘 우체국에 가서 데생을 3점 보낼 거다.

* 파리에서 활동한 미술상

농가 마당의 짚단 더미는, 좀 어색해 보일 수도 있어. 이런 분위기의 유화로 그릴 거라고 미리 알려주려고 대충 그려서 그래.

〈추수〉는 좀 더 진지하게 다루고 있어.

이번 주에 30호 캔버스에 그리기 시작한 그림이다. 완성되려면 아직 한참 남았는데도, 정물화 딱 1점만 빼고, 공들여 그린 다른 그림들을 모두 압도하더라. 맥나이트와 아프리카에 다녀왔다는 그의 친구가 오늘 보고 갔는데 이제껏 본 내 그림들 중에서 단연 최고래. 앙크탱과 토마 영감님처럼, 대개는 그런 칭찬을 들으면 몸 둘 바를 모를 텐데, 난 이렇게 다짐했다. '나머지 그림들도 끝내주게 좋다는 소리를 듣겠어. 반드시!' 그게, 습작을 그려서 돌아올 때마다 이렇게 되뇌거든. '매일 이렇게만 그린다면 다 잘될 거야.' 하지만 허탕치고 돌아와서도 똑같이 먹고, 자고, 돈을 쓰고 있을 때는, 나 자신이 한심하고 미친놈, 불량배, 정신 나간 늙은이 같다.

그나저나 친애하는 우리 옥스 박사님, 그러니까 스웨덴 친구 무리에 말이야, 난 그가 제법 마음에 든다. 안경을 걸친 순진하고 착한 얼굴로 이 험악한 세상 속에 들어오다니. 그 누구보다 순수한 마음을 지녔고, 더없이 바른 성품을 가진 친구야. 그림은 얼마 안 그렸다니까 작품이 형편없는 건 대수롭지 않았고. 몇 달간 거의 매일 얼굴을 보고 지냈어.

그런 친구가 왜 원래 하던 일을 그만뒀을까? 이런 게 아닐까. 신경쇠약인가를 이겨내려고 프랑스 남부로 왔다고 했거든. 이런저런 문제들 때문에 병이 생겼고, 그래서 직업까지 바꿔야 했고. 근데 여기서는 *완벽하게 잘 지내*. 침착하고 차분하고. 요동치는 파리의 분위기며 급격한 분위기가 너무 강렬했던 거야. 자신이 꿈꿔왔던 파리와도 전혀 달랐고. 그러다 보니 걱정이 많아지고 무뚝뚝해지고, 그 과정에서 어리석은 짓을 하게 된 거지.

이 친구가 어서 이 정신적인 문제들을 이겨내기를 바란다. 그러니 일단은 그냥 대수롭지 않게 여기면서 본인이 원하는 대로 하게 내버려두고 지켜보자. 러셀에게 많이 의지하는데(내 생각에는), 조언자나 길잡이가 되어주길 바라는 듯해. 러셀이 그가 필요로 하는 걸 *전부* 가진 건 아니라고 말해줘도 소용없어.

하지만 러셀도 주변 상황들에 휘말려 쩔쩔매는 이 친구를 보면, 진지하게 받아들이고 어떤 식으로든 도움을 줄 거라고 믿는다. 러셀은 본능적으로 파리라는 도시를 두려워하는 사람들 사이에서는 나름 꽤 유명인사야.

이게, 콕 집어 설명하기가 힘드네. 러셀은 정말 괜찮은 사람이지. 근데 말이야, 파이프 담배를 피우고 커피에 코냑을 타서 마시라고 강요할 수 없듯이, 파리를 좋아하라고 강요할 수는 없는 일이다. 러셀은 부자이지만 파리에서 큰돈을 잃었기 때문에, 사람들에게 이렇게 말하는 거야. "내가 어떤 일들을 겪었는지 보라고!" 어쨌든 러셀에게 편지는 쓸 생각이야.

맥나이트가 나한테 불만이 좀 있었나 본데, 러셀이 그냥 조용히 있으라고 했다더라.

왜 이런 이야기까지 하냐면, 네가 스웨덴 친구에 관한 내 의견에 동의하지 않아도 충분히 이해한다고 말해주고 싶어서야. 무리에가 그런 식으로 행동했다니, 파리에 가서 신경쇠약이 다시 도진 모양이야. 그가 제롬처럼 파리에서 화려한 화실을 얻어서 돈을 낭비한다면 심각한 일이야. 안 그래도 지금 큰 손해를 보고 있는 건 아닌지 살짝 의심스럽거든. 다소 좋지 않은 소문이 도는데, 뭐, 스스로 자초한 면도 있어. 조언을 들으려 하지 않으면 어쩔 수 없지. 그 대신, 같이 지내선 안 돼.

고갱에게는 직접 편지하지 않을 거야. 일단 너한테 먼저 보낸다. 모호할 때는 자제하는 편이 나으니까. *우리가 더 이상 언급하지 않으면*, 이 문제는 그가 먼저 주도적인 모습을 보여야 한다는 의사를 명확히 알아들었다는 답변만 돌아온다면, 그 양반이 어떤 쪽으로 기울지 알 수 있겠지. 만약 별 관심이 없거나 아무래도 상관없다는 식의 반응이면, 혹은 머릿속에 딴 생각을 하는 것 같으면, 그땐 그 양반이나 나나 각자 알아서 갈 길을 가야겠지.

너와 무리에에게 악수 청한다.

너를 사랑하는 형, 빈센트

고갱의 계획에서 특히 이 부분이 이해가 안 돼. '협회는 회원인 화가가 작품 10점을 제공하면 *그 대가로 보호의 의무를* 다한다. 10인의 화가가 참여할 경우, '일단' 유대인 협회가 100점을 확보한다.' 그런데 이 협회가 보장한다는 보호는 실체도 없는데 비싸기까지 해!

499프 ____ 1888년 6월 10일(일)에서 17일(일) 사이

생트 마리에서

테오에게

드디어 지중해와 맞닿아 있는 생트 마리에 와서 편지를 쓴다. 지중해의 바다색은 마치 고등어 같더라. 시시각각 변한다는 뜻이야. 초록색이나 보라색이었다가, 파란색으로 바뀌는가 싶다가, 곧바로 반사되는 빛에 분홍색이나 회색으로 보이거든.

혈육이라는 게 참 신기한 게, 여기 오니까 나도 모르게 뜬금없이 해군 출신인 얀 큰아버지가 떠올랐어. 큰아버지는 이 바다 인근을 수도 없이 보셨을 거 아니냐.

가져온 캔버스 3개를 그림으로 채웠어. 바다 풍경 2점과 마을 풍경 1점이야. 데생도 몇 점 그렸는데, 그건 내일 아를로 돌아가면 우편으로 보내줄게.

하루 4프랑으로 숙식을 해결해왔는데 이제 하루 6프랑을 달라고 한다.

형편이 되면 나중에 다시 이곳을 찾아 습작을 더 그릴 생각이야.

여기 바닷가는 모래사장이라 절벽이나 바위는 없어. 네덜란드와 비슷한데 모래언덕이 적은 편이고 색이 더 파래.

그리고 센 강변보다 훨씬 더 맛있는 생선 튀김을 먹을 수 있다. 다만 매일 먹을 수 있는 건 아니야. 어부들이 잡은 고기를 마르세유로 가져가 팔거든. 그래도 남는 생선이 있으면 먹는데, 정말 맛있어. 그런데 생선이 안 남으면, 제롬의 그림 속 '펠라*의 정육점'같이 맛있는 고기를 파는 곳이 없기 때문에 근사한 음식을 먹기는 힘들더라.

내가 있는 동네, 아니 이 마을 전체를 통틀어도 겨우 100가구 남짓 돼 보여. 예전에 성채였던 낡은 교회 뒤에 있는 주요 건물은 병영으로 쓰이고 있어. 집들은 드렌터의 황야나 이탄 지대의 집과 분위기가 비슷해. 데생으로 그려서 보낼 테니 잘 봐봐.

여기서 그린 습작 3점은 두고 가야 해. 마르지가 않아서 5시간 동안 요동치는 마차 안에서 망가질 게 뻔하거든. 어쨌든 다시 돌아올 계획이니까 뭐.

다음주에는 타라스콩에 가서 습작 두세 점 그릴 계획이다.

아직 편지하기 전이라면 평소처럼 아를로 보내면 된다.

아주 근사하게 생긴 군인경찰이 나를 보더니 이것저것 물어보더라. 신부님도 마찬가지고. 여기 사람들은 다들 괜찮은 사람들 같아. 신부님도 아주 품위가 넘쳐.

여기는 다음달부터 해수욕 철이 시작된다고 하네. 해수욕하러 오는 사람들은 대략 스무 명에서 쉰 명 정도래. 나는 내일 오후까지 머물면서 데생을 몇 점 더 할 거야.

밤이 내린 뒤에 한적한 해변을 거닐었어. 딱히 유쾌하지도 않았지만, 그렇다고 서글플 일도 없더라. 그냥 아름다웠어. 진하고 그윽한 파란 하늘에 기본적인 파란색 위에 강렬한 코발트를 입힌 것보다 더 진한 파란색 구름이 떠다니고, 밝은 파란색 구름도 마치 푸르스름한 은하수처럼 길게 이어져 있었어. 그런 파란색을 배경으로 별들이 초록색, 노란색, 흰색, 연분홍색으로 밝게 빛나는 게, 네덜란드나 파리 하늘에서 본 별에 비하면 마치 찬란한 보석 같더라. 오팔, 에메랄드, 루비, 사파이어 같은 보석. 바다는 아주 진한 군청색이었고 해변은 수풀과 함께 보랏빛과 연한 적갈색으로 보였어. 모래언덕(약 5미터 높이) 위의 수풀은 프러시안블루였고.

반절 크기의 데생 말고도 크게 데생 하나를 더 그렸는데, 마지막에 그린 그림과 짝을 이룰 그림이야.

조만간 또 연락하자. 악수 청한다.

너를 사랑하는 형, 빈센트

* 북아프리카나 이집트의 농부

빌4네 ____ 1888년 6월 중순 이후

사랑하는 누이에게

편지 고맙다. 소식 기다리고 있었어. 마음 내킬 때마다 편지하겠다고 장담할 엄두도 나지 않고, 네게 자주 편지하라고 말하기도 미안하고, 그렇구나. 우리가 자주 편지를 주고받는다고 서로에게 도움이 되지는 않을 테니 말이야. 너나 나나 예민한 성격들인 데다, 네가 편지에 쓴 것처럼 우울한 시기에는 더 무섭게 침잠하니까. 나도 종종 겪는 문제란다.

어느 지인이 그러더라. '온갖 질병에 대한 최고의 약은 철저히 무시해버리는 것'이라고.

네가 말하는 그 침잠에 대한 치료약은, 내가 아는 한 이 세상에서 자라는 약초에서는 찾을 수 없어. 나는 그냥 아주 독하고 쓴 싸구려 커피를 연거푸 마시곤 한다. 그게 이미 망가진 내 치아에 도움이 되어서가 아니라, 효과 좋은 강장제 같은 이 음료가 내 상상력을 강력하게 자극해서 어떤 믿음, 종교적인 신앙(우상이나 그리스도, 혹은 식인풍습을 향한) 같은 걸 심어주기 때문이야. 그나마 다행인 건, 지금까지 웬만해선 내 동료들에게 이와 같은 혹은 유사한 치료법을 효과적이라고 권장하지 않았다는 거야.

그런데 이곳의 태양은 *차원이* 달라. 그러니 이 지역에서 자란 포도로 만든 와인이 얼마쯤은 좋겠지. 정말이지 우리나라 사람들은 박쥐나 두더지처럼 눈이 멀었고 거의 범죄 수준으로 멍청하다. 왜 인도 등지의 밝은 태양이 빛나는 곳으로 갈 생각을 못 하는 거야? 한쪽만 알고 끝내는 건 정말 멍청한 짓이야. 반대쪽에 뭐가 있는지 들여다보기 전까지 만족해서는 안 돼.

네가 말한 정상참작이라는 거, 그걸 해주더라도 잘못된 행동이나 실수의 책임이 없어지는 게 아니라는 그 말, 그건 엄연한 사실이야. 우리나라 역사를 돌이켜봐. 네덜란드 공화국의 흥망성쇠를 돌아보면 내 말이 무슨 뜻인지 알 거야. 어쩔 수 없었다는 식으로 주장하는 정상참작 따위에 기대서는 안 돼. 기독교적인(요즘 흔히들 쓰는 완화된 의미에서) 자세는 아니겠지만, 우리에게는 차라리 그게 더 나아. 남들을 위해서도 마찬가지야. 에너지는 에너지를 만들어내지만, 무기력은 남들도 무기력하게 만드는 법이야.

우리는 지금, 모든 게 형언할 수 없을 정도로 끔찍하고 비참한 그림 같은 세상을 살고 있어. 전시회며 화랑이며 모든 게 다 중간에서 돈을 가로채는 사람들에게 장악됐어. 그냥 내가 상상으로 만들어낸 이야기가 아니야. 사람들은 작고한 화가의 그림에는 거금을 내놓지. 이 세상에 없는 화가들의 그림을 마치 무슨 결정적인 증거처럼 내놓으며 살아 있는 화가들의 그림을 무시해.

이런 상황을 뒤바꿀 수는 없다. 그건 나도 알아. 자신의 안위를 위해서라도 그냥 포기하거나 보호받을 수 있는 누군가의 밑으로 들어가거나 아니면 돈 많은 여자의 마음을 사로잡거나 그와 비슷한 일을 하는 수밖에 없어. 그러지 않고서는 어떤 작업도 불가능해. 자신의 작업을 통해 독립을 쟁취하고 남들에게 이런저런 영향을 끼치겠다는 희망은 물거품이 될 수밖에 없어.

그래도 그림 그리는 행위는 실질적인 기쁨을 가져다줘. 지금 여기, 대략 스무 명의 화가들이 있어. 모두들 가진 돈보다 빚이 더 많고 다들 떠돌이 개와 비슷한 처지로 살아. 그러나 앞으로 그 어떤 공식적인 전시회에 참가하는 화가들보다 두각을 나타낼 거야. 그림 솜씨로 말이야.

화가가 가져야 할 가장 중요한 덕목은, 그림을 제대로 그릴 줄 아는 실력이다. 그림을 그릴 줄 아는 화가, 그것도 그럴듯한 그림을 그려내는 화가들은 오래도록 남게 될 무언가, 남달리 아름다운 것들을 알아보고 즐길 줄 아는 눈을 가진 사람들이 있는 한 영원히 존재하게 될 그런 값진 것들을 만들어내는 원천이 될 수 있어. 더 많이, 더 열심히 그리는데도 불구하고, 부를 쌓지 못하는 건 여전히 아쉽고 유감스럽다. 현실은 오히려 그 반대거든.

그렇게만 할 수 있어도, 많은 걸 성취해내고 더 많은 사람들과 교류할 수 있을 텐데. 못 할 게 뭐냐? 지금은 모두가 먹고사는 일에 얽매여 있느라 뭐든 자유롭게 할 수 없는 처지야.

아르티 클럽에 내 그림을 보냈는지 물었지? 천만의 말씀. 다만, 테오가 테르스테이흐 씨에게 인상주의 화가들의 그림 여러 점을 보냈는데, 그 안에 내 그림이 1점 포함돼 있을 뿐이야. 그런데 테오 말이, 테르스테이흐 씨나 다른 화가들은 그 그림들에 별 흥미를 못 느끼더래.

뭐, 충분히 이해할 수 있어. 대부분 그런 반응부터 보이거든. 다들 인상주의 화가 이야기는 한두 번 들어봤고, 그러면서 기대치가 높아지거든. 그래서 작품을 처음 보는 순간에 크게 실망한다. 대충 그렸나 싶고, 흉측해 보이기도 하고, 칠은 물론 데생과 색감도 엉망이어서, 세상에 이렇게 형편없는 그림이 또 있을까 싶을 정도라는 생각이 들거든.

솔직히 내 첫인상도 그랬어. 마우베나 이스라엘스를 비롯해 여러 유능한 화가들의 화풍을 머릿속에 가득 담은 채 파리에 도착했을 때 말이야. 심지어 파리에서, 인상주의 화가들의 단독전 때도 마찬가지였어. 당시, 관람객 대부분의 얼굴에 실망한 표정이 역력했지. 심지어 분개하는 사람까지 있었고. 아마도, 교회에서 나오자마자 도멜라 니우엔하위스나 다른 사회주의자들이 늘어놓는 장광설에 동조하며 분개하던 선량한 네덜란드 사람들의 심정과 비슷했을 거야.

그런데 너도 알다시피, 근 10~15년 사이 국교의 체계는 무너져내렸지만, 사회주의자들은 여전히 활동하고 있어. 그리고 비록, 너나 나는 그 어느 쪽에 속하거나 동조하는 성향은 아니지만, 앞으로도 이런 분위기는 한동안 지속될 거야.

오늘날의 예술, 그러니까 소위 모두에게 익히 알려진 공적인 분야의 이 예술, 이를 가르치는 예술 교육 그리고 이 모든 것들을 관리하는 행위나 관련된 조직은 하나같이 멍청하고 시대에 뒤처졌어. 체계가 무너져내린 그런 종교와 다를 바 없다는 거야. 오늘날의 예술은 영원히 지속될 수 없어. 제아무리 많은 전시회가 열리고, 제아무리 많은 화실과 학교가 생기더라도 말이야. 파동이 휩쓸고 간 튤립 시장의 운명과 다를 게 없다.

하지만 이 모든 게 우리가 상관할 문제는 아니지. 우리는 새것을 만들어내는 사람도 아니고, 옛것을 지키고 보존할 위치에 있는 사람도 아니니까.

그런데 영원히 남는 건 있어. 그림을 그리는 화가. 진정으로 꽃을 사랑하는 사람은 언제나 꽃을 사랑할 뿐만 아니라 자신이 직접 키울 수도 있지. 튤립을 파는 장사꾼들과는 달라.

그렇기 때문에 인상주의 화가들이라고 부르는 이 스무 명 남짓 되는 화가들은 비록, 몇몇은 그럭저럭 부를 쌓기도 하고 사회에서 명망 있는 인물이 되긴 했지만, 대부분은 싸구려 카페나 여인숙에서 기거하며 근근이 하루를 버티며 지내고 있어.

그렇지만 *언젠가*, 내가 말한 이 스무 명의 화가들이 눈에 보이는 것들을 아주 그럴듯하게 그려낼 날이 올 거야. 이름을 널리 알린 유명한 예술가들보다 훨씬 그럴듯한 그림을.

이런 이야기를 하는 건, 내가 이 인상주의 화가들이라 불리는 프랑스 화가들과 친분이 있고, 개인적으로 잘 알고 지내거나 좋아하는 이들이 여럿이라고 말해주고 싶어서야.

그리고 내 기법들도 마찬가지야. 예전에 네덜란드에서 그림을 그리던 시절에도 색감에 대해서는 이들과 생각이 같았어.

흰 국화와 금잔화가 섞인 수레국화는 파란색과 주황색으로 그릴 수 있는 그림 소재야. 헬리오트로프와 노란 장미는 자주색과 노란색으로 표현할 수 있는 소재이고. 진한 초록색 잎사귀가 달린 개양귀비와 빨간 제라늄은 빨간색과 초록색으로 그릴 수 있는 소재지. 이게 기본인데, 이걸 더 세분화하거나 서로 보완해서 완벽하게 만들 수도 있지만, 서로를 돋보이게 하거나 잘 어울리게 하고, 남자와 여자처럼 서로 보완하고 어울리는 색을 별도의 그림 없이 너한테 설명하기에는 이 정도가 충분하겠다.

이런저런 이론들을 설명하려면 글이 아주 길어질 거야. 그렇다고 아예 못 할 일도 아니지.

옷이며 벽지며 또 뭐가 있지? 아무튼, 색의 원칙만 고려하면 얼마든지 조화로워질 수 있어.

이스라엘스나 마우베가 원색을 쓰지 않고 늘 회색 계열로 그렸다는 건 너도 알 거야. 하지만 이 두 사람을 우리가 좋아하고 존경한다고는 해도, 두 사람은 색에 관해서 만큼은 요즘의 경향을 따라가지 못하는 게 사실이야.

좀 다른 이야기인데, 내가 볼 때, 바이올린이나 피아노를 연주할 줄 아는 사람들은 대단히 흥이 넘치는 사람들이야. 그들이 연주를 시작하면 모두가 주변에 모여들어 밤새도록 즐기거든. 화가도 그렇게 할 수 있어야 해. 나는 야외에서 그림을 그릴 때 주변에 구경꾼들이 모여들면 기분이 좋더라. 밀밭에 나와 있다고 해보자. 거기서 몇 시간 머물며 밀밭도 그리고 그 위로 펼쳐진 하늘도 그리고 저 멀리 펼쳐진 풍경도 그리겠지. 그 과정을 곁에서 지켜본 사람이라면 아마 인상주의 화가들에 관한 험담이나 그들의 솜씨가 형편없다는 식의 이야기를 쉽게 내뱉지 못해. 무슨 말인지 이해하겠니?

그런데 요즘은 우리와의 동행에 충분히 관심을 보이는 지인들이 별로 없어. 하지만 일단 관심이 생기면 거의 열광에 가까운 반응으로 바뀔 텐데.

몇 달씩을 화실 안에서 작업하고서는 이루 말할 수 없을 정도로 무미건조한 결과물을 내놓는 화가들과 비교해봐.

새로운 방식의 그림 그리기가 남다른 걸 만들어내는 걸 이해할 수 있지 않아? 내가 이런 식으로 그려보고 싶은 게 또 있어. 오전이나 오후 몇 시간 만에 초상화를 뚝딱 그려내는 거야. 사실은 종종 그렇게 그렸다. 그렇다고 해서 다른 그림을 그리는데 더 많은 시간이 필요하다는 뜻은 아니야. 어제 우편으로 네게 데생 1점을 보냈는데 커다란 유화의 첫 번째 스케치로 쓴 거야 ("그림이 제대로 표현된 것 같은지 네 의견을 알려주면 좋겠다. 꼭 알고 싶구나.").

말했듯이, 단 1시간 만에 개성 넘치는(특별한 주문을 하지 않았음에도) 초상화를 그려내는 화가가 최소 스무 명이 넘는다니, 또 이 스물 남짓한 화가들이 하루 중 아무 때나, 그 어떤 풍경이라도, 온갖 색조와 효과를 동원해, 거침없이 즉석에서 그려낼 수 있다니, 정말 놀랍지 않아? 그런데 그들 곁에서 그 과정을 지켜보며 지지해주는 사람이 없다는 것도 신기하지. 이 스물 남짓한 화가들은 언제나 홀로 작업한다! 이들이 이런 상황인 걸 모두가 알았으면 좋겠는데, 아는 이가 거의 없지.

그래서 난 이런 상상을 하곤 한다. 다음 세대에, 주저없고 거침없는 계산으로 정확히 구도를 측정하고, 능수능란하게 색을 배합해, 번개 같은 속도로 그림을 그려내는 화가들이 탄생할 수 있기를 말이야. 후대의 그 화가들은 무명 화가로 남아 있는 우리와 달리, 그들의 솜씨로 그리는 초상화, 풍경화, 혹은 다양한 실내 그림들을 주문하는 대중들의 사랑을 받게 될 거라고.

너무 그림 이야기만 늘어놓았네. 너에게 이해시키고 싶어서 그랬다. 테오가 자신이 맡고 있는 인상주의 화가들의 상설전시회를 열게 된 것이 얼마나 중요한 일인지 말이야. 내년은 아주 중요한 한 해가 될 거다.

프랑스 작가들이 문학의 대가라는 사실에 이론의 여지가 없듯이, 프랑스 화가들 역시 대가들이야. 현대 예술의 측면에서 보면, 들라크루아, 밀레, 코로, 쿠르베, 도미에 등의 프랑스 화가들은 세계 여러 나라 그림들의 화풍을 지배하는 작가들이라고 할 수 있어.

아! 오늘날, 예술계에서 공식적으로 대가라고 인정받는 예술가들의 무리는 이전 세대의 예술가들이 세워놓은 영광을 누리기만 한다. 그만한 능력은 갖추지도 못한 주제에! 이 인간들은 지금까지 프랑스 예술이 차지하고 있던 비중을 유지하는데 일조할 능력도 없어. 내년에는 대중의(역사적인 관점을 고려하지 않고 모든 걸 바라보게 되는) 관심이 아니라, 무언가를 잘 알고 있는 사람들의 관심이 아마 작고한 대가들의 회고전이나 인상주의 화가들의 전시회로 집중될 거야. 그렇다고 해서 인상주의 화가들의 사정이 당장 내일 달라질 수 있다는 건 아니야. 하지만 적어도 그들의 생각을 널리 알리는 데 도움이 되고, 그들의 활동에 활력을 심어줄 수는 있어. 물론, 살롱전 심사위원으로 활동하는 얼간이 같은 미술학교 선생들은 사람들이 인상주의 화가들 작품에 관심을 두는 상황 자체를 인정하려 들지 않겠지만 말이지.

그러나 인상주의 화가들 역시 그건 결코 바라지 않기 때문에 독자적인 전시회를 열 거야.

그 시기가 오기 전까지 최소한 50여 점을 완성하고 싶다는 내 마음을 네가 이해한다면, 전시회에 출품하지는 않지만 그래도 나 나름의 방식으로 조금씩 천천히 투쟁에 참여하는 것이구나 느껴질 거야. 일단 그 투쟁에 참여한 이상 상이나 메달을 받지 못할까 전전긍긍하는 꼬마처럼 두려워할 일은 없지. 그들도 야망이 있지만, 거기에는 차이가 있어. 다들 자신이 하는 일에서 남들의 의견에 좌지우지되며 흔들리는 게 웃기는 일이라는 사실을 깨닫기 시작한 거야.

내 얘기를 하는 건 싫은데, 왜 이렇게 다 말하고 있는지. 네 질문에 답을 하려다 보니 이렇게 됐구나. 너도 내가 찾은 직업을 알잖아. 그림 그리기. 또 내가 찾아내지 못한 것도 알지. 삶에서 그림을 뺀 모든 것. 그렇다면 미래에는? 그림과 관련 없는 부분에는 완전히 무심해질까, 아니면……. '아니면'이라는 말에 기댈 엄두도 나지 않는 게, 완전히 그림밖에 그릴 줄 모르는 기계가 되는 게 과연 평균보다 더 나은 건지 나쁜 건지 알 수 없기 때문이야. 평균에는 얼추 맞출 수 있겠지. 그래서 지금은 그렇게 지낸다. 골칫거리는 예나 지금이나 똑같거든.

그래, 골칫거리 이야기가 나와서 말인데, 테오 말이, 브레다 창고에 있는 잡동사니 중에서 그래도 좀 그럴듯한 그림을 찾아놓는 게 좋겠다더라. 그런데 네게 부탁할 엄두도 안 나고, 이미 없어졌을 수도 있으니, 크게 신경은 쓰지 말아라.

문제는 이거야. 테오가 작년에 목판화 복제화를 전부 챙겨갔잖아. 그런데 가장 괜찮은 것들 몇 점이 안 보인다는 거야. 가져간 건 다 그저 그런 것들뿐이래. 당연하겠지. 가장 그럴듯한 게 빠졌으니까. 목판화 복제화는 대부분 예전에 출간된 잡지에서 모아둔 것들이라 해가 바뀔수록 다시 구하기가 점점 더 힘들어져. 그래서 창고에 쌓여 있는 잡동사니들이 계속 신경이 쓰이더라고. 예를 들면, 가바르니의 『가장무도회』와 『예술가를 위한 해부학』이라는 책을 비롯해서 잃어버리면 아까울 책들이 여러 권 있거든. 일단은 그냥 잃어버렸다고 여기겠지만, 남아 있는 것들도 분명, 도움이 될 것들이야. 그곳을 떠날 때만 해도 영영 떠나는 건 줄 몰랐지. 왜냐하면 뉘넌에서 작업이 그럭저럭 되는 편이었고 계속 그 분위기를 이어갈 필요도 있었거든. 그곳의 모델들이 *정말이지 지금도 여전히* 그립다. 그들이 지금 여기에 있다면 유화 50점은 벌써 다 그렸을 거야. 넌 이해하니? 나는 나한테 이렇다, 저렇다 말하는 사람들을 원망하지 않아. 오히려 그 말이 옳다고 기꺼이 인정할 수도 있어. 그런데 내 마음을 아프게 했던 건, 내가 원하는 사람들에게 내가 원하는 곳에서, 내가 원하는 방식으로, 내가 원하는 시간 동안 그림의 모델을 서달라고 부탁할 수 없는 상황이었어.

내가 극복해야 했던 장애물은 그림 그리는 기술이 아니라, 그런 *상황*이었다. 지금은 풍경화를 주로 그리지만 난 인물화에 더 소질이 있어. 그러니 다시 내 주력 분야를 바꾸더라도 놀랄 일은 아니야. 샤플랭은 파리에서 가장 아름다운 여성들의 초상화를(규방의 부인들이 단정히 차려입었건 그렇지 않은 차림이건) 그리는데, 강렬한 풍경화는 물론 황야에 모여 있는 돼지들도 그럴듯하게 잘 그려낸다. 내 말은, 주어진 상황에서 그릴 수 있는 걸 그리되, 그림 실력만큼은 굳건히 유지해야 한다는 거야. 아마 우리가 지근거리에 살았다면, 너도 그림을 그리게 됐을지 몰라. 인상주의 화가 중에는 파리의 여성 화가도 몇 있다. 한 사람은 정말 대단하고, 두어 명도 만만치 않은 그림 실력을 갖췄어.

새로운 기법이 정확도는 떨어지지만, 음악적 감각을 지닌 여성 화가들에게 많은 도움이 된다는 생각을 하다 보면, 가끔은 나 자신이 내 바람보다 더 늙고 추해지는 기분이 들어 서글픈 마음도 든다.

테오가 조만간 너를 파리로 부른다니 정말 잘됐어. 파리라는 도시가 너한테 어떤 이미지를 심어줄지는 모르겠다. 나는 파리를 처음 봤을 때, 기억에서 지워내기 힘들 정도로 아주 슬픈 느낌을 받았어. 아주 깨끗하게 관리는 되고 있지만, 병원을 떠도는 질병의 기운을 몰아낼 수 없는 것 같달까. 오래도록 그런 잔상이 남아 있었지. 파리가, 온갖 아이디어가 차고 넘치는 온실 같은 곳이고, 사람들은 그 도시에서 삶이 주는 모든 것들 최대한 누리고 즐기고 찾으려 한다는 사실을 깨달은 이후에도 말이야. 파리와 비교하면 그 어떤 도시도 작게 느껴지지. 파리는 드넓은 대양 같은 곳이야. 우리는 그런 대양에 삶의 커다란 일부를 남겨두고 떠나는 셈이야. 하지만 한 가지 확실한 건, *거기에 더 이상 새로운 건 없다*. 그렇기에, 파리를 떠나면, 새로운 곳이 매우 환상적으로 보이는 거야.

네가 건강을 회복했다니 정말 다행이다. 사람은 몸이 좋지 않을 때 뜻하지 않게, 뭐라 설명할 수 없을 정도로 일을 그르치곤 하거든.

너도 이곳의 태양을 전혀 싫어하지 않을 거라고 믿는다. 뜨거운 한낮에도 밖에서 그림 그리는 게 힘들지 않거든. 건조하지만 청명하고 상쾌한 더위라고 할 수 있어.

특히나 색감이 얼마나 아름다운지 모른다. 초록 잎도, 북구의 착 가라앉은 초록색과 달리 생기가 넘치고 풍부해. 가을에 메마르고 먼지에 뒤덮여도, 결코 추한 느낌이 들지 않아. 오히려 온갖 종류의 금빛으로 물든 느낌이 든다. 황금 녹색, 황금 노란색, 황금 갈색, 황금 동색, 윤기 없는 노란색을 머금은 레몬 같은 노란색, 탈곡한 낟알 같은 노란색 등등. 파란색은 또 어떻고? 그윽한 로열블루의 바닷물에서부터 물망초 같은 파란색, 코발트색, 맑고 투명한 파란색, 청록색, 자청색까지.

이런 풍경은 자연스럽게 주황색과 연결돼. 햇볕에 그을린 얼굴은 주황색으로 보여. 그리고 노란색이 많이 들어간 탓에 자주색이 노래라도 하듯 존재감을 드러내기도 해. 갈대로 만든 울타리나 회색 지붕, 혹은 갈아놓은 밭 등이 우리나라에 비해 훨씬 더 자주색에 가까운 색을 내. 그리고 너도 쉽게 상상할 수 있겠지만, 여기 사람들은 정말 아름다워. 한마디로 이곳 생활은 다른 어느 곳에 비해도 훨씬 더 행복하고 즐겁다. 하지만 사람들이 약간 나태해 보인달까, 살짝 퇴폐적이고 무심해 보이기도 해. 그래도 활기가 넘쳐 보이는 건, 아무래도 땅 자체가 활기를 내뿜어내서인 것 같다.

요즘은 책을 거의 못 읽었어. 그나마 읽은 건 피에르 로티의 『국화(菊花) 부인』 정도. 오네의 『수도사 콩스탕탱』도 읽었는데, 훈훈한 내용이 정말 다른 세상을 본 것 같은 느낌이 들 정도라서 그의 다른 소설 『제철업자』도 비슷한 분위기인데, 내용은 더 그럴 것도 같아. 가끔은 신문을 읽는데, 굶주린 늑대처럼 미친 듯이 허겁지겁 읽을 때도 있어. 그렇다고 해서 나를 활자 중독쯤으로 생각지는 말아라. 특별히 뭘 많이 읽으려는 것보다, 그냥 눈에 보이는 걸 바라보는 걸 좋아하는 거니. 저녁에 한두 시간 책 읽는 건 습관일 뿐이지만, 그로 인해서 하는 수 없이 내게 뭔가가 부족하다는 느낌도 받아. 신경이 거슬릴 정도는 아니고, 그만큼 흥미로운 것들을 많이 본다.

얼마 전에, 지중해 근처에서 한 일주일을 보냈어. 너도 보면 아름답다고 느낄 거야.

여기서 놀랐던 게 하나 있어. 이곳에서 그림 그리는 게 매력적으로 느껴지는 이유기도 한데, 바로 깨끗한 공기야. 넌 이해가 *안* 되겠지. 우리나라에서는 전혀 경험할 수 없으니까. 불과 1시간 거리만 가도 남다른 색을 가진 풍경이 펼쳐져. 회녹색 올리브나무, 들판의 푸른 잔디, 분홍색과 자주색이 어우러진 갈아놓은 밭 등. 우리나라에서는 지평선이 흐릿한 잿빛 선으로 보이지만, 여기는 저 멀리까지 아주 또렷하게 보이고 형체도 알아볼 수 있을 정도야. 그래서 공간과 하늘에 대해서 남다른 생각을 하게 되더라.

기왕 이렇게까지 내 이야기를 했으니, 내 자화상을 글로 설명해보마. 내 생각에, 자화상은 한 사람이 각기 다른 분위기의 초상화를 그릴 수 있는 좋은 재료가 된다.

내가 거울을 보고 그린 자화상이 하나 있는데, 지금 테오가 가지고 있어.

잿빛과 분홍빛이 어우러진 얼굴색에 초록색 눈동자, 회색 머리카락, 주름진 이마, 그리고 입가 주변으로는 수풀처럼 빳빳한 붉은 수염이 어지럽게 자리잡고 있는데 다소 서글픈 분위기를 풍기지. 하지만 입술은 도톰한 편이야. 표면이 거친 파란색 천으로 된 작업복 차림에 손에는 담황색, 주홍색, 베로니즈그린, 코발트블루 등 온갖 색이 있지만, 수염을 칠한 주황색을 제외하고 원색만 담긴 팔레트를 들고 있어. 머리 뒤로 보이는 벽은 희끄무레한 색으로 처리했어.

네가 보면 아마 판 에던의 책에서 묘사한 해골이나 그런 비슷한 분위기 같다고 할지도 모르겠다. 아무튼 대충 이런 분위기의 인물화인데, 자화상이라는 게 참 그리기 힘든 것 같다. 어쨌든 사진과는 또 *다르니까*. 이게 바로 인상주의 정신이라고 할 수 있는 거야. 남다른 것 말이야. 평범하고 진부하지 않은 남다른 것. 인상주의 화가들은 사진보다 더 심오하게 닮도록 그리지.

지금 내 모습은 그림과 완전히 달라. 머리도 없고 턱수염도 없어. 계속 짧게 깎아서 다듬고 있거든. 그리고 초록색에 분홍색이 들어간 잿빛 얼굴은 주황색이 들어간 잿빛으로 변했고 옷도 파란색에서 흰색으로 바꿔 입었어. 언제나 먼지를 뒤집어쓰고 다니고, 털을 곤추세운 고슴도치처럼 항상 이젤이며 캔버스며 온갖 화구들을 이고 다니지. 그림과 그대로인 건 초록색 눈동자뿐인데, 우리나라에서는 국경지대 *계절 노동자*들이 쓰는 것과 비슷한 노란 밀짚모자도 자화상에 추가해야 해. 진한 검은색 작은 파이프도 있구나.

나는 외벽을 노랗게 칠한 건물에서 살고 있어. 문과 덧창은 초록색이고 실내는 석회를 발라 하얀색이야. 벽에는 알록달록한 일본 판화들을 걸어뒀어. 바닥은 붉은 벽돌이고. 집안으로 볕이 아주 잘 드는 편이고 위를 올려다보면, 진한 파란색 하늘이 보여. 한낮에는 우리나라에 비해서 그림자가 아주 짧아져. 아무튼 그렇다고. 그런데 넌 붓질 몇 번으로 이런 풍경을 그릴 수 있다는 게 이해되니? 사람들이 "이건 정말 너무 이상해!"라고 하는 말의 참뜻도? "별거 아니네." 혹은 "끔찍해!"는 말할 것도 없고. 비슷한 분위기의 결과물이 나오기를 바라긴 하지만 그게 검은 그림자만 보이는 진부한 사진과 닮지 않은 비슷한 결과물이기를 바라는 거야. 중요한 건 바로 그거거든.

나는 포스마르의 글을 전혀 좋아하지 않아서 물질을 영혼에 비유하는 그의 글에 크게 감흥을 느끼진 않는다.

너와 어머니, 특히 네게 정원이 생겨서 참 다행이다. 계단 한 층 더 올라가지 않고 암고양이, 수고양이, 참새, 파리들이 돌아다니는 그런 정원을 가까이할 수 있어서 말이야. 나는 파리에서 생활할 때, 계단에 도통 적응이 안 되더라. 끔찍한 악몽 속에서 아찔한 현기증을 느끼곤 했는데 여기 와서 그런 게 싹 사라졌어. 그런데 파리로 되돌아가면 주기적으로 반복되더라고.

이 편지를 우체국에 가져가 보내지 못하면 분명히 찢어서 버리게 될 거야. 한 번 다시 읽어도 똑같은 행동을 할 것 같으니, 다시 읽지는 않겠지만 제대로 알아볼 수 있을지 의문이다. 항상 시간에 쫓기면서 쓴 탓이야. 별 중요한 내용은 없는 것 같은데, 어쩌다가 이렇게 긴 편지를 쓰게 된 건지는 나도 모르겠다. 어머니 편지 감사하게 잘 받았다고 말씀 전해드려라. 오래전부터 너한테 유화 습작 하나 보내려고 준비하고 있었어. 조만간 받게 될 거야. 내가 사전에 운송비를 다 냈는데도 지난번, 망통에서 보낸 꽃처럼, 우체국에서 너한테 다시 운송비를 요구하지 않을까 그게 걱정이다. 이번에 보낼 그림은 제법 크거든. 어쨌든 테오가 꼭 보내줄 거야. 혹시 내가 잊을지 모르니 테오에게 이야기해라.

너와 어머니 모두를 마음으로나마 꼭 끌어안고 싶다.

너를 사랑하는 오빠, 빈센트

인상주의 화가들은 테오가 관리하고 있어. 그들을 위해서 이것저것 해주고, 그들 그림도 몇 점 팔아줬어. 앞으로도 계속 그럴 거야. 그런데 내가 적어 보내는 몇 마디로, 테오가 화가들에게 전혀 돈 들일 생각이 없는 여타 다른 미술상들과는 차원이 다르다는 걸 알겠지.

500프

테오에게

정감 어린 편지와 동봉해준 50프랑, 고맙게 잘 받았다. 아무래도 고갱에게 편지해야겠어. 문제는 여행 일정을 맞추기가 좀 까다로워야 말이지. 빨리 오라고 재촉했는데 그의 일정과 맞지 않으면, 우리 입장이 난처해지잖아. *내가 오늘 이 양반에게 보낼 편지를 써서 보낼 테니 네가 한 번 읽어봐라.*

바다를 보고 왔더니, 프랑스 남부에 머무는 게 얼마나 소중한지 새삼 느꼈다. 색만 조금 더 과장되면 지척에 있는 아프리카도 충분히 느껴지고.

생트 마리에서 그려온 데생들을 함께 보낸다. 떠나오던 날 아주 이른 아침에 배들을 그려왔고, 지금은 그걸 30호 캔버스에 유화로 그리고 있는데 오른쪽으로 바다와 하늘을 더 키웠다. 배들이 바다로 나가기 전의 모습이야. 아침마다 나가서 봐도 너무 이른 시각에 출항하니까 번번이 실패했었거든.

오두막 데생도 3점쯤 그렸는데 아직은 내게 필요해서 나중에 보낼게. 상태도 좀 거칠어서 많이 다듬어야 해. 바다 풍경 그림들은 다 마르면 두루마리로 보내마.

그나저나 도르드레흐트의 멍청한 인간들 봤어? 얼마나 뻔뻔하고 오만한지? 다른 작가들 작품은 물론이고, 아직 누구도 제대로 본 적 없는 드가와 피사로의 작품까지도 차지하려고 기를 쓰잖아. 다만 젊은 친구들이 활약한다는 건 좋은 징조다. 그들을 좋게 이야기해준 선배들이 있다는 뜻이니까.

생활비는 더 들지만 프랑스 남부에 머무는 이유가 있지. 인상주의 화가들이 일본 그림을 좋아하고 그 영향을 받았지만 일본에 직접 갈 수는 없으니까, 비슷한 분위기의 프랑스 남부를 선택하는 거야! 그래서 나는 새로운 예술의 미래는 프랑스 남부에서 시작될 거라고 생각한다.

그렇지만 혼자 사는 건 마땅치 않구나. 두셋이 같이 지내면 훨씬 비용을 줄일 수 있지.

네가 잠시 내려와 있으면 어떨까 싶다. 여기 와서 지내면 시야가 달라지고, 일본 그림도 더 잘 이해되고 색도 다르게 느껴질 거야. 나는 여기 오래 머물면 내 개성을 오롯이 드러낼 수 있으리라고 확신한다.

일본 사람들은 그림을 번개처럼 빨리 그려. 그들의 신경이 더 섬세하고 감정은 수수해서 그런 걸까 싶다. 여기서 겨우 몇 달 있었지만, 파리에 있었다면 이렇게 1시간 안에 배 데생을 해냈을까? 원근틀도 없이? 여기서는 구도를 계산하고 측정하지도 않고 그저 펜이 움직이는 대로 그려도 데생이 나와.

그래서 나는 머지않아 그림으로 돈벌이를 해서 들어가는 비용을 감당할 수 있을 것 같다. 돈을 아주 많이 벌고 싶어서 재능 있는 화가들을 여기로 불러 모으고 싶어. 소로(小路)의 진창에서 허우적거리는 그들을. 다행히도 그럴듯한 작품을, 그럴듯한 장소에서, 그럴듯한 상대에게 파는 건 꽤 쉬운 일이거든. 고매하신 알베르* 님께서 우리에게 비법을 전수해주신 덕에, 모든 문제가 마법처럼 감쪽같이 사라졌지. 그저 그런 목적으로 나온 예술 애호가들이 돌아다니는 평화의 거리rue de la Paix**로 나가면 그만이니까.

고갱이 여기로 오면 나와 함께 베르나르가 군 복무를 할 아프리카 대륙에 다녀올 수도 있어.

그나저나 두 누이동생들은 어쩔 셈이냐?

내 생각에, 앙크탱과 로트렉은 내 작업을 별로 좋아하지 않을 것 같다. 「라 르뷔 앵데팡당」에 앙크탱 기사가 실렸던데, 그 친구를 요즘 이래저래 주목받고 있는 자포니즘과 관련 있는 새로운 경향의 선두주자로 지칭하더라. 기사는 읽지 않았지만 '소로의 화가'의 선두주자라면 당연히 쇠라이고, 자포니즘과 관련해서는 베르나르가 앙크탱보다 훨씬 뛰어나지. 그들에게 나의 그림 〈배〉와 〈랑글루아 다리〉가 앙크탱이 좋아할 만하다고 말해라. 피사로의 말이 맞아. 색의 조화와 부조화가 만들어내는 효과를 대담할 정도로 과장해서 써야 해. 데생도 마찬가지야. 정확한 데생과 적절한 색이 본질이 아닐 수도 있어. 거울 속에 비친 현실의 모습을 색채까지 고스란히 붙잡아둘 수 있다고 해도, 그건 결코 그림이 될 수 없으니까. 그냥 사진에 지나지 않지.

잘 지내라. 악수 청한다.

너를 사랑하는 형, 빈센트

베6프 ____ 1888년 6월 하순

친애하는 벗, 베르나르

항상 생각했던 부분이긴 하지만 점점 더 그런 생각이 드는데, 이 시대의 회화예술을 그 자체로 하나의 영역으로 인정받게 만들고, 또 그리스 조각가나 독일 작곡가, 프랑스 소설가들이 도달한 고고한 정점까지 수준을 끌어올리려면, 어느 한 개인의 힘으로 그린 그림으로는 힘들어. 그러니까, 같은 뜻을 실현하기 위해 힘을 합친 여러 화가들이 그린 그림이어야 한다는 거지.

누구는 색채를 환상적으로 조합해내지만, 의미를 담지 못해. 누구는 새롭거나 애달프거나 매력적인 감정을 담아내지만, 한정된 색의 팔레트를 소극적으로 활용한 탓에 그런 감정들의 울림을 충분히 못 살려. 예술가들 사이에 단결심이 부족한 게 유감스러운 근본적인 이유는, 서로를 헐뜯고, 공격하기 때문이야. 다행히 서로를 완전히 파멸시키지는 못하고 있지만 말이야.

자네는 이런 식의 논리를 진부하다고 여길 거야. 그래, 그럴 수도 있지! 하지만 본질, 그러니까 르네상스가 엄연히 존재한다는 사실 그 자체는 결코, 진부하지 않아.

* 아돌프 구필(구필 화랑 공동 창업자)의 아들

** 파리의 오페라 광장부터 방돔 광장까지 이어지는 거리의 이름. 미술상들이 모여 있던 곳으로 유명하다.

le blanc cru et dur d'un mur blanc
contre le ciel à la rigueur s'exprime
et d'une façon étrange par le blanc cru
et ce même blanc rabattu par un ton
neutre Car le ciel même le colore
d'un ton lilas fin blanchie entièrement
à la chaux (le toit aussi)
Encore dans ce
paysage si naïf
lequel est sensé nous
représenter une cabane
posée sur un terrain
orangé certes car
le ciel du midi
et la méditerranée

bleu bleu
orangé

provoquent un orangé d'autant plus intense
que la gamme des bleus est plus montée de ton
la note noire de la porte des vitres de la petite croix
sur le faîte font qu'il y ait un contraste simultané de blanc et noir
agréable
à l'oeil
tout
autant que
celui du
bleu avec
l'orangé –
Pour prendre
un motif plus
amusant
supposons
une femme habillée
d'une robe carrelée
noir et blanc dans
le même paysage
primitif d'un ciel
bleu et d'une terre
orangée . ce serait
assez drôle à voir
je m'imagine
Justement à Arles on
porte souvent du carrelé
blanc et noir.

bleu
orange

Suffit que le noir et le blanc sont des couleurs
aussi plutôt dans bien des cas peuvent
être considérés comme couleurs car leur contraste
simultané est aussi piquant que celui du
vert et rouge par exemple

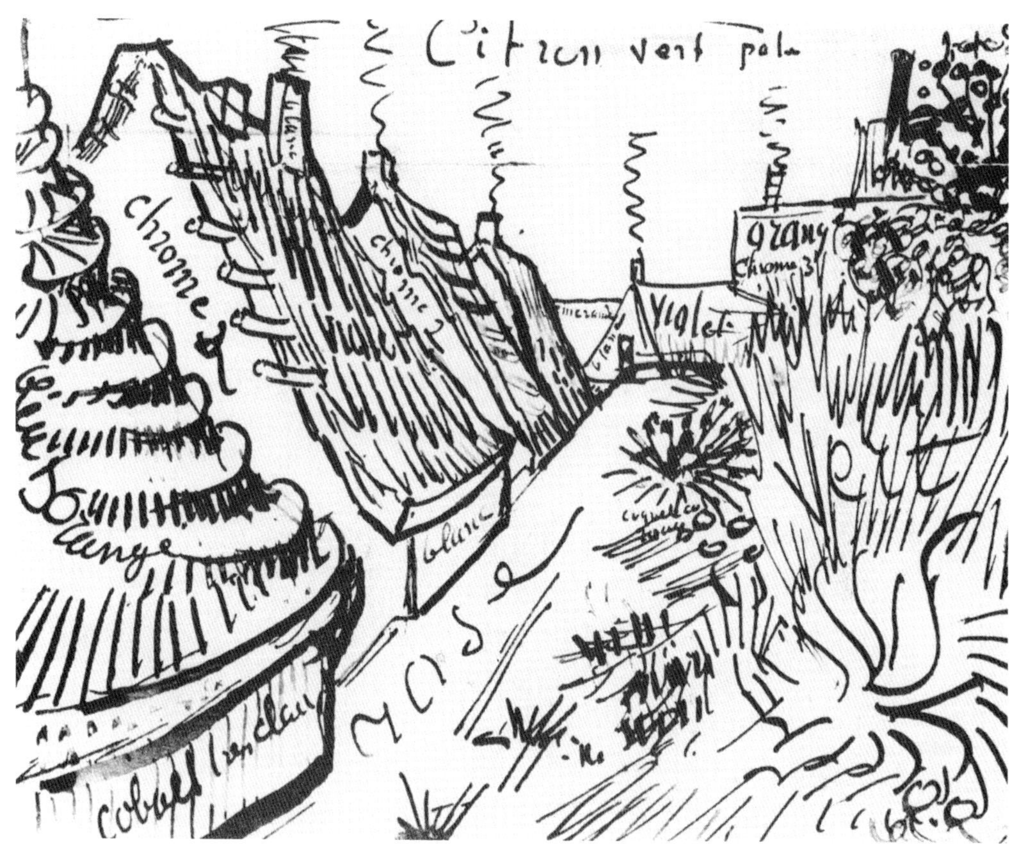

기술적인 부분의 질문이 있어. 다음 편지에 자네 의견을 좀 말해주게. 화구상점에서 파는 평범한 *검은색*과 *흰색* 물감을 팔레트에 짜서 그냥 바로 칠하는 문제에 관한 거야. 만약 내가, 분홍색 오솔길이 난 초록색 공원에서(일본화처럼 색을 단순화해서 말하는 거야) 검은 정장 차림에 직업은 치안판사인(도데의 소설 『타르타랭』 속에 등장하는 아랍계 유대인은 이 명예로운 공무원을 '지안판사'라고 불렀지) 남자를 봤다고 치자고. 그는 「랭트랑지장」을 읽고 있는데……

…… 그 사람과 공원 위로는 평범한 코발트색 하늘이 펼쳐져 있어.

…… 그러면 이 '지안판사'를 그냥 골탄(骨炭) 같은 검은색으로 칠하고 「랭트랑지장」은 그냥 흰색만 써서 표현해도 되지 않을까? 일본 화가들은 반사광을 중요하게 여기지 않아서 평면적인 색조를 나란히 배치하거든. 동작이나 형태를 구분짓는 특징적인 선을 통해서 말이야.

다른 범주의 예를 들어볼게. 저녁놀에 물들어가는 노란 하늘을 칠해야 하는 상황이야. 하늘과 대비되는 백벽(白壁)의 강렬하고 순수한 흰색은, 좀 유난한 방식이긴 하지만, 중성적 색조로 인해 채도가 낮아진 순수 흰색으로 표현할 수 있을 거야. 하늘 자체가 이미 엷은 자홍색으로 그 흰색을 물들이고 있거든. 또 이 흰색은 이토록 자연스러운 풍경 속에서 주황색에 땅에 서 있

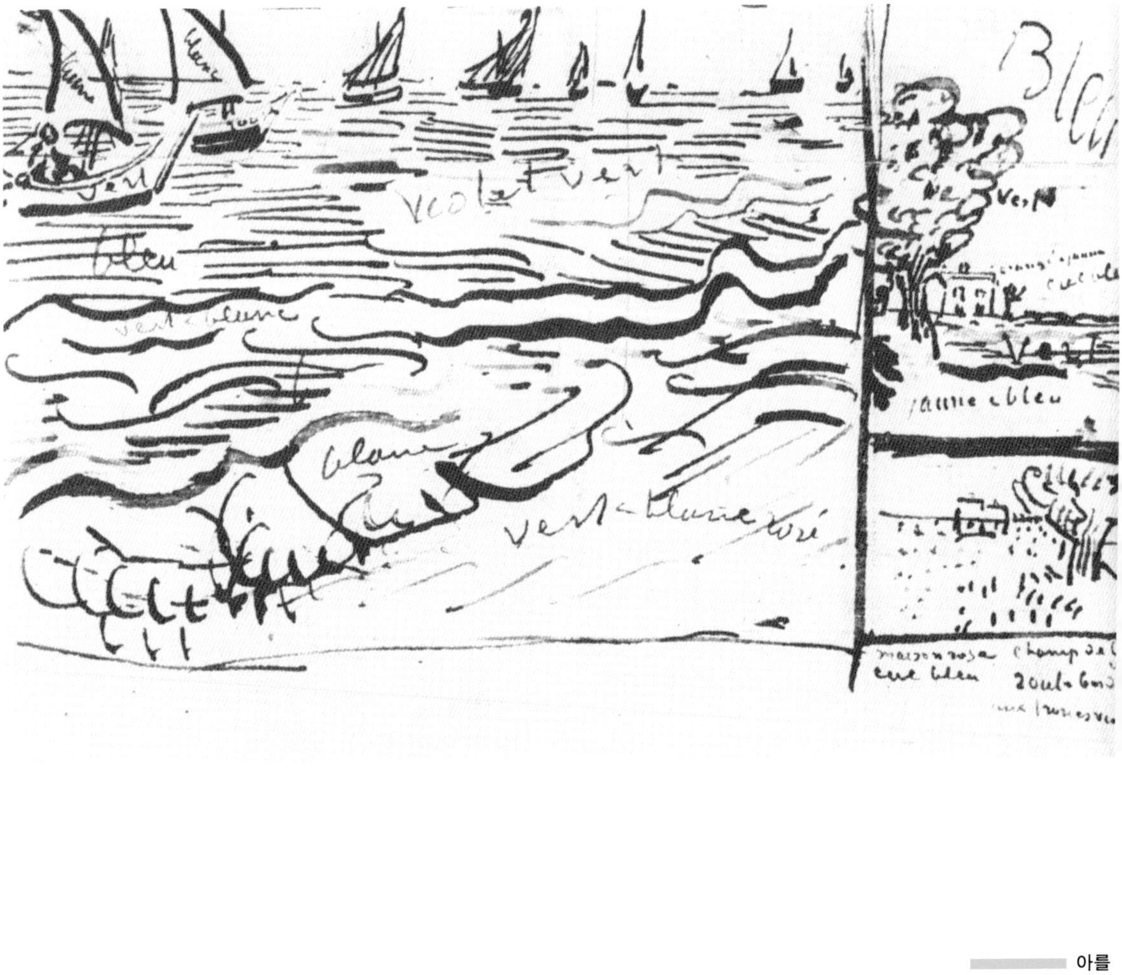

는, 지붕까지 석회로 하얗게 칠해진 오두막에도 잘 어울려. 왜냐하면 프랑스 남부의 하늘과 파란 지중해가 강렬한 주황색 색조를 만들어내는 탓에 파란색의 채도가 높아지기 때문이야. 문, 창틀, 꼭대기에 달린 작은 십자가의 검은 색조는 한눈에 봐도 편안한 흑백의 동시대비 효과를 만들어낼 수 있어. 주황색 색조와 파란색과 마찬가지로.

더 흥미로운 소재를 예로 들자면, 흰색과 검은색의 체크무늬 원피스를 입은 여성을 한번 떠올려보자고. 배경은 여전히 파란 하늘과 주황색 땅으로 하고. 그렇게 칠하면 아주 볼만할 거야. 아를에서는 이렇게 흑백의 체크무늬 옷을 입은 사람들이 자주 보여.

그러니까 검은색과 흰색도 엄연한 색깔이라는 말이야. 어러 경우를 보더라도 두 색 모두 엄연히 색으로서의 위치를 지니고 있거든. 동시대비 효과도 초록색과 빨간색의 관계처럼 아주 극명하고 말이야.

일본 사람들은 흰색과 검은색을 잘 사용해. 그들은 어느 소녀의 거무스레하고 창백한 안색과 검은 머리의 자극적인 대비를 흰 종이 위에 4개의 선을 그려 기가 막히게 만들어내. 하얀 꽃들이 별처럼 박힌 검은 가시나무 덤불도 있어.

드디어 지중해를 두 눈으로 봤네. 자네는 나보다 먼저 이 바다를 건넜겠지. 생트 마리에서 1주일을 보냈는데, 오는 길에는 카마르그의 포도밭과 네덜란드 같은 황야와 평원을 가로질렀지. 생트 마리에는 치마부에와 조토의 그림 속 인물이 연상되는 가냘프고 꼿꼿하면서 왠지 서글프고 신비로운 분위기의 아가씨들이 더러 보이더군. 평평한 모래사장 위에 초록색, 빨간색, 파란색의 작은 배들이 올라와 있는데, 그 형태나 색이 마치 꽃처럼 귀엽게 보이고. 한 사람이 그 배들을 모래사장으로 끌어올리는데 먼 바다로 나가는 배들은 아니야. 바람이 없을 때는 바다로 나가지만, 바람이 세게 불면 뭍으로 올려놔야 해.

고갱은 여전히 몸이 좋지 않은 모양이야.

자네는 요즘 어떤 작업을 했는지 궁금하군. 나는 여전히 풍경화를 작업 중이야. 여기 동봉하는 크로키를 비롯해서 말이야(배 크로키를 봐). 나도 아프리카 대륙에 가보고 싶지만 미래의 일에 대해서는 계획을 세울 수가 없어. 상황에 따라 달라질 테니 말이야.

나는 하늘을 표현할 때 더 강렬한 파란색 효과를 알아내고 싶네. 프로망탱과 제롬은 프랑스 남부의 대지를 무채색으로 여겨. 실제로 많은 이들이 그렇게 보고 있고. 세상에, 그래, 건조한 모래를 퍼서 손바닥에 올려놓고 가까이서 들여다보면, 그러면 물도 공기도, 모든 게 무채색으로 보이겠지. *노란색과 주황색이 들어가지 않은 파란색은 없어*. 그러니 자네도 파란색을 사용할 때는 노란색과 주황색을 같이 써야 해. 안 그런가! 다 써놓고 보니, 내가 진부한 이야기만 늘어놓는다고 생각할 것 같군.

마음으로 악수 청하네.

자네를 사랑하는 친구, 빈센트

J'eusse connu ce pays à 25 ans en y venant à 35 à cette époque j'étais enthousiaste pour le gris ou l'incolore plutôt
je rêvais toujours de Millet et puis j'avais des connaissances en Hollande
dans la catégorie de peintres comme Mauve, Israels

Voici croquis d'un semeur
Grand terrain de mottes de terre labourées franchement violet en grande partie
Champ de blé mûr d'un ton d'ocre jaune avec un peu de carmin
Le ciel jaune de chrome presque aussi clair que le soleil lui-même qui est jaune de chrome 1 avec un peu de blanc tandis que le reste du ciel est jaune de chrome 1 et 2 mélangés
très jaune donc
la blouse du semeur est bleue et son pantalon blanc
toile de 25 carrée
il y a bien des rappels de jaune dans le terrain des tons neutres résultants du mélange du violet avec le jaune mais

des incapables peut-être ... l'étude que tu as fait au bord
mais comme je voudrais voir ... je me fais des reproches à n'en pas finir de ne pas encore avoir fait de figures ici
Voici encore un paysage
Soleil couchant? Lever de lune? Soir d'été en tout cas.
Ville violette astre jaune ciel bleu vert
les blés ont tous les tons vieil or cuivre or vert or rouge or jaune bronze jaune vert rouge.
toile de 30 carrée
je l'ai peint en plein mistral. mon chevalet était fixé en terre avec des piquets de fer procédé que je te recommande

베7프 ____ 1888년 6월 하순

친애하는 벗, 베르나르

이렇게 급하게 써서 미안하네. 내 글씨를 제대로 못 알아볼까봐 염려되지만, 자네 편지를 받자마자 답장하고 싶어서 말이야.

그거 아나? 고갱과 자네와 내가 한자리에 같이 모여 있지 않은 이 상황이 얼마나 어리석은지 말이야. 하지만 고갱이 떠날 때는 내가 별로 떠날 생각이 없었어. 자네가 떠날 때는 금전 문제가 걸려 있었는데, 내가 여기 생활비가 비싸다는 비보를 전해서 자네가 안 오게 됐고. 지금 생각해 보면 우리 셋이 함께 아를로 오는 게 전혀 어리석은 생각이 아니었는데 말이야. 셋이 지금 내가 사는 집에서 같이 살면 되니까.

이제 내 형편이 조금 나아지니까 이곳의 장점들이 하나둘 눈에 들어와. 여기 온 뒤로 북쪽에서 지낼 때보다 건강이 훨씬 더 좋아졌어. 뙤약볕이 쏟아지는 한낮에 그늘 하나 없는 밀밭에 앉아서 그림을 그린다니까. 매미처럼 즐길 정도야. 세상에, 서른다섯이 아니라 스물다섯에 이곳을 알았더라면! 그땐 회색 계열과 무채색 색조에 열광했지. 밀레를 동경했고, 그러다가 네덜란드에서 마우베나 이스라엘스 같은 화가들과 교류하게 되었고…….

〈씨 뿌리는 사람〉 크로키네. 넓은 밭이 온통 쟁기질한 흙덩어리들인데, 거의 자주색이야.

잘 익은 밀밭은 황갈색과 노란색 색조에 양홍색이 아주 살짝 들어간 느낌이고.

크롬옐로 1호로 칠한 하늘은, 거기에 흰색을 더한 태양만큼이나 밝고, 나미지 하늘도 크롬옐로 1호와 2호를 섞은 색이야. 한마디로 샛노랗다는 거지.

씨 뿌리는 남자의 작업복 셔츠는 파란색이고 바지는 흰색이야.

캔버스 크기는 25호.

바닥 흙에도 노란색을 사용했는데, 자주색을 섞은 무채색 색조야. 솔직히, 색상을 예쁘게 뽑아내는 것에는 관심이 없네. 차라리 낡은 시골 달력처럼 그리는 게 더 좋아. 늙은 농부의 집에 걸려 있을 법한, 우박, 눈, 비, 화창한 날 등을 완전히 원시적으로 그린 그림 말이야. 앙크탱의 〈추수〉가 딱 그런 분위기지. 자네에게 털어놓았듯이 난 시골에서 나고 자랐으니까 시골이 싫지 않아. 오히려 과거의 기억 조각들, 그러니까 씨 뿌리는 사람이나 짚단더미를 보면 그 시절 영원한 것을 동경했던 마음이 되살아나면서, 또다시 매료되어 버린다네. 그런데 줄곧 그려보고 싶었던 *별이 빛나는 하늘*은 언제나 그릴 수 있으려나. 아! 아쉬워! J. K. 위스망스의 『결혼 생활』에서 대단한 친구, 시프리앙이 이렇게 말했지. "가장 아름다운 그림은 침대에 누워 파이프 담배를 피우며 머릿속으로 그려보는, 그러나 실제로는 결코 그리지 않을 그림이다."

하지만 도저히 말로 표현할 수 없이 위대하고 완벽한 자연 앞에서 내가 한없이 못나고 무능하다고 느껴져도, 기어이 그리게 될 거야.

그나저나 자네가 유곽에서 그렸다는 습작이 정말 궁금하군.

나는 여기 와서 여태 인물화를 단 한 점도 제대로 그려보지 않은 나를 자책하고 있어.

풍경화를 하나 더 소개하지. 석양 같은가, 월출 같은가? 그게, 한여름 저녁의 해라네. 마을은 자주색, 별은 노란색, 하늘은 청록색. 밀밭은 온갖 색조가 다 있어. 해묵은 금색, 구리색, 황록색, 황적색, 샛노란색, 황갈색, 적록색까지. 캔버스는 30호 크기야.

미스트랄이 한창 기승을 부릴 때 그리느라 쇠막대기로 이젤을 바닥에 고정했지. 자네도 이 방법을 써보게. 이젤 다리를 바닥에 박은 다음 그 옆에 50센티미터 길이의 쇠막대기를 밀어넣어. 그런 다음에 끈으로 감아버리면 바람이 불어도 끄떡없어.

자, 흰색과 검은색에 대해서 하고 싶은 말은 이런 거야. 〈씨 뿌리는 사람〉을 보면, 그림이 두 부분으로 나뉘지. 위쪽은 노란색, 아래쪽은 자주색. 여기에 흰 바지가, 위아래 노란색과 자주색의 극명한 대비로 피로한 눈을 쉬게 하면서 시선을 분산시켜 주고 있잖아. 바로 이걸 말해주고 싶었어.

여기서 밀리에라는 알제리 보병 소속 소위를 만났어. 그에게 내 원근틀을 사용해서 데생법을 가르치는데, 곧잘 그려. 더 형편없이 그리는 사람도 여럿 봤는데, 어쨌든 이 친구는 배우려는 열정이 대단해. 전에는 통킹 같은 곳에 있었고, 10월에 아프리카 근무지로 떠날 거래. 자네도 알제리 보병에 소속되면, 이 친구가 자네한테 그나마 자유롭게 그림 그릴 시간을 허락해줄 수도 있을 텐데 말이야. 물론 이 친구가 자신만의 예술성을 갖춰갈 수 있도록 자네가 도와줘야겠지. 자네한테도 도움이 되지 않을까? 만약 그렇다는 생각이 들면 *즉시 내게 알려주게.*

유화를 그리는 이유 중 하나는 돈이 되기 때문이야. 자네가 너무 속물적인 이유 아니냐고, 거짓말 아니냐고 물을지도 모르겠어. 아냐, 정말이야. 유화를 안 그리는 이유 역시, 캔버스와 물감 비용 때문이거든.

하지만 데생은 돈이 거의 들지 않아.

고갱은 여전히 퐁타방에서 외롭게 지낸다고 투덜거리고 있어. 자네처럼 말이야. 자네가 방문하면 좋아할 텐데! 그런데 그 양반이 계속 거기 머물지는 모르겠어. 아무래도 파리로 갈 작정 같더라고. 자네가 퐁타방으로 올 줄 알았다고 하더군. 아, 정말이지 지금 여기에 우리 세 사람이 함께 모여 있다면! 자네는 너무 멀다고 하겠지. 맞아. 하지만 여기선 *겨울에도* 그림을 그릴 수가 있어. 내가 이 고장을 좋아하는 이유야. 혈액순환을 방해하고, 생각까지 방해하고, 뭐든 할 수 없게 만드는 추위에 얼어붙어 있지 않아도 된다는 거.

자네도 군 복무가 시작되면 알게 될 거야.

우울증이 사라질 텐데. 그게 혈액이 모자라거나 피가 탁해져서 겪는 증상이거든. 물론 내 경우는 좀 달라. 파리의 싸구려 와인과 기름 덩어리 비프스테이크가 원인이 아닐까. 세상에, 난 아예 피가 돌지 않는 지경까지 이른 적이 있다니까. 그나마 여기로 와서 4주쯤 지나니까 정상으로 돌아가더라고. 친구, 그동안 나도 몹쓸 우울증에 시달렸어. 자네만큼 고생했지. 하지만 나는 기꺼이 그 병을 받아들였어. 곧 나을 거라는 걸 알았으니까. 정말로 그렇게 됐고.

그러니 파리로 돌아가는 대신 시골에 남아봐. 아프리카로 가서 군 복무를 해내려면 체력을 회복해야지. 자네는 그 어느 때보다 피가, 그것도 좋은 피가 중요한 상황이야. 아프리카로 떠나기 전에 고치는 게 좋아. 거기서는 더위 때문에 힘들 수도 있거든. 그림과 방탕한 여자관계도 서로 양립할 수 없는 행위야. 성관계는 뇌 기능을 저하시키니까. 아주 곤혹스러운 문제야.

그림의 수호성인인 성(聖) 루카의 상징은 자네도 알다시피 소야. 예술이라는 들판을 일구고 가꾸려면 우리도 소처럼 인내심이 있어야 해. 그런데 황소들은 더러운 예술계에서 일할 필요가 없으니 얼마나 행복할까. 아무튼 내가 하고 싶은 말은, 우울한 시기가 지나가면 자네는 이전보다 훨씬 강해질 거라는 거야. 건강도 나아지고, 주변의 자연도 더 아름답게 보여서 그림을 그리고 싶다는 생각 외에 다른 생각은 들지 않을 거라네.

그림처럼, 자네의 시도 달라질 거야. 자네는 기발하고 엉뚱한 것들을 여러 편 쓴 뒤에, 이집트 사람들처럼 침착하고 아주 단순한 내용의 시도 썼었지.

> 시간이 어찌나 짧은지
> 사랑하며 보낼 시간이
> 찰나의 순간보다 짧고
> 꿈보다는 조금 길지
> 시간이 앗아가 버리네
> 우리의 주문을

보들레르는 아니고, 누구더라, 아무튼 도데의 『나바브Le Nabab』에 나오는 노랫말이야. 어느 여인이 어깨를 한 번 들썩이며 내뱉는 말 같지 않은가?

요 며칠 로티가 쓴 『국화 부인』을 읽었는데 일본에 대한 흥미로운 언급을 읽었지. 지금 내 동생이 클로드 모네 전시회를 기획했는데 정말 가보고 싶네. 특히 모파상이 그 전시회에 다녀가면서 앞으로 몽마르트르 대로를 자주 방문하겠다고 말했다더라고.

이제 그림을 그리러 가야 해서 편지는 여기서 마무리하네. 조만간 또 소식 전할게. 우표를 충분히 붙이지 못한 점은 정말, 정말 사과하네. *우체국에 가서 붙였는데도 이런 일이 생기는데, 이게 처음도 아니야.* 의심스러워서 우체국에 *직접 물어봐도* 잘못 알려준단 말이야. 여기 사람들이 얼마나 부주의하게, 천하태평으로 일하는지 자네는 상상도 못 할 거야. 아무튼 곧 자네 눈으로 직접 확인하게 될 거야. 아프리카로 건너가면 말이야. 편지 고마웠어. 덜 바빠지면 조만간 또 소식 전하지. 마음으로 악수 청하네.

빈센트

501프 ___ 1888년 6월 21일(목)

테오에게

얼마 전에 제프루아가 쓴 클로드 모네에 관한 기사를 읽었다. 내용이 아주 좋더라. 그 전시회를 꼭 보고 싶어졌어! 직접 가볼 수 없으니 안타깝지만, 다만 나를 둘러싼 이곳의 자연이 좀처럼 다른 데 신경 쓸 틈을 주지 않아서 위로가 된다. 추수철이 되었거든.

베르나르에게 편지를 받았어. 심히 외롭지만 그림은 꾸준히 그리고 있대. 새로운 시도 지었는데 다소 감동적인 방식으로 스스로를 희화화하는 내용이었어. 그러더니 이런 걸 묻는 거야. '그림은 그려서 뭐 합니까?' *그림을 그리면서* 그런 질문을 하더란 말이야. 그림 그리는 게 아무짝에도 소용없는 일 같다면서. *그림을 그리면서* 그런 의문이 드는 건, 그림도 안 그리면서 그러는 것과는 전혀 차원이 다른 이야기야. 그 친구가 작업하고 있는 그림이 궁금해지더라.

고갱이 어떻게 나오려나 궁금하다. 베르나르가 퐁타방으로 찾아가지 않는다면 말이야. 일전에 두 사람에게 서로의 주소를 알려줬거든. 서로의 도움이 필요할 것 같아서.

뙤약볕이 쏟아지는 들판에서 일주일간 그림에만 열중했어. 덕분에 밀밭의 풍경 속에서 씨 뿌리는 사람의 데생을 마쳤다. 갈아엎은 밭 여기저기에 자주색 흙덩어리가 지평선 쪽으로 쭉 이어지고, 파란색과 흰색의 작업복을 입은 남자가 씨를 뿌리고 있는 그림이야. 지평선을 따라 짧지만 잘 익은 밀들이 이어져.

그 뒤로는 노란 태양이 뜬 노란 하늘이 보이고.

색조만 몇 개 간단히 나열했어도, *색감*이 얼마나 중요한 구도인지 느꼈을 거다.

그래서 25호 캔버스에 그린 이 데생이 몹시 고민스럽다. 더 진지하게 작업해서 훌륭한 유화로 완성할지 말지 말이야. 아, 정말 그러고 싶지! 그런데 그만한 여력이 될지 모르겠어.

엄두가 나지 않으니 일단은 이대로 놔둘 생각이다. 아주 오래전부터 씨 뿌리는 사람을 그리고 싶다고 꿈꿔왔거든. 그래서 막상 닥치니까 두렵기까지 하다. 하지만 밀레와 레르미트의 뒤를 이어 꼭 해야 할 일은…… 씨 뿌리는 사람을 유화로 크게 그리는 일이야.

다른 이야기를 하자. 드디어 모델을 찾았어. 알제리 보병 소속 군인이야. 얼굴은 작은데 황소 같은 목, 호랑이 같은 눈동자를 가진 친구지. 초상화를 하나 그렸고 지금은 또 다른 초상화에 들어갔다. 반신상을 칠하는 데 엄청나게 힘들었어. 파란 에나멜 냄비처럼 파란색 옷감에 다소 바랜 빨간색과 주황색의 장식끈 무늬가 있고 가슴 부위에 별이 2개 들어간 제복 차림인데, 평범한 파란색을 내는 데 아주 애를 먹었다.

구릿빛 피부에 얼굴은 고양이상이고 머리에 꼭두서니 색의 모자를 쓴 그를, 초록색 문에 주황색 벽돌을 배경으로 그렸어. 서로 쉽게 어울리지 않는 색조들이라 칠하는 게 쉽지 않더라고. 습작이긴 해도 얼마나 힘들던지. 하지만 저속한 것도 같고, 심지어 요란한 것 같기도 한 이런 초상화를 꼭 그려보고 싶었다. 배우는 게 있고, 내가 습작을 하며 노리는 게 바로 이런 거야. 그래서 다시 두 번째 초상화 작업에 들어갔다. 이번에는 흰 벽을 배경으로 앉아 있는 전신상이야.

라파엘리의 데생은 봤어? 〈길〉이라고 최근에 「르 피가로」에 소개된 그림이야. 대체로 활기가 넘치는 클리시 광장인 것 같더라. 아마 「르 피가로」는 예전에 카랑 다슈Caran d'Ache의 데생들도 특집호로 출간했었을 거야.

지난 편지에 깜빡하고 말을 못 했는데(보름 정도 지났구나) 타세 사장님이 보낸 물감은 잘 받았다. 그런데 밀밭과 알제리 보병 습작에 물감이 많이 들어서 주문을 또 넣어야 할 것 같아.

당장 급한 건 *3분의 1,* 아니 *절반* 정도다.

밀밭 습작 중에서 짚단 쌓은 걸 그린 게 있는데 첫 번째로 구상했던 건 30호 캔버스로 그려서 네게 보냈다.

지난 이틀간 비가 어마어마하게 쏟아졌다. 종일 퍼부으니까 밭의 모양이 달라질 것 같아. 모두가 가을걷이에 나선 상황에서 전혀 예상하지 못했던 돌발상황이었지. 밀을 그냥 그 상태 그대로 집으로 옮겨버리더라고.

다음 주 금요일 경에 수의사와 함께 카마르그를 한 바퀴 둘러보려고 해. 황소도 있고 흰 야생마와 분홍색 홍학도 볼 수 있거든. 눈부시게 아름다운 광경이 펼쳐져도 놀랄 일은 아닐 거야.

캔버스는 전혀 급하지 않단다.

고갱이 어떤 그림을 그릴지 궁금한데, 그 양반을 *여기로 오도록 재촉*하는 건, 아니, 안 돼. 이젠 그게 그 양반에게 좋을지 나도 확신이 서지 않아. 가족이 많으니, 다시 돈을 벌어서 그들을 부양하고 가장의 위신을 세우려면 고갱은 더 큰 위험도 감수해야겠지.

어쨌든 나는 화가 연합 때문에 화가 개개인의 개성이 축소되는 건 원치 않아. 그가 뛰어들어 보겠다면 본인도 옳다고 느껴서겠지. 또 본인이 좋다면 굳이 그 마음을 돌리고 싶지도 않고. 어쨌든 그 양반이 어떤 답을 줄지 두고 볼 일이야.

곧 또 편지하자. 마음의 악수 청하고, 동봉해준 신문 정말 고맙다. 전시회 꼭 성공해라.

너를 사랑하는 형, 빈센트

탕기 영감님은 어떻게 지내시는지, 혹시 최근에 본 적 있어? 뭐, 품질은 다소 떨어지는 편이다만, 난 그 양반 물감을 보내줘도 괜찮아. *단, 너무 비싸지만 않다면 말이지.*

501a영 ＿＿ 1888년 6월 말에서 7월 초 사이로 추정

친애하는 러셀에게

오래전부터 자네에게 편지를 쓰려고 벼르고 있었어. 그런데 작업 때문에 도통 시간이 나야 말이지. 여긴 가을걷이가 한창이거든. 그래서 나도 부지런히 밭에 나가서 그리고 있다네.

편지를 쓰려고 앉았다가, 낮에 봤던 이런저런 것들이 떠올라 잠시 펜을 내려놨었지. 원래는 아를의 현재 모습과 보카치오 시절 모습에 대해 쓰려고 했네.

그런데 글 대신, 편지지에 그림을 그리게 됐어. 오늘 오후에 초록색이 감도는 노란 하늘 아래 유유히 흘러가는 강변 풍경을 그리던 중 우연히 보게 된 꾀죄죄한 여자아이 얼굴이야.

부랑아 같은 여자아이는 어렴풋이 몽티셀리 그림 속 인물 중에서 피렌체 사람과 비슷한 분위기를 풍겼어. 내가 봤던 장면들을 떠올리기도 하고 그림도 그리면서 이 편지를 쓰는 중이야. 그렇게 끄적인 그림까지 동봉하니, 내가 어떤 몽상을 했는지 자네가 직접 판단해보게. 더 일찍 편지하지 못한 건 너그러이 이해해주게. 그렇다고 내가 흘러간 지난 시절의 피렌체 풍경을 그린다는 건 아니야. 물론 그런 풍경을 꿈꾸기는 하지만 나는 주로 이런저런 풍경을 데생도 하고 유화로 그리거나 채색 습작을 작업하고 있어.

이 지방 농부들은 졸라의 작품 속에서 종종 보는 인물들과 분위기가 비슷해.

마네는 그런 농부들을 있는 그대로의 모습으로 좋아했을 테고, 마을도 있는 그대로의 모습으로 좋아했겠지. 베르나르는 여전히 브르타뉴에 있어. 그림 작업도 열심인 것 같아.

고갱도 브르타뉴에 있는데 여전히 간 질환으로 고생한다더군. 내가 그 양반과 거기 함께 있거나 그 양반이 여기 나와 함께 있으면 얼마나 좋을까 싶어.

내 동생이 클로드 모네의 최근 작품 10점으로 전시회를 기획했어. 붉은 태양이 지는 석양과 바닷가 근처에 서 있는 검은 소나무들을 그린 풍경화들이야. 붉은 태양이 지면서 청록색 나무와 땅 위에 주황색 혹은 진한 선홍색 반사광을 드리우는 장면이지. 나도 가서 보고 싶어.

브르타뉴의 집은 어떻게 돼가나? 시골에 가서 작업은 해봤는지도 궁금하네.

내 동생이 고갱의 그림을 1점 더 가지고 있는데, 듣기로는 상당히 괜찮은 그림 같아. 대화를 나누는 두 흑인 여성인데, 그 양반이 마르티니크 제도에 있을 때 그린 거래. 맥나이트가 마르세

유에 갔다가 몽티셀리의 꽃 그림을 봤다고 했어.

조만간 습작 몇 점을 파리로 보낼 계획인데, 자네가 원한다면 1점 골라서 교환해도 돼.

이 편지는 이쯤에서 서둘러 마무리해야겠네. 신경 쓸 것들이 이래저래 생겨서 말이야. 편지를 마무리하지 않으면 또 이것저것 끄적이고 그리게 될 텐데, 그러면 자네는 이 편지를 결코 받아볼 수 없을지도 모르거든.

로댕이 전시회에 아름다운 두상(頭像) 1점을 출품했다고 들었어.

바닷가에 가서 일주일 정도 보내고 왔는데, 조만간 다시 찾아갈 것 같아. 평평한 모래 백사장도 보고 치마부에의 그림 속 인물 같은 순박하면서 동시에 우아한 사람들도 만나러.

난 〈씨 뿌리는 사람〉을 그리는 중이야. 자주색 흙이 군데군데 보이는 넓은 밭, 그리고 강렬할 정도의 노란색으로 처리한 하늘과 태양. 다루기 까다로운 소재더라고.

부인께도 안부 전해주기 바라면서 마음으로나마 진심 어린 악수 청하네.

친애하는, 빈센트

베8프 ____ 1888년 6월 26일(화) 추정

친애하는 벗, 베르나르

성경을 읽고 있다니 참 잘했네. 그 얘기부터 하지. 왜냐하면 지금까지는 자네한테 굳이 성경 강독을 권하지 않았거든. 그런데 자네가 모세나 성 루카를 인용하니, 나도 모르게 이렇게 중얼거렸지. 그래, 이 친구가 겪는 게 이런 거였어. 그래, 그거…… 예술가적인 신경쇠약.

그리스도를 연구하다 보면 필연적으로 이런 상황을 맞닥뜨리게 되지. 특히, 내 경우는 끝도 없이 피워댄 파이프 담배 때문에 더 힘들었어.

성경이 바로 그리스도네. 구약을 보면 저 높은 곳으로 이끌고 있잖아. 성 바울과 복음서 저자들은 성산(聖山)으로 이르는 다른 쪽 언덕을 관리하고 있어.

솔직히 얼마나 옹졸한 이야기야! 이 세상에 오로지 유대인만 존재한다니. 자신들 외에는 모두가 부도덕하다고 여기는 유대인.

위대한 태양의 반대편에 사는 다른 민족들, 그러니까 이집트인, 인도인, 에티오피아인, 바빌로니아인, 니느웨인에게는 왜 이렇게 공들여 기록한 연대기가 없는 걸까! 아무튼, 성경을 공부하는 건 좋은 거야. 모든 걸 다 읽을 수 있는 건, 전혀 읽지 못하는 것과 같은 거야.

하지만 성경은, 너무나 슬픈 내용들이, 우리에게 절망과 분노를 일으키고, 더없이 옹졸하고 광기가 만연해서, 우리를 혼란스럽고 슬프게 한다네. 하지만 그래서 전해지는 위로, 단단한 껍질, 시큼한 과육 속에 들어 있는 알맹이 같은 그 위로는 바로 그리스도야.

그리스도의 모습을 내가 느끼고 생각하는 그대로 그린 화가는 들라크루아와 렘브란트

뿐……. 밀레는 그리스도의 교리를 그렸고…….

다른 것들은 보고 있으면 그냥 웃음만 나와. 나머지 종교화들 말이야. 그림의 관점에서가 아니라 종교적인 관점에서 그렇다는 거야. 르네상스 이전의 이탈리아 회화(예를 들면 보티첼리), 르네상스 이전의 플랑드르 회화(판 에이크), 독일 회화(크라나흐 등)는 내게 그저 이교도적 그림으로만 보일 뿐이야. 그리스 회화나 벨라스케스를 비롯해 여타 자연주의 화가들처럼.

오직 그리스도만이 모든 철학자와 마법사 중에서 시간의 끝도, 죽음도 없는 영생과 평안한 마음을 갖고 헌신적인 삶을 살아야 할 필요성과 그 *존재 이유*를 확신처럼 여겼어. *그리스도는 그 어느 예술가보다 훨씬 더 위대한 예술가로 차분한 삶을 살았어. 대리석이나 점토, 물감이 아니라 당신의 손으로 직접 창조하셨지.* 말하자면, 신경질적이면서 어리석은 현대식 뇌 구조라는 무딘 도구로는 감히 상상도 할 수 없는 능력을 지닌 전대미문의 이 위대한 예술가는 동상이나 회화를 만들지도, 그렇다고 책을 쓰지도 않았어. 이 예술가는 자기 생각을 아주 명확하게 밝혔지……. *살아 있는* 인간을 *불멸*의 존재로 만들어냄으로써.

이게 아주 중요한 게, 바로 사실이기 때문이야.

이 위대한 예술가는 책을 쓰지 않았어. 아마 지금의 그리스도 이야기들을 읽었다면 틀림없이 분개했을 거야. 그리고 그 이야기들도 루카의 복음서나 베드로의 서간 말고는, 엄격하고 호전적인 형식으로 단순명료하게 쓰였지, 은혜로운 내용을 담고 있는 글을 찾기 힘들어. 이 위대한 예술가(그리스도)는 사상이나 감정에 관한 책을 쓰려고 하지 않았지만, 구전 이야기, 특히 *우화*를 전하는 건 거부하지 않았어(씨 뿌리는 사람, 추수, 무화과나무 등에 관한 우화들!).

로마인들이 세운 것들은 모조리 무너져내릴 거라고 경멸스럽게 예언하면서 "하늘과 땅이 사라지더라도, 내 말은 사라지지 않을 것이다"라고 말씀하시던 그날, 감히 그 누가 그분이 거짓말을 했다고 지적할 수 있을까.

그 이야기들(위대하신 주님께서 굳이 글로 남길 생각도 없이 아낌없이 들려주신 그 말씀들)은 예술로 도달할 수 있는 가장 높고 고매한 정점이라고 할 수 있어. 예술은 바로 그 정점 안에서 창의력, 순수한 창조 능력이 되는 거지.

친애하는 나의 벗, 베르나르, 이런 생각이 우리를 *예술의 경지, 그 자체를 넘어서서* 더 멀리, 더 높이 갈 수 있게 해주는 거야. 이런 생각이, 우리에게 생명을 빚어내는 예술의 가능성을 엿보게 하고, 살아 있는 예술, 불멸의 예술을 가능하게 만든다고. 이런 생각은 그림과도 맞물려 있어. 그림의 수호성인인 성 루카(의사이자 화가며 복음서 저자)는 (아쉽게도 상징은 황소밖에 없지만) 우리에게 희망을 줄 거야.

그러나 우리들의 실제 삶은, 실은 너무나 보잘것없지. 화가로서의 우리 삶 말이야. '예술에 대한 사랑이, 진정한 사랑을 앗아가는' 이 척박한 땅에서 도저히 직업으로 삼기 힘든 일을 멍에처럼 짊어지고 근근이 연명하고 있는 우리 같은 화가들의 삶.

그렇지만 수많은 다른 행성과 다른 태양이 뜬 곳에 가도 역시 선, 형태, 색이 있다고 가정하면 못할 게 없기 때문에, 더 나아지고 달라진 존재로서 그림을 그릴 수도 있을 거라고 비교적 마음 편하게 믿어도 좋아. 달라진 존재란 애벌레가 나비가 되고 유충이 풍뎅이가 되듯이 더 신기할 것도, 더 놀랄 것도 없지.

나비가 된 화가는 수많은 별 중에서 자신만의 활동 영역을 갖게 될 거야. 그런데 그 별은 사후에 우리도 얼마든지 갈 수 있을지도 모르지. 지도에 검은 점으로 표시되어 있고 우리가 사는 동안 얼마든지 가볼 수 있는 마을이나 동네처럼 말이야.

과학은(과학적인 논리는) 아주 먼 미래까지 내다볼 수 있는 일종의 도구가 아닌가 싶어. 왜냐하면 우리는 지구가 *평평하다*고 가정했었어. 그건 사실이었지. 지금도 마찬가지로 사실이야. 예를 들어 파리에서 아니에르까지는 평평한 길이니까. 하지만 과학이 지구가 둥글다는 사실을 입증해냈지. 지금은 그 사실에 아무도 딴지를 걸지 않아.

그럼에도 불구하고 우리는 지금도 *삶은 평평하다*고 생각해. 출생에서 죽음까지니까. 그러나 삶은 역시나 둥글 거야. 그리고 지금까지 우리에게 알려진 반구(半球)보다 면적이나 용적이 훨씬 넓을 거야.

미래 세대들은 분명, 이 흥미로운 주제에 대해 더 많은 걸 알아내겠지. 그래서 과학적으로도 (좀 미안한 말인데) 삶의 남은 절반에 관해서는 그리스도가 남긴 말과 비슷한 결론에 이를 수도 있어.

어쨌든 사실인 건, 우리가 현재 화가로 살고 있고, 목숨이 붙어 있는 한 숨을 쉬면서 살아야 한다는 거야.

아! 들라크루아의 아름다운 그림을 떠올려봐. 〈게네사렛 호수 위의 그리스도〉. 자극적인 자주색과 짙은 파란색, 피처럼 붉은색 의상을 입고 아연실색한 제자들 가운데, 옅은 레몬색 후광을 가진 그리스도는 빛을 발하면서 잠들어 있잖아. 풍랑이 거센 에메랄드빛 바다 위에서, 액자 위로 계속해서 올라가고 있는 배에서 말이야. 정말 대단한 작품이야! 사나흘 전부터 손을 댄 어느 모델(알제리 보병)의 데생과 유화 작업만 아니었으면 자네한테 크로키로 몇 점 그려서 보내줄 텐데, 아쉬워. 지금은 녹초가 됐거든. 하지만 반면에 편지 쓰기는 내게 휴식 시간이자 기분전환의 기회야.

작업한 그림이 상당히 형편없어. 앉아 있는 알제리 보병 데생, 흰 벽을 배경으로 선 알제리 보병의 유화 스케치 그리고 초록색 문과 주황색 벽돌로 된 벽을 배경으로 같은 사람을 그린 초상화야. 결과물이 거칠고, 아니 *흉측하고* 엉망이야. 그래도 정말 까다롭고 어려운 소재를 시도한 터라, 앞으로는 좀 더 수월해지지 않을까 싶어.

내가 그린 인물화가 내가 봐도 거슬리는데, 남들 눈에는 오죽하겠어. 하지만 예를 들어, 뱅자맹 콩스탕 씨에게 배운 것과 다른 방식으로 할 경우, 인물화 습작만큼 우리 실력을 키워주는 것도 없어.

자네 편지는 언제 받아도 반가워. 크로키는 상당히 흥미로웠어. 정말 고맙네. 조만간 나도 데생 1점을 보낼 생각이야. 오늘 저녁은 너무 지쳐 있어. 머리는 괜찮은데 눈이 힘드네.

자네 혹시 퓌비스가 그린 〈*세례자 요한*〉 기억하나? 상당히 근사하지. 들라크루아만큼이나 *마법사* 같은 솜씨를 가진 화가 같아.

자네가 인용한 세례자 요한에 관한 복음서 구절은 자네가 본 바로 그대로야……. 누군가의 주변에 몰려드는 사람들…… "당신이 그리스도십니까? 당신이 엘리야십니까?" 오늘날로 치면, 인상주의 화가나 인상주의를 연구하는 사람에게 "당신은 찾았습니까?"라고 묻는 것과 같은 거라 볼 수 있어.

지금 내 동생이 기획한 클로드 모네 전시회가 열리고 있어. 2월부터 5월까지, 앙티브에 가서 그린 그림 10점인데 정말 근사한 것 같더라고.

혹시 루터의 삶을 조명한 책을 읽은 적은 있나? 왜냐하면 크라나흐, 뒤러, 홀바인 모두 *루터*라는 인물과 궤를 같이하는 작가거든. 그는 중세에 저 높은 곳에서 반짝이는 빛과 같은 존재였어. 나도 자네만큼이나 태양왕을(내가 보기에 루이 14세는 오히려 밝게 빛나는 촛불도 꺼버리는 사람인데) 좋아하지는 않아. 세상에, 이 감리교 신앙을 가진 솔로몬 같은 국왕이 얼마나 성가신 존재냐고! 나는 솔로몬 왕도 싫어하지만, 감리교도들은 더 싫어. 나는 솔로몬 왕을 위선적인 이교도 같은 사람이라고 생각해. 그의 성전도 결코, 높이 평가하지 않아. 다른 양식을 모방한 것에 불과할 뿐이니까. 그가 남긴 글도 마찬가지야. 차라리 이교도들의 글이 더 낫지.

군 복무는 어쩔 셈인가? 내가 아는 알제리 보병 소속 소위에게 부탁할까, 말까? 아프리카로 가는 거야? 아프리카에서 군 복무를 하면 기간을 두 배로 쳐주는 건가? 무엇보다 피가 맑아지도록 몸 관리를 해야 해. 빈혈이 있으면 발전할 수 없어. 그림 실력 향상도 더뎌진다고. 아주 단단한 체력과 장수할 수 있는 체질로 개선하도록 노력하게. 매음굴은 보름에 한 번 정도로 자제해서 수도사처럼 살고. 난 그러고 있어. 그리 시적인 생활은 아니지만, 내 삶을 그림 그리는 일에 종속시키는 게 내 의무라네.

자네와 함께 루브르에 간다면, 르네상스 이전의 프랑스 작품들을 꼭 찾아가 보고 싶어. 루브르에 가면 나는 항상 렘브란트를 필두로 한 네덜란드 작품들부터 보는 편이야. 예전에 렘브란트를 참 많이 연구했었거든. 그다음에는 포터르Paulus Potter를 감상하지. 4호인가 6호 그림판에 그린 건데 들판에 홀로 서 있는 백마야. 군데군데 점이 있고 울부짖고 있는 것처럼 보이는 한 마리 백마. 폭우가 몰아칠 듯한 하늘 아래, 습기를 머금고 드넓게 펼쳐진 연한 초록색 들판을 배경으로 외롭게 서 있는 새하얀 말. 네덜란드 고전 회화 중에는 그 무엇과도 연관성을 찾을 수 없는 걸작들이 있어.

마음의 악수 청하네. 보내준 편지와 크로키에 대해서 다시 한 번 고맙다는 말 전하네.

자네를 사랑하는 친구, 빈센트

소네트는 괜찮았어. 뭐랄까, 색채는 아름다운데, 데생에 힘과 자신감이 다소 부족한 느낌이랄까. 구도에서 망설임도 느껴지고. 뭐라고 말해야 할지 모르겠지만, 어떤 교훈을 전하려는 건지 명확하게 느껴지지 않았어.

베9프 ____ 1888년 6월 27일(수) 추정

친애하는 벗, 베르나르

어제 보낸 편지에, 자네 소네트에 관해 적은 종이 대신에 뭘 넣어 보냈는지 모르겠어. 사실, 작업 때문에 너무 지치더라도 저녁에 편지 쓰는 게 내게는 휴식과도 같은 일이야. 그런데 낮에, 뙤약볕이 내리쬐는 야외에서 너무 오래 작업한 탓에 고장 난 기계처럼 행동한 것 같아. 그래서 지금 보내는 종이 대신 엉뚱한 종이를 넣어 보냈던 거야.

어제 쓴 내용을 다시 읽어봤는데, 그 상태 그대로 보내기로 했어. 내가 보기에는 읽을 수 있을 것 같아서 그대로 보내는 거야.

오늘도 지칠 때까지 그림을 그렸어.

자네가 내 그림을 보면 뭐라고 할까? 아마 내 그림에서는 세잔처럼 세심하게 공을 들인 붓 터치는 찾을 수 없을 거야. 하지만 지금 그리는 그림이 세잔이 그린 크로나 카마르그 같은 시골 풍경인 만큼, 비록 장소는 조금 다를지라도 색감은 어느 정도 일맥상통할 수도 있을 거야. 사실, 나도 잘 모를 일이지. 무의식중에 세잔을 떠올릴 때가 종종 있어. 몇몇 습작에서 그의 붓 터치가 서툰(서툴다는 표현은 이해해주게. 아마 문제의 습작은 미스트랄이 기승을 부리는 가운데 그렸기 때문일 거야) 부분을 발견할 때 자주 그런 편이야. 나도 종종 미스트랄 때문에 고전하는 터라 세잔의 붓이 어떨 때에는 자신감이 넘치는데, 어떨 때에는 서투르게 느껴지는지 그 이유를 잘 알지. 캔버스가 흔들리기 때문이야.

가끔은 나도 아주 빠른 속도로 그려. 이게 잘못이야? 나도 어쩔 수가 없어. 예를 들어, 30호 캔버스에 〈여름밤〉을 단번에 그렸지. 다시 그리는 건 불가능해. 폐기처분도 할 수 없어. 왜냐고? 미스트랄이 기승을 부릴 때에 일부러 맞춰서 나가 작업한 그림이거든. 우리가 추구하는 건 차분한 붓 터치가 아니라 사상적인 강렬함이잖아. 야외에 나가거나 정물을 보면서 충동적으로 그려야 하는 상황에서, 과연 차분하게 계산된 붓놀림이 항상 가능할까? 내게는 펜싱의 공격 동작처럼 보일 뿐이야.

자네 데생은 테오에게 보냈어. 자네에게 구매하는 형식으로 거래하자고 부탁해놨지.

동생이 그렇게 할 수 있으면 그렇게 해줄 거야. 그 녀석은 내가 자네 그림을 팔아주고 싶어

한다는 걸 알거든.

자네가 원하면 내가 그린 알제리 보병의 얼굴 그림을 자네 그림과 교환할 수 있도록 따로 챙겨놓을게. 다만, 이 거래는 내가 자네 그림을 팔게 되면 그때나 다시 이야기하자고. 자네가 그린 매음굴에 대한 내 화답이라고 할 수 있어. 만약 우리 두 사람이 함께 그곳을 그린다면 나는 분명, 알제리 보병의 습작을 등장인물로 활용할 거야. 아! 여러 화가가 함께 뜻을 모아 걸작을 만들어낸다면 얼마나 좋을까! 미래의 예술은 아마 이 부분에 관해 좋은 본보기를 보여줄 수 있을 거야. 지금 회화 세계에 *필요*한 건 여럿이 힘을 합쳐서 물질적인 어려움을 해결할 수 있도록 서로를 돕는 일이야. 그런데 아쉽게도 우리는 아직 그런 단계까지 이르지는 못했어. 미술계는 문학계만큼 대처가 빠르지 않아.

어제와 마찬가지로 오늘도 급하게 쓰네. 너무 피곤하거든. 이 시간이 되면 간단한 데생 하나도 그리기 힘들어. 하루 종일 밭에 나가서 그리다가 돌아오면 그럴 힘조차 남아 있지 않아.

그게, 이곳의 태양은 정말 강렬해서 뙤약볕에 있다 보면 진이 쏙 빠지지! 내가 그림을 제대로 그렸는지 온전히 판단하는 것도 힘들 지경이야. 습작이 제대로 그려졌는지, 아닌지도 구분하지 못할 정도니 말이야. 밀밭에 나가서 그린 습작이 7점인데 아쉽게도 전부 내 의도와는 다른 결과물이 나왔어. 전부 풍경화야. 빛바랜 금색과 노란색을 주로 사용했고 정말 급하고 빠르게, 쫓기듯 그린 것들이야. 마치 뙤약볕 아래서 어떻게든 빨리 일을 끝내기 위해 묵묵히 추수 작업에만 열중하는 농부처럼 말이야.

아마 자네는 내가 성경을 얼마나 좋아하지 않는지 알면 깜짝 놀랄 수도 있겠군. 예전에는 틈틈이 들여다보며 연구도 하고 그랬지. 예술적인 관점에서 봤을 때는, 그 핵심인 그리스도만이 고대 그리스나 인도, 이집트, 페르시아의 이야기 속의 그 무엇보다 위대한 존재라고 생각해. 나머지 이야기들은 예술과 거리가 너무 멀어. 다시 말하지만, 그리스도는 예술가 중에서도 뛰어난 예술가야. 살아 있는 정신과 살아 있는 육신으로 작품활동을 했거든. 동상 대신 *인간*을 창조했으니까. 그래서…… 나는 화가로서, 한 마리 소가 된 기분이 들어도 좋아. 그리고 황소와 독수리, 그리고 인간을 진심으로 존경하네. 그 존경심은 내 야망도 무력화시킬 정도지.

악수 청하네.

자네를 사랑하는 친구, 빈센트

자네의 소네트를 자신감이 없는 데생 같다고 말한 이유를 덧붙이지.

자네는 결말 부분에 어떤 교훈을 주려고 했어. 사회가 비열하다고 말했지. 매춘부들을 보면 시장에서 파는 고기가 떠오른다면서 말이야. 그런 지적은 아주 좋아. 매춘부를 정육점에서 파는 고기로 보는 비유 같은 거. 스스로 어리석다고 여기는 나는 그 지적을 이해할 수 있고 느낄 수 있네. 내 삶 속에서도 어떤 느낌 같은 걸 찾을 수 있었어. 그래서 하는 말인데, 아주 적절한 내용이라고 생각해. 다채로운 빛깔의 단어들이 어울려 만들어내는 낭랑한 운율은 싸구려 술집의 적나라한 현실을 아주 강렬하게 담아내고 있는 느낌인데, 마지막 부분에 사회를 향한 비판은 스스로 *어리석다*고 여기는 내게, 뭐랄까, 그저 '세상에!' 정도에 해당하는 빈말 같은 느낌밖에 들지 않았어. 이건 사실이 아니지. 자, 내가 어리석다는 부분으로 다시 돌아와서, 시도 다 잊고 생각해보자고. 어쨌든 처음에는 정신이 번쩍 들 정도로 강렬한 인상을 심어주었으니까.

과연 그게 사실일까, 아닐까?

자네가 시작한 사실관계를 따져보는 방식은, 해부학을 가르치기 위해 외과 의사가 메스를 휘두르는 방식이었어. 흥미를 느끼면서 설명을 잘 듣고, 정보를 수집하면서 보고 있었는데 느닷없이 해부학을 가르치는 외과 의사가 이런저런 훈계를 하기 시작하면, 듣는 사람 입장에서는 그가 풀어놓는 훈계조의 장광설은 앞서 설명한 내용과 아무런 연관이 없다는 생각만 들게 될 거야.

사회를 연구하고 분석하는 건, 단순히 훈계하는 것과는 차원이 달라.

이런 생각도 들어. 여기, 시장에 내놓은 고기가 있는데, 단순한 고기임에도 불구하고, 한층 더 세련되고 전혀 기대하지 않았던 사랑이라는 자극이 전해지면 순간적이나마 전기가 통할 것 같이 짜릿할 거라고. 더 이상 무얼 먹일 필요가 없을 정도로 배가 부른 애벌레가 양배추 잎을 타고 오르는 대신 벽을 타고 오르듯이, 배가 부른 이 여성은 사랑을 향해 달려가면서도 더 이상 사랑을 느낄 수 없어. 찾아보고, 갈구하고, 찾아 헤매지만 정작 자신이 뭘 찾고 있는지 알기는 할까? 순간적으로나마 의식이 있고, 살아 숨 쉬고, 감각도 있고, 흥분도 하고, 젊어지기도 하지만, 무력할 따름이야.

그래도 사랑은 하고 있기에 살고는 있지. 세속적인 존재로서는 이미 끝장난 삶에 죽어가고 있음에도 불구하고 그렇게 계속 살아가고 있는 거야. 과연 어디에서 나비로 탈피할까? 과연 이 배부른 애벌레에서 나온 나비, 유충에서 나온 풍뎅이는 어디에서 그 과정을 거치는 걸까?

이게 늙은 매춘부들을 그린 습작을 보면서 내가 생각한 부분이야. 나는 과연 어떻게 생긴 애벌레일까 대충이라도 알고 싶다는 생각이 드네.

502프 ____ 1888년 6월 23일(토)

테오에게

보내준 편지와 동봉한 50프랑 고맙게 잘 받았다. 클로드 모네의 기사를 쓴 사람이 비스마르크에 관한 기사를 쓴 사람과 같은 줄은 몰랐다. 지극히 평범한 것들조차 기묘하게 뒤틀어 표현하려 애쓰는 데카당파에 관한 잡다한 기사를 읽는 것보다 훨씬 반가운 내용일 거야.

요 며칠 작업한 결과물이 영 못마땅해. 흉측해 보일 정도야. 하지만 풍경화보다 인물화에 더 관심이 간다.

그래도 알제리 보병 소속 군인을 그린 인물화는 오늘 네게 보내마. 역시, 인물화를 습작하면서 연구하고 배우는 게, 아무리 봐도 그럴듯한 결과물을 만들어내는 가장 빠른 지름길 같다.

베르나르도 같은 입장이야. 그 친구, 오늘 유곽을 배경으로 그린 그림을 보내왔더라고. 이 편지에 동봉하니까, 네가 가지고 있는 그 친구의 그림 〈서커스 단원〉 옆에 같이 걸어둬라. 뒷면에 시가 한 편 적혀 있어. 그림과 비슷한 분위기의 시인데, 내 생각에 이 친구, 더 완성도가 높은 채색 습작으로도 그린 것 같아.

베르나르가 알제리 보병을 그린 인물화와 자기 그림을 교환하자고 해도 놀랍지 않아. 내 마음에는 안 드는 그림이지만. 그런데 이 친구가 습작을 팔 기회를 빼앗고 싶지는 않아서, 소정의 그림값을 주고 이 친구 그림을 사주는 게 아니면 그림 교환을 제안할 생각은 없어.

여기는 여전히 비가 많이 내리고 있어서 수확 전인 밀이 아무래도 큰 피해를 볼 것 같다.

그나마 다행인 건 얼마 전부터 모델이 생겼다는 거야.

카사뉴Armand Théophile Cassagne의 『데생의 ABCD』라는 책이 있으면 좋겠다. 여기 책방에 주문했더니 보름이 지나고서야 한다는 말이 출판사 이름을 알려달라는데, 나도 몰라. 혹시 네가 한 권 보내주면 정말 고맙겠구나. 여기 사람들의 무사태평한 태도와 될 대로 되라 식의 자세는 어떻게 설명할 길이 없다. 정말 사소한 것 하나까지 거슬려. 그래서 조만간 마르세유에 다녀올 작정이다. 필요한 것들을 구하러. 파리에서 발송하면 운송비가 엄청나게 들지만, 마르세유에서 사오는 비용이 파리에서 보내는 것보다 더 들어간다.

그림이라는 게 도대체 만족할 줄 모르고 펑펑 돈만 가져다 써대는 고약한 정부 같다는 생각도 들고, 간혹 그럴듯한 습작을 그릴 때도 있지만, 다른 화가한테 그림을 사는 게 훨씬 더 싸겠다는 생각이 자주 들어서 서글프다.

한 가지 더, 더 잘할 수 있다는 희망도 역시 fata morgana(신기루) 같기만 해. 하지만 신속한 해결책도 없지. 언젠가 성실하게 작업하는 다른 화가를 만나 둘이 함께 공동으로 더 많은 작업을 하는 게 아닌 이상은 말이야.

카사뉴의 책을 출간한 출판사 이름은 아마, 네게도 한 권은 있을 법한 『원근법 개론』에 분명히 나와 있을 거야. 그 책들은 라투슈 화방이나 항상 알롱제의 작품들을 진열하는 쇼세 당탱가의 상점에 가면 있을 테고.

클로드 모네가 2월에서 5월까지 그림 10점을 그려낸 건 정말 대단해. 작업 속도가 빠르다고 해서 덜 진지한 건 아니거든. 전적으로 자신감과 경험의 문제야. 사자 사냥꾼이라고 불리는 쥘 제라르가 자신의 책에 이런 글을 쓴 적이 있었어. 갓 사냥을 시작한 어린 사자들은 말이나 소를 잡기까지 꽤나 애를 먹지만, 나이 든 노련한 사자들은 정확하게 계산한 후 발톱이나 이빨로 단 일격에 먹잇감을 사냥하는 숙련된 기술을 지녔다고.

여기 와서 보니 정작 도데가 소설 속에 여러 차례 묘사한 남부의 쾌활한 정서는 느낄 수가 없어. 오히려 무미건조한 교태나 꼴사나울 정도의 무사태평한 자세 같은 것만 경험했지. 그래도 풍경 하나만큼은 정말 장관이다.

그런데 여기 자연은 미스트랄이 심하지 않고 특징적인 산악 지형을 가진 보르디게라, 이에르, 제노바, 앙티브 등과는 확실히 달라. 도처에서 느껴지는 강렬한 색채만 빼면 대부분 평지라 네덜란드와 비슷해. 다만, 지금의 네덜란드가 아니라 라위스달, 호베마, 오스타더 등의 화가가 살던 시절의 네덜란드를 말하는 거야.

정말 놀랐던 건 꽃을 거의 볼 수 없다는 거야. 밀밭에 나가도 수레국화는 물론 개양귀비도 거의 안 보여.

마지막으로 보냈던 그림 상자 운송비가 얼마였지? 캔버스에 임파스토로 처리한 부분들이 표면만 마른 상태라 두루마리로 말 수가 없어. 그것만 아니면 당장 보냈을 텐데.

요즘 맥나이트에게 동료가 생겼어. 그 친구의 그림은 못 봤고, 그 대신 어제 나의 최근 습작 네다섯 점을 맥나이트하고 그 친구에게 보여줬는데, 싸늘하게 느껴질 정도로 침묵한 채로 유심히 살펴보더라. 두 사람도 나름 깜짝 놀랄 무언가를 준비 중인 것 같던데, 근사했으면 좋겠어. 어쨌든 두 사람이 각자의 길을 찾아가는 걸 보면 기분이 좋을 것 같아.

너는 물론 무리에에게도 악수 청한다. 그나저나 그 친구, 아직 제롬처럼 화실을 얻어서 나가지는 않은 모양이더라.

너를 사랑하는 형, 빈센트

503프 ____ 1888년 6월 28일(목) 추정

테오에게

나야말로 정신 나간 사람이라는 걸 깨닫고 나니, 남부 사람들의 부주의한 성격을 무조건 탓할 수는 없겠더라. 이번에도 멍청하게 편지에 주소를 '르픽가 54번지'가 아니라 네 옛 주소인 '라발가 54번지'로 썼지 뭐냐. 편지가 열린 채로 반송되었으니, 우체국 직원들이 베르나르가 그린 매음굴 그림을 보고 자기들끼리 즐겁게 감상했겠어.

어쨌든 이 편지는 고스란히 챙겨서 서둘러 다시 보내마.

오늘 아침에 탕기 영감님이 보낸 물감을 일부 받았어. 그런데 코발트는 질이 형편없어서 계속 쓸 수는 없을 것 같다. 크롬은 좀 나은 편이라 계속 주문해도 괜찮겠고. 양홍색 대신 짙은 꼭두서니색을 보냈던데, 별 상관은 없다만 사실 이 양반네 양홍색도 그닥 상태가 좋지는 않거든. 뭐, 이 양반 탓만은 아닌데, 아무튼 앞으로 탕기 영감님 가게에서 주문해야 하는 물감이면 옆에 '탕기'라고 꼭 표시해둘게.

어제와 오늘은 〈씨 뿌리는 사람〉에 매달려서 분위기를 완전히 뜯어고쳤다. 하늘을 노란색과 초록색으로 처리했고 땅은 자주색과 주황색으로 칠했어. 너무나 훌륭한 소재라서, 나든 아니면 다른 사람이라도 꼭 멋지게 완성시키면 좋겠어.

다만 문제는 이거야. 들라크루아의 〈게네사렛 호수 위의 그리스도〉와 밀레의 〈씨 뿌리는 사람〉은 서로 전혀 다른 기법으로 그려졌어. 〈게네사렛 호수 위의 그리스도〉에는 파란색과 초록색의 스케치에, 자주색과 빨간색과 노란색이 살짝 들어간 후광이 있는데, 그림에 사용된 색만으로도 상징적인 언어를 표현하고 있어.

밀레의 〈씨 뿌리는 사람〉은 이스라엘스의 회화처럼 무채색 계열의 *회색*이 지배적이야.

그럼 이제, 〈씨 뿌리는 사람〉을 노란색과 자주색이 대비되도록 색칠하면 어떨까(들라크루아의 〈아폴론의 천장〉이 *딱 그렇게, 노란색과 자주색이 어우러졌지*)? *뭐, 괜찮겠지*! 그러니 한번 해보자! 그래, 마르탱 영감님도 말했었잖아. "걸작은 너에게 달렸어!" 하지만 해보니까, 몽티셀리 식의 색채 형이상학에 빠져서 아류처럼 되어버려. 마치 의연하게 빠져나오기가 쉽지 않은 늪과 같다.

그래서 꼭 몽유병 환자처럼 흐리멍텅하게 그려지기도 해. 그나마 그럴듯한 작품을 만들어내면 다행이지.

어쨌든 용기를 잃지 말고 절망하지 말자. 조만간 이렇게 시도해본 그림에 다른 것들까지 함께 보내줄게. 론강을 그린 풍경화가 있어. 트랭크타유 철교인데, 하늘과 강은 압생트 색조, 강변은 보라색 색조다. 검게 칠한 난간에 사람들 몇몇이 팔꿈치를 괴고 서 있고, 철교는 강렬한 파란색으로 칠했어. 파란색 뒷배경에 강렬한 주황색 색조와 강렬한 에메랄드그린 색조도 사용했지. 아직 미완성이다만 무언가 비통하고 가슴 아픈 느낌을 표현하려는 시도였어.

고갱에게는 아무 소식이 없다. 내일쯤은 네 편지가 도착하겠지. 부주의한 행동에 대해서는 미안하다. 악수 청한다.

너를 사랑하는 형, 빈센트

물감 정말 고맙다. 곧 더 부탁한다.

504프 ____ 1888년 6월 말

테오에게

우연히 알게 됐는데, 일반적으로 사용하는 캔버스 천의 정가가 이렇다더라.

결이 거친 노란 캔버스 천. 0번 :

폭 2미터, 길이 10미터당 40프랑

할인율은 25퍼센트인데, 아마도 공장가는 3분의 1 가격이겠지.

타세 화방의 판매가 수준을 확인할 좋은 기회 같다. 내가 주문했던 5미터 말고, 10미터를 구입해 보면 돼. 최근 캔버스를 사면서 틀을 받았는데, 그걸 활용하면 꽤 이득이겠어.

30호 캔버스를 만드는데, 틀 빼고, 천값만 1.5프랑이 들어(위에 적은 가격으로). 지금 틀을 끼운 캔버스가 4프랑이거든. 틀 가격을 1프랑으로 잡으면, 30호 캔버스 하나에 1.5프랑 이상 돈이 남아. 그걸 운송비 5프랑에 보탤 수 있지.

그러니까 가능하면, 타세 화방에 캔버스를 얼마에 파는지 가격을 물어봐서, 위에 알려준 가격이랑 비교해봐라.

작은 데생 중에서 빨래터가 있는 나무다리 혹시 기억해? 뒷배경으로 마을이 보이고. 그걸 큰 유화로 그렸다.

너한테 미리 말하는 건데, 다들 내가 그림을 빨리 그린다고 여길 거야.

그 말은 한마디도 믿지 말아라.

그렇지 않냐, 우리는 감정에, 자연을 향한 우리 감정의 진정성에 이끌려 가잖아. 그 감정이 너무 강렬하면 일인 것도 잊고 매달릴 때도 있어. 가끔은 붓질을 내처 이어가게 되는데, 그게 연설문이나 편지 속에서 단어들이 의미 있게 연결되듯이 이어진단 말이야. 단, 항상 이러는 건 아니야. 영감이 전혀 떠오르지 않는 무거운 날들도 분명히 올 거야.

그래서 쇠가 뜨거울 때 두드려야 해. 다른 일은 제쳐두고.

아직도 사람들에게 선보일 유화 50점의 절반도 완성하지 못했어. 올해가 끝나기 전에는 다 완성해야 해.

*서두른 티*가 난다고 평가할 거라는 것도 이미 알아.

그저 지난겨울의 내 신념을 지키고 싶은 거야. 화가 연합에 대해 나눴던 이야기들 말이야. 어떻게든 화가 연합을 결성하고 싶다는 말이 아니다. 중요한 문제니까 진지한 자세를 유지하고 논의를 멈추지 않으려는 의도야.

고갱이 나와 함께 작업하러 올 마음이 없다면, 경비를 고스란히 내 작업에 쏟아부으면 그만이야. 그렇게 돼도 딱히 걱정되는 건 아니야. 건강만 버텨준다면 캔버스를 모조리 다 채울 거야. 그럴듯한 게 몇 점은 나오겠지.

틀에 끼우지 않았던 과수원 꽃나무와 이것과 짝을 이루는 점묘법으로 그린 그림을 거의 조화를 맞춰서 완성하는 중이야. 그럴듯한 작품들이 되겠어. 그래도 봄에 비하면 *땡볕에 나가서 그리는 게* 덜 힘들다. 곧 유화가 마르는 대로 몇 점 두루마리로 말아서 보낼게.

아연 백색 물감 주문량을 2배로 늘렸으면 해. 아연 백색은 더디게 마르는 단점이 있지만, 섞

어 쓰기 아주 좋다는 장점이 있어.

지난겨울 기요맹의 집에 갔을 때, 화실은 말할 것도 없고 복도와 계단까지 캔버스가 걸린 모습이 정말 반갑지 않았어? 그걸 보고 나도 야망을 품게 됐어. 단순히 캔버스 *개수*를 늘리는 게 아니라, 전체적으로 봤을 때 나의 노력은 물론이고 너의 노고까지 제대로 보여주는 그림을 그리겠다고 말이야. 밀밭은 작업하기 좋은 소재였어. 일전에 과수원 꽃나무가 그랬듯이. 간신히 새로운 시골 풍경도 찾았어. 포도밭이야.

사이에 짬이 나면 바다 풍경을 몇 점 더 그려보고 싶고.

과수원 꽃나무들은 분홍색과 흰색, 밀밭은 노란색, 바다는 파란색이 주조를 이룬다.

이젠 초록색을 좀 더 연구해보려고. 그런데 가을이라서 온갖 색조들이 살아나고 있어.

고갱은 어떤 작업을 하고 있는지 궁금하다. 중요한 건 이 양반이 낙담하지 않게 돕는 거야. 그런데 이 양반 계획이라는 게 내 보기에는 여전히 일종의 강박 같기도 해.

다시 한 번 말하지만, 내 개인적인 바람보다 다수의 이익이 더 중요하다고 믿기에, 언제든 나 혼자 쓰는 돈을 동료와 나눌 용의가 있다. 비뇽이든, 고갱이든, 베르나르든, 누구든 말이야.

모여서 지낼 수 있다면, 이사를 가야 하는 상황이 되더라도 얼마든지 그렇게 하겠어. 둘이(혹은 셋까지도) 의기투합하면, 혼자 쓰는 비용에서 크게 더 들지는 않아.

물감에 들어가는 돈도 마찬가지야.

그러니, 완성작이 늘어나는 이득은 제외하고라도, 너는 한 명이 아니라 두세 명의 화가를 지원했다는 자부심을 느끼겠지.

곧 이런 날이 올 거다. 그러니 내 실력도 남들에 뒤지지 않게 성장했으니, 여럿이 함께 작업하면 각자 시행착오도 훨씬 줄어들 테지. 작업에는 항상 어려움이 닥치거든. 나도 그런 어려움을 겪어봤고, 원인을 알려줄 수 있을 거야. 이제는 모두가 힘을 합쳐 작업에 열중하는 게, 우리의 정당한 권리며, 심지어 의무기도 하다.

그게 우리가 반드시 해야 할 일이야.

나 혼자라면, 어쩔 수 없이 동료보다는 밀려드는 일거리가 더 필요하지. 그래서 내가 캔버스와 물감도 과감하게 주문하는 거야. 전력을 다해 작업에 임할 때만이 살아 있다고 느낀다.

동료와 함께라면 그렇게까지 작업에 매달리진 않을 거야. 오히려 더 까다롭고 복잡한 그림을 그리겠지.

하지만 홀로 동떨어진 삶을 살고 있으니, 특정 순간에 느낀 내 감정에만 집중하고, 그걸 한껏 과장되게 그린다.

그 덕분에 정말 산 지 얼마 안 된 캔버스들을 거의 다 썼어. 이것들을 두루마리로 말아서 네게 보내면, 지금 캔버스 틀에 넣어둔 그저그런 그림 여럿을 떼어내야 할 게다. 이렇게 해서 가능하면 연말까지, 한 50점쯤 피사로와 다른 사람들에게 보여줄 거야.

그리고 나머지 습작들은, 정보로서의 의미가 있으니까 잘 말려서 작품집에 넣어 보관하거나 공간을 차지하지 않도록 책장 같은 곳에 보관하면 돼.

너와 네 동료들에게 악수 청한다.

너를 사랑하는 형, 빈센트

505프 ___ 1888년 7월 8일(일) 혹은 9일(월)

테오에게

편지와 동봉해준 50프랑 고맙게 잘 받았다. 탕기 영감님 일에는 굳이 나서지 말아라. 그저 그 양반 가게에 새로 그림을 진열하지 말고, 네게 청구서와 선금을 요구한 대가로 가게에 있는 내 그림들을 다 회수해라.

상대가 탕기 영감님 사모님이라는 걸 명심해. 그런데 만약 영감님 *본인*이 상황을 이렇게 만든 거라면, *나한테 잘못*하시는 거야. 내 습작을 팔아주겠다기에 1점을 드렸지. *그건 내가 신세를 진 게 맞지만*, 돈은 한푼도 빚지지 않았다. 이 문제를 따지려면 탕기 영감님 사모님과 언쟁을 벌여야 하는데, 그건 치명적인 일이야. 그 부부 말로는 기요맹, 모네, 고갱 등 모두가 자신들에게 빚을 지고 있다는데, 과연 사실일까? 뭐가 어찌 됐든, 저들도 빚을 안 갚고 있는데, 내가 왜 갚아야 하지? 탕기 영감님을 위한답시고 그 집 물감을 다시 주문한 게 후회스럽다. 앞으로 내가 물감 주문할 일은 절대 없다는 걸 그 양반도 알아야 해. 사모님하고는 *뭐든 조용히 처리해야 해*. 아주 고약한 양반이거든. 내가 새로 그린 그림은 돌려받아야 한다. 꼭 좀 부탁하마. 그거면 충분해. 탕기 영감네 아연 백색 물감이 개당 40상팀이니, 타세 화랑에서 최소 4배 용량에 1.5프랑에 판매하는 대형 튜브보다 비싼 거야. 아니에르에서 센 강변을 배경으로 그린 습작은 그냥 탕기 영감님 화랑에 둬라. 굳이 제 것이라고 우기면 그러라고 해야지. 그 대신 이제부터는 가차없이 그 양반하고 연을 끊어라.

만약 네가 선금을 줘버리면 그건 내가 인정하지 않았던 빚을 인정해버리는 꼴이야. 그러니 *절대로 말려들지 말아라*. 내가 실질적으로 유일하게 빚진 사람이 있다면, 그건 바로 빙 씨야. 하지만 그렇게 따지면, 나도 아직 90프랑에 달하는 일본 판화를 수수료로 받을 게 남았어. 내가 빙 씨에게 소개한 사람들만 따져봐도, 그 양반은 우리한테 일본 판화를 넘겨줘야지. 그리고 계속 거래를 할 수 있다면, 물량을 조금 더 늘려서 그들이 우리를 좀 더 중요한 거래처로 여기게 해야 해. 내가 굳이 빙 씨에게 수수료를 요구하지 않았던 건, 그럴 때가 되면 요구할 생각이어서야. 너한테만 하는 말인데, 다른 요구들은 사실 별 의미가 없어.

지금은 내 그림의 값어치를 올리는 일에만 집중하고 있어. 알다시피 그렇게 되려면 내가 할 수 있는 건 하나뿐이지. 그림 그리기. 올해 안에 100프랑의 값어치가 나가는 그림을 50점 완성하면, 내가 먹고 마시는 것에 당당해질 수 있을 것 같다. 아직 갈 길은 멀지. 지금 완성한 습작이 30점인데 전부 100프랑 값어치는 아닌 것 같거든.

그래도 몇몇은 제법 그럴듯해. 하지만 작업에 드는 비용 때문에 아주 아주 가난해지기만 한다. 그럼에도 불구하고, 빚이라고 볼 수 있을지 심히 의심스러운 건을 두고 선금을 요구하는 탕기 영감 같은 친구(과연?)만 없다면, 나도 굳이 이런저런 걸 문제삼고 싶진 않아. 내 목적을 달성하는 데 네가 얼마나 대줄 수 있을지는 모르겠지만, 그 돈이 절실히 필요한 시점이다.

자제하고 지내는 게 한두 가지가 아니야. 그렇다고 이걸 불행으로 여기는 건 아니지만, 앞으로 내게 필요할 돈은 어느 정도 지금의 내 노력에 달려 있다는 말이야.

우체국에서 그림이 너무 커서 못 보낸다고 생트집을 잡더라. 큰 그림이 2점 있거든. 6점이 모이면 두루마리로 해서 열차로 보내마. 여기서 더위 때문에 잘 마르지 않는 그림이라면, 파리에서도 당연히 잘 마를 일이 없겠더라고. 그래서 그림 보내는 게 늦어지는 거야.

대형 유화 습작 중의 하나인 〈올리브나무가 자라는 정원〉을 긁어냈어. 파란색과 주황색이 들어간 그리스도와 노란색 천사를 그린 그림이었어. 땅은 붉은색, 언덕은 초록색과 파란색을 사용했지. 올리브나무 몸통은 자주색과 양홍색으로 칠했고 잎사귀는 초록색, 회색, 파란색을 썼어. 레몬 같은 노란 하늘하고.

긁어낸 이유는 이런 중요한 인물을 모델도 없이 그리는 게 잘못이라고 생각되어서다.

이런 이유 때문에라도 다가올 겨울에, 고갱이 여기로 오는 게 좋겠다는 생각이다. 러셀은 여전히 감감무소식이야. 보슈라는 친구는 여전히 맥나이트와 같이 지내. 작업에 열심인 모양인데, 그림은 한 점도 못 봤어. 외모는 상당히 마음에 든다. 면도날처럼 날카로운 인상에 눈동자는 초록색인데 참 남달라 보여. 이 친구 옆에 서면 맥나이트는 상스러워 보일 정도야.

빙 씨가 일본 판화 전시회도 열고 일본 예술 작품에 관한 잡지도 출간했다는 글을 읽었어. 넌 가봤냐? 요즘은 일본 판화를 수집할 수 없어서 괴롭게 지낸다. 아무래도 직접 만드는 방법을 찾아봐야겠어. 로티의 『국화 부인』 읽어봤어? 대단히 흥미로운 책이야.

오늘도 역시 지난 목요일과 똑같은 말을 해야 할 것 같은데, 주말이면 주머니 사정이 심히 빠듯해질 것 같으니 다음번 편지는 하루 이틀 정도라도 빨리 보내주면 정말 좋겠구나.

카사뉴의 『데생의 ABCD』는 구했냐? 꼭 필요해서 그래.

무리에는 반드시 한 권 구입해서 읽는 게 좋을 거야. 러셀에게는 다시 편지할 생각이다. 답장을 기다리는 게 좋다고는 생각하지만, 아무튼, 당장 오늘 저녁에 쓰려고. 사실 그래서 그의 친구인 맥나이트와 보슈를 만나러 가려는 거야. 그 친구들하고 얘기해보면 답장을 받기 전에 뭐라도 조금 알 수 있지 않을까 해서.

머릿속에 구상 중인 데생 4점이 이미 그렸던 처음의 데생 2점이랑 같다면, 아마 프로방스의 근사한 풍경을 담은 데생의 축도를 보낼 수 있을 것 같아. 기요맹이 찾아와 둘러보고 갔다니 잘

됐다. 고마운 마음이 들긴 하지만, 한마디로 내 작업들이 하나같이 못마땅해.

뭐하러 여러 장소를 찾아다녀? 과수원 꽃나무들을 다시 그리면, 더 탄탄하게 그릴 수 있지 않겠어? 똑같은 소재라도 새로운 계절에 새로운 기법으로 그리면 새로운 작품이 되지 않겠느냔 말이야. 추수나 포도밭 등도 1년 내내 마찬가지겠고.

연말쯤 네게 습작 30점 정도는 보내주고 싶다. 고갱을 이리 부르는 데 드는 비용을 어느 정도 충당할 수 있도록 말이야.

쉬페네케르 작품은 참 좋더라. 토마 영감님은 내 그림이나 고갱의 그림에 100프랑은 내야 해. 우리는 곧 그런 수준에 도달할 거다. 빙 씨가 주최했다는 전시회는 어땠어?

빙 화랑에 갔다가 관리인을 만나거든 말 좀 전해주기 바란다. 내가 여기 내려와 있으니 내 물건을 조용히 보내주면 좋겠다고, 만약 내가 파리에 있었다면 크게 문제삼았을 거라고 말이야. 로트렉의 그림이 도착했는데 아주 아름다워. 곧 보자. 며칠 내로 또 편지 쓰마. 탕기 영감님 사모님한테는 절대 넘어가지 말아라. 어쨌든 영감님이 나한테 이렇게 나오다니, 정말 슬프다. 이건 정말 아니야. 너도 확실히 알아둬야 하는 게, 내가 그 양반한테 빚을 졌으면 졌다고 말했을 거야. 그런데 다른 조건이 있어. 빚을 졌다고 해도 돈으로는 갚지 않을 거라는 거. 그리고 그 양반이 가질 수 있는 거라고는 *그림에 대한 알량한 소유권*이 전부일 거라는 거.

너를 사랑하는 형, 빈센트

틀림없이 베르나르도 탕기 영감님과 비슷한 문제를 겪을 수 있어. 단, 훨씬 심하게.

506프 ____ 1888년 7월 9일(월) 혹은 10일(화)

테오에게

하루 종일 몽마주르에 있다가 방금 돌아왔어. 소위 친구도 함께 다녀왔지. 둘이서 오래된 정원도 돌아보고 잘 익은 무화과도 몇 알 몰래 서리해왔어.

정원이 조금만 더 컸다면, 졸라의 소설에 나오는 파라두Paradou로 생각했을 거야. 기다란 갈대와 포도밭, 담쟁이덩굴, 거기에 무화과나무, 올리브나무, 강렬한 주황색에 뭉뚝한 꽃이 달린 석류나무, 백 년 묵은 사이프러스, 물푸레나무, 버드나무, 떡갈나무, 암석 사이에 자라는 떡갈나무들이 있고, 반쯤 부서진 계단, 폐허가 된 고딕식 창문, 이끼로 뒤덮인 흰 바윗덩어리, 무너져내려 잔디밭 여기저기 흩어져 있는 성벽의 일부도 보였어. 큰 데생으로 1점 더 그려왔는데 정원은 아니고. 지금까지 데생이 총 3점이니까, 12점이 모이면 보내마.

어제 보슈랑 맥나이트를 만나려고 퐁비에유에 갔는데, 둘이 여드레 일정으로 스위스에 갔다더라. 모기와 파리가 기승을 부린다만 더위가 내 건강에는 좋은 것 같다.

8 jours pour un petit voyage en Suisse.
Je crois que la chaleur me fait toujours du bien
malgré les moustiques et les mouches.
Des cigales – non pas celles de chez nous mais des
comme ceci
on les voit dans les albums japonais
puis des Cantharides
dorées et vertes en
essaim sur les oliviers.
Ces cigales (je crois que
leur nom est cicada)
chantent au moins aussi
fort qu'une grenouille

매미가 네덜란드에서 보던 것들과 달라. 일본 그림에서 본 것처럼 이렇게 생겼고 금색과 초록색이 들어간 가뢰 떼들은 올리브나무 주변을 맴돌기도 해. 매미 떼는(시카다라고 부르는 것 같은데) 개구리 떼만큼 시끄럽게 운다.

너도 기억할지 모르겠는데 탕기 영감님 초상화(이건 그 양반이 아직 소장)랑 사모님 초상화(이건 팔았고), 이 부부의 친구분 초상화(이 양반한테 20프랑을 받은 건 맞아)를 그리던 때가 떠오른다. 에누리 하나 없이 탕기 영감 화방에서 250프랑어치 물감을 샀었지. 그 양반은 당연히 이득이지. 그런데 난 그 양반을 친구로 여겼는데 그 양반은 아니었던 거잖아. 탕기 영감이 내게 빚을 갚으라고 요구할 권리가 없는 가장 큰 이유는, 여전히 내 습작을 가지고 있어서다. 빚이 있었다면 그걸로 깨끗이 청산된 거야. 그 그림을 팔면 당연히 돈이 될 거 아니냐.

탕기 영감님 사모님이며 그 주변의 크산티페 같은 부인네들은 천성이 까탈스럽고 머릿속에 부싯돌이나 발화석이 든 사람들 같아. 아무렇지 않게 버젓이 돌아다니는 이런 여인네들은 문명사회에서는 광견병에 걸려 파스퇴르 연구소에 입원해 있는 환자들보다 훨씬 위험한 존재들이야. 그렇기에 탕기 영감님이 사모님을 죽여야 할 이유는 천 가지도 넘어……. 하지만 못하겠지. 소크라테스처럼…….

그러니 탕기 영감님은, 체념과 인내라는 측면에서 보자면, 지금 이 시대를 사는 파리의 포주들보다, 순교자나 노예의 삶을 살았던 초기 그리스도교 신자들과 비슷하다.

그렇다고 해서 탕기 영감님한테 80프랑을 갚아야 한다는 건 아니야. 다만 영감님한테 굳이 화낼 이유는 없다는 거지. 우리가 문전박대하거나 상대해주지 않아서 그가 불같이 화를 내더라도 무시해라.

오늘 러셀에게도 편지를 쓸 건데, 우린 알잖아. 안 그래? 영국인이나 미국인이나 알고 보면 네덜란드 사람들과 비슷해. 인심이…… 상당히 그리스도교적이지. 그런데 나머지 우리들은 그렇게 신실한 그리스도교인들이 아니라서…… 다시 편지를 쓰며 계속 이런 생각들이 맴돈다.

보슈는 귀족 연합 시대나 오라녜 공 빌럼 1세와 마르닉스 시대에 살았던 플랑드르 귀족 같은 얼굴을 가졌어. 좋은 집안 출신이라고 해도 전혀 놀랍지 않을 정도로 말이야.

러셀에게 편지했어. 파리에 있는 줄 알았으면 교환할 내 그림을 두루마리로 말아서 직접 보냈을 거라고 썼지. 이렇게 해놓으면 곧 답장을 해오겠지.

조만간 캔버스하고 물감이 필요할 것 같다. 그런데 아직 캔버스 천 20미터를 40프랑에 파는 화방 주소를 못 알아냈어. 아무래도 지금은 데생 작업에 주력하고, 고갱이 올 때를 대비해서 물감과 캔버스를 비축해둬야겠지. 물감도 펜과 종이처럼 크게 부담되지 않는다면 좋겠다. 유화 습작은 종종 망치는데 그러면 물감 낭비잖아.

종이는, 편지라면 모를까 데생에서 실수하는 일은 거의 없거든. 그래서 와트먼지(紙)의 수효만큼 데생을 그릴 수 있어. 내가 형편이 넉넉했으면 지금보다 돈을 덜 쓰면서 지냈을 거야. 흠, 마르탱 영감님이라면 이렇게 말했겠지. "그러면 형편이 넉넉해지도록 만들어야지." 맞는 말이야. 걸작에 대한 그 양반의 생각처럼 말이야.

모파상의 소설에 토끼 사냥꾼이 나오잖아. 10년 넘게 토끼며 이런저런 사냥감을 쫓아다닌 남자인데, 너무 지쳐서 결혼을 생각하게 되었더니 그땐 남자구실을 제대로 할 수 없게 되어서 망연자실하며 심각한 고민에 빠진다는 이야기. 결혼을 앞두고 있거나 이 사냥꾼 신세가 된 건 아니지만, 내 체력이 이 사냥꾼을 닮아간다고 느낀다. 위대한 스승 지엠이 말하길, 남자는 남자구실을 제대로 할 수 없게 되는 순간 야망을 갖게 된대. 글쎄, 난 남자구실을 하냐 못 하냐는 상관없지만, 이로 인해 야심을 가지게 되는 일은 절대로 없을 거다.

그 시절, 나라에서 가장 위대한 철학가, 그러니까 예나 지금이나 전 세계를 통틀어 가장 위대한 철학가인 팡글로스가 여기 있었다면, 이것저것 가르쳐주고 마음을 편하게 해줬을 거야.

러셀에게 보내는 편지는 봉투에 넣었다. 내 생각을 가감 없이 적었어. 혹시 리드 소식은 들었는지 물었는데, 네게도 똑같이 묻고 싶구나. 그러고는 첫 그림 교환에 내놓고 싶은 그림은 마음대로 고르라고, 나에게는 다만 그림을 교환할 장소로 자기 집이냐 너희 집이냐만 고르라고 했어. 자기 집을 선택하면 네가 과수원의 꽃나무 그림 몇 점을 보내주고, 하나 고르면 나머지를 챙겨두면 되는 거야. 그러니 그 친구가 딱히 뭐라 할 말은 없을 거야. 만약 러셀이 고갱의 그림을 사지 않는다면 그건 그럴 수 없어서일 거야. 형편이 된다면 분명히 그림을 구입하겠지.

그 친구에게 고갱의 그림을 사라고 감히 강권했다면, 그건 살 사람이 없어서가 아니라 고갱이 아파서라고 설명했어. 그가 병상에 몸져누운 데다가 병원비도 내야 하는데, 우리도 사정이 여의치 않을 때라서 서둘러 구매자를 알아봤던 거라고.

고갱 생각이 많이 들어. 어떤 그림을 그릴지나 작업 환경 전반에 대해서도. 지금은 1프랑을 받고 주2회 청소와 빨래를 해주는 가정부를 구했어. 만약 고갱과 함께 지내면 침구 정리도 해줄 수 있겠지. 아니면 내가 묵는 숙소의 직원과 얘기해볼 수도 있어. 아무튼 중요한 건, 둘이 함께 지내면서 비용을 줄이는 방법을 찾아가는 거야.

요즘 건강은 어떠냐? 그뤼비 박사는 종종 찾아가는지 모르겠구나. 누벨 아텐*에서 나눴다는 대화, 상당히 흥미롭더라. 너도 포르티에 씨가 소장한 데부탱Marcellin Desboutin의 작은 초상화 잘 알 거야.

시인, 음악가, 화가 등 대부분의 예술가들이 물질적으로 가난한 건(행복해하는 예술가들조차) 참 신기한 현상이야. 모파상에 대한 최근의 네 지적이 그 사실을 보여주고 있잖아. 영원한 숙제를 다시 건드린 셈이거든. 우리 눈에 보이는 삶이 전부인 건지, 아니면 죽을 때까지도 그 절반밖에 모르고 살아가는 건지.

화가들만 놓고 보자면, 그들은 죽어서 땅에 묻히더라도 작품을 통해서 다음 세대, 그리고 그 다음 세대에 가서도 회자된다. 그게 다일까? 아니면 뭐가 더 있나? 화가의 삶에서는 죽음이 가장 힘든 일이 아닐 수도 있어.

감히 말하는데, 나는 솔직히 그게 뭔지 잘 모르겠어. 하지만 언제나 별을 보고 있으면 *참 단순한* 꿈을 꾸는 기분이 들어. 도시와 마을이 표시된 지도 위 검은 점들을 보며 꿈을 꾸듯이. 왜, 왜 프랑스 지도에 찍힌 검은 점들에 가듯이 창공에 반짝이는 저 점들에 쉽게 가닿을 수는 없는 걸까? 타라스콩이나 루앙에 가려면 기차를 타야 하듯, 우리는 별에 가기 위해 죽음을 택하는 걸지도 몰라. 그렇게 놓고 보면, *살아 있는 동안에는 우리가 별에 갈 수 없다*는 건 확실한 사실이야. 죽은 뒤에는 기차를 못 타는 것도 사실이고.

그래서 말이다, 증기선이나 승합마차, 기차 등이 지상의 교통수단이듯, 콜레라나 신장 결석, 폐병, 암 등이 천상의 교통수단이 아니라고 단정할 수도 없을 것 같아. 나이 들어 조용히 죽는 건 걸어서 천상으로 가는 방법이야.

이제 잠자리에 들어야겠다. 시간이 늦었다. 너도 잘 자고, 좋은 일 있기를 바란다. 악수 청한다.

너를 사랑하는 형, 빈센트

* 파리의 카페

507프 ___ 1888년 7월 초

테오에게

편지와 동봉해준 50프랑, 그리고 타세 화방의 물감과 캔버스까지 정말 고맙다. 방금 받았어. 안에 청구서가 들었던데 50.85프랑이더라. 덕분에 타세 화방 가격을 에두아르 화방 가격과 비교할 수 있었어. 에두아르 화방보다 훨씬 저렴한 데다 20퍼센트 할인까지 받았으니 나야 더 없이 좋지. 캔버스 천이 4.5프랑이라니, 공장도 가격도 알 수 있겠어.

대단한 소식이 있더구나. 고갱이 제안을 받아들였다고! 그 양반이 거기서 더 우물쭈물하지 말고 당장 이리 달려오는 게 최선일 거야. 오는 길에 파리를 먼저 들른 데도 골치 아픈 일만 생길 테고.

아마도 틀림없이 거래할 그림도 가져올 텐데, 그러면 정말 좋겠구나. 내 답장 동봉한다.

내가 전하고 싶은 말은 이것뿐이야. 나는 프랑스 남부에 와서, 북부에 있을 때처럼 열정적으로 그림을 그리고 있을 뿐만 아니라, 건강이 반 년 전보다 훨씬 좋아졌다. 브르타뉴의 생활비가 확실히 저렴하다면, 비용 때문에라도 기꺼이 내가 북쪽으로 올라가겠지만, 역시나 *그*가 남쪽으로 내려오는 게 더 좋을 거야. 특히나 4개월 후면 북쪽은 겨울이 시작돼. 확실한 건, 같은 작업을 해야 하는 두 사람이, 생활비가 떨어지는 사정이 생기면, 빵과 와인 그리고 생필품들로 집에서 지내야 될 수도 있다는 거야. 그런데 집에서 *혼자* 식사를 해결하려면 힘들지. 그렇다고 식당에 가자니 여기서는 다들 집에서 끼니를 해결하는 편이라서 음식 가격이 비싸다.

리카르Louis Gustave Ricard나 레오나르도 다빈치가, 작품 수가 적다고 그들의 그림이 덜 아름다운 건 아니야. 반대로 몽티셀리, 도미에, 코로, 도비니, 밀레가 비교적 빨리 그렸고 그래서 작품 수도 상대적으로 많은데, 그런 이유로 추하다고 평가받지도 않는다. 나도 풍경화를 그릴 때, 전보다 훨씬 빠른 속도로 그렸는데도 이제껏 그린 작품들보다 더 괜찮은 것들도 있더라. 추수며 짚단이며, 그렇게 네게 데생으로 그려 보냈던 것들이야. *전부* 다시 손봐야 하긴 해. 기법도 좀 수정하고, 전체적인 붓 터치에 조화를 줘야 해. 하지만 뼈대가 되는 작업은 시간은 오래 걸렸지만 한 번에 마무리했고, 덧칠은 최소한으로 할 생각이야.

그런데 이렇게 작업한 날은 정말이지 뇌세포까지 피곤해져서, 계속 이렇게 그리다가는(추수 때 그랬던 것처럼), 완전히 탈진해서 일상적인 활동도 못 할 지경에 이르겠더라.

그럴 때면 누군가와 함께 있을 수 있다는 생각이 싫지만은 않더라고.

그리고 요즘 들어서는 몽티셀리라는 훌륭한 화가 생각을 자주, 정말 자주 한다. 어마어마한 술고래에 *제정신도 아니었다*던데, 빨간색-파란색-노란색-주황색-보라색-초록색, 6가지 주요색을 균형 있게 쓰는 정신 노동을 하고 돌아온 내 모습이 딱 그럴 것 같다. 고된 노동과 빠듯한 계산을 해내며, 어려운 역할을 맡아 무대에 오른 배우처럼 극도로 긴장해서 생활하고, 그러면서도 단 30분 만에 수천 가지 경우의 수들을 생각하고 판단해야 하는 날들의 연속이거든.

그 와중에 한숨 돌리고 기분전환이 되는 유일한 한 가지는, 나뿐만 아니라 남들도 그럴 텐데, 독한 담배와 진한 술로 거나하게 취하는 거야. 확실히 고상한 행동은 아니지만, 몽티셀리가 그랬다는 거야. 캔버스나 그림판을 앞에 두고 술을 마시는 사람을 한 번 봤으면 좋겠다. 로케트 여사가 몽티셀리에 관해 퍼뜨린 악의적이고 위선적인 소문들은 심하게 과장된 거짓말이 분명해.

몽티셀리는 논리적인 색채화가로, 색색별로 철저히 세분된 계산을 적용해 색조의 균형까지 잡아주는 솜씨를 지녔어. 들라크루아나 리하르트 바그너처럼 자신의 뇌를 혹사한 사람이지.

하지만 몽티셀리의 음주는(용킨트Johan Barthold Jongkind도 마찬가지고), 들라크루아보다 체력이 강했고, 또 육체적으로 훨씬 고생했기 때문이었어(들라크루아가 훨씬 부자였지만 말이야). 그래서 (나는 그렇게 믿고 싶은 사람의 하나인데) 그런 삶을 안 살았다면, 아마 다른 행동으로 반항적인 성향을 드러냈을 거야. 쥘과 에드몽 드 공쿠르 형제가 말했잖아. 말을 그대로 옮기면 '*우리는 멍해지려고 독한 담배를 피웠다.* 창작의 가마 속으로 들어가서.'

그러니까 내가 괜히 인위적으로 흥분한 상태를 유지한다고 여기지 말아라. 그게 아니라, 나는 항상 복잡한 계산을 하기 때문에 이런저런 그림을 하나씩 척척 빠른 속도로 그릴 수 있는 거야. *한참 전에 미리* 계산해두거든. 그러니까 너도 내가 그림을 너무 성급하게 그린다는 말을 들으면, 도리어 그자들에게 성급하게 판단했다고 답해줘라. 안 그래도 지금 그간 그린 캔버스들을 네게 보내기 전에 하나씩 다시 손보는 중이야. 그런데 추수가 한창일 때 일하는 농부들보다 지금 나의 이 작업이 훨씬 힘들다. 절대로 불평이 아니야. 예술가의 삶에서는 바로 이런 순간이, 비록 실제 현실과는 다르지만, 이상향 속의 세상이 실현된 것처럼 반갑고 기쁜 순간이야.

모든 게 순조롭게 진행되고 고갱도 우리와 뜻을 함께하는 게 좋겠다고 생각하면, 진지한 단계로 넘어가서, 그의 모든 그림을 내 그림과 함께 공동의 재산으로 여기고 거기서 나오는 이익과 손실을 공유하자고 제안해볼 수 있어. 다만, 고갱이 내 그림을 좋게 보느냐 나쁘게 보느냐에 따라 안 될 수도 있고 저절로 성사될 수도 있을 거야. 성사가 되면 다른 부분에서도 협력을 도모해나갈 수 있겠고.

이제 러셀에게 편지를 써야겠다. 작품 교환을 서둘러야겠어. 어떻게든 팔리는 그림을 그리려고 애쓸 거다. 나도 나가는 비용을 충당하려면 뭐든 해야지. 쉽지는 않지만 예술가의 삶을 지켜나가기 위해서, 용기를 내고, 뼛속까지 타오르는 열의로 작업에 힘써보자.

악수 청한다. 곧 또 편지 쓸게. 한 이삼일 정도 카마르그에 다녀올 생각이야. 데생을 좀 해야 할 것 같아서. 누이들을 파리로 부른 건 정말 잘했다.

너를 사랑하는 형, 빈센트

조만간 무리에에게 편지를 쓸 거야. *네가 읽어보면* 내가 그 친구에게 어떻게 이야기하는지 알 수 있을 거야. 여기서도 어떤 그림을 그리는지 훤히 보인다! 들라로슈퐁의 얼굴 같은 데생.

Pourtant j'ose espérer qu'un jour
l'argent qu'on dépense reviendra en partie
et si j'avais d'avantage de l'argent, j'en
depenserais d'avantage encore pour
chercher à faire des colorations bien
riches

Voici un motif nouveau un coin de jardin avec
des buissons en boule et un arbre pleureur et
dans le fond des touffes de lauriers roses Et le
gazon qu'on vient de faucher avec les
longues traînées de foin qui sèche au soleil
Un petit coin de ciel bleu vert dans le haut

무리에는 좀 더 기다려주자. 힘든 시기를 보내고 있을 테니까.

508프 ____ 1888년 7월 초

테오에게

작업에 너무 열중해서 편지 쓸 겨를이 전혀 없었다. 고갱에게도 다시 한 번 편지했어야 했는데. 본인이 얘기한 것보다 병세가 위중한 건 아닌지 걱정돼서 말이야. 마지막에 연필로 쓴 편지가 좀 그래 보였거든.

정말 그런 거라면 어떻게 해야 할지 모르겠다. 러셀은 여전히 감감무소식이다. 어제, 석양이 질 무렵, 작고 비틀어진 떡갈나무가 자라는 자갈 깔린 황야에 나가 있었어. 뒤쪽으로는 언덕의 폐허가, 골짜기 사이로는 밀밭이 보였지. 몽티셀리의 그림처럼 더없이 낭만적인 풍경이었어. 특히 덤불과 땅 위로 햇살이 황금비처럼 쏟아지는데 장관이더라. 선으로 이루어진 모든 게 아름다웠고 전체적으로 매력적이고 우아함이 넘쳤다. 어디선가 갑자기 매사냥을 나갔다가 돌아오는 기사와 귀부인이 보이고, 프로방스를 돌아다니는 늙은 음유시인의 노랫소리가 들려도 전혀 이상하지 않을 분위기였어. 바로 앞 땅은 자주색으로, 저 먼 곳은 파란색으로 보였어. 1점 그려왔는데, 내가 그려내고 싶었던 만큼의 장면은 안 나오더라.

지난번에 타세 화방에서 아연 백색 물감을 충분히 보내지 않았더라. 자주 사용하는 물감인데, 마르기까지 시간이 오래 걸리는 게 단점이야. 생트 마리에서 그려온 그림도 아직 덜 말랐을 정도니까 말이다. 카마르그에 갈 계획이었는데, 같이 가기로 하고 데리러 오겠다고 약속한 수의사가 아무런 연락이 없네. 뭐, 상관 없어. 어차피 들소 구경을 썩 좋아하는 건 아니라서.

어이없게도 가진 돈이 벌써 바닥을 드러내고 있는데, 그게, 월세를 내야 했었어.

알아둬야 할 게, 숙식 비용을 빼고는, 나머지 돈은 고스란히 그림에만 쓰고 있다. 한마디로, 힘은 힘대로 드는데, 들어간 돈만큼 나오는 건 없다는 뜻이지.

그래도 감히 바라는데, 언젠가는 얼마라도 들어간 돈을 건질 수 있을 거다. 그리고 돈이 더 생기면, 풍부한 색조를 만들어내는 데 돈을 더 쓸 거야.

새로운 소재를 찾았어. 둥근 덤불과 가지가 늘어진 나무 한 그루가 자라는 정원인데 뒤로는 협죽도가 수풀처럼 자리를 잡고 있어. 얼마 전에 잔디를 깎았는지 햇살을 받은 기다란 건초가 말라가고 있고 위쪽 한 귀퉁이에 파랗고 초록색인 하늘이 보이는 곳이야.

발자크의 『세자르 비로토César Birotteau』를 읽는 중인데 다 읽고 보내줄게. 아무래도 발자크의 작품 전체를 다시 한 번 읽어봐야겠다.

여기 오면서 아를의 그림 애호가들과 교류하고 싶었는데, 지금까지는 그들의 마음속을 1센티미터도 파고들지 못했어. 그런데 마르세유? 글쎄, 뜬구름만 좇아다니는 게 아닐까 싶다. 아무튼 그쪽으로 옮기는 문제는 일단 접었어. 식당에 가서 음식이나 커피 주문할 때 말고는 며칠씩 말 한마디 않고 지내는 날도 많아. 뭐 처음부터 그러기는 했다.

그래도 지금까지는 외로워서 못 견딜 정도는 아니야. 이곳의 강렬한 태양과 그 태양이 자연에 베푸는 효과가 정말 흥미롭거든.

가능하면 평소보다 하루이틀 먼저 편지해라. 주말이면 좀 빠듯해질 것 같다. 악수 청한다.

너를 사랑하는 형, 빈센트

509프 ____ 1888년 7월 13일(금) 추정

테오에게

방금 우편으로 커다란 펜화 5점을 두루마리로 말아서 보냈다. 몽마주르 연작에서 6번째에 해당하는 그림이 들었어. 짙은 소나무들과 아를의 마을이 뒷배경이야. 다음에는 이 연작에 폐허의 풍경(네게 대충 크로키로 몇 장 그려 보냈었어)들을 추가하면 좋겠다.

고갱과의 협업에 착수하기로는 했지만, 내가 금전적으로는 도움이 될 수가 없으니, 내 그림을 통해 진심을 보여주려고 최선을 다하고 있다. 크로에서 그린 풍경화와 론강에서 바라본 시골 풍경, 이렇게 2점이 펜화로는 가장 훌륭해. 혹시 토마 씨가 마음에 들어 해도, 100프랑 아래로는 어림 없다. 예전에 급전이 필요해서 *데생 3점을 선물로 준* 적이 있지. 하지만 이젠 제 가격 아래로는 못 줘. 모기 떼에게 물어뜯기고, 성가실 정도로 쉴 새 없이 불어와 작업을 방해하는 미스트랄에 맞서며 의연하게 그림을 그리는 건 아무나 할 수 있는 일이 아니거든. 끼니를 해결하러 마을까지 되돌아오는 길이 너무 멀어 몇 날 며칠을 우유에 빵조각만 먹고 버틴 건 말할 것도 없고 말이야.

카마르그와 크로가 라위스달이 살았던 시대의 네덜란드와 상당히 닮았다는 이야기를 몇 번 했을 거야. 색채와 청명한 대기는 조금 다르지만. 두 지역 모두 평지인데 위에서 내려다보면 포도밭과 짚단이 쌓인 들판이 보이는 곳이라고 설명하면 이해가 쉬울 것 같다.

솔직히 이제 그 데생들은 지겨워. 채색은 시작했지만, 미스트랄이 기승을 부리니까 어쩔 도리가 없는 것뿐이다.

이제 캔버스 얘기야. 타세 화방에서 4.5프랑을 준 캔버스 천과 부르주아 화방에서 파는 비슷한 품질의 캔버스 천 가격을 비교해봤어(부르주아 화방 상품 목록에 일반 캔버스 천이 20평방미터당 40프랑이라고 쓰여 있었어). 이번에도 타세 화방이 더 비싸지는 않았어. 전에도 정확히 똑같은 가격이었거든. 타세 화방에서 1평방미터당 2프랑에 일반 캔버스 천을 구입할 수 있게 해 봐야겠어. 습작에 아주 제격이거든.

데생이 훼손되지 않고 무사히 도착했는지 꼭 알려줘. 우체국 사람들이 우편으로 보내기에 너무 크다고 불평이 이만저만이 아니었어. 혹시 파리에서도 애먹이는 게 아닌지 걱정이다. 그래도 어쨌든 받아주었으니 다행이지. 7월 14일* 전에 도착해야 너도 크로의 평원을 통해 눈이 시원해지는 경험을 할 텐데.

내게는 광활한 들판이 주는 매력이 정말 강렬하다. 그래서 그토록 미스트랄과 모기로 고생하면서도 전혀 *성가시지 않았어*. 어떤 풍경에는 골칫거리를 잊게 해주는 힘이 있는 게 분명해. 하지만 보다시피, 특별한 *기법*을 넣은 게 아니야. 얼핏 보면 일반 지도나 작전 지도처럼 보일 정도로. 게다가 한 화가랑 동행했었는데, 그 사람 말이 그림 그리기 힘든 곳이라더라. 그런 곳을 나는 그 평원의 풍경을 내려다보려고 몽마주르에 족히 쉰 번은 올랐으니, 내가 이상한 거냐? 화가가 아닌 지인과도 갔는데, 그때 내가 이렇게 말했어. "봐요, 바다처럼 바다처럼 아름답고 끝없이 광활한 풍경이죠." 그랬더니 이렇게 대답하더라. "바다보다 *더 좋은걸요*. 바다만큼 광활하면서도 *사람 사는 흔적*이 느껴지니까요."

벌어먹을 바람만 아니면 유화로 그렸을 텐데! 거긴 자리잡고 이젤 세우기도 쉽지 않아. 그래서 틀림없이 유화 습작이 데생보다 정교하지 못할 거야. 캔버스가 시종일관 흔들렸거든.

데생은 그러거나 말거나 아무 상관이 없는데 말이야.

『국화 부인』 읽어봤니? 이 책을 보니, 진짜 일본 사람들은 *벽에 아무것도 걸지 않는* 모양이야. 승원이나 사원의 설명을 봐도 아무것도 없는 것 같아(그림이나 진기한 물건들은 서랍에 보관한다더군). 그러니까 일본 예술품은 그렇게 감상하는 거라는 거지. 아주 밝지만 아무런 장식도 없고, 바깥 풍경이 바라보이는 방에서.

크로와 론강 언저리를 그린 데생 2점으로 시험해보고 싶지 않아? *전혀 일본처럼 안 보이지만* 정말이지 무척이나 일본화스러우니 말이야. 그것들을 그림 같은 게 전혀 없고 실내가 아주 밝은 카페나, 아니면 야외로 가지고 나가봐라. 가는 나뭇가지 같은 갈대를 액자처럼 둘러도 좋고. 나는 여기서 아무런 장식품도 없는 실내에서 작업한다. 흰색의 네 벽면과 빨간 벽돌 바닥이 전부야. 내가 자꾸 너한테 그 두 데생을 그런 방식으로 보라고 하는 건, 이곳의 자연이 얼마나 단순한지 *사실적으로 보여주고* 싶어서야. 그나저나 고갱을 위해서, 〈추수〉와 〈알제리 보병〉을 토마 영감님에게 보여주면 어떻겠냐?

악수 청한다. 타세 화방의 아연 백색 물감 12개도 보내줘서 고맙다. 무리에가 장소들을 기억하고 있는지 궁금하다.

너를 사랑하는 형, 빈센트

* 프랑스 혁명 기념일로 공휴일이다.

510프 ____ 1888년 7월 15일(일)

테오에게

보내준 편지와 동봉해준 100프랑, 정말 고맙게 잘 받았다. 그간 빙 씨와 거래한 내역을 한 번 정산하자는 네 생각에 전적으로 동의하는 바라, 계산에 들어갈 50프랑을 네게 다시 보낼게. 다만 빙 씨와 '거래를 끊는' 건 실수가 아닐까 싶어. 아무렴, 그렇지! 고갱이 여기 와서 나처럼 일본 판화를 좋아하게 된다고 해도 놀랄 일은 아닐 거야. 그러니 그림값 90프랑을 다 주고 100프랑에 달하는 그림을 더 가져오는 건 너 좋을 대로 해라.

아니면 빙 씨는 내가 동봉해 보내는 50프랑만큼만 그림을 바꿔줄지 모르겠다. 그게 가능하다면, 우리가 집에 가지고 있는 일본 판화들이 제법 괜찮은 것들이니, 거기 물건들을 모조리 가져오는 게 좋을 수도 있어. 싸게 구입하는 셈이거든. 그것들로 다른 여러 화가들을 기쁘게 해줄 수 있잖아. 어쨌든 빙 영감님에게 얻고 있는 호의는 계속 지켜가는 게 좋아. 연초에 정산 때문에 세 차례나 가게에 들렀었는데, 재고정리 때문인지 번번이 문이 닫혔더라고. 그리고 한 달 후에, 내가 떠날 때는 가진 돈도 없었고 베르나르와 그림 교환을 하면서 그 친구에게 일본 판화 작품들을 적잖이 줬지.

다만 호쿠사이Katsushika Hokusai의 성산(聖山) 300경*은 꼭 잘 챙겨둬라. 일본 풍속화들도 함께.

빙 화랑에 창고가 하나 있는데, 풍경과 인물이 담긴 일본 판화와 아주 오래된 판화 작품까지 못 해도 10만 점은 있을 거야. 일요일쯤 날을 잡으면 아마 네 마음대로 고르게 해줄 테니, 옛 판화들도 적잖이 챙기면 좋겠다. 목록을 대조하다가 몇 개 정도는 다시 가져가기도 하겠지만 웬만하면 다 줄 거야.

거기 관리인이 제법 괜찮은 사람 같았거든. 예술을 보는 눈이 진지한 사람들에게는 친절한 편이야.

몽마르트르에 있는 너희 화랑은 왜 이토록 아름다운 일본 판화들을 취급하지 않는지 솔직히 이해가 안 된다. 분명 그쪽에서 너희에게 최고의 판화 작품들을 위탁했을 텐데.

아무튼 그건 내가 상관할 문제가 아니고, 우리의 개인 소장품이 더 중요하지. 그래도 이 말은 꼭 강조해라. 우리도 *남는 게 전혀 없다*고. 관리가 매우 힘들고, 무엇보다 우리가 간간이 고객을 그쪽으로 보낸다는 점도 말이야.

파리에서 지낼 때, 카페 같은 곳에서 내 개인전 같은 걸 해보고 싶다는 생각을 항상 했는데, 너도 알다시피 실패했지.

탕부랭에서 기획했던 일본 판화 전시회가 앙크탱하고 베르나르에게는 제법 영향을 끼쳤다

* 호쿠사이의 채색 목판화 연작 〈후지산의 36경〉과 흑백 목판화 연작 〈후지산의 100경〉을 말한다.

만 결과는 재앙과도 같았어!

클리시 대로에서 연 두 번째 전시회는 공들인 걸 후회하지는 않아. 베르나르는 거기서 처음으로 작품을 팔았고 앙크탱도 1점 팔았거든. 나도 고갱과 그림을 교환했으니, 다들 그 기회를 통해 무언가 하나씩은 건진 셈이잖아. 고갱이 원하면 마르세유에서라도 전시회를 열 수 있겠지만, 마르세유 사람들에게 파리 사람들만큼의 반응을 기대할 수는 없을 거다.

아무튼 빙 화랑 물건은 잘 보관하고 있어라. 여러모로 이득이 많아서 그래. 나야 번 것보다 쓴 게 더 많았지만, 그래도 덕분에 일본 판화 작품들을 느긋하게 오래도록 감상할 수 있었어. 너희 집도 계속해서 일본 판화를 벽에 붙여놓지 않았었다면 지금 같지는 않았을 거야.

지금 우리가 사는 일본 판화 구매가는 개당 3수야. 100프랑이면, 만약 90프랑을 냈을 때, 우리가 가지고 있는 것을 빼고 650점이 새로 생기는 거지. 아니면 내가 동봉하는 50프랑으로 그 절반 정도를 살 수 있고.

50프랑을 받은 터라 이번 달에는 100프랑을 기대하지 않았거든. 고갱 일도 있었고, 빌레미나를 파리로 초대한 것도 잘 알고 있으니, 이번 달은 이 돈으로 어떻게든 견뎌볼게.

베르나르에게 보낼 데생을 그리는 중이야. 그래야 그 친구도 그림을 보낼 테니까. 탕기 영감님이 꽃 그림에 실망했다면, 새로 그린 습작으로 교환해줄 용의는 얼마든지 있어. 안 그래도 남은 꽃 그림이 하나도 없거든. 그나저나 그 양반 계산은 여기 내가 내 방식으로 계산하는 청구서만큼이나 어이가 없더라.

탕기 영감님 초상화	50프랑
탕기 영감님 사모님 초상화	50프랑
탕기 영감님 친구분 초상화	50프랑
탕기 영감님이 물감을 판 이득	50프랑
우정의 대가 등등	50프랑
총합	: 250프랑

정산이 급한 건 아니지만, 선금을 받을 수 있으면 나로서야 반가울 따름이지. 여기까지만 하자. 악수 청한다.

너를 사랑하는 형, 빈센트

카사뉴의 책은 출판사 이름 알아내는 게 어렵다면 어려운 일인데, 그래도 이렇게 설명하면 쉽게 해결되지 않을까 싶다. 『데생의 ABCD』는 A. 카사뉴가 쓴 『모두를 위한 데생』의 일부(낱

권 판매가가 5프랑이었을 거야)에 해당하는 책이야. 너도 알 거야, 100가지 실전 예제가 수록된 책 말이야. 그런데 생각해보니 실전 예제가 수록된 책과 같은 출판사에서 나온 것 같더라고.

데생을 담은 두루마리를 보냈다. 그걸 토마 영감님에게 가져갈 거라면 같은 크기의 다른 그림(아마 4점일 거야)도 좀 가져가봐. 우리가 요즘 구상하는 사업 때문에 상황이 좀 남다르다고 잘 설명하면 몇 푼이라도 건질 수 있을 거야. 그 양반이 만약 우리 일에 고갱도 동참한다는 사실을 알면, 고갱의 그림도 살지 몰라.

첫 물량 전액을 결제하는 조건으로 하면, 수수료를 200프랑보다 낮춰 부를 이유는 없잖아?

어쨌든 위탁 판매를 멈춰선 안 돼. 사실, 요즘은 작업 대부분을 다소 일본 판화에 기반해서 하는 중인데, 이 사실을 빙 씨에게 말하지 않은 건 프랑스 남부 지방을 돌아보고 나면 이 부분에 대해 보다 더 진지하게 임할 수 있을 것 같아서였어.

일본 예술은 본국에서는 쇠퇴기를 맞고 있는데, 프랑스의 인상주의 화가들에게 점점 뿌리를 내리고 있어. 예술가들에게 도움이 되는 이런 실질적인 측면이 내게는 일본 그림 *사업*보다 훨씬 흥미롭고 또 필요해. 어쨌든 이와 관련된 사업이 흥미로운 건 바로 프랑스 예술이 나아가야 할 방향 때문이기도 해.

데생이 온전한 상태로 잘 도착했는지, 받거든 짧게나마 소식 주기 바란다.

너를 사랑하는 형, 빈센트

베10프 ____ 1888년 7월 15일(일)

친애하는 벗, 베르나르

이 편지에 동봉하는 작은 크로키들을 보면 자네 편지에 즉시 답장하지 못한 나를 용서할 마음이 들지 않을까 생각하네.

〈정원〉이라고 이름 붙인 크로키에는 크리벨리인지 비렐리인지, 아무튼 그 사람의 〈꽃과 초록의 식물들로 짠 카펫〉 같은 느낌이 들 거야.

아무튼 뭐, 자네가 보낸 인용문에 펜으로 답하고 싶었어. 글이 아닌 다른 방식으로. 오늘도 이런저런 이야기를 할 정신이 없네. 계속 작업에 치여 사는 중이라서 말이야.

커다란 펜 데생 2점을 그렸어. 평지에 펼쳐진 광활한 포도밭과(언덕 위에서 내려다본 조감도) 수확이 끝난 밀밭이야. 두 그림 모두 크로의 구릉지가 경계를 만들어놓은 지평선까지 마치 바다처럼 끝없이 길게 드리워진 분위기를 최대한 살렸어.

일본화 같지는 않지만 내가 그린 것 중에서는 가장 일본풍이 살아 있는 그림이야. 밭에서 일하는 농부를 아주 작게 그려 넣었고, 밀밭 사이로 지나가는 작은 기차도 그렸어. 살아 움직이는 건 이 두 가지뿐이야.

내 이야기 한 번 들어봐. 여기 도착하고 며칠 지나지 않아, 화가 동료와 이 장소를 찾았어. "여긴 그림 그리기 참 지루한 곳이군요." 나는 아무런 대꾸도 하지 않았어. 나는 그림 그리기에 정말 근사한 곳이라고 생각했고, 그런 얼간이와 말싸움할 기력도 없었거든. 그래서 그곳을 다시 찾고, 또 한 번 더 찾고, 그다음에도 찾아갔어. 아무튼 거기서 2점을 그려왔지. 그 광활한 평지에 담긴 건, 그저 무한함…… 영원함…….

아무튼! 그러던 어느 날, 내가 데생을 하고 있는데 웬 친구 하나가 찾아왔어. 화가가 아니라 군인이었지. 내가 그에게 물었어. "내가 여기를 바다처럼 아름답다고 생각한다면, 자넨 놀랄 텐가?"

그 친구, 바다를 좀 아는 친구였어. 이렇게 말하더라고. "전혀, 그렇지 않습니다. 선생이 바다만큼 아름답다고 생각한다 해도 놀랄 일은 아닙니다. 나는 여기가 대양보다 훨씬 아름답다고 생각하거든요. 여기는 *사람이 살고 있으니까요.*"

두 관객 중 누가 더 예술가다운가? 첫 번째 친구? 두 번째 친구? 화가야, 군인이야? 나는 군인의 눈이 더 예술가답다고 생각하네. 안 그런가?

이제 내가 자네한테 빠른 답장을 부탁해야겠네. 편지를 받자마자 회신해주게. 브르타뉴에서 그린 습작을 크로키로 그려서 보내줄 수 있는지 말이야. 보낼 소포가 하나 있는데 보내기 전에 적어도 새로운 소재를 6점 정도 펜 데생으로 그려서 추가할 생각이야.

자네가 그림을 보내줄 거라고 믿기에, 비록 자네 의사는 모르지만 나 나름대로 작업을 진행중이야. 일단 크로키를 내 동생에게 보내서 우리가 보관할 그림을 고르게 할 거야. 미리 얘기도 해뒀지. 그런데 우리가 지금 추진하는 일이 있는데 자금이 턱없이 부족한 상태야. 지금 고갱의 건강이 좋지 않은데, 올겨울은 여기 프랑스 남부로 와서 나와 함께 지내게 될 거야. 그런데 여비가 문제야. 일단 여기까지 오기만 하면, 두 사람이 함께 써도 한 사람보다 생활비를 적게 쓸 수 있거든. 그래서 자네 그림도 여기 가져다 놓고 싶은 거야. 고갱이 여기 오면, 같이 마르세유에 가서 전시회도 기획해볼 생각인데, 여기에도 자네 그림을 포함하고 싶어. 물론, 파리에서 자네 그림이 판매될 기회를 앗아갈 생각은 없어. 어쨌든 자네가 나와 채색 습작을 교환한다고 해서 그림 팔 기회를 다 잃게 되는 건 아닐 거야. 여유가 생기면, 다른 사업을 해볼 수 있을 것 같은데, 지금은 형편이 좋지 않아.

내가 깨달은 건, 우리가 마르세유에 가서 전시회를 열고 나면, 머잖아 고갱도 나처럼 자네의 참여를 독려할 거라는 거야. 토마 영감님이 결국 〈농부〉라는 앙크탱의 습작을 구매했더라고.

자네 손을 꽉 잡고 악수 청하네, 곧 연락하세.

자네를 사랑하는 친구, 빈센트

511프 ___ 1888년 7월 15일(일)

테오에게

아마, 오늘 아침에 보낸 편지는 벌써 받았겠지. 빙 화랑에 줘야 할 50프랑 지폐가 든 편지 말이야. 빙 화랑과 관련된 사업에 대해서 말할 게 더 있어! 뭐냐면, 일본 판화에 대해 우리가 아는 게 그리 많지 않다는 사실이야.

다행히, 우리는 프랑스계 일본인들은 누구보다 잘 안지. 바로 인상주의 화가들.

솔직히 일본 판화들은 본국인 일본에서는 이미 시들해진 장르라 찾아보기도 힘들 정도로 대중의 관심에서 멀어졌어. 하지만 단 하루만 파리를 다시 둘러볼 수 있다면, 빙 화랑을 찾아가 호쿠사이의 작품을 비롯해 사실주의 시대에 그려진 데생만이라도 꼭 한 번 다시 보고 싶다. 빙 영감님이 이런 말도 했었어. 내가 평범한 일본 판화들에 감탄하니까, 나중에 색다른 것들을 꼭 보라고 말이야.

로티의 책 『국화 부인』을 읽다 보니, 일본 사람들의 집에는 별다른 장식이 없더라. 그 사실을 알고 나니, 다른 시기에 그려진 과하게 장식적인 데생들에 대한 호기심이 일더라. 우리가 가진 일본 판화에 비하면 그렇다는 거지. 그러니까 몽티셀리의 그림 앞에 선 소박한 밀레의 그림이라고 할 수 있을 거야. 내가 몽티셀리 그림을 싫어하지 않는다는 건 너도 충분히 알 거야. 다색 일본 판화도 좋아하고. 이런 소리까지 들었다니까. "거기에 대한 관심을 끊어야 해요."

하지만 내가 보기에, 지금 우리 상황은, 무색의 밀레 그림처럼 소박한 멋에 대해 알아야 할 시점이야. 그리고 이건 위탁과 관련된 그림과는 아무런 상관도 없는 거니, 그 부분은 굳이 건드릴 필요 없다. 왜냐하면 나는 그 인물화와 풍경화는 봐도 봐도 질리지 않거든. 그리고 빙 영감에게는 그런 그림이 아주 많고!

내가 지금처럼 그림 작업에 열중하고 있지 않았으면, 내가 그것들을 다 팔아보고 싶을 정도라니까. 그렇다고 이윤이 많이 남지는 않아. 그러니 하겠다고 나서는 사람이 없는 거지. 하지만 몇 년이 지나면 희소성을 갖출 테고, 그러면 가격이 올라갈 거야. 그래서 수천 장 중에서 그럴듯한 걸 고르고 골라도 큰돈이 되지 않는다고 무시해서는 안 되는 거야.

그나저나 네가 언제 일요일에 날을 잡아서 100프랑에 달하는 새로운 그림들을 골라두면, 일단 네가 직접 고른 것들이니 마음에 들지 않는 한, 팔 일은 없을 거라는 생각이 들 거다. 대금은 그림들을 계속해서 교환할 때마다 치를 수 있고, 네가 편한 방식대로 대금을 다 지불하더라도, 그만큼 또 다른 그림을 수중에 둘 수 있잖아. 이렇게 하면 그 많은 것 중에서 *우리 마음에 드는 것들은 우리가 소장*할 수 있지. 이렇게 모아서 지금 너희 집에 보관하고 있는 오래된 것들이 벌써 장당 1프랑씩 나가지 않냐.

그러니 계속 작품을 모으고, 좋은 작품들은 절대로 팔지 말아라. 왜냐하면 가지고 있으면 오히려 이득이거든. 우리 소장품들 중에 이미 장당 5프랑이나 하는 것들도 있어. 정말이지, 원하는 대로 할 수가 없었던 게, 10,000여 장에 달하는 일본 판화를 샅샅이 살펴보는 일에 심취해 있었거든. 아마 토레가 흥미로운 것들로 가득찬 네덜란드 회화를 팔 때 기분이 이렇지 않았을까. 다행히, 지금은 내가 작업을 손에서 놓을 수가 없어서 어쩔 수가 없이 중단한 상태다. 그래서 너한테 빙 화랑의 창고를 잘 공략해보라고 하는 거야.

난 거기서 많이 배웠고, 앙크탱과 베르나르도 데려가서 배우게 했어. 그런데도 빙 화랑에는 여전히 *배울 게 남아 있어.* 그래서 계속 위탁 관계를 유지하라는 거야, 그 화랑 창고나 지하실에도 들어가 보라는 거고. 내가 단순히 투기 목적이 아닌 걸 알게 될 거다. *아마도* 비용은 꽤 들겠지만(우리가 손해 볼 거라고는 생각하지 않는다) 어마어마한 정도는 아닐 거야.

그나저나 리드는 뭘 하고 있냐??? 아마 거기도 벌써 다녀갔겠지. 러셀도 그렇고. 빙 화랑에 가면 물건이 있다는 사실을 굳이 숨기지 않았거든. 다만, 장당 5수를 줘야 한다고 말만 했지. 그것도 빙 영감님인가, 아니면 관리인에게 직접 들은 말이야. 네가 위탁 거래를 계속 이어갈 생각이면, 이 부분은 다시 한 번 꼭 짚고 넘어가면 좋겠다. 우리가 가끔 고객을 보낼 텐데 일본 판화 가격을 사전에 합의한 가격(5수)보다 낮게 부르지는 말라고 말이야.

내가 말하고 싶은 건, 너희 집에 있는 것들은 내가 네다섯 번에 걸쳐 골라온 것들이라는 거야. 여러 차례 신중하게 고르고 교환한 결과물이라는 거지.

이 방법을 계속 유지하자. 어떤 물건들이 있는지 대충 아는 입장에서, 새해에 물건값을 치르고 새 물건들을 직접 고르지 못했던 게 아직도 아쉽다. 눈부시게 아름다운 것들이 가득하거든.

그런데 다른 가게는 사정이 완전히 달라. 사람들이 빙 화랑은 비싸다고 생각해서 갈 엄두를 못 내거든. 아무튼 내가 찾아보지 못한 곳은 서고인데, 아마 거기에는 장정본 책이 수백, 아니 수천 권은 있을 거야.

그러니 거기 관리인을(이름이 여전히 떠오르지 않는데) 한 번 찾아가서 내가 정말 미안해한다고 꼭 전하되, 새해 들어서 정산 문제로 세 번이나 찾아갔었다는 말도 잊지 말아라. 그다음에 남부로 내려갔다는 말도.

이 일로 클로드 모네나 다른 화가들의 작품을 얻을 수도 있을 거야. 네가 애써서 찾아낸 그럴듯한 일본 판화를 가지고 다른 화가들과 그림 교환을 할 수 있을 테니까.

그런데도 빙 화랑과 관계를 끊는다니, 오, 그럴 순 없어! 일본 작품은 그리스 미술이나, 렘브란트, 포터르, 할스, 페르메이르, 오스타더, 라위스달 등의 작품과 같아. *절대로 사라지지 않지.*

그래도 내가 빙 화랑 관리인을 만나면, 이 말은 해줄 거다. 일본 판화를 좋아하는 사람들을 찾으려고 애를 쓰더라도, 시간만 낭비하는 셈이고, 결국은, 판화를 팔든, 그렇지 않든, 손해 보는 셈이라고 말이야. 그리고 너한테는, 만약 손해 볼 마음이 없다면, 네가 알고 지내는 화가들과 교환해봐라. 막말로, 베르나르는 여전히 너한테 1점을 빚지고 있잖아.

그나저나 당연한 일이지만, 파리에서 일하는 건 정말 어려워! 오늘은 베르나르에게 유화 습작을 보고 그린 데생 6점을 보냈어. 6장 더 보내주겠다고 약속도 했고 그 친구 유화 습작을 보고 그린 크로키랑 교환하자고 제안도 했지.

그나저나 불랑제 장군이 또 사고를 친 모양이더라. 내가 보기에, 두 사람 모두 결투에 나설 이유는 있었겠지. 서로 의견이 맞지 않았으니까. 적어도 이 상태라면, 정체된 상태는 아니라는 뜻이니 서로에게 득이 되긴 할 거야. 불랑제 장군은 언변이 없어도 너무 없지 않냐? 무슨 말을 해도 깊은 인상을 남기지 못해. 그렇다고 그 양반이 진지하지 않다는 건 아니야. 실질적인 목적 달성을 위해 큰소리로 휘하의 장교들과 무기고 관리인들을 휘어잡는 게 일상일 텐데, 대중들에게는 강한 인상을 심어주지 못해. 아무튼 파리라는 도시는 신기한 곳이야. 살기 위해서는 죽어라 일해야 하고, 거의 죽다시피 일해도 아무것도 얻지 못해. 여전히 말이야!

방금 빅토르 위고의 『두려운 해』를 다 읽었어. 희망은 있지만…… 별 속에 있다는 거야. 난 그게 사실이라고 생각해. 정확한 말이고 아름답기까지 하지. 기꺼이 믿을 만큼 말이야. 그런데 지구도 엄연한 행성이라는 사실을 잊으면 안 돼. 그러니까 지구도 하나의 별, 혹은 천구(天球)인 거야. 그런데 다른 별들도 전부 마찬가지라면!!!! 그건 딱히 유쾌한 일은 아닐 거야. 모든 걸 반복해야 하니까. 그런데 예술의 세계에서는 시간이 필요하기 때문에 한 생애를 넘어서도 살 수 있다면 좋은 일일 거야. 그래서 고대 그리스 예술가들이나 네덜란드와 일본의 예술 거장들이 여전히 다른 행성에서 여전히 자신들의 위대한 학파를 이어나가고 있다고 생각하는 것도 나름 그럴듯한 상상 같아. 오늘은 여기까지만 하자.

이번에도 역시 너와 베르나르에게 편지를 쓰면서 일요일을 보냈다. 그런데도 그리 길게 느껴지진 않더라. 악수 청한다.

너를 사랑하는 형, 빈센트

누이들이 목판화 작품과 가바르니의 석판화 100점이 수록된 『가장무도회』와 대략 200여 점쯤 있는 찰스 킨의 작품들을 가져다주면 좋을 텐데. 『예술가를 위한 해부학』이라는 책도 괜찮은 책 같더라.

베11프 ___ 1888년 7월 17일(화)에서 20일(금) 사이

친애하는 벗, 베르나르

방금 자네한테 크로키 9장을 또 보냈어. 유화 습작을 보고 그린 거야. 이런 식으로, 자네는 세잔 영감님에게 영감을 불러일으킨 자연 속의 그림 소재도 보게 될 거야. 왜냐하면 엑스 근방의 크로가 타라스콩이나 이곳에 있는 크로 주변과 분위기가 아주 비슷하거든. 카마르그는 훨씬 소박한 곳이야. 아무것도 없다고 해도 과언이 아닐 정도로. 그냥 사막에서 나래새가 자라듯, 드

문드문 타마린드 수풀과 거친 풀이 자라는 황무지가 전부야.

자네가 세잔을 얼마나 좋아하는지 잘 아니까, 이렇게 프로방스를 배경으로 한 크로키를 그리면 자네가 기뻐하지 않을까 생각했네. 내 그림이 세잔의 그림과 비슷해서가 아니야. 그럴 리가 있나! 내 그림과 몽티셀리 그림의 관계도 마찬가지야! 하지만 나 역시 그들이 그토록 좋아했던 지역의 풍경을 좋아한다네. 이유도 같아. 색감과 이성적인 데생 때문에.

이보게, 베르나르. *협력*이라는 과정을 통해 내가 하고자 했던 말은 두 명 이상의 화가들이 하나의 그림을 같이 그리자는 뜻이 아니었어. 내 말은, 각자 다른 그림을 그리더라도, 서로 연결되고, 서로 보완되는 그림을 그리자는 거야.

르네상스 이전의 이탈리아 회화, 르네상스 이전의 독일 회화, 네덜란드 고전 학파, 문자 그대로 이탈리아 고전 학파 등 그런 그림은 얼마든지 있다고! 이 작품들은 본의 아니게 '파(派)' 혹은 '연작'을 형성하지.

그런데 오늘날, 인상주의 화가들 역시 파를 형성하고 있어. 실상은 양쪽으로 나뉘어, 더 나은 방향과 최종 목표를 이루는 데 쏟아야 할 열정으로 치고받고 싸우며 극심한 내전을 겪고 있네.

우리 북부 학파에는 렘브란트가 있어. 최고의 거장이지. 그의 화풍을 따르는 사람들에게서는 그게 누구든 그의 영향력이 느껴져. 예를 들면, 파울뤼스 포터르는 비바람이 몰아치거나, 작열하는 태양 아래, 혹은 우수에 젖은 가을 등의 열정적인 풍경을 배경으로 발정기에 접어들고 열정에 사로잡힌 동물들을 그렸어. 그런데 렘브란트를 만나기 이전 파울뤼스 포터르의 그림은 딱딱하고 깔끔하기만 했지.

이 두 사람, 형제처럼 서로 이어지는 느낌이 전해져. 렘브란트와 포터르의 그림에서 말이야. 렘브란트가 포터르의 그림에 직접 붓질 한 번 해준 일이 없을 텐데, 포터르나 라위스달이 보여준 최고의 걸작은 의심의 여지 없이 모두 렘브란트의 덕분이야. 그들의 기질을 통해 네덜란드 고전 학파의 그림 감상법을 깨닫는 순간, 우리에게 깊은 감동을 주는 무언가가 담긴 그림들.

더군다나, 화가의 삶에서 오는 물질적인 어려움 때문에 화가들의 협력이 필요한 경우도 있어. 화가 연합이(성 루카 협동조합 시절처럼) 바람직하지. 물질적인 어려움을 해결하고 서로 물어뜯기보다, 동료로서 서로를 아껴주면, 화가들이 더 행복할 수 있을 뿐만 아니라, 덜 우습고, 덜 멍청하고, 죄책감도 덜 하게 될 거야.

하지만 강요할 생각은 없어. 삶이라는 게 덧없이 흘러가 순식간에 우리를 데려가는 탓에 진지하게 논의하는 동시에 행동에 나설 수 없다는 걸 잘 알기 때문이야. 그래서 지금은 연합이라는 게 심히 불완전한 상태로만 존재하고 있어. 그래서 우리는 이 시대라는 거대한 파도가 몰아치는 대양에서 작고 허름한 조각배를 타고 떠돌고 있는 거야.

부흥일까? 쇠퇴일까? 아직은 판단할 수 없어. 왜곡된 전망으로 실수를 범하지 않기에는 시기가 너무 이르지. 동시대에 발생하는 일은 우리가 너무 가까이 있기에, 우리 자신의 불행 혹은 행운에 따라 심하게 왜곡된 시선으로 바라보게 되거든.

악수 청하면서 조만간 자네 소식을 들을 수 있기를 바라겠네.

자네를 사랑하는 친구, 빈센트

512프 ____ 1888년 7월 17일(화)에서 20일(금) 사이

테오에게

네 편지 고맙게 잘 받았다. 뙤약볕 아래서 제법 큰 그림을 그리느라 잔뜩 긴장한 터라 머리가 여전히 어질어질한 상태였는데 마침 그 편지가 와 있어서 정말 반가웠어.

꽃이 만발한 정원을 새로 그렸고, 유화도 2점 그렸어.

캔버스 천과 물감을 재주문해야 하는데, 양이 제법 된다. 아주 급하진 않아. 캔버스 천은 좀 급하고. 습작들을 떼어내서 남는 틀이 좀 많거든. 다른 천을 씌워놔야 할 것 같다.

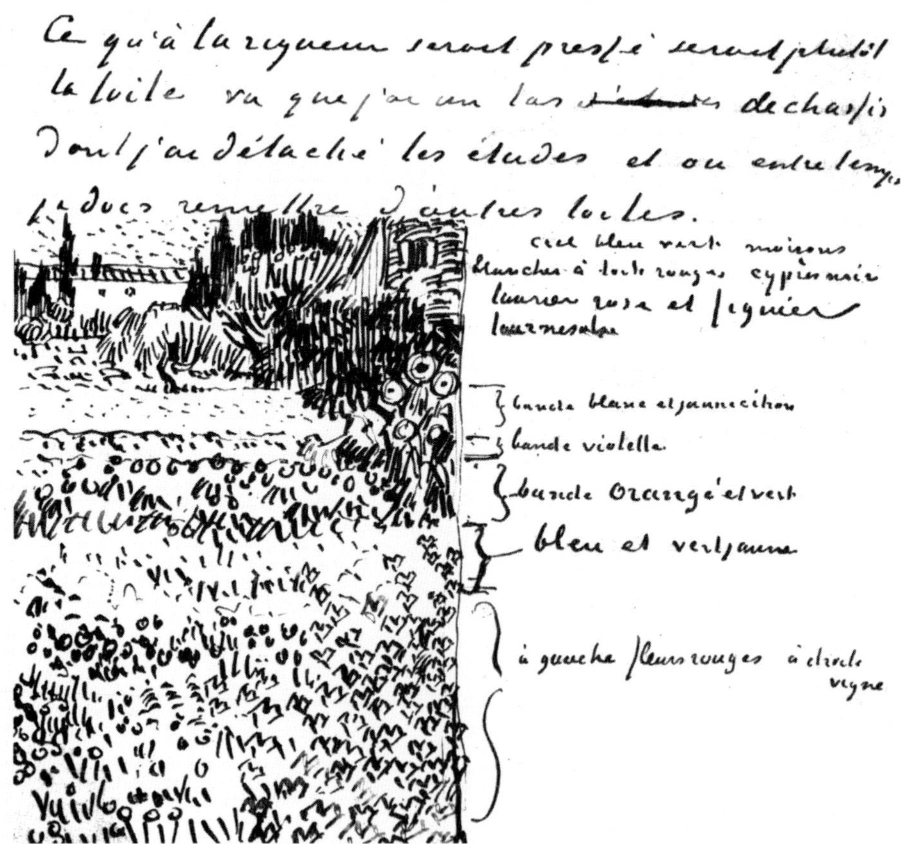
Ce qu'à la rigueur serait pressé serait plutôt la toile vu que j'ai un tas de chassis dont j'ai détaché les études et où entre temps je dois remettre d'autres toiles.

이 스케치 속 풍경이 새로운 그림 소재야. 30호 캔버스로 하나는 가로로 길게, 하나는 세로로 길게 그렸지. 정말 꽤 근사하다. 내 다른 습작들의 소재들처럼 말이야. 그런데 과연 내가 침착하고 차분하게 칠할 수 있을지 모르겠어. 내 눈에는 내 솜씨가 항상 엉성해 보이거든.

고갱한테 연락은 왔냐? 지난주에 내가 편지해서 건강이 어떤지, 작업은 잘되는지 물었다. 러셀은 여전히 감감무소식이고. 보슈와 함께 온 맥나이트 말에 따르면, 그 친구, 지금 파리에 없는 것 같더라. 어쨌든 이 친구들은 매번 볼 때마다 그림 이야기는 한마디도 없어.

프린센하허에 관한 네 말은, 맞아. 매번 똑같은 상황이 되풀이된다는 거. 하지만 센트 큰아버지가 이 세상에 계시지 않게 되면, 주변인들은 공허함과 침통함을 느끼게 될 거야. 우리도 마찬가지겠지. 어렸을 때 자주 뵙기도 했고, 그 어른께 이런저런 영향도 많이 받았으니 당연히 우리도 마음이 쓰라릴 거야. 매사에 상당히 활달하고 적극적이셨던 분이, 무기력증이 의심되고 하루하루 힘들어하신다니, 산다는 게 과연 매력적이고 즐거운 일인지 의심스럽고, 삶의 기쁨이 늘어나는 것 같지도 않다. 브레다에 계신 어머니도 연로해지셨지. 무의식중에(라위스달이 그린 듯한 이곳 풍경 때문인지) 불쑥 네덜란드 생각이 날 때가 있어. 거리상으로도 멀어졌고, 시간상으로도 과거가 된 탓에, 옛 기억을 떠올리면 가슴이 아련해지기만 한다.

네가 전해준 리드의 소식도 별로 달갑지 않구나. 화가가 돼서 시골에 계신 숙모님 댁 근처로 갈 거라고 그렇게 떠들더니 실행에 옮기게 됐나 보네. 마리아는 뭐라고 하는데? 그녀도 역시 어디로 갔는지 알 수 없겠구나.

이런 생각이 들더라. 끊임없이 부는 이곳의 바람이 혹시 유화를 거칠고 힘 있어 보이게 만드는 게 아닐까. 세잔의 그림을 봐도 그런 분위기가 느껴지거든.

일본 사람들이 예술 작품을 서랍장이나 벽장에 넣어 보관할 수 있는 건, 족자로 만들기 때문에 쉽게 둘둘 말 수 있어서 그래. 그런데 우리가 그리는 유화는 그렇게 보관하면 물감이 굳으면서 갈라지지. 여기서는 예술 작품을 부자들의 집을 전시하는 장식품처럼 사용하는 방법이 최선이야. 네덜란드에서 예전부터 그런 것처럼 말이야.

여기 프랑스 남부에서는 흰 벽에 그림을 걸어두면 아주 근사하겠어. 그런데 와서 한 번 봐라. 어딜 가나 18세기 프랑스 조각가 쥘리엥이 만든 것 같은 색색의 커다란 원형 장식물만 걸려 있지. 아주 끔찍한 것들로만 골라서 말이야. 아쉽지만, 이런 정서는 쉽게 바꿀 수가 없어.

그래도 나중에 카페 같은 곳에 그림을 걸어둘 수 있을지도 몰라.

또 연락하자, 악수 청한다.

너를 사랑하는 형, 빈센트

513프 ___ 1888년 7월 22일(일) 추정

테오에게

내가 조금만 더 젊었다면 분명히 부소 영감님한테, 매달 200프랑의 월급에다가 인상주의 화가들의 그림으로 번 수입에서 월급 200프랑을 공제한 나머지 부분의 절반을 우리 수익으로 보장해주는 조건으로 너와 나를 런던에 보내달라고 제안했을 거야.

그런데 지금은 우리 몸도 더 이상 젊지 않고, 인상주의 화가들을 위한 자금을 마련하러 런던에 건너가는 일은 불랑제 장군이나 가리발디 장군, 아니면 돈키호테나 할 법한 일 같기도 해. 게다가 부소 영감님도 이런 제안은 아마 우리 면전에서 무시해버릴 게 뻔하고.

그래도 네가 어딘가로 가야 하는 상황이라면, 뉴욕보다는 런던이 낫겠다.

내 체력은 점점 떨어지는지 모르지만, 그림 그리는 손가락은 동작이 점점 능숙해지고 있어. 게다가 너는 미술상의 판단력과 장사꾼의 셈법 등을 오랫동안 배워오며 착실히 경험을 쌓아왔잖아. 네가 잘 지적한 대로, 우리 입지가 불안정하긴 하지만 우리가 가진 장점도 있다는 걸 잊지 말고, 끝까지 해내는 인내심과 통찰력을 계속 지켜나가자. 막말로, 더 이상 필요 없다고 쫓겨나느니, 차라리 런던으로 가라는 소리를 듣는 편이 낫지 않겠어?

너보다 빨리 나이가 드는 처지라서, 어떻게든 네게 짐이 되지 않으려고 애쓰고 있다. 도저히 뛰어넘을 수 없는 재앙이 닥치거나 하늘에서 두꺼비가 비처럼 쏟아지는 일만 없다면, 그런 일은 없게 할 거다.

방금 유화 습작 30여 점을 틀에서 떼냈어. *사업적으로* 우리가 살길만 모색한다면, 런던행이 그렇게 큰 실수일까? 오히려 다른 곳보다 그림 구매력이 클 것 같은데. 그래서인지 네게 습작을 30점씩 보내긴 한다만, 파리에서는 네가 하나도 못 팔지 싶다. 하지만 프린센하허의 큰아버지 말씀처럼, "모든 건 팔린다." 뭐, 내 그림이 브로샤르Constant-Joseph Brochart의 그림처럼 *팔릴* 일은 없겠지만, 그래도 *자연*을 담은 그림을 찾는 이들에게는 팔릴 만해. 그래도 뭐라도 채운 캔버스가 백지 캔버스보다야 훨씬 낫지 않겠냐. 나한테도 그림 그릴 권리, 그림 그리는 이유, 그런 게 있는 거야! (거드름을 피우겠다는 게 전혀 아니니니 오해 말아라.)

내가 치른 대가는 망가진 몸뚱어리뿐이야. 내가 할 수 있는 만큼, 또 해야 하는 만큼 자선사업가처럼 살았으니 머리야 제정신이 아니었지.

네가 치른 대가는 대충, 나한테 들인 15,000프랑 정도로 치자.

그렇다고 해서…… 우리가 남들에게 우습게 보일 이유는 없다.

아무튼 내 생각이 그래. 부소 영감님을 상대할 때는 침착하면서도 적당히 긴장해야 해.

그리고 회사 측에서 런던 이야기를 꺼내도, 내가 편지 서두에 적은 것처럼 불쑥 얘기해 버리지 마. 네가 옳아. 힘 있는 사람들(알량한 힘이라도!)의 뜻을 거스르는 말은 하지 않는 게 좋지.

사랑하는 아우야, 내가 이 망할놈의 그림 때문에 몸이 망가지고 정신까지 나가지 않았다면,

틀림없이 인상주의 화가들의 그림을 전문적으로 거래하는 미술상이 되어 있을 거다. 하지만 다 엉망이 됐지. 런던, 좋지. 우리에게 꼭 필요한 곳이고. 그러나 지금은 예전에 했던 것처럼 하지 못하겠어. 하지만 난 글렀어도, 네가 런던에 가는 건 *전혀 실수가 아니다*. 글쎄, 안개라면 파리에도 점점 많아지고 있지 않은가 싶네.

사실, 우리는 점점 나이를 먹어가고 있으니, 그에 맞게 대처해야겠지. 다른 건 대수롭지 않아. *찬성도 반대도* 있을 테니…… 유리하게 이용해야겠지.

아직도 고갱이 네게 별도로 소식을 전하지 않다니 이상하다. 아무래도 아프거나 낙담한 모양인데.

왜 굳이 우리가 그림 때문에 치렀던 대가들을 언급하냐면, 이 사실을 항상 기억해야 한다는 의미다. 되돌아가기에는 너무 먼 곳까지 왔다는 사실. 다른 건 중요하지 않아. 물질적인 부분 말고는, 이제 내 삶에 뭐가 더 필요하겠어?

고갱이 빚도 못 갚고 여행 경비도 못 댈 처지라면…… 그가 브르타뉴의 생활비가 훨씬 적게 든다고 장담한다면…… 내가 그 양반 있는 곳으로 못 갈 것도 없어, 어차피 우리가 고갱을 돕기로 했으니까.

고갱이 '나는 여기서 아무 문제없이 잘 지내고, 그림도 더 없이 훌륭하게 잘 그리고 있다'고 말한다면, 나도 똑같이 말할 수 있는 거잖아?

그런데 우리는 주머니 사정이 좋지 못하니까 비용을 최소화하는 방향으로 진행해야지.

최소 비용으로 많은 작품을 그릴 수 있는 방법을 취해야 한다고. 다시 한 번 말하지만, 이게 가능하다면 장소가 북부든 남부든 상관 없어. 어떤 계획을 세워도, 그 이면에 치명적인 문제점이 존재해. 고갱의 문제는 잘 해결될 거야. 그런데 이사를 하면 고갱은 만족할까?

하지만 아무런 계획을 짤 수 없다면, 상황이 얼마나 위태로운지도 굳이 염려하지 않으련다.

다만 상황이 어떤지 정확히 알고 느끼고 있어야, 우리가 눈을 뜨고 일할 수 있지.

그렇게 일해야 혹 일을 망치더라도(그럴 일은 없다고 감히 자신하지만, 아무튼) 뭐라도 남는 게 있을 거야. 자, 난 아무것도 기대하지 않겠어. 고갱 같은 사람도 벽에 부딪히잖아. 그러니 그 양반에게나 우리에게나 빠져나갈 길이 있기를 빌어보자.

참패로 끝날 가능성을 생각하고 염두에 뒀다면, 아무것도 못 해. 그냥 작업에 나를 송두리째 던졌다가 그림을 건져서 나오는 거야. 극심한 폭우가 휘몰아치면, 기분 전환을 위해서 거나하게 한잔하면 그만이고.

마땅히 해야 할 일이지만, 사실 미친 짓이지.

하지만 전에는 *내가 화가*라고 분명하게 자각하진 않았다. 그림은 그저 머리를 식혀주는 오락 같은 거였어. 정신 나간 사람들이 심심풀이로 하는 토끼 사냥처럼 말이야.

하지만 이젠 화가로서 집중하고 있고, 견고한 솜씨도 제법 갖춰간다.

그래서 '내 그림은 틀림없이 좋아진다'고 장담하는 거야. 나한테 남은 건 그림밖에 없거든.

공쿠르 형제의 소설에 '쥘 뒤프레도 미친 사람처럼 보였다'는 글이 있는데, 읽어봤니?

쥘 뒤프레는 자신의 그림을 사줄 후원자를 찾아냈잖아. 나도 그런 사람을 찾는다면, 네 짐을 덜어줄 수 있을 텐데!

여기 와서 심한 발작을 겪고 나니, 더 이상 어떤 계획도 세울 수가 없더라. 지금은 확실히 많이 나아졌지만 *희망, 뭔가를 이루겠다는 욕망*은 깨졌다. 지금은 그저 *필요해서*, 정신적으로 고통 받지 않으려고. 기분 전환의 목적으로 그리고 있어.

어제 맥나이트가 드디어 긴 침묵을 깨고, 최근에 작업한 내 습작 2점(꽃이 만발한 정원)이 마음에 든다고 한참을 떠들더라.

그나저나 *네 사업을 하게 되면* 영국에 지인들이 몇몇 있어야 할 거야. 다시 말하지만, 영국행이 그렇게 큰 불행일까? 할 수 없이 하는 일이라고 해서 유감스럽게만 여겨야 할까? 비교할 대상은 아니다만, 어쨌든 기후만 빼면 콩고보다 훨씬 좋은 곳 아니냐.

악수 청한다. 보내준 편지와 동봉해준 50프랑, 고맙게 잘 받았다.

너를 사랑하는 형, 빈센트

베12프 ____ 1888년 7월 29일(일)

친애하는 벗, 베르나르

보내준 데생, 정말 고맙게 받았네. 해변에 플라타너스들이 줄지어 선 길에서, 전경에 두 여성이 대화를 나누고 산책하는 사람들이 여럿 보이는 그림이 가장 마음에 들었어. 사과나무 아래 선 여인, 양산 쓴 여인도 마음에 들었고. 누드 데생 4점 중에서 특히, 몸을 씻는 여성, 검은색과 흰색, 노란색, 갈색 등으로 멋을 더한 회색조의 그림이 단연 괜찮더라고. 정말 매력적이었어.

아! 렘브란트……. 보들레르가 뛰어나긴 하지만, 감히 그 시구절들로 추정하자면, 그는 렘브란트에 대해 아는 게 거의 없다.* 얼마 전에 여기서 렘브란트의 그림을 본뜬 작은 동판화 작품을 구입했어. 사실적이고 단순한 남자 누드 습작이야. 남자가 어두운 실내에서 문이나 기둥 같은 곳에 기대고 서 있는데, 위에서 내려오는 빛이 고개를 숙인 남자의 얼굴과 길게 늘어뜨린 빨간 머리를 감싸고 있지. 사실적으로 표현되었고 동물적인 느낌이 살아 있는 몸을 보면 드가 같기도 해. 혹시 루브르에서 〈황소〉나 〈정육점 내부〉를 *유심히* 본 적 있나? 자넨 아마 없을 거야. 보들레르는 아예 신경도 안 썼겠고. 자네와 함께 오전 내내 네덜란드 회화 전시관을 둘러보는 날은 내게 아마 축제날 같을 거야. 말로는 설명하기 힘든데, 이 그림들 앞에 서면 기적같이 경

* 에밀 베르나르가 보들레르의 4행시 〈등대들〉을 언급한 부분에 대한 답변이다.

이로운 요소들을 얼마든지 보여줄 수 있어. 이런 요소들 때문에 무엇보다 르네상스 이전 시기의 그림들이 직접적으로 내 관심을 끌지 못했던 게 사실이야.

뜻밖이라고? 내가 그렇게 특이한 괴짜는 아니야. 그리스 조각상, 밀레가 그린 농부, 네덜란드 화가의 초상화, 쿠르베나 드가가 그린 여성의 누드 등 차분하고 단아한 분위기의 걸작들은 다른 그림들, 가령 일본화처럼 르네상스 이전의 그림들을 뭐랄까, *펜으로 쓴 글씨*처럼 만드는 것 같아. 내게는 한없이 흥미로운 내용인데…… 보완할 구석이 없는 완전한 것, 완벽한 것은 무한대의 느낌을 확실히 전해주는 것 같아. 그리고 아름다운 것을 즐기는 행위는 성교와도 같지. 무한대의 순간을 경험할 수 있으니까.

페르메이르라고, 아름다운 네덜란드 *임산부**를 그린 화가를 아나? 이 수수께끼 같은 화가의 팔레트는 파란색, 레몬옐로, 진주색, 검은색, 흰색으로 차 있어. 작품 수는 얼마 없지만, 적어도 그의 그림은 완벽한 팔레트가 보여줄 수 있는 색의 풍부함을 유감없이 발휘하지. 페르메이르는 레몬옐로, 연파랑, 진주색을 아주 특색 있게 잘 다뤄. 벨라스케스가 검은색과 흰색, 회색과 분홍색을 잘 활용하듯 말이야.

아무튼 나도 렘브란트며 다른 네덜란드 화가들 작품이 여러 미술관과 개인 소장품으로 이리저리 흩어져 있다는 걸 잘 알아. 그래서 루브르 전시작들만 보고 전반적인 견해를 갖는 건 결코 쉽지 않지. 그런데 샤를 블랑, 토레, 프로망탱 등 프랑스인들이 오히려 네덜란드인들보다 네덜란드 회화에 대해 더 전문적인 글을 썼어.

네덜란드 화가들은 상상력이나 독창성은 떨어지는 편이지만 배치에 대한 감각과 기술은 아주 탁월하다고 말이야. 그들은 예수 그리스도나 하나님 등을 그리지 않았어. 그나마 렘브란트는 좀 그렸지만, 그의 그림 중에서 성서와 관련된 소재는 상대적으로 적어. 아무튼, 그만이 예외적으로 그리스도를 그렸지……. 그의 그림은 다른 화가들의 종교화와는 달리 형이상학적인 마력을 지니고 있어.

그러니까, 렘브란트는 천사도 그렸어. 그가 그린 자화상은 늙고, 이가 빠지고, 주름진 얼굴에, 면 모자를 눌러쓴 모습이야. 거울에 비친 실물을 보고 그린 그림이지. 그가 꿈을 꾸고, 생각해서, 다시 붓을 들어 다시 자화상을 그리는데, 기억에 의존한 탓에 붓이 표현하는 모습은 점점 더 슬프고 처량해 보이는 거야. 그는 다시 꿈꾸고 생각했어. 그러고는, 왜, 어떻게 했는지는 나도 모르겠지만, 소크라테스나 마호메트가 친숙한 정령을 달고 다니듯, 렘브란트는 자신을 닮은 노인의 뒤에 다빈치가 남긴 미소를 가진 초현실적 분위기의 천사를 그려냈어.

나는 지금 꿈을 꾸거나 상상력을 발휘해서 그리는 화가를 자네에게 보여줬어. 처음에는 네덜란드 화가들이 상상력이나 독창성이 모자란다고 설명했었지.

* 〈푸른 옷의 여인〉을 의미하는 것으로 추정된다.

내가 비논리적일까? 아니.

렘브란트는 억지로 지어내지 않았어. 그가 그린 남다른 천사나 예수 그리스도는 그가 알고 있는 모습, 그가 느끼는 모습 그대로였어.

들라크루아는 예상 외로 밝은 레몬 색조로 그리스도를 칠했지. 밝게 빛나는 그 색조는 마치 창공 한구석에서 반짝이는 별처럼 말로 표현할 수 없이 오묘하고 매력적인 요소로 작용하고 있어. 렘브란트는 들라크루아와 마찬가지로 색조에 큰 비중을 둔 화가야.

그런데 들라크루아와 렘브란트의 기법에는 아주 큰 차이가 있어. 종교화를 그리는 다른 화가들과도 뚜렷이 구분되지.

곧 다시 편지할게. 이번 편지는 자네의 데생을 아주 기쁘게 받았다고 고마운 마음을 전하려고 쓴 거야. 최근에 열두 살 정도 된 소녀의 초상화를 그렸어. 갈색 눈동자에 눈썹과 머리는 검은색이고 살은 회색과 노란 색조를 사용했어. 뒷배경은 하얀색에 베로니즈그린 색조를 진하게 넣었고 웃옷은 보라색 줄무늬가 들어간 빨간색으로, 치마는 파란 바탕에 커다란 주황색 점들이 들어간 무늬로 그렸어. 앙증맞은 작은 손으로 협죽도 한 송이를 들고 있는 모습의 그림이야. 너무 피곤해서 편지에 무슨 말을 쓰고 있는지도 모를 정도야. 또 연락하겠네. 그리고 다시 한번 고맙다는 말 전하네.

자네를 사랑하는 친구, 빈센트

514프 ____ 1888년 7월 29일(일)

테오에게

훈훈한 편지, 고맙게 잘 받았다. 혹시 내가 편지 말미에 이런 글 썼었는데 기억하니? '우리가 나이 들어간다는 것, 그것이 *현실*이다. 나머지는 존재하지 않는 *상상*에 불과하다.' 그 말은, 사실 너보다는 나 스스로에게 하는 말이었어. 나이에 걸맞게 행동하고, 무조건 많이 작업하기보다 진지하게 구상하며 작업에 임해야 할 필요성을 절실히 느꼈거든.

가끔 공허해진다고 했지? 나도 똑같다.

뭐랄까, 우리가 사는 이 시대를 진실되고 위대한 예술의 르네상스로 볼 수도 있겠지. 공인된 케케묵은 전통이 여전히 건재해 보이지만 실상은 무력하고 나태한 관습에 불과해졌어. 하지만 새로운 화가들은 고립된 채 가난하게 지내면서 미치광이 취급을 받는다. 그리고 그 결과, 실제로 사회생활에서 미치광이가 되어버리는 자들도 있어.

그런데 너도 이런 르네상스 초기 화가들과 똑같은 일을 하고 있어. 왜냐하면 네가 그 친구들에게 돈을 대줘서 그림을 그리게 하고, 그 그림을 팔아서 돈을 마련해주니까, 그 덕분에 그들은 계속해서 창작 활동을 이어갈 수 있지. 어느 화가가 그림 작업에 지나치게 몰두한 나머지 성격파탄에 이르면, 가정 생활이며 사회 생활이며 많은 부분까지 망가져. 그 결과 그 화가는 물감으로만 그리는 게 아니라 거기에 마음의 상처, 자기부정, 자포자기의 심정을 섞어 표현하게 될 테지. 그러면 너 역시 노력한 만큼 보상받지 못할 뿐만 아니라, 이 화가처럼 자의 반 타의 반으로 네 성격도 망가질 수 있어.

왜 이런 말을 하냐면, 네가 *간접적이기는 해도* 화가의 삶에 끼어들면, 나 같은 화가들보다 훨씬 생산적인 결과를 만들어낼 수 있기 때문이야. 너는 미술상의 삶을 열심히 살면 살수록, 그와 비례해서 훌륭한 예술가이기도 한 거야.

그것이 딱 내가 원하는 방식인데…… 나는 어떠냐면, 나는 더 방탕해지고, 병을 앓고, 깨진 항아리처럼 몸이 망가질수록, 창의적인 예술가에 가까워진다. 앞서 얘기했던 르네상스 시대의 화가들처럼.

틀림없이 현실은 이렇다. 하지만 예술은 영원히 존재하는 것이고, 마치 부러져버린 고목의 뿌리에서 돋아나는 초록색 새순처럼 르네상스는 너무나도 정신적인 것이기에, 예술은 하지 못하고 그저 혼돈으로 생계나 꾸려갈 뿐이라는 생각이 들 때면 마음 한켠이 씁쓸해진다.

그러니 정말이지 네가 나에게 예술이 살아 있음을 느끼게 해줘야 해. 어쩌면 나보다 더 예술을 사랑하는 네가 말이야. 물론 알고 있다. 이건 예술의 문제가 아니라 내 문제라는 걸. 그러니 내가 자신감과 평온함을 되찾을 수 있는 유일한 방법은 *더 잘 그리는 것*뿐이라는 걸.

다시 나의 지난 편지글로 돌아가 보자면, 확실히 나는 나이를 먹고 있지만, 예술이 낡아빠진 구닥다리가 되어간다는 생각은 단지 상상인 거야. '무스메(娘)'가 무슨 뜻인지 아는지 모르겠지만(로티의 『국화 부인』을 읽었다면 알 게다), 방금 무스메를 그렸다. 꼬박 일주일이 걸렸어. 건강이 좋지 않아서 다른 건 아무것도 못 했고. 이게 문제야. 몸 상태만 괜찮았어도 중간중간 풍경화를 그렸을 텐데, 무스메를 완성하려면 거기에만 매달릴 수밖에 없었어. 무스메는 일본어로 12~14세 정도 되는 여자아이를 뜻해. 물론 내 그림 속 소녀는 프로방스 출신이지. 내가 그린 인물화는 2점이다. 알제리 보병과 이 소녀.

건강 관리에 신경 쓰고 무엇보다 *그뤼비 박사의 권고*라면 입욕도 해봐라. 너도 4년 후면 지금의 내 나이가 되는데, 계속해서 일하려면 건강이 얼마나 중요한지 깨닫게 될 테니 하는 말이야. 우리같이 머리를 써서 일하는 사람들이 너무 빨리 생을 마감하지 않으려면, 싫어도 억지로라도 참고서 현대적인 위생법을 철저히 따르는 길이 유일한 방법이야. 그런데 나는 내가 해야 할 수칙을 전부 따르지는 않고 있어. 그 대신 내게는 조금이라도 좋은 기분을 유지하는 게 다른 그 어떤 약보다 효과적이다.

러셀에게 편지를 받았어. 벨일Belle-Île로 이사하느라고 편지가 늦어졌다더라. 이젠 제법 자리를 잡았으니 조만간 내가 와서 며칠 지내면 어떻겠냐고 권했어. 여전히 내 초상화를 그리고 싶어 해. 이런 말도 썼어. '역시나 이사만 아니었다면 고갱의 〈이야기를 나누는 흑인 여성들〉을

보러 부소 화랑에 다녀왔을 겁니다.'

아무튼 그림을 사지 않겠다는 거부 의사는 없었지만, 우리의 소장 목록들보다 수준이 떨어지는 작품은 싫다는 뜻을 분명히 밝혔어. 그래도 아무런 소득이 없는 것보다는 나은 거잖아.

고갱에게 이 소식을 전하고 유화를 크로키로 그려서 보내라고 해야겠다. 지금은 서둘러서도 안 되고, 러셀을 포기해서도 안 돼. 그저 현재 진행 중인 거래라고만 여기자.

기요맹의 경우도 마찬가지야.

러셀이 그의 인물화도 하나 구입했으면 좋겠다. 러셀 말이, 로댕에게 자신의 부인을 조각한 아름다운 흉상을 받았는데, 그 자리에서 클로드 모네와 점심을 같이 하면서 앙티브Antibes에서 그린 10점의 회화를 볼 수 있었다고 하더라. 그 친구에게 제프루아의 글을 보내줄 거야. 모네에 관한 올바른 비평이었거든. 모네는 어려운 그림을 그려냈고, 공기마저 색채를 띠는 듯 잘 살렸지만, 전체적인 구조가 부실하다고 지적했어. 그러니까 나무의 몸통 굵기에 비해 잎사귀가 지나치게 많이 달려 있다는 식이지. 사실적인 시각이나 자연의 *법칙*에서 바라보면 아쉬운 점이 많다는 거야. 그래도 이렇게 어려운 그림에 도전하는 자세는 모든 화가들이 가져야 할 자세라고 마무리했지.

베르나르에게 크로키 10점을 받았어. 매음굴을 배경으로 한 그 친구 그림과 분위기가 비슷해. 3점은 르동Odilon Redon의 화풍을 닮았고. 난 동의할 수 없지만, 베르나르는 르동의 그림을 열정적으로 좋아해. 그런데 몸을 씻는 여성의 그림은 렘브란트의 화풍과 비슷하면서 고야의 화풍도 떠오른다. 또 인물이 표현된 풍경화가 있는데 분위기가 상당히 오묘하더라고. 이 그림들은 네게 절대로 보내지 말라고 당부하더라만, 이 편지와 함께 보내마.

러셀은 베르나르의 다른 그림을 구입할 것 같아.

드디어 보슈의 그림을 봤다. 화풍은 확실히 인상주의 화가라고 할 만한데, 느낌이 크게 살아 있진 않아. 인상주의라는 새로운 기법에 너무 매몰된 탓에 자신의 색을 살리지 못하고 있어. 아마 앞으로는 자신만의 개성을 살려나가겠지. 그런데 맥나이트는 데스트레의 화풍이 강렬히 느껴지는 수채화를 작업 중이야. 우리가 예전에 알고 지냈던 그 네덜란드 화가 말이야. 그래도 작은 크기의 정물을 벌써 몇 점이나 그렸더라고. 자주색 전경에 노란 주전자, 초록색 전경에 빨간 주전자, 파란색 전경에 주황색 주전자는 그나마 좀 낫긴 한데 그래도 여전히 빈약해 보여.

그들이 머무는 곳은 완전히 *밀레의 그림* 같은 마을이라, 소박한 농부들이 꾸려가는 친밀한 *전원생활* 외에는 아무것도 느껴지지 않아. 그런데 그들은 이런 특징을 제대로 파악하지 못했어. 맥나이트는 여인숙 주인에게 교양을 가르치고 그리스도교로 개종시킨 모양이야. 너저분해 보이는 여인숙 주인과 그에게 잘 어울리는 아내라는 사람은, 우리가 갔을 때 악수를 청하면서 (물론 카페 안에서지) 우리가 음료를 주문하면 예술가라는 발음도 제대로 못 하면서 "*예술가님*

들께 어떻게 돈을 받습니까" 하고 돈 받기를 거절하더라. 여인숙 주인 부부의 행동은 참 보기 흉하지만, 보슈라는 친구도 맥나이트와 다니다가는 아주 우스운 인간이 될 게 뻔하다.

맥나이트는 가진 돈이 좀 있지만, 그리 많지는 않은 모양이야. 아무튼 이런 식으로 시골 마을의 물을 흐리고 있어. 그것만 아니었으면 나도 종종 내려가서 함께 작업했을 텐데. 이 친구들이 교양 있는 사람들과 대화하고 어울려야 한다는 건 아니야. 하지만 역장을 비롯해 골칫덩이 스무 명과 어울려 다니며 무의미한 시간만 흘려보내고 있어. 당연히 이 순박하고 단순한 시골 사람들은 그 둘을 무시하고 깔봐. 겉멋만 번드르르한 한량들과 어울려 다니지 말고, 농부들에게 몇 수라도 쥐여줄 수 있는 일을 하면 농부들의 마음을 얻을 텐데. 그러면 퐁비에유Fontvieille가 그들의 보물창고가 되었을 거야. 그곳 사람들은 졸라의 소설 속에 등장하는 순박한 농부들이거든. 유하고 순수한 사람들 말이야.

맥나이트는 아마 조만간 과자 상자에 사용될 염소가 있는 작은 풍경화를 그릴 것 같더라.

요즘 들어서 내 그림은 물론 내 외모까지 마치 에밀 바우터스의 그림에 등장하는 휘호 판 데르 후스처럼 무시무시하게 변하고 있어.

그래도 턱수염을 깔끔하게 면도해서 없애면 아마 상당히 지적으로 묘사된 미치광이 화가나 같은 그림 속에 등장하는 수도원장처럼 보일 것 같기도 하다.

그 둘 사이 어딘가로 보인대도 큰 불만은 없어. 왜냐하면 *일단 너부터 살아야 하니까*. 특히나 네가 부소 화랑에 대한 입장을 바꾸면, 당장 내일이라도 위기가 닥칠지 모르니 손가락만 만지작거리면서 주저하고 있을 수는 없어. 그래서 나도 나지만 너도 역시 다른 화가들과의 관계를 돈독히 해둬야 하는 거야.

게다가 나는 항상 진실을 말해왔어. 그런데 내가 쓴 돈을 다시 벌어들이게 된다면, 그건 내가 해야 할 의무를 다하기 때문일 거야. 그리고 내가 실질적으로 할 수 있는 건 바로 초상화야.

또 지나치게 술을 많이 마신다는 지적은…… 글쎄, 그게 나쁜가? 비스마르크는 늘 현실적이고 현명한 결정을 내린 사람인데, 주치의가 그에게 과음하는 습관으로 *평생 위장과 뇌를 혹사했다*고 말했대. 그래서 비스마르크가 즉시 술을 끊었지. 그러자 그때부터 인기도 잃고 뒤처진 사람이 됐어. 아마 속으로는 주치의를 비웃었을 거야. 더 빨리 진찰받지 않아서 다행이었다고.

아무튼 따뜻한 손을 내밀어 악수 청한다.

너를 사랑하는 형, 빈센트

고갱 일은, 그가 제안을 그대로 수용한다면 돕기로 한 결심을 바꾸면 안 되겠지만, 아니라면 우리도 *꼭 고갱일 필요는 없어*. 혼자 지내면서 작업하는 게 크게 불편하거나 싫지는 않으니 서두를 필요는 없어. *그 사실을 확실히 알아두라고*.

소녀의 초상화는 베로니즈그린이 진하게 들어간 흰 바탕에, 보라색 줄무늬가 들어간 빨간색

웃옷을 입은 모습으로 그렸어. 치마는 로열 블루에 노란 색조의 주황색 물방울무늬가 있고. 거친 피부는 황회색 색조로 처리했고 머리카락은 보랏빛으로, 눈썹과 속눈썹은 검은색으로, 눈동자는 주황색과 프러시안블루로 칠했어. 두 손을 다 그린 터라 손가락 사이에 협죽도 한 송이를 끼워 넣었고.

베13프 ____ 1888년 7월 30일(월)

친애하는 벗, 베르나르

아마 자네도 인정할 거야. 난 분명히 자네가 그럴 거라 생각하는데, 자네나 나나 벨라스케스와 고야에 대해, 그들의 인간적인 모습, 화가로서의 모습에 대해 솔직히 모든 걸 다 알 수는 없어. 자네도 그렇고, 나도 그렇고 그들의 고국인 스페인에 가보지 못했을 뿐만 아니라, 여기 프랑스 남부의 아름다움도 다 둘러보지 못했기 때문이지. 그렇다고 해서 우리가 본 것들이 그보다 못하다는 건 아니야.

당연히 북유럽으로 올라가더라도 렘브란트를 필두로 한 대단한 화가들이 있어. 그런데 이들을 평가하려면 이들의 작품을 이들이 살았던 나라, 당시의 은밀한 사정이나 숨겨진 역사, 오래전부터 내려온 전통 등 다양한 측면에서 들여다보는 게 바람직하다는 건 아마 두말하면 잔소리일 거야.

다시 한 번 말하는데, 보들레르나 자네는 렘브란트를 정확히 꿰뚫어볼 만큼 충분히 많은 걸 알고 있지는 않아.

자네한테 해줄 수 있는 최고의 조언은 어떤 의견을 갖기 전에 네덜란드 회화의 대가든 무명화가든 가리지 말고 그들의 작품을 오랜 시간 들여다보라는 거야. 그러니까 단지, 빛나는 보석만 찾는 게 아니라 최고의 작품 중에서 다시 옥석을 골라내는 것과 같은 일이라는 거지.

가짜 다이아몬드도 적잖이 볼 수 있잖아.

나는 벌써 20년 가까이 내 나라 화가들의 이런저런 학파를 공부해오고 있지만, 이들에 관한 이야기가 나올 때면 그냥 아무런 언급도 하지 않는 편이야. 북유럽 화가들에 대해 논하는 사람들 대부분은 논지를 벗어난 이야기만 늘어놓기 때문이지.

그래서 자네한테는 이 말밖에 해줄 수가 없어. 더 유심히 들여다보라는 것. 그럴 가치가 충분히 있기 때문이야.

하나 예를 들면, 자네한테 이런 조언을 해줄 수 있어. 루브르에 전시된 오스타더의 작품들 중에서 화가의 가족을(남자와 여자, 그리고 십여 명의 아이들) 그린 그림이 있는데 그 작품과 더불어 테르 보르흐의 〈뮌스터 평화협정〉은 충분히 깊게 연구하고 들여다보며 생각할 거리가 있는 걸작이라고. 루브르 전시작들 중에서 내가 개인적으로 좋아하거나 감탄을 금할 수 없었던 작품들은 대부분 네덜란드 회화를 감상하는 예술가들에게는 잊힌 작품들이었어. 이런 결과가 놀랍지 않은 건, 내 선택은 대다수의 프랑스인들이 알 수 없는 지식을 근거로 했기 때문이네.

하지만 이 부분에 대해 자네가 나와 의견이 달라도, 나중에는 아마 내 생각에 동의할 거라 믿어. 루브르에 갈 때마다 거기 전시된 렘브란트의 작품들이 망가지는 모습과 멍청한 관리인들 때문에 훼손된 걸작들을 보고 있으면 몹시 마음이 아파.

렘브란트의 몇몇 그림에서 어색한 노란색이 보이는 건 습기 등의 이유로 훼손되었기 때문이야. 몇몇 부분은 일일이 손가락으로 찍어서 보여줄 수 있을 정도야. 벨라스케스가 쓰는 회색의 색조를 뭐라고 이름 붙이기 어렵듯이, 렘브란트의 색도 뭐라고 불러야 할지 참 난감해. 딱히 다른 대안이 없어서 '렘브란트 금색'이라고 부르고는 있지만, 모호한 건 사실이야.

프랑스에 와서 보니, 대부분의 프랑스인들보다 내가 들라크루아와 졸라를 훨씬 더 좋아하는 것 같아. 두 사람을 향한 내 진심과 존경심은 끝이 없거든.

내가 렘브란트의 작품 세계를 나름 완벽하게 파악하고 있어서 하는 말인데, 들라크루아는 색채를 통해 작업한 반면, 렘브란트는 색조값을 통해 작업했어. 그런데 결과는 거의 비슷하다고 볼 수 있어.

졸라와 발자크는 사회의 모습, 있는 그대로의 현실을 그리는 화가로서 그들의 글을 좋아하는 독자들에게 흔치 않은 예술적 감동을 전해주고 있어. 시대의 모든 단면을 품고 작품 속에 적절히 그려냈기 때문이지.

만약 들라크루아가 시대적인 그림 대신 인간에 대해서, 그러니까 인간의 일상을 화폭에 담았다면, 세계적인 천재 화가의 반열, 그 이상의 화가가 됐을 거야.

아마 실베스트르가 쓴 글일 텐데, 나는 그 대단한 기사의 결말 부분을 아주 좋아해. '머리에는 태양을 이고, 마음에는 폭풍우를 담고 살았으며, 전사를 성인으로, 성 인은 연인으로, 연인을 호랑이로, 호랑이를 꽃으로 만들었던 위대한 화가, 외젠 들라크루아는 그렇게 웃는 표정으로 생을 마감했다.'

도미에도 뒤지지 않는 천재 화가야.

밀레는 특정 부류 전체를 대표하는 남다른 화가였어.

어쩌면 이 천재적인 화가들이 정신 나간 사람들이었을 수도 있어. 그래서 이들을 진심으로 높이 평가하고, 진심으로 우러러보려면 마찬가지로 정신이 나가야 할 수도 있는 거야. 그런 거라면, 나는 남들의 지혜를 따르느니, 차라리 미쳐서 정신이 나가는 쪽을 택하겠어. 간접적으로 렘브란트를 향해 가는 게, 어쩌면 가장 빠른 지름길일 수도 있어. 프란스 할스를 보라고. 그는 그리스도는 물론이고, 양치기에게 내리는 성수태 고지, 천사, 예수 수난도나 부활에 대해서도 한 번도 그리지 않았어. 육감적이고 야성적인 몸매를 가진 여성의 나체를 그린 적도 없어.

그는 초상화를 그렸어. 오로지 초상화만.

병사의 초상화, 회의에 참석한 장교들의 초상화, 공화국 업무를 처리하는 자리에 모인 행정관들, 분홍색 같기도 하고 노란색 같기도 한 피부에 흰 모자를 머리에 쓰고 검은색 모직과 새틴 재질의 옷을 입은 채 고아원이나 양로원 예산을 논의하고 있는 귀부인들의 초상화 등을 그렸어. 남자, 여자, 아이들이 포함된 부유층 가족들의 초상화도 빼놓을 수 없지. 거나하게 술에 취한 사람이나 마녀처럼 크게 웃는 나이 든 생선가게 여주인, 아름답게 생긴 집시 매춘부, 배내옷에 감긴 갓난아기들, 턱수염을 기르고 박차 달린 장화 차림으로 앉아 있는 위풍당당한 중년 신사의 초상화도 있어. 신혼 첫날밤을 보내고 정원에 깔린 잔디밭에 앉아 있는 자신과 자신의 아내를 젊은 연인처럼 그린 그림도 있고. 부랑아나 웃고 떠드는 아이들 초상화도 그렸고 음악가는 물론 뚱뚱한 여자 요리사의 초상화도 그렸지.

그 이상의 영역은 넘어서지 않았지만, 그것만으로도 단테가 묘사한 천국이자 미켈란젤로, 라파엘로, 더 나아가 고대 그리스 걸작에 버금간다고 해도 과언이 아니지. 졸라의 작품처럼 아름답고, 건전하며 즐겁기까지 해. 그리고 활력이 넘치고. 왜냐하면 그가 살았던 시대는 보다 건전했고, 덜 침울했기 때문이야.

그렇다면 렘브란트는 뭘까?

그 역시 똑같은 초상화 화가였어.

그런데 우선, 이 문제를 본격적으로 다루기 전에, 건전하고 폭넓고 명확한 인식으로, 네덜란드의 이 두 거장을 동등하게 바라보아야 해. 그러면 많은 작품을 남긴 이 두 초상화 전문 화가가 굵직한 선으로 재현하고 표현해낸 위대한 공화국의 모습에서 풍경화나 실내를 배경으로 한 그림, 동물이나 철학적인 주제의 그림이 그리 많지 않다는 점은 충분히 이해될 수 있어.

그런데 지금 내가 나름 최대한 간단하게 자네에게 설명하려는 이 논지를 잘 따라와 주게.

우선, 용맹하고 활기차며 영원한 공화국을 통틀어 다양한 초상화를 그렸던 초상화 화가 프란스 할스라는 대가를 자네 머릿속에 넣어. 그리고 네덜란드 공화국에서 역시 그만큼 위대하고 세계적인 초상화 화가의 얼굴을 머릿속에 넣어봐. 바로 렘브란트 하르먼스 판 레인. 프란스 할스만큼 건장하고 자연주의자면서 건전한 화가지. 이후, 직접적으로 렘브란트의 뒤를 잇는 화가들을 볼 수 있었어. 델프트의 페르메이르, 파브리티위스, 니콜라스 마스, 피터르 도 호흐, 볼까지. 렘브란트에게 영향을 받은 화가들도 여럿 등장했지. 포터르, 라위스달, 오스타더, 테르보르흐. 우리가 아는 그림은 2점에 지나지 않지만, 나는 파브리티위스를 명단에 올렸어. 대신, 대단한 화가라고 알려진 여럿의 이름은 아예 거론도 하지 않았지. 가짜 다이아몬드 같은 화가들 말이야. 그들은 이미 평범한 프랑스인들의 머릿속에도 들어와 있어.

이보게, 베르나르. 내 설명을 이해하겠어? 나는 너무나 간단한 사실을 자네에게 설명하는 중이야. 네덜란드 공화국을 통틀어 인간을 대상으로 한 그림, 아니, 뭐랄까, 초상화라는 단순한 방법을 통해 인간의 모습을 그린 그림에 대해 설명하는 중이야. 렘브란트는 후기에 접어들면서 마법의 세계나 그리스도, 혹은 나체의 여성 등을 그리기도 했지. 그건 아주 흥미로운 작품들이지만, 그리 중요하지는 않아. 그러니 보들레르는 이 분야에 관해서 만큼은 입을 닫아야 할 거야. 소리는 나지만 아무 뜻도 없는 공허한 말에 불과하거든.

보들레르를 있는 그대로 보자고. 그는 현대 시인이야. 뮈세와 마찬가지로 말이야. 그런데 그 인간이 그림에 대해서만큼은 왈가왈부하는 일이 없으면 좋겠어. 자네가 그린 〈음란〉은 다른 데생들만큼 마음에 들지는 않아. 그런데 〈나무〉는 분위기가 아주 근사하더라고.

악수 청하네.

자네를 사랑하는 친구, 빈센트

515프

테오에게

여기 고갱이 보내온 편지 동봉해 보낸다. 다행히 건강은 회복했다더라.

너는 좀 어떠냐?

러셀이 뭐라도 좀 해주면 좋겠다만, 아내에 아이들에, 화실은 물론 집 공사까지 신경 써야 하니, 경제적으로 여유가 있는 사람이라도, 비록 100프랑에 불과해도, 그런 돈을 매번 그림에 쓴다는 건 무리겠구나 싶다. 고갱이 여기로 와주면 정말 많은 게 달라질 텐데. 요즘은 누구와 말 한마디 나누지 않고 보내는 날들이 점점 늘어나거든. 그 와중에 받은 편지라 정말 반가웠지.

오랜 기간 시골에서 홀로 지내다 보면, 사람이 멍해질 수도 있어. 나는 아직 그 지경까지는 아니지만, 겨울이 되면, 아무래도 그런 상태가 되어 그림 구상도 제대로 못 할까봐 걱정이다. 그런데 고갱이 와주면, 그럴 위험이 아예 사라지지. 이런저런 구상을 서로 낼 테니까.

그렇게 작업이 순조로워지고, 어느 정도 배짱도 생기면, 아마 다가올 미래가 흥미로울 거라는 희망도 생기지 않을까?

무리에는 여전히 너랑 같이 지내고 있니?

혹시 일요일에 편지를 받을 수 있을까 궁금하다. 기대는 않는다만, 월말이라서 말이야.

그게, 이번 주에는 모델을 세우고 그려야 할 것 같아서 그래.

인물화 습작이 꼭 좀 필요한 상황이거든. 지금 집 안이 전시회장 비슷하다. 습작들을 캔버스 틀에서 떼어내고 못질로 그림을 벽에 걸어서 말리고 있다는 뜻이지. 그림들이 많아질수록, 선택의 폭이 넓어질 거야. 습작을 더 많이 만들고, 더 오래 작업해도 결과는 마찬가지겠지. 캔버스에 그린 그림을 여러 번 손보는 거나 같은 주제를 다른 캔버스에 여러 번 그리는 거나 결국, 마음가짐은 똑같이 진지하기 때문이야. 마음이 급한 탓에 오늘은 여기서 악수 청한다.

너를 사랑하는 형, 빈센트

516프 ____ 1888년 7월 31일(화)

테오에게

큰아버지의 고통이 마침내 끝났구나. 아침에 누이에게 소식 들었다. 장례식에 네가 와줬으면 하고 기대하는 것 같은데, 아마 너는 참석할 거라 믿는다.

삶이라는 게 이리도 짧고 연기 같구나. 그렇다고 산 자들을 경멸할 이유는 없지. 오히려 그 반대야.

그렇기 때문에 그림이 아니라 그 그림을 그리는 화가들을 더 아껴야 하는 거야.

러셀을 위해서 열심히 작업 중이야. 내 유화 습작들을 데생 연작으로 그려서 보내주려고. 그 친구는 틀림없이 좋아할 거야. 그리고 물론 내 바람이다만, 진지하게 들여다보고 거래까지 염두에 두게 될 거다.

맥나이트가 어제 여기에 다시 들렀는데, 역시나 소녀의 초상화에 좋은 반응을 보이더라. 또 〈뜰〉은 다시 한 번 좋다고 말했고. 그런데 그 친구, 진짜 돈은 있는 건지 모르겠다.

지금은 다른 모델을 세우고 작업 중이야. 우체부*인데, 금색 장식 무늬가 들어간 파란 제복 차림에 턱수염이 덥수룩한 얼굴이 꼭 소크라테스를 닮았다. 탕기 영감님처럼 격렬한 공화주의자이기도 해. 아무튼 다른 사람들보다 훨씬 흥미로운 양반이지.

러셀을 더 설득하면, 네가 산 고갱의 그림을 구입하지 않을까? 고갱을 도울 다른 방법이 없는 경우, 어떻게 해야 할까?

내가 편지하면서, 데생으로 그려서 동봉하면, 자연스럽게 결정을 독려할 수 있지 않을까.

이렇게 말하려고. 우리가 소개하는 그림들을 좋아하는 것 같은데, 화가를 알면 그림이 *훨씬 더* 잘 보인다고. 그러니 우리처럼, 그 화가를 온전히 믿고 그가 만들어내는 결과물을 조건 없이 긍정적으로 여겨보라고. 이런 말도 덧붙여야지. 우리 입장에서는 고갱의 대형 유화를 팔아도 상관없지만, 화가가 종종 돈이 필요한 상황이 발생하기 때문에, 그의 이익을 위해서 그림 가격이 3배, 4배로 뛸 때까지(틀림없이 그렇게 될 텐데) 무작정 기다릴 수만은 없다고.

그러면 러셀이 더 명확히 구매 의사를 밝힐 것 같은데…… 아무튼 두고 보면 알겠지. 그런데 그러려면 고갱이 입장을 확실히 해야 해. 너한테는 절친한 사이라 그 가격에 그림을 팔았지만, 다른 사람에게는 그 가격에 팔지 않겠다고 말이야. 어쨌든, 데생부터 마무리하자. 지금 8점 그렸고, 총 12점을 그릴 거야. 그리고 러셀이 어떻게 나올지 기다려보자.

네가 네덜란드에 갈지 안 갈지 궁금하구나. 지금은 더 이상 묻지 않으마.

내 그림에 변화를 주고 싶다. 인물을 더 그려 넣는 거야. 그림 속에서 유일하게 내게 감동을 선사하고, 다른 그 어떤 것보다, 무한대를 느끼게 해주는 게 바로 인물이야.

* 조제프-에티엔 룰랭. 아를의 우체국장으로 빈센트와 좋은 친구가 되었다.

이달 17일에 알제리 보병 소위 친구가 파리에 갈 예정이래. 네게 보낼 물건이 있으면 전해준다길래 부탁할 생각이야. 그렇게 하면 운송비도 아끼고 넌 18일에 그림을 받을 수 있잖아.

오늘 누이에게 편지를 쓰려고. 다들 침통한 분위기겠지.

베르나르에게 크로키는 받았나 모르겠다.

누이 말대로, 더 이상 곁에 없는 사람들에 대해서는 좋은 순간, 좋았던 점만 기억하게 되더라. 그런데 그들이 여전히 함께 있다고 생각해볼 수도 있잖아. 그러면 지금 우리를 이토록 놀래키고 하염없이 슬프게 하는 이 삶의 잔혹함을 쉽게 벗어날 수 있어. 그러니까, 눈에 보이지 않는 또다른 제2의 삶이 있어서, 마지막 숨을 내뱉는 순간 그곳에 도달한다고 말이야. 이 흥미롭고도 엄숙한 여행에 접어든 이들에게 만복을 기원하고 호의를 전한다.

네덜란드에 가거든, 어머니와 누이에게 꼭 내 안부 전하고.

악수 청한다.

너를 사랑하는 형, 빈센트

집세도 내야 하고 모델 보수도 지불해야 해서 한 주가 *고되겠어*.

네게도 유화 습작을 보고 그린 크로키를 보낼 수 있으면 좋겠다. 잘 들여다보면 일본 분위기도 느껴질 거야. 또 어제 보내준 50프랑에 대해서 고맙다는 말도 답장에 담아 보낸다.

물감과 캔버스 천을 보내줘서 정말 좋구나. 안 그래도 다 바닥난 터였거든.

빙 화랑 문제는, 굳이 서두를 필요없어. 그저 관계가 아예 단절되지만 않게 관리하면 돼. 정산할 여력이 생기면 다시 거래를 재개하는 식으로.

저녁에 아주 환상적이면서도 오묘한 효과를 경험했다. 론강의 선착장에 석탄을 실은 커다란 배가 정착해 있는데, 위에서 내려다보니 물을 잔뜩 뒤집어쓴 듯 반짝였지. 그런데 강물이 노란색이 섞인 흰색에 뿌연 진주색처럼 보이고, 하늘은 자주색에 해가 저무는 쪽으로 주황색 띠가 나타났고, 마을은 보라색으로 보이더라. 배 위에서 아주 작게 보이는 선원들이 파란색과 더러운 흰색 작업복 차림으로 이리저리 오가며 뭍에 화물을 내리고 있었어. 영락없는 호쿠사이 작품의 한 장면이었지. 그림으로 그리기에는 너무 늦은 시각이었지만 언젠가 그 석탄 운반선이 돌아오면 도전해볼 생각이야. 기찻길 공사 현장 근처에서도 비슷한 효과를 경험한 적이 있어. 얼마 전에 발견한 곳인데 그림 그릴 다른 대상들이 여럿 있더라.

악수 청한다. 네덜란드에도 편지를 보내려면 서둘러야겠다.

이번 주에는 수지타산을 맞추는 게 힘들 것 같다. 그래도 인물화 연작은 시작하고 싶구나.

빌5네 ____ 1888년 7월 31일(화) 추정

사랑하는 누이에게

아침에 네 편지 받고, 당장 답장해야겠다고 생각했어.

내일이면 아마 테오가 네덜란드로 떠날 수 있는지 없는지 들을 수 있겠지. 상황이 되면 분명히 갈 녀석이야. 우리가 아는 사람이, 우리는 과연 그 세계가 있는지 없는지 알 수도 없는 미지의 세계로 긴 여행을 떠나면, 슬픔을 감출 수 없는 법이지. 그래서 나 역시 당연히 오늘 그 여행을 떠난 사람에게 명복을 비는 바다.

요즘은 그림 작업에 쉴 틈이 없다. 이곳의 여름은 정말이지 너무 아름답거든. 북구에서는 한 번도 경험해보지 못한 분위기야. 그런데 여기 사람들은 예년 같지 않다고 불평이 심해. 사실, 정오를 기점으로 간간이 비가 내리는데, 우리나라에 비하면 비라고 부를 정도도 아니야. 작물들은 진작에 수확했고. 그런데 바람이 엄청나게 극성스러워. 고약하게 소용돌이치는데, 미스트랄이라고 불러. 아주 골칫거리야. 미스트랄이 기승을 부릴 때 그려야 하면, 캔버스를 아예 땅바닥에 눕혀놓고 무릎 꿇은 자세로 그릴 수밖에 없어. 이젤을 세울 수가 없거든.

정원을 하나 그렸는데, 가로 길이가 1미터쯤 돼. 전경에는 초록 풀 사이로 개양귀비와 빨간 꽃 그리고 파란 방울꽃 여러 뭉치를 배치했어. 그다음에는 주황색과 노란색으로 구성된 천수국을 비롯해 흰색과 노란색 꽃들을 그렸고, 후경에는 분홍색과 자주색과 진보라색의 체꽃, 빨간색 제라늄, 해바라기, 무화과나무, 협죽도에 포도나무 등을 그려 넣었어. 그리고 맨 뒷배경에는 주황색 지붕에 담벼락은 흰색인 낮은 집들 주변으로 검은 사이프러스들, 그리고 은은하게 줄무늬가 들어간 듯한 청록색 하늘을 배치했고.

이 꽃들을 하나하나 그린 건 아니고, 알록달록한 색으로 점을 찍어서 표현했어. 빨간색, 노란색, 주황색, 초록색, 파란색, 자주색 등등. 그런데 서로 옹기종기 모인 색색의 점들이 제법 자연과 비슷하게 닮아 있어. 하지만 네가 직접 보면 흉하다고 느끼며 실망할 수도 있다. 그래도 여름 분위기는 한눈에 느껴질 거야.

코르 작은아버지는 내 그림을 여러 번 보셨는데, 흉측하다고 하셨어.

지금은 노란색 장식이 들어간 짙은 파란색 제복 차림의 우체부 초상화를 그리고 있다. 얼굴은 소크라테스 비슷한데 코는 없다시피 하고, 이마는 넓은데 민머리야. 눈은 작은 편이고, 눈동자는 회색인데, 색조가 강한 통통한 볼, 희끗희끗해진 턱수염을 길게 기르고 귀가 제법 큰 그런 양반이야. 격렬한 공화주의자면서 사회주의자이고, 이치에 맞는 주장을 하는 편인 데다 박식해. 그 양반 아내가 오늘 아기를 낳았는데 어찌나 자랑을 하는지, 기뻐 죽을 지경이더라고.

사실, 나는 꽃 그림보다 이런 인물화를 더 그리고 싶어.

그런데 이걸 하면, 저것도 해야 하는 터라, 기회가 생기면 뭐든 작업하는 거야.

열두 살 소녀의 초상화도 그렸어. 갈색 눈동자에 머리와 눈썹이 검고, 까칠한 피부는 살짝 누런 여자아이야. 버들가지로 엮은 의자에 앉은 모습인데, 자주색과 빨간색 줄무늬가 들어간 웃옷에 주황색 반점이 들어간 진한 파란색 치마 차림이고 손에 협죽도를 들었어. 뒷배경은 거의 흰색에 가까운 연한 초록색으로 칠했어.

나는 주로 같은 것들을 반복해서 그려. 초상화, 풍경화, 풍경화 그리고 초상화.

오늘 태어난 그 아기도 언젠가 그리고 싶다. 꽃 없는 정원 그림도 그렸어. 방금 풀을 벤 목초지에 가까운 모양이지. 선명한 녹색인데, 회색 건초가 긴 줄을 그리며 누워 있고 가지가 축 늘어진 물푸레나무, 삼나무, 사이프러스도 몇 그루 그려 넣었지. 삼나무는 공처럼 둥근 형태에 노란색이고, 사이프러스는 꼿꼿하고 긴 형태에 청록색이야. 뒷배경에 협죽도하고 한구석에, 청록색에 가까운 하늘도 그렸어. 풀 위에 드리워진 수풀 그림자는 파란색으로 처리했지.

그리고 알제리 보병의 상반신 초상화도 그렸어. 빨간색과 노란색 장식끈 무늬가 들어간 파란색 제복에 하늘색 스카프, 파란 술이 달린 빨간 모자 차림이야. 햇빛에 그을린 얼굴에 짧게 쳐올린 검은 머리, 고양이처럼 주변을 살피는 날카로운 눈매와 황소 같은 목 위에 달린 머리는 주황색과 초록색으로 칠했어. 뒷배경에는 진한 원색에 가까운 초록색 문과, 틈 사이를 흰색 석회로 메운 주황색 벽돌담이 있어.

여기 날씨가 덥냐고, 내가 누구랑 같이 지내게 되느냐고 물었지? 어쩌면 그럴 것 같다. 그림 솜씨가 아주 뛰어난 화가랑 같이 지내게 될 수도 있는데 그 양반, 다른 인상주의 화가들처럼 삶에 부침도 많은데 간장병까지 앓고 있어. 테오가 예전에 그 양반이 그린 대형화를 샀는데 분홍색, 파란색, 주황색, 노란색의 알록달록한 면직물로 된 의상 차림의 흑인 여성 둘이, 타마린드나무, 코코넛나무, 바나나나무가 어우러져 있고 저 너머에 바다가 보이는 장소에서 이야기를 나누는 장면이야. 『로티의 결혼』에 묘사된 오타히티를 그린 듯한 분위기. 그 양반, 실제로 열대 지방 마르티니크 제도에서 살며 그림을 그렸다. 또 다른 그림도 있는데, 내 습작과 교환한 거야. 물이 말라서 자주색 진흙이 드러나 있고 여기저기 남아 있는 물웅덩이 위로는 순수한 암청색 하늘이 반사돼 비치는 강가를 배경으로 한 그림이야. 주변은 초록색 잔디밭이고, 흑인 꼬마가 흰색과 붉은색으로 칠한 황소를 몰고, 파란 옷을 입은 흑인 여성과 초록색 수풀이 보여. 정신 나간 사람처럼 그림을 그리는 양반인데, 뭐든지 다 그려. 지금은 브르타뉴에 있다.

우리는 생활비를 아끼고 서로에게 동반자가 될 수 있도록 함께 지내야 해. 나나 그 양반이 조만간 그림을 1점 팔아서 그 양반의 여행 경비가 마련되면, 내가 사는 곳으로 올 거야. 꼭 그렇다는 보장은 없지만, 아마도 그렇게 될 것 같아. 그게 불발돼서 결국, 나 혼자 지내게 되더라도, 그림 작업만큼은 남들과 똑같은 식으로 하게 될 거야. 각자 고유의 방식을 고집하겠지만, 그래도 동료애 같은 게 조금은 생겨서 간간이 서로 흥미로운 소식을 전하며 지내게 되겠지.

네 건강은 어떠니? 많이 나아졌으면 좋겠구나. 무엇보다 산책을 자주 다녀라. 이따금 식욕이 사라지는 탓에 뭘 먹을 수가 없어 곤혹스러울 때가 있다. 네가 예전에 종종 그랬던 것처럼 말이야. 하지만 난항을 하더라도 암초 사이를 이리저리 빠져나가고 있다. 육신이 온전하지 못하면, 머리라도 잘 써야 하는 법이지. 너나 나나 각자의 몸을 돌봐야 해. 그나마 일이라도 잘 풀리면 많은 도움이 되잖아.

이곳의 여름은 정말 환상적이다. 녹음이 짙고 풍성할 뿐만 아니라 하늘은 맑은 정도를 넘어서 놀랍도록 청명해. 그래도 색채가 다채롭다는 점만 빼놓고 보면, 들판 자체는 네덜란드와 닮았다는 생각도 종종 들어. 산이나 바위가 거의 없거든. 가장 마음에 드는 건 여기 사람들의 알록달록한 의상이야. 여자랑 여자아이들은 소박하고 저렴한 천으로 만든 옷을 입었는데 색상이 초록색, 빨간색, 분홍색, 노란색, 연갈색, 자주색, 파란색, 물방울무늬, 줄무늬 등 아주 다양해. 흰 스카프에 빨간색, 초록색, 노란색 양산을 쓰기도 하고. 유황처럼 강렬한 태양이 머리 위로 쏟아지거든. 파란 하늘도 넓게 펼쳐져 있어. 이 모든 것들이 가끔은, 네덜란드가 침울해 보이는 것만큼이나 활기차 보인다.

이 두 가지를 다 가질 수 없다는 게 얼마나 유감스러운지!

편지는 여기서 마쳐야겠다. 큰아버지가 돌아가신 건 어머니나 네게도 그렇겠지만 무엇보다 큰어머니께 제법 큰 충격이었을 거야. 나도 기분이 묘한 게, 사실, 아주 오래전 기억만으로 그 분을 떠올리게 되는데, 그토록 우리와 가까운 관계였었는데 왜 또 *이렇게나* 낯설게 느껴지는지 모르겠다. 아마 네 생각도 나와 비슷하겠지. 이렇게 보면 삶이란 게, 얼마나 꿈 같으냐! 그 순간부터 인생은 다시 단순해지고, 병자도 위대한 여행을 받아들이며 삶을 더 잘 이해하게 되지. 이 부분만큼은 너도 틀림없이 나와 비슷하게 느꼈을 거야. 테오 역시 크게 상심했겠지. 나보다 훨씬 자주 큰아버지를 만났잖니.

어머니는 요즘 어떠시니? 종종 어머니와 네 생각을 한다. 두 사람에게 좋은 일만 있기를 진심으로 기원한다.

빈센트

거의 작업에 치여서 지낸다. 딴 생각을 할 겨를도 없어.

여기 주소는 라마르틴 광장 2번지, 아를(부슈-뒤-론)이야.

가급적이면 내 책과 판화들은 잘 보관해주면 좋겠다.

517프 ____ 1888년 8월 3일(금) 추정

테오에게

아마도 넌 네덜란드에 갔을 것 같은데, 누이의 편지를 보니 거기서도 은근히 너를 기다리는 모양이더라. 네 소식을 전해듣지 못해서 말이야.

고갱에게 편지가 왔는데, 그림 이야기를 하면서도 아직도 이곳으로 오는데 필요한 경비를 마련하지 못했다고 불평하더라. 새롭거나 달라진 소식은 없다.

러셀에게 유화 습작을 따라 그린 데생 12점을 보냈어. 그러니 다시 이야기해볼 기회가 있었던 셈이지.

성 미카엘 축일이 다가오는데 이 집의 임대 계약이 그때까지야. 계약을 반 년 연장할지 말지는 고갱이 그 그림들을 다 본 다음에 결정하면 좋겠어. 그 양반 의견 없이 결정하지는 않을 거다.

1일에 맞춰서 월세를 낼 수 없었다. 한 주 내내 모델을 불러야 했거든. 같은 모델의 초상화를 2점 작업 중인데 나한테는 다른 것들보다 훨씬 의미가 커. 그나저나 월세 지불을 다음 주로 미뤄달라고 했더니, 중개인이 계약 연장을 결정하지 않으면 다른 세입자를 알아보겠대. 하긴 내가 직접 수리까지 해서 집이 훨씬 좋아졌으니, 당장에 다른 사람을 찾는 것도 어렵지 않겠지.

예전 편지에, 타세 화방에서 파는 5.5프랑짜리 새 캔버스 천에 대한 답을 한다고 해놓고 깜빡했다. 재질이 아주 괜찮고 내가 원했던 물건이야. 초상화 작업을 하거나 아니면 좀 오래 간직하고 싶은 것들을 작업할 때마다 사용하게 될 것 같아. 화방은 그렇게 기대해도 될 거야. 그렇다고 대량 구매는 힘들어. 습작은 싸구려 캔버스 천을 쓰기로 마음먹은 터라서 말이야.

화방에서 아직 물건을 보내기 전이면, 진홍색 물감 소형 튜브를 4개 추가해주면 좋겠다. 아직 그 색은 주문한 적 없지만, 양홍색 말고는 붉은 계열 물감을 주문하지 않은 것 같거든.

지금 그리는 인물화 2점은 얼굴 그림 하나, 손까지 포함된 반신상 하나야. 진한 파란색 제복을 입은 나이 든 우체부인데, 얼굴이 소크라테스를 닮아서 그림 그리기에 아주 흥미롭지.

인물화만큼 그림 실력이 빠르게 향상되는 방법도 없다. 그래서 초상화를 그릴 때마다 자신감이 생겨. 초상화 작업은 깊이가 있으니까. 깊이라는 단어가 딱 맞는 표현은 아니지만, 어쨌든 내가 가진 최고의 기량을 최대한 깊게 키워주는 건 사실이야.

또 연락하자. 진지한 악수 청한다.

사랑하는 형, 빈센트

베14프 ____ 1888년 8월 5일(일) 추정

친애하는 벗, 베르나르

고갱이 여전히 퐁타방에 있느냐는 자네 질문에 대답한다는 걸 까맣게 잊고 있었어. 그래, 여전히 거기 머물고 있지. 자네가 편지라도 한 통 보내면 분명히 반가워할 거야. 지금은 거기 있지만 조만간 내가 있는 곳에 합류할 수도 있어. 이래저래 여비만 마련되면 말이야.

최근에 네덜란드 화가들을 여러 번 언급했었지. 그게 영 무의미한 건 아니더군. 그들의 작품 세계에서는 남성적인 힘, 독창성, 일종의 자연주의 등이 엿보여. 오늘은 우선 자네 이야기를 다시 해보세. 자네의 정물화 2점과 자네 할머니 초상화 2점 말이야, 이제껏 이렇게 잘 그린 적이 있었나? 그리고 지금처럼, 다른 사람이 아니라 더 *자네답다*는 생각이 든 적이 있었나? 없었을 거야. 가장 먼저 눈에 들어오는 물건이나 대상을 진지하게 습작으로 그려내도 실질적으로 무언가를 *만들어냈다*고 볼 수 있어. 내가 왜 이 습작 3~4점을 좋아하는지 아나? 딱히 뭐라고 해야 할지 모르겠지만 지혜가 담긴 의지, 그러니까, 어떤 단호함과 자기 확신을 표현하고 있기 때문이야. 이번 그림처럼 자네의 그림이 렘브란트를 닮은 적도 없었어, 이 친구야.

그 누구와도 비교할 수 없는 수수께끼 같은 인물인 델프트의 페르메이르는 렘브란트의 화실에서 아직 아무도 능가하지 못한 고도의 기술을 터득했어. 지금까지도…… 다른 화가들이…… 어떻게든 알아내고 싶어 하는 비법을 말이야. 그들이 *명암 대비* 효과를 활용했듯, 지금의 우리는 *색채*를 통해 작업하고 있는 거야.

그런데 관건은 강렬하게 표현하는 것이니, 이런 차이가 무슨 대수겠어?

자네는 요즘 이탈리아와 독일의 르네상스 이전 회화의 기법을 연구한다고 했었지. 이탈리아 화가들의 추상적이고 신비주의적인 데생에 포함되어 있을 상징적인 의미 같은 것 말이야. *해보게*. 나는 조토의 일화를 아주 좋아해. 예전에 성모 마리아상인지 하는 그림을 공모했고, 당시 예술을 담당했던 행정당국으로 수많은 삽화들이 날아들었지. 그중에서 조토라고 서명된 작품이 도착했는데 계란 모양의 타원형 하나만 그려져 있었다는 거야. 호기심이 생긴 행정당국은 (믿음을 가지고) 문제의 성모 마리아상 작업을 조토에게 맡겼다더군. 실화인지 아닌지는 나도 모르지. 하지만 난 이 일화를 좋아해.

그런데 일단, 도미에와 자네 할머니 이야기로 돌아가 보세.

언제 다시 이렇게 그럴듯한 습작을 또 보여줄 수 있겠나? 꼭 그래주게. 다만 바람이 있다면, 선이나 형태의 동시대비 효과와 반대로 움직이는 선의 특징에 관한 연구를 소홀히 여기지 말게. 이보게, 나의 친애하는 벗 베르나르, 문제는 말이야, 조토, 치마부에, 홀바인, 판 다이크 등은 오벨리스크 형태(이 표현은 눈감아주게), 그러니까 건축학적으로 볼 때, 수직구조로 건설된 기념비적인 사회에 살았다는 거야. 그곳에서는 개개인이 하나의 돌멩이의 역할을 하고 모두가 모이고 연결되지. 이런 사회는, 사회주의자들이(아직은 다소 요원해 보이지만) 논리적인 사회적 구조물을 착실히 쌓아올릴 때 비로소(난 그렇게 되리라 굳게 믿어) 재생될 수 있어. 그런데 알다시피, 우리 사회는 될 대로 되라는 식이거나 혼란스러울 따름이지. 질서와 대칭을 사랑하는 우리 같은 예술가들은 각자 고립된 채로 똑같은 한 가지를 정의하는 작업을 하고 있어.

퓌비스는 이런 사실을 잘 알았어. 현명하고 공정했던 그는 엘리시움 동산을 뒤로하고 우리가 사는 현세로 친히 내려오고 싶어서 아주 근사한 초상화를 그렸어. 푸른 색조로 처리된 밝은 실내에서 노란색 표지의 소설을 평온하게 읽고 있는 노인을 그렸지. 구석에 보이는 물컵에 수채화용 붓이 하나 꽂혀 있고 그 옆에 분홍색 장미 한 송이가 놓였지. 그리고 사교계 여성의 초상화도 그렸어. 마치 공쿠르 형제가 묘사하는 그런 모습의 여성.

그런데 네덜란드 화가들은 마치 쿠르베가 아름다운 나체의 여성들을 그리듯, 대상을 있는 그대로 그려. 초상화, 풍경화, 정물화, 모두 그런 식으로 그렸지. 이보다 더 멍청하고, 더 정신 나간 짓을 할 수도 있을 거야.

이보게 나의 벗 베르나르, 뭘 해야 할지 모르겠을 때는 그들처럼 하면 된다네. 되지도 않는 형이상학적 성찰을 한답시고 얼마 남지도 않은 우리 정신력이 증발해 사라지는 일을 막기 위해서라도 말이야. 그런 성찰을 한다고 해서 혼란스러움을 어항 속에 담을 수도 없고, 혼란스러움의 정도가 너무 심한 터라 우리 능력으로는 그걸 수용할 어항을 만들어낼 수도 없어.

우리도, 체계를 따르는 사람들이 보기에는 필사적일 만큼 영리했던 네덜란드 화가들의 방식으로 말이야, 혼란스러움의 조각들을 칠할 수 있어. 말도, 초상화도, 자네 할머니도, 사과도, 풍경화도 말이야.

자네는 왜 드가가 성 기능에 문제가 있다고 말하지? 드가는 그냥 소심한 공증인처럼 살면서 여자를 그리 좋아하지 않아. 성욕에 들떠서 여자들 꽁무니나 쫓아다니다가는, 정신적으로 병이 들어서 결국은 그림을 제대로 그릴 수 없다는 걸 잘 알기 때문이지.

드가의 그림이 남성적이면서도 상당히 객관적인 이유는 무엇보다 그가 개인적으로, 흥청망청 노는 생활을 끔찍이 여기는 소심한 공증인의 삶만을 받아들였기 때문이야. 그가 자신보다 강한 인간이 동물적인 성욕에 들떠서 관계를 갖는 장면을 관찰하고 그림으로 그려낼 수 있는 이유는, 그에게는 동물적인 성욕이 없기 때문이지.

루벤스? 아! 그래! 그는 정말 멋진 남자였고 수도 없이 많은 여자들과 어울렸지. 쿠르베도 마찬가지야. 그들은 건강한 덕분에 마음껏 먹고 마시고 여자들을 사귀었어……. 가엾은 나의 벗, 베르나르, 자네는 내가 이미 올봄에 얘기했었지. 잘 먹고, 군대에 가서는 훈련도 잘 받되, 여자들과는 너무 어울리지 말라고. 성생활만 절제해도 자네 그림에 남성적인 힘이 넘쳐날 거야.

아, 발자크! 위대하면서도 힘이 넘치는 예술가인 그는 이런 말을 했어. 현대 예술가들이 상대적으로 정절을 지키는 덕에 더 견고해진다고 말이야. 네덜란드 화가들은 *결혼도 하고, 아이들도 낳았어*. 아주 아주 솜씨가 뛰어났고, 자연에 깊이 뿌리를 내리고 살았지.

제비 한 마리가 봄을 몰고 올 수는 없어. 자네가 브르타뉴에서 그릴 새로운 습작이 남성적이지 않다거나, 단호한 멋이 떨어질 거라는 말은 아니야. 아직 구경도 못 했는데 뭐라고 말할 수 있겠어. 그런데 자네 할머니 초상화나 정물화에서 남성적인 힘이 이미 엿보여. 자네가 보내준 데생을 통해서, 새로운 습작 역시 이전에 본 것만큼 남성적일 거라는 예감이 어렴풋이 들었네.

그러니까 먼저 말했던 그 습작들이, 예술가로서의 봄을 몰고 올 첫 신호탄 같은 제비가 될 거라는 말이야.

작품에 온 정력을 쏟아붓고 싶다면, 가끔은 성생활을 자제할 필요도 있어. 그 외에는 병사나 수도사처럼 우리 기질이 받쳐주는 정도에 따라 행동하면 되는 거야. 다시 한 번 말하지만, 네덜란드 사람들은 그런 전통을 지켜왔어. 평온하고 차분하면서 규칙적인 삶을.

들라크루아! 그래! 그가 말했지. "이가 다 빠지고 숨도 잘 쉬어지지 않을 나이가 되어서야 나만의 그림 세계를 발견했다!" 이 남다른 예술가의 작업을 지켜본 사람들은 말했어. "들라크루아가 그림을 그릴 때면 무언가를 물어뜯는 사자와도 같다."

그는 작품에 쏟을 시간을 낭비하지 않으려고 여자관계도 기피했고, 진지한 사랑도 피했어.

이 편지가 언뜻 보기에 앞뒤가 맞지 않고 그 자체로 보면 여러모로, 여느 편지와 다르다거나 이전에 가졌던 우정이 변화한 것처럼 느껴진다면, 내가 의도한 바가 아니야. 이 편지에서 내가 무언가를 염려하는 마음이 느껴진다면, 그건 자네 건강이야. 군 복무를 시작하면, 안타깝지만, 의무적으로 힘든 과정을 거쳐야 할 테니 말이야! 그러니 오해 없이 읽어주게. 네덜란드 화가들의 그림을 연구하는 게 자네에게 유용할 거야. 그들의 작품은 상당히 남성적이고 정력적이고 건전하거든. 나 또한 금욕하려고 애쓰고 있네. 우리처럼 감수성이 예민하고 정신력이 여린 예술가에게는 금욕생활만으로도 작업 활동에 창의력을 쏟아부을 수 있기 때문이지. 이런저런 걸 생각하고 계산하면서 지적 활동에 힘을 쏟다 보면 지치거든.

포주를 업으로 삼는 사람들이나 사창가를 드나드는 피둥피둥한 고객들도 업소 소속인 매춘부의 생식기를 어떻게든 만족시키려 애를 쓰는 마당이니 우리 역시 그만큼이라도 우리가 가진 창의력을 작품에 쏟아부으려고 애써야 하지 않겠는가?

매춘부들을 향한 내 감정은 동정이 아니라 공감이야. 나나 자네를 포함한 우리 예술가들처럼 사회에서 버려져 소외된 존재들, 어쩌면 그들은 우리의 친구이자 누이 같은 사람들이야.

사회에서 낙오된 쓰레기 같은 존재의 입장에서(우리와 마찬가지로) 매춘부들이 업소로부터 자립한다고 해서 나아질 건 전혀 없어. 그러니 사회적 갱생이 그들에게 도움을 주는 거라고 착각하지 말아야 해. 도움도 되지 않을 뿐만 아니라 해롭기까지 하기 때문이야.

얼마 전에 우체부의 초상화를 하나 그렸어. 아니 2점이라고 해야겠지. 소크라테스를 닮았는데, 다소 알코올중독 증세가 있어서 결과적으로 낯빛의 색채가 강렬한 편이야. 그의 아내가 얼마 전에 출산해서 아주 행복에 겨워하고 있네. 탕기 영감님처럼 뼛속까지 공화주의자야. 빌어먹을! 도미에 화풍으로 그리기 딱 좋은 모델이라니까!

자세가 심하게 뻣뻣해서 두 번이나 그려야 했지. 연달아 2점을 그린 거야. 하얀 캔버스 위에 흰색에 가까운 파란색을 바탕으로 노란색, 초록색, 자주색, 분홍색, 빨간색이 가미된 다채로운 색조로 얼굴을 표현했어. 프러시안블루로 칠한 제복에는 노란색을 조금 섞어봤고.

마음 내킬 때 소식 전해주게. 정신없이 바빠서 인물화 크로키를 그릴 틈도 없네. 악수 청하네.

자네를 사랑하는 친구, 빈센트

추신: 세잔이야말로 네덜란드 옛 화가들처럼 평범하게 결혼해서 가정을 꾸린 화가야. 그런데 그의 작품이 힘있는 건, 가진 힘을 결혼 생활에 쏟아붓지 않아서야.

518프 ____ 1888년 8월 6일(월)

테오에게

큰아버지 장례식에 다녀왔다니 참 잘했다. 네가 그렇게 해주기를 어머니가 바라셨을 거야. 죽음과 반대편에 서 있는 자들이 할 수 있는 최선의 자세는 고인을 걸출한 인물로 기리는 일이야. 그를 알던 모든 이들에게 최고로 좋은 사람이었고, 모두가 그를 좋아했다고 말이야. 그러면 논란이나 잡음이 일지 않고, 이후 모두가 각자의 일상으로 편안하게 돌아갈 수 있지. 그나저나 막내 코르가 우리보다 키도 더 커지고 힘도 세졌다니 들던 중 반가운 소식이다. 그 아이가 결혼을 않는다면 멍청한 짓이야. 건강하고 손재주도 좋고, 거기에 기계까지 다룰 줄 알잖아. 솔직히 다른 사람으로 살 수 있다면 난 그 녀석이 되고 싶다.

나는 잘 지낸다. 마치 맷돌 속에서 갈리는 곡식처럼 예술이라는 거대한 톱니바퀴 속에서 돌고 있지.

러셀에게 데생을 보냈다고 말했던가? 네게도 보내려고 비슷한 걸 다시 그리는 중인데, 역시나 12점이 될 거야. 데생을 보면 유화 습작의 분위기가 가늠이 될 거다. 미스트랄 때문에 고생한다고 했잖아. 이놈의 바람이 *붓질*을 얼마나 방해하는지 몰라. 그래서 습작들이 '거칠게' 보여. 네가 보면, 데생을 그릴 게 아니라 차라리 집에서 덧칠을 하라고 말할 거야. 나도 가끔은 그런 생각이 들어. 왜냐하면 그 상황에서는 붓질에 영혼이 담기지 않은 게 내 솜씨가 부족해서가 아니잖아. 고갱이 여기 있었으면 뭐라고 했을까? 바람이 덜 심한 실내를 더 선호했으려나?

이제 다소 거북한 문제를 이야기해야겠다. 아무래도 이번 주 안에 *돈이 바닥날 것* 같아. 당장 오늘 25프랑을 써야 해. 닷새까지는 어찌어찌 버텨보겠는데 일주일은 불가능해. 오늘이 월요일이니, 토요일 오전까지 편지를 주면 좋겠구나. 액수는 늘릴 필요 없고.

지난주에 우체부의 초상화를, 1점이 아니라 2점이나 그렸다. 하나는 손까지 나오는 상반신 그림이고, 다른 하나는 실물 크기의 얼굴 그림이야. 모델 양반이 비용은 받지 않았는데, *돈이 더 들었어*. 같이 먹고 마시고, 거기에 로슈포르의 「라 랑테른」도 1부 쥐여줬어. 그래도 포즈를 잘 취해준 것에 비하면 내가 겪은 불편은 사소하고 하찮은 것이지. 그리고 그의 아내가 얼마 전 출산했는데, 조만간 그 아기도 그리고 싶거든.

지금 작업 중인 데생과 함께 드 르뮈의 석판화 2점도 보내마. 〈와인〉과 〈카페〉. 〈와인〉에 메피스토펠레스 비슷한 인물이 등장하는데 가만히 들여다보고 있으면 젊은 시절의 코르 작은아버지가 떠오르더라. 그리고 〈카페〉는…… 라울이라고 너도 알 거야, 내가 작년에 알게 된 사람인데, 학생 같아 보이는 나이 든 집시 말이야. 드 르뮈는 호프만이나 에드가 앨런 포에 버금가는 대단한 재주를 가지고 있어! 그런데도 세간에 거의 알려지지 않았어. 이 석판화들이 처음에는 그다지 마음에 들지 않을 수도 있는데, 한참 들여다보고 있으면 어김없이 빠져들고 말지.

캔버스도 물감도 다 떨어졌어. 그래서 여기서 미리 주문해뒀는데, 아직 살 게 더 있어. 그러니 꼭 토요일 오전까지는 편지를 보내주길 바란다. 부탁한다.

오늘부터는 내가 묵고 있는 이곳의 카페 실내를 그릴 수 있을 것 같다. 저녁에 가스등을 켜놓은 분위기를. 여기 사람들은 〈밤의 카페〉라고 부르는데(여기 사람들 단골집이야) 밤새도록 문을 열어. 그래서 '밤의 부랑자'들이 숙박비가 없거나 술에 너무 취해 받아주는 곳이 없을 때 안식처처럼 찾아오곤 해.

가족이나 조국 같은 것들은, 가족은 물론이고 조국도 없이 근근이 버텨내는 우리 같은 사람들의 상상 속에서 그 어떤 현실보다 매력적일 수 있어. 나는 나 자신이 언제나, 어딘가의 목적지를 향해 떠도는 여행자 같다고 느껴. 하지만 그 어딘가, 어떤 목적지 따위는 이 세상에 존재하지 않는다고 생각하는 게 이성적이고 진실된 자세인 것 같다.

매음굴의 포주가 손님을 내쫓을 때도 아마 같은 논리를 적용하고, 같은 식으로 따지며 언제나 옳다고 주장할 거야. 그건 나도 알아. 그렇기 때문에 화가로서의 삶이 끝자락에 다다랐을 때, 내가 틀렸을 수도 있을 거야. 어쩌겠어. 그러면 예술뿐만 아니라 나머지 다른 것들도 그저 꿈에 불과했음을, 우리가 아무 의미 없는 존재였음을 인정하게 되겠지. 우리가 *그토록 가벼운 존재*라면 오히려 다행이야. 무한한 가능성을 가진 미래의 삶으로 이르는 길을 가로막을 게 아무것도 없을 테니까. 그래서 이번에 돌아가신 큰아버지의 얼굴이 그토록 차분하고 평온하면서도 근엄하셨던 거야. 솔직히 생전에는 젊으셨을 때나 연세가 드셨을 때나 그런 표정은 거의 본 적이 없지. 고인의 얼굴을 질문하듯 바라보다가 비슷한 인상을 여러 차례 받았다. 내게는 이게 사후 세계가 존재한다는 *하나의 증거* 같이 느껴져(강력한 증거는 아니고).

요람에서 노는 아기를 물끄러미 들여다볼 때도 그 눈에서 무한(無限)을 느낀다. 사실 그게 뭔지 정확히는 모르겠다. 그런데 실은 이 *모른다는* 감정 때문에 우리가 살아가고 있는 이 현실의 삶이 편도 기차 여행으로 느껴지는 것도 같아. 빠른 속도로 지나가지만, 바로 곁에 있는 것들을 구분할 수도 없고, 무엇보다 기차 자체를 볼 수 없으니 말이야.

큰아버지와 아버지, 두 분 모두 미래의 삶을 믿으셨다는 게 신기할 따름이다. 아버지는 물론이고 큰아버지도 종종 그런 말씀을 하셨거든. 아, 두 분 모두 우리보다 확신에 차서, 누군가가 이견을 내려고 하면 화내셨지.

내 눈에는 *작품을 통한 예술가의 미래*가 그리 밝아 보이지는 않는다. 그래, 예술가들은 서로에게 횃불을 넘기면서 명맥은 이어가고 있지. 들라크루아에서 인상주의 화가들로 그 영광이 넘어가는 것처럼 말이야. 그런데 고작 그게 다란 말이냐?

만약 그리스도교 체제 안에서 편협하면서 동시에 순교적인 생각에 치우친 어느 가정의 선량한 노모가 자신의 믿음처럼 영생을 얻게 되면, 정말 그렇게 되면, 거기엔 전혀 이의가 없어. 그런데 왜 폐병이나 신경쇠약에 시달리면서 마차를 끄는 말처럼 힘들게 일하는 들라크루아나 드 공쿠르 같은 이들은, 폭넓은 생각을 가진 이들은 왜 그렇게 될 수 없는 거냐? 가장 힘들고 지친 사람들이야말로 이런 막연한 희망을 품는 걸 텐데.

이쯤 하자. 더 논해봐야 무슨 소용이겠냐. 하지만 문명의 한복판에서, 파리 한가운데서, 예술의 중심에서 살면서, 왜 사람들은 저 노모의 마음을 간직하지 못할까? 스스로 '이거야'라는 본능적인 믿음이 없어서, 창조하고 행동할 힘을 내지 못하는 걸까?

그런 거라면 의사들은 이렇게 말할 거야. 모세, 마호메트, 그리스도, 루터, 버니언 등등만 미친 게 아니라, 프란스 할스, 렘브란트, 들라크루아, 기타 우리네 어머니같이 선량하고도 편협한 노부인들도 마찬가지로 미쳤다고.

아! 정말 심각한 문제야. 의사들에게 묻고 싶어진다니까. 그럼 이성적인 사람은 도대체 어디에 있느냐고.

매음굴의 포주들이 여전히 옳다는 걸까? 아마도. 그럼 뭘 택해야 할까? 다행인 건, 선택할 필요가 없다는 거지.

악수 청한다.

너를 사랑하는 형, 빈센트

519프 ____ 1888년 8월 8일(수)

테오에게

큰 데생 3점과 작은 것 몇 개, 드 르뮈의 석판화 2점까지 방금 보냈다.

큰 데생들 중에서 세로로 기다란 농가의 정원이 가장 괜찮은 것 같아. 해바라기가 있는 데생은 어느 대중목욕탕에 딸린 작은 뜰이고, 가로로 기다란 세 번째 정원은 유화 습작으로도 그린 것 중 하나야.

파란 하늘 아래 주황색, 노란색, 빨간색 꽃들이 밝은 점처럼 모여 있고, 주변에는 청명한 공기가 느껴지는 게 북쪽에 비해 훨씬 더 행복하고 사랑스러운 분위기지. 네가 소장한 몽티셀리의 꽃 그림처럼 떨림이 느껴져. 여기서 꽃을 제대로 못 그려서 좀 짜증스럽다. 여기 자리잡은 뒤로 데생과 유화를 합쳐 50여 점을 습작했는데, 아무것도 안 한 기분이야. 그래도, 별 볼 일 없는 일개 화가에 불과해도 나중에 프랑스 남부로 찾아올 미래의 화가들을 위한 길잡이이자 선구자가 될 수 있다면, 그것으로 기꺼이 만족한다.

추수, 정원, 씨 뿌리는 사람과 바다 풍경 2점은 유화 습작을 보고 그렸어. 다들 구상이 괜찮

아. 다만 유화들은 붓질이 좀 선명하지 못하다. 그래서 더더욱 데생으로 그려보고 싶었어.

가난한 늙은 농부도 유화로 그려보고 싶었어. 이목구비가 아버지와 무척 닮은 양반이거든. 다만 좀 더 평범하면서도 풍자화에 어울릴 듯한 이미지야.

그렇지만 그린다면 있는 그대로, 아주 평범한 농부의 모습으로 그려내고 싶다.

나중에 꼭 다시 올 테니 그땐 자기 그림을 달라는데, 그러려면 똑같이 2점을 그려야 해. 그 양반에게 줄 것과 내가 가질 것. 그래서 안 된다고 했지. 그런데 언젠가 다시 찾아올 수도 있어.

드 르뮈의 석판화는 네가 아는 그림인지 궁금하다.

요즘도 볼 만한 석판화들이 많아. 도미에, 들라크루아의 그림 복제화, 드캉, 디아스, 루소, 뒤프레 등등. 그런데 그것도 조만간 끝이 날 거야. 이 분야의 예술이 점점 사라지고 있다는 게 정말 한탄스럽다.

사람들은 왜 의사나 기술자들처럼 가진 걸 계속 지켜나가지 않는 걸까? 이 지긋지긋한 예술계에서는 새로운 게 발견되면 자기들끼리만 알고 넘어가. 그러니 이 다음에는 아무것도 보존되지 않고 그대로 잊혀지지. 밀레는 농부의 모습을 집대성한 작품을 남겼어. 그리고 지금은, 레르미트가 그렇지. 또 흔치 않은 작가, 뫼니에까지……. 그런데 지금 우리는 농부들의 모습을 제대로 바라보는 법을 아나? *아니*. 그런 시각을 갖춘 이는 거의 없어.

상황이 이렇게 된 건, 어느 정도는 바다처럼 변덕스럽고 배신적인 파리와 파리지앵들 때문이 아닐까?

그래, 네 지적이 백번 옳아. 우리 자신을 위해 작업하고, 차분히 우리 길을 가자고 했지. 인상주의가 신성한 영역인 건 맞지만, 그래도 나는 *이전 세대 화가*들처럼 그려보고 싶어. 들라크루아, 밀레, 루소, 디아스, 몽티셀리, 이자베, 드캉, 뒤프레, 용킨트, 지엠, 이스라엘스, 뫼니에, 거기에 코로와 자크 등등이 이해할 수 있는 그런 그림.

아! 마네는 그런 분위기에 거의 가까이 다가갔었어. 쿠르베도 형태와 색채를 조화시켰지. 나는 한 10년 조용히 습작을 만들다가 인물화 유화 한두 점 그려내면 좋겠다.

예로부터 모두가 권장하는 계획은 실천에 옮기는 게 참 힘들다.

네게 보내는 데생들이 너무 거칠고 투박하게 느껴질지도 모르는데, 그건 계속 가지고 있다가 나중에 유화로 그려내면 정보로 활용할 수 있도록 일부러 그렇게 그린 거야.

세로로 긴 농가의 정원 그림은 직접 보면 색감이 환상적이야. 달리아는 짙고 풍부한 자줏빛인데, 두 줄로 늘어선 꽃들이 한쪽은 분홍색과 초록색이 모여 있고, 다른 쪽에는 초록 잎이 거의 없는 주황색들만 모여 있었어. 가운데 흰 달리아 한 송이가 낮게 드리워져 있고 주황색과 빨간색이 어우러져 화사하게 보이는 꽃과 황록색 열매가 달린 작은 석류나무가 서 있지. 잿빛 땅에 청록색 '줄기'가 기다란 갈대, 에메랄드빛 무화과나무, 파란 하늘, 초록 창틀과 빨간 지붕의 하얀 집들, 햇살이 쏟아지는 아침, 무화과나무와 갈대들 그림자가 드리워지는 저녁…….

코스트Ernest Quost나 자냉Georges Jeannin이 있었다면 어땠을까! 이 모든 걸 다 품으려면 같은 나라에서 함께 작업하는 모든 학파 화가들 전체가 필요할 거야. 네덜란드 고전학파 화가들, 초상화 화가들, 풍속화 화가들, 풍경화 화가들, 동물 그림 화가들, 정물 화가들 등등.

다시 하는 얘기지만, 이 지역을 잘 아는 지인과 근처 농가들을 둘러봤는데 정말 흥미로웠어. 그런데 진정한 프로방스 소농가 분위기는 영락없는 밀레의 화풍 그대로더라.

맥나이트와 보슈는 도대체가 이런 정서를 제대로 이해하지 못해. 아예 모른다고 말해도 과언이 아니야. 이제 겨우 이런 정서를 깨닫기 시작한 나로서는, 이 느낌을 제대로 그림에 담으려면 한동안 여기에 머물러야겠어.

그나저나 만약 고갱이 스스로 문제를 해결하지 못하는 상황이 이어지고, 그런 상황에서도 우리 계획을 실행에 옮겨야 한다면, 차라리 내가 움직이는 것도 방법이겠다. 어차피 거기서도 전원생활일 테니까. 아예 그 양반 쪽으로 옮겨가는 방법을 적극적으로 추진해야 한다는 생각도 들어. 왜냐하면 조만간 그가 또다시 궁지에 몰릴 수도 있거든. 집주인이 더 이상 기다려주지 않을 수 있으니까. 그럴 가능성이 충분하고, 그렇게 되면 고갱은 아마 크게 낙담하겠지. 그래서 더더욱 협업을 성사시키는 게 시급하다. 내가 그냥 그쪽으로 옮겨가도 돼. 고갱 말로는 거기 물가가 모든 면에서 훨씬 싸서 생활비도 덜 든다잖아.

토요일 오전에는 네 편지가 도착하리라 믿고 있다. 캔버스를 2개 더 구입했더니, 수요일 저녁인 지금 수중에 딱 5프랑만 남더라.

돈이 없어도 여기가 북쪽보다 나은 점이 딱 하나 있는데, 바로 화창한 날씨야(미스트랄이 불 때조차 날이 맑지). 볼테르도 커피를 마시며 마음껏 즐겼던 화창한 태양이 뜨는 곳. 어디를 봐도 졸라와 볼테르의 흔적이 느껴진다. 생명력이 넘쳐! 얀 스테인이나 오스타더의 그림을 닮은 장소도 보여.

이 지방에도 분명히 특유의 화풍을 가진 학파가 있겠지. 하지만 여기선 자연을 깊이 연구하고 관찰해보면 어디를 가도 아름답다는 사실을 깨닫는다.

『국화 부인』 이젠 읽었지? 거기에 등장하는 '놀라울 정도로 친절한' 포주, 캥거루 씨 알아? 설탕을 친 고추와 튀긴 얼음, 소금 맛 사탕 등도 알고?

요즘은 아주 건강히 잘 지냈다. 이대로 지내다간 완전히 이 지방 사람처럼 될 것 같다.

어느 농부의 집 정원에서 여성의 나무 조각상을 봤는데 스페인 화물선 뱃머리에서 떨어져 나온 거래. 사이프러스 수풀 가운데 서 있었는데 완전히 몽티셀리의 그림 같았어.

아! 아름답고 큼지막한 빨간 프로방스 장미와 포도나무, 무화과나무가 서 있는 농가의 정원 풍경이 너무나 시적이다. 영원할 것 같은 강렬한 태양 아래서도 초록 빛깔을 전혀 잃지 않는 풀들까지.

저수통에서 흘러나오는 맑은 물은 작은 운하 체계를 형성하고 있는 도랑 사이로 흘러들어가

농작물을 적신다. 늙은 카마르그 백마 한 마리가 농기구를 끌고 돌아다녀.

작은 올리브나무 과수원에 소는 보이지 않더라.

이웃집 부부는(식료품점을 하는데) 아무리 봐도 뷔토 부부*와 닮은꼴이야.

그런데 이곳의 농가와 선술집 분위기는 북쪽에 비해 덜 침울하고 덜 비극적이긴 해. 그나마 더위가 추위보다는 가난한 환경을 덜 힘들고 덜 우울하게 해줘서가 아닐까 싶다.

네가 직접 여기를 둘러보면 좋을 텐데. 아무튼 고갱 일부터 마무리해야겠지.

코닝에게 받은 편지 이야기를 안 했구나. 한 여드레 전에 내가 편지했었거든. 조만간 다시 들를 모양이더라. 그나저나 무리에는 여전히 같이 지내냐?

카사뉴의 그 책을 찾을 수 없다니, 희한한 일도 다 있다. 라투슈나 쇼세 당탱 같은 화방에 가면 적어도 어디서 구할 수 있는지는 알려줄 거다. 데생을 가르칠 일이 있거나 이런저런 기법의 원칙에 관해서 다른 화가와 이야기해야 할 때를 대비해서 꼭 한 권은 구비해야 해. 내가 아는 한 *유일하게* 도움이 되는 책이야. 얼마나 유용한지 내가 여러 번 경험을 통해 깨달았거든. 무리에를 비롯해서 맥나이트, 보슈 등 여럿에게 꼭 필요한 책이기도 해. 맥나이트는 매일 찾아온다.

지금은 흰 벽을 배경으로 벤치에 앉은 알제리 보병 인물화를 작업 중이야. 다섯 번째 인물화가 될 거야.

오늘 아침에 세탁장에 나갔다가 고갱이 그린 흑인 여성들처럼 제법 덩치 큰 여성들을 여럿 봤어. 그중 흰색, 검은색, 분홍색이 들어간 옷을 입은 여성과 샛노란색 옷의 여성이 눈에 들어오더라. 젊은이부터 늙은이까지 대략 30명 정도가 모여 있었어.

다른 유화 습작의 크로키도 그려 보낼 수 있으면 좋겠다.

조만간 네 편지가 오기를 기대하면서, 악수 청한다.

너를 사랑하는 형, 빈센트

520프 ____ 1888년 8월 중순

테오에게

곧 파시앙스 에스칼리에라는 노인을 보게 될 거다. 곡괭이를 들고 다니는 카마르그의 목축업자인데 지금은 크로에 있는 농가에서 정원을 가꾸며 살고 있어. 오늘도 이 양반을 그린 유화를 보고 그린 데생하고 우체부 룰랭의 초상화 데생을 네게 보낼 거야. 이 농부의 초상화는 뉘넌의 〈감자 먹는 사람들〉처럼 어두운 색감은 아닌데, 고상하신 파리 시민 *포르티에 선생*은(아마

* 에밀 졸라의 소설 『대지』에 등장하는 인물

도 그림들을 문전박대해서 그런 성을 갖게 되었겠지)* 이번에도 똑같은 편견을 갖고 그림을 대하겠지. 그 후로 넌 많이 달라졌지만, 그 양반은 전혀 달라지지 않았잖아. 파리에서는 *밀레가 나막신을 신고* 그린 듯 피땀 흘려 그린 그림**이 많이 안 보여서 정말 유감이야. 감히 말하는데, 동시대비 효과로 오히려 로트렉의 그림이 더 눈길을 끌 수도 있어. 그리고 내 그림은 묘한 대비를 통해 좋은 반응을 얻을 수도 있고. 왜냐하면 분칠에 우아한 화장으로 단장한 사람 옆에 서면 강렬한 햇살 아래 타고 그을리고 강한 바람을 맞고 자란 특징을 가진 사람의 얼굴이 더 두드러져 보이기 때문이지.

파리 사람들이 투박하고 거친 것, 몽티셀리 화풍의 그림, 바르보틴 등에 이렇게 관심이 없는 건 정말 크게 실수하는 거야. 아무튼 그래도 낙담하면 안 된다는 거, 나도 알아. 이상향은 실현될 수 없는 법이니까. 다만, 내가 파리에서 배운 것들은 *사라져가고*, 인상주의 화가들을 접하기 전에 시골에 자리잡았을 때 머릿속에 든 생각들이 속속 되살아나고 있다. 그러니 머지않아 인상주의 화가들이 내 그림 기법에 대해 이런저런 지적을 한다고 해도 놀랄 일은 아니야. 내 기법은 그들이 아니라 들라크루아의 방식을 자양분으로 삼았거든. 나는 눈앞에 보이는 것을 정확히 묘사하는 대신, 색을 임의로 활용해 나다움을 강렬하게 표현하는 편이야. 이론적인 얘기는 일단 넘어가고, 그냥 내가 말하고 싶은 것 하나만 예로 들게.

나는 화가 친구의 초상화 하나를 그리고 싶어. 그는 원대한 꿈을 가졌고, 밤꾀꼬리가 노래하듯 열심히 그림 작업을 해. 천성이 그런 친구거든. 그는 금발이야. 초상화 속에 내 감정, 이 화가 친구를 향한 애정을 쏟아부어야지. 그리고 색을 칠할 건데, 일단 그의 모습 그대로, 또한 내가 할 수 있는 한 최대한 충실하게 할 거야.

그런데 그게 끝이 아니야. 그림이 완성되려면 그때부터는 제멋대로 칠해야 해. 금발을 강조하고 싶으니까 주황색, 크롬, 연한 레몬 색조를 동원할 거야. 머리 뒤 공간은, 허름한 아파트 건물의 평범한 벽이 아니라 무한대의 공간이 되도록 칠해야지. 배경은 내가 만들 수 있는 가장 진하고 강렬한 파란색 단색으로 처리하고. 이렇게 파란색 단색 바탕에 밝은 금발 머리를 조합하면 진한 쪽빛 바탕에 반짝이는 별처럼 보이겠지.

농부의 초상화도 이런 방식으로 그렸어. 다만 여기엔 무한대의 별처럼 희미하게 빛나는 효과는 없어. 그 대신 추수가 한창인 한낮의 더위 속에서 분투하는 억척스러운 남자를 상대하는 중이라 상상하며 그렸지. 그래서 달아오른 쇠 같은 강렬한 주황색과, 어둠 속에서도 빛을 발하는 고풍스러운 금색 색조를 썼어.

아, 사랑하는 아우야…… 선량한 이들은 이 과장된 표현에서 풍자화만 떠올리겠지.

* 포르티에는 프랑스어로 '문지기'라는 뜻. 빈센트의 〈감자 먹는 사람들〉을 좋지 않게 평가한 미술상이다.

** 나막신은 농부들이 신는 신발이므로 '농부들'을 지칭하는 표현이다.

하지만 무슨 상관이야? 우리는 『대지』나 『제르미날』을 이미 읽었으니 농부를 그릴 때 이 책들이 어떻게든 구체적으로 표현되기를 바라게 되잖아.

우체부 초상화는 *내가 느끼는 그대로* 그릴 수 있을지 모르겠어. 이 양반은 혁명가적 기질만 보면 탕기 영감과 비슷한 사람이고 아마 정통 공화주의자로 여겨지는 듯해. 왜냐하면 우리가 지금 누리고 있는 이 공화국의 실정을 끔찍이 싫어하거든. 어느 부분에서 회의를 느끼는 것 같고, 공화주의 사상에 일정 부분 환멸을 느낀 것도 같고 그렇더라고.

그래도 어느 날인가 이 양반이 라 마르세예즈*를 부르고 있는데 그 장면이 마치 '89년을 보고 있는 기분이 들더라. 내년 말고, 무려 99년 전 말이야. 들라크루아, 도미에 그리고 순수한 네덜란드 고전 화가들이 활동했던 그 시절.

불행히도 그는 포즈를 취할 줄 몰라. 그렇지만 그걸 그리려면 현명한 모델이 필요해.

이 말은 해야겠는데, 요즘, 물질적으로 혹독하게 힘든 나날을 보내고 있다. 아무리 아껴도, 이곳 생활비는 거의 파리 수준에 가까워서 하루에 5~6프랑쯤은 순식간에 나가.

모델을 부르면 결과적으로 생활이 무척 궁핍해져. 그렇더라도 나는 계속 이런 생활을 이어나갈 거야. 자신 있게 할 수 있는 말은, 네가 간간이 보내주는 여윳돈까지도, 나 개인이 아니라 다 그림에 들어간다는 거야. 내게는 두 가지 선택지뿐이다. 좋은 화가가 되느냐, 형편없는 화가가 되느냐. 당연히 전자를 택하지. 그런데 그림에 들어가는 돈은 사치스러운 정부에게 드는 비용이나 매한가지야. 돈이 없으면 아무것도 못 하는데, 그 돈이라는 게 아무리 많아도 충분하지 않으니 말이야. 그렇기 때문에 그림에 사회가 비용을 내줘야 해. 화가에게 과도한 부담을 지울 게 아니라.

그런데 봐라. 우리는 여전히 조용히 넘어가야 해. 왜냐하면 *아무도 우리에게 그리라고 강요하지는 않으니까*. 그림에 대한 무관심이 너무나 팽배해. 앞으로도 계속 그럴 것 같고.

다행인 건, 내 위장이 기능을 회복했다는 거야. 그래서 지난 3주를 건빵, 우유, 달걀로 버틸 수 있었어. 포근한 더위 덕분에 기력을 되찾는 중이야. 돌이킬 수 없는 상태에 이르기까지 기다리지 않고 *당장* 프랑스 남부로 내려온 건 정말 잘한 것 같다. 이제는 몸 상태도 남들처럼 멀쩡해진 느낌이야. 뉘넌에서 잠시 이랬었는데, 기분이 그리 나쁘지 않다. 남들이란 파업 중인 토목공, 탕기 영감님, 밀레 영감, 농부들을 말하는 거야. 건강 상태가 정상이면 빵 한 조각만 먹고도 하루 종일 그리면서 담배도 피우고 술도 마실 수 있어. 몸이 건강하면 *그래야 하고*. 그리고 저 하늘에 떠 있는 별과 무한대의 세상까지도 명확하게 느껴야 하고. 그래, 인생은 이토록 마법 같다. 아! 이곳의 태양을 믿지 않는 사람들은 무신론자인 거야.

그런데 불행히도, 태양이라는 선량한 신의 곁에 거의 항상 *미스트랄*이라는 악마가 따라다녀.

* 프랑스 국가

이런, 토요일 편지 배달이 끝났다. 네 편지가 올 줄 알았는데. 그렇다고 애만 태우고 있진 않다. 악수 청한다.

너를 사랑하는 형, 빈센트

521프 ___ 1888년 8월 9일(목)

테오에게

캔버스와 물감 보내줘서 정말 고맙다. 지금 막 도착했다는구나. 운송비가 9.8프랑이 나왔다기에, 네 다음 편지를 받으면 찾으러 갈 생각이다. 지금은 가진 돈이 없거든. 그런데 타세 화방에 한 번 확인해봐라. 대개는 운송료를 선불로 내고 송장에 기록했었는데 이번에는 왜 그러지 않았는지 말이야. 게다가 *지난번에도* 내가 운송비로 5.6프랑을 냈었는데, 이번 운송비는 너무 많이 나왔어. 소포를 두 개로 나눠 보냈다고 해도(보통은 운송비가 3프랑쯤 드니까) 이번 소포의 운송비도 5.6프랑이면 될 거야.

이번에 온 10미터 캔버스 천에 한 50센티미터 크기의 걸작들만 그려서, 평화의 거리로 가지고 나가 고상한 미술 애호가들에게 어마어마한 가격에 현금을 받고 팔면, 이번에 받는 물건으로 쉽게 큰돈을 벌 수 있을 거야.

곧 바람이 잦아들고 본격적인 더위가 찾아올 것 같다. 지난 6주간 미스트랄이 실컷 기승을 부리고 지나갔거든. 이 시기에 캔버스와 물감 등을 갖추게 되다니 끝내주는구나. 벌써 그림 소재를 6개나 봐뒀어. 어제 내가 데생으로 보낸 농가의 작은 뜰 같은 거.

고갱 생각이 많이 난다. 아무리 봐도, 어떻게든 이 양반을 이리 오게 하든 내가 그리 가든 해야 할 것 같다. 우리 두 사람 모두 즐겨 그리는 소재가 비슷하니까, 내가 퐁타방에 가도 작업에 문제가 없을 테고, 한편으로 이 양반도 틀림없이 이곳의 자연을 무척 좋아할 거야. 이렇게 해서 1년쯤 보내면, 아마 고갱이 네게 매달 그림 1점씩, 총 12점쯤 보내게 될 텐데, 그게 모이면 제법 큰돈이 될 거다. 그 양반도 더 이상 빚을 지지 않으면서 방해받지 않고 작업에 몰두할 수 있으니 전혀 손해가 아니지. 게다가 우리 덕에 버는 돈도 적잖이 모일 게, 그와 내가 각자 여인숙에서 지내는 대신 함께 화실 딸린 집에서 지내면 생활비를 아낄 수 있으니까. 게다가 우리가 의견이 잘 맞아서 서로 싸우지 않고 잘 지낸다면, 우리 입지와 평판이 더 좋아질 수 있어.

각자 혼자 지내다 보니 겉모습만 보면 영락없이 정신 나간 사람이나 범죄자거든. 어느 정도는 사실이기도 하고.

건강이 내가 기대했던 것 이상으로 회복되는 게 느껴져서 정말 행복하다. 요즘 자주 가는 식당 사람들 덕분이야. 솜씨가 아주 훌륭해. 물론 제대로 돈을 지불하지만, 파리에서는 낸 돈에 걸맞은 음식을 먹기가 쉽지 않지.

그래서 고갱도 여기 머물렀으면 좋겠어. 되도록 오래오래.

그뤼비 박사의 조언(여자를 멀리하고 잘 먹어라)이 맞아. 정말 좋아지고 있어. 안 그래도 뇌며 골수며 온갖 것을 다 동원해 머리를 쓰면서 작업해야 하는데, 성관계에 필요 이상으로 그것들을 낭비하지 않는 게 논리적이지. 그런데 그런 삶을 실천하려면 파리보다는 지방이 유리하다.

파리에서 물들게 되는 여자를 향한 욕망은 정력이 넘쳐서가 아니라, 그뤼비 박사의 표현에 따르면, 칠천지원수와도 같은 신경쇠약증의 영향 때문인 것도 같아. 그러니까 체력을 회복하는 즉시, 이런 욕망도 사라졌지. 악의 뿌리는 우리 자신의 체질, 세대를 거치며 필연적으로 약해진 가족관계, 변변치 않은 직업, 그리고 우울한 파리 생활 속에 있었던 거야. 악의 근원이 이렇게 뿌리를 내리고 있는 한 회복은 요원할 뿐이지.

구필 화랑에서 한심한 숫자 놀음 같은 회계나 어이없는 경영관리 등에 더 이상 신경 쓸 일이 없게 되는 날부터, 넌 그림 애호가들 사이에서 영향력을 갖추게 될 거야. 복잡한 경영관리는 천 번이 넘게 저주받는 업무야. 제아무리 총명하고 재능을 타고난 직원도, 그 일을 맡는 순간 능력의 절반은 잃게 된다고. 큰아버지 말씀이 일리가 있어. '직원 수가 적으면 일이 많지만, 직원 수가 많다고 일이 줄어들진 않는다.' 불행히도 큰아버지 역시 그 쳇바퀴에 갇혀 사셨지.

사람들에게 물건을 파는 일에는 냉철한 관찰력이 필요하다. 그런데 장부에 너무 의존하면 자신감을 잃게 돼.

넌 어떻게 버티고 있는지 궁금하구나. 인상주의 화가들이 아름다운 그림들을 쏟아내고 애호가들도 계속 생겨난다면, 앞으로 네가 독립할 기회와 가능성은 얼마든지 있어. 지금 당장 그럴 수 없는 게 아쉬울 따름이지.

러셀은 여전히 소식이 없다. 그래도 답을 해야 할 거야. 분명히 내가 보낸 그림들을 받았으니까.

내가 지금 앉아 있는 이 식당은 분위기가 묘해. 보도처럼 회색 아스팔트 바닥에 벽도 회색 벽이라서 전체적으로 회색이야. 초록색 차양은 늘 닫혀 있고, 항상 열어두는 문에는 먼지를 막는 초록색 커튼이 달렸어. 벨라스케스의 〈실 잣는 여인들〉에서 보는 회색조가 지배적이다. 가느다랗지만 아주 강렬한 햇살 한 줄기가 차양을 뚫고 들어오는 것도, 벨라스케스의 그림에서 탁자 위로 쏟아지는 햇살과 아주 똑같은 분위기야. 탁자에는 당연히 흰색 식탁보가 깔렸지. 그리고 벨라스케스풍의 회색 공간 뒤로 네덜란드 주방처럼 고풍스러우면서 청결한 주방이 보이는데 바닥에 깔린 새빨간 벽돌, 초록색 채소, 떡갈나무 찬장, 빛나는 구리와 파란색과 흰색 타일로 장식된 주방용 화덕, 밝게 빛나는 커다란 주황색 불꽃 등이 줄줄이 보여. 음식을 나르는 여성이 둘인데, 둘 다 회색 의상을 입었고 네 집에 있는 프레보Charles Eugène Prévost 그림 속 인물과 닮았어. 분위기가 여러모로 비슷하다.

주방에는 노부인과 키가 작고 통통한 여종업원이 같이 있어. 역시나 회색, 검은색, 흰색이 들어간 옷차림이지. 내가 제대로 묘사했는지는 모르겠지만, 여기 식당에서 정말이지 벨라스케스의 회화 한 편을 감상한 기분이다.

식당 앞에는 탁 트인 마당이 있어. 빨간 벽돌로 포석이 깔렸고 담벼락은 어지럽게 자란 포도 덩굴, 메꽃 등의 덩굴식물들로 장식돼 있어. 전형적인 옛 프로방스 분위기가 물씬 풍기는 곳이다. 다른 식당들은 다들 파리 분위기를 따라하느라, *관리인도 없이* 관리인실을 만들어놓고 '관리인에게 문의 요망'이라는 푯말도 달아놨어.

언제나 모든 게 다 알록달록한 건 아니라는 말을 하는 거야. 어느 외양간을 들여다봤는데 카페오레 색의 암소 4마리에 같은 색의 송아지가 1마리 있었어. 외양간은 희푸른색에 군데군데 거미줄로 덮여 있고, 소들은 깨끗하고 아름다웠고, 현관문에 먼지와 파리가 드나들지 못하게 초록색 커튼이 달려 있더라고.

역시 회색, 벨라스케스의 회색!

고요했다. 카페오레와 담배의 갈색 옷을 입은 암소들, 희푸른 벽의 은은한 회백색 색조, 초록색 커튼, 햇살을 받아 초록색과 노란색으로 빛나며 대조되는 바깥 풍경까지.

아무튼 내가 그린 것 말고도, 네가 봐야 할 것들이 아직도 많이 있다.

이제 그림 그리러 가야겠어. 며칠 전에 아주 잔잔하고 아름다운 장면을 또 발견했어. 카페오레색 피부의 아가씨를 봤는데 (내 기억에) 머리는 잿빛에 눈동자도 회색이고, 연분홍색 인도풍 상의 아래로 작고 단단한 가슴이 볼록했어. 그 분위기가 에메랄드색의 무화과나무 잎사귀들과 대조를 이뤘지. 순박한 시골 아가씨의 전형적인 모습이었어.

그녀는 물론 그녀의 어머니에게 야외에서 포즈를 취해달라고 부탁할 수 있을 것 같아. 그녀의 어머니는 정원 손질을 하는 사람인데 흙색에 탁한 노란색과 빛바랜 파란색 색조가 어우러진 피부를 가진 여성이야.

젊은 여성의 카페오레색 피부가 분홍색 상의 때문에 더 어둡게 보였지.

그녀의 어머니도 근사했어. 탁한 노란색과 빛바랜 파란색 피부가 강렬한 햇살 아래서 눈처럼 흰색과 레몬색으로 밝게 빛나는 화단을 배경으로 아주 두드러진 모습이었거든. 델프트의 페르메이르의 그림이 따로 없었어. 프랑스 남부는 흉측한 구석이 없다.

악수 청한다.

너를 사랑하는 형, 빈센트

522프 ____ 1888년 8월 12일(일) 추정

테오에게

이것저것 네게 고마운 게 많구나. 우선 편지와 50프랑 잘 받았다. 물감이며(진홍색도 포함해서) 캔버스도 역에 가서 찾아왔고, 마지막으로 카사뉴의 책과 『뤼시 펠레그랭의 최후』* 역시 고맙다.

타세 화방에서 소포를 효과적으로 나눴다면 운송비가 줄었을 텐데, 이번에는 3개로 보냈더라. 2개는 5킬로그램이 넘고. 물감 튜브 몇 개만 빼도 운송비 총액이 5프랑 정도면 됐을 거야. 그래도 어쨌든 물건을 받아서 정말 좋다.

『뤼시 펠레그랭의 최후』는 정말 아름다운 소설이야. 사실적이면서도 기품이 있고, 감동적이기까지 해. 인간의 다양한 면모를 작품에 담아냈어. 왜 이런 주제를 금기하는 걸까? 병적일 수도 있지만 주체할 수 없는 흥분에 다빈치식의 성적 쾌감과 애무를 추구하는 내용이라서? 난 직접 본 적은 없지만, 2프랑에 알제리 보병들을 상대하는 부류의 여성들에게는 반대한다. 하지만 이렇게 저렇게 여유가 되는 사람들이 다빈치식의 기발한 사랑을 추구하겠다는 거잖아. 물론 모두에게 이해받을 수 없다는 건 나도 잘 안다. 하지만 *금지냐 허용이냐*의 관점에서 보면, 레즈비언 행위보다 더 심각한 병적인 성적 일탈 행위에 관한 이야기도 얼마든지 자유롭게 쓸 수 있어야 해. 의학 논문이나 외과 수술에 관해서 얼마든지 이야기할 수 있는 것처럼 말이야.

아무튼 법적으로 옳고 그름을 떠나서, 예쁜 여성은 살아 있는 대리석 조각상과 같아. 다빈치나 코레조의 회화도 다른 차원의 의미로 존재하지. 나는 왜 조각이든 회화든, 살아 있는 생생한 작품을 만들어내지 못하는 한심한 예술가일까? 나는 왜 음악가가 더 잘 이해되고, 그 추상적 작품들의 존재 이유를 더 또렷이 아는 걸까?

기회가 생기는 즉시, 롤런드슨Thomas Rowlandson의 데생을 모사한 판화 작품을 보내줄게. 프라고나르나 고야의 그림 속 미인을 닮은 여인 두 명을 그린 그림이야.

요즘 이곳은 바람 한 점 없이 눈부실 정도로 강렬한 무더위가 찾아왔는데, 그림 그리기에는 적합한 날씨야. 태양이며 빛이며, 뭐라고 딱히 정확한 말을 찾을 수가 없으니 그냥 노란색이라고 불러야겠지만, 실은 묽은 유황 같기도 하고 연한 레몬 같기도 하고 황금 같기도 한 노란색 일색이지. 황홀하도록 아름다운 노란색! 과연 북부 지방에서 더 아름다운 광경을 볼 수 있을까? 아, 네가 프랑스 남부의 태양을 보고 느껴볼 날을 학수고대하고 있다.

습작은 엉겅퀴를 2점 그렸는데, 하나는 공터에서 그렸고, 다른 하나는 길가에서 살짝 먼지를 뒤집어쓴 하얀 엉겅퀴야. 그리고 장터를 돌아다니는 장사꾼의 빨간색 초록색 마차가 멈춰서 쉬는 장면을 그린 작은 작은 습작과, 파리-리옹-지중해 노선을 오가는 화물열차를 그린 작은 습작도 있어. 이 최근의 습작 2점은 용맹한 불랑제 장군을 추종하는 젊고 유능한 알제리 보병대 소위가 보더니 '현대풍 분위기를 잘 살렸다'고 인정도 해줬어.

이 용맹한 군인은 신비로운 데생의 세계로 내가 잘 입문시켰는데, 느닷없이 그만뒀어. 알고

* 1880년 출간된 폴 알렉시스(Paul Alexix)의 소설

보니 사정이 있었더라. 무슨 시험을 치르게 됐는데 준비를 전혀 하지 못했나 보더라고. 아마 이 젊은 프랑스 청년은 자신감 넘치는 답변으로 감독관들을 깜짝 놀라게 했을 거야. 시험 전날에도 매음굴을 드나드는 자신감을 가진 친구니 말이야.

아마 프랑수아 코페가 쓴 소네트일 텐데, '*자신의 길을 가는 중위*'에 대해서 '*절망에 가까운 의심*'을 품을 수도 있다더라. 왜냐하면 '*우리의 패배가 떠오르기*' 때문이라는 거야. 말하자면, 내가 그 친구 행동에 불만을 가질 이유는 없어. 그 친구가 조만간 중위로 진급하는 게 사실이라면, 그 친구에게 운이 있다는 사실을 인정해야 할 거야. 솔직한 말로, 이 친구, 소위 극장식 식당에서 일하는 여성들을 만난 경험만 놓고 보면, 거의 장군 수준에 가깝다고 할 수 있어.

내가 너한테 편지를 써도 될 테고, 아니면 이 친구가 너한테 전보를 칠 수도 있을 거야. 어떤 열차를 타고 16일에 도착할지, 17일에 도착할지 말이야. 이 친구가 너한테 유화 습작을 건네게 되면 운송비용을 절약할 수 있게 되는 거야. 게다가 나한테 배운 게 있어서 이 정도 부탁은 충분히 해줘야 해. 북쪽으로 올라가는 길에 파리에서 하루나 이틀 정도만 머물지만, 돌아오는 길에는 여러 날 머물 거라고 했어.

생전에 그리 쌀쌀맞게 널 대하셨는데, 그래도 친히 네게 유산은 남기셨다니 다행이다. 그런데 도대체 이해가 안 된다. 센트 큰아버지는 코르 작은아버지와 함께, 네 사업을 시작해볼 자금 지원이나 융자를 거절해서 어떤 면에서는 널 평생 강제노역해야 하는 처지로 만드신 셈이잖아. 두 양반이 저지른 심각한 잘못이지. 하지만 이 문제는 더 파고들 생각 없다. 돈 문제가 이렇게 끝없이 따라다니는 골칫거리라면, 예술을 실천하기 위해 그만큼 더 열심히 방법을 찾아봐야 하지 않을까 싶다. 사랑하는 아우야, 그 당시에 *넌 네 사업에 뛰어들 준비가 돼 있었어*. 그렇기 때문에 얼마든지 *네 의무*를 다했다고 여겨도 돼. 두 양반의 도움이 있었다면 인상주의 화가들에 관한 사업을 시작했을 거야. 두 양반의 도움이 없었으니까 사업을 시작하지 못했고, 만약 했더라도 방향이 달라졌겠지. 넌 자격이 충분했지만 아무런 도움도 얻지 못했어. 네덜란드 사람들은 왜 이렇게 성격이 다른 두 가지 일을 항상 혼동하는지. 'Verdienen'*라는 단어밖에 없는 나라라서 어쩔 수 없는 모양이다.

무리에에게 짤막하게 소식 전하면서(내가 읽어봐도 괜찮다) 악수 청한다.

너를 사랑하는 형, 빈센트

고갱에 관해서는, 물론 그의 능력은 높이 사지만, 아무래도 우리가 어머니처럼 대해줘야 할 것 같다. 이 양반 말대로 따라가다가는 미래에 관해 모호한 희망만 좇다가 여전히 여관 생활이나 출구 없는 지옥에서 벗어나지 못할 것 같아.

* '벌다, 얻다, 가치가(자격이) 있다'는 뜻의 네덜란드어

수도원에 틀어박혀 수도사처럼 살면서, 역시 수도사처럼 아무 때나 매음굴에 들락거리고, 마음 내킬 때 와인 가게에 드나들면서 사는 게 차라리 낫지. 그런데 우리 작업에는 내 집이라는 공간이 필요해. 고갱은 퐁타방 생활에 관해서는 모호한 설명만 했을 뿐이야. 그간 내가 보낸 편지에 침묵으로 일관한 건, 필요할 경우 내가 그쪽으로 가겠다는 내 제안을 받아들인 셈이나 마찬가지야. 그런데 거기서 화실을 구할 방법이나 가구 구입비가 어느 정도 드는지 등에 관해 아무런 설명이 없어. 정말 이상한 반응이잖아.

그래서 나는 저렴한 가격에(월세 15프랑이 내가 정해놓은 가격이야) 머물 집을 못 구한다면, 퐁타방으로는 가지 않기로 마음먹었어.

저녁에 짬이 나면 누이에게도 편지할 생각이야.

마음의 악수 청한다.

빈센트

정원을 그린 데생하고 인물화 데생 2점은 받았어? 늙은 농부 얼굴 그림의 색감이 〈씨 뿌리는 사람〉만큼 이상할 수도 있는데, 〈씨 뿌리는 사람〉은 실패작이고 농부 얼굴은 더 실패작이야. 아무튼 저거는 다 마르면 나중에 따로 보낼 건데, 네 앞으로 서명도 해놓을게.

523프 ____ 1888년 8월 19일(일) 혹은 20일(월)

테오에게

훈훈한 편지와 그 안에 동봉해 보내준 100프랑, 고맙게 잘 받았다.

그리고 고갱과 내가 공동 화실을 꾸리도록 도와주겠다는 약속은 더더욱 고마운 말이구나.

베르나르에게 편지를 받았는데, 며칠 전부터 고갱과 라발과 다른 화가 한 사람에게 합류해서 퐁타방에서 지낸다더라. 전반적으로 정겨운 내용이지만, 고갱이 이쪽으로 내려와 나와 합류할 의사가 있는지에 대한 언급은 한마디도 없고, 더군다나 나더러 그쪽으로 와서 합류할 의사가 있는지 묻는 말도 전혀 없었어. 그래도 어쨌든 반가운 소식이었다.

고갱 당사자는 묵묵부답으로 일관한 게 벌써 한 달 가까이 되어간다.

개인적인 생각인데, 고갱은 북쪽에 있는 동료들과 무언가를 해보고 싶은가봐. 요행히 그림 한두 점을 팔더라도, 내가 있는 남부로 오기보다는 다른 계획을 염두에 두고 있는 모양이다.

고갱처럼 파리에서 벌이는 치열한 경쟁전에는 관심이 없지만, 나도 내가 세운 계획대로 해볼 권리는 있잖아? 무슨 뜻이냐면, 혹시 네가 여건이 되면, 300프랑을 단번에 빌려줄 수 있을까? 1년 안에는 갚을 테니까. 지금 네가 매달 250프랑을 보내주고 있으니까, 내가 너한테 빌린 300프랑을 갚을 때까지는 생활비 지원으로 200프랑 이상 보내주지 않아도 된다는 거야.

그 돈으로 100프랑 정도 하는 침대 세트를 두 개 장만하고 남은 100프랑으로 다른 가구들을 갖출 생각이야.

그러면 여기 이 집에서 나도 자고, 고갱이나 다른 사람도 지낼 수 있잖아.

결과적으로는 1년에 300프랑쯤 절약하는 셈이야. 집주인에게 매일 1프랑씩 내고 있으니까.

내집같이 편안한 기분도 들겠지, 작업을 하려면 당연히 그런 기분이 들어야 하잖아.

1년 동안 지출이 늘 일도 없어. 오히려 가구까지 갖췄으니, 드디어 적자를 면하게 될 테고.

고갱이 여기 오고 말고는 본인이 결정할 일이지만, 침대를 갖추고 머물 집을 제공해서 이 양반 맞을 준비를 한 순간부터 우리는 우리의 약속을 지킬 마음인 거야.

내가 강조하는 게 바로 이거야. 고갱이 오는 것과 무관하게, 이 계획을 진지하고 굳건하게 이뤄가고 싶다. 나를 비롯해서 동료 화가들이 우리 재산을 탕진하게 만드는 여인숙 생활, 우리 작업을 근본적으로 좀먹는 이 암적인 상황에서 벗어날 수 있도록 말이야. 우리에게 전혀 도움이 되지 않거든.

아무리 따져봐도 미친 짓이야.

무사태평하게 지내면서 언젠가는 가난에서 벗어날 수 있을 거라고 바라는 건, 순전히 망상에 불과해! 나는 평생 내 화실에서 느긋하게 작업할 수 있을 정도의 돈만 벌고 지낼 수 있다면 그것만으로도 만족할 수 있어.

다시 한 번 말하지만, 퐁타방이 됐든, 아를이 됐든, 장소는 어디라도 좋아. 하지만 여인숙이 아니라, 화실이 갖춰진 집에서 지내겠다는 마음은 절대 변하지 않아.

고갱과 내가 이렇게 공동생활을 할 수 있도록 네가 도와준다면, 이 말은 꼭 해야겠다. 네 도움을 기회로 여인숙 생활을 청산하지 못한다면, 그건 네가 주는 돈과 가난에서 벗어날 수 있는 절호의 기회를 날려버리는 셈이라고.

이 부분에 대한 내 입장은 단호해. 결코, 양보할 생각 없어.

지금 같은 상황에서는 돈을 쓰면서도 필요한 것도 제대로 갖추지 못하고 지내는데, 얼마나 더 이렇게 버틸 수 있을지는 모르겠다. 고갱이 퐁타방에서 비슷한 기회를 잡는다면, 좋은 일이겠지. 하지만 말했다시피, 일단 여기 와서 비용 문제만 해결되면, 얼마든지 좋은 작업을 할 수 있어. 항상 태양이 떠 있거든. 상황이 이래서 작업만 하다가 몸이 축날 정도다.

이쯤에서 확실히 해야겠다. 여인숙을 벗어날 수 없고, 그곳에 기거하는 영국인들과 미술학교 출신 화가들하고 밤마다 이런저런 논쟁을 벌여야 하는 거라면, 나는 퐁타방으로 갈 생각이 전혀 없어. 찻잔 속의 태풍에 불과한 일이야.

악수 청한다.

너를 사랑하는 형, 빈센트

524프 ____ 1888년 8월 13일(월) 추정

테오에게

어젯밤에 그 소위 친구를 만났다. 금요일에 출발해서 클레르몽에서 하루 보내고, 거기서 너한테 전보로 몇 시 기차를 타고 갈 건지 알려주겠대. 아마 일요일 오전이 될 것 같다. 이 친구가 두루마리를 가져갈 텐데, 습작이 35점이야. 마음에 전혀 들지 않는 것도 여럿 들었는데, 그것들까지 보내는 건 자연 속에서 내가 본 그림 소재들이 어떤 분위기인지 어렴풋이라도 전해주고 싶어서야.

스케치 중에서 장비로 꽉 찬 화구 가방과 지팡이, 캔버스 등을 짊어지고 햇살이 쏟아지는 길을 따라 타라스콩으로 걸어가는 내 모습을 그린 것도 있어. 하늘과 물이 압생트 색 같은 론강 풍경화도 있고. 뒤로 보이는 다리는 파란색으로, 사람들은 검은색으로 칠했어. 〈씨 뿌리는 사람〉이나 〈빨래터〉를 비롯해 다른 그림도 여러 점 그렸는데 마음에 들지 않거나 미완성인 것들이 많아. 특히 가시덤불이 들어간 대형 풍경화가 그래.

〈마우베를 추억하며〉는 어떻게 됐어? 말이 없는 걸 보면서 테르스테이흐 씨가 거부의 뜻을 분명히 하려고 듣기 거북한 말이나 끔찍한 말을 했을 거라 생각은 했다. 어차피 그런 일이 있었다고 해도 애간장을 태우진 않아.

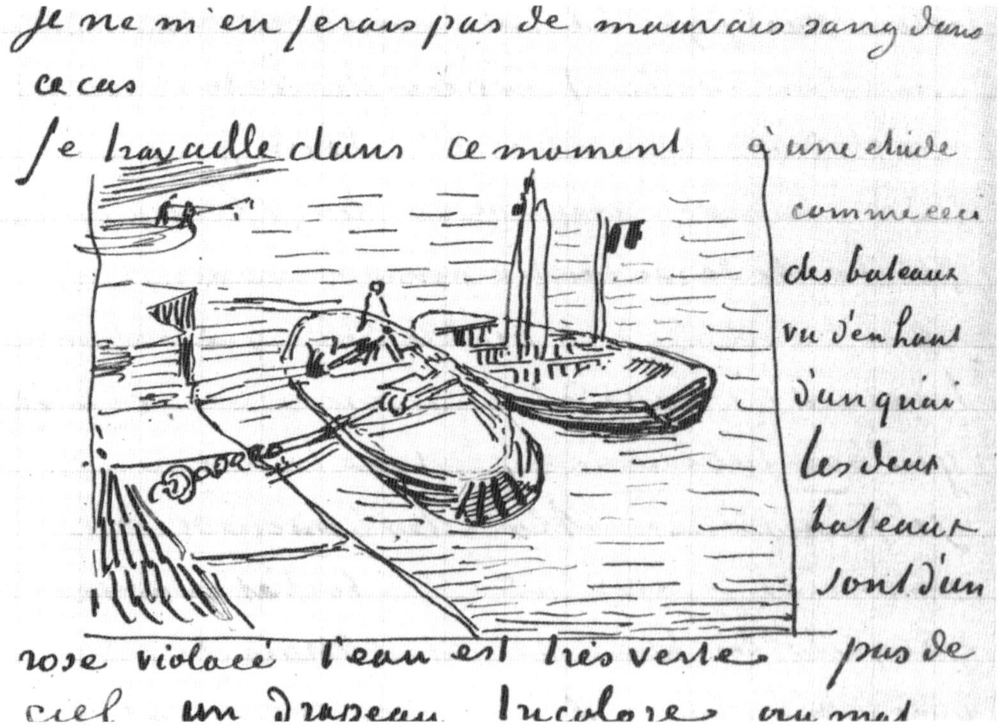

Je ne m'en ferais pas de mauvais sang dans ce cas
Je travaille dans ce moment à une étude comme ceci des bateaux vu d'en haut d'un quai les deux bateaux sont d'un rose violacé l'eau est très verte pas de ciel un drapeau tricolore au mat

지금은 강변에서 내려다본 배를 습작하고 있다. 보랏빛이 감도는 분홍색 배 2척, 진한 초록색이 감도는 강물, 하늘은 없고, 돛대에는 삼색기가 걸려 있어. 한 인부가 외바퀴 수레를 끌고 모래를 땅에 내리고 있어. 같은 장면을 데생으로도 그렸어.

혹시 정원 데생 3점은 받았어? 아무래도 앞으로는 우체국에서 그런 그림은 접수를 거부할 것 같아. 너무 크거든.

괜찮은 여성 모델을 잃을까봐 걱정이야. 나와 약속을 했었는데, 아무래도 방탕하게 놀며 돈 몇 푼 버는 더 좋은 일거리를 찾은 모양이야. 그녀는 특별했어. 들라크루아의 그림 속 인물 같은 표정에 전체적인 외관은 묘하게 원시적이야.

기다리는 것 외에 다른 방도가 없어서 인내하고 있다만, 모델 때문에 이런 문제들이 계속 반복되니 성가시다. 조만간 협죽도 습작을 그렸으면 좋겠어. 부그로처럼 깔끔하게 그리면 사람들이 모델 선 걸 수치스럽게 여기지는 않겠지. 아무래도 내가 모델을 잃는 건 사람들이 내 그림을 '엉망'이라고 여겨서인 것 같아. *물감만 잔뜩 덧칠한 그림*으로 생각하는 거지. 그래서 이름난 매춘부들까지 자기 평판에 금이 갈까 두려워해. 자신의 초상화를 남들이 조롱할까봐 말이야. 사람들이 살짝만 더 호의적이면 제법 그럴듯한 그림을 그릴 수 있을 것도 같아서, 참 아쉽고 실망스럽다. "포도가 아직 시다"라고 말하며 포기할 수는 없어. 모델을 구할 수 없는 상황이 견디기 힘들다.

뭐, 인내심을 가지고 다른 모델을 찾아보는 수밖에 없지.

이제 곧 빌레미나가 거기로 와서 너와 함께 지내겠구나. 그 아이는 분명, 잘 지낼 거야.

내 그림이 영영 아무런 가치없는 그림으로 남을 거라는 생각이 들면 정말 서글프다. 그림 그리는 데 들어간 비용의 값어치만이라도 된다면 돈 걱정 따위는 안 할 텐데. 지금의 현실은 정반대로, 들어가는 돈만 있지. 그래도 어쨌든 그림은 계속 그리면서 더 나은 방법을 찾아야 해.

가끔은 고갱에게 이곳으로 오라고 권하느니 차라리 내가 그쪽으로 가는 게 더 현명한 게 아닌가 싶기도 해. 어느 순간, 자신을 너무 번거롭게 한다고 생각하지 않을지 걱정되거든. 여기서 둘이 한 집에서 지낼 수 있을지, 그러면 수지타산을 맞출 수 있을지, 사실 알 수 없어. 새로운 시도잖아. 그런데 브르타뉴에서는 돈이 얼마나 들지 계산이 됐는데, 여기서는 영 가늠이 되질 않는다. 내게는 여전히 물가가 비싸고 사람들과의 관계도 썩 원만하지 못해. 게다가 침대며 이런저런 가구도 장만해야 하고, 고갱의 여행 경비를 비롯해 이 양반이 진 빚까지 해결해야 해.

베르나르와 고갱 둘이 브르타뉴에서 돈을 거의 안 쓰고 지낸다는데 나는 그게 적절하다기보다 오히려 더 위험해 보인다. 아무튼 우리는 조만간 결단을 내려야 해. 난 어느 쪽이든 상관없다. 비용이 더 적게 드는 곳을 선택하면 간단히 해결될 문제 같거든.

오늘 고갱에게 편지를 써야겠다. 모델료로 얼마를 쓰는지, 괜찮은 모델을 만날 수는 있는지 등등을 물어봐야겠어. 나이가 들수록, 어떤 일에 뛰어들기 전에 헛된 망상 같은 건 일찌감치 접고 계산부터 해봐야 해. 젊을 때는 열심히만 하면 어떻게든 충분히 먹고 살 수 있으리라 믿지만, 현실은 그게 점점 힘들어지거든. 고갱에게도 지난 편지에 이런 말을 썼었어. 우리가 부그로처럼 그림을 그렸으면 어느 정도 돈은 벌었을 거라고. 대중은 달라지지 않고, 그저 부드럽고 감미로운 것들만 찾지. 남보다 엄격한 재능은 작업에 능률을 가져다주지 못해. 인상주의 화가들의 작품을 이해하고 좋아할 만큼 지적인 사람들은 대부분 이들 화가의 작품을 구입할 수 있을 만큼 경제적으로 여유롭지 못해. 그렇다고 해서 고갱이나 내가 작업을 게을리하겠어? 천만의 말씀. 하지만 우리는 가난과 사회적 고립을 받아들여야 해. 그러니 그 출발점으로 생활비가 가장 적게 드는 곳에 자리를 잡는 거야. 그러다가 성공이 찾아오면 금상첨화고, 언젠가 실력이 확연히 향상되어도 금상첨화일 거야.

에밀 졸라의 『작품』에서 가장 감동한 부분은 봉그랑 융트라는 인물이야. 그의 말이 너무나 현실적이었거든. "불행한 이들이여, 예술가가 재능과 명성을 거머쥐면 안전하다고 믿는가? 그 반대다. 그 순간부터 더 나은 무언가를 만들어낼 수 없게 될 뿐이지. 작품보다 명성에 더 신경을 쓰는 탓에 그림을 팔 기회가 점점 줄어들 수밖에 없거든. 약한 모습을 조금이라도 보이는 순간, 시기와 질투에 차 있던 이들이 떼로 몰려들어 그를 흔들어댈 테고, 그러면 변화에 민감한 데다 신의도 없는 대중이 일시적으로 그에게 허락했던 명성과 믿음도 추락하기 마련이다."

칼라일Thomas Carlyle의 말은 더 정곡을 찌르지. "당신도 알다시피, 브라질에서는 반딧불이가 워낙 밝아서 저녁이면, 여성들이 머리핀으로 머리에 달고 다닙니다. 자, 명성은 좋은 것이죠. 그런데 말하자면, 예술가에게 명성은 그 반딧불이가 달린 머리핀과 같습니다. 성공해서 화려해 보이고 싶겠죠. 하지만 당신은 당신이 과연 무엇을 원하는지 정확히 알고 있습니까?"

그래서 난 성공이 두렵다. 인상주의 화가들의 성공 이후가 벌써 걱정스러워. 힘겨운 지금의 시간은 훗날에 '좋았던 때'로 여겨질 수도 있어.

어쨌든 고갱과 나는 앞날을 내다봐야 해. 그리고 지낼 공간, 누울 침대, *평생 따라다닐지 모를 실패한 삶*을 영위하는 데 필요한 것들을 얻기 위해서라도 열심히 그림을 그려야 해. 무엇보다 가장 생활비가 적게 드는 곳에 자리를 잡아야 하고. 그렇게 되면 아마 우리는, 판매가 저조하거나 전무해도, 평온한 마음으로 많은 작품을 그려낼 수 있겠지.

그런데 지출이 수입을 초과하는데, 우리 그림을 팔면 해결할 수 있을 거라 바라는 건 어리석은 짓이야. 안 좋은 시기에는 오히려 되는 대로 우리 작품들을 처분해야 하는 상황도 발생할 수 있어. 내 결론은 이거야. 안락함 대신, 작업에 대한 열정으로 수도사나 은둔자처럼 살아야 한다는 거지.

이곳의 *자연과 기후*는 정말 프랑스 남부만의 장점이야. 그런데 고갱은 파리의 치열한 삶을 포기하지 않을 것 같다. 온통 파리에 사로잡혀 있고, 영원한 성공에 대한 믿음이 나보다 훨씬 큰 사람이야. 그렇다고 내가 피해 볼 일은 없어. 어쩌면 내 시선이 과도하게 비관적인 걸 수도 있어. 고갱이 헛된 망상을 하든 말든 내버려두고, 그냥 그에게 필요한 게 '머물 집, 먹을 음식, 그리고 그림'이라는 것만 유념하자. 고갱이 약한 틈새는, 빚이 늘고 있기 때문에 미리부터 무너질 수 있다는 거야.

우리가 이렇게 그를 도우면, 그가 파리의 경쟁에서 승리할 수도 있어.

내가 이 양반만큼 야망이 있었다면, 우리는 같이 잘 지낼 수 없겠지. 하지만 나는 내 성공이나 내 행복 따위에는 관심 없다. 그저 인상주의 화가들이 지속적으로 힘차게 작업 활동을 이어나가는 게 내 관심사야. 인상주의 화가들의 거처와 일용할 양식이 해결되기를 바랄 뿐이라고. 그리고 2인 생활비를 혼자 써대며 살아서 죄책감도 들어.

화가라고 하면 사람들은 미치광이 아니면 부자라고 여긴다. 우유 한 잔이 1프랑, 파이 한 조각도 2프랑인데, 그림은 팔리는 일이 없어. 그렇기 때문에 네덜란드의 황야에 모여 사는 나이 든 수도사들처럼 공동생활을 해야 하는 거야.

고갱이 성공을 꿈꾼다는 건 이미 알고 있어. 그는 파리를 등지고 살 수 없을 거야. 빈곤한 생활이 *영원*할 거라 예상하지 않기 때문이야. 나야 여기 있든, 다른 곳으로 옮기든 아무런 상관도 없다는 건 너도 잘 알잖아. 그러니 그가 나름의 투쟁을 하도록 내버려 둬야 해. 승리할 수도 있을 테니까. 파리에서 멀어지면 그는 자신을 별 볼 일 없는 사람으로 여길 수도 있어. 아무튼 우리는 성공이나 실패에 전혀 연연하지 않도록 하자.

그림에 서명을 시작했다가 금방 그만뒀다. 너무 멍청해 보이더라고. 바다 풍경화에 빨간색으로 큼지막한 서명을 넣은 건, 초록색 위에 빨간색 색조를 넣어보고 싶어서야. 아무튼 조만간 보내주마. 주말엔 좀 힘들어지겠어. 그래서 하는 말인데, 기왕이면 네 편지가 하루 늦어지기보다, 하루 일찍 도착했으면 좋겠구나.

악수 청한다.

너를 사랑하는 형, 빈센트

524a프 ____ 1888년 8월 15일(수)

(전보) 반고흐, 르픽가 54번지, 파리

밀리에가 금요일 오전 7시 정각, 오페라 대로의 군인회관에 그림 가져다 놓을 예정.

빈센트

525프 ____ 1888년 8월 15일(수)

테오에게

내 전보 받았지? 밀리에 소위가 금요일 오전에 파리에 도착한다는 소식 말이야. 그 친구, 오전 5시 15분에 리옹 역에 도착해서 곧바로 오페라 대로에 있는 군인회관으로 갈 거야. 이래저래 따져봤을 때 가장 편한 건, 오전 7시 정각에 네가 군인회관으로 가는 방법 같다.

리옹 역에서 바로 만나도 되지만, 일단 너희 집에서 멀어서 너무 일찍부터 움직여야 하는 문제가 있어. 요즘 나한테 이래저래 잘해주는 친구야. 파리로 다시 돌아와 일주일 정도 머물기는 할 텐데, 휴가는 대부분 북부 지방에서 보낼 거래. 아무튼 그림을 보낼 수 있어서 정말 다행이다. 덕분에 누이도 내 습작을 볼 수 있게 됐잖아. 그 부분이 기뻐. 누이가 우리가 프랑스에서 어떻게 생활하고 있는지, 가장 중요한 부분을 있는 그대로 보게 되는 거니 말이야. 내 말은 별도의 손질을 가하지 않은 상태의 그림을 볼 수 있게 된다는 뜻이야. 그런데 한두 점은 틀이나 하얀 액자에 끼워서 그 아이에게 보여주면 좋겠다. 먼저 가지고 있던 것 중에서 틀이나 액자를 떼어낼 수 있을 테니 말이야. 그리고 공간을 많이 차지할 테니, 나 때문에 틀이나 액자를 굳이 보관해둘 필요는 없어. 나중에(100여 점쯤 완성되면) 10~15개쯤 골라서 액자에 넣어 보관하자. 우체부의 대형 초상화는 내게 있고, 너한테 보내는 얼굴 그림은 *단번에* 그려서 완성한 거야.

그래, 그게 바로 내 강점이야. 앉은 자리에서 한 번에 쓱쓱 그려내는 능력 말이야. 사랑하는 아우야, 이 형이 계속 이렇게 실력을 갖춰 나가면, 계속해서 이런 식으로 그림을 그릴 수 있어. 상대가 누구든 그냥 술 한잔하면서, 초상화를 그릴 수 있다는 거야. 그것도 수채화가 아니라 유화로. 도미에처럼 단번에.

이런 식으로 초상화 100점을 그리면 아마 괜찮은 것들이 여럿 나올 거야. 그러면 더더욱 프랑스 사람다워지고, 나다워지면서 더 술꾼다워지는 셈이지. 정말이지 그렇게 됐으면 좋겠다. 술을 많이 마시겠다는 게 아니라, 술 마시는 사람들을 그림에 담겠다는 말이야. 이렇게 하면 화가로서는 얻는 게 있겠지만, 인간적으로는 무언가를 잃게 될까? 그런 믿음이 있었다면, 정신 나간 사람으로 아마 유명해져 있었을 거야. 그런데 지금 나는 그런 사람이 아니거든. 그리고 네가 알다시피, 나는 그런 영광을 거머쥐고 싶어서 불에 기름을 부을 그런 야망도 없는 사람이야. 다음 세대를 기다리는 게 낫겠지. 클로드 모네가 그리는 풍경화에 버금가는 인물화를 그릴 화가, 기 드 모파상의 글처럼 다채롭고 대담한 풍경화에 버금가는 인물화를 그릴 화가가 나올 다음 세대.

내가 저런 대가들과 같다고 생각하는 건 아니야. 하지만 플로베르나 발자크 등의 작가 덕분에 졸라나 모파상이 나온 거잖아? 그러니 우리가 아니라, 다음 세대의 건투를 빌어보자. 너도 그림을 보면 평가할 위치는 되잖아. 내 그림의 독창성을 알아보고 평가할 능력이 있는 만큼, 내 그림을 지금의 대중에게 소개하는 게 쓸데없는지 아닌지도 역시 평가할 수 있을 거야. 다른 화가들의 붓 놀리는 솜씨가 확실히 나를 능가하니까 말이야. 그런데 그 이유는 이미 가고 없는 젊음과 상대적인 빈곤 같은 피할 수 없는 상황 때문이라기보다, 미스트랄이라는 바람 때문이야. 나는 주어진 조건을 바꾸고 싶은 마음이 전혀 없어. 이 상태로 계속 지낼 수 있으면 더없이 행복할 것 같아.

러셀에게서는 여전히 소식이 없다. 고갱에게 편지 한 통 정도는 충분히 해줄 수 있을 텐데.

이번에 네게 보내는 그림에 내가 지금 그리는 그림을 데생으로 그려서 넣었어. 강 위에 있는 배에서 모래를 실어 내리는 하역 인부를 그린 거야. 혹시 습작 몇 점 정도가 다 마르지 않았을 수도 있어. 어쩔 수 없는 일이지. 그냥 다 마르도록 둔 다음에 물을 흠뻑 적셔서 닦아내거나 필요한 경우 다시 손을 좀 보도록 해라. 그런데 그렇게 심하지는 않을 거야. 어쨌든 네게 그림을 보낼 좋은 기회였잖아.

악수 청하면서, 금요일이나 토요일에 네 소식을 받을 수 있기를 바란다.

너를 사랑하는 형, 빈센트

베15프 ____ 1888년 8월 21일(화) 추정

친애하는 베르나르

나는 인물화를 그리고 싶고, 또 인물화를 그리고 싶고, 또 인물화를 그리고 싶어. 갓난아기부터 소크라테스 같은 노인까지, 하얀 살갗에 검은 머리를 가진 여성부터 햇볕에 그을려 벽돌색이 된 살갗에 노란 머리를 가진 여성에 이르기까지, 두 발로 걷는 사람들을 계속 그리고 싶은 이 마음은 어떻게 주체할 수가 없더라고.

그렇게 될 날이 오기를 기다리면서 지금은 다른 작업을 하고 있어.

자네 편지 고맙게 잘 받았어. 그래서 오늘은 비록, 몸은 피곤하지만 서둘러 답장하는 거야.

자네가 고갱을 찾아갔다니, 듣던 중 반가운 소식이었어.

아! 그나저나 새 인물화를 그리게 됐는데 예전에 네덜란드에서 그리던 몇몇 얼굴 그림 습작의 연장선상에 있다고 해도 과언이 아니야. 당시에 그렸던 그림, 그러니까 〈감자 먹는 사람들〉하고 같이 몇 개 보여줬었어. 이 그림을 자네에게 다시 제대로 보여주고 싶네. 색이라는 게 흑과 백으로 이루어진 데생이 표현하지 못하는 부분을 살리는 아주 중요한 역할을 한다는 사실을 입증해 보여주는 습작이거든.

이 그림을 상당히 공들여 커다랗게 데생으로 그려 자네한테 보내고 싶었어. 정말이라니까! 그런데 수정하다 완전히 다른 그림이 됐지. 왜냐하면 이번에도, 색이라는 게 작열하는 태양이 기승을 부리는 남부의 한낮, 수확기의 뜨거운 대기를 잘 말해주고 있었어. 그런데 그걸 못 살리니, 완전히 다른 그림이 되더라고.

고갱과 자네라면 충분히 이해하겠지. 그런데 남들은 흉측하다고 생각할 거야! *자네*는 농부가 어떤 자들인지 잘 알잖아. 뼛속까지 농부인 사람이 얼마나 야성적인 분위기를 내뿜는지.

〈배에서 모래 하역 작업하는 인부들〉도 그렸어. 그러니까 베로니즈그린의 강물 위에 떠 있는 보랏빛 감도는 분홍색 배 두 척과 그 위에 실린 잿빛 모래와 외바퀴 손수레, 널빤지 그리고 파란색과 노란색 작업복 차림의 인부 등을 그린 그림이야.

조감도처럼 위쪽에서 내려다본 구도라서 하늘은 따로 없어. 미스트랄이 기승을 부릴 때 그린 스케치, 아니 채색 스케치 정도라고 할 수 있어.

다음으로는 먼지가 내려앉아 있고, 주변에 나비 떼가 맴돌며 엉겅퀴를 찾아다니고 있어.

정말이지 한여름의 찬란한 태양을 고스란히 맞고 있으면 정신이 아득하고 멍해지지 않을 수 없을 거야. 나는 이미 그런 상태인데 그걸 즐기고 있어.

해바라기 그림 6점 정도를 화실에 걸어둘 생각이야. 원색 그대로나 가미된 크롬옐로가 납 주황색으로 칠한 가는 테두리 액자에 들어가면 파란색에서부터 연한 청록색을 거쳐 로열블루까지 다양한 파란 계통의 바탕 위에서 두드러져 보일 것 같거든.

고딕 양식 성당의 스테인드글라스 효과처럼 말이야.

아! 친애하는 벗들이여! 우리야 어차피 정신이 나간 사람들이니 눈이라도 즐거워야 하는 거 아니겠어!

그런데 애석하게도 자연은 동물에게 대가를 요구하지. 그래서 우리 육신은 비루해지고 때로는 사는 게 짐처럼 느껴질 때도 있어. 그런데 워낙 허약했던 조토 이후, 화가들의 삶이 그랬어.

아! 이빨 빠진 노쇠한 사자처럼 머리에 천을 뒤집어쓰고, 한 손에 팔레트를 들고 있는 렘브란트의 그 눈빛, 그 미소를 봐. 얼마나 기쁨에 차 있는지를!

요즘 같아서는 나도 퐁타방으로 가고 싶군. 그런데 여기서 해바라기 감상하는 걸로 만족하는 중이야.

마음으로 악수 청하네, 또 연락하지.

자네를 사랑하는 친구, 빈센트

빌6네 ____ 1888년 8월 21일 (화) 혹은 22(수)

사랑하는 누이에게

네가 파리에 도착했다는 소식에 얼마나 기쁘고 반가웠는지 말해주려고, 더 늦기 전에 짤막하게나마 몇 자 적는다. 아마 며칠 사이 이것저것 많은 걸 보고 다녔겠구나. 내년에는, 내가 고갱이라는 동료 화가와 같이 살게 되면, 너도 지중해가 있는 이곳까지 내려오는 게 아예 불가능하지는 않을 것 같다. 네가 보면 아주 좋아할 지방이거든.

테오가 소장한 고갱의 그림, 흑인 여성의 그림을 어떻게 생각하냐? 너라면 그 그림을 잘 이해했을 거야. 나는 지금 누런 도자기 꽃병에 담긴 해바라기 12송이를 그리는 중이야. 화실을 온통 해바라기로 장식해볼까 생각 중이거든.

뤽상부르 미술관도 자주 가보고 루브르에 가서 현대 회화도 구경하면서 밀레, 쥘 브르통, 도비니, 코로 등이 어떤 생각으로 그림을 그렸는지 깊이 느껴보기 바란다. 물론, 요즘에는 그림 기법이 많이 달라졌지만 들라크루아나 밀레, 코로 등의 걸작은 그대로거든. 변화의 바람도 걸작들은 건드리지 못해.

네덜란드로 돌아갈 때 내 습작 몇 점을 가져다가 네 방에 걸어둬도 좋을 것 같다.

조만간 아기 엄마 아빠의 허락을 받으면, 요람에 누운 갓난아기를 그릴 수 있을 거야. 아기 아빠는 아이가 세례받는 걸 원치 않았어. 뼛속까지 혁명주의자거든. 다른 가족들은 그런 입장을 못마땅하게 여기지. 아마 세례식 연회 때문이었을 거야. 그가 말하길, 그래도 연회는 열겠지만 세례는 본인이 직접 해주겠다는 거야. 목청을 높이며 고래고래 라 마르세예즈를 부르면서 아이 이름을 '용맹한 불랑제 장군의 딸'과 똑같이 마르셀로 짓겠다고 해서 다른 식구들은 물론 아무것도 모르는 순진한 갓난아기의 외할머니까지 아주 화들짝 놀랐다고 하더라.

이곳의 경치는 시간이 갈수록 더 아름다워지는구나. 혹시 도데의 『타라스콩의 타르타랭』을 아니? 한 번 읽어봐라. 『알프스의 타르타랭』도 읽어보고. 도데의 소설 중에서 결코 빼놓을 수 없는 작품들이야.

너도 아마 한여름, 파리의 태양이 우리 고향에 비해 덥고 강렬하다는 걸 느꼈을 거다.

그런데 파리와 이곳이 또 그 정도 차이가 난다.

여기보다 더 먼 곳으로 갈 수도 있어. 평지가 없는 지역으로 말이야. 사실, 평생 제대로 된 산을 한 번도 구경하지 못했거든. 아마 고갱이 여기 오면 함께 구경 갈 수도 있을 것 같다. 그때까지는 아를에 머물 생각이야. 이 양반이 오자마자 함께 걸어서 프로방스 일대를 다 돌아봤으면 좋겠다.

해바라기를 그리느라 정신도 없고, 무슨 말을 더 해야 할지도 모르겠구나. 이만 마치면서 테오와 네가 좋은 날씨에, 하루하루 행복하게 보내기를 기원한다.

빈센트

526프 ____ 1888년 8월 21일(화) 혹은 22일(수)

테오에게

이렇게 서둘러 편지하는 이유는, 방금 고갱에서 편지가 왔기 때문이다. 그간 몰두하고 있던 작품이 있어서 소식을 전하지 못했는데, 기회가 되면 언제든지 프랑스 남부로 내려올 마음은 여전하다고 한다.

고상한 영국 신사들과 같이 어울려서 그림도 그리고, 토론도 하고, 티격태격 싸우기도 하면서 지낸대. 고갱은 베르나르의 그림을 칭찬하는데, 베르나르도 고갱의 그림을 칭찬했지.

나는 지금 마르세유 사람이 부야베스를 먹을 때처럼 열정적으로 작업에 전념하고 있어. *큼지막한 해바라기*를 그리는 중이라고 해도 넌 놀라지 않겠지.

캔버스 3개를 채우는 중이야. 15호 캔버스에는 밝은색 배경에 초록색 화병에 담긴 큼지막한 해바라기 3송이를 그렸어. 25호 캔버스에는 로열블루 배경에 씨앗과 잎이 떨어져 나간 1송이와 봉오리 상태의 3송이를 그렸고. 또 30호에는 노란 화병에 꽂아둔 봉오리 상태의 해바라기 12송이야. 세 번째 그림이 밝은색 위에 밝은색으로 그린 거라 결과물이 가장 나을 것 같아. 여기서 멈출 생각은 없어. 고갱과 함께 화실을 꾸려갈 희망으로 이곳을 장식하고 싶다. *커다란 해바라기 그림들만으로*. 너희 화랑 바로 옆 식당, 너도 기억할 텐데, 그곳 꽃 장식이 꽤 근사했지. 난 아직도 창문의 큰 해바라기가 생각나거든. 이 계획을 실천에 옮긴다면 장식화가 12점쯤 필요해. 전체적으로 보면 파란색과 노란색의 교향곡인 거야. 해 뜨자마자부터 일어나서 이 작업에 매달린다. 꽃이 빨리 시드니까 전체를 한 번에 그려야 해서.

타세 화방에 이전 소포 두 꾸러미의 운송비에 해당하는 15프랑만큼 물감을 더 보내달라고 말한 건 잘했다. 이 해바라기 그림을 끝내면 노란색과 파란색 물감이 부족할 것 같아서 안 그래도 조금 주문할 생각이었거든. 타세 화방의 일반 캔버스 천이 부르주아 화방보다 50상팀 비싸지만 훨씬 더 마음에 들고, 사전작업 상태도 좋아.

고갱이 건강하다니 정말 다행이야.

이곳 프랑스 남부가 점점 더 마음에 든다.

먼지를 뒤집어쓴 엉겅퀴 주변으로 흰나비와 노랑나비가 무리 지어 날아다니는 모습도 습작해보고 있다.

요 며칠 사이 만나기를 고대했던 모델을 또 놓쳤어.

코닝이 편지했는데 헤이그에 머물 예정이라더라. 네게 습작 몇 점 보낼 거래.

새 캔버스를 채울 구상이 여럿 떠올랐다. 오늘 석탄을 하역하는 인부들을 보고 왔어. 데생으로 보냈던 모래 하역 작업, 바로 그 장소에 그 배야. 멋진 소재가 되겠어. 나는 인상주의 화가들과 달리 점점 더 단순한 기법을 시도하고 있다. 뭐랄까, 누구든 눈으로 흘낏 보기만 해도 명확히 알아볼 수 있는 그림을 그리고 싶다는 말이야. 황급히 쓴다만, 누이에게도 몇 자 적어서 동봉한다.

악수 청한다. 이제 다시 작업을 이어가야겠다.

너를 사랑하는 형, 빈센트

고갱이 그러는데 베르나르가 내 크로키를 모아서 작품집을 만들어 보여줬다더라.

527프 ____ 1888년 8월 23일(목) 혹은 24일(금)

테오에게

타세 화방에 이것들 좀 물어봐주면 좋겠다. 물감을 곱게 빻아서 쓸수록 기름을 더 잘 흡수하는 것 같은데, 지금은 너무 기름진 물감이 좋지 않거든. 두말할 필요도 없이 말이야.

제롬처럼 사진과 꼭 닮게 *사실화*를 그리려면 당연히 곱게 빻은 물감을 써야지. 그런데 반면에 캔버스 표면은 좀 거칠어도 상관없거든. 그래서 물감을 몇 시간이고 돌멩이로 빻는 대신, 괜시리 곱게 가는 수고를 덜고 그냥 칠할 수 있을 정도로만 적당히 갈아서 쓰면, 덜 어둡고 생생한 색이 나올 것 같더라고. 그러니까 타세 화방에서 크롬 계열의 3색과 베로니즈그린, 주홍색, 납 주황색, 코발트색, 군청색 등을 이런 방식으로 시험삼아 만들어보면, 훨씬 적은 비용으로 생생하고 오래가는 물감을 만들 수 있다고 장담한다. 정확히 얼마일까? 아무튼 난 그게 가능하다고 생각해. 꼭두서니색이나 에메랄드색같이 투명색 계열도 가능할 거야.

주문서를 같이 동봉하는데, 급한 것들이야.

지금은 네 번째 해바라기를 그리고 있다. 이번 건 14송이고 바탕이 노란색으로, 예전에 그렸던 모과와 레몬의 정물화와 분위기가 비슷해. 다만 *크기*가 더 크고 효과도 좀 다르게 넣어봤어. 그래서 아마 모과와 레몬 그림보다 간결하게 느껴질 거야.

언젠가 드루오 경매장에서 본 마네의 근사한 그림 기억하니? 밝은 배경에 초록색 잎이 달린 큼지막한 분홍색 모란 몇 송이 말이야. 분위기며 꽃이며 참 조화로운데, 두텁게 칠해진 게 자냉의 그림과는 달랐지.

내가 말한 단순한 기법이 이런 거야. 요즘은 점묘법이나 다른 기법을 쓰지 않고 그냥 다양한 붓 터치로 표현해보려고 애쓰고 있다. 곧 네게도 보여줄게.

유화에 이렇게 돈이 많이 들어가서 정말 난처하구나! 이번 주는 다른 주보다 돈 쓸 일이 없길래 실컷 그렸더니, 100프랑쯤은 거뜬히 다 없어지겠어. 그래도 주말까지 유화 4점이 완성될 테니 거기에 든 물감 가격까지 포함한다고 해도 한 주를 통째로 날려버린 건 아니야. 매일 아침 아주 일찍 일어나고 점심과 저녁도 잘 챙겨 먹고 있어서, 몸 축날 일 없이 꾸준히 작업할 수 있었어. 아쉬운 건, 아직도 우리 작업의 값어치를 아무도 몰라주는 시대에 살고 있다는 사실이야. 그림을 사주지 않는 건 고사하고, 고갱의 경우처럼 완성한 그림을 담보로 맡겨도 돈을 빌릴 수 없다는 거지. 이렇게 대단한 그림을 맡기는데 푼돈조차 빌릴 수 없어. 그래서 우리가 되는 대로 그냥 운에 맡기고 살게 되는 거야. 내 살아생전에 이 상황이 달라질 것 같지 않아서 걱정이다. 적어도 우리가 밟아온 길을 따라올 후대의 화가들이 풍요로운 삶을 살 수 있도록 초석을 닦는다면, 그것만으로도 의미 있는 일이겠지.

인생은 짧은데, 모든 일에 과감할 수 있는 여력을 지닌 시기는 더더욱 짧아. 그런데 더 두려운 사실은, 새로운 화풍이 인정받기 시작하면 화가들은 더 약해질 거라는 거야.

어쨌든 그래도 긍정적인 건, 지금 이 시대에, 우리가 퇴폐적인 사조에 속하지 않는다는 거야. 고갱과 베르나르는 지금 '어린애 그림'처럼 그리는 얘기를 하는데, 나도 퇴폐적인 분위기의 그림보다 어린아이의 그림이 더 좋아. 그런데 인상주의 화가들의 그림 속에서 퇴폐적인 분위기가 대체 어떻게 보인다는 거야? 오히려 그 반대인데 말이지.

타세 화방에 보내는 편지도 동봉한다. 아마 가격 차이가 꽤 크겠지만, 얇고 곱게 빻은 물감은 이제 별로 쓰고 싶지 않다는 건 말하지 않아도 알 거야. 악수 청한다.

배경색이 로열블루인 해바라기는 '후광'이 있어. 그러니까, 각각의 사물에 배경색과 구분되도록 보완되는 색으로 테두리를 넣었다는 뜻이야. 또 연락하자.

너를 사랑하는 형, 빈센트

528프 ____ 1888년 8월 26일(일) 추정

테오에게

편지와 50프랑, 정말 고맙다. 확실히 나중에 빌레미나도 우리와 함께 사는 게 불가능하지는 않겠어. 그 아이가 조각에 취향이 있다니, 반가운 소식이다. 이 시대의 유화는 점점 더 섬세해지고 있지. 음악과 더 가까워지고, 조각과는 멀어진다고 해야 할까? 아무튼 무엇보다 *색채*가 발전하고 있는 듯해. 제발 계속 그렇게 되기를.

해바라기 그림 연작은 계속되고 있어. 황록색 배경에 해바라기 14송이를 다시 그렸어. 네게 있는 〈모과와 레몬〉 정물화와 기법은 똑같고, 단지 크기를 30호로 키웠지. 그런데 이번 해바라기들은 훨씬 더 단순한 편이다. 드루오 경매장에서 본 마네의 모란 기억하지? 초록색 잎사귀 달린 큼지막한 분홍색 꽃인데 자냉 그림처럼 글라시* 처리하지 않고 두텁게 칠해서 단순한 하얀 배경에서도 두드러져 보였던 것 같아.

그런 게 건강한 작품일 거야.

점묘법이나 후광 효과 등의 기법이 대단한 발견이긴 하지. 그런데 이 기법들 역시 보편화될 거라는 건 이미 예견된 일이다. 그렇기 때문에 쇠라의 〈그랑드 자트 섬의 일요일 오후〉, 큼지막한 점으로 그린 시냑의 풍경화들, 앙크탱의 배 그림 등은 시간이 흐를수록 그 개성과 독창성이 더 두드러져 보일 거야.

* 밑그림이 마른 뒤 투명 물감을 엷게 칠해 윤기와 깊이를 살리는 유화 기법이다.

그나저나 옷들이 꽤나 닳았는데, 그래도 지난주에 제법 품질 좋은 20프랑짜리 검은색 벨벳 상의와 새 모자를 장만해서 지금은 아주 급할 건 없다.

하지만 지금 초상화를 그리고 있는 우체부에게 필요한 가구들의 견적을 물어봤거든. 이사 때마다 자잘한 집기들을 새로 사거나 처분하는 사람이라서 말이야. 이 양반 말이, 여기서는 괜찮은 침대 하나에 최소 150프랑은 줘야 한대. 당연히 *튼튼한* 침대를 말하는 거야.

계산이 크게 달라질 건 없어. 1년치 예상 월세를 절약해서 가구들을 들인 셈이고 추가 비용은 들지 않으니까. 여건만 갖춰지면 곧바로 실행에 옮길 계획이다.

이렇게 거처를 마련하는 일에 자칫 소홀하면, 고갱과 나는 해를 거듭해도 전전긍긍하며 형편없는 숙소만 돌아다니다 지쳐버릴 거야. 사실 난 이미 그런 상태다. 오래전부터. 그래서 도리어 지금은 고통을 느끼는 단계도 지났고, 어쩌면 처음에는 내 집을 장만해도 내 집에 산다는 기분이 들지 않을 수도 있어. 뭐 어때. 그래도 『부바르와 페퀴셰Bouvard et Pécuchet』*를 잊지 말자. 그리고 『물 흐르는 대로À vau l'eau』**도 잊지 말고. 둘 다 상당히 사실적인 이야기들이니까.

『여인들의 행복 백화점』과 『벨아미』 역시 사실적이야. 다만, 현실을 바라보는 시각은 다르다. 전자는 돈키호테처럼 행동할 위험은 적고, 후자는 아예 위험의 한복판으로 뛰어들지.

드디어 이번 주에 그 늙은 농부를 다시 그릴 거야.

아! 맥나이트가 마침내 떠났는데*** 별로 아쉽지 않다. 그의 벨기에 친구가 어젯밤에 찾아왔기에 이런저런 이야기를 나눴는데, 역시나 그다지 아쉽지 않은 눈치더라. 그 친구는 지각이 있고, 적어도 자신이 무엇을 원하는지 제대로 알아. 지금은 살짝 인상주의를 풍기는 정도지만, 그 대신 아주 정돈되어 있고 정확해. 그래서 정말 최고로 잘했다고 말해줬다. 비록 한 2년은 기존의 개성과 부딪쳐서 헤매겠지만, 예전엔 파리의 화실을 꼭 거쳤던 것처럼 지금은 인상주의를 반드시 거쳐야 한다고 말이야. 완전히 동의하더라. 특히나 이런다고 누구도 비난하는 게 아니고, 나중에 시류를 따라가지 못한다고 비난받을 일은 더더욱 없을 거라면서 말이야. 이 친구, 보리나주에 광부들을 그리러 갈까 진지하게 고민하고 있어. 이 친구가 고갱이 여기 올 때까지 남아 있으면, 우리가 프랑스 남부에서 당신을 돕듯이 우리가 북쪽으로 갔을 때 도와달라고 부탁해볼 수도 있지 않을까 싶다. 혼자 살 때보다 생활비를 최대한 낮출 수 있도록 말이야.

오늘은 이만 줄인다.

너를 사랑하는 형, 빈센트

* 플로베르(Gustave Flaubert)의 미완성 소설로, 인간의 어리석음을 풍자하는 내용이다.

** 위스망스(Joris-Karl Huysmans)의 소설로, 파리 외곽의 교외에 사는 소시민들의 삶을 그렸다.

*** 8월 말에 퐁타방으로 떠났다가, 11월에 브르타뉴로 갔다.

529프 ____ 1888년 8월 29일(수) 혹은 30일(목)

테오에게

9월 1일이 월세 내는 날이다. 네가 주급을 받는 그날 곧바로 생활비를 보내주면, 월세를 제때 치르고 남는 돈으로 2주쯤 버틸 수 있겠다. 만약 일요일에 편지나 전신환으로 돈을 보내준다면, 하루쯤은 시간을 벌어볼 수도 있을 거다.

이번 주에는 모델을 두 명 만날 거야. 아를에 사는 여인과 늙은 농부야. 이번에는 농부를 강렬한 주황색 바탕에 그리고 있어. 붉은 석양을 사실적으로 묘사하는 색이라고 우길 생각은 없는데, 그렇게 봐도 무방하긴 하다.

아를의 여성은 나머지 작업 중인데 아무래도 안 오고 바람을 맞힐 것 같은 불길한 예감이 든다. 순진한 표정으로 모델료를 선불로 한 번에 달라고 부탁하기에, 그러겠다고 약속하고는 지난번에 왔을 때 곧장 그렇게 해줬더니, 그 후로는 다시 못 봤어. 하지만 언젠가는 모델을 서줘야 할 거야. 그렇게 돈을 받고 계속 안 온다면 너무 뻔뻔하잖아.

지금은 꽃다발을 그리고 있다. 낡은 구두 한 켤레도 정물화로 그리는 중이고.

구상한 작업이 여럿인데, 일단 인물화를 꾸준히 그려나가다 보면 새로운 그림 대상을 찾을 수 있을 거야. 하지만 그게 무슨 소용이야? 가끔은 내가 직면한 상황과 맞서 싸우기에 내가 너무 연약하게 느껴진다. 난 더 현명하고, 더 부유하고, 더 젊어야 해.

다행인 건, 내가 성공에 집착하는 편도 아니고, 그림에 관해서도 주어진 여건에서 할 수 있는 걸 찾아낸다는 거야.

러셀은 여전히 감감무소식이다. 이쯤이면 돈도 다 떨어졌을 텐데.

지금쯤 우리 누이가 뤽상부르 미술관을 다시 한 번 둘러봤겠지.

한 이삼일 날씨가 환상적이었어. 무척 따뜻하고 바람도 없었지. 포도가 무르익기 시작했는데, 들리는 말로는 품질이 썩 좋지는 않을 거래.

오늘도 작업을 더 해야 해. 모델들 때문에 요 며칠 애간장을 좀 태웠거든. 다른 사람들한테 포즈를 취해달라고 부탁해보고 있다. 어떻게든 최대한 빨리 인물화 습작을 더 그려야 한다는 조급한 마음이 들어. 조만간 상황이 나빠질 수도 있는데, 어떤 상황이 닥치더라도, 일단 인물화 솜씨를 완벽히 갖춰놓으면 작업이 더 진지하게 느껴질 것 같아.

너와 누이에게 악수 청한다.

너를 사랑하는 형, 빈센트

모델을 구하는 어려움이 꼭 이곳의 미스트랄처럼 끈질기게 이어진다. 정말 맥이 빠진다.

530프 ____ 1888년 9월 1일(토)

테오에게

신속하게 편지해줘서 정말 고맙다는 말 전하려고 서둘러 몇 자 적는다. 안 그래도 집주인이 아침 댓바람부터 월세를 받으러 찾아왔더라. 사실 오늘이 임대 계약을 연장할지 말지 답을 해줘야 하는 날이거든(성 미카엘 축일이 만기여서, 그 전에 갱신 여부를 알려줘야 해). 그래서 집주인에게 일단 3개월 더 연장하는데, 다달이 갱신하겠다고 얘기했다. 이렇게 하면 고갱이 여기 와서 보고 이곳 생활을 내켜하지 않을 경우, 만기까지 기다릴 필요가 없게 되잖아.

고갱이 이 지방에 대해 결국 뭐라고 할지 생각하다 보면, 심히 낙담될 때가 한두 번이 아니야. 이 지역의 고립된 생활은 꽤 심각하거든. 그래서 어제 일한 만큼 다음날도 똑같이 하려면 한 걸음 뗄 때마다 얼음을 깨야 할 정도야. 모델 찾기도 힘들어서 인내심과 무엇보다 얼마쯤의 돈이 수중에 있어야 뭐라도 해볼 수 있어. 그런데 그러기가 정말 힘들다.

모델 문제만 원활히 해결돼도 난 지금이라도 당장, 전혀 다른 화가가 될 수 있어. 하지만 점점 더 멍해지는 것 같고, 예술적 창작물을 만들어낼 수 있는 시간이 저 멀리 날아가는 걸 멍하니 보고만 있는 듯하다. 의기소침해지는 기분 말이야.

어쩔 수 없는 문제지. 항상 이 문제나 저 문제나 결국 중요한 건, 자신감을 가지고 쇠가 뜨거울 때 두드리는 거야.

그래서 종종 낙담이 된다. 하지만 고갱을 비롯한 많은 화가들도 정확히 같은 처지고, 무엇보다 그 해결책은 우리 안에서 찾아야 해. 굳은 의지와 인내심을 가지고 말이야. 또한 평범함을 뛰어넘는 존재가 되려고 투쟁하면서. 그렇게 하면서 새로운 길을 준비하는 거야.

빙 화랑에 다녀온 이야기를 좀 더 깊이 다룰 네 다음 편지가 무척 궁금하다. 누이가 떠나고 나면 공허할 것 같다고 했는데, 왜 아니겠어. 그 공허한 기분을 채울 거리를 찾아야 해. 고갱이 너와 함께 지내면 안 될 이유라도 있을까? 이 양반, 파리에서 작업하면서 마음에 드는 그림 소재들을 찾을 수 있을 거야.

다만, 그렇게 되면, 고갱도 네가 그에게 해준 만큼 그림으로 되갚아야 할 거야. 나는 여전히 괴롭다. 이렇게 돈을 쓰면서도 상대적으로 결과가 좋지 못해서.

내 삶은 대단히 불행하고 불안하다. 하지만 그렇다고 자꾸 바꾸고 옮겨다니면, 오히려 상황을 힘들게 만드는 건 아닌지 싶어.

프로방스 방언을 쓰지 않는 건 아무래도 잘못인 것 같아.

지금도 여전히 대충 으깨서 입자가 굵은 거친 물감으로 작업하는 걸 진지하게 생각 중이야.

그림 구상을 하다가 그냥 중단할 때가 종종 있어. 들어가는 물감 비용 때문에. 그래도 좀 유감스러운 게, 오늘은 이렇게 작업할 힘이 있지만, 과연 내일도 이 상태가 유지될지 알 수 없다는 거야.

그나마 체력이 전혀 떨어지지 않고, 회복되고 있다. 특히 위장이 많이 튼튼해졌지.

오늘은 네게 발자크의 책 3권 보낸다. 좀 옛날 작가긴 하지. 그렇지만 도미에와 드 르뮈의 그림처럼 흘러간 지난 시절의 얘기라고 별로인 건 아니야.

지금은 도데의 『프랑스 한림원 회원』을 읽고 있는데, *정말 아름답다*만 특별히 감동적이진 않아. 코끼리 사냥에 관한 책이나 완전히 말도 안 되는 거짓말 같은 모험담, 귀스타브 에마르 같은 사람이 쓴 것을 좀 읽어서, 『프랑스 한림원 회원』이 남긴 씁쓸한 뒷맛을 날려야 할 것 같다. 그래도 어쨌든 교양과 학식이 있다는 사람의 세계가 얼마나 허망한지를 보여준다는 점에 있어서는 정말 괜찮고, 사실적인 이야기기는 해. 그래도 나는 도데의 『타르타랭』이 더 마음에 든다.

누이에게 안부 전해주고, 네게도 편지 보내줘서 다시 한 번 고맙다는 말 전한다.

너를 사랑하는 형, 빈센트

531프 ____ 1888년 9월 3일(월)

테오에게

어제도 벨기에 친구와 함께 시간을 보냈다. 이 친구의 누님*도 20인회 소속 화가더구나. 날씨가 좋진 않았지만, 한담을 나누기에는 적당했어. 여기저기 산책도 하고 투우 경기도 관람하고 마을 밖으로 나가 이것저것 아름다운 것들도 많이 봤지. 무엇보다 각자의 계획에 대해 진지한 이야기를 나눴어. 내가 프랑스 남부에 마련한 거처를 계속 유지하고, 이 친구는 탄광촌 같은 곳에 거처를 새로 마련해보는 식의 계획들. 그러면 고갱과 나와 이 친구가 그리고 싶은 소재에 따라 얼마든지 행선지를 골라서 다닐 수 있게 되지. 언제든 맞아줄 친구가 있으니 북부로도 남부로도 편하게 다닐 수 있다는 말이야.

외모가 단테를 닮은 이 친구, 곧 파리에 가니까 너도 만나게 될 거야. 혹시 너희 집에 방이 남으면, 거기서 묵게 해줄 수 있을까 모르겠다. 그러면 아주 큰 호의를 베푸는 셈이 될 거다. 남다른 외모를 가진 친구이지만, 아마 그림에서도 남다른 솜씨를 갖추게 될 것 같아.

이 친구도 들라크루아를 좋아해서 어제 들라크루아 이야기를 많이 나눴어. 역시나 〈폭풍우 속에 배 위에서 잠든 그리스도〉의 그 격렬한 데생을 알더라.

이 친구가 포즈를 취해준 덕분에 오래전부터 꿈꿔왔던 〈시인〉의 첫 번째 스케치를 마쳤다. 별들이 총총히 뜬 진한 군청색 하늘을 배경으로 그의 갸름한 얼굴과 초록색 눈동자가 두드러져 보이고, 노란색 재킷에 생 마포 재질의 셔츠 옷깃, 알록달록한 넥타이 차림을 한 모습의 초상화야. 하루 동안 두 차례 포즈를 취해줬어.

* 외젠 기욤 보슈의 누이인 아나 보슈. 20인회(Vingtistes. 벨기에 출신 화가 집단) 소속으로, 훗날 빈센트도 초대한다.

어제 빌레미나의 편지가 왔는데, 이것저것 잘 구경하고 다녔다는 내용이더라. 아! 우리 누이가 화가와 결혼해도 괜찮겠어. 아무튼 누이에게는 예술적 능력을 갖추는 것보다 자신의 개성부터 갖출 수 있도록 계속해서 독려해줘야 해.

도데의 『프랑스 한림원 회원』을 다 읽었어. 베드린이라는 조각가의 말이 꽤 마음에 들었다. '*명성*을 얻는다는 건, 불이 붙은 부분을 입에 물고 시가를 피우는 것과 같다.' 이제는 확실히 『타르타랭』이 『프랑스 한림원 회원』보다 좋은 작품이라는 걸 알겠어. 훨씬 더 좋은 작품이야.

색채로 비유해도 『프랑스 한림원 회원』은 『타르타랭』만큼 아름답지 않아. 왜냐하면 지나치게 상세하고 정확한 관찰 등의 묘사 때문인지 무미건조하고 차가운 장 베로Jean Béraud의 쓸쓸한 그림만 떠오르거든. 반면에 『타르타랭』은 『캉디드』에 버금가게 훌륭한, 정말 *진정한 걸작*이야.

간곡히 부탁하는데, 여기서 그려서 보낸 내 습작들은 최대한 밖에 꺼내서 보관해주면 좋겠다. 완전히 마른 상태가 아니라서 그래. 구석이나 어두운 곳에 두면, 색이 바랠 수 있어. 그래서 〈소녀〉의 초상화하고 〈추수〉(폐허가 된 성채와 알피유 산맥을 배경으로 넓은 들판을 그린 풍경화), 〈작은 바다 풍경화〉, 가지가 늘어진 나무와 침엽수 수풀이 자라는 〈정원〉 등은 틀에 끼워주면 아주 좋겠구나. 내가 애착을 가지는 그림들이거든. 〈작은 바다 풍경화〉는, 데생을 잘 보면 알겠지만, 가장 공을 많이 들였다.

새로 그린 농부의 얼굴 그림하고 〈시인〉의 습작을 넣으려고 떡갈나무 틀을 2개 주문했어. 아! 아우야, 가끔은 내가 원하는 게 무언지 너무나 명확하다. 일상생활에서나 화가로 살아갈 때나, 사실, 선하신 하느님의 도움은 크게 필요치 않아. 하지만 고통받는 한 인간으로서, 나보다 더 위대한 것, 그러니까 내 삶, 무언가를 만들어내는 창조력 없이는 살 수 없어.

이를 실현할 물리적인 힘이 부족할 경우, 우리는 아이를 낳는 대신, 사상을 잉태하려 노력하게 되는 거야. 바로 이 부분 때문에 우리는 인류의 구성원이 되는 거고.

나는 한 편의 회화를 통해서 음악처럼 위로가 되는 무언가를 표현하고 싶어. 뭐라 설명하기 힘든 그런 영원한 느낌으로 남성을 그리고 여성을 그리고 싶다는 거야. 과거에는 후광이 그런 상징이었지. 지금은 빛 그 자체나 색의 떨림 등으로 그런 걸 표현하려고 애쓰고 있고.

이렇게 구상한 초상화라고 해서 아리 쉐페르의 그림이 될 수는 없어. 왜냐하면 〈성 아우구스티누스〉처럼 뒷배경에 파란 하늘이 나오거든. 사실, 아리 쉐페르는 채색 기술이 그리 뛰어나지 않았어.

차라리 들라크루아의 〈감옥에 갇힌 타소〉나 인간의 *진짜* 모습을 그린 여러 회화들이 이에 더 가깝다고 봐야지. 아, 초상화! 이제는 모델의 사상과 영혼까지 담은 초상화가 탄생할 때도 됐어!

어제 벨기에 친구와 이곳 생활의 장점과 단점에 대해 오래 대화했는데, 서로의 의견에 꽤나 동의했다. 그리고 북쪽과 남쪽을 *번갈아 오가는* 계획이 우리에게 어마어마하게 도움이 될 거라는 이야기도 나눴어.

아무튼 이 친구, 생활비 때문에 다시 맥나이트와 함께 지낼 거라더라. 그렇지만 그건 이 친구한테 손해야. 게으른 사람과 같이 지내면 본인도 게을러지거든.

만나보면 너도 마음에 들 거야. 아직 많이 어린 친구야. 아마 네게 어디 가면 일본 판화 작품이나 도미에의 석판화 복제화를 구입할 수 있는지 물어볼 거야. 특히, 도미에의 석판화 복제화는 더 챙겨두는 게 좋겠지. 나중에는 구하기 힘들어질 것 같거든.

벨기에 친구 말이, 맥나이트와 함께 지내며 하숙비로 80프랑을 냈대. 둘이 사니 얼마나 절약되는지 봐라. 나는 혼자서 월세로만 45프랑을 내잖아. 그러니 매번 이런 계산을 하게 돼. 고갱과 함께 지내면 혼자 살 때보다 생활비를 더 쓸 일은 없다는 계산. 이 문제로 더는 고생할 일도 없고. 그런데 그들이 살던 집이 불편했다는 점도 고려해야겠지. 잠자리 말고, 집에서 그림을 그리기 힘들었다는 말이야.

그래서 난 여전히 두 가지 문제를 고민하고 있다. 첫째는 물질적인 어려움이야. 먹고 살기 위해 어떻게든 수를 내야 하는 문제. 둘째는 색채에 관한 연구야. 이 부분에서 분명히 무언가를 발견할 거라는 희망이 있어. 두 가지 보색의 결합, 두 색의 섞임과 대조, 비슷한 색조의 미묘한 떨림과 차이를 통해 두 연인의 사랑을 표현하는 것. 짙은 색 바탕에 환한 색조의 빛을 통해 이마 속에 든 생각을 표현하는 것.

별을 통해 희망을 표현하는 것. 석양빛을 통해 한 인간의 열정을 표현하는 것. 이런 것들은 *실물 같은 그림*(착시화)이 아니라, 실제로 존재하는 것들이잖아?

곧 연락하자. 벨기에 친구가 언제 파리로 가게 될지 소식 전할게. 안 그래도 내일 만나거든.

악수 청한다.

너를 사랑하는 형, 빈센트

벨기에 친구가 그러는데 자신들의 집에 드 그루의 그림이 있는데, 브뤼셀 미술관에 있는 〈식사 기도〉의 스케치래.

이 친구의 초상화는 그림 기법이 꼭 네가 소장한 리드의 초상화와 비슷한 것 같아.

532프 ____ 1888년 9월 4일(화)

테오에게

보슈를 기다리면서 편지 쓴다. 이 친구, 오늘아침 일찍 떠날 텐데, 나이는 벌써 서른셋이고 여행을 많이 다녔는데 그중 10년을 파리에서 보냈고 누님이 한 분 있어. 지금까지는 화가로서 크게 이름을 날리지는 못했지만, 고향으로 돌아가면 그제야 아마 기지개를 켜고, 파리 생활이 초래한 나약함과 게으른 사람과 어울린 탓에 얻은 나태함에서 빠져나와 진정한 화가의 길로 접어들 수 있을 거야.

보고 있으면 영락없는 벨기에 사람이야. 특유의 억양이 드러나는 말투나 수줍음 많은 탄광 지대 사람들 같은 태도에서도 그게 느껴져. 지금도 종종 그들이 생각난다. 자기 그림 2점을 가져갈 텐데, 데생은 좀 약하지만 채색화는 이미 생동감을 갖추기 시작했어.

이 친구 누님이 네덜란드를 한 바퀴 일주할 거라던데, 막연한 바람이지만 우리 누이와 그녀가 만나면 참 좋겠다. 늘 빌레미나가 화가와 결혼하도록 다리를 놓고 싶었거든. 그러려면 빌레미나도 어느 정도는 미술계 흐름을 알아야지. 보슈에게, 누님이 실제로 네덜란드에 가게 되고, 누님이 혹시라도 브레다에서 공부할 마음이 있다면 우리 어머니와 누이의 집에 머물러도 된다고 귀띔해줘도 괜찮을 거야. 사람 하나 들인다고 큰 비용이 나가는 것도 아니고, 전에도 별 의미 없는 사람들까지 다 머물게 했었잖아. 아무튼 그렇게 서로를 알아가는 기회가 되겠지. 하지만 너무 강요는 말자.

그래도 한 집에서 자녀 둘 다 화가로 활동한다는 건, 보슈의 집안이 돈 한푼 없는 집은 아니라는 뜻일 거야.

물감 주문서와 타세 화방에서 혹시 대충 빻아서 입자가 굵은 상태로 저렴하게 물감을 만들어 줄 수 있는지 문의하는 편지를 보낸 게 일주일 전이야. 이제 물감들을 다 써간다. 남은 건 각기 다른 색의 튜브 12개 반 정도야. 그래서 먼저 보냈던 주문서 대신 새 주문서를 동봉해 보낸다. 만약 타세 화방이 물감을 싸게 줄 수 없다고 하면, 평소처럼 대형 튜브로 보내야 해. 그런데 대형도 대형이지만 물량이 두 배쯤 더 필요해.

물감이 도착할 때까지는 데생을 해야지. 필요한 물감은 다 바닥이 났으니까.

고갱도 베르나르도 그 이후로는 소식이 없다. 고갱은 당장에 어떻게 할 수가 없어서 그런지 아무런 관심도 없는 듯하더라. 나로서도 어쨌든 지난 6개월간 고갱이 어떻게든 버티고 있는 걸 보니, 굳이 내가 서둘러 도울 필요가 있을까 싶기도 하고.

그러니 신중하게 결정하자. 이곳이 마음에 안 들면 나한테 싫은 소리를 늘어놓을 수도 있거든. "왜 이런 거지 같은 곳으로 날 불러들인 거요?" 그런 소리는 듣고 싶지 않다.

물론 고갱과는 당연히 친구로 지낼 수 있어. 그런데 아무리 봐도 지금은 그 양반 관심이 영 다른 데 가 있는 것 같더라고. 그래서 말인데, 일단 이 양반이 없는 셈 치고 움직이자. 고갱이 이곳으로 온다고 하면 다행인 거고, 오지 않겠다면, 어쩔 수 없지.

내가 얼마나 거처를 마련해 정착하고 싶어 했냐! 지금도 계속 아쉽다. 시작부터 500프랑을 들여서 가구를 장만했으면, 벌써 그만큼은 회수하고도 남았을 텐데. 진작에 가구도 구비하고 숙소 주인들로부터 해방되었을 텐데. 강요하는 건 아니다만, 지금 이렇게 지내는 건 아무 의미가 없어.

아마 혹독한 북부 지방에서 벗어나려고 돌아다니다 이곳을 지나는 화가들이 분명 있을 거야. 나 자신이 항상 그런 사람 같거든. 더 남쪽으로 내려가면 더 좋은 집을 찾을 수 있는 건 사실이야. 하지만 그런 집을 찾는다는 게 또 전적으로 쉬운 일은 아니지. 그런데 여기에 자리를 잡으면 이사 비용이 그리 많이 들지는 않아. 예를 들면 여기서 보르디게라나 니스 근처까지 가는 비용 정도야. 한번 자리를 잡으면 평생 거기서 사는 거지. 부자가 될 때까지 기다리는 건 참 슬픈 제도인 것 같아. 드 공쿠르가 마음에 들지 않는 점이 바로 이 부분이야. 사실이든 아니든, 결국 그들은 10만 프랑을 주고 저택과 평화를 사들였잖아. 우리는 1천 프랑도 안 되는 돈으로도 프랑스 남부에 화실을 얻고 다른 사람까지 오게 해서 지낼 수 있을 텐데 말이야.

뭐 무엇보다 먼저 부자가 되어야 한다면…… 그 정도 여유를 부리고 쉴 수 있을 때쯤이면 완전히 신경쇠약에 걸려 있을 거야. 그건, 그나마 온갖 시련을 견뎌낼 수 있는 지금보다 더 끔찍한 상황이야. 하지만 어쨌든 결실을 맺어야 한다는 사실을 언제나 충분히 자각하고 있자.

살 집이 아예 없는 것보다, 차라리 다른 사람을 들여서 같이 사는 게 더 낫다. 특히, 여기처럼 집주인이 월세를 꼬박꼬박 받으면서도 내 집처럼 편하게 해주지 않는 그런 집에서는 말이야.

고갱은 아무래도 앞일은 생각 않고 그냥 이 흐름에 몸을 맡길 생각 같아. 어쩌면 내가 항상 그 자리에 있고, 우리가 약속을 지켜주리라 믿는 것이겠지. 하지만 그 약속은 언제든 철회될 수 있고, 솔직히 난 그러고 싶은 아주 강한 유혹을 느끼고 있다. 이 양반이 안 된다면 얼른 다른 협력자를 알아봐야 하는데, 지금은 그 약속에 묶여 있으니까. 게다가, 고갱이 거기서 알아서 잘 생활하고 있다면 우리가 방해하는 거잖아? 너무 직설적인 말이 나올까 걱정스러워서 고갱에게는 편지도 자제하고 있어.

"선생, 우리가 이 집을 유지하려고 벌써 몇 달째 집주인에게 꼬박꼬박 월세를 주고 있는 줄 압니까? 그런데도 우리에게 여력이 없는 것 같다니. 우리는 미래까지 희생하고 있는데."

"그렇게 원하면 나더러 북쪽으로 오라는 말은 왜 안 합니까? 나라면 벌써 올라갔을 텐데."

"편도행에 100프랑이면 됐을 텐데. 그런데 이젠, 몇 달째 지지부진한 탓에 그 100프랑은 집주인에게 줘버렸고, 선생 역시 마찬가지일 겁니다. 아니, 선생은 거기에 100프랑을 더 빚졌을지도 모르지요. 이것만 해도 100프랑을 완전히 버린 셈입니다."

이게 마음속에 담아둔 말이야. 정말이지 이 양반이나 나나 지금 정신 나간 짓을 하고 있다는 생각이 든다. 안 그래? 사실은 이보다 더 심각한 상태지. 혹시 고갱이 삶의 방식을 굳이 바꿀 필요를 못 느낀다면, 나보다 돈이 훨씬 더 많거나 운이 훨씬 좋은 거겠지. 파산하는 게 성공하는 것보다 더 돈이 들어. 우리가 이렇게 편히 지내지 못하는 건, 분명 우리 자신의 책임이다.

악수 청하고 곧 또 연락하자. 네 집에서 지내는 누이 소식도 또 전해줬으면 좋겠구나. 보슈는 대략 일주일에서 열흘 후에 찾아갈 거야. 해바라기 그림까지 다 합하면, 지금 작업 중인 새로운 그림이 15점쯤 된다.

너를 사랑하는 형, 빈센트

533프 ____ 1888년 9월 8일(토)

테오에게

네가 보내준 정겨운 편지와 동봉해준 300프랑, 정말 고맙게 받았다. 몇 주간 고민만 이어지더니, 최근에 매우 좋은 일이 생겼다. 고민거리도 한꺼번에 오더니, 기쁨도 동시에 찾아오네.

사실 월세 문제로 집주인에게 항상 굽신거려야 했는데, 유쾌한 방식으로 받아치기로 마음먹었지. 작정하고 집주인 양반한테 큰소리를 쳤다는 뜻이야. 따지고 보면 그리 나쁜 사람은 아닌데, 아무튼 이 양반한테 뭐라 그랬냐면, 나한테 헛돈을 쓰게 한 만큼 돈을 돌려받는 셈으로 이 더러운 집을 내 마음대로 그리겠다고 했어. 자, 집주인을 비롯해서 이미 초상화를 그려줬던 우체부, 밤늦게 돌아다니는 부랑자들, 그리고 나까지 다들 기쁠 수 있었어. 낮에 잠깐씩 눈만 붙이며 사흘 밤을 연이어 꼬박 새워 그림을 그렸다. 낮보다 밤이 훨씬 더 생동감 있고 색감이 풍부해 보일 때가 간혹 있거든.

집주인에게 그림을 그려주고 더 준 돈을 돌려달라고 물고 늘어질 마음은 없어. 내가 그린 것 중에서 가장 흉측한 그림이거든. 좀 다르긴 하다만, 〈감자 먹는 사람들〉에 버금간다고 할까.

빨간색과 초록색으로 인간의 무시무시한 열정을 표현해보려 했어.

카페 벽은 시뻘건 색과 탁한 노란색을 섞어서 칠했고, 가운데에는 초록색 당구대를 그려 넣었어. 레몬옐로의 등불 4개가 주황색과 초록색이 감도는 빛을 뿜어내도록 효과도 냈지. 곳곳에서 각기 다른 초록색과 빨간색이 충돌하며 대조를 이뤄. 테이블에 엎드려 잠든 부랑자들 모습이나, 썰렁하고 처량한 느낌의 실내, 높은 천장과 자주색, 파란색의 분위기 등도 마찬가지야. 예를 들면, 핏빛의 빨간 벽지와 황록색 당구대는 분홍색 꽃다발이 놓인 루이 15세 시대 양식의 은은한 초록색 콘솔과 대비를 이루지. 뜨겁게 달아오르는 카페 한구석에서 지켜보고 있는 주인 양반의 흰옷은 레몬 같은 노란색과 연한 초록색으로 빛나게 그렸어.

내일 네게 보내주려고 수채화 톤으로 이 그림의 데생을 만드는 중이야. 분위기 보라고.

이번 주에 고갱과 베르나르에게 편지를 썼는데 그림 이야기만 했어. 그럴 일은 없지만, 행여라도 논쟁거리를 만들고 싶지 않았거든!

그런데 고갱이 오든 말든, 가구를 장만해두면, 집이 좋은지 아닌지는 논외로 치더라도, 거처, 집 같은 내 집이 생기는 셈이라 거리에 나앉는 불안을 머릿속에서 지울 수 있어. 모험을 즐기는 이십 대에는 아무렇지 않은 일이, 서른다섯을 넘긴 사람에게는 괴로울 수 있어.

오늘 「랭트랑지장」에서 빙 레비 씨가 자살했다는 기사를 읽었어. 설마, 빙 화랑의 관리인 레비는 아니겠지? 아마 다른 사람이겠지.

피사로가 〈소녀〉를 좋아했다니, 정말 기쁘다. 혹시 〈씨 뿌리는 사람〉에 관해서는 별 말 안 했어? 나중에도 이런 그림들을 계속 탐구해서 그린다면, 그 최초의 시도는 당연히 〈씨 뿌리는 사람〉이었던 거야. 〈밤의 카페〉는 〈씨 뿌리는 사람〉과 늙은 농부의 얼굴 그림, 그리고 끝까지 완성한다면 〈시인〉의 연장선에 있는 그림이야.

사실화의 관점으로는 부분적으로 진짜 색상과 다르지만, 열정적인 기질의 어떤 대담한 감정을 연상시키는 색이지.

폴 망츠Paul Mantz가 전시회에서, 우리가 샹젤리제에서 봤던 들라크루아의 〈폭풍우 속에 배 위에서 잠든 그리스도〉의 거칠고 강렬한 스케치를 보고서 비평 기사에서 이렇게 외쳤어. "파란색과 초록색으로 이렇게 무시무시한 효과를 만들어낼 수 있을 줄은 몰랐다."

호쿠사이의 작품도 보면 탄성이 나오지. 그런데 그는 *선*과 *데생*으로 그런 결과를 만들어내. 네가 편지에 썼었잖아. "이 파도가 *발톱* 같아서 배가 그 안에 갇힌 것처럼 보입니다."

자, 만약 있는 그대로의 정확한 색으로 정확하게 그렸다면, 이런 느낌을 살릴 수가 없어.

아무튼 조만간, 내일이나 모레, 이 문제에 관해 다시 편지하마. 그리고 네 편지에 답장하면서 〈밤의 카페〉 크로키도 같이 보낼게.

타세 화방에서 보낸 물건이 도착했는데, 입자를 굵게 빻은 물감이 어떤지도 내일 편지에 설명하마. 밀리에가 조만간 찾아가 인사 전할 거다. 곧 돌아올 예정이라고 편지했더라.

다시 한 번 돈 보내줘서 고맙다는 말 전한다. 다른 거처를 알아보러 다닌데도, 그때도 역시나 이런저런 돈이 들어. 적어도 이사 비용과 맞먹지 않을까? 그리고 당장에 더 나은 곳을 찾을 수는 있을까? 아무튼 집에 가구를 들여놓게 되어서 정말 마음이 편하다. 덕분에 많은 도움이 될 거야. 그러니 다시 한 번 고맙다는 말 전하면서 진심을 담아 악수 청한다. 내일 보자.

너를 사랑하는 형, 빈센트

534프 ____ 1888년 9월 9일(일)

테오에게

방금 우체국에 가서 새 그림인 〈밤의 카페〉 크로키와 전에 그려둔 다른 크로키 하나를 보내고 왔다. 언젠가는 crépon*도 꼭 만들어볼 거야.

어제 집에 가구를 들였어. 우체부 부부가 튼튼한 침대는 150프랑은 든다더니, 사실이었어. 그래서 계획을 살짝 틀어서, 호두나무 침대를 하나 사고 내 침대는 평범한 가구용 목재 재질로 샀어. 나중에 이 침대도 그림으로 그릴 거야. 그리고 침구 1인용과 짚을 넣은 매트리스 2개를

* 빈센트는 일본 판화를 'crépon'으로 자주 불렀다. 본래 주름진 두꺼운 천을 일컫는 말인데, 일본 판화의 표면이 살짝 주름져 있어서 이렇게 불렀을 것이다.

샀어. 고갱이든 누구든 여기 오면 당장 침대를 사용할 수 있어.

애초에 이 집을 얻으면서 나 혼자 쓸 게 아니라, 다른 사람도 와서 지낼 수 있도록 꾸밀 생각이었잖아. 당연히 가진 돈의 대부분을 쏟아부었다. 남은 돈으로는 의자 12개, 거울 1개 그리고 자잘한 생필품을 구입했어. 아마 다음주부터는 거기서 지낼 수 있을 것 같아.

손님이 오면 2층 아담한 방을 내줄 거야. 예술적 감각이 넘치는 여성용 내실처럼 꾸밀 생각이거든. 그리고 내 침실은 최대한 간소하게 꾸밀 거야. 단, 가구만큼은 각지고 커다란 것들로 갖추고 싶어. 침대, 의자, 테이블, 모두 단순한 가구용 목재로.

1층에는 화실로 쓸 만한 공간이 있고, 그만한 크기의 공간이 하나 더 있는데 주방을 겸해서 쓸 수 있어.

조만간 쏟아지는 햇살을 받는 이 집을 그린 그림을 보내줄게. 아니면 불 켜진 창문과 별이 뜬 밤하늘을 그린 그림이나. 앞으로는 네게도 아를에 일종의 별장이 생겼다고 여겨라. 네 마음에도 쏙 들 정도로 이 집을 꾸밀 생각에 잔뜩 들떴다. 원했던 형식에 정확히 들어맞는 화실로 만들 테니, 내년에는 휴가 일정을 이곳과 마르세유로 조정해봐. 그때쯤이면 준비가 될 테니까. 그리고 내 구상대로 꾸미면, 바닥부터 천장까지 온통 그림으로 뒤덮여 있을 거야.

네가 머물 방, 그러니까 고갱이 온다면 그 양반이 쓸 방 흰 벽에는 노랗고 커다란 해바라기 그림 여러 점을 걸어둘 거야.

아침에 창문을 열면, 공원의 초록색의 풀과 나무, 떠오르는 해, 그리고 시내까지 뻗은 길이 보여.

하지만 무엇보다, 깨끗한 침대며 앙증맞은 집기가 들어찬 아담한 방에 걸린, 12송이 혹은 14송이 해바라기 그림이 눈에 띌 거야. 전혀 평범하지 않지.

화실 바닥에는 빨간 타일이 깔렸고, 벽과 천장은 하얀색이어서, 시골풍의 의자와 목재 탁자 등을 놓고 그 위에 초상화를 놓아두고 싶어. 아마 도미에 그림 분위기가 느껴질 거야. 감히 장담하는데, 화실 분위기 또한 남다를 거야.

말이 나온 김에 화실에 어울릴 도미에 석판화 복제화와 일본 판화 좀 구해주면 좋겠다. 급한 건 아니니 2장씩 생기면 좀 챙겨둬. 그리고 들라크루아의 그림과 현대 화가들의 평범한 석판화도 부탁한다.

전혀 서두를 필요는 없고, 그냥 내가 구상하는 게 있어서 그래. 사실, 여기를 *예술가들의 집*으로 만들고 싶어. *비싼 건 없고*, 오히려 *싼 것들로만 꾸미되*. 의자부터 탁자까지 모든 집기에 개성이 넘치는 분위기의 집.

침대도 마찬가지야. 철제 침대 대신 가구용 목재로 된 널찍한 2인용 침대를 골랐어. 든든한 느낌도 들고 내구성도 쓸만해 보이고 안정감도 느껴져. 침구류를 더 갖추지 못한 게 아쉽지만, 어쨌든 중요한 건 개성이 살아 있다는 거야.

다행히 아주 성실한 청소부를 구했다. 그녀가 없었다면 집을 얻어 생활할 엄두를 못 냈을 거다. 나이가 좀 있는 분이고 자녀도 여럿이야. 그분이 빨간 바닥 타일을 아주 깨끗하게 유지시켜 줄 거야.

이토록 중요하고 진지한 작업을 해나가는 게 내게 얼마나 기쁘고 즐거운 일인지, 말로는 다 설명할 수가 없구나. 이렇게 집을 꾸미는 게 정말이지 진정한 장식화 작업에 착수하는 일이었으면 하는 바람이다.

말했다시피, 내 침대도 나중에 그릴 건데, 주제는 3가지가 될 것 같아. 여성 누드화는 아직 고민 중이고, 요람 속 아기, 이건 잘 모르겠는데, 일단 시간을 가지고 잘 생각해보려고.

이제는 여기 머무는 일에 일말의 주저함도 느끼지 않는다. 작업 구상도 끊임없이 이어지고 있어. 이제는 매달 이것저것 집에 필요한 물건을 살 계획을 짜. 길게 보고, 가구며 장식품들로 집을 더 그럴듯하게 채워가려고.

미리 말해두는데, 조만간 물감을 대량으로 주문해야 할 것 같다. 가을에 대비해서 말이야. 가을은 정말 기가 막힌 계절이거든. 생각해보고, 편지에 주문서도 첨부해서 보낼게.

〈밤의 카페〉라는 그림에서, 카페가 사람들이 스스로를 파괴하고, 미치광이가 되고, 범죄자도 되는 공간임을 표현하려고 했어. 은은한 분홍색과 시뻘건 빨간색과 와인색, 루이 15세풍의 은은한 초록색과 베로니즈그린, 황록색과 진한 청록색 등등을 대비시켜서 연한 유황이 끓고 있는 지옥의 가마솥 같은 분위기를 연출했지. 싸구려 술집의 어두운 구석이 뿜어내는 음침한 힘을 보여주고 싶어서.

하지만 일본식의 밝은 화풍과 타르타랭처럼 쾌활한 분위기도 어느 정도는 살려봤다.

테르스테이흐 씨는 이 그림을 보고 뭐라고 할까? 인상주의 화가 중에서 가장 은밀하고 섬세한 시슬레의 작품 앞에 서서 이렇게 말한 양반이잖아. "화가가 다소 취한 상태에서 그림을 그렸다고밖에 볼 수 없군." 그러니 내 그림 앞에서는 분명히 이렇게 말하겠지. 극심한 섬망 상태에서 그렸다고.

「르뷔 앵데팡당트」의 전시회에 출품해보자는 네 제안에 이의가 없어. 물론, 매번 출품하는 다른 화가들에게 방해가 되지 않는다면 말이야. 일단 주최 측에 이야기는 해둬야겠다. 첫 번째는 말 그대로 습작만 출품하지만, 두 번째 전시회에는 제대로 된 완성작을 출품하겠다고.

그리고 내년에는 집에 장식화로 그린 그림을 출품해야지. 연작 전체가 완성되면 말이야. 꼭 그래야 한다고 고집하는 건 아니지만, 습작과 완성작을 혼동하지 않게 분명히 해두고 싶으니, 첫 번째 출품작은 *습작*이라고 꼭 미리 알려야 해. 완성작에 가까운 시도라고 할 만한 건 〈씨 뿌리는 사람〉이나 〈밤의 카페〉 정도밖에 없거든.

이 편지를 쓰는 동안 꼭 우리 아버지 얼굴을 캐리커처로 그린 듯한 인상의 키 작은 농부가 카페에 들어왔다. 놀랄 정도로 닮은 얼굴이야. 움푹 들어간 이마, 피곤한 기색, 모호한 입매가 특히 닮았어. 아버지 얼굴을 제대로 그리지 못했던 게 아직도 아쉽다.

편지에 물감 주문서 동봉하는데, 절대로 급한 건 아니야. 머릿속에 구상은 많아지고 환상적인 소재들이 넘치는 가을이라 5점을 시작하게 될지, 10점을 시작하게 될지, 아직 모르겠다. 과수원을 돌아다니며 꽃나무를 그리던 봄하고 똑같아. 그림 소재가 무궁무진하다고.

네가 탕기 영감님한테 입자가 굵은 물감을 주면 그 양반이 아마 알아서 잘 만들어 줄 거야.

입자가 얇은 다른 물감들은 품질이 좀 떨어지고, 특히 파란색 계열이 심해.

다음에 보낼 물건은 질적으로 나아졌으면 해서, 작업하는 그림의 개수를 상대적으로 줄이고 대신 한 그림당 더 시간을 쏟아붓고 있어.

이번 주에 쓸 돈으로 50프랑을 잡아놨어. 가구 구입에 이제 250프랑이 나간 셈이거든. 이렇게라도 해서 만회할 생각이야. 당장 오늘부터 너도 이제 시골에 별장 하나가 생겼다고 여겨도 된다. 거리는 좀 멀지만 말이야. 그래도 마르세유에서 정기전 같은 게 열린다면 너무 멀게만 느껴지지도 않을 텐데. 어쩌면 1년 안에 그런 상황을 맞을지도 모르지. 악수 청한다.

너를 사랑하는 형, 빈센트

빌7프 ____ 1888년 9월 9일(일) 그리고 14일(금)

사랑하는 누이에게

네 편지 받고 정말 반가웠다. 마침 오늘은 느긋하게 답장할 여유가 생겼어. 그래, 파리 나들이가 성공적이었던 것 같구나. 내년에는 여기도 한 번 방문해주면 좋겠다. 지금은 가구를 들여서 한 사람이 더 살 수 있도록 화실을 꾸미는 중이야. 2층에 올라가면 작은 방이 두 개 있고 제법 아기자기한 공원 쪽으로 창이 나 있는데 아침이면 떠오르는 해도 볼 수 있어. 한 방은 잘 꾸며서 동료에게 세를 주고, 하나는 내가 쓸 계획이다.

가구라고 해봐야 등나무 의자 몇 개와 테이블, 송판 침대 정도가 될 거야. 벽은 하얗게 칠했고 바닥에는 빨간 벽돌이 깔려 있어. 그런데 집 안은 내가 계획하고 있는 초상화와 인물 유화 습작으로 화려하게 장식하려고 해. 이미 하나 그렸는데, 벨기에 출신의 젊은 인상주의 화가의 초상화야. 시인의 분위기가 느껴지지. 다소 갸름한 얼굴에 까칠한 표정으로, 반짝이는 별이 떠 있는 진한 군청색 밤하늘을 배경으로 하고 있어.

다른 방은 파란색 이불보를 씌운 호두나무 침대 등으로 나름 우아하게 꾸밀 거야. 그리고 나머지, 뭐 화장대나 서랍장 같은 것들도 무광 호두나무 재질로 들여놓고. 이 작은 방은 일본식으로 꾸미고 적어도 커다란 캔버스 6점을 걸어두면 좋겠어. 무엇보다 큼지막한 해바라기들로. 아는지 모르겠지만 일본 사람들은 본능적으로 대비를 좋아하고 또 설탕 친 고추, 짠맛 나는 사탕, 튀긴 얼음, 얼린 튀김 요리 등을 먹는다더라. 이런 대비의 미학에 따르면, 커다란 방에는 작은 그림만 걸고, 작은 방에는 커다란 그림만 걸어야 하는 거야. 이렇게 아름다운 세상의 일부를 네게 보여줄 날이 빨리 오면 좋겠다.

밤에 등불을 켠 카페의 실내를 그린 유화를 방금 완성했다. 야밤에 돌아다니던 부랑자들이 구석 자리에 앉아 잠자는 모습도 담았어. 카페의 벽은 빨간색이고 가스등 아래 초록색 당구대가 바닥 위에 커다란 그림자를 만들어내고 있어. 이 그림에 예닐곱 종류의 각기 다른 빨간색을 사용했는데 새빨간 색부터 은은한 분홍색까지 여러 가지 빨간색으로 연하거나 진한 초록색과 대비효과를 최대한 살렸지. 오늘 데생 1점을 테오에게 보냈는데 일본 판화와 비슷한 분위기야.

테오가 너한테 일본 판화 작품 몇 점을 줬다고 하더라. 요즘의 회화가 추구하는 방향을 이해할 수 있는 최고의 길잡이라고 해도 과언이 아닐 거야. 화려한 색감과 밝은 분위기.

나는 여기서 지내다 보니 굳이 일본 판화 작품들이 필요 없더라고. *여기가 일본*이라고 여기면서 지내기 때문이야. 그 덕에, 그냥 눈을 뜨고, 눈앞에 보이는 것들, 어떤 효과를 내는 것들을 그리기만 하면 돼.

혹시 네덜란드 집에서 웃는 얼굴의 살이 풍성히 오른 일본 여성을 표현한 가면을 본 기억 있니? 가면의 표정이 좀 많이 독특하잖아. 혹시 집으로 가져가고 싶은 내 그림이 있는지 모르겠다. 네덜란드로 돌아갈 때 네가 하나 가져갔으면 하는데, 과연 어떤 그림을 고를지 궁금하구나. 개인적으로는 내가 지중해의 생트 마리에서 그린, 파란 하늘 아래 초록색 풀들과 함께 그린 흰 오두막 그림이 어떨까 생각했다.

안 그래도 진작에 생트 마리에 다시 다녀왔어야 했는데 말이야. 지금은 해변에 사람들이 많을 거야. 어쨌든 여기서 해야 할 일이 많다. 요즘은 별이 총총한 밤하늘을 꼭 그려보고 싶구나. 가끔은 낮보다 밤이 훨씬 더 색감이 풍성하거든. 자주색, 파란색, 초록색이 훨씬 더 강렬해. 유심히 살펴보면, 너도 어떤 별은 레몬색 같고, 또 어떤 별은 강렬한 분홍색 같고, 초록색, 파란색, 물망초 색도 있는 게 보일 거야. 굳이 더 강조할 마음은 없지만, 별이 뜬 하늘을 그린다고 해서 검고 파란 바탕에 흰 점만 찍는 게 아니잖아.

여기 내가 사는 집은 외관이 신선하고 노란 버터 같은 색이고, 덧창은 원색의 초록색이야. 그리고 초록색 잔디, 플라타너스, 협죽도, 아카시아들이 자라는 공원을 끼고 있는 광장에서 볕이 아주 잘 드는 위치에 자리잡고 있다. 실내를 보면 벽은 흰색이고, 바닥에는 빨간 벽돌이 깔려 있어. 천장은 강렬한 하늘색이야. 그 안에서 살기도 하고, 숨도 쉬고, 생각도 하고 그림도 그리며 지낸다. 난 북쪽으로 돌아가기보다는, 훨씬 더 남쪽까지 내려가야 할 듯해. 혈액순환이 정상으로 돌아오려면 더운 기후에서 지내야 하거든. 여기서는 파리보다 훨씬 건강하게 잘 지낸다.

너 역시 프랑스 남부를 구경하고 나면 틀림없이 좋아할 거야. 우리 같은 북구 사람들은 생전 이런 햇살을 경험하기 힘들거든.

며칠 전에 쓰기 시작했는데, 이제 다시 이어서 쓴다.

다름이 아니라 요즘 새로 시작한 작업 때문에 보통 분주해야 말이지. 밤마다 나가서 카페 외부 전경을 유화로 그리는 중이야. 카페테라스에는 술 마시는 사람 몇 명을 작게 그려 넣었어. 큼지막한 노란 등불이 테라스는 물론 카페 정면, 그 앞의 보도를 비롯해 자줏빛이 들어간 분홍색 색조를 띠는 거리의 포석까지 밝게 비추고 있어. 별이 빛나는 파란 밤하늘 아래, 곧게 뻗은 길을 따라 차례차례 이어지는 거리의 주택들 지붕에 박힌 박공은 초록색 나무와 함께 어우러지면서 진한 파란색처럼도 보이고, 자주색처럼도 보여. 자, 검은색 하나 없이 그린 밤 풍경이다. 은은한 파란색과 자주색, 초록색이 들어갔고, 밝게 빛나는 주변 공간은 연한 황색과 라임색을 적절히 썼어. 현장에 나가 밤 풍경 그리는 게 얼마나 신나는 일인지 모른다. 예전에는 밤 풍경도 그림이나 사진을 보고, 그것도 낮에 데생이나 유화로 그렸는데, 나는 뭐든 그 자리에서 바로 그리는 게 더 좋다고 생각하는 사람이거든.

물론, 어두운 곳에서는 파란색을 초록색으로 착각하는 일도 있고, 파란 라일락을 분홍 라일락으로 착각할 수도 있어. 어두운 환경에서는 색조를 정확히 구분하기 힘들잖아. 하지만 이 길만이, 초라하고 희끄무레한 빛이 밝혀주는 기존의 상투적인 밤 풍경에서 벗어나는 유일한 길이야. 하다못해 양초 하나만으로도 더욱 풍성한 노란색이나 주황색으로 빛을 표현할 수 있어.

일본 사람 분위기가 풍기는 내 자화상을 하나 그려봤다.

그런데 기 드 모파상의『벨아미』는 읽었는지, 그의 필력을 지금은 어떻게 생각하는지에 대한 답은 없구나. 왜 묻냐면,『벨아미』 도입부에서 불을 밝힌 대로변의 카페와 함께 별이 총총한 파리의 밤하늘을 묘사하는데, 내가 얼마 전에 그린 그림이 그 분위기와 비슷하기 때문이야.

기 드 모파상 이야기가 나와서 말인데, 나는 이 사람 작품이 아주 괜찮다고 생각해. 다 읽어보라고 네게 권하고 싶은 마음이야. 현대 소설의 경향을 명확히 파악하려면 졸라, 모파상, 공쿠르의 작품을 최대한 꼼꼼히 읽어봐야 해. 발자크는 읽어봤니? 나는 여기 와서도 다시 읽고 있단다.

사랑하는 누이동생아, 지금은 자연이 가진 풍부하고 환상적인 면모를 그림으로 표현해야 할 시기야. 쾌활함과 행복, 희망, 사랑이 필요한 시기기도 해.

내 모습이 더 흉측해지고, 늙고, 괴팍해지고, 병 들고 가난해질수록, 보상심리인지 더 밝고 깔끔하고 화사한 색을 쓰고 싶어지더라. 보석상들도 늙고 흉해진 후에야 희귀석을 잘 어울리게 배치하는 법을 깨닫지. 그만큼, 그림에서 색을 효과적으로 배치하고 대비효과를 통해 색의 떨림을 표현하고 두드러지게 보이는 기술은, 귀금속을 어울리게 장식하거나 옷을 디자인하는 기술과도 같은 거야. 일본 판화를 계속 들여다보고 있으면 꽃을 그리고 싶어지고, 꽃밭에서 작업하고 싶어지는 기분을 이해할 수 있을 거다.

아무래도 여기서 마무리해야 오늘 이 편지를 보낼 수 있을 것 같다. 네가 말한 어머니 사진을 받으면 정말 기쁠 것 같으니 잊지 말고 보내다오. 그리고 어머니께 내 안부 인사도 전해주면 좋겠구나. 늘 너와 어머니 생각하며 지낸다. 테오와 내가 어떻게 지내고 있는지 조금이나마 알게 된 점도 만족스럽다.

테오 혼자 너무 외로운 건 아닌가 걱정은 되는데 조만간 벨기에 출신의 인상주의 화가와 같이 지내게 될 거야. 앞에서 이미 언급했던 그 친구가 며칠 파리에 머물 거다. 또한 머지않아 여러 화가들이 좋은 계절에 작업한 습작을 가지고 다들 파리로 몰려들겠지…….

어머니와 너와 애정 어린 포옹을 나누면서.

너를 사랑하는 오빠, 빈센트

535프 ____ 1888년 9월 11일(화) 추정

테오에게

고갱이 여기로 와서 나와 함께 그림을 그리고, 자신의 그림들을 후하게 내놓는다면, 넌 네 도움 없이 아무것도 할 수 없는 화가 두 사람에게 제대로 된 일을 대줄 수 있는 거 아니냐? 돈 문제에 관해서 별다른 뾰족한 수가 없다는 네 말을 전적으로 믿는다만, 그래도 뒤랑-뤼엘처럼 행동할 수는 있잖아. 그는 남들이 클로드 모네의 진가를 알아보기 전에 그의 그림을 여러 점 사줬지. 그렇게 해서 그가 돈을 벌었던 것도 아니야. 사들인 그림을 한동안 못 팔고 잔뜩 쌓아뒀으니까. 하지만 결국엔 그가 옳았고, 지금은 스스로도 그 보상을 충분히 받았다고 여길 거다. 물론 나는 만약 금전적 손해가 발생했더라도 이런 말을 꺼내지는 않는다. 하지만 고갱의 신의는 확인해봐야 하는 게, 만약 그와 친한 라발이 새로운 돈벌이에 관한 가능성을 제시한다면, 라발과 우리를 놓고 망설일 거라는 생각이 들기 때문이야.

그 양반을 탓하는 게 아니다. 다만 고갱이 자신의 이익을 끝까지 고집한다면, 너도 작품으로 돈을 돌려받는 방법까지 고려해서 네 이익을 챙겨야 맞아. 라발이 어느 정도 돈을 쥐고 있었더라면 고갱은 이미 우리에게 완전히 등을 돌렸을 수도 있어. 그가 다음번 편지에서 네게 도대체 무슨 이야기를 늘어놓을지 *참으로 궁금하다*. 아마 곧 보낼 거야.

확실히 말할 수 있는 건, 그 양반이 여기 오든지 말든지 우리 우정은 지켜나가겠지만, 얼마쯤 우리의 단호한 태도를 보여줄 필요는 있어. 네가 고갱에게 해주려던 일들의 진가를 제대로 누려보면, 이 양반, 더 나은 방법은 못 찾을 게다. 아니, 그럴 엄두도 내지 못할 거야. 아무튼 이건 알아둬라. 이 양반이 오지 않더라도 내가 애간장을 태울 일은 없고, 작업을 게을리하지도 않을 거라는 거. 그가 온다면 기꺼이 환영하겠지만, 고갱을 *무조건 믿다*가는 우리만 다칠 수도 있어. 그는 자신에게 이득이 되면 신의를 지키겠지만, 여기 오지 않는다면 다른 길을 찾아낼 거야. 하지만 더 나은 길은 없을 게다. 굳이 잔꾀를 부리지 않아도 손해 보지 않을 텐데 말이야.

2.5프랑짜리 일반 캔버스 천 5미터가 더 필요하다. 그런데 타세 화방에서 소포 무게에 신경

을 좀 써야겠어. 1미터를 더하든가 빼든가 해서 쓸데없이 운송료를 2배로 내지 않게 말이야.

지금이 고갱에게 편지가 오거든, 네가 직접적으로 물어볼 적기라고 본다. "옵니까, 안 옵니까? 양단간에 결정하지 못했다면, 우리도 계획한 일을 끝까지 진행할 필요가 없습니다."

보다 진지한 협력을 이룰 계획을 실행할 수 없게 되더라도, 괜찮다. 각자 하고 싶은 대로 하면 되니까. 나도 고갱에게 편지를 보냈다. 원하면 작품을 교환하자는 뜻을 전했어. 고갱이 그린 베르나르의 초상화나 베르나르가 그린 고갱의 초상화를 하나 갖고 싶거든.

이 편지에 네가 관심 가질 만한 기사 동봉한다. 직접 가서 보면 좋겠더구나.

작품 구상이 *넘쳐나서* 혼자 지내면서도 무언가를 생각하고 느낄 틈조차 없을 정도야. 그림 그리는 기관차가 따로 없어. 이런 흐름이 멈추지 않을 것 같다. 내 생각에 활기가 넘치는 화실이란, 이미 다 만들어진 곳이 아니라, 한곳에 끈질기게 머물며 매일 그림을 그려갈 때 만들어지는 곳이야.

낡은 방앗간을 그린 유화 습작이 있는데 〈암석 사이에 자라는 떡갈나무〉처럼 가미한 색조로 그렸어. 네가 〈씨 뿌리는 사람〉과 함께 액자에 넣었다던 그 그림처럼.

〈씨 뿌리는 사람〉에 관한 이런저런 생각들이 머리에서 떠나지 않는다. 〈씨 뿌리는 사람〉처럼 이젠 〈밤의 카페〉까지, 습작을 과도하게 많이 만드는 건 아주 고약하고 못된 습관 같아. 하지만 뭔가에 감동하면, 이번엔 도스토옙스키에 관한 기사가 그랬는데, 그땐 그것만이 소중한 의미를 지닌 것 같은 생각에 사로잡힌다. 이번에는 공장이 있는 풍경화 습작을 세 번째로 그렸어. 빨간 기와지붕 위로 펼쳐진 붉은 하늘에 뜬 커다란 태양을 그렸는데, 성가신 미스트랄 때문에 성이 잔뜩 난 자연을 표현해본 그림이야.

그나저나 이제 집이 살 만한 공간으로 변해간다는 사실에 마음이 편해지고 있어. 같은 곳에 계속 머물면, 오고 가고 반복되는 계절에, 매번 똑같은 소재만 접하게 되니까 내 그림 실력이 더 떨어지게 될까? 봄에는 과수원을, 여름에는 밀밭을 반복해서 보면서 은연중에 규칙적으로 앞으로의 작업을 생각하게 되고, 덕분에 더 나은 계획을 세울 수 있다. 전체가 조화를 이룰 습작만 여러 점 모이면, 어느 순간 보다 차분한 작품을 그리게 될 것 같아. 나는 이런 작업 방식이 옳다고 믿는다. 다만, 너만 더 가까이 있다면 좋을 텐데.

내 힘으로는 북부와 남부를 가깝게 이어붙일 수가 없구나. 어떻게 해야 할까? 나 혼자 힘으로는 너를 매년 한두 차례 프랑스 남부까지 오게 할 정도로 대단한 그림을 그릴 자신이 없어. 그런데 고갱이 이리로 와서, 함께 생활하고, 돕고, 작업을 하게 되면, 여기 프랑스 남부가 나는 물론이고 네게도 제2의 고향이 될 수 있을 거야.

고갱에게 보내는 편지에, 라발과 함께 있을지 내게로 올지 망설이다니 마음에 걸린다는 말을 쓰지 않아서 다행이야. 이 양반에게 하고 싶은 대로 결정할 자유를 오롯이 누리게 하지 않는 건 옳지 않으니까. 그래도 이 양반에게, 여비 때문에 여기로 올 수 없다는 건 알겠지만, 그래도 호텔에서 장기투숙하는 건 좋지 않다는 말은 했어. 이렇게 되면 고정적인 화실이 하나가 아니라 두 개가 생기는 셈이라는 말도 전했어.

항상 강조하는 말이지만, 일단 화실에 자리를 잡고 나면, 느긋하게 작업에 임할 수 있고 이 상태가 유지되면 언제든 다른 화가들도 도와줄 수 있어. 베르나르 말이, 고갱이 물감이며 캔버스 등 단지 물질적인 문제 때문에 거뜬히 해낼 수 있는 것들도 못 하고 있는 상황을 보고 있는 게 마음 아프다더라. 아무튼 이 상황이 계속되진 않을 거야. 고갱이 겪을 최악의 상황이라면, 빚 문제로 집주인에게 그림을 담보로 맡겨놓고, 편도 차편으로 너나 나를 찾아오는 일이 아닐까? 그런데 이럴 경우, 그림을 빼앗기기 싫다면 집주인과 정면승부를 해야 할 거야. 담보물이 빚보다 훨씬 고가인 경우, 집주인이 그림에 대한 권리를 주장하면, *민사재판소 판사가 사안의 긴급성을 감안해* 판단해줄 거다. 집주인에게는 그럴 권한이 없다고 말이야.

(편지 뒷부분 소실됨)

535a프

여기 고갱에게 보내는 편지다. 이 양반이 편지에 이렇게 적은 건 나도 알아. '자금이 다 모이면, 혹은 그 반만이라도 모이면, 동생분이 전력을 다해 사업을 성공적으로 이끌고 대표가 될 것인지 *꼭 알아야겠습니다*(밑줄을 쳐놨어).' 이런 말도 썼지. '원칙적으로는 선생의 제안에 찬성합니다.' 그런데 말이지, 우리의 입장을 단호하게 미리 밝혀두지 않으면, 나중에 곤란해질 것 같아. 우리 제안은 그 모든 특별한 사항들을 일일이 고려한 게 아니라는 점과 자금이 매우 부족하기 때문에 한집에 같이 살면서 생활비를 나눠 쓰는 것 이상의 위험은 감수할 수 없다는 점.

사실 이 양반이 그렇게 대가족인 줄은 몰랐어. 어쩌면 그래서 북쪽에 머물고 싶어 하는 걸 수도 있지.

우리가 할 수 있는 최선은, 내가 프랑스 남부를 떠나 이 양반이 있는 브르타뉴로 가는 거야. 그렇게 해서 이 양반이 궁지에서 벗어난다면 말이야. 남부에서 작업하고 싶은 마음이 아무리 커도 내게는 고갱 같은 사람에 대한 관심이 더 커.

아무튼 가볍게 여기고 변경할 차원의 문제는 아니다.

게다가 그를 가족과 떨어뜨려 놓는 걸까봐 걱정도 된다. 괜시리 말별 집을 *휘젓*는 건 아닌지.

세상에, 그렇게 대가족을 꾸리고 살면 더는 가족들과 떨어져 지내지 않아야 할 의무가 있을 거야. 어쩌면 간간이 네가 이 양반 그림을 사주는 걸 더 좋아할 수도 있겠고.

아무튼 고갱이 편지에 적었던 이 두 구절을 비롯해 몇몇 대목에 대해 내가 별다른 언급을 하지 않은 건, 그냥 순진하게 동의하기 어려운 문제 같아서야. 하지만 한편으론 고갱이 세운 모든 계획이 결국엔 그냥 허무하게 사라져버릴 fata morgana(신기루)에 지나지 않는데, 이 양반은 또다시 이야기를 꺼낼 거야.

여비에, 여관비에, 진료비에, 또다시 진 빚이 300프랑인데, 애호가가 자신의 그림만 받아주면 해결할 수 있다고 말하고 있어. 그런데 그림을 받아주지 않으면?

결과적으로 보면, 우리 능력 밖의 희망을 심어주거나, 지킬 수 없는 약속을 내거는 건 경솔한 행동 같다. 고갱이 제아무리 화가 났다고 말해도, 대단히 유감스럽지만, 그의 작업에도 좋을 게 없어. 안 돼, 그렇게 마구잡이로 바꿔선 안 돼. 숱한 의심과 변화들이 더 이상 존재하지 않을 때까지 심사숙고해야 해. 여기서 지내며 마음은 차분해질수록, 기력이 회복되면서 작업도 더 잘 되는 느낌이 들거든. 그래, 인정할게. 브르타뉴에서 지내는 게 생활비가 훨씬 적게 든다면, 필요할 경우, 여기서 그림을 그리겠다는 내 계획을 기꺼이 희생할 수 있다. 고갱을 위한 길이라면 기꺼이 그렇게 하겠어. 하지만 또 그렇기 때문에라도 더더욱 악착같이 유화 50점을 그려야 해. 지난겨울 이야기했던 그런 계획들을 재논의하기 전까지 말이야.

방금 집에서 온 편지가 도착했어. 현재는 몸이 아주 좋아져서, 순전히 건강 때문이라면 남쪽에 있을 필요가 없어. 네가 모든 비용을 필요 이상으로 부담할 일만큼은 없도록 하자. 꼭 그러자. 충분히 심각한 사안이니 말이다.

536프 ____ 1888년 9월 11일(화)

테오에게

이 편지에 고갱의 편지도 동봉해 보낸다. 마침 베르나르의 편지와 동시에 도착했어. 한마디로 비탄의 부르짖음에 가깝더라. '빚이 하루가 다르게 늘고 있습니다.'

이 양반이 어떻게 해야 하는지를 굳이 강조하지 않으마. 너는 그 양반이 여기서 지낼 수 있게 여건을 마련해주고, 그 양반의 유일한 지불수단인 그림을 받는 걸로 해라. 그런데 그것 외에 여비며 추가로 별도의 다른 부탁까지 하는 건 좀 너무한 거야. 적어도 솔직하고 단호하게 자신의 그림을 네게 건네고, 모호한 말 대신 '빚이 하루가 다르게 늘고 있어서 이곳을 떠나기가 점점 더 힘들어집니다'라고 명확히 밝혔어야 해. 차라리 이렇게 말했으면 자신도 속이 후련했을 거야. '내 그림을 전부 선생에게 맡기는 게 낫겠습니다. 이렇게 나한테 잘해주시니, 지금의 집주인에게 빚을 지면서 사느니 내 친구인 선생에게 빚을 지는 게 더 나을 테니 말입니다.'

그런데 고갱은 늘 복통을 앓아. 속이 튼튼하지 못한 거야. 복통은 의지를 앗아간다.

그나마 나는 이제 속이 아파 고생하지는 않는다. 그래서 생각도 자유롭게 할 수 있어. 그리고 희망 사항이지만 머리가 더 맑아지는 것도 같아. 우리가 살 집에 들여놓을 가구 때문에 너도 돈을 빌려서 보내주는 마당인데, 여비까지 해결해달라니 너무하잖아. 특히나 고갱이 그곳을 떠나려면 빚 문제도 해결해야 하는 복잡한 상황인데. 괜히 유불리를 따져 계산하지 말고 자신의 작품을 네게 다 맡기는 방식으로 비용을 공동으로 부담하겠다고 한다면, 우리도 얼마든지 협력할 수 있어. 비용을 같이 부담하고 협력하면 몇 년 안에 모두가 득을 보고 성공할 수 있다고 생각한다.

이런 조건을 지키는 협회가 생긴다면, 네가 더 행복할 거라 장담할 수는 없지만 적어도 나 혼자 작업할 때보다 더 많은 예술가를 만날 수 있고, 더 많은 작품을 다룰 수 있게 될 거야.

고갱은 물론 나 역시, 당연히 성공해야 한다고 생각하고 있어. 우리 세 사람의 명예가 걸린 문제고, 우리 세 사람은 오직 자신만을 위해 이기적으로 일하는 사람이 아니기 때문이야. 이 경우가 바로 그렇다고 생각해. 피할 수 없는 실패가 예정되어 있더라도, 우리는 일단은 이렇게 해야만 해. 다만, 프란스 할스가 그린 초상화 속의 인물이나 렘브란트가 그린 얀 식스의 초상화, 렘브란트 본인의 자화상, 우리가 함께 하를럼에서 봤던 프란스 할스의 그림 속 노인과 노부인들 얼굴을 떠올리면서 실패에 대한 생각은 점점 떨쳐내고 있어.

지나치게 근심 걱정에 사로잡혀 사느니, 평온한 마음으로 사는 게 훨씬 좋지.

그러니 고갱과의 일에서 굳이 언성을 높일 이유가 어딨어? 우리 쪽에 합류하고 싶다면 그렇게 하면 돼. 우리도 이 양반이 오는 걸 바라고 있잖아.

하지만 고갱이나 우리나 서로에게 압박감을 느껴서는 안 돼.

그나마 이 양반 편지에서, 비록 조금 염려스러운 의도를 내비치긴 했지만, 꽤 차분한 분위기가 느껴졌어.

다만 이 일이 정말로 성사되려면, 우리가 그에게 신의를 지켜야겠지.

아무튼 이 양반이 네게는 어떤 내용의 편지를 보낼지 궁금하다. 나는 내가 느끼는 그대로 답장을 썼다만, 이런 대단한 예술가에게 암울하고 서글프고 고약한 말은 전하고 싶지 않았어. 하지만 비용 문제는 적당히 넘길 수 없잖아. 여비에 빚까지 해결해야 하고 가구도 다 갖추지 못한 상태이니 말이야.

그래도 고갱이 예고 없이 불쑥 찾아와도 본격적으로 작업에 돌입할 때까지 한숨 돌리며 지낼 정도는 돼. 고갱은 결혼했으니, 결국엔 우리 서로의 관심사가 양립할 수 없을 가능성도 미리 염두에 둬야 할 거야.

그렇기 때문에 어떤 협회 같은 걸 구성할 때, 나중에 서로 얼굴 붉힐 일이 없도록 사전에 확실한 조건을 정해둬야 해.

고갱과 관련된 모든 일이 잘 풀리면, 아마 여기서 지내다가 아내와 아이들에게 돌아갈 수도 있겠지. 물론, 나는 이 양반이 그렇게 되기를 바란다. 그러니 고갱의 그림 값어치만큼은 그의 하숙집 주인보다 더 높게 쳐주되, 네가 책임과 비용만 떠안고 이득을 보지 못하도록 그림값을 지나치게 고가로 책정하는 일은 없어야 할 거야. 그런 일은 없어야 하고, 또 없을 거야. 하지만 너도 이 양반의 최고작을 받도록 해라.

너한테 미리 말해둬야 할 것 같은데, 몇몇 습작들은 네게 안 보내고 여기 화실에 걸어둘 거야. 만약 이 집을 실질적으로 예술적 가치가 넘치는 집으로 만들겠다는 계획을 꾸준히 실천에 옮기면, 너는 나중에 서로 조화를 이루게 될 습작 연작을 보게 될 수도 있을 거다.

그나저나 고갱의 그림 구입에 관해 러셀이 부정적인 답변을 보냈다. 그런데 나더러 자신의 집에 와서 며칠 보내라고 하더라. 그랬다간 여비가 들잖아. 그렇다고 해서 러셀이 고갱의 그림을 아예 사지 않겠다고 말하진 않았어. 다만 지금은 자신이 남을 도울 처지가 아니라더군. 그래도 어쨌든 집을 짓고 있으니, 거기에 사람을 들이게 되면, 우리를 쫓아내는 집주인과는 반대로 매우 필수적인 일을 하는 셈일 거야.

또 연락하자. 진심 어린 악수 청한다!

너를 사랑하는 형, 빈센트

537프 ___ 1888년 9월 17일(월)

테오에게

아마 내일 아침이면 네 편지를 받을 것 같은데, 오늘 저녁에 편지 쓸 시간이 났어. 정말 다사다난한 한 주였다.

내일부터 집에 들어가 지낼 계획인데, 이미 사둔 것도 있지만 앞으로 추가할 것도 있어서(꼭 필요한 것들만 말하는 거야) 이번에도 다시 한 번 100프랑을 보내줘야겠다. 50프랑이 아니라.

지난주에 내가 쓴 돈이 50프랑이라고 치고, 이 돈을 계속해서 전에 보내준 300프랑에서 제하고 나면, 남는 거라곤 여분의 50프랑이 전부가 되는데, 간신히 침대 2개 살 금액이야. 그리고 알다시피, 침대와 침구 외에도 이것저것 생필품들에 50프랑의 대부분을 썼고, 침대 하나는 더 단순한 물건으로 교환해서 비용을 줄였지. 아무튼 가구를 장만한 건 정말 잘한 것 같아. 게다가 작업 환경도 훨씬 더 자유롭고 전보다 불필요한 고민들도 줄어든 느낌이야.

다만 내가 내 그림의 형식과 완성도에 원하는 만큼 더 신경을 쏟는다면, 작업 속도가 더 느려지고 그림을 더 오래 가지고 있어야 할 거야. 작품들끼리 서로 보완이 되고 연작처럼 잘 어울리는지 살펴보기 위해서 말이야. 그리고 간혹 뼈처럼 단단하게 마를 때까지 보내고 싶지 않은 그림들도 있겠고.

30호 캔버스에 그린 그림 하나가 그래. 가지가 늘어진 나무와 풀, 둥글게 깎아놓은 서양 삼나무 수풀과 협죽도 수풀이 자라는 공원의 한쪽 모습이야. 바로 이전에 보낸 소포 속에 들어 있던 공원 습작과 똑같은 그림인데, 다만 크기가 더 크고, 하늘 전체가 레몬처럼 노란빛이어서 가을의 정취가 물씬 풍겨. 그리고 훨씬 단순하고 두텁게 임파스토로 그렸어. 이번 주에 그린 첫 그림이야.

두 번째 그림은 별이 총총히 뜬 밤하늘을 배경으로 가스등이 불을 밝히고 있는 카페의 외부 전경이야.

이번 주의 세 번째 그림은 내 자화상인데, 거의 색을 쓰지 않은 무미건조한 분위기야. 연한 베로니즈그린 바탕에 회색조를 많이 썼다.

모델을 찾을 수 없을 때는 자화상이라도 그리려고 일부러 쓸만한 거울을 하나 샀어. 왜냐하면 내 얼굴의 색조를 잘 살려서 그려낼 수 있으면, 이게 결코 쉬운 일이 아니라서 다른 이들의 얼굴도 그럴듯하게 그릴 수 있거든.

현장에 나가서 그리는 일이나 현장에서 경험할 수 있는 밤의 효과, 그리고 밤 자체가 내게는 어마어마하게 흥미로운 주제들이야. 이번 주에는 먹고, 자고, 그림만 그렸다. 그러니까 12시간을 내리 그림을 그리고, 때에 따라서는 6시간씩 나눠서 그리기도 하고, 아무튼 그후에 12시간을 내리 자는 식이었어.

토요일에 발행되는(9월 15일) 〈피가로〉 문학 특별부록에 어느 인상주의 화가의 집을 소개한 글을 봤다. *보라색 유리 벽돌*을 이어붙여 *유리병 밑바닥처럼* 만든 집인데, 태양빛이 통과하면 노란빛이 부서지듯이 퍼져서 특별한 효과가 일어난대. 자주색 달걀 모양의 유리 벽돌로 된 벽을 지탱하기 위해서, 기묘한 포도덩굴이나 다른 덩굴식물이 연상되는 모양의 검은색과 금색 쇠줄로 보강해놨더라. 이 보라색 주택은 정원 한가운데 자리잡고 있는데, 주변의 모든 길은 *샛노란* 모랫길이었어. 관상용 꽃들이 자라는 화단의 색채도 당연히 남다른 분위기였지. 내 기억이 맞다면, 이 집은 아마 오퇴유에 있을 거야.

나도 지금이든 나중이든 이 집의 구조를 변경하지 않으면서도, 그런 장식만으로 이 집을 예술가의 집으로 꾸미고 싶다. 그렇게 될 거야. 악수 청한다. 오늘은 홀로 포도밭 사이를 산책했는데 아주 환상적이었어.

너를 사랑하는 형, 빈센트

538프 ____ 1888년 9월 18일(화)

테오에게

보내준 편지와 동봉해준 50프랑 고맙게 잘 받았다. 모랭Charles Maurin의 데생도 받았는데 정말 근사하더라. 대단한 예술가야.

지난밤에 집에 들어가 잤는데, 아직 갖춰야 할 것들이 있지만 그래도 만족스러웠어. 그리고 뭘 갖추더라도 튼튼하고 오래 가는 것들로 채울 수 있을 것 같아. 다른 사람도 득을 볼 수 있도록 말이야. 여기 쓴 돈은 낭비가 아니야. 너도 머지않아 그 차이를 알게 될 거야. 지금은 빨간 벽돌로 된 바닥이며 흰 벽, 목재용 재질과 호두나무 재질의 가구, 강렬한 파란 하늘과 공원의 초록색 식물들이 내다보이는 창문까지 영락없는 보스봄 그림의 한 장면 같은 분위기야. 주변의 공원, 밤의 카페, 식료품점까지, 이젠 확실히 밀레의 그림 같진 않지만, 최소한 도미에나 졸라의 작품 같다. 어쨌든 이 정도 분위기면 아이디어가 샘솟기에 충분하겠지?

어제 편지에도 이미 썼지만, 침대 두 개에 300프랑을 줬는데 가격을 더 깎을 수는 없었어. 그런데다가 이미 다른 물건들도 샀거든. 지난주 생활비의 절반을 여기에 쏟아부은 데다 어제는 집주인에게 10프랑을 줘야 했고, 짚을 넣은 매트를 30프랑에 샀어.

지금 주머니에 달랑 5프랑 남았다. 그래서 부탁하는데 보내줄 수 있는 만큼, 1루이쯤 보내주면 좋겠다. 아니면 다음주까지 버틸 수 있게 50프랑이면 좋고.

그리고 어떻게 해서든, 이번 달에도 다시 한 번, 어제 보낸 편지에서 부탁한 것처럼 1달치 생활비로 50프랑이 아닌 100프랑을 받았으면 한다.

이달 생활비에서 떼어낸 50프랑과 또 다른 50프랑까지 합해서, 가구에 총 400프랑 든 셈이야. 사랑하는 테오야, 봐라, 이번에도 우리가 옳았어! 젊었을 때라면 난로가 없거나 아예 거처가 없어도 상관없다. 카페나 여인숙 등지를 떠돌며 살아도 되니까. 그런데 지금은 그런 생활을 견딜 수가 없어. 무엇보다 깊이 사색해야 하는 작업에는 어울리지 않아. 그래서 계획을 세웠어. 네가 매달 보내주는 금액에 해당하는 만큼 유화를 그릴 거야. 그다음에는 집을 위해서 그릴 거고. 이 집을 구하는 데 들어간 네 돈을 모두 변제할 거다.

사실, 나도 어느 정도는 여전히 장사꾼이야. 내가 빚을 갚을 능력이 있음을 입증해 보여주기를 원하고, 가난한 화가라는 형편없는 직업 때문에 그만한 상품을 만들어내려면 얼마나 고된 노역을 해야 하는지 제대로 알고 있다는 말이다.

아무튼 머지않아 10,000프랑의 값어치에 달할 장식화를 그릴 수 있을 것 같다.

말하자면 이런 거야. 만약 우리가 딱한 처지의 동료 화가 한두 명을 위한 화실 겸 거처를 조성하면, 아무도 우리에게 너희만 잘 먹고 잘살려고 한다고 비난할 수 없어. 그런데 그런 화실을 갖추려면 굴릴 수 있는 자본이 필요한데, 그걸 과거의 비생산적인 시기를 거치며 내가 다 탕진했지. 그래서 이제 생산적인 면모를 갖추기 시작했으니 앞으로 갚아나갈 거야.

너나 나나 의무적으로 금화 1~2루이쯤은 주머니에 들고 다니고, 다룰 수 있는 사업자본도 갖추고 있어야 해. 일종의 권리와도 같은 거야. 그런데 나는, 이렇게 만든 화실을 일정 시간이 흐른 뒤에는 우리 뒤를 이을 후배에게 물려줄 생각도 있어. 알아듣기 쉽게 설명한 건지 모르겠지만, 달리 말하면 우리는 예술을 하면서 사업도 한다는 건데, 이게 단순히 우리 때만 이렇게 한다는 게 아니라 우리 이후에도 다른 사람들이 계속 이어나가야 한다는 뜻이야.

너는 네 일을 하면서 너대로 이 일을 실천하고 있어. 비록 지금은 많은 어려움이 있지만, 앞으로 잘될 거라는 건 너무나 자명해. 그런데 내가 볼 때, 다른 화가들은 더더욱 강렬한 태양 아래서, 일본 판화처럼 더 선명한 색감을 보고 싶을 거야.

그래서 내가 프랑스 남부의 초입에 화실 겸 거처를 조성하려는 건 결코 멍청한 일이 아니야. 오히려 평온하게 작업에 임할 수 있게 돼. 아, 파리에서 너무 멀다고 투덜대는 사람이 있다면, 어쩔 수 없지. 가장 위대한 색채화가, 외젠 들라크루아가 프랑스 남부는 물론 아프리카까지 가봐야 한다고 판단했던 이유가 뭐겠어? 아프리카는 물론이고, 당장 아를에서부터도 빨간색, 초록색, 파란색, 주황색, 유황 같은 노란색, 자홍색의 아름다운 대조를 볼 수 있기 때문이야.

진정한 색채화가들은 이곳에 와서 북쪽과는 또 다른 색채의 세계를 경험하고 인정해야 해. 나는 고갱이 이곳을 좋아하리라고 확신한다. 그가 이곳을 찾지 않는다면, 여기보다 더 색감이 다채로운 곳을 경험해서일 거야. 그렇더라도 우리의 우정이나 원칙은 변하지 않아.

그의 자리에 다른 사람이 올 뿐이지.

우리가 하는 일이 무한의 세계로 이어지고, 그 작업이 *존재가치*가 있을 뿐만 아니라 그 너머로도 계속 이어진다는 사실을 깨닫게 되면, 더욱더 평안한 마음으로 작업할 수 있을 거야.

그런데 너는 그런 평안함을 2배나 지니고 있어.

넌 화가들에게 친절해. 생각하면 할수록 확실해지는 건, 가장 순수한 예술은 사람을 사랑하는 일이라는 거야. 어쩌면 너는 예술과 예술가 없이도 잘 지낼 수 있다고 생각할지도 몰라. 표면적으로는 사실이지. 하지만 그리스인, 프랑스인, 과거의 네덜란드인들도 예술을 받아들였고, 인류가 불가피한 쇠퇴의 시기를 겪은 후에는 예술로 치유받았어. 우리가 더 고결하다는 이유로 예술가와 예술을 천대하는 건 옳지 않아. 아직은 내 그림이 네게 받은 혜택을 갚을 정도로 훌륭하진 않다. 하지만 언젠가 그런 수준이 된다면, 그건 나만큼이나 너도 그림에 일조한 덕분일 거야. 우리는 둘이 함께 그림을 그리고 있는 셈이니까.

그렇다고 그 점을 너무 강조하진 않으마. 내가 보다 더 진지한 작품을 만들어내면, 네 눈에도 자명해 보일 테니까. 지금 또 다른 30호 캔버스에 그림을 그리고 있어. 공원인데, 아니, 공원이라기보다 플라타너스들이 늘어선 산책로라고 해야겠지. 초록색 풀들이 자라고 검은 소나무 수풀이 우거진 그런 길이야.

물감과 캔버스 천을 주문한 건 아주 잘했다. 정말 환상적인 계절이거든. 여전히 미스트랄이 기승을 부리지만, 주기적으로 잔잔해질 때가 있는데 그 순간엔 경탄이 절로 나온다. 바람만 잔잔하다면 여기만큼 일본처럼 아름답고 예술에 적합한 곳도 따로 없을 거다.

이 편지를 쓰는 동안 베르나르로부터 반가운 소식이 날아들었어. 이번 겨울에 아를로 오겠대. 변덕일 수도 있지. 아니면 고갱이 자신을 대신해서 이 친구를 보내는 걸 수도 있고. 자신은 그냥 북부에 남고. 곧 알게 되겠지. 고갱이 틀림없이 네게 이런저런 소식을 전할 테니 말이다.

베르나르 편지를 보니, 고갱에게 상당히 호감을 느끼고 대단히 높이 평가하더라. 서로를 잘 이해하고 있는 느낌이야. 고갱도 베르나르에게 잘해줬을 거야.

고갱이 이쪽으로 오든 말든, 우리의 우정은 변함없어. 그리고 지금 당장 오지 않는다고 해도,

언젠가 나중에 올 수도 있잖아.

고갱은 본능적으로 타산적인 사람 같다. 자신의 사회적 지위가 낮다고 생각하기 때문에, 정직하면서도 상당히 교묘한 정치적 수단을 동원해서 자신의 위치를 끌어올리고 싶어 해.

고갱은 내가 이런 부분까지 들여다보고 있을 줄은 상상도 못 하겠지. 이 양반, 자신이 무슨 일이 있어도 시간을 벌어야 한다는 사실도 모르고 있을 거야. 우리와 함께한다면 다른 건 몰라도 그 시간만큼은 벌 수 있다는 것도 몰라.

조만간 그가 빚을 떼먹고 라발이나 모랭과 함께 퐁타방에서 도망친다고 해도, 나는 그가 그럴 수밖에 없는 처지였다고 생각할 거야. 마치 쫓기는 산짐승처럼. 지금부터 당장 베르나르에게도, 고갱과 똑같이, 그림을 받고 매달 150프랑씩 주겠다고 제안하는 건 현명하지 않은 것 같다. 혹시 베르나르가 고갱과 같이 지내면서 이쪽 이야기를 전부 듣고서 고갱의 자리를 대신하려고 생각하는 건 아닐까?

아무튼 이 문제만큼은 단호하고 분명한 입장을 취해야 한다.

굳이 이유까지 설명할 필요는 없겠지만 전할 말은 명확히 전해야 해.

고갱을 탓할 수만은 없어. 주식 중개인처럼 과감하게 사업을 키우고 싶을지는 모르겠지만, 나는 그 판에 끼고 싶지 않다. 나는 네가 구필 화랑에 남든 아니든, 무슨 일이 있어도 너와 함께할 거야. 너도 알겠지만, 내 눈에도, 막 사업을 시작한 미술상이나, 예전부터 시장에서 활동해온 미술상이나 결국 거기서 거기라는 게 보이거든.

원칙적으로나 이론적으로나 나는 화가들의 생계와 작업 활동을 보장해주는 화가협회는 찬성이야. 하지만 마찬가지로 원칙적으로, 또 이론적으로, 기존에 설립된 협회를 무너뜨리는 시도에는 반대야. 그런 협회들은 그냥 조용히 썩고, 자연스레 수명을 다하게 둬야 해. 업계를 쇄신하고 싶다는 생각은 전적으로 오만한 발상이다. 그럴 게 아니라, 생계를 보장하는 일을 찾고, 가족처럼, 형제처럼, 동료처럼 지내야 하는 거야. 정말 완벽한 삶이지. 그런다고 성공이 보장되는 건 아니지만, 난 그렇게 지내고 싶어. 하지만 다른 미술상들을 무너뜨리려는 시도에는 동조할 생각 없다.

악수 청하고, 내가 너한테 부탁할 수밖에 없는 일 때문에 네가 경제적 곤궁에 처하지 않기를 바란다. 하지만 내 집에 들어가 생활하는 일을 미루고 싶지는 않아. 네 여건이 허락지 않는다면, 20프랑만 더 보내줘도 한 주는 버틸 수 있을 것 같다. 그런데 사정이 급하다.

너를 사랑하는 형, 빈센트

베르나르의 편지는 다 보관하고 있어. 이따금 꽤 흥미진진한 내용도 있거든. 조만간 너도 보여줄게. 제법 쌓였어.

고갱에게 단호해야 한다 말한 건, 바로 이 양반이 파리에서 활동할 계획이라고 말했을 때 우리는 이미 우리 입장을 다 밝혔기 때문이야. 네 발등 찍을 일도, 이 양반의 *자존심*을 긁을 일도 없이 적절하게 잘 대답했던 것 같아. 비슷한 상황이 또 발생하게 될 거다.

오늘쯤 밀리에*를 만날 것 같아. 일본 판화들, 미리 고맙다는 말 전한다.

538a프

고갱이 곧 네게 보낼 편지가 상황을 명확히 해주지 않을까 생각한다.

나는 이런 식으로 이야기하는 화가는 신뢰할 수 없어. "내가 그곳에 와주기를 바란다면, 내 여비와 내 빚 문제를 해결해줘야 할 겁니다. 나는 가진 돈이 전혀 없기 때문입니다." 그런 상황이라면 자신의 그림으로 후하게 인심을 써야 할 거야. 그러면(여전히 돈이 필요하겠지만) 모든 게 순조롭게 해결되는 거야. 다만 이 그림들이 언젠가는 팔리겠지만, 그때까지 몇 년간은 그림값에 대한 이자를 동결해둘 수밖에 없어. 결과적으로 오늘 400프랑을 주고 그림을 사서 10년 후에 1,000프랑에 팔아도 원가에 파는 격이야. 내내 보관만 해두었으니까. 뭐, 이런 사정은 네가 나보다 더 잘 알겠지.

네가 조금씩 사업에 애정을 회복해가는 게 놀랍지 않다. 혹은 네 분야에서 무언가 새로운 걸 만들어내는 선구자들이 좀처럼 획기적인 변화를 끌어내지 못한다고 느껴서, 그냥 현재의 네 위치와 타협한다고 해도 이해해. 넌 예술가들에게 잘 대해주며, 이 업계의 중심에 서서, 네가 할 수 있는 일들을 하고 있어. 대단히 잘하고 있는 거야. 다만 되도록 건강을 잘 챙기고 부질없는 일로 애태우지 말아라. 어차피 일어날 일은 그냥 내버려둬도 일어나니까.

딱 하나 강조하고 싶은 건, 고갱이 자신의 그림을 오직 네게만 위탁하고 자신의 시대가 올 때까지 여기서 조용히 나와 작업하면서 자신의 그림으로 우리가 대준 선금을 갚아나간다면, 그가 택할 그 어떤 전략보다 그 진심은 높이 살 수 있을 거야.

그나저나 베르나르가 이곳에 오겠다면, 고갱과 같은 조건을 내걸 수는 없어. 그냥 내 생각은 그래. 공동생활로 얻는 게 있다면, 네가 간간이 베르나르의 그림을 하나씩 사줘도 손해는 아닐 거다. 하지만 이 친구하고는 어떤 계약을 하면 안 돼. 워낙 변수가 많은 친구거든.

고갱은 굳이 이곳에 안 와도 성공할 거야. 하지만 그가 가진 수완 덕분이 아니라, 그의 그림이 가진 가치 덕분일 거야. 부디 이 양반이 그런 그림을 그리는 데 필요한 시간, 돈, 자유를 언제까지나 지키기를 바랄 따름이다. 내가 장담하는데, 나는 확실히 미술상으로서는 너를 따라가지 못하는 것 같다. 너는 지금 주어진 상황에서 완벽히 잘 해내고 있어. 그저 네게 더 나은 그림을 보낼 수 있기를 바랄 뿐이야. 지금도 애쓰고 있고, 앞으로도 그런 노력은 멈추지 않을 거

* 북프랑스 지역으로 휴가를 갔다가 돌아온 길이었다. 도중에 파리에 들러 테오를 만났고, 테오는 형이 부탁했던 일본 판화들을 손에 들려서 보낸 것이었다.

야. 조만간 정원을 다시 그릴 시기가 오기를 기다리는 중이다. 캔버스와 물감이 넉넉해서 얼마나 다행인지 모르겠구나. 끊임없이 작업하는 게 내 의무잖아. 고갱이 이곳에 온다면 우리가 쓸 물감을 우리가 직접 만들 수 있을지도 몰라. 솔직히 혼자서는 엄두가 안 나더라고. 단번에 성공하지 못하면 심히 속상할 것 같거든. 탕기 영감님이 튜브를 얼마에 파는지 궁금하다. 혹시 네가 보내준 〈쿠리에 프랑세〉에 실린 '파란 발자취'*라는 기사를 읽어봤어? 내용이 괜찮더라. 읽다 보니 세가토리가 떠오르더라고. 너도 아마 흥미롭게 읽을 수 있을 거다.

539프 ___ 1888년 9월 18일(화)

테오에게

이미 오늘 아침 일찍 네게 편지를 써놓고 볕이 잘 드는 공원을 그리러 나갔지. 그러고는 그 캔버스를 가지고 들어왔다가, 새로 흰 캔버스를 꺼내들고 다시 나가서 또 그림을 그렸다. 그러자 지금 다시 또 편지가 쓰고 싶어졌어.

지금까지 이렇게 운이 좋았던 적이 없어. 여기 자연은 *형언할 수 없을 정도로* 아름다워. 무엇이 됐든, 어디를 가든, 하늘은 감탄이 절로 날 정도로 파란색 돔 지붕 같고, 태양은 연한 유황색 빛줄기를 뿜어내는데, 마치 델프트의 페르메이르 그림 속에서 보이는 은은한 파란색과 노란색의 조합처럼 느껴져. 그 정도로 아름답게 그리지는 못하지만 그 아름다움에 푹 빠져서 그 어떤 기교도 고민할 필요 없이 붓이 나가는 대로 그리고 있다.

집 앞 공원을 세 번 그렸어. 카페는 두 번, 그리고 해바라기들. 그다음은 보슈의 초상화와 내 자화상도 그렸고. 공장 위를 비추는 붉은 태양, 배에서 모래를 하역하는 인부들, 낡은 방앗간도 그렸다. 다른 습작들은 빼고도 이 정도니, 내가 얼마나 열심히 작업했는지 알겠지. 그런데 오늘 물감과 캔버스는 물론 돈까지 완전히 바닥났다. 마지막에 그린 그림은 마지막 하나 남은 캔버스에 마지막으로 남은 물감을 써서 그린 거야. 원래 초록색 공원인데 온전한 초록색 없이 프러시안블루와 크롬옐로만 써서 그렸어.

나는 처음 이곳을 찾았을 때의 나와는 완전히 달라진 걸 느낀다. 무언가를 그리면서 의구심도 망설임도 없이 덤벼들고, 앞으로 점점 더 그럴 것 같아. 경치가 어찌나 좋은지! 마을 공원 바로 옆에 귀여운 아가씨들이 많이 지나다니는 길이 있는데, 무리에는 이 길로는 안 와봤어. 공원을 매일 나와 함께 산책했지만 반대편으로만 다녔거든(길이 세 갈래로 나뉘거든). 뭐랄까, *묘하게 보카치오스러운 장*소라고 하면 네가 이해하기 쉬울까. 이쪽 길에는 순결이나 윤리 등등의 이유로 협죽도 같은 꽃나무는 없어. 평범한 플라타너스나 빽빽한 전나무 수풀, 가지가 늘어진

* 갈리마르 판의 표기는 'la trace bleue'이지만, 빈센트가 원래 전하려던 뜻은 '파란 암퇘지(la truie bleue)'였다. 기사 내용 역시 여성과 암퇘지를 비교한 내용이었다

버드나무, 초록색 풀들뿐이다. 하지만 무척 친밀한 분위기야! 마네의 그림 중에 비슷한 분위기의 공원이 있었는데.

내가 꼭 써야만 하는 물감이며 캔버스 천에다 생활비 등은 네가 감당할 수 있는 한 계속 대주면 좋겠다. 지금 준비하는 것들이 지난번에 보낸 그림들보다 훨씬 낫기 때문이야. 이번에는 손해 보는 그림이 아니라 돈벌이가 될 것 같거든. 어쨌든 내가 연작으로 다같이 잘 어울리게 그려내면 말이지. 그러려고 노력 중이고.

그런데 진짜 토마 씨가 내 습작을 담보로 200~300프랑쯤도 빌려줄 수 없을까? 그 돈으로 내가 1,000프랑은 벌 수 있는데. 명확하게 설명할 수는 없지만 지금 내가 보고 있는 저 장면에 정말, 이루 말할 수 없는, 황홀한 전율이 일거든!

*가을에 대한 갈망*과 흘러가는 시간도 느끼지 못하게 만들 그런 열정을 보여줄 장면이라고. 축제의 다음 날을, 한겨울의 미스트랄을 조심할지어다.

오늘은 그림을 그리면서 베르나르 생각을 많이 했어. 그 친구 편지에 고갱의 재능에 대한 찬사가 넘쳐났거든. 두려움이 느껴질 정도로 위대한 작가이고, 그의 작품에 비하면 자신의 그림은 전부 엉망진창 같다는 거야. 너도 알다시피, 베르나르는 지난 겨울까지만 해도 고갱과 언쟁을 벌이려고 했었잖아. 대체 무슨 일인지, 둘 사이에 무슨 일이 있었든, 이런 예술가들이 우리 친구라는 사실이 큰 위안이 된다. 감히 바라는 거지만, 일이 어떻게 돌아가든, 우리의 우정은 지속될 거라 믿어.

집 문제도, 작업도, 행운이 따랐다. 그래서 감히 하나 더 바라건대, 행운은 홀로 오지 않는다고 하니 이 행운이 내게만 머물지 않고 너한테까지 전해지면 좋겠다.

얼마 전에 단테, 페트라르카, 보카치오, 조토, 보티첼리에 관한 기사를 읽었는데, 세상에, 마치 이들이 직접 쓴 편지를 읽는 기분이 들 정도였어!

페트라르카는 여기에서 멀지 않은 아비뇽에 살았으니, 나와 똑같은 사이프러스와 협죽도를 보았겠지.

공원 그림에 레몬 같은 노란색과 라임 같은 초록색을 임파스토로 칠해서 그려넣었다. 조토 이야기에 가장 감동했는데, 늘 *고통받으면서도* 언제나 선의에 가득 차 있고 열정이 넘친 사람이더라. 마치 이 세상과는 다른 세상에 사는 사람처럼 말이야.

아무튼 조토는 특출난 예술가야. 나는 단테나 페트라르카, 보카치오 같은 시인보다 조토가 더 강렬하다.

항상 드는 생각이지만 시가 회화보다 훨씬 *끔찍해*. 회화도 뭐 지저분하고 성가신 일이긴 해. 하지만 화가는 입을 열지 않거든. 그냥 침묵하는데, 난 그게 좋아.

사랑하는 테오야, 네가 이곳의 사이프러스와 협죽도, 그리고 태양을 봤다면(곧 보게 될 테니 걱정 말아라) 아마 퓌비스 드 샤반느의 아름다운 작품인 〈감미로운 땅Doux pays〉을 비롯한 이런저런 작품들을 떠올리게 될 거다.

타르타랭 같은 면모와 도미에 같은 면모를 동시에 겸비한 이 유쾌한 지방에는 너도 잘 알다시피 특유의 억양을 가진 선량한 사람들도 있고, 그리스적인 요소도 많아서 레스보스의 비너스처럼 아를의 비너스도 있고, 이런저런 것에도 불구하고 젊음도 느낄 수 있어.

조만간 너도 프랑스 남부의 진가를 알아볼 날이 반드시 올 거야.

클로드 모네가 앙티브에 올 때면 네가 찾아가 만날 수도 있고, 아무튼 기회가 올 거다.

그런데 미스트랄이 기승을 부리면 감미로운 땅이 전혀 반대의 세상으로 둔갑해. 미스트랄은 정말 성가신 존재야. 그런데 바람이 사라지면 또 전혀 다른 세상이 찾아오지. 전혀 다른 세상. 다채로운 색과 깨끗한 공기, 고요한 떨림까지 느낄 수 있는 전혀 다른 세상.

내일부터 물감이 도착할 때까지 데생에 전념할 생각이야. 그런데 한 가지 결심한 게 있어. 더 이상 데생에 목탄을 쓰지 않을 거야. 쓸모가 없어. 제대로 그리려면 데생부터 색으로 해야 해.

아! 「라 르뷔 앵데팡당」의 기획전이라! 좋아. 그런데 이번 딱 한 번이야. 너나 나나 담배의 불붙은 쪽을 입에 물면 안 된다는 걸 너무 잘 알잖아. 팔려나간 그림과 똑같은 것들을 다시 한번 더 잘 그릴 수 있도록, 그림 판매에 신경 쓸 수밖에 없을 거야. 우리가 변변치 않은 직업을 가지고 있기 때문이지만 그래도 동네의 기쁨은 집안의 괴로움이니 그렇지 않은 것을 찾아보자.

오늘 오후에는 엄선된 관람객을 맞았었다…… 껄렁한 청년 네다섯 명에 튜브에서 물감 나오는 게 마냥 신기한 꼬마 12명 정도였어. 그러니까 이런 관람객이 모이는 것도 유명세라면 유명세지. 그런데 나는 유명세며 야망 따위, 론강 언저리나 뒤퐁 다를가(街)에서 구경나온 이 꼬맹이들이나 건달들을 무시하듯 철저히 무시하기로 단단히 마음먹었다.

어제 밀리에 집에 다녀왔다. 그런데 나흘 정도 체류를 연장한 탓에 내일 도착한다더라.

베르나르가 군 복무를 아프리카로 가면 좋겠어. 거기 가면 이 친구, 아름다운 그림을 그릴 수 있을 테니까. 그런데 그에게는 어떻게 설명해줘야 할지 아직도 잘 모르겠다. 내 습작과 자기 자화상을 교환하자고 하더라.

그런데 고갱에게는 *감히* 말도 못 했다더라고. 내가 부탁했었는데, 고갱 앞에만 서면 주눅이 든다는 거야. 베르나르도 성질이 있는 친군데! 간혹 미친 사람 같고, 심술궂을 때도 있는데. 뭐, 내가 그런 면을 탓할 자격은 없지. 누구보다 나 자신이 제일 괴팍한 데다, 베르나르도 그런 나를 탓한 적은 없으니까. 베르나르가 밀리에가 있는 아프리카로 가면 밀리에가 분명히 잘 대해줄 거야. 의리 있는 친구거든. 오죽하면 사랑도 너무 쉽게 빠져들어서 사랑 자체를 경계할 정도야.

쇠라는 어떻게 지내니? 예전 습작들은 그 양반에게 보여줄 엄두가 나지 않았지만 해바라기, 술집, 공원의 습작들은 쇠라가 좀 봐줬으면 해. 틈날 때마다 그의 방식과 기법을 곰곰이 생각했어. 그 방식을 따라할 생각은 없지만, 그가 색채를 다루는 방식은 대단히 독창적이야. 정도 차이는 있지만, 시냑도 마찬가지야. 점묘파 화가들은 새로운 방법을 찾아냈고 나도 어쨌든 이 화가들을 좋아해. 그런데 나는 (솔직히 말해서) 파리 시절 이전에 추구하던 방향으로 되돌아가고 있어. 그리고 나 이전에 '연상적인 색채'를 언급한 이가 있는지는 모르겠지만, 들라크루아와 몽티셀리는 연상적인 색채라는 말을 하지는 않았지만 그림으로 보여줬지.

아무튼 지금의 내 상태는 뉘넌 시절과 마찬가지야. 음악을 배우겠다고 헛된 노력을 했던 그 시절 말이야. 그때도 나는 우리가 쓰는 색과 바그너 음악 사이의 관계를 느꼈지.

지금은 확실히 인상주의 속에서 외젠 들라크루아가 부활하는 모습을 본다. 하지만 그 해석이 서로 다르고 양립하기 힘든 터라 인상주의 차원에서 이론으로 정립하기는 힘들 거야.

그래서 내가 인상주의 화가들 편에 서는 거야. 하지만 큰 의미는 없다. 뭔가를 해야 하는 것도 아니고. 그저 동료로서 있는 것이지, 어떤 입장을 표명할 필요도 없으니까.

살다 보면 바보 같은 짓도 해야 해. 나는 공부할 시간이 있었으면 좋겠는데, 너는 뭐 다른 거 바라는 게 있어? 아마 너도 나처럼 아무런 선입견 없이 평온하게 공부를 할 수 있었으면 하는 마음일 거다.

하지만 안타깝게도 내가 수시로 돈을 부탁해서 네게서 평온할 기회를 빼앗고 있구나.

그래도 이런저런 계산은 하고 지내고 있어. 오늘도 캔버스 천 10미터에 쓸 물감을 기본색인 노란색 하나만 빼고 정확히 계산해뒀어. 내가 가진 모든 물감이 동시에 바닥나는 건 내가 물감 비율을 몽유병자처럼 무의식적으로도 철저히 계산하고 있다는 증거가 아닐까? 데생도 그래. 나는 데생할 때 거의 치수를 재지 않아. 그래서 측정하지 않으면 돼지처럼 데생하게 된다는 코르몽의 의견에 정반대의 입장이야.

그나저나 틀을 그렇게 많이 사두다니, 정말 잘했다. 캔버스를 제대로 말리려면 여러 개가 필요하거든. 보관에도 필요하고 말이야. 나도 여기 여러 개 가지고 있어. 그런데 그림을 틀에서 뜯어내는 것 또한 너무 어려워하지 말아라. 일일이 다 틀에 넣어 보관하려면 공간을 너무 많이 차지하거든.

여기서 목수에게 부탁하면 30호, 25호, 20호 캔버스에 쓰는 틀은 4.5프랑이고 15호, 12호, 10호 캔버스에 쓰는 틀은 1프랑을 줘야 해.

여기 목공소는 너무 비싸. 이 가격이면 탕기 영감님에게 제작을 의뢰해볼까 싶다.

정사각형의 30호 캔버스가 들어갈 가벼운 호두나무 재질의 액자를 5프랑 정도에 찾고 있는데 조만간 구할 것 같아. 10호 캔버스에 그린 초상화가 들어갈 묵직한 호두나무 재질의 액자도 5프랑쯤 하더라.

새 그림에 쓰려고 30호 캔버스에 들어가는 틀 5개를 더 주문했어. 그림을 이미 시작한 터라 살 수밖에 없었어. 이제 이 계절이 오면 내가 돈 한푼 없이 가만히 앉아 있을 수 없다는 걸 너도 확실히 깨달았을 거야. 그나마 위안이 되는 건 우리가 언제나 원자재를 다루고 있다는 사실이야. 그러니 판을 키울 생각보다는 제작에 주력하도록 하자. 그러면 잘못될 일은 없어.

상황이 이렇고, 내가 어쩔 수 없이 물감에 캔버스에 돈까지 다 쓸 수밖에 없는 상황에 놓이게 되더라도, 이로 인해 우리가 쓰러질 일은 없을 거라는 거, 알아두기 바란다.

네가 가진 돈까지 손을 대야 하는 상황은 결코, 바람직하지는 않지만, 그냥 편하게 이렇게 말해주기 바란다. 더는 가진 게 없다고. 하지만 내가 그린 그림 덕에 더 많은 돈이 들어올 거야. 그러면 너는 당연히 이렇게 되묻겠지. "그때까지는요?" 그때까지는 데생을 할 거야. 유화보다 데생이 훨씬 실용적이거든.

악수 청한다. 정말 대단한 날들이야! 딱히 무슨 일이 있어서가 아니야. 너나 나나 아직 저물지는 않았고, 끝장난 것도 아니고, 앞으로도 그럴 일은 없을 거야.

그러나 내 그림을 '*미완성*'이라고 말하는 비평가들에게 반박할 생각도 없다. 악수 청하며, 곧 또 소식 전하마.

너를 사랑하는 형, 빈센트

베16프 ____ 1888년 9월 19일(수)에서 25일(화) 사이

친애하는 벗, 베르나르

편지 고맙게 잘 받았네. 그런데 자네가 '오, 고갱 선생의 초상화를 그려야 하는데 방법이 없어요!'*라고 하니, 그 말이 좀 놀랍긴 했지. 아니, 방법이 없다니? 말도 안 되는 소리야. 나도 고집 부릴 마음은 없으니, 이번 그림 교환에 관한 이야기는 더 이상 하지 말자고. 그러니까, 고갱 역시 자네 초상화를 그릴 생각조차 않았다는 거잖아. 세상에, 이런 자들이 초상화 화가를 자처하다니. 그렇게 오랜 시간 함께하면서, 서로에게 포즈 한 번 취해주지 않고, 서로의 초상화조차 그려주지 않고 헤어지면서 말이야. 좋아, 더는 뭐라 하지 않겠어. 다시 한 번 말하는데, 그림 교환 이야기는 꺼내지 말자고.

자, 그렇다면, 언젠가 자네와 고갱의 초상화를 내가 그릴 수 있으면 좋겠어. 우리 셋이 한자리에 모이면 말이야. 곧 그런 날이 올 거야.

조만간 내가 지난번에 이야기했던 알제리 보병 소위의 초상화를 그릴 거야. 이 친구, 곧 아프리카로 파병될 예정이래. 그런데 자네 군 복무 계획에 대한 물음에는 왜 아무런 답이 없지?

자네가 말한 것에 대해 잠시 이야기해보지. 아를에 와서 겨울을 보낼 생각이라는 거잖아. 내가 여기 자리를 잡은 건, 필요한 경우 사람들에게 거처를 제공해주려는 거였어. 고갱이 이쪽으로 오면, 아무튼 말이야! 아무튼 아직은 오지 않겠다고 하지는 않았어. 하지만 자네에게 잠자리를 제공해줄 수는 있지만, 밥값으로 하루 3프랑 이상 들지 않는다고 보장할 수는 없어. 잘 해

* 9월 초순에 빈센트가 고갱과 베르나르에게 보냈던 편지가 있었는데, 소실되었다.

봐야 4프랑일 거야.

당연히, 상황이 궁해지면, 큰돈 들이지 않고 화실에서 음식을 해 먹을 수 있지. 이런 식으로 절약하는 거니까. 여기 생활비는 이미 말했다시피, 퐁타방에 비해 비싼 편이야. 아마, 자네는 하루에 2.5프랑을 쓰고 있겠지. 숙식까지 다 포함해서 말이야. 자네는 틀림없이 매음굴에 가서 그려보고 싶을 텐데(틀림없이 좋은 그림이 나오겠지만) 여기서는 그게 공짜로 되지 않아!

그러니 일단 군복을 받을 때까지는 기다려보게. 군인이라면 그 안에서(여기든 다른 곳이든) 공짜로 할 수 있는 게 많을 테니까.

내 경우에는 말이지, 얼마 전에 〈밤의 카페〉라는 습작을 그렸거든. 거기서 가끔 남자를 끼고 온 매춘부들을 마주치니까 일종의 공짜 매춘굴이기도 하지만, 이제껏 진짜 매음굴을 그려본 적은 없어. 왜냐하면, 제대로 진지하게 그림을 그리려면 내가 감당할 수 있는 것보다 더 많은 돈이 들어가기 때문이야. 주머니 사정이 넉넉해질 때까지는 참을 생각이야. 들어봐, 가서 맥주도 마시지 말자는 건 아니야. 가서 사람도 만나고, 절반은 상상력을 동원해서, 나머지 절반은 실제 모델을 보고 그리면 돼. 아무튼 우리가 원한다면 그렇게 하는 게 불가능한 건 아니라는 말이야. 그런데 지금으로선 나 개인적으로는 그렇게 급한 일은 아니야. 원래 계획이라는 게 아무리 잘 계산해서 세워도 자주 어긋나잖아. 그런데 반면에, 그냥 우연에 맡겨버리고, 딱히 어떤 결심 같은 것도 없이 그날그날 꾸준히 작업하다 보면, 뜻하지 않은 결과물을 만들어낼 때도 많아.

그래서 하는 말인데, 매음굴을 그리겠다는 목적을(당연히 훌륭한 목적이지만) 가지고 이곳으로 내려와도 된다고 장담해줄 수가 없어. 다시 한 번 말하지만, 일단 군 복무를 시작하면 더 좋은 기회가 생길 거야. 그러니 군복을 입는 날까지 기다리는 게 자네에게 유리하네. 그런데 이보게, 친애하는 나의 벗 베르나르. 자네한테 이것만큼은 분명하고 명확하게 말해주고 싶어. 아프리카에 가서 시간을 보내게. 남쪽 지방은 자네를 매료시키고, 위대한 예술가로 만들어줄 테니까. 고갱의 그림이 남다른 것도 다 남쪽 지방에 살아본 경험 덕분이야. 나도 여기로 온 뒤로 벌써 몇 달째, 강렬한 태양만 보고 지내고 있거든. 이런 경험 덕분에 깨달았는데, 색채의 관점에서 최고의 화가는 들라크루아와 몽티셀리라는 거야. 이런 사람들을 상상력이 지나친 사람들은 그저 낭만주의 화가로만 오인하고 있다니까. 한마디로, 제롬이나 프로망탱 같은 화가들이 이 프랑스 남부를 너무 무미건조하게 표현했지만, 여기(아를에) 와서 직접 보면 이곳의 은밀한 매력은 색채의 대가들이 만들어내는 색으로밖에 표현할 수 없다는 걸 알게 될 거란 말일세.

조만간 또 소식 전해주게.

솔직히 여기로 오라고 누구에게든 권할 엄두가 나지 않아. 누군가 자발적으로 여기까지 온다면, 그건 그 사람 마음이지. 나로서는 권할 마음이 추호도 없네. 아무튼 나는 여기서 계속 지낼 생각이니, 자네가 여기 와서 겨울을 보내는 건 얼마든지 환영이야. 악수 청하네.

자네를 사랑하는 친구, 빈센트

540프 ___ 1888년 9월 21일(금)

테오에게

편지와 동봉해준 100프랑, 정말 고맙다. 오늘 아침에 밀리에가 가져다준 일본 판화와 다른 것들도 고마워. 특히 밝은 노란색 벽 앞에 자주색 의상을 걸친 여성 악사들이 줄지어 선 2장짜리 극장식 식당 그림이 정말 마음에 든다. 이런 그림은 처음 보고, 또 모르는 게 여럿 있었어. 어느 여성의 얼굴 그림도 있는데, 대단한 집안 출신 같아 보이더라.

이제 화장대와 다른 필요한 물건들을 장만해서 내가 지낼 작은 방은 준비가 끝났어. 고갱이나 다른 동료가 쓸 방에는 화장대와 서랍장을 들여놓고, 아래층에도 큼지막한 난로와 장롱을 들여놔야 해. 급한 것들은 아니야. 결과적으로, 한동안 머물 집이 생긴다고 생각하니 벌써 목표한 바를 다 이룬 것 같은 기분이 든다.

내가 얼마나 마음이 놓이는지, 넌 모를 거다. 난 정말 예술가의 집을 만들고 싶어. 잡다한 장식품으로 가득 찬 평범한 화실 말고 *실용적인 화실* 말이야.

문 앞에 있는 커다란 통에 협죽도 두 그루도 심을 거야.

결과적으로, 우리는 몇천 프랑을 들인 러셀보다 훨씬 싸게 몇백 프랑씩 여러 차례 써서 이 화실을 꾸밀 거야. 내게 선택권이 있었다 해도, 아마 몇백 프랑 드는 쪽을 택했을 거야. 가구는 네모에 큼직하면 그만이니까.

그런데 이곳에 머물러 오는 사람을 위해 준비할 방은 내실처럼 꾸밀 거야. 나중에 보면 어쩌다 이렇게 된 게 아니라, 의도를 가지고 이렇게 꾸몄다는 걸 알게 될 거다.

빙 씨가 *일본*에 관해 쓴 글은 좀 건조하고, 아쉬운 부분이 많더라. 전형적이고 대표적인 예술 장르가 있다면서 이것저것 예를 드는데 도대체 어떤 장르의 예술인지 감도 오지 않더라고.

혹시 『국화 부인』은 다 읽었니?

집이 가져다준 마음의 평화가 커서, 이제부터는 미래를 대비한 작업을 한다는 자부심이 생긴다. 나 이후에도 다른 화가가 이 일을 이어받겠지. 나한테는 시간이 필요해. 그리고 이 집을 장식할 그림에 대해서는 생각해둔 게 있어. 내가 제대로 된 그림을 그리지 못했던 기간 동안 쏟아부은 돈에 해당하는 값어치가 나가는 장식화가 될 거야.

어머니 사진은 정말 반가웠다. 건강해 보이시고 생기 있는 표정이셔서 더더욱 반가웠지. 그런데 실물하고 똑같은 가에 대한 부분은 좀 마음에 들지 않더라. 얼마 전에 내 자화상을 그렸거든. 이렇게 회색조로. 그런데 색을 입히지 않으니까 실물과 닮은 분위기가 안 나. 그래서 회색조와 회색을 띤 분홍색을 찾아내려고 그토록 애쓴 거야. 흑백만으로 그려진 그림은 마음에 안 들더라. 색채가 빠진 『제르미니 라세르퇴』가 과연 제르미니 라세르퇴일까? 당연히 아니지. 아, 정말이지 우리 가족의 초상화를 그려보고 싶었는데!

올리브나무가 자라는 정원에서 천사와 함께 있는 그리스도를 그린 습작을 두 번째로 긁어냈다. 여기서 제대로 된 올리브나무를 매일같이 보는데 모델 없이는 그릴 수도 없고, 그리고 싶은 마음도 들지 않더라고. 그래도 그림 분위기는 색채와 함께 머릿속에 잘 넣어뒀어. 별이 빛나는 밤에, 그리스도의 푸르스름한 얼굴은 가장 강렬한 푸른 빛을 사용할 거야. 천사는 가미한 레몬 옐로로 칠하고. 배경은 시뻘건 보랏빛에서부터 잿빛 색조까지 온갖 보라색이 동원될 거야.

30호 캔버스에 쓸 틀 5개를 가서 받아왔다. 아직 생각해둔 게 더 있어. 여기 있는 그림들은 떡갈나무 틀과 호두나무 틀에 넣을 생각이야.

시간이 좀 필요하지만, 나중에 다 보여줄게.

그나저나 모랭을 찾아갔던 일을 상세히 알려주면 좋겠다. 기차 객실에 앉아있는 두 여성을 그린 데생, 정말 마음에 들더라.

이 집에 누군가 들어와 살기까지 시간이 오래 걸리더라도 내 생각은 크게 달라질 게 없어. 이렇게 준비해두는 건 시급한 문제였고, 나중에는 분명히 도움이 될 거라는 거. 우리가 일하고 있는 예술 분야는 미래가 창창한 분야야. 그렇기 때문에 쇠퇴기에 접어든 사람처럼 사는 게 아니라 차분하고 안정된 생활을 이어가야 하는 거야. 나는 여기서 소시민처럼 살면서 더더욱 일본 화가의 삶을 닮아가게 될 거다. 그러니 쇠퇴기에 접어든 사람들보다 덜 비참하게 살 거라고 안심해도 된다. 내가 늙은 나이까지 살게 되면 아마 탕기 영감님하고 비슷한 사람이 될 거야.

아무튼 우리 개인의 미래에 관해서는 아무것도 알 수 없지만, 인상주의가 오래 지속되리라는 건 알지. 또 연락하자. 그리고 네 모든 호의, 정말 고맙고, 진심으로 고맙다. 일본 판화들은 아래층 화실에 붙여놓을까 생각 중이야. 악수 청한다.

너를 사랑하는 형, 빈센트

541프 ____ 1888년 9월 26일(수)

테오에게

어제 네게 편지를 쓰긴 했지만, 여전히 날이 좋더라. 다만, 내가 지금 여기서 보고 있는 것들을 네가 볼 수 없다는 현실이 정말 비통할 따름이다.

오전 7시부터, 딱히 특별한 장면은 아니지만, 잔디밭 사이에 자라고 있는 서양 삼나무 수풀인지 둥글게 깎은 편백 나무 수풀인지, 아무튼 그 앞에 앉아있었어. 둥글게 깎은 수풀 그림, 너도 알 거야. 내가 공원을 그린 습작에 그려 넣은 거잖아. 그리고 마찬가지로 30호 캔버스에 그린 그림의 크로키도 동봉해 보낼게.

수풀은 초록색에 다채로운 청동색이 들어가 보여.

잔디는 아주 신선한 초록색에 레몬 색조가 들어간 베로니즈그린이 어우러지고, 하늘은 아주 아주 새파랗다.

맨 뒤로 열을 지어 서 있는 수풀은 협죽도인데 성이라도 난 것 같은 이 나무들은 무슨 운동 실조를 겪는 것처럼 희한하게 꽃을 피우고 있어. 신선한 꽃들도 많지만 시든 꽃들도 있고, 초록 잎들도 겉보기만으로는 끝없이 새로 돋는 듯한 새순 덕분에 신선한 모습을 유지하고 있어.

그 위로 음산한 분위기의 시커먼 사이프러스가 한 그루 자라고 있고 알록달록한 차림의 행인들이 분홍색 오솔길을 오간다.

이 그림은 똑같은 장소에서 30호 캔버스에 그린 다른 그림과 짝을 이루는 그림이야. 다만 시점이 달라졌고, 공원도 연한 레몬옐로 빛 하늘 아래 각기 다른 다양한 초록색으로 꽉 찼지.

그런데 볼수록 이 공원에 묘한 면이 있지 않냐? 단테, 페트라르카, 보카치오 등 르네상스 시대의 시인들이 꽃이 핀 잔디밭 위 둥근 수풀 사이를 오가는 모습이 상상되잖아. 나무 몇 그루를 빼긴 했어도, 이 구도에서 표현하고 싶었던 건 고스란히 반영해서 그렸어. 다만 수풀은 특징은 건드리지 않되 실제보다 조금 더 풍성하다. *더 사실에 가깝고 더 본질적인 특징을 표현해내고 싶어서* 똑같은 장소만 벌써 세 번째 그리고 있는 거야.

그런 공원이 마침 집 앞에 있다니. 그림에 담은 공원이 내가 예전에 네게 말했던 딱 좋은 예야. 여기서 대상의 실질적인 특징을 잡아내려면 많은 시간을 들여서 관찰하고 그려야 한다고 말이야. 네게 보내는 크로키에는 아마 단순한 선으로만 보일 거야. 이번 그림도 짝을 이루는 노란 하늘 그림과 마찬가지로 물감을 두텁게 칠해 임파스토로 그렸어.

내일은 밀리에와 다시 한 번 작업할 수 있으면 좋겠다.

오늘도 오전 7시부터 오후 6시까지, 잠깐 요기하러 바로 코앞에 있는 곳에 다녀온 것을 제외하고는 계속 앉아서 그림을 그렸어. 그래서 작업 속도가 빠른 거야.

하지만 과연 시간이 흐른 뒤에, 넌 이 작업을 뭐라고 말하고, 나는 어떻게 생각할까?

나는 지금 때론 아주 맑은 정신으로, 때론 사랑에 눈이 멀듯 맹목적으로 작업에 매달리고 있어. 왜냐하면 다채로운 색채에 둘러싸여 지내는 경험이 무척 새로워서, 주체할 수 없이 흥분되거든. 피곤 따위는 문제가 안 돼. 심지어 당장 오늘밤에도 나가서 새 그림을 그려 올 수 있어.

아래 적은 것들은 급한 것들이라 빨리 받았으면 하는데,

크롬옐로와 레몬1, 대형 튜브 6개
베로니즈그린, 대형 튜브 6개
프러시안블루, 대형 튜브 3개
아연 백색, 대형 튜브 10개
은백색 물감, 아연 백색과 똑같은 대형 튜브 1개
(그리고 이것들은 어제 주문서에서 삭제해라.)
그리고 5미터 캔버스 천까지.

나도 어쩔 수 없는 게, 내 생각은 명확해. 다른 화가들이 '89년도 전시회를 위해 애쓰는 만큼, 나도 최대한 많은 작품을 완성해서 내 입지를 다져놓고 싶어. 쇠라는 개인전을 해도 될 만큼 커다란 대형 유화 두세 점을 가지고 있고, 시냑도 그럴듯한 그림을 가지고 있고, 고갱이나 기요맹도 입장은 마찬가지야. 그래서 나도 그때까지는 *장식화* 습작을 연작으로 갖춰놓으려고 한다. 전시회 출품과 상관없이.

이 정도면 우리도 충분히 독창적이라는 평을 들을 거야. 이 정도 그림만 가지고 있다면, 남들도 우리가 괜한 거드름을 피운다고 여기지 않을 테니 말이다. 장담하는데 난 이 장식화에 어떤 *양식*을 불어넣을 거야.

밀리에가 오늘 내가 그린 〈갈아놓은 밭〉을 마음에 들어 해. 평소 내 그림을 썩 좋아하진 않았는데, 이번에는 땅이 나막신 색과 비슷하게 은은하게 표현되고 흰 구름이 뭉게뭉게 떠다니는 하늘이 물망초색인 게 괜찮았나봐. 더 나은 포즈를 취해줬다면 나도 만족스럽고, 이 친구도 지금 내가 할 수 있는 것보다 훨씬 나은 자기 초상화를 손에 넣었을 텐데……. 그래도 에메랄드색 뒷배경에 빨간 군모를 쓴 창백하고 윤기 없는 그의 얼굴은 그림으로 그리기에 아주 훌륭해. 아, 내가 요즘 여기서 보는 것들을 너도 보면 얼마나 좋을까. 내 앞의 이 아름다운 것들을 그저 나 홀로 바라보고 있구나. 지난번에 보낸 것들보다 더 그럴듯한 게 나올 것 같은 기분인데도 말이야. 지난번에 보낸 것들은 요즘처럼 바람이 없는 날에 본격적으로 작업하기 위한 준비 단계의 결과물 정도였거든.

그 사람 좋은 토마 영감님이 왜 내 습작을 담보로 돈을 빌려주지 않는지 모르겠네. 분명히 실수하시는 거야. 빌려주면 좋겠는데.

네게 너무 큰 부담을 줘서 미안하다만 물감, 캔버스 천, 붓 등등 200프랑 정도 주문해야겠어. 다른 용도가 아니라, 이 가을 내내 날씨가 괜찮을 듯한데 이삼일에 30호 캔버스 하나씩만 그려도 수천 프랑을 벌 수 있을 것 같거든. 아직도 비축해둔 힘이 그림에 쏟아부어 달라고 간절히 애원할 정도라니까. 그래서 어마어마한 물감을 쓸 수밖에 없는 상황에 놓였고, 토마 영감님의 도움이 필요한 거야.

요즘처럼만 작업을 이어간다면 내 화실도 기요맹의 화실처럼 그럴듯하고 괜찮은 습작들로 장식될 거다. 물론 기요맹은 새롭고 아름다운 그림을 또 작업하겠지. 나도 그것들을 보고 싶다. 요즘 작업하는 습작은 한 번에 임파스토로 찍어서 그렸어. 붓질을 여러 번에 걸쳐서 하지 않고 색조도 대부분 가미해서 사용하다 보니, 본의 아니게 몽티셀리식으로 임파스토를 사용할 수밖에 없었어. 가끔은 몽티셀리식으로 계속 그릴 수도 있겠다 싶어. 다만, 아직은 그 양반처럼 사랑하는 연인을 그려보지는 못했지.

그리고 자연을 대상으로 진지한 습작 몇 점을 더 그리기 전까지는 그런 그림을 그릴 일은 없을 거야. 아무튼 급한 일은 아니야. 약점을 극복할 때까지 열심히 노력하기로 마음먹었으니까.

이 편지를 보내려면 서둘러 마쳐야 할 것 같다. 혹시 고갱에게 소식은 있었어? 나는 베르나르 소식을 기다리는 중이야. 크로키를 보내왔으니, 곧 편지도 올 것 같거든. 고갱은 다른 협업을 염두에 둔 게 틀림없다. 벌써 몇 주 전부터 그런 낌새를 느꼈어. 몇 주나 전부터.

뭐, 그 양반 마음이지.

일단 외로움은 내게 문제되지 않아. 그리고 나중에 다른 동료도 생길 테니까. 그것도 원하는 것 이상으로.

다만 고갱이 마음을 바꾼다고 해서 이 양반에게 싫은 소리는 않아야 해. 좋은 쪽으로만 받아들이자. 고갱이 라발과 함께 지내겠다면, 그것도 그럴 만한 일이야. 라발은 그의 제자고 이미 둘이 함께 지내봤으니까. 필요할 경우 두 사람이 다 이 집으로 올 수도 있어. 방법은 찾으면 돼.

가구는 고갱이 오지 않을 거라는 걸 미리 알게 되더라도, 어차피 누군가를 들이려면 필요하니 2개를 갖출 생각이었어. 그러니 이 양반은 자기 편한 대로 결정하면 그만이야. 프랑스 남부로 오고 싶은 사람은 얼마든지 또 있을 테니까. 비농은 어떻게 지내? 모든 게 순탄하게 진행된다면 모두가 발전하고 실력을 키울 기회를 놓치는 일은 없을 거야. 나도 마찬가지고. 이곳의 아름다운 날씨를 직접 경험할 수는 없겠지만 그림으로는 언제든지 느낄 수 있을 거다. 다른 그림보다 이곳 날씨와 자연을 잘 표현하려고 애쓰고 있다. 악수 청한다.

너를 사랑하는 형, 빈센트

541a프 ____ 1888년 9월 25일(화)*

테오에게

타세 화방에서 보낸 캔버스 천과 물감이 이번에는 소포 상태로 온전히 도착했다. 정말 고맙다. 지난번 편지에 가을이 비와 궂은 날씨와 함께 찾아왔다고 이야기했었잖아. 그런 탓에 작업이 좀 힘들어지긴 했는데, 그래도 간간이 해가 나기는 해서, 얼마 전에 갈아놓은 밭을 그린 30호 캔버스 유화를 마무리할 수 있었어.

파란 하늘에 흰 구름이 떠 있는 배경이야. 회색조의 자주색 흙이 펼쳐져 있고 사이사이에 밭고랑, 여기저기 흙더미를 묘사했어. 파란 언덕과 주황색 지붕을 얹은 작은 농가 몇 채와 초록색 덤불이 지평선을 이루고 있어.

이것도 마르는 데 시간이 좀 걸려. 임파스토로 그린 유화들은 독한 와인처럼 다뤄야 해. 제대로 숙성될 때까지! 그래서 이 그림에 어울리는 흰 소나무 재질의 액자를 주문했어.

가을이 계속되는 동안은 눈앞에 보이는 아름다운 것들을 모두 그림으로 담아낼 손도, 캔버

* 이 편지를 비롯해 558a와 558b 등 3통의 편지는 미술비평가 로베르 레이 씨가 뒤늦게 발견해서 소개했다.

스도, 물감도 부족하겠어.

멀리에 초상화도 작업 중인데 이 친구가 자세를 못 잡는 건지, 나한테 문제가 있는 건지, 나한테 문제가 있다고 생각하지는 않는데, 어쨌든 이 친구를 그린 습작이 절실할 것 같아서 작업 중이야. 생긴 것도 제법 괜찮고 쾌활한 성격에 외모에 신경 쓰지 않는 자유분방한 분위기가 상당히 마음에 들거든. 연인들을 그릴 때 아주 괜찮은 모델이 될 것도 같고.

게다가 이미 모델로 애써준 대가로 습작 1점을 주겠다고 약속도 했는데, 포즈를 취할 때 가만히 있지를 못해.

게다가 시간도 부족해. 안 그래도 그간 만났던 아를의 모든 매춘부들과 끈적끈적한 석별의 정을 나눠야 할 처지거든. 말마따나, 자기 물건과 함께 무사히 복귀해야 할 시간이라서.

그런 개인사야 아무렴 어때. 다만, 포즈를 취할 때 신경질적으로 다리를 떨어서 못마땅하다.

좋은 친구지. 그런데 아직 스물다섯 살, 세상에, 나보다 열 살이나 어려. 그런데 10년 후에도 계속 이런 식으로 살면(지엠이 한 말에 따르면), 남자구실을 할 수 없어서 야망만 갖고 살아야 할지도 모르지.

이 친구도 속으로는 아마 떠나야 하는 상황이 싫을 수 있어. 어쩌면 가진 돈을 다 쓴 탓에 어쩔 수 없이 아프리카로 돌아가는 걸 수도 있고. 이 친구한테 큰 결점이 하나 있다면, 조르주 오네의 『수도사 콩스탕탱』을 너무 좋아한다는 거야. 내가 기 드 모파상의 『벨아미』가 천 배는 더 나은 책이라고 이야기해줬는데.

탕기 영감님은 입자가 굵은 물감에 대해 뭐라고 답했니? 지금 말해둬야 할 것 같은데, 캔버스가 5~10미터쯤 더 필요하겠어. 그리고 이것들도 있어야 할 것 같다.

은백색, 아연 백색, 프러시안블루, 각각 대형 튜브 3개
크롬옐로 1번, 대형 튜브 6개
크롬 2번, 대형 튜브 6개
크롬 3번, 대형 튜브 2개
베로니즈그린, 대형 튜브 6개
진홍색, 중형 튜브 6개
아연 백색, 대형 튜브 12개
은백색, 대형 튜브 12개

캔버스하고 대략 비슷한 비율일 거야.

캔버스하고 물감을 받은 게 얼마 전이니 서두를 일은 아니라는 거, 너도 잘 알 거라 믿는다. 다만, 가을을 보내는 동안 필요한 최소한의 물량만 계산한 거야. 낙엽이 지면 아주 근사하겠지만, 그 기간도 일주일이면 끝이거든. 그 시기에 맞춰 그럴듯한 그림을 그릴 자신이 있는데, 부디, 그 시기만큼은 노란색과 파란색 물감이 떨어질 일은 없었으면 좋겠다.

혹시 네 사정이 여의치 않을 경우, 고가의 파란색과 진홍색 물감은 없어도 상관없어. 프러시안블루 튜브 1개가 군청색이나 코발트 튜브 6개 역할을 하면서 값도 세 배나 저렴해.

그럭저럭 지나갈 것 같기는 한데, 부득이한 경우에는 아연 백색을 원색 그대로 사용하면 나머지 색이 굳이 없어도 괜찮을 것 같기도 하다.

들라크루아는 조잡한 파란색이 가진 힘을 믿고 수시로 사용했어.

아무튼 아직 낙엽이 질 환상적인 시기는 남아 있지만, 상황이 그렇다고 미리 알려주는 거야.

가구 구입비를 만회하려면 가으내 수레를 끄는 노새처럼 열심히 작업해야 해.

(이후 내용 소실)

542프 ____ 1888년 9월 23일(일) 혹은 24일(월)

테오에게

요 며칠 화창했던 날이 온데간데없이 사라지더니 비와 진창이 그 자리를 대신하더라. 하지만 겨울이 오기 전에 다시 좋은 날씨가 찾아올 거야.

그 기회를 활용할 수 있느냐가 문제지. 화창한 날은 아주 짧으니까. 특히나 그림 그리기에 좋을 정도로 화창한 날은 더더욱 그래. 올겨울에는 데생을 많이 할 계획이다. 다만, 기억력에 의존해 얼굴 데생을 할 수 있으면 정말 좋을 것 같아. 그것만 가능하면 그릴 대상은 얼마든지 있을 테니까. 그런데 호쿠사이나 도미에 정도의 거장급 화가들이 실물을 보고 그린 인물화를 보면, 나는 개인적으로 이 거장들이나 다른 초상화 전문 화가들이 모델을 세워두고 그린 유화 인물화와 분위기가 전혀 다르다고 생각해.

아무튼 어쩔 수 없이 모델을 구할 수 없는 상황, 무엇보다 감각 있는 모델을 구할 수 없다고 해서 절망하거나 싸움을 포기해서는 안 된다는 거야.

화실에 일본 판화와 도미에, 들라크루아, 제리코의 복제화를 걸었다. 혹시 들라크루아의 〈피에타〉나 제리코의 복제화를 발견하거든, 살 수 있는 만큼 최대한 많이 사둬라. 그 외에 화실에 정말 걸고 싶은 그림은 밀레의 〈밭에서 하는 일〉과 르라가 제작한 〈씨 뿌리는 사람〉의 동판화 복제화야. 뒤랑-뤼엘 화랑에 가면 1.25프랑에 팔아. 그리고 마지막으로 메소니에의 그림을 본뜬 자크마르의 동판화 〈책 읽는 남자〉도 있어. 내가 메소니에의 최고의 작품으로 꼽지. 메소니에 그림은 항상 좋더라.

「르뷔 데 되 몽드」에서 톨스토이에 관한 기사를 읽었는데, 톨스토이도 영국의 조지 엘리엇처럼 자국민들의 종교에 관심이 많았대. 톨스토이가 종교에 관해 쓴 책이 있는데 아마 제목이 『나의 종교』인가 그럴 거야. 아주 흥미롭겠어. 기사에 따르면, 톨스토이는 그리스도교에서 영원불변의 진리인 것과 모든 종교가 가진 공통점을 연구했어. 그래서 육신의 부활이나 영혼의 부활 같은 건 인정하지 않은 모양이야. 허무주의자들처럼 죽음 뒤에는 아무것도 없다고 말하면서, 그 대신에 사람은 죽으면 영원히 죽되 인류는 살아서 영원하다고 주장했어.

이 책을 안 읽어서 톨스토이가 정확히 무슨 뜻으로 한 말인지 설명은 못 하겠다. 그래도 그가 말하는 종교는, 잔인하거나 고통을 가하기보다는 위로와 평정심과 활력과 살아갈 용기 등등을 더해주는 것일 거야.

빙 화랑에서 제작한 복제화 중에서 호쿠사이의 〈풀잎〉과 〈패랭이꽃〉이 정말 근사하더라.

누가 뭐래도 난 무미건조한 색조로 칠한 평범한 일본 판화들이 마찬가지 이유로 루벤스나 베로네제의 그림만큼 정말 대단하다고 생각해. 그게 진짜 르네상스 이전 작품들이 아닌 건 당연히 나도 알지. 하지만 르네상스 이전의 작품들이 대단하다고 해서 "루브르에 가면 르네상스 이전의 작품들밖에 볼 게 없네요" 따위의 말을 습관처럼 해도 된다는 건 아니잖아.

일본 예술 작품의 *전문 애호가*, 그러니까 레비 같은 사람에게 이렇게 말한다고 생각해봐라. "선생, 나는 5수짜리 일본 판화 복제화만큼 아름다운 건 못 봤습니다." 아마 그는 분명, 내 무지와 저급한 취향에 놀랐다가 나중에는 측은함까지 느낄 거다. 과거에 루벤스나 요르단스, 베로네제의 그림을 좋아한다고 하면 취향이 형편없다고 손가락질당했던 것처럼 말이야.

집에 혼자 있어도 더 이상 외롭지 않을 것 같아. 겨울을 보내면서 궂은날이나 긴긴밤 몰두할 거리를 찾을 수 있을 테니까. 직조공이나 바구니 엮는 사람들이 자신의 직업을 취미 삼아 철저히 홀로, 혹은 거의 혼자인 상황에서 여러 계절을 보내는 것처럼 말이야.

그런데 이 사람들을 한 자리에 머물 수 있게 해주는 건 바로 집이라는 공간이야. 그 공간에서는 *안정감과 친숙함*을 느낄 수 있기 때문이야. 물론, 같이 사는 동료가 있으면 좋겠지만 없다고 해서 불행할 일도 없어. 그리고 조만간 같이 살 사람도 찾을 수 있을 거야. 분명, 그렇게 될 거야. 그리고 너희 집에도 사람을 들일 생각만 있으면, 거처 문제로 고민하는 화가 중에서 충분히 찾아볼 수도 있을 거야. 아무튼 그림 작업으로 돈벌이를 하는 게 내 의무라고 생각하기 때문에 앞으로 어떻게 작업해야 할지가 명확히 보여.

아, 모든 화가들이 먹고사는 데 필요한 것, 그림 작업하는 데 필요한 걸 다 갖추고 살 수 있으면 얼마나 좋겠냐만, 현실은 그렇지 않은 탓에, 나는 되도록 많이, 그리고 더욱 열정을 다해 작업에 임하고 싶다. 그러다 보면 언젠가, 사업을 키우고, 남들에게 영향을 끼칠 날도 찾아올 거다.

하지만 갈 길이 멀기에 해야 할 일이 많구나!

지금이 전시라면 치열하게 싸워야 했을 거야. 그러면서 평화롭게 살 수 없는 현실을 후회하고 탄식하며 지내겠지. 하지만 그럴 수밖에 없기 때문에 싸움에 나서는 거야.

마찬가지로 돈이 없는 세상에서 살 권리도 있는 거잖아. 그런데 현실은 모든 것이 돈에 의해 결정되는 세상이니 돈을 쓰면 돈 벌 고민도 해야 하는 법이야. 그런데 나는 데생보다는 유화로 돈 벌 가능성이 더 큰 것 같다.

수려한 솜씨로 유화를 그리고 자연의 색채를 잘 표현해내는 사람보다 크로키를 능숙하게 하는 사람들이 더 많기 때문이야. 이런 사람들은 점점 더 찾아보기 힘들어질 거야. 그리고 유화는 진가를 인정받기까지 시간은 걸리겠지만, 결국은 좋아하는 애호가를 찾을 수 있어.

그나저나 임파스토로 두껍게 칠한 유화들은 여기서 더 오래 말리는 게 좋아. 어딘가에서 읽었는데 스페인에 있는 루벤스의 그림이 북구에 있는 것들보다 색채가 비교할 수 없을 정도로 풍부하다더라. 여기서는 야외에 방치된 폐허도 하얗게 유지되는데 북구에서는 잿빛을 띠다가 더럽고 검게 변하지. 아마 몽티셀리의 그림도 파리에서 말렸다면 무미건조하고 칙칙한 색조의 그림이 됐을 거다.

이제 이곳 여성들의 아름다움을 제대로 알아보기 시작했어. 그래서 항상 몽티셀리 생각을 하게 되더라고. 여기 여성들의 아름다움에는 색채가 아주 큰 역할을 한다. 그녀들의 외모가 볼

품없다는 게 아니야. 이곳 고유의 매력이 아니라는 거지. 고유의 매력은 근사하게 차려입은 알록달록한 의상이 주는 굵직한 선과 외모가 아니라 *피부의 색조*에 있어. 그런데 이제 막 알아보기 시작한 것처럼, 이것들을 그림으로 살려내려면 적잖은 노력이 들어가야 할 것 같다.

그래도 확실한 건, 여기서 지내면서 실력이 늘고 있다는 사실이야. 단지 노련한 그림 솜씨만 있다고 프랑스 남부의 진가를 그림에 담아낼 수는 없어. 대상을 오랫동안 관찰하고 더 깊이 숙고해서 무르익어가는 과정이 있어야 해. 파리를 떠날 때만 해도 내가 몽티셀리와 들라크루아의 그림을 이토록 *사실적*이라고 여기게 될 줄은 몰랐어. 지금에서야 지난 몇 달 그리고 또 몇 달을 보내다가 마침내 이들이 상상으로 그린 그림은 하나도 없음을 깨닫기 시작했지. 아마 내년에도 난 과수원의 꽃나무와 수확하는 풍경 등을 계속 그리겠지만, 색채가 달라지고, 무엇보다 기법이 달라져 있을 거야.

그리고 그런 변화와 다양성은 앞으로도 계속될 거고.

그림 작업을 하면서 서두르면 안 된다는 생각이 들어. 옛말을 그대로 실천에 옮기면 어떻게 될까? '10년쯤 습작한 다음에 인물화를 그려라.' 몽티셀리가 정말로 그렇게 했어. 그가 그린 회화 몇백 점이 고작 습작이었던 거야.

그런데 〈노란 옷을 입은 여인〉이나 네게 있는 〈양산을 든 여인〉, 리드가 가지고 있는 〈연인〉 등은 데생만 봐도 감탄이 절로 나오는 완벽한 인물화들이잖아. 몽티셀리가 도미에와 들라크루아처럼 풍부하고 뛰어난 데생 실력을 갖췄기 때문이야. 확실히 지금 가격에 그의 그림을 구매하는 건 대단한 투자다. 그의 아름다운 인물화가 위대한 걸작으로 인정받는 날이 올 거야.

아마 과거의 아를 여성들이나 그녀들의 전통 의상은 지금과 비교할 수 없을 정도로 아름다웠을 거야. 지금은 모든 게 다 병들고 시든 것처럼 보이고, 특징도 다 사라졌어.

그런데 한참 동안 유심히 들여다보고 있으면 과거의 매력이 되살아난다.

그렇기 때문에 나는 거미가 거미줄을 치고 파리를 기다리듯 한자리에 앉아 주변에서 벌어지는 일만 가만히 바라보고 있어도 만족스럽고 잃을 게 없다고 생각해. 뭐든 억지로 무리하지 않아도, 이제는 집에 자리를 잡았으니 화창한 날씨를 놓칠 일도 없고, 때때로 정말 그림 같은 풍경을 화폭에 담을 수도 있을 것 같아.

밀리에는 운도 좋은 게 아를의 여자들을 원하는 만큼 품을 수 있거든. 그런데 그녀들을 그릴 수는 없어. 이 친구가 화가였다면, 이 여자들을 품을 수는 없었을 거야. 나도 서두르지 않고, 나한테 때가 오기를 기다려야 해.

바그너에 관한 기사를 하나 더 읽었어. 〈음악 속의 사랑〉이라는 글이었는데 아마 바그너에 관한 책을 쓴 저자의 글이었을 거야. 그림 분야에서도 이런 책과 기사가 쏟아져 나와야 해.

톨스토이는 『나의 종교』에서 은근히 이런 내용을 피력했어. 혁명의 성격이 폭력적이라고는 하지만 사람들 사이에서 발생할 수 있는 은밀하고 비밀스러운 혁명도 있을 수 있기 때문에 새로운 종교, 아니, 전에 없던 전혀 새로운 무언가, 이름도 없는 그 무언가가 나타날 수도 있다고 말이야. 과거에 그리스도교가 그랬던 것처럼 사람들에게 위안을 주고, 인생을 한번 살아볼 만한 것으로 만들어주는 효과가 있는 무언가가.

톨스토이의 이 책은 정말 괜찮은 내용일 것 같아. 결국, 사람들은 냉소주의, 회의주의, 같잖은 말장난에 넌더리를 내면서 더욱 음악적인 삶을 원하게 될 거야. 그건 어떻게 하는 거고, 무얼 깨닫게 될까? 그런 걸 예측할 수 있다면 정말 흥미로울 것 같다. 하지만 어떤 일이 벌어질지 예견하는 게 차라리 나을 거야. 온갖 재앙만 벌어지는 상황을 지켜보고 있는 것보다는 말이야. 그런데 끔찍한 번개와 같은 이런 재앙이 혁명이나 전쟁, 무너지는 국가체계 등의 형식으로 현대 사회와 문명 위에 떨어질 수도 있어. 일본의 예술 작품을 자세히 들여다보면, 이론의 여지없이 현명하고 철학적이면서 명석한 사람을 만나게 되는데, 그는 과연 무엇을 하며 시간을 보낼까? 지구에서 달까지의 거리를 측정하는 일? 아니야. 비스마르크의 정책을 연구하는 일? 그것도 아니지. 그는 그저 풀잎만 관찰하고 있어.

그런데 이 풀잎이 그에게 온갖 식물을 그림으로 그리게 만들어. 그다음에는 계절을, 그리고 거대한 풍경을, 그다음에는 동물, 그리고 결국에는 인물화까지 그리게 해. 그는 그렇게 시간을 보내는데, 삶이라는 게 모든 걸 하기에는 덧없이 짧아.

보다시피 이렇게 평범하고 단순하며 자신들이 마치 꽃이라도 된 것처럼 자연과 어우러져 살아가는 일본 사람들이 우리에게 주는 교훈이 진정한 종교 같다는 생각이 들지 않니?

내 생각이기는 하지만, 일본의 예술을 연구하면서 유쾌하고 행복해지지 않을 수는 없을 것 같아. 그리고 그러다 보면, 비록 관습으로 돌아가는 세상에서 교육받고 일은 하고 있지만, 자연으로 돌아가지 않을 수 없을 거야.

지금까지 몽티셀리의 작품이 아름다운 석판화나 선명한 동판화 복제화로 제작된 적이 없다는 거 너무 아쉽지 않아? 벨라스케스의 작품들을 판화로 제작한 판화가가 몽티셀리의 작품을 동판화로 만들어내면 다른 화가들이 뭐라고 반응할지 궁금하다. 그건 그런데, 우리의 의무는 누군가를 가르치기보다, 우리 자신이 아름다운 작품에 감탄하고 그런 것들을 더 알아가는 일인 것 같아. 아니, 두 가지 일은 결국 하나로 귀결될 수 있어.

일본 작품 속에서 볼 수 있는 흐트러짐 하나 없이 극도로 단정한 면은 정말 부러워. 지루해지는 면도 없고 황급히 마무리한 느낌도 전혀 없어. 그들의 작업은 마치 숨 쉬는 것처럼 단순해 보일 뿐만 아니라, 인물화를 그리더라도 자신감이 느껴지는 몇 개의 선으로 마치 조끼의 단추를 끼우듯 편안하게 인물을 만들어내.

아, 정말이지 나도 선 몇 개로 인물을 그릴 수 있어야 하는데 말이야. 그러려면 아마 겨우내 매달려야 할 거야. 그리고 그 실력만 갖추면, 대로나 거리를 돌아다니면서 새로운 대상을 발견할 수 있을 거야. 너한테 이 편지를 쓰는 동안 데생을 열두 점 정도 그렸어. 방법을 거의 찾아가는 것 같은데 여전히 복잡해. 왜냐하면 내가 원하는 건, 몇 개의 선으로 남자나 여자, 아이, 말, 개 등의 대상을 머리, 몸통, 팔다리까지 그리는 거거든.

또 연락하자. 진심 어린 악수 청한다.

너를 사랑하는 형, 빈센트

언제인가 라르베 라로케트 부인이 이런 말을 하더라. "그나저나 몽티셀리, 몽티셀리, 그 양반은 프랑스 남부에서 거장이 돼야 했을 인물이지."

너도 기억하지. 지난번에 너와 누이에게 보낸 편지에서, 가끔은 내가 몽티셀리의 후계가 된 것처럼 느낀다고 썼잖아. 그런데 보다시피 우리가 이렇게 화실을 만들어가고 있잖아. 고갱도, 나도, 몽티셀리의 아름다운 작품들과 잘 어울리는 그림을 그려낼 거다. 그렇게 해서 몽티셀리가 칸느비에르 거리의 술집 탁자 위에 쓰러져 죽은 게 아니라, 여전히 건재하다는 사실을 사람들에게 보여줄 거야. 그리고 거기서 만족하고 끝내지도 않아. 아주 단단한 입지를 다져놓을 테다.

베17프 ____ 1888년 9월 27일(목)에서 10월 1일(월) 사이

친애하는 벗, 베르나르

자네가 보내준 데생, 고맙게 잘 받았다는 말을 전하려고 펜을 드네. 다소 성급하게 그린 듯하지만, 매춘부를 그린 데생 2점이 가장 마음에 들어. 아무튼 데생 하나하나에 생각이 담긴 게 느껴져. 요즘은 화창한 날들이 이어지는 덕분에 작업에 치여 지내고 있어. 이런 날은 오래 지속되지 않으니 기회가 있을 때 누려야 하지.

식비만 하루 3프랑 든다던 말은 진짜야. 오히려 추가로 더 들면 더 들겠지! 아무튼 여기 물가에 대해 고갱이 자네에게 했던 이야기는 정확할 거야. 자네의 군 복무가 다가오는 모양인데, 개인적으로 난 자네 아버님께 자네 건강을 좀 신경 써 주시도록 설득하고 싶어. 체력이 뒷받침되지 않으면 자네 작업이 타격을 받기 때문이야. 아버님께서 지금부터 군 복무 시작 때까지 자네에게 온당한 것에 들어가는 비용을 대주실 수 있도록 말이야.

내가 누차 이야기했을 거야. 아프리카에 가서 그림을 그리면, 화가로서, 또 색채 전문가로서의 자네 능력을 키워줄 수 있는 그런 자연을 접하고 볼 수 있다고 말이야. 그런데 자네 아버님이 미리 빈혈이나 이질 같은 병에 걸리지 않도록 몸보신 음식을 제대로 섭취시켜주지 않으시면, 결국은 아프리카에 가도 자네 몸이 망가질 뿐이야.

거기 가서 건강을 챙기는 건 거의 불가능해. 무더운 기후니 미리 살부터 찌우라는 말이 전혀 아니야. 다만, 미리부터 먹는 음식에 신경을 써야 한다는 거지. 내가 여기서 그렇게 잘 지내고 있어서 강조하는 거야. 왜냐하면 아프리카의 열기는 이곳 아를과도 차원이 다를 테니까.

그렇게만 하면 자네는 군 복무라는 시련을 이겨내며 더 강해질 수 있고, 화가의 삶을 버틸 정도로 강해질 수 있어. 그렇지 않으면 무너질 수밖에 없어.

어떻게 되든, 자네가 여기로 와주면 정말이지 그것만큼 좋은 건 없을 거야. 만약 고갱도 올 수 있으면 좋겠지. 우리한테 아쉬울 게 있다면 더 좋은 계절이 아니라 겨울이라는 것뿐일 거야. 갈수록 음식이 우리의 사고 능력뿐만 아니라 그림 실력에도 영향을 끼친다는 생각이 들어. 내 경우만 봐도, 만약 위장이 계속 말썽이면 결코, 그럴듯한 그림을 그릴 수 없거든.

아무튼 자네 아버님이 자네 작품들만 고스란히 가지고 계시면서 경제적으로 넉넉하게 후원해주신다면, 아마 다른 데 투자하시는 것보다 더 손해 보실 일은 없을 거야. 프랑스 남부에 오면 온갖 감각이 자극을 받게 돼. 붓을 다루는 손도 민첩해지고, 눈도 더 좋아지고, 머리도 맑아져. 이질 같은 질병이 자네 건강을 갉아먹는 일만 없다면 말이지.

감히 단언하는데, 예술적 능력을 키우고 싶은 사람이 프랑스 남부에 정착하면 자신의 능력이 향상되는 경험을 할 수 있어. 대신, 피가 탁해지는 일 없도록 건강관리에도 신경 써야 해.

이쯤되면 내 잔소리가 너무 길다고 짜증을 낼 것 같군. 빨리 매음굴에 가고 싶으니 나머지야 어떻게 되든 상관없다고 말할 것도 같고. 그래, 그럴 수도 있지. 하지만 이것 외에 다른 말을 할 수는 없었어. 예술은 길고 인생은 짧으니, 우리는 인내하면서 우리의 삶을 값지게 팔려고 노력해야 한다. 나도 자네 나이였으면 좋겠어. 그래서 내가 할 수 있는 능력으로 아프리카로 떠나 군 복무를 하고 싶어. 그런데 그러려면 내 신체가 지금보다는 훨씬 건강해야겠지, 당연히!

고갱과 내가 여기 함께 있게 되면, 아마도 그렇게 될 것 같은데, 최대한 자네가 비용을 부담하는 일은 없도록 가능한 건 다 해볼 생각이야. 하지만 자네 아버님도 하실 수 있는 건 최대한 해주셔야 해. 우리를 믿으셔야 한다는 거야. 우리가 당신 호주머니를 털어가려는 게 아니라는 걸 아셔야 한다고. 그림을 제대로 그리려면 우선 잘 먹고, 잘 자면서, 때때로 욕정도 풀어야 하고 파이프 담배도 피우고, 평화롭게 커피도 마셔야 하는 법이니까.

그 외의 다른 게 아무런 가치가 없다는 말이 아니야. 각자 하고 싶은 걸 해야 한다는 뜻이지. 그런데 이런 생활방식이 대다수에게 바람직하다고 생각은 해.

진지하게 악수 청하네.

자네를 사랑하는 친구, 빈센트

543프 ____ 1888년 9월 29일(토) 추정

테오에게

편지와 동봉해준 50프랑 고맙게 잘 받았다.. 다리 통증이 다시 도졌다니 반갑지 않은 소식이구나. 정말이지 너도 이곳, 프랑스 남부로 내려와 지내야 해. 우리한테 필요한 든든한 치료제는 태양과 화창한 날씨, 청명한 공기야. 이곳 날씨는 여전히 화창하다. 이런 날이 계속 이어진다면, 아마도 화가들의 천국 이상일 거야. 완전히 일본 같은 곳. 언제, 어디를 가든, 항상, 너는 물론이고 고갱과 베르나르 생각이 머리에서 떠나지 않는다. 이 아름다운 곳에 모두가 함께 있다면 얼마나 좋을까.

정사각형 30호 캔버스에 그린 유화 크로키 동봉한다. 가스등이 켜진 밤거리에서 그린 별이 빛나는 밤하늘이야. 하늘은 청록색, 강물은 로열블루, 땅은 엷은 자주색으로 칠했어. 도시는 파란색과 보라색, 가스등은 노란색, 그리고 반사광은 적갈색과 금색에서 초록색이 감도는 청동색으로 표현했고. 청록색 하늘 위에는 큰곰자리가 초록색과 분홍색으로 빛나는데 농도를 연하고 은밀하게 처리해서 가스등의 강렬한 금색하고 대조를 이루지.

그리고 전경에는 색을 입힌 두 명의 연인을 그렸다.

정사각형 30호 캔버스에 그린 유화 크로키 하나 더 동봉하는데, 코발트 원색 같은 하늘과 유황 같은 태양 아래 서 있는 집 한 채와 그 주변 풍경이야. 정말 까다로운 주제였어! 그래서 또 어떻게든 제대로 완성하고 싶었지. 햇살을 정면으로 받는 노란 집과 이루 말할 수 없이 청명한 파란색이 정말 장관을 이루거든. 땅바닥도 온통 노란색이었어. 기억에 의존해 그린 크로키 말고 더 잘 그린 걸 보내줄게.

왼편의 집은 분홍색 벽에 초록색 덧창이 달렸어. 나무가 가리고 있는 집 말이야. 거기가 내가 매일 가는 식당이야. 나와 친한 우체부 양반은 왼쪽 길 끝에 살아. 두 철교 사이에. 내가 그렸던 밤의 카페는 그림에 없어. 식당 왼쪽이거든.

밀리에는 그 그림을 끔찍하게 여겼어. 그런데 이 친구가 지극히 평범한 식료품점이나 우아한 맛도 없고 무뚝뚝한 사각형 모양의 집들을 무슨 재미로 그리는지 모르겠다고 말할 때, 나는 졸라가 『목로주점』 도입부에 묘사한 대로나 플로베르가 『부바르와 페퀴셰』 도입부에서 묘사한 폭염이 기승을 부리던 날, 빌레트 강변의 풍경이 떠오른다는 건, 굳이 너한테 말하지 않아도 될 것 같다. 정말 그림 같은 풍경이었지.

아무튼 어려운 작업을 하고 나면 기분이 좋아. 계속해서 (이 말을 해도 될지 모르겠는데) 종교가 절실히 필요하다는 생각이 들지. 그래서 밤에 밖으로 나가서 밤하늘의 별을 그리곤 해. 이런 그림 속에 내가 아는 동료들의 생생한 모습을 직접 그려 넣는 상상도 종종 하고.

드디어 고갱에게 편지가 왔는데, 아주 불행한 모양이야. 그림만 팔리면 이쪽으로 오겠다는데, 여전히 여비는 어떻게 마련할지, 그쪽 문제들은 어떻게 해결할지 명확한 설명이 없어.

하숙집 사람들이 예전에도 지금도 한결같이 잘해줘서, 갑자기 떠나는 게 옳지 않은 행동 같다는 거야. 그러면서 만약 자신이 당장 올 수도 있으면서 안 오는 거라고 여긴다면, 자기 마음에 비수를 꽂는 거라더라. 그리고 또 네가 자기 그림을 싼값에라도 몇 점 팔아주면 아주 만족스러울 거라고도 했어. 아무튼 이 양반 편지도 여기에 동봉해 보낸다.

물론 고갱이 여기로 오면 프랑스 남부에서 그림 그리는 일의 중요성이 100퍼센트 더 커질 수 있을 거야. 그리고 일단 여기에 자리를 잡고 나면 이 양반이 다른 곳으로 떠날 일은 없을 거야. 여기에 아예 뿌리를 내릴 테니까. 그리고 항상 하는 생각이지만, 고갱의 도움이 더해지면 네 개인적인 사업도 내 그림 하나만 다룰 때보다 비중이 커지는 셈이야. 한마디로, 추가로 비용을 들일 일 없이 만족감은 더 커진다는 뜻이지. 나중에 네가 개인적으로 인상주의 작품들을 다루게 되면, 지금 하던 대로 이어가고 규모만 더 키우면 되는 거야. 아무튼 고갱 말에 따르면 라발이 적어도 1년간 매월 150프랑씩 지원해줄 사람을 만났다고 하더라. 그리고 라발도 2월 중에는 올 수 있을 거래. 베르나르에게 프랑스 남부에서는 숙식비로 하루에 3.5~4프랑 이상은 든다고 편지했었는데 이 친구 말이, 고갱은 세 사람 숙식비로 한 달에 200프랑쯤 생각한다는 거야. 화실에서 먹고 자면 불가능한 일은 아니야.

베네딕트회 신부 양반, 제법 흥미로운 인물 같더라. 그 양반은 미래의 종교에 대해 어떤 생각을 하고 있을까? 아마 이렇게 말하지 않을까 싶어. 과거와 다를 바 없다고. 빅토르 위고가 이런 말을 했었어. 신은 일식의 순간, 등불 같은 존재라고. 그렇다면 지금 우리는 이 일식의 순간을 지나는 중이야.

다만, 우리를 안심시켜줄 수 있는 무언가가 있다는 사실을 좀 입증해 보여주면 좋겠어. 죄책감이나 불행 같은 감정을 느끼지 않도록 우리를 위로해줄 무언가를 말이야. 지금 이대로의 우리 자신이 외로움이나 허무함 속에 빠져 길을 잃지 않고, 온전히 걸어 나갈 수 있도록 도와줄 무언가. 한 걸음 내디딜 때마다 험한 일이 있을까 두려워하고 계산할 필요 없도록, 의도치 않게 남에게 해를 끼치는 일도 없도록 해줄 무언가가. 조토는 정말 대단한 양반이야. 전기에 따르면 평생을 고통 속에 살면서도 언제나 열의와 아이디어가 넘치는 예술가였다고 하더라. 나도 그런 자신감을 지니고 싶어. 언제든 주변에 행복하고 즐겁고 쾌활한 분위기를 퍼뜨릴 수 있는 경지. 그런데 그건 용광로 같이 타오르는 파리보다는 시골이나 작은 도시에서 가능성이 커.

네가 〈별이 빛나는 밤〉과 〈갈아놓은 밭〉을 마음에 들어 한다 해도 놀랍지 않다. 다른 것들보다 훨씬 차분한 그림이거든. 지금처럼만 작업한다면, 돈 걱정은 줄어들겠어. 왜냐하면 내 그림 기법을 꾸준히 조화롭게 발전시켜가면, 사람들이 더 쉽게 다가올 테니까. 그런데 이 빌어먹을 미스트랄이 걸림돌이야. 이 바람 때문에, 감정을 실어 연주하는 음악처럼, 감정을 살려 표현하는 붓 터치가 힘들어지거든.

요즘 같은 잔잔한 날에는 그냥 나가서 편안하게 그린다. 불가능한 상황과 씨름할 필요 없이.

탕기 영감님의 소포가 도착했다. 정말 고맙다. 올가을에 다음 전시회에 출품할 그림을 작업하고 싶었거든. 지금 가장 시급한 게 캔버스 천 5미터나 10미터야. 이 편지는 더 써서 고갱의 편지와 함께 보낼 거야.

모랭에 관한 네 의견, 흥미롭더라. 그의 데생 여러 점이 40프랑이면, 비싼 가격은 아니야. 점점 이런 생각이 들어. 정직하고 올바른 그림 사업은 자기 취향, 거장 앞에서 받은 교육, 한마디로, 자신의 신념에 따르는 거라고 생각해야 할 것 같아. 그럴듯한 괜찮은 그림을 그리는 게 다이아몬드나 진주를 찾는 일보다 *결코 쉽지 않지*, 나도 잘 알아. 그만큼 수고롭고, 미술상으로서, 예술가로서의 명운을 걸어야 하거든. 하지만 일단 희귀석을 발견하면, 자신감을 잃지 말고, 과감하게 어느 정도까지 가격을 고집해야 해. 하지만 그렇게 기다리는 동안……. 그래도 이런 생각을 하면 작업할 용기가 난다. 비록 돈을 써야 하는 상황이 괴롭기는 하지만 말이야. 아무튼 이렇게 괴로운 상황에서도 진주에 관한 생각이 떠오르더라. 너도 낙담할 때마다 이 생각을 떠올리면 기분이 조금은 나아질 거다. 괜찮은 그림도 다이아몬드만큼 찾기 힘든 법이잖아.

해바라기를 더 그리고 싶었는데 벌써 다 져버렸어. 그래 맞아, 가으내 30호 캔버스에 12점쯤 그렸으면 했는데. 그래도 어떻게든 목표를 달성할 수는 있을 것 같아. 요즘처럼 화창하고 아름다운 날이 이어지면 놀랄 정도로 머리가 맑아지며 무아지경에 이르고, 꿈결처럼 그림들이 머릿속에 떠오르곤 한다. 이러다가 궂은날이 반복되는 계절이 오면 그 여파로 우울해지지 않을까 걱정은 되지만 기억에 의존해 인물화 데생을 연구하면서 극복해나갈 거야.

모델을 못 구해서 최고의 기량을 발휘할 수 없는 게 늘 속상하지만, 거기에 연연하지 않고, 비록 어떤 결과가 나올지는 모르지만 풍경화나 채색화로 관심을 돌릴 거야. 그래도 이건 알아. 모델에게 "저를 위해 제발 이런 포즈를 취해주세요"라고 애원하는 순간, 졸라의 『작품』 속에 등장하는 선량한 화가처럼 될 거라는 사실 말이야. 확실히 마네는 그러지 않았어. 그리고 졸라는 자신의 책을 통해 그림 속에서 초자연적인 부분을 보지 못하는 사람들이 어떻게 반응하는지에 관해서는 기술하지 않았어.

졸라의 책에 대한 비난은 접어두자. 베르나르가 그린 데생 5점을 보내줄게. 지난번과 비슷한 분위기야.

베르나르에게 고갱이 여기 올 건지, 안 올 건지 명확하게 뜻을 밝히지 않는다고 편지했어. 그리고 그에게는 한푼도 받지 않거나 유화나 데생으로 대신 받는 식으로 거처를 제공하는 것도 힘들 것 같다고 했어. 여기서는 식비 하나만 해도 그 친구가 지금 있는 곳의 숙식비를 합친 것보다 많이 든다는 이야기도 해줬어. 대신, 고갱이 있건, 없건, 화실에서 먹고 자고 하는 식으로 돈을 아낄 수는 있다는 것도 말해줬고.

그렇다고 해도 여기로 꼭 오라고 강요하는 건 아니라는 뜻도 전했어. 나야 그가 여기로 와서 함께 겨울을 보내면 정말 좋겠지만, 무엇보다 신중히 계산해보라고 했지.

혹여 조만간 고갱이 네게 확실한 의사를 밝혀오거든, 너나 나나 베르나르에 관해 다시 생각해보자. 베르나르도 여기서 그럴듯한 작업을 시작할 수 있을 것 같긴 하지만, 그 친구 아버지도 어느 정도는 자식에게 아량을 베푸셔야 해. 베르나르도 기를 쓰고 노력하고 있으니까. 그나저나 이번에 보내온 이 친구 데생이 지난번만큼 마음에 들지는 않더라.

내달 초에 다시 온갖 비용이 동시에 나간다. 집을 장식하려고 주문한 액자와 틀을 비롯해, 월세에 가정부에게 줘야 할 임금까지.

그런데 액자와 틀은 늦게 찾으면 될 테니, 어떻게든 해결할 수 있을 거다.

지금 나한테 유일한 희망이라면 1년간 열심히 작업해서, 내가 원할지, 혹은 네가 원할지 모르겠지만, 아무튼 내년 전시회에 자랑스럽게 내놓을 만한 작품을 여러 점 완성하는 일이야. 이 일에만 매달리겠다는 건 아니지만, 그리 나쁘지 않은 작품을 꼭 네 앞에 내놓을 거다.

전시회에 *출품하지 않더라도*, 내가 무능력하거나 게으르지 않음을 입증해줄 작품을 집에 둘 수 있을 테니, 내 마음도 편할 것 같다. 핵심은, 전시회 출품작을 준비하는 다른 화가들보다 노력을 게을리하면 안 된다는 거야.

전시회에 참가하든, 그렇지 않든, 성실하게 작업을 해야 하는 거야. 그래야만 느긋하게 파이프를 물고 담배라도 피울 자격이 생기는 법이니까.

올해는 그렇게 생산적으로 작업할 수 있을 것 같다. 그리고 새로 그린 연작은 먼저 보냈던 두 그림보다 더 낫게 그리기 위해 애쓰고 있어.

여러 개의 습작 중에서 유화 완성작이 나오면 좋겠다. 〈별이 빛나는 밤〉은 언제나 그려보고 싶었던 그림이야. 아마 밤하늘에 별이 반짝이는 날이면 갈아놓은 밭이 보이는 곳으로 언제든 나갈 수 있을 거야.

톨스토이의 『나의 종교』는 이미 1885년에 프랑스어로 번역되었는데, 나는 한 번도 본 적이 없다. 톨스토이는 육신이든 정신이든 부활 자체를 믿지 않는 것 같더라. 그리고 하늘나라를 선혀 믿지 않는(허무주의자처럼 세상을 바라보는) 눈치인데, 또 어떤 면에서는 허무주의자들과 반대로, 지금 하는 일을 제대로 해야 한다고 강조해. 그게 우리가 가진 전부이기 때문에.

부활을 믿지 않았지만, 그에 상응하는 개념(생명의 지속성, 인류의 진보), 인간과 그들이 남긴 작품이 인간을 통해 고스란히 후대까지 이어진다는 사실은 믿는 모양이야. 톨스토이의 생각이 덧없는 위로에 불과했던 건 아닐 거야. 그는 좋은 집안 출신이면서 노동자로 살면서 장화를 만들고, 냄비도 고치고, 쟁기를 사용해 땅을 일구는 법도 알고 있었어.

나는 그런 능력은 하나도 없지만, 스스로 변화하기 위해 노력하는 열정적인 마음을 가진 인간을 존중하는 법은 알고 있어. 하늘나라를 전혀 믿지 않는 가련한 인간들과 같이 살면서 이런 게으른 자들의 시대를 살고 있다는 사실을 불평해서는 안 돼. 전에도 편지에 썼지만, 톨스토이는 비폭력의 혁명을 믿었어. 회의론과 절망적인 고통, 실망과 환멸에 대한 반작용으로 사람들 사이에 번지는 사랑과 신앙에 의한 혁명 말이야. 또 연락하자. 마지막으로 보낸 편지가 금요일에 도착했으니, 이번 편지도 금요일에 받을 수 있으면 그것만큼 좋은 일이 없을 것 같구나. 그렇다고 급할 일은 없어. 그냥 때가 되면 도착할 테니 말이야. 악수 청한다.

너를 사랑하는 형, 빈센트

544프 ____ 1888년 10월 3일(수)

테오에게

고갱이 보내온 남다른 편지, 여기에 동봉한다. 특별히 중요한 내용이니 따로 보관해둬라.

자기 자신에 대해 이야기했는데, 정말 마음 깊이 감동했다. 베르나르의 편지와 같이 도착했는데, 아마 고갱도 읽고 동의했겠지, 베르나르도 여기로 오고 싶다고 다시 한 번 썼더라. 그러면서 라발, 모레, 다른 화가*, 그리고 자신까지 이렇게 넷이서 그림을 교환하자고 하더라고.

라발도 오고 싶어 하고 나머지 두 사람도 그렇대. 그렇게만 된다면야 더 바랄 게 없지만, 여러 화가가 공동생활을 하려면 반드시 규칙을 정하는 수도원장이 있어야겠지. 당연히 고갱이 되어야지. 그래서 고갱이 다른 이들보다 먼저 여기 왔으면 하는 거야(베르나르와 라발은 2월에나 올 수 있대. 베르나르가 파리에 징병검사를 받으러 가야 해서).

내가 원하는 건 두 가지야. 우선은 내가 써버린 돈을 다시 벌어서 너한테 갚고 싶고, 고갱이 자유로운 예술가로서 마음 편하게 작품활동을 했으면 하는 거. 수년간 네게 받아서 써버린 돈을 다시 벌면, 사업을 더 크게 키우고 데카당스가 아닌 르네상스를 위한 화실을 세우도록 힘쓸 거야. 고갱이라면 늘 우리와 함께해줄 거라고 믿어. 어느 쪽도 손해 보는 일이 아니기도 하고. 이렇게 하나둘 모이면, 각자의 개성은 고스란히 지키면서 하나로 뭉쳐 더 큰 힘을 낼 수 있어.

그건 그렇고, 나는 고갱의 자화상은 작품과 교환하지 않을 거야. 그러기엔 너무나 좋은 그림이라서, 차라리 첫 달 생활비나 교통비조로 우리에게 양도하라고 요구할 생각이다.

그런데 보다시피, 내가 그 두 사람에게 다소 강한 어조로 편지를 쓰지 않았으면 그 자화상은 이 세상에 존재하지도 않았을 거다. 그 덕에 베르나르도 자화상을 하나 그렸고.

내가 화를 낸 것도 인정하고, 그렇게 화를 낸 건 잘못이지만, 결국에는 고갱도 그림 하나를 그렸고, 베르나르도 그림 하나를 그렸잖아.

아! 포도밭 습작은 정말 내가 피땀을 흘리며 그린 그림이야. 내가 가지고 있는데, 여전히 정사각형 30호 크기야. 집에다 걸 장식화로 좋겠어. 이제 *캔버스를 다 써버렸다.*

너도 알겠지만, 고갱이 여기로 오면, 우리는 우리에게 새로운 시대를 열어줄 아주 중요한 사업을 목전에 두는 거야.

미디 역에서 너와 헤어져 남부로 향할 때만 해도, 너무 비참했고, 거의 병자나 알코올 중독자처럼 쓸모없었지. 그해 겨울, 어렴풋하긴 하지만, 흥미로운 사람들과 예술가들을 만나 이런저런 이야기를 나누는 일에 심혈을 기울였던 기억은 여전히 그대로 남아 있다. 그때는 희망을 품을 엄두가 나지 않았어.

네가 지속적으로 노력하고 나도 나대로 열심히 한 덕에, 이제 그 희망이라는 게 점점 지평선

* E. 샤마이야르(Ernest Ponthier de Chamaillard)

위로 올라오기 시작한 거야.

구필 화랑에 남든 말든 관계 없이, 넌 고갱의 육체와 영혼을 최선을 다해 돌봐줘야 해.

그러면 넌 최고이자 최초의 '미술상-사도'가 되는 거야. 내 그림이 그 화가들의 작품 사이에서 생명력을 얻어가는 모습이 눈앞에 보이는 듯하다. 네가 우리에게 돈을 벌 길을 찾아준다면, 난 내가 할 수 있는 한 최선을 다해서 그림을 그리고 나부터 모범을 보일 거야.

우리가 잘만 버티면 이 모든 게 우리 자신보다 더 견고한 토대를 형성해줄 거다.

오늘 오후에 고갱과 베르나르에게 답장을 쓸 거야. 어떻게 되든, 우리는 뜻을 함께하기 시작했다는 것과 개인적으로는 이렇게 힘을 합친 덕분에 돈 부족이나 건강 문제에 맞설 힘을 키울 수 있다는 믿음이 생겼다고 전할 거야.

그리고 너한테 부탁하고 싶은 게 있는데, 토마 영감님을 좀 찾아가 주면 좋겠다. 고갱이 여기로 오기 전에 사놓고 싶은 게 있거든. 이런 것들이야.

서랍장 달린 화장대	40프랑
시트 4장	40프랑
화판 3개	12프랑
부엌용 화덕	60프랑
물감과 캔버스 천	200프랑
액자와 틀	50프랑

많다면 많고, 생필품도 아니지. 이런 게 전부 없어도 살 수는 있어. 하지만 내가 이 분야에서 강조하고 힘을 주고 싶은 특징을 살리려면 꼭 필요한 것들이다. 시트 4장이(지금도 이미 4장이 있는데) 더 필요한 이유는, 그렇게 하면 굳이 돈을 받지 않더라도 베르나르를 집에 재워줄 수 있어서야. 바닥에 매트리스 같은 걸 깔아서 나나 이 친구가 쓰면 되니까. 부엌용 화덕으로 화실까지 훈훈하게 데울 수 있어.

그럼 물감은 어디에 쓸 거냐고 묻겠지?

그래, 나도 나 자신을 탓하고는 있지만, 솔직히, 자존심상 고갱에게 좋은 인상을 심어주고 싶어. 그래서 그 양반이 여기 오기 전에, 혼자서 최대한 많은 작업을 하고 싶어서 그래. 고갱이 여기 오면 내 그림도 달라지겠지. 감히 단언하는데, 분명히 나아질 거야. 그리고 바르보틴에 가깝긴 하지만 그래도 어느 정도 내 장식화에도 신경을 쓰고 싶거든. 게다가 요즘은 날도 화창해.

지금 작업 중인 30호 캔버스가 10점이야.

고갱의 여비도 신경을 써야 하는데, 만약 토마 영감님이 후하게 인심을 써주지 않는다면, *고갱의 여비는 어쨌든* 너와 내 주머니에서 나가겠지. *어쨌든* 말이야. 내가 열거한 이 비용들은 오직 고갱이 여기 올 경우에 그에게 좋은 인상을 주기 위한 것뿐이야. 이 양반은 그런 생각을 계속 가졌으면 좋겠고, 네가 비용을 대고 내가 꾸미고 정리해서 여기 화실을 완벽히 갖춰가면 좋겠다. 고갱이라는 화가가 대표 화가로 활동하기에 걸맞은 화실이 될 수 있도록 말이야.

과거에, 코로가 도미에의 딱한 사정을 알고 그의 생계를 보장해줬고, 그 덕분에 도미에가 부족함 없이 지냈던 것처럼 좋은 기회가 될 수 있어. 이대로만 가면 잘될 거야.

지금 시급한 건 여비 마련이니, 내 물감도 나중에 사도 괜찮아. 물론, 그 물감이 있으면 머지않아 써버린 돈보다 더 많은 돈을 벌 수는 있겠지만 말이야. 고갱이 네게 자신의 작품에 대한 전매권을 줘야 한다는 점에 대해서는 절대로 반대하지 않아. 그런 다음 곧바로 그의 그림값을 올려서 무조건 500프랑 이상으로 만드는 것에도 반대하지 않아. 이 양반은 확신이 필요하고, 우린 그걸 줬다. 정말이지 더 크고 좋은 화랑과 일하는 기분이 든다. 예전과는 차원이 다른 거래 방식으로 운영되는 화랑 말이야.

물감이라면, 고갱과 함께 가루를 빻아서 만들어 쓸 게 *거의 확실하다*. 포도밭은 탕기 영감님에게 산 물감으로만 그렸는데 꽤 괜찮더라. 입자가 더 굵다고 *불편할 게 전혀 없었어*. 모든 상황을 계속 좋은 쪽으로만 바라보면, 그러니까 물질적인 측면이 아니라 인간관계의 측면을 생각한다면, 결국, 물질적인 부분도 저절로 해결되지 말라는 법도 없다. 사람은 역경을 거치면서 성장하는 법이니까. 습작은 계속 액자에 넣어서 보관하고 있어. 집안 장식용으로도 괜찮고 분위기도 낼 수 있거든.

고갱이 네게 전매권을 양도하는 게, 공식적으로는 구필 화랑과의 계약이겠지만, 개인적으로는 친구며 채무자로서 너와 계약하는 거야. 그 대가로 고갱은 화실에서 대표 자격을 누리게 될 거고. 그래서 자기 마음대로 돈 관리도 하고, 필요한 경우라면 베르나르나 라발을 비롯한 다른 화가들이 그림을 교환하도록 도울 수도 있어. 나도 같은 조건으로 활동하겠지. 100프랑과 캔버스 천, 물감을 받는 조건으로 습작을 그려서 내놓을 거야. 아무튼 고갱이 우리와 함께하면서 공동 화실의 대표가 될 테고, 건강을 빨리 회복할수록 작업에도 더 열중할 수 있을 거야.

공동 화실이 오가는 화가들을 위해 더 정비되고 기반이 탄탄해질수록, 영감도 더 많이 받고 그것을 생생하게 표현해내고 싶은 야망도 품게 될 거다. 안 그래도 지금 퐁타방에서 다들 이 이야기만 한다니까, 파리에서도 그런 분위기가 만들어질 거야. 다시 한번 강조하지만, 더 탄탄한 기반을 갖출수록 공동 화실 전반에 대한 인상이 나아지고, 또 그만큼 기회도 찾아온다!

자, 될 일은 되는 법이야. 행여 나중에 불필요한 논쟁을 피하기 위해 지금 밝혀두는데, 만약 라발과 베르나르가 정말로 여기 온다면, 공동 화실의 대표는 내가 아니라 고갱이 될 거다. 내부를 꾸미는 문제는 아마 다 같이 타협점을 찾을 수 있을 거라 믿는다.

금요일에 네 답장을 받으면 좋겠구나. 베르나르의 편지에 보니 여전히 고갱이 거장답다면서 성격으로나 지적으로나 단연 뛰어나다고 확신에 차서 설명하더구나.

정감 어린 악수 청하면서 또 연락하자.

너를 사랑하는 형, 빈센트

방금 마무리한 〈포도밭〉은 초록색과 보라색과 노란색, 포도송이는 자주색, 덩굴은 검은색과 주황색으로 칠했어.

청회색 버드나무 여러 그루가 지평선을 따라 늘어섰고, 아주 멀리 보이는 압착실 건물의 지붕이 빨간색, 저 멀리 마을 그림자는 자주색이야.

포도밭 안에는 빨간 양산을 쓴 여성들과 포도를 수확하기 위해 수레를 끌며 일하는 인부들이 있고.

그 위로 파란 하늘이 펼쳐지고 전경에는 잿빛 모래가 깔렸지. 공처럼 둥글게 깎은 덤불과 협죽도를 그린 공원 그림과 짝을 이루는 그림이 될 거야.

지난번에 보낸 것 전체보다 이번에 보내는 10점이 아마 더 마음에 들 거다. 가으내 두 배로 더 그리고 싶어.

날이 갈수록 가을 분위기가 무르익어 간다. 낙엽이 질 무렵이면, 네덜란드처럼 11월 초순일지는 모르겠지만, 아무튼 모든 나뭇잎이 노란색으로 변할 테고 파란색과 근사한 대조를 이룰 거야. 지엠의 그림을 통해 벌써 여러 차례 환상적인 분위기를 보았잖아. 짧은 겨울이 지나가면 다시 한번 과수원의 꽃나무들을 그릴 수 있을 거야.

고갱이 〈페르시아인〉에 관해 한 말은 사실이야. 그걸 디외라푸아 박물관에 전시하는 게 충격적일 것까지야. 전시에는 아무 문제가 없다고 본다. 그런데 말이야, 그런데…… 나는 그런 고상한 세계에 속한 사람이 아니라서…… 페르시아나 이집트의 양식보다…… 난 그리스나 일본의 양식이 더 마음에 들어. 그렇다고 고갱이 페르시아 양식을 연구하는 게 잘못됐다는 건 아니야.

나도 익숙해져야겠지.

544a프* ____ 1888년 10월 3일(수)**

친애하는 고갱 선생에게

오늘 아침 선생의 반가운 편지를 받자마자 내 동생에게 바로 전달했습니다. 선생의 자화상에 드러난, 인상주의에 대한 선생의 전반적인 견해는 정말 놀랍습니다. 그 자화상, 미리부터 정말이지 근사하고 중요한 그림일 것 같아서 어떻게든 내 그림과 교환하고 싶은 생각이 간절하

* 원래 네덜란드 판본에서는, 544a 편지가 553a로 실려 있었다.

** 고갱은 1888년 10월 8일 쉬페네케르에게 보낸 편지에 이렇게 적었다. '빈센트의 편지를 동봉합니다. 읽어보면 그와 내가 어떤 입장인지, 현재 어떤 논의가 진행되고 있는지 전부 알 수 있을 겁니다.'

네요. 하지만 선생이 우리를 위해 소장하고 싶으시다면, 내 동생이 그림을 사드릴 겁니다. 선생이 원하신다면, 당장이라도 그렇게 부탁할 수 있으니, 그렇게 되도록 희망을 가져 봅시다.

그나저나 우리 형제는 여전히, 선생을 하루라도 빨리 이곳으로 모시려고 서두르고 있습니다. 솔직히 말해서, 심지어 그림을 그리는 동안에도 머릿속으로 끊임없이 선생과 내가 공동으로 꾸릴 화실을 생각합니다. 선생과 나는 거기 거주할 것이고, 또한 궁지에 내몰린 동료들에게 안식처로 제공할 수도 있을 겁니다.

선생이 파리를 떠난 후, 나와 내 동생은 함께 머물며, 평생 잊을 수 없는 시간을 보냈습니다. 광범위한 분야에 대해 논의했어요. 때로는 기요맹, 피사로 부자(父子), 그때는 서먹했던 쇠라와도(파리를 떠나기 전까지, 불과 몇 시간 그의 화실에 가본 게 전부였습니다) 자리를 함께했었죠.

이런 이야기를 나누면서 우리 형제의 마음속에 가장 깊이 각인됐던 내용은 화가들의 경제적인 기반을 지원하고, 물감이나 캔버스 천 같은 물질적인 수단을 보장하며, 이미 오래전에 소유권이 넘어간 그림 등에 한해서는 현재 가격의 일정 부분을 화가들에게 직접 보장해주는 방법에 대한 부분이었습니다.

선생이 이곳에 오시면, 모든 부분에 대해 다시 한 번 논의해봅시다.

어쨌든 나는 파리를 떠나며, 몸과 마음이 모두 심각하게 병들었고, 거의 알코올 중독자처럼 기운이 없어서 할 수 있는 게 없었습니다. 내 속에 갇힌 채 어떤 희망을 품을 수가 없었지요.

그러나 지금은, 저 멀리 지평선 너머로 희미하게나마 희망이라는 게 보이는 것 같습니다. 간헐적이나마 이렇게 보이는 희망이 외로운 내 삶의 위로가 되곤 했었지요.

아무튼 나는 우리가 오래 지속될 수 있는 튼튼한 기반을 성공적으로 다질 수 있다는 믿음에 선생도 적극적으로 동참할 수 있기를 바랄 따름입니다.

허름한 화실과 소로(小路)의 카페에서 논의했던 내용을 다시 한 번 이야기하면, 선생도 아마 명확히 깨달을 겁니다. 지금까지 실현된 적 없는 일종의 협회를 만들겠다는 우리 형제의 구상에 대해서 말입니다. 하지만 지난 몇 년간 엉망이 된 상황을 개선하기 위해 우리가 해나갈 일은 아마도 우리가 이야기했던 그대로거나 그와 비슷할 거라는 것도 보일 겁니다. 우리가 튼튼한 기반을 다져 보여주는 것만큼 더 확실한 설명은 없겠죠. 아마 우리 형제가 이전에 선생에게 설명했던 내용보다 더 많은 걸 하고 있다는 사실을 선생도 인정하게 될 겁니다. 우리가 그 이상의 것을 하려는 것도 그게 바로 미술상이 해야 할 의무이기 때문입니다. 아시다시피, 나 역시 수년간 미술상으로 일하며 먹고 산 사람이라 미술상이라는 직업을 우습게 보지 않습니다.

너무나 당연하게도, 나는 선생이 물리적으로 파리와 거리를 두었다고 해서 선생이 파리와 맺고 있는 직접적인 관계가 끊어진다고 생각하지 않습니다.

요즘 나는 작업에 대한 열정이 끓어오릅니다. 지금은 검은색과 주황색 포도덩굴과 초록색과 자주색, 노란색이 어우러진 포도밭 위로 펼쳐진 파란 하늘이 보이는 풍경화를 작업 중입니다.

포도밭 안에 그려 넣은 빨간 양산을 쓴 여성들과 포도를 수확하려고 수레를 끌며 일하는 인부들이 한층 쾌활한 분위기를 더해주지요. 집안 장식용으로 30호 캔버스에도 그렸습니다.

내 자화상 하나는, 거의 회색조만 썼습니다. 회색조는 베로니즈그린에 납 주황색을 적절히 섞어서 만들었고, 뒷배경은 연한 베로니즈그린으로, 옷은 적갈색으로 칠했습니다. 그런데 나 자신을 다소 과장되게 표현하고 싶어서 붓다의 가르침을 따르는 승려처럼 그려봤습니다. 결코, 쉽지 않은 작업이었지만, 생각한 대로 표현하는 능력을 갖추려면 똑같은 그림을 다시 한 번 온전히 그려낼 수 있어야겠지요. 그리고 더 나은 그림을 그리는 데 적합한 모델을 만나기 위해서는 소위 문명화됐다고 하는 이 사회의 우둔한 관습에서 더 확실히 깨어나야 할 겁니다.

이루 말할 수 없이 반가운 소식이 있었습니다. 어제 보슈에게(이 친구 누님은 벨기에 20인회 소속 예술가입니다) 편지가 왔는데, 광부의 삶과 탄광촌 생활을 그림에 담아내기 위해서 보리나주에 정착했다고 하더군요. 하지만 뜻한 바가 있기에 프랑스 남부로 돌아올 겁니다. 다채로운 느낌을 경험하기 위해서라도 말이죠. 그리고 그런 목적이라면 당연히 아를로 와야죠.

내가 예술을 바라보는 관점은 선생과 비교하면 지극히 평범하다고 늘 느낍니다.

나는 항상 굶주린 야수처럼 강한 식욕을 느끼는 사람입니다.

특정 대상의 외적인 아름다움을 표현할 수 없는 상황에 놓이면 주변의 모든 걸 잊고 무아지경에 빠지게 됩니다. 그러지 않으면 내 눈에는 흠잡을 데 없는 완벽한 자연이 내 그림 속에서 추하고 흉물스럽게 그려질지도 모르니까요.

그런데 형편없었던 건강 상태가 나날이 나아지면서 이제는 뜻한 바를 이룰 수 있게 됐지요. 그래서 그림 그릴 대상이 거칠고 서툰 내 붓질에 어울릴 것 같다는 느낌이 들면 독창적인 진지함이 절로 묻어나는 결과물을 만들게 되는 것도 같습니다.

나는 지금 당장이라도, 선생 자신이, 우리가 여러 화가들에게 일종의 은신처로 제공할 계획을(우리가 애쓰는 만큼 조금씩 이런 목적을 달성하는데 필요한 재원이 마련될 겁니다) 가지고 있는 공동 화실의 대표 화가라고 느끼기 시작한다면, 지금, 이 순간, 겪고 있는 경제적인 불편함과 건강상의 문제 등의 불행을 상대적으로 달래줄 수 있는 위로가 되지 않을까 생각합니다. 어쨌든 오랫동안 우리 뒤를 이을 후대의 화가들을 위해 우리가 목숨을 걸고 애쓰는 중이라고 여길 수 있을 테니 말입니다.

내가 사는 이 땅은 이미 과거에 비너스의 전설과(주로 그리스의 예술 작품으로만 알려진) 르네상스 시대의 시인과 예술가들을 직접 만나고 경험했습니다. 이런 환경이 꽃을 피울 수 있었다면, 인상주의 역시 충분히 그럴 수 있다는 겁니다.

선생이 쓰게 될 방에는 장식용 그림을 하나 걸어뒀습니다. 〈시인의 공원〉이지요(베르나르가 이 그림의 초기 구상으로 간략하게 그린 크로키를 가지고 있습니다). 나무와 식물, 덤불이 자라는 평범한 일반 공원인데 보고 있으면 마치 보티첼리, 조토, 페트라르카, 단테, 보카치오 등의 인물들이 절로 떠오릅니다. 집에 걸어둘 장식화는 주로 이 지역의 본질적인 특징을 살릴 수 있는 게 무엇이 있을까 고민하며 골랐습니다.

그러다가 이곳에서 활동했던(정확히는 아비뇽이지만) 페트라르카 같은 과거의 시인과 폴 고갱이라는 새로운 현대 시인을 동시에 떠올릴 수 있는 그런 공원으로 그려보고 싶었습니다.

선생의 눈에는 어설픈 시도로 보일지 모르겠지만 내가 강렬한 감정을 가지고 선생을 생각하며 선생의 화실을 꾸몄다는 걸 아시게 될 겁니다.

우리의 시도가 성공할 수 있도록 용기를 내고, 이곳을 선생의 집처럼 생각하면 좋겠습니다. 나는 이 모든 게 오랫동안 유지될 걸 믿기 때문입니다.

진심 어린 악수를 청합니다.

당신을 사랑하는 친구, 빈센트

다만, 선생이 브르타뉴를 더 아름답다고 여길까봐 걱정입니다. 그런데 막상 여기 와서 보시면 도미에의 그림보다 아름다운 것들뿐만 아니라, 도미에를 빼닮은 사람도 여럿 보입니다. 그래도 선생은 이 현대 사회 속에 잠들어 있는 고대적인 요소와 르네상스적인 요소를 오래지 않아 찾아낼 겁니다. 그것들을 살리고 말고는 전적으로 선생의 몫입니다.

베르나르가 그러더군요. 자신과 모레, 라발, 그리고 다른 젊은 화가 동료와 함께 그림을 교환하자고요. 나는 화가들 사이의 그림 교환에 찬성합니다. 일본 화가들 사이에서는 그림 교환이 일반화돼 있을 정도입니다. 말이 나온 김에 요즘 내가 그린 습작 중에서 다 마른 것들을 골라서 선생께 보낼 테니, 선생이 가장 먼저 고르십시오. 그런데 정말 근사할 것 같은 선생의 자화상 같이 의미 있는 작품인 경우라면, 굳이 교환하지 않겠습니다. 확실히 그럴 겁니다. 왜냐하면 내 동생이 한 달 생활비에 대한 대가로 기꺼이 그 그림을 구매할 거라 믿기 때문입니다.

베18프 ____ 1888년 10월 3일(수)

친애하는 벗, 베르나르

이번에는 자네가 정말 대단하다는 칭찬부터 해야겠어. 편지에 동봉해준 브르타뉴의 두 여성 크로키 말이야, 그건 다른 그림 6개와 달리 특징이 살아 있더군. 내 크로키가 늦어지는 건, 요즘 계속해서 화창한 날이 이어지는 덕에 정사각형 30호 크기의 유화 그리기에 완전히 푹 빠져서 그래. 엄청나게 진이 빠지는 작업이지만 집을 장식할 용도로 사용할 그림이야. 아마 내가 보낸 편지는 받았을 거야. 자네가 자네 아버님의 경제적인 지원을 받으면(아를로 옮겨오는 데 드는 비용을 대주신다면) 얼마나 자유롭게 작업에 임할 수 있는지 설득할 방법을 찾아보라고 권하는 중요한 이유를 설명한 편지 말이야.

자네는 아버님에게 지원받은 돈을 그림으로 갚을 수 있어. 그러면 고갱과 더 오래 같이 있을 수도 있고, 또 군 복무를 가더라도 근사한 예술적 원정에 나서는 셈이야. 만약 자네 아버님이 자갈밭이나 길거리에서 금덩어리를 탐지하고 찾아내는 아들을 두셨다면 분명, 그 능력을 가볍게 여기지는 않으셨을 거야. 그런데 내가 볼 때, 자네는 분명, 그에 버금가는 재능을 가졌네.

자네 아버님은 자네가 발견한 게 루이 금화로 만들 수 있는 번쩍거리는 황금이 아니라는 사실에 실망하실 수도 있겠지만, 자네가 찾아온 걸 하나씩 수집하면서 적절한 가격 아래로는 절대 내놓지 않으실 거야.

자네 유화와 데생도 그렇게 여겨주시길 바랄 뿐일세. 희귀한 귀금속만큼이나 값지고 희귀한 작품이니 말이야. 결코, 틀린 말이 아니야.

그림을 그리는 일은 크고 작은 다이아몬드 알을 찾아내는 것만큼 힘든 일이야. 요즘 사람들은 모두가 루이 금화나 세련된 진주의 가치에 대해서는 잘 알지만, 불행히도 그림의 가치를 알아보고 믿는 사람들은 거의 없지. 하지만 어딘가에는 분명 그런 사람들이 있을 거야.

어쨌든 조바심 내지 않고 기다리는 것이 최선이야. 아무리 오래 걸려도 기다려야 하지.

그나저나 자네는 여기 생활비에 대해 내가 말했던 부분과 정말로 고갱과 나와 함께 이곳 아를에서 함께 지내고 싶은지에 대해 진지하게 생각해보게. 자네 아버님께는 돈이 조금 더 들지만, 더 그럴듯한 그림을 그릴 수 있다고 말씀드려.

화가들이 모여 일종의 프리메이슨 결사대를 만든다는 생각은 썩 마음에 들지 않아. 나는 규칙이나 제도 같은 걸 끔찍이 싫어하는 사람이야. 신조나 교리 따위와는 다른 무언가를 찾고 있어. 그런 것들은 문제를 해결하는 게 아니라 오히려 끝없는 언쟁만 불러일으키니까. 쇠락의 징조일 뿐이라고. 그런데 아직 화가들이 만든 연합은(막연한 밑그림 정도에 지나지 않지만 광범위해) 없어. 그러니 그런 날이 오기를 차분하게 기다려보자고. 일어날 일이 일어나도록 말이야.

자연스럽게 구체화된다면 가장 좋겠지. 호들갑을 떨어서 좋을 건 없잖아. 자네도 거들고 싶다면, 고갱과 나와 계속 함께하기만 하면 돼. 아무튼 이렇게 진행되고 있으니 이 이야기는 여기까지만 하세. 어차피 진행될 일이라면 굳이 이래저래 타협점을 찾지 않더라도 진행될 거야. 단, 차분하고 진지하게 생각하고 행동에 옮겨야 해.

그림 교환에 관해서는 이미 자네 편지를 통해 라발이나 모레, 또 다른 젊은 친구 등의 이야기를 들어온 터라 정말이지 잘 알고 지냈으면 좋겠어. 그런데 지금은 잘 마른 습작을 5점이나 가지고 있지 않아. 적어도 진지한 주제로 2개 정도는 더 그려야 할 거야. 내 자화상하고 고약한 미스트랄이 기승을 부리고 있는 풍경화 정도.

알록달록한 꽃들이 핀 작은 정원과 우중충한 잿빛 엉겅퀴 습작 하나씩, 농부가 신던 낡은 신발을 그린 정물화, 그리고 마지막으로 그냥 탁 트인 곳을 그린 평범한 풍경화 정도가 준비될 거야. 이 습작들이 마음에 들지 않아 한두 사람이 교환을 거부하면, 사람들이 원하는 것만 제외한 나머지는 교환할 그림과 같이 내게 보내주면 돼. 그렇다고 서두를 건 없어. 어쨌든 그림을 교환할 때 더 나은 그림을 주는 게 좋은 거잖아.

혹시 내일 해가 떠서 두루마리로 말 수 있을 정도로 잘 마르면 〈모래 하역하는 인부〉라는 풍경화도 추가할 생각이야. 새로 구상해서 유화로 시험삼아 그려본 건데 내 강한 의지가 담긴 작품이야.

연습 삼아 그린 〈밤의 카페〉는 아직 보낼 수 없어. 제대로 시작도 하지 않긴 했지만, 자네에게만큼은 정말 제대로 그린 다음에 보여주고 싶거든.

다시 한 번 말하는데, 교환할 그림은 성급하게만 그릴 게 아니라 진지하게 잘 그린 것 중에서 골라야 해.

자네 편지 속에 나를 닮은 듯한 그 화가 양반*은 나인가, 아니면 다른 사람인가? 얼굴만 보면 영락없이 나 같은데, 난 언제나 파이프를 물고 있을 뿐만 아니라, 현기증이 일어서 바닷가에 있는 그런 뾰족한 바위에 이런 모습으로 앉는 걸 아주 끔찍이 여기는 사람이야. 아무튼 혹시 이게 나를 그린 거라면, 방금 언급한 내용을 근거로 그게 나일 수 없다는 사실을 분명히 밝혀두겠네.

요즘은 집을 꾸미고 장식하는 일에 온통 정신이 쏠려 있어. 감히 장담하는데, 자네가 보기에도 만족스러울 거야. 물론, 자네 그림과는 사뭇 분위기가 다르지만 말이야. 언젠가 자네가 꽃, 나무, 들판을 그린 그림 이야기를 했었잖아. 그런데 나도 〈시인의 공원〉(2점. 자네가 가지고 있는 크로키 중에서, 이미 내 동생의 집에 있는 작은 크기의 유화 습작을 보고 처음으로 구상해본 그림이야)이라는 그림이 있고 〈별이 빛나는 밤〉과 〈포도밭〉, 〈갈아놓은 밭〉, 그리고 〈거리〉라고 부를 수 있는 건데 집이 바라보이는 풍경 등이 있어. 딱히 의도한 건 아니지만 일종의 연작 같은 분위기가 나는 것들이야. 퐁타방의 습작들은 어떤 분위기일지 정말, 몹시 궁금하네. 그런데 자네 그림은 조금 더 신경 써서 그린 걸 보내주면 좋겠어. 어쨌든 다 잘 되겠지만, 솔직히 나는 자네 그림이 마음에 들어서 하나씩 수집해둘 생각이거든.

이미 오래전부터 나는, 일본 화가들이 종종 자신들끼리 그림을 주고받았다는 사실을 꽤나 인상적으로 여겨왔어. 달리 말하면 일본 화가들은 서로를 좋아하고 서로에게 의지하고, 그들 사이에서는 일종의 균형 같은 게 있었다는 뜻이기도 해. 그래서 서로에게 음모를 꾸미는 대신 자연스럽게 형제처럼 지내는 거야. 이런 점을 더 배울수록 우리 생활도 한결 나아질 거야. 이 일본 화가들이 돈을 많이 버는 건 아니야. 그들의 생활은 그냥 평범한 근로자와 비슷하다고 하더라고. 나한테 〈풀잎〉(빙 화랑에서 출간한)의 복제화가 1점 있어. 얼마나 많은 뜻을 함축하고 있는지 몰라! 조만간 자네도 볼 수 있을 거야. 진심 어린 악수 청하네.

자네를 사랑하는 친구, 빈센트

* 고갱이 캐리커처로 그린 빈센트의 모습

545프 ____ 1888년 10월 4일(목) 혹은 5일(금)

테오에게

편지 고맙게 잘 받았다. 고갱의 일*은 얼마나 기쁜지, 그 고마움을 너한테 어떻게 다 표현해야 할지 모르겠구나. 대담하게 헤쳐나가자.

이번에는 고갱과 베르나르가 각각 그린 자화상을 받았어. 두 그림 모두 본인들의 자화상 뒷배경으로 보이는 벽에 각자 상대의 초상화를 걸어둔 모습으로 그린 형식이야.

고갱의 그림은 정말 남다르더라. 그런데 베르나르의 그림도 상당히 마음에 들었어. 그냥 어느 화가의 단순한 구상에 불과한 수준이라 색도 몇 가지 안 썼고, 거무스름한 선 몇 개 정도로 보이기는 하지만 마네가 그렸다고 해도 믿을 정도로 상당히 우아했어.

고갱의 자화상은 더 세밀하고 완성도가 높아. 고갱이 편지에 썼듯이 무엇보다 죄수를 그려놓은 듯한 분위기가 가장 먼저 느껴졌어. 밝고 유쾌한 구석은 전혀 없었지. 피부색이 전혀 사실적이지 않은데, 우울함을 표현하는 화가의 의도가 분명해. 어둠에 잠긴 피부색은 암울할 정도로 푸른빛을 띠고 있어.

드디어 나도 내 그림과 비교할 수 있는 동료 화가들의 그림이 생긴 셈이야. 내가 그림 교환을 위해 고갱에게 보낼 자화상도 결코, 두 작품에 뒤지지 않는다고 자부한다. 고갱에게 답장하면서 내 자화상을 넓은 의미에서 설명해도 된다면, 개인으로서도 그렇고, 인상주의 화가로서도 붓다의 가르침을 따르는 승려처럼 그려보려고 했다고 설명했어.

고갱의 구상과 나란히 놓고 비교하면 진지하기는 서로 엇비슷한데, 내 구상이 덜 절망적이라고 할 수 있어. 고갱의 자화상을 보고 있으면 무엇보다 이 양반, 계속 이런 식의 그림을 그려선 안 된다는 생각이 들어. 스스로를 위로하면서 예전에 그린 흑인 여성들처럼 다채로운 분위기의 그림을 그려야 해.

두 사람의 자화상을 받아서 정말 기뻐. 지금, 이 순간, 동료 화가들의 모습을 충실히 담은 그림이긴 하지만 이들이 이 상태로 머물러 있지는 않을 거야. 이들은 평온한 삶을 살게 될 거야.

그리고 우리가 빈곤한 생활에서 벗어날 수 있도록 최선을 다하는 게 내 의무라고 확신한다.

화가가 가난하게 살아서 좋을 건 전혀 없지. 어쩌면 그는 나보다 더 밀레에 가까울지 모르지만, 나는 그보다 더 디아스에 가까운 사람이야. 디아스처럼 대중의 마음에 들어 우리 공동체에 필요한 돈을 벌려고 애쓸 거야. 내가 그들보다 돈을 더 많이 썼지만, 그들의 그림을 보니 그래도 상관없다는 생각이 들어. 그들은 화가로 성공하기에는 너무나 가난하게 생활하고 있어.

어쨌든 기다려봐라. 전에 보낸 것들보다 훨씬 낫고, 팔릴 가치가 있는 그런 것들을 작업하고 있다. 계속해서 이렇게 작업할 수 있겠다는 느낌도 있어. 확신과 믿음도 생겼어. 〈별이 빛나는

* 테오는 고갱에게 받은 작품을 팔아서 300프랑을 보냈다

밤하늘〉이나 〈포도나무〉, 〈갈아놓은 밭〉, 〈시인의 공원〉 같은 시적인 주제를 좋아하는 사람들도 있거든.

들인 노력에 상응하는 부를 바라는 건 너와 나의 의무라는 생각도 들어. 말 그대로 위대한 예술가들을 먹여 살려야 하니 말이야. 하지만 고갱이 너와 손을 잡게 되면 너도 상시에만큼, 혹은 그와 비슷한 수준에서 행복하고 만족스러울 테니, 부디 그 양반이 그렇게 해주기를 바랄 따름이다. 서두를 일은 아니지만, 어쨌든 고갱은 이 집에 마련된 화실을 마음에 들어할 거고, 결국 대표 화가의 자리도 만족스러워할 거야. 반 년쯤 기다리면서 어떤 결과가 나올지 두고 보자.

베르나르가 자신감 넘치는 시와 함께 데생 모음집을 보내왔다. 전체 제목이 〈매음굴에서〉야.

너도 조만간 보게 될 테지만 자화상은 어느 정도 더 두고 감상한 다음에 보내줄게.

조만간 네 편지도 받으면 좋겠다. 틀하고 액자를 주문한 탓에 생활이 좀 힘든 편이거든.

프레레 소식은 나도 반갑다. 그런데 과연 내가 그 양반의 마음에 들 그림을 그릴 수 있을지 엄두가 나지 않아. 네게도 마찬가지야.

어제는 일몰을 그렸어.

자화상 속의 고갱은 병 들고 고통스러운 표정이다!! 그런데 이런 분위기가 계속되지는 않을 거야. 지금 이 자화상과 한 반 년 후에 그가 다시 그리게 될 자화상은 또 얼마나 다를지 벌써부터 궁금해진다.

조만간 내 자화상도 보게 될 거다. 고갱에게 보낼 생각인데, 내 바람이긴 하지만 이 양반이 계속 소장하고 있어 주면 좋겠거든.

전체적으로 회색조를 사용했고 뒷배경은 연한 베로니즈그린으로 칠했어(노란색이 아니라). 파란 테두리가 들어간 갈색 상의를 입고 있었는데 좀 과장해서 갈색을 자주색에 가깝게 처리했고 파란색 테두리도 좀 널찍하게 칠했어.

머리는 어두운 부분이 거의 없는 밝은 뒷배경과 대조를 이루도록 밝은색 임파스토로 그렸어. 다만, 눈을 일본 사람들처럼 살짝 째진 분위기로 표현해봤지.

곧 편지하고, 행운을 기원한다. 고갱도 좋아할 거야. 진심 어린 악수 청하면서 프레레가 와줘서 고맙다는 말도 전해주기 바란다. 얼마나 반가웠는지 모른다고. 또 연락하자.

너를 사랑하는 형, 빈센트

빌8프 ____ 1888년 9월에서 10월 사이

사랑하는 누이에게

네게 보내는 편지를 프랑스어로 써도 된다면, 편지 쓰는 일이 훨씬 수월할 것 같구나.

회화보다 조각을 보면 마음이 움직인다는 말을 들으니 무척이나 기쁘구나. 더군다나, 테오

말에 따르면 회화 보는 눈도 정확하다고 하더라.

물론 취향이라는 게 한 번 정해졌다고 변하지 않는 건 아니야. 그런데 직감, 본능 같은 게 있다는 건 대단한 거야. 아무나 가질 수 있는 게 아니거든. 아무튼 뤽상부르 미술관에서 어떤 인상을 받았는지 몹시 궁금하구나.

기분이 좋을 때 간혹 이런 생각이 드는데, 나는 예술에서 살아 있는 것, 영원한 생명력을 지닌 건 첫째가 화가, 그다음이 회화라고 생각해.

별로 중요한 건 아니니 신경 쓸 필요없다. 그래도 화가들이 *그리는 모습을 보면*, 미술관에 걸린 액자 유리 너머의 결과물에서는 절대로 알아챌 수 없는 뭔가를 느낄 수 있다.

모파상이 그린 가엾은 미스 해리엇*이 옳았을지도 몰라. 하지만 올리브나무 과수원에서 일하던 여자와 떠나버린 화가의 선택이 과연 잘못됐다고 단정할 수 있을까? 아닐 거야. 인생에는 항상 운명이라는 아주 성가신 요소가 있어. 절망 속에서 죽어가거나 미쳐버리는 화가들도 있고, 그 절망으로 인해 그림을 그릴 수 없게 되는 화가들도 있어. 개인적으로 그들을 아껴주고 사랑해주는 사람이 한 명도 없어서야.

휘트먼이라는 미국 시인의 시를 읽어본 적 있니? 테오가 시집 몇 권 가지고 있을 텐데, 너도 꼭 읽어봐라. 시들이 정말 주옥같은 데다 요즘 영국인들 사이에서 회자되고 있거든. 휘트먼은 다가올 미래, 심지어 지금, 현재에서도 별이 반짝이는 창공 아래, 건강한 세상, 방대하고 솔직한 육체적 사랑에 관한 세상, 우정에 관한 세상, 일에 관한 세상을 볼 수 있는 능력을 지니고 있어. 마치 우리가 신이나 불멸의 존재라고 부를 수밖에 없는 절대자만이 새롭게 정리할 수 있는 그런 방식으로 세상을 본다는 거야. 너무나 솔직하고 순수한 그 마음에 미소가 절로 나올 정도야. 똑같은 이유로 이것저것 생각하게 만들기도 하고.

〈크리스토프 콜럼버스의 기도문〉이라는 시는 정말 괜찮아.

테오의 집에 있는 몽티셀리의 꽃다발이나 프레보의 〈스페인 여성〉은 어떻게 생각하니? 프랑스 남부의 분위기를 사실적으로 잘 살린 대표적인 회화 작품이야.

여기서 지내서 그런지 몽티셀리 생각을 많이 하게 되더라. 강한 사람이었어. 다소, 아니 상당히 정신이 나간 성격이었고 태양과 사랑, 쾌활함을 꿈꿨지만 늘 궁핍한 생활에 시달렸지. 그리고 극도로 섬세한 색채감을 지녀서 과거의 뛰어난 전통을 고스란히 이어간 정말 보기 드문 인재였어. 그런 그는 마르세유에서 거의 겟세마네 동산의 수난을 겪은 사람처럼 살다가 서글프게 죽어갔다. 그리고 내가 여기서 마치 그의 아들이나 형제처럼 그의 뒤를 잇고 있어.

방금 우리를 슬프게 하는 운명에 대해 이야기했지. 그런데 반대로 매력적인 운명이라는 건 없을까? 부활이라는 게 있고 없고의 차이는 과연 뭘까? 죽은 사람의 자리에서 산 사람이 바로

* 모파상의 단편소설 『미스 해리엇』의 주인공

일어나는 걸 보면 어떤 기분이 들까? 똑같은 대의명분을 따르고, 똑같은 일을 하고, 똑같은 삶을 살고, 똑같은 죽음을 맞는 기분은 어떨까?

동료 화가 고갱이 이곳에 오면, 둘이 함께 마르세유에 가볼 생각이야. 칸느비에르를 둘러볼 계획을 세워놨거든. 몽티셀리처럼 차려입고 말이야. 그러니까 몽티셀리 초상화에서 본 것처럼 어마어마하게 커다란 노란색 모자, 검은색 벨벳 재킷에 흰 바지 차림에, 노란 장갑과 갈대 지팡이까지 챙겨서 남부 사람 분위기를 한껏 뽐내면서.

생전의 몽티셀리를 본 마르세유 사람들을 만날 수도 있어. 네가 『타르타랭』을 읽어봤으면 '한바탕 소란'이란 게 뭔지 알 텐데…….

한바탕 소란을 일으키는 거야. 몽티셀리는 프랑스 남부를 온통 노란색과 주황색, 유황색 천지로 만든 화가야. 대다수의 다른 화가들은 말 그대로 색채에 대한 감각이 전혀 없었기에 이런 색이 안 보였고, 자신들과 다른 시각으로 세상을 바라보는 화가를 미쳤다고 했던 거야(뤽상부르 미술관에 있는 몽트나르의 그림 중에서 노란 색조를 쓰지 않은 그림들이 있는데, 내가 상당히 좋아하는 것들이야. 그런데 몽트나르가 내 그림을 본다면 아마 형편없다고 할 거야). 물론 이 모든 게 예견돼 있었던 거야. 그래서 나도 일부러 샛노란 해바라기를 준비했어(노란 벽을 배경으로 노란 화병에 든 14송이. 이전에 그린 청록색 바탕에 12송이와는 다른 그림이야).

언젠가 이 그림을 마르세유에 가져가서 전시할 생각도 있어. 분명, 몽티셀리가 생전에 했던 말과 그의 그림을 기억하고 있는 마르세유 사람 한두 명은 만날 게다.

혹시 테오가 바르보틴같이 두껍게 칠한 그림은 보여줬니? 정말 아름다운 작품이거든.

잘 지내고, 마음으로나마 포옹을 나눈다.

너를 사랑하는 오빠, 빈센트

546프 ____ 1888년 10월 7일(일) 추정

테오에게

편지 고맙게 받았는데, 이번에는 좀 애가 탄다. 목요일에 돈이 딱 떨어진 탓에, 월요일 오후까지 기다리는 게 한없이 길게 느껴지더라.

우선, 나흘간 먹고 마신 커피 23잔*과 빵값부터 해결해야 해. 네가 잘못한 건 없다. 잘못이 있다면 나한테 있지. 내 그림을 액자에 넣겠다고 무리하게 욕심을 부린 탓이니까. 월세도 내야 하고 가정부에게 돈도 줘야 해서 예산이 빠듯한데도 액자 여러 개를 주문했으니 말이다. 오늘도 캔버스 천도 사고 내가 직접 사전준비 작업도 해야 해서 또 돈을 쓸 예정이다. 타세 화방에서

* 실제로 23잔이 아니라 '두세 잔'이라는 뜻으로, 숫자 2와 3을 연달아 썼을 가능성도 있다고 알려져 있다.

주문한 물건이 아직 도착하지 않았거든. 물건을 보내긴 한 건지 당장이라도 확인해주면 좋겠다. 2.5프랑짜리 일반 캔버스 천 10미터, 아니, 5미터라도 시급히 필요한 상황이라서.

그런데 사랑하는 아우야, 행여, 네 눈에, 지금 우리가 벌이고 있는 일에 관한 네 압박감을 내가 전혀 느끼지 못한다고 오해해도, 난 괜찮다. 다만, 감히 단언하는데, 습작들을 보면, 아마 화창한 날이 계속되는 한 무리해서 작업하는 게 옳다고 인정할 거야. 지난 며칠간은 좀 사정이 달랐어. 지독한 미스트랄이 성질을 부리면서 나뭇잎들을 이리저리 다 날려버렸거든. 그래도 이 시기가 지나면 겨울이 오기 전까지 환상적인 효과를 경험할 수 있는 화창한 시간이 온다. 그때 다시 맹렬히 작업하면 돼. 얼마나 작업에 몰두하고 있는지 멈추기가 싫을 정도야. 그래도 안심해라. 궂은날 덕에 조만간 또 작업을 멈추게 될 테니까. 오늘처럼, 어제처럼, 그제처럼 말이다.

대신, 넌 토마 영감님을 어떻게든 좀 설득해주기 바란다. 어쨌든 뭐라도 해줄 양반이잖아. 나흘간 거의 굶다시피 지내면서 오늘까지 남은 일주일 생활비가 얼마인지 알아? 단돈 6프랑. 오늘이 월요일이야. 네 편지를 받는 바로 그날. 점심은 먹었지만, 저녁은 빵조각으로 때워야 할 것 같다. 가진 돈은 오로지 월세와 그림 재료에만 쓰게 될 거야. 욕정을 푸는데 들어가는 3프랑을 쓰지 않고 지낸 게 최소한 3주가 넘었어.

그나저나 바그Athanase Bague에 관한 이야기, 정말 흥미롭더라.

그 신사 양반들이 코로의 그림을 돋보이게 하려고 마우베 형님의 그림을 사용했다니, 사실일 수도 있고, 또 당연한 일 같기도 하다. 솔직히 코로의 그림과 비교하면 마우베 형님이나 메스다흐, 마리스의 그림은 무겁잖아. 그 양반들, 분명 마우베 형님의 수채화까지 포함해서 이것저것 마구잡이로 사들인 게 분명해. 우리가 봤다시피, 그 그림들을 전부 사들여서 리드가 몽티셀리 그림을 액자에 넣을 때 부탁했던 액자 전문가에게 맡긴 건 그 양반들이거든.

바그라면 아마 분명, 내가 그린 커다란 습작인 〈별이 빛나는 밤〉과 〈갈아놓은 밭〉 같은 그림을 좋아할 거야. 지난번에 보낸 것들 일부는 그리 탐탁지 않게 여기고. 바그가 내 그림에 호감을 갖는 이유는 두텁게 바르는 임파스토 기법 때문이거든. 예전에 그런 이야기를 들었어. 그렇다고 그 양반들이 내 그림을 사줄 거라고 기대하는 건 아니야. 바그에게 내가 가을 분위기가 물씬 풍기는 커다란 습작을(새로) 몇 점 그렸다고 얘기해도 상관없어. 이런저런 것들이 있다고 계속 밀어붙여 봐야지. 바그와 토마 영감님에게 〈흰 과수원〉과 〈추수〉(30호 캔버스) 정도는 보여줘라. 나머지 것들은 그저 그래. 공은 더 많이 드는데 결과물인 유화보다 마음에 들지 않는 습작이나, 꿈꾸듯 그려서 별 고생하지 않고 그린 습작들은 굳이 강조하지 않아도 될 것 같다.

〈시인의 공원〉 2점에 사용할 호두나무 액자를 주문했는데, 아주 잘 어울려. 그리고 지금은 노란색 밤나무 액자를 찾고 있다. 슬레이트 판 가장자리처럼 곧고 단순한데 목재의 색조가 마음에 들거든. 소나무 액자는 〈갈아놓은 밭〉과 〈포도밭〉과 잘 어울리는 것 같아.

혹시 형편이 되면, 편지 보낼 때 루이 금화 하나만 넣어서 보내줘. 한 주를 무사히 넘기고, 이

달 초부터 이어져온 '키질'을 피해갈 수 있도록 말이야. 안 그러면 너무 심하게 흔들린 나머지 미스트랄이 지나간 주말쯤 찾아올 화창한 날에 쓴기 위해 힘을 비축할 수도 없을 것 같거든.

며칠 사이 고갱의 자화상에 관해 쓴 내 편지 여기에 다시 동봉한다. 너한테 이 편지를 그대로 보내는 건 다시 옮겨 적을 시간이 없어서인데, 중요한 건 이런 거야. 나는 우리가 가야 할 길을 제시해주는 일에서 냉혹한 부분은 좋아하지 않아. 우리가 가야 할 길은 그 냉혹한 부분을 우리가 감내하거나 남에게 감내하게 하는 게 아니라, 그 반대라는 거야.

내가 고갱의 자화상에 대해, 고갱에 대해 지나치게 부풀려서 설명하는 게 아니다.

그 양반은 음식도 먹어야 하고, 나와 함께 아름다운 자연도 거닐어야 하고, 한두 번쯤 욕정도 발산해야 하고, 있는 그대로의 집도 구경하고, 어떻게 꾸밀지도 생각해야 하고, 제대로 기분전환도 해야 해.

그는 가난하게 살았어. 그래. 그러다가 병에 걸려서 이제는 쾌활한 색조와 암울한 색조도 제대로 구분하지 못하는 상태야.

그래, 아무에게도 도움이 되지 않는 상황이야.

이제는 고갱도 이곳으로 올 시간이다. 그렇게만 하면 금방 나아질 거야. 그전까지 내가 용돈을 초과 지출하더라도 용서해주기 바란다. 장담하는데 그만큼 더 많은 작업을 할 테니 말이야. 그런데 메리옹처럼 우울하게 사는 건 정말 생각만 해도 끔찍하구나!

언젠가 너도 고갱과 베르나르의 자화상을 볼 텐데, 그것들을 고갱의 〈흑인 여성들〉과 비교해봐라. 아마 너도 고갱이 쾌활한 기분을 되찾아야 한다는 생각이 절로 들 거다.

그러지 않으면…….

아니, 그러지 않을 일은 없을 테니, 고갱을 유쾌하게 만들도록 하자.

진작 그랬어야 했어.

초상화 작업을 하는 중이라 여기서 이만 줄인다.

그러니까 내가 소장할 생각으로 어머니 초상화를 그리는 중이야. 아무런 색도 없는 흑백 사진만 보고 있을 수는 없더라고. 그래서 머릿속에 기억하고 있는 어머니 모습을 바탕으로 거기에 조화로운 색을 입히는 중이다.

악수 청한다.

너를 사랑하는 형, 빈센트

무리가 되지 않는다면, 조속히 *루이 금화*와 캔버스 천을 보내주면 좋겠다.

목요일부터 정신없이 바빴던 탓에, *목요일부터 월요일까지* 두 끼밖에 못 먹었고, 나머지는 빵과 커피로 때웠는데 그마저도 외상으로 먹은 거라서 오늘은 비용을 지불해야 해. 그러니 가능하거든, 늦지 않게 부탁한다.

547프 ____ 1888년 10월 8일(월)

테오에게

나 역시 지금 온 관심은 고갱에게 쏠려 있다. 나도 너처럼, 이제 이 양반이 얼른 이곳으로 와주면 좋겠어.

바그 얘기는 흥미진진하더라!

깜짝 놀랐다기보다, 안 그래도 항상 *선량한* 강도*라고 생각은 하고 있어서 그런 것 같다.

아무튼 혹시 만나거든, 또 그럴 일이 없으면 과감히 찾아가서라도, 내가 〈별이 빛나는 밤〉과 〈갈아놓은 밭〉, 〈시인의 공원〉, 〈포도밭〉 등의 그림을 그려놨다고 전해라.

그러니까, 시적인 풍경화 같다고.

습작들은 많이 거론하지 말고. 공은 더 들어가는데 잘 팔리지는 않거든. 네가 200프랑을 보내줬다면 생트 마리 해변에서 그렸던 것과 똑같은 그림을 그려냈을 텐데.

요즘은 무시무시한 미스트랄이 아주 기승을 부리는 기간이라 작업하기가 너무 힘들어. 그래도 본격적인 겨울이 되기 전에 화창한 시기가 며칠 있을 거야. 어쨌든 그 시기에는 지금 작업 중인 연작을 몇 점 더 추가할 수 있으면 좋겠어.

오늘 네게서 받은 돈이 얼마 남았는지 알아? 바로 오늘? 그게, 고작 6프랑이다.

돈을 보내달라고 부탁한 게 금요일, 네 편지를 받은 건, 불과 나흘 뒤인 월요일 오후였어.

주문한 액자들이 문제였지. 너무 마음에 들었거든. 액자에 넣어야 마무리되는 작업이라서 말이야. 그리고 이렇게 하면 마르세유로 가져가 일을 벌일 수도 있잖아.

호두나무, 밤나무, 소나무 재질의 액자들이야.

혹시 바그를 만나거든 안부 인사 전해주면서 내가 〈포도밭〉하고 〈별이 빛나는 밤〉이라는 그림을 추천하더라고도 말해라. 그리고 트립에게도 똑같이 전해. 이 사람들, 마우베 형님의 그림을 수도 없이 사지 않았어? 마우베 형님이 마지막에 그린 커다란 수채화 여러 점도 헐값에 사 간 사람들이잖아. 모르겠다, 워낙 오래전부터 알아온 사람들이지만 말이야. 그런데 과거엔 트립이나 바그 같은 미술상과 언쟁을 벌인 적이 없다.

아무튼 두 번에 걸쳐 먼저 보냈던 것들에 관한 이야기는 굳이 하지 말고, 습작을 구입해줘서 정말 좋아하더라는 말만 전해. 그리고 아직 가을이 다 지나가지 않은 터라 여러 습작을 작업 중이니 고갱의 그림과 함께 보내거든, 그때 와서 봐주면 좋겠다고도 해라.

토마 영감님을 찾아가서 만난 건 잘했다.

방금 적었다시피, 이것저것 다 내고 나면 남는 돈은 6프랑이야.

이 돈으로 일주일을 버틸 수 있냐고? 아니.

* 성경에서, 예수가 십자가에 매달릴 때 그 옆에 함께 형이 집행되었던 도둑을 의미한다.

그래서 정말 부탁하는데, 어떻게든 뭐라도 보내주면 좋겠다. 이 편지를 받자마자 답장으로 바로 1루이라도 보내줘. 그러면 26프랑으로 일주일을 보내는 셈인데, 그 정도면 그럭저럭 꾸려갈 수 있어. *하지만 지체하면 안 된다.* 날이 화창해지자마자 바로 작업할 준비가 돼 있어야 하기 때문이야. 지금은 미스트랄이 무자비하게 불어대는데, 미리 준비를 해둬야 그 사이사이에 작업을 할 수 있거든. 그러니까 만반의 준비를 하고 전투에 나서야 한다는 거야.

타세 화방은 여전히 캔버스 천을 안 보냈어. 아주, 아주 급한 것들인데. 그러니 당장 10미터, 아니 최소한 5미터 정도라도 빨리 보내달라고 주문해다오.

시급히 써야 해서 아예 오늘 여기서 캔버스 천을 주문하기는 했어. 당장 내일, 내일모레, 날씨가 좋아지면 바로 써야 해서. 여기서는 미스트랄이 잠잠해지는 순간을 놓치면 안 돼.

사랑하는 테오야, 오늘 받은 물감과 네 편지, 정말 이루 말할 수 없을 정도로 고맙다.

작업에 집중하고 있으니, 실패할 거라는 생각은 들지 않아. 이렇게만 작업을 이어나가면 커다란 캔버스에 그린 그림도 그럴듯하게 그려낼 수 있을 거다.

물론, 진이 빠지는 일이기는 해.

어제 쓴 편지도, 그냥 그대로 여기에 동봉해 보낸다. 내가 고갱의 자화상을 어떻게 생각하는지 알 수 있을 거다. 너무 어둡고 음울해.

그렇게 그린 그림이 싫다는 건 아니야. 하지만 고갱은 생각을 바꿔야 해. 그리고 이곳으로 와야 해. 그래, 맞아. 그들이 나보다 돈을 덜 쓰는 게 사실이야. 하지만 그들처럼 셋이 모여 살게 되고, 그렇게 조금 돈을 더 쓰게 되더라도, 그게 더 나을 거다. 다시 한 번 말하는데, 살을 표현하는 부분에는 프러시안블루를 쓰면 안 돼! 그 순간부터 그건 살이 아니라 나무처럼 보이기 때문이야. 고갱에게 가장 시급한 문제는 내가 있는 이곳으로 오는 거야. 그것보다 더 좋은 방법은 없어. 그런데 색채만큼은 브르타뉴에서 그린 다른 유화들이 황급히 그려서 내게 보내준 자화상에 비해 훨씬 뛰어나다는 걸 인정하지 않을 수가 없더라. 그런데 내가 그 습작들을 판단할 위치에 있는 것 같지는 않다. 아무튼 네가 직접 보고 판단해라.

그리고 가능하면, 일주일 내내 초조하게 기다리게 하지 않았으면 한다. 가능하면 루이 금화를 한 번 더 보내주기 바란다. 그러지 않으면 어떻게 해야 할지 모르겠구나.

너를 사랑하는 형, 빈센트

베19프 ____ 1888년 10월

친애하는 벗, 베르나르

내 습작을 보내자마자 거의 동시에 고갱과 자네가 보낸 소포가 도착했어. 안 그래도 애만 태우고 있었는데, 두 사람 얼굴을 다시 보니 더없이 반갑더군. 자네 자화상은 정말 마음에 들어.

자네도 알다시피, 자네가 그리는 건 다 마음에 들어. 아마 나 이전에, 나만큼 자네 그림을 좋아한 사람은 없었을걸.

자네도 초상화 쪽을 조금 더 파보라고 권하고 싶어. 최대한 많이 그려보고 절대 포기하지 말게. 나중에 초상화를 통해 대중에게 더 가까이 다가갈 수 있게 만들어야 하거든. 내 생각에, 미래는 거기 있어. 하지만 지금은 가설의 단계인 만큼 궤도를 벗어나는 일은 없도록 하자고.

자네에게 고마운 일이 있어. 〈매음굴에서〉라는 제목으로 묶은 모음집을 보내줘서 정말 고마워. 정말 대단하더라고! 특히 〈씻고 있는 여성〉과, "남자 벗겨먹는 건 내가 최고예요"라고 말하는 듯한 그림이 단연 최고야. 나머지는 눈살이 찌푸려지거나 모호하거나, 모델이 너무 마르거나 체격이 빈약해 보이던데. 뭐, 상관없지. 어쨌든 새로 그린 그림들이고 전부 다 흥미로우니까. 매음굴에서! 그래, 이런 게 필요해. 나로서는 곧 군복을 입고 이곳에 들락거릴 수 있을 자네가 부럽기까지 하네. 여기 아가씨들은 군복이라면 사족을 못 쓸 테니 말이야.

그리고 마지막 부분의 시는 정말 괜찮았어. 몇몇 인물보다 훨씬 더 살아 있는 느낌이 들 정도로 말이야. 자네가 원하는 거나 자네가 믿는다고 말한 것 등을 아주 명확하게 표현했더라고.

파리에 가게 되면 꼭 편지하게. 내 〈밤의 카페〉는 매음굴이 아니라고 아마 수천 번은 이야기했을 거야. 그냥 일반 카페인데 밤의 부랑자들이 밤의 부랑자들처럼 행동하지 않는 그런 곳이야. 어슬렁거리지는 않고 테이블 위에 널브러진 채 밤을 보내거든. 아주 간혹, 고객과 함께 오는 매춘부도 있기는 해.

그런데 간혹, 밤에 그곳을 찾으면, 불미스러운 나툼 이후에 그곳에 모여 있는 포주와 매춘부들을 마주칠 때가 있어. 여자들은 아무 관심 없다는 듯 거만한 반면, 남자들은 아주 나긋나긋하게 행동하더라. 그 장면을 머릿속에 남은 기억에 의존해서 4호나 6호 캔버스에 그리기 시작했어. 자네에게 보내려고. 그런데 자네가 일찍 떠나게 되면, 이 그림은 파리로 보낼 생각이야. 어느 정도 거기 더 머물 생각이면 얘기해주게. 그러면 퐁타방으로 보낼 테니까. 아직 마르지 않아서 다른 것들과 소포로 보낼 수는 없어. 이 습작에 서명은 하고 싶지 않아. 나는 머릿속 기억에 의존해서 그림을 그리지 않기 때문이야. 자네 마음에 드는 색이 나올 거야. 그런데 다시 한 번 하는 말이지만 평소라면 그리지 않을 습작인데 자네를 위해서 그리는 거야.

중요한 캔버스 하나와(〈천사와 함께 겟세마네 동산에 있는 그리스도〉) 또 하나 〈별이 빛나는 하늘 아래 시인〉을 (색감이 제대로 살긴 했지만) 가차없이 파기했어. 애초에 그림에 적합한 모델을 찾아 연구하지 않았기 때문이야. 그림 교환으로 자네에게 보내는 습작이 혹시 자네 마음에 들지 않는다면, 조금 더 오래 두고 봐줘.

성가신 미스트랄에 맞서면서 힘겹게 그렸다네(빨간색과 초록색이 들어간 습작도 마찬가지야). 〈낡은 방앗간〉만큼 유려하진 않지만 우아하면서 은밀한 분위기는 한층 더 살렸지. 자네도 느끼겠지만 전혀 인상주의 화파 그림 같지 않을 거야. 그래도 어쩔 수 없지. 이것저것 생각하지 않고 오롯이 자연 속에 빠져들어 할 수 있는 걸 했기 때문이야. 내가 보낸 것들 중에서 〈모래 하역하는 인부들〉보다 다른 게 마음에 들면 그걸 가지고, 이건 자네 이름을 지워서 원하는 사람에게 주게. 하지만 난 아무래도, 자네가 조금만 오래 들여다보면 이걸 좋아할 것 같거든.

라발이나 모레나 다른 친구가 나와 그림 교환을 원한다면, 정말 잘됐어! 그런데 나로서는 그 친구들이 자화상을 그려주면 더더욱 만족스럽겠어.

이보게, 베르나르, 나도 매음굴을 배경으로 한 습작들을 항상 그려보고 싶긴 한데, 빠듯한 예산을 초과해서 지출할 수도 없고, 젊고 매력적이지도 않아서 거기 아가씨들에게 돈을 받지 않고 모델을 서달라고 부탁할 수도 없는 처지야. 그런데 나는 모델 없이는 그림을 못 그리거든. 그렇다고 습작을 완성작으로 만들기 위해서 색을 변경하거나 크기를 키우고 단순화하는 등 현실에 등을 돌리는 행동은 절대로 않겠다는 말이 아니야. 하지만 나는 형태에 관해서 만큼은 가능한 것이나 정확한 것과 거리가 멀어지는 걸 끔찍이 싫어하는 성향이 있어.

나중에, 대략 10년쯤 더 연구한 뒤라면 모르겠어. 하지만 솔직히 말해서 가능한 게 무언지, 존재하는 게 무언지가 너무 궁금한 터라 내가 그린 추상적인 습작에서 나오게 될 결과물의 이상적인 부분에 대해서는 그다지 알고 싶지도 않고, 그럴 엄두도 나지 않아.

다른 화가들은 추상적인 습작에 대해 나보다 더 명확한 개념을 가지고 있을 거야. 아마 자네도 그렇고 고갱도 그렇겠지……. 어쩌면 나도 나이가 들었을 때, 그렇게 될 수도 있을 거야.

하지만 그때까지는 여전히 현실에 기반을 두고 그릴 생각이야. 나도 가끔은 대상을 과장하거나 변경하네. 그래도 완성작 전체를 없는 것에서 만들어내지는 않아. 반대로 이미 현실 속에 있는 것 중에서 찾아내 다듬을 뿐이지.

어쩌면 자네 눈에는 이 습작들이 흉측해 보일 수도 있어. 모를 일이지. 어쨌든 자네나 나나, 그게 누구든, 억지로 그림을 교환하지는 말자는 거야. 내 동생에게 소식이 왔는데 앙크탱이 파리로 돌아갔다고 하더라고. 그 친구는 무슨 작업을 하고 있는지 궁금하네. 혹시 오가는 길에 그 친구를 만나거든 내 안부도 좀 전해주기 바라네.

이제는 자화상을 걸어둘 수 있어서 집이 한결 더 집처럼 느껴질 것 같아. 거기다 올겨울에는 자네를 여기서 볼 수 있다니 얼마나 좋은지 몰라! 그래, 여행 경비는 좀 들지. 하지만 그 비용을 감수한 다음, 작품으로 복수하는 것도 좋지 않겠어? 북부의 겨울은 그림을 그리기에 결코 쉬운 환경이 아니지! 여기도 마찬가지일 수도 있어. 아직 겪어보지 못했으니 두고 봐야지. 하지만 일본 사람들을 제대로 이해하기 위해서는 대부분의 생활이 야외에서 이루어지는 프랑스 남부가 훨씬 많은 도움이 될 거야.

그리고 뭐랄까, 도도하고 고상한 분위기를 풍기는 지역 몇 곳은 자네 그림과 아주 잘 어울려.

〈붉은 노을〉에서 태양은 사실 맨 위에, 그림 밖에 있어야 해. 대충 액자 테두리 위치 정도. 해가 지기 1시간에서 1시간 반 전이면 땅에 있는 모든 것들이 그림처럼 자신의 색을 간직하고 있어. 그리고 시간이 지나 태양 빛이 점점 수평으로 이동하기 시작하면 파란색과 보라색이 지상에 있는 것들을 검게 물들이지. 자네가 보내준 소포 덕분에 마음이 따뜻해졌어. 다시 한 번 고맙다는 말 전하며, 마음으로 진심 어린 악수 청하네. 파리로 떠나는 날짜 꼭 알려줘. 자네가 언제 도착할지 내가 알 수 있게 말이야. 파리의 주소는 여전히 보리외가 5번지 맞지?

자네를 사랑하는 친구, 빈센트

베19a프 ____ 1888년 10월 말

친애하는 벗, 베르나르

요즘은 이것저것 바쁘게 작업하면서 틈날 때마다 졸라의 『꿈』을 읽느라 도통 편지 쓸 여유가 없었어. 고갱, 이 양반은 인간적으로 아주 흥미로운 양반이더라고. 대단히 흥미로워.

나는 예전부터 이 빌어먹을 직업인 화가로 살려면, 노동자처럼 억척스럽게 일하고 먹을 필요가 있다고 생각했어. 그리고 퇴폐적이면서 피곤에 찌들어 사는 파리의 한량들보다는 자연스러운 취향, 그러니까 정감이 넘치고 자비로운 성격을 지녀야 한다고도 생각하지.

그런데 여기, 의심의 여지 없이 원초적인 본능을 지닌 순수한 인물이 있어. 고갱은 야망보다 혈기와 욕정이 끓어 넘치는 사람이야. 어쨌든, 자네가 나보다 더 오래 가까이서 지켜봤잖아. 난 그저 첫인상을 설명하려고 몇 자 적어본 거야. 그나저나 우리가 몇몇 화가들을 중심으로 한 일종의 협회 결성 같은 큰 문제를 논의하는 중이라고 해도 자네한테는 크게 놀랄 일이 아닐 거야.

이 협회가 상업적인 성격을 띠어야 할지, 아닐지, 그렇게 될 수 있을지, 그 부분에 대해서는 아직 아무런 결론을 내리지는 않았어. 아직 신대륙에 발도 내딛지 않은 상황이니까.

그런데 예감을 통해 새로운 세상을 느끼고, 예술의 거대한 부활을 믿고, 이 새로운 예술은 열대 지방에서 태동할 거라 믿는 나로서는 우리 자신도 중재자의 역할에 지나지 않을 거라고 봐. 아마 우리 다음 세대나 되어야 평화롭게 지낼 수 있게 될 거야. 아무튼 우리의 의무나 우리가 할 수 있는 일 등은 직접적인 경험을 통해서 더 명확해진다는 거야. 내 그림과 교환하기로 한 자네 습작을 아직 받지 못해서 좀 의아하긴 해.

이제 자네가 흥미로울 이야기를 하지. 고갱과 내가 여러 차례 매음굴을 둘러봤는데 아무래도 종종 가서 작업하게 될 것 같아. 고갱은 지금 내가 예전에 그린 밤의 카페를 그리고 있는데 그 안의 인물들은 매음굴에서 본 사람들로 그려 넣고 있어. 근사한 그림이 될 것 같아.

나는 포플러나무가 줄지어 선 길에 떨어진 낙엽을 습작으로 두 번 그렸고, 세 번째는 그 길 전체를 아예 노란색으로 칠했어.

솔직히 고백하는데, 내가 왜 인물화 습작을 작업하지 않는 건지 모르겠어. 이론상으로 보면,

앞으로는 모든 대중들이 쉽게 이해할 수 있도록 단순한 그림을 그릴 수 있는 능력을 갖춘 초상화가의 시대 말고 다른 대안이 있을 것 같지도 않아 보이는데 말이야. 어쩌면 조만간 매음굴을 배경으로 한 그림을 그리게 될지도 모르겠어. 한 페이지 정도는 고갱을 위해 남겨둘 생각이야. 이 양반도 자네에게 전하고 싶은 소식이 있을 테니까. 마음으로 진심 어린 악수 청하네.

자네를 사랑하는 친구, 빈센트

알제리 보병 소속의 밀리에 소위는 아프리카로 돌아갔어. 그런데 조만간 자네에게 편지가 올 거라 기대하는 모양이더군.*

548프 ____ 1888년 10월 9일(화) 혹은 10일(수)

테오에게

어제, 네게 또다시 20프랑을 부탁하는 전보를 보냈어. 일주일간 식비로만 쓸 돈이야. 그나저나 드디어 주문했던 액자와 캔버스 틀을 받았다.

다음 편지는 일요일을 넘기지 않고 받았으면 좋겠다. 요즘 들어 상황이 점점 힘들어지고 있어서 그래. 그래도 버틸 거야. 어려운 시기를 지나는 중이지만 내 마음은 차분하다.

이 편지를 쓰는 동안 타세 화방에서 보낸 캔버스가 도착했다는 연락을 받았다. 다행이야!

호두나무 액자는 습작에 아주 잘 어울린다. 내 생각이지만 다음에 보내게 될 그림 중에서 판매 활로를 개척하는 전환점이 될 그림이 나올 것 같아.

신중하게 움직이되, 우리 자신뿐만 아니라 공동 화실의 성공을 도모할 수 있는 계획을 실천함으로써, 적자로 지내왔던 시간 동안 쓴 돈을 회수할 수 있도록 최선을 다해야 해. 우리는 모든 걸 차분하게 해나갈 거야. 그게 우리의 권리기도 하니까. 이 문제로 종종 괴로웠잖아.

그래서 부탁인데, 바그 쪽과 관계를 원만하게 돌릴 방법을 좀 찾아봐라. 설명하자면, 이미 성업 중인 화랑에 대적하기에는 우리 나이가 너무 많아. 가장 좋은 방법은, 오늘의 현실을 묵묵히 받아들이는 거야. 새로 화랑을 여는 건 비용이 과도하게 들지만, 기존 화랑을 통하면 따로 들어가는 돈은 없어. 그러니 바그를 만나거든 이렇게 설명해라. 내가 전혀 새로운 환경에서 작업하고 있고, 이런저런 습작을 시작했고 두어 번에 걸쳐 작업물들을 보내왔는데, 유화 완성작이라고 할만한 게 두세 점은 있더라고 말이야. 〈흰 과수원〉, 커다란 〈분홍색 과수원〉, 그리고 폐허가 된 성곽을 배경으로 한 〈추수〉라고.

* 이 편지 말미에 고갱이 추신의 형식으로 몇 마디 덧붙였다. 자신도 빈센트와 마찬가지로 열대 지방 출신의 신세대 화가들이 탄생하기를 기대한다고 하더니, 기회가 되면 열대 지방으로 돌아갈 계획이라고 밝혔다. 그리고 빈센트가 그린 낙엽 그림 2점이 자신의 방에 걸려 있다는 말도 전했다.

그런데 지금은 하나에 집중하고 있어. 새로운 거라고. 비용은 많이 들어갈 텐데, 팔기는 힘들지도 몰라. 그래도 들인 만큼 벌어들여야 할 거야.

너무 궁색해질 상황이 없기를 바라자. 인내심만 있다면 우리도 마우베 형님이나 메스다흐처럼 버티는 게 어렵지 않을 거야. 두 양반은 기다린 덕분에 그림값을 높여서 결국은 판매에 성공했잖아. 우리는 풍부한 색채 효과를 얻기 위해서 우리가 가진 것들을 모두 동원해야 해. 우리 자신만이 아니라 동료들을 위해서도 돈을 벌어야 한다고 생각하니 자신감도 덩달아 생기는 것 같다. 사업에 관해서도 그래, 구체적인 계획은 정해진 게 없지만, 우리가 해야 할 일은, 우리가 아는 적잖은 예술가들이 부당한 대우로 고통받았다는 사실을 진심으로 느끼고, 우리가 할 수 있는 한 이런 환경을 바꾸고 싶다는 의지를 다지는 거야. 이런 마음가짐이라면 차분하게, 의욕적으로 일을 진행할 수 있을 거야. 그리고 그 누구도, 그 어떤 상황도 두려워할 일 없을 거다.

흑백 사진이 성에 차지 않아서 어머니 초상화를 직접 그리고 있다. 사진이나 그림을 보고 그린 초상화는 과연 어떻게 나올지 궁금하구나. 항상 그런 생각을 하는데, 초상화는 그럴듯한 혁명을 불러올 거다.

아버지 사진도 좀 보내달라고 집에 편지했다. 난 흑백 사진을 그리 좋아하지 않아. 초상화라도 한 점 있으면 좋겠더라고. 어머니 초상화는 8호 캔버스에 그리는데 초록색 배경에 회색조를 사용하고, *자홍색* 옷을 입혀드릴 거야.

실물과 비슷할지는 모르겠지만, 금색만큼은 강조하고 싶다. 결과물은 조만간 보여줄게. 네가 원하면 네 초상화도 하나 그려주고. 이번에도 임파스토로 그릴 거야.

저, 테오야, 네 답장을 일요일까지는 받았으면 한다. 감히 바라는데, 잘될 거다. 왜냐하면 어쨌든 그림을 팔 의지를 불태우고 있고, 또 지금 내가 준비하고 있는 건 다가오는 전시회에 맞춰 내놓을 수도 있을 테니 말이다. 땀 흘려 열심히 일한 한 해가 되겠지만 그 이후, 아니, 중간에라도 좋은 날이 올 거야. 베르나르에게 보낼 매음굴 습작을 기억에 의존해서 그리는 중이야. 혹시 베르나르의 데생과 같이 넣어둔 내 그림 못 봤어? 집을 그린 데생 말이야. 어떤 색이 나올지는 네가 상상할 수 있을 거야. 그 데생을 30호 캔버스에 유화로 그렸어.

악수 청하면서, 캔버스 천 다시 한 번 고맙다는 말 전한다. 덕분에 이렇게 전투를 이어갈 수 있게 됐다. *남다른 각오로 임하고 있어.* 지금 하는 장식화 작업이 완성되면 아마 10,000프랑 정도 값어치는 나갈 거다. 가는 길이 쉽든 아니든, 목표는 정해져 있고 단호한 의지도 있어. 큰 비용을 들였으니 그만큼 회수해야 해.

너를 사랑하는 형, 빈센트

549프 ____ 1888년 10월 10일(수) 혹은 11일(목)

테오에게

고갱의 편지를 보니, 과분할 정도로 나를 칭찬하는 내용이 있더라. 그런데 덧붙이기를 월말까지는 올 수 없다고 하더라고.

병을 앓고 있는 건지, 여행이 두려운 건지, 내가 뭘 해야 하는 건지……. 아니, 여기까지 오는 일이, 그렇게 힘든 일인 건가? 심각한 폐병 환자도 하는 여행인데?

오기만 한다면야, 언제든 환영이지. 그런데 오지 않겠다면, 뭐, 그건 그 양반 사정이고. 그런데 확실한 건, 아니, 확실해야 하는 건, 여기로 오는 게 건강을 회복하기 위해서가 아니야?

그런데 건강을 위해서 거기에 남아있어야 한다잖아! 이런 멍청한 경우가 어디 있어!

우편환 20프랑은 정말 고맙다. 사야 할 물건들 목록에서 35프랑짜리 서랍장 달린 화장대가 있다고 했었잖아. 그런데 그걸 14프랑에 구입했어. 당연히 돈도 냈지.

그러니 부디, 그 14프랑만 우편환으로 보내다오.

고갱이 예정보다 일찍 올 수도 있다는 생각에 어떻게든 완벽히 준비해두기 위해 주저하지 않고 장만한 거야.

찬사가 다소 넘쳤던 고갱의 편지에 대해 내가 쓴 답장을 다시 옮겨적어 네게도 보내줄게. 당장은 올 수 없다고 하니, 나로서는 더더욱 *이 양반이 오는 날 제대로 맞이할 수 있도록 순서대로 차근차근* 준비하고 싶다. 30호 캔버스에 그린 새 그림을 완성했는데, 오늘 저녁에 *가스등이 켜지면* 새 그림을 하나 더 시작할 생각이야.

완성한 건 여전히 공원 그림이야.

요 며칠, 계속해서 돈을 쓰고 있는 기분인데, 신기한 건 매일같이 집에 돈이 있다는 사실이야. 어쨌든 집에 들어갈 수 있어서 너무 좋다. 덕분에 작품 구상에 많은 도움이 되거든. 고갱이 편지는 점잖고 친근하게 쓰긴 했는데 당장 여기로 올 수 없는 이유를 확실히 밝히지는 않았어. "몸이 좋지 않아서"라고 말은 하는데, 건강을 회복하려면 여기로 와야 하는 거잖아? 내 생각에는 우리가 원하는 건, 다른 게 아니라 바로 그거인 것 같은데 말이야.

아무튼, *자신들이 원하는 대로 하게 해야지.*

너를 사랑하는 형, 빈센트

(고갱의 편지에 대한 답장)

친애하는 고갱 선생

보내신 편지는 고맙게 잘 받았습니다. 나로서는 솔직히 과찬에 가까운 내용이었습니다.

그러니까 월말까지는 오실 수 없다는 말씀이시죠.

알겠습니다. 선생은 이곳으로 오시는 것보다, 브르타뉴에 계시는 게 건강 회복에 도움이 된다고 생각하시는 것 같습니다.

굳이 강요는 하지 않겠습니다만, 브르타뉴에서 건강 회복이 생각만큼 더디다면, 이곳에 오시는 게 건강 회복에 더 도움이 될 거라고 말씀드린 부분을 염두에 두셨으면 합니다. 어쨌든 모든 것이 최선인 최고의 세상에서 (그 이름도 유명한 팡글로스 영감이 항상 하는 말처럼) 우리는 우리 자신을 되찾으며 형언할 수 없는 행복감을 맛보게 될 겁니다. 우리의 경우도 마찬가지라는 사실에 일말의 의심도 하지 않습니다. 모든 게 최선이 될 겁니다. 그런데 아를까지의 여정이 선생 말씀대로, 정말로 그렇게 진을 빼는 일이라고 생각하십니까? 왜냐하면 중증 폐병을 앓는 환자도 그 여정을 따라 여행하기 때문입니다. 그래서 P. L. M.* 노선도 있는 거 아닙니까.

혹시 선생이 말씀하신 것 이상으로 중증을 앓고 계신 건 아닌지요? 심히 걱정됩니다. 혹시 그런 거라면, 상태를 정확히 말씀해주시면 좋겠습니다. 중증의 병을 앓고 있다고 말씀이라도 해주시기 바랍니다. 사업에 관해서 석판화 이야기를 하셨던데, 내 생각은 이렇습니다.

선생과 나, 베르나르, 라발 등이 저녁에 모여 석판화 작업을 하자는 제안 말입니다……. 좋습니다. 동의하긴 하지만, 정기적으로 찍어내 발간하자는 제안에는 경제적인 여건이 뒷받침되지 않아 *동의할 수 없습니다*. 나는 유화 이상을 바라지는 않습니다. 석판화에는 *석판을 사지 않더라도* 자기 돈이 더 들어가기 마련입니다. 그리 많은 비용이라고 할 수는 없지만, 찍어서 발간하려면 최소한으로 잡아도, 우리 네 사람이 *각각* 50프랑씩 갹출해야 할 겁니다. *게다가*…….

그렇지 않은 경우가 있다면 기탄없이 말씀하시기 바랍니다. 내 뜻을 관철하자는 건 아니지만 내가 이렇게 말하는 건, 이미 시도해본 경험이 있기 때문입니다. 그리고 내가 '게다가'라는 말로 덧붙이려 했던 내용은 정기적으로 진행하기도 힘들지만, 무엇보다 대중의 관심을 끄는 게 가장 힘들다는 겁니다. 그런데도 계속해서 비용은 들어가게 되고요.

우리 비용을 들이더라도, *필요한 경우라면* 나는 이 석판화 작업에 *찬성*합니다. 대신, *별도의 비용이 들지 않더라도*, 정기적인 *발간*에는 결코, 동의하지 않을 겁니다.

우리 돈이 들어가더라도, 우리가 즐겁고, 우리에게 유용하다면, 거듭 말씀드리지만, 찬성입니다. 그런데 선생이 다른 뜻을 가지고 계신다면, 거기에는 동의해드릴 수 없습니다. 발간에 드는 비용은 푼돈에 지나지 않는다는 말씀도 하지 마시기 바랍니다.

선생을 사랑하는 동료, 빈센트

되도록 서둘러 이곳에 오시기 바랍니다!

* 파리(Paris), 리옹(Lyons), 마르세유(Marseilles)를 잇는 급행노선으로 총 길이가 863킬로미터에 달했다.

[추신 : 고갱 선생에게]

중병에 걸리신 게 아니라면, 즉시 와주시기를 부탁드립니다. 중증을 앓고 계신 경우라면 전보나 편지로 알려주시기 바랍니다.

[추신 : 테오에게]

고갱에게 보내는 추신의 어감이 너무 빳빳한 것 같다고 여길지는 모르지만, *오겠다, 안 오겠다*, 말을 하면 되는 거잖아. *건강이 좋지 않다*는데, 여기로 와야 건강이 나아지지 않겠어? 그나저나 내 캔버스는 받기는 한 거냐???

550프 ____ 1888년 10월 10일(수) 혹은 11일(목)

테오에게

요즘 들어 그림 그리는데 들어가는 모든 비용으로 인해 네 어깨가 무겁겠다는 생각이 자주 든다. 이 상황이 내게는 얼마나 큰 걱정거리인지 모른다. 지난번 편지에 네가 바그 화랑 이야기를 했는데, 그런 일이 발생할 수도 있을 테니, 어떻게든 팔 수 있는 그림을 갖추고 있어야 해.

아니면 토마 영감님이나 반은 미술상이면서 또 나머지 반은 예술 애호가인 다른 사람이라도 어떻게든 지원해줄 수 있는 인맥을 만들어놔야 해. 달리 우리를 도와주신 적은 없지만 C. M.이 이번에도 습작 1점 정도는 사주실 수도 있잖아.

네가 드 공쿠르의 소설『장가노 형제』를 읽었는지 모르겠다. 아마 공쿠르 형제의 자전적 이야기 같아. 읽었다면 아마, 너도 쓰고 나까지 부양하기 위해 돈 버는 일이 네게 얼마나 힘든 일일지 항상 걱정하고 있는 내 마음을, 어쩌면 나보다 더 잘 설명해놨다는 걸 느낄 수도 있을 거다.

이런 마음고생을 하고, 이런 걱정거리를 떠안고 살지 않는다면, 분명 잘될 거야. 작업의 질도 향상되고 있고, 파리에 있을 때보다 건강도 훨씬 나아지고 있으니 말이다.

잘 먹고, 물감도 넉넉하고, 마음대로 사용할 수 있는 화실 등이 있는 한, 그림 작업은 한없이 잘될 수밖에 없는 것 같더라.

그러면 지금 나는 내 작업이 잘되기를 바라고 있느냐? *천만의 말씀. 절대 그렇지 않지*. 나는 너한테 이 사실을 명확히 설명해주고 싶어. 그러니까 화가에게 돈을 대주게 되면 그 순간부터 너 역시 예술가의 작업에 동참하게 되는 거야. 그리고 내가 바라는 건 단지, 내가 작업했지만 네가 작업한 것과도 같은 캔버스 위의 결과물에 네가 실망할 일이 없었으면 하는 거지. 그리고 네가 돈을 들인 만큼 회수할 수 있을 거라는 느낌을 들게 해주고 싶어. 이렇게 하면서 그림 거래가 허락하는 것보다 더 확실하게 자립할 수 있는 기반을 갖출 수 있었으면 하는 바람이야.

우리가 조만간 벌이려고 하는 새로운 방식의 그림 사업은 바로 미술상과 화가가 공존하는 개념이 될 수 있을 거야. 한쪽은 생계와 작업 활동에 관련된 부분을 담당해서 화실을 비롯해 먹고 사는 문제와 물감 등의 장비 문제를 해결해주고, 다른 한쪽은 작업에만 전념하는 식으로. 아! 안타깝지만 옛날 거래 방식으로는 안 돼. 기존의 체제는 구태의연한 방식만 고수할 테니까. 죽은 화가는 물론이고 살아 있는 화가에게도 전혀 득이 되지 않는 구태의연한 방식만.

그런데도 사람들은 여기에 무심할 수 있어. 기존의 체제를 굳이 바꾸거나 벽을 상대로 싸울 의무는 없으니까. 괜히 긁어 부스럼 만들지 않고 자기 몫의 양지를 누려야 할 테니 말이야.

그런데 내 눈에는 항상, 네가 네 몫으로 주어진 양지를 제대로 누리지 못하는 것처럼 보인다. 파리에 있는 구필 화랑이 네 진을 쏙 빼놓기 때문이야. 이런 생각이 들 때마다 미술상으로서의 분노가 솟구치면서 네가 하고 싶은 걸 자유롭게 하게 만들어주고 싶은 마음에 많은 돈을 벌겠다는 각오를 다지게 돼. 아무래도 그림을 팔 수 있는 여건을 조성하거나, 숨통을 틔울 수 있는 지원책을 찾게 될 것 같다.

어쩌면 아직도 멀리 있는 걸 내가 너무 가까이 느끼는 걸 수도 있어. 그래서 돈을 너무 많이 쓰는 것 같다는 걱정을 하는 걸 수도 있고.

하지만 잘 먹고 건강을 회복할수록 그림 작업은 확실히 나아져. 그나저나 너는 어떠냐? 일은 괜찮은지? 네 생활에도 걱정거리가 없어야 할 텐데 말이야. 좌골신경통 증상은 어떤지 궁금하다. 통증은 멈췄는지. 결과적으로 네가 건강을 유지하고 잘사는 게 궁극적으로는 날 돕는 길이야. 그러느라 물감을 보내지 못하거나 내 생활이 궁색해지더라도 괜찮다.

나는 언젠가 사람들이 우리가 작업한 것들을 원하는 날이 올 거라고 믿어. 하지만 아직 갈 길이 멀 수도 있으니, 애태우지 말고 느긋하게 기다려보자. 조바심을 내는 것보다 네 몸부터 잘 챙기다 보면, 사업도 마치 꿈결처럼 저절로, 더 빠르고, 더 잘 풀릴 수도 있을 거야. 우리 나이가 되면 어떤 일을 할 때, 느긋함도 갖추게 되고, 지혜도 갖게 되지. 지금 내가 걱정하는 건 가난과 건강 문제야. 그래서 그럴 일이 없도록 최선을 다하고 있어. 너도 같은 생각이었으면 좋겠다.

그러다 보니, 오늘은 아무리 가격이 좋고 쓸만했어도 가구를 덜컥 사버린 게 그렇게 후회되더라. 그러지만 않았어도, 너한테 또다시 돈을 보내달라고 할 일은 없었을 테니 말이야.

그런데 이거 하나는 알아두기 바란다. 네가 건강하지 못하거나 너무나 괴롭고 힘들다면, 일도 잘될 리 없다는 사실 말이야. 네가 건강하면 일도 저절로 잘 풀릴 거야. 그리고 끼니를 잘 챙기지 않는 것보다, 잘 챙겨서 먹을 때 비로소 사업에 대한 구상도 끊임없이 샘솟을 거다.

그러니 혹여 내가 너무 멀리 가려고 하거든 큰 소리로 불러 세워라. 그럴 일이 없다면 더욱 좋겠지. 나 역시 편하고 느긋하게 작업해야 훨씬 능률이 오르니 말이야. 그런데 내가 내 그림 작업을 우리의 행복, 아니 적어도 우리에게 필요한 평정심보다 더 중요하게 여긴다고 생각지는 말아라. 고갱도 일단 여기 오면, 같은 생각을 하게 될 거야. 건강도 회복할 테고.

실질적으로 가장이긴 하지만 고갱 스스로가 아버지 역할을 하고 싶고, 또 그럴 수 있는 날이 분명, 찾아올 거야.

이 양반이 브르타뉴에서 무슨 작업을 하고 있는지 심히 궁금하다. 베르나르의 편지에는 칭찬 일색이야. 그런데 날도 춥고, 돈도 없는 상황에서 다채로운 그림을 그리는 건 정말 힘들거든. 어쩌면 *그*가 머물러야 하는 진정한 그의 집은 결국, 따뜻하고 쾌활한 프랑스 남부 지방이 될 것 같아.

네가 여기 포도밭을 직접 봐야 해! 1*킬로그램*이 넘는 포도송이도 있어. 올해 포도 농사가 풍년이더라고. 아쉬움만 남기고 간 여름에 이어서 찾아온 가을이 아주 화창했거든.

서랍장 달린 가구를 사는데 돈을 쓴 게 후회되긴 하지만 더 비싸게 사야 하는 상황을 피할 수는 있었어. *못해도* 35프랑은 하는 가구거든. 어쨌든 당장 고갱이 오더라도 옷가지 등을 넣어둘 곳은 필요하잖아. 이런 식으로 *그*가 쓸 방이 점점 채워지고 있어.

우리가 경제적으로 여유가 생기면, 고갱이 쓰던 건 내가 쓰고, 이 양반에게는 35프랑짜리를 사줄 생각이야. 35프랑 정도면 *얼마든지* 다른 중고 가구를 살 수 있지만, 이번에 내가 산 가격의 가구는 거의 찾아보기 힘들어.

이런 생각도 해봤는데, 너희 집에도 이제 습작이 적잖이 쌓이기 시작했을 테니, 공간을 너무 차지해서 불편하다면 캔버스 틀에서 떼어내서 여기로 보내면 어떨까 싶어. 여기는 보관할 공간이 넉넉하니 말이야. 그러니까 예전에 그려서 보낸 것들이나 아니면 네가 가지고 있기 불편한 것들을 말하는 거야.

파리는 여느 때처럼 가을이면 운치가 있겠구나. 여기는 *아무것도* 없어. 밤이 되면 그저 *컴컴할* 따름이지. 가스등이 많으면 노란색 불빛에 주황색 불빛도 보이고 파란색이 더 강렬하게 만들어주는 것 같아. 이곳의 밤하늘은 신기하게도 파리보다 훨씬 더 *검고 어두워* 보이거든. 다시 파리에 가게 되면 대로변에서 가스등이 내는 효과를 그려볼 거야.

아! 마르세유 분위기는 정반대겠지! 칸느비에르는 파리보다 훨씬 아름다울 거야.

몽티셀리를 정말 자주 떠올린다. 그의 죽음을 두고 사람들이 하는 말을 생각할 때마다 *그*가 술 때문에 얼빠진 상태로 지내다 알코올 중독자로 죽었다고 봐서는 안 될 것 같아. 그리고 남부의 생활은 북부에 비해 주로 야외와 카페 등지를 중심으로 이루어진다는 점도 알아둬야 할 것 같아. 나랑 친하게 지내는 우체부도 주로 카페 등지를 돌아다니며 시간을 보내고 어느 정도는 술고래라고 할 수 있는데 아마 평생을 그렇게 살아왔을 거야. 그런데 그는 얼빠진 사람과는 거리가 멀 뿐만 아니라 열정적인 모습이 상당히 자연스럽고 지적이기도 하고, 가리발디 장군처럼 폭넓게 사고하는 사람이야. 그래서 나는 몽티셀리가 압생트 중독자였다는 전설 같은 이야기를 내가 잘 아는 이 우체부의 생활과 별반 차이가 없을 거라고 여길 생각이야.

종이가 꽉 찼다. 되도록 빨리 편지 부탁한다. 악수 청하고, 행운을 빈다.

너를 사랑하는 형, 빈센트

언젠가 몽티셀리의 마지막이 어땠는지 상세히 알게 되겠지.

가만히 보니 이 서랍장에는 몽티셀리 솜씨와 비슷한 그림이 그려진 패널이 붙어 있더라.

551프 —— 1888년 10월 22일(월)

테오에게

30호 캔버스에 새 그림을 그렸어. 〈가을의 공원〉인데, 초록색 병 모양으로 생긴 초록색 사이프러스 두 그루에 갈색과 주황색 잎사귀가 달린 작은 밤나무 세 그루를 그렸어. 자주색 줄기에 연한 레몬색 잎사귀가 달린 작은 주목 한 그루에 새빨갛거나 선홍색과 자주색이 어우러진 잎사귀 달린 덤불 두 뭉치도 같이 그렸어.

모래밭도 있고, 잔디도 좀 있고, 하늘도 좀 그려 넣었고.

사실, 작업을 할 마음은 딱히 없었다. 그런데 항상 그렇듯이 지나는 길에 그냥 보고 넘기기에는 아까울 정도로 아름다운 것들을 보게 되고, 결국, 그걸 그리게 되더라고.

네가 주는 돈은 물론, 내가 계속해서 추가로 부탁하는 그 돈, 그림을 통해 기필코 갚아나갈 거다. 지금은 물론 *이전에 빌린 것까지 전부*. 그러니 완전히 불가능한 게 아니라면, 계속 그림을 그릴 수 있게 해주면 좋겠다.

왜냐하면 그릴 기회를 놓치면 그 결과는 더 끔찍하거든. 아! 사랑하는 아우야, 내가 이런 것들을 능숙하게 그릴 수 있게 되고, 고갱과 내가 둘이서 이런 그림을 그리게 되면, 쇠라도 우리 쪽으로 합류할지 누가 알겠냐! 그런데 내 생각에 〈모델〉이나 〈그랑드 자트〉 같은 커다란 그림은 아마 못 해도 각각 5,000은 나갈 거야.

그래, 우리가 힘을 합치면, 고갱과 내가 각각 명목 자본상으로라도 10,000프랑씩은 거뜬히 벌어올 수 있어.

일전에도 네게 비슷한 이야기를 했을 거야. 이 집을 10,000프랑 값어치가 나가는 장식화로 장식하고 싶다고. 신기한 건 어떤 수치가 아니라 기분에 따라 계산을 했는데, 여러 다양한 관점에서 계산해봐도 결과는 대부분 같더라고. 쇠라의 합류는 생각할 엄두도, 말할 엄두도 못 낼 일이야. 우선 고갱부터 알아가는 게 좋겠지. 일단 이 양반이 오면, 어긋날 일은 없을 테니까.

또 말한다만, 너만 괜찮으면, 네 사정이 좀 나아지면, 이것들을 좀 보내주면 좋겠다. 2.5프랑짜리 캔버스 천 10미터. 그리고 은백색과 아연 백색 같은 대형 튜브도.

아연 백색, 대형 튜브 20개
은백색, 대형 튜브 10개
크롬옐로 1, 대형 튜브 10개

크롬옐로 2, 대형 튜브 5개
프러시안블루, 대형 튜브 5개
진홍색, 중형 튜브 10개
베로니즈그린, 대형 튜브 10개

어떤 어려움이 그림 그리기를 방해하더라도 극복해나갈 자신이 있어.

일이 제대로 진행되지 않을 경우, 고갱이 여기 오는 즉시 조언을 구하면 될 거야. 조만간 그렇게 될 거라 믿는다.

'89년 전시회의 분위기는 아주 열광적일 것 같아. 열광적이지 않은 편이 우리에게는 더 쉬울 수도 있겠지만, 주어지는 상황에 따라 맞춰갈 수 있어야 하잖아. 그런데 드 공쿠르의 『장가노 형제』는 읽었니? 안 읽었으면 꼭 읽어라. 이 책을 읽지 않았었다면 나는 더 과감해질 수도 있었을 거야. 그리고 읽은 후에 내가 유일하게 걱정하는 건, 너한테 돈을 너무 많이 요구한다는 사실이야. 나 혼자 애쓰다가 실패하면 아무런 상관도 없어. 그렇다고 해도 여전히 버틸 수는 있을 테니까. 장사를 하든, 뭐를 쓰든 해서 말이야. 그런데 그림을 그리는 한, 여럿이 공동생활을 하면서 협회를 결성하는 것밖에 길이 없는 것 같아.

낙엽이 떨어지기 시작했어. 낙엽이 지면 나무가 노랗게 보이면서 매일같이 더 노랗게 보이더라. 꽃나무가 자라는 과수원만큼이나 아름다운 광경이야. 그래서 하는 말인데, 이렇게 그림을 그리면서 잃는 것보다, 얻는 게 더 많다고 감히 생각한다. 정말 그래.

어쨌든 너무 늦지 않게 답장을 보내면서 얼마 정도(가능하면 50 정도) 동봉해 보내주면 좋겠다. 힘들면 보다 적어도 괜찮고. 편지 쓸 시간이 없으면 우편환만이라도 보내주기 바란다. 보내줄 수 있는 만큼만. 진심 어린 악수 청한다.

너를 사랑하는 형, 빈센트

552프 ____ 1888년 10월 13일(토)

테오에게

이렇게 빨리 우편환 50프랑을 보내줄 거라고는 기대도 안 했었는데, 정말 고맙다.

들어가는 돈이 많아 괴로울 때가 한두 번이 아니라, 점점 이런 생각이 들더라. 화가라는 직업을 가지고 있으면 가난을 면치 못한다는 생각. 들어가는 비용이 너무 많거든.

그런데 가을은 여전히 아름답기만 하구나! 타르타랭의 고향인 이곳은 정말 신기할 따름이야. 그래, 내 운명에 나는 만족한다. 화려하고 아름답기만 한 곳은 아니야. 뭐랄까, 도미에의 그림이 살아난 것 같다고 할 수 있지.

n'oublie pas. Te rappelles tu dans Tartarin
la complainte d'une vieille ~~omnibus~~
diligence de Tarascon – cette admirable
page – Eh bien je viens de la peindre
cette voiture rouge et verte dans la
cour de l'auberge. Tu verras.

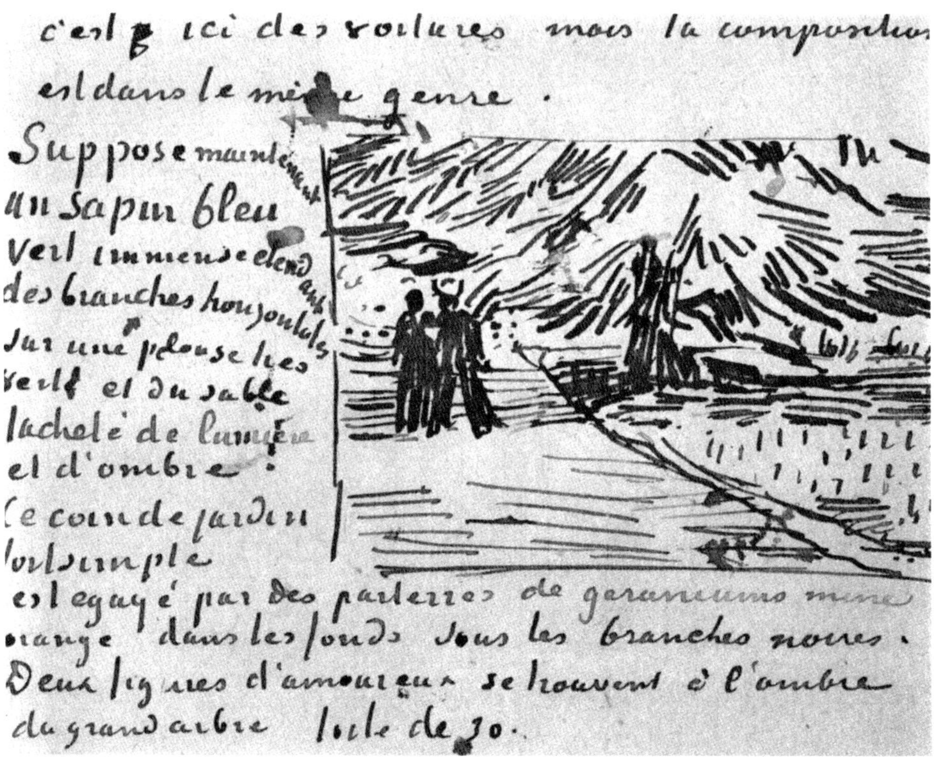
c'est ici des voitures mais la composition
est dans le même genre.
Suppose maintenant
un sapin bleu
vert immense étendant
des branches horizontales
sur une pelouse très
verte et du sable
tacheté de lumière
et d'ombre.
Ce coin de jardin
fort simple
est egayé par des parterres de geraniums mine
orange dans les fonds sous les branches noires.
Deux figures d'amoureux se trouvent à l'ombre
du grand arbre toile de 30.

『타르타랭』 *다시* 읽어봤지? 꼭 다시 읽어봐라! 거기 보면 낡은 타라스콩 승합마차의 탄식에 관한 부분 기억나냐? 그 흥미진진한 대목 말이야. 그래, 방금 빨간색과 초록색이 어우러진 그 승합마차를 그렸어. 여인숙 안마당에 서 있던 거야. 너도 보게 될 거다. 대충 크로키로 그려 보내는데, 구도는 알 수 있을 거야. 전경은 그냥 잿빛 모래밭이고, 배경은 단순한 색이야. 분홍색과 노란색 벽에 초록색 덧문 달린 창문, 구석으로 파란 하늘이 보여. 승합마차 2대는 초록색과 빨간색의 강렬한 원색이고, 바퀴는 노란색과 검은색, 파란색과 주황색이 어우러진 색이야. 여전히 30호 캔버스야. 몽티셀리처럼 두텁게 임파스토로 처리했어. 예전에 네가 해변에 있는 알록달록한 거룻배 4척을 그린 클로드 모네의 아름다운 그림을 가지고 있었잖아. 그런 분위기를 마차로 표현해봤어. 그런데 구도는 비슷해.

이번에는 초록색과 파란색이 섞인 커다란 소나무를 떠올려봐라. 생생한 초록색 잔디와 빛과 어둠이 점을 찍어놓은 듯한 모래밭 위로 닿을 듯 수직으로 늘어진 가지들을 말이야. 커다란 나무가 만들어준 그늘 아래로, 두 연인이 걸어가는 모습이야. 이것도 30호 캔버스야. 이 아주 단순한 구도의 정원이, 저 멀리 검은 나무기둥 아래 오렌지색 제라늄 꽃무더기로 인해 환해졌어.

30호 캔버스에 그린 다른 그림이 2개 더 있어. 트랭크타유 철도교하고 다른 다리를 그린 거야. 길 위로 기찻길이 다니는 구름다리. 구름다리는 채색만 보면 약간 보스봄 그림하고 비슷해. 아무튼 트랭크타유 철도교와 그 계단은 흐린 날 오전에 그려서 돌이며 아스팔트, 보도블록은 회색이고 하늘은 연한 파란색으로 칠했고 색색의 의상을 입은 행인들과 노란 잎이 달린 가느다란 나무 한 그루를 그려 넣었어. 그러니까 캔버스 2개는 가미한 색에 회색조로 그렸고, 또 다른 캔버스 2개는 알록달록 다채로운 색으로 표현해봤어.

크로키가 형편없어서 미안하다. 타라스콩 승합마차를 그리느라 진이 다 빠진 탓에 데생할 기력이 남아 있지 않은 것 같다.

나가서 요기라도 좀 한 다음에 저녁에 다시 이어쓰마.

그런데 장식화 작업이 순조롭게 진행되는 것 같아. 이 작업을 하면서 그림 기법은 물론 시각도 더 넓어지는 것 같다.

흠집을 찾으려면 수천 가지도 넘겠지만, 그림에 활력을 담아낼 수만 있다면 괜찮아.

타르타랭의 주 무대에서 생활하는 게 점점 더 흥미로워진다. 여기는 우리에게 제2의 고향이 될 거야. 그렇다고 네덜란드를 잊은 건 아니야. 안 그래도 대비되는 느낌 때문에 오히려 더 자주 생각하게 되더라. 이따가 다시 이어쓸게.

다시 이어서 쓴다. 지금 작업 중인 이 그림을 너한테 보여줄 수 있으면 정말 좋겠구나.

솔직히 너무 힘들어서 글도 제대로 못 쓸 지경이야. 다음 기회에 제대로 쓸게. 장식화에 관한 생각이 구체적으로 생기기 시작했거든.

그제, 고갱에게 또 편지를 써서 여기에 오면 건강이 더 빨리 나아질 거라고 다시 한 번 강조

Ensuite deux autres toiles de 30 le pont
de Trinquetaille et un autre pont sur la
rue où passe le chemin de fer
Cette toile là ressemble comme coloration
un peu à un Bosboom.

했어. 좋은 그림을 많이 그릴 수 있을 거라고도 했고.

그 양반이 건강을 회복하려면 시간이 걸려. 지금 작업에 대한 구상이 점점 더 또렷해지고, 그 수도 많아지고 있는데 제대로 된 음식을 잘 먹은 덕분인 것 같아. 그림 그리는 사람이라면 누구나 이런 생활을 실천해야 할 것 같더라.

여전히 달라져야 할 건 많아. 화가가 되면 노동자처럼 살아야 하는 게 사실이잖아? 목수나 대장장이들은 화가보다 더 많은 걸 만들어내는 사람들이야. 그림 그리는 사람들도 커다란 화실 같은 곳에서 주기적으로 각자의 작업을 할 수 있어야 해.

졸음이 쏟아지고 눈이 너무 피곤해서 앞도 잘 보이지 않는다.

또 연락하자. 할 말도 여전히 많고 제대로 된 크로키도 그려야 하니 말이야. 아마도 내일 다시 쓰게 될 것 같다.

우편환 보내준 거, 다시 한 번 고맙다는 말 전한다. 진심 어린 악수 청한다.

너를 사랑하는 형, 빈센트

이번 주에 작업한 캔버스가 5점이니 이제 장식화로 쓸 30호 캔버스가 총 15점이야.

해바라기 2점

시인의 공원 3점

다른 공원 2점

밤의 카페 1점

트랭크타유 철도교 1점

철도교 1점

집 1점

타라스콩 승합마차 1점

별이 빛나는 밤 1점

갈아놓은 밭 1점

포도밭 1점

553프 ____ 1888년 10월 15일(월)

테오에게

고갱의 편지를 보니 너한테 그림과 습작을 담은 상자를 보낸 것 같더라.

시간 여유가 있을 때 그 안에 든 그림들이 어떤 분위기인지 편지로 조금이나마 상세히 설명해줄 수 있으면 정말 좋겠다. 베르나르의 편지도 함께 왔는데 두 사람 모두 내가 보낸 그림을 잘 받았는데 7점 모두 자신들이 가질 거라더라고. 베르나르는 교환할 다른 그림을 보내주겠다고 했어. 모레, 라발, 젊은 친구까지 세 사람도 자화상을 그려 보내주면 참 좋을 것 같다. 고갱은 내 자화상을 가져갔는데 베르나르도 비슷한 그림을 하나 갖고 싶다더라고. 그런데 예전에 이 친구 할머니 초상화와 내 자화상을 교환한 적이 있거든.

아무튼 다들 내가 그린 인물화를 싫어하지 않아서 정말 다행이야.

지난주 내내 작업에 몰입한 탓에 그때도 그랬고, 지금도 여전히 녹초가 된 상태야. 다른 일을 할 여력도 없지만, 강력한 미스트랄이 먼지구름을 일으켜서 리스 대로변의 나무들을 뒤덮고 있어. 그래서 가만히 있을 수밖에 없는 상황이야. 16시간을 내리 자고 일어났더니 이제야 좀 정신이 드는 것 같다.

내일이면 이상할 정도로 피곤한 상태에서 벗어날 수 있지 않을까 싶다.

그래도 일주일을 알차게 보냈잖아. 대형 캔버스 5점을 완성했으니까. 이번 주에는 몸 상태가 정상이 되는 것도 당연한 거지. 느긋하게 작업했으면, 아마 미스트랄에게 발목을 잡혔을 거다. 여기서는 화창한 날을 전적으로 누려야 해. 그러지 않으면 아무것도 할 수가 없거든.

그나저나 쇠라는 요즘 무슨 작업을 하고 있나 궁금하다. 가는 길에 보거든, 내가 안부 전한다는 말과 함께 나는 요즘 장식화로 쓸 정사각형 30호 캔버스 15점을 그리고 있는데, 최소 15점을 더 그릴 계획이고, 이렇게 방대한 작업을 하면서 간간이 지난 일을 떠올리게 된다고도 전해주기 바란다. 그를 만났던 일이며, 그의 화실에서 대형화를 감상했던 일이며. 그 그림이 내가 지금 이 작업을 하게 된 원동력이기도 하다고.

우리가 쇠라의 자화상을 1점 가지고 있으면 좋을 것 같아. 고갱에게 자화상을 교환하자고 했던 건, 그가 베르나르와 이미 여러 차례 서로의 습작을 주고받았기 때문이라고 이야기했어. 그런데 경우가 다르게, 고갱은 나한테 일부러 자화상을 그려줬어. 중요하다는 생각에 교환할 대상으로 삼고 싶지 않았다. 그런데 고갱은 편지로 교환할 그림으로 여기고 받아달라면서 과분한 찬사까지 덧붙이더라. 아무튼 이 부분은 넘어가자.

프로방스에 관한 기사를 하나 보낸다. 내용이 아주 좋더라고. 펠리브르Félibres는 클로비스 위그Clovis Hugues와 미스트랄Frédéric Mistral을 비롯한 여러 문인들의 문학적, 예술적 모임이야. 주로 프로방스어로 작품을 쓰는데, 종종 프랑스어로 쓰기도 해. 그런데 작품들이 상당히 괜찮아.

펠리브르 회원들이 내 존재를 더 이상 모른 척할 수 없게 되는 날, 그들을 우리 집으로 초대할 거야. 그런데 내가 장식화 작업을 다 마무리하기 전까지 그럴 일은 없었으면 좋겠다. 솔직히 내가 그들보다 프로방스를 더 좋아하니, 그들에게 조금은 관심을 받을 수도 있는 게 아닌가 싶어. 이런 권리를 내가 조금이라도 더 주장하자면, 내 작품은 이곳이나 마르세유, 아무튼 네가 알다시피, 내가 작업하고 싶은 곳에 둘 거야. 몽티셀리가 시작한 화풍을 마르세유 출신 화가들이 이어갈 수 있다는 희망으로 말이야.

고갱과 내가 이곳의 신문 같은 곳에 기사를 기고하게 되면, 다른 이들과 소통하기가 쉬워질 거야. 악수 청한다.

너를 사랑하는 형, 빈센트

553b프 ___ 1888년 10월 2일(화)

친애하는 벗, 보슈

보내신 편지 고맙게 잘 받았습니다. 우선 축하한다는 말부터 전합니다. 이번에는 주저하지 않고 보리나주를 배경으로 그림을 그리셨네요. 그곳은 선생이 평생 작업 활동의 무대로 삼을 만한 곳이기도 합니다. 풍경과 인물의 특징이 살아 있는 곳이니까요.

탄차를 미는 여성들이 특히 인상적일 겁니다. 혹여 오가는 길에 프티 왐므를 들리실 길이 있거든, 농사일을 하는 장 바티스트 드니 씨와 광부로 일하는 조제프 키네 씨가 여전히 거기에 살고 있는지 알아봐주시고, 만날 수 있다면 안부도 꼭 전해주시기 바랍니다. 내가 여전히 보리나주를 잊지 않았고, 언제든 다시 찾아가고 싶은 마음이라고 말입니다.

그나저나 전해드릴 새로운 소식이 있어 말씀드립니다. 드디어 집에 가구를 들여놨습니다. 그리고 고갱 선생은 물론 다른 동료들도 사용하게 될 침실에도 가구를 준비했습니다.

가구를 들여놓으니 집안 분위기가 전보다 훨씬 쾌활해졌습니다. 그 이후에는 정신없이 작업

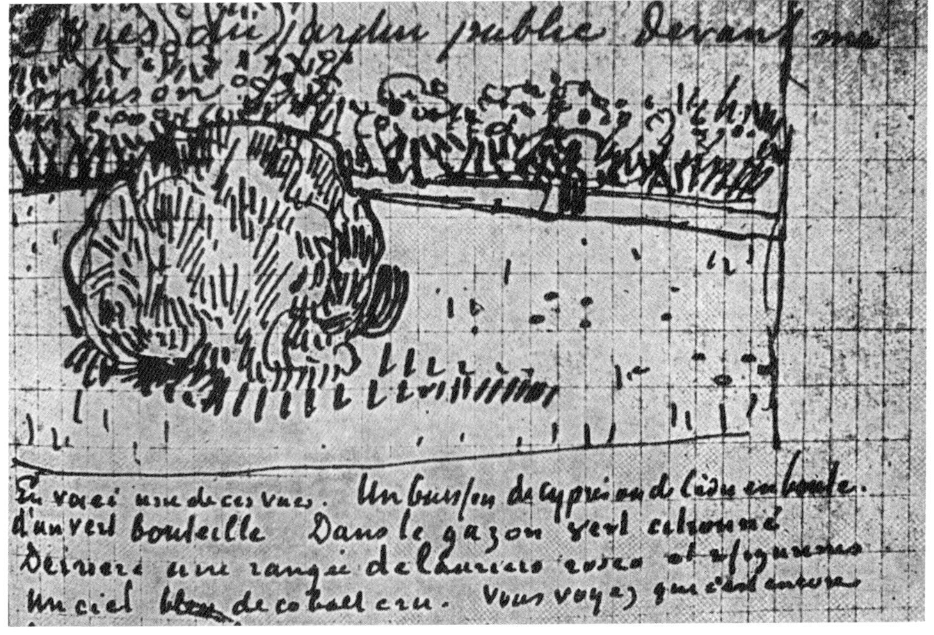

에 몰두했죠. 가을에는 바람도 잔잔해서 아주 환상적이거든요. 그래서 지금 정사각형 30호 캔버스 7점을 작업 중입니다. 우선 〈밤의 카페〉라는 그림은 내가 묵고 있는 곳인데, 가스등 효과를 살린 그림이고, 밤에 작업을 했습니다.

그리고 집 앞에서 바라본 공원을 3점 그렸습니다.

그중 하나는 분위기가 이렇습니다. 초록색 유리병처럼 둥글게 깎은 사이프러스와 삼나무 덤불이 보이는 장면이지요. 레몬빛 도는 초록색 잔디밭도 보이고 협죽도 여럿이 길게 늘어선 뒤로 무화과나무 두 그루도 보입니다. 하늘은 원색의 코발트블루로 처리했습니다. 보면 아시겠지만, 전보다 훨씬 단순해졌습니다.

갈아놓은 밭도 그렸습니다. 풍경의 대부분은 갈아엎은 흙이 차지하고 있고, 밭고랑은 낡은 신발 같은 색이며 위로는 흰 구름과 물망초 색 같은 하늘이 펼쳐져 있습니다.

그리고 내가 사는 집과 유황빛 햇살이 감싸고 있는 주변 풍경을 그린 그림이 있습니다. 하늘은 진하고 밝은 코발트색으로 칠했는데, 이게 특히 힘들었습니다!

그리고 포럼 광장에 있는 카페도 그렸습니다. 우리가 자주 가는 곳인데, *밤에 그렸어요!*

마지막으로 론강 주변을 그린 습작이 있는데, 도시를 밝히는 가스등 불빛이 푸른 강물 위로 반사되는 장면입니다. 위로는 별이 총총히 뜬 밤하늘이 있는데(큰곰자리) 코발트 빛 밤하늘이 들판처럼 펼쳐진 배경 중간중간에 분홍색과 초록색이 들어간 별들이 반짝입니다. 도시를 비추는 빛과 노골적인 반사광은 금빛이 들어간 적색과 구릿빛이 들어간 초록색으로 칠했습니다. 역시 밤에 그린 겁니다.

늘어선 협죽도와 둥근 덤불이 있는 공원은 채색 도기처럼 두껍게 임파스토 처리를 했지요.

선생의 초상화는 얼마 전에 그린 알제리 보병 소속의 밀리에 소위의 초상화와 함께 내 침실에 걸었습니다. 바람이 하나 있다면, 선생이 탄광촌에서 그린 습작을 받고 싶습니다. 나부터 먼저 선생께 습작 1점을 보내지요. 장담하는데, 아마 선생한테는 상당히 생소한 그림일 겁니다. 밤을 배경으로 한 이 습작을 보고 나면, 이제 선생도 태양이 떴을 때 그린 것들보다 더 좋아하게 될 테니까요. 그러니 내가 먼저 그림을 보내겠습니다. 이렇게 시작된 우정이 영원히 지속되었으면 하는 바람 때문입니다.

나는 선생의 작업에 아주 관심이 많습니다. 무엇보다 보리나주라는 암울한 동네에 대한 기억을 평생 잊을 수 없을 것 같기 때문입니다.

혹시 내가 내년에 파리에 가게 되면, 이번에는 작정하고 몽스까지 올라가볼 생각입니다. 내친김에 고향 땅도 밟고 과거에 알았던 지역을 둘러볼 수 있을지도 모르겠습니다. 그렇게 보리나주에서 마르카스 탄광, 프티 왐므에서 생탕투안 탄광까지 돌아볼 수도 있겠네요. 그다음에는 선생이 사는 프라므리의 쿠르 드 라그라프도 가볼 수 있을 것 같습니다. 그러고 보니 내가 처음으로 실물을 보고 그리기 시작한 게 바로 보리나주 시절이었군요. 그런데 당시에 그린 건

이미 오래전에 폐기해버렸습니다.

그 장소들을 다시 그릴 생각을 하니 가슴이 벅차오릅니다.

선생도 곧 다양한 그림들을 구상하시게 될 겁니다.

성급히 써 내려간 편지이지만, 선생한테는 바로 답장을 하고 싶었습니다.

솜씨는 형편없지만, 별이 빛나는 밤을 크로키로 그려 동봉합니다. 전부 정사각형 30호 캔버스에 그린 것들입니다. 선생이 지금까지 여기 머물렀다면, 아마 습작 여러 점을 그려서 가져갔을 겁니다. 내가 말했다시피, 이곳의 자연은 정말 *황홀할* 정도로 아름답거든요.

하루 사이에 30호 캔버스를 완성한 게 한두 번이 아닙니다. 물론, 끼니를 때우려고 근처에 잠시 다녀오는 것 외에는 이른 아침부터 해지기 직전까지 꼼짝도 하지 않고 앉아서 작업에 몰두해야 하긴 하지요. 내 동생이 오가는 길에 선생을 봤다고 소식을 전해왔습니다. 어쩌면 내년에는 선생과 내가 만날 수 있기를 바랍니다. 혹시 이사를 하셨다면 잊지 말고 새 주소를 알려주시거나, 아니면, 내 기억으로는 루비에르인 것 같은데, 아무튼 언제든 우편물을 받을 수 있는 주소를 알려주시기 바랍니다. 탄광촌에서 계속 작업하다가 협죽도와 유황빛 태양이 이글거리는 전혀 다른 지역을 둘러보는 것도 환상적인 경험이 될 겁니다.

선생의 누이도 역시 탄광촌으로 갈 예정입니까? 그곳에 가면 아마 두 분이 공동으로 작업하실 일도 있을 겁니다. 한 집안에 그림 그리는 사람이 둘이나 되니 선생은 얼마나 행복할까 하고

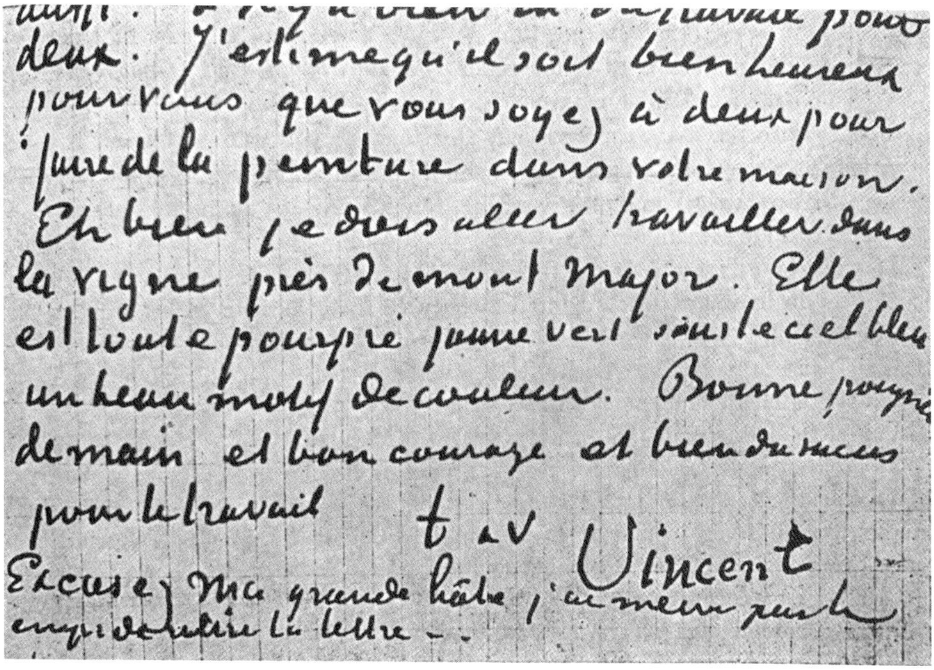
deux. J'estime qu'il soit bien heureux
pour vous que vous soyez à deux pour
faire de la peinture dans votre maison.
Eh bien je dois aller travailler dans
la vigne près de mont Major. Elle
est toute pourpre jaune vert sous le ciel bleu
un beau motif de couleur. Bonne poignée
de main et bon courage et bien du succès
pour le travail
t à v Vincent
Excusez ma grande hâte, je n'ai même pas le
temps de relire la lettre –.

생각하곤 합니다.

이제 몽마주르 근처에 있는 포도밭으로 작업하러 나가봐야겠습니다. 파란 하늘 아래 자줏빛과 노란색과 초록색이 한데 어우러져 있어서 근사하게 채색 작업할 대상이거든요.

진심 어린 악수 청하면서 선생의 작업에 행운과 성공을 기원합니다.

선생을 사랑하는 벗, 빈센트

너무 서둘러 쓴 편지라 미안합니다. 다시 읽어볼 틈도 없었습니다.

554프 ____ 1888년 10월 16일(화)

테오에게

이제서야 네가 작업 방향을 가늠해볼 수 있을 만한 작은 크로키들을 그려 보낸다. 오늘 다시 작업에 착수했거든. 눈은 여전히 피곤하지만, 머릿속에 새로운 구상이 떠올라서 이렇게 크로키로 그렸어. 크기는 또 30호고. 이번에는 그냥 내 침실이다. 여기선 채색의 역할이 아주 커. 단색 계열을 사용함으로써 그림 속 사물들의 분위기를 최대한으로 살릴 거야. 그래서 전체적으로 *휴식*이나 *수면*이 연상되는 그림으로 만들 거야. 한마디로, 이 그림을 보면 머리가, 아니 그보다는 상상력이 쉬게 되는 거지.

벽은 창백한 보라색이고 바닥은 빨간 타일이 깔려 있어.

침대의 나무 틀과 의자는 신선한 버터 같은 노란색이야.

시트와 베개는 초록빛이 감도는 아주 밝은 레몬색이고.

이불은 진홍색.

창문은 초록색.

화장대는 주황색, 대야는 파란색.

문은 연보라색.

이게 전부야. 이 방에는 아무것도 없어. 덧문은 닫혔고.

가구가 주는 육중한 분위기가 휴식이 절대로 방해받지 않을 거라고 알려주고 있어. 벽에는 초상화와 함께 거울, 손 닦는 수건, 옷가지 등이 걸렸고.

액자는 (그림에 흰색을 쓰지 않았기 때문에) 흰색이 될 거야.

이건 강제로 쉬어야 했던 상황에 대한 나만의 복수라고 할 수 있어.

내일은 종일 작업에 매달릴 생각인데, 너도 보다시피 단순한 구도의 그림이야. 그림자들도 모두 뺄 거야. 일본 판화처럼 솔직담백하고 평면적인 색조로 칠해야지. 아마 〈타라스콩의 승합마차〉나 〈밤의 카페〉와는 대조가 될 거야.

길게는 못 쓴다. 내일 아주 이른 새벽, 여명과 함께 작업을 시작해서 마무리할 생각이거든.

통증은 좀 어떠니? 소식 전해주기 바란다.

조만간 네 편지 받을 수 있으면 좋겠다.

조만간 다른 방들도 크로키로 그려 보내주마.

악수 청한다.

너를 사랑하는 형, 빈센트

555프 ____ 1888년 10월 17일(수)

테오에게

새 친구 둘*의 이야기는 정말 반가웠다. 그런데 그 두 사람과 그들의 액자에(내 기억이 맞다면 2,000프랑이었던 것 같은데) 관한 이야기는 하는데 그 액자에 들어갔을 그림이나, 그 친구들이 하고 있는 작업에 관해서는 한마디 언급도 없는 게 이상할 따름이다. 아마 내가 이미 들어봤

* 네덜란드 화가 메이여르 이사크 더 한(Meijer Isaac de Haan)과 요섭 야코프 이사악손(Joseph Jacob Isaäcson). 더 한은 1887년 암스테르담 전시회 출품작 〈위리엘 아코스타〉가 관심을 받지 못하자 낙담해서 파리에 들러 며칠간 테오와 지냈고, 이후 퐁타방으로 향해 고갱과 함께 활동했다. 이사악손은 「드 포르트푀유」에 글을 기고하기도 했다.

을 거라고 생각했나 본데, 맹세코 이 일이며 두 친구 이야기는 이번이 처음이다.

그러니까 나는 여전히 아는 게 없어서 이것들에 대해 알고 싶다는 거야. '그 액자에 든 그림이 어떤지, 그리고 두 친구가 지금 어떤 작업을 하고 있는지.'

그래야 그 두 친구가 너와 피사로와 무슨 대화를 나누었는지 어렴풋이나마 내용을 상상해볼 수 있을 것 같거든. 두 친구가 어떤 작업을 하고 있는지 알면 말이야.

어쨌든 한 가지 확실한 건 네덜란드 화가들이 너를 인상주의 화가들의 그림을 다루는 미술상으로 이야기한다는 사실이야. 이 점에 주목해야 한다.

그나저나 두 친구는 네덜란드 예술에 대해 뭐라고 하더냐? 브레이트너르나 라파르트를 비롯한 다른 화가들에 관해서는? 테르스테이흐 씨에 대해서 한 말은 없고?

고갱은 이미 커다란 여행 가방 하나를 보냈다고 하면서 이달 20일경에는 도착할 거라더라. 그러니까 며칠 뒤에 온다는 건데 나로서는 좋을 수밖에 없지. 감히 바라는 건데, 우리 두 사람에게는 좋은 기회가 될 거야. 어쨌든 새 친구들의 그림에 대해 상세히 소식 전해주면 좋겠다. 그리고 만약 두 친구에게 진심으로 새로운 경험을 통해 실력을 키우려는 마음이 있는 거라면, 과감하게 프랑스 남부로 가라고 권해봐라. 나는 새로운 *색채파*가 이곳 프랑스 남부에 뿌리내릴 거라고 보고 있어. 북부의 화가들은 색 그 자체로 무언가를 표현하려는 시도보다, 점점 붓질하는 방법이나 소위 '그림 같은' 효과라고 부르는 기법에만 치중하고 있거든. 네 소식은 반갑긴 했지만, 액자 속에 어떤 그림이 들었는지 알 수가 없어서 갑갑할 따름이다.

이곳의 강렬한 태양 아래 직접 서니, 피사로의 말이 실감 나더라. 고갱도 비슷한 말을 했고. 햇살이 전해주는 단순함, 무미건조함, 그리고 장중함 같은 대단한 효과들에 대해서 말이야.

북부 사람들은 그게 어떤 효과인지 죽었다 깨나도 모를 거다. 그러니 어마어마한 액자를 가지고 있다는 그 화가 친구들이 진심으로 새로운 경험을 하고 싶어 한다면, 빙 화랑을 찾아간 다음에 프랑스 남부로 오라고 해라. 나는 5프랑짜리 소나무 액자 하나 주문할 생각에 벌써부터 가슴이 두근거린다.

뭐랄까, 집에 관해서 내가 러셀에게 이렇게 말하는 것과 같은 맥락인 거야. 수천 프랑을 들인 그의 집에 비하면 여기 이 집은 그보다 몇백 프랑 저렴하지만, 그의 도움 없이도 우리는 고갱을 위해서 일하고 있다고 말이야.

무시무시한 액자를 가졌다는 두 친구는 쇠라의 작품을 1점이라도 보긴 했을까? 독창성에 관해서는 차라리 쇠라의 액자가 훨씬 나을 거라는 게 내 생각이야.

그래, 쇠라 이야기가 나와서 말인데, 혹시 최근에 그 양반 또 만났니?

그림 판매는, 억지로 애쓸 이유가 없다는 네 말에 나도 동의하고, 개인적으로는 상황이 받쳐주면, 절대로 그림을 팔고 싶지 않아.

하지만 꼭 그래야만 한다면, 전에 있었던 일에 비추어보아 딱히 다른 대안이 있는 것도 아니지만, 언젠가 그래야 할 날이 올 테니, 너무 서두르지 않는 게 좋을 것 같다.

진심 어린 악수 청하면서 액자에 든 그림, 꼭 어떤 그림인지 상세히 알려주면 좋겠다. 그 두 친구에게도 내가 안부 전하고 행운을 기원한다는 말 전해주기 바란다.

그리고 그 두 친구, 새로운 걸 원하면 여기 프랑스 남부에 꼭 들러야 할 거야. 겨울이라면 아프리카나 시칠리아도 괜찮아. 하지만 두 친구가 독창적인 화가들이라면 제대로 된 프랑스 남부야말로 그들에게 네덜란드와는 전혀 다른 세상을 보여줄 거다.

또 연락하고, 곧 편지해라. 악수 청한다.

너를 사랑하는 형, 빈센트

『국화 부인』은 다 읽었겠지?

오후에 침실을 표현한 그림을 완성한 터라 몇 자 더 적는다.

어쨌든 네가 네덜란드에서 온 그 친구들을 알게 됐다는 건 반가운 소식이었어. 어쩌면 커다란 그림에 대해 나도 들어봤을 수도 있을 것 같긴 하지만 액자에 대해서는 전혀 아는 게 없어. 예전에 라파르트가 찬사를 아끼지 않았던 그림하고 화가가 있었는데, 혹시 네가 그들이 작업한 그림에 관해 설명해주면 같은 그림인지 확인할 수 있을 것 같다.

그나저나, 사랑하는 아우야, 네가 머릿속에 그럴듯한 걸 만들어낼 아이디어가 전혀 없다고 불평하는 걸 보면, 나야말로 당연히 너만큼 우울해질 *이유가 얼마나 많을지* 상상해봐라. 나는 네가 없으면 아무것도 할 수 있는 게 없는 처지 아니냐. 그러니만큼 우리 두 사람이 함께 만들어 나가는 부분에 관해서는 너무 조바심 내지 말고 파이프 담배나 피우면서 느긋하게 기다리자. 우울해질 정도로 너무 괴로워하지 말자는 거야. 각자의 길을 가지 않도록 말이야.

가끔은 장사라도 할 수 있었으면 하고 바랄 때가 있어. 이 상황을 어떻게든 바꾸기 위해서라도. 그렇게 하면 돈이라도 벌 수 있을 것 같거든.

그런데 그냥 이 상황을 받아들이도록 하자. 지금으로선 우리에게 주어진 운명을 어떻게 바꿀 도리가 없으니 말이다. 쉬거나 다른 데 신경 쓰며 여유 부릴 틈도 없이 죽어라 그림 파는 일에 몰두해야 하는 네 운명이나, 쉴 틈 없이 머리를 써서 피곤한 일에 집중해야 하는 내 운명이나 결국은 마찬가지니 말이야. 한 1년쯤 지난 뒤에, 네가 보기에 우리 두 사람이 예술적인 일을 함께 이루어냈다는 기분이 들었으면 좋겠다.

방을 그린 그림은 너도 기억하겠지만 파리를 배경으로 한 노란색과 분홍색, 초록색 표지의 소설책을 그린 정물화하고 분위기가 비슷해. 대신, 붓 터치가 훨씬 더 남성적이고 단순한 편이야. 점묘법도, 선영 기법도, 아무것도 안 썼고, 오직 무난한 색조만 발랐는데 조화로워.

다음에는 어떤 작업을 할지 모르겠다. 여전히 눈이 피곤하고 뻑뻑해서 말이야.

요즘은 힘든 그림을 완성한 다음에는, 아무 생각도 들지 않고 머리가 멍해진다.

솔직히 내 기분대로 행동하자면 세잔 영감처럼, 내가 작업한 그림들이 마음에 들지 않는다고 발길질을 해가며 망가뜨리는 것만큼 쉬운 일도 없을 거야. 그런데 그렇게 발길질을 하는 게 무슨 소용이겠냐. 습작들은 그냥 그렇게 두자. 그럴듯한 게 없어 보여도 좋은 거고, 그럴듯한 게 있다면, 다행이니 말이야.

그러니까, 좋은 것과 나쁜 것에 대해서 너무 깊고 진지하게 생각하지 말자는 거야. 모든 건 다 상대적이니까.

네덜란드 사람들이 절대적으로 좋은 것과 절대적으로 나쁜 것을 굳이 구분하려는 건 잘못된 거야. 그렇게 딱 정해진 건 이 세상에 없기 때문이지.

그나저나 나도 리슈팽의 『세자린』을 읽었어. 흥미로운 대목이 있더라. 패주하는 병사들의 행군을 묘사했는데 그 무거운 발걸음이 절로 느껴질 정도였지. 그런데 패주한 병사도 아닌 우리도 살면서 이렇게 무겁게 발걸음을 옮길 때가 있지 않아?

부자지간의 반목과 갈등은 가슴 아픈 내용이긴 하지. 그런데 리슈팽의 다른 작품인 『집착』과 마찬가지로 여기서는 어떤 희망도 찾을 수가 없어. 반면, 기 드 모파상은 더 슬픈 글을 쓰지만, 결과적으로는 훨씬 더 인간적인 분위기가 묻어나는 편이야. 『파령 씨』나 『피에르와 장』 같은 작품만 봐도 행복한 결말은 아니지만, 주인공들이 그래도 체념하고 각자의 길을 걸어가거든. 그렇다고 유혈극이 있는 것도 아니고, 잔혹하지도 않아. 그렇다는 거야. 그래서 나는 리슈팽보다 기 드 모파상을 더 좋아해. 그의 작품은 위로를 해주거든. 얼마 전에는 발자크의 『외제니 그랑데』를 읽었어. 구두쇠 시골 영감에 관한 이야기야.

잘 있어라. 곧 또 연락하자.

너를 사랑하는 형, 빈센트

그 네덜란드 친구들처럼 그런 액자에 넣을 그림을 그리는 건 아니지만, 그래도 너와 나는 일본 판화 같은 작품을 만들고 있으니 일단은 여기에 만족하자.

베22프* ____ **1888년 10월 17일(수)**

친애하는 고갱 선생

편지 잘 받았습니다. 무엇보다 20일경에 오겠다는 약속, 정말 고맙습니다. 선생이 말한 이유를 들어보니 그리 편하게 기차 여행을 할 수 없는 상황 같군요. 그런 불편 없이 거동할 수 있을 때까지 일정을 늦추고 기다리는 게 당연합니다. 그 점만 빼면, 선생이 하게 될 그 여행이 부러

* 고갱에게 보내는 편지인데, '에밀 베르나르에게 보낸 편지 모음집'에 분류되어 있었다.

울 따름입니다. 무엇보다 화려한 가을 정취와 함께 다양한 경관을 선보이는 여러 지방을 두 눈으로 볼 수 있는 여정이니 말입니다.

나는 지금도 지난겨울, 파리에서 아를로 내려오던 길에 느꼈던 감정이 생생합니다. 마치 일본에라도 온 것처럼 두리번거렸던 그때를 말입니다! 참 유치했었지요.

그나저나 지난 편지에 이상할 정도로 눈이 피곤하다고 말씀드렸었는데, 이틀 반을 내리 쉬고 난 다음 다시 작업을 시작했는데 아직은 밖으로 나갈 엄두가 나지는 않습니다. 장식화로 쓸 그림을 작업 중인데 30호 캔버스에 그린 내 침실입니다. 아시겠지만 목제 가구들을 들인 침실 말입니다. 쇠라의 그림처럼 별다른 장식 없이 단순하게 방을 그리는 게 얼마나 재미있었는지 모릅니다. 색조는 평범하게 썼지만 두껍게 붓질을 해서 임파스토를 만들었거든요. 벽은 연자색이고 바닥은 여러 색을 가미해 만든 칙칙한 적색입니다. 의자와 침대는 크롬옐로고 베개와 시트는 아주 연한 라임색으로, 이불은 선홍색으로, 화장대는 주황색, 대야는 파란색, 창문의 틀은 초록색으로 칠했습니다. 보시면 아시겠지만, 다양한 색조를 사용해서 휴식을 주는 분위기

를 최대한 표현해보려 했습니다. 유일하게 하얀색을 사용한 건 검은색 틀 안으로 보이는 거울입니다(그 안에 네 번째 보색도 넣어봤지요).

아무튼 다른 동료 화가들과 같이 이 그림을 보게 될 겁니다. 그때 다같이 그림에 관해 이런저런 이야기를 나눕시다. 사실 가끔은 내가 무슨 작업을 어떻게 하고 있는 건지도 모를 때가 있긴 합니다. 거의 몽유병 환자처럼 작업한다고 해도 무방할 정도로 말입니다.

날이 추워지기 시작했습니다. 특히, 미스트랄이 기승을 부릴 때는 더 그렇습니다.

겨울에도 제대로 불을 밝힐 수 있도록 화실에 가스등을 가져다 놨습니다.

미스트랄이 기승을 부릴 때 이곳에 오면 아를에 대한 환상이 깨질 수도 있습니다. 하지만 기다려보세요…… 아를의 시적인 정취에 젖어들려면 시간이 걸리는 법이니까요.

지금 당장은 여기 집이 편하지 않을 수도 있겠지만, 점점 그렇게 되도록 만들어갈 겁니다. 비용이 얼마나 드는지 모릅니다! 그래서 한 번에 모든 걸 다 마무리할 수가 없었습니다. 아무튼 일단 이곳에 오면, 저처럼 미스트랄이 잠잠해질 때마다 가을이 주는 온갖 효과를 맹렬히 그리고 싶다는 열정에 사로잡힐 겁니다. 그리고 화창한 날이 이어지는 한, 내가 왜 선생에게 그토록 이곳으로 내려오라고 했는지를 대번에 이해할 겁니다.

그럼 또 뵙겠습니다.

당신을 사랑하는 친구, 빈센트

556프 ____ 1888년 10월 21일(일)

테오에게

편지와 동봉해준 50프랑 고맙게 잘 받았다. 그 네덜란드 화가들의 그림 설명도 고맙고.*

25프랑을 들여서 화실과 부엌에 가스등을 달았어. 고갱과 내가 한 보름쯤 매일 밤 그리면 그 정도는 벌지 않을까? 다만, 고갱이 당장 내일이라도 올 수 있는 상황인 만큼, 시급하고 절박하게 적어도 50프랑이 더 필요하다.

지금은 아프진 않은데, 며칠간 식사를 부실하게 먹거나 그림 작업을 좀 멈추지 않으면 아무래도 그렇게 될 것 같아. 그러니까 이번에도 역시 에밀 바우터스의 그림 속에 등장하는 휘호 판 데르 후스처럼 무시무시하게 변하고 있다는 뜻이야. 아닌 게 아니라, 내가 수도사 같기도 하고 화가 같기도 한 이중적인 성격을 지니지 않았으면 아마 이미 오래전에 완전히 저 그림 속 인물처럼 변해버렸을 거야.

* 10월 19일 편지의 답장에 테오는 더 한과 이사악손에 관해 언급하며 이렇게 덧붙였다. '드디어 고갱 선생이 오는군요. 형님 생활이 크게 달라지겠습니다. 형님의 노력이 결실을 맺어서 그 집이 화가들이 제 집처럼 편히 느끼는 곳이 되면 좋겠습니다.'

comme Eug Delacroix et Meissonier.
Enfin puisque décidément j'ai l'intention
de ne pas peindre au moins durant 3 jours
peut-être me reposerai je en t'écrivant cela à
eux en même temps. Car tu sais que cela
m'intéresse assez l'influence qu'aura l'impressionnisme
sur les peintres hollandais et sur les amateurs
hollandais.

아무튼 내가 가지고 있는 광기를 박해라고 여기지는 않아. 왜냐하면 흥분 상태의 내 감정은 주로 내세나 영생에 관한 고민으로 이어지거든.

그렇다고는 해도 신경과민이 되지 않도록 항상 조심해야겠지.

그런데 이 말은 해둬야겠다. 내가 저 네덜란드 화가 두 친구를 불신의 눈초리로 바라본다고 오해하지는 말아 달라는 거야. 너의 두 번째 편지를 받고 나서야 두 친구가 어떤 작업을 하는지 대충 짐작이라도 할 수 있게 됐거든. 그래서 더더욱 그 친구들 데생이 어떤지 궁금할 따름이야.

그 두 친구가, 지금도 지금이지만 미래를 위해서라도 프랑스 남부로 오는 게 왜 본인들에게 도움이 될지를 설명하는 편지를 네게 써서, 두 사람에게 읽게 할까 생각도 했었어.

동시에 이런 말도 해주고 싶었지. 인상주의 화파의 움직임 속에서 거대한 하나의 흐름을 읽어야 한다고 말이야. 단지 시각적인 실험으로 만족해하며 그 자리에 머무는 단순한 화파가 아니라. 역사화를 그리는 사람들, 적어도 과거에 역사화를 그렸던 화가들도 마찬가지야. 들라로슈나 들로르처럼 그저 그런 역사 화가가 있는 것처럼, 외젠 들라크루아나 메소니에처럼 훌륭한 역사 화가들도 있잖아? 아무튼 나는 적어도 한 사흘은 아무 작업도 하지 않기로 마음먹었어. 그렇게 하면 쉬는 동안 너는 물론 그 두 친구에게도 편지를 쓸 수 있지 않을까 싶어. 너도 잘 알겠지만, 나는 인상주의가 네덜란드 화가나 네덜란드 애호가들에게 어떤 영향을 줄 수 있을지 궁금하거든.

이건 마지막에 그린 유화를 크로키를 대충 그린 거다. 초록색 사이프러스들이 줄지어 서 있는 배경에 위로는 분홍으로 물든 하늘, 연한 레몬 같은 초승달이 떠 있는 장면이야.

전경은 그냥 황무지와 모래밭이고 여기저기 엉겅퀴가 자라고 있어. 연인이 있는데 남자는 연한 파란색 의상에 노란 모자를 썼고, 여자는 분홍색 블라우스에 검은 치마 차림이지. 네 번째로 그린 〈시인의 공원〉인데 고갱의 침실에 둘 장식화야.

네게 또다시 돈을 부탁해야 하는 상황이 죽기보다 싫지만 어쩔 수가 없다. 게다가 너무 지친 상태야. 하지만 돈을 조금 더 들여 지금 작업을 해두면 언젠가는 지금보다 더 나은 가격에 그림을 팔 수 있을 거라는 생각이 들어.

게다가 토마 영감님하고 이야기가 잘됐으면 고갱이 여기 오기 전에 200프랑을 더 융통해서 그림 작업에 쏟아붓고 싶다고 말했었잖아.

비록 일은 그렇게 진행되지 않았지만, 그래도 당시 하던 작업을 내가 할 수 있는 한 끝까지 밀어붙이긴 했지. 당시, 고갱에게 무언가 새로운 걸 보여주고 싶기도 했고 그에게 이런저런 영향을(고갱은 분명 나한테 어떤 식으로든 영향을 끼칠 거야. 내 바람이기도 하고) 받기 전에 내가 가진 독창적인 면을 먼저 보여주고 싶은 마음이 강했었어. 어쨌든 여기 오면 지금 장식된 그림들에서 그런 면을 보게 될 거야.

그래서 그런데 혹시 가능하면, 적어도 50프랑을 즉시 또 보내주면 좋겠다. 그 돈 없이 어떻게 해야 할지 모르겠어서 그래. 『타르타랭』을 다시 읽어봤다니 반가운 소식이다. 아무튼 답장이 늦어지지 않았으면 한다. 악수 청하고.

너를 사랑하는 형, 빈센트

*****

고갱은 결국, 대참사로 끝나게 될 아를 생활을 눈앞에 두고 있었다. 고갱이 반 고흐와 함께 보내게 될 2달이라는 시간에 관한 이야기와 증언은 수도 없이 많은 터라, 굳이 새로운 이야기를 덧붙일 필요는 없어 보인다. 하지만 만나기 직전까지 두 사람의 생각이나 마음가짐이 얼마나 달랐는지는 꼭 짚고 넘어가야 할 것이다. 빈센트는 동생에게 보낸 여러 통의 편지를 통해 자신이 오래전부터 열정적으로 공들인 계획의 영리적인 부분을 누차 강조했었다. 그러나 설명은 그렇게 하고 있었지만 빈센트의 궁극적인 목적은 자신이 원하는 방향으로 정착하는 데 필요한 비용을 테오가 지속적으로 대줄 수 있도록 여건을 조성하는 일이었다. 고갱의 마음에 들기 위해서 라마르틴 광장의 집을 구하고 그 집에 가구와 집기들을 들였다는 것은 그만큼 그가 고갱이 와주기를 절실히 바랐다는 뜻이기도 하다. 외로움에 시달렸던 빈센트로서는 자신의 곁에 있어 줄 누군가의 존재가 마치 그림이나 식량처럼 없어선 안 될 요소가 되었다. 그런데 함께 지내게 될 당사자는 빈센트 본인이 누구보다 존경하는 현대 화가이자 브르타뉴에서 이미 명성을 떨치며 여러 제자를 거느린 대가였다. 그리고 빈센트가 그토록 만들고 싶었던 화가 공동체의 첫 번째 회원이 될 사람이었다.

고갱이 이런저런 핑계로 아를행을 차일피일 미룰수록 빈센트는 그의 존재를 더 절실히 원했다. 그는 마치 고정 관념처럼 그의 머릿속에 자리 잡은 이 계획이 실현되지 않을까 절망감에 사로잡히게 된다.

애정과 동경의 감정을 품은 빈센트의 맞은편에 선 고갱에게는 전혀 다른 차원의 고민거리가 있었다. 에밀 쉬페네케르에게 보낸 편지를 보면 이 위대한 예술가가 그리 명예롭지만은 않다는 사실을 인정할 수밖에 없다. 그는 자신을 화가의 길로 인도한 친구에게 이런 글을 쓴다. "차분히 생각해봅시다. 솔직한 말로, 이 테오 반 고흐라는 친구가 제아무리 나를 마음에 들어 한다고 해도, 단지 내 환심을 사겠다는 생각으로 프랑스 남부까지 나를 불러 먹여 살리려 들겠습니까. 이 친구는 네덜란드에서 이론적으로만 이 분야를 공부한 사람입니다." 다른 편지에서는 반 고흐 형제가 제안한 내용 중 물질적인 혜택에 관한 부분을 강조하면서 이런 결론을 내리기도 한다. "이제야 궁지에서 벗어났습니다." 퐁타방을 떠나기 열흘쯤 전에는 이런 부분까지 정확히 언급하기도 한다. "반 고흐 씨가 와서 내 도기 작품을 300프랑에 사 갔습니다. 그 덕에 월말에 아를로 가게 되었습니다. 아무래도 그곳으로 가는 이유는 돈 걱정하지 않고 안정적으로 작업하기 위해서이니만큼, 내가 다른 일을 벌이기 전까지는 한동안 그곳에 있게 되지 않을까 싶습니다." 그의 글에는 빈센트가 기대하는 그 어떤 관심이나 애정이 드러나 보이지 않는다.

빈센트가 테오에게 보낸 편지에 따르면 초반에는 순조롭게 진행되는 듯 보였다. 하지만 알다시피, 빈센트는 상황을 있는 그대로 바라보기보다, 자신이 원하는 대로 바라보는 성향이 강한 사람이었다. 그리고 고갱은 그보다 더 현실적인 사람이었다. 그가 에밀 베르나르에게 쓴 편지를 보면 "아를에 와 있는데 모든 게 얼마나 낯선지 풍경이나 사람들이나 하나같이 볼품없고 초라해 보일 뿐이네. 빈센트와 내 의견이 서로 일치할 때도 거의 없어. 특히 그림에 관해서는 더더욱 그렇지. 이 친구는 낭만적인 데 반해, 나는 다소 원초적인 성향이 강하거든. 색에 관한 부분도 그래. 빈센트는 몽티셀리처럼 반죽이라도 해놓은 듯 두텁게 칠하는 효과를 좋아하는데, 나는 그렇게 만지작거리는 기법을 끔찍이 싫어하거든." 게다가 그는 2달간의 아를 생활이 백 년처럼 길게 느껴진다는 말도 하게 된다.

동료에게 끼치는 영향도 깊이가 없거나 지속되지도 않아 소수의 몇몇 작품에서만 부분적으로 드러날 뿐이다. 이국적이면서 원초적인 성향이 강하고 다소 오만한 성격의 고갱이라는 화가와 "낭만적"인 성향이 강하고 표현주의의 선구자라고 할 수 있는 빈센트라는 화가 사이에 공통점이라고는 찾아볼 수 없었다. 두 사람의 불화는 피할 수 없는 일이었다.

특히 두 사람 사이의 불화는 함께 했던 몽펠리에 여행에서 노골적으로 드러나게 된다. 하지만 몽펠리에 여행은 빈센트에게는 깊이 각인되어 잊을 수 없는 기억으로 남게 된다. 무엇보다 빈센트는 다수의 브뤼야스 소장품을 인상 깊게 여겼다.

557프 ____ 1888년 10월 25일(목) 추정

테오에게

편지도, 50프랑도 고맙다. 내 전보를 받아서 알고 있겠지만, 고갱이 건강한 모습으로 이곳에 도착했다. 오히려 나보다 더 건강해 보이더라.

네가 작품을 팔아줬으니 당연히 기뻐했지. 그건 나도 마찬가지야. 덕분에 집에 꼭 필요한 물건들을 지체없이 장만할 수 있을 테고, 너 혼자 모든 부담을 짊어질 필요도 없게 됐잖아. 아무튼 고갱이 오늘 중으로 네게 편지할 거다. 아주 아주 흥미로운 사람이야. 이 양반과 함께하면 좋은 작품을 많이 그릴 수 있겠다는 믿음이 생겨. 틀림없이 그럴 테고, 나 역시 그럴 수 있으면 좋겠다.

그리고 네 부담도 *다소나마* 줄어들기를, 아니, *아주 많이* 가벼워지기를 감히 기대해본다.

나는 정신적으로 지치고 육체적으로 온 힘을 다 소진할 때까지 그림을 그려야겠지. 왜냐하면 그것 말고는 우리에게 들어가는 이 경비를 회수할 방법이 내게 전혀 없으니까.

내 그림이 팔리지 않는 현실은 나도 딱히 어쩔 도리가 없다.

그래도 언젠가는, 비록 얼마 되지는 않지만 물감 비용과 생활비보다는 내 그림의 값어치가 훨씬 크다는 걸 사람들이 알아줄 날이 올 거야.

지금 돈이나 재정적인 부분에 관해 내가 원하고 걱정하는 건, 더는 빚지지 말자는 것뿐이다.

그런데 사랑하는 아우야, 그간 진 빚이 너무 큰 탓에, 그걸 다 갚으려면(어떻게든 해낼 거다만) 그림을 그려내는 고통이 내 삶 전체를 집어삼켜서 살아도 사는 것 같지 않을 것 같다. 그러면 그림 작업은 더 힘들어지고, 많은 작품을 만들어내지 못할 것 같다는 거야.

지금 그림이 팔리지 않는 걸 걱정하는 건, 결국 네가 고생한다는 의미이기 때문이야. 하지만 내가 한푼도 벌지 못해서 네가 곤란해지는 게 아니라면, 난 그럭저럭 어떻게든 버틸 수 있어.

그런데 돈 문제에 관해서는 이 정도만 알아도 충분할 것 같아. 50년을 사는 사람이 매년 2,000프랑씩 쓴다고 하면, 결국 평생 10만 프랑을 쓰는 셈이니 10만 프랑을 벌어야 하지. 화가로 살면서 100프랑짜리 그림을 1,000점 그리는 건 아주, 아주, 아주 어려운 일이야. 하물며 한

고갱이 그린 빈센트의 초상화

점에 100프랑이나 하는 그림이라면…… 정말이지……. 우리의 임무는 아주 막중해. 하지만 달라질 것도 없어.

앞으로는 타세 화방과 거래할 일이 없을 것 같아. 왜냐하면 고갱도 그렇고 나도 그렇고 웬만하면 더 저렴한 물감을 주로 사용하게 될 것 같거든. 캔버스 천도 우리가 직접 사전작업을 해서 사용할 거야. 조만간 앓아눕겠구나 싶은 낌새가 있었는데, 고갱이 와주니 기분까지 한결 나아져서 아픈 것도 모르고 지나갈 것 같다. 그래도 한동안은 음식에 신경 써야 할 것 같다. 그러면 돼. 아무렴, 그러면 다 된 거지.

조금만 기다리면 곧 작업한 그림들을 받아보게 될 거다.

고갱이 근사한 그림을 가져왔는데 베르나르와 교환한 그림이야. 초록색 벌판에 서 있는 브르타뉴 여성들의 모습이야. 흰색, 검은색, 초록색, 빨간색 색조가 들어가 있고, 피부는 흐릿한 색조로 처리했다. 아무튼 우리 모두 힘을 내도록 하자.

나도 내 그림을 팔 수 있는 날이 분명, 찾아올 거야. 그런데 너하고는 계산이 번번이 늦어지는구나. 가져다 쓰기만 하고 벌어오는 게 없으니. 이런 생각을 할 때마다 서글퍼진다.

네덜란드 친구 하나가 너랑 같이 지내게 됐다니 듣던 중 반가운 소식이다. 이제 혼자가 아닌 거잖아. 안 그래도 겨울이 다가오는 터인데 정말 잘된 일이다. 정말 잘된 일이야.

아무튼 나는 바쁘게 움직여야겠다. 나가서 30호 캔버스에 새 그림을 그려야 하거든.

조만간 고갱이 네게 소식 전할 텐데, 그때 내 편지도 같이 보내마. 고갱이 여기를 어떻게 생각할지는 솔직히 나도 모르겠어. 우리 생활에 대해서도 말이야. 하지만 분명한 건, 네가 그림을 팔아줘서 대단히 행복해한다는 거야.

또 연락하자, 악수 청한다.

너를 사랑하는 형, 빈센트

558프 ____ 1888년 10월 29일(월) 추정

테오에게

조만간 앓아누울 것 같았는데 잘 지나갔다고 말했었잖아. 그런데 이렇게 계속 돈을 가져다 쓰게 되면 정말 앓아눕게 될 것 같다.

네게 너무 과도한 부담을 지우는 것 때문에 걱정이 이만저만이 아니거든. 한편으로는, 일단 한번 시작한 일은 끝까지 밀어붙이는 게 최선이라고 생각해서 고갱을 우리 쪽으로 오게 했던 거고, 다른 한편으로는, 너도 경험을 통해 잘 알겠지만, 가구를 들이고 집을 꾸미는 게 생각보다 쉽지 않다는 걸 깨닫기도 했어. 이제야 간신히 숨통이 트이는 것 같아. 네가 고갱의 작품을 사준 덕에 절호의 기회를 잡을 수 있었으니 말이야. 어쨌든 고갱, 너, 그리고 나, 우리 세 사람이 합심하면 지금까지 우리가 해온 대로 차분히 헤쳐나갈 수 있어.

내가 돈 걱정하는 부분을 너무 염두에 두지 말아라. 고갱이 왔으니 *일단 우선적인* 목표는 달성한 셈이잖아. 고갱과 나한테 들어갈 생활비는 여기서 나 혼자 지낼 때보다 덜 들어갈 거야.

고갱은 그림을 팔아서 목돈을 마련할 수도 있을 거야. 대략 1년쯤 후면 그렇게 번 돈으로 마르티니크에 자리를 잡을 수도 있겠지. 그게 아니면 그렇게 모을 일도 없을 거다.

너는 매달 내 그림에다 고갱의 그림까지 추가로 받게 되는 거야. 나는 더 고생할 일도 없고, 더 비용을 들일 일도 없이 꾸준히 작업을 이어나갈 수 있을 것 같다. 사실, 우리가 지금까지 해온 협업의 방식이 괜찮은 방식인 것 같아. 이 집은 정말 너무 마음에 들어. 편하기도 편한데, 진정한 예술가의 집 같거든. 그러니 내 걱정은 하지 말아라. 네 걱정도.

그런데 난 네가 심히 걱정되긴 한다. 고갱이 딴 생각을 하고 있다면, 네게 헛돈만 쓰게 한 셈이니 말이야. 그래도 고갱은 참 남다른 인간이야. 호들갑을 떠는 성격도 아니고, 여기서 열심히 작업하면서 크게 도약할 수 있는 적절한 순간을 차분히 기다리는 사람 같아.

이 양반도 나만큼이나 휴식이 필요했더라고. 얼마 전에 번 그 돈이 있었다면 진작에 브르타뉴에서도 휴식을 취할 수 있었겠지. 하지만 지금은 그런 돈이 생겼으니 전처럼 *위험할 정도로 빚지는 일* 없이 편안히 지낼 수 있겠지. 우리 *두 사람이 합쳐서* 한 달에 250프랑 이상은 안 쓸 거야. 물감 비용도 *대폭* 줄일 거고. 직접 만들어 쓸 생각이거든.

그러니 우리 걱정은 크게 할 거 없고, 너도 한숨 돌려라. 너도 숨 고르기가 필요한 테지.

그저 매달 150프랑씩만(고갱도 똑같이) 보내달라고 부탁하마. 어쨌든 이렇게 되면, 내 개인 비용은 줄어들고, 고갱의 그림 값어치는 분명 더 올라갈 거야.

나중에 네가 파리나 여기에 내 그림을 보관하게 되면, 솔직한 내 심정은, 당장 돈 문제로 전전긍긍하며 그림을 팔기보다 그냥 네가 보관해주면 좋겠다. 그냥 그렇다고. 게다가 만약 내 그림이 그럴듯하면, 그렇게 해도 일단 금전적인 부분에서는 우리가 손해 보는 건 없는 셈이잖아. 와인과 마찬가지로 저장고에 넣어두면 서서히 숙성될 테니 말이야. 또 한편으로는 내가 애써서 그림을 그리는 게 더 바람직한 게, 돈의 입장에서 봤을 때도 물감의 형태로 가만히 튜브 속에 들어 있느니 차라리 내 캔버스 위에 뿌려지는 게 더 낫지.

편지를 마치면서 감히 바라는데, 6개월 후에는 고갱과 내가 정말 오래갈 화실이자 프랑스 남부에 오고 싶어하는 모든 동료 화가들이 꼭 거쳐가는 곳, 적어도 그들에게 도움이 되는 그런 곳을 만들었다는 자부심이 들었으면 좋겠다. 손을 꼭 잡고 진심 어린 악수 청한다.

너를 사랑하는 형, 빈센트

고갱이 내가 장식한 집 안 분위기를 전반적으로 어떻게 생각하는지 아직 잘 모르겠다. 그런데 몇몇 습작은 아주 마음에 들어해. 〈씨 뿌리는 사람〉과 〈해바라기〉와 〈침실〉이야.

전체적으로는 어떤 분위기가 될지 나도 아직 잘 모르겠어. 다른 계절 그림도 있어야 할 것 같거든. 고갱은 이미 모델로 세울 아를 여인을 찾았더라. 나도 그 경지에 이르면 좋겠다만, 난 여기 풍경이 아주 괜찮다고 생각하거든. 다양하기도 하고. 그래서 나 나름대로 잘해나가고 있어.

새로 그린 〈씨 뿌리는 사람〉을 네가 좋아할 것 같은 자신감이 든다.

서둘러 썼다. 해야 할 일이 많거든. 고갱과 함께 매음굴에 자주 가보기로 했어. 구경만 하면서 거기 사람들을 연구하려고.

* * * * *

1888년 10월 19일부터 1890년 7월 14일 사이에 테오가 빈센트에게 보낸 편지는 41통으로 알려져 있다. 형제 사이의 일을 명확히 밝히기 위해 몇몇 대목을 인용해본다.

테오는 10월 23일 편지에, 건강 문제를 호소하는 빈센트를 진심으로 걱정해주었다. "작업하느라 무리하시면서 건강 돌보는 일을 너무 소홀히 하신 것 같습니다." 그리고 형에게 100프랑 지폐를 보내며 이런 말도 덧붙였다. "형님 편지가 오늘 도착해서 정말 다행입니다. 아니었으면 브뤼셀로 떠났을 테니, 적어도 이틀은 더 기다리셔야 했을 겁니다. 아주 시의적절했습니다! 그나저나 제 마음이 아픈 건, 지금도 형님이 힘들게 지내신다는 사실입니다. 번번이 남들 생각만 하시기 때문입니다. 형님 형편이 나아지실 때까지는 좀 더 이기적으로 행동하시면 좋겠습니다."

고갱이 도착했다는 소식을 전하는 빈센트의 편지가 아직 테오에게 전해지기 전, 테오는 이런 말을 덧붙이기도 한다. "형님이 반가워하실 소식이 있는데, 고갱 선생의 대형 유화를 팔았습니다. 〈브르타뉴 여인들〉이라는 작품인데 디오 화랑에 전시되었던 그림이지요. 그래서 고갱 선생에게 500프랑을 보내드렸으니 이제 여유가 생기셨을 겁니다. 그런데 그쪽으로 가시기는 하는 겁니까?" 테오는 빈센트의 건강 상태와 계속되는 고갱의 회피 사이에 연관 관계가 있다고 생각했는지 이런 말로 편지를 마친다. "형님 건강에 큰 문제가 없기를 바라면서 고갱 선생이 오지 않더라도 낙담하지 마시기 바랍니다."

558a프 ____ 1888년 10월 말

테오에게

친절한 편지와 동봉한 100프랑 지폐 고맙게 잘 받았다.

고갱의 그림이 계속 팔리고 있다니 정말 반가운 소식이구나. 이 속도면 아마 1년 안에 그의 계획을 실행에 옮길 수도 있겠어. 돈을 모아 마르티니크에 자리를 잡겠다는 계획 말이야. 다만,

내가 볼 때는 5,000프랑을 따로 모으기 전까지는 움직이지 않는 게 좋아. 이 양반은 2,000프랑 정도로 생각한다만. 그런데 내 생각에, 고갱은 혼자만 떠나지는 않을 거야. 다른 화가 한 사람이나 여럿을 데려가서 잘 나가는 화실을 만들 것 같아.

어쨌든 그렇게 되려면 아직도 많은 물이 강 아래로 흘러야 할 거야.

네덜란드 친구들에 관한 네 이야기는 정말 흥미로웠어. 언젠가 그 두 친구, 개인적으로 직접 만날 수 있으면 좋겠다. 나이는 어떻게 되냐? 감히 바라지만, 그 두 친구가 프랑스에 오게 된 걸 좋은 기회로 여겼으면 한다.

색 때문에 고생했다는 이야기는, 젠장, 놀랍지 않아. 더 한이라는 친구의 데생 2점을 보고 있는데, 렘브란트에 관한 *진지한* 연구를 지금도 이어가고 있는 것 같구나!

혹시 두 친구, 실베스트르가 외젠 들라크루아에 관해 쓴 책 읽어봤나 모르겠다. 샤를 블랑이 쓴 『데생 기술의 기초』라는 책에서 색에 관해 쓴 부분도 읽어봤는지 궁금하다. 두 친구한테 내가 묻더라고 전해라. 아직 안 읽었다면 권해 주고. 솔직히 내 습작에서는 잘 느껴지지 않을지 모르지만 나는 렘브란트를 많이 떠올리는 편이야.

최근에 그리기 시작한 또 다른 〈씨 뿌리는 사람〉 크로키다. 레몬색의 어마어마한 원반은 태양이야. 분홍색 구름이 뜬 하늘은 초록색과 노란색이 어우러진 분위기고 땅은 자주색이야. 씨 뿌리는 사람과 나무는 프러시안블루로 칠했고, 30호 캔버스 크기다. 30호 캔버스 30점을 완성해서 공개할 때까지는 차분히 기다려주면 좋겠다. 너희 집에 30점을 걸어두고 친구들을 초대

하는 식으로 전시하는 거야. 참석을 강제할 필요는 없고. 그 정도 외에 다른 일은 벌이지 말자.

지금은 이래저래 움직일 때가 아니라고 볼 이유는 차고 넘쳐. 그리고 이런 기간이 그리 오래 가지는 않을 거야. 전시회가 다가오거나 그 이후 정도에 맞춰서 너한테 보낼 수도 있거든. 그전까지는 여기 두고 완벽히 마를 때까지 기다리면서, 임파스토로 처리한 부분까지 마른 뒤에 여기저기 다시 손을 볼 수도 있을 것 같다.

지금 당장 성공하는 것보다는 마흔이 됐을 때, 내가 느끼는 그대로 인물화나 초상화 등을 그리고 있는 게 더 낫겠다는 생각도 든다.

베르나르가 브르타뉴에서 그려온 습작을 봤는지 모르겠다. 고갱이 찬사를 늘어놓더라고. 이 양반도 1점 가지고 있는데 딱 봐도 근사해. 베르나르의 그림을 하나 사주면 그 친구에게 도움이 될 것 같아. 또 사실, 그 정도 대접받을 자격은 있잖아.

그나저나 연초나 혹은 3월에 고갱에게 돈을 줘야 하는 거 잊지 말자. 그래야 고갱이 그 돈으로 시트를 비롯해 화실에 비치할 이런저런 물건들을 살 수 있을 테니까.

일단 우리 두 사람은 금전적인 부분에 관해서는 지금의 원칙을 굳이 변경할 마음은 전혀 없어. 대략 1년 뒤에도 계속 만족스러울지는 그때 가서 보자고.

고갱은 지금 정말 근사한 그림을 작업하고 있어. 〈빨래터의 여인들〉하고 커다란 정물화인데 뒷배경과 전경은 노란색이고 주황색 호박과 사과 몇 알 그리고 흰 천을 그린 그림이야.

여기는 날이 추워지고 있긴 하지만 그래도 경치는 아주 장관이야. 어제저녁에 본 석양은 시든 레몬 같은(오묘하고 놀랍도록 아름다운) 노란색이었고, 사이프러스는 프러시안블루 빛이었는데 바닥에 떨어진 낙엽은 그 색과 대비되는 온갖 가미된 색을 띠고 있더라고. 정말 근사했어.

네 곁에 화가 친구들이 있어 내가 얼마나 다행이라고 생각하는지 모를 거다. 네가 집에서 혼자 지내지 않았으면 해. 나도 고갱 같은 훌륭한 동반자와 함께 있어서 정말 만족스럽다.

곧 연락하자. 보내준 편지, 다시 한번 고맙다는 말 전한다.

너를 사랑하는 형, 빈센트

더 한과 이사악손은 몽티셀리의 그림을 어떻게 생각하는지 궁금하다. 너희 집에 있는 것 말고 다른 그림을 보긴 했는지 모르겠다. 나는 여전히 몽티셀리가 여기서 시작한 화풍을 이어나간다는 자부심을 가지고 있어.

* * * * *

테오는 10월 27일, 형에게 우편환 50프랑을 보내면서 이런 편지를 쓴다. "여전히 퐁타방에 계실 거라 생각하고 제가 그곳으로 보낸 편지를 고갱 선생이 이미 받으셨겠지만, 그래도 이렇게 우편환을 보내는 건 만에 하나 편지를 받지 못하셨을 수도 있고, 그렇다면 혼자 지내실 때보다 두 분이 함께 지내시는 거라 생활비가 모자라지 않을까 싶어서입니다."

그러면서 여전히 돈 문제에 집착하는 형을 안심시키려 이런 말을 전한다. "금전적인 부분에 관한 문제는 세상에 없다고 생각합니다. 아니 있다고 해도 질병과 같다고 할까요……. 최근 들어 이 문제를 너무 심각하게 보시는 것 같은데, 비록 겉으로 드러나는 증상은 없다고 해도 이로 인해 너무 심하게 괴로워하시는 것 같습니다."

테오는 자신이 진심으로 형의 동업자라는 사실을 강조한다. "형님이 저를 위해 해주실 수 있는 건, 전과 마찬가지로 지내주시면 되는 겁니다. 친분 있는 동료 예술가들과 어울리시면서 모임 같은 걸 만드시는 겁니다. 저 혼자는 그럴 수 없지만, 형님은 프랑스에 오신 뒤로 줄곧 그렇게 지내오지 않으셨습니까."

11월 13일, 테오는 고갱에게 이런 편지를 쓴다. "선생의 그림이 반응이 좋다는 반가운 소식 전해드립니다……. 유화 2점을 팔았습니다……. 첫 번째 그림으로 선생이 받으실 몫은 375프랑이고, 두 번째 그림은 225프랑입니다."

덕분에 두 화가의 경제적인 형편은 만족스러웠다.

558b프* ―― 1888년 10월 27일(토) 혹은 28일(일)

테오에게

우편환 50프랑 방금 받았다. 정말 고맙구나.

고갱이 여러 나라를 다녔나는 건 알았지만, 진짜 뱃사람이었다는 건 전혀 몰랐어. 장루(墻樓)를 책임지면서 온갖 역경을 다 딛고 일어난, 진정한 뱃사람이었던 거야. 이 사실을 알고 나니 존경심이 절로 우러날 뿐만 아니라, 그의 인간성에 대해서도 믿음이 가더라고. 굳이 비교 대상을 찾자면, 로티의 작품 속에 등장하는 아이슬란드 어부들과 비슷하다고 할까. 이렇게 비교하면 너도 아마 나랑 같은 생각이 들 거다.

벌써 작업하는 그림이 있어. 고갱은 흑인 여성 그림하고 이곳을 배경으로 한 커다란 풍경화를 작업 중이야.

브르타뉴에 관해 고갱이 들려주는 이야기가 얼마나 흥미로운지 모른다. 퐁타방도 기가 막힌 지방인 것 같더라고. 분명 모든 게 여기보다 낫고, 크고, 아름다울 거야. 볼품없는 시골 마을의 왜소한 자연경관에 비하면 훨씬 장엄하고 방대하고 질서 정연한 특징이 넘쳐나는 것 같아. 그렇다고 해도 고갱도 나처럼 지금 자신이 보고 있는 풍경에 만족해하고 있고 무엇보다 아를의

* 휠스커르 박사의 주석에 따르면, 이 편지가 558번 편지보다 먼저 작성되었다.

Ensuite j'ai fait une autre étude
de champ labouré avec la souche
d'un vieil if Comme ceci

Et voilà tout. Comment vas tu et
as tu fait quelque chose à Bruxelles.

Je te serre bien la main
et écris-nous bientôt

t. à t.

Vincent

여인들을 관심있게 지켜보고 있어.

이번 주에는 〈씨 뿌리는 사람〉의 습작을 새로 그렸어. 아주 평평한 배경에 인물은 작고 흐리게 표현해봤어.

그리고 갈아엎은 밭도 다시 그려봤는데, 이런 식으로 낡은 주목의 그루터기를 추가했어.

이 정도다. 너는 어떻게 지내냐? 브뤼셀에서는 별일 없었냐?

네가 그 집에서 혼자 지내지 않는다니 정말 다행이다. 나는 지금도 머리가 지끈거리고 생각이 메말라버린 것 같은 기분이지만 그래도 지난 보름 간에 비하면 이번 주는 훨씬 나아졌어.

고갱이 들려준 열대 지방 이야기는 정말 흥미롭다. 분명, 회화예술의 위대한 부활이라는 미래가 시작되는 곳이 될 거야. 새로 사귄 네덜란드 친구들에게 슬쩍 물어봐라. 혹시 생각해 본 적 없는지 말이야. 몇몇 네덜란드 화가들이 자바섬에서 표현주의 화파를 결성하는 일이 얼마나 흥미로운지 말이야. 그 친구들이 고갱이 들려주는 열대 지방 이야기를 들을 수 있으면 좋았을 거야. 그랬다면 그길로 당장에 그렇게 하고 싶은 마음이 들었을 거다. 모든 사람이 다 자유로울 수는 없잖아. 이민을 간다고 해도 이것저것 해야 할 일도 많을 테니까.

나이가 열 살이나 스무 살만 젊었어도 당장에 실행했을 텐데 유감이다.

지금은 내가 여기 해안 지방을 떠날 일이 없을 것 같으니, 아를의 이 노란 집은 북부 지방 사람들이 아프리카와 열대 지방으로 가기 전에 들르는 중간 기점이 될 거야.

베르나르는 아무래도 아프리카로 가게 될 것 같더라. 밀리에가 복무하고 있는 곳으로 갈 것 같아. 그나저나 밀리에는 11월 1일에 떠나는데 네게 안부 전해달라고 하더라.

어둠이 내리면 가스등을 켜는데 화실 분위기가 아주 근사해서 마음에 들어.

혹시 도미에 복제화가 보이거든 어떻게든 꼭 챙겨두기 바란다. 저녁에도 이웃이나 친구들을 여기 초대할 수 있고, 이런저런 이야기를 나누면서 낮처럼 작업할 수도 있어.

가스등 불빛 아래서 초상화를 그리는 것도 해볼 만한 일이라고 생각했었거든.

악수 청하면서, 곧 연락하기 바란다.

너를 사랑하는 형, 빈센트

559프 ____ 1888년 11월 3일(토) 추정

테오에게

보내준 100프랑과 편지, 정말 고맙게 받았다. 고갱도 고마워하더라.

무엇보다 자신이 브르타뉴에서 보낸 그림들을 네가 좋아했다는 것과, 다른 사람들도 보고 마음에 들어했다는 소식을 무척 반갑게 전해들었어.

지금은 포도밭의 여인들을 그리고 있어. 전적으로 기억에 의존해 그리는데, 만약 망치거나 미완성으로 남겨둘 일만 없다면 완성됐을 때 기묘하면서도 근사한 분위기가 될 것 같다. 그리고 내가 그렸던 밤의 카페를 배경으로도 그림을 그리고 있어.

나는 낙엽을 대상으로 유화 2점을 그렸는데 고갱도 마음에 들어하는 눈치였어. 그리고 지금은 자주색과 노란색을 주로 써서 포도밭을 그리고 있다.

그리고 마지막으로 아를의 여인을 모델로 그린 그림도 하나 있어. 인물화인데(30호 캔버스) 단 1시간 만에 그려냈어. 뒷배경은 연한 레몬색이고 얼굴은 잿빛으로 처리하고 의상은 온통 다 검은색에다 아무것도 섞지 않은 프러시안블루를 써서 표현했어. 녹색 테이블에 기댄 자세에 앉아 있는 의자는 주황색이야.

고갱이 집에 서랍장을 들이고 각종 가재도구와 제법 거친 캔버스 천 20미터 그리고 이래저래 필요한 물건들을 구입했어. 어쨌든 가지고 있으면 편리한 것들이지. 그래서 지출한 내역을 다 적어놨는데, 100프랑쯤 되더라. 연초나 3월 중으로 고갱에게 돈을 주면 될 것 같아. 그러면 서랍장 같은 건 당연히 우리 소유가 되는 거야.

난 이렇게 하는 게 정당하다고 생각해. 왜냐하면 고갱은 자신이 그림 팔아서 번 돈을 어느 정도는 따로 모으거든. 다시 한 번 마르티니크로 떠날(약 1년 후) 여비가 마련될 때까지 말이야.

우리는 열심히 작업 중이고 둘이 지내는 것도 큰 문제는 없어. 그 집에서 네가 혼자 지내지 않는다니 얼마나 다행인지 모르겠다. 더 한의 데생은 *근사하더라*. 아주 마음에 들었어. 이 그림에 색을 입히면서 흑백의 명암 대비 효과를 사용하지 않고도 이런 분위기를 표현하는 건 결코 쉬운 일이 아닐 거야. 이 친구가 새로 시도하는 채색화를 전적으로 습작 정도로만 여기고, 인상주의를 하나의 학파로써 대하면서 그 흐름을 쭉 훑어나가면 분명, *새로운 스타일의 데생*도 그리는 수준에 이를 수 있을 거다. 내가 볼 때 더 한은 이런 시도를 해볼 이유가 충분해.

다만, 인물화에 관해 아는 것도 없으면서 스스로가 인상주의 화가라고 떠들고 다니는 사람이 적지 않지. 인물화에 관한 지식이야말로 나중에 아주 중요한 요소가 될 거야. 그러니 그걸 잘 알고 있으면 득 볼 일도 많을 거다. 아무튼 더 한과 이사악손을 직접 만나보고 싶은 마음이 굴뚝 같다. 두 친구가 여기로 오면 고갱이 분명 이런 이야기를 들려줄 거야. 자바섬으로 가서 인상주의 화가로 활동하라고. 왜냐하면 고갱은 여기서 열심히 그림을 그리고는 있지만 열대 지방에 대한 향수가 남다르거든. 그러니 다채로운 색을 표현해보고 싶다는 생각이 남다른 사람이 자바섬에 가게 되면 새로운 세상을 접하게 된다는 건 당연한 이야기일 거야. 그리고 한층 더 강렬한 태양 덕에 더 밝고 환한 나라에서는 일반적인 그림자를 비롯해 사물이나 사람에게 드리워지는 그림자마저 남다르고 색감이 너무 뛰어나서 그 그림자까지 그냥 지워버리고 싶다는 생각이 들기도 하지. 여기서도 그런 경험을 할 수 있어. 그렇다고 해서 열대 지방의 그림에 관한 부분을 너무 강조하고 싶은 건 아니지만, 더 한과 이사악손은 아마 그게 얼마나 중요한 부분인지 깨닫게 될 거다.

아무튼 그게 언제가 되든, 두 사람이 프랑스 남부에 한 번 들러서 손해 볼 건 전혀 없어. 분명, 흥미로운 걸 발견하게 될 테니까.

고갱과 나는 오늘 집에서 저녁을 먹을 계획이야. 이렇게 하는 게 더 낫고 비용도 절감된다면 얼마든지 계속해서 이렇게 지낼 수 있을 거야.

편지가 너무 늦어지지 않도록 오늘은 여기서 이만 줄여야겠다. 조만간 또 소식 전할게. 비용에 관한 부분은 네 제안이 합리적인 것 같다.

내가 그린 낙엽 그림들이 네 마음에 들었으면 좋겠다.

자주색 포플러나무 몸통인데, 잎사귀가 자라는 부분은 액자 틀 때문에 잘렸어.

3개의 나무 몸통이 기둥처럼 산책로를 따라 줄을 서 있는데, 산책로 좌우에는 자줏빛과 푸른빛이 감도는 낡은 로마 시대 묘석들이 세워져 있어. 그리고 나무에서 떨어진 주황색과 노란색 낙엽들이 마치 양탄자처럼 두껍게 층을 이루며 바닥에 쌓여 있어. 낙엽은 눈송이처럼 계속해서 떨어지고 있고.

그 산책로를 검은 옷을 입은 한 쌍의 연인이 걷고 있어. 그림 상단에는 초록색 평원이 펼쳐져 있고 하늘은 거의 보이지 않아.

두 번째 그림은 똑같은 산책로를 그렸는데 나이 든 노인과 공처럼 둥글고 펑퍼짐한 체구의 여인이 걷는 모습이야.

지난 일요일에 너도 함께였으면, 적와인만큼이나 온통 붉게 물든 포도밭을 볼 수 있었을 텐데 아쉽다. 멀리서 보니 노란색으로 보이더라. 해가 뜬 하늘은 초록색이었고 비 온 뒤의 땅은 자주색인데 석양에 물들면서 여기저기 노란색으로 반짝이고 있었어.

마음으로 악수 청하고 이만 줄인다. 곧 다시 편지하마. 그 네덜란드 친구들에게도.

너를 사랑하는 형, 빈센트

560프 ____ 1888년 11월

테오에게

푹 쉬고 난 터라 안 그래도 나도 네게 소식 전해야지 생각하고 있었다. 우선 정겨운 편지 정말 고맙고 같이 동봉한 100프랑도 고맙다. 우리는 아침부터 하루 종일 작업에 몰두하다 저녁이면 피곤해져서 카페에 갈 때도 있는데, 돌아와서 일찍 잠드는 편이야. 이렇게 지낸다.

여전히 화창한 날도 간간이 이어지지만, 여기도 이제 겨울이야. 그래도 이제는 기억에 의존해 상상력으로 그려보는 게 끔찍하게 싫지는 않아. 굳이 밖에 나가지 않아도 작업할 수 있으니까. 한증막 같은 더위 속에서 작업하는 건 상관없는데, 알다시피 내가 추위에는 약하잖아. 뉘넌에서 정원을 그릴 때도 실패했었는데, 아무래도 상상력으로 그리는 건 습관이 필요하겠어.

그 대신 예전에 내가 얼굴 그림을 그렸던 우체부 양반의 *일가족 초상화*를 그렸어. 남편, 아내, 아기, 남자아이, 그리고 열여섯 살 된 큰아들까지. 다들 외모는 러시아인처럼 생겼는데 기질은 전형적인 프랑스인들이다. 15호 캔버스에 그렸어. 내가 얼마나 나답게 그림 작업을 하는지 너도 느낄 거다. 의사가 되지 않은 게 위로가 될 정도라니까. 그런데 나는 초상화 그릴 때는 모델에게 진지하게 포즈를 취해달라고 강조했으면 좋겠어. 돈을 주는 한이 있더라도 말이야. 그래서 이들 *일가족 초상화*를 더 그럴듯하게 그려내면, 개인적으로 만족스러울 것 같아. 지금은 습작에 습작만 거듭하느라, 진창에서 허우적거리고 있는 기분이야. 그래도 마흔쯤에는 뭔가 정리된 삶을 살 수 있지 않을까 싶다. 서글픈 생각이 들 만큼 뒤죽박죽 엉망진창이긴 하지만 마흔에는 자리잡고 싶다.

간간이 좋은 작품도 완성한다. 〈씨 뿌리는 사람〉은 내가 봐도 첫 번째 그림보다 잘 그렸어.

시련을 견뎌낼 수 있으면, 비록 세간에 이름이 오르내리는 사람은 못 되더라도 언젠가는 승리하는 날이 올 거야. 이 속담을 떠올리는 것과 비슷한 경우가 될 것 같다. '동네의 기쁨은 가정의 괴로움이다.'

어쩌겠냐! 여전히 치러야 할 전쟁이 남아 있다면, 때가 될 때까지 차분히 기다려야 해.

네가 항상 말했잖아. 그림의 개수보다 질에 신경 쓰라고.

그렇게 그럴듯한 습작의 수는 늘어나고 있고, 결과적으로는 이것들을 꼭 내다 팔지 않아도 되는 상황이라고. 조만간 *어쩔 수 없이* 그림을 팔아야 할 때가 오면, 진지하게 연구한 부분만큼 그 값어치가 유지되는 그림들은 조금 더 비싸게 팔자.

조만간, 어쩔 수 없이 너한테 그림 몇 점을 보낼 수밖에 없다. *대충 한 달 내에.* 어쩔 수 없다고 전제를 단 건, 여기 남부에서 임파스토로 처리한 부분까지 아주 바싹 말리려면 시간이 오래 걸려서야. 최소 1년은 걸려. 그림을 보내지 않고 내가 가지고 있는 게 낫기는 하겠지. 어쨌든 지금 당장 누군가에게 보여줄 필요는 없으니까. 내 생각이 그렇다는 거야.

고갱은 열심히 그리고 있다. 나는 배경과 전경을 노란색으로 칠한 정물화가 아주 마음에 들어. 고갱이 지금 내 초상화를 그리는 중인데 이번에는 그리다 말지 않았으면 좋겠다. 풍경화도 여러 점을 그리는 중이고, 〈빨래터의 여인들〉은 상당히 근사해.

고갱이 브르타뉴에 있을 때 50프랑을 보내준 대가로 네가 그의 데생 2점을 받아야 하는데 베르나르의 어머니가 그 그림을 가지고 있다더라고. 어처구니없는 일들이 여럿 있는데, 이것도 그중 하나라고 할 수 있지. 결국엔 그림을 돌려주시리라 믿는다. 그리고 베르나르의 그림도 꽤 괜찮아. 나는 이 친구 그림이 파리에서 충분히 성공할 거라고 생각해.

샤트리앙을 직접 만났다니 상당히 흥미로웠겠구나.

그 사람 머리가 금발이니, 흑발이니? 두 가지 초상화를 다 본 적이 있어서 정말 궁금했거든.

그의 작품 중에서 무엇보다 『테레즈 부인』과 『친구, 프리츠』가 아주 마음에 들었어. 『조교(助

敎) 이야기』는 예전에 생각했던 것보다 흠잡을 부분이 더 많은 것 같더라.

아마도 우리는 그림을 그리거나 편지를 쓰면서 저녁 시간을 함께 보낼 것 같다. 해야 할 것들이, 우리가 할 수 있는 것보다 많더라.

너도 알다시피 고갱이 20인회가 주최하는 전시회에 초대됐어. 벌써 브뤼셀에 자리잡는 상상까지 하더라. 그렇게 되면 덴마크인 아내를 다시 만날 가능성이 커지기 때문일 거야.

그런데 그가 아를의 여인들 사이에서 인기가 좋기 때문에 그럴 일은 없을 것 같다. 유부남이지만 전혀 그래 보이지가 않아. 행여 고갱과 아내 사이에 불화라도 있는 건가 걱정이다. 그래도 당연히 아이들은 아끼더라. 초상화로 봤는데 참 귀여워. 우리는 이 부분에 크게 타고난 능력이 없는 것 같다. 곧 연락하자. 너와 네덜란드 친구들에게 악수 청한다.

빈센트

고갱이 내일 너한테 편지 쓸 거야. 자기 편지에 대한 답장을 기다리는 중이고 너한테 안부 전해달라고 한다.

561프 ___ 1888년 11월 10일(토)

테오에게

E. 뒤자르댕 씨*가 편지했더라. 블랙홀에서 열릴 전시회에 관한 내용이었어. 이미 예정된 전시회 참여에 돈을 내라는 편지 내용이 너무 역겨워서 답장을 뭐라 해야 할지 모르겠더라. 할 말이 있기는 해서 이 편지에 동봉한다. 대신, 내 생각이 어떤지 알려주기 위해 그 양반이 아니라 너한테 보내니 다 읽어본 다음, 그 양반에게는 그저 내가 예전과 달리 생각이 바뀌었다고만 전하고 이제는 전시회에 출품할 마음이 없다고 해라. 이런 한심한 인간과 화를 내고 싸울 필요는 전혀 없어. 의례적인 예의를 갖추는 게 더 나은 법이다. 그러니까 「르뷔 앵데팡당트」 전시회에 참여하지 않는다는 말이야. 고갱도 나랑 같은 의견일 거라 감히 생각해본다. 고갱이 이렇게 하라고 나를 부추긴 건 전혀 아니야.

사실, 우리는 전시회다운 전시회에 참여해본 적은 없잖아. 고작해야 탕기 영감 화방이나 토마 영감 화랑, 마르탱 영감 화랑에 그림을 걸어봤을 뿐이지.

그런데 여기 와서 보니, 그런 전시회가 무슨 소용인지 모르겠더라. 차라리 네 마음에 드는 습작들을 그냥 너희 집에 보관하고 나머지 것들은 두루마리로 말아서 다시 여기로 보내는 게 더 낫지 않을까 싶다. 집이 좁을 텐데 네가 전부 가지고 있으면 불편할 것 같아서 그래.

*「르뷔 앵데팡당트」 잡지사의 편집장. 잡지사가 전시회를 개최할 사무실이 '블랙홀'이라고 불렸다.

19, Boulevard Montmartre, Paris
ADR. TÉLÉGR. BOUSSOVAL. PARIS

13 Nov 1888.

Cher Mr Gauguin,

Il vous fera probablement plaisir de savoir, que vos tableaux ont beaucoup de succès. Avant la réception de la lettre de mon frère j'avais déjà fait mettre toutes les toiles sur chassis à clefs. & j'ai pris pour monter les toiles de 30 un très beau cadre

아무튼 더 진지한 전시회에 대비하기 위해 서두르지 않고 여기서 천천히 준비할 생각이야.

그러니 「르뷔 앵데팡당트」 쪽과의 일은 확실히 매듭을 지어주기 바란다. 적당한 기회잖아. 내가 자비를 들여서까지 졸고 시키면 그 블랙홀 같은 곳에서 열리는 전시회에 참여할 줄로 기대했다면, 큰 오산이다.

탕기 영감 화방하고 토마 영감님 화랑에 있는 그림들은…… 솔직히 큰 관심 없다. 굳이 언급할 가치도 없긴 하다만, 내가 딱히 애착을 두는 것들은 아니라는 건 알아두기 바란다. 그림이 적당히 쌓이면 그때 뭘 할지 나한테도 다 생각이 있어. 지금은 그저 캔버스 채우는 일에 집중할 생각이야.

네가 반가워할 소식이 있는데 고갱이 포도 수확하는 여성들을 완성했어. 〈흑인 여성들〉만큼 아름답더라. 〈흑인 여성들〉 정도로 값을 쳐준다면(내 생각에는 400프랑 정도) 이번에도 괜찮겠어. 당연히 전체를 놓고 본 다음에 골라야겠지. 나도 아직 브르타뉴에서 그린 건 못 봤어. 고갱한테 이런저런 그림이라고 설명은 들었는데 분명 그럴듯한 그림일 거야.

나는 매음굴을 배경으로 데생을 하나 했는데 유화로 칠해볼 생각이야. 고갱이 여기에 온 게 10월 20일이니 지난달에 너한테 받은 돈을 50프랑으로 쳐야 해.

그리고 내 작품 진열에 관한 부분은 우리가 명확히 해둬야 할 것 같아. 너는 구필 화랑 소속이니 화랑과 관련 없는 업무까지 처리할 권한은 없잖아. 그래서 하는 말인데, 나도 소속이 아니니 진열도 *하지 않을* 거야. 다시 말하는데, 탕기 화방도 다르지 않아. 탕기 영감님도 당신이 내 그림에 대한 권한이 *전혀* 없다는 걸 알아야 해.

이러면 적어도 내 입장은 분명해지는 거야. 그러니까 전혀 나와 무관한 건 아니라는 거지.

조금만 더 작업하면 그림을 진열할 필요도 없게 될 거야. 그게 내 목표이기도 하고.

나도 포도밭 그림 하나를 완성했어. 온통 자주색과 노란색을 사용했고 그 안에 파란색과 보라색 의상을 걸친 인물 여러 명과 노란 태양을 그려 넣었어.

이 그림을 받으면 몽티셀리가 그린 풍경화 옆에 두면 좋을 것 같다.

종종 기억에 의존해 그려볼 생각이야. 미스트랄이 기승을 부릴 때는 야외에 나가 실물을 보고 그린 습작보다 이렇게 그린 그림이 덜 어색하고 더 예술적으로 보이더라고.

밀리에가 아프리카로 떠났다는 얘기를 아직 안 했던 것 같구나. 파리까지 내 캔버스 여러 점을 옮겨다 준 보답으로 내가 습작 1점을 줬고, 고갱은 삽화가 들어간 『국화 부인』을 받고 작은 데생 1점을 줬어. 퐁타방 쪽과 교환하기로 한 그림은 아직 못 받았는데 그림은 완성됐다고 고갱이 그러더라.

여기는 지금 비바람이 심해졌어. 그래도 혼자 있지 않아서 얼마나 다행인지 몰라. 그리고 궂은날에도 기억에 의존해서 그림을 그릴 수도 있어. 혼자였으면 이렇게 지내지는 못했을 거다.

고갱도 〈밤의 카페〉를 거의 다 그려간다. 친구로 지내기에 아주 흥미로운 사람이야. 무엇보다 요리 솜씨가 *완벽*해서 나도 한수 배워두면 정말 편하겠더라. 그리고 기다란 나무 막대를 가져다 틀 위에 놓고 못질한 다음 칠까지 해서 액자를 만들었는데 만족스럽더라. 내가 먼저 그렇게 시작했지. 그런데 그거 알아? 흰 액자를 고안하게 된 건 어느 정도 고갱의 아이디어 덕분이라는 거 말이야. 아무튼 틀 위에 기다란 나무 막대로 액자를 만드는 데 들어가는 돈은 5수 정도야. 고갱과 함께 더 완벽하게 만들 방법을 찾아볼 생각이야. 액자가 툭 튀어나오는 부분도 없고 캔버스와 한 몸을 이루게 되는 거라 아주 쓸만해.

곧 연락하자, 진심 어린 악수 청하면서 네덜란드 친구들에게도 인사말 전한다.

너를 사랑하는 형, 빈센트

고갱이 네게 안부 전한다면서, 네가 팔게 될 첫 번째 그림값에서 틀 비용까지 좀 챙겨놔달라고 부탁하더라. 중요한 거라고 하네. 그리고 베르나르가 너한테 수수료 명목으로 요구할 비용도 챙겨놔달라는데, 그건 자신이 그 친구에게 준 거래.

빌9프 ____ 1888년 11월 중순

사랑하는 누이에게

드디어 마우베 형수님한테 답장을 받아서, 얼마나 반가운지 모르겠다. 조만간 형수님께 소식을 전하고 싶으니, 네가 형수님 주소를 정확히 알려주면 좋겠다. 내가 받은 편지에 보니 소인이 헤이그로 찍혔던데, 아직도 그 주소인지는 모르겠거든. 계속 라런에 살고 있을 거라 생각했었어. 네 편지도 반갑게 잘 받았다고 하더라.

미델하르니스에서 보내준 편지 잘 받았다. 너한테 정말 고맙구나. 『여인들의 행복 백화점』 등을 읽기 시작했다니 잘했다. 그 작품도 그렇고 기 드 모파상의 작품도 많은 걸 배울 수 있어.

그나저나 어머니 사진이 썩 마음에 들지는 않는다고 너한테 얘기했었지.

얼마 전에 침실에 걸어두려고 그림 하나를 그렸어. 에턴의 정원을 떠올리며 그린 건데 여기 크로키를 그려서 보낸다. 제법 큰 그림이야. 채색을 어떻게 했는지 설명해줄게. 앞쪽에 산책하는 두 여성 중에서 젊은 여성은 초록색과 주황색 타일 같은 체크무늬 숄을 걸치고 빨간 우산을 들었어. 나이 든 여성은 검은색에 가까운 자줏빛 파란색 숄을 머리에 썼고. 그런데 한쪽에 핀 레몬처럼 노란 달리아와 그 옆에 있는 분홍색과 흰색의 알록달록한 꽃들이 어두운 표정의 인물들과 대조를 이룬다. 두 사람 뒤로 에메랄드그린의 삼나무와 사이프러스가 덤불을 이루고. 또 그 사이프러스 뒤로는 연녹색과 적색이 뒤섞인 양배추밭이 보이고 그 주변으로 줄을 지어 자라는 흰 꽃들도 보여. 모래가 깔린 오솔길은 원색의 주황색에 가깝고 선홍색 제라늄이 자라는 화단은 초록색이 지배적이지. 그리고 전경 바로 뒤에는 파란색 작업복 차림의 여성이 보이

Je viens maintenant de peindre pour le mettre dans ma chambre à coucher un souvenir du jardin à Etten et en voici un croquis – C'est une toile assez grande.

J'ai maintenant peint aussi une liseuse de romans.

de grands cheveux très noirs
un corsage vert des manches
lie de vin la jupe noire
le fond tout jaune des
rayons de bibliothèque
avec des livres
elle tient à la main un livre
jaune

는데 흰색, 분홍색, 노란색, 선홍색의 꽃들을 정리하고 있어.

이 정도야. 뭐, 닮았다고는 할 수 없지만, 내가 당시 느꼈던 그 정원의 시적인 분위기와 정취를 그림으로 옮겨본 거야. 마찬가지로 여기 표현한 두 인물을 너와 어머니라고 가정해보더라도, 비록 어느 것 하나 닮은 구석은 전혀 없긴 하지만, 내가 선택한 색, 그러니까 진한 자주색과 극렬하게 대비되는 레몬색의 달리아 등은 어머니 성격을 그대로 표현하고 있지 않나 싶다.

주황색과 초록색 체크무늬 숄을 걸친 인물은 사이프러스의 진한 초록색과 대비를 이루고 있는데 빨간 우산이 그 효과를 더 극대화해 주어서 어렴풋이 기억나는 디킨스의 소설 속 인물처럼 너를 그려봤어.

음악을 들으면 위로가 된다고 말하는 것처럼 색을 잘 배열하는 것만으로 시적인 분위기를 살릴 수 있다는 걸 네가 이해할 수 있나 모르겠다.

마찬가지로 그림 전체에 구불거리면서 표현된 선들은 나름 연구도 하면서 자주 사용한 건데 정원을 있는 그대로의 모습으로 살리기보다, 꿈결에서 본 것처럼, 그 순간의 특징을 살려서 표현한 거라 실제보다 이상하게 느껴질 수도 있어.

지금은 소설 읽는 여자를 그린다. 풍성한 머리는 검은색이고 초록색 보디스, 와인 앙금색 소매, 검은색 치마 차림에, 뒷배경 전체가 노란색인데 책들이 들어찬 서가가 희미하게 보여.

오늘은 여기까지 소식 전한다. 그런데 인상주의 화가인 동료, 폴 고갱이 여기 와서 나와 함께 지내고 있다는 말을 너한테도 했는지 모르겠다. 우린 아주 잘 지내고 있어. 무엇보다 기억에 의존해서 그림 그리는 데 도움 되는 이야기를 많이 해주는 편이야.

어머니께 내가 안부 여쭙는다고 전하고, 답장에 꼭 정확한 마우베 형수님 주소를 적어주기 바란다. 어머니와 네게 마음의 포옹을 전한다.

너를 사랑하는 오빠, 빈센트

562프 ____ 1888년 11월 11일(일) 혹은 12일(월)

테오에게

100프랑과 함께 보내준 편지, 고맙게 잘 받았다.

너도 기뻐할 소식인데, 마우베 형수님이 우리가 보낸 그림 고맙다고 편지하셨더라. 지난 일들을 적었는데 아주 반가운 글이었어. 곧 답장하면서, 크로키도 몇 장 더 보낼 거야.

네가 좋아할 소식이 하나 더 있는데, 예술가의 자화상 연작에 작품 1점을 더 추가했다. 바로 라발이 그린 자화상이야. 아주 근사해.

그리고 내 그림하고 교환한 베르나르의 해변 풍경화도 1점 있어.

라발의 자화상은 아주 힘이 넘치고 남다른 느낌이 살아 있다. 네가 이야기하던 그런 그림, 그러니까 남들이 재능을 알아보기 전에 우리가 먼저 발굴해야 할 그림이지 싶더라.

뤼스의 작품을 1점 입수했다니 대단하구나. 혹시 그 친구가 그린 자화상은 없을까? 딱히 마음에 드는 그림이 없을 때는 자화상이나 초상화가 최선이더라.

고갱은 돼지들과 건초 위에 있는 여성의 누드를 그리고 있는데 분위기가 참 독특해. 상당히 아름다운 동시에 세련된 그림이 될 것 같아. 고갱은 쥐의 얼굴 두 개가 들어간 멋들어진 항아리를 파리로 되돌려보냈어.

이 양반은 위대한 예술가며 환상적인 동료야.

혹시 베르나르가 그린 괜찮은 작품을 네가 하나 사줄 수 있다면, 주저하지 말고 당장에 그렇

게 하라고 권한다. 고갱도 *아주 근사한* 베르나르의 그림을 1점 가지고 있어.

나는 유화를 2점 그렸어.

하나는 에턴의 우리 집 정원을 떠올리면서 그렸는데 양배추밭, 사이프러스, 달리아 등과 인물을 그려 넣었고, 서가를 배경으로 〈소설 읽는 여인〉을 그렸어. 초록색 옷을 입은 여성이야. 고갱 덕분에 기억에 의존해 상상으로 그림을 그릴 엄두를 내게 됐다. 상상력을 동원한 그림은 묘한 분위기가 더해지는 것 같더라.

타세 화방에서 보낸 물건이 그제 도착해서 우리 둘 다 아주 만족스러웠지. 타세 화방에서 다시 한 번 물건을 보내줄 수 있을까? 급한 건데, 주홍색 대형 튜브(연백색 대형 튜브와 같은 크기로) 1개와 같은 크기로 프러시안블루 3개가 필요하거든. 정말 너한테 한없이 고맙다.

예트 마우베 형수님 편지를 받아서 너무 반가웠어. 감히 드는 생각이긴 하지만 사람들이 점점 인상주의 화가들 주변으로 몰리는 것 같다. 마음으로 악수 청하며, 더 한과 이사악손에게 안부 전해주기 바란다.

너를 사랑하는 형, 빈센트

563프 ____ 1888년 11월 19일(월) 추정

테오에게

고갱이 그린 〈브르타뉴의 아이들〉이 도착했는데, 아주 근사하게 수정해놨더라고.

이 그림이 난 무척 좋고 팔릴 그림이라는 점도 반갑지만, 더더욱 반가운 건 지금 여기서 그려서 네게 보낼 그림 2점이 이것보다 30배는 더 근사하다는 사실이야.

〈포도 수확하는 여성들〉하고 〈돼지들과 함께 있는 여성〉 이야기야.

이런 결과물이 나올 수 있었던 건 고갱이 간인지 위장인지 아무튼 질환을 앓고 있었는데 그게 점점 나아진 덕분이었어. 최근까지도 고생했었거든.

이 편지에, 나의 작은 분홍색 복숭아나무 그림을 액자에 넣을 거라는 말에 대한 내 의견을 전하고 싶다. 아마 부소&발라동 화랑에 가져다 놓으려는 모양인데, 그 부분에 관해서 내 의견을 명확히 해둬야겠다.

우선, 그 그림을 거기 가져다 놓고 싶다면, 그게 나한테 좋은 일인지 아닌지는 상관없이, 지금 당장이든 앞으로든 너에게 좋다면야 얼마든지 백지 위임장을 써줄 수 있어.

그런데 그게 나를 기쁘게 해주려거나 *내 이익*을 위해서라면, 전혀 그럴 필요 없다.

내가 원하는 게 뭐냐고 묻는다면, 단 한 가지야. 내가 그린 그림 중에서 네 마음에 드는 것들을 지금 당장 팔지 않고 네가 집에 보관해주는 거야.

걸리적거리는 나머지 그림들은 여기 이곳으로 보내주면 되는 거고. 왜냐하면, 내가 *야외로*

나가 그려낸 그림들은 전부, 불 속에서 건져낸 밤과 같은 존재거든.

고갱이나 나나 썩 내키는 부분은 아니었지만, 아무튼 고갱을 통해 나도 이제 그리기 방식에 변화를 줘야 할 때가 됐다는 사실을 깨달았다. 그래서 요즘 기억에 의존해 상상력으로 그리기 시작했는데, 이렇게 작업하다 보니 예전 습작들이 유용하겠더라고. 과거에 내가 직접 본 것들을 떠올려주거든. 돈 문제가 시급하지 않다면야 굳이 기를 쓰고 그림을 팔 이유는 없잖아.

아마 너도 곧 이런 생각에 동의하게 될 거라는 확신이 든다.

너는 구필 사람이지만 나는 아니잖아. 어쨌든 *6년간* 거기에 몸담긴 했지만, 나나 회사나 피차 못마땅히 여기는 사이였어. 다 지난 과거이긴 하지만 사실은 사실이니까.

그러니 너는 너대로 갈 길을 가라. 하지만 나는 그림을 팔기 위해서, 작은 복숭아나무 그림이나 다른 그림처럼 순수한 작품을 들고 그곳으로 되돌아가는 건, 과거의 내 모습과는 너무 동떨어진 행동이라는 생각만 든다.

이건 아니다. 한 1~2년 후에, 대략 30점 정도로 잡고, 그 30점으로 단독 개인전을 열어달라고 찾아가 부탁하면, 부소 영감이 냉정히 거절하겠지. 그 양반들이 어떤 사람인지 너무나 잘 알기 때문에, 그런 부탁을 할 마음도 없다. 그들을 망치려고 그러는 게 아니야. 오히려 내가 다른 사람들에게는 거기 찾아가라고 적극적으로 권하는 건 너도 인정해야 할 테니까.

그저 나와 그곳 사이에 오랜 앙금이 있을 뿐이야.

분명하고 확실하게 말해두는데, 나는 너를 구필 화랑과는 전혀 별개인, 인상주의 화가들의 그림을 전문적으로 다루는 미술상으로 여긴다. 그렇기 때문에 다른 화가들을 네가 일하는 곳으로 가보라고 적극적으로 권하는 거야.

그런데 부소 영감이 이런 말을 하게 내버려 두고 싶지는 않아. "그 젊은 친구가 그렸다고 하기에는 썩 나쁘지 않군그래." 나는 절대로 그 양반들을 다시 찾아가지 않을 거야. 당당하지 못한 입장으로 찾아가느니, 차라리 그림을 안 팔고 말지. 그렇다고 그 양반들이 정정당당하게 나올 일도 없을 테니, 결과적으로 다시 잘해볼 일은 없다는 뜻이야.

우리가 이 부분을 명확히 할수록, 다들 그림을 보러 널 찾아가게 될 거야. 팔아줄 필요는 없고 그저 내 그림을 보여주면 돼. 그건 부소&발라동 화랑과 별개의 개인적인 거래를 하는 게 아니니까, 넌 적법하게 일하는 거고 그만큼 존중받을 수도 있는 거야.

그래도 누군가는 사겠다고 나오지 않겠어? 그럴 때는 내게 직접 문의하라고 해줘. 아무튼 이건 확실하다. 지금의 이 시련을 견딜 수 있으면, 내가 빛을 볼 날은 분명히 찾아온다는 거. 지금 내가 할 수 있고 해야만 할 것은 오로지 그림 그리는 일이야.

악수 청하는데, 물감이 조금 더 필요할 것 같다.

다시 한 번 말하는 건데, 한 달에 나 혼자 250프랑을 쓰던 것이, 둘이서 각자 150프랑씩 쓰게 된 거다. 1년쯤 지나면 너도 이게 옳았다는 걸 알게 될 거다.

그 이상은 나도 장담할 수 없구나.

고갱은 그림을 보내는데, 나는 온 방에 그림을 걸어놓고도 보낼 게 없어서 유감이다.

고갱에게 임파스토 부분을 간간이 씻어내서 기름기를 제거하는 법을 배웠거든.

이 작업을 끝내고 나면, 채색을 다시 손을 봐야 해.

지금 그림을 보내면 나중에 보내는 것보다 색감이 확 떨어질 거야.

누가 봐도 성급하게 그린 티가 난다고 여길 거야. 나도 아니라고 부인하지는 않는다. 하지만 변화를 좀 줄 거야.

고갱처럼 유능한 동료 화가와 함께 생활하면서 그의 작업 과정도 지켜볼 수 있다는 게 얼마나 좋은지 모르겠다.

혹자들은 고갱이 더 이상 인상주의 화파다운 그림을 그리지 않는다고 비난하고 있어.

그런데 그가 최근에 그린 2점은, 너도 곧 볼 텐데, 제법 두텁게 칠한 데다 나이프로 작업한 부분도 군데군데 있어. 이 작품들은 그가 브르타뉴에서 그린 그림들 전부는 아니더라도, 적잖은 수의 그림들을 압도할 것 같다.

요즘은 도통 편지 쓸 틈이 없다. 안 그랬다면 네덜란드 친구들에게 벌써 소식 전했을 텐데. 보슈에게 또 편지가 왔다. 너도 알지, 누님이 20인회 소속 화가인 벨기에 친구 말이야. 저 위쪽 지방에서 즐겁게 작업 중이라고 하더라.

고갱과는 친구로서도, 또 동업자로서도 영원히 함께하면 좋겠어. 고갱이 열대 지방에서 화가 공동체를 결성할 수 있으면 그것만큼 환상적인 일도 없을 거야. 그런데 그렇게 되려면, 그가 계산하는 것보다 훨씬 많은 돈이 필요할 거야.

기요맹이 고갱에게 편지를 보냈는데, 형편이 다소 어려운 모양인데 어쨌든 근사한 그림을 그린 것 같더라. 아이가 태어났는데, 출산 과정을 지켜봤더니 지금도 그 아이가 *시뻘겋게* 보일 때가 있대. 그 말에 고갱은 이렇게 답장을 했어. 자신은 그 과정을 여섯 번이나 지켜봤다고.

마우베 형수님은 건강이 많이 좋아진 것 같더라. 너도 아는지 모르겠지만, 지난 8월부터 헤이그에 있는 유대인 공동묘지 근처의 시골 마을에서 지내신다.

내 그림을 조금 더 기다린다고 해서 네가 손해 볼 일은 없을 거다. 그러니 친애하는 주변 사람들이 지금 그린 그림들을 아무렇게나 무시해도 내버려두자. 그래도 다행인 게, 나 자신이 뭘 원하는지 그들보다 내가 더 잘 알고 있어서, 서둘러 대충 작업하는 것 같다는 비난쯤에 콧방귀도 뀌지 않는다는 거야. 그런 비난에 대한 대답으로 요 며칠간 *더 서둘러서* 작업을 하고 있어.

며칠 전에 고갱이 그러더라. 클로드 모네가 그린 커다란 일본식 화병에 담긴 해바라기 그림을 봤는데 정말 근사했다고. 그런데 내가 그린 해바라기가 더 마음에 든다더라. 고갱의 생각에 동의한다는 게 아니라, 내가 퇴보하고 있는 건 아니라는 말을 하는 거야.

항상 아쉽고 유감스러운 건 너도 알다시피, 모델 구하기가 하늘의 별 따기 같다는 사실이야.

어떻게든 극복해보려고 애는 쓰지만, 제약이 한 두 가지가 아니다. 내가 지금과 전혀 다른 사람이었거나, 돈이라도 많은 부자였다면, 강요라도 해서 해냈을지도 모르지. 지금도 포기는 안 했어. 그냥 잠자코 침묵만 지킬 뿐이지.

마흔이 되었을 때, 저 해바라기 그림처럼 인물화도 고갱의 마음에 들게 그릴 수 있으면, 누구와 비교해도 결코 뒤지지 않는 화가의 대열에 오르겠지. 그러니, 인내심을 가져 보자.

아무튼 최근에 그린 습작 2점은 좀 묘한 구석이 있어.

30호 캔버스에 밀짚을 엮은 방석이 얹힌 노란색 나무 의자를 그렸는데, 벽에 비해서 빨간 벽돌 바닥이 눈에 띈다(낮).

다른 하나는 고갱이 사용하는 빨간색과 초록색의 안락의자인데, 어두운 밤 분위기를 표현했고 벽과 바닥에도 빨간색과 초록색이 있어. 의자 위에는 소설책 2권과 양초를 올려뒀고. 범포(帆布) 캔버스에 임파스토로 두텁게 칠한 그림이야.

필요 없는 습작은 돌려달라고 말했다만 전혀 급한 일은 아니야. 마음에 들지 않는 것들이라 너희 집에서 공간만 차지하는 짐이겠지만 나한테는 자료로 활용되는 것들이거든.

그리고 내 습작에 관해서는 이것 하나만큼은 꼭 지켜줬으면 좋겠다. 입장을 확실히 해야 한다는 것 말이야. 괜히 나 때문에 화랑과 타협하지 말라는 거야. 내가 내 발로 구필 화랑에 걸어들어가는 일은 거의 있을 수 없는 일이고, 당당히 걸어들어가는 일은 거의 불가능한 일이니까.

다시 한 번 악수 청하고, 나를 위해 해주는 모든 게 정말 고마울 따름이다.

너를 사랑하는 형, 빈센트

564프 ____ 1888년 12월 17일(월) 혹은 18일(화)

테오에게

어제 고갱과 함께 몽펠리에에 가서 미술관을 둘러봤다. 무엇보다 브리아스* 관을 집중적으로 관람했어. 브리아스의 초상화가 여러 점이었어. 들라크루아, 리카르, 쿠르베, 카바넬, 쿠튀르, 베르디에, 타사에르, 그 외에도 여러 화가들이 그렸더라. 그리고 들라크루아, 쿠르베, 조토, 파울뤼스 포터르, 보티첼리, Th. 루소 등의 아름다운 그림도 있었어.

브리아스는 예술가들의 후원자였지. 딱 이 말을 해주려고. 들라크루아가 그린 초상화를 보면 빨간 머리에 턱수염 난 남자가 있는데, 영락없이 너나 나를 닮은 모습이라 뮈세의 이런 시가 떠오르더라…….

* 알프레드 브뤼야스(Alfred Bruyas)는 예술품 수집가이며 파브르 미술관에 주요 작품 기증자 중의 한 사람이다. 빈센트는 이 편지에서 고집스럽게 브뤼야스(Bruyas)를 브리아스(Brias)로 표기했다.

내가 어디를 가더라도
검은 옷을 입은 불행한 사람이
우리 곁에 다가와 앉아
마치 형제처럼 우리를 쳐다보네.*

네가 봤어도, 분명히 비슷한 생각을 했을 거다. 부탁이 있는데, 옛 화가와 현대 화가들의 석판화를 파는 서점에 가서 들라크루아의 석판화 〈정신병원의 타소〉 복제화를 그리 비싸지 않게 살 수 있을지 알아봐주면 좋겠다. 아무래도 그 동판화 속 인물이 브리아스의 초상화와 관계가 있어 보여서 그래.

들라크루아의 다른 습작인 〈물라토 여성〉(예전에 고갱이 따라 그렸었지), 〈오달리스크〉, 〈사자 굴 속의 다니엘〉도 봤어. 쿠르베의 작품으로는 우선 〈마을 아가씨들〉이 환상적이었어. 그리고 뒷모습이 보이는 여성의 누드와 바닥에 앉아 있는 여성을 배경으로 그린 그림도 괜찮았어. 〈실 잣는 여인〉(환상적이었어) 등등도 다 있더라. 적어도 너는 이런 소장품이 전시되고 있다는 사실은 알고 있어야 한다. 아니면 그 소장품을 직접 본 사람들을 알고 지내서 결과적으로는 이 작품들에 관한 이야기를 할 수 있을 정도가 돼야 해. 미술관 자체가 중요하다는 말은 아니야(앙투안 루이 바리의 데생이나 청동상은 예외적으로 알아야 하지만).

고갱과 나는 들라크루아와 렘브란트 등에 관해 이야기를 많이 나눴어. 아주 *열띠게* 토론한 탓에 방전된 전기 배터리처럼 머리가 전혀 돌아가지 않을 때도 있을 정도야. 완전히 마법 속에 빠져 있었지. 프로망탱이 제대로 보고 한 말이 있어. 렘브란트가 마법사 같다고 한 말 말이야.

왜 이런 말을 하냐면 네덜란드 친구인 더 한과 이사악손 때문이야. 그 두 친구가 렘브란트를 좋아하고 연구를 많이 한 만큼 그 연구를 계속 이어나가라는 말을 전하고 싶었다.

절대로 낙담하면 안 된다고 말이야.

너도 잘 알겠지만, 라 카즈Louis La Caze의 소장품 중에서 렘브란트가 그린 묘하면서도 환상적인 초상화가 있어. 그 인물이 떠오를 때마다 들라크루아나 고갱의 가족이나 가문과 관련 있는 인물 같다는 생각이 들길래, 고갱에게 말했지. 왜 그런지는 모르지만 나는 그 그림을 〈*나그네*〉 혹은 〈*먼 곳에서 온 사내*〉라고 부르게 되더라. 장갑을 끼고 있는 얀 식스의 초상화 속에서 네 미래를 살펴보라고 너한테 말했던 것과 같은 맥락이야. 렘브란트가 동판화로 찍어낸, 햇살이 쏟아지는 창가에서 책을 읽고 있는 얀 식스의 모습에서 네 과거와 현재가 떠오른다고 말했던 것도. 자, 우리가 여기까지 온 거야.

오늘 아침 고갱에게 기분이 어떠냐고 물었더니, '예전의 본성이 살아난 느낌'이라고 하더라

* 뮈세의 시 〈12월의 밤〉을 빈센트가 상황에 맞게 변형했다.

고. 듣기만 해도 반가운 소식이었어. 나 역시 지난겨울 몸과 마음이 지친 채로 이곳에 와서 다시 일어서기까지 심적으로도 괴로웠었거든.

아무튼 너도 꼭 몽펠리에 미술관을 둘러보면 좋겠다. 근사한 작품들이 많아.

드가에게 고갱과 내가 몽펠리에 미술관에서 들라크루아가 그린 브리아스의 초상화를 봤다고 소식 전하면서, *그 작품이 꽤 근사했고*, 들라크루아가 그린 브리아스가 새로운 형제처럼 너나 나를 닮았더라고도 말해줘라.

동료 화가들끼리 모여서 공동체 생활을 한다는 게 희한하게 보일지는 모르지만 네가 항상 하는 말로 마무리지으면 어떨까 싶다. 두고 보면 알게 될 거라고. 내가 한 말을 이사악손과 더 한에게 다 전해도 된다. 아예 편지를 읽게 해도 좋고. 편지 쓰는데 필요한 전력(電力)이라도 남아 있었다면 벌써 두 친구에게 편지했을 거다.

고갱과 내가 너와 그 두 친구 모두에게 진심 어리고 힘찬 악수 청한다.

너를 사랑하는 형, 빈센트

고갱과 내가 쉽게 작업한다고 생각할지 모르지만, 작업이 항상 편한 건 아니야. 네덜란드 친구들도 난관을 겪게 될 때, 우리처럼 낙담하지 않기를 바랄 따름이다. 그게 바로 내가 그 두 친구와 네게 바라는 바야.

565프 ____ 1888년 12월 23일

테오에게

네 편지와 그 안의 100프랑과 우편환 50프랑, 진심으로 고맙게 받았다.

고갱이 아를이라는 괜찮은 마을과 우리가 함께 지내는 이 노란 집, 그리고 무엇보다 나한테 다소 실망한 것 같다는 생각이 든다.

사실, 여기서 지낸다고 해도, 이 양반이나 나나 헤쳐나가야 할 난관들이 없지는 않겠지.

그런데 이 난관들은 다른 데 있는 게 아니라 바로 우리 내면에 들어 있는 것들이야.

한마디로, 고갱이 이곳을 박차고 뛰쳐나가거나 아니면 아예 자리를 잡고 정착할 것 같다.

난 고갱에게 행동에 옮기기 전에 충분히 생각하고 계산도 해보라고 권했어.

고갱은 강인하고 창의력도 뛰어난 사람이지만 그렇기 때문에 무엇보다 마음이 평안해야 해.

여기서 그 평안을 찾지 못하는데, 다른 데 가서 찾을 수 있을까?

아무튼 나는 고갱이 절대적으로 안정을 되찾은 상태에서 결정하기를 기다리는 중이다.

악수 청한다.

빈센트

*****

1888년 12월 24일 밤에 벌어진 비극적인 사건에 대해 우리가 알고 있는 내용은 대부분 폴 고갱의 진술을 기반으로 한다. 하지만 그 일이 발생하고 15년이 지난, 1903년에 출간된 『이전과 이후』는 세간에 떠돌고 있던 잘못된 사실을 바로잡기 위한 내용을 담고 있었다. 왜곡된 사실이 떠돌았던 근본적인 이유는 빈센트가 자신의 귓불을 자른 행위를 그의 책임으로만 바라보았기 때문이다. 고갱은 자신의 저서 곳곳에서, 의도적이든 아니든, 그 일에 관한 부분을 주관적으로 기술하고 있다는 인상을 준다. "퐁타방에서 시작된 내 연구가 나를 계속 그곳에 붙잡아두고 있었기 때문인지, 아니면 본능적인 묘한 직감이 내게 비정상적인 상황을 미리 경고했기 때문인지는 모르지만, 나는 빈센트의 진심 어린 우정에 마음이 동해 길을 나서게 된 그날까지도 주저하고 있었다." 몇 차례 인용했던 쉬페네케르에게 쓴 편지 내용에 따르면 고갱이 아를행을 택했던 건 전처럼 "궁지에서 벗어나기" 위한 방편이었던 것으로 여겨진다. 그는, 당시 브르타뉴를 떠나기로 결심했던 건 테오 반 고흐의 제안 때문이라고 말했지만, 빈센트의 진심 어린 우정에 대해서는 아무런 언급도 없었다.

굳이 고갱이 증언한 내용의 타당성을 문제 삼지 않더라도, 어느 부분에서는 이미 현실 그 자체를 상당히 비극적인 시각으로 바라보고 있었다는 사실을 알 수 있다.

확실한 건, 어느 순간부터, 두 사람 사이에 불화가 싹텄다는 사실이다. 고갱은 빈센트와의 동거 생활을 견딜 수 없는 일로 여기기 시작했다. 그래서 빈센트에게 한마디 말도 없이 테오에게 이런 편지를 썼다. "내 그림을 판 돈의 일부를 좀 보내주면 고맙겠습니다. 이런저런 상황을 다 따져보니 파리로 돌아가야 한다는 결론에 이르게 되었습니다. 빈센트와 나는 부딪히지 않고서는 도저히 살 수 없는 지경에 이르렀습니다. 이렇게 성격이 맞지 않는데, 각자 작업을 하려면 마음이 편안해야 하는데……."

이미 알다시피, 빈센트가 고갱의 왕림을 얼마나 중요하게 여겼는지를 감안해보면, 갑작스러운 결별 소식이 빈센트에게는 얼마나 절망적인 비보였을지 어렵지 않게 유추할 수 있다. 그는 고갱과의 우정을 포기할 수 없었기에 그런 비극적인 일을 겪은 이후에도 그에게 애정 어린 편지를 썼다. 그로 인해 빈센트는 누구와도 원만한 합의를 할 수 없다는 확신을 품게 되었고, 그 뒤로 화가협회, 화가 공동체 설립에 대한 계획도 철저히 무너졌다.

원대한 꿈이 무너져 내리면서 술에 의존하게 되었고, 테오가 조만간 결혼한다는 소식을 전하자 자신의 생활비가 끊길지 모른다는 불안감에 사로잡히면서, 평생 심리적인 안정감을 경험해보지 못했던 빈센트는 심리적인 반작용 때문인지 과도하게 그림 작업에 몰두하면서 발작 증상까지 겪기에 이른다. 누구보다 빈센트를 잘 알고 지냈던 친구인 판 라파르트는 주변에서 빈센트를 미친 사람 취급하는 사실에 그리 놀라지 않았다. "빈센트가 원했던 건 위대한 예술이었고, 그런 예술의 위대함을 표현하기 위해 그가 했던 것처럼 사력을 다해 투쟁한다면, 그 어떤 예술가도 온전히 지낼 수는 없었을 것이다. 개인적으로, 매 순간 단절할 준비가 된 사람처럼 팽팽한 심리적 긴장감을 드러내고 신경질적인 반응을 보이는 사람과 원만한 관계를 유지한다는 건 결코, 쉬운 일이 아닐 것이다."

제법 그럴듯해 보이는 이런저런 주장과 증언 등을 선택하는 것보다, 몇 가지 확실한 사실을 짚고 넘어가고자 한다.

12월 23일 저녁, 고갱의 증언에 따르면 빈센트가 그의 얼굴에 압생트가 든 잔을 집어던졌지만, 바로 다음 날, 자신의 행동을 사과했다고 한다. 12월 24일의 일에 관해 이야기하면서 고갱은 이렇게 말한다. "원 세상에, 별일을 다 겪네!" 그러면서 빈센트가 저녁에 빅토르위고 광장을 지나가고 있던 자신에게 면도칼로 위해를 가하려 했다고 말한다. 그래서 라마르틴 광장의 노란 집으로 가는 대신, 호텔에서 하룻밤을 보냈다고 한다. 그리고 이튿날인 12월 25일 오전 7시 30분에 작업실에 와보니 여러 사람들이 모여 있었다고 전했다. 그가 들은 바에 따르면, 전날, 그의 친구가 "머리 바로 아래쪽"에 있는 귀의 일부를(당시부터 정확하지 않은 정보가 돌고 있었다. 빈센트는 귓불만 조금 잘라냈을 뿐이다) 잘랐다고 했다. 그러고는 출혈을 멈추게 조치한 후 자신이 잘라낸 살점을 종이에 싸서 평소에 자신이 자주 찾던 단골 매음굴로 가져가 가비라는 이름의 매춘부에게 건넸다고 한다.

경찰은 고갱에게 빈센트가 쉬고 있는 방에 들어가게 해주었다. 고갱은 그를 병원에 데려가야 한다고 요구한 다음 테오에게 전보를 보내 당장 그곳으로 와달라고 부탁은 하지만 정작 본인은 파리행 기차에 올랐다.

테오가 도착하자 인턴이었던 펠릭스 레이는 그의 형이 심각한 망상에 시달리고 있어서 입원 치료를 할 수밖에 없었다고 설명했다. 하지만 빈센트는 빠르게 회복된 것으로 보인다. 테오는 자신은 형인 빈센트에게 직접적으로 해줄 수 있는 게 없다는 사실을 인식하고 레이와 우체부 룰랭에게 형을 잘 지켜봐달라고 부탁하고 파리로 돌아갔다. 12월 29일, 빈센트는 독방에서 공동실에 나왔고, 그곳에서 그를 지켜보고 관리해줄 살 목사를 만났다.

1889년 1월 1일, 빈센트는 노란 집으로 돌아가, 우리가 읽게 될 편지를 썼다. 그리고 1월 7일, 레이 박사는 빈센트가 완치되었고, 일상으로 복귀해도 무방하다는 진단을 내렸다.

566프 ____ 1889년 1월 1일(화)

테오에게

그림과 관련된 부분도 고갱이 너를 확실히 안심시켜줄 수 있으면 좋겠다.

나는 곧 다시 작업을 시작할 생각이야.

가정부 아주머니와 룰랭이 집을 잘 관리해주고 정리 정돈까지 도와줬어.

밖으로 나가면 이 동네에서 내가 좋아하는 길을 따라 걸을 수도 있고, 곧 포근한 계절이 돌아오면 과수원에 나가 꽃나무들도 다시 그릴 수 있을 거야.

사랑하는 아우야, 너를 여기까지 오게 만들어 *가슴이 아프구나*. 너까지 끌어들이고 싶진 않았는데. 결과적으로 내가 큰 상해를 입은 것도 아니었는데, 괜히 너까지 번거롭게 했어.

네가 그나마 마음 편히 지내고 있고, 또 봉어르 집안 사람들과도 잘 지낸다니 그것만큼 반가운 소식도 없을 거다. 안드리스에게 내가 그렇게 전하더라고, 진심 어린 악수 청한다고도 전해주기 바란다.

이곳 아를의 화창한 진풍경을 미처 보여주기도 전에, 어둡고 칙칙한 아를을 보게 했구나.

그래도 힘을 내자. 편지는 라마르틴 광장 2번가로 바로 보내라. 집에 남아 있는 고갱의 그림은 그가 원하면 바로 보내줄 거다. 이 양반이 샀던 가구 비용도 돌려줘야 할 거야.

악수 청한다. 다시 병원으로 돌아가 봐야 하는데, 조만간 퇴원하게 될 거야.

너를 사랑하는 형, 빈센트

어머니께도 짤막하게나마 나 대신 소식 전해드리면 좋겠다. 걱정할 일 전혀 없다고.

(이 편지의 뒷면에 고갱에게 보내는 편지가 연필로 적혀 있다)

친애하는 벗, 고갱

병원에서 첫 외출을 나온 김에 선생에게 진심으로 깊은 우정을 담아 짤막하게나마 소식 전합니다. 병원에 입원해서 고열에 시달리고 쇠약해진 상태에서도 선생 생각을 참 많이 했습니다.

선생, 내 동생 테오가 굳이 여기까지 올 필요가 있었습니까?

적어도 이제는 내 동생에게 아무 일도 없다고 안심시켜주시기 바랍니다. 그리고 선생도 믿음을 갖고 사시기 바랍니다. 모든 게 다 최선인 최선의 세상에서 말입니다.

쉬페네케르Claude Emile Schuffenecker 씨에게도 내가 안부 인사 전한다고 말씀해주시기 바랍니다. 그리고 이래저래 보다 성숙하게 생각해서, 이 작고 소박한 노란 집에 대한 나쁜 말은 삼가주십시오. 아울러 내가 파리에서 만났던 동료 화가들에게도 안부 인사 전해주십시오.

선생이 파리에서 번창하시기를 기원합니다. 진심 어린 악수를 청하며.

선생을 사랑하는 친구, 빈센트

룰랭이야말로 진심으로 날 위해준 사람입니다. 모두가 선뜻 나서지 않을 때도 자신이 솔선수범해서 나를 병원에서 퇴원하게 해준 사람이니 말입니다.

답장 부탁합니다.

567프 ____ 1889년 1월 2일(수)

테오에게

(편지지 윗부분에 '아를 시립 병원'이라고 인쇄되어 있다.)

내 상태는 전혀 걱정할 게 없으니 안심하라고 알려주고 싶어서, 너도 직접 만났던 레이Félix Ray 박사의 진료실에서 이렇게 네게 짤막하게 소식 전한다. 아직은 며칠 더 여기 병원에서 머물고, 그다음에 아주 차분한 모습으로 집으로 돌아가게 되지 않을까 싶다. 네게 부탁하고 싶은 건 딱 하나야. 걱정하지 말라는 거. 네가 날 걱정할까, 나는 그게 *너무 걱정이다*.

이제 고갱 이야기를 해보자. 내가 그를 겁에 질리게 한 걸까? 도대체 왜 어떻게 지내는지 소식을 주지 않지? 너와 같이 떠났을 거 아니야. 파리를 그렇게 다시 보고 싶어했으니 파리에 가서 더 자기 집처럼 느끼고 있을 텐데. *고갱에게 편지해달라고 전해다오*. 내가 항상 그를 생각하고 있다는 말도.

악수 청한다. 네가 봉어르 가족들과 만난다는 편지, 여러 번 다시 읽었어. 아주 완벽해. 나는 그냥 지금 이대로가 좋다. 다시 한 번, 너와 고갱에게 진심 어린 악수 청한다.

너를 사랑하는 형, 빈센트

편지는 같은 주소로 보내라. 라마르틴 광장 2번가.

(편지 뒷면에 환자의 상태를 안심시켜주는 레이 박사의 글이 적혀 있다.)

선생님 형님의 편지에 몇 마디 덧붙입니다.

다행히도 제 진단이 맞았던 것 같아서 알려드립니다. 발작은 일시적인 증상이었습니다. 며칠 내로 다 나을 것이라고 확신하고 있습니다.

제가 형님 분께 동생에게 편지를 쓰시라고 권했습니다. 그러면 더 정확한 상황을 알려드릴 수 있으니까요. 여러 차례 형님을 진료실로 불러서 함께 이야기를 나눴습니다. 형님도 즐거워하시고 제게도 유익한 시간이었습니다.

안녕히 계십시오.

568프 ____ 1889년 1월 7일(월)

테오에게

오늘은 길게 소식을 전하지는 않겠지만, 어찌 됐든, 오늘 집에 돌아왔다고 알려주려고 몇 자 적는다. 별 대수롭지 않은 일 때문에 너까지 번거롭게 해서 얼마나 미안한지 모르겠다. 어쨌든 그런 일을 벌인 당사자가 나였을 테니, 나를 용서하기 바란다. 결과적으로 너한테까지 연락이

가리라고는 미처 생각하지 못했다. 이 이야기는 이쯤하자. 레이 선생이 다른 동료 의사 두 명과 그림을 보러 왔는데, 이들은 적어도 보색이라는 게 뭔지 대번에 이해하더라. 레이 선생의 초상화를 그려볼 생각인데 그림에 다시 익숙해지면 다른 사람들 초상화도 그릴 수 있을 것 같아.

지난번에 보내준 편지는 고맙다. 당연히 항상 네가 곁에 있다고 느끼고 있지. 그런데 네가 알아야 할 게 나도 너와 똑같은 일을 하고 있다는 사실이야.

아! 정말이지 고갱이 나를 데려갔던 몽펠리에 미술관에 가서 들라크루아가 그린 브리아스 초상화와 여러 작품들을 네가 직접 보고 갔으면 얼마나 좋았을까 하는 생각이 드는구나. 우리 이전에도 프랑스 남부에서 활동한 화가들이 있었지! 솔직히 우리가 그들이 걸어온 길에서 그렇게 많이 벗어났다고 생각할 수는 없을 거야. 더운 지방의 경우가 그런 것 같아. 나도 모르게 볼테르가 이야기했던 그런 지방도 떠오르고, 스페인의 그냥 평범한 성도 떠오르고 그렇다. 집에 돌아오는 길에 머릿속에 떠오른 생각들이야.

봉어르 집안사람들은 어떻게 지내고 있는지 궁금하구나, 네가 그 사람들하고 잘 지내는지도. 난 그랬으면 좋겠다.

너만 괜찮다면 고갱도 떠났으니 다시 매달 150프랑씩 받았으면 좋겠다. 작년과 달리 올해는 여기서 더 차분한 시간을 보낼 수 있을 것 같다는 생각이 들어.

그림 실력을 키우고 공부하기 위해서 들라크루아의 복제화가 가장 필요하다. 옛 화가들과 현대 화가들의 석판화 복제화를 1프랑에 파는 그 서점에 가면 아마 찾을 수 있을 거야. 비싼 것들은 절대로 필요 없어.

네덜란드 친구들인 더 한과 이사악손은 어떻게 지내냐? 내가 안부 묻는다고 전해주기 바란다.

내 그림에 관해서는 아직 차분히 기다려야 할 것 같다는 생각이 들어. 물론 네가 원한다면 당장이라도 그림을 보낼 수는 있지만, 마음이 편안해지면 다른 작업도 해보고 싶어서 그래. 그래도 앵데팡당전과 관련된 일은 남들도 그러듯이 네가 보기에 괜찮은 쪽으로 결정해라.

그런데 네가 아직도 네덜란드에 다녀오지 못했다니, 내 마음이 얼마나 안타까운지 모를 거다.

현실을 뒤바꿀 수는 없겠지만 서신이든 뭐든 어떤 식으로라도 만회할 수 있도록 최선을 다하고, 봉어르 집안사람들에게는 본의 아니게 여정을 늦추게 만들어 내가 미안해 한다고 꼭 전해주기 바란다. 조만간 어머니와 빌레미나에게 편지할 생각이야. 예트 마우베 형수님에게도 편지해야 하고.

곧 소식 전해주기 바란다. 내 건강 문제는 전혀 걱정하지 말아라. 네 일이 척척 잘 진행된다는 소식을 들으면 내 병도 깨끗이 나을 테니까. 고갱은 어떻게 지내고 있냐? 그 양반 가족들 저기 북구 쪽에 있을 테고, 벨기에 전시회에 초대도 됐고 하니, 이제 파리에서 성공할 일만 남았겠구나. 그 양반이 제대로 된 길을 찾아갔으면 좋겠다. 진심 어린 악수 청한다. 이게 다 *지난 일*이 되어서 어느 정도는 마음이 편하구나. 다시 한번 너의 손을 꼭 잡고 악수 청한다.

너를 사랑하는 형, 빈센트

569프 ___ 1889년 1월 7일(월)

테오에게

아침에 편지를 써놓고, 저녁에 다시 몇 자 더 적어 넣는다고 크게 놀라지 않았으면 한다.

지난 며칠간 편지를 쓸 수 없었는데 이젠 보다시피 그게 다 지난일이 되었거든.

빌레미나에게 그 아이와 어머니께 쓴 편지를 보낸 건, 혹여 네가 내가 아프다고 말했을까봐 걱정하지 말라고 안심시키기 위해서였어.

그냥 좀 몸이 불편했었던 모양이라고만 전해라. 헤이그에서 임질에 걸려 입원했을 때처럼. 이번 일은 굳이 언급할 가치도 없지 않나 싶다. 살짝 겁만 집어먹었을 뿐, 큰일은 없어서 병원에 며칠 밖에 안 있었잖아. 아무튼 내가 짤막하게나마 네덜란드 집에 전한 이야기에 너도 별 이견이 없었으면 한다. 그래야 식구들이 이 문제로 괜히 마음 쓸 일 없을 테니까. 이 정도로 정리하면 의도만큼은 순수하지 않을까 싶다.

네가 보다시피, 아직은 농담하는 법을 잊지 않을 만큼 유머 감각도 살아 있다.

내일부터 작업을 시작할 건데, 일단 그림 그리기가 손에 익숙해질 때까지 정물화 한두 점부터 그릴 생각이야. 룰랭은 아주 괜찮은 사람이야. 계속 좋은 친구로 남으면 좋겠다. 여전히 이 양반의 도움이 필요하거든. 왜냐하면 이 양반만큼 이곳을 잘 아는 사람도 없어.

오늘은 룰랭과 함께 저녁을 먹었다.

혹여 인턴인 레이 선생에게 *감사* 표시를 하고 싶다면, 이렇게 하면 아주 좋아할 거다. 이 양반이 어디선가 렘브란트의 〈해부학 교실〉 이야기를 들었나 보더라. 그래서 진료실에 걸어둘 수 있도록 목판화 복제화를 구해줄 수 있다고 했지. 기력이 회복되면, 레이 선생의 초상화를 그려보고 싶다. 지난 일요일에 다른 의사를 만났는데, 적어도 이론적으로는 들라크루아와 퓌비스 드 샤반느 등이 어떤 작업을 했는지 알고 있을 뿐만 아니라 인상주의에도 호기심이 많은 사람이었어.

이 양반하고 더 잘 알고 지내면 좋겠다.

〈해부학 교실〉은 프란스 뷔파François Buffa와 아들이 운영하는 출판사에서 나왔는데 12~15프랑 정도 가격이야. 운송비가 따로 들지 않도록 액자는 *여기서* 주문할게.

병원 신세를 진 며칠간 아주 흥미로운 시간을 보냈다. 환자들에게 세상 사는 법도 배우는 시간이었어.

그냥 예술가적 광기가 순간, 발작을 일으켰던 것이기를, 그래서 마치 동맥이 잘린 듯 출혈이 심해서 고열이 일어났던 것뿐이었기를 바라는 마음이다. 식욕도 금방 돌아왔고 소화력도 별 문제 없고, 맑은 피가 매일 잘 돌아서 하루하루 머릿속이 맑아지는 느낌이야. 그러니 네가 서글픈 마음으로 이곳에 다녀간 일과 내가 입원한 일은 깨끗이 잊어주기 바란다.

나는 네가 당부한 대로 지내고 있고, 내가 느끼고 생각하는 바를 그대로 편지에 적었다. 봉어르 집안사람들과 만난 일은 어떻게 되었는지 알려다오. 그들과의 돈독한 우정이 유지되고, 더 깊어지기를 바란다.

내가 여기 남아 있는 건, 일단 지금으로서는 어디로 가야 할지 모르기 때문이야. 시간이 좀 지나면, 이런저런 계산을 다시 해보고, 어느 쪽이 나을지 상황 판단이 되겠지.

악수 청한다.

너를 사랑하는 형, 빈센트

569a네 ___ 1889년 1월 7일(월)

사랑하는 어머니와 누이에게

새해에는 좋은 일만 있기를 기원한다고 새해 인사로 몇 자 적어 보낼 생각을 하고는 몇 주를 그냥 보내버렸습니다. 뒤늦은 감은 있지만 그래도 지금 이렇게 안부 여쭙니다.

지난 12월에, 제 몸 상태가 그리 좋지 않았다는 말씀을 드리면 제 선의를 너그럽게 이해해주실 거라 믿습니다.

하지만 지금은 완쾌된 상태라 평소처럼 일상으로 돌아와 그림 작업에 열중하고 있다는 말씀도 같이 드립니다.

비록 이곳 역시 겨울이 찾아왔고, 또 잦은 겨울비로 더 추워졌지만, 그래도 어머니와 누이가 있는 네덜란드에 비하면 온화한 편이지요. 혹시 테오가 제가 며칠 병원 신세를 졌다고 이미 알렸을 수도 있겠다는 생각에 짤막하게 소식 전하니, 그냥 그렇다고 알고 넘어가 주시기 바랍니다. 테오도 아마 굳이 집에 알릴 필요까지는 없는 일이라 생각했을 겁니다.

하지만 걱정할 것도, 신경 쓸 것도 없다고 알려드리려고 제가 이렇게 직접 말씀드립니다.

예트 마우베 형수님에게 답장하는 것도 미루고 있었는데 조만간 편지를 쓸 예정입니다. 지난번에 빌레미나가 보내준 편지, 아주 고맙게 잘 받았습니다.

병원 신세를 지는 동안 새로 알게 된 사람들이 있는데 그들의 초상화도 그려볼까 싶습니다.

집에도 별일 없고, 모두 건강하셨으면 합니다. 저는 며칠 병원 신세를 지고 다 나은 터라 한동안은 별일 없을 겁니다.

그나저나 집에서 보내오는 편지 한 통 받으면 그보다 기쁜 일이 없을 것 같습니다. 아직 시간이 많이 남긴 했지만 벌써부터 테오가 오기를 손꼽아 기다리시겠군요. 올해는 평년보다 일찍 가지 않을까 싶습니다. 그러니까, 전시회 *전*이지 그 이후는 아닐 겁니다.

물론 상황에 따라 일정이 조정될 수는 있을 겁니다.

유난히 어머니와 누이 생각이 많이 드는 나날이었습니다. 진심입니다.

사랑하는, 빈센트

*****

1월 8일, 조제프 룰랭은 오빠의 상태를 묻는 빌레미나의 편지에 이렇게 답장했다.

"빈센트는 완쾌됐습니다. 7일 자로 병원에서 퇴원했습니다. 내 답장이 24시간이나 늦은 건 하루 종일 빈센트와 시간을 보냈기 때문입니다. (……) 그런 감사 인사까지 받을 정도로 내가 한 일은 없습니다. 다만, 나는 빈센트는 물론 빈센트가 아끼는 모든 이들에게 진정한 친구가 될 수 있도록 항상 노력할 겁니다."

570프 ____ 1889년 1월 9일(수)

테오에게

너의 이 정겨운 편지보다 더 일찍, 오늘 아침 네 약혼녀가 보낸 약혼 소식이 도착했다. 그래서 벌써 그녀에게 진심으로 축하한다고 회신했고, 네게도 다시 한 번 축하 인사 전한다.

내 건강 문제로 인해 네가 그토록 오래전부터 기대했고, 또 그만큼 필요했던 여행에 차질을 빚게 되는 건 아닌가 걱정했는데, 이제 그런 걱정이 다 사라진 덕분에 몸도 마음도 멀쩡해졌다.

오늘 아침에도 병원에 가서 상처 부위에 치료를 받고 레이 선생과 한 시간 반 동안 산책하며 이야기를 나눴다. 화젯거리는 정말 다양했고, 심지어 *자연사*(自然史)에 관한 이야기도 했어.

네가 전해준 고갱의 소식은 정말 반가웠다. 그러니까 그 양반, 열대 지방으로 돌아가겠다는 계획을 포기하지 않았다는 거잖아. 그게 그 양반이 갈 길이야. 그가 어떤 계획을 세우는지 훤히 보이고, 진심으로 찬사를 보낸다. 내가 유감스럽게 느끼는 게 자연스러워 보이겠지만, 넌 알 거다. 내가 바라는 건 그저 고갱이 잘되는 것뿐이야.

그나저나 '89년 박람회는 어떻게 진행될까? 레이 선생에게 전할 〈해부학 교실〉 복제화도 꼭 챙겨라. 이미 예전부터 그림을 좋아한다고 얘기했었어. 그런데 아는 게 없어서 배우고 싶다고도 했고. 그래서 직접 그림 그리는 화가가 될 필요 없이 예술을 좋아하는 *애호가*가 되라고 이야기해줬지. 이렇게 되면, 여기서 의사 친구를 두 명이나 알게 되는 거야. 레이 선생하고, 내가 얼마 전에 네게도 한 번 말했던 파리 출신 의사 선생하고.

이 양반들한테 몽펠리에 출신의 브리아스가 *우리 형제*와 친인척처럼 닮았다고 말하면서, 그렇기에 프랑스 남부에서 몽티셀리와 브리아스가 시작한 과업을 이어나가는 중이라고 했어.

퇴원 비용이 꽤 많이 나왔다. 시급한 건 아니라 며칠은 기다릴 수 있으니, 수일 내로 50프랑만 보내줄 수 있으면 정말 좋겠다.

고갱의 계산이 틀리는 이유는 월세, 가정부 급여, 여기저기 들어가는 실질 비용 등 불가피한 요소들을 셈에 넣지 않는 습관 때문일 거야. 이런 비용들은 이제 너와 내가 감당해야 할 몫이 됐다. 그래도 이걸 감당해낼 수 있으면, 다른 동료 화가들이 이런저런 부대 비용 걱정 없이 이곳에서 나와 함께 지내면서 작업할 수 있을 거야.

나도 방금 전해들었는데, 내가 집을 비운 동안 집주인이 나를 내쫓고 담배 가게를 운영하는 양반과 임대 계약을 한 모양이야.

그런데 크게 걱정할 필요 없는 게, 나도 그렇게 호락호락하게 이 집에서 쫓겨나는 수모를 겪을 마음은 없기 때문이야. 내가 직접 실내는 물론 외부까지 페인트를 칠했고, 가스등까지 달았어. 그러니까 오래전에 버려진 집처럼 음침하던 공간을 사람 사는 집으로 만든 게 나란 말이지. 행여 부활절 무렵까지도 집주인이 나가라고 계속 강요하면, 네게 조언을 구하고 싶구나. 어쨌든 나는 우리 동료 화가들의 이익을 보호하기 위한 대변인 역할이니까. 게다가 부활절까지는 별일 없을 것 같기는 하다.

중요한 건 근심 걱정 없이 지내는 거야. 베르나르에게 실베스트르의 책 돌려받았니? 아까 말한 의사 선생들에게 그 책을 읽어보라고 권하려면 정확한 제목을 알아야 해서 말이야.

육체적으로는 별문제 없다. 상처도 잘 아물었고, 식욕도 어느 정도 있고 소화에도 문제가 없는 걸로 보아 출혈이 심하긴 했지만, 균형이 돌아온 것 같다. 가장 *두려운* 문제는 불면증이야. 의사는 별 말 없고, 나도 굳이 상담하지 않았어. 그저 혼자 불면증과 씨름하고 있지.

불면증과 싸우는 나의 비법은 베개와 매트리스 사이에 장뇌를 잔뜩 넣어두는 거야. 행여 너도 불면증을 겪고 있으면 한번 해봐라. 나는 노란 집에서 혼자 자는 게 두렵고, 잠이 오지 않을까봐 걱정했었어. 그런데 그것도 다 지난 일이다. 앞으로 다시 그런 기분이 들 일은 없을 것 같거든. 병원에서도 불면증 때문에 정말 고통스러웠는데, 기절한 것보다 더 정신이 혼미한 그 상황에서도 신기하게 드가가 계속 생각나더라. 안 그래도 얼마 전에 고갱과 드가 이야기를 나눴거든. 내가 드가가 했던 말을 들려줬지. "나는 아를의 여인들을 위해 힘을 비축하고 있습니다."

드가가 얼마나 섬세한 사람인지 네가 누구보다 잘 알 테니, 파리로 돌아가거든 내가 너한테 이런 속내를 털어놨다고 드가에게 전해라. 나는 지금까지 아를의 여인들을 온전한 모습으로 그릴 여력이 없었다고. 그리고 고갱이 성급하게 내 그림이 괜찮다고 칭찬하더라도 그대로 믿지 말라는 말도. 그저 환자가 그린 그림에 불과하다고.

건강을 회복하면 *처음부터 다시 시작*해야겠지만, 아픈 상태 덕분에 불완전하게 도달했던 그 정점까지 다시 올라갈 수는 없을 것 같다.

리베 박사한테 다시 한 번 그림을 선물해야겠어. 그에게 레이 선생을 소개하자는 네 의견에 전적으로 동의하거든.

하지만 레이 선생이 파리에 가서 의사 면허증을 취득하면, 그다음에는 다시 이곳 병원으로 돌려보내야 한다는 말도 전해라.

그 양반은 여기에 꼭 필요한 의사거든. 마르세유 등지에서 콜레라나 페스트 등의 역병이 여전히 위협적인 한 아를도 비슷한데, 레이 선생은 여기 출신이니까 파리나 다른 지방에서보다 이곳에서 더 유능할 거야. 그 대신 일단 파리에서 의사 면허증을 취득해서 돌아와야, 재앙의 시기에 진정한 기적을 이뤄낼 수 있겠지.

물론 우리가 의학 분야까지 왈가왈부할 수는 없지. 하지만 리베 박사도 나와 생각이 같을 거야. 아를 사람이 파리 사람 같을 수 없고, 또 반대로 파리 사람도 아를 사람 같을 수 없다는 거.

혹시 브레다에 들렀니? 당연히 그랬겠지. 나는 아무 일 없다고 어머니를 안심시켜 드려라.

고갱이 그린 내 초상화하고 고갱이 최근에 그린 자화상을 본 적 있어?

그것과 내가 가지고 있는 그 양반 자화상, 그러니까 브르타뉴에서 나와 교환할 때 보내준 자화상을 비교해보면, 고갱이 여기 와서 마음이 평온해졌다는 게 분명히 보인다.

더 한과 이사악손은 어떻게 지내냐? 막연한 바람이긴 했지만, 고갱이 여기 나와 함께 더 머물렀다면, 그 두 친구를 이곳으로 부르고 싶었어. 또 그럴 생각으로 작은 방 두 개를 임대한 건데, 이제는 비어 있어서 내가 다 쓰는 중이야(월세는 21.5프랑이야). 고갱이 떠났고 프랑스 남부까지 오는 여비도 만만치 않을 테니, 그 생각을 더 고집할 엄두도 나지 않는구나. 어쨌든 그 두 친구를 다시 보거든 내가 안부를 묻더라고 전해다오.

룰랭이 너한테 안부 전해달라고 한다. 오늘 받은 편지에 네가 자신에 대해 좋은 이야기를 써줬다고 만족스러워하더라. 그럴 자격이 충분한 양반이기도 하지. 악수 청하면서 너와 네 약혼녀에게 좋은 날만 이어지기를 내가 얼마나 간절히 원하는지 네가 당연히 알아줄 거라 믿는다.

너를 사랑하는 형, 빈센트

안드리스 봉어르도 함께 있으면 그 친구에게도 안부 전해주기 바란다.

571프 ____ 1889년 1월 17일(목)

테오에게

정겨운 편지와 동봉해준 50프랑 고맙게 잘 받았다. 너라면 이 모든 질문들에, 지금 당장 답을 할 수 있을 거라 생각하니? 난 그럴 수 없을 것 같거든. 마음은 굴뚝 같지만 가만 생각해보니, 질문에 대한 답을 하려면 네 편지를 다시 한 번 찬찬히 읽어봐야 하기 때문이야.

그런데 내가 1년 동안 쓸 경비를 셈해보기에 앞서, 일단 이달 상황을 살펴보는 게 좋겠지.

어떻게 봐도 참담한 결과다. 지금은 물론이고 예전부터 쭉 네가 더 진지하게 신경을 써줬더라면, 결과는 만족스러웠을 거다.

그런데 어쩌면 좋을까. 상황은 여러모로 복잡하고, 내 그림은 별 값어치도 안 나가는데, 그 그림을 그리느라 들어가는 돈은 엄청나고. 그래, 때론 내 건강과 정신까지 대가로 치르지. 더는 말하지 않으마. 내가 무슨 할 말이 있겠어. 그냥 이달의 돈 문제만 의논하자.

12월 23일에 수중에 1루이하고 3수가 남아 있었는데, 그날 네게서 100프랑 지폐를 받았다.

지출 내역은 아래와 같다.

가정부의 12월 급여. 룰랭에게 대신 건네달라고 부탁	20프랑
1월 중순까지의 급여	10프랑
병원비	21프랑
상처를 치료해준 간호사에게 지불한 비용	10프랑
집에 돌아와서 대여료(테이블, 가스등 등) 지급	20프랑
침구, 피 묻은 시트 세탁비	12.5프랑
붓 12개, 모자 등등	10프랑
	총 103.5프랑

그러니까 퇴원일인가 그 이튿날인가에 벌써 불가피하게 103.5프랑을 썼어. 여기에다 퇴원을 기념해서 룰랭과 식당에 가서 기분 좋게 먹었던 저녁 식사비도 포함해야 해. 더 이상 불안에 떨 일은 없겠다고 안심하면서 말이지.

그런데 그 결과, 곧장 1월 8일에 빈털터리가 됐어. 하루나 이틀 뒤에 5프랑을 빌리긴 했다만 그래도 이제 겨우 10일. 그즈음 네 편지가 오지 않을까 기대했지만, 17일인 오늘에야 도착했지. 그 사이에 정말 혹독할 정도로 굶었으니, 건강이 제대로 회복될 리는 만무하겠지.

그래도 작업은 시작했다. 화실에서 습작 3점을 완성했어. 그리고 레이 선생의 초상화도 그려서 기념으로 그 양반에게 줬어. 어쨌든 이번에도 조금 더 괴롭고 상대적으로 두려울 뿐, 심각한 상황은 아니라는 거야. 그래서 희망을 품는 거고. 하지만 몸은 약해지고 근심과 걱정은 늘었다. 기력만 되찾으면 나아지지 않을까 싶어.

레이 선생 말이 지나치게 예민한 성격이어도 내가 겪은 증상이 나타날 수 있다더라. 그러면서 현재로서는 내가 빈혈 증상만 보이니까 잘 먹어야 한다고 했어. 그래서 내가 레이 선생에게 허심탄회하게 물어봤지. 내가 당장 해결해야 할 급선무가 건강 회복인지, 또다시 일주일 동안 혹독할 정도로 굶어야 했던 건 기막힌 우연 때문이었는지 아니면 단순한 오해 때문인지, 나와 비슷한 증상을 겪은 환자들 중에 어느 정도 차분하게 앉아 그림을 그릴 수 있는 환자들을 얼마나 많이 봤는지, 만약 그런 경우가 아니라면, 나중에라도, 당시 내가 완전히 미친 사람은 아니었다고 기억해줄 수 있는지를 말이야.

다시 지출 이야기로 돌아가자. 이번 일로 집 안이 엉망이 됐고 이불이며 시트며 살림살이가 엉망이 됐으니, 과연 내가 터무니없는 곳에 과도하게 돈을 지출했다고 볼 수 있을까? 집에 돌아오자마자 나만큼이나 힘들게 살고 있는 사람들에게 *빚진* 돈을 준 게, 잘못된 행동일까, 아니면 더 아꼈어야 했을까? 17일인 오늘, 드디어 50프랑을 받았다. 거기서 *카페 주인*에게 빌렸던 5프랑을 갚고, 그간 외상으로 마신 커피 10잔 값을 치르니 7.5프랑이 나갔어.

병원에서 가져온 옷가지들과 지난주에 맡긴 옷들, 신발과 바지 수선에 5프랑,

12월에 쓴 땔감과 석탄 비용과 더 주문할 것까지 합치면 최소 4프랑,

가정부에게 줄 급여가 10프랑, 총 26.5프랑이야.

그러면 내일 아침에 이 비용을 다 치르고 나면 남는 게 정확히 23.5프랑이야.

오늘이 17일이니, 아직 13일이나 남았는데.

내가 하루에 얼마를 쓸 수 있는 거냐? 다음번엔 여기다가 네가 룰랭에게 준 30프랑을 더해야지. 이 양반이 12월 월세로 21.5프랑을 그 돈에서 내줬거든.

사랑하는 아우야, 이게 이달 지출 내역이다. 아직 끝난 것도 아니야.

고갱이 보낸 전보에 네가 지불한 돈도 있잖아. 너한테 전보를 보냈다고 내가 뭐라고 한소리는 했지.

그래서 쓸데없이 들어간 돈이 200프랑 미만이던가? 그런데 고갱은 자신이 대단한 행동을 했다고 자랑이라도 하고 다니는 건가? 봐라, 일이 그렇게 된 어처구니없는 상황을 고집스럽게 물고 늘어질 마음은 없지만, 당시에 나를 아예 정신이 나간 사람이라고 여겼다면, 그 잘난 동료 화가 양반은 왜 침착하게 행동하지 못했던 걸까?

…………………… 이 부분에 대해서는 더 이상 언급하지 않으마.

고갱 스스로도 우리 형제와의 인연을 감사하게 생각해야 할 정도로 그에게 후한 인심을 써준 건 정말 고맙다. 그런데 공교롭게 이것도 필요 이상의 지출인 셈인 거야. 그래도 희망은 엿볼 수 있어. 이쯤되면 고갱도 우리가 자신을 이용한 게 아니라, 오히려 자신이 온전히 생활할 수 있도록 도왔다는 걸 알아야 하는 거, 아니 이제부터라도 알아가기 시작해야 하는 거 아니야? 작업을 할 수 있도록…… 또, 성실하게 살 수 있도록…… 열심히 도와줬다는 걸 말이야.

이 모든 게, 너도 알다시피 자신이 제안했고 지금도 여전히 그렇다고 주장하고 그려왔던 예술가 공동체라는 위대한 취지에 부합하지 못한다고 생각한다면, 이 모든 게 *그가 꿈꾸는* 스페인의 성보다 못하다고 생각한다면, 그럼 왜 자신의 무분별하고 경솔한 행동으로 인해 너와 내가 입은 피해와 우리가 겪은 고통에 대해서는 책임이 없는 듯이 굴지?

내 이런 주장이 네가 보기에 너무 경솔하다면, 더 파고들지는 않으마…… 아무튼 두고 보자.

본인의 표현에 따르면 '파리식 은행 업무' 경력을 가져서 자신이 그 방면에 탁월하다고 자부했는데…… 솔직히 너와 나는 이 분야에 큰 관심이 없는 편이잖아.

아무튼 우리가 이전에 주고받았던 내용과 완전히 어긋나는 건 아니야.

만약 고갱이 파리에 가서 스스로를 돌보거나 아니면 전문의에게 진찰을 받으면, 어떤 결론이 나올지는 아무도 모를 일이야.

고갱이, 너와 나였다면 다르게 느껴서 절대 하지 않았을 행동을 하는 걸 본 것도 한두 번이 아니야. 남들이 그런 비슷한 이야기를 하는 것도 두세 번 들었고. 하지만 아주 가까이서 지켜본 바에 따르면 상상력이 남다르고, 자만심 때문에 그렇게 행동하지 않았을까 싶기도 해. 그리고…… 상당히 무책임하고.

이렇게 결론을 내렸다고 해서 어쨌든 그가 하는 이야기에 무조건 귀 기울여 줘야 한다는 건 아니야. 그래도 돈 계산과 관련해서는 네가 훨씬 더 양심적으로 행동했다고 생각한다. 그러니 '파리식 은행 업무'에 정통한 사람의 실수에 말려들 걱정은 하지 않아도 될 거다.

그런데 그 양반은…… 세상에, 그 양반은 원하는 대로 다 하고, 독자적으로 행동하게 해달라고(도대체 자신이 얼마나 독자적이라고 생각하는지 모르겠지만)??? 제멋대로 하게 둬. 자신이 우리보다 아는 것도 많고, 잘 알면, 그래, 자기 길대로 가보라고 하자고.

고갱이 해바라기 그림을 달라고 하는 이유를 모르겠어. 선물이라고 생각했었는데 여기 두고 간 자신의 습작과 교환을 하자는 거야. 나보다는 그가 가지고 있는 게 훨씬 유용하게 쓰일 테니 그 습작들은 돌려보낼 거야.

하지만 일단 내 그림은 여기 가지고 있을 생각이다. 그리고 그 양반이 요구하는 해바라기는 무슨 일이 있어도 여기에 그대로 둘 거야.

이미 내가 그린 해바라기를 2점이나 가지고 있거든.

나와의 그림 교환이 마음에 들지 않으면, 마르티니크에서 그려온 소품이나 브르타뉴에서 그려 나한테 보내준 자화상을 가져가고, 내 자화상과 파리에서 가져간 내 해바라기 2점을 되돌려주면 그만이야. 다시 한 번 이 문제를 거론하면 내 입장은 내가 말한 그대로다.

고갱이 어떻게 자신의 존재가 나한테 짐이 될까봐 걱정했다는 말을 버젓이 할 수 있는 거냐? 내가 여기에 와달라고 지속적으로 요구한다는 걸 알고 있었고, 그가 당장 이곳으로 와야 한다는 내 주장을 여러 사람을 통해 전해 들었음을 결코 부인할 수 없을 텐데.

나는 그 일을 우리 둘 사이의 일로 끝내자고 분명히 말했어. 너를 끌어들일 일 없이. 그런데 그 이야기를 듣지 않았지.

이 모든 일을 다시 따져보고, 이런저런 것들을 계산하고 다시 확인하고, 다 피곤하다.

어쨌든 이 편지를 통해 내가 말하고 싶었던 건, 내가 직접 쓴 순수한 비용과 내 탓이라기보다 부득이하게 들어간 비용 사이에 차이가 있다는 거야.

지금 같은 시기에, 아무에게도 득이 되지 않는 불필요한 지출을 하게 해서 정말 미안하다.

내 입지가 크게 흔들릴 일만 없다면, 앞으로의 일은 차츰 건강을 회복하면서 두고 보면 될 것 같다. 그런데 추가로 비용이 들어가는 문제 때문에 변화를 주거나 이사해야 하는 상황이 발생할까 걱정이긴 하다. 숨 한번 제대로 고르지도 못하고 쫓기듯 지내온 게 벌써 언제인지도 모르겠다. 그래도 작업은 포기하지 않는다. 순조롭게 진행될 때도 있고, 또 인내심을 갖고 기다리면 이전에 그림 그리느라 쓴 비용들을 만회할 수 있을 정도의 실력을 갖추고 결과물을 만들어낼 수도 있다고 생각하기 때문이야.

룰랭은 여기를 떠난다. 21일에 떠나는데 마르세유로 가게 됐다더라. 월급이 크게 오른 건 아니어서, 한동안은 아내와 아이들과 떨어져 지내게 됐다더라고. 마르세유의 비싼 물가 때문에 나머지 식구들은 한참 뒤에나 합류하게 될 거라는구나.

승진은 맞는데, 이렇게 오랜 시간 나라를 위해 헌신한 사람에게 주는 국가 차원의 보상으로는 너무나 빈약해. 부부가 적잖이 실망했을 거다. 지난주에 룰랭이 나와 자주 시간을 보내줬다.

의사들 사이의 문제는 굳이 우리가 상관할 문제가 아니라는 네 의견에 전적으로 동의한다.

네가 레이 선생에게 파리에 가면 누군가를 소개해줄 수 있다고 편지했다기에, 나는 리베 박사라고 생각했어. 그래서 레이 선생에게, 만약 파리에 가게 되면 리베 박사에게 기념으로 내 그림 한 점을 좀 전해달라고 부탁하는 게 큰 문제가 아니라고 여겼던 거야.

당연히 다른 이야기는 하지 않았지. 그저 내가 의사가 되지 않은 게 지금도 후회스럽다고 했고, 그림이 아름답다고 여기는 사람들은 실물을 보고 그린 습작에서 유독 그런 부분들을 알아본다는 이야기 정도는 했어.

고갱과 함께 렘브란트와 빛에 관한 이야기를 하다가 결론도 제대로 못 내리고 성급히 끝내버린 게 못내 아쉽다. 더 한과 이사악손은 여전히 거기서 지내나 모르겠다. 두 친구가 낙담하지 않았으면 좋겠구나. 나는 퇴원한 뒤로 시력이 상당히 나빠졌다. 더 한이 그린 장의사를 자세히 들여다봤어. 그 친구, 친절하게 사진을 보내줬더라고. 파헤쳐진 무덤에서 나오는 빛의 반사광을 받아 반짝이는 그 인물에서 렘브란트의 기운이 느껴지는 것 같았고, 그 무덤 앞에 장의사가 몽유병 환자처럼 서 있었지.

아주 섬세한 방식으로 표현한 그림 같더라. 나라면 목탄으로 안 그렸을 것 같은데, 더 한은 색이 없는 단색의 목탄으로 이런 걸 표현해낸 셈이지.

이 친구한테 내 습작을 보여주고 싶다. 불을 켠 양초와 소설책 두 권(노란색과 분홍색 표지)이 올려진 빈 안락의자(바로 고갱이 쓰던 의자)로 배경은 빨간색과 초록색인 30호 그림이야. 오늘은 이 그림과 짝을 이루는 그림을 다시 좀 손봤어. 내 빈 의자야. 파이프와 담배쌈지를 올려놓은 평범한 나무 의자. 이 두 습작도 다른 그림들처럼 밝은색을 통한 빛의 효과를 표현해보려고 했다. 더 한에게 이 부분 내용을 읽어주면 내가 무얼 표현하고 싶어하는지 대번에 이해할 거야.

오늘 편지는 얼마나 길어질지 모르겠지만, 한 달 동안 벌어진 일을 나름 분석하려 애썼고, 고갱이 나와 다시는 이야기하고 싶지 않다고 거부하고 있는 이 어이없는 상황에 대한 불평도 좀 하고 싶었다. 그리고 평가할 부분도 몇 가지 더 남아 있어.

고갱의 장점은 그날그날 나가는 돈을 놀랍도록 잘 관리한다는 거야.

반면에 나는 목표만 생각하며 아무 생각 없이 쓰다가 월말에 좋은 결과가 있기만 바랐지. 고갱은 그날그날 정해진 예산을 나보다 잘 지켰다. 그런데 단점이라면 뜬금없이 맹수처럼 화를 내고 성질을 부리면서 정리해놓은 것을 뒤집어 엎을 때가 있어.

자, 한 번 자리를 맡았으면 계속 책임져야 하니, 아니면 떠나야 하니? 누가 어떤 결정을 내리든, 내가 뭐라고 할 문제는 아니야. 나조차도 어쩔 도리가 없는 그런 상황에 내몰리는 건 싫을 테니 말이야. 하지만 고갱이 그토록 장점이 많고 선행도 자주 베푸는 사람이라면 왜 여전히 홀로 작업하고 있는 건지 의문이다.

나는 고갱의 뒤를 따르겠다는 마음을 접었다. 물음표를 떠올리면서 조용히 멈췄어.

그 양반과 나는 종종 프랑스 예술이나 인상주의 등에 관한 의견을 서로 나누곤 했는데…….

지금 인상주의 화파가 결성돼서 순항하는 건 불가능하거나, 적어도 불분명할 것 같아.

영국에서 라파엘 전파주의가 겪은 전철을 밟지 말라는 보장도 없잖아.

그렇게 해체된 그 전철을.

어쩌면 내가 큰 의미를 담아 생각하는 걸 수도 있고, 그래서 너무 슬퍼하는지도 모르겠다. 고갱은 『알프스의 타르타랭』을 읽었을까? 과연 타라스콩의 걸출한 인물, 타르타랭을 기억할까? 순식간에 상상의 스위스를 만들어내는 기가 막힌 상상력의 소유자를 말이야.

고갱은 산 위에서 발견된 밧줄이 어떤 상태였는지 기억할까?

어떤 일이 벌어졌던 건지 궁금해 하는 너는 혹시 『타르타랭』을 끝까지 읽어봤냐?

이 소설을 다 읽고 나면 고갱이 어떤 사람인지 제법 파악이 될 거다.

진지하게 권하는 건데, 도데의 책에서 이와 관련된 대목을 꼭 다시 읽어보기 바란다.

여기 왔을 때 혹시 내가 그린 타라스콩의 승합마차 봤어? 『사자 사냥꾼, 타르타랭』에 나오는 그 마차 말이야.

『누마 루메스탕』에 등장하는 봉파르와 그의 쾌활한 상상력도 기억나나 모르겠다.

여기 분위기가 그런 거야. 비록 양상은 조금 다르지만, 고갱은 나름대로 근사하고 솔직하면서 아주 완벽한 모습으로 프랑스 남부를 상상했었어. 그 상상력을 고스란히 간직한 채 북부에 가서 활동하면, 아마도 희한한 결과물이 나오지 않을까 싶구나!

과감히 분석해 보면, 고갱의 모습을 보면서 인상주의 화파의 키 작은 호랑이, 보나파르트 같은 인물이라고 칭해도 과언이 아닐 것 같은데……. 이 상황을 어떻게 설명해야 할지 모르겠지만, 아를에서 그가 사라진 상황은 바로 저 키 작은 하사가 이집트 원정을 나섰다가 곤경에 처한 병사들을 뒤로하고 파리로 귀환한 상황과 비슷하다고 할 수 있어.

다행인 건, 고갱이나 나나 다른 화가들도 기관총을 비롯한 치명적인 화기 등으로 무장하지 않았다는 사실이야. 꼭 필요하다면 오로지 내 붓과 펜으로만 무장할 결심이다.

그런데 고갱은 마지막에 보낸 편지에, 거의 고래고래 소리를 지르는 듯한 말투로 '*펜싱용 마스크와 장갑*'을 돌려달라고 썼더라. 작고 아담한 노란 집의 벽장에 남아 있는 물건들 말이야.

당장 이 애들 장난감 같은 물건들을 소포로 보내버릴 거야.

고갱이 평생 이보다 더 진지한 물건을 쓸 일이 없기를 바랄 따름이다.

육체적으로는 우리보다 훨씬 건장하고, 열정도 우리보다 훨씬 강렬할 거야. 게다가 자녀를 둔 가장으로, 덴마크에 아내와 아이들도 있어. 그런데 동시에 그는 지구 반대편 마르티니크로 떠나고 싶어 한다. 서로 반대 방향으로 뻗어가는 욕망과 양립할 수 없는 욕구를 동시에 겪으니 그로서도 끔찍할 거야. 심지어 나는 고갱에게 이런 말까지 했었어. 괜한 돈 낭비하지 말고 우리와 함께 차분하게 이곳 아를에서 작업을 이어나가면, 테오, 네가 그림을 관리해줄 테니 돈도 벌 수 있고, 그의 아내가 편지로 소식도 전해오고, 또 그가 평온하게 지내고 있다는 걸 인정해줄 수도 있을 거라고. 더한 일도 있었지. 심한 병을 앓고 통증에 시달린 탓에 병의 원인과 치료법을 알아내야 했었지. 그런데 여기에 오더니 통증이 사라졌다더라.

오늘은 여기까지만 하자. 혹시 고갱의 친구인 라발의 주소를 아니? 그 친구에게 이렇게 전해주면 좋겠다. 친구 되는 고갱이 내가 그에게 전해달라는 자화상을 아직도 건네지 않았다니 이상할 따름이라고. 그리고 그 그림은 지금 내가 너한테 보낼 테니, 네가 나중에 전해줘라. 네게 줄 새로운 자화상이 하나 더 있어.

편지 정말 고마운데, 나한테 남은 23.5프랑으로 13일을 버티는 건 현실적으로 불가능하다는 점을 좀 고려해다오. 다음 주 중으로 20프랑 정도만 보내주면 어떻게든 버틸 수 있을 것 같다.

악수 청하면서 네 편지 다시 한 번 찬찬히 읽어보고 다른 질문에 답하도록 하마.

너를 사랑하는 형, 빈센트

571a네* ____ **1889년 1월 22일(화) 추정**

친애하는 벗, 코닝

북쪽에 있는 고국에서 새해 안부 인사 전해줘서 정말 고맙네. 자네가 보내준 엽서는 아를의 병원에 입원한 상태로 받았어. 뇌에 무리가 왔는지, 지금은 괜찮아졌지만, 고열에 시달렸지.

* 이 편지는 1933년 11월 29일에 발간된 신문 「텔레흐라프」가 복원한 내용이다.

이 질병의 원인과 그 영향에 관해서 우리가 할 수 있는 게 있다면, 그건 네덜란드의 교리 연구 전문가들이(그나마 조각상의 축소판인 마케트 정도에도 지나지 않는 가정에 의존해서) 과연 내가 미친 게 아닌가를 확인하기 위해 서로 치열하게 치고받고 토론하게 내버려 두는 거지. 아니면 내가 미친 사람 취급을 당했었는지, 지금도 여전히 그런지. 그게 아니면 그 이전에 그런 일이 있었는지, 오늘 그런 일이 있지 않았으면, 앞으로 그럴 일이 있을지.

이 정도면 내 몸과 마음이 어느 정도 상태인지 충분히 알 수 있을 거라 믿네. 그러니 내 답장이 늦어진 게 놀랄 일은 아닐 거야. 하지만 중요한 건 물러서지 않는 거라는 걸 잊지 말게나.

그래서 묻는 건데, 요즘은 어떤 그림을 그리고 있는지, 채색은 어떻게 하고 있는지 궁금하네.

내가 그림을 교환하자고 했지만, 자네는 테오에게 습작을 보냈지. 나는 아직도 그 작품을 한 점도 본 적이 없어(아마 그럴 거야). 다른 데 정신이 팔린 테오의 불찰 때문일까, 아니면 적잖이 떨어진 우리 사이의 거리 때문일까?

자네, 테오가 암스테르담 출신의 아가씨와 약혼을 했고 조만간 결혼할 거라는 소식 들었나?

자네 작업에 관한 질문 몇 가지를 했으니 나와 관련된 이야기를 하지.

나는 지금 어느 부인의 초상화를 작업 중이야. 아니, 이젤에 올려놨다고 해야겠지.

이 그림에 〈자장가〉라는 이름을 붙였어. 네덜란드 말로(자네도 무슨 말인지 알 거야. 내가 자네한테도 읽어보라고 권했던 책을 쓴 판 에던이라는 작가 있잖아) 판 에던이 자신의 작품 속에서 'Ons Wiegelied'나 'De wiegster'*라고 부른 그 이미지를 살려보고 싶었거든. 초록색 계열의 옷을 입고 있는 여성이야(보디스는 황록색, 치마는 연한 베로니즈그린).

잘 땋아 올린 머리는 온통 주황색으로 칠했어. 얼굴은 크롬옐로에다가 모델의 특성에 맞게 몇 가지 가미된 색을 자연스럽게 섞어서 표현했지.

바탕은 힘빠진 자홍색으로 칠했어(그저 바닥의 타일을 표현한 거야). 벽지는 나머지 색들과의 관계를 계산해서 색을 골랐고. 파란색과 초록색 바탕의 벽지에 분홍색 달리아와 주황색과 군청색 점들이 찍혀 있지. 개인적으로는 판 에던의 글 분위기를 잘 표현한 것 같아. 그의 문체와 내 배색 기법이 전혀 무관하지 않거든.

내가 색을 활용해서 작고 아름다운 자장가를 불렀는지는 남들이 평가할 일이야. 무엇보다 저 위에 언급한 비평가들에게.

아무튼 이런 이야기는 과거에도 충분히 한 것 같네. 그렇지 않나? 거의 평정심을 잃기 직전까지 색에 관한 끝없는 토론을 이어나갔었지.

아무튼 퇴원하고 나서 나를 치료해준 의사 선생의 초상화를 그렸어. 화가로서의 균형감을 눈곱만큼도 잃지 않았더라고.

* 네덜란드어로 '자장가', '요람을 흔드는 여인'의 뜻을 가지고 있다.

사실, 지금까지 적잖은 습작과 회화를 그리긴 했지. 그나저나 이번 여름에는 습작으로 꽃을 두 점 그렸어. 둘 다 해바라기인데 노란 꽃병 안에 든 모습을 그렸지. 세 종류의 크롬옐로와 황갈색, 베로니즈그린만 써서 그린 거야. 다른 색은 쓰지 않았어.

당분간은 아를에 머물 테니 편지나 유화 습작이나 얼마든지 보내도 괜찮아. 테오가 최근에 브레이트너르를 만나고 왔다면서 그 친구 그림 이야기를 하더라고. 테오가 보기에는 그 친구가 네덜란드에서는 가장 실력이 뛰어난 화가인 동시에 철학가기도 하다더라고.

아무튼 안부 인사와 함께 마음으로 악수 청하네.

자네의 벗, 빈센트

주소는 여전하네. 라마르틴 광장 2번가, 아를.

혹시 오가는 길에 브레이트너르를 만나거든 이 편지를 보여주거나 이야기를 전해주기 바라네. 굳이 자네 상상력을 덧붙일 필요없이 내가 쓴 그대로 말해주게.

572프 ___ 1889년 1월 19일(토)

테오에게

오늘도 네게 몇 자 적어 보내야겠다. 어제는 10프랑(9.9프랑인가)짜리 가스비 청구서를 들고 왔기에 돈을 내줬지. 지난 편지에 설명해 보냈던 내역에 추가해야 할 부분이야. 식비로 써야 할 남은 50프랑마저 줄어들게 생겼다. 가능하면 조금만 더 보내주기 바란다. 지난 편지 내용이 충분한 설명이 됐기를 바란다. 몸 상태는 여전히 좋지 않아. 지금처럼 추위가 이어지면 건강 회복도 요원할 것 같구나. 레이 선생이 기나피가 든 와인을 줬는데, 효과가 있었으면 좋겠다.

네 편지에 대한 답장으로 해야 할 말이 여전히 많은데, 이젤 위에 올려둔 그림을 서둘러 마무리해야 하는 상황이야.

그나저나 지금까지 안드리스 봉어르가 결혼했다는 말은 안 했었잖아. 그리고 내 축하 인사를 받은 요안나가 답장을 보내왔더라. 마음 씀씀이가 남다른 아가씨야.

솔직히 나는 네가 이렇게 결혼하게 되는 것도 네 사회적 지위와 가족 사이에서 네가 갖는 위치 덕분이라는 생각을 해왔었어. 그리고 몇 년 전부터는 어머니도 그걸 바라시기도 했었지.

아무튼 네가 해야 할 일을 하고 나면 아마, 수많은 난관에 부딪히더라도 이전보다 더 담담해질 수 있을 거다.

그런데 내 삶도 그리 호락호락하지는 않더라.

너와 함께 여기서 하루를 보내면서 내가 하고 있는 일, 이 집 등등을 보여줄 수 있다면 뭐라도 내놓을 수 있을 텐데 하고 생각했었지…….

그런데 지금은 차라리 여기 왔던 네가 황망한 심정으로 돌아가느니 차라리 아무것도 보지 않았던 게 더 나았을 거라는 생각도 든다. 아무튼 그렇다는 거야.

기요맹은 무슨 작업을 하고 있냐? 그 친구가 득남한 건 너도 알겠지. 베르나르는 점점 더 아버지 잔소리에 시달리는 모양이야. 집에 있으면 지옥이 따로 없겠더라고. 더 참담한 건, 딱히 할 수 있는 것도 없다는 거지. 자칫 손을 잘못 놀리면 벌집을 쑤셔놓는 꼴이 될 수도 있거든. 베르나르는 고갱과 함께 협착증(?)인가 하는 병으로 군대를 면제받을 방법을 찾고 있다더라. 그것도 좋겠지. 하지만 밀리에가 있는 알제리로 가서 군 복무를 하면 천 배는 도움이 될 거다.

밀리에한테는 내 입장이 난처해졌어. 지금도 계속해서 베르나르 소식을 묻거든.

룰랭은 곧 여기를 떠날 거야. 그 양반 월급이 135프랑인데, 그 돈으로 애 셋을 키우면서 아내와 함께 생활한 거야!

생활이 어땠을지 상상이 되지. 그게 다가 아니야. 월급이 오른 게 안 오르니만 못한 상황이니…… 공공행정이 대체 어떻게 굴러가는 건지……. 도대체 우리가 어느 시대에 살고 있는 거냐! 지금까지 살면서 룰랭 같은 기질을 가진 사람은 거의 본 적이 없을 정도야. 소크라테스와 흡사한 외모도 남다르지. 미슐레는 소크라테스를 사티로스처럼 흉측하다고 하긴 했었지만. '신이 불을 밝힌 파르테논 신전에서 그 신이 보이는 마지막 날까지.' 네가 만났다는 샤트리앙이 이 양반을 직접 보면 어떤 생각을 할까! 지체 없이 편지해주기 바란다. 네가 보내주는 것만으로는 정말이지 부족해서 그래. 이 편지에 내가 명확하게 설명하려 했던 것처럼 말이야.

너를 사랑하는 형, 빈센트

어제 고갱의 편지가 왔다는 소식을 전한다는 걸 깜빡했다. 여전히 펜싱 마스크와 장갑을 달라고 하면서 이런저런 계획이 있다고 말은 하는데, 벌써 가진 돈이 바닥을 드러내는 눈치야.

왜 아니겠어…….

그래서 브뤼셀도 못 가는 거 아닌가, 벌써부터 걱정하더라. 브뤼셀도 못 가면 덴마크는 어떻게 가고, 열대 지방은 또 어떻게 갈는지 모르겠구나.

그가 할 수 있는 최선의 선택은 여전히, 당연히 그는 선택하지 않겠지만, 그냥 이리로 돌아오는 거야.

뭐 아무튼 아직은 그런 단계까지 간 건 아닌 것 같긴 하다. 가진 돈이 바닥을 드러내고 있다고 직접 말을 한 건 아니니까. 하지만 편지의 행간에서 다 보이더라.

지금은 임시로 쉬페네케르 씨 집에 머물고 있는데 그 양반 식구들의 초상화를 전부 그릴 거라네. 아무튼 생각할 시간적 여유는 있는 셈이야.

답장은 아직 안 했어. 그래도 다행스럽게 한 가지 확신하는 건, 감히 말하자면, 고갱이나 나나 속으로는 만약 필요한 경우라면 처음부터 다시 시작해볼 수 있을 정도로 서로를 아낀다는 사실이야. 레이 선생에게 줄 〈해부학 교실〉을 네가 챙겨줘서 정말 다행이다. 꾸준히 의사의 도움이 필요한데, 레이 선생이 나를 잘 아니까 더더욱 여기서 지내는 게 마음이 편한 것도 있어.

조만간 또 편지하마. 그런데 한 달 생활비는 네가 알아서 결정해라. 어쨌든 다른 달보다 더 많이 쓰지는 않을 거야.

573프 ___ 1889년 1월 23일(수)

테오에게

편지와 동봉해 보내준 50프랑 고맙게 잘 받았다. 1일 이후 네 편지가 도착할 때까지는 그래도 무사히 버틸 수 있겠어. 필요 이상으로 나간 돈 문제는 전적으로 어쩌다 벌어진 일과 오해로 빚어진 결과니 네 탓도, 내 탓도 아니다. 네 말대로, 전보도 그냥 되는 대로 막 보낼 수 없었던 게, 네가 여전히 암스테르담에 있는지 파리로 돌아왔는지 알 수 없었거든. 지금은 다 지난일이지만, 어쨌든 나머지 일 등과 같이 보면 역시나, 불행은 겹쳐온다는 옛말이 맞았어.

룰랭이 어제 떠났다(어제 전보를 보낸 건 오늘 아침에 네 편지를 받기 전이었어). 마지막 날 아이들과 함께 시간을 보내는 모습이 감동적이었어. 특히 막내딸을 무릎에 앉히고 웃겨주니까 폴짝폴짝 뛰면서 좋아하는데, 아이를 위해 노래까지 불러주더라고.

음색이 묘하게 깨끗하고 가슴에 와닿더라. 내 귀에는 유모가 불러주는 감미롭고 구슬픈 노래처럼 들리는 동시에 프랑스 혁명 당시 저 멀리 울려 퍼지는 보병의 나팔소리 같기도 했어. 그래도 룰랭은 슬퍼하지 않고 오히려 그날 받은 새 제복을 차려입었고, 모두가 그를 축하해줬어.

얼마 전 나름 세련된 분위기의 유화를 완성했어. 레몬과 오렌지를 담은 버드나무 바구니와 편백 나뭇가지 하나, 파란색 장갑 한 켤레. 전에 그려서 네게도 보여줬던 과일 바구니야.

테오야, 너도 알다시피 내가 원하는 건, 더도 말고 덜도 말고 내가 화가가 되는 데 들어간 비용을 회수하는 거야. 그게 매일의 식비를 버는 것과 마찬가지로 내 권리기도 해.

그런데 그렇게 회수할 비용이 전부 네 수중으로만 들어가지 않는 게 공정하다고 생각한다. 왜냐하면 우리가 함께한 일이니까. 돈 얘기를 꺼내는 건 솔직히 껄끄러운 일이다.

그래도 그렇게 회수해 벌어들인 돈은 이제 곧, 우리 예술가들과 함께하게 될 네 아내의 수중으로 들어가야 하는 거잖아.

내가 아직 그림 판매에 직접 나서지 않는 건, 내가 구상해둔 전체 틀이 아직 완벽하게 갖춰지지 않아서다. 그래도 계속 진전되고 있고, 나 역시 강철 같은 의지로 작업을 이어나갈 거야.

작업에 운이 따를 때도 있고 아닐 때도 있는데, 확실히 *불행만* 따르진 않았어. 예를 들어서 우리가 소장한 몽티셀리의 꽃다발 그림이 어느 애호가에게 500프랑에 팔린다면, 내가 그린 해바라기도 스코틀랜드나 미국 사람들에게는 500프랑의 값어치가 나갈 수 있다고 감히 자부한다. 솔직히 황금까지 녹일 정도로 뜨거운 열정으로 이런저런 꽃의 색조를 찾아내는 건 아무나 할 수 있는 일이 아니야. 그만큼 힘도 넘쳐야 하고 그 일에만 온전히 집중해야 해.

퇴원한 다음에 내가 그린 유화들을 다시 들여다보니까 〈침실〉이 가장 마음에 들더라.

내 그림들을 전부 파리의 네 아파트로 보내면 꽤나 어수선해지겠구나. 특히나 네 아내가 들어와 거주하게 될 테니까.

우리가 그림에 들인 돈이 어마어마할 거야. 그런데 많은 부분이 다 빠져나갔지. 해를 거듭하면서 남는 것까지 *전부* 슬금슬금 다 빠져나가지 않도록 지켜봐야 해. 나는 한 달이 지나가면, 그 한 달 안에 어떻게든 그림을 그려서 수지타산을 맞추려고 애쓰고 있다.

이런저런 난관 때문에 근심도 되고 두렵다만, 다시 절망에 빠지지는 않을 거야.

내가 걱정하는 부분은, 때가 와서 그림을 팔 때, 그때까지 들어간 비용이 정작 그림값을 넘어가는 일은 *방지*하자는 거야. 예술가들이 이런 서글픈 일을 겪는 거, 한두 번 본 게 아니잖아.

지금은 룰랭 부인의 초상화를 그리고 있어. 병원에 입원하기 전에 시작한 그림이야.

분홍색부터 주황색까지 적색 계열의 색을 다양하게 표현했는데 노란색은 연한 초록에서 진한 초록색이 들어간 레몬옐로도 사용했어. 이 그림을 완성하면 기쁠 텐데, 남편이 없다고 모델을 서주지 않을까 걱정이다.

알다시피, 고갱이 떠나고 나니 상황이 처참할 따름이구나. 동료 화가들이 힘든 시기에 찾아와 지내라고 집도 마련하고 가구도 갖춰놨는데 이번 일로 바닥에 주저앉은 꼴이 됐어.

그래도 일단 가구는 그대로 두자. 지금은 사람들이 나를 두려워하지만, 시간이 지나면 그런 분위기도 사라지겠지.

인간은 누구나 다 언젠가는 죽기 마련이고 병에도 걸릴 수 있어. 그런데 그 병이라는 게 딱히 달갑지 않다고 해서 피해갈 수도 없는 거잖아? 회복할 방법을 찾는 게 최선이지.

본의 아니게 고갱을 힘들게 했을지도 모른다는 생각이 들면서 후회스럽기도 하다. 하지만 마지막 순간에 내 눈에는 한 가지밖에 들어오지 않았어. 아를에서 생활하고 있지만, 파리로 가서 자신의 계획을 실행할 생각만 하고 있는 고갱의 모습.

그래서 결국 그가 얻는 건 뭐지?

네가 꽤 많은 월급을 받고 있다만, 이 일에는 여전히 자본이 부족하다는 걸 너도 느낄 거야. 그림은 많지만. 그리고 우리가 잘 아는 예술가들의 불안정한 입지를 탄탄히 다지려면 지금보다 더 강해져야 해. 그런데 그 예술가들이 우리를 불신하기도 하고, 우리를 상대로 계략을 꾸미는 등 난관에 봉착할 때도 종종 있지. 그래봐야 결과는 언제나 *헛수고*였지. 아마 퐁타방에서 이미 대여섯 명의 화가들이 모여서 새로운 모임을 결성했다가 진작에 해체한 걸로 안다.

속이려는 의도가 있었던 건 아니고, 뭐라고 이름 붙여야 할지 모를 심술궂은 어린아이들 장난 같은 거라고 할 수 있을 거야.

지금으로서는 가장 중요한 게 네 결혼식이 연기되지 않는 거야. 네가 결혼하면 어머니가 편안하고 행복해 하실 거다. 네 삶에서나 사업적으로도 꼭 필요한 면이 있고. 네가 속한 사회에서는 높이 평가받는 일이겠지만, 공동체를 설립하기 위해 내가 애쓰고 몸부림쳤다는 사실까지도 의심하는 예술가들 사이에서는 어떨지 모르겠구나……. 그러니 아우야, 내게 평범한 축하 인사나 천국으로 직행하는 거라느니 하는 진부한 확신 같은 걸 바라진 마라.

아내와 함께하면 넌 이제 혼자가 아닌 거야. 누이도 얼른 그렇게 됐으면 좋겠다. 그러니까, 빌레미나가 의사를 만나 결혼하거나 그게 안 되면 화가와 결혼했으면 하는 게 내 바람이라고.

네 결혼 덕에 다른 식구들도 달리 생각하게 될 거야. 어쨌든 네 앞으로 밝은 길이 펼쳐질 거고 우리 집도 더 이상 빈집 같지는 않을 거야.

이런저런 부분에 대한 다른 생각도 있긴 하지만, 적어도 우리 아버지와 어머니는 결혼한 부부로서는 모범적인 분이셨어.

아버지가 돌아가셨을 때 짤막한 한마디만 하셨던 그 모습을 보고 난 뒤에, 연로하신 어머니가 이전보다 훨씬 더 좋아지기 시작했지. 아무튼 결혼한 부부로서 우리 부모님은 모범적인 분이셨어. 룰랭과 그의 아내도 모범적인 부부라고 할 수 있어.

그래! 너도 그 길을 걸어라! 나는 병원에 있는 동안 쥔더르트의 내 방, 내가 걸었던 산책로, 정원의 꽃들, 그 주변의 풍경, 들판, 이웃들, 공동묘지, 교회, 우리 집 뒷마당의 텃밭, 하다못해 공동묘지에 있던 기다란 아카시아 나무 꼭대기에 지어진 까치둥지까지 새록새록 떠오르더라.

아마 그때 그 시절, 가족들에 대한 옛 기억이 오롯이 남아 있어서겠지. 그런 기억을 떠올릴 수 있는 건 이제 어머니와 나밖에 없을 거다. 그렇다고 그 기억만 붙잡고 있지는 않을 거야. 머릿속에서도 다 지나간 옛일을 굳이 꺼내서 복원할 필요까지는 없을 테니까.

아무튼 네가 결혼식을 올리고 나면 나도 무척 행복할 것 같다.

그래서 하는 말인데, 네 아내 때문에라도, 이따금 내 그림을 구필 화랑에 거는 게 좋겠다는 생각이라면, 나의 오랜 앙금을 털어버리마. 너무 순수한 그림을 들고 구필 화랑에 들어갈 일은 없다는 이유로 반대했었잖아. 네가 원한다면, 해바라기 그림 2개는 전시해도 괜찮다.

고갱이 그 중 하나를 받으면 정말 좋아할 거야. 나도 고갱을 기쁘게 해주고 싶기도 하고. 그러니 고갱이 하나 달라고 하면, 내가 하나 더 그려주마.

두고 봐라, 분명 내가 그린 해바라기들은 사람들의 시선을 끌 거야. 그런데 너한테 조언을 하자면 너와 네 아내 될 사람이 그냥 보관하고 있어주면 좋겠다.

분위기가 다소 다른 그림이지만 가만히 계속 보고 있으면 풍성한 느낌이 전해지거든.

게다가, 너도 알다시피 고갱도 그 해바라기들을 엄청나게 좋아한다. 나한테 이렇게 이야기했었지. "이거야말로…… 진짜…… 꽃 그림이지."

자냉에게는 모란이 있고, 코스트에게는 접시꽃이 있듯이, 내게는 해바라기가 있어.

비록 내게도 큰 비용이 들긴 하지만 고갱과 작품을 계속 교환할 수 있으면 좋겠다.

급하게 다녀가면서 혹시 검은색과 노란색으로 그린 지누 부인의 초상화를 봤는지 모르겠다. 45분 만에 그렸어. 오늘은 여기까지 소식 전해야겠다.

돈이 늦어지는 건 어쩔 수 없는 일이지, 네 탓도, 내 탓도 아니다. 악수 청한다.

너를 사랑하는 형, 빈센트

574프 ____ 1889년 1월 28일(월)

테오에게

건강과 작업이 그럭저럭 정상으로 회복되어 간다는 소식 짤막하게 전하려 펜을 들었다.

한 달 전과 비교하면 놀랄 정도로 많이 나아졌어. 팔이나 다리가 부러졌다가 다시 붙는다는 건 알고 있었지만, 뇌도 부러진 것처럼 망가졌다가 다시 아물 수 있는 줄은 몰랐다.

나아질 수 있다는 기대도 하지 않았던 터라, 이렇게 회복해가는 게 놀라우면서도 여전히 한편으로는 "나아지는 게 무슨 소용"이냐는 생각도 든다.

여기 왔을 때 아마 고갱의 방에서 30호짜리 해바라기 그림 2점을 봤을 텐데, 방금 그거랑 아주 똑같이 그린 복제화의 마지막 손질을 끝냈어. 그것 외에 〈자장가〉라는 그림도 있다고 말했을 거야. 입원하느라고 그리다 중단한 그림이거든. 오늘 이 그림을 2점 더 그렸어.

안 그래도 고갱과 이 그림에 관한 이야기를 했었어. 고갱하고 홀로 바다에서 온갖 위험에 노출된 채 사투를 벌이는 아이슬란드 어부와 그들의 고립된 생활에 대해 이야기를 주고받다가, 그때 문득 이런 그림을 그리고 싶다고 그에게 말했었지. 순수한 아이 같으면서도 동시에 순교자 같은 인상의 아이슬란드 뱃사람이 선실에서 이 그림을 보면 파도에 흔들리는 고기잡이배의 움직임도 마치 어릴 때 듣던 자장가처럼 느낄 수 있게 그려보고 싶다고.

지금 보니 잡화점에서 파는 착색 석판화 같아 보일 수도 있겠다 싶다. 초록색 상의에 주황색 머리를 가진 여성이 분홍색 꽃들이 장식된 진한 초록색 벽지 앞에서 두드러져 보이는 그림이야. 노골적인 분홍색과 원색적인 주황색, 강렬한 초록색의 날카로운 부조화가 적색과 초록색 계열의 색들이 한 색조씩 낮아지면서 부드러운 효과를 내도록 해봤어.

이 그림들을 해바라기 그림 옆에 세우면 같은 크기의 가로등이나 촛대를 세운 듯한 분위기가 나겠지. 아무튼 다 합하면 캔버스가 7개인가, 9개 정도 될 거야.

(모델을 다시 구할 수 있으면 네덜란드에 보낼 똑같은 그림을 하나 더 그리고 싶은데).

아직도 겨울이니, 나는 그냥 내 작업을 하려고 한다. 미친놈 소리를 들어도 어쩔 수 없지. 딱히 내가 할 수 있는 게 없잖아.

그래도 견딜 수 없었던 환각 증상이 멈추고, 이제는 그냥 악몽 정도만 꿀 뿐이야. 브롬화칼륨 덕분일 거야.

돈 계산을 상세하게 하기란 여전히 내겐 불가능하다. 항상 꼼꼼하게 해보려고 애는 쓰지. 그리고 아침부터 밤까지 맹렬하게 그리고 있어(적어도 내가 작업하는 게 환각 증상이 아니라면 말이지). 여기서 몽티셀리의 뒤를 잇는 작업을 하고 있다고 네게 확실히 증명해 보이려고 말이야. 그리고 더 확실한 건, 빛이 우리가 가는 길을 밝혀주고 있고, 등불도 우리가 발걸음을 옮기는 곳마다 따라다니면서 이곳 프랑스 남부 지방에 고유의 학파를 태동시키기 위해 애썼던 몽펠리에의 브리아스가 갔던 길을 알려주고 있다는 사실이야.

다만, 다음달에, 내가 어쩔 수 없이 한 달 생활비 전체를 다 부탁하고도 추가로 더 필요하다는 말을 하더라도 놀라지 않으면 좋겠다.

그러니까 이 뜨거운 열정과 활력을 쏟아부어야 할 생산적인 시기에 내가 이런저런 걸 유의하고 주의해야 한다고 강조하는 건 당연한 거야.

지출에 차이가 나는 건, 이번 경우도 마찬가지지만, 내가 과도하게 써서 그런 게 아니야.

다시 한 번 말하는데, 내가 틀렸을 경우에는 그 즉시 나를 정신병원에 가두더라도 절대로 저항하지 않을 거야. 하지만 그게 아니라면 그냥 내가 전력을 다해 작업에 집중할 수 있게 해주기 바란다. 내가 말했던 주의 사항들도 고려해서 말이야. 내가 미치지 않았다면, 애초에 네게 약속했던 결과물을 네게 보낼 날이 분명히 올 거다. 그림들은 나중에 흩어져야 할 수도 있겠지. 그래도 내가 원하는 걸 네가 한자리에 모아놓고 보면, 감히 장담하는데, 넌 큰 위안을 받을 거다.

라피트가의 액자 전문점 진열장의 작은 창문 앞에 포르Faure 화랑의 소장품들이 하나씩 진열되는 걸 너도 나처럼 지켜봤을 거야. 그렇지? 너도 나처럼, 예전에는 그렇게 무시당했던 그림들이 서서히 진열되고 있는 상황을 묘할 정도로 흥미롭게 지켜보고 있잖아.

좋아. 내가 가장 원하는 건, 당장이든 나중이든, 네가 내가 그린 유화 연작을 소장해서 그런 식으로 똑같은 진열장에 하나씩 진열해 나가는 거야.

지금처럼 계속 작업에 몰두하면, 2월이나 3월에는 작년에 그렸던 여러 습작들과 똑같은 복제화 작업을 차분하게 완성할 수 있을 것 같다. 네가 이미 가지고 있는 습작인 〈추수〉와 〈하얀 과수원〉 등에 이것까지 추가하면 든든한 기반을 갖추게 되는 셈이야. 네 결혼식도 있으니, 3월을 넘기기 전에, 해결해야 할 일은 해결할 수 있을 거다.

그런데 2월과 3월에 걸쳐 내내 작업에 몰두할 텐데, 지금도 여전히 몸이 정상이 아닌 터라 미리 말해두는데, 그 두 달 동안은 1년 치 예산 중에서 매달 250프랑씩은 써야 할 거야.

어쩌면 너도 이해할 거다. 내가 걸렸던 병이나 그 재발 가능성과 관련해서 나를 안심시켜주는 건, 적어도 고갱과 내가 무의미하게 시간을 허비하지 않았고, 그 결과로 그럴듯한 유화 몇 점은 건졌다는 사실을 확인하는 길이라는 걸 말이야.

그리고 감히 바라는 일이지만, 무엇보다 돈과 관련된 문제에서 지금처럼 차분하고 올곧게 대응할 수 있다면 언제든 구필 화랑과의 일에서도 실수하게 될 일은 없을 거다.

솔직히 너를 통해서 간접적으로는 구필 화랑의 녹을 받아먹었다고 할 수도 있지만, 직접적으로는 오롯이 독립적인 나 자신일 뿐이야.

그러니 이 문제 때문에 계속 서로 불편한 상태로 지내는 대신, 이것만 해결되면 전처럼 가까운 형제로 돌아갈 수 있을 거야.

날 계속해서 먹여 살리려면 넌 가난하게 살 수밖에 없겠지. 하지만 나도 네게 돈을 돌려주기 위해 목숨을 걸겠어. 이제 마음이 따뜻한 네 아내가 너의 곁을 지킬 테니, 덕분에 우리 형제가 조금은 젊어진다는 기분이 들 것도 같다.

그런데 이건 확실하다. 너나 나나 사업을 하게 되면 후계자를 둬야 할 것이고, 딱 절실한 순간에 어느 친척은 우리에게 등을 돌렸지만, 돈 문제에 관해서, 또 그런 일이 있더라도 우리는 꿈쩍도 하지 않을 거라는 것 말이야.

사실, 그 이후의 사태들을 돌이켜보면…… 내 판단이 틀렸을까? 보라고. 지금의 세상이 계속 유지되는 한, 예술가 미술상들은 존재해. 특히 너와 같은 '사도 미술상'이 있는 한 말이지.

이것도 사실인데, 내가 절대적으로 어딘가에 감금되어 있어야 할 상황이 아니라면, 나는 내가 갚아야 할 빚을 적어도 그림으로 되갚을 수는 있다. 무슨 말이냐면, 어제 경찰서에서 경감이 친히 날 만나러 찾아왔더라. 악수를 청하면서, 필요한 경우 얼마든지 자신을 찾아와 *친구*처럼 부탁하라는 거야. 싫다고 거절할 일이 아닌 게, 조만간 집 문제로 부탁할 일이 있을 것 같거든.

월세 날을 기다리는 중이야. 그래야 관리인이나 집주인의 두 눈을 똑바로 쳐다보며 물어볼 수 있잖아.

그런데 나를 쫓아낼 계획이라면 적어도 이번에는 그게 그리 뜻대로 되지는 않을 거야.

어떠냐? 솔직히 우리도 인상주의 화가들을 위해 최선을 다했잖아. 그러니 나도 이제 그 화가들 사이에서 크진 않지만 내가 차지하고 있는 입지를 더 확실히 다지고 보장해줄 수 있는 그림을 그리고 싶다. 아! 그 미래는 과연…… 그래도 팡글로스 영감이 항상 이렇게 말했잖아. 최선의 세상에서는 언제나 모든 게 다 잘될 거라고……. 이 말을 의심할 수 있을까?

편지가 의도했던 것보다 훨씬 길어졌네. 상관없다. 중요한 건 네 결혼식 무렵에 해결해야 할 일을 해결하려면, 우선 두 달간은 무조건 작업에만 몰두할 수 있어야 한다는 거야.

그렇게만 되면, 너와 네 집사람은 몇 대를 걸쳐 이어지게 될 화랑을 세우게 되는 거야. 그게 결코 만만한 일은 아닐 거다. 일단 그렇게 되면, 내가 원하는 건 그저 그 화랑에서 월급 받는 일개 화가 자리가 전부다. 물론 월급을 주고 화가를 고용할 상황이 된다면 말이지.

그림을 그리는 게 내게는 기분전환이다. 그리고 난 기분전환 거리가 *반드시* 필요해. 어제는 여기 새로 생긴 폴리 아를레지엔이라는 극장에 갔었어. 그 덕분인지 처음으로 무시무시한 악몽에 시달리지 않고 잠을 잤다. 프로방스 문학 사교모임이 주최한 공연이었는데 제목이 노엘이었나 목동이었나 그랬고, 중세 기독교 분위기를 아주 잘 살린 내용이었어. 연구도 철저하게 했고, 돈도 많이 들었을 것 같더라.

당연히 그리스도의 탄생을 다룬 내용이었는데, 그 일에 관여하게 된 프로방스의 어느 농부 일가가 겪는 기상천외한 이야기야.

렘브란트의 동판화 작품만큼이나 인상적이었던 건, 늙은 농부의 부인이었어. 처음에는 탕기 영감 아내라고 해도 무방할 정도로 다혈질에다 거짓말쟁이고, 위선적이면서 미친 사람처럼 굴더니만…… 나중에 신비로운 분위기에 휩싸인 요람 앞에 서자, 떨리는 목소리로 노래를 부르기 시작했는데, 목소리가 마녀에서 천사처럼 변했다가 또 천사에서 아이처럼 변하더라. 그러더니 그에 화답하는 다른 목소리가 이어졌어. 단호하면서도 떨리지만 따사로운 여인의 목소리가 무대 뒤에서 울려 퍼지더라고.

정말 근사했어. '펠리브르'라는 이 사교모임 회원들은 정말 온 힘을 쏟아붓는 사람들이야.

이런 분위기에서 사는데, 나로서는 굳이 열대 지방까지 갈 필요가 있나 싶다. 따뜻한 열대 지방에서 탄생하는 예술은 분명 근사하겠지. 틀림없이 아주 근사할 거야. 그런데 말이야, 난 그곳까지 가기에는 나이도 많이 들었고 (워낙 귀가 얇아서 혹했더라도) 몸도 성치 않다.

고갱은 그럴 수 있을까? 꼭 그럴 필요는 없어. 그렇게 될 일이라면, 그냥 둬도 알아서 그렇게 되겠지.

우리는 기다란 사슬의 일개 고리에 불과해.

고갱과 나는 마음속 깊은 곳에서 서로를 이해하고 있어. 우리 두 사람 모두 살짝 제정신은 아닐지 모르지만, 우리가 붓으로 표현하고 있는 부분에 관한 고민거리에 반하는 행동을 할 만큼 예술적 깊이가 얕은 사람들은 또 아니거든.

누구든 신경쇠약에 시달릴 수 있고, 오를라*처럼 될 수도 있고, 무도병이며 이런저런 병에 걸릴 수도 있는 거야.

그렇다고 해서 해독제가 전혀 없을까? 들라크루아는? 베를리오즈는? 바그너는? 우리 예술가들이 예술적 광기를 지니고 있는 건 사실이야. 그래도 내가 유독 그런 면이 심하다는 사실을 부인하진 않아. 하지만 우리 식의 해독제와 위로가, 조금의 선의만 있다면, 충분히 퍼져나갈 수 있을 거야.

너를 사랑하는 형, 빈센트

퓌비스 드 샤반느의 〈희망〉을 봐라.

* 기 드 모파상의 단편 소설집 『오를라』의 주인공

575프 ___ 1889년 1월 30일(수)

테오에게

네게 전할 뜻밖의 소식은 전혀 없는데, 다만 지난 월요일에 룰랭을 다시 만난 얘기는 꼭 해주고 싶었다. 사실, 프랑스 전체가 들끓고 있잖아. 물론, *우리* 눈에는 선거나 그 결과나, 그를 대표하는 인물들이나 다 상징적인 의미만 있을 뿐이지. 하지만 이번에도 다시 한 번 입증된 건, 세계적인 야망이나 영광을 품던 시대는 이미 지나갔다는 거야. 하지만 두근거리는 인간의 마음은 지금도 여전하다는 거지. 땅속에 묻힌 우리 아버지 세대의 과거 사람들이나, 앞으로 살아가게 될 미래 세대나 그건 마찬가지야.

오늘 아침에, 고갱으로부터 제법 우호적인 내용의 편지를 받아서 바로 답장해줬지. 룰랭이 찾아왔을 때는 해바라기 복제화를 막 마친 터라 해바라기 4점 사이에 세워둔 〈자장가〉 2점을 보여줬어.

룰랭이 너한테 안부 전해달라고 하더라. 이 양반은 지난 일요일에 마르세유에서 파리로부터 선거 결과가 전보로 날아들던 순간, 거리로 몰려나온 시위대를 봤다고 하더라고. 파리와 마찬가지로, 그 감동의 물결은 마르세유 사람들의 가슴 깊은 곳까지 파고들었을 거야.

아무렴! 수많은 시민들이 온 몸으로 대포를 틀어막겠다고 외치고 있으니, 이제 감히 누가 대포며 기관총이며, 르벨 소총이 불을 뿜도록 사격 명령을 내릴 수 있겠어? 게다가 승리의 주역인 정치인 로슈포르와 불랑제는 누가 먼저랄 것 없이 권력보다는 죽음을 불사할 사람들이야. 나와 룰랭뿐만이 아니라 대다수 사람들이 이 상황을 그렇게 바라보고 있어. 그래도 우리는 다들 감격을 금할 수 없었지. 룰랭이 그러는데 자신은 조용히 행진하는 시위대를 보면서 울먹였대. 그러면서 가까스로 격해진 감정을 추스른 뒤에야 바로 자신의 뒤에, 자신에게 아는 척을 할까 말까 망설이고 있는 오랜 옛 친구를 알아보았다고 했어. 그들은 그날 밤늦게까지 같이 시간을 보냈고.

녹초가 된 상태였지만, 가족이 너무 보고 싶어서 아를에 오지 않을 수가 없었다는 거야. 그렇게 완전히 피곤에 찌든 상태로 와서 악수를 청한 탓에, 그의 아내를 모델로 한 그림 2점밖에 보여줄 수 없었지만 마음에 들어하더라.

사람들 말이, 내가 전보다 보기 좋아졌다네. 내가 나아지고 있다는 생각에 나도 놀라서 속으로 별별 생각을 다하게 되고, 이런저런 희망도 갖게 되더라.

이곳 사람들, 이웃 등등은 다들 나한테 잘해줘. 고향 사람들처럼 말이야.

아마 그럴 엄두만 낼 수 있으면 나한테 자신들 초상화를 그려달라고 부탁할 사람도 있다는 거 내가 잘 알지. 룰랭같이 대단할 거 하나 없는 사람도 여기서는 존경을 받으면서 지내. 그러니 내가 룰랭의 일가족 초상화를 그려준 걸 동네 사람들도 다 알고 있을 거야.

오늘은 세 번째 〈자장가〉를 그렸어. 비록 똑같이 그리려고 진지하게 마음은 먹고 있었지만,

부그로처럼 정확하고 똑같이 데생하고 칠을 하지 못했다는 건 나도 알아. 그래서 유감이기도 하고. 카바넬이나 부그로의 그림처럼 여겨질 운명은 타고나지 못했지만 적어도 프랑스의 감성은 묻어나는 그림이면 좋겠다.

오늘은 여기 날씨가 바람 한 점 없이 환상적이었어. 밖에 나가 그리고 싶은 마음이 굴뚝 같았으면서도, 전혀 예상하지 못한 날씨에 깜짝 놀랄 수밖에 없었어.

고갱에게 쓴 편지도 마무리한 만큼, 이 편지도 여기서 접어야겠다. 마지막으로 할 말이 있다면, 전에 보낸 편지에는 내가 흥분해서 쓴 내용이 고스란히 남아 있을 거야. 그런데 타라스콩 사람들은 다들 어느 정도는 정신이 오락가락하는 사람들이니 그게 뭐 그리 놀랄 일은 아니다.

진심 어린 악수 청하면서, 더 한과 이사악손에게도 안부 전해주기 바란다. 2월 1일이 지나면 오매불망 네 편지만 기다리게 될 것 같다.

너를 사랑하는 형, 빈센트

576프 ___ 1889년 2월 3일(일)

테오에게

100프랑이 든 정겨운 네 편지에 어떻게든 빨리 답장하고 싶었는데, 몸이 너무 힘들고 피곤한 데다 의사 선생이 머릿속으로 아무 생각도 하지 말고 그냥 걷기만 하라고 명령한 탓에 오늘에서야 펜을 들었다. 이번 달은 작업이 그리 나쁘지 않은 편이야. 그림을 그리니까 기분전환도 되고 생활도 규칙적이 되어서, 그림 작업을 빼먹지 않는 편이야.

〈자장가〉는 세 번을 그렸어. 룰랭 부인이 기꺼이 모델을 서줬고, 나는 일개 화가일 뿐이라 그녀에게 셋 중에서 마음에 드는 걸 고르게 했지. 그 대신 그 부부에게 내가 소장용으로 똑같은 복제화를 다 그린 다음에 주겠다는 조건을 내걸어서 지금 그걸 그리는 중이다.

미스트랄Frédéric Mistral이 쓴 『미레유Mireille』를 읽어봤냐고 물었잖아. 너처럼 번역된 부분들만 단편적으로 읽었다. 그런데 구노Charles Gounod가 그 작품에 음악을 입혔다는 얘기는 알아? 그랬을 것 같아. 물론 나야 그 음악은 모르고, 들려줘도 음악을 듣기보다 연주자들만 바라보겠지.

그런데 확실한 건, 여기서 아를 여인들의 입을 통해 나오는 사투리가 무척 음악적으로 들린다는 거야. 맞아, 그런 부분들이 간간이 들린다.

어쩌면 〈자장가〉에 은연중에 이곳 특유의 *음악*적 색채를 담아내려 했는지도 몰라. 비록 잡화점에서 파는 싸구려 채색화만도 못한 그림이긴 하지만 그래도 시도는 괜찮았다.

아를, 좋은 동네라고 불리는 이곳은 참 희한한 동네야. 그래서 내 친구 고갱이 프랑스 남부에서 가장 난잡한 곳이라고 부른 건 타당한 이유가 있지.

리베 박사가 지금 이곳 사람들을 보면, 아마도 과거에 우리에게 거듭 "다들 환자 같습니다"

라고 말했던 일을 사과해야 할 거야. 그런데 일단 여기서만 도는 그런 병에 한 번 걸리고 나면, 다시는 그 병에 걸릴 일이 없어. 왜 이런 말을 하냐면, 내가 망상을 가진 게 아니라는 걸 입증하기 위해서야. 나는 나날이 좋아지고 있고 의사의 지시는 다 따를 거지만…….

마음씨 착한 룰랭하고 병원에서 퇴원할 당시, 내가 봐도 난 너무 멀쩡했거든. *나중에* 그냥 기분상으로 아팠었다는 느낌만 받았어. 어쩌겠어, 내게는 그런 순간이 있는 것을. 고대 그리스 신전의 황금 삼각의자 위에 앉아 신탁을 전하는 무녀처럼 주체할 수 없는 열정에, 광기에 사로잡히는 그런 순간 말이다.

나도 말로는 다분히 재치가 넘치는 편이라 아를 여자들처럼 말할 때가 있는데, 아직은 그것도 정상으로 돌아오지 않았다. 기력은 회복되고 있는데 말이야. 레이 박사에게는 이미, 심각한 증상의 기미가 보이는 즉시 엑스에 있는 정신과 의사나 그를 찾아가겠다고 얘기해놨어.

너나 내가 건강하지 못하면, 그것만큼 나쁘고 괴로운 일이 또 있겠냐?

우리의 원대한 꿈은 가라앉아 버렸구나. 그러니 차분한 마음으로 작업에 임하면서 여력이 될 때 우리를 잘 챙기자. 괜히 남들 챙긴다고 진을 빼지는 말자고.

너는 네 의무를, 나는 내 의무를 다하는 거야. 어쨌든 우리 둘 다 그저 말뿐이 아니라 행동으로 보여줬으니, 아마 길 끝에 다다르면 다시 편안한 마음으로 서로를 바라보게 될 거다. 그런데 착란 증상을 겪을 때면 내가 너무나 좋아하는 것들이 어지럽게 눈앞을 떠돌아서, 이걸 현실로 받아들일 수도 없고 그렇다고 거짓 예언자처럼 굴 수도 없어서 곤란하다.

병이나 죽음, 이런 건 놀랍지 않지만, 우리의 야망은 다행히도 우리가 하는 일보다 훨씬 크다! 게다가 이렇게 생각하는 사람들이 많아. 사회 각 계층에서, 신분이 높든 낮든.

그나저나 너는 어떻게 지금 이 순간에, 결혼 서약과 죽음의 운명을 떠올릴 수 있는 거냐? 차라리 결혼 전에 네 아내 될 사람과 잠자리를 할 생각을 하는 게 더 낫지 않겠어? 하기야 그건 북부 지방의 관습이니, 거기에 좋은 관습이 없다는 건 내가 할 말이 아닌 것 같다.

본론으로 돌아가 보자. 가진 돈이 전혀 없는 입장이라, 나는 지금도 여전히 돈은 화폐일 뿐이고, 그림은 차원이 다른 거라고 말은 하고 있다. 그리고 이전 편지에서 말했듯이 당장이라도 그림을 소포로 부칠 수는 있어. 하지만 기력이 회복되면 소포는 더 커질 거야.

그런데 고갱이 내 해바라기 그림들을 가지겠다고 그토록 갈구하는데, 그럴 거라면, 그중에서 너나 네 약혼녀에게 2점을 주되 형편없는 그림이 아니라 그럴듯한 그림이어야 해. 〈자장가〉 중 하나를 가져가더라도 당연히 괜찮은 작품을 하나 내놔야 하고. 그 그림이 없으면 전에 네게 얘기했던 연작을 완성할 수 없거든. 우리가 오가는 길에 수도 없이 쳐다봤던 그 작은 진열장에 전시될 그림들 말이야.

앵데팡당전과 관련해서는, 6점이 아니라 3점도 많아. 〈추수〉와 〈하얀 과수원〉 정도면 충분할 것 같은데. 네가 원하면 〈프로방스의 소녀〉와 〈씨 뿌리는 사람〉을 더해도 좋고. 아무튼 나는 상관없다. 나는 그저 진지한 습작 30점 정도를 완성해서, 네가 미술계에 종사한다는 것에 진심으로 위로를 받게 해주고 싶다는 거야. 그렇게만 되면 진정한 친구며 동료인 고갱, 기요맹, 베르나르 등에게도 우리가 생산적인 작업을 한다는 걸 증명해 보이는 셈이거든.

아무렴! 이 노란 집에서 월세만 잘 내면 관리인도 친절하다. 전형적인 아를 토박이처럼 행동하면서 나도 아를 토박이처럼 대해. 그래서 내가 그랬지. 나는 임대차 계약이나 서면 계약서나 뭐 그런 건 필요없고, 그저 몸이 아파 입원하게 되면 소정의 월세만 내고 지낼 수 있게 편의를 봐주면 좋겠다고 말이야. 여기 사람들은 속이 아주 깊어서, 글보다 말이 더 확실해. 그래서 일단 한동안은 이 집에서 지내게 됐다. 정신적으로 회복하려면 내 집같이 편안한 공간에서 지낼 필요가 있거든.

네가 르픽가에서 로디에가로 이사를 간다니, 거긴 가본 적이 없어서 잘 모르겠다. 그래도 중요한 건, 이제 너도 집에서 점심을 먹을 거라는 거야. 아내와 함께 말이야. 몽마르트르에 계속 남아 있는다면 빠른 시일 내에 이런저런 훈장을 받아서 예술부 장관도 될 수 있겠지만, 그건 네가 원하는 길이 아니잖아. 마음 편히 일하는 게 낫지. 네 생각이 전적으로 옳다고 본다.

나도 다소 이렇게 됐어. 내 건강 상태를 묻는 여기 사람들에게 항상 이렇게 말하게 되더라고. 이곳에서 죽음으로써 새롭게 시작할 거라고, 그러니 내 병도 죽을 거라고.

전혀 쉴 틈이 없다는 말이 아니야. 한번 중병을 앓아보면, 두 배로 아플 수는 없다는 걸 알게 되지. 건강하거나 아프거나, 젊거나 늙거나, 둘 중 하나야. 나도 너처럼 *의사의 처방대로* 최대한 따르려고 애쓰며 지낸다. 작업의 일환이자 의무 같은 거라고 여기면서.

이 말도 꼭 해야겠다. 이웃들이 나한테 유난히 잘해준단다. 모두들 고열이나 환각 증상, 광기 등에 시달린 경험이라도 있는 건지, 마치 일가친척이라도 되는 것처럼 잘 이해해주더라고. 어제는 내가 제정신이 아니었을 때 찾아갔던 그 아가씨를 다시 보러 갔다가, 이런 말을 들었다니까. 여기서는 전혀 놀랄 일이 아니라고. 그녀도 처음에는 힘들었고, 기절하기도 했는데 차츰 괜찮아졌다는 거야. 심지어 그녀를 많이 칭찬하더라.

그런데 내가 완전히 멀쩡해졌다고 여겨서는 안 되겠더라고. 여기 사람 중에서 나처럼 아팠던 사람들 말이 사실이었어. 젊은 사람이나 나이 든 사람이나 어느 순간, 제정신이 아닐 때가 있는 법이라는 거. 그러니 내가 멀쩡하다느니, 앞으로 아무 일 없을 거라느니, 그런 말로 날 안심시켜 달라고 네게 부탁하진 않으련다. 그나저나 리코르Philippe Ricord 의사가 말한 건 아마 라스파이François Vincent Raspail의 책 같다. 난 이 지역 *풍토병*에 걸린 적이 없으니 나중에 걸릴 수도 있을 거야. 그런데 이곳 병원은 다 치료법이 있더라고. 그러니 굳이 수치스럽다고 속일 이유 없이 솔직히 몸이 좋지 않다고 말하면 그만이야.

오늘 저녁은 여기서 이만 줄인다. 진심 어린 마음의 악수 청한다.

너를 사랑하는 형, 빈센트

* * * * *

12월 24일에 자신이 보인 발작 증상이 일시적이리라 믿었던 빈센트의 낙관적인 전망은 결국 신기루처럼 사라져버린다. 심지어 불면증과 환각 증상으로 인해 빈센트는 회복될 거란 희망마저 멀어지고 있음을 인정하지 않을 수 없게 된다. 레이 박사는 자신을 다시 찾아온 빈센트에게 진정제를 처방해주면서 절대적으로 휴식을 취해야 한다고 강조하지만, 그것만으로는 충분하지 않았다. 2월 초, 빈센트는 또다시 아를 시립병원의 신세를 지게 된다. 테오의 걱정 어린 전보에 2월 13일, 레이 박사는 이렇게 회신한다. "빈센트 씨는 많이 나아졌습니다. 회복되기를 희망하면서 일단은 병원에서 더 지내시게 할 생각입니다. 지금은 너무 걱정하지 않으셔도 됩니다."

빈센트의 상태는 나아지는 듯 보였고 병원에서 먹고 자는 대신 낮에는 자신의 작업실에 다녀올 수도 있었다. 하지만 아를 사람들은 자신들이 정신병자라고 생각하는 사람이 버젓이 돌아다니는 상황을 가만히 두고 볼 수 없었다. 계속되는 사람들의 괴롭힘에 그는 분노를 터뜨리게 되고, 결국, 그를 정신병원에 강제 입원시키라고 요구하는 여든 명의 사람들이 서명한 진정서가 시장에게 전달된다. 그리고 레이 박사가 자리를 비운 사이, 빈센트는 강제로 병원에 입원하게 된다.

테오는 3월 16일, 형을 걱정하는 편지를 보낸다. "형님 상태가 여전히 차도가 없다는 소식을 들으니 마음이 무겁습니다. 어떻게 지내시는지, 기분은 어떠신지, 형님이 직접 말씀해주시면 좋겠습니다. 불분명하고 모호한 것만큼 괴로운 게 또 있을까요. 형님이 직접 상황이 어떠하다고 말씀하시면, 제가 뭐라도 해서 형님 마음을 편하게 해드릴 수 있지 않겠습니까. 형님은 저를 위해 많은 걸 해주셨는데, 형님이 괴로운 나날을 이어가시는 동안 저는 조만간 사랑하는 요와 결혼해 행복하게 지낼 생각을 하니 죄송한 마음만 듭니다."

테오의 결혼식은 4월 17일로 잡혀 있었지만 "형님은 저를 위해 많은 걸 해주셨는데……"라는 문장만큼 자신의 형을 향한 애정을 잘 표현한 대목도 없을 것이다. 그 편지에 테오는 프랑스 남부로 떠날 예정인 폴 시냑에게 아를에 잠시 들러달라고 부탁하겠다는 말과 얼마 전에 클로드 모네 전시회를 개최했는데 "아주 성공적"이었다는 말도 덧붙인다. 그리고 이런 말로 편지를 마친다. "직접이든, 남을 통해서든 형님 소식 전해주시면 정말 고맙겠습니다. 레이 선생과 살 목사님의 편지가 아니면 제가 아는 게 아무것도 없기 때문입니다. 형님의 건강을 기원합니다. 언제나 형님을 사랑하는 동생."

2월 22일에 보낸 편지와 3월 19일에 보낸 편지 사이에 과연 무슨 일이 있었던 걸까? 빈센트는 편지에 답장할 기력조차 없었던 걸까, 아니면 심리적으로 무너진 상태였을까?

3월 2일, 살 목사가 테오에게 편지를 한 통 보내게 된다. "이웃들이 들고일어났습니다. 사람들이 비난하는 형님의 행동은(그들이 옳다고 가정한다면) 한 사람을 정신병자로 만들어 격리 수용하게 할 만큼 중대한 사항은 아닙니다. 그런데 불행히도, 광기 어린 행동으로 인해 이미 전에도 병원에 입원했다는 전력 때문에 조금만 남다른 행동을 해도, 이 가련한 젊은 양반에게는 불리하게 작용하고 있습니다. 다른 사람이 그러면 아무도 모르고 지나갈 일을, 형님이 그러면 모두가 그걸 남다르게 바라보고 있습니다."

그 뒤 3월 18일, 살 목사는 다시 이런 소식을 전한다. "형님을 만나봤더니 말씀도 차분히 하시고, 자신이 어떤 상황에 놓여 있는지는 물론 이웃들이 진정서를 냈다는 사실까지 명확히 잘 알고 계시더군요. (……) 하지만 형님의 상태를 뭐라고 구분할 수 있을지 모르겠습니다. 형님은 하루아침에 자신에게 벌어진 급작스러운 변화를 이해하지는 못하고 계십니다. 아무튼 내가 만나고 온 형님의 상태에 별다른 변화가 없다면, 그 누구도 형님을 병원에 강제로 입원시킬 순 없을 겁니다. 내가 아는 한, 그 정도로 양심을 저버릴 사람은 없을 테니 말입니다."

577프 ____ 1889년 2월 18일(월) 추정

테오에게

내 정신이 온전치 못한 상황에서는 네가 보내준 정겨운 편지에 뭐라고 답장하는 게 무슨 의미가 있겠냐 싶었다. 오늘은 잠시 집에 들렀는데, 이렇게 계속 여기서 지내면 좋겠구나. 나는 아무렇지 않고 멀쩡하다는 생각이 수시로 들고, 내가 겪고 있는 이 병이 이 지역 사람들 대부분이 겪는 풍토병 같은 거라면, 병이 또다시 재발하더라도 그냥 지나갈 때까지 여기서 차분히 기다리기만 하면 될 것 같다는 생각도 든다(물론 그럴 일은 없겠지만).

너와 레이 선생에게 이 말 하나는 꼭 해야겠다. 언제든 내가 엑스로 가는 게 바람직한 상황이 발생할 수도 있는데, 이미 전에도 다 얘기된 내용이니만큼 동의하고 결정에 따르겠다는 뜻을 미리 밝혀둔다는 거야.

하지만 화가며 노동자의 자격으로 하는 말인데, 그 누구도, 심지어 너를 비롯해 의사 선생들도, 나한테 사전 예고나 직접적인 내 의견을 묻지 않고 마음대로 결정해서는 안 된다. 왜냐하면, 지금까지 온전한 정신 상태로 그림을 그려왔기 때문에, 여기에 화실을 그대로 두고 지내는 것과 아예 엑스로 이사 가는 것 중 어떤 쪽이 나을지에 대한 의견을 내거나 주장하는 건 내 권리에 해당하는 거야. 이렇게 하는 건 이사로 나가게 될 비용이나 손실을 최대한 줄이고 절대적으로 시급한 상황일 경우에만 실행에 옮기기 위해서야.

여기 사람들은 그림을 두려워하는 무슨 전설 같은 걸 가지고 있는 모양이더라. 시내에 나가면 다들 그 이야기를 하더라고. 아랍에도 비슷한 전설 같은 게 있다는 건 나도 알아. 그런데 아프리카에도 수많은 화가가 있지 않아?

이는 다시 말해, 단호히 마음만 먹으면 이런 편견을 바꿀 수도 있다는 말이고, 적어도 자신의 그림을 계속 그릴 수 있다는 말도 될 수 있어.

불행히도 나라는 사람은 다른 사람들의 신념 같은 것에 쉽게 영향을 받고, 근거도 없고 터무니도 없는 사실을 그냥 웃어넘기지 못하는 사람이지.

고갱의 경우도 사정은 비슷했어. 너도 눈여겨봤을지 모르지만, 뭔지 몰라도 고갱 역시 여기서 지내면서 힘들어했었어. 이미 여기서 1년 이상 지내면서 나에 대한 욕과 고갱에 관한 험담은 물론 미술 전반에 대한 안 좋은 이야기를 숱하게 들은 만큼, 그냥 있는 그대로의 상황을 받아들이고 여기서 어떤 결과를 기다리지 말라는 법도 없잖아? 이미 두 번이나 격리시설에 수용되었던 곳보다 더 안 좋은 데가 있기는 할까?

여기 있으면 좋은 점이, 리베 박사의 말처럼, 우선 "여기 사람들은 다들 제정신이 아니니기" 때문에, 적어도 나 혼자 이상하다는 외로움을 느낄 일은 없다. 그리고 너도 알다시피, 비록 고갱은 여기가 프랑스 남부에서 가장 난잡한 동네라고 했지만, 나는 아를이 대단히 마음에 들어.

그리고 이웃 사람 여럿과도 매우 친해졌어. 레이 선생도 그렇고, 병원에 있는 다른 사람들하고도. 솔직히 화가나 그림에 대해서 놀라울 정도로 지독한 편견을 가지고 있으면서, 어찌 됐든, 생각이 우리만큼 명확하고 건전하지 않은 똑같은 사람들의 선행을 잊고 사느니 차라리 그냥 계속 아픈 상태로 여기서 지낼 수 있으면 좋겠다는 생각도 들 정도다.

이제 병원에서도 다들 나를 알아봐서, 이런 일이 또 발생하면 그냥 조용히 진행될 것 같아. 다들 뭘 어떻게 해야 할지 알고 있으니까. 다른 의사 선생에게 진찰받는 일은 원치도 않고, 필요도 없어.

내가 바라는 건 그저, 지금까지 내가 쓴 돈을 내 손으로 벌 수 있는 여건을 만드는 것뿐이야. 코닝이 얼마 전에 편지를 보내왔더라. 친구와 함께 어쩌면 프랑스 남부로 내려와 우리 집에서 한동안 지낼 수도 있을 것 같다는 반가운 소식이었어. 며칠 전 내가 보낸 편지에 대한 답장이지. 그런데 얼마 전 일 때문에, 솔직히 이제는 동료 화가들에게 여기로 오라고 권할 엄두가 나지 않는다. 나처럼 정신이 나가버릴 수도 있으니 말이야. 더 한과 이사악손도 마찬가지야. 차라리 앙티브나 니스, 망통 같은 곳이 훨씬 더 건전할 거야.

어머니와 누이도 편지를 보냈더라. 특히 누이가 환자를 돌보느라 고생이 많은 것 같더라고. 그나저나 집에서는 다들 네 결혼을 만족스럽게 여기고 있더라.

네가 명심해야 할 건, 내 걱정은 하지 말고, 나 때문에 애태우지도 말라는 거야. 그냥 흘러갈 대로 흘러가는 것뿐이다. 아무리 애를 쓴다고 해서 운명을 크게 바꿀 수 있는 것도 아니잖아.

이번에도 다가오는 운명을 그대로 받아들이자. 누이가 편지에, 네 아내 될 사람이 집에 와서 며칠 머물 거라고 썼더라. 잘했다. 아무렴! 진심 어린 악수 청하면서, 결코, 낙담하지 말자. 내 말 명심해라.

너를 사랑하는 형 빈센트

다음 편지는 라마르틴 광장 쪽으로 보내라.

고갱에게도 안부 전해주고, 그 양반이 나한테 편지를 보내면, 나도 답장을 할 생각이다.

578프 ___ 1889년 2월 22일(금) 추정

테오에게

반가운 편지와 동봉해준 50프랑 고맙게 잘 받았다. 네 건강은 괜찮은지, 파리 날씨는 견딜 만한지 궁금하구나.

여기는 해가 나는 날도 있고, 바람이 부는 날도 있어. 나는 바람을 쐬러 여기저기로 많이 다닌다. 지금까지는 병원에서 먹고 자는 생활을 하는 중이야. 어제하고 오늘 그림 작업을 시작했어. 룰랭의 아내도 잠시 시골 친정집에 머문다고 떠나면서 〈자장가〉를 가지고 갔어. 밑그림 그려놓은 것과 복제화 2개가 있기는 하지만, 룰랭의 아내가 보는 눈이 있어서 가장 잘 그린 걸 가져갔지. 그래서 지금 하나를 더 그리고 있는데, 그녀가 가져간 것보다 더 나은 그림이 나왔으면 좋겠다.

무리에의 편지는 정말 반가웠는데 그 답장으로 할 수 있는 말은 이런 거야. 고갱이 너를 찾아가 자신의 그림과 〈자장가〉를 교환한 다음에 그걸 아내가 있는 덴마크로 보내면, 덕분에 거기서도 내 그림을 볼 수 있게 되는 거잖아. 그런데 이미 너한테 말했다시피, 거기서는 이 그림을 이해하지 못할 수도 있어.

네덜란드에도 내 그림을 몇 점 보내고 싶긴 했었는데, 아직은 자신이 없다.

혹시 새로 이사 가는 집에서는 잔디가 잘 보이는지 모르겠다. 그랬으면 좋겠구나.

코닝한테도 솔직히 여기로 오라고 말할 엄두가 나지 않는다. 비록 그 친구는 여기로 오겠다는 열정이 넘치지만, 내가 지금 겪는 일 때문에 더 그렇다.

그 친구가 어쩌면 더 건전할 수도 있는 니스나 망통으로 가면, 또 문제가 워낙에 성격이 좋은 친구라 도박하는 사람들에게 이리저리 이용당할 수도 있어. 진짜 몹쓸 병 같은 거야. 여기서도 이미 문제가 되고 있거든.

다행인 건, 코닝이 거기에 간다고 해도 혼자 가는 게 아니라는 거지. 그런데 여기는 그 친구가 그림으로 그리고 싶어할 만한 것들이 많이 있어.

그렇지만 제약 조건이 *너무* 많으면, 무슨 말을 할 수 있고, 또 뭘 할 수 있을까?

아무튼 너도 알다시피, 나는 뭘 어떻게 생각해야 하는지 모르겠다.

베르나르한테도 편지를 받았어. 아직 답장은 안 했다. 여기서 겪고 있는 어려움들의 원인을 도대체 어떻게 설명해야 할지 모르겠더라고. 우리 북구 사람들이나 파리 사람들의 관습이나 사고방식으로는 여기 오래 머무는 건 치명적으로 보일 뿐이거든. 여기서는 심각한 무언가, 결코, 달갑지 않은 무언가로 인해 고통을 받는다는 뜻이 되는 거야. 솔직히 어느 도시에 가든 미술학교도 있고 애호가도 많이 찾을 수 있다는 건 인정해야 해. 하지만 너도 알다시피, 능력도 없고 멍청한 인간들이 전면에서 설치게 되면 그저 보여주기식 겉치레에 불과할 뿐이야.

살 목사님이 즉시 50프랑을 주시더라. 고갱이 석판화 작업을 마쳤다니 반가운 소식이다.

나도 네 말을 믿는다. 언젠가 상황이 심각한 양상으로 흐를 수 있으니, 의사의 조언을 철저히 따라야 할 거라는 말 말이야. 나도 그 생각에 동의해. 다만, 그런 날이, 당장 내일이나 모레는 아니기를 바랄 뿐이다.

이제는 이 근처에서 온 지방 사람들이 공포에 사로잡히는 일이 흔한 일이 되는 것 같더라. 니스에서 지진이 있었더라고. 온 동네 사람들이 걱정에 사로잡혀 있는데, 원인을 아는 사람이 아무도 없는 거야. 신문에서 봤는데 지진이 난 지역이 여기서 그리 멀지 않았고 그 이후에 여진도 몇 번 있었더라고. 나야 당연히 나와 관련된 부분에서는 최대한 인내심을 갖고 기다리면서 이 시기가 지나가면 평온해지리라 기대할 따름이지. 다른 때 같았으면, 남들의 영향을 쉽게 받지도 않았을 터라, 내가 보기에 그럴듯해 보이지 않거나 여기 방식과 어울리지 않는 것들은 아무렇지 않게 실컷 비웃어줬을 거야. 지금은 그렇게 한다고 해도 별로 즐겁지 않더라.

아무튼 이런저런 이유로 정신 나간 화가들이 적지 않다는 생각에 조금씩 위로가 되는 것도 같고 그렇다.

그 어느 때보다 고갱이 고통스러웠다는 걸 이해하겠더라고. 아마 열대 지방에서도 비슷한 경험을 했을 거야. 감수성이 극도로 예민한 양반이니까. 병원에서 환자로 있는 흑인 여성을 마주쳤는데 병원에서 허드렛일을 하며 지내고 있다더라고. 고갱에게 그 얘기 꼭 전해라.

리베 박사한테 네가 지나치게 내 걱정을 한다고 말하면, 아마 이런 말로 널 안심시켜 줄 거다. 너와 나는 서로 많은 생각을 공유하기 때문에, 너도 비슷한 걸 느끼는 거라고. 그러니 너무 고정 관념을 갖고 내 걱정을 하지는 말아라. 네가 편안히 잘 지낸다는 걸 알아야 나도 내 일을 알아서 잘할 수 있어.

마음으로 악수 청하며, 내가 파리로 갈 수도 있을 거라고 말해줘서 정말 고맙다. 그런데 북적이는 대도시의 분위기는 나하고 영 맞지 않는 것 같더라. 또 연락하자.

너를 사랑하는 형, 빈센트

579프 ____ 1889년 3월 19일(화)

사랑하는 아우야

정겨운 네 편지를 받고 보니 형제애에서 비롯된 근심 걱정이 강하게 느껴져서, 침묵을 깨는 게 도리일 것 같았다. 정신이 온전한 상태로, 네가 잘 아는 너의 형으로서 이 글을 쓴다. 사정은 이래. 여기 사람 몇 명이 모여 시장한테 탄원서를 냈더군(시장 이름이 타르디외일 거다). 대략 여든 명 넘는 사람들이 나를 지목하면서 자유롭게 돌아다니게 놔두면 안 된다고 했다는 거야.

서장인지 경감인지가 결국 나를 다시 병원에 강제로 입원시키라는 명령을 내린 거지.

그렇게 해서 여기 갇혀 있다. 감시인이 자물쇠로 잠근 독방에 벌써 여러 날째. 죄명이 뭔지 그게 입증은 된 건지도 모르는 상태로 말이다.

당연히 속으로야 이런 상황까지 이르게 된 이유를 하나하나 따져 묻고 싶은 마음이 굴뚝 같지. 하지만 딱히 화를 낼 수도 없고, 이런 상황에서 사과를 했다간 오히려 그게 스스로 내 잘못을 인정하는 셈이 될 것도 같고 그렇다.

분명히 말해두는데, 여기서 나가는 문제, 일단 그걸 부탁할 마음은 전혀 없다. 나에 대한 이 모든 비난과 모함이 결국 무고로 판명될 것이라고 확신하기 때문이야.

게다가 내가 여기서 나가는 것도 쉽지는 않다는 거, 너도 잘 알 거다. 화를 억누르지 못하면 당장 위험한 미치광이 취급을 받을 거야. 꾹 참으며 희망을 가져보자. 격한 감정을 드러내봐야 내 상황만 악화시킬 거야. 만약 한 달 후에도 내게서 아무런 소식을 듣지 못하면, 그땐 조치를 취해다오. 하지만 내가 편지하는 동안에는 기다려라. 그래서 이 편지를 통해 너는 개입하지 말고 그냥 내버려두라는 뜻을 전하는 거다.

상황이 뒤죽박죽 복잡하다는 정도만 미리 알아두면 된다.

넌 나의 이런 부분도 알고 있잖아. 내가 전적으로 차분하게 마음을 다스리고 있다가도 새로운 감정적 자극을 받으면 순식간에 흥분해서 반응해버리기도 한다는 거 말이야.

그러니 동네 사람 수십 명이 한 사람, 그것도 아픈 사람을 상대로 이런 짓을 벌였다는 사실을 깨달았을 때, 몽둥이로 가슴 한가운데를 얻어맞은 듯한 그 느낌이 어땠을지 한 번 상상해봐라.

그래, 너는 알고만 있으면 되는 거야. 물론, 나는 심리적으로 충격이 크긴 하지만 그래도 화내지 않으려고 평정심을 유지하고 있어. 반복적으로 발작을 경험하고 나니 나도 겸허히 깨달은 바도 있고 해서 인내심으로 버티는 중이야.

중요한 건, 벌써 여러 차례 말했다시피, 너도 침착함을 유지하라는 거야. 네 결혼식에 방해가 되면 안 되지. 다 네 결혼식 이후에 확실히 해결할 수 있을 테니, 그동안은 내 말대로 여기 일에 관여하지 말아라. 시장은 물론 경찰서장인가 하는 사람도 친구라고 볼 수 있는 사람들이니까 아마 원만히 해결될 수 있도록 최선을 다해줄 거라 믿는다. 솔직한 말로, 여기서는 자유가 없고, 다른 상황에서는 내가 원했을 그런 것들이 없다는 것만 빼면 그럭저럭 잘 지내는 편이다.

게다가 나는 비용을 감당할 여력이 없다는 사실도 분명히 밝혔어. 돈이 없어서 이사도 못 간다고. 작업을 못 한 게 벌써 3개월짼데, 뭐랄까, 당신들이 날 자극하고 괴롭히지만 않았어도 그림을 잘 그려냈을 거라는 말도 전했다.

어머니와 누이는 어떻게 지내냐?

기분전환 거리도 없고(심지어 다른 환자들도 피우는 담배를 나만 못 피워) 딱히 할 일도 없어서 매일같이 아침부터 밤까지 내가 아는 모든 사람들을 떠올리며 지내고 있다.

처량해라. 참, 이 모든 게, 덧없어라.

솔직히 털어놓자면, 이런 문제를 일으키고 수모를 겪느니, 차라리 죽고 싶기도 하다.

어쩌겠냐. 이렇게 살면서 유일하게 깨달은 건, 그저 불평하지 말고 받아들이라는 것뿐이야.

이 와중에도, 내가 계속 그림을 그리려면 당연히 화실과 가구 및 집기가 있어야 해. 그것들을 잃으면 다시 장만할 여력은 없다. 다시 여관방을 전전하게 되면 너도 알다시피, 그림을 그릴 수가 없어. 안정된 주거 공간이 꼭 필요하다.

여기 사람들이 내게 항의하면, 나도 그들에게 항의할 거야. 그러면 그들은 손해배상에 원만히 합의해줘야겠지. 자신들의 무지와 잘못 때문에 내가 본 손해를 되돌려주면 된다고.

내가, 그러니까, 정말로 완전히 미친 사람이라면(절대로 있을 수 없는 일이라고 장담 못 하겠다) 그들은 날 지금과는 다르게 대해야 해. 신선한 공기를 들이켜고 작업할 자유를 돌려줘야지.

그렇게만 되면 정말이지 나도 참고 지나간다.

그러나 전혀 그럴 기미가 안 보여. 내가 평온한 일상을 되찾았다면 진작 병도 다 나았겠지.

내가 담배만 피워도, 술만 마셔도 빈정거리며 자극하는데, 어디 해보라지. 난들 어쩌겠냐? 그들은 온갖 절제를 강요하면서 내 삶을 더 비참하게 만들고 있어. 사랑하는 아우야, 어쩌면 우리네 소소한 불행은 농담처럼 웃어넘기는 게 최선이듯, 인간사의 커다란 불행도 그런지 몰라. 남자답게 받아들이고, 그저 목표를 향해 곧게 달려가는 거야. 현재 우리 사회에서 예술가들은 금이 간 항아리에 지나지 않아. 너한테 그림을 보내고 싶어도 모든 게 자물쇠로, 빗장으로, 경찰에게, 방책에 막혀 있구나. 날 여기서 빼내지 말아라. 어떻게든 잘될 테니까. 마찬가지로 시냑에게도, 내가 다시 편지하기 전까지는 굳이 개입하지 말라고 전해라. 그랬다가는 벌집을 들쑤시는 결과가 벌어질지도 모르니 말이다. 너와 네 약혼녀 그리고 어머니와 누이에게 마음으로나마 진심 어린 악수 청한다.

너를 사랑하는 형, 빈센트

이 편지를 그대로 레이 선생에게 읽어줄 거야. 이 양반은 책임이 없는 게, 얼마 전에 병을 앓았거든. 아무튼 레이 선생도 네게 소식 전할 거다. 내 집은 경찰이 출입을 통제했어.

지금부터 한 달이 될 때까지 내가 직접 전하는 소식이 없다면 그때는 움직여라. 하지만 내 편지를 받는 동안은 기다리기 바란다.

어렴풋이 기억하고 있는데 네가 보낸 등기우편을 내밀면서 서명을 강요하기에 받지 않겠다고 거부한 적이 있었어. 서명 하나 가지고 사람을 그렇게 당황스럽게 만드냐고 항의했더니 그 이후로 아무런 편지도 전해주지 않더라.

그러니 베르나르에게, 내가 답장을 할 수 없었던 건 이제, 편지 한 번 보내려면 거의 교도소에 버금가는 절차를 거쳐야 해서라고 설명해줘라. 고갱에게 조언을 구하라는 말과 함께 내가 악수 청한다는 안부도 전해주기 바란다.

네 약혼녀와 안드리스 봉어르에게도 안부 전한다.

큰일을 앞둔 상황에서 네 발목을 잡거나 널 번거롭게 할까 두려워 가급적이면 더 이상 소식은 전하지 않는 게 낫겠다. 잘 정리될 거다. 너무나 어처구니없는 상황이니까.

이 편지를 보내기 전에 이런저런 이야기를 나누고 싶어서 레이 선생의 방문을 기다렸는데, 내가 기다리고 있다는 말까지 전했는데도 불구하고 아무도 찾아오지 않더라. 다시 한 번 부탁하는데 각별히 신중하기 바란다. 시 관계 당국을 찾아가 항의하는 게 어떤 건지 너도 잘 알잖아. 적어도 네덜란드로 떠나기 전까지는 기다려라.

나 역시, 내가 자유롭게 활보하게 됐을 때 누군가가 나를 자극하거나 욕하고 비난하면, 온전히 나 자신을 다스릴 수 있을지 자신이 없어서 그런 거야. 이렇게 되면 이 상황을 또 이용할 수도 있잖아. 어쨌든 사람들이 시장에게 탄원서를 제출한 건 엄연한 사실이니까. 나는 분명하게 이렇게 대답했어. 고매하신 양반들이 좋아하신다고만 한다면, 당장이라도 물에 빠져 죽을 수 있다고. 그런데 아무리 따져봐도 내가 한 건 자해일 뿐, 그들에게 해를 끼친 건 전혀 없지 않냐고. 그러니 지금은 비록 내 마음이 편치 않지만, 낙담하지 말자. 지금 네가 여기로 오면 상황이 더 복잡해질 뿐이야. 나도 수가 생기면 당연히 다른 곳으로 이사 갈 생각이야.

이 편지가 온전히 네 손에 전달되기를 바란다. 걱정하지 말자. 지금은 나도 어느 정도 마음을 다스리며 지내는 중이다. 그냥 지켜보자. 어쩌면 편지 한 통 정도 더 써주는 것만으로도 감사할 따름이다. 지금은 그것만으로도 충분하다. 내가 인내심으로 버텨내면 그만큼 강해져서 또다시 발작을 일으킬 위험을 다스릴 수도 있을 거다. 나도 나름대로 여기 사람들과 친구처럼 지내려고 최선을 다했고, 이런 일이 있으리라고는 상상도 못 한 터라, 충격이 이만저만이 아니었다.

또 연락하자, 사랑하는 아우야. 내 걱정은 접어두기 바란다. 지금의 이 상황은 그저 방역 차원의 격리 수용에 불과할 테니까. 알 수는 없겠지만 말이다.

580프 ____ 1889년 3월 22일(금)

테오에게

편지 고맙다. 이 경우, 내가 옳은 것보다, 차라리 틀렸으면 하고 바라는 게 당연한 거야. 네가 편지로 설명한 그 추론에는 나도 아주 전적으로 동의한다. 나 역시 그 방향으로 상황을 보고 있거든.

새 소식이라면, 살 목사님이 다른 동네에서 내가 지낼 집을 찾아보고 있다는 거야. 나도 반대하지 않았어. 왜냐하면 그렇게 되면 당장 이사를 나가지 않아도 되거든. 거처 하나는 확보한 셈이니 마르세유를 비롯해서 더 나은 곳을 찾기 위해 다소 먼 곳까지도 둘러볼 수 있잖아. 이렇게까지 헌신적으로 힘써주시는 거 보면, 살 목사님도 정말 대단해. 여기 사는 다른 인간들과는 아주 대조적인 분이지. 아무튼 그렇다. 지금으로서는 새 소식이 이게 전부다.

네 쪽에서도 뭐라고 편지를 쓰고 싶다면, 나한테 시내 외출 정도의 권리는 보장돼야 한다는 식으로 이야기를 해주면 좋겠다.

내 판단으로는 내가 완전히 미친 사람은 아닌 것 같거든. 내가 중간중간에 그린 그림들을 잘 보면 내가 평온한 마음으로 그렸다는 것은 물론, 이전에 그린 것들과 비교해도 결코, 수준이 떨어지지 않는다는 걸 너도 알 거야. 그림 작업은 *그리움*의 대상이지 나를 지치게 하는 대상이 아니야.

시냑이 지나는 길에 들른다면, 그 친구를 만나는 것보다 더 반가운 일이 또 어디 있겠냐. 그 친구를 데리고 내 집으로 가서 그림을 보여줄 수 있도록 날 여기서 내보내줘야 할 거야.

그리고 그 친구가 가야 할 곳에 함께 가거나 아니면 가보지 않았던 새로운 곳을 함께 돌아다니는 것도 좋을 거야. 그런데 그게 가능할 것 같지 않거든. 그러니, 그 친구가 굳이 나를 만나러 여기까지 헛걸음하게 할 필요는 없을 것 같다.

네 편지에서, 삶에서 절대로 허황된 망상을 품지 말아야 한다고 쓴 말이 가장 인상적이었어.

그러니 지금의 현실과 이 운명을 받아들여야지. 하루라도 빨리 보내려고 서둘러 쓰고 있지만, 그래도 일요일이나 돼야 편지가 네 손에 들어갈 텐데, 그땐 시냑이 벌써 떠난 뒤가 될 수도 있겠구나. 이건 나도 어쩔 도리가 없다. 그저 내가 바라는 건, 이름도 모르는 자들이(누가 탄원서에 서명했는지를 나한테 숨기기 위해 얼마나 공을 들였는지 모른다) 내가 그림을 그리고 먹고 자고, 매음굴에 가서 재미를 보든 말든(아내도 없는 마당이니), 그냥 내 일에 간섭하지 말았으면 하는 거야. 그런데 내 일거수일투족에 끼어들어. 그래도 나는 크게 개의치 않는다. 본의 아니게 내가 너를 슬프게 하고 작업이 늦어지는 것만 아니라면 말이다. 아니, 엄밀히 따지면, 내가 아니라 이 인간들이 초래하는 결과들이지.

예상치 못했던 감정적인 문제가 반복되고, 이게 지속된다면, 순간적으로 앓고 지나갈 심리적인 충격이 만성적인 질병으로 굳어질 수도 있어.

그래도 큰 이변이 없는 한, 평소대로 작업도 하고, 예년에 그렸던 것보다 훨씬 나은 과수원들을 그리게 될 테니 안심해도 된다.

그러니 이제는 남들이 우리 발을 밟고 태연히 지나가지 못하도록 최대한 단호해지자. 애초부터 여기 사람들 반응은 적대적이었어. 이런 소동이 결과적으로 '인상주의'를 위한 밑거름이 될 거야. 비록 너와 내가 비겁한 겁쟁이들 때문에 이런 고생을 하게 되었지만 말이다.

분노는 속으로 삭이라는 말도 있잖아. 안 그러냐? 여기 신문에서 퇴폐주의 문학과 인상주의에 관한 괜찮은 기사를 읽은 적이 있었어.

그런데 이런 신문 기사들이 너나 나한테 무슨 소용이 있을까? 나와 친한 룰랭은 이런 말을 자주 했어. "남들을 위한 주춧돌이 되어야 한다"고. 거기에 반대할 수 없다면, 적어도 무엇을 위해서, 혹은 누구를 위해서 그래야 하는지는 알고 싶지 않을까? 무엇을, 그리고 누구를 위한 주춧돌이 되는지 알 수 없는 것만큼 성가신 일도 없을 거야.

그래, 다 부질없다. 그저 네가 목표한 지점까지 꿋꿋이 걸어가기를 바란다. 네 가정이라도 잘 지킨다면 나는 그것만으로도 만족한다. 그게 되면, 네 결혼 이후에라도 평화로운 길을 찾아갈 수 있을 테니 말이야. 언젠가 내가 정말로 미쳐버릴 수도 있을 거야. 그때는 여기 이 병원에 입원해 있고 싶지 않아. 그런데 지금은 일단 여기서 자유롭게 외출만 할 수 있으면 좋겠다.

나한테 가장 좋은 건, 혼자 지내지 않는 거야. 그런데 다른 사람을 위해서 나 자신을 희생하느니 차라리 평생 정신병원에서 지내는 게 더 낫다. 지금 우리는 화가로 사는 게 서글프고 힘든 시대를 살고 있기 때문이지. 내가 가톨릭 신자였다면 아마 수도사가 되었을 거야. 그런데 네가 알다시피, 나는 그런 사람이 아니라 그럴 능력도 없다. 여기 병원 행정은 완전히 뭐랄까, 위선적이야. 기민하고 현명하고 유능해서 인상적이고, 일찍이 보지 못했던 능수능란한 방법으로 이런저런 정보를 모으기는 하지만, 그래서 가끔은 놀랍기도 하고 혼란스럽기도 하고 그렇다.

어쨌든 이런저런 이유로 지금까지 침묵을 지켰던 거야. 그러니 일단 나와 관련된 일에서는 한발 물러서 있어라. 나도 남자라, 내 양심이 걸린 문제에서 내 앞가림 정도는 혼자 할 수 있다.

마음으로 악수 청하면서 네 약혼녀를 비롯해 어머니와 누이에게도 내 걱정은 하지 마시라고 전해라. 건강도 회복할 거라고.

너를 사랑하는 형, 빈센트

581프 ____ 1889년 3월 24일(일)

테오에게

시냑을 만났다는 소식 전하러 편지 쓴다. 얼마나 반가웠는지 모른다. 경찰이 봉쇄한 출입문을 강제로 열어야 하나, 말아야 하나라는 선택의 기로에서, 용감하고 단도직입적이며 단순하게 그냥 자물쇠를 부수고 들어갔지. 처음에는 우리 뜻대로 해주지 않으려는 듯 꿈쩍도 하지 않다가, 끝내 백기를 들더라. 시냑에게 기념으로 정물화를 1점 줬어. 아를에 근무하는 군인 경찰들을 성가시게 한 그림이기도 하지. 훈제 청어 두 마리를 그린 그림인데 너도 알다시피, 여기서는 군인 경찰을 속된 말로 그렇게 부르거든. 파리에서도 이 정물화를 두세 번 정도 그렸다는 거, 너도 기억할 거다. 그때 그렇게 그린 그림 하나랑 카펫이랑 바꾸기도 했었지. 어쨌든 참견하는 인간들과 그들이 얼마나 멍청한지에 관한 이야기는 할 만큼 했다.

듣기로는 시냑이 상당히 과격하다고 했는데, 직접 만나보니 차분해 보이고, 자신감도 넘치고 안정감도 느껴지더라. 인상주의 화가들을 만나서 대화하면 의견이 서로 충돌하거나 충격적이고 성가신 상황을 겪지 않을 때가 진짜 거의 없었는데, 이 친구는 쥘 뒤프레도 찾아가 만났을 뿐만 아니라 상당히 존경한다고 하더라. 바닥에 떨어진 내 사기 진작 차원에서 네가 일부러 시냑을 여기로 보낸 모양인데, 정말 고맙다.

외출한 김에 책도 샀어. 카미유 르모니에Camille Lemonnier의 『영지(領地)의 사람들』이야. 두 번째 장까지 단숨에 읽었는데 아주 묵직하고 깊이가 있는 작품이야! 보내줄 테니까 기다려라. 몇 달 만에 처음으로 책을 손에 쥐었다. 큰 의미도 있었고 치유 효과도 어마어마한 것 같았어. 아무튼 시냑도 봤지만, 네게 보낼 그림이 여러 점이야. 그런데 이 친구는 내 그림을 보고 기겁하는 눈치는 아니었어. 그리고 나를 보면서 건강해 보인다고 하더라. 그 말이 사실이기도 하고.

아무튼 덕분에 작업에 대한 의욕이 살아났어. 이제 남은 건 하루하루 내 그림 작업과 사생활에 참견하려는 군인 경찰들과 사악하고 나태한 유권자들에게 시달리는 일이야. 자신들이 뽑은 시장에게 나를 가두라는 탄원서를 쓴 그 인간들 말이야. 그렇게 뽑혔으니 유권자들의 요구사항을 외면할 수도 없겠지. 결과적으로 내가 한 번 더 굴복하는 게 차라리 인간적일 거다. 내 생각이지만, 시냑도 네게 비슷한 이야기를 할 거야. 아무리 생각해도 우리 집에 있는 가구며 집기들이 손상되는 상황은 막아야 해. 그리고 정말이지, 내 직업에 종사할 자유를 주면 좋겠다.

레이 선생은 내가 든든하고 규칙적인 식사 대신 커피와 술만으로 버텼을 거라고 하더라. 나도 인정한다. 그런데 지난여름 내가 만들어냈던 높은 색조의 노란색을 다시 만들어내려면 어쩔 수가 없었어. 어쨌든 예술가는 꾸준히 작업하는 사람이고 그냥 길 가던 아무개가 와서 도전장을 내밀고 이길 수 있는 상대가 아니야.

내가 정신병원이나 격리시설에 수용되는 고통을 겪어야만 하는 걸까? 그러지 말라는 법도 없잖아? 로슈포르는 위고와 키네를 비롯한 여러 사람들과 망명 생활도 하고 최초로 죄수 유형지까지 갔던 사람으로 영원한 모범이 되기도 했어. 그런데 내가 하고자 하는 말은 이건 병이나 건강 문제의 차원을 넘어서는 문제라는 거야.

이런 상황에 처하게 되면 일반적으로 분노를 참을 수 없을 거야. 똑같다고는 말하지 않을게. 다만, 내 상황도 못지않게 형편없는 것도 사실이니, 비슷하다고 해두자.

내가 정신을 놓았던 첫 번째이자 마지막 이유는 이런 거야. 혹시 네덜란드 시인이 했던 이런 표현을 들어본 적 있어? 'Ik ben aan d'aard gehecht met meer dan aardsche banden(나는 물질적인 관계를 넘어서는 방식으로 흙과 연결돼 있다).'

내가 소위 정신적인 질병으로 불안한 상황에서 항상 느끼는 감정이야.

안타깝게도 나는 내가 원하는 대로 설명할 수 있을 정도로 내가 하는 일에 대해 아는 게 없다.

다시 앓아누울지도 모른다는 생각에 여기서 이만 멈추고 다른 이야기로 넘어간다.

혹시 떠나기 전에 이것들을 좀 보내주면 좋겠구나.

튜브 3개, 아연 백색

같은 크기 튜브 1개, 코발트색

같은 크기 튜브 1개, 군청색

같은 크기 튜브 4개, 베로니즈그린

같은 크기 튜브 1개, 에메랄드그린

같은 크기 튜브 1개, 납 주황색

다시 그림 작업을 재개할 수도 있을 것 같거든. 그렇게 되면 과수원에 가서 그릴 때 필요한 것들이야. 아! 이런 골치 아픈 일들만 없었어도!

다른 곳으로 가기 전에 심사숙고해보자. 보다시피 나는 프랑스 남부에서도 북부에서만큼이나 운이 없구나. 어딜 가도 마찬가지야.

드가가 공증인 행세를 했던 것처럼 나도 아예 미친 사람을 내 직업으로 삼아야 할까 생각도 하지만, 나는 그 역을 소화하는 데 필요한 역량은 갖추지 못한 것 같다.

네가 '진정한 프랑스 남부'라고 하는 것에 대해 말했었잖아. 위에 말한 내용이 내가 절대로 거기 가지 않을 이유야. 그 기회는 나보다 완벽하고 온전한 사람에게 주는 게 옳아. 나는 중간 정도나 이류급, 시답잖은 것들에 능한 사람에 불과해.

내가 느끼는 감정이 제아무리 강렬하고, 내 표현력이 물욕이 시들해지는 나이에 달했다고 해도, 이토록 위태롭고 케케묵은 과거 위에 튼튼한 기반을 다진 구조물은 세울 수가 없을 거야.

그러니 나한테 무슨 일이 벌어지더라도(여기 계속 머물게 되더라도) 난 전혀 개의치 않을 거야. 길게 보면 내 운명도 균형을 이룰 테니까. 충동적인 상황만 조심하면 될 거야. 너는 결혼을 하고, 나는 나이를 먹는 상황에서 이게 바로 우리에게 어울리는 유일한 방법일 거야.

또 연락하자. 너무 늦지 않게 편지해주고, 내 말 명심해라. 너를 사랑하는 이 형은 너를 시작으로 어머니, 누이, 네 약혼자 모두에게 좋은 일만 있기를 항상 기원한다는 것을.

너를 사랑하는 형, 빈센트

카미유 르모니에의 책은 될 수 있는 대로 빨리 보내줄게.

*****

빈센트를 찾아가 만나고 온 폴 시냑은 테오에게 이런 소식을 전한다. "제가 만난 선생의 형님은 육체적으로나 정신적으로나 건강 상태가 멀쩡하셨습니다. 어제 오후는 물론 오늘 아침에도 형님 분과 함께 외출도 했습니다. 직접 그린 그림도 보여주셨는데 제법 인상적인 작품도 여럿 보였고, 하나같이 다 흥미진진했습니다. 친절한 담당의 레이 선생은 형님이 체계적이고 정상적이며 규칙적인 식습관만 잘 지켜도, 반복되는 발작 증상에서 완전히 벗어나실 수 있다고 생각하더군요. 그래서 의사 선생은 필요한 만큼 최대한 형님이 병원에 입원하시는 게 좋다고 판단하고 있습니다……. 형님이 다시 파리로 가시는 건 좋지 않을 것 같다고 하시는데, 아무튼 적대적인 이웃들 때문에 이사는 가셔야 할 것 같습니다. 형님도 그걸 바라시고요. 그리고 무엇보다 병원에서 빨리 퇴원하고 싶어 하십니다. 지속적인 감시 때문에 힘들다고 하시더군요."

그날의 기억에 대해 귀스타브 코키오도 몇 줄 부연 설명을 단다. "빈센트는 차분하게 하루를 마무리하는 듯하다가 흥분을 주체하지 못하고 테레빈유를 마시려고 시도했었고, 이로 인해 시냑은 황급히 그를 오텔-디외로 데려왔다."

얼마 지나지 않아 빈센트는 그림 작업을 해도 된다는 허가를 받고 자신의 화구를 챙기러 노란 집에 갔다. 사실, 그가 가장 힘들어했던 부분은 그림을 그릴 수 없는 상황이었다.

582프 ____ 1889년 3월 29일(금)

테오에게

네가 떠나기 전에* 몇 마디 소식 전한다. 요즘은 하루하루가 좋아지고 있어. 그제와 어제는 한 시간 동안 시내를 돌아다니면서 그림 소재를 찾았어. 집에 와서 보니 진짜 이웃, 그러니까 나랑 알고 지내는 사람들은 문제의 탄원서에 서명하지 않았다는 걸 알게 됐어.

일이 어떻게 됐든, 친구 같은 이웃이 여럿 있다는 사실을 깨달은 셈이지.

필요하다면 살 목사님이 다른 동네에서 내가 머물 작은 아파트를 며칠 내로 찾아봐 주겠다고 하시더라. 정신 무장을 할 생각으로 책 몇 권을 더 가져왔어. 『톰 아저씨의 오두막』을 다시 읽었지. 너도 알 거야, 비처 스토가 노예제도에 관해 쓴 소설. 그리고 디킨스의 『크리스마스 캐

* 테오는 요안나 봉어르와 결혼식을 올리기 위해 네덜란드로 떠날 예정이었다.

럴』도 읽었어. 그리고 살 목사님에게 『제르미니 라세르퇴』를 드렸다.

그리고 다섯 번째로 〈자장가〉를 다시 그렸어. 나중에 보면, 그냥 잡화점에서 파는 착색 석판화 같다고 한 말이 무슨 뜻인지 알 거야. 그리고 비율이나 등등에서도 사진으로 찍은 듯 정확할 필요가 전혀 없다는 것도 알게 될 거다.

다만, 내가 표현하고 싶었던 건, 그림을 전혀 그릴 줄 모르는 뱃사람이 망망대해에서 뭍에 있는 아내를 생각할 때 머릿속에 떠오르는 그런 이미지였어.

요즘은 병원 사람들도 내게 상냥해졌어. 이렇게 달라진 분위기 때문에 더 헷갈리기는 하다.

너는 아마 성대한 의식이나 피로연 등을 생략하고 간소한 결혼식을 올릴 거란 생각이 드는구나. 아마 최대한 그런 자리는 피할 것 같다는 생각부터 든다.

코닝을 비롯한 다른 사람들, 마우베 형수님하고 사촌누이 러콤터 등을 만나면 잊지 말고 내가 안부 전한다고 말해라.

지난 석 달간 진짜 별별 일이 다 벌어진 것 같구나. 때로는 원인 모를 불안감이 나를 휩쓸고, 또 어느 순간에는 눈 한 번 깜빡할 사이에 시간의 장막이 열리는 것도 같고, 상황에 따른 운명의 장막이 펼쳐지는 것도 같고 그랬어.

그런데 지나고 보니 네 말이 맞더라. 전적으로 옳더라고. 어느 정도 희망을 품고 있더라도 괴로운 현실은 받아들여야 한다는 거 말이야. 아무튼 그림 작업이 많이 뒤처진 터라 다시 한 번 오롯이 그 일에만 집중할 수 있으면 좋겠다.

아! 그리고 늘 생각했던 게 하나 있는데, 잊기 전에 말해야겠다. 아주 우연히 옛 신문 기사에서 여기 근처의 카르팡트라에 있는 고대 무덤에 적혀 있던 문구에 관한 내용을 읽은 적이 있어.

아주 아주 오래된 고대 묘비명인데, 대충 플로베르의 『살람보』 시대가 배경이라고 쳐보자.

'그 누구의 탓도 하지 않았던 오시리스의 무녀, 타하피의 딸, 테베.'

혹시 고갱을 만나거든 이 이야기를 꼭 전해라. 나는 그 글을 읽으면서 생기 없는 얼굴의 그 여인이 자꾸 떠오르더라. 묘한 눈빛의 그 여성을 그린 습작이 너희 집에 있어. 우연히 마주친 여인이었거든.

'그 누구의 탓도 하지 않았던'이라는 말은 무슨 뜻이었을까? 상상해봐라, 완벽한 영원불멸의 개념을. 안 될 것도 없잖아? 다만, 고대의 엄연한 현실을 잊어서는 안 된다는 거야. '그 누구의 탓도 하지 않았던' 현실.

기억하냐? 어느 일요일인가, 토마 영감이 우리를 찾아와서 이렇게 말했었지. "아, 이런 여자들이 두 사람을 흥분시킨다는 겁니까?"

엄밀히 말해 언제나 흥분시킨 건 아니지만, 살다 보면, 때로는 땅속에 뿌리라도 내린 것처럼 놀라는 순간도 있는 법이잖아.

너는 '진정한 프랑스 남부' 이야기를 하는데, 내가 볼 때는 어쨌든 나보다 온전한 사람들이 갈 곳인 것 같다. '진정한 프랑스 남부'에 가면 보다 이성적이고 인내심과 평정심을 갖춰서 '그 누구의 탓도 하지 않았던 오시리스의 무녀, 타파히의 딸, 테베'처럼 될 수 있을 테니까.

그에 비하면 나는 거기 어울리지 않는 사람 같다.

결혼을 앞두고 있는 너와 네 아내 될 사람에게 행복과 평안함이 함께하기를 기원하고, 또 진정한 프랑스 남부의 기질을 마음속에 품기 바란다.

이 편지가 꼭 오늘 발송되기를 바라는 마음에서 이만 줄이고, 악수 청하면서 여행 잘하고, 어머니, 누이에게도 안부 전해주기 바란다.

너를 사랑하는 형, 빈센트

583프 ____ 1889년 4월 4일(목) 추정

테오에게

너와 네 약혼녀에게 행운이 깃들기를 바라며 몇 자 적는다. 이런 잔칫날만 되면 틱 장애라도 있는 것처럼 축하 인사 건네기가 왜 이리 힘든지 모르겠다. 그렇다고 해서 내가 너의 행복을 남보다 덜 바란다고 성급히 결론내리지는 말아줘. 물론 너도 잘 알고 있겠지만 말이야.

마지막에 보내준 편지를 비롯해서 타세 화방의 물감, 그리고 포랭의 데생이 수록된 「피프르」 과월호까지 보내줘서 정말 고맙다는 말 다시 한번 전한다. 특히, 포랭의 데생과 비교해보니 내 작품이 얼마나 감상적인지 알겠더라.

네가 정확히 며칠에 암스테르담으로 떠날지를 몰라서 며칠간 답장을 미루고 있었어. 게다가 결혼식 장소가 브레다인지, 암스테르담인지도 모르고 있었다. 그런데 내 추측대로 암스테르담에서 결혼식을 올리게 된다면, 이 편지는 아마 일요일쯤 받게 될 거다.

그나저나 오늘은 룰랭이 방문했어. 네게 안부 인사와 축하 인사를 함께 전해달라더라. 나한테는 정말 반가운 손님이었지. 이 양반을 보면 언제나 무거운 짐을 짊어지고 사는 사람이라는 생각이 들지만 그렇다고 해도 천성이 워낙 시골 농부 같아서 언제 봐도 건강하고 쾌활해 보여. 나는 룰랭과 함께 있으면 항상 새로운 걸 배우게 돼. 이 양반하고 대화하는 도중에 앞으로 살다 보면, 사는 게 결코 더 쉬워지는 일은 없을 거라고 하는 말을 들어도 배우는 게 있더라고.

아무튼 그의 의견이 궁금해서 화실을 어떻게 처리해야 할지에 대한 이야기도 했었어. 살 목사님도 그렇고 레이 선생도 그렇고 부활절에는 이사를 가야 할 것 같다고 했거든.

룰랭에게 처음 이 집에 들어왔을 때와 달리 사람 사는 공간처럼 만들려고 애쓰고, 가스등도 설치하면서 진짜 별짓을 다한 것 같다는 이야기도 했어.

그런데 나를 강제로 내몰다니, 좋다 이거야. 그런데 가스 끊는 문제도 그렇고, 손해배상이니 뭐니 그런 걸로 옥신각신해야 할 것도 같은데, 별로 그러고 싶은 마음이 없다.

이런 상황에서 가능한 유일한 해결책은 누가 될지 모르지만, 여기 들어올 세입자를 위해 좋은 일을 했다고 여기는 길뿐이야. 안 그래도 룰랭을 만나기 전에 가스 회사에 찾아가서 상황을 설명했지. 룰랭도 같은 생각이더라고. 이 양반은 마르세유에서 지낼 생각을 하고 있어.

나는 요즘 잘 지내는 편이야. 이따금 뭐라 정의할 수 없는 서글픈 감정이 슬며시 드는 것 말고는, 기력도 어느 정도 회복해서 작업하는 중이야.

안 그래도 지금 이젤 위에 알프스산맥을 배경으로 어느 길가 옆으로 보이는 복숭아나무 과수원을 그리는 중이야. 「피가로」에 모네에 관한 흥미로운 기사가 실렸나 보더라. 룰랭이 읽어봤는데 감동적이었다더라고.

어쨌든 새 아파트를 얻는 건 쉽지 않은 문제 같다. 당장 이달 내로 찾는 건 더 힘들 것 같고. 살 목사님이 월세 20프랑짜리 괜찮은 집이 하나 있다는데, 내가 쓸 수 있는지는 모르겠다.

부활절 무렵에는 3달 치 월세에 이사 비용 등을 내야 해. 즐거울 일도 아니고, 쉬운 일도 아니야. 더 좋은 기회가 찾아올 거란 보장도 전혀 없거든.

룰랭은 지난겨울 아를에 팽배했던 그런 불안한 분위기가 상당히 마음에 안 들었대. 말했다기보다, 그런 뜻을 내비쳤다고 해야겠지. 내가 겪은 일은 말도 안 되는 일이라고도 했어.

뭐, 어딜 가도 다 마찬가지인가 보더라. 사업은 안 되고, 밑천은 떨어지고, 사람들은 낙담하고……. 네 말대로, 사람들이 그냥 가만히 지켜보기만 하는 게 아니라 무력감에 오히려 악독해져서, 웃고 있는 사람이나 신속히 일하는 사람이 있으면 어떻게든 짓밟으려 하고 있어.

아무튼 사랑하는 아우야, 나는 조만간 입원할 필요는 없을 정도로 몸이 나아질 것 같다. 입원할 일만 없으면 일상도 잘 적응해가는 중이야. 그리고 병원에 계속 있어야 한다고 해도, 그렇게 할 수 있어. 병원에서도 그림 소재는 찾을 수 있을 테니까.

시간이 허락하거든 편지해라.

룰랭의 가족들은 여전히 시골에 있다더라. 월급은 조금 올랐지만 두 집 살림을 하는 셈이라서 실질적으로는 한푼도 재산이 늘어난 것도 없고, 고민이 사라진 것도 없대.

다행인 건, 여기 날씨가 화창하고 햇살이 눈부시다는 거야. 덕분에 사람들은 잠시나마 힘든 일을 잊고 활기를 되찾고, 더 나아가 헛된 기대도 하고 그러고 지낸다.

얼마 전에 디킨스의 『크리스마스 캐럴』을 다시 읽었는데 역시 깊이 있는 내용이 담겨 있더라. 종종 읽어야겠어. 칼라일과도 연관관계가 많은 것 같아.

룰랭은 나한테는 아버지뻘 정도의 나이는 아니지만 신참을 대하는 노병처럼 과묵하고 근엄하게 이야기하면서도 정을 느끼게 해주는 사람이야. 굳이 입 밖으로 표현하는 건 아니지만, 항상 이런 말을 하고 있는 것 같아. 내일 당장 무슨 일이 일어날지 모르지만, 그래도 항상 잊지 말고 자기를 생각하라고. 예민하지도 않고, 그렇다고 서글퍼하지도 않고, 완벽하지도 않고, 행복에 겨워하는 것도 아니고, 언제나 흠잡을 데 없이 공평하지도 않은 그런 사람한테 이런 걸 배우게 되니 기분이 나쁘지는 않더라. 아이처럼 순수하고 현명하면서 마음이 따뜻하고 믿음이 강한 사람이야. 내가 여기서 만난 사람들, 결코, 잊을 수 없는 그런 사람들이 있는 한, 아를의 생활에 대해 이래저래 불평할 자격은 없는 것 같다.

늦었다. 다시 한 번 너와 요에게 축복을 기원하면서 마음으로 악수 청한다.

너를 사랑하는 형, 빈센트

583b프 ____ 1889년 4월 10일(수)

친애하는 벗, 시냑

엽서 고맙게 잘 받았습니다. 아우 녀석이 선생의 편지에 아직 답장을 못 한 건 그 녀석 잘못 때문은 아닐 겁니다. 나 역시 보름 넘게 아우에게 아무 소식도 받지 못했습니다. 사실은 지금 며칠 후에 있을 결혼식 때문에 네덜란드에 있을 겁니다.

물론, 결혼의 장점을 부인할 마음은 없지만, 일단 식을 치르고 무사히 집에 정착하게 되면 신경 써야 할 게 한두 가지가 아닐 겁니다. 양가의(아무리 교양 있는 집안이라 하더라도) 장례식은 물론이거니와 온갖 경조사들을 비롯해 오래전부터 지켜온 관습, 종교적인 문제까지, 세상에, 식인종처럼 산 채로 장례식을 치르듯 사람들을 결혼시키는 시청에 관련 서류를 제출해야 하는 사람이 불쌍해 보이지 않는다고 할 이유가 없을 정도니 말입니다.

선생의 호의적이고 우정 어린 방문 덕에 기분이 얼마나 좋아졌는지 모릅니다. 지금도 여전히 고맙게 생각합니다. 이제는 건강도 좋아져서 병원이나 병원 주변에서 그림도 그립니다. 방금도 과수원 습작을 2점이나 그렸서 돌아왔습니다.

여기 대충 크로키로 그림 하나 보냅니다. 큰 그림은 그냥 작은 농가에 딸린 초라한 초록색 들판을 그린 겁니다. 파란 선으로 알프스산맥을 그려 넣었고, 흰색과 파란색으로 하늘을 표현했지요. 전경은 갈대 울타리가 둘러싼 경작지인데 꽃을 피운 작은 복숭아나무들이 줄을 지어 서 있습니다. 모든 게 다 작게 보입니다. 정원도, 들판도, 정원도, 나무도, 심지어 산들도 일본 풍경화 속 그림처럼 작게 보여요. 그래서 이 소재가 마음에 들었나 봅니다.

다른 풍경화는 초록색이 그림 대부분을 차지하고 거기에 자홍색과 회색이 조금 들어간 비 오는 날의 풍경입니다.

선생이 자리를 잡았다는 소식을 들으니 그저 반가울 따름입니다. 아울러 선생의 소식이 더 궁금해집니다. 작업은 어떻게 돼가는지, 그곳 특징은 어떤지 말입니다.

정신도 점점 또렷해지고, 지금으로서는 이 상태가 계속 지속되기를 바랄 뿐입니다. 무엇보다 절제된 식습관에 달려 있을 것 같습니다.

적어도 첫 몇 달은 계속 여기서 지낼 겁니다. 작은 방이 2개 있는 집 하나를 얻었습니다.

Je vais bien maintenant et je travaill
à l'hospice ou dans les environs.
Ainsi je viens de rapporter deux
études de vergers.

n voici croquis hatif — le plus grand
st une pauvre campagne verte à petites mais
ligne bleue des alpines ciel blanc & bleu
e devant des clos aux haies de roseaux où de petits
pechers sont en fleur — tout y est petit les jardins
les champs les jardins les arbres même ces montagne
comme dans certains paysages japonais c'est pourqu
e motif m'attirait

하지만 아직은 내면의 절망감이 너무나 커서 다시 시작하는 게 그리 쉽지 않습니다.

이 불안감들을 어떻게 해야 할지……. 도대체 현대 사회에서는 이런 불안감 없이 살 수는 없는 건지 모르겠습니다. 최상의 위로, 그런 게 없다면, 유일한 해결책은 진지하고 깊은 우정일 겁니다. 비록 그 우정이, 힘겨운 나날을 겪을 때는, 우리의 바람보다 더 우리를 삶 속에 단단히 붙어 있게 만든다는 단점이 있긴 하지만 말입니다.

내게 큰 기쁨을 가져다준 선생의 방문에 다시 한 번 고맙다는 말 전합니다. 마음으로 진심 어린 악수 청합니다.

당신의 벗, 빈센트

4월 말까지는 아를의 라마르틴 광장의 주소로 연락하시면 됩니다. 1889년 3월.

584프 ____ 1889년 4월 14일(일)에서 17일(수) 사이

테오에게

근래 들어 네게 아무런 소식이 없어 좀 의외다 싶다. 그런데 지난번에 네가 네덜란드에 갔을 때도 이런 경우가 있었으니, 그냥 우연이겠지 싶기도 하다.

이제 이런저런 일들이 다 마무리되고 잘 풀렸기를 바란다. 그러는 동안 타세 화방에 캔버스 천 10미터하고 이것저것 필요한 것들을 주문할 수밖에 없었다. 그리고 이것들도.

아연 백색, 대형 튜브 12개
에메랄드, 대형 튜브 1개
코발트, 대형 튜브 2개
군청색, 대형 튜브 2개
주홍색, 대형 튜브 1개
베로니즈그린, 대형 튜브 4개
크롬 1, 대형 튜브 3개
크롬 2, 대형 튜브 1개
진홍색, 중형 튜브 2개

봄을 배경으로 한 습작이 6점인데 그중에서 2점이 과수원을 그린 큰 작품이야. 봄의 특징적인 효과가 순식간에 지나가기 때문에 서둘러 그려야 해.

그러니 즉시 답장 바란다. 작은 방이 2개 있는 아파트를 구했는데(수도세까지 포함해서 월세가 6~8프랑이야) *레이 선생의 집*이야. 물론 비싼 편은 아니지만, 노란 집에 비하면 형편없지.

그런데 이사도 가고 네게 그림을 보낼 수 있으려면 먼저 살던 집주인에게 월세를 지불해야 해. 그래서 네게 아무런 연락이 없는 게 나로서는 의외일 따름이다. 아무튼 그렇다는 거야.

다시 한 번, 네 결혼과 관련된 모든 게 네가 바랐던 대로 진행되었기를 바라면서 진심으로 너와 네 아내에게 행운을 기원한다.

너를 사랑하는 형, 빈센트

시냑이 자신이 있는 카시스로 오라고 하는데 그게 아니더라도 돈 들어갈 데가 많아서, 나나 네가 뭘 어떻게 하더라도, 그 경비를 마련할 수는 없을 것 같다.

입자가 굵은 물감이 아연 백색 대형 튜브 크기로 좀 필요하다. 장식화에 쓸 것들이야.

코발트, 대형 튜브 6개
군청색, 대형 튜브 6개
베로니즈그린, 대형 튜브 6개
에메랄드그린, 대형 튜브 6개
주홍색, 대형 튜브 2개
크롬레몬 1, 대형 튜브 6개
크롬레몬 2, 대형 튜브 6개
크롬레몬 3, 대형 튜브 6개
납 주황색, 대형 튜브 2개
황토색, 대형 튜브 1개
아연 백색, 대형 튜브 6개
은백색, 대형 튜브 6개
프러시안블루, 소형 튜브 6개
진홍색, 소형 튜브 6개
양홍색, 소형 튜브 6개
일반 홍색, 소형 튜브 6개

585프 ____ 1889년 4월 21일(일)

테오에게

이 편지가 도착할 즈음이면 이미 파리로 돌아왔겠구나. 너와 네 아내에게 행운을 기원한다.

정겨운 편지와 동봉한 100프랑, 정말 고맙게 잘 받았다.

집주인에게 25프랑만 냈는데, 실은 65프랑을 줬어야 해. 당장 살진 않아도 가구며 집기 등을 들여놨으니 3달 치 월세가 선불이고, 거기에 이사 비용 등에 10프랑이 더 들었고.

그리고 옷가지들이 너무 형편없어서, 거리로 나왔다가 새 옷을 사지 않을 수 없었다. 35프랑짜리 정장 한 벌에 4프랑을 주고 양말 6켤레를 구입했어. 그랬더니 고작 몇 프랑만 남더라고. 월말에 또 월세를 내야 할 텐데, 뭐, 며칠 기다려달라고 해봐야지.

병원비는 일단 오늘까지의 비용을 정산해도, 월말 비용까지도 보증금이 충분히 남았다. 이달 말에 생 레미에 있는 병원이나 요양원으로 가볼까 하는 생각은 변함없다. 살 목사님이 권했던 곳 말이야. 이런 일을 결정하는 데 득과 실을 꼼꼼히 따져보지도 않다니 미안하구나.

그것까지 논하다가는 내 머리가 견뎌내질 못하겠어서 그래.

이 정도만 얘기해도 충분히 이해하겠지. 나는 이제 다시 화실을 꾸미고 거기서 홀로 지내는 건 절대로 못 해. 여기 아를에서건 어디서건, 지금은 그래. 그래도 다시 마음을 다잡고 새로 시작해보려고 해봤지만 지금으로서는 가능할 것 같지 않다.

화실 운영을 비롯해 이런저런 일을 책임지고 억지로 떠맡아야 하면, 이제 간신히 되살아나고 있는 그림 솜씨를 잃을까봐 두려워.

그래서 당분간은 격리되어 지내는 게, 남들의 안위는 물론이고 나 자신의 평화를 위해서 좋을 것 같다.

그나마 조금 다행인 건, 나 자신이 이 정신병을 여러 다른 질병의 하나로 여기고, 있는 그대로 받아들이기 시작했다는 거야. 그래도 발작을 겪고 있을 때는 내가 상상했던 모든 게 다 현실 같았어. 어쨌든 그 부분은 생각하기도, 말하기도 싫다. 자세한 설명은 넘어가도 이해해주기 바란다. 그렇지만 너와 살 목사님, 레이 선생에게 부탁하는데, 이달 말이나 5월 초에는 꼭 아까 말했던 격리 요양원으로 갈 수 있게 해줬으면 해.

화실에 틀어박혀 지내면서 기껏 기분전환을 한다는 것도 인근 카페나 식당에 가서 이웃들에게 욕이나 얻어먹는 게 전부였던 지금까지의 화가 생활, *그 짓은 다시 못 하겠다*. 다른 사람과 사는 것도, 그게 동료 화가라도, 힘들어. 너무 힘들어. 너무 큰 책임감을 짊어져야 해. 생각할 엄두조차 나지 않는다.

아무튼 3개월로 시작해보고 그 이후의 일은 두고 보자. 비용은 80프랑 정도 들어갈 거야. 나도 유화랑 데생도 조금씩 그릴게. 예년처럼 맹렬하게 몰아붙이진 않을 거야. 이 모든 상황을 너무 슬프게 바라보지는 말아라. 근래 들어 이사로 가구며 집기를 옮기고 네게 보낼 그림들을 포장하면서, 서글프더라. 무엇보다도, 그토록 진한 형제애로 내게 이 모든 걸 해줬고, 오랜 시간 동안 유일하게 나를 지원해준 네게, 이런 슬픈 현실을 넋두리처럼 늘어놓고 있는 이 상황이 정말 원망스럽다. 그런데 이런 슬픔을 내가 느끼는 그대로 표현하는 것조차 힘이 드는구나. 네가 나한테 베풀어준 호의는 결코 헛된 게 아니다. 왜냐하면 네가 베푼 호의는 그대로 남아 있으니까. 비록 물리적인 결과물이 형편없어 보일 수는 있지만, 어쨌든 고스란히 남아 있잖아. 이것도 역시 내 느낌을 고스란히 설명하는 게 힘이 드는구나.

이제는 술이 내 정신질환의 주요 원인이었다는 걸 너도 잘 알 거다. 그런데 이게 서서히 찾아왔던 것처럼, 물러가더라도 서서히 물러갈 것 같다. 담배로 인한 문제였어도 마찬가지일 거야. 그래도 내가 바라는 건 하나뿐이다. 회복……. 어떤 이들은 술, 담배가 백해무익하다는 공포를 미신처럼 믿어서, 술, 담배를 입에도 안 댄다고 자랑하기도 해.

우리는 거짓말, 도둑질, 크고 작은 범죄를 저지르면 안 된다고 들어왔지. 그런데 말이다, 우리가 단단히 뿌리를 내리고 살고 있는 이 사회가, 오로지 미덕만 가지고 살아야 하는 곳이라면, 그건 선한 사회일까 악한 사회일까, 너무 복잡한 문제야.

정말이지 요 며칠 사이, 기상천외한 일들을 겪은 탓인지 머리가 어질어질하다. 그런데도 팡글로스 영감이 싫지는 않다.

그런데 살 목사님과 레이 선생에게 내가 부탁한 문제를 확실히 말해서 해결해주기 바란다.

입원비로는 한 달에 75프랑 정도면 부족한 것 없이 충분할 것 같다.

그리고 나는 정말이지, 가능하다면, 낮에는 밖에 나가서 데생이나 유화를 그렸으면 좋겠구나. 지금 여기서 매일 외출할 수 있으니, 딴 곳에 가도 계속 그럴 수 있겠지.

미리 말해두는데, 비용을 더 많이 들인다고 내가 더 행복할 일도 없다. 너도 알겠지만 다른 환자들과 같이 지낸다고 해서 불편할 일도 없어. 오히려 기분전환이 되면 모를까.

식사는 일반식이면 충분해. 다만 여기처럼 평소보다 와인을 조금만 더 주면 좋겠어. 4분의 1리터 대신 2분의 1리터 정도로.

그런데 이런 기관에서는 독실 규정이 어떻게 되는지 확인해봐야 해. 알아둬야 하는 게, 레이 선생이 상당히 바쁘다는 거야. 어마어마하게 일이 많아. 그러니까 이 양반이나 살 목사님이 네게 편지를 하거든, 이 두 양반이 말하는 대로 따르는 게 좋을 거야. 그러니까 내 사랑하는 아우야, 우리도 이 시대의 병을 인정하고 받아들여야 하는 거야. 이제껏 비교적 건강하게 지내왔으면 조만간 그렇지 않은 순간이 찾아오는 게 당연해. 나는, 너도 당연히 알겠지만, 선택권이 있었다면 미치는 쪽을 선택하지는 않았겠지. 하지만 일단 걸리면 돌이킬 수가 없어. 그러나 여전히, 조금이나마 그림을 그릴 수 있다는 위로는 남아 있다.

네게는 네 아내에게 파리를 비롯한 이런저런 것들에 대해, 좋은 면도 나쁜 면도 너무 많이 부각시키지 않을 묘수가 있나 모르겠다. 매사에 모든 면에 대해 미리부터 적절한 조치를 취한다는 게 가능하다고 생각해?

마음으로 악수 청한다. 편지를 자주 쓰게 될지는 모르겠다. 논리정연한 내용의 편지를 쓰기에는 내 하루하루가 좀 모호해서 말이야. 오늘따라 지금까지 내게 보여준 네 호의가 유난히 크게 다가오는 것 같구나.

이 느낌을 어찌 다 말로 표현할 수 있을지 모르겠다. 하지만 확실한 건, 네 선의는 아주 아주 가치 있었다는 거야. 그 선의에 대한 결과가 아직 미약해도, 사랑하는 동생아, 슬퍼하지 말아라, 선의는 네 안에 그대로 남아 있으니까. 그저 그 선의와 애정을 네 아내에게 최대한 많이 쏟으면 된다. 우리가 주고받는 소식이 점점 뜸해져도 네 아내가 내가 생각하는 그런 사람이라면, 분명히 너를 위로해주리라 믿는다. 그러기를 바란다.

레이 선생은 정말 대단해. 끔찍하게 일이 많은 데도 매일 일거리를 찾아다니는 의사거든. 요즘 의사들은 정말 대단한 사람들이야!

고갱을 만나거나 편지라도 할 일 있거든 내가 안부를 묻더라고 전해라.

네가 어머니와 누이의 소식도 전해주면 좋겠구나. 잘 지내는지. 행여 내 일로 지나치게 마음을 쓰고 있다면 전혀 그럴 필요 없다고도 전해주면 좋겠다. 내가 남들보다 불행하다만, 지금 당장은 불행을 겪고 있어도, 앞으로 펼쳐질 시간은 평범할 수도 있을 테니 말이다. 그냥 여느 질병과 똑같아. 우리가 알고 지내는 지인이나 친구 대부분도 이런저런 병 하나쯤은 달고 살아. 그러니 굳이 이런 말까지 할 필요가 있을까? 살 목사님이나 레이 선생, 그리고 무엇보다 너를 곤란하게 해서 속상하다. 하지만 어쩌겠어. 다시 전처럼 생활할 마음의 준비가 안 됐는데. 그러니까, 남들 앞에서 문제를 일으키지 않는 게 관건이다. 지금은 당연히 좀 진정되었지. 전에는 육체적으로나 정신적으로나 온전치 못했다는 거, 나도 아주 잘 알고 있다. 그땐 이웃들이 호의적이었지, 적어도 내가 기억하는 사람들은. 나머지들은, 뭐 내가 이래저래 피해를 끼쳤으니까, 내가 온전한 상태였다면 이런 일은 없었을 거다.

잘 지내고, 시간 될 때 편지해라.

너를 사랑하는 형, 빈센트

*****

아내와 함께 파리로 돌아온 테오는 1889년 4월 24일, 이전 편지에 대한 답장을 통해 돈 문제를 상의해온 빈센트를 안심시킨다. "너무나 자연스럽고 별것 아닌 부분에 대해서도 형님은 정말 좋은 말도 많이 해주었을 뿐만 아니라 작품과 형제애를 통해 제가 앞으로 벌게 될 돈보다 몇 배나 더 큰 걸 주었습니다. 그런데 형님 건강이 아직 온전하지 않은 것 같아 마음이 편치 않습니다. 하지만 형님의 편지에서는 형님의 정신이 온전치 않다는 느낌이 전혀 들지 않습니다. 오히려 형님 스스로 요양 기관에 들어갈 필요가 있다고 판단했다는 것 자체가 세상 누구보다 진지하다는 증거입니다."

테오는 자신의 형이 자신을 곤란하게 만들지 않으려고 이런 해결책을 내놓은 것이라 걱정하며 생 레미로 가기 전에 일단 시범 삼아 다른 곳에서 지내보라고 권한다. "이곳으로 오기 전에 잠시, 혹은 여름에 퐁타방으로 가서 얼마간, 형님을 돌봐줄 수 있는 하숙집에서 지내는 건 어떨까 합니다. 형님이 말한 대로, 다른 저의가 없다면, 저는 형님이 생 레미로 가는 게 전적으로 옳다고 생각합니다……. 당장 이 편지에, 형님 편할 때 쓸 수 있게, 기관 행정 담당자 앞으로 보내는 편지 동봉합니다. 그리고 형님이 떠나기로 하면 바로 필요한 여비를 보내겠습니다."

이 편지에 빈센트는 4월 29일, 외인부대에 지원할 계획을 화두로 꺼낸다. 5월 2일, 테오는 형에게 이렇게 답장한다. "이번에는 제가 전적으로 동의할 수 없는 소식을 전하셨습니다. 제 생각을 말씀드릴 테니, 결정은 형님이 하십시오. 외인부대에 지원할 계획이라고요. 그게 부득이한 선택이라고 하셨지요? 형님이 뜬금없이 그런 분야에 관심이 간 건 아닐 겁니다……. 아마, 제가 비용을 부담해야 하고 그로 인해 저한테 이런저런 문제가 생길 수 있다고 형님이 필요 이상으로 염려했기 때문일 텐데, 정말 괜한 고생 하신 겁니다. 작년 실적이 나쁘지 않아서 경제적인 형편도 그리 나쁘지 않습니다. 그러니 전처럼 제가 보내는 돈을 받는다고 양심에 가책을 느낄 필요도 없고 불편해할 필요도 없습니다."

테오는 이런 말로 형의 어깨에 힘을 실어주며 편지를 마친다. "어느 관점에서 보면, 비록 현실을 달리 느낄 수도 있겠지만, 형님은 불평할 일도 없는 겁니다. 지금까지 형님의 그림처럼 그려내고 싶어 했던 사람들이 얼마나 많았습니까. 형님이 더 바랄 게 뭐가 있습니까? 그럴듯한 작품을 만들어내는 게 형님이 원했던 거 아닙니까. 형님께 그런 기회가 주어졌는데, 왜 또다시 그런 결과물을 만들어내지 못할까 절망하고 있는 겁니까? 이 현대 사회가 제아무리 형편없어도, 살아갈 방법은 있기 마련입니다. 퓌비스 드 샤반느나 드가, 그 외 여러 화가들이 그 증거 아닙니까. 저는 조만간 형님이 다시 그림 작업에 몰두할 수 있다고 확신합니다. 그렇다고 화실을 다시 찾았을 때, 습기로 가득 찬 그 공간을 보며 형님이 느꼈을 실망감을 제가 전혀 모른다고는 생각지 마세요. 힘을 내십시오. 형님의 고생도 끝이 있을 테니까요. 집사람이 형님께 인사 전하랍니다. 아내는 잘 지냅니다. 새로운 환경에 잘 적응하고 있습니다. 악수 청합니다."

586프 ____ 1889년 4월 24일(수) 추정

테오에게

살 목사님을 다시 만났는데 너한테 편지를 하셨다고 하더라. 이게 가장 현명한 방법 같다는 생각이 들어. 다른 대안은 없는 것 같거든. 정신이 점점 정상으로 돌아오고는 있는데 전처럼 기민하게 반응하려면 아직 갈 길이 멀다.

지금으로선 정신이 오락가락하는 터라 내 생활을 알아서 통제하기가 힘들다.

될 수 있으면 이 이야기는 하지 말자. 그나저나 어떻게 지내냐? 잘 돌아온 거냐?

살 목사님의 편지가 르픽가의 예전 집으로 배달됐을 수도 있어.

식구들은 잘 지내고 있는지 궁금하다. 어머니가 많이 좋아하셨겠다.

네가 평생을 함께할 반려자와 지낸다고 생각하니 정말이지 내 마음이 편안해지는구나. 무엇보다 내가 불행할 거라는 생각은 절대 하지 말아라!

병이 자라기 시작한 게 제법 오래전부터였다는 걸 이제는 확실히 알 것 같다. 나한테 이런 증상이 있다는 걸 알아본 사람들이 느꼈을 불안감이 나는 전혀 그렇지 않다고 생각했던 내 자신감보다 훨씬 근거가 있었다는 것도 이제는 알겠어. 그러고 나니, 단지 나를 위한 행동을 했을 뿐인 사람들에 대해 내가 가지고 있던 오만한 생각이나 날 선 판단 등도 이제는 좀 누그러졌어. 내 생각이 뒤늦게 *이런 감정 상태*에 이르게 된 게 아쉬울 따름이야. 과거의 일을 바꿀 수 없다는 것도 당연히 유감스럽고.

그러니 내 결정을 이렇게 여겨주면 좋겠다. 그러니까 우리가 오늘 내리게 될 이 결정, 살 목사님과도 이야기한 내용과 요양원에 들어가기로 한 결심 등은 단순한 절차에 불과하다고 말이야. 어쨌든 발작 증상이 반복된다는 건 입원을 주저하지 말아야 할 정도로 심각한 경우거든.

게다가 앞날을 생각하더라도, 스무 살 때와는 상황이 전혀 달라. 벌써 서른여섯 해나 살았으니까.

그리고 요양원에서 나오더라도 나는 물론 남들에게도 고문이 될 거라는 생각도 들어. 마비 증상이라도 겪듯, 내 앞가림 하나 제대로 할 수 없을지도 모를 테니 말이다. 뭐, 시간이 지나면 알게 되겠지.

네덜란드 소식은 어떤지, 네 근황은 어떤지가 몹시 궁금하다. 예전이나 지금이나 나는 여전히 이기적인 생각만 드는구나. 전에도 두세 번 설명했다만, 나는 지금도 여전히 그냥 이렇게 요양원에 들어가는 게 최선이라는 생각을 버릴 수가 없다. 장기적으로 보면 나아지겠지. 아무튼 미약한 변명에 불과할지는 모르지만 그림 작업은 다른 부분을 둘러보고 생각할 여유를 주지 않아. 그래서 이런저런 것들을 생각하고 고려해야 할 경우, 직업적인 본분에 최선을 다할 수가 없게 되지. 약간 운명적이라고 할까, 직업이라는 건 힘든 만큼 보상도 없고, 가져봐야 그 효용성이 보장되는 것도 아니야. 그렇다고 해도 화가들을 모아 협회를 결성하고, 몇 사람에게 화실과 숙식을 제공하면서 공동생활을 하는 계획은, 비록 성공하지 못했고, 괴롭고 뼈 아픈 실패의 경험이긴 했지만 나름 현실적이고 합리적인 계획인 건 사실이야. 하지만 다시 해볼 만한 일은 아니지.

평범한 일반실 입원이 가장 나은 방법이라는 걸 알아둬라. 살 목사님 말이 80프랑이면 충분할 거라고 했어. 레이 선생은 이런 걸 알려주더라. 생 레미에 가면 입원한 사람 중에서 그럭저럭 형편이 괜찮아서 돈을 펑펑 쓰는 사람들도 있다고. 그들에게는 이런 생활이 도움은커녕 더 해롭다고 하더라. 나도 그렇게 믿고 싶다.

내 경우는 자연 하나만 누릴 수 있어도 그 어떤 약보다 효과가 있을 거야. 여기서는 *아무런 약도* 먹지 않고 있어. 아직도 이런저런 집기에 대한 세금으로 11.87프랑을 더 내야 해. 아무튼 집주인에게 줘야 할 남은 월세 고지서 외에 그런 고지서 하나가 더 날아왔더라고. 생 레미로 떠나기 전에 네게 내 그림들을 보내야 해서, 상자 하나는 이미 준비해뒀다.

다른 이야기도 전하고 싶지만, 이 일을 해결하기 전까지는 동시에 다른 소식을 전할 여력이 없다. 또 연락하자.

너와 제수씨가 편히 여행하고 왔기를 바란다.

너를 사랑하는 형, 빈센트

587프 ___ 1889년 4월 28일(일)

테오에게

정겨운 편지 정말 고맙고, 반가운 소식과 함께 동봉해준 100프랑도 정말 고맙게 잘 받았다. 결혼 후에 생활이 안정된 것 같다고 느낀다니 대단히, 아주 몹시 기쁘구나. 무엇보다 반가웠던 건 어머니가 몇 년은 젊어지신 것처럼 건강하시다는 소식이었어. 조만간, 아니 벌써부터 너한테 손주 보실 생각을 하고 계신 건 아닌지 모르겠다. 아마 틀림없을 거다.

네가 제수씨와 함께 파리 대신 빌 다브레 같은 곳에서 살지 않는 게 아쉬울 따름이다. 언젠가 그럴 날이 오길 바란다. 중요한 건 네가 진 빠지는 생활을 하는 것보다 기력을 회복하는 거야.

생 레미 요양원 원장에게 보내는 네 편지를 가지고 살 목사님을 보러 갔었는데, 마침 바로 오늘 거기에 가신다는구나. 그러니 주말까지는 해결될 것 같다. 조만간 복무 기간 5년의 외인부대에(마흔까지 입대가 가능하다고 하던데) 입대할 수 있게 된다고 해도 그게 불행할 일도, 불만스러울 일도 아니다. 신체적인 건강 상태도 전보다 나아졌으니 다른 일보다 군 생활을 하는 게 더 낫겠다는 생각이 들어. 아무튼 의사 선생의 조언도 참고나 숙고해보지 않고 그렇게 하겠다는 게 아니다. 반드시 참고해야겠지. 왜냐하면 우리가 그냥 알아서 해봐야 더 나은 결정을 내릴 수 있는 게 아니기 때문이다.

어쨌든 군 복무가 아니라면, 나는 유화나 데생을 할 수만 있다면 당연히 무슨 일이든 거부하지 않을 거야. 파리나 퐁타방으로 가고 싶은 마음은 없는데, 그렇다고 열렬히 뭘 하고 싶다거나 뼈저리게 후회하며 지내지도 않는다.

때때로 소리 없는 절망이라는 절벽에 온몸을 던지는 파도처럼, 무언가를 끌어안고 싶다는 욕망, 평범한 가정주부 같은 여성을 끌어안고 싶은 욕망이 폭풍처럼 인다. 하지만 이런 건 있는 그대로 바라봐야 해. 정확한 현실 인식이라기보다, 극도로 흥분한 결과로 인한 현상이라고.

게다가 레이 선생과도 벌써 몇 차례 우스갯소리로 주고받았는데, 그가 사랑도 세균과 같다고 했거든. 나야 그 말이 놀랍지 않고, 남들을 불편하게 하는 이야기도 아니고, 그렇게 생각하기도 한다. 르낭Ernest Renan의 그리스도가 뭐로 보나, 식당 업자인 뒤발Pierre Louis Duval이 영향을 끼치고 있는 개신교 교회, 가톨릭 성당, 그 외에 무수한 이런저런 교회에서 사용되는 뻣뻣하게 풀 먹인 종이 속의 수많은 그리스도보다 천 배나 더 큰 위로를 주지 않냐? 사랑도 비슷하지 말라는 법도 없잖아. 조속히 르낭의 『적 그리스도Antichrist』를 읽고 싶다. 내용을 전혀 모르지만 한두 가지 그럴듯한 대목을 접하지 않을까 미리부터 기대돼.

아, 사랑하는 동생 테오야. 네가 지금 이맘때의 올리브나무들을 본다면 얼마나 좋을까! 해묵은 잿빛과 녹색을 머금은 회색빛 잎사귀들이 파란색과 대조되는 그 풍경. 갈아엎은 땅의 주황색 빛깔. 북부에서 생각할 수 있는 장면과 전혀 다른 분위기야. 어찌나 섬세하고, 선명한지!

네덜란드의 벌판에서 보는 가지치기 된 버드나무나 모래언덕의 떡갈나무 수풀처럼, 올리브나무 과수원의 속삭임은 아주 친밀하면서도 엄청나게 오래된 느낌이 고스란히 전해지는 것 같아. 그림으로 그리거나 구상하는 것조차 엄두가 나지 않을 정도로 아름다운 풍경이야. 아, 사랑을 이야기하는 협죽도! 퓌비스 드 샤반느의 〈레스보스Lesbos〉만큼이나 아름답지. 해변에 나온 여인들의 그림 말이야. 그런데 올리브나무는 또 다른 분위기야. 굳이 비유하자면 들라크루아의 그림 같다고 할까.

편지는 여기서 급히 마쳐야겠다. 하고 싶은 얘기가 쌓였는데 아까도 말했다시피, 머리가 아직 정리가 안 된다.

조만간 기차 화물로 그림을 담은 상자 2개를 보낼 건데 그저 그린 것들은 전혀 신경 쓰지 말고 알아서 처분해라.

빌레미나가 편지했는데 D부인 댁으로 돌아간다더라. 반가운 소식이었어. 그런데 암이라니, 낫기도 어렵고 고통스러운 병이잖아. 그나저나 신기한 게, 내가 여기 아를에서, 또 환각 증상 중에 기이하고 설명할 수도 없는 일을 겪는 동안에도 사람들이 암에 관한 이야기를 계속해서 했더라고. 미래를 내다볼 수 있다고 여기는 고매한 이곳 토박이들의 이야기를 믿는 사람들이 수군거리기를, 나는 그 병에 걸려도 감지덕지해야 한다고 했다네. 당연히 나야 기억하는 게 전혀 없지만, 아무튼 이해할 수 없는 부분은 당시의 기억이 전혀 없는 탓에 재구성하고 복원할 수도 없다는 거야. 그래서 인간에게 암 같은 병은, 떡갈나무를 휘감는 담쟁이덩굴 같은 존재가 아닐까 생각하며 위안을 삼는다.

악수 청하며 다시 한 번 고맙다는 말 전한다, 곧 연락하자.

너를 사랑하는 형, 빈센트

빌11프 ___ 1889년 4월 28일(목)에서 5월 2일(일) 사이

사랑하는 누이에게

반가운 네 편지 잘 받았다. 무엇보다 네가 뒤크베스너 부인을 돌봐드리러 그 집으로 돌아갔다는 소식을 접하니 가슴이 뭉클하더라.

암은 분명 무시무시한 병이야. 암 환자 소식만 들어도 소스라칠 정도인데, 여기 프랑스 남부에서는 또 그게 그리 드문 경우도 아니야. 제대로 걸리면 낫지도 않고 치명적이라고는 하지만 또 종양을 치료하면 낫기도 한다더라. 어쨌든 겟세마네 동산 앞에서 한 치도 물러서지 않는 네가 우리 누이라니 정말 대견할 따름이다. 내가 네 입장이었다면 이런 문제에서 너만큼 과감하지는 못했을 거야. 그저 어설프고, 둔하고, 미숙하게 대처했겠지. 내가 제대로 기억하는지 모르지만, 네덜란드 속담에 이런 말이 있을 거야. '벌 떼는 볼품 없는 과일에 달려들지 않는다.'

바로 이게 내가 하고 싶은 말이야. 그러니까 담쟁이덩굴이 가지를 잘 쳐놓은 수령이 많은 버

드나무를 좋아하듯이(해마다 봄에는 담쟁이덩굴이 수령이 많은 떡갈나무를 좋아하고) 정체를 알 수 없는 암이라는 이 식물도 열정적인 사랑과 헌신으로 점철된 삶을 살아가는 우리 인간들을 너무 좋아한다는 거지. 암이 주는 고통이 얼마나 클지는 알 수 없지만, 암에 대한 두려움은 신성한 것일 수도 있고 또 그 안에는 낡은 초가집 지붕에서 자라는 초록색 이끼처럼 부드럽기도 하고 비통하기도 한 무언가가 있을 수도 있을 것 같다. 그런데 이에 대해 내가 아는 게 전혀 없으니, 뭐라고 확신할 수가 없구나.

여기서 그리 멀지 않은 곳에 아주 오래된 무덤이 하나 있어. 아마 예수의 무덤보다 더 오래된 무덤인데 거기에 이런 묘비명이 적혀 있다. '그 누구의 탓도 하지 않았던 오시리스의 무녀, 타하피의 딸, 테베.' 네가 돌보는 환자가 아무런 불평도 하지 않는다는 말을 들으니, 나도 모르게 그 묘비명이 떠오르더라.

어머니는 테오의 결혼에 만족하신 것 같더라. 테오가 전한 소식에 따르면 몇 년은 젊어지신 것 같다더라고. 내게는 반가운 소식이었어. 테오도 결혼 생활이 만족스러운 눈치더라. 상당히 안정된 느낌이야. 테오는 워낙 결혼에 대해 헛된 희망을 품지 않았어. 원래 좋은 점과 나쁜 점을 따지지 않고 매사를 있는 그대로 판단하고 받아들이는 흔치 않은 능력을 갖춘 녀석이라 그럴 거야. 테오가 옳다. 우리가 하고 있는 일에 대해 우리가 뭘 알 수 있겠냐.

나는 대략 석 달 정도, 여기서 멀지 않은 생 레미의 요양원에 입원할 생각이다. 큰 발작을 총 네 번이나 겪었는데, 그때마다 내가 무슨 말을 했고, 뭘 하려고 했으며, 무슨 짓을 했는지 전혀 기억이 없다. 이전에 뚜렷한 이유도 모른 채 의식을 잃고 기절한 것도 세 번이나 되는데 그건 치지도 않았어. 그때도 어떤 느낌이었는지 전혀 기억이 없구나.

뭐, 그 이후로 마음도 안정이 됐고, 기력도 완벽히 회복했지만, 심각한 상황인 건 사실이야. 게다가 아직 화실에서 생활할 자신도 없다. 그래도 그림 작업은 하는 중이야. 얼마 전에도 병원을 배경으로 2점이나 그렸어. 하나는 병동을 그린 그림인데 세로로 기다란 방에 흰 커튼으로 둘러쳐진 침대가 줄을 지어 정렬돼 있고 주변으로 환자 몇몇이 돌아다니고 있지. 벽과 지지대가 들어간 천장은 자줏빛이나 초록빛이 들어간 흰색 계열로 칠했어. 분홍색이나 밝은 초록색 커튼이 달린 창문도 군데군데 그려 넣었고 바닥은 빨간 벽돌로 처리했어. 끝으로 보이는 문 바로 위에는 십자가를 걸어뒀어. 아주 단순한 그림이야. 그리고 짝을 이루는 그림은 병원 안뜰을 그린 거야. 아랍식 건축물처럼 회랑이 길게 이어진 구조인데 회반죽처럼 희멀겋게 칠했어. 회랑 앞으로 고대식 정원이 있는데 연못을 가운데 두고 여덟 곳으로 나뉜 화단에는 물망초, 원산초, 아네모네, 미나리아재비, 꽃무우, 데이지 등이 자라고 있어. 그리고 회랑 아래에는 오렌지나무와 협죽도가 보여. 한마디로, 꽃과 봄 식물들로 가득찬 그림이지. 검고 다소 침울한 분위기의 나무 세 그루가 그림 전체적으로 뱀처럼 가지를 뻗어나간 모습이고 전경에는 제법 커다랗고 침울하면서 어두운 회양목 네 그루가 덤불처럼 모여 있어. 여기 사람들은 이런 풍경을 보면서 별다른 걸 느끼지 못하는 것 같은데, 나는 예전부터 회화의 예술적인 측면을 모르는 사람들을 위해 그림을 그리고 싶었어.

어떻게 설명해야 하나. 너는 볼테르의 『캉디드』에 등장하는 팡글로스 영감의 철학이나 플로베르의 『부바르와 페퀴셰』에 대해 잘 모를 거야. 남자 대 남자의 이야기가 주를 이루는 거라 여자들도 잘 이해할 수 있는지는 모르겠다. 하지만 이 책들에서 얻은 교훈을 지금도 간직한 덕분에 결코, 편치 않고, 부러울 리도 없는 밤낮의 시간을 버티고 있다고 해도 과언이 아니야.

비처 스토의 『톰 아저씨의 오두막』을 집중해서 다시 읽어봤어. 왜냐하면 여성 작가가 쓴 소설이거든. 작가 말이 아이들을 위해 수프를 요리하면서 쓴 소설이라고 했어. 그리고 찰스 디킨스의 『크리스마스 캐럴』도 다시 한 번 정독해서 읽었어.

요즘은 생각을 더 많이 하려고 독서량을 좀 줄이긴 했다. 아직도 고생길이 훤한 것 같아. 솔직히 말하면 결코, 달갑지는 않은 상황이야. 뭐가 어떻게 되든, 순교자의 길을 걷고 싶은 마음은 없거든. 나는 예전부터 영웅적인 정신이나 행동을 추구하지는 않았어. 나한테 그런 건 없다. 남들의 그런 모습은 나도 높이 평가해. 그러나 다시 한 번 말하지만, 그게 내 의무이자 이상향은 *아니라고* 생각해.

르낭의 걸작들을 다시 읽어보지는 않았어. 그런데 여기서 이렇게 올리브나무와 나름의 특징을 가진 여러 식물들 그리고 파란 하늘을 보고 있으면 종종 그의 작품이 떠오르곤 한다.

아! 르낭의 판단은 정확했어. 그리고 그는 자신의 작품을 통해, 여타 다른 작가들과 차별화되는 특별한 프랑스어로 우리에게 이야기를 들려주고 있어. 파란 하늘은 물론 올리브나무의 은은한 속삭임, 한 마디로 *사실적이면서 설명적인* 수많은 요소가 내포돼 있어서 그의 이야기를 부활의 이야기로 만들어주는 *소리와 단어*로 구성된 프랑스어라고 할 수 있어. 나를 가장 슬프게 만드는 것 중 하나는, 우리 시대에 탄생한 선한 것과 아름다운 것들이 사람들이 저마다 가지고 있는 편견과 충돌하는 현실이야. 아! '무지'도 영원하고 '오해'도 여전하니, 실제로 평온한 느낌의 글을 접할 때마다 기분이 좋아지는 건지도 모르겠구나……. '그 누구의 탓도 하지 않았던 오시리스의 무녀, 타하피의 딸, 테베.'

나는 가끔 내 삶이 그리 순탄하지만은 않았다고 생각한다. 실망감, 난처함, 변화 등으로 인해 예술가로 살면서 자연스럽게, 그리고 마음껏 그 기량을 펼쳐보지 못했거든.

'구르는 돌에는 이끼가 끼지 않는다'는 속담이 있잖아.

그런데 만약 아까 말한 팡글로스 영감이 '최선의 세상에서는 모든 게 다 최선'임을 입증할 수 있는 거라면, 그게 다 무슨 소용이겠어?

작년에는 과수원의 꽃나무를 10~12점쯤 그렸는데 올해는 아직 4점밖에 못 그렸어. 그만큼 작업에 속도가 붙지 않더라.

혹시 네가 말했던 드론의 책을 가지고 있다면, 나도 읽어보고 싶은데, 지금은 나 때문에 일부러 그 책을 *사지는 말아라*. 여기서 아주 쾌활한 수녀님들을 볼 수 있었어. 그런데 내 눈에는 성직자들 대부분이 항상 침울해 보여. 제법 오래전부터 종교는 내게 두려움의 대상이었어. 너도 이미 잘 알겠지만, 사랑이라는 게 우리가 상상한 그대로 존재하지는 않잖아. 여기서 알게 된 병원 인턴 선생이 있는데, 상상할 수 있는 가장 용맹한 사람이자, 가장 헌신적이면서 동시에 성실하고 가슴까지 따뜻한 데다 남성적인 양반이야. 그런데 이 양반은 사랑도 세균과 마찬가지라는 말을 하면서 뭇 여성들의 마음을 혼란스럽게 만드는 걸 즐겨. 물론 또 다른 뭇 여성들이나 일부 남성들에게 격렬한 질타를 받기도 하지만, 전혀 개의치 않아. 입맞춤을 비롯해 거기에 기꺼이 덧붙이고 싶은 이런저런 행위들은 그냥 물 한 잔 마시거나, 빵 한 조각 먹는 것처럼 지극히 자연스러운 행위에 불과한 거야. 입맞춤은 당연히 필요한 행위잖아. 그게 아니라면 심각한 무질서가 초래될 테니 말이야. 그러면 뇌(腦)적인 호감도도 이전에 있었던 일의 유무에 따라 달라지게 되는 거야. 도대체 이런 것까지 조절해야 할 필요가 과연 있을까?

나는 사랑이 세균과 같다는 주장에 반대하지 않아. 그래서 암으로 인한 고통 앞에서 존경심 같은 것도 느낄 수 있어.

보다시피, 네가 이따금 거론하는 의사라는 양반들이라고 해서 대단한 일을 하는 건 아니야. 네 판단이 옳다면 네가 무슨 말을 하든, 그건 네 자유야. 그런데 그 의사 양반들이 또 뭘 할 수 있는지 알아? 다른 사람들이 내미는 손보다 더 진심 어리고 부드러운 손을 내밀어 악수를 청할 수 있는 사람들이고 존재 자체가 호감과 안정감을 나눠주는 사람들이야.

아무래도 내가 주저리주저리 아무 말이나 막 늘어놓고 있는 듯하다. 두 줄 넘겨서 쓰는 것도 힘든 터인데, 이번에도 덧없는 이야기나, 두서 없는 이야기만 늘어놓은 건 아닌지 걱정이구나.

어쨌든 네가 거기 있는 동안 네게 이런저런 말을 하고 싶었을 따름이다.

내 상황이 어떤지는 정확히 설명할 수 없을 것 같다. 뚜렷한 이유도 없이 극도의 불안감을 느낄 때도 있고 머릿속이 허전하거나 피곤할 때도 있고 그래.

나는 이런 게 그저 단순한 사고 같은 게 아닐까 생각해. 물론 내 잘못이 크겠지. 가끔은 침울해질 때도 있고, 가혹할 정도로 죄책감을 느끼곤 하니까. 하지만 이로 인해 낙담하고 침울해지더라도 태연하게 이렇게 말할 거야. 회한이나 실수도 사랑과 마찬가지로 세균 같은 거라고.

나는 위대한 작가 디킨스가 자살을 방지하기 위해 처방해준 약을 매일 복용하고 있어. 그건 다름 아닌 와인 한 잔과 빵과 치즈 그리고 파이프 담배야. 너는 별 대수롭지 않은 거라 생각할 수도 있어. 내가 겪는 우울증이 그 정도로 심하지는 않을 거라 생각할 수도 있고. 하지만 가끔은 정말이지…….

언제나 유쾌할 수는 없는 법이지만 그래도 농담 같은 걸 하는 법을 잊지 않으려고 애쓰는 중이다. 그리고 영웅적인 행위나 순교자가 되는 길은 될 수 있으면 피해갈 생각이고. 그리고 또 침울한 것들을 침울하게 여기지 않으려고 애쓸 거야.

좋은 밤이 되기를 기원하면서, 비록 아는 바는 전혀 없지만 네가 돌보는 환자분에게도 경의를 표한다.

너를 사랑하는 오빠, 빈센트

리스가 지금도 수스테르베르흐에 있는지 모르겠다. 혹시 있다면 내가 안부를 묻더라고 전해라.

588프 ___ 1889년 4월 30일(화)

테오에게

네 생일을 앞두고, 올 한 해는 크게 힘들 일 없기를, 무엇보다 건강을 회복하기를 기원한다.

요즘은 네게 기력을 나눠줄 수도 있을 정도로 힘이 넘친다. 머리까지 정상으로 돌아온 건 아니고.

들라크루아가 옳았어. 그는 빵과 와인만 먹고 마시면서 화가로서도 균형된 삶을 살았잖아. 그런데 항상 돈 문제는 피해갈 수가 없어. 그나마 들라크루아는 금리 수입이 있었지. 코로도 마찬가지였고. 그럼 밀레는? 그는 농부였고 농부의 아들이었어. 마르세유 일간지에서 오린 신문 기사인데 아마 네게 도움이 될 거다. 몽티셀리에 관해 얼핏 소개되는데, 공동묘지 한구석을 그린 그림에 대한 묘사가 상당히 흥미롭더라고. 그런데 역시나 내용은 애석했어. 어느 성공한 화가가, 성공이라고 해봐야 그리 대단한 것도 아니지만, 어쨌든 그런 화가가 자신보다 형편이 훨씬 더 좋지 않은 화가 대여섯을 이끌어준다고 생각하니 서글플 따름이다.

그래도 팡글로스 영감이나 『부바르와 페퀴셰』를 생각해봐라. 그래, 어떻게든 설명이 가능하다는 건 나도 알지만, 이 사람들은 팡글로스 영감을 모를 수도 있고, 알았더라도 현실에 대한 절망과 극심한 고통이 치명적으로 할퀴고 간 탓에 모조리 까먹었을 수도 있어.

게다가 낙관론이라는 미명하에 또다시 불교 같은 종교의 꼬리만도 못한 종교적인 사상에 빠져들고 있어. 그나마 이건 해가 될 건 없지. 오히려 반대라면 반대라고 할 수도 있고.

「르 피가로」에 소개된 모네의 기사는 마음에 안 들더라. 「19세기」에 실린 기사가 훨씬 더 괜찮아! 그림도 실려 있고. 그런데 이 기사는 우울할 정도로 그저 그런 내용이 전부였어.

오늘 회화 작품하고 습작을 챙겨서 상자에 넣었다. 그중 신문지로 감싼 게 하나 있는데 그림이 좀 벗겨졌어. 가장 괜찮은 그림 중 하나였는데, 들여다보고 있으면 침수된 내 화실 분위기가 어땠는지 느낌이 확실히 올 거다.

이 습작하고 다른 것들 몇 개가 내가 아파서 병원에 있는 동안 습기로 인해 훼손됐거든.

홍수로 물이 집 바로 앞까지 찼었다더라고. 돌아와 보니 사방 벽에서 습기와 초석이 스며 나오고 있었어. 내가 집에 없었으니 당연히 난방을 못 했으니까.

나한테는 충격이었어. 화실만 침수된 게 아니라, 작품이 간직하고 있던 추억까지 엉망이 되어버린 거야. 완전히 끝장나버렸어. 간결하고도 오래갈 그런 걸 찾아내려고 그토록 간절히 애써왔는데. 애초에 불가항력과의 싸움이었거나 어쩌면 내 성격이 나약해서겠지. 결국 뭐라고 형언할 수 없는 심각한 회한이 지금도 마음에 남아 있다. 어쩌면 이런 이유로 발작 당시에 그렇게 소리를 질렀나 보다. 나 자신을 보호하고 싶은데 더 이상 그럴 수 없어서. 나만을 위한 게 아니었는데. 이 화실은 동봉해 보내는 기사에 소개된 그런 불행한 화가들을 위한 공간이 될 수도 있었어.

아무튼 같은 생각을 한 사람들이 우리 이전에도 여럿 있었어. 몽펠리에의 브리아스 같은 사람은 자신의 전 재산과 삶을 거기에 다 쏟아부었지만 가시적인 성과는 거의 없었지.

그래, 시립미술관이 배정해준 싸늘한 공간에 가면, 슬픈 표정을 짓고 있는 한 남자의 얼굴과 아름다운 회화 몇 점을 볼 수 있어. 물론 감동적이긴 하지만 안타까울 따름이다! 그 감동이라는 게 묘지에서 느껴지는 그런 감정에 가깝거든.

하지만 퓌비스 드 샤반느가 그린 〈희망〉의 존재를 극명히 드러내는 공동묘지를 거니는 건 힘든 일일 거야.

그림도 꽃처럼 시들기도 한다. 그래서 그 환상적인 〈다니엘〉이나 〈오달리스크〉 같은(루브르에 전시된 것들과 달리 보라색 색조로만 구성된) 들라크루아의 그림들도 고전을 면치 못했어. 하지만 나는 훼손된 이 그림들이 그렇게 인상적으로 느껴지더라. 주로 쿠르베나 카바넬, 그리고 빅토르 지로 등의 작품들을 감상한 관람객 대부분에게는 그다지 이해받지 못한 그 그림들 말이야. 우리 화가들은 뭐 하는 사람이냐? 리슈팽의 지적이 대부분 옳은 것 같아. 그는 『신성모독』에서 아주 단도직입적으로 단번에 화가들을 전부 정신병원으로 보내버리잖아.

그런데 확실한 건, 아무런 대가 없이 나를 받아줄 요양원은 어디에도 없다는 거야. 심지어 그림 그리는 비용은 내가 부담하고 그 결과물을 모두 병원에 두고 나온다고 해도 결과는 마찬가지일 거야. 엄청나다고 할 수는 없지만 어쨌든 좀 불공평하긴 해. 그런 생각을 했었으면 포기했었을 거야. 너의 우정이 없었다면 아마 사람들은 다들 거리낌 없이 나를 자살로 내몰았을 거고, 내가 아무리 비겁한 사람이었다고 해도 결국은 그렇게 끝을 보게 됐을 거야. 너도 알게 될 거라 바라는데, 바로 이 틈새가 우리가 사회에 이의를 제기하고 우리 자신을 보호하는 게 허락되는 지점인 거야. 너도 아마 어느 정도는 알고 있겠지만 자살한 마르세유 출신의 화가는 압생트로 인해 자살한 게 아니야. 그 이유는 너무나 간단해. 그에게 압생트를 공짜로 주는 사람도 없었을 거고, 그 역시 그걸 사마실 돈이 없었기 때문일 거야. 게다가 그가 압생트를 마셨다고 해도 그건 자신만을 위한 건 아니었을 거라고. 그는 이미 병이 든 상태였고, 그렇게 버텼을 뿐인 거지.

살 목사님이 생 레미에 다녀오셨는데, 요양원 밖에 나가 그림 그리는 것도 허락이 안 되고,

100프랑 미만으로는 받아줄 수 없다고 하네.

심히 나쁜 소식이다. 5년 복무 조건으로 외인부대에 입대해서 이 곤경을 벗어날 수 있다면, 차라리 그 길이 낫겠어.

왜냐하면 감금 상태로 작업도 못 하면 회복이 더딜 테고, 또 계속해서 미친 사람으로 살려고 매달 꼬박꼬박 100프랑씩 내야 하기 때문이야.

어떻게 해야 할지 진지하게 고민해봐야 해. 그런데 나를 병사로 받아주기는 할까? 살 목사님과 이런저런 얘기를 한 터라 몸도 피곤하고 뭘 어떻게 해야 할지도 모르겠다.

베르나르에게 군 입대를 독려한 게 나였는데, 그런 내가 병사로 지원해서 아라비아반도로 나갈 생각을 하고 있다니 정말 희한하지 않냐?

이런 이야기를 하는 건, 내가 정말로 외인부대에 입대하게 되더라도 심하게 나를 나무라지 말라는 뜻으로 하는 거야. 나머지 부분들은 모호하고 기묘할 따름이다. 너도 알다시피 그림 비용을 회수할 수 있을지도 대단히 의심스럽고. 그리고 내 건강 상태는 나아지는 것 같아.

감시를 받으면서 그림을 그려야 한다니! 그것도 요양원 안에서만 말이야. 그런 조건이라면 과연 돈을 내고 거기 들어갈 필요가 있을까 싶구나! 그런 조건이라면 병영에서도 그림 작업을 할 수 있을 거다. 오히려 더 잘 할 수도 있고. 아무튼 나도 고민해볼 테니, 너도 생각해봐라. 최선의 세상에서는, 항상 모든 게 최선일 테니 불가능할 것도 없을 거다.

굳게 손을 잡고 악수 청한다.

너를 사랑하는 형, 빈센트

589프 ___ 1889년 5월 2일(목)

테오에게

며칠 전에 그림을 넣은 D58번과 59번 상자 2개를 기차 편에 보냈다. 네가 받기까지는 대략 여드레 정도가 걸릴 거야. 그저 그런 것들도 여럿 포함돼 있어서 폐기해야 할 테지만 그래도 있는 그대로 그냥 보냈어. 네 눈에 그럴듯해 보이는 게 있으면 네가 보관하라는 뜻이야. 그리고 고갱의 펜싱 마스크와 그가 두고 간 습작들, 르모니에의 책도 동봉했다.

일단 회계 담당자에게 보증금 조로 30프랑을 미리 지불했어. 아직은 여기 있지만 계속 있을 수는 없는 터라 결단을 내려야 해. 내가 요양원에 들어가는 게 어떤지 잘 생각해보기 바란다. 장기적으로 보면 큰 비용이 들어가겠지만, 집을 빌리는 것보다 덜 들 수도 있어. 그런데 집을 빌려 전처럼 혼자 살 생각을 하니 끔찍할 따름이다.

외인부대에 들어갔으면 하는 마음도 있어. 내가 여기서 우려하는 건 나와 관련된 일이 온 동네에 다 알려져서 모두가 나한테 등을 돌리는 상황이야. 그러니까 내가 무엇보다 걱정하는 것,

그러니까 나를 소극적으로 만드는 건 사람들의 거부 반응이라는 거야. 그렇게 될 가능성 말이야. 5년간이라도 외인부대에서 활동할 수 있도록 연줄을 놔줄 지인이라도 있었으면 당장에 지원했을 거야. 다만, 남들 눈에 이 결심이 또 다른 미친 짓처럼 보이는 게 싫어서 미리부터 너한테 이야기하고, 살 목사님한테 이야기하는 거야. 내가 그렇게 입대하더라도, 멀쩡한 정신으로 충분히 고민한 다음 결심한 거라고.

잘 생각해봐라. 먹고살 돈도 부족한 마당에 계속해서 그림 그리는 데 돈을 쏟아붓는 건 정말 가혹한 일이야. 너도 성공할 가능성이 희박하다는 걸 알잖아. 게다가 *불가항력의 상황*이 내 발목을 붙잡고 있다는 사실에 충격이 이만저만이 아니야. 앞으로 누이들도 돌봐줘야 할 상황이 발생할 수도 있잖아.

어쨌든, 그러니까 내 말은, 상황이 어떻게 되든, 나를 받아준다는 확신이 있었으면, 당장 외인부대에 지원했을 거라는 거야. 그런데 숫기도 없어지고 뭐든 주저하게 되면서 지금은 거의 기계처럼 살고 있어.

그래도 건강이 아주 좋아졌고 그림도 조금씩 그리고 있어. 분홍색 꽃이 핀 밤나무들이 늘어선 가운데 꽃이 만개한 작은 벚나무와 등나무가 하나씩 자라고 있는 공원 산책로에 햇살과 그림자가 얼룩을 만들어 놓은 장면이야.

호두나무 액자에 넣은 공원 그림과 짝을 이루는 그림이 될 거야.

5년간 외인부대에 입대하겠다는 건, 내가 무슨 희생을 하거나 선행을 베풀겠다는 생각에서 한 건 아니라는 걸 알아주기 바란다.

내 삶은 '*나락*'으로 떨어졌고, 정신은 *예나 지금이나* 멍한 상태이니, 누가 나를 위해 뭐를 해준다고 해도, 내 삶의 균형을 맞추기 위해 이것저것 돌아볼 여력이 *없어*. 여기 이 병원처럼 규칙을 준수해야 하는 곳에서는 마음이 편해. 그러니 지원 입대를 하더라도 사정은 마찬가지일 거야. 지금 여기서는 거부당할 위험이 상당히 커. 왜냐하면 나를 불치의 정신질환이나 간질을 앓는 완전히 미친 사람으로 여기고 있거든(들은 바에 따르면 프랑스에 간질환자가 50,000명이 있는데 그중에서 4,000명만 병원에 수용돼 있다더라고. 딱히 놀랄 일도 아니지). 어쩌면 파리에 가서 드타유Edouard Jean Baptiste Detaille나 카랑 다슈Caran d'Ache에게 이 사실을 말하면 금방 적당한 기관에 들어갈 수도 있을 거야. 하지만 그건 너무 충동적인 결정에 지나지 않으니 우선은 차분하게 생각해보고 행동으로 옮기자. 그동안은 내가 할 수 있는 일을 하면서 기다릴 거야. 유화를 포함해서 *무슨 그림이든* 그릴 거야. 그 정도 의지는 충분히 지니고 있거든.

그런데 그림에 들어가는 비용이 빚처럼 어깨를 짓누르고 나를 더 무력하게 만든다. 가능하면 이런 상황이 빨리 끝났으면 좋겠다.

그리고 내 뜻은 이미 확실히 밝힌 그대로야. 이제부터 무언가를 결정해야 하는 상황이 발생하면, 너와 살 목사님이 나 대신 결정해도 괜찮아. 이건 명심해라. 난 아무것도 거부하지 않는다는 거 말이야. 우리가 예상했던 것보다 더 큰 비용이 들어가고, 그림 그리러 밖으로 자유롭게 나갈 수 없다는 단점에도 불구하고 생 레미에 입원해야 한다면 그렇게 할 거야. 그러니 결정을 내려야 해. 계속 여기 머물 수도 없는 상황이거든.

일단 회계 담당자에게는 계속 여기서 지낼 수 있다면 45프랑이 아니라 60프랑 정도는 기꺼이 낼 수 있다고 말은 해뒀어. 그런데 규정상 입원비는 정해진 가격을 받아야 하는가 보더라.

아무튼 지금까지 나한테 뭐라고 말하는 사람은 없지만, 아무래도 여기를 나가야 하는 게 아닌가 싶어. 내 가구며 집기를 맡겨둔 밤의 카페에 다시 가서 지낼 수도 있지만……. 화실로 삼았던 집과 가까운 곳이라 예전 이웃들과 빈번하게 마주치지 않을 수가 없을 거야.

그래도 이 동네에서는 이제 내 이야기를 하는 사람이 없어서 공원 같은 곳에 나가 그림을 그리면 호기심에 다가와 구경하는 행인들 외에는 크게 방해받는 일도 없어.

「르 피가로」에 실린 모네에 관한 기사를 다시 한번 읽어봤는데 처음 읽었을 때보다 내용이 훨씬 좋은 것 같더라.

물질적인 부분 때문에 너무 낙담하지는 말자. 적어도 그 부분만큼은 합리적으로 처리하자. *부득이한 경우*, 여기 밤의 카페에서 숙식까지 해결하면서 지낼 수 있다는 게 다행이라면 다행이지. 거기 주인 양반하고는 친구처럼 지내는 사이이니 말이다. 어쨌든 전에도 그랬고 지금도 그렇듯 나도 손님이잖아. 오늘은 날이 너무 더웠는데 기분이 좋더라. 그 어느 때보다 넘치는 활력으로 그림 작업을 했어.

너와 제수씨에게 진심 어린 악수 청한다.

너를 사랑하는 형, 빈센트

내가 보낸 그림 중에서 액자로 걸어두는 게 낫다고 생각하는 것들 목록이다.

〈밤의 카페〉
〈초록색 포도밭〉
〈붉은색 포도밭〉
〈침실〉
〈갈아놓은 밭〉 2점
〈보슈의 초상화〉
〈라발의 자화상〉
〈고갱의 자화상〉
〈베르나르의 자화상〉
〈알리스캉(무덤 길)〉 2점

〈침엽수와 협죽도 수풀이 우거진 공원〉 2점
〈삼나무와 제라늄이 자라는 공원〉
〈해바라기〉
〈체꽃〉, 〈천체와 금잔화〉 등등

상자에 고갱의 습작 여러 점과 그가 쓰던 펜싱 마스크와 장갑도 들어 있어. 상자에 공간이 남으면 캔버스 틀도 몇 개 넣어둘게.

빌12프 ____ 1889년 5월 초

사랑하는 누이에게

일요일 아침, 이른 시간에 요즘 작업하고 있는 그림을 햇볕에 내다 말리는 동안 이렇게 쓰지 않으면, 얼마나 더 기다려야 네가 보낸 정겨운 편지에 답장을 할 수 있게 될지 알 수가 없구나.

너도 건강하고, 어머니도 건강하시기를 기원한다. 항상 두 사람 생각하면서 지내는데, 솔직히 뉘넌에서 안트베르펜으로 떠날 때만 해도, 운명이라는 게 나를 이렇게 오랫동안, 이리도 먼 곳으로 데려올 거라고는 예상하지 못했다. 그래서인지 내 생각이 종종 은연중에 당시로 돌아가는 게 아닌가 싶다. 자연에서 볼 수 있는 것들이 비슷하게 느껴질 때마다 당시에 하다 만 작업을 여전히 하고 있다는 기분도 들어.

조금씩 회복되고 있는 건강에 고집스러울 정도로 고마운 마음이 들지는 않지만 어쨌든 내 건강 상태는 괜찮아졌다. 하지만 내가 말했다시피, 삶의 기쁨을 다시 느껴보고 싶은 마음은 그리 많지는 않다.

얼마 전에 풍경화를 1점 완성했어. 버드나무처럼 잎사귀가 잿빛에 가까운 올리브나무 과수원을 그렸는데 햇살이 비추는 모래 위에 드리워진 나무 그림자는 자주색에 가깝게 칠했어. 다른 작품도 있는데, 가시덤불과 초록색 덤불이 둘러싼 가운데 노랗게 익어가는 밀밭이야. 밭이 끝나는 부분에 분홍색 주택 한 채와 높게 자란 짙은 색 사이프러스도 한 그루 그려 넣었는데 저 멀리 보이는 자줏빛과 푸른빛이 어우러진 언덕과 분홍색으로 선을 그어놓은 듯한 물망초처럼 파란 하늘과 대비를 이루고 있어. 그런데 원색의 색조들이 마치 빵 부스러기처럼 따뜻한 색조를 가진 볕에 탄 묵직한 이삭들과 대비를 이루는 분위기야.

언덕 경사면에 펼쳐진 밀밭을 그린 그림도 하나 있어. 그런데 이번에는 폭우 뒤에 이어진 홍수가 휩쓸고 간 그런 분위기를 살린 거야.

여기 사람들은 우리나라 농부들에 비하면 거의 일을 안 한다. 가축을 키우는 경우도 거의 없고, 황량한 들판이 훨씬 많아. 자연환경이 척박하지 않고 공기도 맑고 깨끗하다는 사실 때문에 더더욱 개탄스러울 따름이야. 그러니까 나는 훨씬 더 정열적인 사람들이 이런 곳에 사는 모습을 보고 싶다는 거야. 여기서는 아무것도 하지 않아도 대충하는 것 정도로만 인식되는 경우가 다반사일 거야. 북구에서는 열심히 일해도 일용할 양식조차 벌지 못하는 사람들이 대부분이거든. 그만큼 노동의 대가를 인정받지 못하지. 물론 언제나 그렇다는 건 아니고, 그런 경우가 적지 않다는 거야. 아무튼 여기 농지는 비료만 잘 주고 관리해주면 지금보다 수확량을 3배는 늘릴 수 있어. 여기서 수확량을 세 배 늘리면 더 많은 사람들이 혜택을 볼 수도 있잖아.

네가 이런 걸 물어봤던 게(비록 내가 직접 확인하고 입증할 수는 없지만, 사랑이 세균 같다고 가정한 부분을 일단 염두에 두기 바란다) 기억난다. 소위 그 세균이라는 걸 가진 사람과 그렇지 않은 사람이 과연 따로따로 존재하는 건지, 아니면 그건 치명적이고 보편적인 악에 해당하는 건지. 그 부분에 대해서는 나도 명확한 입장을 내놓을 수는 없을 것 같다. 다만, 이런 생각은 할 수 있겠지. 그러니까 어떤 사람이, 그게 너라고 쳐보자. 아무튼 자신에게는 세균이 없다고 확신할 수 있는 사람이 있다면, 그는 파스퇴르 방식으로 그 문제의 세균을 접종받는 게 현명하다고. 농담이 아니라 남자나 여자나, 무언가와는 필연적으로 사랑에 빠져야 한다고 생각한다. 그리고 유념해야 할 게 하나 있다면 이런 방식이어야 하지 자신만의 방식이어서는 안 된다는 거야.

그리고 그 부분에 관해서 우리가 무엇을 원하는지 알아야겠지만, 아쉽게도 우리는 우리 자신에 대해 아는 게 거의 없어. 게다가 이런 문제에 관한 한 여성들은 대개 공격적인 성향이 있어. 그래서 개중에 현명한 여성이나 확실하고 정확한 직감을 지닌 여성들은 스스로를 사랑하기 위해(이들에게는 바로 이 부분이 본질이고 나는 그게 타당하다고 생각한다) 남들에게 사랑받기를 기다리지 않아.

어쨌든 엄선한 병원균을 약하게 만든 다음 적당량을 자신의 몸에 접종하면 아주 좋을 것 같다. 전염의 위험에서 훨씬 안전할 수 있거든. 아직 병에 걸리지 않았다면, 원천적으로 병을 막을 수는 없지만, 이미 몸에 병원균을 가지고 있으면 병에 걸릴 일도 없으니 말이다.

테오가 어떻게 지내고 있는지 궁금하구나. 신혼의 단꿈에 젖어 있을 테지. 지난주에 물감과 캔버스를 보내주긴 했지만 거의 한 달 가까이 편지가 없다. 그래도 그 녀석이 더 이상 혼자 살지 않는다는 사실이 내게는 큰 위안이야. 얼마 전에는 테오의 아내가 반가운 편지를 보내왔는데, 아주 진지한 사람 같더라. 아마 한동안은 이렇게 편지를 주고받는 게 그녀에게도 도움이 될 거야. 부소&발라동 화랑에 대한 의무감 때문에 테오의 삶이 그리 편치만은 않기 때문이야. 제수씨로서는 테오가 없는 삶이 아니라 테오와 함께 사는 삶에 대해 더 배워야 할 거야. 다만, 그 과정에서 굳이 많은 걸 바꿀 필요도 없고, 네덜란드에서 배운 것들을 다 잊을 필요도 없어.

그림을 그리러 나가봐야겠다. 편지를 마치면서 너와 어머니의 번영과 건강을 기원한다. 마음으로 포옹을 보낸다.

너를 사랑하는 오빠, 빈센트

590프 ____ 1889년 5월 3일(금)

테오에게

오늘 정겨운 네 편지를 받고 너무나 기뻤다. 그래, 생 레미로 가자.

그런데 다시 한 번 말하지만, 충분히 숙고하고 의사의 조언을 받은 다음 외인부대 지원이 더 필요하다거나 혹은 더 유용하고 현명한 방법일 수 있다는 결론이 나오면, 그것도 똑같은 관점에서 다시 한 번 고민해보자. *이전의 선입견은 버리고!* 그거면 돼. 네 머릿속에서 희생에 관한 부분은 지워라. 안 그래도 며칠 전에 빌레미나에게 편지하면서 그 얘기를 했었어. 나는 평생, 혹은 거의 평생을 순교자처럼 살지 않으려고 애썼다고. 나는 그럴 재목이 못 된다고.

그럴 수밖에 없는 상황이 생기거나 그런 상황을 초래하면, 아연실색하겠지. 물론 순교자의 삶을 산 사람들을 기꺼이 존경하고 우러러본다. 하지만 『부바르와 페퀴셰』만 보더라도 우리 같은 평범한 사람들에게 더 어울리는 삶이 있다는 걸 너도 알아야 해.

아무튼 지금 짐을 챙기고 있다. 살 목사님도 여건이 되면 거기까지 나와 동행하실 거야.

아, 퓌비스와 들라크루아*에 대한 네 지적은 정말이지 정확했어. 그들은 회화라는 장르가 보여줄 수 있는 걸 유감없이 보여줬다. 하지만 혼동하지 말아야 할 건, 둘은 서로 어마어마하게 다르다는 거야. 화가로서의 나는 평생 걸작은 못 그릴 것 같다. 아마 확실히 그래. 모든 게 달랐더라면, 성격이며 교육이며 환경이 전부 말이야. 그러면 어떤 거라도 그려냈겠지. 하지만 우리는 그런 걸로 고민하기엔 지나치게 긍정적인 사람들이야. 가끔은 회색조가 지배적인 네덜란드 방식의 팔레트를 계속 고수하지 않은 거나 몽마르트르에서 특징을 살리지 않고 풍경화를 그렸던 걸 후회하긴 한다. 또한, 다시 갈대 펜으로 데생을 더 많이 해볼까 하는 생각도 해. 작년에 몽마주르 풍경을 여럿 그렸는데 비용도 덜 들고 또 나름대로 재밌거든.

오늘 그렇게 그림 하나를 그렸는데 봄이라고 보기에는 전체적으로 너무 어둡고 암울한 분위기의 결과물이 나왔어. 그래도 나한테 무슨 일이 일어나거나, 내가 어떤 상황에 놓이더라도, 데생은 나한테 거의 직업처럼, 일종의 생계 수단으로 오래도록 남게 될 기술이야.

너나 내 발목을 잡을 요소들이 하나 더 있거나, 덜 있다고 해서 우리에게 달라지는 게 뭘까?

물론, 굳이 따지자면, 네가 나보다 어린 나이에 구필 화랑에 *입사했지*. 그리고 네가 힘든 시기를 더 자주, 오래 겪었어. 제대로 된 대접도 못 받으면서.

그런데도 너는 열정과 헌신을 다했어. 왜냐하면 당시, 대가족을 거느리신 우리 아버지가 궁지에 몰린 상황이었고, 그 가족들을 먹여 살리기 위해서는 네가 온몸을 던질 수밖에 없었기 때문이야. 몸이 아파 입원해있는 동안, 지나간 당시 일들을 수도 없이 곱씹었는데, 그럴 때마다 감정이 북받쳐 오르더라.

* 테오는 퓌비스와 드가에 대해서 썼다. 빈센트가 들라크루아로 잘못 쓴 듯하다.

어쨌든 중요한 건 서로가 느끼는 유대감인데, 그건 여전히 아무런 문제도 없는 것 같다.

그런데 내가 바라는 게 하나 있다면, 내 그림 수준이 어느 정도인지는 잘 알고 있지만, 내가 비록 요양원에 들어가더라도 그럴듯한 그림을 그려내는 시기가 왔으면 좋겠다는 거야. 더없이 어색한 파리의 예술가로 사는 게 나한테 무슨 도움이 되겠냐? 그래봐야 절반은 속고 지내면서 발전과 성장에 절대적으로 필요한 애초의 열정을 계속해서 잃기만 할 테니 말이야.

신체적인 건강 상태는 놀랄 정도로 나아졌는데, 이게 정신적인 건강 상태도 똑같이 나아졌다는 근거로 삼기에는 여전히 부족한 게 많다.

요양원 생활에 익숙해지면, 남자 간호사가 될 방법을 조금씩 알아볼 생각이야. 무슨 일이든 가리지 않고 해서 다시 직업을 가질 거야. 그게 어떤 일이든.

자연스레 나한테 욕정 같은 게 일기 시작하면 팡글로스 영감의 존재가 절실히 필요해지겠지. 술과 담배는 그래서 좋은 점도 있고, 나쁜 점도 있는 거야. 다 상대적인 건데, 나는 이것들을 성욕 억제제라고 불러야 한다고 생각해. 예술과 관련된 일을 한다면 무조건 무시하고 넘길 일은 아니야. 아무튼 시련이 되겠지만 농담으로 웃어넘기는 법을 잃지 않도록 해야 할 거야. 왜냐하면 선행이나 절제가 또다시 나를, 평소라면 완전히 방향을 잃어버릴 곳으로 데려가지 않을까, 그게 가장 걱정이거든. 이번만큼은 욕정을 다스리고 순수함을 더 채우도록 노력해야 해.

욕정과 관련된 가능성은 나한테 크게 문제 될 건 없어. 그래도 같이 살아가야 할 다른 사람들과 관계를 맺고 살 능력 정도는 남아 있을 거라 생각한다.

탕기 영감님은 어떻게 지내는지 궁금하구나. 내가 안부를 묻더라고 전해주기 바란다.

신문에서 보니 살롱전에 괜찮은 그림들이 출품된 것 같더라.

테오야, 인상주의 화가들의 작품에만 몰두하지는 말아라. 아무튼 그럴듯한 괜찮은 그림이 보이거든 그냥 지나치지는 말자는 거야. 그래, 색채라는 게, 비록 인상주의 화가들이 방향을 잃고 헤매는 상황이지만 그들 *덕분에 성장한 건 사실*이야. 그런데 들라크루아는 이미 그들 이전에도 색채에 대한 체계를 완벽하게 잡아놓고 있었어.

게다가 색을 거의 사용하지 않았던 밀레의 그림은 또 얼마나 아름답냐!

이럴 때 보면 광기도 순기능이 있는 것 같긴 하다. 지나치게 배타적인 성향을 띠지 않게 만들어주니 말이야.

색채에 관한 이론을 다소 기술적으로 알아보려고 시도했던 걸 결코, 후회하지 않아.

나는 기다란 사슬에서 하나의 고리에 불과한 예술가일 뿐이야. 무언가를 발견하느냐의 여부와 상관없이 그 사실만으로 위안을 찾을 수 있는 거야.

살롱전 출품작 중에서 초록색 실내를 배경으로 초록색 옷을 입은 여성을 그린 그림이 근사하다는 평이더라. 마테Paul Mathey의 초상화나 베나르Albert Besnard의 〈세이렌〉도. 소른Anders Leonard Zorn이라는 작가의 작품도 아주 근사하다던데 구체적인 그림 설명은 없었어. 카롤뤼스 뒤랑Carolus-Duran의 〈바쿠스의 승리〉는 그저 그렇다는 평이야. 그래도 뤽상부르 미술관에 있는 그의 그림 〈장갑을 끼고 있는 여인〉은 언제 봐도 아름다운 그림이야. 무겁고 진지하지 않은 것 중에서 내가 좋아하는 것도 많아. 『벨 아미』 같은 책도 마찬가지야. 카롤뤼스의 작품이 다소 이런 편이야. 우리가 사는 시대가 이런 것 같아. 바댕게Badinguet* 시대 전체도 그렇고. 보는 대로 그리는 화가가 있다면, 그는 어느 시대에도 대단한 화가로 남게 될 거야.

아, 클로드 모네가 풍경화를 그리듯 인물화를 그릴 수 있으면 좋겠다! 무슨 일이 있어도 꼭 해결해야 할 과제야. 사람들이 인상주의 화가를 모네뿐이라고 여기기 전에 말이야. 왜냐하면 인물화에서는 이미 들라크루아나 밀레를 비롯해 여러 조각가들이 인상주의 화가나 심지어 쥘 브르통보다도 더 나은 결과물을 보여줬어. 한마디로 말해서, 사랑하는 아우야, 공평해지자. 편지를 마치며 이 말은 해야겠다. 젊은 친구들과 어깨를 나란히 하기에는 너무 나이가 들었다는 생각이 들면, 과거에 우리가 사랑했던 밀레, 브르통, 이스라엘스, 휘슬러, 들라크루아, 레이스를 떠올리자고.

그리고 확실히 말하는데, 나는 앞으로도 이들 작품을 능가할 수 없고, 그럴 마음도 없어.

지금의 현대 사회는 우리가 보는 그대로야. 이런 사회가 우리 개개인의 욕구에 맞게 변화하기를 바랄 수는 없어. 아무튼 생 레미로 가게 된 건 정말, 너무나 좋은 일이라고 생각은 하지만, 어쩌면 나 같은 사람은 실질적으로 외인부대에 입대하는 게 더 올바른 선택일 수도 있어.

우리가 어떻게 할 수 있는 문제는 아니지만, 내 전력이 심하게 과장된 상태로 여기저기 뜬소문처럼 퍼져나간 이곳에서는 나를 거부할 가능성이 크다고 할 수 있기 때문이야. 아주 진지하게 하는 말인데, 몇 년 전에 비하면 신체적인 건강은 눈에 띄게 나아진 터라 외인부대에 입대할 수도 있을 거야. 그러니 어쨌든 생 레미로 가긴 하되, 그 부분도 마지막까지 염두에 두자.

너와 네 아내에게 악수 청한다.

너를 사랑하는 형, 빈센트

아! 인상주의 화가의 작품이 아니더라도 주의 깊게 보라는 말을 했던 건, 살롱전에 출품된 작품들을 과도하게 높이 평가하라고 종용하기보다, 여러 화가들, 그러니까, 불과 얼마 전에 아비뇽에서 사망한 주르당Adolphe Jourdan을 비롯해 앙티냐Jean Pierre Alexandre Antigna, 페이엥-페랭François Feyen-Perrin 등 우리가 젊었을 때 그토록 자주 접했던 화가들의 작품도 있는데, 우리가 이들을 잊고 지낼 이유도 없고, 지금이라고 해서 이들 그림의 비중을 굳이 축소할 이유도 없다는 말이었어. 도비니나 코스트, 자냉이 왜 색채를 다루는 화가가 아니라고 하는 걸까?

사람들이 보고 싶어 하는 건 인상주의 내에서 볼 수 있는 수많은 차이가 아니야. 그건 그리

* 나폴레옹 3세가 신분을 숨기기 위해 사용했던 가명으로 나중에 별명이 된다.

중요하지 않아.

페티코트는 귀여운 멋을 더해주니까 인기가 많았지. 하지만 유행이라는 건 다행스럽게도 일시적인 현상일 뿐이야. 그렇지 않은 경우도 몇몇 있기는 하지만 말이야.

그래서인지 인상주의에 관한 열정은 계속 가져가고는 있지만, 파리에 오기 전에 가졌던 생각들이 점점 되살아나는 것 같다.

이제 너도 결혼까지 했으니, 우리가 굳이 어떤 위대한 사상 따위를 좇을 필요는 없다. 대신 소소한 것들은 챙겨라. 나한테는 그게 얼마나 안도가 되는지 모른다. 불평할 건 전혀 없어.

내 방에 너도 아는 한 남자의 유명한 초상화가 (목판화로) 있고, 모노로부 고관대작의 부인(빙 화랑 소장품에 있는 대형 그림판), 풀잎(같은 소장품), 들라크루아의 〈피에타〉와 〈착한 사마리아인〉 그리고 메소니에의 〈책 읽는 남자〉와 갈대 펜으로 그린 커다란 데생 2점이 있어. 지금은 발자크의 『시골 의사』를 읽고 있는데 내용이 정말 괜찮아. 여자 주인공이, 실성한 건 아니지만 지나치게 예민한 데다가, 또 매력적이야. 다 읽으면 보내주마. 여기 병원은 남는 공간이 많아서 화가 서른 명 정도가 화실로 사용해도 될 정도야.

마음을 단단히 먹어야 할 것 같아. 실성한 화가가 적지 않다는 건 엄연한 사실이니 말이야. 간단히 말해, 화가의 삶이라는 게 사람을 멍하게 만들기 때문이겠지. 그림 작업에 몰두하면, 괜찮아. 하지만 그래도 머리는 멍한 상태야.

5년간 외인부대에서 복무하면 건강도 나아지고, 이성적으로 변할 뿐만 아니라 자기 조절력도 키울 수 있을지 몰라.

아무튼 이렇게 되든, 저렇게 되든, 나는 상관없다.

너한테 보낸 그림 중에서 네 마음에 쏙 드는 것들이 여럿 있었으면 하는 바람이다. 내가 계속 화가로 머물러 있다면 언젠가는 파리로 다시 가게 될 테니, 그때는, 예전에 보냈던 그림들을 깔끔하게 손봐줄 수 있을 거다. 약속한다.

고갱은 어떻게 지내냐? 내 상태가 온전해지기 전까지는 그 양반에게 아무런 소식도 전하지 않겠다고 다짐은 했지만, 수시로 그 양반 생각이 난다. 그럭저럭 일은 잘 풀리고 있는지 궁금하구나.

내가 이렇게 서두를 일이 없고, 화실을 유지할 수 있었다면 이번 여름에라도 네게 보낸 그림들을 전부 손볼 수 있었을 거야. 물론, 임파스토로 처리한 부분이 완전히 마르지 않는 한, 긁어내면서 수정할 수는 없어.

너도 보면 알겠지만 두 여성의 표정이 파리에서 보는 표정과는 확연히 달라.

시냑은 파리로 돌아온 거냐?

St. Rémy

15
프랑스
/
생 레미

1889년 5월
/
1890년 5월

빈센트가 겪은 극심한 발작의 원인은 간질, 정신분열, 알코올중독이었다. 두아토 박사와 르루아 박사의 조사 보고서를 비롯해 페롱 박사의 보고서까지 빈센트 반 고흐가 겪은 증상에 관한 의학적 연구 보고서는 수두룩했지만, 여전히 우리가 모르는 게 더 많다는 사실은 인정할 수밖에 없다. 다만 빈센트의 편지를 보면, 그가 자신의 증상을 예리하게 분석하고 있음을 알 수 있다.

그가 생 폴 드 모졸 수도원 부지에 세워진 생 레미 요양원에 자발적으로 입원했을 당시, 병원장인 페롱 박사는 이러한 점을 눈여겨본다. '이 환자는 돌연 발생한 편집증적 발작 증상으로 인해 환시와 환청에 시달려 아를 병원에 입원한 전력이 있다. 발작 증상을 보이는 동안 자신의 왼쪽 귓불을 자르기도 했지만, 그와 관련된 일은 거의 기억하지 못하는 상태다.'

1년 만에 빈센트가 생 폴 드 모졸을 떠날 때는 이렇게 썼다. '환자는 대부분 평온하게 지냈다. 요양원에 머무는 동안 여러 차례 발작 증상을 보였는데 보름에서 한 달 가까이 지속될 때도 있었다. 그런데 발작 증상을 겪는 동안 환자는 위험천만한 행동을 불사하곤 했다. 회화용 물감을 삼키거나 램프에 등유를 채우는 아이에게서 등유를 빼앗아 마시는 일이 여러 번 있었다. (……) 그런데 발작이 멈추면 환자는 멀쩡한 정신으로 그림 그리기에 몰두한다.' 의사는 이런 말도 덧붙일 수 있었을 것이다. '발작이 멈추자마자 그린 그림 중에는 너무나 평온해 보이는 (……) 그 결과물이 놀라울 따름이다.' 그의 몇몇 걸작들이 이때 탄생했다.

생 레미 요양원 생활이 그림 작업에는 도움이 됐을지 모르지만, 건강 회복에는 이롭지 못했다. 극도로 예민한 성격을 가진 빈센트는 생 레미 요양원에서 지속적으로 정신질환자들과 접촉하면서 이전의 아를이나, 이후에 옮겨가게 될 오베르에서와는 비교도 할 수 없을 정도로 극심하고 난폭한 발작 증상을 겪었다.

5월 3일, 살 목사와 함께 그곳에 도착한 빈센트에게 테오는 이런 편지를 보낸다. '저는 형님의 생 레미행을 형님 말씀처럼 은퇴라고 생각지 않습니다. 단지, 새로운 힘을 되찾아 복귀하기까지 잠시 휴지기를 갖는 거라 생각합니다.' 그러면서 수레를 끌던 말 한 쌍이 언덕을 제대로 오르지 못했는데, 수레꾼이 방향을 돌려 가게 하자 거뜬히 올랐다는 일화를 전하기도 한다. 빈센트가 요양원에 도착한 날, 요안나도 빈센트에게 애정이 담긴 편지를 보낸다. 빈센트는 테오에게 아내가 생기면서 자신이 소외될까봐 걱정했는데, 그런 고민을 불식할 만한 내용이었다.

5월 9일에 빈센트가 동생 부부의 편지에 답장하자, 5월 21일 테오가 다시 편지한다. '형님이 생 레미에 무사히 도착했고 아를에서보다 더 편히 지낸다는 소식 들었습니다. 하지만 오래 머물지는 마세요. 그 정도로 정신 나간 자들과 함께 지내는 게 유쾌한 일은 아닐 겁니다. 형님을 돌봐주면서 행동의 자유도 보장해줄 곳을 찾고 있어요. 분명히 어딘가에 있을 겁니다. 형님이 파리나 파리 인근으로 와도 괜찮다면, 제가 그런 기관이 있는지 백방으로 알아보겠습니다.'

빈센트가 동생의 제안을 뿌리치고 생 레미에 그대로 1년간 머물기로 한 건, 결과적으로 유감스러운 일이었다. 같은 편지에서 테오는, 빈센트가 자신에게 보냈다는 그림(5월 2일자 편지)을 언급하며 이런 말을 덧붙인다. '며칠 전에 형님이 보낸 소중한 물건, 잘 받았습니다. 환상적인 것들도 여럿 있었습니다. (……) 형님이 계신 곳에서 미(美)에 관한 걸 가르치는 것도 아닌데, 몇몇은 정말 놀랄 정도로 아름답고 극도로 사실적인 느낌이 전해지더군요.' 그러면서 그림을 사줄 사람을 찾지 못하는 화가가 그 혼자가 아니라는 사실을 강조하며 빈센트를 위로하고 격려한다. '피사로 부자나 고갱, 르누아르, 기요맹 등도 그림 구매자를 찾지 못하는 걸 보면서 대중의 관심을 받지 못하는 게 어쩌면 다행이라는 생각도 듭니다. 지금은 그 관심을 받고 있지만, 어느새 사정이 달라져 관심의 대상에서 멀어질지 알 수 없으니 말입니다. 살롱전과 만국박람회가 회화와 관련해서는 그리 볼 게 없다는 사실을 형님이 직접 본다면, 아마 이것도 오래가지 못할 거라 여길 겁니다.' 그리고 고갱이 조만간 퐁타방으로 떠난다는 소식을 전하며 이렇게 말한다. '조만간 앵데팡당전이 개최될 것 같은데, 형님은 어떤 작품을 전시회에 출품하고 싶은지 알려주세요.'

591프 ___ 1889년 5월 9일(목)

테오에게

편지 고맙다. 이 모든 게 온전히 살 목사님 덕이라는 네 말이 결코, 틀린 말이 아니야. 정말 목사님께 감사할 따름이야.

여기로 오길 잘했다는 생각이 든다고 말하고 싶다. 우선, 미쳤거나 정신 나간 다양한 사람들이 모인 동물원 같은 이곳의 *현실*을 보고 나니, 막연한 불안감이나 두려움이 사라졌어. 그리고 차츰 정신질환이라는 것도 여느 질병과 마찬가지로 여겨지더라. 마지막으로 그냥 내 느낌인데, 환경이 달라지니 나한테 도움이 되는 것도 같다.

내가 아는 한, 여기 의사는 내가 이전에 겪은 발작 증상이 간질 때문이라고 생각하는 듯하다. 굳이 더 묻지는 않았어.

그림 소포는 받았나 모르겠다. 혹시 훼손된 그림은 없는지도 궁금하다.

지금도 2개를 그리는 중이야. 보랏빛 붓꽃과 라일락 덤불. 여기 정원에 피어 있더라.

그림 작업에 대한 의무감이 커지는 만큼 그림 솜씨가 더 빨리 살아나는 것 같다. 가끔은 작업에 너무 빠져드니, 남은 생을 멍하게 세상살이에 어리숙한 채로 지내겠지 싶다.

네게는 더 길게 소식 전하지 않으마. 감동적인 편지를 보내준 새 누이에게 답장할 생각이라서. 다만 내가 그럴 여력이 있을까 모르겠다.

악수를 청하며.

너를 사랑하는 형, 빈센트

(테오의 아내에게 보내는 편지 동봉)

친애하는 제수씨에게

편지 고맙게 받았습니다. 안 그래도 동생 녀석 소식을 기다리고 있었습니다. 그래서 더더욱 반가웠습니다. 보아하니 제수씨도 이미 테오가 파리를 사랑한다는 사실을 곁에서 지켜보며 다소 놀란 듯하군요. 제수씨는 파리를 좋아하지 않으니, 아니, 그보다는 파리의 꽃들을 더 좋아할 테니까요. 지금은 아마 등나무에 꽃이 피기 시작할 시기겠군요.

무언가를 좋아하게 되면, 좋아하지 않을 때보다 더 정확하게 보고 더 좋게 보지 않던가요? 테오나 나에게 파리라는 도시는 한편으론 이미 묘지 같은 곳입니다. 우리 형제가 직간접적으로 알고 지냈던 무수한 화가들이 생을 마감한 곳이라는 뜻입니다.

물론 제수씨도 곧 좋아하게 될 밀레를 비롯해서 여러 화가들이, 파리를 벗어나보려고 했었어요. 하지만 들라크루아만 봐도, 파리를 빼고 그냥 '한 사람'의 화가로 소개하기가 힘들지요.

단정짓기 조심스럽지만, 파리에서도 그냥 *거주지*가 아니라 *집*을 가질 수 있다는 점을 제수씨가 꼭 이해해줬으면 해서 하는 말입니다.

어쨌든 지금은 *제수씨*가 테오의 집에서 지내니 다행입니다.

희한하게도 끔찍한 발작 증상을 겪었더니 내 마음에서 또렷한 욕망이나 희망이 사라져버렸습니다. 그래서 이렇게 열정이 식는 건, 산을 오르는 게 아니라 내려갈 때일까 궁금해졌어요. 어쨌든 제수씨가 최선의 세상에서는 모든 게 최선이라고 믿는다면, 파리가 그 최선의 세상 속에서 최고의 도시인 것도 믿을 수 있을 겁니다.

혹시 파리에서 삯마차를 끄는 말들의 그 커다란 눈동자를 본 적이 있는지요? 상심한 듯한 그 아름다운 눈동자가 가끔은 기독교인들을 떠올리게 한다는 점을 깨달았는지 궁금합니다. 어쨌든 우리는 야만인도 아니고, 농부도 아닙니다. 오히려 *문명과 교양*(소위 그렇게 일컬어지는 것)*을 사랑할 의무*를 지닌 사람들입니다. 그러니 파리는 살아가기에 좋지 않다고 말하는 건 위선입니다. 파리에 처음 오면, 아마 모든 게 다 자연에 반하거나 더럽고 서글퍼 보일 수 있어요.

그래도, 제수씨가 파리를 싫어한다면, 무엇보다 그림을 싫어하는 것이고, 그림과 직간접적으로 연관된 사람도 싫어하는 것입니다. 그림은 아름다운 대상인지 쓸모 있는 대상인지 대단히 헷갈리기 때문입니다.

하지만 어쩌겠어요. 정신이 오락가락하거나 아픈 상태에서도 자연을 사랑하는 자들이 있는 것을. 바로 화가들입니다. 그리고 인간의 손으로 만들어낸 걸 사랑하는 사람들도 있는데 이들이 그림까지도 좋아합니다.

비록 이곳에는 심각한 정신질환을 앓는 사람들도 몇 있지만, 내가 이전에 정신병에 대해 가졌던 두려움과 공포가 벌써 대단히 옅어졌습니다. 동물원 짐승들처럼 끔찍하게 울부짖는 소리나 비명이 수시로 들리지만, 여기 사람들은 서로 잘 알고 지내면서 발작 증상이 발생하면 서로를 도와줍니다. 내가 정원에 나가 그림을 그리고 있으면 다들 가까이 다가와서 구경하는데, 아를의 선한 시민들보다도 훨씬 조용하고 예의 있게 전혀 방해하지 않아요.

나는 여기 오래 머물 수도 있을 것 같습니다. 여기와 아를의 병원만큼 마음 편하게 지내면서 그림도 좀 그릴 수 있는 곳은 없었거든요. 여기서 가까운 곳에 잿빛과 파란색이 어우러진 작은 산맥이 있는데 그 산자락에는 아주 진한 녹색의 밀밭과 소나무들이 자라고 있습니다.

나는 그저 먹고살 정도의 돈벌이만 할 수 있으면 행복할 것 같습니다. 그래서 이렇게 회화와 데생을 많이 그렸는데 전혀 안 팔린다는 생각이 들면 걱정이 앞을 가립니다. 섣불리 이런 상황을 불공평하다고 여기지는 마시기 바랍니다. 앞일은 나도 모르니 말입니다.

편지 다시 한 번 고맙다는 말을 전하면서, 이제는 내 아우가 저녁에 퇴근해서 텅 빈 집으로 들어가 홀로 지내지 않는다는 사실에 너무 기쁘다는 말도 전합니다.

마음으로 악수 청하면서, 내 말 명심하기 바랍니다.

오빠 같은, 빈센트

592프 ___ 1889년 5월 23일(목) 추정

테오에게

방금 손에 네 편지를 받아드니 기쁘기 이루 말할 수가 없구나. 그런데 베이센브뤼흐 씨가 전시회에 그림 2점을 출품했다니, 그 양반 이미 작고하신 걸로 알았는데, 내가 잘못 알았던 거냐? 확실히 마음도 넓고 진취적인 천상 예술가지.

〈자장가〉를 보고 그런 생각을 했다니 진심으로 뿌듯하다. 그래, 정확히 봤어. 싸구려 채색화를 사고 손풍금소리를 들으며 감상에 젖는 서민들이 살롱전에 드나드는 잘난 사람들보다 어쩌면 그림에 더 정확하고 진지할 거야.

고갱이 받겠다고 하면 액자에 끼우지 않은 상태로 〈자장가〉 1점을 줘라. 베르나르에게도 우정의 표시로 1점 주고. 그런데 고갱이 〈해바라기〉를 원하면 그 양반 그림 중에서 네 마음에 드는 작품 하나를 내놓고 교환해야 공평해.

고갱은 확실히 나중에서야 해바라기 그림을 가장 좋아했어. 오랫동안 보다가 좋아진 모양이지.

진열은 이런 방식으로 해야 해. 〈자장가〉를 가운데 놓고 해바라기 그림을 각각 오른쪽과 왼쪽에. 마치 세 폭 그림처럼 말이야.

mais si Gauguin veut des tournesols ce n'est
qu'absolument comme de juste qu'il te donne
en échange quelque chose que tu aimes tout autant.
Gauguin lui-même a surtout aimé les tournesols
plus tard lorsqu'il les avait vus longtemps
Il faut encore savoir que si tu les mets dans ce
sens ci. soit la berceuse au milieu et les deux
toiles des tournesols à droite et à gauche cela forme comme un triptyque.
Et alors les tons jaunes et orangés de la tête prennent plus d'éclat par le voisinage des volets jaunes.
Et alors tu comprendras ce que je t'en écrivais que
mon idée avait été de faire une décoration comme
serait par exemple pour le fond d'un cabine dans
un navire. Alors le format s'élargissant la facture sommaire
prend sa raison d'être. le cadre du milieu est alors
le rouge. Et les deux tournesols qui vont avec sont
ceux entourés de baguettes
Tu vois que cet encadrement de simples lattes

그러면 노란색과 주황색 계열의 머리가 양옆의 노란색 꽃 때문에 훨씬 더 화사해 보일 거야.

그렇게 보면 내가 이전에 했던 말이 이해될 거다. 고기잡이배의 선실 한구석에 걸 만한 장식화를 그리고 싶다고 했었잖아. 그러면 크기가 크고, 기법이 간결해야 그림이 더 돋보이거든. 가운데 그림 액자는 빨간색이야. 양쪽의 해바라기 그림은 얇은 나무액자가 어울리고.

보면 알겠지만 이렇게 소박한 나무액자가 딱 맞는데, 비싸지도 않지. 초록색과 붉은색의 〈포도밭〉이며 〈씨 뿌리는 사람〉, 〈갈아놓은 밭〉, 〈침실〉도 이런 액자에 넣으면 잘 어울릴 것 같다.

30호 캔버스에 그린 그림이 하나 더 있는데 그냥 잡화점에서 파는 싸구려 채색판화처럼 평범하긴 한데, 수풀 속에 자리 잡은 연인들의 영원한 보금자리를 그림에 담아봤어.

덩굴에 감긴 두툼한 그루터기 여러 개, 그리고 역시 덩굴과 일일초가 휘감고 지나가는 땅, 돌로 된 벤치, 싸늘한 그림자에 가려 창백해보이는 장미 덤불까지. 전경에는 꽃받침이 하얀 식물들이 자라고 있어. 색은 초록색, 자주색, 분홍색을 주로 썼고.

Ici une nouvelle toile de 30 encore banale comme un chromo de bazar qui représente les éternels nids de verdure pour les amoureux.
Des gros troncs d'arbres couverts de lierre le sol également couvert de lierre et de pervenche un banc de pierre et un buisson de roses pâlies à l'ombre froide.
Sur l'avant plan quelques plantes à calice blanc
C'est vert violet et rose
Il ne s'agit – ce qui manque malheureusement aux chromos de bazar et aux orgues de barbarie. d'y mettre du style.
Depuis que je suis ici le jardin désolé planté de grands pins sous lesquels croît haute et mal entretenue une herbe entremêlées d'ivraies diverses m'a suffi pour travailler et je ne suis pas encore sorti dehors

어떤 양식을(불행히도 잡화점에서 파는 채색판화와 손풍금 소리에는 없는) 담아내는 게 관건이야.

여기 온 뒤로, 황량한 정원, 그 정원에서 자라는 커다란 소나무, 또 그 소나무 아래서 이런저런 독보리류와 뒤섞여 무성하고 높이 자란 손 보지 않은 풀들만 있어도 그림 작업하기에 충분하다. 아직 밖에는 나가보지 못했어. 그런데 생 레미의 풍경은 정말 근사한 것 같다. 점차 단계적으로 알아갈 수 있지 않을까 싶다.

그나저나 이렇게 여기서 지내니, 당연히 의사 선생들이 내가 전에는 왜 그랬는지, 그리고 앞으로 어떻게 될지를 더 자세히 분석하고 진단할 수 있을 테니, 감히 바라는 거지만, 자유롭게 그림을 그릴 수 있게 해줄 것 같아.

분명히 말하는데, 나는 여기서 잘 지낸다. 그러니 당분간 파리나 인근의 기관으로 굳이 옮겨갈 필요는 없을 것 같다. 내 방은 아담한데 벽에는 회녹색 벽지를 발랐고 두 폭의 연녹색 커튼에는 가느다란 빨간 선으로 테두리가 쳐진 빛바랜 장미 문양이 있어.

커튼은 아마 고인이 된 파산한 부자가 남긴 유품이 아닐까 싶은데, 아무튼 무늬도 그렇고 아주 근사해. 같은 사람이 남겼을 것 같은 낡은 안락의자도 있는데 디아스나 몽티셀리 그림처럼 갈색, 빨간색, 분홍색, 흰색, 크림색, 검은색, 물망초 같은 파란색, 병 같은 초록색 점들이 찍힌 태피스트리 쿠션이 달렸어. 쇠창살이 달린 창문 너머로는 울타리로 둘러싸인 사각형 밀밭이 보이는데 꼭 판 호이언풍의 전망 같고, 아침에는 그 위로 찬란하게 떠오르는 태양이 보이지.

게다가 (여기는 빈방이 30개도 넘는데) 그림 작업을 하는 방도 하나 있어.

음식은 그저 그런 편이야. 바퀴벌레가 나오는 파리의 식당이나 기숙사 음식처럼 곰팡내도 좀 나는 편이고. 여기 모여 사는 불행한 사람들은 정말 아무것도(책 한 권도 없이, 즐길 거리라고는 오로지 공놀이나 체커놀이가 전부야) 하는 게 없고, 하루를 보내며 유일하게 기분 전환할 거리라면, 이집트콩, 강낭콩, 렌틸콩을 비롯해 이런저런 가공식품과 식민지산 음식물 일정량을 정해진 시간에 배 속에 넣는 것뿐이야.

이런 것들을 먹고 나면 소화가 쉽지 않은 탓에, 사람들은 대부분 돈도 들지 않고 위험하지 않은 방식으로 하루하루를 보내고 있어.

그런데 정말이지, 광기가 나타난 사람들을 바로 곁에서 지켜보다 보니까, 광기에 대한 *두려움*이 상당히 사라지더라. 나 역시 언제라도 쉽게 그렇게 될 수 있을 테니까.

전에는 이런 사람들에게 반감을 품었고, 트루아용, 마르샬, 메리옹, 융트, 마리스, 몽티셀리 등 여러 화가들이 결국 이런 식으로 생을 마감했다는 사실을 상기해야 할 때마다 마음이 아팠거든. 그런 상황에 처한 그들의 모습을 떠올릴 수조차 없었어. 그런데 지금은 그런 두려움 없이 이런 상황들을 생각해본다. 그러니까 이들이 폐결핵이나 매독보다 더 끔찍한 병을 겪었다고 생각하지 않는다는 뜻이야. 나는 이 화가들이 다시 평온한 자세를 되찾고 그림에 몰두하는 모습을 떠올려. 옛 화가들을 재발견해보는 게 하찮은 행동이 아니야. 농담이 아니라 나는 진심으로 고마움을 느끼고 있다.

왜냐하면 비명을 지르고 시종일관 횡설수설하는 사람도 있긴 하지만, 여기 사람들은 진심어린 *우정*의 마음으로 서로를 챙겨주고 있어. 그러면서 이렇게 이야기하지. 내가 먼저 남들을 참고 견뎌야, 남들도 나를 참고 견뎌준다고. 그 외에도 옳은 이야기를 많이 할 뿐만 아니라, 그걸 실천에 옮기면서 지내. 우리끼리는 서로를 잘 이해해주는 편이야. 이따금 나와 수다를 떠는 사람이 있는데, 뭐라고 하는지 알아들을 수는 없지만, 내가 묻는 말에 꼬박꼬박 대답하는 건, 그만큼 나를 두려워하지 않는다는 소리야.

누구 한 사람이 발작을 일으키면, 모두가 그를 지켜보면서 자해 행위 같은 걸 하지 못하도록 보호해줘.

걸핏하면 화를 내고 시비를 거는 환자한테도 마찬가지야. 동물원 터줏대감들이 득달같이 달려와서 싸우는 사람이 있으면 서로를 떼어놓지.

상황이 훨씬 심각한 경우도 있어. 지저분한 환자나, 위험한 환자들처럼. 그런데 이 사람들은 다른 병동에서 지내.

나는 요즘 주2회 정도 목욕을 하는데 탕에 들어가서 2시간 정도 앉아 있어. 위장은 1년 전에 비하면 비교할 수 없을 정도로 나아졌어. 그러니 일단, 지금처럼만 지낼 수 있으면 좋겠다. 자연경관이 워낙 아름다워서 그릴 게 한두 가지가 아니라는 점을 감안하더라도, 여기서는 다른 데 있을 때보나 돈을 덜 쓸 것 같아.

내 바람은 1년 정도 지나서, 내가 할 수 있는 것, 내가 하고 싶은 걸 지금보다 훨씬 더 잘하게 되는 거야. 그래서 이제 다시 시작해보자는 생각이 슬슬 들고 있어. 파리나 다른 곳으로 옮기는 건 지금은 별로 내키지 않아. 여기가 내가 있을 곳 같아. 수년씩 이곳에 있는 사람들이 가장 괴로워하는 건 아마도 극심한 무력감이 아닐까 싶다. 나는 그림을 그리면서 그 부분을 어느 정도 극복할 수 있을 거야.

비가 오는 날에 우리가 모여 앉게 되는 방은 분위기가 침체된 어느 마을의 삼등석 대합실하고 비슷해. 게다가 여기는 항상 모자를 쓰는 사람, 안경을 쓴 사람, 지팡이를 든 사람, 해수욕장에 온 사람들처럼 차려입은 정말 미친 사람들이 모여있는 터라 다들 여행객들처럼 보여.

그런데 어쩔 수 없이 너한테 물감과 캔버스를 좀 부탁해야겠다. 지금 그리고 있는 정원 그림 4점을 완성해서 네게 보내면 정원을 오가며 지내는 생활이 그리 서글픈 것만은 아니라는 걸 알게 될 거다.

어제는 희귀종인 커다란 불나방을 데생으로 그려봤어. 일명 해골이라고도 부르는데, 색이 놀라울 정도로 남달라. 검은색, 회색, 완곡한 흰색, 그리고 양홍색 반사광에 은은한 올리브그린 색조도 보여. 그리고 제법 크기가 커. 그림으로 그리려면 유감스럽지만 죽여야 했어. 정말 아름

Lorsque je t'enverrai les 4 toiles que j'ai en train du jardin tu verras que considérant que la vie se passe surtout au jardin ce n'est pas si triste. J'ai dessiné hier un très grand papillon de nuit assez rare qu'on appelle la tête de mort d'une coloration d'une distinction étonnante noir gris blanc nuancé et à reflets carminés ou vaguement tournant sur le vert olive il est très grand

Pour le peindre il aurait fallu le tuer et c'était dommage tellement la bête était belle je t'en enverrai le dessin avec quelques autres dessins de plantes

다웠거든. 다른 식물 데생하고 같이 보내줄게.

탕기 영감님 화방이나 너희 집에 있는 그림들 중에서 충분히 마른 것 같은 건 틀에서 떼어도 괜찮을 거야. 그리고 그 틀에다가 네가 보기에 그럴듯한 그림을 다시 씌워봐. 아마 고갱이 〈침실〉의 캔버스 천 보강작업 전문가 주소를 알고 있을 텐데, 비용도 그리 비싸지 않을 거야. 아마 내 *짐작*으로는 보강작업에 5프랑 정도 들어갈 거야. 그것보다 더 나오면 굳이 작업할 필요는 없어. 고갱이 자기 그림을 비롯해서 세잔이나 피사로의 그림을 그 전문가에게 자주 맡겼었는데 그 이상은 주지 않았던 것 같아.

내 건강에 관해서 감사할 게 또 있다. 가만 보니 다른 환자들도 발작 증상을 겪을 때 나처럼 이상한 소리나 목소리가 들리고 눈앞에 보이는 것도 막 달라지고 그런다더라. 덕분에 처음 발작을 경험했을 때부터 품고 있던 공포심이 줄어들어서, 이제는 불시에 다시 같은 일을 겪게 되더라도 주체할 수 없을 정도로 두렵지는 않을 것 같아. 이게 그냥 내가 겪는 질환의 한 증상인 걸 알고 나니까 다르게 보이더라고. 다른 정신질환자들을 이렇게 가까이서 볼 수 없었다면, 지금도 여전히 두려움을 떨쳐내지 못했겠지. 발작 증상을 겪을 때의 그 두려움은 정말 말로 다 설명할 수 없을 정도였거든. 적잖은 간질환자들은 혀를 깨물거나 자해를 해. 레이 선생 말이 나처럼 자기 귀에 자해한 사람도 있었대. 그리고 여기 병원에서 병원장이랑 같이 나를 찾아왔던 의사도 전에 그런 경우를 봤다더라고. 그래서 조심스러운 말이다만, 일단 이게 어떤 병이고 내가 어떤 상태며 언제든 발작 증상을 겪을 수 있다는 걸 알고 나니까, 적어도 마음의 준비를 해서 불안감이나 공포에 사로잡히지 않게 됐어. 아무튼 5개월째 증상이 줄어들고 있으니, 완전히 회복되었거나 적어도 전처럼 심하게 발작 증상을 겪을 일은 없겠다는 희망이 생긴다.

여기 벌써 2주째, 나처럼 *하루 종일* 소리를 지르거나 뭐라고 말을 하는 환자가 있는데 복도에서 울리는 목소리하고 말소리가 들린다고 생각하나 봐. 아마 청각신경에 문제가 생겼거나 극도로 예민해서겠지. 나는 환시와 환청을 동시에 겪었잖아. 언젠가 레이 선생이 그랬는데, 그게 간질 초기에 흔한 증상이라더라고. 당시 충격이 얼마나 컸는지 움직이기만 해도 구역질이 올라와서 정말 이대로 깨어나지 않는 것만큼 좋은 게 없겠다 싶을 정도였어. 지금은 *삶에 대한 공포*도 이미 많이 사그라들었고 우울한 기분도 좀 무뎌졌다. 하지만 여전히 어떤 *의지* 같은 건 없고, 뭘 하고 싶은 욕구도 전혀 없어. 일상생활과 관련된 욕망, 예를 들어 친구들을 생각은 하지만 굳이 만나고 싶은 마음은 전혀 들지 않아. 그렇기 때문에 아직은 당장 여기서 나갈 시점이 아니라고 생각하는 거야. 어딜 가든 아직도 불쑥 우울해질 수 있거든.

삶에 대한 반감이 급격히 줄어든 것도 아주 최근이야. 이제 거기서 의지가 생기고, 행동으로 이어질 방법을 찾아야겠지.

네가 여전히 파리에 발이 묶여서 인근을 빼고는 다른 지방에 가보지 못했다는 게 유감이다. 오죽하면 여기서 이 사람들과 같이 지내는 내가, 구필 화랑이라는 숙명에 붙들려 있는 너보다 더 불행한 것도 아니라는 생각이 들 정도겠냐. 이렇게 놓고 보면 네 사정이나, 내 사정이나 매한가지구나. 어쨌든 너도 네 마음대로 할 수 있는 게 극히 일부뿐이잖아. 이런 성가신 상황에 적응이 돼버리면 이게 제2의 천성이 되는 거야.

비록 유화를 그리려면 캔버스며 물감 등등이 필요하지만, 월말이 되면 그 돈을 들여서 내가 배운 실력을 발휘하는 게, 그냥 방치하는 것보다 남는 거야. 어차피 숙식비용을 내고 여기 있는 거니까. 그래서 그림을 그린다. 이번 달에는 30호 캔버스 4점하고 데생 두세 점을 그렸어.

그런데 돈 문제는, 뭘 어떻게 해도 대치 상태의 적군처럼 늘 정면으로 마주해야 해서 부정할 수도, 잊고 지낼 수도 없다.

나도 남들처럼 내 의무를 다할 거야. 그리고 내가 쓴 돈도 다 회수할 수 있을 거야. 내가 쓴 돈은 너한테, 그리고 적어도 가족한테 빌린 돈이라고 여기고 있기 때문에 지금까지 그림을 그린 거고, 앞으로도 그릴 거야. 네가 살아가는 방식과 다를 바 없는 거야. 내가 불로소득이 좀 있었더라면 마음 편하게 예술을 위한 예술을 했겠지. 하지만 지금은, 꾸준히 그리다보면 나도 모르는 사이에 실력이 향상되어 있을 거라고 믿는 것만으로도 만족한다.

이 물감들이 필요할 것 같다.

에메랄드그린 3개, 코발트 2개, 군청색 1개, 납 주황색 1개, 아연백색 6개 (전부 대형 튜브로)
캔버스 천 5미터

정겨운 편지 고맙고, 너와 네 아내에게 진심 어린 악수 청한다.

너를 사랑하는 형, 빈센트

593프 ____ 1889년 5월 31일(금)~6월 6일(목) 사이

테오에게

일반용 붓 몇 자루를 최대한 빨리 보내줘야겠다. 굵기는 대략 이 정도로. 각각 6자루씩 부탁한다.

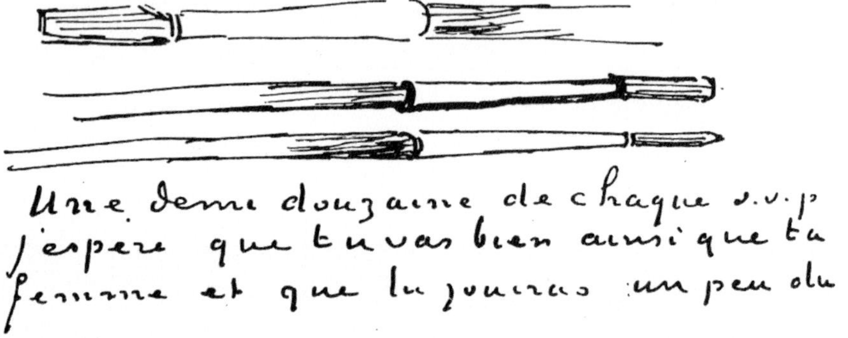
Mon cher Théo, il faut que je te prie encore de m'envoyer le plus tôt possible quelques brosses ordinaires dont voici à peu près les grosseurs

Une demi douzaine de chaque s.v.p. j'espère que tu vas bien ainsi que ta femme et que tu jouiras un peu du

너와 네 아내 모두 잘 지내고 조금이라도 화창한 날을 즐겼으면 하는 바람이다. 적어도 여기는 화창한 해가 떠다니고 있어.

내 건강은 괜찮고 머리도 그렇게 될 거야. 그러기를 바라야지. 어쨌든 시간과 인내심이 해결해줄 문제니까.

병원장 말이 너한테 편지가 와서 자신이 답장했다는데, 내용은 일절 말하지 않길래 나도 아무것도 묻지 않았다. 피차 편한 거야. 키가 작고 통풍으로 고생하는 양반인데, 몇 년 전에 아내를 여의고 홀아비가 됐다지, 아무튼 짙고 검은 안경을 쓰고 다녀. 여기 요양원은 뭐랄까 다소 방치된 분위기야. 병원장도 이 일을 그다지 좋아하지 않거나, 좋아하더라도 아주 조금만 좋아하는 것 같아. 사실, 그럴 만도 해.

새 환자가 왔는데, 얼마나 난동을 부리는지 있는 대로 다 부수고 밤낮으로 고래고래 소리를 지른다. 입혀놓은 구속복도 찢어버릴 정도인 데다 거의 *하루 종일* 탕에 들어가 입욕 치료를 받는데도 전혀 진정이 안 되더라. 자기 방의 침대는 물론 온갖 집기들을 다 부수고 밥상도 엎어버렸어. 보고 있자니 참 슬픈데, 여기 사람들은 인내심이 남달라서 결국은 다 정리하더라고.

새로운 건 순식간에 옛것이 되는 법이야. 지금 같은 심리 상태로 파리에 가면, 아마 어두운 그림과 인상파의 밝고 화사한 그림, 니스로 반들반들하게 광을 낸 유화와 광택 효과를 억제한 그림을 제대로 구분도 못 할 거다.

내 말은, 지금까지 흐른 시간들을 곰곰이 반추해보니, 나는 그 어느 때보다도 지금 활발히 활동하거나 앞으로 나올 신인들만큼이나 들라크루아, 밀레, 루소, 뒤프레, 도비니 등이 영원히 젊을 거라는 걸 새삼 깨달았다는 거야. 예를 들면, 인상주의가 낭만주의를 능가하는 업적을 남길 수는 없다는 거야. 확실히 레옹 글레즈Pierre Paul Léon Glaize나 페로 같은 화가들을 높이 평가하는 치들과는 상당히 거리가 있지.

오늘 아침에 동이 트기 전에 창문 너머로 새벽 별 아래 펼쳐진 시골 풍경을 한동안 감상했어. 광활하더구나. 도비니와 루소는 이런 풍경을 실제보다 더 친근감 있고 평화롭고 또 장엄하게 표현하면서도 거기에 지극히 비통한 감정, 지극히 개인적인 감정까지 추가했어. 나는 그 개인적인 감성을 높이 평가해.

내 그림이 내가 표현하려던 것과 조화를 이루지 못한다는 생각이 들면 항상 양심의 가책을 느껴. 그것도 어마어마하게. 결국에는 훨씬 그럴듯한 결과물을 만들어내겠지만 아직은 그 단계에 이르지 못했다는 거잖아.

제대로 바싹 마른 그림은 *물과 약간의 알코올*을 사용해서 두텁게 칠해진 부분의 유분을 덜어낼 수 있어. 〈밤의 카페〉와 〈초록색 포도밭〉, 호두나무 액자에 든 풍경화를 그런 식으로 손봤어. 〈밤〉도 마찬가지야(그런데 이건 최근에 손을 다시 본 터라 알코올 때문에 번질 수가 있어).

여기서 보낸 시간이 거의 한 달이 다 되어가는데 다른 곳으로 가고 싶다는 생각은 한 번도 들지 않더라. 대신, 본격적으로 다시 작업하고 싶다는 의지만 조금씩 살아나고 있어.

다른 환자들을 보더라도 어디 다른 곳으로 가고 싶다고 생각하는 사람이 거의 없어. 아마 바깥세상에 적응하기에는 스스로가 너무 망가졌다고 느끼기 때문이 아닐까 싶다.

그런데 잘 이해가 가지 않는 건, 무위도식이 지나치다는 점이야. 프랑스 남부의 가장 큰 흠결이자, 낙후된 원인이지. 그래도 아름다운 풍경에 푸르른 하늘, 찬란한 태양을 가진 동네야! 그래봐야 내가 본 건 요양원 안뜰과 창문 너머로 본 풍경이 전부이긴 하지만.

혹시 모파상의 『죽음처럼 강한Fort comme la mort』을 읽어봤니? 주제가 과연 뭐라고 생각하냐. 내가 읽은 비슷한 부류의 소설은 졸라의 『꿈Le rêve』이었어. 수놓는 일을 했던 여자 주인공하고 황금 자수에 관한 묘사가 상당히 아름다웠어. 무엇보다 그 황금 자수가 원색과 가미된 색 등 여러 색조의 노란색과 관련된 부분이기 때문이었지. 그런데 남자 주인공은 별로 사실적이지 않았고 배경이었던 대성당도 그냥 암울하게만 느껴졌어. 다만, 자홍색과 진파란색이 조연처럼 등장해서 금발의 인물을 돋보이게 만들어준 점은 남달랐다. 라마르틴도 이런 비슷한 글을 쓴 적 있었지.

내가 보낸 것 중에서 형편없는 것들은 네 마음대로 처분하고 그럭저럭 괜찮은 것들만 보여주기 바란다. 앵데팡당전과 관련해서는 아무래도 상관없으니 아예 나를 없는 사람으로 치고 알아서 해라. 그렇다고 너무 신경 쓰지 않는다거나 완전히 미친 사람처럼 보이지 않는 게 나을 테니, 〈별이 빛나는 밤〉과 노란색 식물이 포함된 풍경화를 호두나무 액자에 넣어서 출품하는 건 어떨까 싶다. 서로 대비되는 색을 가진 그림이라서, 내 그림을 보고 다른 화가들이 밤의 효과를 더 그럴듯하게 표현하는 방법을 구상할 수도 있을 거야.

그러니 이제는 그렇게 내 걱정을 할 필요는 없다. 새 캔버스와 물감을 받으면 인근의 풍경을 그리러 나가볼 거야.

온갖 꽃들이 만개하는 계절인 만큼, 색채 효과를 최대한 낼 수 있으니 캔버스 천 5미터를 더 보내주면 정말 좋을 것 같다.

꽃은 일시적으로 확 피었다가, 조만간 그 자리를 노란 밀밭이 대신할 거야. 특히 이 밀밭은 아를에서보다 훨씬 잘 그리고 싶어. 아를에 비하면 미스트랄의 심술 정도가 좀 덜한 것 같아(여기는 크고 작은 산맥이 바로 앞에 있거든). 아를에서는 바람을 정통으로 맞아야 했었어.

여기 정원에서 그린 그림들을 받고 나면, 내가 여기서 우울한 시간만 보내고 있는 건 아니라는 걸 알 수 있을 거다.

곧 연락하자, 너와 요에게 마음으로 진심 어린 악수 청한다.

너를 사랑하는 형, 빈센트

594프 ____ 1889년 6월 9일(일)

테오에게

보내준 캔버스 천, 물감, 붓, 담배, 그리고 초콜릿, 무사히 잘 받았다. 고맙다.

얼마나 반가웠는지 모른다. 안 그래도 작업을 마치고 무료하던 참이었거든. 또 며칠 전부터 근처에 나가서 그림을 그리게 됐어.

내 기억이 정확하다면, 네 마지막 편지는 5월 21일자였어. 그런데 그 뒤로는, 페롱 원장이 받았다는 편지 외에 너한테 아무런 소식도 없구나. 너도 그렇고 제수씨도 그렇고 두 사람 모두 건강하기를 기원한다.

페롱 원장이 만국박람회 구경차 파리에 갈 계획이라는데 아마 너도 찾아갈 거야.

새롭게 전할 소식이라고 해봐야 별것없다. 지금은 풍경화 2점을(30호 캔버스) 작업 중인데 언덕에서 본 풍경을 그린 게 있고, 또 하나는 내 침실 창문 밖으로 보이는 풍경을 그린 거야. 전경에는 폭풍우가 지나간 뒤에 바닥에 쓰러져 누워버린 밀들을 그려봤어. 울타리로 만들어진 벽 너머로 회녹색 잎사귀가 달린 올리브나무 몇 그루와 집 몇 채, 그리고 언덕이 보여. 캔버스 윗부분에는 파란 하늘 속으로 빠져들고 있는 커다란 흰색과 회색 구름을 그려 넣었어.

구도나 색채가 극도로 간결한 풍경화야. 훼손된 〈침실〉과 같이 두면 짝을 이룰 그림이 될 것 같아. 표현된 양식이 표현 기법과 일체감을 준다면 그게 바로 예술적인 격조를 결정짓는 게 아닐까?

그래서 그림으로 그린 집에서 먹는 빵도 샤르댕이 그리면 예술 작품이 되는 거야.

이집트 예술이 환상적인 건, 과연 그 차분하고 침착하고 현명하고 온화하면서 인내심 많고 선량한 이집트 왕들이, 영원히 태양을 섬기는 농부가 아닐 수가 있겠냐는 거야.

박람회장에 가서 건축가 쥘 가르니에*가 지은 이집트 집을 구경하고 싶다. 빨간색, 노란색, 파란색으로 칠했고, 벽돌을 가지런히 쌓아 만든 화단으로 일정하게 나뉜 정원 딸린 집 말이야. 미라와 화강암 건축물밖에 모르는 나라 사람들의 주거지 말이야.

아무튼 다시 본론으로 돌아와서, 이집트 예술가들은 *믿음*이 있었고 감정과 본능에 따라 작업하면서 능숙한 곡선과 환상적인 비율을 동원해 손으로 직접 만질 수 없는 그런 것들, 호의, 끝없는 인내심, 지혜, 평온함 등을 표현해냈어. 다시 말하면, 표현 기법이 표현된 양식과 일체감을 지니고 있으면 예술적인 격조를 갖추고 있다는 말이야.

레이스의 대형 벽화 속에 등장하는 하녀도 브라크몽의 판화 속으로 들어가면 새로운 예술 작품이 될 수 있는 거야. 메소니에의 〈책 읽는 남자〉가 자크마르의 판화 속으로 들어가도 마찬가지야. 왜냐하면 *판화로 만드는 기법*이 판화로 표현된 양식에 걸맞기 때문이지.

* 빈센트가 샤를 가르니에(Charles Garnier)를 쥘 가르니에로 착각하고 있었다.

〈침실〉의 습작을 하나 가지고 있고 싶어서 그러니, 캔버스 천을 보낼 때 그림을 두루마리로 말아서 같이 보내주거라. 보고 그릴 수 있게.

처음에는 캔버스 보강작업을 해볼까 했어. 다시 그릴 수는 없을 거라 생각했었거든. 그런데 머리가 맑아지니까 다시 해볼 수 있겠다는 생각이 든다. 이것저것 많이 그렸지만, 유독 애착이 가고 느낌이 남달라서 꼭 간직하고 싶은 것이 있잖아. 그렇게 마음에 남는 그림이 있으면 무의식중에 항상 이런 생각을 하게 돼. '어느 집, 어느 방, 방의 어느 위치, 어떤 사람의 집에 둬야 공간과 잘 어울릴까?'

그래서 할스, 렘브란트, 페르메이르 등의 그림은 네덜란드의 고택이 아니면 어울리지 않아.

그런데 인상주의 화가들의 그림을 보자. 이렇게 볼 수 있어. 그러니까 어느 집이 예술 작품을 장식으로 두지 않으면 완벽해지지 않는 것처럼, 그림도 애초에 그림이 그려진 시기와 비슷한 시기에 조성된 환경이 아니라면 완벽해지지 않아. 그런데 인상주의 화가들의 그림이 동시대의 가치보다 더 우월한지 아닌지는 나도 잘 모르겠다. 한마디로 말하면, 그림으로 표현된 것보다 더 중요한 집의 영혼이나 분위기가 있느냐는 거지. 나는 그렇다고 믿고 싶어.

인상주의 화가들의 전시회가 열린다는 광고를 봤어. 거기에 고갱, 베르나르, 앙크탱을 비롯한 여러 이름이 보이더라. 아무래도 새로운 파가 만들어진 것 같다는 생각이 들어. 기존의 이런저런 화파에 뒤지지 않을 그런 모임이.

네가 말했던 전시회가 이 전시회였냐? 찻잔 속에도 태풍이 부는구나.

건강은 그럭저럭 괜찮다. 외출보다는 이 안에서 그림을 그리며 지내는 게 더 좋아. 여기 오래 있다 보면, 규칙적인 생활을 습득할 테고, 그러면 장기적으로는 삶 자체에도 균형이 생기고, 감정도 덜 예민해지지 않을까. 그것만으로도 이득이잖아. 그리고 바깥세상에 다시 적응할 엄두도 안 나. 여기 직원하고 같이 시내에 한 번 다녀왔는데, 행인이며 이런저런 것들만 봐도 거의 기절할 것 같고 심히 불안했어. 자연을 마주 대하면, 그림 작업에 대한 의지 덕분에 버틸 수가 있어. 그런데 너한테 하는 말이지만, 아무래도 내 안에 강렬한 어떤 감정 같은 게 있는 게 분명해. 그게 나를 이렇게 만들었는데, 앞으로 또 어떤 일을 벌이게 할지는 모르겠다.

그림을 끝내고 나면 지루해서 죽을 맛인데, 밖에 나가서 다시 시작할 마음은 전혀 없어.

방금 원장이 지나갔는데 몇 주간은 파리에 갈 수 없다고 하니 기다리지 말아라.

조만간 네 편지 받기를 기대한다.

이번 달에는 이런 것들이 필요하다.

은백색 8개

베로니즈그린 6개

군청색 2개

코발트 2개

황토색 2개

빨간색 1개

천연 시에나 황토색 1개

아이보리블랙 1개

내가 어쩌다가 여기까지 오게 됐는지 명확히 알고 싶어서 열심히 생각하다 보면, 결국 단순한 사고에 지나지 않았다는 결론에 이르게 되는데, 그걸 모르고 무조건 무섭고 두렵다는 생각에 사로잡혀 깊이 생각해보지도 않았다는 사실이 참 우습더라. 증상이 미약하게나마 사라지고 있는 건 사실인데, 이는 다시 말하면, 뭔지는 몰라도 내 뇌를 건드리는 무언가가 분명히 있다는 걸 입증한다는 뜻이기도 해. 아무튼 별것도 아닌 걸 이렇게 두려워했다는 것과 아무것도 기억할 수 없다는 게 여전히 이해할 수 없는 일이야. 어쨌든 내가 최선을 다해 적극적으로 작업에 임할 거라는 사실은 믿어도 된다. 적어도 전보다 그럴듯한 그림을 그리는 데 도움이 되는 일이라면 더더욱 그렇게 할 거야.

이곳 풍경은 라위스달의 그림이 떠오르는 요소들이 많은데 일하는 농부들은 보기 힘들어.

우리나라에서는 어디를 가도 1년 내내 일하는 남자와 여자, 아이들에 가축까지 볼 수 있는데, 여기서는 그 3분의 1도 보기 힘들고 그나마도 북부지역의 진정한 농부 같지도 않아. 밭 가는 솜씨도 미숙한데 열의도 없이 대충대충이다. 어쩌면 내가 이 지역 출신이 아니라 잘못된 편견을 가지고 있는지도 몰라. 차라리 그랬으면 좋겠다. 그런데 또 그렇게 생각하면 내가 『타르타랭』을 읽고 생각했던 부분들이 너무 차갑게 느껴지는 것 같아. 타르타랭은 이미 오래전에 온 가족에게 배척을 당했을 테니 말이야.

무엇보다도 조만간 꼭 편지해라. 네 편지가 기다려져서 그래. 네가 건강하기를 바란다. 이제 네가 누군가와 함께 살고 있다는 사실이 나한테는 얼마나 큰 위로가 되는지 모른다.

혹시 이래저래 부담해야 할 게 많아 물감이나 캔버스 등등을 보내기 힘든 달이 있거든, 보내지 말아라. 추상적인 예술보다야 생계가 더 중요하지. 그리고 무엇보다 집안 분위기가 슬프거나 가라앉으면 안 돼. 그게 먼저고 그림은 나중 문제다.

황토색같이 그냥 간단한 색으로 다시 그림을 그려보고 싶기도 하다.

판 호이언의 그림이 중성 물감은 거의 안 쓰고 유화 물감으로 도배됐다고 해서 그의 그림이 흉측하다고 할 수 있을까? 미셸의 그림은? 담쟁이덩굴에 감긴 그루터기를 완전히 마무리했는데 두루마리로 말 수 있을 정도로 마르면 당장에 너한테 보내고 싶다.

너와 네 아내에게 굳게 손을 잡고 악수 청한다.

너를 사랑하는 형, 빈센트

*****

테오의 건강 상태는 그리 좋지 못했다. 6월 16일, 그는 형에게 이런 편지를 쓴다. "진작에 형님께 소식을 전했어야 했는데 생각을 풀어낼 여력이 없었습니다……. 오늘도 생각한 내용을 글로 다 써내릴 수 있을지 자신은 없지만 그래도 이 편지는, 저희 부부가 항상 형님을 생각하고 있다는 것과 마지막에 받은 그림을 보면서 형님이 이 그림을 그릴 당시 심경이 어땠을지 많은 생각을 하게 됐다는 말만이라도 전하기 위해 기필코 끝까지 써보낼 생각입니다. 모든 그림의 색감에서 전에 없던 힘이 느껴졌습니다. 그 자체로도 흔치 않은 능력이긴 한데, 너무 앞서가는 게 아닌가 하는 생각도 듭니다. 형체를 변형해가며 어떤 상징을 찾으려고 애쓰는 화가들이 있기도 한데, 형님의 그림에서 그런 부분들이 여럿 엿보였습니다. 특히, 형님이 애착을 가진 자연과 생명체에 대한 형님의 생각을 요약해서 표현하실 때 유독 그렇습니다. 하지만 거의 위험할 정도로 머리를 혹사하셨을 테니, 현기증까지 피할 수는 없으셨을 겁니다."

테오는 빈센트가 그림 작업을 위해 위험도 불사할까 걱정한다. "완쾌되기 전까지는, 모든 게 잘 모르시는 영역이니만큼 너무 깊이 파고들지 않는 게 좋겠습니다. 경험해보는 건 괜찮을지 모르지만, 깊이 파고들었다가 무사히 빠져나온다는 보장도 없으니 말입니다. 필요 이상으로 무리하지 마세요. 형님은 몇 마디 말로 본 걸 설명한다고 여길 수 있겠지만, 형님의 그림에는 그런 특징들이 고스란히 남아 있습니다. 들라크루아가 조르주 상드의 시골집에 갔을 때 정물과 꽃을 그렸다는 걸 기억하세요. 그 이후에 그에 대한 반작용으로 〈성처녀의 교육〉 같은 그림을 그린 것도 사실이지만, 제가 형님께 이런 말을 한다고 해서 형님이 나중에 걸작을 그리지 못한다는 건 아니지 않습니까. 다만, 너무 무리해서 그림 작업에 몰두하지 마셨으면 하는 바람입니다."

테오는 고갱과 어울리는 사람들을 "말썽꾼"으로 비꼬면서 이렇게 말한다. "고갱 선생은 대략 보름 전에 퐁타방으로 떠나서 형님 그림을 보지 못했습니다. 이사악손은 형님이 마지막에 보낸 그림을 상당히 마음에 들어 합니다. 〈침실〉은 보내드릴게요. 굳이 손을 보지 않으시는 게 나을 겁니다. 복원은 가능할 겁니다. 다시 그려서 제게 보내시면 제가 보강 작업을 맡기겠습니다.

〈붉은색 포도밭〉은 정말 아름답습니다. 그래서 방에 걸었어요. 세로로 기다란 여성의 인물화도 정말 괜찮습니다. 여기에 폴락이라는 화가가 있는데 스페인은 물론 스페인 회화에 정통한 사람입니다. 그가 보더니 스페인 거장의 그림처럼 아름답다고 하더군요."

595프 ____ 1889년 6월 19일(수) 추정

테오에게

어제, 네 편지 고맙게 잘 받았다. 나 역시 네게 전하고 싶은 내용을 오롯이 편지로 다 전할 수 있을지 자신은 없구나. 그래도 격동의 시기를 살고 있으니만큼, 이런저런 부분에 대한 옳고 그름을 판단할 정도의 분명한 의견을 갖는다고 해서 문제 될 건 없을 것 같다.

지금도 여전히 함께 식당에 나가서 식사를 하는지, 아니면 집에서 더 많은 시간을 보내는지 궁금하구나. 장기적으로 보면 집에서 함께 시간을 보내는 게 더 낫지 않을까 싶다.

나는 잘 지낸다. 너도 알겠지만, 음식과 술, 담배를 절제하고 조절하며 지내 온 게 벌써 반년 가까이 됐고, 최근에는 일주일에 두 번, 2시간씩 입욕 치료를 받고 있으니 이 정도면 내 증상도 상당 부분 완화되었을 거다. 그러니 아주 잘 지낸다고 해도 되겠지. 그리고 그림 작업 덕분에 기분 전환도 하고 있어. 워낙 나한테 필요한 부분이라 피곤한 일도 없다.

이사악손이 내 그림을 마음에 들어 했다니 나도 기쁘다. 그 친구랑 더 한은 참 신실한 친구 같더라. 요즘 같은 시기에는 참 보기 드문 청년들이야. 그러니 그만큼 인정을 받아야 해. 그리고 네 말에 따르면 노란 바탕에 검은 옷을 입은 여성의 인물화가 마음에 든다고 말한 사람도 있었던 것 같더라. 그래, 당연한 결과야. 그게 모델 덕분인지, 내 그림 솜씨 덕분인지는 모르지만, 아무튼 놀랄 일도 아니지.

앞으로는 모델을 찾을 수 없을 것 같아 절망스럽기는 하다. 아, 이 인물화나 〈자장가〉의 포즈를 취해줬던 사람 같은 모델을 구할 수 있다면 다른 그림을 그릴 수도 있을 텐데 말이야.

고갱과 다른 화가들이 출품한 전시회에 내 그림을 내걸지 않은 건 정말 잘한 것 같다. 내가 완쾌되지 않은 이상, 굳이 그 사람들 감정을 건드릴 필요는 없잖아.

고갱과 베르나르가 실질적으로 큰 장점을 가진 사람들이라는 건 의심의 여지가 없어.

이렇게 활기 넘치고 젊고 또 각자의 길을 개척하며 살 방법을 *찾아나가야* 하는 사람들에게, 대중이 기꺼이 그들의 작품을 마치 공인된 초절임으로 인정할 때까지 뒤집어 놓은 상태로 벽에 걸어두는 게 불가능하다는 건 나도 충분히 이해해. 카페 같은 곳에 전시하면 소란스러운 일이 생기겠지. 이게 수준 낮은 건 아니라고 말하지는 않겠다. 나도 이미 두 번이나 비슷한 전과가 있어 양심에 찔리긴 하거든. 탕부랭하고 클리시 대로에 있는 가게에서 말이야. 아를이라는 좋은 동네에 살던 선량한 식인종 81명과 그들이 받들어 모시는 시장이 초래한 일도 소란스러운 일이라면 소란스러운 일이지.

그런데 뭐 따지고 보면, 의도한 건 아니더라도 결국 이런 소동의 원인은 그들이라기보다는 나 자신에게서 찾아야 할 거야. 젊은 친구, 베르나르는 개인적으로 이미 대단한 그림을 그렸다고 생각해. 그의 그림 속에는 온화한 무언가가 담겨있고, 지극히 프랑스적인 정서와 흔히 볼 수 없는 순수함을 지니고 있어.

아무튼 베르나르나 고갱이 관계자나 드나드는 뒷문으로 만국박람회에 참석할 사람들은 아니야. 그 부분은 안심해도 될 거다. 그들이 침묵을 지킬 수 *없었던* 건 이해가 간다. 인상주의 화가들이 일치단결된 모습을 보여주지 않았다는 건, 그들이 들라크루아나 쿠르베처럼 제대로 싸우는 법을 모르고 있다는 증거야.

마침내 올리브나무가 들어간 풍경화를 그렸고, 별이 뜬 밤하늘로 습작도 그렸어.

고갱이나 베르나르가 요즘은 무슨 그림을 그리는지 모르지만, 분명히 방금 말한 이 두 습작과 비슷한 감성일 게다. 이 두 습작과 담쟁이덩굴 습작을 한참 동안 보고 있으면 아마 고갱과 베르나르와 내가 함께 나눴던 이야기나 고민들이 말로 설명하는 것보다 더 쉽게 이해될 거야. 낭만주의나 종교로의 회귀가 아니었어. 하지만 보이는 것보다 훨씬 더 강도 높게 들라크루아의 방식으로, 트롱프뢰유의 사실성을 넘어서는 의지를 담아 색을 사용하고 데생을 하면 파리의 교외나 파리의 무도회장보다 순수한 시골 오지의 자연을 표현할 수 있을 거야.

도미에가 직접 보고 그린 것보다 더 차분하고 순수한 인간의 모습도 그려볼 수 있을 거야. 물론 도미에의 데생 방식을 따라야겠지.

존재 여부는 일단 논외로 친다고 해도, 우리는 생투앙 너머에 자연이 펼쳐져 있다고 믿어.

어쩌면 졸라의 소설을 읽으며, 르낭이 들려주는 완벽한 프랑스어 발음에 매료될 수도 있어.

어쨌든 「르 샤 누아르」가 자신들만의 방식으로 여성들을 그리고 있는데, 그중에서도 포랭의 솜씨가 단연 뛰어난 편이야. 그 외에도 자신들만의 방식을 고수하는 사람들도 있어. 파리와 파리의 우아함을 좋아하지만, 전혀 파리 사람답지 않게 표현하는 방식. 그러니까 다른 방법이 얼마든지 있다는 사실을 증명해 보여야 한다는 거야.

고갱, 베르나르 그리고 나는 아마 계속 우리 자리는 지킬 수 있을 거야. 승리를 쟁취하는 일도 없겠지만, 그렇다고 짓밟힐 일도 없을 거야. 우리는 이 일이나 저 일을 위해 존재하는 게 아니라, 위로하기 위해서, 보다 더 위로가 되는 그림을 준비하기 위해 여기 있는 거야.

이사악손과 더 한도 크게 성공하기 힘들 수도 있어. 하지만 두 사람은 네덜란드에서, 렘브란트가 트롱프뢰유가 아니라 진정 위대한 그림을 그렸음을 확인할 필요성을 느꼈을 거야. 그리고 그들 역시 무언가 다른 걸 느꼈을 거야.

네가 〈침실〉의 보강작업을 해줄 수 있다면, 내게 보내기 *전에* 하는 게 좋겠구나.

흰 물감이 정말 단 한 방울도 안 남았다.

조만간 또 편지 보내주면 고맙겠다. 요즘 자주 드는 생각인데, 너도 결혼 생활 속에서 기력을 얻어서 대략 1년 뒤에는 건강을 회복했으면 좋겠다.

여기서 가끔 시간 날 때 셰익스피어 책을 읽으면 좋을 것 같아. 1실링에 파는 『딕스 실링 셰익스피어』라는 전집이 있어. 빠진 작품이 하나도 없는 전집인데 저가 판본이 고가 판본에 비해 수정된 부분이 적을 거야. 아무튼 3프랑 이상 하는 건 필요 없어.

내가 보낸 것 중에서 그저 그런 것들은 가지고 있어 봐야 쓸 데도 없을 테니 그냥 어디 치워놔라. 정 쓸 데가 있다면 나중에 이런저런 걸 기억하는 용도로나 쓰면 될 테니. 괜찮은 그림은 캔버스 수가 줄어들수록 더 눈에 띌 거야.

나머지는 습작 사이에 낡은 신문지와 마분지 두 장을 끼워서 구석에 보관해두면 된다. 그 정도 대접만 받을 작품들일 테니까. 데생한 것들 두루마리로 해서 보낼게.

너와 요, 그리고 다른 친구들에게 악수 청한다.

너를 사랑하는 형, 빈센트

〈아를의 병원〉, 〈풀밭에 서 있는 버드나무〉, 〈들판〉, 〈올리브나무〉의 데생은 예전에 그린 몽마주르와 궤를 같이하는 연작이라고 할 수 있어. 나머지 것들은 정원에서 그냥 서둘러 그렸고.

셰익스피어 책은 급하지 않다. 내가 말한 전집이 없더라도, 주문해두면 언젠가 들어올 거다.

내가 현기증이 일 정도로 높은 곳에 스스로 올라가 위험을 자초할 일은 없으니 너무 걱정하지 말아라. 우리는 좋든 싫든 간에 어쩔 수 없이 상황에 따를 수밖에 없고, 이 시대의 병을 겪어야 할 뿐이다. 하지만 지금처럼 매사에 조심하면 그리 쉽게 무너지진 않을 거다. 다시는 발작 증상이 재발하지 않았으면 좋겠다.

596프 ____ 1889년 6월 25일(화)

테오에게

편지에 물감 주문서 동봉하는데, 지난번에 보낸 걸 대신하는 거야. 제법 덥고 화창한 날이 이어져서 그림 몇 점을 또 그렸어. 그러다 보니 30호 캔버스를 12점이나 작업 중이다. 초록색 병같이 쉽게 만들기 어려운 색조로 칠한 사이프러스 습작이 2점인데 전경에는 백연으로 임파스토를 만들어놨어. 단단히 굳은 땅을 표현한 거야.

몽티셀리 그림도 이런 식으로 준비 작업을 거친 게 많아. 그 위에 색을 입히는 거지. 그런데 이렇게 작업해도 캔버스가 버틸 수 있을 정도로 튼튼한지는 잘 모르겠다.

고갱과 베르나르가 위로가 되는 그림을 그린다고 말했었잖아. 그런데 이 말도 덧붙여야겠다. 이미 고갱에게도 여러 번 이야기했었는데, 다른 사람들도 이미 그런 그림을 그렸다는 사실을 간과해서는 안 된다고 말이야. 뭐 어쨌든, 파리에서 멀어져 시골 한복판에 들어오면, 파리의 일을 금방 잊게 되고, 생각도 변하더라고. 그래도 바르비종에서 봤던 그 아름다운 그림들은 도저히 잊을 수가 없더라. 그 그림보다 더 나은 걸 그리는 건 아무래도 힘들 것 같은데, 뭐 굳이 그럴 필요도 없을 것 같긴 하다.

안드리스 봉어르는 어떻게 지내냐? 지난 두세 통의 편지에서 전혀 그 친구 이야기가 없더라.

deux fois cela est bon aussi
je crois que des deux toiles de cyprès celle dont je fais le croquis sera la meilleure. Les arbres y sont très grands et massifs. l'avant plan très bas des ronces et broussailles. Derrière des collines violettes un ciel vert et rose avec un croissant de lune. L'avant plan surtout est très empâté des touffes de ronces à reflets jaunes violets verts. Je t'en enverrai des dessins avec deux autres dessins que j'ai encore faits.

내 건강은 늘 그렇듯 괜찮고 그림 덕에 기분전환도 하며 지낸다. 아마 누이 중 하나인 것 같은데 로드Edouard Rod의 책을 보내줬어. 내용은 괜찮은데『삶의 의미』라는 제목이 개인적으로는 내용에 비해 지나치게 멋을 부린 게 아닌가 싶더라.

무엇보다 큰 재미는 없었어. 저자는 심한 폐병을 앓은 모양이고, 그로 인해서 온갖 합병증에 시달렸나 보더라고.

아무튼 그는 아내와 함께 있으면 위로가 된다고 인정했어. 맞는 말이지. 그런데 나한테는 삶의 의미에 대해 가르쳐준 게 아무것도 없어. 저자도 흥미롭지 않은 데다, 지금 같은 시기에 이런 글을 쓴 걸로도 모자라 인쇄까지 하고 그걸 또 3.5프랑을 받고 판다는 게 놀라울 따름이다. 차라리 알퐁스 카르Alphonse Karr나 수베스트르Emile Souvestre, 드로즈Antoine Gustave Droz가 더 나아. 적어도 로드보다 훨씬 활기 넘치는 작가들이거든. 그래, 내가 너무 뻣뻣해 보이는 건 사실이야.『콩스탕탱 수도원장』을 비롯해서 이런저런 문학작품을 곱게 보지 않으니까. 어진 카르노Sadi Carnot 대통령의 온화한 통치 시기를 빛내준 작품들인데도 말이야. 우리 누이들은 이 소설을 인상 깊게 읽은 모양이야. 빌레미나는 직접 이 책 이야기를 했어. 그런데 뭐, 선한 여성들과 책은 별개야.

볼테르의『자디그 혹은 운명』을 기쁜 마음으로 다시 읽었어.『캉디드』와 비슷해. 적어도 이 대가는 '대화 속에서, 비록 세상만사가 현자들의 마음대로 흘러가지 않는다는 사실은 인정해야' 한다면서도 삶에는 어떤 의미가 있을 수 있다는 점을 은근슬쩍 보여주기는 해.

나는 어떻게 해야 할지 모르겠다. 여기에 있든, 다른 데로 가든, 크게 달라질 건 없을 것 같아. 그러니 여기 그대로 있는 게 가장 간단하지 않을까.

다만, 네게 전할 소식이 딱히 없다는 게 아쉽다. 그날이 그날 같거든. 고민거리라야 그저 밀밭이나 사이프러스를 가까이 가서 들여다볼 가치가 있을까 없을까 정도가 전부야.

화사하고 아주 샛노란 밀밭을 그렸지. 내가 그린 것 중에서 가장 화사한 그림이지 싶다.

사이프러스는 항상 마음이 가는 대상이야. 해바라기처럼 여러 점으로 그려보고 싶어. 아직은 내가 본 그대로의 느낌을 살리지 못했거든.

선이나 비율은 이집트의 오벨리스크처럼 아주 아름다워.

그리고 초록은 기품이 넘치고 남다른 분위기가 느껴지는 색이야.

개인적으로는 화창한 배경에서 *검은* 점처럼 보이긴 하지만 상당히 흥미로운 검은 색조라고 할 수 있어. 정확하게 포착해서 그려내는 게 여간 힘든 일이 아니다.

그런데 파란색과 대비를 해서 봐야 해. 정확히 말하면 파란 바탕에서 본다고 해야겠지. 여기 자연을 잘 담아내려면, 뭐 어딜 가도 마찬가지겠지만 이곳에 오래 머물러야 해. 그래서 몽트나르의 색조에서는 사실성과 친밀함이 느껴지지 않았어. 빛이라는 건 신비로운 효과를 지니고 있거든. 그런데 몽티셀리와 들라크루아는 그런 신비함을 제대로 간파했었지. 피사로가 예전에 이 부분에 대해 아주 잘 지적했었는데 나는 그가 말했던 대로 할 수 있으려면 아직 갈 길이 까마득하다.

물감을 좀 보내주면 정말 좋을 것 같다. 조만간 말이야. 뭐 괜찮다면. 너무 애쓸 필요 없으니 그냥 네가 할 수 있는 만큼만 해주면 된다. 두 번에 걸쳐 보내줘도 아무 상관 없어.

사이프러스를 그린 두 습작 중에서 내가 크로키로 그린 게 훨씬 더 잘됐어. 나무가 아주 크고 꽉 찬 느낌이 살아 있거든. 전경 맨 아래쪽에는 가시덤불과 잡초를 그렸어. 자줏빛으로 보이는 언덕 너머로 초승달과 함께 초록색 같기도 하고 분홍색 같기도 한 하늘이 펼쳐져 있어. 전경은 아주 두껍게 임파스토 효과를 줘서 노란색, 자주색, 초록빛을 띠는 덤불들을 강조해서 표현해봤어. 먼저 그린 데생하고 이번에 또 그린 데생 2점을 보내줄게.

그러면 며칠은 바쁘게 보내게 될 거야. 여기서는 하루 종일 할 일을 찾는 게 고민거리다.

건물을 마음대로 돌아다닐 수 없다는 게 참 아쉬워. 빈 상태로 방치된 방이며 기다란 복도며, 전시회를 열면 아주 근사할 것 같거든.

네가 지난 편지에 언급했던 렘브란트의 그 그림을 정말 보고 싶었었어.

예전에 브롱의 가게 진열장에서 본 복제화가 기억나는데(에르미타주 소장품일 거야) 마지막 황금기 시절의 그림일 거야. 커다란 천사가 5명이 나오는 그림으로 〈아브라함의 식사〉. 인물은 5명이었을 거고. 그것도 아주 괜찮은 그림이었어. 〈엠마오의 저녁 식사〉만큼 감동적이었지.

혹시 이래저래 애써주신 살 목사님에게 답례가 필요하다면, 나중에 렘브란트의 이 그림 복제화를 드리자.

네 건강은 괜찮은지 모르겠다. 너와 네 아내에게 악수 청한다. 다음 주 중에는 새로 그린 데생을 네게 보내줄 수 있으면 좋겠다.

너를 사랑하는 형, 빈센트

597프 ____ 1889년 7월 2일(화)

테오에게

어머니의 편지를 동봉하는데, 아마 그 안에 담긴 소식은 너도 다 알 거다. 코르*가 가겠다는 이유는 나름 타당해 보여.

거기 가는 게 유럽에 남아 있는 것과 다른 점은 그곳은 여기처럼 대도시의 영향을 굳이 받을 필요가 없다는 거야. 막말로 유럽의 대도시는 너무 낡아서 모든 게 엉망진창에 위태롭기까지 하잖아. 그러니 타고난 천성에 자연스럽게 갖춰진 활력과 기운이 이런저런 이유로 고스란히 사라지는 걸 보는 대신, 이 사회와 멀리 떨어져 사는 게 더 행복한 일일지도 모르겠다. 결과가 다를 수도 있겠지만, 그런 제안을 주저하지 않고 받아들였다고 해서 그 녀석이 교육받은 대로 올곧게 생각하고 행동했다는 사실이 달라지는 건 아니야.

그러나 이 편지를 네게 보내는 건 이미 네가 다 알고 있는 소식을 전하려는 게 아니다.

일흔에 가까운 어머니가 하시는 말씀이 얼마나 논리정연한지, 글씨도 얼마나 또박또박 바르게 쓰시는지 보라는 뜻이야. 그리고 네가 이미 그런 말은 했지만, 누이도 똑같이 어머니가 젊어지신 것 같다고 그러더라. 정자체에 가까운 글씨나 편지에 써 내리신 논리나 단순명쾌하게 이런저런 걸 판단하시는 걸 보고 나도 똑같이 생각했다.

이건 아마도 네 결혼에 만족하셨기 때문일 거야. 오래전부터 간절히 바라신 일이기도 했으니 말이다. 너와 요의 결혼 덕분에 이렇게 젊어지신 어머니를 볼 수 있는 기쁨을 맛보니 어찌 장하다고 칭찬을 안 할 수 있겠냐. 그런 뜻으로 어머니 편지를 보내는 거야. 왜냐하면, 사랑하는 아우야, 가끔은 지난일을 떠올릴 필요도 있거든. 또 시기도 잘 맞아떨어진 게, 조만간 코르와 생이별을 해야 할 상황이니(아마 많이 괴로우시겠지) 네 결혼을 큰 위안으로 삼으셨을 거야. 그런 만큼 네덜란드로 돌아가기까지 굳이 1년을 꼬박 기다릴 필요는 없을 거다. 아주 목이 빠지게 너희 내외를 기다리고 계실 테니 말이야.

그리고 네덜란드 여성과 결혼했으니, 아마 몇 년 사이에 암스테르담과 헤이그 쪽과의 사업 관계도 활기를 띨 수 있겠구나.

아무튼 다시 한 번 말하는데, 이렇게 심적으로 차분하고 평온한 내용을 담은 어머니 편지는 근래 받아본 적이 없다. 분명히 네 결혼 덕분이야. 효도하면 오래 산다는 말도 있잖아.

보내준 물감은 정말 고맙게 잘 받았다. 지난 주문서에서 이것들은 빼도 되는데, 다만 흰색만큼은 *제외하지 않았으면* 좋겠다. 셰익스피어 책도 정말 고마워. 덕분에 그나마 가진 알량한 영어 실력 유지에 도움이 될 것 같다. 그런데 무엇보다 내용이 참 좋아. 이번에는 전에 이런저런 일 때문에 중간에 그만두거나 읽을 시간이 없어서 제대로 들여다보지 못했던 시리즈부터 시작

* 막내 남동생 코르는 트란스발(현 남아프리카공화국 북부)로 떠나기 직전이었다. 훗날 코르는 보어 전쟁에서 사망한다

했어. 왕 이야기들이야. 『리처드 2세』와 『헨리 4세』는 전에도 읽었고 『헨리 5세』는 절반밖에 못 읽었어. 소설의 배경이 된 시대 사람들 생각이 지금 이 시대 사람들 생각과 같은지, 아니면 당시의 사상을 공화주의 사상이나 사회주의 사상 등에 대입하면 어떨까 등등에 대해서는 굳이 생각하지 않고 읽었어. 그런데 인상적이었던 건, 이 시대의 소설가 몇몇의 글과 마찬가지로, 셰익스피어가 이미 몇 세기 전에 소설 속 인물들을 통해 들려준 목소리들이 전혀 낯설지 않다는 사실이야. 마치 잘 아는 사람들이 눈앞에서 말하는 걸 보고 있다는 생각이 들 정도로 생생했어.

인간의 눈빛에서 그런 다정함과 친근함을 그림으로 표현한 화가는 아마 렘브란트가 유일할 거야. 〈엠마오의 저녁 식사〉, 〈유대인 신부〉 그리고 네가 봤다는 그 그림 속 천사의 눈빛을 통해서 렘브란트는 인자한 분위기, 애절한 마음, 초인적인 무한함을 너무나 자연스럽게 표현했어. 그런데 셰익스피어의 글 여기저기에서도 그런 느낌이 드는 대목을 읽었어. 그리고 〈얀 식스의 초상〉, 〈나그네〉, 〈사스키아〉 등의 엄숙하거나 밝은 분위기의 초상화 속에도 그런 느낌을 찾아볼 수 있어.

모두가 이런 내용을 제대로 이해할 수 있도록 빅토르 위고의 아들이 셰익스피어 전집을 프랑스어로 번역했다니 얼마나 대단하냐.

인상주의 화가들을 생각하고, 이 시대의 예술과 관련된 문제들을 떠올리면 바로 거기에 우리가 배울 교훈이 있는 것 같아. 그리고 방금 읽은 부분에서 떠오른 생각인데, 인상주의 화가들이 백번 천번 옳을 수 있지만 그렇더라도 그 부분에 대해 오랫동안, 깊이 숙고해야 해. 과연 그들이 스스로를 공정하게 평가할 권리와 의무가 있는지 말이야.

그들이 감히 스스로를 소박하다고 생각한다면, 그 단어를 자신들에게 권한을 부여하는 자격 조건처럼 내걸고 쓰기 전에 *대중*들처럼 조금은 소박하게 사는 법을 배워야 할 거야. 하지만 인상주의 화가들을 불행하게 만드는 장본인들이 이 사실을 가볍게 여겨버리면, 그들에게도 심각한 상황이 초래될 거다.

게다가 일주일에 일곱 번이나 치열한 싸움을 벌이는 상황이 그리 오래 가지는 않을 거야.

생각해보면 『주아르의 수녀원장』이 셰익스피어의 작품과 어깨를 나란히 할 수 있다는 게 얼마나 대단한 건지 모른다. 르낭은 아마 아름다운 언어들을 마음껏 풀어내기 위해 큰마음먹고 이 작품을 집필했을 거야. 정말 아름다운 언어로 가득차 있거든.

내가 지금 작업 중인 그림의 분위기를 설명해줄 데생을 오늘 10점 정도 보낼 생각이야. 전부 현재 작업 중인 유화들을 그린 거다.

가장 최근에 시작한 그림은 밀밭인데 추수하는 농부는 작게, 태양은 커다랗게 그렸어. 벽하고 배경으로 보이는 자주색 언덕을 제외하면 온통 노란색이고. 같은 소재를 그린 게 하나 있는데 색은 전혀 달라. 하늘이 회녹색 색조에 흰색과 파란색이 어우러졌지.

셰익스피어의 책을 읽다 보니 리드 생각이 나더라. 지금보다 건강이 더 나빴을 때 그 친구 생각이 많이 나지 뭐냐. 그림보다 그 그림을 그린 화가들에게 더 애정을 보이라고 말하면서 너무 심하게 빽빽하게 굴고 실망만 안긴 게 아닌가 싶은 생각이 들었어.

버젓이 살아 있는 동료 화가들은 물감 살 돈은 고사하고 먹고살 돈도 없는데, 막대한 거금을 들여 죽은 화가들의 그림을 사들이는 상황에 직면해 있다고 해도, 내가 이래라저래라할 문제가 아니었던 것 같아. 신문에서 그리스 미술에 조예가 깊은 애호가가 자신의 친구에게 보낸 편지를 읽었는데, 이런 내용이 있더라. '자네는 자연을 사랑하고, 나는 사람의 손으로 만들어진 걸 사랑하지. 이렇게 다른 취향도 깊이 들어가 보면 결국 하나라고 볼 수 있어.'

이 문장이 내 설명보다 이해하기 쉬울 것 같다.

사이프러스를 그린 게 있는데 밀 이삭, 개양귀비, 스코틀랜드 천처럼 알록달록한 문양으로 표현한 파란 하늘도 같이 그렸어. 몽티셀리 그림처럼 임파스토 효과를 많이 썼어. 그리고 태양 아래 무르익고 있는 밀밭은 무더위를 표현하고 싶어서 또 임파스토 효과를 많이 사용했고. 이 그림을 통해 그래도 우리와 친분을 유지했다고 해서, 리드가 딱히 손해 본 건 없다는 사실을 입증할 순 있지 않을까 싶다. 그건 우리 입장도 마찬가지야. 왜냐하면 리드의 방식을 인정하지 않았던 건 *우리 나름의 이유*가 있었기 때문이니, 화해의 손길을 내미는 것도 우리가 먼저 해야 하는 게 맞을 것 같아.

아무튼 나는 자칫 경솔한 말을 늘어놓지 않을까 걱정돼서 편지 쓸 엄두가 나지 않는다. 하지만 글에 대한 확신이 서면, 언젠가는 편지로 소식을 전하고 싶어.

아를을 떠나기 전에 다 마르지 않아서 두고 온 그림이 몇 점 있는데, 언젠가 가서 찾아온 뒤에 너한테 보낼 생각이다. 6점 정도 돼. 이번에는 데생의 색감이 상당히 죽은 것 같은데, 아마 종이가 너무 매끈해서 그런 것 같아.

〈풀밭에 서 있는 버드나무〉와 〈아를의 병원〉은 그래도 흑백의 색감이 살아 있다. 이 그림들을 보면 내가 지금 작업 중인 데생의 분위기를 알 수 있어. 〈풀 베는 사람〉은 작년에 그린 〈씨 뿌리는 사람〉 같은 유화가 될 것 같아.

졸라의 작품들은 시간이 흐른 뒤에도 아름다운 작품으로 남을 거야. 그만큼 생명력을 지니고 있으니까.

어머니가 네 결혼 소식을 그렇게 반가워하셨다는 것도 생명력이 넘치는 그런 상황이었을 거야. 어쨌든 너희 내외가 기분 나쁠 일도 전혀 없고. 하지만 코르와의 이별은 어머니께 감당하기 힘들 정도로 슬픈 일일 거다. 불평하지 않고 고통을 감내하고, 별다른 반감 없이 고통을 받아들이는 법을 배우다 보면 현기증이 날 수도 있어. 하지만 이런 것도 가능할 거야. 그러니까 삶의 이면을 들여다보면, 우리가 지금 고통을 받아야 하는 그럴듯한 이유를 깨닫게 될 수도 있다는 거지. 여기서 보면 그 고통이 절망에 가까운 대홍수 규모처럼 느껴질 때도 있긴 하지만 말이야. 이 부분에 대해 우리가 아는 건 거의 없어. 그 규모가 어떻게 될지도 알 수 없어. 그러니 회화에 불과하더라도 밀밭을 그려놓은 그림을 보는 게 차라리 나을 거야.

너희 부부에게 악수 청하며 곧 네 소식이 날아들기를 기원한다. 두 사람 모두 건강해라.

너를 사랑하는 형, 빈센트

598네 ___ 1889년 7월

사랑하는 어머니께

어머니가 말씀하신 대로 어머니 연세가 일흔에 가깝다는 건 사실입니다. 그런데 정자로 또박또박 적으신 어머니 필체만으로는 아무도 그렇게 보지 않을 겁니다. 게다가 테오와 빌레미나에게 받은 편지를 보면 어머니가 몇 년은 더 젊어지신 것 같다고 하더군요. 반가운 소식이었습니다. 살다 보면 한두 번 이상 꼭 필요한 일이 아닐까 싶습니다. 코르 일로 어머니 마음이 편치 않으실 거라는 건 저도 잘 압니다. 어머니나 그 녀석에게나 이별은 결코, 쉽지 않은 문제일 겁니다. 하지만 제가 볼 때, 그래도 코르가 주저하지 않고 그런 제안을 받아들인 건 잘했다고 생각합니다. 파리는 물론 암스테르담이나 로테르담 등 가까운 유럽의 여러 대도시와 멀리 떨어진 곳으로 가면, 생활도 편하고 삶도 행복해질 뿐만 아니라 유럽 인근에 있을 때보다 세계를 더 잘 알게 되기 때문입니다. 지구상에는 우리가 사는 이 대륙에서 상상할 수 없었던 것들이 많습니다. 더 자연스럽고, 또 더 좋은 것들도 말입니다.

꼭 트란스발이 아니더라도, 예를 들어 호주에 가서 살아본 사람들 이야기를 들어보면 다들 다시 그곳으로 돌아가고 싶다고 합니다. 아를에서 저와 같이 지냈던 고갱이 가봤다는 아이티나 마르티니크도 마찬가지입니다. 그리고 트란스발도 아마 호주와 비슷한 점이 많을 겁니다. 아무튼 그곳으로 가면 유럽에 있을 때보다 능력을 개발하고 펼칠 기회가 훨씬 많을 겁니다.

사랑하는 어머니, 이별과 죽음이 가져오는 슬픔은 인간 본성에 의한 것입니다. 슬픔이 없다면 아마 이별 후에도 마음을 차분히 가라앉힐 수 없을지 모릅니다. 또한 슬픔은 훗날 재회의 기쁨을 더 크게 해주기도 하지요. 모든 게 언제나 그 자리에 머물 수만은 없는 법이지 않습니까.

그렇지만 사과는 사과나무 아래로 떨어지는 법이고, 사과 씨에서 쐐기풀이 나오는 일은 없지 않습니까. 그 이후의 일은 저도 잘 모르겠습니다.

테오와 요가 잘 지낸다는 소식은 들었습니다. 그런데 테오가 기침이 심한가 봅니다. 놀랄 일도 아니지요. 가끔은 테오네 부부가 파리 시내의 아파트 5~6층이 아니라 한적한 파리 인근의 교외로 나가서 살면 좋지 않을까 생각합니다. 그런데 두 사람에게 그렇게 권유할 엄두가 나지 않습니다. 테오가 업무상 다녀야 할 곳도 많고, 친구들도 그렇고, 거의 다 파리에 있으니까요. 그나마 제수씨가 그간 맛볼 수 없었던 네덜란드 음식을 최대한 요리해줄 수 있었으면 하는 바람입니다. 그런 음식을 못 먹어본 지도 벌써 10년이 넘어가니 말입니다. 그 세월 동안 가족적인 삶 없이 혼자 식당에서 끼니를 때우며 지내지 않았습니까. 제수씨가 이런 부분을 잘 이해해줬으면 하는 바람입니다. 이미 이해했을 수도 있을 테고요.

중요한 건 이런 겁니다. 『더 프뤼버르스』라는 책 기억하세요? 매일 아침 마루를 쓰는 하녀를 보면서 '마음을 안정시켜주는 볼거리'라고 여겼다는 어느 환자에 관한 이야기 말입니다.

이런저런 질병을 이런저런 증상으로 겪는 환자들의 상태가 호전될 수 있는 건 바로 이런 요소 때문일 겁니다. 매정하게 보일지 모르겠지만, 테오의 건강은 전적으로 제수씨에게 일임할 생각입니다. 한 1년쯤 제수씨가 혼자 알아서 고민하고 판단하게 한 뒤에나 다시 관심을 가질까 합니다. 우리가 전혀 걱정하고 있지 않다는 모습을 보여주는 게 제수씨에게는 우리가 자신을 믿고 있다는 사실은 물론 이 세상에는 '마음을 안정시켜주고 달래주는' 무언가가 있다는 사실을 입증하는 증거가 되지 않을까 싶어서요.

이곳의 여름은, 굳이 불편한 점을 꼬집자면, 네덜란드만큼 덥지 않다는 겁니다. 대신 공기가 맑고 하늘이 청명합니다. 그런데 미스트랄이라는 돌풍이 자주 불어닥칩니다. 더위가 기승을 부리는 한낮에 밀밭에 나가 그림을 그리면 아무런 방해도 받지 않습니다. 다만 태양이 너무 강렬한 탓에 밀이 너무 빨리 노랗게 익어버려서 아쉽습니다. 네덜란드의 자연은 암석 지대 등으로 농사에 불리한 조건인데, 여기에 비하면 경작 상황이 훨씬 더 규칙적인 편입니다.

근처에 아주 근사한 올리브나무 과수원이 있는데 네덜란드 버드나무처럼 나뭇잎이 회색과 은색 색조에 가깝습니다. 그리고 파란 하늘은 아무리 봐도 질리지 않습니다. 메밀이나 유채는 전혀 볼 수가 없습니다. 전반적으로 네덜란드에 비하면 식물의 종류가 적은 편입니다.

꽃 이야기가 나와서 말인데, 언젠가는 메밀꽃밭이나 양귀비꽃밭, 혹은 아마밭을 그려볼 겁니다. 아마 나중에 노르망디나 브르타뉴에서 기회가 있겠지요. 여기서는 네덜란드의 헛간이나 초가집 지붕에서 자라는 이끼를 전혀 볼 수 없습니다. 밤나무 잡목림, 양별꽃, 적갈색 잎사귀에 십자가 형태로 된 희멀건 몸통의 너도밤나무 생울타리도 없습니다. 엄밀한 의미의 황야도 볼 수 없고, 뉘넌에 있는 아름다운 자작나무들도 볼 수 없습니다.

그래도 프랑스 남부에서 볼 수 있는 아름다운 풍경은 포도밭입니다. 포도밭은 평지에도 있고, 비탈길에도 있습니다. 제가 본 포도밭을 유화로 그려서 테오에게 보낸 적도 있습니다. 보라색과 붉은색, 노란색과 초록색, 자주색 등 네덜란드의 야생 포도밭 분위기가 나는 그림이었지요. 저는 밀밭만큼이나 포도밭도 좋아합니다. 그런데 여기 언덕에는 백리향도 많고 향기 나는 다른 식물들도 많이 자라서 아주 보기 좋습니다. 그리고 공기도 깨끗해서 높은 곳에 올라가면, 네덜란드에 비해 먼 곳까지 보입니다.

어머니는 테오의 결혼을 기쁘게 받아들이시는 것 같다는 말씀으로 편지를 마무리할까 합니다. 제가 어머니 입장이었다면, 테오의 건강은 크게 신경 쓰지 않을 겁니다. 다만, 두 사람에게 1년에 한 번이 아니라 두 번은 꼭 어머니를 뵈러 오겠다는 약속을 받을 겁니다. 특히 코르도 떠날 날을 앞두고 있는 만큼, 동생 내외나 어머니께 좋은 기회가 아닐까 생각합니다. 테오도 결코 손해 볼 일은 없을 겁니다. 업무 부담을 잠시 내려놓고 고향 집에 와서 기분전환 할 기회가 될 테니 말입니다. 어머니가 테오에게 네덜란드에 자주 들를 마음을 먹게 한다고 해서 제수씨가 싫어할 일도 없을 겁니다. 파리의 사업과 관련해서, 저희 형제는 배은망덕하다는 소리도 듣지만, 감사할만한 일에는 충분히 감사 표시를 해왔습니다. 그러니 칠순을 바라보시는 어머니께서도 당당히 큰소리치셔도 된다는 사실, 잊지 마시기 바랍니다.

마음으로 포옹을 보냅니다. 코르에게도 악수 청합니다. 코르가 용기를 내서 일을 잘 진행했으면 하는 바람입니다.

제 마음은 항상 한결같습니다.

어머니를 사랑하는, 빈센트

빌13프 ___ 1889년 7월 2일(화)

사랑하는 누이에게

벌써 며칠 전부터 답장을 쓰려 했지만, 도무지 머릿속이 정리되지 않아 차분히 편지를 써내려갈 수가 없었다.

일단 로드의 책을 보내준 너와 리스에게 고맙다는 말부터 전한다. 책은 다 읽어서 곧 나시 보낼 생각이다. 『삶의 의미』라는 제목이 사실 좀 끔찍했는데, 제목과 관련된 내용은 거의 없더구나. 다행히 흥미롭게 읽었다. 수베스트르의 『다락방 철학자의 하루』나 드로즈의 『신사, 숙녀 그리고 아기』와 일맥상통하는 작품 같았어. 교훈이라면 한 신사가 때에 따라서는 헌신적인 아내와 아이들과의 삶을 선호하지만, 또 과도하지만 않다면, 이전처럼 대로변의 화려한 식당과 카페를 돌아다니는 삶을 선호할 수도 있다는 거지. 분명, 즐거운 삶일 거야.

그나저나 뒤크베스너 부인은 결국 그렇게 돌아가셨구나. 아마 본인에게는 해방되는 날이기도 했을 거다.

네가 편지에서 그랬지. 살면서 만난 사람들 대부분이 각자 자신의 길을 찾아가는데, 모두가 너보다 더 나은 길을 가는 기분이 든다고. 내가 해줄 수 있는 말은 이런 거다. 나도 가끔은 내 삶을 바라보거나, 나같이 막노동꾼처럼 생활하는 다른 이들의 삶을 마주 대하면서 아연실색할 때가 있다는 거야. 오늘 테오에게 내가 작업 중인 유화를 보고 그린 데생 12점을 보냈어. 그마저 안 했다면, 내 삶은 아무것도 배운 게 없이, 그저 기숙학교 생활을 하던 열두 살 때처럼 무능할 뿐이야.

그런데 나처럼 유화 12점을 그릴 수 없는 화가의 수는 어마어마하게 많을 거고, 인근 도시나 시골에서 화가 대접을 받거나 똑똑하다고 소문난 사람들이라 해도, 아마 이 정도를 그리려면 단 두 달이 아니라 열두 달은 걸려야 할 거다. 내가 이런 말까지 하는 건, 무언가를 설명하기 위해서지 당장 무언가를 바꿀 필요성이나 가능성을 느껴서가 아니야. 우리는 삶에 대해 아는 게 거의 없다. 삶의 이면에 대해 아는 건 더더욱 없지. 우린 그저 모든 게 지루하게 반복되고 휘청거리는 시대를 살아가고 있지만, 그냥 차분하게 우리 자리를 지키면서, 나름의 존재 이유를 가진 의무감으로 이런저런 단순한 작업을 해야 하는 상황이 그리 불행한 것만은 아닌 것 같다. 우리가 사는 지금 이 시대는 전투를 벌였다는 사실을 수치스러워하며 전장에서 돌아올 위험을 떠안고 사는 시대야.

그래서 아를에서 나와 함께 지냈던 동료 화가와 다른 동료들이 주최하는 전시회에 나도 건강을 회복한 다음에 참여할 생각이다. 그 친구들이 뭘 할 수 있었을까? 아무것도 없어. 하지만 그 친구들의 그림 중에는 새것도 있고, 괜찮은 것도 있고, 내 마음에 드는 것도 있고, 내가 열광할 만한 것도 있겠지. 우리 화가들은 서로 무슨 말을 해야 할지도 모르고, 언제 웃어야 하는지, 언제 울어야 하는지도 모를 때가 다반사이고, 이것도 안 하고, 저것도 안 하다가 수중에 물감과 캔버스가 들어오면 더없이 행복해 하지. 우리가 작업하는 데 필요한 최소한인데 가끔은 이것조차 구할 수 없을 때도 있어.

그렇기 때문에 규칙적인 삶을 바라는 마음, 우리 자신과 남들의 마음속에 온화한 사상과 감정을 일깨우고 싶은 마음, 이런 것들은 필연적으로 유토피아적인 상상에 지나지 않을 뿐이야.

그래서 어제는 50만 프랑이 넘는 돈을 주고 밀레의 『만종』을 사지만, 당장 오늘은, 수많은 사람들이 밀레의 영혼이 담고 있는 걸 느낄 수 있다는 사실을 믿지 않거나 중산층이든 노동자든 누구랄 것도 없이 석판화로 제작된 밀레의 『만종』을 하나씩 집에 걸기 시작할 거라는 것도 믿지 않는 거야. 또 그래서, 브르타뉴의 농부들 사이에서 그림을 그리고 있는 화가들이 더 격려를 받고, 그 누구보다 용감했던 밀레를 항상 따라다녔던 빈곤에서 해방될 수 있을 거라는 사실을 믿지 않는 거야. 아쉽게도 긴 호흡이나 믿음이 부족할 때가 있어. 물론 잘못된 일이지만, 다시 본론으로 돌아오면, 우리 같은 사람들은 그림을 그리고 싶을 때는 유배 생활을 할 때나 느낄 수 있는 시간의 혹독함과 철저한 고립을 버텨내야만 해. 그런데 그렇게 잃어버린 시간을 보낸 우리 앞에 놓여 있는 건 빈곤과 질병, 노화와 광기 그리고 여전히 유배 생활이야. 바로 이런 말을 해야 하는 순간이기도 하고. '그 누구의 탓도 하지 않았던 오시리스의 무녀, 타하피의 딸, 테베.'

선량한 사람들의 기억을 소중히 여기는 게, 야망을 갖는 것보다는 낫지 않을까? 요즘은 테오가 여기로 보내준 셰익스피어의 작품에 푹 빠져서 지낸다. 조만간 마음이 차분해져서 까다로운 책도 읽을 수 있게 될 거야.

일단 왕에 관한 이야기부터 시작했어. 『리처드 2세』하고 『헨리 4세』, 『헨리 5세』는 이미 다 읽었고 『헨리 6세』는 어느 정도 읽었어. 내가 가장 모르는 이야기들이거든. 혹시 『리어왕』을 읽어봤니? 아니다, 나도 책을 다 읽고 난 뒤에 마음을 진정시키려 잔디나 나무, 밀알 등을 보러 나가야 하는 그런 비극적인 이야기들을 굳이 빨리 읽어보라고 권하고 싶지는 않구나. 너도 예술가들처럼 하고 싶다면 밖에 나가서 푸른 잎사귀가 붙어 있고 우아하게 구부러진 줄기 위에 하얗고 빨간 봉우리가 달린 양귀비꽃을 쳐다봐라. 동요와 전쟁의 시간이 이런 꽃 하나 제대로 바라볼 시간도 주지 않고 수시로 찾아올 테니 말이다.

코르와의 이별이 쉽지는 않을 텐데 곧 다가오는구나. 이해할 수 없는 수많은 일을 생각하다 보면, 그저 밀밭을 바라보는 것 외에 뭐 더 할 수 있는 게 있나 싶기도 하다. 밀알들의 이야기가 우리들의 이야기이기도 하잖아. 그 밀알로 만든 빵으로 살아가니까, 우리도 밀알이라고 할 수 있지. 하지만 적어도 우린 식물처럼 움직일 수 없는 운명과 다 익었다고 잘려 나가는 운명에 굴복해서는 안 되는 거야. 가끔 상상력에 발동이 걸리면 식물처럼 살고 싶기도 하지만 말이야.

내 생각이긴 하지만, 나는 회복되기를 바라지 않고, 지금보다 기력을 더 되찾지 않는 게 현명한 길이 아닐까 싶어. 어차피 이렇게 적응해 나갈 건데, 지금 망가지나 나중에 망가지나 무슨 차이가 있나 싶거든.

테오의 건강을 걱정한다고 적었지. 나도 그래. 그래도 결혼 생활 덕분에 분명 나아질 거다. 제수씨가 현명하고 사랑스러운 사람이니 테오를 잘 돌봐주고 식당 음식 대신 집에서 네덜란드 요리를 차려줄 테니까. 네덜란드 요리가 좋지. 제수씨가 요리 실력이 좋기를 바라자꾸나. 그리고 쉽지는 않겠지만 외모에도 신경 쓸 수 있었으면 좋겠다. 테오 본인은 파리지앵처럼 살 수밖에 없어. 하지만 동시에 어렸을 때의 기억, 과거의 기억을 떠올려주는 것들도 필요해. 처자식이 없는 나야 밀밭만 보고 지내도 괜찮아. 오히려 도시 생활을 길게 하는 게 힘들지. 아무튼 그 녀석 성격을 내가 잘 아는데, 테오는 결혼 덕분에 얻는 게 많을 거다. 우리가 테오의 건강을 걱정하기 전에 일단 두 사람이 서로에게 적응하고 잘 맞출 수 있게 시간을 줘야 해.

그러고 나면, 아마 제수씨도 어떻게 하면 테오의 삶을 전보다 더 편하게 만들어줄 수 있을까 방법을 찾게 될 거야. 내 바람이기도 하지만. 사실, 테오도 힘들게 살았잖아.

오늘 이 편지를 보내려면 여기서 펜을 놓아야 할 것 같구나. 다시 읽어볼 겨를도 없을 것 같다. 혹여 내가 말도 안 되는 소리를 늘어놓았다면 이해해주기 바란다. 건강 잘 챙기고 너무 걱정도 말고, 지금 하듯 너만의 정원을 잘 가꾸기 바란다. 그리고 나머지 부분은 순식간에 해치울 수 있다고 자신을 가져라. 마음으로 포옹을 보낸다.

너를 사랑하는 오빠, 빈센트

* * * * *

7월 5일, 요는 빈센트에게 귀한 소식을 전한다. "올겨울, 아마 2월일 것 같은데 저희 아기가 태어날 것 같습니다. 아주버님이 대부가 되어주신다면 저희는 귀여운 사내아이를 빈센트라고 부를 생각입니다." 요는 더할 나위 없이 행복한 마음이었다. "남편도 그렇고 저까지 건강이 그리 좋지 않아서 허약한 아기를 낳는 건 아닐지 걱정입니다." 그러고는 이런 말을 덧붙인다. "혹시 저희 남편에게 보내신 룰랭 씨 아기 초상화 기억하세요? 이 그림을 본 사람들은 다 좋아하더라고요. 그러면서 종종 이렇게 묻습니다. 왜 이런 그림을 눈에 잘 안 띄는 구석에 방치해두냐고요. 그게 식탁 제 자리에 앉으면 파랗고 커다란 눈동자와 귀엽고 아담한 두 손, 그리고 통통한 아가의 볼이 간신히 보이는데 우리 아기도 꼭 그림 속 아기만큼 건강하고 귀엽기를 바라는 마음 때문입니다. 큰아버지가 조카의 초상화도 이렇게 근사하게 그려주시면 좋겠습니다."

599프 ____ 1889년 7월 6일(토)

사랑하는 동생 부부에게

오늘 아침에 받은 요의 편지에 아주 반가운 소식이 담겨 있더군요. 두 사람 모두에게 정말 축하하고, 정말 기쁜 소식입니다. 무엇보다 두 사람이 마음에 품었던 생각에 내 마음도 뭉클했습니다. 두 내외가 건강이 좋지 않았기에 아기를 가져도 될지 고민했고, 태어날 아기가 측은하게 여겨진다고 했지요.

그렇게 생각하면 이 아이는 태어나기도 전에, 건강한 부모 사이에서 태어난 다른 아이들에 비해 사랑을 덜 받는 아이가 되지 않을까요? 왜냐하면 그 부모들이 느끼는 첫 감정은 벅찬 기쁨일 테니까요. 절대로 그렇지 않을 겁니다. 우리는 삶에 대해 아는 게 거의 없지 않습니까. 그래서 삶이 좋은지 나쁜지, 공평한지 그렇지 않은지 판단할 능력도 없습니다. 그리고 고통받기 때문에 불행하다는 말도 사실로 입증된 적이 없습니다. 룰랭의 아기가 부모들을 보며 잘 웃고 매우 건강하지만, 정작 그들은 아기가 생겼을 때 매우 힘든 시기를 보냈습니다. 그대로 받아들이되 믿음을 가지고 옛말이 가르치는 대로 인내심으로 마음을 무장하고 기다렸으면 합니다. 열의도 함께 말입니다. 그리고 자연의 이치에 맡기십시오. 테오의 건강에 관한 제수씨의 지적과 걱정은 나도 진심으로 동감합니다. 하지만 내가 확실하게 말해드릴 수 있는 건, 테오의 건강은 따지고 보면 나와 비슷한 상황이지만, 약한 게 아니라 균형이 잡히지 않아 오락가락한다고 할 수 있습니다.

나도 가끔은 병이 우리를 낫게 해준다고 믿고 싶습니다. 그러니까 병이 발작 같은 증상으로 이어지는 건 몸이 정상 단계로 회복되기 위해 필요한 과정이라고요. 아니, 테오는 결혼했으니 기력을 되찾을 겁니다. 기력을 되찾는 데 필요한 젊음과 힘을 아직 간직하고 있기 때문입니다.

나는 테오가 더 이상 혼자 지내지 않는 것에 너무 감사합니다. 그래서 과거의 기력을 회복할 거라고 확신합니다. 그리고 한 아이의 아버지가 되면 부성애를 느끼게 될 겁니다. 그러면 금상첨화가 아니겠습니까.

나는 화가로 살면서, 무엇보다 전원생활을 하기 때문에 혼자 지내는 게 그리 어렵지 않습니다. 시골에서는 모두를 하나로 이어주는 유대관계를 쉽게 경험하니까요. 그런데 테오가 내리 10년 동안 일하고 있는 구필 화랑이 있는 대도시에서는 혼자 산다는 게 불가능한 일입니다. 아무튼 인내심을 갖고 기다리면 좋은 시기가 올 겁니다.

나는 내일 아를에 두고 온 그림들을 가지러 가는데, 조만간 그것들을 두 사람에게 보내겠습니다. 우선 몇 점을 추려 최대한 빨리 보낼 테니 도시에 사는 두 사람 입장에서, 전원생활 하는 사람이 어떤 생각을 가지고 사는지 한 번 느껴보기 바랍니다.

오늘 아침에 여기 의사와 이야기를 나눴습니다. 이미 내가 생각했던 내용을 그대로 말해주더군요. 그러니까 병이 나았다고 여기려면 최소 1년은 두고봐야 한다고요. 아주 사소한 이유로도 발작 증상이 재발할 수 있기 때문이랍니다.

그러면서 월세를 이중으로 낼 일 없게 아를에 보관 중인 가구며 집기를 이곳에 가져다 놓으라더군요. 그래서 내일 아를에 가면 살 목사님과 의논해볼 생각입니다. 여기 올 때 목사님에게 아를의 병원비 정산을 부탁하며 50프랑을 드렸는데, 아마 거기서 돈이 좀 남았을 겁니다. 여기서 수시로 이것저것 필요한 것들이 많은 탓에 페롱 원장에게 냈던 돈도 다 바닥났습니다. 다만 지난 6개월간 그 어느 때보다 검소하고 규칙적으로 생활했고 화실을 따로 두지도 않았는데, 상대적으로 덜 검소했던 전년보다 덜 쓴 것도 아니고, 그렇다고 더 벌지도 못했다니 다소 의외이긴 합니다. 뭐, 그렇다고 해서 속으로 후회 같은 건 하지 않습니다. 내가 볼 때, 좋은 것과 나쁜 것이라고 부르는 것들은 다분히 상대적인 기준에 따른다는 말로 갈음해도 될 듯하네요.

나는 여기서 금주하며 지냅니다. 그게 가능하네요. 예전에 술을 마신 건, 그러지 않고 멀쩡히 지낼 다른 방법을 몰랐기 때문입니다. 아무튼 이제는 상관없는 문제입니다!!! 금주를 하니 매우 계산적이 되긴 하지만, 생각이라는 게 떠오를 때 그 흐름이 훨씬 자연스럽습니다. 회색조로 그림을 그리는 것과 채색화를 그리는 것의 차이라고 할 수 있습니다. 나는 사실 회색조의 그림을 더 그려야 할 것 같습니다.

집주인에게 내던 월세를 이 요양원에 입원비로 내는 것이니 별반 차이가 없을 겁니다. 어느 게 더 싸다고 볼 수 없으니 말입니다. 작업은 또 다른 얘긴데, 그 비용이 만만치가 않습니다.

그리고 테오야, 물감과 캔버스를 보내줘서 정말 고마워. 아주 만족스럽다. 다시 올리브나무를 그리러 가고 싶구나. 아쉽게도 여기선 포도밭을 보기 힘들더라.

건강은 그럭저럭 괜찮다. 예전에 아주 젊었을 때와 비슷한 기분이 들어. 주변에서 *지나치다*고 말할 정도로 검소하게 지내던 그때. 그래도 상관없어. 어떻게든 방법을 찾아나갈 테니까.

네 아들의 대부가 되어달라는 부탁에 관해, 일단 딸일 수도 있지 않나 싶고, 그때쯤에는 내가 더 이상 여기 머물 일이 없었으면 좋겠다.

그런데 어머니는 너희가 아들을 낳으면 아버지 이름을 따르게 하고 싶어하실 수도 있어. 나도 이런저런 걸 따져봤을 때 그게 더 당연하지 않나 싶고.

어제는 『잣대엔 잣대로』를 얼마나 재미있게 읽었는지 모른다. 그리고 『헨리 8세』를 읽었는데 버킹엄과 몰락한 울시 추기경의 말 등 감동적인 대목이 여럿 있었어.

마음 내킬 때마다 언제든 읽고 또 읽을 수 있어서 얼마나 행복한지! 다음에는 호메로스의 이야기를 읽었으면 좋겠다.

밖에서 매미들이 날카로운 소리로 울어대는데 귀뚜라미보다 한 열 배쯤 시끄럽다. 볕에 그을린 풀들은 아름다운 고금색 색조를 띠고 있어. 아름다운 남프랑스의 도시들이 네덜란드 자위더르해를 따라 늘어선 마을처럼 을씨년스러운 분위기야. 거기도 예전에는 활기가 넘쳤는데 지금은 거의 죽은 마을에 가깝지. 이런저런 것들이 무너지고 타락한 가운데서도 고매한 소크라테스가 아끼던 매미들은 살아남았지. 아마 여기 매미들은 고대 그리스어로 울고 있을 거다. 이사악손이 여기 매미 울음소리를 들으면 아주 좋아할 거야.

요의 편지를 보니, 너희 내외가 대부분 집에서 요리해서 식사한다더라. 아주 잘됐어. 이런 습관이 대단히 도움이 될 거다. 그리고 테오 너의 건강을 모두가 염려하고, 나 역시 충분히 공감하지만, 난 그래도 희망적으로 본다. 네 상태가 오르락내리락하는 건 기력을 회복하기 위한 자연스러운 과정일 테니까. '인내심을 가져라.' 마우베 형님은 항상 이런 말을 했었지. 자연은 우리가 평소에 생각하는 것 이상으로 좋은 일을 많이 한다고. 형님이 했던 말 중에 과연 틀린 말이 있었나? 그 양반이 말년에 과연 우울해했을까? 나는 아니라고 본다.

또 연락하자. 오늘 아침에 반가운 소식을 듣고 바로 답장하고 싶었다. 악수 청한다.

너희 내외를 사랑하는 형, 빈센트

600프 —— 1889년 7월 14일(일) 혹은 15일(월)

테오에게

내일은 유화를 두루마리로 말아서 열차 화물로 보낼 생각이야. 총 4점이야.

1. 아를 풍경-꽃나무 과수원
2. 담쟁이덩굴
3. 라일락
4. 아를의 식물원에서 그린 분홍색 밤나무

이사악손이 그린 테오 반 고흐

아마 네게 이미 있는 다른 그림들과 잘 어울릴 거다. 특히 〈초록색과 붉은색 포도밭〉, 〈공원〉, 〈추수〉. 〈별이 빛나는 밤〉 등과.

다 마른 습작도 몇 점 넣어 보낼 건데 유화의 소재라기보다 그냥 실물을 보고 그린 습작이야.

항상 그렇지만 여러 점을 그려서 한자리에 모아뒀을 때 그럴듯해 보이는 법이야. 습작 7점은 다음과 같다. 붓꽃, 생 레미 요양원에서 본 풍경(이상 40호). 꽃 핀 복숭아나무(아를), 들판(아를), 올리브나무(생 레미), 오래된 버드나무(아를), 꽃나무 과수원.

그다음으로 조만간 보낼 그림이 또 있는데 대부분 밀밭과 올리브나무 과수원이야.

너도 알겠지만, 이것들을 가지러 아를에 갔었어. 여기 요양원 직원과 함께. 살 목사님을 찾아갔었는데 두 달간 휴가를 받고 어디로 가셨다더라. 그래서 레이 선생을 만나러 병원으로 갔는데, 역시 자리를 비웠더라고. 예전 이웃 몇 사람하고 전에 우리 집을 청소해주던 부인 등 몇몇 지인과 함께 시간을 보냈지.

몸이 좋지 않았을 때 만난 사람들한테 더 정이 가는 법이지. 그래서 나를 너그럽게 대해주던 선한 이들을 다시 보니 정말 반갑더라. 누구는 레이 선생이 시험을 치르고 파리로 갔다고 하는데, 병원 경비는 전혀 모른대. 혹시 파리에서 너를 찾아가지 않았냐? 전에 박람회도 구경하고 너도 만나러 갈 계획이라고 했었거든. 페롱 원장은 파리에 가지 않을 것 같아. 통풍을 심하게 앓아서 말이야.

두 번째로 보내준 캔버스와 물감 잘 받았다. 정말 고맙다.

가장 최근에 그린 건 산이 보이는 풍경인데, 아래쪽에 올리브나무들 한가운데 검은색 오두막이 서 있지.

네 머릿속은 곧 태어날 아기 생각으로 가득하겠구나. 너에게 아이가 생기다니 얼마나 기쁜지 모른다. 감히 바라는데, 시간이 갈수록 네 마음이 훨씬 더 평안해지면 좋겠구나.

파리에서는 그런 너의 심리 상태를 제2의 천성으로 여길 수도 있고, 그런 심리 상태에 사업에 대한 고민이나 예술에 대한 고민이 더해지면서 시골에 사는 농부들보다 약해질 수도 있어. 하지만 아내와 아이와 맺고 있는 유대관계로 인해 단순하고 사실적인 천성, 언제나 우리를 따라다니는 그 이상향과 관련된 그 천성과 멀어지는 건 아니야.

스크레탕은 정말 수완이 대단하네! 밀레의 그림 가격이 여전히 유지되고 있다는 것도 반가운 소식이었어. 하지만 나는 밀레의 근사한 복제화를 더 많이 볼 수 있기를 바란다. 대중들도 쉽게 구할 수 있을 정도로 말이야.

그의 작품은 전체를 한자리에 놓고 봐야 그 숭고함을 고스란히 느낄 수 있어. 그림이 여기저기로 흩어져버리면 그림속 이야기를 유추하기가 더 힘들어져.

이번에 밀밭에서 수확하는 사람 그림을 같이 보내지 못해 너무 아쉽다.

곧 소식 전해주기 바란다. 너와 네 아내에게 악수 청한다.

너를 사랑하는 형, 빈센트

*****

테오는 7월 16일, 이 편지에 답장을 보낸다. "보내준 편지와 아름다운 데생 고맙게 잘 받았습니다. 아를의 병원이 참 인상적입니다. 나비와 들장미 가지가 정말 아름답네요. 단순한 색이지만 아름다운 데생이었습니다. 마지막에 보낸 건 분노의 감정이 담긴 듯 자연과 다소 거리가 먼 느낌인데, 그림 속 소재를 직접 본다면 이해가 더 빠를 것 같습니다. 여러 사람에게 형님 그림을 선보였는데요, 피사로 부자, 탕기 영감님을 비롯해서 베렌시올이라고 만국박람회에서 자국의 명예훈장을 수상한 재능 있는 노르웨이 화가와 모 등이 형님 그림을 감상했습니다. 모라는 양반은 브뤼셀에 있는 20인회의 사무총장을 맡고 있는데 자신들의 다음 전시회에 형님께서 작품을 출품할 의향이 있는지 묻더군요." 테오는 빈센트의 그림 여러 점을 전시회에 출품하고, 빈센트가 아를에서 보낸 편지에 여러 차례 언급했던 외젠 보슈의 누이인 아나 보슈가 〈붉은 포도밭〉을 구매하게 된다.

테오는 또 이런 내용을 덧붙인다. "캔버스 전체를 다 집에 보관하는 게 불가능해서 탕기 영감님 집에 공간을 빌려서 적잖이 가져다 놓았습니다. 그리고 틀에서 벗겨도 될 만한 것들을 추려냈으니 조만간 다른 캔버스를 씌울 생각입니다. 탕기 영감님이 이래저래 많이 도와주셨습니다. 영감님도 화방 진열장에 걸어둘 그림이 많아진 셈이지요. 영감님은 형님이 그린 포도밭이나 밤의 효과 등의 색채를 아주 열광적으로 좋아하십니다. 형님이 직접 영감님 찬사를 들었다면 정말 좋았을 텐데요……. 아를에 갔을 때 살 목사님이나 레이 선생을 만나지 못했다니 참 아쉽습니다."

아를에 다녀오는 길에 빈센트는 또다시 극심한 발작을 겪었다. 그 사실을 몰랐던 테오는 7월 29일, 묵묵부답으로 일관하는 형이 걱정스러워 편지를 쓴다. 테오는 형이 보낸 그림 소포를(600번 편지) 잘 받았다는 소식을 전한다. "지난 편지는 온전하게 잘 받았습니다. 그림이 정말 근사합니다. 그림을 잘 말리려고 일부러 따로 보관한 것 같더군요. 그림 대부분의 색감이 훨씬 선명하고 전체적으로 서로 잘 어울려요. (……) 전적으로 형님 취향에 맞는 환경에서, 형님이 좋아하고, 또 그만큼 형님을 좋아해주는 사람들과 어울려 지낼 수 있다면 저는 더 이상 바랄 것도 없습니다."

8월 14일, 페롱 원장에게 형의 상태를 전해 들은 테오는 빈센트 주변 사람들이 읽어도 알아듣지 못하도록 네덜란드어로 형에게 편지를 쓴다. 8월 15일, 요 역시 빈센트에게 편지를 쓰고, 빈센트는 결국 8월 말이 되자 침묵을 깨고 편지에 답을 한다. 그리고 그의 상태는 빠르게 호전된다.

601프* ____ 1889년 8월 22일(목)

테오에게

요의 편지, 고맙게 잘 받았다. 네가 내 소식을 기다리는 건 알았지만 도저히 머릿속이 정리되지 않아서 편지를 쓸 수가 없었다는 사실부터 전한다. 그동안 잘 쉰 셈이지. 페롱 원장은 친절하고 인내심도 많은 양반이야. 부디 그럴 일이 없기를 바랐건만 발작 증상이 재발했으니, 내가 얼마나 괴로울지 알겠지.

페롱 원장에게 이런 편지 한 통 써주면 좋을 것 같다. 내게는 그림 작업이 건강 회복에 꼭 필요하다고 말이야. 요즘 하루 종일 아무것도 못 하고, 원장이 그림을 그리도록 내준 방조차 출입을 못 하니까 도저히 참을 수가 없거든.

(나의 친구인 룰랭도 편지를 했더라.)

* 검정 크레용으로 써서 보냈다.

고갱, 베르나르, 쉬페네케르 등이 참여하는 전시회 도록을 받았는데 흥미로워 보이더구나. 고갱도 반가운 편지를 보내왔어. 언제나 그렇듯 편지 내용은 애매하고 모호하더라만, 결과적으로 그렇게 자기들끼리 전시회를 연 건 잘한 일이라고 생각한다.

요 며칠 아를에서처럼 *완전히 정신이 나간* 상태였어. 어쩌면 그보다 더했을 수도 있고. 앞으로 이런 증상이 또 올 수 있다고 생각하니 너무 *끔찍하다*.

나흘 전부터 목이 부어올라 뭘 먹을 수도 없었어.

이런 일까지 깨알같이 네게 말하는 건, 막무가내로 불평을 늘어놓기 위해서가 아니야. 아직은 파리나 퐁타방 같은 곳에 있는 기관으로 옮겨갈 처지가 못 된다는 걸 말하기 위해서야. 샤랑통 정도면 모를까. 이제는 용기를 가져도 되는 건지, 희망을 가져도 되는 건지도 모르겠다. 그래도 솔직히 이 일이 그리 즐겁지 않을 거라는 걸 알게 된 게 어제오늘 일은 아니지.

그나저나 여기서 보낸 그림들이 잘 도착했다니 다행이다. 풍경화들 말이야. 그리고 보내준 렘브란트 동판화* 복제화 고맙다. 새삼 놀라운 게 이 그림을 보고 있으니까 여전히 라 카즈 갤러리의 소장품 중에서 지팡이를 든 남자의 얼굴이 떠오른다.

만약 이 그림 복제화를 고갱에게도 1점 보내주면 정말, 정말 고맙겠다. 로댕과 클로드 모네의 도록도 아주 흥미로웠어.

사랑하는 아우야, 발작이 재발한 건 바람 부는 어느 날, 밭에 나가서 그림을 그리던 중이었어. 그래도 그림은 완성했으니 보내줄게. 그냥 간단한 시도에 지나지 않은 그림이라 색도 무광이고 다른 기교도 쓰지 않았어. 가미한 초록색에 빨간색, 녹슨 녹황색 등을 사용했어. 그리고 언젠가 몇 번 얘기했었는데 예전에 북쪽에 있을 때처럼 어두운 색조의 팔레트를 다시 써보고 싶다는 생각이 들더라.

아무튼 가능해지면 바로 이 그림도 보낼게. 안부 전하고, 네 호의 고맙고, 너와 요에게 진심 어린 악수 청하고, 코르도 아직 거기 같이 있다면 그 녀석에게도 악수 청한다.

빈센트

어머니와 빌레미나도 정겨운 편지를 보내왔더라.

로드의 책은 그리 마음에 들지는 않았지만 그래도 소설 속 한 대목에 나오는 어두운 산맥과 오두막을 캔버스에 담아보기는 했다.

* 천사의 얼굴

602프 ___ 1889년 9월 2일(월) 추정

테오에게

네게 편지한 뒤로 많이 나아졌는데, 이 상태가 언제까지 지속될지 알 수 없는 터라, 더 오래 기다리지 않고 소식 전하고 싶었다.

렘브란트 동판화 복제화 보내줘서 고맙다는 말, 다시 한 번 전한다. 이 그림에 대해 자세히 알고 싶구나. 렘브란트가 어느 시기에 그렸는지 말이야. 로테르담의 파브리티위스 초상화와 라 카즈 소장품인 〈나그네〉의 초상화는 궤를 같이하는 그림으로 보인다. 그러니까 사람 얼굴이, 뭐라 정의할 수 없는 빛이 나고 위로가 되는 존재처럼 느껴지는 그림.

미켈란젤로나 조토와는 화풍이 사뭇 달라. 조토와는 비슷하다고 볼 수도 있지만 뭐랄까, 렘브란트 학파와 이탈리아 학파 사이의 가교 역할을 한다고 할 수도 있겠다.

어제 그림을 조금 시작했어. 창밖 풍경으로, 노란 볏짚을 쳐낸 밭이야. 갈아놓은 땅은 보라색이고, 볏짚들은 노란색, 그리고 뒷배경으로 언덕이 보여.

그림을 그릴 때 느끼는 만족감은 다른 어떤 것도 대신할 수가 없다. 만약 다시 한 번 그림에 온 힘을 쏟아부을 수만 있다면, 내게는 그게 분명, 최고의 치료약일 거야.

하지만 모델도 구할 수 없고, 이런저런 이유가 가로막는구나.

아무튼 만사를 다소 수동적으로 보면서 참고 기다려야겠다.

종종 브르타뉴의 동료들을 떠올린다. 다들 나보다 나은 그림을 그리고 있겠지. 지금 이런 일을 겪는 와중에도 다시 본격적으로 시작할 수 있다면, 프랑스 남부로 가지는 않을 거야. 내가 독립적이었고 자유로웠어도 열정은 아껴두고 있었을 거야. 어쨌든 그림으로 담아낼 아름다운 것들이 있긴 하니까.

포도밭이나 올리브나무 들판 같은 것들 말이야. 여기 요양원 관리부서를 믿을 수만 *있다면* 내 집기며 가구들을 여기에 모두 가져다 두고 차분하게 다시 시작하는 것만큼 간단하고 좋은 방법도 없을 것 같다.

병이 낫거나 아니면 간간이 좋아질 때면 조만간 파리나 브르타뉴에 가서 얼마간 머물 수도 있을 거야.

왜냐하면 여기 비용이 너무 비싸고 이제 다른 환자들이 좀 무서워졌거든. 아무튼 여러 가지 이유로 여기 오게 된 게 행운은 아니었다는 생각이 든다.

발작이 재발한 탓에 너무 상심해서 슬픔을 과장하는지도 모르겠다. 그렇지만 두려운 건 사실이야.

너는 이렇게 말할 거야. 잘못은 내 안에 있지, 상황이나 다른 사람 탓이 아니라고. 내 생각도 마찬가지야. 그래도 달가운 일은 아니다.

페롱 원장은 나한테 잘해줬어. 노련한 의사고. 그래서 이 양반이 좋다고 말하거나 판단한 내

용을 무시하지는 않을 거야.

하지만 이 양반이 확고한 판단은 내릴 수 있을까? 혹시 네게는 무언가 확정적으로 이야기를 하긴 하더냐? 가능성 같은 거?

보다시피 난 여전히 침울하다. 나아지는 게 없거든. 게다가 의사들을 찾아다니며 그림을 그리게 해달라고 부탁하는 나 자신이 너무 멍청하게 느껴져. 아무튼 조만간 내 상태가 어느 정도까지 회복될 수 있다면, 그건 다 그림 작업 덕분일 거야. 그렇게 희망해야지. 그래야 의지가 강해지면서 결과적으로 나약한 마음이 남아 있을 자리가 사라질 테니까.

사랑하는 아우야, 이보다 나은 소식도 전하고 더 나은 글을 쓰고 싶지만, 마음대로 되지 않는구나. 산에 올라 하루 종일 그림을 그려보고 싶어. 조만간 요양원에서 허락해주면 참 좋겠는데.

머지않아 산맥 아래 있는 오두막 그림을 보게 될 거야. 로드의 책에서 인상 깊게 묘사된 장면을 그렸어. 한동안 농가에서 지내보면 좋겠는데. 그럴듯한 그림들이 나올 것 같거든.

며칠 내로 어머니와 빌레미나에게도 편지해야 해. 어머니가 레이던으로 가시는 건 어떻게 생각하냐? 나는 손주들을 돌보시려는 어머니 마음을 이해한다는 뜻으로, 그렇게 하시는 게 옳다고 생각한다. 그러고 나면 브라반트에는 아무도 안 남겠네.

말이 나와서 말인데 아를에서 책을 한 권 읽었는데(그리 오래전은 아니고), 앙리 콩시앙스Hendrik Conscience의 책이긴 하지만, 제목이 기억 안 난다. 아무튼 그 책에 등장하는 농부들이 지나칠 정도로 감상적이었어. 그런데 *인상주의* 얘기를 해보자면, 이 책의 풍경 묘사에 정확한 색조, 느낌 있는 색조, *가장* 원시적인 색조에 관한 내용이 나온다는 거 알고 있어? 언제나 이런 식이야. 아! 아우야, 켐펀의 그 황야, 정말 대단했지. 그런데 이제 그런 시절은 돌아오지 않아. 그래서 앞으로 나아가야 하는 거야.

콩시앙스는 책에서 새로 지은 집을 묘사하고 있는데, 직사광선을 그대로 받는 빨간 슬레이트 지붕을 얹었고 정원에는 소리쟁이와 양파, 잎사귀 짙은 감자가 자라고 있어. 너도밤나무 울타리, 포도밭 그리고 저 멀리 소나무와 노란 금작화가 자라는 모습도 나오고. 걱정할 것도 없는 게, 이건 카쟁Jean-Charles Cazin이 아니라 클로드 모네의 그림 같은 장면이야. 감상이 지나치긴 하지만 독창성이 두드러지는 책이야. 그런데 이런 걸 느끼면서도 아무것도 할 수 없는 처지니, 세상에, 이렇게 난처할 때가 있나!

혹시 들라크루아, 루소, 디아스를 비롯해 옛 화가나 현대 화가의 작품, 최근에 화랑 등에서 진열되는 작품의 석판화 복제화를 보면 어떻게든 손에 넣어라. 가지고 있으면 귀한 물건이 된다는 거, 너도 깨닫게 될 테니까. 그런데 또 어떻게 보면 그런 복제화는 명작들을 대중화하는 좋은 방법이기도 했어. 당시 동판화 등의 복제화가 1프랑에 지나지 않았으니까.

로댕과 클로드 모네의 도록은 정말 흥미로웠어. 직접 가서 보고 싶구나. 그렇지만 거기 나온 기사의 내용에는 전혀 동의할 수가 없더라. 메소니에는 시시하고 루소의 작품은 작가를 좋아하고 작가의 느낌을 이해하려는 사람들에게는 아주 흥미로운 기회였다는 지적 말이야. 모든 사람이 이 의견에 동의하는 건 불가능해. 왜냐하면 작품은 직접 보고 감상해야 하니까. 그런데 이런 작품은 길거리 아무 데서나 볼 수 있는 게 아니잖아. 그런데 메소니에의 작품은 한 일 년 동안 들여다보고 있으면, 그다음 일 년간도 들여다볼 거리가 담겨있으니 걱정할 게 없지. 화가 본인은 행복한 삶을 살았고 완벽한 것도 발견했다는 사실을 굳이 언급할 필요도 없을 거야. 나도 이건 알아. 도미에, 밀레, 들라크루아가 *다*른 방식의 데생을 했다는 거 말이야. 그런데 메소니에의 기법은 전적으로 프랑스적인 기법이긴 하지만 네덜란드 옛 화가들도 아마 단점을 찾아낼 수 없을 거야. 그들과는 다른 현대적인 분위기이긴 하지만 말이야. 도대체 얼마나 눈이 멀어야 메소니에 같은 대가를 진정한 화가로 볼 수 없는 건지 모르겠다.

에첼의 초상화만큼 19세기 회화의 색조에 많은 영향을 끼친 그림이 또 있을까? 프티 화랑에 가서 본 베스나르의 아름다운 그림 〈선사인〉과 〈현대인〉에서 베스나르는 현대인을 책 읽은 사람으로 그렸어. 그도 같은 생각을 가지고 있었던 거야.

나는 요즘 사람들이 여전히, 예를 들어 48년 세대와 지금의 세대 사이에 통하는 게 전혀 없다고 생각한다는 게 유감스러워. 구체적으로 입증해 보일 수는 없지만 나는 두 세대는 유대관계를 가지고 있다고 생각하거든. 보드메르Karl Bodmer의 그림을 한 번 들여다봐라. 그가 사냥꾼으로서, 야생동물로서 자연을 공부하지 않았을까? 평생 남자답게 살아온 경험을 통해 그 자연을 사랑하고 알아가지 않았을까? 그냥 길 가던 파리 사람이 교외로 나가 둘러보면서 그만큼 많은 걸 알고 느낄 수 있을까? 강렬한 색으로 풍경화를 그릴 수 있을 테니까? 원색이나 강렬한 색을 사용하는 게 좋지 않기 때문에 혹은 *배색의 관점* 때문에 내가 *항상* 보드메르를 높이 평가하는 게 아니야. 내가 그를 좋아하고 존경하는 건, 그가 퐁텐블로 숲의 하찮은 곤충부터 멧돼지와 사슴은 물론 종달새, 커다란 떡갈나무와 바윗덩어리, 하다못해 고사리와 풀 한 포기까지 속속들이 알고 있기 때문이야.

이런 건 원한다고 모두가 다 느끼고 알 수 있는 게 아니야.

브리옹의 경우도 보자. 아! 사람들은 알자스 화풍의 대가라고 그러겠지. 맞아. 〈약혼 만찬〉과 〈개신교의 결혼식〉 등은 알자스 화풍의 그림이야. 아무도 『레 미제라블』의 삽화를 그리려 들지 않았을 때, 그는 과감히 삽화를 그렸어. 지금까지도 그것을 능가하는 그림도 없고, 그가 만들어낸 인물도 정확했어. 당시 사람들의 분위기를 정확히 간파해서 그걸 정교하게 그림으로 표현해내는 게 과연 별 대수롭지 않은 일일까?

아! *우리* 같은 화가들은 그저 열심히 작업하면서 늙어갈 뿐이야. 그래서 일이 잘 풀리지 않으면 불안에 빠지는 거고. 언젠가 네가 몽펠리에 미술관의 브리아스 관에 가보면, 아마 브리아스라는 인물만큼 네 마음을 움직이는 사람도 없다는 걸 알게 될 거야. 그가 작품을 사들이면서 예술가들에게 어떤 존재로 여겨졌을지를 깨달을 수 있기 때문이지. 그런데 슬픔에 가득 차 있거나 난처해하는 표정을 짓는 몇몇 그의 초상화를 보면 기운이 빠지는 면도 있어.

내가 프랑스 남부에서 성공하지 못했던 건, 평생을 그런 우울한 분위기 속에서 헤어나오지 못했던 그의 영향이 지금도 남아 있기 때문이야.

평온한 표정을 짓고 있는 초상화는 들라크루아와 리카르가 그린 것뿐이야.

카바넬이 그린 초상화가 흥미로운 건, 가장 실물에 가까워서 그의 실제 분위기가 어땠을지 추측해볼 수 있게 해준다는 점이지.

장모님이 파리에 오신다니 잘됐구나. 내년은 분위기가 사뭇 달라지겠네. 아이가 태어나고, 그로 인해 이래저래 인간의 소소한 혼란들이 일어날 테지만, 우울함 같은 커다란 불행 따위는 영원히 사라지지 않을까 싶다. 또 당연히 그래야 하고.

조만간 또 소식 전하긴 하겠지만 내가 하고 싶은 말을 제대로 풀어내는 게 쉽지 않구나. 아무튼 별탈없이 잘 지내고 앞으로도 계속 그러기를 기원한다. 리베 박사가 드디어 네 기침을 멎게 해줬다니 그것만큼 반가운 소식도 없다. 안 그래도 그것 때문에 걱정했었는데!

목구멍의 붓기가 조금씩 빠지고는 있지만 아직도 음식물을 삼키는 건 힘들다. 그래도 나아지고 있어. 너희 내외에게 진심 어린 악수 청한다.

너를 사랑하는 형, 빈센트

603프 ____ 1889년 9월

테오에게

오늘 또 편지를 쓰는 건 여기에 고갱에게 보내는 짤막한 편지를 동봉하기 때문이야. 이제는 두서 없는 편지를 쓰지 않을 것 같다는 자신이 들 정도로 요 며칠 사이 마음이 차분히 가라앉았거든. 그런데 존경심이나 감정 같은 걸 잘 다스린다고 해서 상대로부터 존경이나 상식적인 반응을 얻을 수 있다는 보장도 없는 것 같긴 하더라. 그렇기 때문에 동료들과 다시 이런저런 이야기를 나누는 게 그리 나쁘지는 않을 것 같다. 멀리 떨어져 있더라도 말이야.

네 생활은 어떠냐, 아우야. 요즘은 어떻게 지내는지 소식 전해주면 좋겠다. 막연히 상상하는 거지만 곧 아버지가 될 사람의 마음을 뒤흔들고 있을 그 감정은, 그 옛날 우리 아버지가 누차 말씀하셨던 그 감정처럼 너한테나 아버지한테나 아마 대단하고 긍정적인 그런 감정일 것 같은데, 지금은 파리 생활에서 겪는 소소한 불행 등과 어처구니없이 뒤엉켜 있어 네가 제대로 표현할 수 없는 게 아닌가 싶거든. 이런 현실은 한마디로 강력한 미스트랄과도 같아야 해. 잔잔하게 간질이는 게 아니라 깨끗하게 씻겨주거든. 그래도 내게는 아주 반갑고 기쁜 소식이다. 덕분에 나도 정신적인 침체기와 무력감에서 깨어날 수 있기를 바라고 있어. 제수씨가 낳을 너희 아들에게 내가 큰아버지가 된다고 생각하니 삶의 의욕이 다시 생기는 것도 같다. 제수씨가 분명히 아들일 거라고 그토록 확신한다는 게 신기하긴 하지만 아무튼 두고 볼 일이지.

아무튼 그때까지 내가 할 수 있는 거라고는 그림 작업이 전부일 것 같다. 지금은 고갱의 편지에 크로키로 그려 넣은 밭과 똑같은 배경에, 달이 뜨는 과정을 유화로 작업 중인데 밀이 있던 자리에 짚단을 배치했어. 묵직한 황토색에 자주색을 사용했고. 아무튼 머지않아 보여주마. 담쟁이덩굴을 소재로 한 그림도 하나 새로 그리는 중이야.

사랑하는 아우야, 부탁인데, 나 때문에 애태우거나 걱정하거나 우울해하지 말아라. 나한테는 필요하기도 하고 도움도 되는 이 격리 생활에 대해 네가 가진 생각은 대부분 근거 없는 기우에 지나지 않는다. 느리지만 꾸준히 회복되는 과정이 필요할 따름이야. 그 과정을 성공적으로 거치면 다가오는 겨울을 대비한 힘을 비축할 수 있게 되는 거야. 이곳의 겨울은 제법 혹독하겠다는 생각이 들어. 그래도 어쨌든 일거리를 찾아놔야 해. 올겨울에는 작년에 아를에서 그린 습작들을 손봐야겠다고 생각하고 있다. 그래서 며칠 전부터, 너무 어려워서 그동안 손도 대지 않고 있던 커다란 과수원 습작을(내가 보낸 그림 중에 비슷한 과수원 그림이 있을 텐데, 그건 좀 모호한 분위기야) 기억에 의존해서 다시 손보기 시작했어. 전체적인 색조에 조화를 줘보려고.

그나저나 내가 보낸 데생은 받았니? 6점이 든 소포를 보냈고 그다음에 10여 점을 보냈거든. 혹시 아직도 못 받았다면 소포가 며칠, 혹은 몇 주 전부터 역에 그대로 방치되었을지도 모른다.

여기 의사는 몽티셀리를 볼 때마다 기이한 사람이라고 생각했었는데 그가 정신병으로 고생한 건 거의 생의 말년에 불과했다더라. 몽티셀리의 불행한 말년을 생각해보면 지나친 압박감에 짓눌려 지냈다는 것도 놀랄 일은 아니야. 그러니 그가 예술적으로 실패한 원인을 거기서 찾으려고들 하지.

하지만 나는 감히 말하는데 그건 아니라고 생각해. 몽티셀리는 논리적인 계산에 능했어. 그리고 그의 그림에는 독창성이 넘쳤지. 그런데 그런 능력을 활짝 펼치게 지원해줄 임자를 만나지 못했던 게 참 유감스러워.

여기 크로키로 그린 매미 동봉해 보낸다.

무더위 속에서 울어대는 그 매미 소리가 고향에 있는 농가에서 듣던 귀뚜라미 소리처럼 매력적이었어. 아우야. 소소한 감정이 우리 삶을 이끄는 위대한 선장이 되기도 하고 또 우리는 이유도 모른 채 그 감정에 따른다는 사실을 잊지 말아라. 내가 저질렀거나 앞으로 저지를지 모를 실수를 딛고 용기 내서 일어설 수 있으면, 그건 나한테 치유를 의미하는 거지만 그게 아직은 힘이 드는구나. 그러니 우울한 감정이든 선하고 어진 감정이나 상식이든, 어느 것 하나만이 유일한 길잡이도 아니고 무엇보다 최종적인 보호자도 아니라는 사실을 잊지 말자. 그리고 만약 네가 감당하기 어려운 책임감을 짊어져야 하는 상황에 놓이더라도, 우리 서로에 대해 너무 신경 쓰지는 말자. 우리가 처한 지금의 상황은 젊었을 때 생각했던 예술가의 삶과 이래저래 거리가 있는 게 사실이다. 그래도 우리는 여전히 형제이고 또 여러 면에서 운명의 동반자인 것도 사실이다.

세상만사가 서로 연결되어 있는 법이라 여기서 파리와 마찬가지로 음식에서 바퀴벌레가 나오기도 하고, 반대로 파리에서도 여기처럼 실감나는 밭을 떠올릴 수도 있지. 이게 별로 대단한 일도 아니지만, 그래도 마음을 편하게 해준다. 그러니 너도 그 옛날 우리 고향 마을의 황야를 누볐던 농부처럼 부성애를 받아들여라. 온 마을의 소음과 동요, 안개와 두려움 속에서도(우리가 아무리 소심한 애정을 보이더라도) 그 황야는 우리에게 지울 수 없는 소중한 존재였어. 그러니까 너의 부성애를 망명자의 심정으로, 외국인의 심정으로, 가난한 이의 심정으로 받아들이라는 거야. 그래서 이제부터는, 비록 매일 잊고 살고는 있지만, 가난한 이의 본능과 함께 우리에게 진정한 조국이 있을 수 있다는 가능성과 적어도 진정한 추억거리가 있다는 가능성에 무게를 두라는 거지. 그렇게 지내다 보면 언젠가 운명을 찾아가게 될 거다. 하지만 너나 나나 쾌활함을 완전히 잊고 지내는 건 위선이 될 수도 있어. 불행하지만 낙관적인 사람처럼 되는대로 살면서 파리를 들락거렸던 그때를 잊는다는 건 말이야. 지금은 너무 이상하고 우리에게 고민거리만 안겨주는 그 파리를.

여기서 지내면서 가끔 음식에서 바퀴벌레가 나오는 거나 네가 파리에서 처자식과 함께 지내고 있는 현실이 만족스러운 건 사실이다.

그리고 볼테르 덕분에 상상하는 모든 걸 꼭 굳이 믿지 않아도 되니 얼마나 다행이냐. 그래서 네 건강을 걱정하는 제수씨의 마음을 충분히 이해하고 공감하는 마음이고, 잠시나마 상대적으로 길었던 네 침묵의 원인이 나에 대한 걱정이었다고 상상했던 게 굳이 사실이라고 생각지 않으련다. 임산부를 위해 신경 써야 할 게 적지 않다는 점을 떠올려보면 어느 정도는 설명이 되는 것 같으니 말이다. 아무튼 좋은 일이야. 모든 사람이 따라야 할 길이기도 하고. 또 연락하자. 너와 제수씨에게 악수 청한다.

너를 사랑하는 형, 빈센트

고갱에게 보낼 편지가 늦어지는 걸 바라지 않아서 서둘러 보낸다. 주소는 네가 알 거라 믿는다.

604프 ___ 1889년 9월 5일(목)과 6일(금)

사랑하는 아우에게

이미 네게 편지를 썼는데, 네가 물어본 것 중에 대답하지 못한 게 남아 있더라. 우선, 탕기 영감님 집에서 공간을 빌려 내 그림을 가져다 놨다고 했지. 제법 괜찮은 일인 것 같다. 일단 네가 부담하는 임대료가 비싸지 않았으면 좋겠구나. 그런데 그렇게 비용은 계속 들어가는데 내 그림이 그 돈을 벌어들일 시기는 여전히 늦어져서 그게 걱정이다.

어쨌든 괜찮은 해결책 같다. 다른 여러 가지 일들과 더불어 정말 고맙다. 모가 베르나르와 나를 20인회 차기 전시회에 초대할 생각이라니 신기할 따름이다. 출중한 그림 솜씨를 가진 여러 벨기에 화가에 비하면 실력은 미천하지만 나도 참가했으면 좋겠다.

멜르리Xavier Mellery는 대단한 화가야. 몇 년 전부터 이름을 알리고 있거든. 나도 어쨌든 이번 가을에 최선을 다해서 그럴듯한 작품을 만들어낼 생각이야. 방에서 쉼 없이 그리고 있다. 이렇게 하면 좋은 게, 쓸데없는 기이한 생각들을 머릿속에서 밀어낼 수 있어.

그래서 〈침실〉을 하나 더 그렸어. 이번 습작이 가장 잘된 것 같아. 조만간 캔버스 보강작업을 해야 해. 단숨에 그려서 유분이 순식간에 날아간 탓에 캔버스에 단단히 자리를 잡지 못한 상태야. 단숨에 그리면서 임파스토 효과를 많이 낸 다른 습작도 그렇게 될 것 같아. 게다가 얇은 캔버스는 시간이 좀 지나면 헤지고 두꺼운 덧칠을 감당하지 못하더라고.

너는 그래도 아주 질 좋은 틀을 구했더라. 세상에 나도 그런 틀이 있었으면 작업에 훨씬 도움이 됐을 거다. 여기서 쓰는 건 별에 오래 두면 휘는 것들이야.

사람들 말이, 스스로를 아는 게 그렇게 힘들다고 하더라(나도 그렇게 믿고 있다). 그런데 자기 자신을 그리는 것도 쉬운 일은 아니야. 요즘 내 자화상을 2점 그리고 있거든. 모델이 없기도 하고, 인물화를 다시 그리고 싶기도 해서. 하나는 첫날 눈 뜨자마자 바로 그린 거라 귀신처럼 비쩍 마르고 창백해 보여. 진한 청자색 바탕에 얼굴은 허옇고 머리는 노랗게 칠했어. 한마디로 색채 효과를 줬지.

그다음에 또 하나를 시작했는데 상반신 7부 정도 길이에 밝은 바탕으로 그렸어. 그리고 지금은 지난여름에 그린 습작들을 손보는 중이야. 아침부터 밤까지 작업한다는 거지.

너는 잘 지내는지 궁금하다. 신혼 기간이 아름답다고들 하지만 나는 그 2년이 얼른 훌쩍 지나가기를 바란다. 부부 사이는 시간이 지날수록 돈독해지니 덕분에 건강도 되찾을 수 있다고 굳게 믿기 때문이야. 그러니 북구 사람 특유의 침착함으로 만사를 받아들이고 무엇보다 두 사람 건강을 잘 챙겨라. 이 빌어먹을 예술계 생활은 사람을 지치게 만드는구나.

아무튼 나는 하루하루 기력을 회복한 덕분에 지금은 힘이 넘쳐나는 기분까지 들 정도야. 뭐 굳이 헤라클레스가 되지 않더라도 꾸준히 이젤 앞에 앉아 작업은 할 수 있잖아.

모가 내 그림을 보고 갔다는 네 말을 들은 뒤에, 요 며칠 몸이 아파 앓아 누워 있으면서 계속 벨기에 화가들 생각이 나더라.

그러고 나니 옛 기억들이 눈사태처럼 사정없이 쏟아지는데, 현대 플랑드르 화가들의 화파를 쭉 정리하다 보니 나중에는 결국 17세기 스위스 용병처럼 향수병이 도지더라고.

이게 별로 달갑지 않은 게, 우리는 앞을 보고 나아가야 하기 때문이지. 뒷걸음질은 용납되지 않을 뿐더러 불가능하거든. 그러니까 과거로 빠져들어 우울할 정도로 향수병에 시달리지 않을 정도로만 지난 일을 회상해야지.

그나저나 앙리 콩시앙스는 결코 완벽한 작가라고는 할 수 없는데 여기저기, 군데군데, 그러니까 사방에 그림 같은 장면들을 묘사해놨어, 화가처럼 말이야! 게다가 그의 말과 그의 희망은 선의로 가득차 있어. 그가 쓴 어느 책의 서문(아마 『신병』이었을 거야)이 항상 머릿속에 남아 있는데 이런 내용이야. 심하게 병을 앓아 몸져눕게 됐는데 아무리 애를 써도 인간에 대해 가지고 있던 애정이 사라지는 게 느껴지더라는 거야. 그러다가 들판에 나가 기나긴 산책을 하다 보니 사랑의 감정이 점점 되살아났다고 하더라고. 고통과 절망이라는 이 피할 수 없는 운명이(얼마간일지라도 이번에도 역시 거기서 회복되었잖아) 고마울 따름이지.

이 편지는 그림 그리다 지치고 싫증 날 때 틈틈이 쓰는 거야. 작업은 잘되고 있어. 지금은 몸이 불편해지기 전인 며칠 전에 시작한 그림과 씨름하는 중이야. 〈풀 베는 사람〉인데 노란색 위주의 습작이고 아주 두껍게 칠했어. 그래도 소재는 단순하고 아름답지. 내가 이 풀 베는 사람을

(무더위 속에서도 해야 할 일을 마치기 위해 애쓰는 저 희미한 인물) 통해 본 건, 바로 죽음의 이미지였어. 인간이 바로 저렇게 베어지는 밀 같은 존재라는 뜻이야. 굳이 비교하자면 전에 내가 열심히 그렸던 〈씨 뿌리는 사람〉과 대척점에 있다고 할 수 있지. 하지만 이 죽음은 결코 슬픈 죽음이 아니야. 주변의 모든 것을 고순도의 황금으로 물들이는 태양 아래서 벌어지는 일이거든.

다시 이어쓴다. 아무튼 이 기세를 몰아서 다시 한 번 새 그림을 그려볼 거야. 내 앞으로 다시 한 번 환한 시대가 펼쳐질 것 같은 느낌이다.

그러면 어떻게 해야 할까? 몇 달 계속 여기 있어야 할까, 다른 곳으로 옮겨야 할까? 그건 나도 모르겠다. 발작 증상이 재발하면 그것만큼 곤란한 일도 없을 텐데, 너나 다른 사람 앞에서 그런 일이 발생할 위험이 아주 크기 때문이야.

사랑하는 아우야(여전히 그리는 도중에 간간이 이어서 쓰고 있다), 나는 지금 뭐에 홀린 사람처럼 그림 작업에 매달리고 있어. 그 어느 때보다 강렬한 울분을 조용히 그림 속에 쏟아내는 중이야. 이렇게 하면 내 건강 회복에도 도움이 될 것 같거든. 어쩌면 들라크루아가 말했던 일이 내게 일어날지도 모르지. '나는 이가 다 빠지고 숨도 잘 쉬어지지 않을 나이가 돼서야 그림의 세계를 발견했다.' 그래서 내 안의 병적인 슬픔이 소리 없는 분노를 (아주 천천히) 그림 속에 쏟아붓게 만들고 있는 거야. 아침부터 밤까지 쉬지 않고(아마도 이게 비법이겠지) 오랫동안 서서히. 나도 잘은 모르겠다. 아무튼 지금 작업 중인 두세 점은 제법 괜찮아. 노란 밀밭에서 풀 베는 사람하고 밝은 배경의 자화상인데 20인회가 때에 맞춰 나를 기억해준다면 출품할 생각이야. 안 그랬으면 싶지만, 그들이 날 잊고 지나가도 괜찮다.

어차피 나로서는 몇몇 벨기에 사람들을 내 마음대로 기억하면서 배우는 게 있을 테니 절대로 잊지는 않을 거야. 긍정적인 게 있다면 그런 거지, 나머지는 다 부차적인 것에 지나지 않아.

벌써 9월이다. 이렇게 가을의 한복판으로 들어가다 순식간에 겨울을 맞겠구나.

나는 계속 밤낮으로 그림 작업에 몰두할 건데 크리스마스 무렵에 다시 발작 증상이 찾아올지는 두고 봐야겠지. 그 시기가 지나면 별 문제 없이 여기 병원 관계자들과 깨끗이 정리하고 한동안 북쪽으로 가서 지낼 수 있을 것 같다. 아무래도 겨울을 보내는 동안 발작 증상이 재발할 것 같거든. 대략 석 달 사이에. 그러니 지금 당장 이곳을 떠나는 건 신중하지 못한 결정일 거야.

일절 외출하지 않고 건물 안에서만 지낸 게 벌써 6주째다. 정원조차 안 나갔는데 다음 주쯤에 지금 작업하는 그림이 완성되면 그때나 시도해볼 생각이야.

그런데 앞으로 몇 달 더 있으면 나도 무력해지고 어리벙벙해질 것 같으니 그 시기에 변화를 주면 아주 좋을 것 같기도 해.

그냥 지금 내 생각이 그렇다는 거지, 꼭 그러겠다고 못 박는 건 아니야.

그런데 나는, 호텔 관계자들을 대하듯 요양원 관계자들과도 감정을 나누면 안 된다고 생각해. 어차피 일정 기간 우리가 방을 임대하면 그들은 돈을 받은 만큼 할 일을 해주는 것뿐이거든. 요양원 입장에서는 내 질환이 만성이 되는 것만큼 좋은 일도 없겠지. 그런 빌미를 줘버리면 나 스스로도 죄책감이 들 정도로 멍청한 짓을 하는 셈이야. 내 생각이지만 여기 사람들은 나에 관해서는 물론이고 네가 얼마를 버는 것까지 별별 걸 다 알아보는 것 같아.

그러니 때가 되면 이대로 쓱 옮겨가는 거야. 굳이 티격태격할 것도 없이.

여전히 그림 작업 중간중간에 편지를 이어가는 중이야. 어제는 여기 요양원 경비원장 초상화를 그리기 시작했는데 어쩌면 이 양반 아내의 초상화도 그릴 수 있겠다. 두 부부가 요양원에서 멀지 않은 작은 농가에 살거든.

외모가 흥미로운 양반이야. 르그로의 아름다운 동판화 중에서 나이 든 스페인 귀족이 등장하는 작품이 있는데, 네가 기억할지 모르겠지만, 아무튼 그 인물과 분위기가 비슷해. 콜레라가 두 차례나 창궐할 당시에는 마르세유 병원에서 근무했다는데 고통에 시달리거나 죽어 나가는 사람들을 수도 없이 봤다더라고. 얼굴을 잘 들여다보면 묵상하는 듯한 분위기도 느껴지는데 나도 모르게 기조François Pierre Guizot의 얼굴을 떠올렸다(분명 다르지만 비슷한 면이 있어). 그런데 경비원장은 아주 수수한 서민이야. 아무튼 그림을 완성하고 복제화 하나를 더 그리면 네게도 보내줄게.

그림 작업을 더 완벽히 해내려고 사력을 다하고 있어. 만약 성공한다면, 병을 예방하는 최고의 피뢰침이 될 수 있다는 생각이 들거든. 나는 최대한 내 방에서 나가지 않고 내 건강에만 신경 쓰고 있어. 여기 모여 있는 불행한 동료 환자들에게 적응하며 그들과 교류를 하지 않는 걸 이기적이라고 할 수도 있겠지만, 잘못된 행동이라고는 생각하지 않는다. 내 그림 솜씨가 나날이 발전하고 있는데, 우리한테는 바로 그게 필요한 상황이기 때문이야. 전보다 더 그럴듯한 그림을 그려야 할 시기인데 아직 많이 부족하거든.

조만간 이 요양원에서 나가게 될 텐데, 여기 왔을 때와 똑같은 상태로 나가는 것보다는 그나마 무언가 특징을 살린 초상화 그리는 실력은 확실히 갖추고 나가는 게 더 낫지 않겠어? 표현이 적절치 못한 것 같다. 애초에 거짓말하는 게 아니라면 '초상화 그리는 실력'을 갖췄다고 말할 수 없다는 걸 잘 아는데 말이야. 워낙 방대하고 끝이 없는 분야잖아. 아무튼 내가 무슨 말을 하려는지는 너도 이해할 거야. 전보다는 나아져야 한다는 말이야.

요즘은 머리가 정상적으로 돌아가서 아무 문제 없이 멀쩡하다는 느낌이야. 지금이 평소처럼 발작 증상 사이의 휴지기라는 희망으로 내 상태를 진단해보면 (불행히도 발작은 언제든 재발할 수 있기 때문에) 이 시기에는 머리도 맑고 작업도 가능해서, 어쨌든 내가 환자라는 생각이 들지 않는다. 그냥 화가로서의 삶을 굳건히 이어나가야 해. 계속 요양원에 머무는 건 상태를 악화시킬 거야.

며칠 전에 「르 피가로」에서 어느 러시아 작가에 관한 기사를 읽었는데 그 사람도 신경성 질환을 앓다가 그로 인해 생을 마감했는데, 이따금 극심한 발작 증상으로 고생했다더라고.

어쩌겠냐. 제대로 된 약도 없으니 말이다. 딱히 치료법도 없고, 있다고 해봐야 열정적으로 그림 그리는 게 전부다.

필요 이상으로 무거운 이야기만 늘어놓은 것 같구나.

어쨌든 나는 파리에서처럼 아무런 증상 없는 *잠복기를 거치는 것보다* 증상을 겪고 있는 지금이 더 낫다고 생각해.

아마 얼마 전에 완성한 밝은 배경의 내 자화상을 받아서 내가 파리에 있을 때 그린 자화상 옆에 두고 보면 내 말이 훨씬 잘 이해될 거야. 지금의 내가 *더 건강*해 보이는 것도 느껴질 거고.

어쩌면 이 초상화가 내가 쓴 편지보다 내가 어떻게 지내고 있는지를 더 잘 설명해주고 널 안심시켜줄 수 있겠다 싶다. 애써서 그린 거야. 그리고 〈풀 베는 사람〉도 잘 진행되고 있어. 이건 아주 간단한 그림이야. 월말에 대략 30호짜리 12점 정도를 보낼게. 그런데 대부분 같은 그림이 2점씩일 거야. 습작과 완성작, 이렇게. 나중에는 남프랑스를 돌아다니며 쌓은 경험이 더 그럴듯한 결과물을 만들어내겠지. 강렬한 빛이 보여주는 차이점이나 파란 하늘 등을 통해서 바라보는 법도 배웠는데, 이게 또 몇 번 본다고 되는 게 아니라 장시간 반복해서 보며 깨달아야 해.

북부 지방은 아마 전혀 새로운 곳처럼 느껴질 거야. 하지만 여기서 워낙 많은 걸 보고 정을 주고 애착을 느끼는 터라 한동안은 우울할 것 같다.

희한한 생각이 떠올랐어. 『마네트 살로몽』에 보면 현대 예술을 주제로 토론하는 장면이 나오는데 누구인지는 잘 모르지만 '남게 될 예술가'에 대한 이야기를 하던 예술가가 이런 말을 해. "남게 될 예술가는 풍경화가다." 사실 맞는 말이야. 코로, 도비니, 뒤프레, 루소, 밀레 등이 풍경화가로 오래 기억되고 있으니까. 코로는 임종의 순간 이렇게 말했지. "꿈에서 온통 분홍색으로 물든 하늘이 펼쳐진 풍경을 봤다." 정말 매력적인 말이야. 좋다고. 그런데 모네, 피사로, 르누아르 등의 그림에서 온통 분홍색으로 물든 하늘을 볼 수 있어. 그래, 풍경화가들은 남는 거야. 그렇다니까. 그 말이 정말 사실이었어.

들라크루아와 밀레의 인물화는 일단 논외로 하자고.

이제 우리가 조금씩 그 독창성과 지속성을 알아가기 시작한 건 과연 무얼까? 바로 *초상화*야. 오래된 분야라고 할 수 있지만, 동시에 새로운 분야이기도 해. 이에 관해서는 다시 이야기하겠지만, 기요맹 같은 화가의 초상화나 기요맹이 그린 소녀의 초상화 같은 작품은 계속해서 찾고 발굴해야 해. 러셀이 그린 내 초상화도 꼭 잘 챙겨둬라. 내가 정말 좋아하는 그림이야. 혹시 라발의 자화상은 액자에 넣었나 모르겠다. 이 자화상은 어떻게 생각하는지 말이 없었다. 난 괜찮다고 생각하는데. 안경 너머로 보이는 그 눈빛이 어찌나 솔직해 보이는지.

최근 초상화를 그리고 싶다는 의지가 솟구친다. 전에 고갱과 이런저런 비슷한 문제에 관해 이야기한 적이 있었는데, 정말 신경전이 벌어지고 기력이 바닥날 때까지 열띤 토론을 벌였지.

그래도 그 과정을 거치면서 좋은 그림 몇 점은 나왔을 거라 감히 생각한다. 우리가 찾는 그런 그림. 고갱과 다른 동료들은 브르타뉴에서 아마 괜찮은 작업을 하고 있겠지. 고갱에게 편지를 받았다는 얘기, 아마 얘기했을 거야. 그들이 어떤 그림을 그리고 있는지 한 번 보고 싶다.

다음 것들이 좀 필요해서 부탁한다.

캔버스 천 10미터
아연 백색, 대형 튜브 6개
에메랄드그린, 대형 튜브 2개
코발트, 대형 튜브 2개
양홍색, 소형 튜브 2개
주홍색, 중형 튜브 1개
진홍색, 대형 튜브 1개
검정 족제비털 붓, 6개

그리고 여기 경비원에게 1889년 7월 6일, 「르 몽드 일뤼스트레」 1684호를 구해주겠다고 약속했어. 거기에 뒤몽 – 브르통의 아름다운 목판화 복제화가 수록돼 있거든.

드디어 〈풀 베는 사람〉을 완성했다! 보면 너희 집에 걸어두고 싶을걸. 자연이라는 위대한 책이 우리에게 말해주는 죽음의 이미지를 담아냈다. 다만, 내가 표현하고 싶었던 건 '웃는 듯한' 분위기였어. 언덕을 이루는 선을 자줏빛으로 칠한 걸 제외하고는 노란색 일색의 그림이야. 연노랑과 황금색 등등. 웃기는 건 격리시설 방 창문에 달린 철창 너머로 본 풍경이라는 거야.

희망이라는 게 생기고 나니 이런 걸 기대하게 되더라. 흙덩어리며 풀이며 노란 밀에 농부들 같은 자연이 내게 주는 의미를 너는 네 가족을 통해 얻었으면 한다. 그러니까 사람들에 대한 사랑 속에서 *업무와 관련된 것뿐만 아니라* 너를 위로해주는 힘, 네가 기력을 회복하게 해주는 힘 등, 필요한 걸 얻을 수 있으면 한다는 거야.

그래서 부탁하는 건데, 일에 너무 얽매이지 말고 너희 두 사람 건강부터 잘 챙겨라. 그리 머지않은 미래에 또 좋은 일이 있을 테니 말이야.

〈풀 베는 사람〉을 하나 더 그려 어머니께 드리고 싶다. 아니면 어머니 생신을 맞이해 다른 그림을 그려 보내드리거나. 곧 생신이 다가오니 다른 것들과 함께 보내드려야겠다.

장담하는데 어머니는 이 그림을 이해하실 거야. 시골 달력 등지에서 볼 수 있는 투박한 나무에 찍어낸 목판화 복제화처럼 단순한 그림이거든.

네 사정이 괜찮아지면 바로 캔버스 천 좀 보내주면 좋겠다. 복제화 몇 점을 더 그려 누이에게도 보내고 싶고, 가을 효과를 낼 수 있는 새 그림을 그리기 시작하면 이번 달 끝까지 시간 때울 일거리가 생기는 셈이거든.

요즘은 아주 잘 먹고 마시면서 지낸다. 여기 의사는 아주 호의적이야. 그래, 네덜란드를 위해서, 어머니와 누이를 위해서 그림을 그리라는 말, 아주 좋은 생각 같다. 총 3점이 되겠구나. 그러니까 〈*풀 베는 사람*〉, 〈*침실*〉, 〈*올리브나무*〉. 여기에 〈*밀밭과 사이프러스*〉를 추가하면 4점이 되겠다. 다른 사람을 위해서 하나를 더 그릴 수도 있으니 말이야. 이 그림들은 20인회 전시회에 출품작처럼 즐겁게, 그리고 차분하게 그릴 수 있어. 아무렴 그렇지. 힘도 남아도니 안심해라. 부지런히 작업에 임할 테니까. 12개의 소재 중에서 가장 괜찮은 것들을 엄선해 보내니 다들 최고의 결과물을 받게 될 거야. 그리고 그림에 대해 잘 모르는 다른 사람들을 위해 그림을 그리는 건 좋은 일이야.

너희 부부에게 진심 어린 악수 청한다.

너를 사랑하는 형, 빈센트

방금 페롱 원장을 만나고 왔다는 소식을 전하려고 편지를 다시 열었다. 안 그래도 이 양반 얼굴을 못 본 게 엿새가 넘어가는 중이었거든.

이번 달에는 파리에 간다면서 너도 찾아갈 거라더라.

잘됐다. 왜냐하면 이 양반은 (의심의 여지 없이) 숙련된 전문가라서 너한테만큼은 아마 솔직히 이야기할 거라 생각하거든.

나한테는 딱 이렇게만 말해. "재발할 일이 없기를 바랍시다." 그런데 나는 이게 한동안 재발할 것 같은 느낌이거든. 적어도 몇 년에 걸쳐서.

하지만 그림 작업에 거는 기대가 커. 그동안 그림 작업을 할 수 없을 거라 생각했는데 오히려 순조롭게 잘 진행되고 심지어 이게 내 치료법이 아닌가 하는 생각도 들 정도야.

그리고 다시 한 번 말하는데 (페롱 원장은 완전히 제외하고) 여기 요양원 관계자들을 대할 때 예의는 지켜야겠지만, 딱 거기까지야. 약속 같은 것도 할 필요없어.

여기서 심각한 건, 어딜 가든 조금만 오래 앉아 있다 싶으면 이 동네 특유의 편견에(솔직히 그 실체가 뭔지는 나도 잘 모르지만) 맞서야 하는 상황이 발생하는 탓에 아주, 사는 것 자체가 견딜 수 없을 것 같더라고.

아무튼 페롱 원장이 너한테 무슨 말을 할까 기대된다. 그 양반이 무슨 생각을 하는지 도대체 모르겠거든. 오늘 오후에는 경비원장 초상화 작업을 했는데 잘 진행되고 있어. 지적인 눈빛과 온화한 표정으로 분위기를 다소(실은 완전히) 완화하지 않았으면 아마 맹금류 같은 얼굴이 나왔을 거야. 아주 전형적인 프랑스 남부 사내 같아.

이번에는 페롱 원장이 여행 계획을 실천에 옮길지 궁금하다. 그리고 그 결과도 궁금하고.

한 1년쯤 더 열심히 그림에 집중하면 예술적인 관점에서 봐도 확실한 실력이 붙을 것 같아.

무언가를 찾고 연구하는 건 언제나 가치 있는 작업이야. 하지만 그 과정에는 운도 따라야 해.

최고의 순간에 내가 꿈꾸는 건 화려한 색채 효과가 아니라 이번에도 여전히 중간 색조인 간색이야. 몽펠리에 미술관을 둘러본 덕에 이런 생각을 갖게 된 거야. 거기서 가장 감명 깊었던 건 *환상적인* 쿠르베의 걸작이라고 여겨지는 〈마을 아가씨들〉이나 〈실 잣다 잠든 여인〉이 아니라 들라크루아와 리카르가 그린 브리아스의 초상화와 들라크루아의 〈사자 굴 속의 다니엘〉, 〈오달리스크〉처럼 간색을 잘 활용한 그림들이었어. 특히 〈오달리스크〉는 무엇보다 보랏빛이 감도는 게 루브르에 걸린 것과는 분위기가 전혀 달라.

간색을 활용한 게 얼마나 탁월한 선택이고 얼마나 기막힌 솜씨인지 모른다!

이제는 정말로 이 편지를 보내야 할 시간이 된 것 같다. 두 장에 걸쳐 할 말은 다 해서 새로이 덧붙일 말도 없지만, 다시 읽어볼 시간도 없다.

다시 한 번 진심 어린 악수 청하면서, 심히 번거롭지 않다면, 최대한 빨리 캔버스 천 좀 보내주면 좋겠다.

너를 사랑하는 형, 빈센트

* * * * *

이 편지와 함께 테오는 페롱 박사의 편지(602번 편지와 함께)도 받는다. "빈센트 씨는 의식도 멀쩡하고 전처럼 그림 작업도 다시 시작했습니다. 자살 충동도 사라졌고, 남은 증상은 악몽을 꾼다는 정도입니다."

9월 5일, 테오는 빈센트에게 답신을 보낸다. "소식을 전해줘서 얼마나 기뻤는지 모릅니다. 아는 게 전혀 없으면 실제보다 더 안 좋은 생각이 들거든요." 그러면서 그림에 관한 긴 이야기를 늘어놓는데, 형이 가장 흥미를 보일 주제였기 때문이다. 또 고갱이 보내온 그림들이 실망스럽다면서 이런 말을 덧붙인다. "고갱 선생이 새로 그린 그림 중에서 괜찮은 게 1점 있긴 합니다. 그 양반은 〈아름다운 안젤라〉라고 부르더군요." 앵데팡당전 출품작에 관해서는 이런 소식을 전한다. "〈붓꽃〉과 〈별이 빛나는 밤〉이 전시됐는데, 전시 공간이 협소해서 공간을 확보하지 못해 〈별이 빛나는 밤〉의 위치가 썩 좋은 편은 아니었습니다. 그래도 〈붓꽃〉은 아주 유리한 자리에 전시되었습니다." 한 사람당 2점밖에 출품할 수 없었다고 말하면서 특히, 로트렉, 쇠라, 시냑의 작품이 주목을 받았다고 알려준다.

605프 ____ 1889년 9월 10일(화)

테오에게

편지로 전한 이야기, 정말 마음에 들었다. 루소를 비롯해서 보드메르 같은 화가들에 관한 이야기가 특히 흥미로웠어. 그래, 그들은 진정한 *사내*들이야. 세상이 이런 사람들로 채워지기를 바란다는 그 말, 나도 그런 생각을 했어.

J. H. 베이센브뤼흐 씨는 도미에가 변호사를 다루듯 진창이 된 예인로, 시들어버린 버드나무, 정확하고 기묘한 단축법과 원근법으로 표현한 운하 등을 누구보다 잘 알고, 또 누구보다 잘 그려내는 사람이야. 정말 대단해.

테르스테이흐 씨가 그 양반 작품을 사들인 건 탁월한 선택이었어. 이런 화가들의 그림이 잘 팔리지 않는다는 건, 내 생각에는 다른 그림을 팔고 싶어하는 미술상이 많기 때문이야. 대중을 속이고 호도하는 그런 그림들.

그거 아냐? 지금도 기계 산업이나 특히, 출판 산업 관련 이야기들을 우연히 접하면, 그 실태를 보면서 내가 예전에 구필 화랑에 다니던 시절과 마찬가지로 화가 나고 분노가 치밀어.

사는 게 그런 건가 보다. 흘러간 시간은 다시 돌아오지 않지. 그래서 나는 악착같이 그림을 그리는 중이야. 왜냐하면 그림 그릴 기회를 놓치면 다시 돌아오지 않는다는 걸 잘 알기 때문이야. 사는 게 그런 거니까.

특히 나 같은 경우에는 극심한 발작 증상이 그림 실력을 철저히 파괴할 수도 있거든.

발작을 겪으면, 공포와 고통 앞에서 나약함만 느낀다. 필요 이상으로 나약해지는 느낌이야. 어쩌면 전에는 이런 정신적인 나약함 때문에 낫고 싶다는 의욕마저 포기했던 게 아닌가 싶기도 해. 지금은 먹는 것도 두 배로 먹고 악착같이 그림을 그리면서 혹시 발작이 재발하지 않을까 하는 두려움 때문에 다른 환자들과의 관계도 차단하면서 지내고 있어. 한마디로 이제는 낫고 싶어. 뭐랄까 자살하겠다고 물에 뛰어들었는데 물이 너무 차가워서 다시 강기슭으로 되돌아오는 사람의 심정이랄까.

사랑하는 아우야, 너는 내가 이런저런 것들을 해보겠다는 일념으로 프랑스 남부까지 오게 된 걸 잘 알 거야. 다른 빛을 보고 싶었고, 더 청명한 하늘 아래서 자연을 바라보면 일본 사람들처럼 느끼고 그리는 법을 보다 정확하게 파악할 수 있을 거라 믿었기 때문이야. 그러니까 더 강렬한 태양이 보고 싶었던 거야. 그 태양을 경험하지 못하면 들라크루아가 표현한 그 기법과 그 방식을 결코 이해할 수 없을 것 같았고, 북부에서는 마치 안개 속에서 색채의 면면을 들여다보는 기분이 들기 때문이었어.

따지고 보면 대부분 사실이잖아. 거기에 도데가 『타르타랭』의 모험에 묘사한 프랑스 남부가 내 마음을 끌었다는 점도 뺄 수는 없을 거야. 그리고 여기 와서 보니 내가 좋아하는 것도 많고, 좋아하는 친구도 여럿 있어.

그러니 비록 고약한 병에 걸리긴 했지만, 내가 이 남프랑스에 애착이 남다르다는 건 너도 이해할 거다. 조만간 북쪽으로 올라가 지내게 될 것 같음에도 불구하고 언젠가 다시 돌아와 그림 작업을 하고 싶다는 마음은 여전하다.

그래, 너한테 숨길 것도 없으니 하는 말이지만 이제 식욕도 왕성하고, 욕구도 무서울 정도로 살아나고 있어. 그래서 북쪽의 친구도 보고 싶고, 북쪽의 시골도 다시 돌아보고 싶다.

그림 작업은 아주 잘되는 중이야. 몇 년 동안 허탕만 치며 찾아다녔던 걸 드디어 발견하기도 했어. 그러고 나니 들라크루아의 말이 떠오르더라. 너도 알 거야. 치아가 다 빠지고 숨도 쉬기 힘들어질 나이가 돼서야 그림이 뭔지 보인다는 그 말.

정신질환을 겪는 환자로서 똑같이 정신적인 고통을 겪었던 수많은 예술가들의 삶을 떠올려 보니 이런 질환이 멀쩡히 화가로 살아가는 걸 막는 장애 요인이 아니라는 생각이 들더라.

여기서 발작 증상이 점점 말도 안 되는 종교적인 양상의 문제로 변해가는 걸 보고 있자니, 이제는 북쪽으로 돌아가야 할 *필요성*까지 느껴진다. 행여 여기 의사 양반을 만나거든 이런 말은 꺼내지도 말아라. 그런데 이런 생각을 하게 된 게 아를의 병원이나 옛 수도원이었던 이 요양원에서 오래 살다 보니 그렇게 된 건지 아닌지는 나도 모르겠다. 아무튼 이런 환경에서 지내면 안 될 것 같아. 차라리 거리에서 노숙 생활을 하는 게 더 나을 거다. 내가 그렇게 무심한 사람도 아니고, 괴로움을 느낄 때 이따금 종교적인 생각을 하면서 크게 위로를 받을 때도 있었어. 이번에 발작 증상이 재발했을 때 들라크루아의 〈피에타〉 석판화 복제화와 다른 복제화 몇 점이 기름과 물감 범벅이 되어 훼손되는 안타까운 일이 있었어.

정말 슬픈 일이었지. 그래서 내가 직접 그 그림을 그렸는데 언젠가 네게도 보여줄게. 캔버스 5~6호 크기인데 나름 느낌이 살아 있는 것 같아.

게다가 몽펠리에 미술관에 가서 〈사자 굴 속의 다니엘〉, 〈오달리스크〉, 브리아스의 초상화와 〈물라토 여성〉을 보고 온 지 얼마 되지 않은 터라 당시 받은 인상이 고스란히 남아 있었어.

이런 게 날 만드는 것들이야. 비처 스토와 디킨스의 책을 읽는 것도 마찬가지야. 그런데 나를 성가시게 하는 건 루르드의 성모에 관한 이야기를 맹신하며 비슷한 이야기들을 만들어내는 그런 순진한 여인네들을 보고 있어야 하는 상황이야. 그러면서 자신들이 이런 곳에 갇혀 지낸다고 생각하는 사람들. 치료에 도움이 될 이야기를 찾아도 모자랄 판에 병적일 정도로 종교적인 망상을 키우는 이야기들을 만들어내는 사람들 말이야. 차라리 감옥에 들어가거나 군에 입대하는 게 훨씬 나을 거다.

비겁했던 나 자신이 원망스럽다. 내 화실을 지켰어야 했어. *군인 경찰*들과 동네 사람들을 상대로 싸웠어야 했어. 아마 다른 사람들이 내 입장이었다면 권총을 사용했을 수도 있고, 예술가의 입장에서 그렇게 싸우다 누구 하나를 죽이더라도 아마 무죄를 받았을 거야. 그때 그렇게 해야 했는데, 당시 나는 비겁하고 술에 취해 있었지.

몸도 아팠지. 어쨌든 용감하지 못했어. 그리고 발작 증상으로 인한 고통을 생각하면 너무 걱정이 돼서 내가 가진 열정이 과연 내가 말하는 그 열정과 같은지도 모르겠고, 마치 자살하려고 물에 뛰어들었다가 물이 너무 차가워서 기를 쓰고 다시 강기슭으로 돌아오려는 사람이 된 기분도 들어.

그런데 예전에 브라트가 들어갔던 그런 시설은(다행히 한참 전 이야기지만) 아니다. *절대 아니야*. 피사로 영감님이나 비뇽 씨 같은 양반이 나를 받아준다면 그건 또 이야기가 다르지. 어쨌든 나도 화가니 이래저래 맞는 부분도 있을 테고 어차피 나가는 돈도 고매하신 수녀님들이 아니라 화가들에게 쓰게 되는 셈이잖아.

어제 불쑥 페롱 원장을 찾아가 이런 부탁을 했어. 기왕 파리에 가는 길이면 나도 같이 데려가면 안 되겠느냐고.

그랬더니 은근슬쩍 대답을 회피하더라. 기간도 짧고 너한테 편지도 써야 한다면서. 그래도 나한테 잘해주고 많이 참아주는 사람이야. 게다가 요양원 실권을 완전히 거머쥔 사람은 아니지만 그래도 이 양반 덕분에 생활이 자유롭긴 하다. 사실, 매일 그림만 그리고 있을 수는 없어. 사람도 만나야 하고 때로는 그들하고 어울리기도 해야 기질도 되찾을 수 있고 이런저런 아이디어도 얻을 수 있고 그런 거잖아. 일단, 발작이 재발하지 않을 거란 희망은 논외로 칠 거야. 오히려 언제든 재발할 수 있다고 생각해야 하는 거지. 그렇게 된다면 요양원이든 교도소든 격리 수용 시설이 있는 기관으로 가야 할 거야.

어떻게 되더라도 너무 걱정은 말아라. 그림 작업이 순조롭게 진행되는 덕에, 계속해서 이것도 그리고 저것도 그리고, 밀밭 등등도 그릴 거라는 말이 절로 나올 정도야. 경비원장 초상화도 그렸는데 네게 주려고 복제화까지 그렸어. 눈빛이 모호하게 표현된 내 자화상하고 비교하면 대조적인 부분이 두드러지지. 이 양반은 작고 검은 눈이 상당히 강렬하고 군인 같은 이미지를 풍기거든.

그림은 선물로 줬는데, 원하기만 한다면 부인의 초상화도 그릴 수 있어. 생기가 별로 없는 게 불행해 보이기도 하고 자포자기한 심정으로 사는 양반 같아 보이기도 하고 그래. 그리고 별 대수롭지도 않고 무의미한 대상이긴 하지만 먼지가 내려앉은 풀들을 그리듯 정말 그려보고 싶은 인물이야. 이따금 두 사람이 사는 작은 농가의 뒤뜰에서 올리브나무를 그리는 동안 그녀와 이야기할 기회가 있었는데 내가 아픈 사람이라는 걸 믿을 수 없다더라고. 지금 그림을 그리고 있는 내 모습을 보면 너도 똑같은 말을 하게 될 거다. 정신도 또렷하고 손가락 놀림도 안정돼서, 앞으로 뻗은 팔이 네 개나 되고 동작과 자세가 단순하거나 그리기 쉽지 않은 들라크루아의 〈피에타〉를 계산 한번 안 하고 그대로 그리고 있거든.

부탁인데 가능하다면 캔버스 천을 속히 보내주면 좋겠다. 그리고 추가로 아연백색이 10개 정도 필요할 것 같아. 용감하게 견딜 수 있다면, 건강을 회복하는 길은 내면에서 온다는 건 나도 잘 알아. 고통이나 죽음을 감수하는 마음가짐, 욕심과 이기심을 비우는 마음가짐에서 말이야. 하지만 나한테는 아무 의미도 없어. 나는 그림을 그리고 싶고, 인위적이라고 할 수도 있겠지만 우리 삶을 구성하고 있는 사람들도 만나고 싶고, 이것저것 구경도 하고 싶어. 그래, 진정한 삶은 이것과는 다르겠지. 하지만 나는 언제든 살 준비가 돼 있고, 또 언제든 고통받을 준비가 된 그런 부류의 사람은 못 되는 것 같다.

*붓 터치*라는 건 정말 희한한 거야.

야외에 나가면 바람이나 태양 혹은 구경꾼들의 호기심에 영향을 받기는 하지만 아랑곳하지 않고 꿋꿋하게 캔버스를 채워나가곤 하지. 그런데 사실적인 것, 본질적인 것을 다루게 될 때가 가장 어려워. 어느 정도 시간이 흐른 뒤에 이 습작을 다시 손보게 되면 대상에 맞는 붓 터치를 통해 보기에 더 조화롭고 편안한 분위기를 만들어낼 수도 있고, 마음속에 품고 있는 편안함과 미소까지 담아낼 수도 있어.

아, 여기서 본 인물 몇몇의 경우는 내 느낌을 고스란히 살릴 수 없을 것 같아. 프랑스 남부로 가는 길은 분명, 새로운 길이야. 북부 사람들은 이해할 수 없는 부분들이 있어. 벌써부터 어느 정도 성공한 내 모습이 보이는 것 같다. 그러면서 격리시설 쇠창살 너머로 밭에서 풀을 베는 사람을 바라보며 외로워하고 슬퍼하던 시절을 그리워하는 내 모습 말이야. 불행도 좋은 점은 있다고 하잖아.

성공하고 지속적으로 부를 거머쥐려면 지금의 나와는 다른 기질을 가져야 해. 나는 내가 할 수 있고, 원했고, 원해야 했고, 해야 했던 일들을 결코 하지 못할 것 같다.

그런데 이렇게 수시로 현기증을 겪어야 하면 4류, 5류 인생을 벗어날 수 없어. 예를 들어 들라크루아와 밀레의 작품이 가치 면에서나 독창성 면에서나 우월하다는 건 잘 알고 있어. 하지만 이 말만큼은 자신 있게 할 수 있다. 그래, 나도 그럴듯한 화가이고, 그럴듯한 걸 그릴 수 있다고. 그런데 그러려면 이 예술가들에 대한 기초를 갖춰야 하고, 이들과 같은 방향으로 할 수 있는 최소한의 결과물만 만들어내도 된다는 전제가 있어야 해.

그나저나 피사로 영감님이 잔인하게도 두 가지 불행을 동시에 겪으셨구나.*

그 소식을 듣고서 내가 그 양반 집에 가서 지낼 수 있을까 하는 생각이 들었던 거야.

여기 요양원 비용을 그 양반에게 드리면 본인에게도 이득이잖아. 게다가 나도, 그림 작업하는 거 외에 크게 바라는 것도 없고.

그러니 단도직입적으로 그렇게 여쭤봐라. 싫으시다면 비뇽 씨를 찾아갈 생각이야. 퐁타방은 솔직히 좀 두렵다. 사람도 많고. 그런데 네가 들려준 고갱 이야기가 흥미롭더라. 나는 지금도 여전히 고갱과 내가 다시 한 번 공동 화실을 운영할 수 있지 않을까 생각한다. 지금은 고갱도 이전보다 더 나은 그림을 그리고 있겠지. 하지만 그 양반을 안심시키는 게 관건이지!

그 양반 초상화 그리고 싶다는 마음은 여전히 유효하다.

고갱이 그린 내 초상화를 봤는지 모르겠다. 해바라기를 그리고 있는 모습 말이야. 지금은 안

* 모친상을 당했고 본인은 눈 수술을 받았다.

색이 많이 밝아졌어. 그 당시 나는 피곤에 찌들고 감전이라도 된 사람처럼 몰골이 형편없었지.

한 지역을 잘 알려면 거기 직접 가서 살면서 그곳에 사는 평범한 사람들과 어울리고 초대받아 집에도 찾아가고 선술집 등도 다녀봐야 해.

보슈에게 그런 이야기를 해줬었지. 관심을 끌거나 인상적인 게 도통 안 보인다고 불평했거든. 한 이틀 같이 다니면서 북부 지방과는 전혀 다른 분위기의 그림을 30점도 넘게 그릴 수 있다는 걸 보여주면서 모로코에 가더라도 마찬가지라고 설명했지. 그 친구가 지금은 어떤 그림을 그리고 있는지 궁금하구나.

그런데 너는 외젠 들라크루아의 그림이(〈게네사렛 호수 위의 그리스도〉나 〈피에타〉, 〈십자군〉 같은 종교화) 왜 이런 분위기를 띠는지 알아? 그건 외젠 들라크루아가 겟세마네 동산이 배경인 그림을 그리기 전에, 그곳의 올리브나무는 어떻게 생겼는지 직접 현장을 찾아가 두 눈으로 확인하는 과정을 거쳤기 때문이야. 강풍이 불어닥친 바다 한가운데를 그린 그림도 마찬가지야. 들라크루아는 이렇게 생각했었던 게 분명해. 역사가 우리에게 말해주고 있는 이 인물들, 제노아 총독, 십자군, 사도, 성녀 등도 현재를 살고 있는 그들의 후손과 비슷한 사람이었고 비슷한 방식으로 살았을 거라고.

그래서 나도 이 말은 해야겠다. 내가 그린 〈자장가〉가 비록 걸작도 아니고 미약한 부분도 많긴 하지만 나는 계속해 나갈 힘이 있다고 말이야. 실물을 보고 성인이나 성녀 같은 초상화를 그려낼 수도 있어. 그리고 그 그림 속 인물들은 아마 다른 시대에는 현대의 평범한 시민처럼 여겨질 수도 있어. 초기 그리스도교인들과 관련이 있는 인물인데도 말이야.

이런 문제는 감당하기 힘들 정도로 감정적인 부분을 건드려. 일단은 넘어가는데, 나중에 다시 거론할 거야. 그러지 않는다는 게 아니야.

프로망탱은 대단한 사람이야. 왜냐하면 동양에 대해 알고 싶은 사람들에게는 영원한 *길잡이* 역할을 하거든. 렘브란트와 프랑스 남부의 관계, 포터르와 자신이 본 것과의 관계를 처음으로 규명한 것도 프로망탱이었어.

네 말이 천 번 만 번 옳다. 모든 걸 다 생각해서는 안 되는데 말이야. 마음을 차분히 다스리기 위해 양배추나 샐러드 등의 습작을 그려보고, 진정된 다음에야 할 수 있는 걸 해야 하는 거야. 나중에 다시 보게 되면 〈타라스콩의 승합마차〉나 〈포도밭〉, 〈추수〉 등을 비롯해서 색감이 가장 특징적인 빨간 배경의 선술집 〈밤의 카페〉의 복제화를 그려놓을 거야. 그런데 가운데 흰옷을 입은 인물은 색을 다시 칠하고 손을 좀 봐야겠어. 하지만 바로 이런 분위기가(감히 말하지만) 진정한 프랑스 남부의 분위기야. 초록색과 빨간색을 정확한 계산대로 혼합한 분위기.

내 기력은 너무 빨리 소진됐어. 하지만 나 이후에도, 다른 이들이 더 아름다운 것들을 무궁무진하게 그려낼 거라는 게 보이는 것 같아. 너무나 당연한 사실이기 때문에, 이들의 그림 여행을 조금이라도 편하게 해주기 위해 근처에 공동 화실 같은 게 있어야 했어. 북부에서 곧바로 스페인으로 직행하는 건 그리 좋은 생각이 아니야. *봐야 할* 것을 제대로 볼 수 없게 되기 때문이지. 우선, 눈이 다른 빛의 세상에 *단계적으로 적응할 수 있는 적응기*를 거쳐야 해.

나는 굳이 미술관에 가서 티치아노나 벨라스케스의 그림을 볼 필요를 못 느껴. 일대를 돌아보기 전에 프랑스 남부의 분위기를 풍기는 그림이 어떤 그림인지 알아볼 수 있게 해준 실물을 여럿 만나봤기 때문이야. 세상에, 들라크루아의 그림에서 진정한 동양적인 멋을 느낄 수 없다고 말하는 화가들이 있다니! 그럼 제롬 같은 파리 사람들이 그린 그림에서는 진정한 동양적인 멋을 찾을 수 있는 거냐?

햇살이 쏟아지는 담장을 *북부 사람들이 보는 방식*에 따라 실물을 보고 사실적으로 그럴듯하게 그렸다고 해서 이 사람이 동양인을 직접 봤다는 증거가 될 수 있을까? 들라크루아가 추구했던 건 바로 그런 거야. 그렇기 때문에 들라크루아가 〈유대교의 결혼식〉과 〈오달리스크〉에 벽을 그리지 못할 이유가 전혀 없는 거야. 그렇지 않아? 그리고 드가는 이런 말을 했었어. 술집에 가서 그림을 그리면서 술을 마셔대면 비용이 너무 많이 든다고. 아니라고는 말 못 하겠다. 그렇다면 나더러 수도원이나 교회에 나가라는 말이냐? 그곳을 무서워하는 나더러? 그래서 아무래도 이 편지는 여기서 그만 마쳐야겠다. 너희 부부에게 힘찬 악수 청한다.

너를 사랑하는 형, 빈센트

어머니 생신을 기념해 네게도 축하 인사 전한다. 편지는 어제부터 쓰기 시작했는데 아직 보내지는 못했다. 정신이 오락가락하는 탓에 아직 마무리를 못 했거든. 안 그래도 벌써 두세 차례, 피사로 영감님 집으로 갈까 생각했었는데, 최근에 그 양반이 겪은 불행한 소식을 전해듣고 나니, 당장에 그렇게 해도 될지 물어봐주기 바란다.

그래, 여기 생활은 이제 접어야겠어. 더는 두 가지 일을 동시에 못 하겠다. 그림 그리는 것도 힘든 마당에 온갖 이상한 환자들을 상대해야 하니 말이야. 너무 불안정해.

정원에라도 내려가 보려 애를 쓰지만, 뜻대로 안 되더라. 벌써 두 달째 바깥 공기 한 번 못 쐬고 지내는 중이야.

여기서 계속 이 상태로 지내면 그림 솜씨도 줄어들 거야. 이렇게 휴지기가 시작되고, 그러다 결국 때려치우게 될 수도 있지. 그런데도 여기에 돈을 더 쓰겠다고? 안 될 일이지. 불행에 빠진 화가 중에서 나와 함께 생활할 사람 한두 명 정도는 있을 거야.

너희 부부가 건강히 잘 지내고 있다니 다행이구나. 처형도 너희 집에 있다니 반갑다.

나도 조카가 태어날 시기에 맞춰 함께할 수 있으면 정말 좋겠구나. 당연히 *너희 집이 아니라*, 파리 인근에 사는 다른 화가의 집에 신세를 져야겠지. 세 번째로 부탁할 인물이 떠올랐어. 주브를 찾아가는 거야. 자식도 많은데 집도 제법 크거든.

내가 첫 번째와 두 번째 발작 증상을 비교하고 있다는 건 너도 이해할 거야. 이 말만큼은 할 수 있는데, 아무래도 심리적인 내적 요인보다 외부의 영향이 더 크다는 생각이 들어. 물론 내 생각이 틀렸을 수도 있어. 하지만 내가 종교적인 맹신과 과장을 극도로 혐오하는 게 다 이유가 있다는 걸 알 수 있을 거야. 페롱 원장이 아마 이런저런 소식과 이런저런 가능성, 의도치 않은 행위 등에 대해 이야기해줄 거야. 그런데 이 양반이 아주 솔직하고 자세히 소식을 전할지는 모르겠다. 이 양반이 *그렇다고 하면*, 정말 그런지는 아무튼 두고 보자.

여기 요양원에서 환자 돌보는 방식은 너무 간단해서 원장이 여행을 가더라도 상관없을 정도야. 해주는 게 아무것도 없거든. 그냥 환자들이 무위도식하며 하루를 보내도록 방치하고 끼니 때가 되면 퀴퀴한 냄새에 거의 상한 것과 다름없는 음식을 주는 게 전부니까. 지금 와서 하는 말이지만, 나는 첫날부터 여기 음식을 거부했고 발작이 일어나기 전까지는 빵에다 약간의 수프만 먹었어. 그리고 여기 머무는 한, 계속 그렇게 할 생각이야. 사실, 발작 증상이 있은 뒤로 페롱 원장이 포도주와 고기를 주긴 했어. 처음 몇 번은 기꺼이 먹었는데, 계속해서 예외적인 대우를 하고 싶어 하지는 않더라. 맞아, 내부 규칙이 있으면 그걸 따르는 게 옳잖아. 솔직한 말로 페롱 원장은 희망적인 이야기를 별로 해주지 않아. 그게 맞을 거야. *모든 게* 의심스럽다는 생각이 들거든. 지금으로선 어떤 일이 벌어질지 확신할 수가 없어. 내 생각도 발작이 재발할 것 같은데 내가 신경 쓰는 건 오로지 그림 작업뿐이라 이런 몸 상태로는 발작이 오래 지속될 것 같아.

여기서 지내는 가련한 환자들을 무위도식하게 만드는 무력감은 페스트와 다를 바 없어. 강렬한 태양이 쏟아지는 이 동네, 이 지역에 만연한 질병과도 같은 거라 다른 환경에서 자란 나로서는 이런 병에 저항하는 게 정상이야. 편지를 마치면서 다시 한 번 네게 고맙다는 말 전하고, 조만간 또 편지해주기 바란다. 마음으로 힘찬 악수 청한다.

606네 ―― 1889년 9월 19일(목)

사랑하는 어머니께

우선, 비록 늦은 감은 있지만, 어머니 생신, 진심으로 축하드립니다. 편지는 진작에 쓰기 시작했지만, 머리가 정리되지 않아 두 차례나 중도에 포기해야 했었습니다. 코르가 떠난 후로, 어머니와 빌레미나가 얼마간이라도 환경에 변화를 주려 노력하셨다니 정말 잘하셨습니다.

편지에 보니 새로운 소식이 여럿 있더군요. 우선, 코르가 떠났다는 소식이 그렇고, 다음으로는 11월에 이사하실 예정이라는 소식도 읽었습니다. 손주들 가까이서 지내시려는 마음, 저도 충분히 이해합니다. 그런데 이제 브라반트에 남은 가족이 아무도 없다고 생각하니 기분이 이루 말할 수 없이 묘할 따름입니다.

조만간 어머니께 그림을 보내겠습니다. 빌레미나에게도요. 지금 작업 중인데 아마 월말에는 마무리될 겁니다. 그런데 완성이 되더라도 그림을 보내려면 보름쯤 바싹 말려야 합니다.

건강은 요 몇 주간 아주 좋아졌습니다. 거의 매일같이 아침부터 밤까지 이런저런 그림을 그리고 있는데 행여 산만해지거나 방해받지 않으려고 거의 방 밖으로 나가지도 않습니다. 덕분에 그림 솜씨가 줄어들지 않고 늘고 있다는 게 커다란 위안이 되고 있습니다. 그리고 완벽히 차분한 상태에서 그림 작업을 하고 있고, 그림에 관해서 만큼은 생각이 또렷하고 분명합니다. 결과적으로 보면, 아무것도 할 수 없는 다른 환자들에 비해, 딱히 불평할 것도 없습니다.

얼마 전 테오에게 편지를 써서 얼마간이라도 파리와 그리 멀지 않은 곳에서 지낼 수 있으면 좋겠다는 속내를 털어놨는데, 아무래도 조만간 그게 가능해질 것 같습니다. 상황이 좋지 않은 방향으로 흘러가게 되더라도 다른 이들의 부담을 어떻게든 줄이기 위해 제 자유를 포기하지 않겠다는 건 아닙니다. 다만 지금은 어느 쪽이든 결국은 상황이 똑같다는 거지요. 화가 중에서 신경성 질환이나 발작 증상을 겪는 사람이 적잖이 있지만 다들 각자의 길을 걸어가고 있습니다. 저는 화가로 살아가면서 그림만 그릴 수 있으면 충분하다고 생각합니다. 하지만 다른 화가들과 맺은 관계를 끊어서도 안 됩니다. 아무튼 제 건강은 괜찮고 위장 상태도 전보다 훨씬 나은 터라, 제가 애초에 걱정했던 것처럼 아예 아무것도 할 수 없게 되는 상황이 발생하기 전까지 대략 몇 년은 조용히 보낼 수 있지 않을까 싶습니다.

병을 앓고 있을 경우 증상이 잠시 다르다고 해서 완전히 병이 사라졌다고 볼 수는 없습니다. 언제 다시 재발할지, 그게 걱정일 따름이지요. 아쉽게도 거기에는 규칙이라는 게 없기 때문에 의사도 매번 하는 말이 예측하는 게 불가능하다고만 합니다. 그런데 이게 불치병인 걸 알고 나니, 처음에는 절망에 가까울 정도로 낙담하게 되는데 그러다가 제가 병에 걸렸다는 사실을 인정하고 적응하게 되고, 그럼에도 불구하고 뭐든 할 수 있겠다는 생각을 하게 되는 것 같습니다. 그리고 그게 예상보다 더 나은 결과물도 만들어낼 수 있다는 것을 의미한다고 생각합니다.

처음에는 얼마나 낙심했는지 친구를 만나거나 그림을 그리겠다는 마음 자체가 아예 싹 사라졌었습니다. 그런데 지금은 의욕이 하나씩 살아납니다. 그러면서 식욕도 생기고 건강도 정상으로 회복하게 된 거고요. 그래서 지금은 테오를 다시 보고 싶고, 단 한 번도 본 적 없는 제수씨도 만나보고 싶습니다. 다시 한 번 만사에 관심을 갖게 되었습니다. 굳이 새로운 친구를 사귈 필요가 없다고 생각하니, 지금의 친구와 과거의 친구들이 더 떠오르는 것 같습니다.

그렇다고 해도 그 부분에 너무 의지해서는 안 된다는 것 정도는 알고 있습니다. 만사라는 게 애초에 생각했던 것과 다른 양상으로 전개될 수 있고, 또 정확하게 이런저런 걸 바라고 희망할 처지도 아니란 생각이 들기 때문입니다. 서글퍼질 때면 용기를 내고, 건강이 좋지 않을 때는 인내심으로 버티는 중입니다. 그림 작업을 이어나갈 정도의 인내심은 충분히 가지고 있습니다. 그거면 됩니다.

기회가 닿을 때마다 초상화를 그리고 있는데 가끔은 다른 그림에 비해 훨씬 진지하고 나아 보이는 것 같다는 생각도 듭니다. *기회가 닿아서* 파리나 그 인근으로 갈 수 있게 되는 게 지금으로서는 가장 중요한 일입니다.

오늘은 여기서 인사드리겠습니다. 편지가 늦어져서 정말 죄송합니다. 조만간 어머니께 드리려고 작업한 그림도 보내드리겠습니다. 마음으로 포옹을 나눕니다.

사랑하는 아들, 빈센트

*****

9월 18일, 테오는 파리 근처로 오고 싶어 하는 빈센트의 뜻에 동의를 표한다. 하지만 피사로 영감이나 동료 화가 주브에게 신세를 지는 건 불가능하다고 판단했다. 그래서 형에게 그림 작업을 조금 더 줄이는 게 어떤지 제안한다. "형님이 분노에 찬 듯 맹렬하게 작업하는 걸 보면 걱정이 앞섭니다. 아무래도 기력을 소진하는 일 아닙니까. 그다지 어울리고 싶지 않은 사람들 사이에 있어서 무력감을 더 크게 느끼는 점, 이해합니다. 하지만 이쪽으로 오면, 어울려야 하는 사람들 때문에 성사신 일을 겪을 수도 있습니다. 차라리 지금은 잊힌 예술가들이 모여 있는 지방으로 가는 방법도 생각해봤지만, 건강이 완벽히 회복되지 않은 상태에서는 추위를 견디기 힘들 테고, 그렇다고 혼자 지내는 것도 좋지 않겠지요. 리베 박사 말도 그렇고, 페롱 원장의 편지를 읽어도 그렇고, 형님은 그렇게 생각하고 싶지 않겠지만, 형님 상태는 일단 무엇보다 신중해야 하고, 의사의 관리가 필요합니다. 혹시 겨울이 지나갈 때까지만이라도 여기 근처의 요양원에 와 있는 건 어떨까요? 그다음에 그림을 그리기 편한 지방으로 가는 겁니다. 진지하게 생각해보고 확실히 말해주세요."

607프 ____ 1889년 9월 20일(금) 추정

테오에게

편지 고맙게 잘 받았다. 무엇보다 너도 피사로 영감님을 염두에 두고 있었다니 반갑구나. 거기가 안 된다면 다른 곳에서 또 기회를 찾을 수 있을 거야. 그리고 일은 일이니만큼 네가 확실하게 말해달라고(그렇게 말하길 잘했다) 했었잖아. 당장 옮겨야 한다면 파리 인근의 요양원에서 겨울을 보내는 게 어떠냐고. 내 답은 그러자는 거야. 여기 들어올 때와 마찬가지로 아주 차분한 마음과 똑같은 이유로 그러겠다는 거야. 비록 파리 인근의 요양원이 썩 좋은 곳은 아닐지라도 내 답은 똑같다. 아마 그럴 가능성이 아주 커. 왜냐하면 여기서는 그래도 그림 그리기에 나쁘지 않고, 그림이 내 유일한 낙이니까.

그런데 내가 전에 편지로 전했던 요양원을 옮기고 싶은 아주 중대한 이유를 다시 설명해야 할 것 같다.

다시 한 번 말하는 거지만, 나는 현대적인 사상을 품고 있고, 졸라와 공쿠르의 작품을 열렬히 좋아하며 예술적인 것에 감각이 남다른 사람이야. 하지만 이런 내가 봐도 놀라울 정도로 맹신도에게서나 볼 법한 발작 증상을 일으키고 북부에 있는 동안에는 한 번도 해본 적 없는 그런 터무니없고 잔혹한 종교적인 생각을 품게 됐어.

추측해보면 나는 주변 환경에 극도로 민감하고, 아를의 병원이나 여기 요양원같이 낡은 수도원 건물에서 장기간 체류한 탓에 발작 증상이 생겼을 수는 있어. 그래서(차선책이긴 하지만) 종교와 무관한 그런 요양원으로 갈 필요가 있을 것 같다는 거야.

하지만 정말로 무모하고 충동적인 결정을 내리거나 아니면 적어도 그렇게 보이고 싶지는 않기 때문에 적절한 때가 되면, 장소를 옮기고 싶다는 뜻을 네게 내비친 다음, 확실하게 의사를 전달할 거야. 그리고 올겨울에 과연 또다시 발작 증상이 찾아올지 확인하기 위해 믿음을 가지고 차분하게 기다릴 자신이 있다는 점도 분명히 밝히는 바다.

하지만 *그 뒤에도* 내가 여기서 나가고 싶다는 뜻을 전하면, 이미 합의된 내용이니만큼 너도 지체하지 말고 일을 진행해주면 좋겠다. 그때가 되면 너도 내가 수녀님들이 운영하는 이런 요양원이 아닌 다른 곳으로 가고 싶어하는 중대한 이유가, 단 하나가 아니라 여러 개일 수도 있겠다는 걸 이해할 거다. 제아무리 수녀님들이 모범적이고 훌륭한 인품을 지니셨어도 말이야.

이런저런 내용도 정리가 됐고, 조만간 옮겨 가는 게 가능해지면, 그때는 거의 아무 일도 없었던 듯 다시 시작해보자. 신중을 기하고 아주 사소한 부분까지 리베 박사의 조언에 귀 기울이면서. 하지만 소송에 진 사람들처럼 당장 어쩔 수 없이 이런저런 공식적인 조치를 취하는 모양새는 보이지 말자. 식사는 많이 하는 편인데, 내가 주치의였다면 그렇게 못 하게 했을 거야. 나한테는 육체적인 힘이 넘쳐봐야 좋을 게 하나도 없거든. 머릿속으로 생각하는 거라고는 그럴듯한 그림을 그리고 괜찮은 예술가가 되고 싶다는 것 외에는 아무것도 없으니 그게 당연하잖아.

어머니와 빌레미나 두 사람 모두 코르가 떠난 뒤에 각자의 방식으로 환경을 바꿨다고 하더구나. 아주 잘한 결정이야. 늪지대에 정체된 물처럼 슬픔을 마음속에 쌓아두는 건 좋지 않으니까. 다만, 비용이 많이 들어 이사할 수 없는 경우도 있기는 해. 빌레미나가 감동적인 편지를 보내왔던데, 코르가 떠난 뒤에 마음이 매우 아팠다고 하더라.

들라크루아의 〈피에타〉를 따라 그리던 중에 신기하게도 그림의 원작이 누구의 수중으로 들어갔는지를 알게 됐어. 헝가리 왕비인지 어쨌든 비슷한 인접 국가 왕비의 손에 들어갔으니, 카르멘 실바*라는 필명으로 활동하는 여류 시인이었어. 이 인물과 그림에 관한 기사를 쓴 사람이 피에르 로티더라. 기사 내용에 따르면 카르멘 실바라는 인물은 그녀가 쓴 시보다 더 큰 감동을 주는 사람이라는 거야. 그녀가 쓴 시는 대략 이런 내용이래. 아이가 없는 여자는 울리지 않는

* 루마니아의 왕비

종과 같다. 청동의 울림소리는 비할 바 없이 아름답겠지만, 아무도 들을 수 없으리.

지금까지 밀레의 〈밭에서 하는 일〉 10점 중에서 7점을 따라 그렸어. 따라 그리는 건 정말 흥미로운 작업이야. 그리고 따로 모델을 구할 수도 없어서 이렇게라도 해야 인물화 그리는 실력을 유지할 수 있어.

게다가 나중에 나나 다른 이들을 위한 화실 장식용으로 쓸 수도 있거든.

〈씨 뿌리는 사람〉하고 〈땅 파는 사람〉도 따라 그려보고 싶어.

〈땅 파는 사람〉은 데생 복제화가 있어.

그리고 〈씨 뿌리는 사람〉은 뒤랑-뤼엘 화랑에 르라가 만든 동판화가 있어.

이 동판화 연작 중에는 〈눈 덮인 밭에 있는 쟁기〉도 있어. 그리고 〈한나절〉은 목판화 수집품 중에 있고.

이것들이 다 있으면 좋겠다. 적어도 동판화랑 목판화 복제화만큼은. 나한테 필요한 습작들이야. 왜냐하면 배우고 싶거든. 따라 그리는 건 *옛날* 방식이긴 하지만 아무 상관 없어. 들라크루아의 〈착한 사마리아인〉도 따라 그리고 싶어.

여성의 초상화를 그렸는데(경비원장의 아내) 네 마음에 들 거다. 복제화를 하나 더 그렸는데 실물을 보고 그린 것만 못해.

그런데 경비원장 부부가 아무래도 실물을 보고 그린 걸 가져갈 것 같아. 네게 줄 수 있으면 좋겠는데 말이야.

분홍색과 검은색을 많이 썼어.

오늘은 내 자화상을 네게 보낼 생각이야. 오래 들여다보고 있어야 해. 네가 보기에 내 외모가 제법 안정돼 보였으면 하는 바람이다. 다만, 눈빛은 전에 비해 다소 모호해 보이긴 할 거야. 내가 보기에는 그렇거든. 다른 자화상도 있는데 아플 때 그린 거긴 하지만 어쩌면 네가 더 좋아할 수도 있을 것 같다. 비교적 단순하게 표현하려고 노력한 거야. 혹시 피사로 영감님을 만나게 되거든 한 번 보여드려 봐라.

〈밭에서 하는 일〉 연작에 색을 입힌 게 어떤 효과가 나는지 너도 보면 놀랄 거다. 이 연작은 밀레에게 아주 익숙한 주제들이야. 내가 이 그림 속에서 찾고 싶었던 게 무언지, 왜 이 그림을 따라 그리는 게 좋은지 너한테 설명을 해볼게. 사람들은 우리 화가들에게 항상 스스로 알아서 *작곡*하라고 요구하고 단지 *작곡가*로만 남아 있기를 바라.

좋다 이거야. 그런데 음악 분야는 사정이 달라. 만약 누군가 베토벤의 음악을 연주하면 원곡에 자신의 개인적인 *해석*을 집어넣는 게 가능하잖아. 성악을 봐라. 작곡가의 의도가 중요하긴 하지만, 그렇다고 해서 작곡가만 자신이 작곡한 곡을 연주하고 불러야 한다는 법도 없거든.

그렇다는 거야. 지금의 나는 병을 앓고 있어. 그래서 나를 위로해주고, 나를 기쁘게 해줄 수 있는 그런 일을 찾는 거야.

그러니까 나는 들라크루아나 밀레의 데생 혹은 그들의 그림 복제화를 모델처럼 앞에 두고 그림을 그리는 거야.

그리고 그 위에 내 기분대로 색을 입히는 거지. 물론 전적으로 내 멋대로 하는 건 아니야. 그들*의* 그림에 대한 기억도 더듬어가면서(하지만 기억이라는 건, 정확한 게 아니라면 감정 속에 남아 있는 색들의 모호한 화음과도 같은 거야) 하는 건데, 이게 바로 나만의 해석이라고 할 수 있어.

남의 그림을 따라 그리지 않는 사람도 많고, 따라 그리는 사람도 많아. 나는 우연히 그림을 따라 그리게 됐는데 배우는 것도 많고 무엇보다 위로받을 때도 많아. 그러니까 내 손가락 사이에서 움직이는 내 붓은 바이올린을 켜는 활과 같다. 그리고 전적으로 나만을 위해서 연주하지.

오늘은 〈양털 깎는 여자〉를 그려봤어. 자홍색에서 노란색을 오가는 색조를 사용했는데 대략 5호 캔버스 크기의 작은 그림이야.

캔버스와 물감을 보내줘서 정말 고맙다. 대신 나는 자화상을 비롯해서 다음과 같은 유화 몇 점을 보낼게.

월출(짚단)
밀밭 습작
올리브나무 과수원 습작
밤 습작
산
초록색 밀밭
올리브나무
꽃나무 과수원
채석장 입구

첫 4점은 다 습작인데 다른 그림들과 같이 모아둬도 연작 같은 효과는 없는 것들이야.

나는 〈채석장 입구〉가 제법 마음에 들어. 발작이 재발하는 것 같은 느낌이 들 때 그리기 시작한 건데, 짙은 초록색이 황토색과 아주 잘 어울리게 만들어졌거든. 그리고 그림 속에 서글픔도 좀 표현돼 있어. 대신 부정적인 감정이 아니라서 그리 거슬리지는 않아. 〈산〉도 약간 비슷하다. 산은 이렇게 생기지도 않았고 손가락 크기의 검은 윤곽선만 보인다고 할 수도 있어. 하지만 내 눈에는 로드의 책에 나온 장소를 그대로 옮겨 놓은 것 같은 기분이 들었어. 몇 안 되는 감동적인 대목이었는데, 어두운 산악지방의 외딴 마을에 염소를 키우는 검은색 오두막 몇 채가 있고 그 주변에는 해바라기가 자라는 그런 장소였어.

흰 구름과 산을 배경으로 하는 〈올리브나무〉와 〈월출〉, 그리고 밤의 효과를 표현한 습작은 배치 면에서는 좀 과장된 부분이 있긴 하지만 윤곽선은 오래된 목판화 위의 선처럼 틀어지게 표현했어. 〈올리브나무〉는 특징이 아주 잘 살아 있어. 다른 습작도 마찬가지야. 꽃무지와 매미들이 한창 활동하는 시간대의 무더위를 그림에 담아보려고 했었어. 나머지 그림은(예를 들어 〈풀 베는 사람〉) 아직 마르지 않았어.

지금 같이 날씨가 좋지 않은 시기에는 따라 그리기를 주로 할 생각이야. 어쨌든 실질적으로 인물화 솜씨를 더 키워야 하거든. 인물화 연습이야말로 대상의 본질을 파악하고 단순화하는 법을 배우는 지름길이야.

편지에 내가 평생 그림만 그려왔다고 썼던데(그렇지는 않아) 나는 내 그림에 불만이 아주아주 많아. 그나마 유일한 위로라면, 그림을 그리려면 무조건 10년은 내리 그려야 한다는 경험자들의 말이야. 그런데 그 10년이라는 시간 동안 내가 그린 건 그저 그렇고 유감스럽기까지 한 습작이 전부였어. 이제는 좋은 시기가 올 수도 있어. 하지만 인물화 솜씨를 더 키워야 해. 그리고 들라크루아와 밀레의 그림을 보다 세밀히 연구해서 기억을 되살려야 해. 그러고 난 뒤에는 내 데생 실력을 더 다듬어야 할 거야. 그래 맞아, 불행에도 긍정적인 면은 있다는 말처럼 연구할 시간은 벌게 됐잖아.

꽃 습작도 두루마리로 말아서 보낼게. 대단하진 않지만, 그렇다고 찢고 싶지도 않거든. 이번에 보낼 것 중에서 그래도 조금은 괜찮다고 생각되는 건 〈밀밭〉, 〈산〉, 〈과수원〉, 파란색으로 표현한 언덕이 있는 〈올리브나무〉, 〈자화상〉, 〈채석장 입구〉 정도이고 나머지는 *큰 의미 없는* 것들이야. 내 개인적인 의지도 별로 담기지 않았고 선의 느낌도 살아 있지 않아. 선들이 의도한 대로 촘촘히 연결돼야, 다소 과장된 부분이 있더라도 비로소 유화가 시작되는 거거든. 베르나르와 고갱이 이런 느낌을 잘 살리는 편이야. 두 사람은 나무의 형태가 정확히 어떤지 묻지 않을 사람들이야. 오히려 그 형태가 원 같다, 사각형 같다 그래 주기를 바랄 뿐이지. 그리고 내 생각에도 그게 맞는 말 같아. 사진처럼 실물과 똑같지만 아무런 의미도 없는 그런 그림들은 못 보는 사람들이거든. 두 사람은 산이 어떤 색인지 그 정확한 색조를 묻지 않을 거야. 대신 이렇게 말하겠지. "세상에, 산이 파랗다고요? 그럼 파란색으로 칠하세요. 나한테 이런 파란색, 저런 파란색이라고 설명하지 말고. 그냥 파란색 아닙니까? 그냥 파랗게 칠하면 그만인 겁니다!"

이렇게 설명하는 고갱을 보고 있으면 가끔은 천재 같다는 생각도 들어. 그런데 이런 천재성을 가지고 있으면서도 드러내는 걸 수줍어하지. 젊은 친구들에게 실질적으로 도움이 될 만한 이런 이야기하는 걸 좋아하는 모습을 보면 감동적이기도 해. 아무튼 희한한 양반이야.

요도 잘 지낸다니 기쁘구나. 너도 임신한 아내를 생각하면 마음도 편하고 뿌듯할 것 같다. 다만, 혼자 살 때보다 처자식 걱정이 늘었겠지만 말이야. 그런 게 점점 더 자연스러워질 거야.

밀레와 들라크루아를 생각하면 두 사람이 참 대조적이었다는 생각이 들어. 처자식이 전혀 없었던 들라크루아와 달리 밀레는 누구보다 대가족을 이루고 살았거든.

그런데 그들의 작품 속에는 공통점도 적지 않아.

그나저나 주브는 여전히 커다란 화실에서 장식화 작업을 하고 지내는지 궁금하구나.

조금만 더 했으면 아주 훌륭한 화가가 될 사람이었어.

돈 때문에 이것저것 가리지 않고 닥치는 대로 했으니까. 그림다운 그림 그리는 것만 빼고 말이야. 아름다운 그림을 그리려면, 버는 돈보다 들어가는 돈이 훨씬 많기 때문이지.

그러다가 순식간에 붓으로 하는 데생의 감각을 잃고 말았어. 아마 구태의연한 교육 때문이었을 거야. 지금도 화실에서는 그런 방식의 교육이 이루어지지. 윤곽선을 만들어놓고 채우는 방식. 도미에는 그림 그리는 법을 배우려고 거울에 비친 자신의 모습을 그렸다더라.

내가 종종 생각하는 게 뭔지 알아? 예전에도 네게 몇 번 이야기했던 내용인데, 비록 나는 성공하지 못한다고 해도 내가 해왔던 것들은 계속될 거라는 거야. 직접적으로 이어지는 방식은 아닐 거야. 하지만 진실된 무언가를 믿는 사람이 세상에 나 하나만 있는 건 아니잖아. 그렇다면 난 무엇을 중요하게 여길까? 나는 인간은 밀과 같다고 생각하는 사람이야. 땅속에 뿌려져 싹을 틔우지 못한다고 해도 무슨 상관이야. 어차피 가루가 되어 빵이 될 운명인데.

행복과 불행의 차이라! 두 가지 모두 필요하고 도움이 돼. 죽음이나 소멸도……. 상대적인 것들이야. 삶도 마찬가지고.

나를 무너뜨리고 괴롭히는 병에 시달리고 있더라도 이 믿음은 전혀 흔들리지 않아.

뫼니에의 그림을 봤으면 얼마나 좋을까!*

내가 파리에 가고 싶다는 뜻을 짤막하지만 명확하게 다시 한 번 네게 밝혔던 건, 이미 위에 설명한 대로 그럴 만한 이유가 있기 때문일 거야. 그런데 서두를 필요는 전혀 없어. 이렇게 네게 다 이야기한 터라, 겨울을 나는 동안 발작 증상이 재발할지 확인할 자신감이 생겼거든. 그런데 종교적인 것과 관련된 흥분 상태를 겪게 되면 그때는 가차없이, 그 어떤 단서도 달지 않고 *당장* 이곳에서 나가고 싶다. 다만, 수녀님들의 운영 방식에 간섭하거나 비난 같은 걸 할 수도 없고, 한다고 해도 무례하게 보이긴 할 거야. 나름의 신앙이 있고 나름의 남들 대하는 방식을 가진 양반들이니 말이야. 가끔은 괜찮을 때도 있기는 해.

하지만 결코, 가볍게 하는 말은 아니다.

더 많은 자유를 되찾고, 내 수중에 없는 걸 얻자고 이러는 것도 아니야. 그러니 일단 기회가 찾아와 자리를 잡을 때까지는 아주 차분히 기다려보자.

위장이 제 기능을 다하는 것만 해도 어디냐. 내가 못 견딜 정도로 추위에 예민한 사람도 아니다. 그리고 궂은 날씨가 이어질 때를 대비한 계획도 있어. 좋아하는 그림들을 따라 그릴 거야.

학교마다 밀레의 복제화가 걸린 모습을 보고 싶다. 자라는 아이들이 제대로 된 그림을 보고

* 1889년 박람회에 출품되었던 회화와 조각

자라면 괜찮은 화가가 될 수 있다고 생각하거든.

요에게 안부 전해주고, 악수 청한다. 또 연락하자.

너를 사랑하는 형, 빈센트

빌14프 ____ 1889년 9월 19일(목)

사랑하는 누이에게

지난 편지 이후에도 너와 어머니께 소식 전하려 편지를 쓰다 만 게 한두 번이 아니다. 어쨌든 정겨운 편지를 보내줘서 정말 고맙다. 코르가 떠난 뒤에 너나 어머니나 두 사람 모두 브레다를 떠난 건 정말 잘한 일 같다. 늪지대에 고여 있는 물처럼 슬픔을 마음속에 쌓아둬서는 안 되는 법이야. 나도 가끔은 마음이 혼탁해질 때가 있지만, 나야 병을 앓는 환자잖아. 건강하고 활달한 사람들은 이런 일을 겪을 때 너나 어머니처럼 하는 게 당연해.

어머니께 편지로 알려드렸던 것처럼 대략 1달 내로 그림을 보내드릴 건데, 그중에 네게 줄 것도 포함될 거야.

지난 몇 주간은 나 자신을 위한 그림을 몇 점 그렸어. 내 침실에 내 그림을 거는 게 좀 그래서 들라크루아 그림 1점하고 밀레의 그림 여러 점을 똑같이 따라 그린 거야.

들라크루아의 그림은 〈피에타〉야. 그러니까 마테르 돌로로사*가 그리스도의 시신을 끌어안고 있는 모습이지. 동굴 입구에서 두 팔을 왼쪽으로 늘어뜨린 채 비스듬한 자세로 쓰러지기 일보 직전의 시신을 한 여인이 뒤에서 끌어안듯 손을 뻗고 있는 장면이야. 폭풍우가 지나간 날 저녁을 배경으로 파란 옷을 입은 황망한 표정의 인물이(그 옷은 바람에 하늘거리며 날리고 있고) 금 테두리를 두른 자주색 구름이 떠다니는 하늘과 대비를 이루고 있어. 그녀 역시 절망에 몸부림치듯 두 팔을 앞으로 뻗었는데 손바닥이 거친 일을 하는 듯 단단해 보여. 하늘거리는 옷을 입은 인물은 가로세로가 다 길게 느껴져. 망자의 얼굴은 그림자에 가려 있고 여인의 창백한 낯빛이 구름과 확연히 대조를 이룬다. 이런 극명한 대조는 두 인물의 얼굴을 마치 어두운 꽃과 연한 꽃처럼 보이게 만드는 효과가 있어.

이 그림 원본을 전혀 몰랐다가, 때마침 이 그림을 따라서 그리는 와중에 피에르 로티가 쓴 기사를 접하게 됐어. 『내 형제, 이브』, 『아이슬란드 어부』, 『국화 부인』 등의 소설을 쓴 작가 말이야. 이 양반이 카르멘 실바라는 인물에 관한 기사를 썼는데 내 기억이 맞는다면 아마 너도 카르멘 실바의 시를 읽었을 거야. 어디 왕비인데(헝가리인가 그 비슷한 나라인데), 로티는 그녀가 사용했던 내실인가, 아니면 그녀가 글을 쓰고 그림을 그렸던 서재인가를 묘사하면서 들라크루아

* 슬퍼하는 성모상

의 이 그림을 거기서 봤는데 상당히 인상적이었다고 설명하고 있었어.

기사에 따르면 카르멘 실바는 이런 시를 쓰기도 했지만, 언변이 탁월하다더라. '아이가 없는 여자는 울리지 않는 종과 같다. 청동의 울림소리는 비할 바 없이 아름답겠지만, 아무도 들을 수 없으리.'

그런데 이런 그림이 이런 인물의 수중에 있다고 생각하면 참 다행이야. 그림을 알아보고 느끼는 사람이 정말로 있다고 생각할 수 있다는 것 자체가 화가들에게는 어느 정도 위안이 돼. 그 수가 상대적으로 적긴 하지만 말이야.

들라크루아의 그림 분위기를 네가 직접 느껴볼 수 있게 이 그림의 스케치를 직접 너한테 보낼까 생각했었어. 크기도 작고 뭐 썩 잘 그리지도 못한 복제화야. 하지만 들라크루아가 마테르 돌로로사를 로마 조각상처럼 표현하지 않았다는 건 너도 알 수 있을 거다. 그리고 창백한 낯빛, 두려움에 떨고 울다 지친 상태에서도 경계하는 듯 초점 잃은 모호한 눈빛은 마치 『제르미니 라세르퇴』를 닮은 모습이었어.

솔직히, 네가 드 공쿠르의 역작에 열광적인 반응을 보이지 않아서 정말 다행이다. 너처럼 책을 읽고 그 안에서 행동하는 힘을 얻는 사람은 톨스토이를 더 좋아하는 게 나아. 천 번은 옳은 선택이지.

그런데 소설 속에서 그 소설을 쓴 작가를 발견하기 위해 책을 읽는 사람이 프랑스 소설을 이토록 좋아하는 걸 잘못된 거라 할 수 있을까?

마흔이 좀 넘은 별 특징 없는 여성의 초상화를 얼마 전에 완성했어. 생기 잃은 얼굴에 피곤에 지친 표정, 천연두 앓은 자국, 초록빛도 돌고 그을린 듯한 피부색에 검은 머리의 여성이야. 칙칙한 검은 옷에 은은한 분홍색 제라늄 장식이 달려 있고 배경은 분홍색과 초록색 중간 정도 되는 무채색 계열로 칠했어.

가끔은 이런 그림도 그리는 터라(길가에 핀 풀 위에 내려앉은 먼지만큼 적게, 하지만 또 그만큼 극적으로) 내가 드 공쿠르나 졸라, 플로베르, 모파상, 위스망스 등의 작가를 끝없이 흠모하고 존경하는 건 당연하지 않나 싶다. 그런데 너는 굳이 이쪽의 작품들을 서둘러 읽을 필요는 없을 것 같구나. 지금처럼 과감하게 러시아 문학을 파고들어 봐라. 톨스토이의 『나의 종교』는 읽어봤니? 제법 실용적이고 실질적으로 도움이 될 것 같던데 말이야. 어차피 좋아하는 분야의 책이니 진지하게 읽어보는 것도 좋겠다.

얼마 전에 자화상을 2점 그렸는데 하나는 좀 특징을 과장했어. 네덜란드 사람들이 보면 아마 이 나라에서 초상화에 대해 갖고 있는 생각이 우스워 보일 수도 있을 거야. 혹시 테오의 집에 갔을 때 기요맹의 자화상하고 이 사람이 그린 여인의 초상화를 봤는지 모르겠다. 그게 바로 내가 찾는 분위기야. 기요맹이 자화상을 공개했을 때 대중과 다른 화가들은 실컷 비웃었지. 하지만 렘브란트나 할스 같은 네덜란드 옛 화가들 그림과 같이 세워놔도 결코 뒤지지 않을 몇 안 되는 대단한 그림이야. 나는 예나 지금이나 사진이라는 걸 끔찍이 싫어해서 가지고 다니고 싶지도 않아. 특히, 내가 좋아하고 사랑하는 사람들 사진은 절대 사절이야.

사진은 우리 자신보다 더 빨리 생기를 잃고 퇴색되지만, 유화로 그린 초상화는 몇 세대를 걸쳐도 고스란히 남아 있어. 그리고 유화 초상화는 표현되는 대상을 향한 사랑과 존경의 마음을 고스란히 담아 그리는 그림이야. 네덜란드 옛 화가들이 남긴 게 있다면 그게 바로 초상화야.

마우베 형님의 자식들은 언제나 형님의 초상화를 보면서 메스커르가 얼마나 그 양반을 훌륭하게 표현했는지를 느끼게 될 거다.

방금 테오가 보낸 편지를 받았는데, 내가 북쪽으로 옮겨 가고 싶다는 뜻을 내비쳤더니 거기에 대한 답이었다. 가능하겠다고 말하면서도, 정확히 말하면 다른 동료 화가랑 같이 지낼 수 있는지에 따라 달라질 거라고 한다. 어차피 잘 알고 지내는 동료 화가도 여럿이고 둘이 같이 지내면, 이득을 보는 것도 많으니 조만간 이렇게 지내는 게 가능해질 것 같다.

마지막으로, 정겨운 편지 보내줘서 정말 고맙고, 조만간 또 연락하자.

너하고 어머니께 어떤 그림을 보낼지는 아직 정하지 않았어. 아마도 〈밀밭〉하고 〈올리브나무 과수원〉 그리고 들라크루아의 그림을 따라 그린 복제화가 될 것 같다.

바깥 날씨가 아주 기가 막힌다. 이유는 잘 모르겠지만 내 방 밖으로 한 발짝도 나가지 않고 지낸 게 벌써 두 달이 넘었다.

용기를 내야 하는데 매번 그게 모자라구나.

병을 앓기 시작한 후로 외로움에 시달리고, 밭에서 그 일을 겪고 나니 두려움이 밀려와서 외출이 꺼려진다. 시간이 더 지나면 조금 나아지겠지. 이젤 앞에 서서 그림을 그리고 있을 때 그나마 사는 것 같은 느낌이 든다. 이 상황도 역시 곧 나아질 거야. 건강이 좋아지고 있으니 체력도 회복할 거고.

마음으로나마 포옹을 나눈다. 또 연락하자.

너를 사랑하는 오빠, 빈센트

608프 ＿＿ 1889년 9월 28일(토)

테오에게

이미 받았을지도 모를 그림 상자에 습작 3점이 빠졌다는 말을 전하려 다시 펜을 들었다. 이것들을 빼고 나니 두루마리 운송비가 3.5프랑이 덜 나오더라. 다음 기회에 다시 보낼 생각이다. 아니, 다음과 같은 다른 그림들과 오늘 보낼 수도 있을 것 같다.

〈밀밭〉, 〈사이프러스〉 습작, 〈밀밭과 사이프러스〉2점, 〈풀 베는 사람〉2점, 〈담쟁이덩굴〉, 〈올리브나무〉. 여기에 전에 언급했던 습작 3점인 〈개양귀비〉, 〈밤의 효과〉, 〈월출〉.

조만간 더 작은 캔버스에 그린 것들하고 어머니와 누이에게 보내고 싶은 습작 네다섯 점도 보낼게. 습작들은 지금 말리는 중인데 10호와 12호 캔버스고 〈밀밭과 사이프러스〉와 〈올리브 나무〉, 〈풀 베는 사람〉 그리고 〈침실〉을 축소판으로 그린 것과 내 자화상이야.

이 그림들이 두 사람에게는 좋은 계기가 될 수 있을 거야. 그리고 우리 누이에게 소박하게나마 그림 수집품이 생기는 거니 너하고 나한테도 기쁜 일이 될 거다. 어머니와 누이를 위해 내 그림 중에서 가장 괜찮은 것들의 축소형을 그려서 보낼 생각이야. 두 사람이 〈붉은 포도밭〉과 〈초록색 포도밭〉, 〈분홍색 밤나무〉 그리고 네가 전시회에 출품했던 〈밤의 효과〉 같은 그림을 소장하고 있으면 좋겠다.

내가 인내심이 좀 늘었다는 것도 알게 될 텐데, 아마 이런 끈기는 병을 앓고 난 뒤에 얻은 것 같다. 이런저런 고민거리에서 해방된 기분이 들거든. 아무튼 언제 네가 편할 때, 〈붉은 포도밭〉과 다른 그림들을 좀 나한테 다시 보내주면 좋겠다. 축소판을 그릴 수 있도록 말이야. 일단 내가 그린 5점을 다 본 다음에.

〈풀 베는 사람〉의 경우, 처음에는 네게 보내는 커다란 복제화도 나쁘지 않아 보였었는데 미스트랄이 기승을 부리고 비까지 뿌려대는 날이 이어지는 동안 실물을 보고 그린 게 더 낫다는 생각이 들더라. 보고 있으면 기분이 묘해지거든. 그런데 그게 아니더라고. 춥고 우중충한 날에 밀밭을 달구던 뜨거운 여름을 떠올려주는 건 또 다른 그림이야. 그러니 뭐 과장되었다고 할 수도 없어.

페롱 원장이 돌아와서 이런저런 이야기를 나눴는데 너를 만났다고 하더라. 그러면서 자신이 너하고 나눈 이야기는 아마 네가 편지로 더 자세히 알려줄 거라고 하더라고. 뭐 어찌 됐든 결과는 여기 좀 더 머무는 게 나을 거라는 거야. 나도 같은 생각이라는 건 말할 필요도 없어.

하지만 발작 증상이 재발한다면 환경에 변화를 주겠다는 생각은 여전해. 그리고 시설이 형편없더라도 북쪽에 있는 기관으로 옮겨가겠다는 뜻도 여전하고.

페롱 원장이 네가 건강해 보인다고 해서 반가웠다. 흰색 튜브 10개는 받았다만, *최대한 빨리*,

아연 백색 대형 튜브 12개하고

코발트 대형 튜브 2개,

에메랄드 대형 튜브 1개,

크롬1 대형 튜브 1개,

양홍색 소형 튜브 1개도 받으면 좋겠다.

아름다운 가을 효과를 그림으로 담아내야 하거든.

지금은 과연 그런 일들이 있었나 싶을 정도로 기분이 너무나 멀쩡해. 그림 작업과 규칙적인 식사라는 원칙만 잘 지키면 한동안은 이렇게 버틸 수 있지 않나 싶어. 어쨌든 발작 없이 계속 그림을 그릴 수 있을 것 같다. 그러니 월말이면 아마 습작 12점 정도는 받아볼 수 있을 거다.

내가 착각하는 걸 수도 있지만, 이번에는 네 편지가 좀 늦어지는 것 같다.

아쉽게도 여기는 포도밭이 없어. 그렇지 않았으면 이번 가을에는 포도밭만 그리고 싶었거든. 아예 없는 건 아닌데, 보면서 그리려면 아예 다른 마을에 가서 지내야 해.

대신 올리브나무는 아주 남다른 특징을 가지고 있어서 그걸 제대로 표현하려고 애쓰는 중이야. 은색인데 언제는 푸른빛이 감돌기도 하고 또 언제는 초록빛이나 구릿빛이 감돌면서 노란색과 분홍색, 자주색, 주황색, 때로는 희미한 적황색 같기도 한 땅을 하얗게 만들어줘.

그런데 그림으로 표현하는 게 정말 너무 어렵다. 그래도 할 만하기도 하고 금색과 은색을 실컷 쓸 수 있어서 마음에 들기도 해. 언젠가 노란색으로 다채로운 해바라기를 표현한 것처럼 올리브나무도 내 개인적인 느낌으로 다양하게 표현할 생각이야. 이 가을에 더 많이 볼 수 있다면 말이야! 그런데 이 절반만 허용된 자유가 종종 충분히 할 수 있는 것도 가로막는구나. 그래도 너는 인내심을 가지고 버티라고 하겠지. 그래 그래야지.

요에게 안부 전하고, 너도 건강 잘 챙기고, 속히 편지해주기 바란다. 악수 청한다.

너를 사랑하는 형, 빈센트

* * * * *

10월 4일, 테오는 빈센트에게 그림을 잘 받았다는 인사와 함께 페롱 원장을 만난 소식을 전한다. "표현력이 살아 있는 〈밀밭〉과 〈산〉이 정말 마음에 듭니다. 〈과수원〉도 아름답고요. (……) 페롱 원장은 지금은 형님이 건강하고, 최근의 발작 증상만 아니었으면 오히려 외출을 권장했을 거라고 합니다. 아를에 다녀와서 발작 증상이 재발한 것 같으니, 거처를 옮기기 전에 우선 형님이 환경 변화를 견딜 수 있는지부터 따져봐야 한다고 하네요. 형님이 충분히 감당할 수 있다고 하면 페롱 원장도 퇴원을 굳이 막지 않겠다고 합니다. 얼마 전 피사로 영감님을 만나서 사정을 말씀드렸습니다. 그런데 워낙 안주인의 기에 눌려 사는 양반이라 집에 가서 제대로 말씀은 하실까 의아했지요. 며칠 뒤에 하시는 말씀이, 당신 집은 여의치 않지만 오베르에 아는 의사가 있어서 소개해줄 수는 있다고 합니다. 그 양반은 시간이 날 때 그림 그리는 게 취미이고, 인상주의 화가들과도 친분이 있다는군요. 아마 그 의사 집에서 머물 수 있을 거랍니다. 찾아가 만나서 사정을 전하겠다고 하십니다."

테오는 빈센트의 브르타뉴행을 만류한다. "분위기가 꼭 수도원 같은 게, 심지어는 고갱 선생의 최근 그림에서도 그런 분위기가 느껴질 정도입니다. 아마 내일은 베르나르가 형님 그림을 보러 올 것 같습니다. 저도 그 친구 집에 가서 어떤 그림을 그려서 왔는지 볼 생각입니다……. 형님이 거처를 옮기면서 우선 파리에 들른다면 그것만큼 좋은 일도 없을 것 같습니다."

609프 ____ 1889년 10월 5일(토)

테오에게

네 편지를 간절히 기다리고 있던 터라 네 편지 받고 정말 반가웠고, 또 네가 건강할 뿐만 아니라 요도 그렇고 네가 말한 친구들도 다들 잘 지내고 있다니 얼마나 기뻤는지 모른다.

우선, 부탁부터 해야겠는데, 지난번 부탁했던 흰 물감을 되도록 빨리 보내주면 좋겠다. 거기에 여건이 되면 5미터나 10미터 캔버스 천도 보내주면 좋겠다.

그리고 내 생각이긴 하지만, 다소 난처한 소식부터 전해야겠다. 여기서 지내는 동안 비용이 들어간 게 좀 있는데 아마 페롱 원장이 그때그때 너한테 이야기는 했을 거라고 생각했었거든. 그런데 며칠 전에 이야기하다 보니 너한테 알리지 않았다고 하더라. 그래서 그 비용이 네가 우편환으로 보낸 10프랑을 공제하면 지금까지 125프랑쯤 된다더구나. 물감, 캔버스, 액자나 틀, 아를에 다녀온 여비, 그리고 옷하고 잡다한 수선 비용 등이야.

여기서 쓰는 색은 두 가지인데 백연색하고 일반 파란색인데 제법 많이 필요하거든. 그리고 캔버스 천은 사전 작업을 하지 않은 거친 캔버스가 필요할 때가 있어.

그런데 공교롭게 그 시기가 아를에 여러 번 다녀오는 기간하고 겹친 거야.

그러니까 환상적인 가을이 펼쳐지는 기간을 잘 활용하겠다는 거야. 습작 몇 점이 있는데 그 중에 뽕나무 하나가 있어. 돌이 많은 땅 위에 온통 노란색 나뭇잎으로 뒤덮인 모습이 배경으로 보이는 하늘의 파란색과 대비를 이루는 그림이야. 이 습작을 네가 보면 아마 내가 몽티셀리의 화풍을 잘 살린 것 같다는 인상을 받을 거다. 지난 토요일에 보낸 그림들을 곧 받게 될 거다. 이사악손이 내 습작에 관한 기사를 쓰고 싶어 한다니 정말 놀랄 일이구나. 그렇다면 그 친구에게 조금 더 기다리라고 전해주고 싶다. 기다린다고 기사 수준이 떨어질 일은 전혀 없으니 말이야. 게다가 한 1년 정도만 더 작업하면 아마(내 바람이지만) 그 친구 앞에 더 그럴듯한 작품을 내보일 수도 있을 거야. 특징이 살아 있고, 의지가 녹아 있고, 프랑스 남부 지방에 관한 지식이 담긴 그런 작품 말이야.

페롱 원장이 나와 관련된 이야기를 그렇게 전했다니 참 괜찮은 양반이다. 사실, 요즘 아를에 다녀오고 싶은 마음이 굴뚝 같은데 허락을 안 해줄 것 같아 물어볼 엄두도 내지 못했지. 그렇다고 이 양반이 이전의 아를 나들이가 그 이후에 발생한 발작 증상과 연관이 있을 거라 믿는다고 의심했기 때문은 아니야. 아무튼 아를에 정든 사람 몇몇이 있었는데 그 사람들을 그냥 다시 보고 싶어서 가고 싶은 거야.

여기 프랑스 남부에는 프레보처럼 나를 붙잡아두는 정부를 옆에 둘 수도 없는 처지니 이런저런 사람들이나 이런저런 물건에 정을 줄 수밖에 없구나.

아무튼 지금으로선 여기서 얼마간 더 지내다가, 내 생각에는 아마도 겨울까지 보내게 될 것 같은데, 혹시 아름다운 계절인 봄까지 여기 있게 되려나? 내 건강 상태에 따라 달라지겠지.

오베르에 관한 네 이야기도 제법 그럴듯하게 들리더라. 더 고민할 필요없이 조만간 결정을 내려야 할 것 같다. 내가 북쪽으로 갈 경우, 피사로 영감님이 말한 그 의사 양반 집에서 머물 수 없을 수도 있어. 그렇게 되면 아마 피사로 영감님과 너의 추천을 받아 그 의사 양반이 다른 숙소나 하다못해 여관방이라도 구해줄 수 있지 않을까 싶다. 중요한 건 잘 아는 의사가 있는지야. 그래야 발작 증상이 일어나더라도 경찰에게 붙잡혀 강제로 정신병원에 감금되는 상황을 피할 수 있거든.

이번에 가게 되면 아마 북부 지방이 생전 처음 와본 곳처럼 흥미롭게 느껴질 것 같다.

그런데 지금은 그곳을 향한 발걸음을 서두르게 할만한 게 아무것도 없다.

편지가 늦어져서 나 자신이 원망스럽다. 이사악손에게도 그렇고 고갱과 베르나르에게도 그렇고 편지를 쓰고 싶은데, 글이 잘 안 써진다. 게다가 그림 작업까지 계속 밀려 있어.

그래, 이사악손에게는 조금 더 기다리는 게 나을 거라는 말을 전하고 싶어. 현재의 건강 상태로는 아직은 내가 선보이고 싶은 결과물을 내놓을 수가 없거든. 지금 해놓은 것들은 언급할 가치도 없어. 내가 북쪽으로 가면 내 그림들은 최소한 이런 이름을 붙일 수는 있을 것 같아. '프로방스의 단상'. 그런데 지금 무슨 기사를 쓸 수 있겠어? 올리브나무며 무화과나무며 포도밭이며 사이프러스 등을 비롯해서 알피유* 산맥의 특징을 최대한 더 살리는 데 주력해야 하는 마당에.

고갱과 베르나르가 어떤 그림들을 그려왔는지 궁금하다.

산과 여기 공원을 배경으로 높이 솟은 노란색 포플러나무 두 그루를 그린 습작이 있어. 가을 효과가 두드러지는 건데 군데군데 데생 솜씨가 좀 순박하거나 뭐랄까, 고향 같은 분위기가 묻어나는 것도 같아. 어쨌든 어느 한 장소에 머무는 동안 무언가를 느끼고 좋아했다는 사실을 증명하기 전에는 그곳을 떠나는 게 결코, 쉽지 않은 것 같다.

북쪽으로 다시 가게 되면, 고대 그리스 조각상 연습을 많이 해볼 생각이야. 채색 습작 같은 거 말이야. 흰색과 파란색, 그리고 주황색만 써서 밖에서 그린 것처럼 하는 연습.

데생 연습도 해야 하고 또 나만의 양식도 갖춰야 해. 어제 여기 요양원 관리인 사무실에 갔다가 그림 하나를 봤는데 상당히 인상적이었어. 빨간 원피스 차림에 상당히 지적이고 순수 혈통 가문의 프로방스 출신 여성의 초상화였어. 몽티셀리가 생각했던 그런 인물 같더라고.

흠잡을 데 없는 그런 그림은 아니었지만 소박한 분위기가 느껴졌어. 그런데 이곳과 전혀 어울리지 않는 그림이라 좀 서글프기도 하더라. 네덜란드에 있었던 우리처럼 말이야.

네가 보내준 정겨운 편지에 빨리 답장을 하느라 서둘러 썼다. 너도 지체하지 말고 답장해주기를 바라는 마음으로. 내일 그릴 아주 괜찮은 그림 소재를 하나 봤어. 산에서.

요하고 친구들에게 안부 전해주기 바란다. 무엇보다 이것저것 신경 써준 피사로 영감님에게

* 빈센트는 알프스(Alpines)산맥을 알피유(Alpilles)라고 표기했다.

감사하다는 말씀 전해라. 많은 도움이 될 것 같거든.

그리고 양손을 내밀어 악수 청한다. 내 말 명심해라.

너를 사랑하는 형, 빈센트

베20프 ____ 1889년 10월 8일(화) 추정

친애하는 벗, 베르나르

얼마 전 동생에게 편지를 받았는데 자네가 내 그림을 보러 온다는 소식을 전하더라고. 그래서 자네가 돌아온 걸 알게 됐지. 그리고 내가 그린 걸 직접 보러 갈 생각까지 했다니 내 마음이 얼마나 기쁜지 모르겠어.

나는 자네가 퐁타방에서 어떤 그림을 그려서 왔을지가 너무나 궁금하네.

그간 편지할 정신이 없었지. 그런데 고갱과 자네 그리고 다른 동료 화가들이 어떻게 지내는지 전혀 알 수 없으니 마음이 그렇게 허전하더라고.

그래도 어쩌겠나. 인내심을 가지고 버텨야지.

여기에서 그린 습작이 12점 정도 더 있는데 아마 이번 여름에 동생이 자네에게 보여줬을 다른 그림에 비하면 훨씬 자네 마음에 들 거야.

습작 중에 〈채석장 입구〉라는 그림이 있는데 붉은 땅 사이사이로 보이는 연한 자줏빛 암석이 마치 일본식 데생 같은 분위기를 풍겨. 구상이나 큼지막하게 색을 분할해 쓰는 방식이나 자네들이 퐁타방에서 활용하는 기법하고 밀접한 관련이 있다고 느낄 거야.

최근에 그린 습작들은 그래도 제법 내 의도대로 그려냈어. 건강이 많이 회복된 덕분이었어. 30호 캔버스에 가미한 자주색으로 칠한 갈아놓은 밭도 그렸는데 배경에는 캔버스 위로 쭉쭉 뻗어올라가는 산맥을 넣었어. 흙더미와 돌멩이, 구석에 보이는 엉겅퀴와 마른풀 그리고 자주색과 노란색 차림의 작은 남자 한 명이 전부야.

내 솜씨가 아직은 녹슬지 않았다는 사실을 보여주는 그런 그림이었으면 좋겠네.

세상에! 여기는 모든 게 만만치 않은 지방이야. 대충 적당히 그럴듯한 게 아니라 프로방스 땅의 기운을 제대로 살린 그런 특징을 간파하고 효과적으로 살리는 게 그렇게 힘들더라고. 그런 경지에 오르려면 정말 열심히 애써서 작업해야 하는데 그게 또 당연히 다소 추상적일 수는 있어. 왜냐하면 이건 태양과 파란 하늘에게 강렬함과 화창함을 불어넣고, 그을린(주로 암울하기도 한) 땅에게는 섬세한 백리향의 내음을 풍기게 해줘야 하는 일이기 때문이야.

이보게 친구, 여기 올리브나무는 자네가 원하는 그런 나무인 것 같네. 올해는 운이 없어 그럴듯하게 그리지 못했지만, 다시 시도할 계획이야. 주황색과 자주색이 어우러진 땅 위에서 흰 햇살을 받고 있으면 은색처럼 보이거든. 내 그림은 물론 내가 본 다른 화가들 그림도 마찬가지로 이 분위기를 고스란히 옮겨 담지는 못했어. 무엇보다 그 회색의 분위기는 코로의 색조를 닮았는데 아직은 아무도 흉내를 내지 못하고 있지. 반면, 사과나무나 버드나무는 이미 여러 화가들이 그럴듯하게 그렸어.

포도밭 그림은 상대적으로 적어. 하지만 시시각각 달라지는 아름다움의 묘미가 있지.

아무튼 여기는 여전히 그림으로 그릴 것들이 많아.

아쉬운 건, 만국박람회에 직접 가볼 수 없었다는 거야. 전 세계 사람들의 거주 공간을 구경할 절호의 기회였는데 말이야. 관련 전시를 기획한 게 가르니에인가 비올레 르 뒤인가 하는 사람일 거야. 그래! 혹시 자네나 다른 동료 중에 직접 가서 본 사람이 있을 거 아니야. 어떤 분위기였는지 설명해주거나 무엇보다 고대 이집트의 거주 공간은 어땠는지 채색 스케치로 그려주면 정말 좋겠네. 아마 상당히 단순한 구조였겠지. 사각형 구조물에 테라스 하나 정도가 딸린. 그런데 어떤 색이었을지 그게 궁금해.

어느 기사에선가 파란색과 빨간색과 노란색이었다고 하더라고. 혹시 그 부분을 눈여겨봤는지 모르겠네. 부탁인데 상세히 설명해주면 좋겠어. 그런데 페르시아나 모로코의 주택과 혼동하면 안 돼. 그 나라 주택도 전시돼 있을 텐데, 그것과는 달라.

개인적으로 내가 가장 높이 평가하는 건축 구조물은 바로 시커먼 굴뚝과 뗏장을 얹은 초가집이야. 나도 참 까다로운 사람이지.

「릴뤼스트라시옹」에서 고대 멕시코 사람들의 주거지를 그린 크로키를 본 적이 있는데 역시 원시적이었지만 아름다웠어. 아! 당시의 생활상을 알 수만 있다면 얼마나 좋을까! 당시 사람들을 그릴 수 있으면 또 얼마나 좋을까? 그런 주택에서 사는 사람들의 모습 말이야. 아마 밀레의 그림만큼이나 아름다울 거야. 색에 관한 이야기가 아니라 특징에 관한 부분을 말하는 거야. 무언가 특별한 의미가 있는 특징. 굳은 신념이나 믿음 같은 걸 심어주는 그런 거.

이제 자네 군 복무에 관한 이야기를 해보지. 그래, 자네는 떠날 생각인가?

11월경에 여기서 그린 가을 습작들을 다시 보내면, 그때 또 내 그림을 보러 가주게. 가능하면 자네가 브르타뉴에서 그려온 그림은 어떤 것들인지 설명도 해주면 좋겠고. 자네가 생각하는 최고의 작품이 어떤 건지도 몹시 궁금하거든. 아무튼 조만간 또 소식 전하겠네.

지금은 큰 캔버스에 협곡을 그리고 있어. 자네한테 받은 노란 나무 습작과 아주 비슷한 소재지. 단단히 고정된 바위 사이로 물이 흐르고 세 번째 산이 협곡을 메우고 있는 장면이야.

이런 소재는 아름답게 우울한 소재라고 할 수 있어. 바람에 모든 게 날아가지 않도록 이젤을 돌멩이 사이 깊숙이 찔러 넣어야 하는 야생의 자연환경에서 작업하는 건 정말 신나는 일이야.

악수 청하네.

자네를 사랑하는 친구, 빈센트

610프 ___ 1889년 10월 8일(화) 추정

테오에게

풀 베는 사람을 그렸던 그 밭에 나가서 그림을 그리다 막 돌아왔다. 지금은 흙더미와 배경으로 펼쳐진 척박한 땅 그리고 알프스산맥의 바위들이 보여. 작고 하얀 데다 자줏빛이 감도는 구름이 떠 있는 초록색과 파란색 하늘 한 토막. 전경에는 엉겅퀴와 잡초들을 그려 넣었어. 가운데에선 농부가 짚단을 밀고 있고. 이것도 역시 다소 거칠게 작업한 습작인데 전체를 노란색으로 칠하는 대신 보라색에 가까운 색조로 그려봤어. 가미된 중성적인 보라색으로. 그런데 이렇게 너한테 설명하는 이유는 이게 〈풀 베는 사람〉의 본질을 더 잘 들여다볼 수 있게 도와준다고 생각하기 때문이야. 〈풀 베는 사람〉이 어쩌다 얻어 그린 것처럼 보일 수 있지만, 이 설명으로 균형을 맞출 수 있거든. 그림이 마르는 대로 다시 그린 〈침실〉과 같이 보내줄게. 부탁인데, 행여 습작에 관심 있는 사람이 있거든 *전체를 같이* 볼 수 있게 해주기 바란다. 반대되는 분위기가 상호 보완적이기 때문이야.

이번 주에는 채석장 입구를 그렸는데 일본 그림 같은 분위기를 살려봤어. 너도 기억할 거다. 바위 사이로 여기저기에 풀과 작은 나무들이 자라는 일본 판화 말이야. 때로는 자연이 웅장해 보일 때가 있어. 색색이 만나 빚어낸 화려함 같은 가을 효과 덕분이지. 푸르른 하늘과 대비되는 노란색, 주황색, 초록색 식물들, 온통 자줏빛으로 물든 대지, 볕에 그을린 풀들, 그리고 그 위에 빗물이 뿌려준 마지막 생기 덕분에 피어나는 자주색, 분홍색, 파란색 꽃들까지. 오롯이 그림으로 담아낼 수 없어서 사람을 우울하게 만드는 모든 것들 말이야.

그리고 하늘은 우리 북구의 하늘 같지만 해가 뜨고 질 때의 색조는 훨씬 다채롭고 순수해. 마치 쥘 뒤프레나 지엠의 그림처럼.

요양원 정원과 요양원을 그린 풍경화도 2점 있어. 그림 속의 요양원은 참 편안해 보여. 그렇게 보이게 하려고 파란색과 대비되는 소나무와 사이프러스의 위풍당당하면서 한결같은 특징을 단순화하고 또 강조하는 식으로 재구성한 거야.

아무튼(그들이 아직 나를 기억할지 모르지만 나는 크게 개의치 않는다) 이렇게 하면 20인회에 보낼 채색화를 갖추는 셈이야. 이러거나 저러거나 난 상관없지만 말이다. 내가 신경 쓰는 사람이 있다면 그건 바로 나보다 월등한 실력을 지닌 뫼니에야. 그는 보리나주의 탄차 미는 여성들, 갱도로 들어가는 인부들, 공장, 잿빛으로 뿌연 하늘과 대조를 이루는 빨간 지붕과 검은 굴뚝 등을 그린 화가야. 아무도 그림으로 담아내지 않았기에 누군가는 꼭 해야 한다고 생각해서 내가 그려보고 싶었던 바로 그런 분위기의 그림이지. 거기에 가면 여전히 화가들이 그림으로 그릴 소재가 무궁무진해. 갱도 아래로 내려가면 빛의 효과도 그릴 수 있어.

캔버스와 물감을 아직 보내지 않았다면 이제 남은 게 하나도 없다는 사실을 알아주기 바란다. 그리고 안 그래도 부탁하려고 했는데 혹시 페롱 원장에게 갚아야 할 돈을 당장 보내줄 수 있을까? 그리고 우편환으로 15프랑만 보내주면 좋겠다. 조만간 아를에 다녀와야 해서.

고갱이 여기 계속 있었어도 잃을 게 없었을 거란 생각이 자주 든다. 그 양반이 쓴 편지를 보니 건강이 그리 좋지 않은 것 같거든. 그 이유야 나도 잘 알지. 모델을 구하기도 힘들었고 애초에 생활비가 많이 들지 않을 거라 예상했었지만 그런 생활이 유지되지 않았기 때문이지. 하지만 인내심을 가지고 버티면 내년 한 해는 그 양반에게도 괜찮은 해가 될 거야. 다만, 베르나르가 군에 입대하면 같이 작업을 할 수 없을 거야.

너는 쥘 브르통이나 비예를 비롯한 다른 화가들의 인물화가 과연 *얼마나 살아남을* 거라 생각하냐? 이들은 모델을 구할 수 없는 상황을 극복했어. 그것만도 대단한 거야. 오토 베버가 황금기 시절에 그린(영국 말고) 그림도 그런 대접을 받을 만해. 제비 한 마리가 봄을 몰고 오는 게 아니듯이 새로운 발상 하나가 이전에 만들어진 완벽한 작품을 하루아침에 무너뜨릴 수는 없어. 인상주의의 문제는 바로 거기 있는 거야. 그들이 더 발전하지 못하는 이유 말이야. 이전 세대는 극복해낸 재정적인 문제와 모델을 구하지 못하는 문제에 벌써 몇 년째 발목이 잡혀 옴짝달싹 못 하고 있어. 그러니 브르통, 비예 등의 화가들은 이런 상황을 조롱하며 놀란 듯이 이렇게 물어올 거다. “아니 대체 당신들이 그리는 농부와 아낙들은 언제나 볼 수 있는 거요?” 솔직히 나는 수치스럽고 절망감마저 느껴져.

드몽 브르통 부인이 그린 난로 옆에 앉은 여인과 아기를 따라 그렸어. 거의 자주색 색조로 그렸어. 따라 그리기는 계속할 생각이야. 내 개인 소장품으로 만들어서 어느 정도 그림이 모이면 학교 같은 곳에 기증하려고. 그리고 미리 말해두는데, 다음에 보낼 그림에는 아마, 지금까지는 산을 그린 그림이 아니라면 그저 그림의 뒷배경으로만 봐왔을 알프스산맥의 진면모를 느끼게 해줄 그림이 포함될 거다. 타르타랭이 누볐던 그 알프스산맥 말이야.

이전에 산을 그린 습작보다 다소 더 거칠게 그린 습작이 하나 있어. 야생의 협곡인데 바위산 사이로 가느다란 물길이 흐르는 장면이야. 전체적으로 자주색 색조로 칠했어. 알프스산맥만으로도 여러 개의 연작을 그릴 수 있겠더라. 이렇게 한동안 보고 나니 익숙해지더라고. 혹시 들라르베레트 화랑에서 봤던 몽티셀리의 아름다운 풍경화 기억나니? 해 질 녘을 배경으로 바위 사이에 서 있는 나무 한 그루. 지금은 흔히 볼 수 있는 장면인데 해 질 무렵에는 외출이 불가능해. 그렇지만 않았으면 나도 벌써 그려봤을 거야.

요는 여전히 건강히 잘 지내는지 궁금하다. 올해가 네게는 다른 어느 해보다 행복한 해가 되겠구나. 요즘은 나도 건강이 괜찮은 편이다. 페롱 원장이 내가 완전히 정신이 나간 사람이 아니라고 말했다는 것도 어쩌면 당연해. 어쨌든 지금은 생각도 멀쩡하고 의식도 또렷하거든. 오히려 이전보다 훨씬 나아진 느낌이야. 그런데 발작 증상이 재발하면 무시무시해. 의식까지 잃을 정도니까. 그래도 덕분에 나는 언제나 위험 속에서도 묵묵히 서둘러 자기 일을 해나가는 광부들처럼 진지하게 그림 작업에 몰두하게 된다.

어머니와 누이는 이사 준비에 여념이 없겠구나.

이 편지에 이사악손과 베르나르, 고갱에게 보내는 편지 동봉한다. 전혀 급한 내용은 없으니 굳이 서둘러 전할 필요는 없어. 널 만나러 오거든 전해주면 된다. 저녁이 되면 아주 지루해 죽을 지경이다. 세상에 겨울을 보낼 생각을 하니 갑갑하기만 하구나.

열흘쯤 전에 보낸 그림은 무사히 잘 받았기를 바란다.

이제 나가서 산을 돌아다니며 그림 그리기 좋은 장소를 찾아볼 생각이야. 또 연락하자. 그리고 아직 보내지 않았다면 물감과 캔버스 천 좀 빨리 부탁한다. 남은 천도 없고, 아연 백색도 전혀 없거든.

요에게 안부 전해주기 바란다.

너를 사랑하는 형, 빈센트

* * * * *

10월 22일, 테오는 빈센트에게 150프랑을 보내면서 이사악 이스라엘스와 네덜란드 화가 겸 작가인 펫, 그리고 벨기에 20인회의 일원인 판 레이설베르허에게 형의 그림을 보여줬다는 소식을 전한다. "브뤼셀 20인회의 일원입니다. 이 양반은 또 탕기 영감님 화방에 진열된 형님의 그림들을 다 봤는데, 아주 관심을 보이더군요. 벨기에 사람들은 이미 밝은 채색화에 익숙해서, 아직 판매된 그림은 없었지만 20인회 전시회에서 반응이 아주 좋았습니다. 앵데팡당전이 끝나서 〈붓꽃〉은 돌려받았습니다. 형님 작품 중에서도 괜찮은 작품입니다. 저는 형님이 이 작품처럼 사실적인 그림을 그릴 때 가장 큰 역량을 발휘한다고 생각합니다. 〈타라스콩의 승합마차〉나 어린아이의 초상, 가로로 기다란 그림인데 그루터기를 감싸고 있는 담쟁이덩굴 같은 그림 말입니다. 형태는 또렷하고 전체적으로 색채가 넘치기 때문입니다. 달빛을 받고 있는 마을이나 산 같이 최근의 그림을 보면 형님이 어떤 고민을 하고 있는지 알 것 같습니다. 그런데 형님만의 방식을 너무 추구하다가 사실적인 느낌을 잃어버리는 건 아닌가 그게 걱정입니다. 고갱 선생이 마지막에 보낸 그림에서도 형님과 비슷한 고민이 느껴집니다. 그런데 고갱 선생은 일본 그림과 이집트 그림에 대한 추억을 많이 투영하고 있더군요."

빈센트가 파리 인근으로 옮겨오는 문제에 관해서는 이런 소식을 전한다. "피사로 영감님이 오베르에 이 의사를 만나러 갔습니다. 아마 이야기가 잘 돼서 내년 봄이나 그 전에, 형님이 올 수 있기를 기대해봅니다." 그 의사가 바로 가셰 박사다.

611프 ___ 1889년 10월 25일(금) 추정

테오에게

편지와 동봉해준 150프랑 고맙게 잘 받았다. 페롱 원장에게 돈을 건네면서 앞으로는 다달이 추가 비용의 유무를 네게 꼭 알려달라고 부탁했다. 쌓이지 않도록 말이야. 그리고 보내준 물감도 고맙게 잘 받았다. 캔버스와 밀레의 복제화는 어제저녁에 도착해서 얼마나 기쁜지 모른다. 페롱 원장은 계속해서 내가 많이 나아졌다면서 조만간 아를에 다녀와도 큰 문제는 없을 것 같다고 이야기하고 있어.

그런데 주체할 수 없을 정도로 심하게 우울한 기분이 들 때가 종종 있다. 건강 상태가 나아질수록 냉철하고 이성적인 사고가 가능해지면서, 덕분에 그림 작업을 더 많이 하게 되는데, 들어가는 건 많은데 들어간 재료비조차 벌어들이지 못하는 이 상황이야말로 정말 미친 짓이자 반이성적인 행동이 아닌가 싶구나. 그래서 슬픈 데다 더더욱 괴로운 건 이 나이에는 다른 걸 다시 시작한다는 게 너무 힘들다는 사실이야.

밀레의 복제화와 함께 보내준 몇 장 안 되는 네덜란드 신문에 나도 한마디 거들었던 이사악손의 파리 통신 기사가 있더라. 세심한 부분까지 신경 쓴 것 같고 글쓴이는 고통 속에 지내며 근심 걱정이 많고 유달리 온화한 인물 같다는 생각이 들었다. 온화하다는 말을 쓰고 보니 문득 머릿속에 하인리히 하이네의 『여행기』가 떠오른다.

주석에 적은 나와 관련된 내용이 심히 과장되었다는 건 굳이 네게 말할 필요도 없겠지. 이런 부분 때문에 나에 관한 이야기는 아무것도 하지 않는 편이 더 낫다고 생각하는 거야. 기사 전체적으로 세심한 부분까지 신경 썼다는 것 외에, 뭔지는 잘 모르겠지만 아픈 느낌도 들었어.

그는 파리에 오래 머물렀더라고. 아마 술도 안 마시면서 나보다는 현명하게 생활했을 거다. 그런데 글에서 나도 느꼈던 파리식 정신적 피로감 같은 게 느껴졌어. 아마 머지않아 슬픔 속에 빠져들 테고, 그 상황이 오래되면 좋은 것을 추구해야 한다는 고정 관념 때문에 삶이 피곤해질지도 모른다. 그가 말하는 내용에 공감이 가고 쉽게 살아온 것 같지도 않고 괜찮은 사람 같아. 이런 사람이 높이 평가받으면 좋겠다.

오늘 아침에 30호 캔버스에 〈땅 파는 사람〉을 그리기 시작했어.

밀레의 데생을 채색화로 그려보면 흥미롭지 않을까? 아주 특별한 소장품이 될 것 같거든. 프레보가 도리아 부인을 위해 잘 알려지지 않은 고야와 벨라스케스의 작품을 따라 그린 것처럼 말이야. 어쩌면 나는 내 그림을 그리는 것보다 이렇게 모사를 하는 데 더 소질이 있을지도 모르겠다.

어머니가 코르의 소식을 전해오셨더라.

아를 병원의 병동을 그린 습작을 좀 손봤다. 요즘은 그림 그릴 캔버스가 없어서 인근 지역을 이리저리 오가며 긴 산책을 하는데, 내가 살고 있는 이 지역의 자연이 이제 전체적으로 보이기 시작하는 것 같다. 나중에도 아마 계속해서 프로방스와 똑같은 소재의 그림을 그리러 올 것 같기도 해.

기요맹에 관한 네 지적은 정확해. 이 양반은 그럴듯한 걸 찾아냈고 거기에 만족해서 별로 어울리지 않는 것들에는 아예 관심을 끊어서 단순하고 동일한 소재를 누구보다 잘 그려내게 된 거야. 그 선택이 틀리지 않았던 거지. 나는 그의 진지함을 정말 높이 평가한다. 빨리 편지를 끝내야겠다. 너한테 편지를 쓰기 시작한 게 네 번째인데 번번이 마무리를 짓지 못하고 있구나.

아! 요가 태동을 느끼기 시작했다는 글을 보니 이제 너도 한층 더 안정된 생활을 하겠구나 싶다. 풍경화 보는 것보다 훨씬 더 흥미로울 것 같다. 이 상황이 너를 이렇게 변화하게 만든다니 기쁠 따름이다.

밀레가 그린 〈아기의 첫걸음〉은 정말 아름답다!

이사악손에게 악수 청하고, 요에게는 축하 인사 전해주기 바란다. 〈땅 파는 사람〉을 손보는 중인데 하루가 짧구나. 또 연락하자.

너를 사랑하는 형, 빈센트

빌15프 ____ 1889년 10월

사랑하는 누이에게

코르의 소식이 담긴 지난번 편지, 고맙게 잘 받았다. 조만간 이사할 테니, 이번이 브레다로 보내는 마지막 편지일지도 모르겠구나.

근시일 내로 테오에게 전에 약속했던 유화 습작을 보낼 건데 아마 테오가 그걸 받아서 레이던으로 보낼 거야. 이게 내가 보내는 그림들이다.

〈올리브나무 과수원〉, 〈밀밭과 추수하는 사람〉. 〈밀밭과 사이프러스〉, 〈침실〉, 〈갈아놓은 밭〉, 아침 효과, 〈꽃 피는 과수원〉, 그리고 내 자화상.

내년에도 대략 이 정도 되는 그림을 보내줄 생각이야. 이렇게 두 차례 받은 그림들로 너만의 소장품을 만들 수도 있는데, 만약 그림을 보관할 공간이 넉넉하다면 다 같이 가지고 있으면 좋겠다. 왜냐하면 레이던으로 가면 분명, 다른 화가들을 이따금 보게 될 테고 그러다 보면 단언컨대 내 습작 외에 다른 습작들도 접하게 될 거라 그래. 불편해하지 말고 복도나 부엌 혹은 계단 등에 내 그림을 걸어둬라.

내 그림은 애초에 단순한 배경에 걸어두고 감상하도록 의도한 것들이야. 부엌에 잘 어울리도록 그린 그림이 가끔은 거실에 두고 봐도 잘 어울릴 때가 있어. 하지만 그렇다고 해도 나는 아무 상관 없어. 여기 프랑스 남부에서는 벽에 아무것도 걸어두지 않아. 흰색이나 노란색, 혹은 커다란 색색의 꽃무늬 벽지 등을 볼 수 있지. 그래서 색의 대조를 잘 쓰는 게 중요하다. 액자도 마찬가지야. 내가 사용하는 액자는 비싸 봐야 5프랑 정도이고 별로 튼튼하지 않지만, 금장이 들어간 것들은 30프랑도 넘어. 하지만 그림이 단순한 액자와도 잘 어울리면 굳이 금장 달린 액자를 쓸 이유가 없잖아.

내 말 잘 들어라. 너하고 어머니한테 기꺼이 계속해서 그림을 보낼 수는 있는데, 그러면서 내가 바라는 게 있다면, 아니, 거의 필요에 가깝다고 볼 수 있는데, 내가 종종 생각하는 사람들을 위해서 거기에 몇 점을 더 하고 싶다는 거야. 그래서 레이던으로 가서 마우베 형수님과 사촌누이 러콤터를 보게 되거든 이렇게 전해다오. 혹시 내 그림이 마음에 들면 아주 기꺼이 그려서 보낼 수 있다고 말이야. 그리고 무엇보다 마르흐 베헤만에게도 내가 그린 그림을 1점 주고 싶다. 그런데 내가 직접 주는 것보다, 너를 통해서 조심스럽게 전달하는 게 더 나을 것 같다. 그러니 이렇게 세 사람에게 내 그림을 전해주면 정말 고맙겠다. 서두를 일은 전혀 아니야. 그런데 가끔은 너무 멀리 떨어져 있어서 다시 보기 힘든 지인들에게 이렇게 그림을 그려서 보내는 게 권리, 그래, 바로 그럴 *권리*가 내게 있다는 생각도 들어.

여기 요양원 원장은 파리에 가서 테오도 만나보고 왔어. 그리고 자신은 내가 완전히 정신 나간 사람은 *아니라고* 생각한다고 했다더라. 간질성 질환을 앓는 것뿐이라는 거야. 그런데 또 술이 원인은 아니라더라. 그렇다고 술이 좋은 건 아니지. 하지만 불행에 대한 확신으로 인해 무너지지 않고 평범한 삶을 다시 시작하는 건 정말 힘든 일 같다. 그래서 과거의 일에 그렇게 매달리는 게 아닌가 싶어.

어쨌든 내가 말했다시피, 내게는 그림을 그려 네덜란드로 보내는 게 꼭 필요한 일이라고 할 수 있어. 그러니 네가 내 부탁을 들어준다면 *정말* 고마울 것 같다.

받게 될 그림 중에서 아마 〈침실〉이 가장 형편없어 보일 거야. 그냥 빈 침실에 나무 침대 하나와 의자 두 개가 전부거든. 그런데 두 번이나 크게 그렸다.

『펠릭스 홀트』에 묘사된 그런 단순한 효과를 제대로 내보고 싶었거든. 이렇게 설명하면 네가 그림을 더 쉽게 이해할 수 있을 거다. 하지만 이걸 전혀 모르는 다른 사람에게는 우스꽝스럽게 보일 수도 있어. 눈에 띄는 색으로 단순한 장면을 표현하는 건 솔직히 쉬운 일은 아니야. 그런데 이렇게 그리면 회색이나 흰색, 검은색이나 갈색 이외의 색으로도 얼마든지 단순한 걸 표현할 수 있다는 걸 보여주는 데 도움이 돼. 이 습작을 그린 이유가 바로 그런 거야.

내가 그린 밀밭이 너무 샛노랗게 보일 수도 있을 거야. 하지만 내 그림에서 샛노랗다거나 새파랗다, 완전히 녹색이라는 표현은 애초에 쓰면 안 돼.

언제가 될지는 모르겠지만 아무튼 이 습작들을 레이던에서 받아보게 될 거야. 아마 테오가 파리에서 하나 정도 틀 작업을 할 수도 있어. *네가 원할 경우* 그림을 액자에 쉽게 넣을 수 있게 말이야. 그리고 기회가 될 때 헤이그로 가는 그림 상자에 넣을 수 있게. 어쨌든 내 그림 작업은 다 마무리됐어. 그리고 장담하는데 결과물이 그리 형편없지는 않을 거다. 그리고 너도 테오처럼 내가 그린 〈붉은 포도밭〉을 가지고 있으면 좋겠다. 내가 파리에 가게 되면 널 위해서 꼭 1점 다시 그리마.

그래, 다시 〈침실〉 이야기로 돌아가 보자. 개인적으로 다른 화가들도 나처럼 개인적인 취향이나 단순화에 대한 필요성을 느꼈으면 좋겠어. 그런데 현대 사회에서는 오히려 단순화를 추구하는 게 삶을 더 어렵게 만들고 그런 생각을 이상형처럼 가지고 있는 사람은 나처럼, 자신이 원하는 바를 결국은 이룰 수가 없게 돼 있어. 그런데 사회는 그런 걸 예술가들에게 줘야 하는 거잖아. 그렇게 살려면 카페나 싸구려 여인숙에서 *살 수밖에 없어*.

일본 사람들은 아주 간소하게 집을 꾸미고 살아. 그런데 위대한 예술가들이 얼마나 많은지 봐라. 우리 사회에서는 돈 많고 유명한 화가의 집에 가보면 만물상이 따로 없겠다는 분위기가 느껴지지. 난 이런 게 예술적이라고 생각하지 않아. 그런데 나는 정리라는 게 아예 불가능한 그런 조건에서 살면서 죽어라 고생한 터라 정리와 소박함이라는 개념 자체를 아예 잊어버렸어.

이사악손이 네덜란드 신문에 나에 관한 기사를 썼는데, 내가 너한테 보내는 *그런 그림*들에 관한 내용이야. 그런데 기사 내용이 너무 서글퍼지더라. 그래서 그런 마음을 그 친구에게 편지로 써서 전했다.

지금은 병동을 그린 그림을 손보는 중이야. 커다란 검은 난로 주변에 회색과 검은색으로 칠한 환자 몇 명이 모여 앉아 있고, 그 뒤로 빨간색 타일이 길게 깔린 병동이 보이는데 양쪽으로 흰 침대가 두 줄로 늘어서 있고 벽은 허여멀건데 흰색에 자주색과 녹색을 적절히 섞어서 썼고 분홍색 커튼이나 초록색 커튼이 달린 창문이 있고, 뒤쪽으로 검은색과 흰색으로 된 옷차림의 수녀님 두 분이 있어. 커다란 지지대가 있는 천장은 자주색에 가까워.

도스토옙스키가 『죽음의 집의 기록』이라는 책을 썼다는 기사를 읽은 뒤에 내가 아를 병원에 입원했을 때 시작했던 커다란 습작을 다시 그려야겠다는 생각이 들더라. 그런데 모델을 구할 수가 없다는 게 문제야.

카르멘 실바의 단상 중에서 기억나는 문구가 하나 있는데 아주 공감 가는 내용이었어. '너무나 고통스러우면 모든 사람이 마치 거대한 원형 경기장 반대편 끝처럼 아주 멀리 있는 것처럼 보이고, 그 목소리도 아득히 멀어진다.' 발작 증상을 겪을 때 딱 이런 기분이었거든. 눈에 보이는 사람을 *전부 알아는 보겠는데*(내게는 흔한 경우가 아니다) 하나같이 저 멀리 보이는 데다 실제와 *너무 다*른 모습으로 보여서 다른 시기에 다른 장소에서 알게 된 사람들과 좋은 쪽으로든, 나쁜 쪽으로든 비슷해 보이는 것 같은 기분까지 들었어.

잘 지내라. 이사 준비 잘해서 무사히 마무리되기를 기원하고, 마음으로 포옹을 나눈다.

너를 사랑하는 오빠, 빈센트

612네 ____ 1889년 10월 21일(월) 추정

사랑하는 어머니께

보내주신 편지와 전해주신 코르의 여행 소식에 감사하다는 말씀을 드리려고 옛집을 떠나시기 전에 편지 한 번 더 올립니다. 코르가 제법 열심히 살면서 간간이 여유도 즐기는가 봅니다. 그 녀석이 어머니께 전하는 내용을 보니 제 동료 화가 고갱이 파나마와 브라질에 대해 해준 이야기가 떠오르네요. 이사악손도 트란스발에 간다는 건 전혀 모르고 있었습니다. 제가 아무도 만날 수 없다는 건 잘 아시겠지만, 언젠가 그 친구에게 편지를 쓴 적은 있습니다. 네덜란드 신문에 제 그림에 관한 기사를 쓸 계획이라는 소식을 들었거든요. *그러지 말아달라*는 부탁과 동시에 그렇게 믿어주고 공감해줘서 고맙다는 말도 전했습니다. 왜냐하면 처음부터 서로의 그림에 관심이 많았고 또 네덜란드 옛 화가들과 프랑스 현대 화가들에 대해 견해가 같았기 때문입니다. 그리고 저는 더 한의 그림도 무척 좋아합니다.

드디어 소식 전하는데, 제가 일전에 약속드렸던 그림이 준비됐습니다. 풍경화 습작 여러 점과 제 자화상, 그리고 방을 그린 습작 1점입니다. 혹시 어머니 마음에 들지 않거나 무의미하고 흉측해 보이는 게 하나라도 있을까봐 걱정입니다. 빌레미나하고 어머니가 각자 마음에 드는 그림을 알아서 고르셔도 상관없고, 다른 누이들에게 나눠주셔도 상관없습니다. 그러시라고 여러 점을 보내드릴 테니까요.

그림을 어떻게 하시는 건 제가 관여할 문제는 아닙니다. 다만, 가족들이 제 그림 한두 점 정도는 가지고 있었으면 하는 바람으로 그린 것들인데, 바람이라면 모든 그림을 한자리에 모아두고 볼 수 있었으면 하는 겁니다. 시간이 흐르면 전체가 조화를 이루면서 중요한 의미를 갖게 될 테니까요. 그런데 한꺼번에 보관할 공간이 충분치 않다는 건 저도 잘 압니다. 그러니 편하신 대로 하세요. 다만, 당분간은 이 습작들을 한데 모아놓고 보관하셨으면 합니다. 그렇게 하시면 일정 기간이 지나면 가장 마음에 드는 그림이 눈에 들어올 겁니다.

테오가 전보다 훨씬 나아졌다는 말씀에 저도 전적으로 동의합니다. 그리고 저 역시 요가 순산하기를 기원합니다. 그러고 나면 두 내외가 한동안은 걱정 없이 지낼 겁니다. 한 생명이 세상에 태어나는 과정을 지켜보는 것만큼 좋은 경험이 또 어디 있겠습니까. 한 사람의 성격에 차분함과 진실성이 더해지는 일일 겁니다.

이곳의 자연은 잎사귀가 노랗게 변하는 가을이 되니 한층 더 아름다운 자태를 드러냅니다. 다만, 포도밭이 거의 없다는 게 아쉽기는 합니다. 인근 포도밭에 가서 그림을 그리기는 했는데 몇 시간을 걸어야 했습니다. 넓디넓은 포도밭이 마치 네덜란드의 개머루밭처럼 완전히 진한 빨간색에서 자주색, 적색으로 뒤덮여 있고 그 옆으로는 노란색이 사각형으로 자리잡고 있으며 조금 더 멀리 가면 여전히 초록색으로 뒤덮여 있습니다. 그리고 그 위로 청명한 파란 하늘이 펼쳐지고, 저 멀리 자줏빛 바위들이 보입니다. 작년에는 지금보다 이런 풍경을 그릴 기회가 더 많았습니다. 이런 효과를 보여주는 그림들을 같이 보내드리고 싶었지만, 내년으로 미루어야 할 것 같네요.

보내드리는 제 자화상을 보면 아시겠지만, 파리나 런던을 비롯해 여러 대도시에 살아본 경험에도 불구하고 저는 여전히 톤이나 핏 프린스처럼 영락없는 쥔더르트 농부의 모습입니다. 가끔은 제가 그들처럼 느끼고 생각하는 건 아닐까 상상도 합니다. 다만, 다른 점이라면 농부들은 여러모로 이 세상에 도움이 되는 사람들이라는 점입니다. 세상 사람들은 모든 걸 다 갖춘 다음에야 그림이나 책에 관심을 돌리기 마련이니까요. 제 눈에도 제가 농부들보다 한참 못하다는 생각이 들 정도입니다.

어쨌든 저도 밭에 나가 일하는 그들처럼 캔버스를 열심히 일구고 있습니다.

그렇지만 저희 일이 그리 여의치가 않습니다. 사실 예전부터 그렇긴 했는데 요즘은 상황이 더 좋지 않습니다.

그런데 또 지금처럼 그림값을 높이 쳐준 적도 없는 게 사실입니다.

저희 화가들이 그래도 열심히 작업에 임하는 건 동료들 사이에 느끼는 우정, 자연에 대한 사랑 때문입니다. 내가 쓰는 붓의 온전한 주인이 되기까지 공들인 걸 생각하면, *그림을 쉽게 포기할 수도 없습니다*. 다른 화가들에 비하면 그래도 제 처지는 훨씬 나은 편입니다. 이제 막 화가의 첫발을 내디뎠는데 그럴듯한 것 하나 그려보지도 못하고 포기해야 하는 사람들이 얼마나 많을지 모르실 겁니다. 그런 사람들도 정말 많습니다. 적어도 10년은 갈고닦아야 화가가 되었다고 할 수 있을 겁니다. 그런데 화가가 되기 위해 온갖 돈을 다 쏟아붓고 6년 만에 결국 포기해야 하는 상황이라면 얼마나 황망하겠습니다. 이런 사람들은 또 얼마나 많은지 아십니까!

살아생전 그림값 한 번 제대로 받아보지 못한 화가들의 그림이 그들의 사후에 어마어마한 가격에 팔려나간다는 말을 종종 듣습니다. 이게 그 옛날 튤립 파동과 다를 게 뭡니까. 화가들은 사는 동안 얻는 것보다 잃는 게 더 많으니 말입니다. 그리고 이것도 그 끝이 있을 겁니다. 튤립 파동처럼 말이지요.

적어도 이렇게 말할 수는 있을 겁니다. 튤립 파동은 이미 오래전에 역사의 뒤안길로 사라졌지만, 사람들은 여전히 꽃을 키우고 있다고 말입니다. 그림도 원예와 마찬가지라고 생각합니다. 그리고 제가 그 일을 하고 있는 게 다행이라고 생각합니다. 나머지는 두고 봐야지요!

제가 헛된 망상이나 하고 있지 않다는 걸 보여드리려고 말씀드린 겁니다. 이제 편지를 보내야겠네요. 저는 지금 이곳 환자 한 사람의 초상화를 그리는 중입니다. 신기한 게, 여기서 다른 환자들과 어울려 지내며 익숙해지다 보니, 이들이 미친 사람으로 생각되지 않는다는 겁니다.

마음으로 포옹을 나눕니다.

어머니를 사랑하는 아들, 빈센트

613프 ___ 1889년 11월 3일(일) 추정

테오에게

편지에 시급히 필요한 물감 목록 동봉해 보낸다.

밀레의 복제화를 보내줘서 얼마나 반갑고 기뻤는지 이루 말할 수 없을 정도다. 지금 열심히 그리는 중이야. 안 그래도 예술적인 작품을 전혀 볼 수 없는 탓에 무력한 나날만 보내고 있었는데 덕분에 힘이 난다. 〈밤샘〉을 막 마무리하고 〈땅 파는 사람〉하고 웃옷을 입는 남자를 작업 중이야. 이건 30호에 그리는데, 〈씨 뿌리는 사람〉은 크기가 작아. 〈밤샘〉은 은은한 보라색과 자주색 계열하고 연한 레몬색으로 표현한 등불, 희미한 주황색의 불, 그리고 남자는 황갈색으로 칠했어. 보면 알겠지만, 밀레의 데생을 유화로 따라 그리는 건 단순히 따라 그린다기보다 *다른 언어로 번역*하는 것과 같다고 볼 수 있어.

이것 외에 작업한 건 비 오는 날의 풍경하고 커다란 소나무가 있는 저녁 풍경 정도야.

떨어지는 낙엽도 있다.

건강은 아주 괜찮아. 간간이 심히 우울해지기는 하지만 그래도 여름보다는 훨씬 낫고, 여기 처음 왔을 때, 심지어 파리에서 생활할 때와 비교하면 월등히 낫지.

그래서 작업에 대한 구상도(내 생각이지만) 탄탄해지는 것 같아. 그런데 지금 작업 중인 그림을 네가 마음에 들어할지는 모르겠다. 왜냐하면 나만의 방식을 찾으려다 다른 장점을 잃게 될지도 모른다고 했던 지난번 편지에도 불구하고 나는 오히려 나만의 방식을 찾고 싶은 마음이 점점 더 커지고 있거든. 그러니까 보다 남성적이고 자신감 넘치는 데생을 그리고 싶다는 뜻이야. 이런 노력으로 인해 내 그림이 베르나르나 고갱의 그림과 비슷해진다고 해도 어쩔 수 없는 일이야. 그런데 길게 보면 아마 너도 익숙해질 거라는 게 내 생각이다.

그래, 어느 지역이든 전체를 느낄 수 있어야 하기 때문이야. 세잔의 화풍이 남들과 다른 이유가 그런 거잖아? 네가 언급한 기요맹도 자신만의 화풍과 데생 방식을 지니고 있고.

어쨌든 나는 내가 할 수 있는 만큼은 할 생각이야. 나뭇잎이 거의 다 떨어진 지금의 풍경은 북부 지방과 별 다를 바 없어 보여서 아마 다시 그쪽으로 가면 모든 게 전보다 더 명확히 보일 것 같은 기분이다.

건강이라는 건 아주 중요해서 많은 게 거기에 달렸어. 특히 그림 작업은 더더욱 그래. 다행히 더 이상 끔찍한 악몽에 시달리지 않는다. 그래서 며칠 내로 아를에 다녀왔으면 하는 바람이다.

요가 〈밤샘〉을 감상해주면 좋겠다. 조만간 그림을 보낼 건데, 여기 화실이 습해서 그림이 잘 마르지가 않아. 지하 창고 같은 시설도 전혀 없어. 그래서 북부보다 습도가 높아.

네덜란드 식구들도 이사를 했을 테니 곧 습작 6점을 보낼 생각이야. 액자에 넣을 필요가 있을까? 그러지 않아도 될 것 같아. 그 정도 가치는 없거든. 가끔씩 네게 보내는 그림도 굳이 액자에 넣어 보관하지는 말아라. 나중에도 얼마든지 할 수 있고, 쓸데없이 공간만 차지하니까.

페롱 원장에게 줄 그림도 하나 그렸어. 커다란 소나무가 있는 요양원 풍경이야.

최근에 그린 그림들이 여비를 충당해줄 수 있으면 좋겠다. 네가 혼자 지내지 않아서 좋고, 또 모든 게 전보다 나아져서 더더욱 좋다.

고갱은 돌아왔는지, 베르나르는 어떻게 지내는지 궁금하다.

곧 연락하자. 너와 요 그리고 동료와 친구들에게 악수 청한다. 내 말 명심해라.

너를 사랑하는 형, 빈센트

주문할 물감 목록은 최대한 줄여보려 애쓰는 중인데, 예전처럼 황토색 물감을 많이 쓰는 편이야. 마지막에 보낸 그림처럼 길고 구불거리는 선으로 그린 습작들이 애초에 의도한 효과를 내지 못했다는 건 나도 잘 알지만, 그래도 풍경화를 그릴 때, 계속해서 복잡하게 얽힌 덩어리를 표현하는 나만의 데생 기법을 통해 덩어리진 것들을 그려나갈 생각이니, 감히 부탁하는데 나를 믿어라. 들라크루아의 풍경화라고 할 수 있는 〈천사와 싸우는 야곱〉을 기억하나 모르겠다. 다른 풍경화도 여럿 있어! 〈절벽〉도 있고 네가 전에 이야기했던 꽃을 그린 습작도 있고. 베르나르는 실질적으로 거기서 완벽한 무언가를 발견했지. 아무튼 선부른 반대의견은 금물이야.

보면 알겠지만 큰 풍경화에 있는 적갈색 소나무 몸통에 있는 검은 선을 잘 봐라. 전에 그렸던 것들보다 훨씬 그 특징이 살아 있거든.

* * * * *

테오는 11월 16일, 고갱의 편지를 동봉해 보내면서 빈센트에게 고갱의 나무 그림과 에밀 베르나르의 최근 유화에 관한 자신의 느낌을 전한다. 형의 풍경화에 대한 이야기도 빼놓지 않는다. "탕기 영감님 화방 진열장에 위아래가 잘려 보이지 않는 포플러나무가 전면을 차지하고 있는 시골 봄 풍경을 담아낸 풍경화가 걸려 있습니다. 아주 마음에 듭니다. 사실적인 자연의 모습 그대로라고 느껴집니다. 아침에 브뤼셀 20인회에서 형님께 보낸 서한을 받아서, 형님께 그대로 전달합니다. 동시에 모 사무총장도 형님이 전시회에 유화와 데생을 출품해주면 좋겠다는 뜻을 전해왔습니다. 그는 여기 왔을 때 〈꽃이 핀 사과나무〉에 관심을 보였습니다. 판 레이설베르허는 형님의 최근작 〈룰랭 씨의 초상화〉와 〈해바라기〉 등을 보면서 형님이 추구하는 바를 간파하더군요. 일단, 이 전시회를 어떻게 생각하시는지, 어떤 작품을 출품하실지 제게 알려주세요. 아마 전시 벽면이 5~7미터 정도일 겁니다. 올해의 초대작가는 퓌비스 드 샤반느, 바르톨로메, 세잔, 뒤부아 피예, 포랭, 시냑, 뤼시엥 피사로, 아예, 르누아르, 시슬레, 로트렉, 그리고 형님입니다. 앵데팡당전 자체는 반응이 좋지 않았지만 〈붓꽃〉은 여러 사람들이 보고 저한테 이런저런 걸 물었습니다."

그리고 테오는 오베르 쉬르 우아즈에 사는 가셰 박사에 관해 이야기한다. “피사로 영감님이 사모님과 함께 여기저기 둘러보며 형님이 머물 만한 거처도 한번 알아보았다고 편지하셨습니다. 그런데 아무리 봐도 그 오베르의 의사 양반 집만큼 괜찮은 곳이 없다고 하십니다. 조만간 직접 그 의사를 만나실 거라 하네요. 형님이 건강히 지낸다니 다행입니다. 기력도 회복했다니 더더욱 다행이고요. 편지에 필요한 옷이 있는지도 알려주세요. 따뜻한 옷이 더 필요하진 않으세요?”

614프 ____ 1889년 11월 19일(화) 추정

테오에게

편지 고맙게 잘 받았다. 요도 별 탈 없이 잘 지낸다니 다행이다. 드디어 큰일을 목전에 두고 있구나. 그래서인지 너희 내외 생각이 많이 난다. 그림을 너무 많이 봐서 한동안 아무것도 보고 싶지 않을 정도라니, 일 걱정이 무겁긴 한가 보구나. 그래, 맞다. 세상에는 그림 외에도 할 게 많은데 우리는 그걸 등한시하지. 그러면 자연이 복수라도 하듯 운명이 우리 발목을 붙잡는다. 그럴 땐 업무 외적으로는 그림을 멀리해야 해. 이건 20인회에 출품하고 싶은 작품의 목록이다.

1과 2, 쌍을 이루는 〈해바라기〉 2점
3, 〈담쟁이덩굴〉 세로로 긴 그림
4, 〈꽃이 핀 과수원〉(탕기 영감님 화방에 진열된 그림)과 포플러나무
5, 〈붉은 포도밭〉
6, 〈밀밭〉(일출을 배경으로 지금 작업 중)

고갱이 반가운 소식을 전해왔는데 더 한과 함께 바닷가에서 보내는 거친 일상을 아주 생동감 있게 설명하고 있더라.

베르나르에게도 편지가 왔는데 이래저래 불평이 많긴 하지만 워낙 고분고분한 친구라 그냥 포기하고 지내는 모양이더라고. 그래도 자신의 재능, 작업, 냉철함 등등 모든 걸 다 못마땅해해. 아무래도 그 친구에게는 집이 지옥 같은가 보더라.

이사악손의 편지도 반가웠어. 여기에 내 답장을 동봉하니 너도 읽어봐라. 생각이 하나둘 차분하게 정리되면서 연결이 되고는 있지만, 알다시피, 유화를 계속 그려야 할지, 아니면 포기해야 할지는 모르겠다.

그림을 계속 그린다면, 나도 네 의견에 동의하는 바야. 그러니까 추상적인 걸 추구하기보다, 단순화해서 표현하는 게 더 낫다는 거지.

그리고 나는 고갱이 크로키로 그려 내게 보내준 〈올리브나무 정원의 그리스도〉를 그리 좋아하지 않아. 베르나르도 자신이 그린 걸 사진으로 보내준다고 약속은 했는데, 아직 그림은 보지 못했지만 아마도 성경과 관련된 이 친구 그림을 접하면 다른 걸 바라게 될 것 같아. 얼마 전에 근처에서 올리브 열매를 따거나 줍는 여성들을 봤는데 모델을 서게 할 방법이 없어서 그냥 아무것도 못 하고 지켜만 봤다. 그런데 지금은 고갱의 그림 구도가 좋네, 아니네 따질 때가 아니야. 그리고 베르나르는 아마 올리브나무는 한 번도 본 적 없을 거다. 또 그래서 이 친구는 가능할 것 같은 거나 사실적인 부분들을 은근히 피하는 경향이 있어. 이건 종합적으로 관찰하는 방법이 아니야. 나는 이 사람들의 성경 해석에 아무런 영향도 준 적 없어.

렘브란트나 들라크루아가 이에 관한 근사한 그림을 그렸다는 것과 나는 이들의 그림이 르네상스 이전의 작품들보다 더 마음에 든다고 말한 게 전부야. 딱 거기까지만! 이 이야기는 다시 반복하고 싶지 않다. 여기 계속 머물러야 한다면 나는 〈올리브나무 정원의 그리스도〉 같은 그림은 절대 그릴 생각도 안 할 거다. 대신 올리브 열매 따는 건 지금도 여전히 볼 수 있으니 정확한 비율의 인물을 그리면 사람들도 보고 알아서들 생각할 거야. 아무튼 지금까지 내가 했던 습작보다 더 진지한 결과물을 만들어내기 전까지는 내가 왈가왈부할 문제는 아닌 것 같다.

그리고 라파엘 전파주의자들의 주장은 이런 생각과 한참 동떨어져 있어. 밀레이가 〈세상의 빛〉*을 그렸을 때는 다른 방향으로 진지했어. 정말로 견줄만한 게 없었어. 홀먼 헌트나 핀웰 혹은 로세티 같은 다른 화가들은 말할 것도 없어.

그리고 여기 이렇게 퓌비스 드 샤반느가 있는 거야.

이제야 말하는 건데, 아를에 가서 살 목사님을 만났을 때 네가 그 양반에게 보냈던 돈 중에서 남은 돈과 내가 맡겨둔 돈에서 남은 걸 합쳐서 72프랑을 받았어. 그런데 페롱 원장의 금고 안에 맡긴 돈은 달랑 20여 프랑이 전부야. 거기 갔을 때 물감도 조금 샀고 가구와 내 물건을 맡겨둔 방 임대료를 냈거든. 그리고 뭘 해야 할지 몰라 그냥 거기서 이틀을 지냈어. 그렇게 가끔 모습을 드러내는 것도 괜찮은 것 같아. 이웃들과 불미스러운 일이 반복되지 않게 말이야. 지금은 거기서 나를 원망하는 사람은 없어. 적어도 내 느낌에는 그랬어. 오히려 더 잘해주고 반겨주기까지 하더라니까. 계속 머물렀으면 나도 점차 그곳 생활에 적응해갔을 거야. 외국인에게는 결코, 쉽지 않은 일이긴 했지. 그리고 거기서 그림 그리는 게 더 유리했을 거야. 어쨌든 이번 여행 이후 발작이 이어지는지 지켜보자. 그런 일은 없었으면 하는 바람이다.

여기 날씨도 제법 춥다. 그나마 산악지방이라 미스트랄의 영향을 덜 받는 편이야. 나는 뭐 여전히 그림 작업에 열중하고 있어. 20인회에 출품할 그림을 비롯해 네게 보낼 그림이 여러 개다. 일단 출품할 그림이 마르기를 기다리는 중이야.

* 이 그림은 같은 영국 화가 윌리엄 홀먼 헌트의 그림이다.

여기서 파리까지 기찻삯이 25프랑인 걸 진작 알았다면 벌써 갔을 거야. 아를에 가는 길에 알았지 뭐냐. 비용 때문에 자제했던 건데 말이야. 지금 생각으로는, 봄에는 어찌 됐든 북쪽으로 올라가 사람도 만나고 이것저것 구경도 해야겠어. 여기 생활은 정말 맥 빠지는 나날의 연속이거든. 이렇게 계속 지내다가는 기력까지 잃을지 모르겠다. 지금처럼 내가 기력을 회복할 줄은 전혀 기대하지 못했었거든.

하지만 모든 건 네 사정에 달렸어. 그러니 뭐든 서두르지 않는 게 현명할 것 같다. 기다리다 보면 오베르의 의사 양반이나 피사로 영감님의 도움이 굳이 필요가 없어질지도 모르지.

내가 건강 상태를 꾸준히 유지할 수 있고 작업을 하면서 그림도 팔고, 전시회에 참여도 하고, 교환도 할 수 있게 된다면, 이래저래 형편이 나아져서 한편으로는 네가 짊어져야 할 부담도 줄어들고, 다른 한편으로는 나 역시 잃어버렸던 열의를 조금이나마 되찾을 수 있지 않을까 싶어. 숨기지 않고 솔직히 말하는 건데 여기서 계속 지내다간 단조로운 일상 때문에 오히려 삶이 피곤해질 것 같아. 정말 말 그대로 아무것도 하지 않는 불행한 사람들과 어울려 지내는 게 얼마나 성가신지 모르겠다.

그래도 어쩌겠냐. 어쨌든 내 경우는 자만하지 말아야 해. 이미 너무 자만하고 있는 것 같기도 하다.

고갱은 모델을 쉽게 구할 수 있다는데, 여기서는 거의 불가능한 일이야.

베르나르가 그림을 교환하자는데 네가 편한 대로 해라. 정말 원하면 먼저 이야기를 꺼내겠지. 그 친구 할머니의 초상화 말고 그럴듯한 다른 그림을 네가 하나 정도는 가지고 있어도 좋을 것 같다. 베르나르는 〈자장가〉를 원하는 눈치더라고.

20인회에 출품하는 그림 6점은 한자리에 둬야 하는 일종의 연작이 될 거야. 그래서 〈밀밭〉이 〈과수원〉과 짝을 이루는 그림이 될 거야. 모 사무총장에게 짤막한 글 몇 자 적으면서 그 양반의 요청대로 그림의 제목도 다 적었어. 요에게 안부 전해주고 악수도 청한다. 이사악손에게 보내는 편지도 읽어봐라. 이 편지를 보완해주는 내용도 포함돼 있다.

곧 연락하자.

너를 사랑하는 형, 빈센트

(브뤼셀에 있는 옥타브 모에게 보내는 서한)

사무총장님께

기쁜 마음으로 20인회 전시회 초대에 응하며 이렇게 연락드립니다.

여기 제 출품작 목록을 알려드립니다.

1. 〈해바라기〉

2. 〈해바라기〉

3. 〈담쟁이덩굴〉

4. 〈꽃이 핀 과수원〉

5. 〈일출 때의 밀밭〉(생 레미)

6. 〈붉은 포도밭〉(몽마주르)

모두 30호 캔버스에 그린 유화입니다.

전시 공간 규격보다 4미터 정도 초과하는 것 같은데 6점이 다채로운 색의 효과를 보여주는 일종의 연작으로 구성되어 있습니다. 해결 방법을 찾아주실 거라 믿습니다.

다시 한 번 20인회 전시회에 초대해주셔서 감사드린다는 말씀 전합니다.

빈센트 반 고흐

614a프* ____ 1890년 5월

존경하는 이사악손 선생께

파리로 돌아와서 인상주의 화가들에 대해 선생이 연재하신 기사, 잘 읽어봤습니다.

선생이 전개하신 주제에 관해 너무 깊숙이 파고들어 이것저것 따질 마음은 없습니다만, 나는 선생께서 사실에 입각한 내용으로 있는 그대로의 상황을 우리나라 사람들에게 아주 상세히 알리고 계신다고 생각하고 있습니다. 그러다 보니 이후의 기사에 어쩌면 나에 관한 부분도 언급될 것 같아 다시 한 번 조심스레 말씀드리는데, 나는 중요한 역할을 할 사람이 *전혀 아니기* 때문에 나에 관한 이야기는 *짤막하게만* 다뤄주시면 좋겠습니다.

나는 미래 세대 역시 색채와 현대적 감성에 관해서는 들라크루아나 퓌비스 드 샤반느 등이 이룩한 성과에 필적하며 이와 연장선상에 놓고 볼 수 있는 흥미로운 연구를 지속적으로 추구할 거라 믿고 있고(말하자면 그 중심에 바로 인상주의가 있고, 네덜란드의 미래 세대 역시 이 부분에서 큰 역할을 해주기를 바라면서) 이 모든 게 충분히 가능한 일이며, 그렇기 때문에 선생의 기사가 또 그만큼 중요한 존재가치를 지니고 있다고 생각합니다.

하지만 내용을 따라가다 보니 어디로 향해 가고 있는지 다소 모호하다는 생각이 들어 이렇게 편지를 드리게 된 것입니다. 말씀드리고 싶었던 건, 나는 프랑스 남부에서 지내면서 여러 차례 올리브나무 과수원을 그림으로 그렸다는 겁니다. 이전에도 아마 올리브나무를 소재로 한 그림이 있었다는 건 선생도 잘 아실 겁니다. 클로드 모네나 르누아르의 그림 중에도 아마 올리브나무를 그린 게 있을 겁니다. 그런데 이들의 그림을 제외하고(분명, 존재하는 그림이라고 생

* 빈센트가 오베르로 이동하는 도중에 들렀던 파리에서 이사악손의 기사를 읽고서 이 편지를 썼고, 오베르에 도착하자마자 발송했던 것으로 추정된다. 이사악손이 1889년 하반기부터 꾸준히 쓰던 연재글에 대한 빈센트의 생각을 담았기에 614a로 분류되어 있다.

이사악손이 그린 피사로

각하는데 막상 직접 본 적은 없는) 올리브나무를 소재로 그림을 그린 사람은 극히 드뭅니다.

화가들이 앞다퉈 다양한 모양의 올리브나무를 그려낼 날이 그리 멀지 않았습니다. 버드나무, 우듬지를 쳐낸 네덜란드 버드나무를 그렸던 것처럼, 도비니나 세자르 드 코크가 노르망디 사과나무를 그렸던 것처럼 말입니다. 빛의 효과, 하늘의 효과 등등 올리브나무를 소재로 한 그림은 얼마든지 다양하게 그릴 수 있다는 겁니다. 그런데 나는 변화하는 나뭇잎 색과 하늘의 색조 사이에서 나타나는 대조 효과를 살릴 방법을 모색해봤습니다. 그래서 나무에 연한 꽃이 피고 큼지막한 파란색 파리와 에메랄드빛 잔꽃무지, 그리고 매미 떼가 주변을 맴도는 시기에는 전체를 원색의 파란색 색조를 살려 그렸습니다. 그리고 구릿빛으로 변해가는 나뭇잎들이 무르익어가는 색조를 띠게 되면 눈부시게 빛나거나 초록색 혹은 주황색 줄무늬가 들어간 하늘을 표현하기도 했습니다. 또 가을로 넘어가면 나뭇잎들을 잘 익은 무화과처럼 은은한 자주색 색조로 표현하기도 했는데, 거대하고 희멀건 태양과 밝고 연한 레몬색 황금 테두리의 극명한 대조를 통해 이런 자줏빛 색조의 효과를 극대화하기도 했습니다. 한바탕 소나기가 지나간 뒤에는 하늘이 분홍색과 밝은 주황색으로 물든 것처럼 보이기도 하는데, 이럴 때면 은빛을 머금은 회녹색 색조가 아주 세련된 색감과 분위기를 자아내기도 합니다. 그리고 그런 분위기의 그림 속에서 올리브 열매를 따고 있는 여인들 역시 분홍색 옷을 입고 있습니다.

선생과 마지막으로 서신을 교환한 후로 나는 몇몇 꽃을 그린 습작을 제외하고는 오로지 올리브나무들만 그렸습니다. 꽃 그림은 초록색 배경에 여러 송이의 장미, 그리고 노란 배경과 분홍색 배경에 자주색 붓꽃 다발 정도입니다.

이제는 사람들이 퓌비스 드 샤반느가 들라크루아에 버금가는 비중을 가진 인물이라고 여기기 시작했습니다. 적어도 어느 정도는 위로가 되는 그림을 그리는 수준의 예술가라고 여길 정도로 말입니다.

현재 샹 드 마르스에 걸린 그의 그림은 마치 *아주* 오래전의 고대 예술과 *날것처럼 생생한* 현대 예술의 기묘한 만남 같은 인상을 풍깁니다. 뭐랄까요, 들라크루아의 그림보다 훨씬 더 모호하고 훨씬 더 예언적인 그의 후기 작품들 앞에 서면 모든 것이 계속 이어지고 있다는 느낌, 운명적인 동시에 자애로운 환생의 과정을 지켜보고 있는 듯한 감동에 빠져들게 됩니다. 하지만 산상설교의 장면처럼 결정적인 그림 앞에서 감사함을 느끼는 순간에는 굳이 그런 부분을 강조할 필요가 있었을까 하는 생각도 듭니다. 아! 그는 프랑스 남부의 올리브나무를 그릴 사람이자 *예언자*와 같은 사람이었습니다.

친구로서 드리는 말인데, 나는 자연을 마주 대하면 무력감을 느낍니다. 북구의 정서를 가진 내 머리는 이렇게 평화로운 장소에서 악몽에 시달립니다. 왜냐하면, 이보다 나은 것을 만들어내야 한다는 압박감을 느끼기 때문입니다. *전혀 아무런* 노력도 하고 싶지 않다는 말이 아닙니다. 다만, 그 노력은 이 두 가지에(사이프러스와 올리브나무) 이름만 붙여주고, 나보다 뛰어나고 힘 있는 이들이 상징적인 언어로 이것들을 표현할 수 있게 돕는 것에 국한됩니다.

밀레는 밀밭의 목소리를 대변해주고 있고 그건 쥘 브르통도 마찬가지입니다. 하지만 퓌비스 드 샤반느를 떠올릴 때면, 언젠가 올리브나무의 진가를 표현할 수 있는 사람의 하나라는 생각을 지울 수가 없습니다. 저 멀리 새로운 화풍의 출현이 보이는 것 같긴 하지만 내게는 너무 버거운 일입니다. 그래서 기쁜 마음으로 북쪽으로 돌아갈 수 있는 겁니다.

보시다시피, 내 마음속에 자라고 있는 물음은 바로 이런 겁니다. 올리브나무, 오렌지나무, 레몬나무 과수원에 사는 사람들은 과연 어떤 사람들일까?

이것들을 키우는 농부는 밀레가 그린 밀을 재배하는 사람들과는 또 다른 사람들입니다.

하지만 밀레는 자연을 가꾸는 사람들을 새롭게 바라보는 길을 제시해주었습니다. 그런데 아직까지 우리에게 프랑스 남부 사람들의 참모습을 그려준 이는 아무도 없습니다. 샤반느나 다른 화가가 아마 그들의 모습을 보여주게 되면 옛말의 의미가 새롭게 다가올 겁니다. 마음이 가난한 자들이여, 복을 받을 지어라, 마음이 순수한 자들이여, 복을 받을 지어라. 어지럽고 허름한 북부의 시골 마을에서 자란 우리 같은 사람들은 이런 말을 들으면 저런 농부들의 집 먼발치에서 발걸음을 멈추게 됩니다. 그리고 우리에게 렘브란트에 버금가는 감식안을 가지고 있다는 확신이 있어도 이런 질문을 하게 됩니다. 라파엘로가 이런 그림을 그리고 싶어했을까? 미켈란젤로는? 다빈치는? 모르긴 해도 덜 이교도적이었던 조토는 아마 그런 마음이 차고 넘쳤을 겁니다. 현대적인 감각을 지녔던 이 병약한 대가는 말입니다.

(뒷부분 소실)

615프 ____ 1889년 11월 26일(화)

테오에게

보내준 물감, 고맙게 잘 받았다. 그리고 같이 보내준 털옷도 정말 근사하더라.

너는 이렇게 나한테 잘해주는데, 나도 너를 위해 무언가를 해서 적어도 배은망덕한 인간은 아니라는 사실을 보여줄 수 있으면 얼마나 좋을까. 그나저나 아주 적절한 시기에 물감이 도착했다. 아를에서 산 물감도 거의 바닥이 나고 있었거든. 그게, 이번 달에는 올리브나무 과수원에서 작업을 해서 그래. 올리브나무도 제대로 관찰하지 않고 올리브나무 정원에 있는 그리스도를 그린 두 사람 그림을 보니 화가 나서 참을 수가 있어야 말이지. 물론 내 그림에는 성경과 관련된 요소는 전혀 없어. 베르나르와 고갱에게 우리 화가의 의무는 몽상하는 게 아니라 생각하는 게 아닌가 싶다는 내용의 편지를 써서 보내면서 두 사람이 이 부분을 이런 식으로 대충 넘겼다는 사실에 놀랐다는 사실도 전했어. 베르나르가 자신이 그린 그림을 사진으로 찍어 보내줬거든. 사진을 보니 이건 몽상 같기도 하고 악몽 같기도 하고 박학다식한 분위기도 어느 정도 느껴지지만(르네상스 이전의 예술에 심취한 사람의 분위기도 묻어나고) 솔직히 영국의 라파엘 전파주의자들이 해도 그것보다는 낫겠더라. 퓌비스나 들라크루아가 했으면 이 라파엘 전파주의자들보다도 훨씬 나았을 거야.

냉담하게 그냥 넘길 수는 없었어. 그런데 기분이 나아지기는커녕 괴로울 정도로 낙담이 되더라. 그래서 이 기분을 떨쳐내려고, 아름답고 밝은 태양이 비추고 맑고 선선한 날이 이어지는 요 며칠, 아침부터 밤까지 과수원을 돌아다니며 그림을 그렸더니 30호 캔버스를 5개나 꽉 채웠는데, 네가 가지고 있는 올리브나무 습작 3점과 함께, 적어도 내가 어려운 부분을 공략한다는 모습을 보여주는 증거가 되지 않을까 싶다. 올리브나무는 네덜란드의 버드나무나 윗부분을 쳐낸 나무들처럼 모양이 달라져. 버드나무가 생김새는 단조롭지만 그래도 보는 맛이 있잖아. 그 지역의 특징을 보여주는 대표적인 나무지. 네덜란드를 대표하는 게 버드나무라면, 여기서는 올리브나무와 사이프러스야. 내가 그린 것들은 두 사람의 추상적인 그림에 비하면 다소 거칠고 투박한 사실주의적 그림이라고 할 수 있어. 하지만 시골의 색조를 보여주고 땅의 질감을

느끼게 해주는 그림이라고 생각한다. 고갱과 베르나르가 실물을 보고 그린 습작을 보고 싶다. 특히, 베르나르가 초상화 이야기를 했는데 아마 그 그림이 더 내 마음에 들지도 모르겠어.

추위 속에서 그리는 데 익숙해지면 좋겠다. 아침에 하얀 서리와 안개 효과가 나타나거든. 또 올리브나무에 공들인 만큼 산과 사이프러스도 열심히 그려보고 싶어.

사실 올리브나무나 사이프러스는 그림으로 그려진 적이 거의 없어. 그리고 시장에 내놓을 생각을 하면 이건 *당연히* 영국 시장에 선보여야 해. 내가 거기 사람들이 찾는 걸 좀 알거든. 어쨌든 이렇게 해서 길을 찾아 나가면 가끔은 제법 그럴듯한 그림을 그릴 수 있을 거라는 확신이 든다. 이사악손에게도 말했듯이, 미리부터 이걸 그리고 싶다거나 저걸 그리고 싶다고 생각하지 말고 그냥 신발을 만들듯 예술적인 고민 없이 꾸준히 실물을 보고 그림을 그리면, 매번 좋은 그림을 그릴 수는 없겠지만, 생각 없이 그림을 그리는 와중에 선대 화가들이 남긴 작품에 버금가는 소재를 찾게 될 날이 올 거라는 확신이 점점 더 굳어지고 있어. 이렇게 해서 어느 한 지역에 대해 처음 봤을 때와는 근본적으로 다른 면을 알아가게 되는 거야.

반대로 이런 생각을 할 수는 있어. 내 그림을 더 멋지게 완성하고 싶다거나 더 공들인 결과물을 만들어내고 싶다는 등등. 그런데 날씨 때문에, 시시각각 변하는 효과로 인해 결국 원했던 결과물을 만들어내지 못하면, 포기하면서 이런 생각에 이르게 될 거야. 수많은 경험과 사소한 작업이라도 *매일같이* 반복하는 것만이 장기적으로 봤을 때, 완벽하고 사실적인 그림을 그리는 길이라고. 긴 호흡으로 천천히 작업하는 것만이 유일한 길이야. 무조건 좋은 그림을 만들겠다는 야심은 바람직하지 않아. 매일 아침 캔버스와 사투를 벌이면서 이기는 만큼 많이 져봐야 해. 그림을 그리려면 안정되고 규칙적인 생활이 전적으로 필요해. 그런데 현대 사회를 들여다보고 있으면 도대체 어떻게 해야 할지 모르겠다. 베르나르만 봐도 부모님의 닦달에 쫓기듯 허둥거리며 살잖아. 그는 자신이 원하는 대로 할 수가 없어. 처지가 비슷한 사람이 어디 한두 명이냐.

유화를 그리지 않겠다고 할 수도 있어. 하지만, 그러면 뭘 그리지? 유화보다 더 효율적이지만 비용은 덜 들고 더 오래가는 방식을 발명이라도 해야 하나? 회화……. 그것도 언젠가는 어디서나 들을 수 있는 설교처럼 흔한 일이 되고 말 거야. 그리고 화가들은 시대에 뒤떨어진 존재가 되겠지. 정말 그렇게 된다면 유감스러울 거야. 레르미트나 롤이 밀레를 이해하고 파악한 만큼만이라도 화가들이 밀레를 한 사람의 인간으로서 이해했다면 상황이 지금 같지는 않았을 거다. 그렇기 때문에 오래도록 남으려면 농부처럼 자만하지 않고 열심히 *일해야* 하는 거야.

대형 전시회에 참가하는 것보다 서민을 위해서, 그 서민들의 집에, 밀레의 작품처럼 교훈이 될 만한 회화 1점, 복제화 1점이 걸릴 수 있도록 그림을 그리는 게 더 나을 거다.

캔버스를 거의 다 써간다. 가능해지면 대략 10미터 정도만 보내주면 좋겠다. 그러면 사이프러스와 산을 그릴 거야. 이것들이 프로방스에서 그린 그림의 중심이 되어야 할 것 같거든. 그러면 때가 됐을 때 이곳 생활을 접을 수 있을 것 같다. 그런데 서두를 일은 아니야. 어쨌든 파리는 그냥 기분전환 정도로 생각하고 있으니까. 잘은 모르겠는데(비관주의자로 산 적은 없었어) 항상 이런 생각이 들어. 언젠가 소설로 가득찬 서점을 그리겠다는 생각. 배경은 저녁 시간이고 서점에 들어선 책장은 노란색과 분홍색으로, 행인은 검게 칠한 그런 그림으로. 모로 보나 현대적인 그림 소재 같아. 왜냐하면 은은한 조명이 나오는 곳으로 그릴 생각이거든. 그래, 올리브나무 과수원과 밀밭, 씨 뿌리는 사람과 일본 판화 가운데 두면 괜찮을 소재 같다. 어둠 속에서 빛을 내는 대상으로 그릴 생각을 하고 있으니 말이야. 그래, 파리를 아름답게 바라볼 방법이 있기는 하지. 그런데 서점이 산토끼처럼 어디 도망갈 것도 아니니 서두를 일도 없다. 여기서 한 1년 작업하면서 지내는 게 현명할 수 있을 것도 같고.

어머니가 레이던으로 가신 게 벌써 보름은 된 것 같구나. 어머니께 드릴 그림을 아직 네게 못 보냈다. 20인회에 보낼 〈밀밭〉도 같이 보내려다 보니 이렇게 됐다.

요에게 안부 전해주고, 건강히 잘 지내고 있다니 대단할 따름이다. 물감과 털옷을 보내줘서 다시 한번 고맙다는 말 전하고, 마음으로 진심 어린 악수 청한다.

너를 사랑하는 형, 빈센트

616네 ___ 1889년 12월 9일(월) 혹은 10일(화)

사랑하는 어머니께

아나의 아이들과 리스까지 와서 '다시 집 안이 북적거리니' 정말 좋다는 말씀을 충분히 이해할 것 같습니다. 빌레미나가 집 구조를 상세히 알려주었습니다. 고심 끝에 이사하셨는데 정말 다행입니다. 이제 레이던에 오래 머무시면서 행복한 나날을 이어가셨으면 좋겠습니다. 저는 이곳에서 종종 어머니 생각하며 잘 지내고 있으니 걱정하지 마시고요. 가끔은 제가 바라는 것보다 더 많은 시간을 저한테 쏟고는 있지만 말입니다.

그렇다고 해서, 어떤 이유로든 불평할 일은 없습니다. 회복은 꿈도 못 꿨던 작년 이맘때와 비교하면 건강도 나아졌고, 기력도 회복했을 뿐만 아니라 더 차분해졌으니까요. 다만 그때 겪었던 발작 증상의 경험은 평생 갈 것 같습니다. 그래도 그림 작업에 충실하면 괜찮을 겁니다. 나머지 것들은 그저 다시 하기 힘든 일이라고 여기며 넘겨야죠. 고민해봐야 소용도 없고요.

브뤼셀 전시회에 관심이 가는 건 여기서 그린 그림 몇 점을 출품하기 때문입니다. 무척 다른 지역에서 그렸는데도 마치 췬더르트나 칼름트하우트를 그린 그림과 완전히 닮은꼴인 데다, 그림을 잘 모르는 문외한들도 감상하고 이해할 수 있을 겁니다. 이런 그림을 그릴 거였으면 차라리 그냥 브라반트 북부에 남아 있지 그랬느냐고 말할 사람도 있겠지요. 그런데 뭐, 이미 이렇게 된 걸 어쩌겠습니까.

요즘 부쩍 테오 내외 생각을 많이 하시겠죠. 1월경 빌레미나가 가서 두 사람을 도와줄 거라니 잘됐습니다. 그동안 어머니는 미나 이모님 댁에 가 계셔도 좋겠네요. 이모님도 편찮으시니 말입니다. 이모님께 제가 안부 여쭙는다고 말씀 꼭 전해주세요. 어머니 말씀처럼 이모님이 편찮으셔도 불평 한 번 않으시니 참 대단하세요.

전 내년에도 대부분 여기서 지낼 것 같습니다. 꼭 건강 문제가 아니더라도 그림을 그리기에도 이곳이 낫습니다. 이젠 이곳에 꽤나 익숙해졌거든요. 여기 생활비도 만만찮게 들어가지만, 주거를 옮기면 어쨌든 그림 작업에 지장을 줍니다. 그래서 일단 그림 작업을 규칙적으로 할 수 있는 한 계속 여기 머무는 걸 진지하게 고려 중입니다. 게다가 이 일대를 배경으로 그림을 그린 화가가 거의 없습니다. 있어도 소수에 불과하고요. 왜냐하면 이곳이 프랑스 남부이긴 하지만 고향인 네덜란드보다 훨씬 따뜻한 곳도 아니거든요. 그래서 대부분의 화가들은 여기보다 더 먼 니스 등지로 가는 편입니다.

그나저나 이모님이 프린센하허를 떠나신 줄은 전혀 몰랐습니다. 야코프 부부를 내보내신 건 정말 잘하셨고요. 일꾼들이 거의 주인 행세를 하고 지냈으니 지나쳐도 너무 지나쳤어요. 살다 보면 도대체 어쩌다 일이 이 지경까지 왔나 싶을 때가 있는데, 이 경우가 딱 여기에 해당하는 것 같습니다. 아무튼 잘하신 것 같네요. 그래도 프린센하허에 남달리 애정이 많으셨으니, 지금도 그리우시겠죠. 애착이란 워낙 개인적인 부분이라서 남들이 빼앗아갈 수는 없는 겁니다.

오늘은 여기서 인사드릴게요. 코르 소식 전해주셔서 고맙습니다. 마음으로 포옹을 나눕니다.

어머니를 사랑하는 아들, 빈센트

빌16프 ____ 1889년 12월 9일(월) 혹은 10일(화)

사랑하는 누이에게

편지해줘서 정말 고맙다. 1월에 테오에게 간다니 반가운 소식이다. 나 역시 파리에 갈 가능성이 없지는 않으니, 어쩌면 다 같이 만날 수도 있겠구나.

어머니와 네가 전해준 새 집에 대한 상세한 설명들, 정말 흥미로웠다. 어쨌든 이번 이사는 현명한 선택이었던 것 같다. 사람들이 초록색, 빨간색 모직물들을 들고 와 나란히 앉아서 빨래를 하고, 바지선과 이런저런 선박들이 정박해 있고, 저녁이면 창문이 번쩍거리는 공장 건물이 서 있는 선착장이라니, 직접 보면 정말 매력적일 것 같구나. 거기 있었다면, 그 효과들을 그림으로 그렸을 거다.

정원에서도 뽕나무가 틀을 타고 올라가며 자라고 있다고. 뽕나무라면 여기도 많아. 바로 얼마 전에 빽빽한 잎사귀들이 노랗게 변한 거대한 뽕나무를 그렸다. 그 뒤로 하늘은 파랗고, 흰 돌들이 깔린 바닥에 햇살이 화창했지.

해바라기 그림 2점과 붉게 물든 가을 포도밭, 꽃이 핀 과수원, 담쟁이덩굴이 감싼 그루터기, 노란 밀밭 위로 해가 떠오르는 그림 등을 브뤼셀 전시회에 보낼 생각이다. 지금 저 마지막 그림을 작업 중인데(테오는 꽃이 핀 과수원과 이 그림이 가장 마음에 든다더라) 내 그림 중에서 가장 온화한 느낌을 준다. 밭고랑이 만든 긴 선이 저 멀리 보이는 자줏빛 언덕을 향해 도망치듯 올라가는 모양이야. 분홍색과 자주색 땅 위로 황록색 밀이 대리석처럼 무늬를 만들고. 태양이 떠오르는 뒷배경의 하늘은 연한 레몬옐로와 분홍색이 은은하게 어우러진 색이야.

여기가 네덜란드보다 따뜻하겠거니 생각지 말아라. 이제 막 겨울의 문턱에 접어들었는데 추위가 3월까지 이어질 거야. 네덜란드보다 비는 좀 적지만, 바람은 견디기 힘들게 매섭고 뼛속까지 시린 추위는 가혹할 정도야. 그래도 햇살은 더 강렬하고 하늘은 쨍하도록 파랗단다.

아마 조만간 내가 약속했던 그림이 도착할 거야. 테오가 아직도 내내 기침으로 고생한다는 요의 말을 네 편지로 전해듣고 나니 심란하다. 너무 걱정이 돼. 그래도 곧 태어날 아이를 위해 이겨낼 거라 기대한다. 차라리 테오가 내 건강을 가져갔으면 좋겠어. 난 신선한 공기를 마시며 생명력을 느끼며 살고 있는데 그 녀석은 매일같이 사무실에 앉아 온갖 고민을 떠안고 불안해하며 지내니까. 게다가 부소 화랑 사람들은 고약하거든. 아주 거만하고 고압적이지.

지금은 작업 중인 유화가 12점이다. 특히 하늘 전체를 분홍색으로 칠한 올리브나무 과수원, 배경 하늘이 초록색과 주황색인 올리브나무 과수원, 커다란 노란 태양이 뜬 올리브나무 과수원, 이렇게 3점에 심혈을 기울이고 있어.

또, 붉은 노을을 배경으로 서 있는 기다란 상처투성이 소나무도 있어.

테오에게도 방금 편지가 왔는데, 요와 자신은 건강히 잘 지내고, 네가 자신들 집에 올지도 모른다는 얘기까지 적었구나. 우리는 속히 테오가 건강을 회복하기를 바라자. 가족 모두가 그 녀석에게 큰 영향을 받으니까 말이야.

지금은 시골에서 여름을 보낸 화가들이 파리로 돌아가는 시기야. 베르나르가 누구냐고 물었지? 젊은 화가인데 많아야 스무 살 정도. 상당히 독특한 친구야. 고대 그리스나 이집트의 그림처럼 우아한 현대판 인물화를 그리고 싶어 해. 표현력이 넘치는 동작을 통해 우아함을, 그리고 과감한 색채로 매력을 더할 방법을 연구하고 있지.

그 친구 그림 중에서 〈브르타뉴의 일요일 오후〉라는 그림이 있어. 브르타뉴의 아낙네, 농부들, 아이들, 초록색 벌판을 돌아다니는 개들, 온통 검은색에 빨강색인 의상을 입은 자들, 머리에는 하얀 머리쓰개를 걸친 이들……. 그런데 그중에 빨간 옷 여성과 유리병 같은 초록색 옷 여성, 이렇게 둘은 상당히 현대적인 모습으로 표현했더라.

테오에게 내가 그 친구 그림을 보고 따라 그린 수채화가 있으니 보여달라고 해라. 분위기가 워낙 독특해서 꼭 1점 그려서 소장하고 싶었거든. 그러고 보니, 그 친구가 그린 바위 그림은 너도 아마 기억할걸. 브르타뉴의 바위와 절벽, 해변을 여러 점 그렸거든.

그리고 파리 외곽지역에서 그린 풍경화와 인물화도 많아. 테오에게 내 그림과 교환한 베르나르의 그림이 하나 있는데 아주 근사해. 그 친구 할머니의 초상화인데 초콜릿 색의 벽지와 새하얀 침구가 놓인 침대를 배경으로 외눈의 연로한 노부인 얼굴이 인상적이야.

올해 자신이 그린 그림 사진을 6장 보내줬는데 이번에는 상당히 대조적으로 성경 속 이야기를 주제로 한 그림들이더라. 좀 묘하기도 하고 논란거리가 될 요소도 좀 있어. 하지만 이것만 봐도 참 호기심 많고 뭐든 시도하는 친구인 걸 알겠지. 이번 건 색채감이 지나치고 뻣뻣한 인물을 보면 마치 중세 태피스트리 같은 느낌도 들어.

난 중세풍인 것만 마음에 들더구나. 영국의 라파엘 전파주의자들 그림이 더 진지하고 진실되면서 지식과 논리까지 담고 있거든. 너도 〈위그노〉와 〈세상의 빛〉을 판화로 작업한 밀레이를 알 거다. 혹시 원한다면 내가 베르나르에게 이야기해서 네가 파리에서 지내는 동안 네 초상화를 그려달라고 부탁할게. 기꺼이, 그리고 아주 근사하게 그려줄 거다. 네가 불편하다면 굳이 그런 부탁은 하지 않겠지만, 나는 한번 그래봤으면 좋을 것 같다. 그 친구가 그림 교환을 원하면 나도 그려서 교환하면 되는 거야.

이 편지를 쓰는 동안에도 잠깐 작업 중인 그림에 붓질을 하러 일어났다. 붉은색, 주황색, 노란색의 하늘 아래 서 있는 소나무 그림이야. 어제는 상쾌하게 칠했거든. 순수하고 밝은 색조로. 그런데 네게 편지를 쓰면서 무슨 생각이 들었는지 모르겠는데, 다시 보니까 이건 아니다 싶더라. 그래서 흰색과 녹색에 양홍색을 약간 섞으면 나오는, 광택 없이 칙칙한 흰색을 만들어봤어. 이 녹색의 색조로 하늘 전체를 덮어버렸더니, 멀리서 보면 가미한 색조를 좀 연하게 만들어주긴 했는데 괜히 그림을 망친 것 같은 생각도 든다. 불행과 질병이 우리를 이렇게 만들고, 우리 건강을 이 지경으로 만든 것일까? 운명이, 그 대단한 운명이 외면해서 이르게 된 이 지경보다는, 그래도 막연히 바랐고 추구했던 행복과 안정을 누릴 자격이 우리에게 있지 않을까? 잘 모르겠다.

몇몇 내 그림을 다른 그림과 비교하면 일부러 그렇게 그린 적은 없지만 마치 환자가 그린 것 같은 느낌이 들기도 해. 하지만 내 의도와 상관없이 언제나 내가 계산한 부분은 가미한 색조로 연결되더라고. 베르나르의 부모님은 지금 마지못해 그 친구를 먹여주고 재워주고 계셔. 그래서 종종 돈 한 푼 못 벌어온다고 나무라시지. 그래서 그 친구에게는 집이 지옥 같을 거야. 하지만 내가 알기로, 들이는 비용이 없으면 충분히 작업을 할 수도 없어. 아무튼 베르나르라는 친구는 파리 출신의 교양 있고 용감한 청년이야. 올해 군에 입대할 계획이었는데 건강 문제 때문에 내년으로 미룬 상태야.

이제 다시 그림 작업을 하러 가야겠다. 곧 연락하자. 마음으로 포옹을 나눈다.

너를 사랑하는 오빠, 빈센트

베21프 ___ 1889년 12월 초

친애하는 벗, 베르나르

보내준 편지 고맙게 잘 받았네. 무엇보다 사진을 보내줘서 고마웠어. 덕분에 자네가 어떤 그림을 그리고 있는지 알 수 있었어.

얼마 전 동생에게 받은 편지에 자네 그림에 관한 내용이 있더군. 전체적인 색감이 조화를 이루고, 몇몇 인물들은 우아한 느낌이 살아 있어서 아주 마음에 들었다더라고.

〈동방박사들의 경배〉는 배경이 매혹적이라 감히 비판할 엄두도 나지 않았어. 하지만 이렇게 길 한복판에서 갑자기 아이를 출산한다는 상상이나, 아기 엄마가 젖을 물리는 게 아니라 기도를 하고 있다는 가정이 너무 비현실적이야. 무릎을 꿇은 모양새가 꼭 개구리 같은 성직자들은 마치 발작이라도 일으킨 모양새고. 아니 도대체 어쩌다가, 왜 이런 그림을 그린 건가!

솔직히 나는 이 그림이 그리 건전하다는 생각이 들지 않아. *왜냐하면* 나는 사실적인 것, 그럴듯한 것을 더 좋아하기 때문이야. 그래, 나도 영적인 상상력이 충만해질 때가 있기도 해. 그래서 들판에서 태어난 송아지를 올리브나무 과수원으로 데려오는 농부들을 그린 밀레의 습작, 온몸을 전율케 하는 그 습작 앞에 서면 저절로 고개가 숙여지는 거야. 그런데 말이야, 친구, 프랑스 사람이나 미국 사람이나 느끼는 건 똑같은 거야. 자네, 다음에도 중세 태피스트리 같은 그림을 들고나올 텐가? 진지한 신념으로 가지고 있는 생각인 건가? 아니겠지! 자네는 그것보다 더 잘 할 수 있는 사람이야. 자네는 가능한 것, 논리적인 것, 사실적인 걸 찾아야 한다는 걸 아는 사람이기도 해. 비록 보들레르식의 파리 분위기를 어느 정도는 잊고 가야 하긴 하지만 말이야. 나는 저 양반보다 도미에를 훨씬 좋아하지!

〈전조〉라니, 도대체 무슨 전조라는 건가? 천사로 표현된 인물이 보이기는 하지. 그래, 우아하기는 해. 사이프러스 두 그루가 있는 테라스, 그것도 마음에 들어. 탁 트인 공기, 밝은 분위기 다 좋다고……. 그런데 이런 첫인상이 지나고 나면 도대체 이게 뭔가 싶은 생각이 들고, 등장인물들에 대한 감흥도 전혀 없어.

이 정도면 내가 자네 그림, 그러니까 다른 그림이 아니라 고갱이 가지고 있는 자네 그림에 대해 얼마나 더 알고 싶어 하는지 내 마음을 충분히 이해할 거라 믿네. 산책하는 브르타뉴 여성들 그림은 전체적인 조화도 뛰어나지만, 색감의 강조도 아주 자연스럽거든. 그런데 그런 그림을 (굳이 이 말을 꼭 써야겠네만) 어색하고 부자연스러운 그림과 바꾸다니!

작년에 자네는 그림을 하나 그렸는데(고갱이 해준 이야기에 따르면) 그게 거의 이런 분위기였을 거야. 전경에 배치된 잔디밭 위에 한 젊은 여성이 파란색인가 흰색 원피스 차림으로 길게 누워 있고, 그 바로 뒤로 너도밤나무 숲이 끝나는 지점이 보이면서 바닥에는 붉게 물든 나뭇잎이 떨어져 있고, 녹회색 나무 몸통들이 수평으로 이어지고 있는 그런 장면.

인물의 머리는 아마 흰 옷과 보색을 이룰 수 있는 색조가 필요했을 거야. 옷이 흰색이었다면 아마 검은색이겠고, 옷이 파란색이었다면 주황색이었을 거고. 아무튼 나는 이런 생각을 했어. 소재가 이렇게 단순한데, 이런 대수롭지 않은 장면으로 우아한 그림을 그릴 수 있다는 게 대단하다고 말이야.

고갱이 다른 그림 이야기도 해줬어. 단순히 나무 세 그루를 그린 건데 파란 하늘과 대비되는 주황색 잎사귀가 달려 있다고. 그런데 윤곽선이 아주 또렷하고 또 대조를 이루는 색에 따라 아주 확실히 잘 구분된 분위기라 하더라고! 아주 좋아!

이 그림을 〈올리브나무 정원의 그리스도〉라는 악몽 같은 그림과 비교하다니, 세상에, 그게 얼마나 슬픈 일인지 모르겠네. 이 편지를 통해 자네에게 간곡히, 하지만 내 폐가 터져나가도록 아주 있는 힘껏, 큰 소리로, 욕지거리를 불사하겠다는 아주 단호한 마음으로 부탁하는데, 조금이나마 자네다운 그림을 그려주면 좋겠어.

〈십자가를 진 그리스도〉는 끔찍했어. 그 안에 뿌려놓은 색이 과연 조화를 이룬다고 생각하나? 그 구도가 갖는 *진부함*(그래, 맞아, 진부함이지)은 도대체 그냥 봐줄 수가 없을 정도야.

자네도 알다시피, 고갱이 아를에 있을 때, 나도 한두 번 정도 따라서 추상화 분위기를 내본 적이 있어. 〈자장가〉나 검은 옷을 입고 노란색 배경의 서가 앞에 선 인물을 그린 〈소설 읽는 여성〉이 그래. 추상화도 일면 매력적인 방법 같기는 해. 하지만 마법의 땅과도 같은 거야! 그래서 순식간에 벽에 부딪히게 된다고.

탐구 정신을 거침없이 실천에 옮기고 온몸으로 현실과 맞부딪혀 싸워봐야만 그런 모험을 해볼 만하다고 이야기하는 건 아니야. 하지만 나는 이런 문제로 골머리를 앓고 싶은 마음은 없어. 나는 올 한 해 동안 인상주의니, 뭐니, 이런저런 것들을 신경 쓰지 않고 그저 실물만 보고 그림을 그렸어. 하지만 이번에도 커다란 별을 그리고 싶다는 생각을 떨칠 수가 없었지. 실패로 끝나긴 했지만 말이야.* 나도 할 만큼 해봤지.

그래서 지금은 올리브나무들을 그리면서 다양한 효과를 시도하고 있어. 노란 땅과 대비되는 잿빛 하늘, 녹색과 검은색의 잎사귀 등등. 또 한 번은 땅과 잎사귀를 모두 자줏빛으로 칠하고 하늘을 노랗게 그리기도 했어. 황적색 땅에 분홍색과 초록색 하늘을 그리기도 했고. 이런 것들이 위에 언급한 추상적인 그림보다 훨씬 더 흥미롭지.

한동안 편지가 뜸했던 건 병과 씨름하면서 머리를 진정시키고 달래야 하는 상황이라 이런저런 이야기를 할 의욕도 느끼지 못했고 추상화에 관한 내용이 다소 위험해 보였기 때문이었어. 그냥 차분하게 그림 작업에 열중하다 보면 아주 괜찮은 소재들이 저절로 눈에 들어오는 것 같아. 사전 계획이나 파리식 편견에 치우치지 않고 있는 그대로의 현실 속에 다시 집중하는 게 관건이야. 그런데 올 한 해의 결과물은 사실, 매우 실망스러웠어. 하지만 이게 내년을 위한 든든한 밑거름이 되어줄 거라 생각하네. 작은 산들이며 과수원을 돌아다니면서 신선한 공기를 실컷 들이마시며 지냈지. 이러다 보면 어떻게든 되겠지. 내가 가진 야망이라고 하면, 그저 몇 줌 되는 땅이나 거기서 자라는 밀, 올리브나무 과수원, 사이프러스 등이 전부일세. 그런데 사이프러스는 호락호락한 대상이 아니더라고. 르네상스 이전의 예술 작품을 좋아하고 그 분야에 관한 공부까지 한 자네가 조토에 대해 아는 게 없어 보인다는 게 의아할 따름이네. 고갱과 나도 몽펠리에에 갔을 때 조토가 그린 작은 그림을 봤었거든. 한 성녀의 죽음을 주제로 한 그림이었어. 그림 속에 표현된 고통과 무아의 상태는 상당히 인간적이어서 19세기를 사는 우리도 그 감정을 고스란히 느끼고 공유할 수 있을 정도로(마치 그 자리에 가 있는 듯한 정도로) 사실적이었어.

자네가 지금 그리고 있는 그림을 직접 보면, 아마 그 색감에 깊이 감동할 것 같은 느낌이야. 그런데 자네가 아주 자세히 관찰하고 그렸다는 그 초상화는 훨씬 더 괜찮을 것 같아. 그게 바로 자네다운 그림이 될 거야.

내가 지금 작업하고 있는 그림은 이런 거야. 내가 머물고 있는 요양원의 정원을 바라본 장면인데 오른쪽에는 회색의 테라스와 요양원 건물 일부가 보여. 꽃이 다 진 장미 덤불이 조금 보이고 왼쪽으로는 정원의 땅바닥이 있어. 황적색이고 태양에 그을린 흙 위에는 소나무에서 떨어진 잔가지들이 쌓여 있어. 정원의 경계에는 몸통과 가지가 황적색에 검은색이 들어가 침울해 보이기도 하는 초록색 잎사귀가 달린 커다란 소나무들이 세워져 있어. 높이 솟은 이 나무들은 노란 바탕에 자줏빛 줄무늬가 들어간 하늘과 또렷이 대조를 이루고 있어. 하늘은 더 높이 올라갈수록 노란색에서 분홍색으로, 또 분홍색에서 초록색으로 변해가지. 맨 뒤로 담장이(역시 황적색이야) 시야를 가리는데 바로 그 너머로 자줏빛과 황토색 산맥이 길게 드리워져 있어. 맨 앞

* 〈별이 빛나는 밤〉을 의미하는 것으로 추정되는데, 이전에 테오에게 보낸 편지에는 다소 긍정적인 의견을 내비쳤다.

에 나와 있는 어마어마하게 커다란 나무는 벼락을 맞은 뒤 잘려 몸통만 남아 있어. 그래도 가지 하나가 옆으로 삐져나와 위로 뻗어올라갔고 짙은 초록색 잔가지들이 쏟아지듯 아래로 흘러 내려와 있어. 이 시커먼 거인은(기가 꺾인 오만한 사람 같은) 살아 있는 사람의 특징에 비유하자면 바로 맞은편에서 시들어가는 장미 덤불의 마지막 꽃송이가 짓고 있는 창백한 미소와 대조를 이룬다고 할 수 있어. 나무 아래로는 비어 있는 돌 벤치가 설치돼 있고 짙은 색 회양목들이 자라고 있어. 웅덩이에 비친 비 온 뒤의 하늘은(노랗게) 빛나고 있고. 마지막으로 남은 한 줄기 햇살은 진한 황토색을 주황색으로 보이게 만들 정도로 강렬해. 검게 칠한 인물 몇몇이 여기저기 나무 사이로 걸어 다니고 있어.

황적색과 잿빛이 들어간 암울한 초록색, 윤곽선으로 쓴 검은 선 등의 조합이 소위 '격노한 사람'이라고 불리는 이곳의 불행한 동료 환자 일부가 종종 겪고 있는 두려운 감정을 어느 정도 표현한다는 거, 아마 자네는 이해할 수 있을 거야. 벼락을 맞은 커다란 나무나 마지막으로 남은 가을 장미 한 송이의 녹색과 분홍색의 병적인 미소가 이런 생각을 뒷받침해줄 수 있어.

다른 그림은 노란 밀밭 위로 떠오르는 태양을 그린 그림이야. 밭고랑을 표현한 선들이 그림 위로 도망치듯 올라가고 그 뒤로 자줏빛 언덕이 벽처럼 가로막고 있어. 밭은 자주색과 황록색으로 칠했어. 하얗게 칠한 태양 주변을 커다란 노란색 후광으로 감았어. 이 그림에서는 앞서 설명한 것과 대조적으로 차분함과 태평한 상태를 표현하려고 했어.

두 그림, 특히 첫 번째 그림의 의미를 설명한 건, 아무튼 자네에게 이런 걸 설명하고 싶었기 때문이야. 그림 속에 두려움을 표현하고자 할 때, 굳이 역사 속의 겟세마네 동산을 직접 건드리지 않고도 충분히 표현할 수 있다는 거 말이야. 그리고 위로가 되거나 감미로운 소재를 표현하고자 할 때도 굳이 산상설교에나 나올 법한 인물들을 끌어올 필요가 없다는 것도.

아! 성경을 감명 깊게 읽는 건 현명한 일이고 온당한 일이지. 하지만 현대라는 이 현실은 우리의 일상까지 깊이 파고든 터라, 우리의 머릿속에 아주 오랜 옛날 일들을 추상적으로 재구성하려 해도, 그 순간, 소소한 일상들이 우리를 그런 상념에서 끌어내고, 우리가 겪는 일들은 우리를 기쁨, 지루함, 고통, 분노, 미소 같은 개인적인 감정 속으로 강제로 밀어넣기 마련이지.

성경! 성경! 밀레는 아주 어렸을 때부터 그 성경 속에서 교육받고 자랐고 그 성경책만 읽었어! 그런데 그의 그림에는 성경과 관련된 요소가 전혀 담겨 있지 않아. 코로는 〈올리브나무 동산〉이라는 그림을 그렸고 거기에 그리스도와 샛별을 배치했는데 아주 숭고한 분위기가 느껴지는 그림이었어. 그의 작품에서는 호메로스, 아이스킬로스, 소포클레스 같은 인물을 비롯해서 복음서의 분위기도 느낄 수 있어. 하지만 잘 봐봐. 우리 모두에게 공통적일 수 있는 이 현대적인 감각과 감정은 언제나 신중하면서 동시에 압도적이잖아.

자네는 들라크루아를 이야기할지도 모르겠어. 그래, 들라크루아! 그런데 자네는 다양한 관점에서 공부를 해야 해. 그래, 역사 공부. 역사적인 장면을 그림에 담아내기 전에 말이야. 그렇기 때문에 이건 실패야, 이 친구야. 성경의 내용을 옮긴 그림 말이야. 이런 실수를 하는 사람은 거의 없어. 분명, 잘못된 거야. 하지만 그 실수에서 벗어난다면, 단언컨대, 정말 대단할 거야!

이렇게 실수하면서 길을 찾기도 하는 거잖아. 그러니 자, 어디 자네의 정원을 있는 그대로, 자네 마음대로 한 번 그려서 만회해 보게나. 어쨌든 중요한 건 차별화되는 요소를 찾아내고, 인물에 우아함을 불어넣는 거잖아. 그렇게 그린 습작에는 그간 들였던 공이 고스란히 남아 있으니 시간을 낭비한 건 아니지. 캔버스를 정교한 계획에 따라 커다랗게 구분하는 법, 대조 효과를 줄 수 있는 선과 형태를 긋는 법, 이게 다 기술이자 기법인 거지. 요리 비법처럼 말이야. 다시 말하면 자네가 화가로서 깊이를 다지고 있다는 뜻이기도 한 거니 아주 좋은 일이야.

우리가 살아가는 지금 이 시대에 그림 그리는 일이 비록 고약하고 성가신 일처럼 여겨지기는 하지만 이 직업을 택한 사람이 열정을 가지고 그리면 그 사람은 의무감이 넘치고 믿을 수 있는 사람이라고 할 수 있어. 이 사회는 사는 것 자체를 힘들게 할 때가 있어. 우리의 무력감이나 작품의 결함이 바로 이 부분에서 비롯되는 거야. 고갱도 이 문제로 고생하고 있을 거야. 그래서 그럴 능력을 갖추고 있으면서도 더 위로 뻗어나가지 못하는 거고. 나는 전적으로 모델을 구하지 못해 이렇게 고생하고 있는 거고. 대신, 여기는 그림 그리기 아주 좋은 장소가 있어. 30호 캔버스 5점에 그림을 그렸는데 전부 올리브나무야. 여기 계속 머무는 건 내 건강이 계속 나아지고 있다는 뜻이 될 거야. 내가 혹독하게 그림 작업에 열중하고 있는 건, 그만큼 강하게 나 자신을 몰아붙이기 위해서야. 추상화의 영향으로 무뎌지지 않을까 그게 걱정돼서 말이야.

자네가 내 습작을 봤는지 궁금하네. 풀 베는 사람하고, 노란 밀밭과 노란 태양을 그린 그림 말이야. 아직 그럴듯하다고 *할 수는 없지만* 그래도 골칫거리였던 노란색 다루기에 다시 한번 도전한 그림이야. 효과가 미비한 선영(線影)을 써서 따라 그린 그림이 아니라 현장에 직접 나가서 임파스토 효과를 충분히 활용해서 그린 그림을 말하는 거야. 나는 순수한 유황처럼 그려 보고 싶었어. 자네한테 해주고 싶은 말이 아직 많아. 오늘 이렇게 편지하는 것도, 머리가 좀 맑아진 덕분이야. 얼마 전이었다면 낫기도 전에 머리를 너무 혹사할까 걱정했을 거야.

진심 어린 손을 내밀어 악수 청하네. 앙크탱과 다른 동료들을 보게 되거든 안부 전해주게. 내 말 명심하고.

자네를 사랑하는 친구, 빈센트

한 철 정도 고갱과 함께 지내는 걸 아버님이 반대하셨다니 유감이라는 건 굳이 말할 필요도 없겠지. 고갱이 전한 소식에 따르면 건강 문제로 인해 자네의 군 입대가 1년쯤 연기되었다던데. 이집트의 주택을 묘사해준 건 정말 고마웠어. 그런데 그 집이 우리나라 초가집보다 큰지 작은지 여전히 궁금하네. 사람이 들어가 살 때는 어떤 비율일지도. 하지만 무엇보다 내가 알고 싶었던 건 바로 색이었어.

*****

12월 8일, 테오는 빈센트에게 두루마리로 된 유화 3점을 받았다는 소식을 전하면서, 계속해서 실물을 보고 그리는 게 좋겠다고 설명한다. 그리고 마네의 그림을 예로 든다. "상징주의를 추구하는 사람이라면 굳이 마네 선생의 그림을 뛰어넘는 그림을 애써 찾아다닐 필요는 없을 것 같습니다. 상징이라는 게 또 그리 의도된 것도 아니고 말입니다. 최근에 탕기 영감님이 화방에 형님 그림을 여러 점 내걸었습니다. 그러면서 담쟁이덩굴과 벤치를 팔고 싶어 하세요. 브뤼셀 전시회 출품작은 정말 잘 골랐습니다. 액자는 주문했습니다."

두 형제는 알다시피 몽티셀리를 높이 평가한다. "예전에 형님이 자주, 몽티셀리에 관한 책을 펴내야 한다고 말했지요. 그런데 얼마 전에 로제Auguste Marie Lauzet라는 작가가 몽티셀리의 그림 20점 정도를 석판화 복제화로 찍어낸 걸 봤습니다. 거기에 글도 달릴 겁니다. 그가 아마 우리 그림 중에서 복제화로 만들 게 있나 보러 왔을 겁니다. 어쩌면 영국이나 스코틀랜드에서 반응이 좋을 것도 같습니다. 석판화 복제화는 다양한 색조로 찍을 수 있고 인쇄 방식도 석판에 찍는 동판화와 비슷합니다. 이걸 만든 사람은 진짜 진정한 예술가입니다. 오리에라는 베르나르의 친구도 예전에 르픽가의 저희 집에 왔었는데, 그 친구도 형님 그림에 흥미를 보였습니다. 저한테 일지 비슷한 걸 보여줬는데 거기에 보니 탕기 영감 화방에서 본 형님 그림에 관한 이야기를 적어뒀더군요."

이어지는 편지에서, 빈센트가 알베르 오리에가 「르 메르퀴르 드 프랑스」에 기고한 자신에 관한 중요한 첫 기사를 읽고 어떤 반응을 보였는지 알 수 있다.

617프 ____ 1889년 12월 19일(목) 추정

테오에게

마지막에 보내준 편지, 고맙게 잘 받았다. 너와 요가 건강히 잘 지낸다니 다행이구나. 너희 내외 생각 자주 한다. 몽티셀리와 그의 채색 석판화에 관한 글이 출간되었다니, 흥미롭구나. 정말이지 반가운 소식이다. 조만간 꼭 보고 싶다. 네가 소장한 〈꽃다발〉도 그가 복제화로 찍어내면 좋을 텐데. 색채 면에서는 단연 월등한 작품이니까 말이야. 나도 언젠가 내 그림을 이렇게 복제화로 한두 점 찍어내고 싶다. 그나저나 지금 그리고 있는 건, 다 익어서 떨어지기 직전의 올리브를 따는 여성들이야. 땅은 자줏빛에 저 먼 곳은 황토색으로 처리했고, 올리브나무 몸통은 구릿빛에 잎사귀는 잿빛이 들어간 녹색을 썼지. 하늘은 완전히 분홍색조로 칠했고, 세 여인의 옷도 분홍색 계열이야. 전체적인 색조는 너무 도드라지지 않게 조절했어.

현장에 나가서 직접 그린 같은 크기의 습작을 본 기억으로 그린 거야. 시간이 갈수록 희미해지는 기억처럼 아련하게 그려내고 싶었거든. 분홍과 초록, 딱 두 색만 사용했는데 절묘하게 어우러지는구나. 서로 상쇄되기도 하고 서로 부딪치기도 하면서 말이야. 이 그림을 두세 점 더 그릴 거야. 이건 여섯 번째 그림이다.

요즘은 임파스토를 강하게 쓰지 않아. 아무래도 한적한 곳에서 차분하게 생활한 덕분인 것 같다. 이렇게 지내는 게 더 좋구나. 사실 내가 과격한 사람은 아니잖아. 아무튼 차분한 게 더 *나답다*는 생각도 든다.

어제 보낸 그림 속에 〈일출 때의 밀밭〉이라고, 20인회 전시회에 출품할 작품이 있어. 〈침실〉도 있을 거다. 거기에 데생 2점도 같이 보냈어. 네가 밀밭 그림을 어떻게 봤을지 궁금하구나. 일단 한동안 들여다보고 있어야 할 거야. 그런데 혹시 다음 주 초에 단 30분이라도 시간 여유가 되면 그림이 온전하게 잘 도착했는지부터 소식 전해주기 바란다.

나는 내년에도 여전히 여기 머물기로 마음을 정하게 될 것 같다. 그림 작업이 잘 될 것 같아서 그래. 오래 머물다 보니 이 지역이 그냥 지나가는 길에 마주치는 곳과는 달리 느껴진다. 이제는 이런저런 그럴듯한 구상도 하나둘 떠오르고 있으니, 구체적으로 발전시켜 나가야 해. 그래서 타르타랭처럼 이 지역을 누비고 다니겠다는 생각을 접지는 않을 거야. 사이프러스와 알피유 산맥도 여전히 그리고 싶고, 여기저기로 한참을 걸어 다니면서 그럴듯한 그림 소재도 몇 찾아놨고, 화창한 날에 찾아갈 장소도 몇 군데 봐놨지. 그리고 비용 면에서도 거처를 옮기면 돈이 들고, 옮긴다고 그림이 더 잘 그려진다는 보장도 없어. 고갱에게 또다시 아주 반가운 편지를 받았는데, 바닷가 마을의 냄새가 물씬 풍기는 편지였어. 고갱은 분명히 아름다운 그림을 그리고 있을 거야. 보다 야생의 자연을.

나보고 *지나치게* 걱정할 필요는 없다고 했잖아. 좋은 날이 찾아올 거라고. 그 좋은 날이 벌써 시작된 것 같은 기분이야. 작품을 조금만 더 채우면, 네게 그럴듯한 프로방스 습작 연작을 갖춰 줄 수 있을 것 같거든. 이게 바로 내가 바라는 거야. 네덜란드에서의 아련한 어린 시절, 그 기억과 추억을 담아서. 그리고 어머니와 누이를 위해서 기꺼이 올리브 따는 여인들을 또 그릴 생각이야.

언젠가 내가 가족들을 빈곤하게 만든 건 아니라는 걸 입증할 수 있다면 마음이 놓일 것 같다. 왜냐하면 난 지금 한푼도 제대로 못 벌면서 많은 돈을 축내고 있다는 사실에 늘 죄책감을 느끼고 살거든. 그런데 네 말대로, 꾸준히 열심히 작업에 임하는 것만이 이 상황을 벗어날 유일한 길인 것 같구나.

하지만 가끔은 이런 생각도 든다. 내가 너처럼 했다면, 너처럼 구필 화랑을 계속 다녔더라면, 그냥 그림 파는 미술상으로 남았더라면, 더 잘하지 않았을까 하는 생각. 왜냐하면 미술품 거래는, 직접 그릴 게 아니라면 남을 그리게 만드는 건데, 지금 너무 많은 예술가들이 미술상의 지원이 필요한데도 정작 그런 지원을 받을 방법은 거의 없거든.

페롱 원장이 가지고 있던 돈도 다 떨어졌다. 며칠 전에는 오히려 선불로 10프랑을 미리 받았는데, 이달 말까지는 10프랑이 더 필요할 것 같다. 또 새해에 여기서 일하는 청년하고 경비원 등에게 뭐라도 좀 쥐여줘야 할 것 같은데, 그러면 또 10프랑이 더 필요하지.

너도 알겠지만, 내 겨울옷이 변변한 건 없지만 따뜻하기는 해. 그러니 가진 걸로 봄까지는 버틸 수 있을 거야. 외출이라고 해봐야 그림 그리러 가는 거라서 가장 낡은 길 걸치면 그만이야. 여기서 입을 옷은 벨벳으로 된 웃옷과 바지 한 벌이 있어. 봄에도 계속 여기 있게 되면, 다시 한 번 아를에 가서 그림을 몇 점 그릴 계획인데 그때쯤 새 옷을 장만하면 충분할 것 같다.

캔버스와 물감 주문서 동봉하는데, 아직 남은 게 좀 있으니 부담스럽다면 다음 달까지는 기다릴 수 있다.

네가 말한 마네의 그림은 나도 기억난다. 내가 생각하는 가장 이상적인 인물화라면 예나 지금이나 퓌비스 드 샤반느가 그린 남자의 초상화야. 노란 표지의 소설책을 읽는 노인인데, 그 옆에 장미 한 송이와 수채화용 붓이 물컵에 담겼지. 같은 전시회에 출품했던 노부인의 초상화도 있어. 완전히 미슐레의 말이 실감나는 그림이다. 세상에 늙은 여자는 없다는 말. 비록 슬픈 분위기야 피할 수 없지만, 밝고 현대적인 삶을 접하는 건 위로가 되는 일이다.

작년 이맘때만 해도 지금처럼 회복될 거라고는 기대하지 못했어.

혹시 오가는 길에 이사악손을 보거든 안부 인사 전해주기 바란다. 베르나르도 마찬가지고.

최근에 그린 올리브나무를 못 보내서 속상하다. 제대로 마르지 않아서 더 기다려야 해.

1월쯤 누이를 너희 집으로 부르면 좋겠다. 아! 그애가 결혼하면 그것도 경사가 되겠구나.

마음으로 악수 청한다. 야외에서 그림을 좀 더 그려야겠다. 미스트랄이 기승을 부리는데 석양 무렵에는 좀 잔잔해지거든. 그러면 연한 레몬색 같은 하늘이 환상적으로 보이고 황량하게 서 있는 소나무들은 세련된 검은 레이스라도 걸친 듯한 효과를 내며 우아한 자태를 뽐내지. 하늘이 붉게 물들 때도 있지만, 대개는 꽤나 섬세하고 중성적이고 차분한 연한 레몬색을 내면서 아주 멋들어진 자줏빛으로 물든단다.

저녁을 배경으로 분홍색, 노란색, 초록색을 사용한 소나무 그림도 하나 더 그렸어. 조만간 이 그림들을 보낼 건데, 제일 먼저 새로 그린 〈밀밭〉이 갈 거야. 또 연락하자. 요에게도 안부 전해다오.

너를 사랑하는 형, 빈센트

618프 ____ 1889년 12월 7일(토)

테오에게

어제 소포 상자 3개를 우편으로 보냈다. 온전한 상태로 네가 받아봤으면 하는 습작들을 넣었어. 10미터 캔버스가 방금 도착했다. 정말 고맙다.

다음 습작들은 어머니와 누이에게 전할 것들이야. 〈올리브나무〉, 〈침실〉, 〈풀 베는 사람〉, 〈쟁기로 밭 갈기〉, 〈밀밭과 사이프러스〉, 〈꽃이 핀 과수원〉, 〈자화상〉. 나머지 그림들은 가을 습작들이다. 가장 마음에 드는 건 파란 하늘과 대비되는 노란 뽕나무 그림. 요양원과 정원 그림도 괜찮길래 각기 2점씩 그렸고. 30호 캔버스에 그린 습작들은 아직 마르지 않아서 나중에 보내마. 그리느라 제법 애를 먹었어. 어떻게 보면 흉측해 보이고, 또 어떻게 보면 괜찮아 보여서 말이야. 너도 보면 비슷한 생각이 들 거야. 총 12점인데, 이번에 보낸 것들보다 사실은 더 중요한 작품들이야.

꽤 춥지만 여전히 밖에 나가서 그리고 있다. 내게도 그림에도 그 편이 더 좋아.

마지막 습작은 마을 풍경화로, 사람들이 거대한 플라타너스 아래서 포장도로를 수리하는 장면이야. 모래와 자갈이 수북이 쌓여 있고 거대한 나무 몸통이 쭉 솟아 있지. 여기저기 누렇게 변해가는 나뭇잎 사이로 건물 정면이 보이고 행인 몇몇이 있어.

너희 내외 생각을 자주 하는데, 그때마다 여기서 파리가 까마득히 멀고, 너희를 수년째 못 보고 지낸 듯이 느껴진다. 너희가 건강히 잘 지냈으면 한다. 나도 불편한 것 없이, 아주 완전히 멀쩡하게 잘 지내거든. 다만, 앞일만 생각하면 아무것도 모르겠고 그저 막막하다. 내가 할 수 있는 게 없다 보니 되도록 앞일은 깊이 생각 않고 지내려고 노력하고 있어.

〈땅 파는 사람〉의 복제화도 거의 완성 단계야.

보면 알겠지만, 대형 습작에는 임파스토 효과를 쓰지 않았어. 일종의 유성 담채화 같은 방식으로 준비하고 서로 간격을 주면서 색색의 선영을 만드는 붓 터치로 그린 거야. 이렇게 하면 공간이 확보되고 물감도 덜 들어.

이 편지를 오늘 보내려면 서둘러야겠다. 이만 마음으로 악수 청한다. 요에게도 안부 전해라.

너를 사랑하는 형, 빈센트

619네 ____ 1889년 12월 23일(월) 추정

사랑하는 어머니께

연말에 즈음해서 다시 한 번 안부 인사 드립니다. 번번이 연말 안부 인사 없이 넘어갔다고 말씀하시겠죠. 병을 앓은 것도 이제 1년이 넘어가는데 회복 여부도, 회복된다면 어느 정도로 나아질지도 말씀드리기 힘든 상황이네요. 가끔은 지난일을 돌이키면서 가혹하게 저 자신을 나무랍니다. 제 병은 결국, 제 잘못으로 얻어진 걸 테니까요. 그리고 그때마다 과연 이 병에서 벗어날 수는 있을지 회의가 듭니다.

하지만 이런 일들을 따져보고 생각하는 것 자체가 버겁고, 감정의 무게가 이전보다 더 무겁게 저를 짓누릅니다.

그러면 어머니가 생각나고, 지난일이 떠오릅니다. 아버지 어머니는 제게 기대가 크셨을 겁니다. 아마 다른 자식들에 비해 더 큰 기대를 걸고 계셨을 겁니다. 그런데 제 천성이 그리 무난하지는 않았던 것 같습니다. 파리 생활을 하면서 테오가 실질적으로 아버지를 위해 많은 걸 하고 있다는 사실을 깨닫게 되었습니다. 자신의 관심사는 뒷전으로 하고 오로지 아버지를 위하는 길만 걸을 정도였으니까요. 그랬기에 테오가 결혼하고 곧 태어날 아기를 기다리고 있다는 사실이 감사할 따름입니다. 테오는 저보다 희생정신이 큰 녀석입니다. 그런 기질이 아주 뿌리 깊이 박혀 있습니다. 아버지가 돌아가신 후, 제가 파리에서 테오와 함께 지내는 동안 저한테 크게 의지하는 모습을 보면서 이 딱한 녀석이 아버지를 얼마나 존경하고 사랑했는지를 깨달았습니다. 지금에서야 드리는 말씀입니다만(어머니께만 말씀드리는 거지, 테오에게는 아무 말도 하지 않았습니다) 제가 파리에 더 머물지 않았던 건 정말 잘한 일 같습니다. 그랬다면 아마 그 녀석이나 저나 서로에게 지나칠 정도로 의존했을 테니 말입니다.

그런데 사는 건 그런 게 아니지 않습니까. 아무튼 테오의 삶이 전과 달리 오늘에 이르게 된 게 얼마나 다행인지 모릅니다. 워낙 많은 것들을 마음에 담아두고 지내는 탓에 건강까지 영향을 받을 정도였으니 말입니다.

병을 앓기 시작했을 무렵에는 이런 요양원에 입원한다는 것 자체를 받아들일 수 없었습니다.

지금은 오히려 하루라도 더 빨리 입원해서 치료를 받았어야 했다는 걸 저도 인정하게 됐습니다. 하지만 인간이다 보니 실수를 하게 되네요.

어느 프랑스 작가 말이, 모든 화가는 다들 어느 정도 제정신이 아니라고 합니다. 이를 반박할 수 있는 말은 수도 없이 많겠지만, 그림을 그리다 보면 산만해지고 멍해지는 건 사실입니다. 어쨌든 이런저런 걱정할 게 없는 여기서 지내면서 실력이 많이 는 것 같습니다. 그러니까 제 그림의 질이 나아지고 있다는 뜻입니다.

상대적으로 차분해진 심리 상태를 유지하면서 그림 작업에 최선을 다하면, 제 삶도 그리 불행하지는 않을 겁니다.

지금은 바위산 사이로 흐르는 협곡과 산길을 그리는 중입니다. 바위산은 자줏빛과 잿빛, 분홍색이 적절히 어우러진 색조를 띠고, 여기저기에 자라는 회양목 덤불과 가을이면 온갖 색으로 피어나는 금작화를 초록색, 노란색, 빨간색, 갈색 등으로 그려봤습니다. 전경에서 흐르는 협곡의 물은 흰색인데 비누 거품처럼 거품이 이는 모습을 살려봤습니다. 저 멀리 뒷배경에는 파란 하늘이 빛납니다.

이 나라 사람들은 스헬프하우트 시절의 네덜란드 사람들과는 달리 훨씬 더 다채롭고, 자유로운 데생으로 그림을 그립니다. 하지만 하나는 다른 하나에서 생기는 법이 아닙니까! 어머니도 아시는 판 더 산더 박하위전 영감님이 계셨기에 율러스 박하위전도 있을 수 있듯이 말입니다. 안 그래도 얼마 전에 두 사람이 그렸던 그림이 문득 떠올랐습니다. 겉보기에는 모두 다른 것 같지만 인간의 머릿속에 든 생각은 그리 크게 달라지지 않습니다. 아무튼 율러스 박하위전은 요즘 제가 그리는 그림들을 아마 잘 이해할 겁니다. 협곡을 그린 이 그림과 저녁 하늘 아래, 커다란 소나무가 보이는 요양원 정원을 그린 다른 그림도 말입니다.

테오가 제가 보낸 습작을 어머니와 누이에게 얼른 전해드리면 좋겠습니다. 그것들 외에도 지금 어머니께 드릴 커다란 그림을 또 그리는 중입니다. 올리브 열매를 따는 여성들을 소재로 한 그림입니다. 잿빛을 머금은 초록색 나무들과 분홍색 하늘, 자줏빛 땅을 그렸는데 모든 색을 평소보다 연하게 사용했습니다. 곧 보내드리고는 싶은데 그림 마르는 속도가 더디네요.

말씀드렸다시피, 가끔은 심할 정도로 정신이 멍해지고 산만해져서 심히 유감스럽습니다. 어떻게든 버티려고 애써 보지만, 이로 인해서 응당 제가 해야 할 여러 일들을 제대로 할 수 없는 지경입니다. 건강이 특별히 나쁜 건 없는데, 작년에 겪은 발작 증상 때문에 요양원 밖으로 멀리 나가볼 엄두가 나지 않습니다. 가끔은 이런 상상도 해봅니다. 그림을 그만두고 이보다 더 고된 일을 하며 살면 어떨까, 예를 들어 군인이 되어 동방지역으로 파병 같은 걸 나가면 좋지 않을까 하는 생각 말입니다. 하지만 그러기에는 너무 늦기도 했고, 지원해도 거부당하지 않을까 걱정이기도 합니다. 반은 농담이고, 반은 진담으로 드리는 말씀입니다.

지금은 그림 작업이 잘되는 편입니다. 그런데 제 생각은 주로 채색과 데생에 고정돼 있어 달라진다고 해도 거기서 거기입니다. 뭐 그럭저럭 하루를 보내고 다음 날을 기다리며 살고 있습니다. 다른 동료 화가들은 가끔, 화가로 살다 보니 무력해진다고 불평합니다. 그런데 무력하기에 화가가 된 건 아닐까요?

그나저나 어머니께서는 테오 내외 생각도 많이 하시겠지만, 두 사람이 겪게 될 일에 신경이 많이 쓰이시겠습니다! 모든 일이 순조롭게 풀리기를 저도 기원합니다! 진심으로요. 빌이 잘 설명해줘서 새로 이사 가신 집의 구조를 머릿속에 그려볼 수 있어서 기쁠 따름입니다.

코르는 잘 지내는지 궁금하네요. 어쨌든 아나와 지근거리에 사시면서 손주들을 자주 보시는 것만큼 어머니께 좋은 일이 또 있을까 합니다. 아나 식구들에게도 제가 연말을 맞아 안부 전한다고 말씀해주세요.

이곳의 날씨는 요즘 온화한 편입니다만 춥고 바람이 심한 날도 많습니다. 그나마 햇살은 네덜란드에 비하면 따사롭습니다. 언젠가 라파르트가 장티푸스를 앓고 난 뒤에 저희 집에 와서 지낼 때 했던 말, 기억하시나 모르겠습니다. "살 것 같네요!" 작년보다 건강해졌고 정신도 또렷해질 때면 불쑥 그 말이 떠오릅니다.

크리스마스 잘 보내시고, 연말연시에 평안하시고, 새해에는 복 많이 받으시기를 기원하며, 마음으로 포옹을 나눕니다.

사랑하는 아들, 빈센트

다음에 우편물 수거하는 시기에 맞춰 빌레미나에게도 편지하겠습니다.

* * * * *

"〈밀밭〉과 〈침실〉은 잘 받았습니다. 개인적으로 〈침실〉이 색채 면에서 마치 꽃다발 같은 느낌이 들어서 더 마음에 듭니다. 색감이 아주 강렬해요. 〈밀밭〉은 시적인 분위기가 느껴집니다. 마치 예전에 봤던 무언가를 아련히 떠오르게 하는 추억 같은 느낌이랄까요. 지금은 탕기 영감님 화방에 걸려 있는데 1월 3일에 전부 브뤼셀로 보낼 예정입니다." 12월 22일, 편지에서 테오는 이렇게 말하면서 석판화가 로제가 찾아와 자신이 소장한 몽티셀리 그림을 봤을 뿐만 아니라 형의 그림에 칭찬을 아끼지 않았다는 소식을 전한다. "데생을 살펴보다가 사과 따는 여성을 그린 데생을 마음에 들어 하기에 기념으로 선물했습니다. 형님도 그렇게 했을 테니까요." 테오는 로제가 "내가 가장 좋아하는 빅토르 위고의 데생보다 훨씬 아름답다"고 말한 빈센트의 다른 데생 1점과 그가 제작한 몽티셀리 석판화 작품집을 교환하자고 제안한다.

다른 편지에서와 마찬가지로 이 편지에서 테오는 빈센트에게 그림을 파는 데 어려움을 겪는 게 자신 혼자만이 아니라는 사실을 설명한다. "형님은 이따금 형님이 계속 미술상으로 일했다면 더 잘됐을 거라고 말하는데, 그렇게 단정하면 안 됩니다! 고갱 선생을 보세요. 저는 그 양반에게 재능이 있다는 것도 알고, 그 양반이 뭘 원하는지도 잘 압니다. 그런데 그 양반 그림 대부분을 제가 관리하고 있는데도 1점도 제대로 팔지 못하는 게 현실입니다……. 피사로 영감님도 형편이 여의치 않은 건 마찬가지고요. 그래도 억척스럽게 작업에 임하십니다. 요에게 무지개를 배경으로 들판에서 담소를 나누는 두 여인을 장식으로 한 근사한 부채도 선물하셨습니다. 오베르의 그 의사 양반은 아직 못 만나신 것 같습니다. 적어도 편지에 그 소식은 일절 언급이 없으시네요. 아무래도 형님이 봄 즈음에 저희 집으로 온 다음, 날을 잡아 직접 둘러보고 형님이 거처를 정하는 게 최선이지 않을까 합니다. 아무튼 저희 부부는 형님 건강이 작년 이맘때보다 훨씬 좋아져서 다행이라 생각합니다. 솔직히, 호전되지 않을까봐 걱정이 많았습니다."

안타깝게도 이 낙관적인 분위기는 희망 사항으로 끝나고 만다. 이 편지를 받을 무렵, 빈센트는, 이전보다는 경미했지만 또다시 발작 증상을 앓았다.

620프 ___ 1889년 12월 31일(화) 혹은 1890년 1월 1일(수)

테오에게

12월 22일에 보낸 편지와 동봉해준 50프랑, 고맙게 잘 받았다. 우선 너와 요에게 행복한 한 해를 기원한다. 그런데 의도치 않게 네게 걱정을 끼쳐서 유감이라는 말도 같이 전한다. 페롱 원장이 네게 연락했겠지만, 또다시 머리가 심히 불편한 일이 있었다.

네게 편지를 쓰고 있는 이 시점까지 아직 페롱 원장을 만나지 못해서, 이 양반이 내 그림과 관련된 부분을 네게 전했는지는 모르겠구나. 내가 앓아 누웠을 때 찾아오더니 네게 전해 들었다며 전시회에 참가할지 여부를 알려달라고 하더라. 그래서 내가 아무래도 전시회에 출품하지 않는 게 낫겠다고 대답했어. 그럴 만한 정당한 이유가 있는 건 아니니 어쨌든 그림이 모두 발송됐으면 하는 심정이야. 그래도 어쨌든 오늘 페롱 원장을 만나 그 양반이 네게 어떻게 이야기했는지 물어보지 못한 게 아쉽기는 하다. 그래도 뭐, 그리 중요한 일은 아니야. 네가 그림을 보내겠다고 한 게 1월 3일이니, 이 편지가 그전에는 네게 전해지지 않을까 싶거든.

고갱의 일은 참 안됐다! 아들이 창문에서 떨어져 다쳤는데 가볼 수도 없다니. 그 양반 생각을 많이 하긴 한다. 활력도 넘치고 재능도 남다른 양반인데 참 운이 안 따르는구나.

요가 출산하면 누이가 너희 집으로 가서 살림살이를 도와준다니, 참 잘된 일이다. 부디 모든 게 순조롭게 진행되기를 기원한다. 너희 두 내외 생각 많이 한다.

내 그림에 대해 해준 이야기, 정말 듣기 좋았다. 그런데 나는 여전히, 이 빌어먹을 화가라는 그물 속에 갇혀서 남들보다 운신의 폭이 점점 좁아진다는 생각을 한다. 유감스럽지만 이렇게 애태우며 고민해봐야 무슨 소용이냐. 할 수 있는 일에 최선을 다해야 한다는 생각뿐이다.

조만간 네가 볼 그림은 내가 완벽히 평온한 심리 상태에서 그린 것들이라고 생각하니 기분이 묘하구나. 그러다 느닷없이 내 머리가 방향을 잃어버렸지.

페롱 원장이 뭐라고 이야기할지는 모르겠지만, 이 양반이 과연 내게 무슨 이야기를 할까 고민해보면, 아마 전처럼 지낼 수 있을 거라는 말은 감히 꺼낼 엄두는 낼 수 없을 것도 같다. 언제 또다시 증상이 재발할지 모르니 말이다. 그렇다고 가벼운 기분전환도 할 수 없다는 건 아니야.

솔직히, 낡은 수도원 건물에 정신 나간 사람들이 모여 사는 건 위험한 일이지. 계속 이렇게 살다가는 그간 가지고 있던 온전한 상식마저 완전히 잃을 수도 있어. 여기 생활은 이미 적응한 터라, 내가 이런저런 걸 더 선호한다, 그런 차원의 문제가 아니야. 하지만 반대의 경우도 시도하는 것 자체를 잊고 살면 안 된다는 거야.

어쨌든 보다시피 나는, 비교적 차분하게 이 편지를 쓰고 있어.

로제가 다녀갔다니 흥미롭네. 여기 있는 그림들을 네게 보내면 다시 한 번 그 친구가 그림을 보러 오지 않을까? 그때 나도 함께 있을 수 있다면 나도 석판화 인쇄 작업을 시도해보고 싶다.

큰 그림들은 리드와 잘 어울릴 것 같기도 하다.

나로서는 허비할 시간이 없으니, 페롱 원장만 허락한다면 곧바로 그림 작업을 시작할 생각이야. 그런데 안 된다고 한다면, 이곳 생활은 딱 거기까지다. 이렇게 마음먹은 덕분에 그나마 평정심을 유지하고 있지. 그리고 새로운 그림 구상도 계속해서 이어지고 있어.

아, 앓아 누운 동안 축축하고 잘 녹는 눈이 내리기에 한밤중에 일어나서 바깥을 물끄러미 쳐다봤지. 자연이 그토록 감동적이고 감각적으로 보이는 건 생전 처음이었어.

여기 사람들이 그림에 대해 미신적인 생각을 가지고 있어서 너한테는 말로 다 설명할 수 없을 정도로 우울해질 때가 있다. 왜냐하면 그 속에는 일면 진실도 포함돼 있어서야. 한 인간으로서의 화가가 자신의 눈이 보고 있는 장면에 너무 빠져들면, 삶의 나머지 부분을 제대로 주체하지 못하게 된다는 말 말이야.

고갱이 마지막으로 보냈던 편지를 읽으면, 그 양반이 얼마나 올바른 생각을 하고 있었는지 새삼 다시 느끼게 될 거다. 뭐에도 꿈쩍하지 않을 만큼 강인한 양반이 그렇게 된 건 정말 불행한 일이야. 피사로 영감님이나 기요맹도 마찬가지야. 장사라는 게 도대체 뭔지 모르겠구나.

어머니하고 빌레미나한테 편지를 받았다.

요 며칠이 너나 요에게는 힘든 나날이겠구나. 어쩔 수 없이 거쳐야 하는 힘든 과정일 뿐이다. 이런 게 없으면 또 사는 게 사는 것 같지도 않을 거다. 덕분에 사람도 신중해지는 법이고. 빌레미나가 너희 집으로 가기로 한 건 정말 잘한 거야.

나는 걱정 말아라. 차분히 병마에 맞서 싸우고 있으니 며칠 내로 다시 그림 작업을 시작할 수 있을 거야.

이번 일이 내게도, 머리를 혼란스럽게 하는 쓸데없는 잡념을 버리고 오로지 그림 작업에 집중하라는 좋은 가르침이 된 셈이야. 한 점의 회화, 한 권의 책을 우습게 여겨선 안 되는 거다. 이 길을 가는 게 내 의무라면, 다른 걸 바라서는 안 돼.

편지를 보내려면 여기서 마쳐야겠다. 다시 한 번 고맙다는 말 전하면서, 너와 요에게 악수 청한다. 내 말 명심해라.

너를 사랑하는 형, 빈센트

621프 ____ 1890년 1월 3일(금)

테오에게

어제는 살 목사님이 찾아오셔서 아주 기분 좋게 깜짝 놀랐다. 네게 편지를 받으신 것 같던데. 목사님이 오셨을 때는 아주 정신이 멀쩡해서 차분히 이런저런 이야기를 나눴지. 그런데 나 때문에 일부러 여기까지 오셨다고 생각하니 좀 당황스럽기는 했어. 그러니 멀쩡한 정신 상태가 오래 지속되기를 바라는 건 당연한 일이겠지.

지금으로서는 계속 여기서 지내는 게 최선일 것 같다. 아무튼 페롱 원장을 만날 기회가 돼서 내 뜻을 알리면 이 양반 대답을 들어봐야겠지. 아마 아무것도 장담할 수 없다는 대답을 내놓을 거야. 내가 봐도 그게 맞는 것 같거든.

다음은 오늘 보낸 그림들이야.

〈갈아놓은 밭〉. 산이 배경인데, 올 여름에 〈밭 가는 사람〉을 그렸던 그 밭이라서 두 그림이 짝을 이룰 수도 있을 거야. 서로가 서로의 가치를 올려주거든.

〈협곡〉. 미스트랄이 기승을 부리던 날 작업한 습작이야. 큼지막한 돌멩이로 이젤을 바닥에 고정하고 그린 건데 그림이 아직 마르지 않았어. 그런데 데생을 촘촘하게 했고 넘치는 열정을 담고 다채로운 색을 사용한 그림이야. 산을 소재로 한 다른 습작과 잘 어울릴 거야. 여름을 배경으로 하고 전경에 길 하나와 검은 오두막이 있는 그림 말이야.

〈올리브 따는 여인들〉. 이건 어머니와 누이에게 보낼 생각이야. 그들도 조금은 연구하고 공들인 그림을 소장했으면 하거든. 이 그림 복제화 하나랑 실물을 보고 그린 습작(다채롭고 무거운 색조로 그린)은 너한테 보내는 거야.

〈밭〉. 자줏빛 산하고 노란 하늘을 배경으로 한 어린 밀이 자라는 밀밭이야.

〈올리브나무〉. 일몰 무렵의 주황색과 초록색 하늘(인물이 포함된 다른 그림 1점이 더 있어).

〈올리브나무〉. 중성의 색조.

〈올리브나무〉. 중성의 색조.

〈커다란 플라타너스〉. 생 레미의 중심가 혹은 대로에서, 실물을 보고 그렸지. 조금 더 다듬은 습작이 하나 더 있어.

밀레의 그림 복제화인 〈땅 파는 사람〉과 〈밤샘〉.

〈비 오는 날〉을 깜빡했다.

이 그림들은 되도록 틀을 씌우고 흰 액자에 넣은 다음에 감상해주면 좋겠다. 그러니까 다른 그림을 틀에서 떼내고 대신 이것들을 씌워서(원한다면) 한데 모아두고 감상해보라는 말이야. 왜냐하면 흰 액자에 넣고 봐야 다양한 색채를 전체적으로 감상하고 판단할 수 있거든. 〈비 오는 날〉과 잿빛 올리브나무 등은 액자가 없으면 감상하는 맛도 없어. 이 그림들이 20인회 전시회에 출품된 그림의 빈자리를 대신하게 될 거다. 탕기 영감님한테 먼저 있던 그림들을 틀에서 뗀 다음 이것들이 바싹 잘 마를 수 있도록 틀에 씌워달라고 부탁해봐라.

이전 편지에서 위고의 데생 이야기를 했잖아. 그래서 미슐레의 『프랑스 역사』(삽화가 수록된) 한 권을 들춰봤어. 비에르헤가 그린 환상적인 데생도 볼 수 있었어. 놀랍도록 빅토르 위고의 데생과 같은 분위기였지. 혹시 너도 아는지 모르겠다. 로제를 다시 보거든 이 데생을 아는지 물어봐라. 수준이 거의 에르비에와 비슷한데 인물이나 극적인 표현이 더해진 점이나 멘첼의 『프리드리히 대왕의 삶』 삽화에 버금가는 느낌이야. 신기하더라. 비에르헤도 아마 샤랑통의 어느 요양 기관에 입원한 걸로 아는데, 이런 그림을 그리고 있었다니 말이야. 예전에 보그스가 비에르헤의 근사한 목판화를 소장하고 있었어. 「릴뤼스타르시옹」에 소개된 그림이었을 거야. 〈해수욕〉이라고(남성과 여성들이 어우러진 장면) 귀스타브 도레의 화풍을 닮은 데생이었어. 도레 역시 「릴뤼스트라시옹」에 같은 소재의 삽화를 그린 적이 있었어. 아무튼 비에르헤는 도미에처럼 *다작*하는 능력을 지니고 있어.

요도 너도 건강하기를 기원한다. 내 걱정은 전혀 할 필요 없다.

그림을 받은 뒤에, 여력이 있으면 곧 편지해라. 너와 네 아내에게 마음으로 악수 청한다.

너를 사랑하는 형, 빈센트

* * * * *

1890년 1월 3일, 테오는 형에게 이런 소식을 전한다. "형님 편지 받고 반갑게 놀랐습니다. 페롱 원장이 전한 짤막한 소식을 접한 터라 형님이 편지를 쓸 여력이 없을 줄 알았거든요. 상심이 컸다는 사실, 굳이 숨기지 않겠습니다. 그런데 첫 발작 증상 이후 정확히 1년 만에 증상이 또 재발한 것이 희한합니다. 그만큼 조심해야 한다는 뜻이겠지요."

빈센트가 물감을 마시는 장면을 직접 목격한 페롱 원장의 조언에 대해 테오는 이렇게 말한다. "때로는 물감을 곁에 두는 게 위험하다는 거, 형님도 알 겁니다. 데생을 할 때에는 물감을 다른 곳에 두는 게 낫지 않을까 싶습니다. 지난번과 마찬가지로, 비록 강도는 덜 하지만, 발작 증상 이후에 연달아 재발할 위험도 있습니다. 그러니 이런 시기에는 되도록 유화 작업을 삼가는 게 좋겠습니다. 얼마 지난 뒤에는 또 얼마든지 형님 마음대로 유화 작업을 할 수 있을 테니까요." 테오는 20인회 전시회 출품작들을 제시간에 발송했다고 형을 안심시키고, 빌레미나가 파리에 도착했다는 소식을 전한다.

1월 8일, 그는 다시 물감 이야기를 언급한다. "지난번 편지는 페롱 원장이 전해준 소식에 다소 놀라 엉겁결에 써보냈던 겁니다. 제가 글로 읽고 상상했던 것만큼 상황이 심각하지는 않다니, 정말 다행입니다. 페롱 원장도 사태가 자신이 처음에 생각했던 것과는 다른 양상이었다고 다시 소식을 전해왔습니다. 처음에 보낸 편지에는 형님이 유화를 계속 작업하는 건 위험하다는 뜻을 피력했었습니다. 물감에 독성 성분이 들어 있긴 하지만 그 양반이 너무 호들갑을 떤 것 같네요. 어디서 주워들은 내용을 고스란히 옮겼을 수도 있고요. 어쨌든 본인도 어디가 아픈 양반이니 말입니다. 그러니 형님이 원하는 대로 그림 작업을 할 수 있기를 저도 같이 기원하겠습니다. 타세 화방에서 형님께 물감과 캔버스를 보냈을 겁니다. 형님이 새로 보낸 그림들이 어제저녁 도착했습니다. 정말 근사하더군요."

테오는 밀레의 그림을 따라 그린 〈밤샘〉이 유달리 마음에 든다면서, 빈센트의 파리행 이야기를 꺼낸다. "이곳 생활이 역시 편치 않아서 다시 다른 지방으로 가는 한이 있더라도 일단 봄에는 파리로 오겠다는 형님 의견에 동의합니다. 여기서는 야외 작업이 여전히 골칫거리일 겁니다. 하지만 어찌 됐든, 얼마간이라도 형님과 함께할 수 있어서 기쁠 따름입니다."

622프 ____ 1890년 1월 4일(토)

테오에게

편지 고맙게 잘 받았다. 바로 어제도 편지했다만, 이렇게 즉시 답장한다.

사실, 최근에 그린 그림들은 그 어느 때보다 평안한 마음으로 그린 것들이다. 아마 몇 점은 이 편지와 함께 받게 될지도 모르겠다. 순간적으로 나 자신도 놀랄 정도로 심히 낙담했었지.

그런데 발작은 일주일도 지나지 않아 사라졌으니, 실질적으로 당장 다시 증상이 재발할 거라고 우려할 이유도 없는 거잖아? 그래, 일단 알 수는 없어. 그리고 어떻게, 어떤 형태로 재발할지 예측할 수도 없고.

그러니 작업이 가능하면 묵묵히 그림 작업을 계속하는 게 중요해. 아무 일도 없었던 것처럼. 너무 춥지만 않으면 조만간 밖으로 외출할 기회가 생길 것 같은데, 그렇게 되면 여기서 시작한 작업을 마무리지을 수 있도록 최선을 다할 생각이야.

프로방스의 분위기를 보여줄 수 있으려면 아직 사이프러스와 산을 몇 점 더 그려야 해. 〈협곡〉과 전경에 길이 있는 산 그림 같은 것들이 그 예라고 할 수 있어.

특히 〈협곡〉은 아직 내가 가지고 있어. 그림이 다 마르지 않았거든. 소나무가 보이는 정원 풍경도 좋은 예라고 할 수 있어. 이곳의 맑은 공기를 마시며 소나무며 사이프러스 등의 특징을 관찰하고 파악하는 데 적잖은 시간이 걸렸어. 그건 바로 선이야. 달라지지 않는 선. 언제나 찾을 수 있는 선.

작년에는 발작이 정해진 시기 없이 불쑥 재발한 게 사실이야. 그런데 그림 작업을 하면서 상태가 점점 정상적으로 회복된 것 또한 사실이야. 그러니 이번에도 그렇지 않을까 싶다. 그래서 아무 일도 없었던 것처럼 작업에 몰두한다는 거야. 달리 할 수 있는 것도 전혀 없으니까.

최악의 상황은 불행한 동료 환자들과 똑같이 지내게 되는 일일 거야. 하루 종일, 일주일, 한 달, 1년 내내 아무것도 하지 않는 그 사람들처럼 지내는 거. 너한테도 벌써 여러 번 얘기했을 거야. 그리고 살 목사님에게도 이런 이야기를 하면서 다시는 다른 사람들에게 이 요양원을 추천하지 않겠다는 약속도 받아냈어.

그나마 그림 작업 덕분에 정신이 제대로 붙어 있고, 언젠가 여기서 나갈 희망도 가질 수 있는 거야.

지금 머릿속에서 그림 몇 점이 무르익는 중이야. 어디에 가서 그림을 그릴 건지도 미리 다 생각해뒀어. 그리고 굳이 데생만 할 이유도 없는 거잖아?

여기서 나가면(그렇게 가정하자) 내 그림들을 어떻게 할지 실질적인 방법을 찾아봐야 할 거야. 내 그림 몇 점은 나도 소장하고 싶고, 다른 사람 그림도 갖고 싶거든. 팔고 사는 것도 내가 직접 해볼까 생각도 하고 있어.

아직은 알 수 없지만, 여기서 나간다고 해서 이곳을 배경으로 그리지 말아야 할 이유도 없어. 어쨌든 나한테 필요할 테니까. 다시 한 번 말하는데, 앞으로 어떻게 될지는 아무것도 알 수 없어. 딱히 해결책도 보이지 않고. 하지만 무한정 여기서 지낼 수 없는 건 확실해. 그러니 일단 여기 있는 동안은, 굳이 서두르거나 급하게 결정하는 일 없이 평소처럼 계속 지내려고 한다.

어제 마르세유에 그림 2점을 보냈어. 내 친구, 룰랭에게 선물로 보낸 거야. 올리브나무 사이에 있는 하얀 농가와 자줏빛 산맥을 배경으로 한 밀밭과 검은 나무인데, 이건 너한테 보낸 커다란 그림과 비슷한 분위기야. 그리고 살 목사님에게도 작은 그림 1점을 드렸어. 검은 바탕에 분홍색과 빨간색 제라늄을 그린 건데, 파리에 있을 때 그렸던 것과 비슷해.

네가 보내준 돈에서 10프랑은 지난달에 페롱 원장에게 미리 받은 돈을 갚았고, 20프랑은 새해 선물 구입에 썼고, 10프랑은 그림 보내는 운송료와 잡비 등으로 썼어. 그래서 남은 건 10프랑이야.

방금 여기서 일하는 청년의 초상화를 그려줬어. 자기 어머니께 드리고 싶다고 하더라. 그러니까 내가 다시 그림 작업을 시작했다는 뜻이다. 이게 해로운 일이었으면 페롱 원장이 가만히 그림을 그리게 두지는 않았겠지. 그냥 이렇게만 말하더라고. "다시 재발할 일이 없기를 기대해봅시다." 그러니까 달라진 게 전혀 없다는 뜻이지. 나한테 항상 잘해주는 양반이야. 의사 입장에서 나 같은 환자가 처음은 아닐 거야. 그리고 정해진 치료법이나 약이 있는 것도 아니기 때문에, 결국, 시간이나 상황에 의존할 수밖에 없는 거지.

당장은 아니더라도 아를에 다시 한 번 다녀오고 싶다. 대략 2월 말 정도. 우선 지인들이 가장 보고 싶거든. 항상 나한테 힘이 돼주는 사람들이었으니까. 다음으로는 아를행을 통해서 파리까지의 여정을 감수할 수 있을지 시험해보는 목적도 있어.

누이가 왔다니 정말 다행이다. 그 아이에게도 그렇고 요에게도 안부 전해주기 바란다. 내 걱정은 전혀 할 필요없다. 어쨌든 이번에는 작년처럼 증상이 오래 지속된 건 아니니, 시간이 조금씩 해결해주기를 기대해보자. 힘내고, 악수 청한다.

너를 사랑하는 형, 빈센트

622a프 ___ 1890년 1월 20일(월)

친애하는 지누 선생 부부에게

기억하실지 모르겠지만, 희한한 게, 대략 1년여 전에 사모님께서 저와 비슷한 시기에 병을 앓으신 일이 있었습니다. 그런데 이번에도 비슷하게 크리스마스 무렵, 저는 며칠간 또 심하게 병을 앓았습니다. 그런데 증상은 금세 사라졌습어요. 일주일도 지나지 않아서요. 그러고 보니, 우리가 함께 병을 앓았던 일이 몇 번 됩니다. 그런 생각을 하니 사모님이 하시던 말씀이 떠오르더군요. "한번 친구는, 영원한 친구……." 저는 이렇게 생각합니다. 평범한 일상에서 겪게 되는 이런저런 불편은 나쁜 점만큼 좋은 점도 있다고. 오늘은 우리를 병에 걸리고 낙담하게 만드는 것이, 내일은 우리에게 힘을 주거나 병을 극복하고, 다시 일어서고, 회복하고 싶다는 마음을 먹게 해준다는 겁니다.

솔직한 말로, 작년 같은 경우, 건강 회복에 아주 애를 먹었습니다. 어느 정도라도 멀쩡히 지내는 게 쉽지 않았거든요. 그래서 매번 증상이 재발하지 않을까 두려움에 떨었지요. 진짜, 다시는 되풀이하고 싶지 않았습니다. 재발은 없다, 이제 끝이다, 이렇게 수시로 스스로를 다독였습니다. 맞습니다, 이건 내 힘으로 할 수 있는 게 아닙니다. 내 삶의 주인도 내가 아닙니다. 이토록 고통을 겪으면서도 살려고 애쓰는 법을 배워나가는 과정인가 하는 생각도 듭니다. 그렇게 보면 저 자신이 겁쟁이처럼 여겨지기도 합니다. 그래서 건강이 회복되더라도 의심부터 하게 됩니다. 그런 제가 누구에게 힘이 되어줄 수 있겠습니까? 선생 부부도 그렇게 말씀하실 겁니다. 그건 제가 할 일이 아니라고. 아무튼 제가 드리고 싶었던 말씀은 단지, 무엇보다 사모님의 병은 일시적 현상에 불과했으면 하는 바람이 간절할 뿐만 아니라, 감히 그렇게 믿는다는 겁니다. 그리고 꼭 완쾌하실 거라는 믿음도 굳건합니다. 우리 모두가 사모님을 건강한 모습으로 다시 만나 뵙고 싶어한다는 사실을 사모님도 모르시지는 않을 겁니다. 제 경우에는 병을 앓고 나아진 것도 있습니다. 이 사실을 인정하지 않는 건 염치 없는 짓입니다. 더 차분해졌고 예상했던 것과 다른 결과를 얻기도 했습니다. 그러니까 바랐던 것 이상으로 운이 좋았다는 말입니다.

하지만 제대로 치료를 받지 않고, 주변 사람들이 이렇게 잘 대해주지 않았었다면 아마 진작에 무너졌거나 완전히 이성을 잃었을 겁니다. 일은 일이고, 해야 할 의무는 해야만 하는 의무입니다. 그렇기 때문에 제가 아우에게로 돌아가는 건 당연한 일입니다. 하지만 제게 오랜 옛 친구 같았던 두 분께 진심으로 드리고 싶은 말씀은, 정들었던 프랑스 남부를 떠나는 게 결코, 쉽지 않다는 사실입니다.

일전에 보내주신 올리브, 고맙게 잘 받았다는 인사를 깜빡 잊고 전하지 못했습니다. 정말 환상적인 맛이었습니다. 조만간 상자는 돌려드리겠습니다.

이렇게 소식을 전하는 건, 우리 환자분께서, 잠시나마 기분전환도 하시고, 평소처럼 미소도 되찾으셔서 알고 지내시는 모든 지인들을 기쁘게 해주셨으면 하는 바람 때문입니다. 그리고 말씀드렸다시피, 대략 보름 후에 뵐 수 있으면 합니다. 건강을 회복하신 모습으로 말입니다.

질병 덕분에 우리가 목석 같은 존재가 아니라는 사실을 새삼 깨닫습니다. 이게 병이 주는 긍정적 측면이라면 긍정적 측면일 겁니다.

그다음부터는 일상으로 돌아가는 겁니다. 재발에 대한 두려움 대신, 평안함을 채우면서 말입니다. 그리고 이런 말을 하면서 헤어지는 겁니다. "한번 친구는 영원한 친구"라고 말입니다. 그거야말로 제대로 된 작별일 테니 말입니다.

자, 그럼 곧 뵙겠습니다. 사모님의 빠른 쾌유를 간절히 기원합니다.

두 분의 친구, 빈센트

빌17프 ____ 1890년 1월 초

사랑하는 누이에게

네가 파리에 와서 테오와 요와 함께 지내게 되어 기쁘다는 말을 전하려 짤막하게 몇 자 남긴다. 매일같이 너희 세 사람을 생각한다는 건 말할 필요도 없겠지.

다행인 건, 지나치게 기뻐서 그랬는지, 미쳐서 그랬는지, 아무튼 그래서 발작 증상을 겪은 뒤인데도 아무런 후유증이 느껴지지 않는다는 거야. 한마디로 평소와 다를 바 없다는 거지. 그래서 당장 내일부터, 날씨만 괜찮다면 밖에 나가 그림을 그릴 생각이다. 오늘은 햇살이 봄처럼 따사롭더구나. 어제는 들판에서 산책하다가 벌써 꽃을 피운 민들레도 봤어. 머지않아 데이지꽃이며 제비꽃도 따라서 꽃망울을 틔울 것 같다. 여기 겨울은 제법 운치도 있었고, 조금 더 환하다는 것만 빼면 북쪽하고 *완전히* 똑같은 분위기더라.

어제는 파리로 그림들을 많이 보냈다. 올리브 따는 여성들을 그린 건 너와 어머니께 보내는 거야. 흰 액자에 넣어서 감상하면 색감이 아주 은은하다는 것과 분홍색과 초록색의 대비효과가 느껴질 거다.

조만간 다른 그림도 보낼 거야. 산을 그린 것도 있고 소나무가 서 있는 요양원 정원을 그린 것도 있는데 지금 말리는 중이야.

오늘은 여기까지만 소식 전한다. 오늘 중으로 편지를 보내야 해서. 네가 거기 있어서 마음이 놓인다. 그리고 요가 겪게 될 큰일이 순조롭게 진행되기를 기원한다.

또 연락하자.

너를 사랑하는 오빠, 빈센트

623프 ___ 1890년 1월 13일(월) 추정

테오에게

지난번 편지 잘 받았다. 빌레미나 건강이 좀 나아져서, 네 걱정만큼 증상이 심각하지는 않았으면 좋겠구나. 또 캔버스 천과 물감도 고맙다. 방금 도착했어.

야외에서 그림 작업을 할 수 있을 정도로 날씨가 풀리면 그리고 싶은 소재가 머릿속에 꽉 차 있어.

밀레의 〈밤샘〉을 따라 그린 그림에 대한 네 평가, 정말 만족스럽더라. 곰곰이 생각할수록, 밀레를 따라 그리는 건 충분히 가치 있는 작업이더라. 사실, 밀레는 유화로 그릴 시간이 거의 없었잖아. 그래서 그의 데생 위에 색을 입히는 거나 목판화로 제작하는 건 단순한 복제화 그리기와는 다른 작업이야. 흑백의 키아로스쿠로 효과로 만들어진 장면을 다른 언어로(다양한 색을 가진 언어) 번역하는 행위에 가깝지. 그래서 라비에유의 목판화 복제화 〈한나절〉 중에서 다른 세 장면을 그렸어. 시간도 제법 걸렸고, 공도 많이 들였지. 알다시피 지난 여름에 〈밭에서 하는 일〉도 작업했었잖아. 그런데 이번에 그린 복제화는(언젠가 너도 보게 되겠지만) 안 보냈어. 대충한 것 같은 먼저 그림보다 훨씬 나아 보이거든. 그래도 〈한나절〉을 그리는 데 아주 많은 도움이 된 건 사실이야. 혹시 나중에 이 그림으로 석판화 복제화도 찍을 수 있을지 누가 알겠냐.

로제가 어떻게 생각할지 궁금하다.

마지막에 그린 3점이 충분히 마르려면 아직도 한 달여는 더 기다려야 하지만, 받아 보면 아마 진심으로 밀레를 존경하는 마음이 우러나서 작업했다는 걸 너도 느낄 거야. 혹자는 이런저런 비평도 하고, 따라 그린 복제화에 지나지 않는다고 평가절하할 수도 있겠지. 하지만 평범한 일반 대중이 밀레의 작품을 보다 쉽게 접할 수 있게 해주려는 노력의 일환이었다는 사실만큼은 부인할 수 없을 거다.

이제, 앞으로 우리가 할 일들을 다시 이야기해보자. 그러니까 비용을 줄이는 방법에 대해서 말이야. 여기서 일하는 경비 한 명이 예전에 몽드베르그에 있는 요양원에서 일했다는데, 거기는 하루 비용이 22수에 환자들 옷도 지급해준다고 해. 그리고 환자들이 요양원 소유의 밭에서 일도 하고, 대장간, 목공소 등등도 갖춰져 있대. 안면을 트고 나면 내가 그림 작업을 하게 해줄 것 같아. 비용도 저렴하고, 제대로 일하는 기분도 들 것 같아. 그러니까 의지만 있다면 뭐 그리 불행할 것도 없고, 그렇다고 딱하게 생각할 것도 없는 거야. 다만, 몽드베르그로 가는 걸 제외하면, 네덜란드로 돌아가는 방법도 있어. 우리나라에도 그리 비싸지 않은 요양 시설 같은 게 있지 않을까? 사람들이 일도 하고 이런저런 혜택도 있는 그런 기관 말이야. 혹 몽드베르그에서는 외국인에게 돈을 더 받을지도 모르지. 아니면 *입원 절차가 매우 까다로울 수도 있으니 차라리 피하는 게 나을 수도 있고.*

너한테 솔직히 말하는데, 필요하다면 더 간단한 방법을 찾아볼 수 있다고 생각하니 마음이 한결 가벼워지는 것 같다. 사실, 여기도 비용이 너무 많이 들고, 파리에 들렀다가 다른 지방으로 가는 것도 그래. 그림에 들어가는 비용을 감당할 다른 수단이 없으니, 결국 비싼 그림을 그려야 하는 셈이지.

언제 C. M.을 뵙게 되거든 솔직히 말씀드려라. 나는 기꺼이 최선을 다할 준비가 돼 있다고 말이야. 따지고 가리는 것도 전혀 없다고.

오늘 아침에도 페롱 원장을 만났는데 마음대로 자유 시간을 쓰라고 하더라. 할 수만 있다면 나를 우울하게 만드는 것들에 적극적으로 맞서라고 말이야. 기꺼이 그럴 생각이야. 진지하고 깊이 생각하는 건 바람직한 반응이고 또 의무이기도 해. 너도 이해하겠지만, 환자들이 이런저런 밭일을 하는 요양원에 들어가면, 유화나 데생의 소재를 얼마든지 찾을 거야. 그러면 절대로 불행해지지도 않을 것 같고. 어쨌든 시간적인 여유가 있을 때 진지하게 생각해봐야 할 문제야.

일단 파리에 간다면, 고대 그리스 조각상들로 다시 한 번 데생 연습만 할 생각이다. 그 분야는 여전히 공부하고 연구해야 할 대상이거든.

지금은 기분이 매우 좋아서 계속 이렇게 지낼 수만 있으면 하는 마음이야.

그리고 다시 북부지역으로 가게 되면 확실히 기분 전환이 될 것도 같다.

다만, 잊지 말아야 할 건, 한번 깨진 항아리는 깨진 항아리라는 거야. 그래서 어떤 경우에도 내 주장을 내세울 권리는 없다는 점이다. 네덜란드에서는 그래도 유화를 어느 정도 인정해주는 분위기니까 기관에 입원하더라도 유화를 그리게 허용해주지 않을까? 막는다면 뭐, 이 기회에 유화 말고 다른 부분에 더 신경을 써보지. 비용도 줄일 수 있고. 사실, 우리는 항상 시골에 내려가 거기서 그림을 그리는 걸 원하지 않았던가? 너나 나나, 번잡한 대도시 생활에 다소 무관심하지 않았었나?

솔직히 말하자면 가끔은 무위도식하는 생활이 좋을 때도 있어. 파리에서는 그럴듯한 걸 만들어내지 못할 것 같아 걱정도 된다. 나도 내가 그린 그림으로 돈을 벌 수 있고, 또 그러고 싶어. 내가 쓰는 돈이 내가 그린 그림의 값어치를 넘어서게 방치할 수는 없어. 비록 그렇게 쓴 돈이 조금씩 회수되고는 있지만 말이야.

다른 이야기로 넘어가자. 그나저나 나는 프랑스 남부를 이탈리아 화가들의 시각으로 바라볼 수가 없더라. 포르투니, 히메네스, 타피로*처럼 말이야. 오히려 점점 더 북구 출신의 시각으로 바라보게 되더라고! 전처럼 건강 걱정할 일 없이 살고 싶은 마음이 없다는 게 아니야. 아무튼 *한 번*은 시도해보되, 증상이 완전히 사라지면, 봄에 *두 번째* 시도까지는 하지 말자.

오늘 페롱 원장에게 맡겨둔 10프랑을 받았어. 아를에 돌아가면 내 가구와 집기들을 맡겨둔 방의 3달 치 월세를 내야 하거든. 아마 2월이 될 거야. 가구들은 내가 쓸 수도 있지만, 시골에

* 세 사람 모두 스페인 출신 화가지만 로마에서 활동한 경력이 있다.

자리잡고 싶어하는 다른 화가들에게 줘도 유용하겠지. 여기서 나가면, 차라리 그것들을 보관할 공간이 없는 네게 보내기보다, 브르타뉴에 계속 머물고 있을 고갱에게 보내는 게 현명한 선택이 아닐까? 이 문제도 미리 생각해두면 좋겠다.

무겁고 아주 낡은 서랍장 3개를 팔면, 나머지 월세와 포장비용 등을 충당할 수도 있을 거야. 30프랑 주고 샀거든. 고갱과 더 한에게 편지해서 계속 브르타뉴에 머물 건지, 내 가구들을 보내주기 바라는지, 그리고 내가 그곳으로 와주기를 바라는지 물어볼 생각이야. 장담할 수는 없지만 계속 여기서 지낼 것 같지는 않다.

이번 주에는 밀레의 〈눈 내린 밭〉과 〈첫걸음〉을 다른 그림과 같은 크기로 작업할 생각이야. 그러면 6점 연작을 구성하게 되는 거지. 그리고 자신있게 말하는데, 〈한나절〉의 마지막 세 작품은 색채를 치밀하게 계산하고 심사숙고해서 그린 거다.

요즘은 대중을 염두에 두고 작업하기보다, 다른 이들의 작품을 더 확실히 알리는 데 집중하는 사람들이 적지 않아. 책 같은 걸 번역하는 사람들을 생각해봐라. 목판화가나 석판화가도 그렇고. 베르니에나 르라의 경우도 그렇고.

그러니까 나도 주저하지 않고 다른 이들의 작품을 따라 그리겠다는 뜻이야. 여행할 여유가 생기면, 조토의 작품을 따라 그려보고 싶어. 조토는 아마 르네상스 이전의 예술가가 아니었다면 들라크루아처럼 현대 화가가 되었을 사람이야. 당대의 화가들과는 너무 달랐거든. 그의 작품을 많이 본 건 아니지만, 위로가 되는 그림이 하나 있어.

마찬가지로 내가 따라 그리려고 생각해둔 게 있는데 도미에의 〈술꾼의 변천사〉와 레가메의 〈교도소〉야. 아마 목판화로 찾아볼 수 있을 거다.

지금은 밀레에 집중하고 있어. 말하자면, 작업할 그림이 부족할 일은 없는 거지. 게다가 절반은 감금 생활을 하는 터라 한동안 할 일도 생기는 셈이고.

인상주의 화가들이 색채에서 발견한 것들은 앞으로 더 발전될 거야. 그런데 다들 잊고 있는 중요한 연결 고리가 하나 있어. 바로 과거와 연결되는 부분인데, 나는 인상주의 화가들이 다른 화가들과 엄격히 단절된 사람들이 아니라는 점을 보여주기 위해 애쓸 생각이야. 밀레, 들라크루아, 메소니에 등과 거의 동시대에 살았다는 건 어마어마한 행운이야. 이들은 *좀처럼 넘어서기 힘든* 인물들이거든. 비록 다른 두 사람에 비해 메소니에는 덜 좋아하지만, 〈책 읽는 사람〉이나 〈휴식〉 등의 그림을 접하면 주저없이 그의 그림이 남다르다고 인정하게 되지. 그의 재주가 가장 탁월한 분야는 일단 논외로 치자. 그러니까 전쟁화 말이야. 우리는 그것보다 전원을 담은 풍경을 더 좋아하니까.

그렇다고 해도 그의 그림을 능가하거나 수정하는 건 불가능하다고 말해야 더 정확할 거야.

다시 한번 누이가 건강을 회복하기를 기원한다. 모두에게 안부 전해주면 좋겠다.

너를 사랑하는 형, 빈센트

(추신의 전반부는 소실)

…… 과장된 부분이 있지. 그림이라는 걸 전혀 모르는 부모들도 다른 사람들과 달리 자기 자식을 사랑하지 않게 될 수도 있는데(얼마나 끔찍한 오해야) 하물며 그림을 이해하는 부모가 그런다고 한들 지금같이 돈과 군인들이 중요시되는 사회에서 어떻게 그들을 나무랄 수 있겠어. 그렇기 때문에 그 친구가 군에 입대하면 불행은 끝나는 거고 적당한 시기에 운명에 굴복했다는 사실을 인정하는 게 되는 거야. 비뇽이 어떻게 되었는지 봐라. 어쨌든 확실한 건, 이게 어디 가서 자랑할 거리도 아니고, 그렇다고 희망을 갖고 바라볼 일도 아니라는 거야. 끔찍한 현실을 있는 그대로 바라보자. 내가 그림을 포기해야 한다면 그렇게 할 거다. 어쨌든 제대로 자리를 잡지 못한다면, 2년 전보다 건강이 나아진 상태로 다시 한 번 도전해보고 싶다. 종종 이런 생각이 들어. 2년 전에, 내가 쇠라처럼 차분한 성격이었다면 어떻게든 잘 버텼을 거라는 생각.

빌18프*

사랑하는 누이에게

급하게 몇 자 더 적는다. 내가 발작 증상을 겪은 지 딱 1년이 됐다. 지금은 그럭저럭 버틸 만하니 뭐 크게 불평할 것도 없어. 그런데 이따금 재발할까봐 두렵다. 그러다 보니 머리가 항상 예민한 상태로 지내게 된다. 그나저나 어머니와 네게 보내는 그림이 마음에 들었으면 좋겠구나. 테오에게 주는 올리브 따는 여성의 복제화야. 지난 보름간 꼬박 쉬지 않고 작업했어.

혹시 아래 적은 시를 알고 있나 모르겠다.

휘슬러가 자신의 어머니를 그린 그림이 하나 있는데 그게 딱 이런 분위기야. 그런데 네덜란드 옛 그림 중에도 가끔 이런 분위기의 그림이 있어. 우리 어머니와도 비슷한 것 같고.

이곳 생활이 항상 즐겁지만은 않고, 불행한 동료 환자들도 종종 지겨워하곤 해. 하지만 다들 체념하고 인내하는 분위기지. 그런데 대부분은 아무것도 하지 않아. 그냥 하루 종일 멍하니 있다. 가끔은 이 사람들이 의무적으로 일해야 하는 그런 요양원 생활을 했다면 지금보다는 낫지 않을까 싶기도 해.

또 연락하자. 마음으로 포옹을 나눈다.

너를 사랑하는 오빠, 빈센트

냉혹한 비난과 비방을 견디면서까지
내 영혼이 찾아 헤매는 이

* 623번 편지에 동봉되었다. 시는 테오에게 보내는 편지의 뒷면에 영어로 썼다.

그이는 어떤 이일까?
그이의 뺨에는 사랑의 장미가 피고
그이의 눈은 잔잔한 행복으로 빛나지 않을까?
아니, 아니다. 내가 사랑하는 이는 밤새도록 기도한 탓에
흐릿한 눈빛, 창백한 안색에 누렇게 뜬 얼굴을 가지고 있다
간간이 비춰주는 빛이 있다면
하늘에서 떨어지는 한 줄기 빛이려니
보석과 장신구로 한껏 뽐을 내고
마치 자신들이 숭배를 받는 대상이라도 된 듯
주님의 무덤가를 찾아다니는 여인들 중
내가 아닌 내 마음이 선택한 그이
하늘은 화려한 장식이 들어간 베일 아래서 뛰고 있는
오만한 마음을 가진 이들, 아롱거리는 장신구를 휘감고 찾아와
자신의 나약함을 호소하는 이들을 따뜻하게 감싸주지 않는다
내가 사랑하는 이, 그이를 사랑하는 이유는
그이의 젊음은 언제나 빛을 잃었기 때문이다
꽃처럼 아름다웠던 적도 한 번 없었기 때문이다
그렇게 저물어가는 모습으로도 감동적인 이유는
그 모습이 제단 위의 흔들리는 불빛 같기 때문이다

빌19프 ____ 1890년 1월 20일(월)

사랑하는 누이에게

얼마 전에 유행성 감기를 앓는 환자 몇 명을 봤는데 혹시 네가 그 병에 걸렸던 건 아닌지 궁금하다. 왠지 그랬을 것 같은 느낌이 드는구나. 심각한 합병증에 신경성 증상, 갱년기 증상에 고생하는 여자 환자를 본 적도 있어.

파리 생활은 즐거운가 모르겠구나. 어쩌면 네게는 그 대도시가 너무 크고 복잡하게만 느껴질 수도 있겠다. 단순하고 소박한 환경에 익숙했던 우리에게 대도시 생활은 쉽지 않지.

짬이 나면 편지해주면 좋겠다. 건강도 나아져서 잘 지낸다는 이야기를 네게 직접 듣고 싶구나. 나는 다시 파리로 가면 어떤 일이 벌어질지 은근히 걱정도 된다. 혹시 지난봄 같은 일이 반복되지는 않을지 말이야. 파리를 떠난 뒤로 줄곧 그곳 생활을 잊으려고 애를 썼어. 특히 체류가 길어지면서 겪었던 불안감과 흥분 같은 감정을. 사람들이 뭐라고 말해도, 화가들은 전원생활

을 할 때 더 좋은 그림을 그릴 수 있어. 시골에서는 모두가 다 명확하게 말하고, 모든 게 서로 연결되고, 모든 게 이해되기 때문이야. 그런데 대도시에서는 조금만 피곤해지면 아무것도 이해할 수 없게 되고, 길을 잃은 느낌마저 들어.

올리브 따는 여성을 그린 그림이 조금이나마 네 마음에 들면 좋겠다. 얼마 전 이 그림의 데생을 고갱에게 보냈더니 괜찮게 그렸다고 하더라고. 이 양반은 내 그림을 잘 알기도 알지만, 마음에 들지 않는 부분이 있으면 기탄없이 지적하는 사람이야. 다른 그림이 마음에 든다면 네 마음대로 골라도 괜찮다. 하지만 감히 단언하는데, 결국은 이 그림을 택하게 될 거라 믿는다.

요즘 여기 날씨는 전혀 춥지 않아. 다음 달에는 밖에 나가서 있는 힘껏 그릴 계획이야.

아! 대도시와 전원생활의 차이를 이야기하다 보니, 새삼 밀레가 대가라는 생각이 다시 드는구나. 현명할 뿐만 아니라 항상 감동하는 성격을 가진 사람이었기에 그간 그린 전원의 일상을 담은 풍경은 대도시에서도 그 느낌을 오롯이 느낄 수 있을 정도야. 게다가 남다른 특징은 물론 가슴속 깊숙이 선량한 심성을 지니고 있는 탓에, 그의 그림은 감상하는 것만으로도 위로가 될 정도야. 심지어 이 사람은 일부러 우리를 위로해주기 위해 이런 그림을 그린 게 아닌가 하는 생각도 들어. 이제는 초기와 달리 이곳 프로방스의 진면모가 한눈에 들어온다. 그런데 보이는 양상이 전혀 다르고, 밭에서 작물을 재배하거나 일하는 방식도 북부의 황야나 벌판과는 전혀 다르지만, 이 나라 사람들 역시 우리 네덜란드 사람들하고 별반 다를 게 없어.

네덜란드 생각도 많이 나고, 우리가 지나온 어린 시절도 많이 떠오른다. 아마 내가 시골 한복판에 와서 지내고 있기 때문일 거야. 그런데 알다시피 나도 나이를 먹다 보니, 삶은 순식간에 지나가고, 책임감은 점점 더 무거워지는데, 잃어버린 시간을 만회하기 위해 그림 작업에 집중하는 문제가 점점 더 중요해지고 있으니, 오늘 하루하루가 점점 더 힘들어지고, 내일의 일은 알 수 없는 차원을 넘어서 암울하기까지 하다.

조만간 어머니께도 소식 전할 생각이다. 모든 게 다 네 덕분이야. 우리 모두는 너한테 고마운 마음을 가지고 있어. 네가 그리 극진히 어머니를 간호한 덕분에 지금도 이렇게 어머니를 모실 수 있는 거니 말이다. 테오도 아마 요즘 행복하게 지내고 있을 거다. 다만, 밤새워 지켜봐야 하는 기간만큼은 심히 불안한 마음일 거야. 나도 같은 심정이니 말이다. 그래도 테오가 전하는 소식에 따르면, 요가 아주 용감하고 적극적인 사람이라고 하더라. 그래, 사실 매사를 그렇게 대해야 하는 거야. 나는 고갱이라는 동료가 참 마음에 드는 게, 그 양반은 가족을 꾸리고 자식들까지 낳고도 계속 그림을 그리고 있거든. 다만, 지금은 이런저런 형편이 좋지 않은 데다 아이 하나가 사고를 당했는데, 본인은 거기 가볼 수도 없는 처지이긴 하지.

에밀 베르나르라는 친구는 만나봤니? 그 친구가 조만간 내 그림을 보러 와줬으면 좋겠다. 그러려면 소식을 전해야 하는데, 그 친구가 먼저 편지할 때까지 일단 기다려볼 생각이야. 이런저런 일로 좀 버거워하고 있을 거야. 파리에서 태어난 토박이인데 나한테는 활기 넘치는 대표적인 인물이라고 할 수 있지. 얼굴만 보면 영락없는 도데의 모습이야. 물론 원숙미는 덜하고, 아직 어설픈 면도 많지.

그런데 생각해봐라, 사랑하는 누이야. 의사나 기계 정비공, 아니 이런저런 일을 하는 사람들 중에서 예술가보다 더 실용적이고 믿음직한 발상을 하는 사람이 과연 몇이나 되겠냐. 나도 가끔은 지금의 나보다 더 잘되지 못한 게 심히 유감스럽고 아쉽다. 하지만 낙담하지 않기 위해 더 이상 불평하지 않아. 왔던 길로 되돌아갈 수는 없는 거야. 여기까지 온 것도 나름 큰 부분이라 앞날에 영향을 미칠 수 있어.

아무튼 아름답고 좋은 것들 많이 보고, 지금보다 더 건강해지기를 기원한다. 최근에 뭐 읽은 책은 있는지 모르겠다. 나는 전혀 책을 못 읽었어.

한 30분 짬을 낼 수 있으면 네 소식 좀 전해줬으면 하고 부탁한다. 마음으로 포옹을 나눈다.

너를 사랑하는 오빠, 빈센트

이사악손이라는 친구를 어떻게 생각하는지 말해주면 좋겠구나. 난 그 친구가 상당히 괜찮은 사람 같아서 너한테 소개해주고 싶구나.

623a프 ____ 1890년 1월 말

친애하는 나의 벗, 러셀에게

오늘, 자네에게 밀레의 작품을 보고 그린 그림 사진을 두루마리로 보내는데, 아마 자네가 모르는 그림일 거야.

그냥 내 동생과 내가 자네에게 보내는 인사이자 작은 성의야.

내 동생이 결혼도 하고 조만간 태어날 아기를 기다리고 있다는 걸 아는지 모르겠네. 그저 아무 일 없이 잘 지나가기를 바랄 뿐이야. 아주 괜찮은 네덜란드 아가씨를 아내로 맞았지.

한동안 잠잠이 지내다 이렇게 자네에게 편지를 쓰려니 기분이 남다르네! 자네도 기억할 거야. 아마 우리가 거의 동시에, 자네가 먼저였고, 내가 그 이후였지만, 아무튼 고갱을 알게 됐다는 거 말이야.

그 양반은 지금 힘겹게 지내는 중인데 혼자거나 아니면 거의 혼자 힘으로 꿋꿋하게 버티고 있지. 분명, 자네도 잊지 않고 기억하고 있을 거야.

나는 고갱과 여전히 친구로 지내고 있어. 그런데 자네도 내가 몸이 좋지 않았다는 것과 여러 차례 신경성 발작을 일으켰다는 걸 모르지는 않을 거야. 이 일로 인해 나는 요양원에 가게 됐고, 그래서 고갱과 헤어졌지. 그런데 그 전에 우리 두 사람이 종종 자네 얘기를 했었어.

고갱은 지금 더 한이라는 내가 아는 네덜란드 친구와 같이 지내고 있는데, 더 한이 그 양반

칭찬을 아끼지 않더라고. 아무튼 두 사람은 같이 잘 지내는 것 같아.

자네도 20인회 전시회에 출품된 내 유화에 관한 기사 읽었을 거야. 고갱이 데생에 관해 내게 지적해준 부분은 정말 고맙게 생각하고 있어. 나는 그 양반이 자연을 사랑하는 방식을 아주 높이 평가하네. 그리고 고갱을 화가로서도 그렇지만 인간적으로도 괜찮은 사람이라고 생각해.

자네는 어떻게 지내나? 여전히 많은 작업을 하고 있나?

몸이 아프다는 게 기쁘고 반가운 일은 아니지만, 딱히 불평할 수도 없는 게, 내가 볼 때 자연은 우리가 병을 얻으면 그 병을 통해 다시 일어서게 해주는 것 같기 때문이야. 무조건 해악을 끼치기보다, 우리를 낫게 해준다는 거지.

혹시 파리에 들르거든, 내 아우 집에 가서 내 그림을 1점 가져가도 좋네. 여전히 자네 나라에 가져갈 소장품을 모으는 중이라면 말이야.

자네에게 대형화 1점 선물하겠다고 말한 거 기억할 거야. 맥나이트는 어떻게 지내나? 여전히 같이 지내는지도 궁금하네. 전에 내가 반갑게 만났던 다른 사람들과도 연락하고 지낸다면 모두에게 내가 안부 묻는다고 전해주게나.

그리고 자네 부인께도 안부 전해주기 바라네. 내 말 명심하고, 마음으로 악수 청하네.

자네를 사랑하는 친구, 빈센트 반 고흐

* * * * *

1월 22일, 테오는 이런 편지를 전한다. "많이 나아졌고 별 탈 없이 아를에 다녀왔다니 정말 다행입니다. 기분 좋은 소식들 몇 가지 전해야겠습니다. 우선, 로제가 다시 와서 형님 그림을 보고 갔는데 몇몇 작품에 이런 찬사를 하더군요. "정말 프로방스다운 그림입니다!" 자신이 그쪽 지방 출신이라 일대를 잘 알기도 하지만 몽트나르나 다른 화가들의 쓸데없이 감상적인 그림들이 아주 꼴사나웠다고 하더군요."

테오는 로제가 프랑스 남부로 떠났다고 알려준 뒤 20인회 전시회 소식을 전한다. "신문 기사에서 보니 가장 호기심을 이끈 작품은 야외에서 그린 세잔의 습작, 시슬레의 풍경화, 반 고흐의 교향곡, 르누아르의 작품이었다고 합니다. 3월 중에 파리에서 인상주의 화가들의 또 다른 전시회가 준비 중입니다. 원하는 만큼 출품작을 낼 수 있고, 기요맹도 참가할 겁니다. 형님도 참가를 고려해보고, 출품작도 생각해보세요. 그 무렵이면 20인회 전시회도 끝날 겁니다. 성공이 찾아올 때까지 인내하며 기다리면 기필코 성공할 겁니다. 이름을 알리려고 호들갑을 떨고 억지 부릴 필요는 없습니다. 아름다운 작품만으로도 그런 날이 찾아올 겁니다."

또 테오는 빈센트가 생 레미를 떠나는 경우의 수를 여럿 제시한다. 파리에서 로제와 같은 작업실을 사용하는 방법, 네덜란드의 요양원으로 가는 방법, 심지어 벨기에의 유명 요양원까지 거론했는데, 빈센트는 그곳이 몇 해 전 부모가 자신을 강제로 입원시키려 했던 곳이라고 알려준다. "벨기에의 헤일에도 기관이 있는데, 거기는 정확히 어떤 입원 절차를 거쳐야 하는지 모르겠습니다. 어떻게 되든 일단 저희 집으로 와서 얼마간 지내면서 그간 못 만난 친구들도 만나고, 저희 아기도 보세요." 형의 그림을 향한 동생의 감탄은 사그라지지 않았다. "〈올리브나무〉는 진짜 보면 볼수록 그 아름다움이 커집니다. 특히, 석양을 배경으로 한 그림은 정말 환상적이에요. 작년부터 작업한 거라니, 정말 대단합니다."

하지만 1월 29일, 빈센트가 아를에 다녀온 후유증으로 발작 증상이 재발했다는 페롱 박사의 편지가 온다. 이튿날 요는 시아주버니에게 알베르 오리에의 기사(「르 메르퀴르 드 프랑스」 1890년 1월호)가 나왔다는 애정 어린 편지를 보내고, 테오는 1월 31일에 이렇게 편지했다. "정말 마음이 아픕니다, 형님. 애초에 생각했던 대로 진행되지 않은 건 정말 유감입니다. 그래도 다행히 지난번 증상도 오래가지 않았으니, 이번에도 속히 회복하시기를 간절히 기원하겠습니다. 이 문제만이 우리 행복에 드리운 유일한 먹구름입니다, 형님. 요도 이제 고비를 넘겼습니다. 드디어 요가 아이를 낳았어요. 아기가 울기는 자주 우는데 그래도 건강한 것 같습니다……. 일전에 말씀드렸듯이 저희는 이 아이에게 형님과 같은 이름을 지어줄 생각입니다. 이 아이도 형님만큼 과감하고 용감했으면 하는 바람입니다."

이 편지는 다음에 읽게 될 편지와 서로 엇갈려 전달된다.

624네 ____ 1890년 1월 31일(금)

친애하는 요

밤잠도 제대로 못 이루고 있는 와중에 이토록 침착하고 차분하게 편지까지 쓰시다니, 정말 감동했습니다. 제수씨도 무사히 순산하시고 아기도 건강하다는 소식을 얼마나 간절히 기다리고 있는지 모릅니다. 제수씨가 몸을 풀고 건강을 회복하면 테오도 행복해할 겁니다. 이 친구, 아마 자기만의 태양이 떴다고 좋아할 겁니다.

그런데 개인적인 견해를 가감없이 밝혀서 미안한 일이지만, 건강을 회복하는 일은 시간도 오래 걸리지만, 병을 앓고 있을 때보다 마냥 즐겁고 유쾌하지만은 않습니다. 우리 부모님도 그런 사실을 잘 알고 계셨지요. 두 분은 그 과정을 의무라고 생각하셨던 것 같습니다.

나 역시 요즘 들어 부쩍 제수씨네 가족 생각을 많이 했습니다. 나는 잘 지냅니다. 다만 얼마 전에, 지난번 같은 일을 겪기는 했지요. 그런데 내 상황이 정확히 어땠는지, 얼마나 심각했는지는 솔직히 나도 모릅니다.

그래도 보다시피 마음이 점점 진정되고 있습니다. 50프랑을 동봉해 보낸 테오의 편지와 제수씨 편지가 동시에 도착했습니다. 테오가 아주 반가운 소식을 전해주더군요. 조만간 이 친구에게 그림을 또 보낼 수 있었으면 합니다.

제수씨의 걱정거리가 행복한 결말로 이어졌다는 소식을 내가 얼마나 바라는지 모를 겁니다.

테오에게 고갱이 보낸 반가운 편지를 받았다고 전해주시기 바랍니다.

혹시 빌레미나가 곁에 있다면, 아마 그럴 것 같은데, 그 아이에게도 보내준 편지 잘 받았고 조만간 답장한다고 전해주시기 바랍니다.

빌레미나도 제수씨와 아기가 건강을 회복하면 아주 기뻐할 겁니다. 이런 성대한 일을 바로 곁에서 경험하는 것도 그 아이에게 좋은 일입니다. 레이던에 계시는 어머니도 그 누구보다 좋아하실 겁니다. 테오가 조금이라도 더 행복하기를 바라시는 분이니까요. 나도 두 사람에게 축하 인사를 전할 수 있으면 더할 나위 없이 기쁠 것 같습니다. 부디 그렇게 되기를 기원합니다.

마음만은 이미 제수씨와 테오 곁에 있습니다.

사랑하는 가족, 빈센트

아직은 온전히 진정된 상태가 아니라 더 긴 글은 쓰지 않았습니다. 또 소식 전하겠습니다.

625프 ___ 1890년 2월 1일(토)

테오에게

오늘, 드디어 네가 아버지가 됐다는 것과 요도 위험한 고비를 넘겼다는 것, 아기도 건강하다는 기쁜 소식을 전해들었다. 생각했던 것보다 얼마나 기쁘고 반가운지, 그 정도를 도저히 말로는 표현할 수가 없구나. 장하다. 어머니도 좋아하실 거다. 안 그래도 엊그제 어머니께서 차분한 장문의 편지를 보내셨어. 아무튼 내가 그토록 바랐던 일이 드디어 현실로 이루어졌구나. 요즘 들어 내가 너희 두 내외 생각을 많이 했다는 건 말할 필요도 없겠지. 게다가 출산하기 전날 밤, 요가 나한테 차분하게 써보낸 편지를 받고 얼마나 뭉클했는지 모른다. 그렇게 위험한 상황에서도 침착할 수 있다니 얼마나 용감한 여자냐. 정말 대단하다. 그 덕분에 나도 요 며칠 병치레 때문에 힘든 시기였다는 사실도 까맣게 잊고 지냈다. 오죽하면 내가 지금 어디에 와 있는지 그저 어안이 벙벙할 정도였겠냐.

네가 보내준 내 그림에 관한 기사를 읽고 얼마나 놀랐는지 모른다. 내가 그런 식으로 그림을 그리지 않는다고 생각하고 싶다는 말은 굳이 할 필요도 없겠지. 그런데 기사를 읽으며 오히려 앞으로 어떻게 그려야 할지를 알게 됐다. 기사 내용은 아주 정확했어. 내가 채워야 할 부분에 관한 내용만큼은 말이야. 그리고 가만 생각해보니, 글쓴이는 나뿐만 아니라 다른 인상주의 화가들도 대상으로 하고 있는 것 같더라. 그러니까 적당한 돌파구를 만들 수 있게 해주겠다는 거지. 그래서 나뿐만 아니라 다른 모두에게도 이상적으로 적용될 수 있는 집단적인 나를 제시했던 거야. 그리고 나에 관해서는 완벽하지 않은 내 작품 속에도 여기저기 장점이 있다고 말해준 거고. 그 부분만큼은 나한테 위로도 되고, 또 내가 고마워할 내용인 것 같다. 그래도 이 부분은 좀 이해를 해줬으면 한다. 내가 이 일을 책임지고 떠맡을 여력도 없다는 것과 군이 말하지 않아도 알겠지만, 기사 내용이 나에게 집중되었다는 사실이 마치 아첨꾼에게 놀아나는 것 같다는 기분이 든다는 사실 말이다. 나만 그렇게 생각할 수도 있겠지만 이 기사는 분명 과장된 면이 있어. 이사악손이 너에 관해 썼던 그 기사 내용만큼 과장된 기사야. 그 친구가 뭐라고 했었냐. 이제는 화가들이 논쟁을 기피하고 있고 진지한 움직임은 몽마르트르 대로의 작은 화랑에서 조용히 진행되고 있다고 했었잖아.

솔직히, 달리 말하거나 설명하는 게 쉽지는 않았을 거라는 거는 나도 인정한다. 보는 그대로 그리는 게 어렵듯이 말이야. 그러니 이사악손의 과감한 행동을 비난하는 건 아니야. 다른 비평가의 내용도 마찬가지야. 우리는 그냥 잠시 *모델을 서주는 것*뿐이야. 그냥 의무이자 작업의 일환일 뿐이야. 그러니 너나 내가 이런저런 명성을 누리게 된다면 정신을 바짝 차리고 결연하게 행동하면 되는 거야.

내 해바라기 이야기를 하면서 *당연히* 다뤄야 할 것 같은 환상적이고 완벽한 코스트의 접시꽃과 자냉의 노란 붓꽃과 화려한 작약은 왜 언급하지 않은 건지 모르겠다. 너도 나처럼 칭찬에는 언제나 *이면*이 있다고 생각하는지 모르겠다. 동전의 뒷면처럼 말이지. 그렇다고 해도 아무튼 기사에 대해서는 깊이 감사하는 마음이다. 아니, 열병식에 나오는 노랫말처럼 '마음이 편하다'고 해야겠구나. 사실 이런 게 필요하기는 하지. 메달이 필요하듯이. 그리고 예술작품 비평 차원에서도 이런 기사가 도움이 되는 건 사실이야. 또 그만큼 존중되어야 한다는 게 내 생각이고. 글쓴이도 분명 고상한 문체를 사용하고, 종합적인 결론을 이끌어내려 했을 거야. 그나저나 어린 새 식구를 처음부터 예술적인 환경에 *너무* 밀어넣지 않도록 유념하는 게 좋을 거다. 구필 영감님은 가시덤불로 둘러싸인 것 같은 파리에서 꿋꿋하게 잘 버틴 양반이야. 네 입장에서는 그런 모습을 자주 떠올리겠지. 하지만 지금은 세상이 많이 달라져서 그렇게 오만하고 매정하게 굴었다가는 주변 사람들이 경악을 금치 못할 거야. 그래도 온갖 풍파에 맞서는 그 저력만큼은 대단하다고 해야 할 거야.

고갱이 상당히 모호한 글로, 자신과 더 한과 나의 이름으로 공동 화실을 운영하자고 제안했는데 우선, 통킹에 가는 계획부터 철저히 밀어붙일 거라고 하더라. 정확한 동기는 모르겠지만 그림에 대한 열정이 상당히 식은 느낌이었어. 그는 통킹으로 떠날 수 있는 사람이야. 무언가를 키우고 확장하고 싶은 욕망이 있으니 예술가의 삶이 형편없어 보이긴 했을 거야. 일면 맞는 말이기는 하지. 이 나라 저 나라를 돌아다닌 경험이 있는 사람한테 무슨 말을 할 수 있겠어?

그저 그 양반이 우리한테 너무 의존하지 않고, 실제로 그렇다는 건 아니지만, 아무튼 우리를 실질적인 친구로 여겨줬으면 하는 바람이다. 나름 절제하면서 신중하게 쓴 편지라 그런지 지난해에 보낸 거에 비하면 훨씬 더 진지해 보이긴 하더라. 고갱 생각도 좀 해달라는 차원에서 다시 한 번 러셀에게 짤막한 편지 한 통 써서 보냈다. 러셀은 인간적으로 진지하고 강한 사람이잖아. 고갱과 러셀 두 사람 모두 거친 배경을 가진 사람들이야. 야성적이라는 게 아니라, 아득한 벌판이 주는 감미로움 같은 걸 타고 난 사람이라는 거다. 아마 너와 나보다 그런 면을 훨씬 더 갖추고 있을 거야. 그게 내가 두 사람을 보며 느끼는 감정이야. 사실이긴 하지만, 그렇게 바라보려면 그렇게 믿어야 할 때도 있어.

만약 내가 계속해서 밀레의 그림을 따라 그리고 싶다면(이걸, 밀레가 쓴 작품 몇 장을 *번역*하는 거라고 쳐보자), 나를 비판하는 건 아무래도 좋지만, 남들이 나를 복제화 제조상으로 깎아내리며 내 작업을 방해하고 귀찮게 하지 못하도록 만들려면 러셀이나 고갱 같은 예술가의 도움이 필요해. 이 작업을 성공적으로 마무리하고 진지한 작품의 반열로 끌어올리려면 말이야.

네가 제대로 엄선해서 보내준 밀레의 작품을 가지고 무언가를 하려니 양심의 가책이 느껴지는 것 같아서 사진을 있는 대로 챙겨서 주저하지 않고 러셀에게 보냈어. 충분히 생각하고 고민하기 전까지 다시 보지 않으려고 말이야. 그런데 네가 곧 받아보게 될 작품에 대해 너를 비롯한 다른 사람들의 의견을 들어본 다음에야 작업을 시작할 생각이야.

그러지 않으면 단순한 표절에 불과하지 않을까 하는 걱정 때문에 양심의 가책을 느낄 것 같거든. 지금 당장은 아니지만, 몇 달 안에, 러셀에게 이 작업의 효용성에 대한 솔직한 의견을 구할 생각이야. 어쨌든 러셀은 불같이 화를 내며 격하게 반응하겠지. 그 과정에서 진실을 말해줄 수도 있는데, 가끔 나한테 필요한 게 바로 그런 부분이야. 너도 알다시피 나는 〈성모〉를 너무 눈이 부셔서 *감히* 바라볼 *엄두가 나지 않는* 작품으로 생각하잖아. 그 순간 느낌이 왔어. '아직은 아니'라고. 지금은 병을 앓고 있어서 극도로 예민한 탓에 이 '번역 작업'을 계속 이어나갈 수는 없는 상황이야. 특히, 대작을 대상으로 한 거라 더더욱 조심스러워. 지금 작업 중인 〈씨 뿌리는 사람〉에서 일단 멈춘 상태야. 원했던 만큼 결과가 좋지 않더라고. 아픈 와중에도 계속 이 작업 생각은 하고 있어. 다시 하게 되면, 차분하고 침착하게 이어나갈 거야. 대여섯 점을 완성해서 네게 보내면 아마 너도 무슨 말인지 알게 될 거다.

로제가 한 번 와주면 좋겠다. 직접 만나보고 싶거든. 진정한 프로방스의 모습이라는 그의 의견을 정말 믿고 싶다. 그래, 그는 어려운 부분을 잘 지적했어. 다른 사람과 마찬가지로 이미 그려진 그림이 아니라 앞으로 그려야 할 그림에 대한 이야기 말이야. 사이프러스가 들어간 풍경화! 그건 정말 까다로운 대상이야. 오리에도 그렇게 느꼈던 것 같더라. 검은색도 색이라고 말하면서 불꽃 같은 모양새를 언급한 대목이 그랬어. 곰곰이 생각해봤지만, 아직 엄두가 나지 않아. 그래서 신중한 이사악손처럼 이렇게 말할 수밖에 없어. 아직은 그 정도로 느낌을 살릴 수 없다고. 아름다운 작품을 만들어내는 건 어느 정도의 영감과 우리가 만들어내는 게 아닌, 저 위에서 내려오는 빛의 도움이 있어야 해. 해바라기들을 그릴 때 나는 이것과 대조를 이루지만 대등한 게 뭐가 있을까 고민했었어. 그리고 찾아낸 게 바로 사이프러스였지.

이 이야기는 여기까지만 하자. 그나저나 지금 병을 앓고 있는 지인*이 걱정이다. 찾아가서 다시 한 번 만나고 싶어. 일전에 노란색과 검은색으로 그린 초상화의 주인공인데, 완전히 달라진 모습이더라고. 신경성 발작 증상에다 너무 일찍 찾아온 갱년기 합병증 때문에 아주 고생이 심한가봐. 마지막에 봤을 때는 아예 노인처럼 폭삭 늙은 모습이었어. 보름 후에 다시 찾아가기로 약속했는데, 내 증상도 재발했지 뭐냐.

아무튼 네가 전해준 반가운 소식과 이 기사를 비롯해 이런저런 일 덕분에 오늘은 개인적으로 살아 있다는 느낌이 확실히 들었다. 살 목사님이 너를 못 만나서 아쉽구나. 빌레미나의 편지도 고맙게 잘 받았다. 오늘 당장 답장할까 했는데 며칠 미뤄야겠어. 잠시 암스테르담에 가신 어머니가 장문의 편지를 보내셨다고 빌에게 전해라. 어머니도 아주 행복해하실 거다.

내 마음은 항상 너희 모두와 함께한다는 말로 편지를 마친다. 요가 오래도록 한결같기를 기원한다. 그리고 아기에 관해 한마디만 하자면, 아버지를 기억하는 의미에서 아버지 이름을 따서 지어주는 건 어떨까 싶다. 그렇게 하면 나로서도 아주 기쁠 것 같다.

악수 청한다.

너를 사랑하는 형, 빈센트

행여 오가는 길에 오리에 씨와 마주치게 되면 좋은 기사 고맙게 잘 읽었다고 전해주기 바란다. 안 그래도 그 양반에게 전하는 짤막한 편지와 습작 1점을 네게 보낼 생각이다.

* * * * *

2월 9일, 테오는 빈센트에게 발작 증상이 오래 지속되지 않아 다행이라는 편지를 쓰며 누이의 파리 생활에 관한 소식을 전한 뒤 고갱이 파리로 돌아왔다는 사실을 알린다. "고갱 선생이 형님에 대해 이것저것 묻더군요. 돈벌이를 할 수 있는 어떤 자리라도 찾아보러 왔다고 합니다. 더 한의 사정도 여의치 않나 봅니다……. 여기서는 세 개의 전시회가 열릴 예정입니다. 미를리통 협회, 볼네 협회, 수채화가 협회. 그런데 흥미로운 건 전혀 없네요. 권한을 가진 양반들이 점점 더 노망이 든 게 아닌가 싶습니다. 그저 형님이 속히 건강을 회복하고, 형님의 걱정거리가 사라지기를 기원할 뿐입니다."

* 아를에 살고 있는 지누 부인

626프 ___ 1890년 2월 12일(수)

테오에게

오리에 씨에게 답장하려고 네게 편지를 쓰고 있었는데 네 편지가 도착했더라. 요와 아기가 건강하다니 정말 다행이고, 요가 며칠 내로 거동할 수 있을 거라니 더더욱 다행이다. 그리고 누이의 파리 경험에 대한 소식도 정말 흥미로웠다. 너희 집에 찾아온 드가를 직접 만났다니 빌레미나는 운이 좋은 모양이다.

그래, 고갱이 파리로 돌아왔구나. 오리에 씨에게 보내는 답장을 한 장 더 옮겨 쓸 테니 하나는 그 양반에게 보내고, 고갱에게는 「메르퀴르」에 실린 기사를 읽어줘라. 솔직히 고갱에 관해서도 이런 기사를 실어줘야 한다고 생각하거든. 나는 아무리 봐도 그 양반 다음이야. 고갱의 편지에 보면, 덴마크에서 열린 전시회에 참가했었는데 반응이 아주 좋았다고 하더라. 그런 양반이 여기서도 계속 승승장구할 수 없다는 게 유감스러울 따름이다. 나 혼자가 아니라 같이 작업했더라면 올 한 해 결과물이 훨씬 더 좋았을 거야. 지금은 우리 둘이 생활하면서 화실로 쓸 공간도 생기고, 다른 동료 화가들도 불러들일 수 있을 텐데 말이야.

그리고 네가 보내준 신문 기사에서 코로나 루소, 뒤프레 등 다작으로 유명한 작가들을 다룬 내용 읽어봤는지 모르겠다. 리드와 함께 있는 자리에서 여러 차례, 다작의 *필요성*에 대해 이야기했던 거, 너도 기억하지?

그러고 난 뒤에 내가 파리로 갔었고, 너한테 이런 이야기를 했었어. 적어도 유화 200점 정도를 그리기 전까지는 제대로 된 그림을 그릴 수 없다고. 화가가 제화공처럼 작업해야 한다고 가정해보면, 누군가에게는 지나치게 빠르다고 느껴지는 작업 속도가 막상 현실적으로 따져보니 지극히 정상적이고, 평범한 속도에 지나지 않을 수도 있는 거야.

오리에의 기사를 리드나 테르스테이흐 씨, 혹은 C. M.에게 보내는 건 좋은 생각이 아닐까? 이번 기회에, 지금이든 나중이든 스코틀랜드 쪽에도 뭐 그럴듯한 작품을 가져다 놓아야 할 것 같다는 생각도 들어.

오리에 씨에게 전할 그림이 네 마음에도 들 거다. 임파스토 효과를 아주 진하게 활용했어. 몽티셀리 방식으로. 1년 동안 소장하고 있던 그림이지만 그런 기사를 써준 오리에 씨에게만큼은 남다른 그림을 선물해야 하지 않나 싶다. 기사 자체가 예술적이었으니 말이야. 그리고 실질적으로 우리에게 도움이 된 측면도 있어. 우리도 사실 남들처럼 그림에 들어간 비용을 회수해야 하는 처지잖아. 그 이외의 것들은 솔직히 크게 신경 쓰이지 않지만, 그림에 들어가는 비용을 회수하는 문제는 그림을 계속 그릴 수 있느냐의 문제와 직결되는 거야.

3월에 있을 인상주의 화가들의 전시회에 맞춰서 그림 몇 점을 네게 보낼 수 있으면 좋겠다. 그 무렵에 다 마른 것들을 위주로. 혹시 제때 그림이 마르지 않을 경우, 탕기 영감님 화방에 전시된 것들 위주로 네가 골라봐라.

도미에의 〈술꾼의 변천사〉와 도레의 〈교도소〉를 따라 그려보려고 시도했는데 제법 어렵더라.

조만간 들라크루아의 〈착한 사마리아인〉과 밀레의 〈벌목꾼〉도 시도할 생각이야.

감히 이렇게 표현할 수 있을지 모르겠지만, 오리에의 기사에 고무되어 과감하게 현실 밖으로 벗어나, 마치 몽티셀리의 몇몇 그림에서 보듯, 다채로운 색을 음계처럼 활용한 듯한 그림을 그릴 수도 있을 것 같다. 하지만 나는 사실적인 것도 소중하게 생각해. *사실적으로 보이도록 그리는 거* 말이야. 그래서 말인데, 나는 여전히 색을 활용하는 음악가가 되느니, 차라리 제화공이 되는 게 더 나을 것 같다.

어쨌든 사실적인 그림을 계속 그려나가는 게, 여전히 날 불안하게 만드는 이 병에 맞서 싸우는 치료제가 될 수 있어.

그나마 요즘은 건강이 좀 좋아지긴 했는데, 감히 이런 바람을 가져본다. 너와 함께 잠깐이라도 시간을 가질 수 있다면, 여기서 내 주변을 둘러싼 사람들에게서 어쩔 수 없이 받게 되는 영향을 밀어낼 힘이 조금은 생길 것 같다는 바람. 그래도 뭐 서두를 필요는 없을 거다. 여행에는 여비가 들어가니까 이성적으로 생각해서 처리해야 하잖아. 그 여비를 고갱이나 로제에게 도움이 되는 부분에 쓸 수도 있는 거고. 얼마 전에 정장을 한 벌 샀잖아. 그게 35프랑이었는데 3월 말에는 비용을 다 치러야 해. 그런데 3월 중에 신발도 한 켤레 필요하고 속바지도 좀 필요하다.

모든 걸 고려해도 여기 생활비가 적게 들 거야. 북부에서는 이것보다는 더 들어갈 거야.

그렇기 때문에 잠시 너희 집에 머물게 되더라도, 최선의 방법은 계속 여기서 지내는 거야.

잘은 모르겠지만, 나는 어떻게 해도 상관은 없어. 하지만 성급히 결론 내리지는 말자. 그런데 만약 안트베르펜에서 고갱의 계획을 실행에 옮기려면, 어느 정도 수준도 유지해야 하고, 화실도 그럴듯하게 꾸미는 등 대다수의 성공한 네덜란드 화가처럼 해야 한다고 생각하지 않아? 그런데 그게 또, 보기와 달리 단순한 문제가 아니라서, 그 양반이나 나나 성공한 기성 화가들의 공격을 견뎌낼 수 있을지도 걱정이고 혹시 예전에 덴마크에서 있었던 일이 또 반복되지 않을까도 걱정이야.

아무튼 우리가 안트베르펜으로 가서 일을 벌일 생각이라면, 기성 화가들이 이렇게 괴롭히거나 심지어 모험에 나선 낯선 이들을 배척하고 몰아낼 수밖에 없을 거라는 생각부터 하고 시작해야 할 거야. 그리고 그곳의 미술상들은 절대 믿어선 안 돼.

거기 미술학교는 괜찮은 곳이지. 파리보다 더 열성적으로 가르치는 것 같거든.

고갱은 지금 파리에서 어느 정도 인지도가 있잖아. 그런데 안트베르펜으로 가면, 다시 파리로 *돌아오기가* 쉽지 않을 수도 있어.

안트베르펜으로 간다고 가정하면 나보다는 고갱이 더 걱정이야. 나야 자연스레 플랑드르 분위기에 적응해서 잘 지내겠지. 예전에 그곳에서 시작했다가 아쉽게 포기했던 전원생활을 담은 풍경화를 다시 시작할 수도 있고. 내가 캉핀을 누구보다 좋아한다는 건 굳이 말할 필요도 없을 거다. 하지만 고갱에게는 이 전투가 결코 쉽지는 않을 거야. 나도 그러겠지만, 너도 그 양반에게 이런 선택을 했을 때의 장단점을 상세히 설명해줄 거라 믿는다. 나도 조만간 오리에 씨에게 쓰는 답장을 옮겨 적은 편지를 고갱에게 보내며 그런 이야기를 할 거야. 그리고 그 양반이 원한다면 여기서 다시 한 번 같이 지낼 수도 있다는 이야기도 하고. 물론 거기서 자리잡는 일이 좋은 결과로 이어지지 않았을 경우에 말이지. 그런데 워낙 능숙한 양반이라서 파리에서도 난관을 극복해 나갈 거라 믿는다. 거기서 명성을 유지한다는 건 그만큼 실력이 있다는 거잖아. 고갱에게는 항상 수식어가 따라붙지. 열대 지방에서 활동했던 최초의 화가라는 수식어. 항상 이 부분을 필연적으로 언급하게 돼. 아무튼 내가 안부 묻는다고 전해주고 원한다면 〈해바라기〉와 〈자장가〉의 복제화를 가져가고 네 마음에 드는 그림과 교환하자고도 말해라.

내가 파리에 가게 되면 여기서 시작한 그림들 여럿을 다시 손볼 생각이야. 그렇다고 그때 할 일이 없다는 뜻은 아니야.

요에게도 안부 전해주기 바란다. 마음으로 악수 청한다.

너를 사랑하는 형, 빈센트

동봉한 편지, 잘 읽어본 다음 오리에 씨에게 전해주면 좋겠다.

626a프

친애하는 오리에 선생 귀하

「메르퀴르 드 프랑스」의 기사, 감사히 잘 읽었습니다. 내용을 보고 정말 깜짝 놀랐습니다. 나는 기사 자체가 하나의 예술 작품 같았다는 인상을 받아서 매우 만족스러웠고, 단어를 색채처럼 사용하시는 글솜씨를 가지고 계시다는 생각도 들었습니다. 아무튼 기사 속에서 본 내 작품들은 실제보다 훨씬 더 근사하고 풍부하고 또 더 대단해 보이더군요. 그런데 이런 찬사는 내가 아닌 다른 화가에게 돌아가야 하지 않나 하는 생각이 들어 마음이 한없이 편치는 않았습니다. 특히, 몽티셀리 같은 화가 말입니다. 말이 나왔으니 '필자가 아는 한, 사물 색조에서 강렬함은 물론 금속 같은 특징 혹은 보석 같은 질감을 감지하고 살려내는 사람은 이 화가가 유일하다'고 적으셨는데, 부디, 내 동생을 찾아가셔서 몽티셀리가 그린 꽃다발을 한 번 보시기 바랍니다. 흰색, 물망초 같은 연하늘색, 주황색 꽃을 모아둔 그 꽃다발 말입니다. 그걸 보시면 내가 무슨 말을 하고자 하는지 아실 겁니다. 그런데 몽티셀리 최고의 역작들은 이미 오래전부터 스코틀랜드와 영국에 분산되어 있습니다. 북부 지방인 릴의 미술관에도 아마 근사한 그림이 하나 있을 건데 와토의 〈키티라 섬으로 출발〉만큼이나 프랑스적이며 훨씬 색감이 풍성합니다. 현재 판화가인 로제 씨가 몽티셀리의 그림 30여 점을 판화 복제화로 제작 중입니다.

몽티셀리야말로 내가 아는 한, 직접적으로 들라크루아의 계보를 이을 수 있는 유일한 색채의 전문가입니다. 개인적인 생각이지만 몽티셀리는 들라크루아의 색채 이론을 간접적으로 깨달았을 겁니다. 그에게는 디아스와 지엠이라는 스승이 있었으니 말입니다. 그의 예술가적 기질, 그러니까 몽티셀리의 기질은 『데카메론』의 저자와 닮은꼴이라고 할 수 있습니다. 우울한 인간, 모든 걸 체념한 불행한 사람, 사교계 사람들의 파티가 진행되는 걸 지켜보고, 사랑하는 연인들을 지켜보면서 그림으로 그리고 분석은 하지만, 소외된 사람. 오! 그렇다고 해서 앙리 레이스가 르네상스 이전의 미술을 따라 한 것만큼 보카치오를 따라 했다는 건 아니지요. 그러니까 선생의 글에 내 이름을 넣을 게 아니라 몽티셀리라는 이름을 넣었어야 했다는 말씀을 드리고 싶다는 겁니다. 그만큼 내게 많은 가르침을 준 화가거든요. 그리고 아를에서 얼마간 함께 지냈던 폴 고갱이라는 화가에게도 많은 걸 배웠습니다. 이 양반과는 이미 파리에서 알고 지낸 사이입니다.

고갱은 호기심 많은 예술가이자 이방인 같은 분위기를 풍기는데 그 풍채와 눈빛이 마치, 라카즈의 렘브란트 소장품의 하나인 초상화 속 인물을 닮은 사람입니다. 이 양반은 또 명화는 선행과 동의어이어야 한다는 사실을 느낌으로 전달하고 싶어 하는 화가입니다. 직접 그런 말을 했다는 게 아니라, 뭐랄까요, 그런 윤리적인 책임감을 도외시할 경우 함께 지내기 힘든 사람입니다. 내가 병으로 인해 어쩔 수 없이 요양원으로 가게 되면서 헤어졌는데, 그 며칠 전에 '이 양반의 빈자리'를 그리기도 했었습니다.

고갱이 쓰던 진한 적갈색 나무 의자를 그린 습작인데, 나무를 엮어 만든 초록색 안장의 빈자리에 촛불과 현대 소설 몇 권이 놓여 있는 그림입니다.

기회가 되신다면 고갱이라는 화가를 기억하는 의미에서 가미한 초록색과 빨간색 색조가 전반적인 분위기를 차지하는 이 습작을 한 번 감상하시기 바랍니다. 개인적인 생각일 수도 있겠지만, 만약 선생이 '열대 지방의 회화'의 미래에 관한 문제나 색채에 관한 문제를 다루면서 내 이름을 거론하시기 이전에 고갱과 몽티셀리의 이름을 먼저 언급하셨다면, 결과적으로 선생의 기사는 훨씬 더 정확했을 뿐만 아니라 기사 내용에도 더 힘이 실렸을 겁니다. *왜냐하면 내게 돌아오거나 돌아올 공은, 장담하는데, 부차적이기 때문입니다.*

그리고 여쭤보고 싶은 게 한 가지 더 있습니다. 지금은 20인회 전시회에 출품된 내 해바라기 2점이 색채 면에서 남다른 특징을 지니고 있으며 이 그림이 '감사'라는 상징적인 의미의 표현이라고 가정해봅시다. 그렇다면 이 그림이 코스트가 그린 〈접시꽃〉과 〈노란 붓꽃〉처럼 훨씬 더 숙련된 솜씨로 그려진 그림이지만 아직도 많은 사람들에게 인정받지 못하고 있는 꽃 그림들과 뭐가 그렇게 다른지요? 훌륭한 화가, 자냉이 그린 환상적인 작약과는 또 뭐가 그렇게 다른지요? 보시다시피, 나는 인상주의 화풍의 그림들과 다른 그림들을 별개로 나누어 구분하는 건 아주 어려운 일이라고 생각합니다. 근 몇 년간, 우리가 봐왔던 이 당파적인 사고의 효용성이 과연 어디에 있다는 건지도 모르겠습니다. *그저 우스꽝스럽게 보일 따름인데 말입니다.*

마지막으로, *선생*이 메소니에의 비열함을 지적하신 이유를 이해할 수 없다는 말씀을 드립니다. 메소니에라는 화가에 대한 한없는 존경심은 아마 마우베라는 훌륭한 화가의 가르침 덕분일 겁니다. 묘한 조합이지만, 마우베는 트루아용과 메소니에에 대해서만큼은 칭찬을 아끼지 않았습니다.

이런 이야기를 꺼낸 건, 불행히도 프랑스 내에서는 이래저래 구분되고 나뉘는 분위기와 달리, 외국에서는 전혀 개의치 않고 높이 평가한다는 사실을 아셨으면 하는 마음 때문입니다. 마우베는 항상 이런 말을 했었습니다. "색을 잘 써서 그림을 그리고 싶다면 난로 한 귀퉁이나 방의 모퉁이를 메소니에처럼 데생할 줄 알아야 한다."

조만간 내 동생에게 보낼 그림에 〈사이프러스〉 1점을 같이 보낼 계획인데, 선생만 괜찮으시다면, 기사를 써주신 기념으로 선생에게 선물로 드리고 싶습니다. 지금은 그 그림에 인물을 넣고 싶어서 작업 중입니다. 사이프러스는 프로방스적인 특징이 넘쳐나는 그림 소재입니다. 선생도 '검은색도 색이다'라고 표현하셨을 때 그걸 느끼셨던 겁니다. 지금까지는 사이프러스를 내가 보고 느낀 대로 표현하지 못한 상태입니다. 사이프러스가 포함된 대자연 앞에서 감정이 얼마나 고조되던지 거의 실신할 지경에 이르다 못해 그 여파로 보름간 아무 작업도 할 수 없었습니다. 하지만 이곳을 떠나기 전에 다시 한 번 시도할 생각입니다. 선생께 드리기로 마음먹은 습작은 미스트랄이 기승을 부리는 어느 여름날, 밀밭 구석에 서 있는 사이프러스 몇 그루를 그린 겁니다. 그래서 순환하는 대기의 움직임에 따라 도는 파란색에 둘러싸인 검은색 색조와 이와 대비를 이루는 양홍색과 심홍색이 조화를 이루고 있습니다.

아마 보면 아시겠지만, 전체적인 분위기가 마치 아기자기한 스코틀랜드 체크무늬 직물처럼 초록색, 파란색, 빨간색, 노란색, 검은색으로 구성돼 있습니다. 이런 무늬의 직물은 선생이나 내게, 한때는 아주 근사하고 매력적이었을 텐데, 아쉽게도 지금은 찾아보기가 쉽지 않네요.

좋은 기사를 써주셔서 선생께 진심으로 감사하다는 말씀 전합니다. 봄 무렵에 파리에 가게 되면 잊지 않고 직접 찾아가 뵙고 감사 인사 드리겠습니다.

빈센트 반 고흐

선생께 보낼 습작이 제대로 마르고, 두텁게 칠한 임파스토까지 다 마르려면 1년여는 족히 걸릴 겁니다. 그러니 그 위에 유약을 칠하시면 괜찮을 겁니다.

간간이 몇 번에 걸쳐 물을 흠뻑 묻혀 닦아주시면 나중에 유분을 완벽히 제거할 수 있습니다. 이 습작은 프러시안블루를 최대한 사용했는데 혹자는 단점이 많은 색이라고는 하지만 들라크루아는 아주 적절히 활용한 색이기도 합니다. 유약을 칠하시면서 그림이 다 마르고 나면 이 프러시안블루의 색조에서 검은색의 효과도 얻으실 수 있습니다. 아마 진한 녹색 계열의 다양한 색들을 두드러지게 보이게 하는데 충분한 검은 색조가 나올 겁니다.

이 습작에 어떤 액자가 어울릴지 잘 모르겠습니다. 다만, 그림의 분위기가 스코틀랜드 직물을 연상시킨다는 점을 감안하면, 강렬한 납 주황색의 *아주 소박한 액자*가 배경으로 칠한 파란색과 나무의 녹색, 흑색과 어우러지면서 원하는 효과가 극대화되지 않을까 싶습니다. 그렇게 하지 않을 경우, 빨간색이 적어서 그림 상단이 다소 차갑게 보일 수도 있습니다.

626b프 ___ 1890년 2월

친애하는 지누 선생에게

다시 찾아뵙겠다고 말씀드렸던 것처럼 직접 얼굴을 마주 대하고 사모님께서는 잘 지내시는지 안부 인사를 드리고 싶었습니다. 그런데 지난주에, 저 역시 몸 상태가 여의치 않게 된 터라 이렇게 편지로만 소식을 전하게 되었습니다.

사모님 건강은 어떠신지, 잊지 말고 알려주시면 좋겠습니다. 아무런 답장이 없으면 제 불안감이 더 커지지 않겠습니까.

며칠 전에 또 폴 선생에게 편지를 받았습니다. 아무래도 조만간 파리에 가서 이 양반을 만날 것 같습니다. 왜냐하면 바로 얼마 전에, 무사히 세상 빛을 본 동생의 아기를 가서 만나보고 싶기 때문입니다. 저야말로 이래저래 만족스럽게 지내고 있습니다. 그림 작업도 그럭저럭 괜찮고, 전시회에 작품을 출품했던 벨기에와 파리 양쪽에서 동시에 제 그림에 관한 기사가 나왔는데, 제가 원하는 것 이상으로 좋은 내용이었습니다.

조만간 마르세유에서 화가 한 사람이 찾아온다고 해서 기다리는 중이라, 정확히 언제쯤 선생을 찾아가 뵐 수 있는지는 말씀드릴 수가 없습니다. 그 외에는 얼마 전에 겪은 발작 증상이 금세 사라졌고, 규칙적으로 그림 작업도 잘하고 있다는 게 전부입니다.

아무튼 속히 소식 전해주실 거라 믿습니다. 선생과 사모님께 행운과 쾌차를 기원합니다.

두 분과 다른 지인들에게도 손을 내밀어 악수 청합니다.

선생의 친구, 빈센트 반 고흐

627네 ___ 1890년 2월 15일(토)

사랑하는 어머니께

답장을 드린다고 며칠을 벼르고 있었는데 그럴 수가 없었던 게, 아침부터 밤까지 그림 그리기에 열중하다 보니 시간이 이렇게 흘러가고 말았습니다. 아마 어머니도 저와 마찬가지로 마음만은 요와 테오 곁에서 함께하고 계시리라 생각합니다. 모든 일이 순조롭게 잘 풀렸다는 소식에 저도 얼마나 행복했는지 모릅니다. 무엇보다 빌레미나가 두 사람 곁에 있어서 다행입니다. 저는 테오가 아이에게 저보다는 우리 아버지 이름을 붙여주는 게 더 낫다고 생각했었습니다. 안 그래도 요즘 부쩍 아버지 생각이 자주 들거든요. 그런데 이미 결정했다기에, 아이에게 선물할 그림을 그리기 시작했습니다. 침실 벽에 걸어둘 그림으로 파란 하늘 배경에 흰 꽃이 핀 큼지막한 아몬드나무 가지입니다.

코르 소식을 전해주셔서 감사합니다. 그 녀석에게 편지하실 때 제 안부 인사도 꼭 전해주세요. 지금이면 레이던으로 돌아오셨겠죠. 요 며칠, 여기는 궂은 날이 이어졌습니다. 그런데 오늘은 완연한 봄 날씨입니다. 초록색 밀밭, 저 멀리 보이는 자주색 산맥 등 모든 게 아름다울 따름입니다! 아몬드나무들이 여기저기에서 꽃을 피우기 시작합니다.

저에 관한 기사를 다시 읽어도 정말 놀랍기만 합니다. 얼마 전에 이사악손이 비슷한 내용의 기사를 쓰고 싶어 했지만 제가 극구 만류했었지요. 아무튼 다른 사람이 쓴 그 기사 내용을 읽고 마음이 아팠습니다. 심히 과장된 내용 때문이었습니다. 실상과 너무 달랐습니다. 엄밀히 말해, 저는 남들도 정확히 저만큼은 그림을 그릴 줄 안다는 생각으로 버텨왔습니다. 그런데 이렇게 제 기사가 나온다면, 저와 비슷한 예닐곱 명의 동료 화가에 관한 기사는 왜 나오지 않는 겁니까?

솔직히 말씀드리자면, 나중에 놀란 감정이 사라진 뒤에는 간간이 다행인 것도 같고, 위로가 되는 것도 같은 마음이 들더군요. 거기에다 어제는 또 테오가, 브뤼셀에 전시되었던 제 그림이 400프랑에 팔렸다는 소식을 전해왔습니다.* 네덜란드 화가들을 비롯한 다른 화가들의 그림값에 비하면 보잘것없지만, 그렇기 때문에 제가 더 '생산적'인 화가가 되기 위해 노력하고 있는 겁니다. 적정한 그림값을 받을 수 있는 그림을 그리려고 말입니다. 자기 손으로 일해 스스로 벌어서 먹고살 수 있으려면 저는 많은 돈을 벌어야 합니다.

어머니 편지와 빌레미나 편지가 동시에 도착했습니다. 이렇게 소식 전해주셔서 감사드립니다. 제가 먼저 미리 연락을 드렸어야 했는데, 말씀드렸다시피, 그림에 너무 열중한 나머지 느긋하게 편지 쓸 여유가 없었습니다.

이번에 그림을 팔아 조금이나마 여유가 생겼으니 이참에 테오를 보러 파리로 갈까 진지하게 생각 중입니다. 여기 의사 선생 덕분에 이곳에 처음 왔을 때보다 훨씬 침착해지고, 건강해져서 나갈 것 같습니다. 당연히 요양원 바깥세상은 어떻게 돌아가고 있는지도 둘러볼 생각입니다.

다만, 너무 자유롭게 다니다가 그림 작업이 더 어려워질까봐 그게 걱정입니다.

아무튼 모든 게 다 좋은 쪽으로 진행되기를 바랄 따름입니다. 아를에 있을 때 함께 지냈던 동

* 20인회 전시회에 출품되었던 〈붉은 포도밭〉은 벨기에 출신 화가 보슈의 누님인 아나 보슈가 구입한다. 1888년 11월에 그려진 이 유화는 나중에 모로소프라는 수집가의 손에 들어가고, 현재 모스크바 현대미술관이 소장하고 있다. 빈센트 반 고흐 생전에 판매된 유일한 유화다.

료 화가가 잠시나마 안트베르펜에 가고 싶어 한다는 소식을 들으니 기분이 묘합니다. 만약 저도 함께 간다면, 어머니와 누이와는 다시 더 가까워진다는 생각도 듭니다. 그런데 그게 마음대로 될 것 같지는 않아 보입니다. 무엇보다 생활비가 너무 많이 들기 때문입니다. 그리고 이곳 기후에 익숙해진 터라 북쪽으로 올라가면 그곳 환경이 건강에 그리 도움이 될 것 같지도 않습니다. 일단은 몇 주 정도 파리 생활부터 시작해볼까 합니다.

마음으로 포옹을 나눕니다.

사랑하는 아들, 빈센트

빌20프 ____ 1890년 2월 19일(수)

사랑하는 누이에게

파리에서 보내준 것과 오늘 보내준 두 통의 편지 고맙게 잘 받았다. 요가 출산하는 과정에 대한 상세한 네 설명은 정말 감동적이었다. 곁에서 그렇게 지켜보며 도와준 너도 정말 대단하다. 아마 내가 너였다면, 그 상황에서 지레 겁을 집어먹고 벌벌 떨었을 거다.

어쨌든 결과적으로 아기가 무사히 세상 빛을 보았구나. 그 녀석 할머니께는 이미 말씀을 드렸는데, 나는 요즘 그 녀석에게 줄 커다란 그림을 그리고 있다. 파란 하늘을 배경으로 이리저리 솟아오른 꽃이 핀 나뭇가지들이야. 대략 3월 말경에(적어도 내 바람은 그렇지만) 조카를 보러 갈 수 있을 것 같다. 내일이나 모레 정도에 다시 아를에 다녀올 생각이야. 과연 여정을 버틸 수 있을지, 발작 증상 없이 일상을 이어갈 수 있는지 알아보려고.

내 경우, 나약해지지 않으려면 마음을 굳게 먹어야 할 거야. 대개 지속적으로 머리를 쓰다 보면, 예술가는 과장되거나 기상천외한 생각을 하게 되기도 해. 오리에 씨가 쓴 기사를 읽었는데, 내가 그런 찬사를 받아도 되는지 모르겠다는 점만 빼면, 글 자체가 예술적으로 느껴지고 흥미롭기까지 했어. 하지만 현실이라는 건 지금 내가 느끼는 것처럼 슬픈 게 아니라, 기사 내용처럼 *그래야 하는* 게 아닌가 싶다. 그 양반에게 편지를 써서 아무리 봐도 몽티셀리와 고갱에게 그 찬사가 돌아가야 한다는 뜻을 전했다. 기사 전체에서 나는 보조적인 역할만 해야 한다고.

그가 설명한 내용은 내 생각에서 비롯된 게 아니야. 인상주의 화가들 대부분이 전반적으로 그런 편이거든. 비슷한 영향을 받아서 어느 정도 신경쇠약 상태로 지내는 편이야. 그래서 색채에 유독 민감하고, 그 색채라는 특수 언어의 효과, 상보적인 효과, 대조의 효과, 조화의 효과에도 남다른 반응을 보이는 거야. 그런데 기사를 보고 나니 서글픈 마음이 들더라. 솔직히 이런 생각이 들었어. 응당 그래야 하는데, 나는 거기에 못 미치고 있다는 생각. 자존심이라는 건 술처럼 취하게 되는 거야. 찬사를 받으면 그만큼 술을 마시고 취한 셈이 되는 거야. 술에 취하면 슬퍼지고, 내 느낌을 어떻게 말로 표현해야 할지 모르겠지만, 최고의 작품은 자만하지 않은 상태에서 가족 같은 분위기에서 그리는 그림이 아닌가 싶다. 그런데 예술가들 사이의 친분이 사실 또 항상 *돈독한* 건 아니야. 그러다 보니 누군가의 능력을 너무 과대평가하거나 혹은 지나치게 과소평가하게 되는 거야. 그렇다고 해도 나는 정의라는 게 우리 눈에 보이는 것보다는 더 나은 방향으로 진행될 거라 믿고 싶다.

가끔은 웃을 수도 있어야 하니 말이야. 아니면 조금이나마, 아니 아주 신나고 즐거워야 할 때도 있어야지.

드가의 집까지 가서 그를 만났다니 운도 좋구나.

나는 지금 아를에서 알게 된 한 여인의 초상화를 그리는 중인데 파리의 여성들과도 사뭇 다른 분위기로 그리고 있어. 아, 밀레! 밀레! 그는 인간의 모습을 익숙하면서도 엄숙한 천상의 무언가처럼 그리는 화가였어. 밀레는 울면서 그림을 시작했고, 조토와 안젤리코는 무릎을 꿇고 그림을 그렸으며, 들라크루아는 난감하기도 하고, 감동하기도 해서……. *거의* 미소를 짓고 있다고 생각하면, 인상주의 화가들은 도대체 뭐 하는 사람들이기에 벌써부터 저들처럼 살고 있는지 모르겠다. 극심한 생활고에 시달려가면서 말이야. '혁명의 숨결이 앗아간 것을 영혼에게 돌려줄 자는 과연 누구인가?' 우리의 나약함, 우리의 병, 우리의 방황을 미리 내다본 이전 세대를 산 한 시인의 외침이다. 나는 이런 말을 자주 하곤 한다. 과연 우리 자신이 벨기에 옛사람인 앙리 콩시앙스보다 더 신선하고 새롭다고 할 수 있을까? 아, 그래서 안트베르펜의 캉펀 덕분에 브뤼셀에서 거둔 성공이 만족스러운 거야. 지금도 그 지방 벌판에 만들어놓은 호젓한 밭고랑을 떠올리기도 해. 퇴행을 겪어 어린아이가 된 기분으로 말이야.

이런 생각을 하다 보면, 저 멀리 아득한 곳에서부터 이런 생각이 밀려들곤 한다. 다시 시작하고 싶다는 생각, 촌스러운 해바라기로 감사의 뜻을 상징하려고 했는데 정작 내 그림은 고통의 비명에 가깝다는 사실을 용서하고 싶다는 생각. 보다시피 내 생각이 아직은 정상적으로 회복된 게 아닌 것 같다. 차라리 시골 농부들처럼 빵 1파운드와 커피 한 잔 값이 얼마인지 계산하는 법이나 잘 알아두는 게 낫겠다. 자 다시 돌아가 보자. 밀레는 초가집에 살면서 소박한 농부들과 잘 어울려 모범적인 삶을 살았지.

그러니 열정적이기보다 지혜롭게 살아야겠지. 그때처럼.

조만간 네게 또 소식 전할 수 있으면 좋겠다. 너도 어머니도 건강히 잘 지내기를 바란다.

파리에 가게 되면 거기서도 초상화 몇 점은 그릴 수 있으면 좋겠다. 나는 예전부터 초상화를 통해 생각하는 법을 배운다는 믿음을 가져왔어. 애호가들이 초상화를 선호해서가 아니라, 초상화는 실질적으로 도움이 되고, 그리고 있으면 기분도 좋아지기 때문이야. 마치 잘 아는 가구처럼 아련한 옛 추억을 되살려준다고 할까?

마음으로 포옹을 나눈다. 다른 누이들이 그림을 갖고 싶어하면 얼마든지 테오에게 다른 그림을 부탁하고, 네 마음대로 골라라. 다시 한 번 안부 전하고, 악수 청한다.

너를 사랑하는 오빠, 빈센트

너도 알다시피, 내 그림이 몇 점 더 네덜란드로 향한다고 해서 내가 기분 나쁠 건 하나도 없다.

*****

2월 24일, 페롱 원장은 테오에게 빈센트가 이틀간 아를에 다녀온 후 발작 증상을 앓았다는 소식을 전한다. 그 증상은 오래 이어졌다.

3월 19일, 테오는 형에게 발작 증상이 재발한 건 겨울 탓이라는 내용의 편지를 쓴다. "형님은 항상 추위에 약했으니 아마 날이 포근해지면 정상으로 회복할 겁니다. 그렇게 되기를 바라면서 그동안 너무 무리하지 마세요. 형님도 앵데팡당전에 왔더라면 정말 좋았을 겁니다. 전시 개최일에 맞춰 카르노 대통령도 다녀갔습니다. 저는 요와 함께 있었는데, 형님 그림이 아주 좋은 자리를 차지해서 아주 잘 보였습니다. 형님 그림이 괜찮다고 제게 와서 칭찬하고 간 사람이 한둘이 아닙니다. 고갱 선생도 형님 그림이 전시회에서 단연 눈길을 끈다고 하더군요. 그러면서 당신 그림 1점과 형님의 알프스산맥을 배경으로 한 그림을 교환하자고 제안했습니다."

빈센트가 1890년 앵데팡당전에 출품한 그림 10점은 다음과 같다. 〈알프스산맥〉, 〈사이프러스〉, 〈산악 풍경〉, 〈생 레미의 어느 대로〉, 〈아를에서의 산책〉, 〈가을의 뽕나무〉, 〈초목〉, 〈프로방스의 일출〉, 〈해바라기〉, 〈올리브나무 과수원〉. 그리고 펜과 갈대 펜으로 그린 데생 여러 점도 포함돼 있었다.

테오는 대중이 젊은 인상주의 화가들에게 관심을 갖기 시작했다고 확신한다. 그래서 이런 말을 덧붙인다. "오리에의 편지를 동봉합니다. 이 친구, 다음 주쯤 고갱 선생의 그림을 보러 올 겁니다. 선생에 관한 기사를 쓸 모양이에요. 브뤼셀에서 형님의 그림값이 왔고, 모 사무총장이 이런 글을 덧붙였습니다. '형님께 20인회 전시회에 참여해주셔서 기뻤다고 말씀 전해주십시오. 형님의 그림은 저희 회원들 사이에서 아주 열렬한 예술적 호감을 얻으며 모두의 관심사였습니다.'" 그리고 이렇게 당부하며 편지를 마무리한다. "발작 증상이 진정된 다음에 형님이 파리로 오는 걸 페롱 원장이 위험하다고 생각하는지 알아보세요."

3월 29일, 요와 테오는 빈센트의 생일을 맞아 그에게 편지를 쓰며 이렇게 묻는다. "형님의 생일을 축하하는 기쁜 날이 될지, 여전히 불행하다고 여기는 우울한 날이 될지……. 사랑하는 형님, 형님과 제가 이렇게 멀리 떨어져 있고, 서로의 소식을 상세히 알 수 없는 이 상황이 서글픕니다. 그래서 이 소식을 전하는 게 유독 기쁘네요. 일전에 피사로 선생이 말씀하신 가셰 박사를 제가 가서 직접 만나보고 왔습니다. 이런저런 사정 등을 잘 이해하는 양반 같았습니다. 외모가 형님과 비슷한 면도 있어요. 아무튼 여기 오면 같이 만나러 가죠. 주중에는 파리에 여러 차례 왕진도 온다고 합니다. 어떤 상황에서 형님이 발작 증상을 겪게 되었는지 설명하자, 저한테 하는 말이, 형님의 증상이 정신질환과 큰 관련이 없어 보인다면서, 본인의 추측이 맞다면 형님을 충분히 낫게 해줄 수 있다고 합니다."

빈센트는 그로부터 2달 후, 오베르에서 가셰 박사를 만나면서 테오가 전해준 낙관적인 전망을 떠올렸을 것이다.

빈센트가 동생의 편지에 다시 답장하기 시작한 건 4월이 되어서였다. 하지만 너무나 짧고 간략한 내용이었기에 테오는 걱정을 떨쳐낼 수 없었다. 그는 4월 23일 이런 편지를 보낸다. "형님의 침묵은 저희 부부에게 여전히 형님이 고통스럽게 지낸다는 걸 의미합니다. 그래서 이 말은 꼭 해야겠습니다, 사랑하는 형님. 요와 저 역시 여전히 형님이 병을 앓고 있다는 사실에 마음이 아픕니다. 정말이지 형님을 행복하게 해줄 수만 있다면, 저희 두 사람, 그보다 더 행복한 일은 없을 겁니다. 페롱 박사는 편지에 걱정할 것 없다고 썼더군요. 발작 증상이 평소보다 오래가긴 하지만 금방 나아질 거라 합니다. 이렇게 멀리 떨어져 있지만 않았어도, 벌써 형님을 찾아갔을 겁니다. 저는 형님이 저를 필요로 할 날이나, 저와 이런저런 이야기를 나누고 싶다는 생각이 드는 날이 오기만을 기다리고 있습니다. 언제든지 달려가겠습니다." 그러면서 빈센트의 그림에 쏟아진 찬사와 뒤에, 클로드 모네, 세레 등의 화가가 전한 긍정적인 평으로 편지를 마무리한다.

628프 ____ 1890년 4월

테오에게

오늘은 그간 내게 온 편지를 하나씩 읽어보려 했지만, 아직은 명확히 머릿속에 들어오지 않는구나.

그래도 네 편지에 바로 답장하려고 애쓰는 중이다. 며칠 지나면 좀 가시지 않을까 하고 바라는 중이야. 무엇보다 너와 네 아내 그리고 아이 모두의 건강을 기원한다.

내 걱정은 하지 말아라. 증상이 평소보다 좀 오래 가긴 하지만 말이야. 네덜란드 집에도 그렇게 전해라. 잘 지내고 있으니 걱정하지 마시라고.

고갱에게도 안부 전해다오. 보내준 편지 고맙게 잘 받았다고. 난 심히 무료하게 지내는 중이긴 하지만 참아보려 애쓰고 있다. 다시 한 번, 요와 아기에게 마음으로 악수 청한다.

너를 사랑하는 형, 빈센트

뭐라도 더 적어보려 편지를 다시 집어들었다. 조금씩 정신이 돌아오긴 하겠지만, 정말 증상이 심했지. 통증은 없었는데, 진짜 어안이 벙벙했었다. 이 말은 해야겠는데, 내가 아는 한, 나 같은 증상을 앓았던 사람이 여럿 있었어. 특정 시기에 걸쳐 죽어라 일하다가 무력해진 사람들 말이야. 사방이 벽으로 가로막힌 공간에서는 좋은 걸 배울 수 없어. 그건 다 아는 거야. 하지만 아무 일도 없었던 것처럼 자유롭게 풀어줄 수 없는 사람이 있다는 것도 사실이야. 그래서 나 자신의 처지가 거의, 아니 철저히 절망스럽게 느껴지는 거야. 어쩌면, 정말 어쩌면 한동안 전원생활을 하면 나을 수도 있겠지.

작업은 잘되고 있다. 마지막에 그린 건 꽃이 핀 나무의 가지들이었어. 너도 보면 알겠지만 내가 그린 것 중에서 최대한 인내심을 발휘했고, 최대한 잘 그렸고, 침착한 상태에서, 아주 자신감 넘치게 붓질해서 그린 그림이다.

당장 내일 또 난폭해질지도 모를 일이야. 도대체 이해하기 힘든 상황이지만, 어쩌겠냐. 이게 현실이다. 그래도 본격적으로 작업을 진행하고 싶은 마음밖에 없어. 고갱이 편지를 했는데, 그 강인한 양반도 계속 그림을 그릴 수 있을지 모를 정도로 상황이 절망적이라고 하더라. 솔직히 이런 상황에 놓인 예술가들의 사연을 우리가 모르지는 않잖아. 그러니 내가 아끼는 아우야, 그냥 있는 그대로 받아들이고 나 때문에 마음 아파하지 말아라. 네가 건강한 몸으로 너희 가족을 잘 챙기고 있다는 소식을 듣는 게 내게는 네가 생각하는 것 이상으로 큰 힘이 된다. 내게도 시련이 있으면 또 평온한 날이 찾아오기 마련이다. 아무튼 그런 날이 오기를 기다리면서 조만간 또 그림을 보내마.

러셀도 편지했더라. 우리를 잊고 살지 말라는 차원에서 편지 한 통 쓰기를 잘한 것 같더라. 너도 가끔은 주변에 그 친구 이야기를 해서, 비록 고립된 지역에서 외롭게 작업은 하고 있지만, 능력 있는 친구라는 사실을 알려주기 바란다. 아마 예전에 영국에서 봤던 것처럼 근사한 작품을 만들어낼 거야. 그래, 어쩌면 그렇게 겹겹의 담을 쌓고 지낸 게 천 번은 잘한 결정이었어.

피사로 부자에게도 안부 전해주면 좋겠다. 이따가 다시 차분한 마음으로 편지를 읽을 생각이야. 내일이나 모래 정도에 다시 편지를 쓸 수 있으면 하는 바람이다.

629프 ____ 1890년 4월 29일(화)

테오에게

지금까지는 편지 쓸 여력이 없었는데, 며칠 사이 좀 좋아지기도 했고 네 생일을 맞아, 너와 네 아내, 네 아기에게 전하는 축하 인사가 더 늦어지지 않았으면 해서 이렇게 인사 전한다. 아울러 그간 네가 베풀어준 온갖 선의에 대한 감사의 뜻으로 다양한 그림을 보내니 이것도 받아주기 바란다. 네가 없었다면, 내 삶은 아마 불행 그 자체였을 테니 말이다.

아마 밀레의 그림을 보고 그린 그림도 보게 될 거야.

그런데 그것들은 대중을 상대로 전시하기 위해 그린 게 아니니 나중에 시간 될 때, 우리 누이들에게 선물로 전해주기 바란다. 그런데 우선, 네 마음에 드는 것들은 원하는 만큼 네가 먼저 골라서 챙겨도 상관없다. 그건 당연히 네 그림이니까. 혹시 옛 화가나 현대 화가들 작품 중에서 따라 그릴 만한 괜찮은 것들이 눈에 보이면 내게 보내주기 바란다.

나머지 그림들은 변변치 못한 편이야. 두 달 전부터 제대로 작업을 할 수 없었던 터라, 많이 뒤처진 상태야. 분홍색 하늘을 배경으로 한 올리브나무가 아마 가장 나을 거야. 산 사이로 흐르는 협곡도 괜찮게 보이지 않을까 싶다. 상상으로 그려 넣은 산맥과 같이 그린 그림. 저 올리브나무 그림은 노란 하늘을 배경으로 그린 올리브나무와 짝을 이루는 그림이 될 거야. 아를 여인의 초상화는 너도 알다시피, 고갱에게 약속한 그림이니 네가 전해주기 바란다. 그리고 사이프러스는 오리에 씨에게 전하는 그림이야. 임파스토를 적게 써서 다시 손을 쓰고 싶었는데 시간이 부족하구나.

아무튼 아직도 여러 차례 찬물로 씻어내고 임파스토가 속까지 바싹 마르는 동안은 유약을 듬뿍 발라놔야 해. 그래야 유분이 다 날아갔을 때 검은 부분의 색이 변질되지 않거든. 이제는 물감이 필요할 때도 됐다. 그중 일부는 탕기 영감 본인이 좋든, 싫든 그 양반 화방에서 다시 살 수 있을 텐데, 당연히 다른 가게보다 비싸면 안 된다.

필요한 물감 목록이야.

대형 튜브로	아연 백색 12개	코발트 3개	베로니즈그린 5개,
	일반 진홍색 1개		크롬 2번 2개
	에메랄드그린 2개		크롬 1번 4개
	납 주황색 1개		군청색 2개

(이건 타세 화방에서) 중간 크기 제라늄 진홍색 2개.

절반이라도 일단 먼저 보내주면 좋겠다. 허비한 시간이 너무 많아서 그래.

그리고 붓이 6개 정도 필요해. 족제비 털 붓 6개, 캔버스 천도 7~10미터 정도.

지난 두 달은 정말 영 죽을 맛이었지. 어떻게 설명할 수도 없을 정도로 서글프고 무료해서, 도대체 내가 어떤 상태였는지도 모를 정도였어.

주문한 물감이 좀 많아 보이는구나. 너무 부담스러울지 모르니 절반 정도만 먼저 보내줘도 나는 괜찮다.

몸이 좋지 않은 상태에서도 기억에 의존해서 작은 그림 몇 점을 그렸어. 나중에 보게 될 텐데, 북구에 있는 고향 마을에 대한 추억을 담아봤어. 지금은 해가 쏟아지는 들판의 한구석을 그렸는데 강렬한 인상을 풍기는 그림이야. 곧 보게 될 거다.

페롱 원장이 자리를 비운 터라 아직 네 편지는 다 못 받은 상태인데, 분명 몇 통은 와 있을 거다. 너한테 이런저런 사정을 잘 설명해줄 정도로 친절한 양반이기는 하지만, 나도 어떻게 해야 할지, 어떻게 생각해야 할지 모르겠다. 그냥 여기서 나가고 싶은 마음뿐이거든. 네게도 놀랄 일은 아닐 거야. 굳이 더 설명할 필요가 있을까 싶구나.

네덜란드 집에서 온 편지도 있는데 기분이 몹시 우울해서 읽어볼 엄두가 나지 않는다. 오리에 씨에게는 내 그림에 관한 기사는 더는 쓰지 말아 달라고 전해라. 그리고 나에 관한 기사 내용 중에 틀린 부분이 있다는 것과 내 그림이 이렇게 알려지는 상황을 마주 대해야 한다는 사실에 내가 너무 슬퍼하고 있다는 것도 꼭 알려라. 그림 그리는 게 내게는 기분 전환도 되고 좋은데, 남들이 내 그림 이야기를 듣는 건, 그가 생각하는 것보다 훨씬 힘든 일이거든. 베르나르는 어떻게 지내냐? 두 개씩 그린 그림도 몇 점 될 테니, 원하면 그 친구 그림과 교환해도 괜찮아. 그 친구가 그린 그럴듯한 그림을 가지고 있으면 네게도 도움이 될 거야.

꽃이 피는 아몬드나무를 그리던 시기에 병이 재발했어. 너도 그렇게 여기겠지만, 계속 작업만 할 수 있었어도 꽃이 피는 다른 나무들도 그렸을 거야. 이제는 나무에서 핀 꽃들이 다 지고 말았어. 참 운도 없지. 그래, 여기서 나가야 해. 그런데 어디로 가지? 샤랑통이나 몽드베르그처럼 자유가 보장되지 않는 요양원에 가더라도 지금처럼 갇혀 지내는 기분은 들지 않을 거다.

네덜란드 집에 소식을 전할 때, 내가 안부 전한다는 말과 가족들 생각 자주 한다는 말도 전해주기 바란다. 너와 요에게 악수 청한다. 내 말 명심해라.

너를 사랑하는 형, 빈센트

내가 예전에 그린 데생 중에서 인물화를 찾아서 보내주면 좋겠다. 저녁 식사 중인 농부들 그림*을 등불 효과를 살려서 다시 그려보고 싶거든. 예전에 그린 건 지금은 아예 시커멓게 됐을 수도 있겠다. 기억에 의존해서 아예 통째로 다시 그릴 수 있을 것도 같아.

그런데 무엇보다 아직도 네가 가지고 있다면 〈이삭 줍는 여인들〉하고 〈땅 파는 사람들〉은 꼭 챙겨서 보내라.

그리고 네가 좋다고 하면 〈뉘넌 교회의 낡은 종루〉와 〈초가집〉도 다시 그릴 수 있어. 네가 아직도 가지고 있다면 이번에는 기억에 의존해서 더 나은 그림을 그릴 수도 있을 것 같다.

* 〈감자 먹는 사람들〉

629a네 ____ 1890년 4월 29일(화)

사랑하는 어머니와 누이에게

두 달간 몸이 좋지 않아 고생하다가 이제야 처음으로 편지를 쓸 수 있을 정도로 기력을 회복했습니다. 지금까지는 보내신 편지를 읽을 여력도, 그렇다고 편지를 쓸 기력도 없었습니다. 의사 선생이 자리를 비운 터라 네덜란드 집에서 보내신 편지와 소포를 오늘에야 받았습니다. 우선 더 늦기 전에, 이것저것 챙겨서 보내주셔서 진심으로 감사하다는 말씀부터 드립니다. 어머니와 누이, 두 사람이 건강히 잘 지내시고, 아나와 리스의 가정에도 좋은 일만 있기를 진심으로 기원합니다. 오늘 테오에게 편지와 유화 몇 점을 보냈는데, 아마 받아서 집으로 보내드릴 겁니다. 봄 중에서도 가장 화려한 시기에 아무런 그림도 그릴 수가 없었습니다. 그다지 달갑지 않은 상황이지요. 그래도 어쩌겠습니까? 변화라는 게 항상 좋은 쪽으로만 일어나는 것도 아니니 말입니다. 이곳을 벗어나고 싶다는 마음은 간절합니다. 이곳 생활을 견디는 게 너무 힘이 드네요.

며칠 전부터 햇살이 한가득 쏟아지는 노란 민들레꽃이 핀 벌판을 그리기 시작했습니다. 증상이 아주 심각한 순간에도 브라반트의 추억을 떠올리며 그림을 그렸습니다. 뗏장을 얹은 초가집과 너도밤나무 울타리, 가을 저녁 풍경, 주황색으로 물든 하늘, 다갈색 구름 사이로 지고 있는 붉은 태양 등등의 장면입니다. 눈으로 덮인 밭에서 순무를 캐는 여인들도 그렸습니다.

테오에게 제가 예전에 그렸던 데생을 최대한 찾아서 보내달라고 부탁했습니다.

혹시 집에도 제가 예전에 그렸던 데생이나 습작이 남아 있는지 궁금합니다. 썩 잘 그린 것들은 아니겠지만 기억을 더듬어서 새 그림을 그리는 데 많은 도움이 될 것 같아서 그렇습니다. 그런데 벽에 걸어두었다면 그런 건 괜찮습니다. 농부들의 모습을 거친 스케치로 그린 데생들이 훨씬 유용하거든요. 그렇다고 시간까지 들여가며 애써 찾으실 필요는 전혀 없습니다.

어머니와 누이가 건강히 잘 지내시기를 진심으로 기원합니다. 조만간 또 길게 소식 전하겠습니다.

항상 어머니와 누이를 생각한다는 거 알아주시기 바랍니다. 두 사람에게 마음으로 포옹을 나눕니다.

사랑하는 아들, 빈센트

제 그림이 좋은 반응을 끌어냈다는 저와 제 그림에 관한 기사를 읽고 난 뒤 후회스럽고 걱정부터 되더군요. 화가의 삶이 항상 이런 식입니다. 성공은 화가가 겪게 되는 최악의 상황이라는 거 말입니다.

630프 ___ 1890년 5월 1일(목) 추정

테오에게

오늘 드디어 페롱 박사가 돌아와서 네가 보낸 편지와 집에서 보낸 편지 등을 받아서 읽고 나니 기운도 나고, 아니, 지금처럼 무력한 상태에서 어떻게든 벗어나고 싶다는 의욕이 샘솟아서 너무 좋았다. 보내준 동판화 복제화* 고맙게 잘 받았다. 내가 오래전부터 좋아했던 작품들을 골라서 보내줬더라. 〈다비드〉, 〈라자로〉, 〈사마리아인〉하고 〈부상자〉의 대형 복제화 등등. 게다가 〈앞 못 보는 사람〉하고 작은 동판화 복제화도 보냈더라. 특히, 마지막 복제화는 분위기가 너무 묘해서 무슨 그림인지 자세히 들여다볼 엄두도 나지 않더라. 그런데 내가 모르는 그림이었어. 〈꼬마 금세공사〉라는 작품 말이야.

아 〈라자로〉! 오늘 아침 일찍 일어나 그 그림을 들여다보다가 샤를 블랑이 했던 말뿐만 아니라, 그가 한 번도 입 밖으로 내뱉지 않았던 부분까지 떠오르더라. 그런데 불행히도, 여기 사람들은 궁금한 건 많은데, 그림에 대해서는 문외한이라 과연 여기서 내가 화가로 살아가는 게 가능할까 심히 의심스럽다는 생각이 들었어.

다들 이 사실만큼은 꼭 알게 될 거야. 이해받지 못했고 이런저런 상황에 쓰디쓴 슬픔을 경험한 다른 사람들과 마찬가지로 너하고 나 역시 여기서 많은 노력을 했다는 사실 말이야.

너도 아마 몽펠리에에 가면 내 말이 맞는다는 걸 실감할 거다.

이제 네가 제안한 이야기를 해보자. 나는 그 제안을 받아들여 북부로 올라갈 생각이다.

차라리 여기서 죽어버리거나 더는 그림 그릴 힘조차 잃었을 정도로 여기 생활에 지쳤어.

고갱과 기요맹 두 사람이 알프스산맥을 그린 풍경화와 그림 교환을 하고 싶어한다더라. 안 그래도 그림이 2점인데 아마 마지막에 그려서 보낸 게 더 활기도 넘치고 표현도 정확하게 됐어. 렘브란트 작품을 따라 그릴 생각이야. 〈기도하는 남자〉는 이미 어떻게 그릴까, 머릿속으로 구상도 해놨고. 색조도 밝은 노란색에서 자주색을 활용할 거야.

고갱의 편지도 동봉해 보내니 그림 교환은 네가 편한 대로 해라. 네 마음에 드는 건 네가 소장하고. 그런데 갈수록 너나 나나 취향이 비슷해지는 것 같다. 아! 이 빌어먹을 병만 앓지 않고 계속 그릴 수만 있었어도, 남들과 떨어져서, 나를 부르는 지역을 돌아다니며 정말 많은 그림을 그렸을 텐데. 그런데 이런 그림 여행은 이제 끝이지. 그나마 위로가 되는 건, 그토록 보고 싶었던 너와 네 아내 그리고 너희 아기를 볼 수 있게 된다는 사실이야. 그 밖에도 불우한 시간을 보냈던 나를 기억해주는 친구와 동료들도 보고 싶구나. 나도 항상 그 사람들 생각을 했었거든.

이제는 북쪽으로 옮겨 가면 이 병이 더 빨리 나을 것 같다는 생각마저 든다. 적어도 한동안은 그럴 것 같아. 물론 몇 년 지나면 재발할지도 모르지만 당장은 그럴 일만큼은 없을 것 같아. 여

* 테오가 형의 생일에 맞춰 편지와 함께 보내준 렘브란트의 작품 동판화 복제화

기 있는 환자들을 유심히 지켜보면서 든 생각이야. 일부는 나보다 나이가 훨씬 많기도 하지만 무위도식하는 학생같이 젊은 친구들도 적지 않거든.

속사정이야 어찌 알 수 있겠냐?

누이와 어머니가 보내온 편지는 다행히 아주 차분하더라. 누이는 글솜씨가 참 남다른 것 같나. 편지에 묘사한 풍경이나 마을 분위기가 마치 현대 소설의 한 장면 같은 느낌이었어. 나는 항상 그 아이에게 예술과 관련된 일보다는 살림에 더 관심을 가져보라고 조언하고 있어. 왜냐하면 워낙에 감수성이 예민한 아이라서 지금 나이로는 예술적으로 성장할 길을 찾는 게 너무 힘들어 보이기 때문이야. 그 아이도 예술적 욕망이 꺾여서 괴로워하지 않을까 그게 걱정이긴 해. 하지만 워낙 강인한 아이니 얼마든지 만회할 수 있을 거다.

페롱 원장하고 상황에 대한 이야기를 하다가 더 이상 이곳 생활을 감당할 수 없다는 속내를 털어놓고 어떻게 해야 할지 아직 정한 건 없지만, 아무래도 북부로 돌아가는 게 낫겠다는 뜻을 전했다.

네가 봐도 그게 낫다고 생각해서, 내가 언제 파리로 가면 좋을지 날짜를 알려주면 여기 직원의 도움을 얻어 타라스콩이나 리옹까지는 갈 수 있을 거다. 그다음에는 파리 기차역에서 네가 기다리거나 내가 기다리면 되지 않을까 싶다. 어쨌든 네가 보기에 가장 낫겠다 싶은 쪽으로 결정해라. 일단 내 가구며 집기들은 그대로 아를에 둘 생각이야. 지인의 집에 보관 중인데 나중에 내가 부탁하면 보내주긴 할 테지만, 운송비가 아마 가구값만큼 나올 수도 있어. 나는 지금의 이 상황을 조난 사고라고 생각한다. 그래서 원하는 대로 할 수도 없고, 응당 해야 하는 대로 할 수도 없는 거라고. 정원에 나와보니 작업에 관한 생각이 명확해지고, 감당할 수도 없을 만큼 많은 구상이 떠오르더라. 그렇다고 앞이 안 보일 정도는 아니다. 붓질이 좀 기계적으로 변한 것도 같은데, 아무튼 이를 바탕으로 북쪽으로 가게 되면 내 기량을 되찾을 수 있을 거라 본다. 이해도 가지 않고, 그러고 싶은 마음도 없는 환경과 정황에서 벗어나게 되면 말이야.

페롱 원장이 네게 편지를 써준 건 참 고마운 일이고, 오늘도 네게 편지를 또 보낼 거다. 이 양반과 헤어질 수밖에 없는 게 유감스럽다는 마음으로 이 양반과 헤어지는구나.

너와 요에게 악수 청한다. 무엇보다 요에게 편지 고맙게 잘 받았다고 전해다오.

너를 사랑하는 형, 빈센트

* * * * *

5월 3일, 테오는 빈센트가 다시 주기적으로 편지를 쓰기 시작하자 이를 반기며 마지막으로 그가 보내준 그림에 대한 감상을 편지로 전한다. "경비원장과 얼굴이 다소 부푼 듯한 노인의 초상화가 아주 근사합니다. 꽃이 핀 아몬드나무 가지를 보니 형님은 여전히 이런 소재를 좋아하네요. 이번에는 아쉽게 놓쳤겠지만, 내년에는 이런 일이 반복되지 않기를 기대해봅니다. 밀레의 그림을 따라 그린 것들은 형님의 그림들 중에서 가히 걸작이라 해도 될 것 같습니다. 만약 형님이 이렇게 인물화를 그린다면, 놀라운 결과물이 나오지 않을까요……. 오리에 씨에게 전하는 그림 역시 그간 형님이 그린 것들 중에서 아주 괜찮아 보였습니다. 마치 공작의 꼬리처럼 풍부하고 화려한 멋을 지닌 그림이었어요."

파리행에 관해서, 테오는 형에게 페롱 원장의 결정을 따르라고 전한다. "아를에 다녀온 게 악영향을 끼친 건 사실입니다. 그렇다면 먼 거리를 움직이는 게 정말 괜찮을까요? 제가 형님 입장이라면 페롱 원장의 결정에 따르겠습니다. 어쨌든 형님이 이곳으로 오려면, 당연히 형님이 믿고 의지할 수 있는 병원 직원이 동행해줘야 합니다. 여행으로 인한 피로와 이런저런 감정이 묻어 있는 지역으로 오는 건데, 어떤 식으로든 형님 증상에 영향이 있지 않을까요? 가능하다면 당분간 저희 집에서 형님을 모시고 싶은데, 형님도 건강관리만 신경 쓰면, 모든 게 순조롭게 진행되지 않을까 합니다."

631프 ____ 1890년 5월 4일(일) 추정

사랑하는 아우에게

편지 고맙게 잘 받았다. 요의 사진도 잘 받았어. 예쁘고 단아한 데다 포즈도 아주 괜찮더구나. 답장은 되도록 간단하고 최대한 실용적으로 쓰마. 우선, 목적지까지 누군가와 동행해야 한다는 네 제안은 단호히 거부한다. 일단 기차에 타면 더 걱정할 일도 없고, 그렇다고 내가 위험

한 인물도 아니지 않냐. 행여 발작 증상이 재발한다고 가정해도 기차에 타고 있는 승객이 한두 명도 아니고, 어느 역이든 이런 상황에 대비하는 법 정도는 다 알고 있을 거 아니냐?

네가 이토록 걱정을 하니 내 마음이 무거워지고 의욕도 꺾이는 것 같다.

페롱 원장에게도 같은 말을 했어. 발작 증상을 겪은 건 최근 일인데, 그진에도 보넌, 적어도 서너 달 정도는 아무 일 없이 평온히 지냈었다고 말이야. 그래서 지금 이 시기를 이용해서 이동하겠다는 거야. 어떻게든 이곳을 떠나고 싶거든. 이제는 여기서 나가겠다는 생각밖에 없어.

여기서 환자들을 대하고 치료하는 방식이 옳다 그르다 판단할 위치도 아니고, 그 부분에 대해 자세히 파고들 마음도 없지만, 내가 대략 6개월 전에 네게 했던 이야기를 떠올려봐라. 만약 또다시 같은 증상의 발작이 재발하면 그 길로 다른 요양원을 찾아갈 거라고 했던 거 말이야. 그런데 결정을 이미 너무 오래 미뤄왔고, 그러는 사이 발작 증상이 또 재발했지. 한창 그림 작업을 하던 중이라 마무리는 지으려고 시간이 지체됐던 거야. 그것만 아니었어도 진작에 여기를 떠났을 거다. 그래서 하는 말인데, 아무리 길어도 보름(여드레 정도면 내게는 더 좋겠지만) 정도면 다른 곳으로 옮기는데 필요한 모든 절차를 충분히 진행하고도 남지 않을까 싶다. 타라스콩까지는 여기 직원과 동행할 수 있어. 네가 그렇게 안심이 안 된다면, 두어 정거장 정도는 기꺼이 같이 가마. 파리에 도착하면(여기서 출발할 때 전보를 칠 거야) 네가 리옹 역으로 마중 오면 되는 거야.

지금 생각해보니, 짐가방은 일단 역에 그대로 두고 그 의사 양반부터 찾아가 만나보는 게 낫겠다. 너희 집에는 이삼일 정도만 머물고 내가 지내게 될 동네에 있는 여인숙으로 옮겨갈 생각이다. 그러니 며칠 내로(지체하지 않고) 앞으로 새 친구가 될 의사 양반에게 이렇게 소식을 전하는 게 좋을 것 같다. "저희 형님이 선생님을 무척 만나고 싶어 합니다. 그래서 파리에 자리를 잡기 전에, 우선 선생이 계신 동네에서 몇 주 정도 머물면서 습작도 작업하고 치료를 받았으면 하는데, 선생께서도 동의하시는지 여쭙고 싶습니다. 안 그래도 저희 형님은 프랑스 남부에 계속 머물다가는 증상이 더 악화할 수 있고 북부 지방으로 올라오는 게 건강 회복에 도움이 되겠다고 판단했기에 선생님과 의견이 잘 맞을 거라 기대하고 있습니다."

그 의사 양반에게는 이런 식으로 편지를 써 보내고, 내가 파리에 도착한 다음 날이나 그다음 날에 전보를 보내면 아마 역으로 나와 기다려주지 않을까 싶다.

이곳 분위기는 이제 나도 뭐라 표현하기 힘들 정도로 무겁게 나를 짓누르기 시작한다. 세상에 여기서 거의 1년을 뭉개고 앉아 있었구나. 이제 공기가 필요한 시기 같다. 지루함과 서글픔만 느껴질 뿐이다.

작업해야 할 것들이 많은데 여기서는 시간만 허비하게 될 거야. 그래서 묻는 건데, 도대체 왜 사고가 날지 모른다고 걱정하는 거냐? 네가 걱정해야 할 건 내가 발작을 일으키지 않을까 하는 그런 사고가 아니야. 그런 일이라면 세상에, 여기 온 후로 매일같이 보고 겪는 일이다. 차라리

Mon cher Theo, encore une fois je t'écris pour dire 35
632 que la santé continue à aller bien, pourtant
je me sens un peu éreinté par cette longue crise
et j'ose croire que le changement projeté
me rafraichira davantage les idées
je crois que le mieux sera que j'aille
moi même voir ce médecin à la campagne
le plus tôt possible ; alors on pourra bientôt
décider si c'est chez lui ou provisoirement
à l'auberge que j'irai loger ; et ainsi on
évitera un séjour trop prolongé à Paris, chose
que je redouterais –

불행도 삶의 일부로 받아들이는 자세가 더 신중한 자세가 아닐까 한다.

아무리 호의적인 방식이라고 하더라도 감시를 받아 가며, 자유를 희생하고, 사회와 고립된 채로, 오로지 그림 작업 외에 다른 할 일도 없이 지낸다는 건 삶을 포기하는 것과 다를 바 없어.

그렇게 살다가 느는 건 주름살밖에 없는데 이게 또 쉽게 사라질 것 같지는 않다. 이제 이곳 분위기는 내게 *너무 무겁다*. 이제 여기서 멈춰야 한다는 생각이야.

그러니 페롱 원장에게 편지를 써서 여기서 나갈 수 있게 해주기 바란다. 늦어도 보름 안으로. 계속 기다리다가는, 발작 증상 사이에 찾아오는 안정기를 그냥 흘려보낼 수도 있어. 지금 떠나야 시간을 갖고 여유 있게 다른 의사 선생을 알아갈 수 있지 않겠냐. 얼마 지나지 않아 발작 증상이 재발할 건 분명한데, 그렇게 되면, 심각한 정도에 따라서 계속 혼자 지낼지, 아니면 아예 요양원 같은 기관으로 들어갈지를 결정하자. 만에 하나(최근에 보낸 편지에서도 이야기했지만) 요양원에 들어가게 될 경우, 환자들도 들판이나 작업실 등에서 일하는 곳으로 들어갈 생각이다. 아마 그곳에 가더라도 여기보다 그림 그릴 소재가 더 많지 않을까 싶다.

그러니 곰곰이 고민해봐라. 여비도 적잖이 들어가는데, 굳이 그럴 필요도 없고, 내가 원하면 요양원을 바꿀 수도 있지 않겠냐. 그리고 내가 요구하는 건 절대적인 자유의 보장이 아니야.

나는 최대한 인내심으로 버티고 있어. 지금까지 누구에게 해코지 한번 한 적도 없어. 그런데 내가 마치 위험한 짐승이라도 된 것처럼 감시하는 사람을 꼭 붙여야만 하는 거냐? 고맙지만 사양하겠다. 발작 증상이 일어나면, 어느 역이든 대처할 능력 있는 사람 한두 명 정도는 있을 테니, 그냥 그들에게 맡기겠다.

하지만 감히 장담하는데, 나는 차분하게 행동할 거다. 이런 식으로 떠나게 된 게 너무 유감스러운 나머지 그 감정이 내 발작 증상마저 압도할 수도 있을 거다. 그래서 하는 말인데, 충분히 차분하게 대처할 수 있다고 장담한다. 페롱 원장은 모호하게 말을 돌리고 있는데 자기 책임을 회피하려는 모양새야. 이런 식으로 나오면 절대로 끝장을 볼 수가 없어. 질질 끌다가 결국 서로 얼굴 붉힐 일만 만들게 되는 거야.

내 인내심도 이제 한계에 다다랐다, 아우야. 더 이상은 못 버티겠어. 임시방편이라도 찾아서 다른 곳으로 옮기고 싶다.

다만, 변화가 내게는 긍정적으로 작용할 가능성이 아주 커. 그림 작업은 순조롭게 진행되고 있다. 정원에 자라는 신선한 풀들을 소재로 그린 게 2점이야. 하나는 아주 단순하게 그렸는데 여기 대충 크로키로 그려볼게.

보랏빛에 분홍색이 들어간 소나무 몸통에 흰 꽃과 민들레가 어우러진 잔디, 작은 장미 나무 한 그루, 그리고 뒷배경으로 보이는 나무 몸통은 캔버스 위로 뻗어 올라가는 장면이야. 밖으로 나가게 되면, 분명 그림 작업에 대한 욕구가 주체할 수 없을 정도로 넘쳐서 다른 건 아무래도 상관없을 정도로 신이 날 것 같구나.

그렇다고 아무 생각 없이 멋대로 하겠다는 게 아니라, 혹시 있을 수도 있는 후회가 없도록 그림 작업을 하겠다는 뜻이다.

그림을 그릴 때, 무언가를 추구하고 기대하고 바라기보다, 그냥 그럴듯한 그림을 그리고 즐거운 대화를 나누고, 맛있는 저녁 식사를 할 수 있는 걸 최고의 행복으로 여기되 군더더기까지 떠안으려 하지는 말라고들 하더라. 그럴 수도 있을 거야. 그렇다면 할 수 있는 걸 왜 가로막는 거냐. 게다가 그렇게 함으로써 병을 낫게 할 수도 있다는데 말이야.

너와 요에게 힘찬 악수 청한다. 보내준 사진을 소재로 해서 그림을 그릴 생각이야. 닮은 모습은 아니겠지만, 최대한 노력해볼게.

곧 연락하자. 그리고 부디, 억지로 동반자를 붙일 생각은 하지 말아주기 바란다.

너를 사랑하는 형, 빈센트

632프 ____ 1890년 5월 2일(금) 추정

테오에게

다시 한 번, 내 건강이 많이 나아졌기에 이렇게 소식 전한다. 다만, 발작으로 인한 후유증이 길어진 탓에 몸은 다소 피곤하구나. 감히 장담하는데, 계획한 대로 변화를 주면 머릿속이 맑아질 것 같다는 생각이 강하게 든다.

최선은, 당장이라도 내가 직접 그 의사 양반을 찾아가는 길일 거야. 그렇게 하면 그 의사 양반 집에 묵을 수 있는지, 아니면 임시로라도 근처의 여인숙에 묵어야 하는지를 조만간 결정할 수 있을 거다. 그리고 이렇게 해서 파리에 오래 머무는 일은 없었으면 한다. 난 그렇게 될까 걱정이거든.

너도 기억할 거다. 6개월 전에, 발작 증상이 재발했을 때 내가 했던 말 말이야. 이런 일이 한 번만 더 반복되면 당장에 다른 요양원으로 옮길 거라고. 이제 그래야 할 때가 온 거야. 여기 요양원 사람들이 환자들을 제대로 돌보고 치료하고 있는지에 대한 판단은 내 몫이 아니야. 하지만 내게 남은 이성과 그림 작업을 할 수 있는 기력이 심히 위협받고 있다는 느낌만으로도 충분해. 오히려 네가 말한 그 의사 양반에게 내가 논리적으로 사고하고 행동할 수 있다는 걸 입증할 수도 있어. 그러면 그 의사 양반도 나를 그에 맞게 대하고 치료해줄 거 아니냐. 게다가 그림을 좋아한다니 두텁게 친분을 쌓을 수도 있을 거다.

내가 당장 떠난다고 해도 페롱 원장이 반대하지는 않을 거야. 게다가 너와 며칠이나마 같이 보낼 수 있다고 생각하니 절로 힘이 솟는 기분이다.

상대적으로 건강이 괜찮은 시기를 최대한 활용할 수 있어. 그러니 지지부진하게 늘어지지 않도록 늦지 않게 필요한 조치를 취해주기 바란다.

일단 북쪽으로 올라가면 아를에 있는 내 침대를 보내달라고 할 거야.

게다가 환자들도 일할 수 있는 그런 요양원으로 들어가는 게 여기처럼 끔찍할 정도로 무위도식하는 생활보다는 더 나을 거야. 내가 볼 때는 실질적으로 거의 범죄 수준에 가까울 정도로 아무것도 하지 않거든. 어쨌든 너는, 어딜 가나 다 비슷하고, 파리에도 그런 곳이 많다고 하겠지. 아무튼 조만간 우리가 서로 얼굴을 볼 수 있으면 좋겠구나.

네가 보내준 동판화 복제화는 정말 근사하더라. 이 옆에 내 그림을 크로키로 대충 그려서 보낸다. 〈라자로〉 동판화에 배경으로 등장하는 세 사람이야. 망자와 그의 누이 두 사람. 동굴과 망자는 자주색, 노란색, 흰색을 적절히 사용했어. 부활한 라자로의 얼굴에 쓰인 천을 걷어내는 누이는 초록색 원피스를 입었고 머리는 주황색에 가까워. 다른 누이는 검은 머리에 초록색과 분홍색이 들어간 줄무늬 원피스 차림이야. 그 뒤로 파란색 언덕이 보이는 들판과 막 떠오르기 시작한 노란 태양이 보여.

배색은 동판화의 키아로스쿠로 효과가 표현한 부분을 똑같이 살리는 방향으로 써봤다.

〈자장가〉의 모델을 서줬던 부인과 네가 얼마 전에 받은 고갱의 데생을 따라 그린 초상화의 주인공*을 다시 모델로 마주할 수만 있다면, 분명 커다란 유화로 그리려고 했을 거야. 두 사람 모두 내가 꼭 그림으로 표현하고 싶었던 특징을 가졌거든. 그런데 뭐, 일단은 나중으로 미뤄야겠지. 북쪽으로 돌아가면 직접 보면서 습작의 대상으로 삼을 농부와 풍경이 많을 테니 말이야.

물감 주문은, 여기 어느 정도 더 있어야 하면 *즉시* 일부라도 보내주고, 며칠 내로(내가 원하는 바이지만) 나갈 수 있는 경우면 파리에 그대로 가지고 있어라.

어쨌든 며칠 내로 소식 전해주기 바란다. 그림이 온전히 잘 도착했으면 좋겠구나. 여기 잔디밭 한구석을 또 그렸어. 신선해 보이더라고. 그리고 들라크루아의 〈착한 사마리아인〉도 시도해봤어. 「르 피가로」에 난 기사를 보니 코스트 영감이 아주 근사한 꽃 그림을 전시회에 냈나 보더라.

네 아내에게 안부 전해주기 바란다. 드디어 직접 만나보게 되는구나. 마음으로 악수 청한다.

너를 사랑하는 형, 빈센트

* * * * *

빈센트의 생 레미 생활이 어땠는지는 비교적 자세히 알 수 있다. 극심한 발작 증상이 없었어도 그곳에서 1년을 버티기는 쉽지 않았을 것이다. 처음에는 방투 지역까지 보이는 창문이 달린 2층의 작은 방에서 생활했다. 그리고 1층에는 그가 화실로 사용한 큰 방이 있었

* 지누 부인

다. 심리 상태가 온전하고 페롱 원장이 외출을 허락하면, 경비원장 트라뷔나 경비직원 풀레와 동행해서 인근을 돌아다니며 그림을 그렸다. 그렇게 밖으로 나간 빈센트는 수많은 풍경화를 그렸는데, 그 뒷배경에는 그가 고집스럽게 알피유라고 부르는 알프스산맥이 자주 등장한다. 병원 밖으로 나갈 수 없을 때는 기억에 의존해 온갖 그림을 그렸다. 트라뷔 경비원장과 그의 아내, 다른 환자들의 초상화도 그렸는데, 어느 순간부터 자화상은 그리지 않았다.* 그리고 들라크루아를 비롯해 도미에, 밀레, 도레, 고갱 등의 그림을 따라 그리거나 자신만의 방식으로 해석해 그리기도 했는데 그 수가 대략 150여 점에 이른다.

정신 상태가 온전해지자, 빈센트는 요양원 생활을 괴로워했고, 이번에도 역시 테오는 형의 뜻에 따른다. 5월 10일, 테오는 두 번에 걸친 형의 편지에 이렇게 답장한다. "요양원 직원과의 동행이 그렇게 탐탁지 않다면, 형님이 직접 위험을 감수해야 할 겁니다. 다만, 저는 형님과 달라서 이런 위험을 피하고 싶을 뿐이에요. 어딘지도 모를 역에서 발작 증상이 재발하면 누군지도 모를 사람들이, 형님을 어떤 식으로 대할지 모를 일이니까요……. 페롱 원장에게 이렇게 편지는 썼습니다. 큰 위험이 없다면, 형님 바람대로 해달라고요. 그래도 형님에게 친절한 분이었으니 인상 구길 일은 없었으면 좋겠습니다."

테오는 가셰 박사와 연락을 주고받으며 형이 오베르에 정착할 수 있도록 준비한다. "크게 신경 쓸 일이나 성가신 사람 없이 조용한 장소를, 아마 찾을 수 있을 겁니다. 저도 그렇게 되기를 진심으로 바랍니다. 이게 최선일 수도 있을 겁니다. 그런데 어딜 가나 사람들 수준이라는 게 거기서 거기 아니겠습니까. 특히나 형님은 예술에 남다른 관심을 가지고 있지만, 그런 형님을 이해해줄 수 있는 사람은 그리 많지 않습니다. 그들에게는 예술이 라틴어와 다를 바 없는 대상입니다. 그저 시간 때우는 소일거리 정도로 여길 뿐, 진지하게 대하지 않습니다. 전시회는 아직 가보지 못했지만, 영 형편없다는 소리가 들립니다. 그래도 일본 데생과 판화 전시회는 대단해요. 형님이 벌써 이곳에 와 있으면 좋겠습니다. 잊지 말고 전보하세요."

633프 ____ 1890년 5월 11일(일)

테오에게

등기로 보낸 편지와 동봉해 보내준 150프랑 고맙게 잘 받았다. 오늘 아침에 도착했어. 그리고 타세&로트 화방의 캔버스 천과 물감도(탕기 화방 물감도 같이 보낸 거냐?) 잘 받았다. 고마운 마음을 말로는 다 전하지 못하겠구나. 이렇게 그림 작업도 할 수 없었으면 이미 오래전에 더

* 그의 자화상 36점 중 생 레미 요양원에서 그린 건 1889년 9월에 그린 게 유일하다.

깊은 진창 속으로 빠져들었을 테니 말이야. 지금은 나아진 상태로 잘 지내고 있다. 끔찍한 발작 증상도 뇌우처럼 순식간에 사라졌고 차분한 마음으로 열과 성의를 다해 마지막 붓질을 하고 있어. 작업 중인 그림은 밝은 배경의 장미하고 꽃병에 담긴 붓꽃 2점이야. 하나는 분홍색 바탕에 초록색, 분홍색, 자주색 등의 조합이 온화하게 조화를 이루는 효과가 잘 살아 있어. 다른 하나는 자주색 붓꽃이(양홍색에서 원색의 프러시안블루 색조까지) 다소 환한 레몬색 바탕과 다른 계열의 노란색 꽃병, 그리고 비슷한 색의 선반과 대조되는 그림인데 부조화가 가져오는 보완 효과 덕분에 극명히 대조적인 분위기가 한눈에 들어오지.

이것들이 마르려면 한 달 정도 걸릴 텐데, 내가 떠난 뒤에 여기 직원이 챙겨서 보내줄 거야.

빠르면 이번 주에는 떠날 생각이라서 오늘부터 짐을 챙기기 시작했어.

타라스콩에서 너한테 전보를 보낼게. 그래, 그러고 보니 내게도 우리가 역에서 작별 인사를 나누고 지금에 이르기까지 아주 기나긴 시간이 흐른 느낌이다.

또 신기한 게 하나 더 있는데, 그날, 우리는 쇠라의 그림을 상당히 인상 깊게 봤었잖아. 그런데 지난 며칠이 내게는 색에 대한 새로운 발견을 하는 시간이었어. 아우야, 떠날 때가 되니 그림에 자신감이 더 생기는구나. 배은망덕하게 프랑스 남부를 험담하는 기분은 들지만, 솔직히, 무겁고 슬픈 마음만 가지고 이곳을 등지고 떠나는 거야.

혹시 업무 때문에 네가 직접 역으로 나올 수 없거나 나오기 어려운 시간이거나, 날씨가 좋지 않더라도, 내 걱정은 하지 말아라. 길은 알아서 찾아갈 수 있고, 자신감을 잃으면 그게 이상할 정도로 놀라우리만큼 마음이 차분한 상태다. 당장이라도 달려가 너를 만나고 싶고 요와 너희 아기도 보고 싶구나. 아마도 파리 도착이 오전 5시일 것 같은데 전보로 더 정확히 소식 전하마.

출발날짜는 내가 여기서 짐을 다 싸고 그리던 그림을 완성하는 날에 따라 달라질 것 같다. 마지막에 작업 중인 그림은 얼마나 활기차게 그리고 있는지 오히려 가방 싸는 게 그림 그리는 것보다 더 힘들 것 같다. 아무튼 그리 오래 걸리지는 않을 거야. 작업이 지지부진하게 늘어지지 않아서 다행이긴 한데, 어떤 결정을 내려야 하면 항상 마음이 비통해진다. 일본 판화 전시회는 정말 보고 싶다. 「르 피가로」에 실린 기사를 읽긴 했지만, 솔직히 크게 신경 쓰지 않는다. 어쨌든 전시회에 가면 이래저래 흥미로운 볼거리는 분명 있을 테니 직접 가서 둘러본다고 해서 나쁠 건 없다고 생각한다.

요에게 안부 전해주고, 마음으로 네게 진심 어린 악수 청한다.

너를 사랑하는 형, 빈센트

634프 ____ 1890년 5월 14일(수) 추정

사랑하는 동생에게

페롱 원장과 마지막 담판을 짓고 짐을 챙겨도 좋다는 허락을 받아냈다. 짐가방은 화물열차 편에 보내놓을 거야. 1인당 30킬로그램까지는 들고 탈 수 있으니 액자 몇 개와 이젤, 틀 같은 건 직접 가져갈 수 있을 거다. 네가 페롱 원장에게 편지를 써주면 즉시 출발할 거야. 지금은 아주 차분한 마음이라 이 상태만 유지된다면 별 탈 없이 잘 도착하지 않을까 싶다.

어쨌든 일요일이 되기 전까지는 파리에 가서 네가 편한 날을 골라 너희 식구들과 조용히 하루 정도 보냈으면 하는 마음뿐이다. 또 기회가 닿는 대로 안드리스 봉어르도 만났으면 하고.

지금도 황록색 배경에 초록색 꽃병에 담긴 분홍색 장미를 다 그렸어.

최근에 그린 그림들이 여행 경비를 충당해줄 수 있으면 좋겠다. 오늘 아침에 짐가방을 보내러 나갔다가 시골 풍경을 다시 마주 대하니(비 온 뒤라 더 신선하고 꽃도 만발했더라) 여전히 그림으로 그릴 것들이 많이 보이는구나.

아를에도 이미 편지 보내놨어. 침대 2개와 시트나 베갯잇 등을 화물열차 편에 보내달라고 부탁했어. 운송비는 10프랑 정도면 충분할 거야. 그래도 남는 장사인 게, 시골에 가면 분명 필요할 수도 있거든. 아직 페롱 원장에게 답장하기 전이라면, 전보를 보내주기 바란다. 그렇게 하면 내가 금요일이나 토요일 느지막이 출발해서 일요일에는 너와 함께 보낼 수 있을 거다. 그리고 그렇게 해주면 다른 데 허비하는 시간을 줄여서 작업에 오롯이 쏟아부을 수 있어. 이제 여기서 하는 작업은 다 끝났거든.

파리에 가서 여력이 남아 있으면 당장, 노란 배경의 도서관(가스등 효과로)을 그려보고 싶어. 오래전부터 머릿속으로 구상해온 그림이거든. 두고 봐라, 도착한 다음날부터 바로 작업에 들어갈 테니. 그림 작업에 관한 일이라면 머릿속이나 마음속이 아주 평온해져서 붓질도 따라서 차분해질 거야. 아무튼 늦어도 일요일에는 보자꾸나. 진심 어린 악수 청하며, 요에게도 안부 전해라.

너를 사랑하는 형, 빈센트

아마 페롱 원장에게 이미 답장은 보냈을 거라 믿는다. 일정이 며칠 뒤로 밀려서 좀 못마땅하기는 했다. 어쨌든 전혀 도움이 될 게 없거든. 이참에 새 작업을 시작하거나, 어디 여행이라도 다닐 여유가 생기긴 하겠다.

여기든 어디든 하루 종일 아무것도 하지 않고 시간만 보내는 거, 지금 나로서는 그런 상황만큼 슬픈 일도 없는 것 같다.

페롱 원장도 반대는 하지 않을 거야. 그나저나 여기를 떠나게 되면 다른 직원들과의 관계도 좀 그럴 거야. 하지만 뭐 잘될 거다. 웃으면서 헤어질 테니까.

634a프 ___ 1890년 5월 12일(월) 추정

친애하는 지누 선생에게

선생 댁에 보관한 제 침대 2개를 화물열차에 실어 보내주십사 부탁드립니다. 매트리스는 치우는 게 나을 것 같습니다. 짚으로 만든 건 운송비용이 새 물건값과 거의 똑같기 때문입니다.

나머지 세간살이는, 어떻게 하나, 일단 거울은 가져가고 싶습니다. 파손되지 않도록 그 위에 종이를 몇 겹 덧대주시면 좋겠습니다. 그런데 서랍장 2개와 의자, 식탁은 이래저래 애써주신 사례로 선생께 드리겠습니다. 그 외에 비용이 더 들거든 제게 말씀해주시기 바랍니다.

여러분들에게 작별 인사를 전하러 아를에 갔던 날 하필 병이 도져서 매우 유감스러웠습니다. 그 뒤로 내리 두 달 동안 제대로 그림도 못 그리고 거의 앓아누워 지냈습니다. 지금은 다시 한 번 전처럼 다 나았습니다.

그런데 저는 북쪽으로 돌아갈 예정입니다. 그래서 이렇게 선생과 사모님을 비롯해 다른 이웃분들께도 마음으로 진심 어린 악수를 청합니다. 그리고 위쪽 지방으로 올라가더라도 선생과 사모님 생각 자주 하겠습니다. 왜냐하면 사모님이 이렇게 말씀하셨거든요. 한번 친구는 영원한 친구라고. 혹시 오가는 길에 룰랭 씨 가족을 보시거든 잊지 마시고 제가 안부를 묻더라고 전해주시기 바랍니다.

편지를 마치면서 사모님께서 속히 쾌차하시기를 기원하며 두 분께 다시 한 번 악수 청합니다.

두 분을 사랑하는 친구, 빈센트

침대를 보낼 주소입니다. 'V. 반 고흐, 파리. 화물열차 편. 역 화물창고.'

파리에는 길어야 보름 정도 머물 예정입니다. 그다음에는 다른 지방으로 갑니다. 그러니 기차역 화물창고로 보내주시면 감사하겠습니다.

그 외에 다른 용무는 이 주소로 연락해주세요. '몽마르트르 대로 19번지, 부소 화랑.'

Auvers sur Oise

16

프랑스

/

오베르 쉬르 우아즈

1890년 5월 21일
/
1890년 7월 29일

1890년 5월 17일, 파리에 도착한 빈센트는 피갈 주택단지 8번지의 테오와 요의 집에서 나흘간 머물렀다. 요안나 봉어르는 처음 보는 남편의 형이 건장하고 균형 잡힌 체구를 가졌다는 사실에 놀란다. 빈센트는 제수씨를 누이처럼 대하고 요람에 누워 있는 조카에게는 한없이 살가운 모습을 보인다. 바로 이때 테오의 집에 머물면서 이사악손에게 보내는 편지(614a)를 쓰고 오베르에 가자마자 발송했던 것으로 추정된다.

5월 21일, 퐁투아즈에서 멀지 않은 오베르 쉬르 우아즈에 도착한 빈센트는 가셰 박사가 소개한 생토뱅 여관으로 향한다. 하지만 숙박비가 너무 비싸다는 생각에 라부 일가가 메리 광장에서 운영하는 카페 겸 여인숙에 자리를 잡는다. 빈센트는 2달간 그 카페에서 다른 사람들과 식사도 하며 어울리는데, 그중에는 화가인 히르스허흐와 마르티네스도 있었다. 그는 그곳에 거주하는 모든 이들과 원만한 관계를 이어나갔고 주인의 맏딸 초상화도 그린다. 그곳 손님들은 빈센트가 요양원에서 퇴원한 사실을 몰랐고 빈센트 역시 그런 의심을 살 행동을 하지 않는다.

빈센트와 가셰 박사의 관계는 왜곡된 부분이 있다. 가셰 박사는 그를 진심으로 대했고 빈센트 역시 그들 부녀의 초상화도 그린다. 그러나 알 수 없는 이유로 두 사람 사이의 관계가 싸늘히 식어버린다. 그림과 어울리지 않는 액자 문제로 두 사람이 등을 돌리게 되었다는 일화가 종종 거론되긴 하지만, 이것만으로는 두 사람의 단절을 명쾌히 설명할 수는 없다. 여인숙을 운영하던 라부 일가는 빈센트와 가셰 박사의 관계를 몰랐던 것으로 추정된다. 빈센트가 자살을 시도했을 당시, 그들은 가셰 박사가 아닌 마즈리 박사를 불렀기 때문이다. 가셰 박사가 빈센트의 곁을 찾게 된 것도, 오베르의 의사가 마침 자리를 비웠기 때문이었다.

오베르에서 보낸 몇 주간의 시간은 빈센트에게 강렬할 정도로 생산적인 시간이었다. 70일간 그가 그린 그림이 거의 70점에 가까웠다.

635프 ___ 1890년 5월 20일(화)

사랑하는 테오와 요에게

요를 직접 만나고 나니, 이제는 테오에게만 편지를 쓰기가 힘들어지는구나. 다만 프랑스어로 쓰는 걸 요가 이해해주면 좋겠다. 프랑스 남부에서 2년을 보냈더니 이제는 이렇게 해야 하고 싶은 말을 제대로 할 수 있거든. 오베르는 아주 아름답구나. 그리고 무엇보다 요즘은 보기 힘든 낡은 초가집도 많아.

그래서 말인데 이 집들을 유화로 제대로 그려볼까 해. 그러면 여기서 쓰는 생활비 정도는 충당할 수 있지 않을까 싶거든. 아무튼 그런 생각이 절로 들 정도로 아주 아름다운 풍경이야. 전형적인 시골 특징이 생생히 살아 있는 풍경.

가셰 박사를 만났는데, 좀 독특한 양반 같더라. 그래도 의사 경험 덕분에 신경성 질병과 싸우면서도 균형을 유지하고 있는 걸 거야. 내 눈에는 나만큼이나 발작을 겪을 사람처럼 보였거든.

이 양반이 여인숙을 소개해줬는데 숙박비가 하루 6프랑이야.

내가 찾아낸 곳은 하루에 3.5프랑이던데.

일단 상황이 달라지기 전까지는 여기서 지낼 생각이야. 습작을 몇 점 그리다 보면, 다른 곳으로 옮기는 게 나을지 어떨지 알게 되겠지. 다만 좀 불공평하게 느껴지는 게, 다른 일꾼들처럼 돈도 내고 일도 하는 건 매일반인데, 그림을 그린다는 이유로 2배 가까운 비용을 내야 하는 상황이야. 그래서 3.5프랑짜리 여인숙에서 시작할 거다.

아마 너도 이번 주에 가셰 박사를 만나겠지. 이 양반, *아주* 근사한 피사로의 그림을 소장하고 있더라. 눈 내리는 겨울을 배경으로 한 빨간 집. 세잔의 꽃 그림도 2점이나 있어.

그리고 마을을 배경으로 한 세잔의 그림이 하나 더 있어. 정말이지 나도 여기서 기꺼이 붓질 좀 해보고 싶다는 생각이 간절해진다.

가셰 박사에게 여인숙 비용이 하루 4프랑 정도면 괜찮겠지만 6프랑은 내가 쓸 수 있는 비용을 2프랑이나 초과한다고 말했지. 그곳이 훨씬 더 조용할 거라고는 말하겠지만, 난 됐다.

가셰 박사의 집은 아주 오래된, 검고 검고 검은 골동품들로 꽉 차 있더라. 앞서 말한 인상주의 화가의 작품만 예외였고. 아무튼 나이가 지긋하고, 첫인상이 나쁜 편은 아니었다. 벨기에에서 살았던 이야기나 옛 화가들에 관한 이야기를 시작하더니 경직됐던 얼굴에 미소가 번지더라고. 친하게 지낼 수 있을 것도 같고, 이 양반 초상화도 그릴 수 있겠다는 생각이 들었어. 그러면서 나한테, 과거에 겪었던 일을 자꾸 돌이키지 말고 열심히 작업에 임해야 한다고 하더라고.

파리의 온갖 소음은 역시 내게 필요한 게 아니라는 느낌이 들었다.

요도 만나고, 너희 아기도 보고, 너희 집도 구경해서 정말 좋았다. 지난번 집보다 더 좋더구나.

모두에게 행운과 건강을 기원하고 조만간 또 보길 바라며, 진심 어린 악수 청한다.

빈센트

636프 ____ 1890년 5월 21일(수) 추정

사랑하는 테오와 요

지난번 편지에 여기 주소를 적어 보낸다는 걸 깜빡 잊었다. 당분간은 메리 광장, 라부 씨 댁으로 보내면 된다. 지난번에는 아무것도 한 게 없었는데, 이제는 낡은 초가집을 하나 그렸어. 전경에는 꽃이 핀 콩밭하고 밀밭이 보이고 뒤로는 언덕이 보여. 아마 네 마음에 들 습작일 거다. 그리고 확실히, 프랑스 남부에서 지낸 덕분에 북부가 더 잘 보이는 것 같더라.

내가 예상했던 대로 자주색이 있어야 할 자리에 자주색이 더 선명하게 보이는 거야. 오베르는 정말 멋진 곳이다.

여기서 지내면 *비록 그림을 그릴수록 온갖 불행이 따를 게 예상되긴 하지만,* 그림을 그리지 않는 것보다, 그림을 그리는 게 훨씬 이득이라는 생각이 들 정도야.

여기 풍경은 아주 다채로워. 게다가 중산층 사람들이 사용하는 아름다운 별장도 많은데 빌다브레보다 훨씬 더 아기자기해. 내 취향에 그렇다는 거야.

일본식 그림을 그린 데물랭*도 여기 있었다는 것 같은데 지금은 떠났어. 주말에 맞춰서 돈을 보내줄 수 있으면 그때까지는 버틸 수 있는데, 그 이후로는 힘들 것 같다.

그리고 괜찮으면 캔버스 천 10미터 정도도 보내주면 좋겠다. 월말이라 힘들 것 같으면 *앵그르지 20장*만이라도 보내주기 바란다.

괜한 시간 낭비할 일 없도록 *이것만큼은* 있었으면 한다. 데생으로 그릴 것도 많아. 아우야, 가만히 생각해보면, 내 그림 솜씨가 썩 좋은 편은 아니지만 그나마 내가 가진 것 중에서는 가장 괜찮은 능력이기도 해. 그 외에 뭐 대인관계 같은 거는 사실 형편 없지. 그쪽으로는 도대체 재능이 없어. 그건 나도 어쩔 수가 없다.

그림 작업을 하지 않거나 줄이면 비용이 두 배로 늘어날 거야. 내 예상은 그래. 그러니까 자연스럽게 그림 작업하는 게 아닌 다른 길을 *찾으려 한다면* 말이지. 우리가 그럴 일은 없겠지만. 내가 그림 작업을 하고 있으면, 내가 굳이 친분을 쌓으려고 일부러 찾아다니지 않더라도, 알아서 내 방으로 오지 않을까 싶다.

그렇게 작업을 하면서 사람을 알아가는 게 최선이 아닐까 싶어. 그리고 너와 요의 생각도 그럴 거라 믿는다. 내 병은 나도 어쩔 수가 없다. 요 며칠, 몸 상태가 좀 좋지 않기는 하다. 장기간 요양원 생활을 한 뒤라 그런지 하루하루가 몇 주처럼 길게 느껴지는구나.

몸 상태가 안 좋아지는 건 파리나 여기나 마찬가지일 거야. 그래도 그림 작업이 좀 나아지면 차분해질 것 같다. 어쨌든 다시 돌아온 걸 후회하지는 않아. 오히려 여기서 더 잘 지낼 거다. 일요일 정도에 너희 가족이 함께 여기로 와서 시간을 보내면 좋을 것 같다.

* 프랑스 화가 루이 뒤물랭. 빈센트는 뒤물랭을 데물랭으로 표기했다

너도 알겠지만, 전원생활과 그 문화를 이해하는데, 여기저기 직접 돌아다니며 구경하는 것만큼 좋은 건 없거든.

나는 현대식 건물도 좋고, 중산층 별장도 좋고, 다 쓰러져가는 낡은 초가집도 좋아한다. 도비니와 도미에의 미망인들이(사람들 말에 의하면) 아직도 여기서 산다고 하더라. 적어도 도비니의 미망인은 확실할 거야.

혹시 여건이 되면, 바르그의 『목탄 교본』을 한동안 빌려주면 좋겠다. 절실히 필요한 책이거든. 그걸 보고 따라 그려서 소장할 생각이야.

진심 어린 악수 청한다.

빈센트

637프 ____ 1890년 5월 25일(일)

사랑하는 테오와 요에게

보내준 편지, 오늘 아침에 고맙게 잘 받았다. 동봉해 보내준 50프랑도 고맙다.

오늘 가셰 박사를 다시 만났는데 화요일 오전에 이 양반 집에 가서 그림을 그리고 같이 점심을 먹을 거야. 그다음에는 그가 내 그림을 보러 오지 않을까 한다. 제법 이성적인 사람처럼 보이기는 하지만, 화가로 사는 나 스스로를 딱하게 여기듯, 시골 마을 의사라는 자신의 직업을 실망스럽게 여기는 것 같기도 해. 그래서 내가 서로의 직업을 바꿀 수 있다면 나는 기꺼이 바꾸겠다고 말했다. 어쨌든 이 양반과 가까운 친구로 지낼 수 있을 것 같구나.

게다가 견디기 힘들 정도로 우울해지거나 하면 그런 증상을 줄일 수 있도록 처방 같은 걸 해주겠다면서, 그 대신 자신에게만큼은 불편해하지 말고 솔직히 이야기해야 한다더라고. 그래, 아마도 이 양반의 도움이 필요할 순간이 오겠지만, 지금까지는 그럭저럭 문제없이 지내고 있다. 그리고 앞으로 더 나아질 것 같아. 아무래도 내가 걸린 병은 프랑스 남부 풍토병 같거든. 그래서 이쪽으로 옮긴 것만으로도 싹 사라지지 않을까 싶어. 자주, 아니 매 순간, 너희 아들이 생각나는구나. 시골에 놀러 올 수 있을 정도로 얼른 자라면 좋겠는데. 아이들 키우기에는 정말 좋은 환경이거든. 너와 요와 조카, 이렇게 세 식구가 평소처럼 네덜란드로 여행 갈 게 아니라, 여기 와서 쉬고 가면 좋지 않을까 한다.

어머니가 손자를 무척 보고 싶어하시는 건 나도 잘 알지. 또 그래서 고향에 가는 거라는 것도. 하지만 이곳이 정말로 아이에게 좋다는 걸 알면 이해해주실 거다.

여기는 전원생활의 참모습을 느낄 수 있을 정도로 파리와는 제법 거리가 있는 지방이다만, 도비니가 살았던 때와 비교하면 많이 달라졌어. 그런데 부정적인 변화는 아니야. 빌라도 많아졌고 볕도 잘 들고, 아기자기하고, 꽃밭도 딸린 다양한 형태의 현대식 중산층 별장도 많아졌지.

시골 한복판에서 일어나는 이 변화, 기존의 사회가 새로운 사회로 변화해가는 이 순간이, 그리 썩 불쾌하지는 않은 것 같다. 공기도 얼마나 신선한지 몰라. 퓌비스 드 샤반느의 그림 속에서 보이는 잔잔함이 느껴지는 것 같아. 게다가 공장 같은 것도 없고 풍성한 녹지대가 가지런히 조성돼 있어.

그나저나 생각난 김에, 보슈의 누님이 샀다는 내 그림이 어떤 건지 알 수 있을까? 보슈에게 고맙다고 소식 전하면서 내가 가진 습작 2점으로 이들 남매에게 각각 그림을 교환하자고 제안할 생각이거든.

오래된 포도밭을 데생으로 그렸는데, 이걸 30호 유화로 그린 다음, 분홍색 밤나무 습작 하나, 흰색 밤나무 습작 하나, 이렇게 그려볼까 해. 그런데 기회가 닿아서 초상화도 그릴 수 있으면 좋겠다. 유화에 대한 구상이 하나둘 눈에 들어오기 시작했어. 또렷해지려면 시간은 걸리겠지만 서서히 그렇게 될 거다. 병만 아니었으면 진작에 보슈와 이사악손에게 편지했을 거야.

짐 가방이 아직 도착하지 않아서 불편하다. 그래서 아침에 전보를 보냈어.

캔버스 천과 종이는 일단 먼저 고맙다는 인사 전한다. 어제하고 오늘은 비도 내리고 폭우도 심했어. 그런데 비 오는 날의 효과도 나쁘지 않더라. 침대도 아직 도착 전이다. 이래저래 불편한 것들이 있지만 너희 가족과 친구 동료들과 멀리 떨어져 지내지 않는다는 것만으로도 행복하다. 건강에 큰 문제만 없었으면 좋겠다. 그런데 가만 보니, 네 식욕이 예전 같지 않은 듯하더라. 너도 알겠지만, 우리 같은 기질을 가진 사람들은 잘 먹어야 한다고 하잖아. 그러니 그 부분 유념해라. 요도 마찬가지야. 아이를 잘 먹여야 하니 말이다. 사실, 두 배가 되어야 하는 게 맞아. 아이를 키우고 먹이려면 결코 과장된 소리가 아니야. 그러지 않으면 곧장 뻗은 철로를 느릿느릿 기어가는 꼴이 될 거다. 철로의 굴곡이 더 심해질 때면, 적당히 시간을 갖고, 증기기관의 속도를 늦추기도 해야 하는 법이다.

마음으로 악수 청한다.

두 사람을 사랑하는 형, 빈센트

638프 ____ 1890년 6월 3일(화)

사랑하는 테오에게

벌써 며칠째, 머리나 좀 식히고 나서 네게 편지를 써야지 생각했지만, 그림 작업에 너무 푹 빠져 있었다. 오늘 아침에 네 편지가 도착했는데 보내준 편지와 동봉해준 50프랑, 정말 고맙게 잘 받았다. 그래, 날짜를 더 길게 잡을 수 없다면 여드레 정도라도 여기서 너희 식구들이 휴가를 보내는 것도 여러모로 좋을 것 같다. 매일같이 너는 물론이고 요와 너희 아들 생각이 많이 난다. 여기서 신선한 공기를 마음껏 들이켜면서 지내는 어린아이들은 그렇게 건강해 보이더라. 그런데 이미 여기서 봐도 아이들 키우는 게 쉽지 않아 보이니, 파리 시내에 있는 5층짜리 아파트에서 안전하게 아이를 키운다는 건 당연히 더 힘들겠지. 그래도 있는 그대로 받아들여야지 어쩌겠냐. 가셰 박사는 부모는 부모 입장에서 자연스러운 식습관을 유지해야 한다고 하더라고. 예를 들면 맥주의 경우 하루에 2잔 정도는 마시라고 하네. 아무튼 그렇다는 거야. 아마 너도 이 양반을 더 알고 나면 친해질 수 있을 거다. 벌써부터 기대하고 있어. 볼 때마다 너희 식구 모두 한번 내려오면 좋겠다고 말하거든. 내 눈에는 너나 나처럼 어딘가 아픈 것 같기도 하고, 얼빠진 사람처럼 보이기도 해. 나이는 훨씬 많고, 몇 년 전에 부인과 사별했다더라고. 그래도 천생 의사에다 그런 직업 정신과 믿음으로 버티며 사는 것 같아. 우리는 벌써 가까워졌어. 게다가 이 양반도 몽펠리에의 브리아스를 알고 있고 그가 현대미술의 역사에서 중요한 역할을 한 인물이라고 생각하는 나와도 견해가 같더라고.

지금은 가셰 박사 초상화를 작업 중인데 머리에 흰색과 밝은 금색, 그리고 아주 환한 계열의 색이 들어간 모자를 걸친 얼굴에 손은 아주 밝은 살색이고 파란색 프록코트를 입은 모습을 그리고 있어. 배경은 코발트블루로 처리했고 빨간 테이블에 기댄 자세인데, 테이블 위에는 노란 책 한 권과 자주색 디기탈리스가 놓여 있어. 내가 여기로 출발할 당시, 그렸던 내 자화상하고 분위기가 비슷해.

가셰 박사는 이 초상화에 *열광적인* 관심을 보이면서, 자신이 소장할 수 있게 하나 더 그려줄 수 있느냐고 하더라. 당연히 나도 바라는 바였지. 그는 또 이제야 내가 최근에 그린 〈아를의 여인(마리 지누)〉 초상화의 의미를 이해하더라고. 분홍색 색조로 그린, 네게도 보낸 그 그림 말이야. 습작을 구경하러 오면 언제나 그 초상화 2점에 관해 이야기하는데, 더하거나 보태지도 않고 있는 그대로의 그림을 인정하고 좋아하더라고.

조만간 네게도 이 양반 초상화를 1점 보내주고 싶다. 의사 선생 집에서 지난주에 그린 습작이 2점인데 모두 가지라고 했어. 하나는 알로에와 금잔화와 사이프러스야. 일요일에는 흰 장미와 포도밭 한가운데 서 있는 흰옷을 입은 인물을 그렸어.

아마 열아홉 살 된 의사 양반 따님의 초상화도 그릴 수 있을 것 같은데, 얼핏 드는 생각에 요와 친하게 지낼 수 있지 않을까 싶다.

야외에서 너희 가족 초상화를 그려보고 싶기도 하다. 너와 요와 아기의 초상화.

화실로 쓸만한 공간은 아직 못 찾았다. 너희 집과 탕기 영감님 화방에 있는 그림을 보관할 공간이 필요하긴 하잖아. 그리고 손봐야 할 그림도 많고. 어쨌든 하루하루 근근이 버티고 있다. 날씨는 너무 좋아. 건강도 괜찮고. 밤 9시면 잠을 청하는데 대부분 새벽 5시면 깬다. 긴 잠에서 깨어 밖으로 나오는 기분이 그리 나쁘지 않았으면 하는 바람이고 또 아를로 떠나기 전에 비해 자신감이 붙은 붓놀림을 계속 유지할 수 있었으면 하는 바람이다. 가셰 박사 말이 발작 증상이 재발할 우려도 매우 적다고 하니 이래저래 얼마나 다행이냐.

하지만 의사 양반은 이곳 상황에 대해 신랄한 비판을 하더라. 찾아오는 외지인도 거의 없고, 물가도 끔찍하게 비싸다고. 내가 여인숙에 내는 숙박비가 얼마인지 듣더니 깜짝 놀라면서 이 동네를 찾은 자신이 아는 외지인 중에서 아주 운이 좋은 편이라고 하더라고. 네가 요와 아이와 함께 오면 이 여인숙에 머무는 게 좋을 거다. 솔직히 이곳에 머무는 이유는 가셰 박사 말곤 없다. 아무래도 친구처럼 잘 지낼 수 있을 것 같은 예감이거든. 언제든 의사 양반 집을 찾을 때마다 그럭저럭 괜찮은 그림 1점 정도는 그릴 수 있을 것 같고, 이 양반도 매주 일요일이나 월요일마다 날 저녁 식사에 초대해줄 것 같아.

그런데 지금까지는 그 집에 가서 그림 그리는 건 반가운 일이었지만 점심이나 저녁 식사를 같이하는 건 아주 고역이야. 왜냐하면 이 대단한 양반께서 식사 때마다 애써 네다섯 가지 요리를 내오는데, 이게 서로에게 아주 죽을 맛이거든. 아무래도 이 양반은 위장이 약한 모양이야. 싫은 소리를 하려다가도 참는 건, 온 가족이 모여앉아 식사하던 옛날을 그리워하는 의사 양반 마음이 눈에 보여서다. 우리도 그 분위기 너무 잘 알잖아. 요리 하나 혹은 많아야 두 개 정도를 곁들이는 현대식 식습관은 어떤 면에서는 발전을 의미하지만 아주 먼 고대로의 회귀라고 해도 맞는 말이기는 해. 아무튼 가셰 박사는 정말 아무리 봐도, 진짜, 너 같기도 하고, 나 같기도 하다. 페롱 원장이 내 안부를 묻더라는 소식, 반갑게 읽었다. 당장 오늘 잘 지낸다고 편지해야겠다. 나한테 정말 잘해준 양반이라 절대 잊지 않을 거거든.

샹 드 마르스에 일본식 그림을 내건 데물랭이 이곳으로 돌아왔다고 하던데, 만날 수 있으면 좋겠다.

고갱은 〈아를의 여인〉 초상화를 보고 뭐라고 하더냐? 그 양반 데생을 바탕으로 그린 거 말이야. 결국 너도 알아보겠지만, 아마 내가 그린 것 중에서 가장 나쁘지 않은 그림 중 하나가 될 거다. 가셰 박사가 소장한 기요맹의 그림은 알몸의 여성이 침대에 누워 있는 그림인데 아주 근사해. 아주 오래전에 기요맹이 그린 자화상도 하나 있던데, 우리가 가지고 있는 그림과는 사뭇 분위기가 달랐어. 좀 어두운 편인데 그래도 흥미롭더라.

그런데 의사 양반 집은 정말 골동품 상점을 방불케 할 정도야. 쓸모없어 보이는 것도 더러 있었지. 그래도 좋은 점이라면 꽃이든 정물이든 항상 그릴 게 있다는 거지. 의사 양반을 위해서 그린 습작은 비록 현금은 아니지만 우리한테 해주는 부분에 대해서 이렇게라도 성의를 표하고 싶다는 걸 보여주기 위해 그린 거야.

브라크몽의 동판화 중에 어느 백작의 초상화가 있는데 혹시 알아? 아주 근사한 걸작이야.

또 되도록 빨리 타세 화방의 아연백색 튜브 12개와 양홍색 중형 튜브 2개가 필요하구나.

그리고 바르그의 『목탄 교본』은 네가 보내주는 즉시 옮겨 그릴 거야. 너도 알 거야, 누드 인물화 말이야. 빠른 속도로 그릴 자신이 있는데, 한 달 안에 대략 60장을 그릴 수 있을 거야. 그러니 빌려서라도 보내주면 좋겠다. 더럽히거나 훼손되지 않도록 사용하고 돌려줄 테니까. 비율과 누드에 관한 공부를 게을리하면 분명히 나중에 힘들어질 거야. 이런 내 마음을 이상하다거나 쓸데없다고 여기지는 말아주기 바란다.

가셰 박사가 들라크루아의 〈피에타〉를 한참 동안 들여다보더니, 자기에게도 한 점 그려주면 너무 좋을 것 같다고 하더라고. 그러고 나면, 나중에 모델 구하는 데 혹시 도움을 주지 않을까 하는 생각이 들더라. 아무래도 이 의사 양반은 우리를 제대로 이해하는 사람 같고, 꿍꿍이속이나 별다른 의도 없이 자신이 아는 모든 지식을 동원하고 예술에 대한 순수한 사랑으로 우리와 함께 일할 수 있는 사람 같아. 종종 초상화 그릴 기회도 만들어줄 수 있을 것 같고. 그런데 초상화를 갖고 싶어 하는 손님들을 모으려면 지금까지 우리가 했던 다양한 그림들을 선보일 수 있어야 해. 내가 볼 때는 무언가 투자해볼 만한 가능성이 있는 분야야. 하지만 다른 그림들도 언젠가는 좋아해주는 애호가를 만나게 될 거야. 최근에 밀레의 그림이 막대한 금액에 팔린 것과 관련된 이런저런 뜬소문들이 상황을 더 악화하는 것 같아서 걱정이다. 이로 인해서 그림에 들어간 비용을 건질 가능성조차 날아가버릴 수 있거든. 현기증이 날 정도로 아찔한 상황이지. 그러니 뭐하러 그런 생각을 하냐. 어안을 벙벙하게 만들 뿐인데 말이야. 차라리 친분을 쌓으며 하루하루 버텨나가는 게 더 낫지.

다시 만날 때까지 아기가 건강히 잘 자라고, 너희 두 사람도 건강하기를 기원한다. 또 연락하자. 두 사람에게 악수 청한다.

빈센트

* * * * *

빈센트가 암시하고 있는 테오의 편지는 각각 6월 2일과 5일에 보낸 것에 해당한다. 테오는 자신이 일하는 화랑에서 열린 라파엘리 전시회가 밤 10시까지 진행된 탓에 더 일찍 편지를 쓰지 못한 점을 미안해한다. 그리고 가셰 박사의 방문을 받는다. "의사 선생 말이, 형님은 병이 다 나은 것 같으니 재발 염려는 할 필요 없을 것 같다고 합니다. 그리고 다음 주 일요일에 저희 세 식구를 집으로 초대하셨습니다. 형님도 당연히 그리로 오겠지요. 저희는 당연히 초대에 응하고 싶은 마음입니다."

빈센트와 그림을 교환하려는 화가들의 수가 여럿 늘어난다. "기요맹 선생이 탕기 화방에 걸린 근사한 그림 〈석양〉을 형님께 드리겠다고 합니다. 화실에 걸어두면 잘 어울릴 것 같습니다. 고송도 형님과 그림을 교환하고 싶어 합니다. 자신의 그림 중 형님이 마음에 드는 걸 하나 가지고, 형님의 그림 아무거나 하나 받겠다고 합니다. 그래서 언제 형님이 오면 그 친구 집으로 찾아가겠다고 말했습니다. 오리에도 조만간 찾아올 겁니다. 형님 그림이 마음에 든다면서 일요일에 시간 내서 같이 형님을 만나러 가자고 합니다."

테오와 요와 두 사람의 아기는 드디어 6월 8일 일요일, 오베르에 온다. 빈센트는 동생네 식구가 휴가의 일부를 애초에 계획했던 네덜란드가 아니라 자신과 가까운 곳에서 보내기를 바랐다. 그는 자신이 머무는 소박한 방과 카페 겸 여인숙 주인인 라부가 화가들을 위해 뒤뜰에 마련한 공간을 보여준다. 빈센트는 유화들을 그곳에 두고 말리곤 했다.

빌21프 ____ 1890년 6월 초

사랑하는 누이에게

벌써 며칠째, 생 레미에서 받은 네 편지에 답장하겠다고 벼르는 중이었다. 거기서는 상황이 더 좋지 않아졌지. 병이 오히려 더 심해졌으니까. 나로서는 파리에 오니 테오도 다시 보고, 요와 아기도 만날 수 있어서 정말 기뻤다. 요는 인상이 너무 좋았어. 매력적이고 소박하면서 또 과감한 사람 같더라. 그래, 지금으로선 모든 게 다 잘될 것 같은 분위기다.

아직은 파리의 소음이나 소란스러운 분위기가 좀 두렵긴 하더라. 그래도 나는 며칠 지나지 않아 바로 시골로 옮겨갔어. 오래된 동네야.

여기는 뗏장을 지붕에 얹은 초가집이 있는데 아주 근사해서 아무래도 그림으로 몇 점 그려야 할 것 같다.

그리고 소개받은 의사 선생도 아무렇지 않게 내가 하고 싶은 대로 생활하게 해줄 것 같아.

생 레미에서 보낸 마지막 며칠 동안에도 미친 듯이 그림 작업에 몰두했었어. 커다란 꽃다발, 자주색 붓꽃, 커다란 장미, 풍경화 등등.

내가 길을 나선 뒤로, 처음부터 그린 그림들을 다시 들여다보는데 기분이 묘하더라.

그나저나 내가 여기 가져온 올리브나무 과수원 그림들을 네가 봤으면 했었지. 노란색, 분홍색, 파란색 등등 각기 다른 분위기의 그림들이야. 지금까지 이렇게 그린 올리브나무는 없었을 거다. 다른 화가들은 전부 잿빛으로만 올리브나무를 그렸거든.

샹 드 마르스에서 열린 전시회에 갔었는데 내가 좋아하는 것들이 많아서 정말 좋았다.

(뒷부분 소실)

639네 ____ 1890년 6월 5일(목)

사랑하는 어머니께

지난번에 보내주신 편지, 감사히 잘 받았습니다만 지금까지 답장을 드리지 못했네요. 뉘넌에 다녀오셨다고 빌에게 전해 들었습니다. 왜 다녀오셨는지도 충분히 잘 이해했습니다. 그나저나 그곳은 어떤지, 만나신 지인들은 잘들 계신지, 소식이 무척 궁금합니다. 간혹 하루가 길다고 느껴질 때도 있지만 시간은 참 빨리도 흘러갑니다.

사실, 애초에 이렇게 빨리 파리로 돌아올 계획은 없었습니다. 막판에 건강 상태가 악화하지만 않았어도 한 1년 더 생 레미에 머물렀을 겁니다. 저는 이게 적어도 일정 부분은 다른 환자들의 병이 저한테 악영향을 끼친 탓이라고 생각합니다. 그래서 환경의 변화를 주기 위해 그곳을 떠나기로 했던 겁니다. 그림 그릴 힘이나 이성만이라도 지키기 위해서 말입니다. 안 그래도, 오늘 이런 속내를 페롱 원장에게 편지로 전했습니다. 전에 페롱 원장하고 이런 이야기를 하긴 했었습니다. 그래도 서로 좋은 인상을 남기고 헤어졌습니다. 테오의 안부를 묻기도 할 만큼 가까운 사이였거든요. 저는 페롱 원장을 상당히 괜찮은 사람이라고 생각합니다. 원장 선생도 저를 그렇게 여겼습니다. 어쨌든 다른 환자들에 비하면 편의를 많이 봐줬으니까요.

그래서 제가 다시 그곳으로 돌아가고 싶어지더라도, 아마 친구 집에 가는 기분이 들 정도일 겁니다. 하지만 테오를 다시 만나고, 처음으로 요를 만나 이성적이고 애정이 넘치며 복잡하지 않은 사람이라는 사실을 깨닫고, 저와 같은 이름을 쓰는 꼬마 친구를 보는 기쁨에는 비할 바가 못 됩니다. 아울러 동료 화가들과 어울리며 논쟁과 토론을 이어나가고, 화가들의 모임 같은 곳에도 나가 그림 작업을 하는 것도 제게는 큰 기쁨입니다. 제게는 이런 게 다 기분전환의 기회가 되는데, 이게 긍정적인 게, 지금까지 체온계 역할을 하던 제 증상들이 지금으로서는 완전히 사라진 상태라는 겁니다(물론 너무 과신해서는 안 된다고는 합니다만).

여기 의사 선생님도 상당히 친절한 분입니다. 아무 때나 찾아가서 만날 수도 있는 데다, 무엇보다 요즘 화가들의 동향도 속속들이 잘 아는 양반입니다. 본인도 신경쇠약 증상을 앓고 있는데, 아마도 상처(喪妻)한 뒤로 그 슬픔을 제대로 극복하지 못하지 않았나 싶습니다. 자녀가 둘인데 큰딸이 열아홉이고 둘째 아들은 열여섯입니다. 의사 선생 말이, 제 경우는 건강을 회복하고 유지하는 데 그림 작업이 아주 큰 도움이 된다고 하네요.

생 레미에서 보낸 마지막 보름간(혹은 대략 3주 정도입니다) 정말, 이른 아침부터 밤까지 쉬지 않고 그림만 그렸습니다. 그리고 파리에서 불과 며칠 만에 다시 이곳으로 옮겨와 그림 작업을 시작했습니다.

기차역에서 저를 기다리던 테오를 다시 보는데, 제가 떠나던 날 봤던 모습에 비해 안색이 더 창백해진 느낌이었습니다. 그래도 그 녀석과 이런저런 이야기를 나누고 집에 가서 같이 지내며 일상의 모습을 지켜보니, 기침은 여전하지만 예전보다 나빠진 건 없어 보였습니다. 이렇게라도 건강을 유지하고 있는 건, 긍정적으로 볼 수도 있을 테니, 내년에는 나빠질 일보다 건강해질 일만 남지 않았나 싶습니다. 아무래도 본인의 체질도 있고, 지금 처한 상황에서 이어나가야 하는 일상도 있으니, 인내심을 가지고 기다리는 게 관건입니다.

테오를 통해 코르의 소식도 전해 들었습니다. 그 녀석에게 편지하실 때, 제가 안부를 묻더라고 꼭 전해주시기 바랍니다. 그리고 제가 돌아왔다는 소식도요. 저도 편지하겠지만, 코르와 저는 정말 성격이 전혀 다른 일을 하고 있는 것 같습니다!

테오의 휴가가 다가옵니다. 그러니 곧 만나시겠네요. 테오네 식구들은 제가 있는 곳에도 와서 며칠 보낼 계획입니다. 워낙 바쁜 터라 서로 거의 볼 새도 없었거든요.

이 동네 물가가 비싸다는 게 아쉬울 따름입니다. 여기 의사인 가셰 박사도 인근 대부분의 사정이 비슷하다면서 예전에 비해 물가가 너무 올랐다고 불평합니다. 일단 저로서는 초반에 의사 선생하고 가까운 곳에서 지내야 합니다. 다만, 진료비는 그림으로 대신할 수도 있습니다. 다른 의사였다면 그림을 주고 도움을 얻을 수는 없었을 겁니다.

나가봐야 할 일이 있어서 여기서 이만 줄이겠습니다. 이 편지를 받으실 때도 어머니와 빌, 모두 건강하기를 기원하며, 마음으로 포옹을 나눕니다.

사랑하는 아들, 빈센트

빌22프 ____ 1890년 6월 5일(목)

사랑하는 누이에게

생 레미에 있을 때 받았던 편지 2통에 대해 이미 오래전에 답장을 해야 했는데, 여행 뒤에 곧바로 그림 작업을 시작하고 만감이 새롭게 교차하면서 차일피일 미루다가 오늘에까지 이르게 되었구나. 네가 왈롱에 있는 병원에서 환자들을 돌봐주는 일을 하게 됐다니 흥미로운 소식이다. 그런 일을 하면서 우리가 꼭 배워야 할 것들, 최선의 것들을 배우게 되지 않을까 싶다. 나는 그런 것들을 전혀 모르거나 거의 모르고 살아와서 후회스럽기는 하다.

테오를 다시 보고, 요와 두 사람의 아들을 봐서 얼마나 반가웠는지 모른다. 테오는 나와 헤어지던 2년 전보다 기침이 더 심해졌는데, 며칠 같이 시간을 보내며 가까이 지켜보니 크게 나빠지기보다 전체적으로는 오히려 더 나아진 것 같더라. 요 역시 상식과 의지가 넘치는 사람 같았어.

아기는 허약한 것 같지는 않지만 그렇다고 아주 건강한 편은 아니더라. 대도시에 사는 임산부들이 시골에 내려와 아이를 낳고 첫 몇 달간 거기서 쉴 수 있으면 아주 좋을 것 같더라. 그런데 첫 출산이니만큼 두렵기도 했을 테고, 최선이라고 생각하고 결정을 내렸을 거라 믿는다. 그게 아니었으면 다른 방법을 찾았을 테니까. 아무튼 나는 테오네 식구들이 여기 오베르에 와서 잠시 머물다 가면 좋겠다.

나는 여행이며 나머지 이런저런 부분 등 지금까지는 모든 게 순조롭게 진행됐고, 북쪽으로 돌아온 게 기분 전환에도 큰 도움이 됐어. 게다가 가셰 박사를 보면 이미 오래전부터 알고 지내온 친구나 새로운 형제 같다는 생각도 들어. 또 그만큼 외모도 닮았고 심리 상태도 비슷해. 본인 자체가 신경쇠약 증상을 겪고 있고, 또 성격도 남다른 편이라서 새로운 시도를 하는 예술가들에게는 상당히 호의적이고 능력이 닿는 한 이런저런 지원도 해주는 편이야. 얼마 전에 이 의사 양반 초상화를 그려줬는데 열아홉 살 된 따님의 초상화도 그릴 수 있을 것 같다. 몇 년 전에 상처하고 아직 슬픔을 극복하지 못한 것 같아. 어쨌든 말하자면 의사 양반과 친구처럼 지내며 일주일에 한두 번 정도는 이 양반 집으로 가서 정원에서 그림도 그려. 그렇게 그린 습작이 벌써 2점인데 하나는 프랑스 남부의 식물들 위주에 알로에와 사이프러스, 금잔화 등이 포함된 거고 다른 하나는 흰 장미와 포도밭을 배경으로 서 있는 인물을 그린 거야. 미나리아재비 한 다발을 그린 것도 있고, 동네 성당을 커다랗게 그린 것도 있어. 자줏빛 계열의 색으로 칠한 건물에 하늘은 진하면서 단순한 파란색과 코발트 원색으로 표현한 다음 유리창은 군청색 얼룩처럼 칠하고 지붕은 자줏빛인데 한쪽은 주황색으로 그렸어. 전경에는 초록색 잔디와 꽃들이 표현돼 있고 햇살을 받아 분홍색에 가까운 모래도 그려봤어. 예전에 뉘넌에 있던 낡은 종루와 공동묘지를 그린 습작과 비슷한 분위기인데 이번에 그린 게 색채가 더 생동감 있고 화려한 편이야.

생 레미에서 보낸 마지막 며칠 동안 진짜 정신 나간 사람처럼 그림만 그렸는데, 장미나 자주색 붓꽃 같은 꽃 그림을 많이 그렸어. 테오의 아들과 요에게 선물로 주려고 커다란 꽃 그림을 하나 그려서 가져왔는데 피아노 위에 걸어놓더라. 흰 꽃이 핀 아몬드나무 가지를 그린 거야. 배경은 은은한 파란색이야. 테오의 집에는 새로 그린 〈아를의 여인〉 초상화도 있어.

가셰 박사는 마지막에 그린 〈아를의 여인〉 초상화에 *남다른* 관심을 보이더라. 같은 그림이 나한테도 하나 있거든. 그리고 이 양반은 내 자화상에도 관심이 많더라고. 덕분에 인물화를 많이 그릴 수 있게 될 것 같아서 좋다. 특징이 살아 있는 모델을 만날 수 있으면 좋겠어. 화가로 살면서 다른 것보다 내가 가장 열정적으로 좋아하는 게 바로 초상화야. 현대식 초상화.

나는 색감을 살리는 초상화를 추구하고 있는데 아마 이런 연구를 하는 게 나 혼자는 아닐 거다. 내가 *바라는 건*, 그러니까 내가 그렇게 할 수 있다고 말하는 게 아니라 그러고 싶다는 건데, 내가 *바라는 건*, 한 세기가 지난 뒤에도 대중에게 살아 있는 느낌을 전해줄 수 있는 초상화를 그리는 거야. 사진처럼 똑같은 모습의 그림을 그리는 게 아니라, 과학적인 특징과 색채에 관한 현대적인 감각을 표현 수단과 강조 수단으로 삼아 열정적으로 그리겠다는 말이야. 그래서 가셰 박사의 초상화를 보면 얼굴은 태양에 그을리고 달궈진 벽돌 같은 색이고, 머리는 빨간색, 그 위를 덮고 있는 모자는 하얀색 그리고 뒷배경을 차지하고 있는 언덕은 파란색, 입고 있는 프록코트는 군청색이야. 옷 색깔 때문에 얼굴이 더 두드러져 보이고 벽돌 같은 색으로 처리했는데도 다소 창백해 보여. 두 손은 산파의 손 같은데 얼굴보다는 창백하게 칠했어. 인물 앞에 빨간색 정원용 테이블이 있고, 그 위에는 노란색 소설책과 진한 보라색 디기탈리스가 놓여 있어.

내 자화상도 거의 비슷한 분위기야. 대신, 파란색은 프랑스 남부의 섬세한 파란색이고 옷은 환한 자주색 계열로 칠했어. 〈아를의 여인〉 초상화는 광택 없는 무채색을 써서 눈매는 차분하고 아주 단순해. 그리고 옷은 검은색이고 배경은 분홍색이야. 인물은 초록색 책이 놓인 초록색 테이블에 팔꿈치를 기댄 자세고.

그런데 테오가 가지고 있는 그림에는 분홍색 옷을 입고 있고, 배경이 흰색과 노란색을 활용한 색이고, 열어젖힌 보디스 안으로 초록색으로 변해가는 하얀 모슬린이 들어가 있어. 이 그림의 경우 전체가 다 밝은색인데 머리와 눈썹, 그리고 눈동자만 검은색이야.

이건 크로키로 잘 못 그리겠다.

전시회에서 보니 퓌비스 드 샤반느의 그림이 하나 있는데 정말 화려하더라. 인물들이 다들 밝은색 옷을 입고 있는데 현대 의상인지 아니면 고대 의상인지 구분은 할 수 없었어.

한쪽 구석에, 평범하고 기다란 원피스 차림의 여성 둘이 이야기를 하고 있고, 반대편에는 남자 예술가 몇 명이 그림을 그리고 있어. 가운데 여성은 아이를 안은 자세로 사과나무에 핀 꽃을 따고 있고. 한 사람은 물망초같이 파란색 옷을 입었고, 다른 사람들도 각각 밝은 레몬색 옷, 하얀색 옷, 자주색 옷을 입었어. 들판 같은 바닥에는 흰색과 노란색 작은 꽃들이 피어 있어. 그리고 저 멀리 파란 배경 너머로 하얀 마을과 강이 보여. 모든 인간이나 자연이 아주 단순하게 표현된 것 같지만, 전혀 *그렇지 않은* 것 같은 분위기로 그려졌어.

이렇게 설명해 봐야 아무런 의미도 없겠지만 직접 그림을 마주 대하고 한참을 들여다보고 있으면 모든 것들이 사랑스럽게 다시 태어나는 과정을 지켜보는 기분이 들어. 우리가 믿었던 것들, 원했던 그런 것들. 아주 먼 고대의 감각과 현대적인 감각의 오묘하고 행복한 만남의 순간을 보는 듯한 기분 말이야.

안드리스 봉어르도 다시 만났는데 건강하고 차분해 보였어. 게다가 정확한 예술적 지식을 겸비한 사람처럼 말하더라고. 내가 파리에 머무는 동안 만날 수 있어서 정말 반가웠어.

네 편지 정말 고마웠다. 또 연락하자. 마음으로 포옹을 나눈다.

너를 사랑하는 오빠, 빈센트

640프 ____ 1890년 6월 10일(화)

사랑하는 동생과 제수씨에게

일요일의 만남이 내게 좋은 추억거리를 하나 만들어줬다. 덕분에 이제는 우리 형제가 그리 멀지 않은 곳에 있다는 게 실감나는구나. 일요일 이후로 잔디가 있는 집을 소재로 습작 2점을 그렸어. 내가 사는 곳 옆에 그림 그리는 미국 사람들이 단체로 자리를 잡았는데, 그들이 어떤 그림을 그리는지 아직 보지는 못했다.

이 집에 자리를 잡을지, 다른 곳으로 옮길지, 곰곰이 생각해본 결과는 이래. 여기서 숙박에 드는 비용이 하루 1프랑이야. 그러니 *가구 같은 게 있다고 해도*, 내가 볼 때는 365프랑이나 400프랑이나 그렇게 큰 차이는 아닌 것 같거든. 그러니 너희 식구들 입장에서도 나와 공동으로 시골에 별장 같은 거처 하나 정도 보유하면 좋지 않을까 싶다.

그나저나 아를에 두고 온 가구는 잃어버린 셈 쳐야 할 것 같구나.

내 짐작이지만, 나도 없는 마당에 거기 지인들이 수고를 들이면서까지 가구를 보내줄 것 같지는 않아. 그 지역 사람들 특유의 나태함 때문이야. 오랜 역사 같은 거. 그들 입장에서도 잠깐 머물다 가는 외지인들은 쓰던 걸 그냥 그대로 두고 가야 한다고 생각할 수도 있어.

그래도 나는 세 번째로 편지를 써서 꼭 필요한 물건이라고 설명한 다음, 아무런 답변이 없을 경우, 운송에 드는 비용으로 1루이 금화를 미리 보내겠다고 적었어. 반응을 이끌어내는 효과는 있겠지만 좀 무례해 보였겠지. 그래도 어쩌겠냐, 프랑스 남부 분위기는 북부와 전혀 다르니 말이다. 거기 사람들은 내키는 대로 행동하고 애써서 생각도 잘 안 하려 들고, 남들에게 상냥하지도 않아. 더욱이 상대가 지금 거기에 있지도 않잖아.

파리에 있는 이상, 그냥 다른 세상에 산다고 생각해야 해. 굳이 그런 수고를 들이지 않아 줄 거야. 안 그래도 아를에서 말도 많고 탈도 많았던 사람에 관한 일이니만큼 엮이고 싶지 않은 게 당연할 수도 있지.

그나저나 악몽 같은 증상이 이렇게 감쪽같이 사라진 게 신기할 따름이다. 안 그래도 페롱 원장을 볼 때마다 북쪽으로 올라가면 이 증상이 사라질 것 같다고 누차 얘기했었거든. 마찬가지로 희한한 게, 나름 환자 보는 능력도 있고 어떻게든 나를 낫게 해주려고 애썼던 그 양반에게 치료받을 때는 증상이 더 나빠졌다는 거야.

나로서도 사실 그곳에 사는 지인들에게 편지를 써서 괜히 심기를 불편하게 한 건 아닌가 싶어서 마음이 편치 않다.

아무튼 너희 아기는 건강해 보이더라. 너희 두 사람도 그렇고. 어서 이리 오면 좋겠구나.

여기는 파리까지 직접 갈 짐꾼이 없어. 퐁투아즈에서 찾아봐야 해. 여기서 퐁투아즈까지 왕복하는 짐꾼은 매일 있어. 그러니 탕기 영감님한테 지금 당장, 다락방에 쌓아둔 내 그림들을 틀에서 분리해달라고 부탁해라. 그래서 캔버스는 두루마리로 말고, 틀은 소포로 포장해달라고.

내가 퐁투아즈에서 짐꾼을 찾아서 보낼 수도 있어. 아니면 대략 보름 후에 가셰 박사와 함께 직접 가서 일부라도 가져올 수도 있고.

너희 집에도 보니 침대 밑에 쌓아둔 것들이 제법 있더라. 다시 손을 봐서 더 근사하게 만들 수 있을 것 같거든. 라파엘리 전시회를 보지 못한 게 아쉽기는 하다. 무엇보다 무명천에 그린 데생을 네가 어떤 식으로 전시했는지 네 설명을 들으면서 더더욱 궁금했었거든. 나도 언젠가는 카페 같은 곳에서 내 개인전을 열 방법이 있을 거다. 셰레와 공동으로 여는 것도 나쁘지 않아. 분명 좋은 아이디어를 가지고 있을 테니까. 또 연락하자. 악수 청하면서 두 사람에게 행운이, 그리고 무엇보다 두 사람의 아기에게도 좋은 일만 있기를 기원한다.

너를 사랑하는 형, 빈센트

640a프 ___ 1890년 6월 11일(수)

친애하는 지누 선생 부부에게

사모님 편지를 받자마자, 두 분 소식이 너무 반가웠다는 말씀을 드리고 싶어 이렇게 즉시 답장을 쓰게 됐습니다. 지누 선생께서 다치셔서 고생하고 계시다니 정말 유감입니다. 제 물건 포장은 번거롭게 선생이 하지 마시고 사람을 쓰시라고 간곡히 부탁드립니다. 거기에 들어가는 비용은 기꺼이 제가 부담하겠으니, 다치신 데가 더 덧나지 않도록 선생께서는 애쓰지 마시기 바랍니다. 그렇게 해서 토요일에는 보내주실 거라 기대합니다. 학수고대하고 있는 터라서요.

저 역시 직접 아를에 가서 두 분께 인사드리지 못하는 점 아쉽게 생각하고 있습니다. 제가 그곳 지인들과 그곳 분위기를 진심으로 좋아했다는 건, 두 분께서도 잘 아실 겁니다. 그런데 막판에 가서 병이 낫기는커녕 오히려 상태가 더 나빠지고 말았습니다. 다른 환자들 사이에 있다 보니 악영향을 받은 건지, 아무튼 도대체 영문을 모르겠더군요. 그래서 환경을 바꿔보는 게 낫겠다고 생각하게 됐고, 그렇게 거처를 옮기고 제 동생과 동생의 가족을 비롯해 동료 화가들을 다시 만나니 그렇게 기쁠 수가 없더군요. 그리고 지금은 아주 정상적으로 차분하게 잘 지내고 있습니다. 여기 의사 말이 그림 작업에 집중하는 걸 기분 전환 거리로 삼는 게 좋겠다고 합니다.

의사 양반이 그림에 조예가 깊기도 하고 제 그림에도 관심이 많습니다. 그래서 이래저래 그림 그릴 기회도 많이 제공할 뿐만 아니라, 일주일에 두세 번 정도 제가 사는 곳에 직접 찾아와서 몇 시간에 걸쳐, 제 그림을 감상하거나 제가 그림 그리는 과정을 지켜보기도 합니다.

제 그림을 다룬 기사가 두 차례나 신문에 실렸습니다. 하나는 파리 신문이고, 다른 하나는 제가 전시회에 참여했던 벨기에 신문입니다. 그리고 최근에는 제 고향인 네덜란드 신문에도 기사가 실려서 덕분에 많은 사람들이 제 그림을 감상했다고 하네요. 그게 다가 아닙니다. 술을 끊은 뒤로는 전보다 그림이 훨씬 잘 그려지는 게 확실하니 그것만 해도 얼마나 많은 걸 얻은 겁니다.

그나저나 여전히 두 분 생각 많이 합니다만, 마음대로 되지 않는 게 세상살이다 보니, 가장 정든 곳을 떠나야 하는 일도 있긴 하지만, 그 추억만큼은 고스란히 간직하고(거울에 비친 듯 어슴푸레해지더라도) 곁에 없는 지인들도 꼭 기억할 겁니다.

아무튼 토요일에는 물건을 보내실 거라 기대하겠습니다.

여기 다시 한 번 주소 알려드립니다.

「빈센트 반 고흐, 메리 광장, 라부 씨 댁, 오베르 쉬르 우아즈. (센 에 우아즈)
열차 화물」

이렇게 하면 잘못 배달될 일은 없을 겁니다. 신경 써 주신 점, 미리 감사드립니다. 지누 선생께서 번거롭게 움직이지 마시고, 꼭 사람을 쓰시기 바랍니다. 비용은 제가 부담하겠습니다.

건강과 쾌유를 기원하며, 이만 줄입니다.

빈센트 반 고흐

641프 ____ 1890년 6월 14일(토)

사랑하는 테오에게

드디어 내 가구와 집기에 관한 소식을 전해들었다. 물건을 맡겨둔 집 사장님이 소몰이를 돕다가 황소의 뿔에 받혀 그간 거동할 수가 없었다고 하더라. 그래서 사모님이 대신 편지를 보내왔는데, 이런 이유로 하루를 연기해서, 그러니까 토요일, 오늘 보내주겠다고 했어. 참 운도 없는 게 사모님 역시 병을 앓고 있는데 완쾌는 요원할 따름이거든. 편지에는 원망의 느낌은 전혀 없었지만 떠나기 전에 자신들을 찾아오지 않아서 마음이 아팠던 것 같긴 하더라. 나도 마음이 편치는 않았거든.

편지에 주문할 물감 목록 동봉해 보낸다.

너희 집, 피아노 있는 방에 비치한 〈추수〉하고 비슷한 분위기의 습작 하나를 그려봤어. 위에서 내려다본 밭을 그린 건데 가운데 난 길로 작은 마차 한 대가 지나가는 모습이야. 지금은 군데군데 개자리가 자라는 개양귀비밭을 그리는 중이다.

포도밭을 그린 습작도 있는데, 지난번에 가셰 박사가 와서 보더니 아주 마음에 들어하더라.

오늘은 더 덧붙일 말이 없구나. 어머니께 편지가 왔는데 뉘넌에 다녀왔다고 하시면서 너희 식구가 오기만을 기다리고 계시고 손자가 보고 싶으시다더라.

너희 내외에게 진심 어린 악수 청한다.

너를 사랑하는 형, 빈센트

641a네 ___ 1890년 6월 13일(금)

사랑하는 어머니께

어머니 편지에, 뉘넌을 다시 찾은 뒤 '한때는 내 것이었다는 데 감사할 따름'이고 이제는 전부 남들에게 남겨두고 와서 마음이 편하시다는 구절을 읽으며 뭉클했습니다.

마치 어두운 유리창을 들여다보듯, 그렇게 희미할 따름이지요. 삶, 헤어짐과 죽음, 끊임없는 걱정들의 이유를, 우리는 그렇게 어렴풋이 이해할 뿐입니다.

제게는 삶이 내내 외로운 길 같습니다. 제가 그토록 애정을 갖고 대했던 사람들이 다 그렇게 유리창 너머로 어렴풋하기만 합니다.

하지만 또 그래서인지, 요즘은 제 그림 작업이 전보다 더 균형이 잡히는 것 같습니다. 그림도 그 자체로 하나의 세계입니다. 작년에 어딘가에서 이런 글을 읽었어요. 책을 쓰거나 그림을 그리는 일은 아이를 낳는 것과 같다고요. 감히 제 이야기라고 말씀드릴 수는 없을 겁니다. 하지만 늘 출산이 가장 자연스럽고 최선인 행위라고 생각해 왔습니다. 이런 전제가 사실이고, 또 이 세 가지 행위를 동등하게 볼 수 *있다면* 말입니다.

그래서 비록 이 세 행위 중에서 가장 이해받지 못하는 일을 하면서도 최선을 다하는 것입니다. 제게는 과거와 현재를 이어주는 유일한 끈이기 때문입니다.

여기, 이 동네에는 화가가 많습니다. 제 옆집에는 미국인이 여럿 사는데 다들 밖에 나와 그림을 그립니다. 그런데 어떤 그림인지 본 적은 없습니다. 그저그런 그림일 겁니다.

테오 식구들이 일요일에 다녀갔습니다. 다 같이 가셰 박사의 집에서 점심을 먹었어요. 저와 이름이 똑같은 꼬마 친구는 생전 처음으로 동물의 세계를 경험했습니다. 그 집에는 고양이 8마리, 개 3마리에 닭이며 토끼, 거위, 비둘기 등이 아주 많거든요.

아직은 이 꼬마 친구가 세상에 대해 아는 게 없는 듯합니다. 그래도 아주 건강해 보이기는 합니다. 테오도 요도 마찬가지입니다. 테오네 식구들과 멀지 않은 곳에 살고 있다는 느낌이 제 마음을 편하게 해줍니다. 어머니도 곧 테오네 식구들과 만나시겠네요.

편지 주셔서 다시 한 번 감사드립니다. 어머니와 빌레미나 모두 건강하시기를 기원하며 마음으로 포옹을 나눕니다.

사랑하는 아들, 빈센트

빌23프 ____ 1890년 6월 13일(금) 추정

사랑하는 누이에게

어머니께 편지 보내면서 네게도 몇 마디 적는다.

지난 일요일에 테오네 식구들이 찾아왔었다. 테오와 멀지 않은 곳에 산다고 생각하니 그렇게 좋을 수가 없구나. 요즘은 그림 작업도 많이 하고 속도도 붙었다. 이런 식으로 순식간에 속절없이 지나가 버리는 현대 사회의 양상을 표현해보고 싶었다.

어제는 저 멀리 위에서 내려다보이는 들판을 담은 풍경화를 그렸어. 다양한 풀들이 자라고, 진녹색 감자밭, 평범한 작물 사이로 보이는 기름진 보랏빛 흙, 그 옆으로 흰 꽃이 자라고 있는 콩밭, 분홍색 꽃이 핀 개자리와 그 가운데서 풀 베는 사람, 기다랗고 비옥하게 자란 황갈색 풀들, 밀밭, 포플러나무, 그리고 지평선 너머로 마지막 파란 선처럼 보이는 언덕, 그 아래로 지나가는 기차, 기차가 기다랗게 남기고 가는 하얀 연기 등을 그림에 담았다. 그림 한가운데로 하얀 길이 관통하는데, 그 길 위에 마차가 지나가고 길 바로 옆에 빨간 지붕을 얹은 하얀 집이 있지.

이슬비가 내려서 이 풍경에 파란색과 회색 줄무늬를 만들더라.

포도밭과 들판이 전경을 차지하고, 그 뒤로 마을의 집들이 보이는 다른 풍경화도 하나 그렸어.

그리고 끝없이 펼쳐진 밀밭 뒤로 나무 한 그루와 흰 담장으로 둘러싸인 하얀 집이 보이는 풍경도 있어.

가셰 박사의 초상화는 보는 사람에게 모델이 인상을 찡그리고 있는 것처럼 보일 정도로 우울한 표정으로 그렸어. 그래도 그렇게 그려야 하는 게, 과거에 볼 수 있었던 차분한 인상의 초상화와 비교하면 현대를 살아가는 사람들은 어떤 표정을 짓고 있는지, 어떤 열정을 지니고 있는지, 어떤 기대를 품고 있는지, 그리고 어떻게 절규하는지를 알 수 있기 때문이야. 슬프지만 온화하고, 밝고, 지적인 초상화. 그런 초상화를 많이 그려야 해.

어느 순간이 되면 분명 사람들에게 영향을 주게 될 거다. 어떤 현대인들의 초상화는 오랫동안 들여다보게 되겠지만, 또 어떤 현대인들의 초상화는 100년이 지난 뒤에 보면 후회스러울 수도 있어. 내가 10년 전에, 지금 하고 있는 걸 할 능력이 있었다면, 야심차게 그렇게 하고도 남았을 거다. 지금 상황에서는 딱히 내가 할 수 있는 게 없어. 내가 영향을 주고 싶은 사람들과 당장 어울리지도 못하지만, 앞으로도 어떻게 어울릴 수 있을지 전혀 모르거든. 언젠가 네 초상화도 1점 그리면 좋겠다.

조만간 또 네 소식 전해 들었으면 좋겠구나. 마음으로 포옹을 나눈다.

너를 사랑하는 오빠, 빈센트

*****

6월 15일 편지에서 테오는 빈센트에게 히르스허흐Anthonius Matthias Hirschig라는 화가가 그를 찾아가 라부 여관에 묵게 될 거라는 소식을 전한다. "네덜란드 화가 한 사람이 형님을 찾아갈 겁니다. 더 복이 추천한 친구인데, 원래 더 복이 퐁텐블로*에 찾아가 보라고 했는데, 자신과 취향이 맞지 않는다고 했답니다. 보여준 그림이 없어서 재능이 어느 정도인지는 알 수 없었습니다. 어제 아침에 로제가 와서 형님 그림을 보고 갔습니다. 요즘 몽티셀리 판화 작업 때문에 정신이 없어 보였습니다. 열흘 정도 지나면 책으로 나온다고 합니다."

편지 구절에 이름은 생략되어 있지만, 다음 문장을 보면 그 대상이 고갱임을 알 수 있다. "형님이 아를에서 그린 여인의 초상화를 마음에 들어 합니다. 마르티니크 계획에 그런 그림이 필요해서 그럴 겁니다. 하지만 계획은 애초에 설계한 사람에게 비용을 지불할 수 있느냐에 달렸는데, 현실은 아직 그렇지 못합니다. 여기에 그 양반이 보낸 편지 동봉합니다. 쉬페네케르 씨 댁에서 지내는 게 편치 않았던 모양입니다. 거기서는 거의 그림도 그리지 않았더군요. 반면, 브르타뉴가 그렇게 자신을 부른다면, 어쩌겠습니까, 떠나셔야지요."

642프 ____ 1890년 6월 17일(화)

사랑하는 테오에게

그제 보낸 편지와 동봉해 보내준 50프랑, 고맙게 잘 받았다. 타세 화방에서 보낸 물감과 캔버스 천을 기다리고 있었는데 방금 도착했어. 그것 또한 고맙구나. 우선, 탕기 화방과 타세 화방 물감의 차이점에 관한 질문에 답부터 하자면 이렇다. 따지고 보면, 양쪽이 다 똑같다고 할 수 있어. 타세 화방의 경우, 주로 흰색이 문제인데 꽉 차지 않은 상태로 오는 물건들이 있어. 그런데 탕기 화방 튜브도 상황은 비슷해(고의는 아니겠지). 특히 지금 손에 들고 있는 코발트의 경우가(그러니까 나는 양쪽에서 공통으로 발생한 상황을 근거로 이야기하는 거야) 그래. 그래서 굳이 서로를 심각하게 비난할 이유는 없다는 게 내 생각이다.

그런데 청구서에는 무슨 차이가 있는지, 내가 궁금한 건 바로 그 부분이야. 그리고 물감은 포도주처럼 불순물이 섞일 수도 있거든. 그런데 내가 무슨 화학 전문가도 아니라, 그걸 정확하게 구분해낼 능력은 없어. 그래도 탕기 영감님은 시간과 공을 들여가면서까지 다락방에 보관돼 있던 그림들을 일일이 틀에서 떼어 두루마리로 보내주기까지 했으니, 다른 화방에 비해 제품의 질이 조금 떨어지더라도, 그 양반 화방에서 사는 게 더 나을 것 같다.

그래야 공평할 거야. 하지만 자기네 튜브가 본질적으로 다르다고 하는 주장은 다시 말하지만,

* 바르비종파

순전히 영감님 상상에 지나지 않아. 그래서 우리가 타세 화방에서도 물감을 사는 거거든. 그나마 이쪽 물감이 일반적으로 덜 칙칙하니까.

아무튼 별반 대수롭지 않은 차이니, 탕기 영감님이 창고에 보관한 그림들을 잘 포장해서 보내주는 한, 그 양반한테 물감을 주문하는 게 맞는 거다.

그 네덜란드 화가라는 친구가 어제 찾아와서 반갑게 만났다. 일단, 첫인상이지만 그림을 계속 그리기에는 사람이 너무 온순한 느낌이었어. 그래도 굳이 계속 그림을 그릴 생각이라면 고갱과 더 한과 함께 브르타뉴로 가는 건 어떻겠느냐고 했다. 왜냐하면 거기로 가면 하루 숙박비가 5프랑보다 저렴한 3프랑이고, 다른 동료 화가들과 함께 지낼 수 있으니까. 고갱이 그쪽으로 간다고 하면 나도 옮겨가고 싶거든. 두 사람이 다시 그곳 생활에 도전한다는 소식을 들었을 때 얼마나 반가웠는지 모른다.

네 말대로, 고갱은 파리에 남는 것보다 그쪽으로 돌아가는 게 나을 거야. 그리고 그 양반이 아를 여인의 초상화를 좋아한다니 듣기 좋은 소식이구나. 프랑스 남부 특유의 소재를 가지고 동판화를 제작해보고 싶어. 한 6점 정도. 별도로 인쇄 비용을 들일 필요가 없는 게, 원하기만 하면, 가셰 박사가 그냥 해주겠다고 하거든. 한 번은 시도해봐야 할 작업이기도 하고, 혹시 아냐, 이렇게 해서 로제가 펴낸 몽티셀리 작품집의 뒤를 이을 수 있을지도 모르잖아. 고갱도 분명, 나와 함께 자신의 그림을 동판화로 찍어내고 싶을 거야. 네가 소장한 그 양반 그림하고 특히, 마르티니크가 배경인 그림들 말이야. 가셰 박사는 아마 그것들도 찍어줄 수 있을 거야. 물론 본인이 원하는 만큼 찍을 수 있게는 해줘야겠지. 조만간 가셰 박사가 내 그림을 보러 파리에 갈 텐데, 그때 어떤 걸 찍을지 고를 계획이야.

지금은 습작 2점을 그리고 있는데 하나는 야생화, 엉겅퀴, 줄기 등을 비롯한 여러 가지 잎사귀를 꽃병에 담아놓은 그림으로, 하나는 거의 빨간색, 또 하나는 완전히 초록색, 또 나머지 하나는 노랗게 물드는 색으로 칠했어.

두 번째 습작은 잔디밭 뒤로 보이는 흰 집인데, 밤하늘에 뜬 별이 하나 있고 창문에 비친 주황색 불빛, 검은색과 진한 분홍색 색조가 들어간 잔디밭을 그리고 있어. 지금은 이 2점이 전부다. 도비니의 집과 정원을 더 크게 그려볼까 생각 중이야. 작게 그린 습작은 하나 있거든.

고갱이 다시 한 번, 더 한과 함께 갈 거라니 반가운 소식이다. 아마 마다가스카르 계획은 실행에 옮기는 게 어려울 거야. 난 사실, 그 양반이 통킹으로 가기를 바랐었어. 하지만 마다가스카르로 간다고 했어도, 따라갔을 거야. 거기는 적어도 두셋 이상이 함께 가야 하거든. 하지만 우리는 아직 그럴 단계가 아니야. 회화 자체만 놓고 보면 미래는 열대 지방에서 찾을 수 있어. 자바섬이나 마르티니크 제도, 브라질, 호주 같은 곳 말이야. 여기는 아니라고. 하지만 너는 너와 고갱 그리고 내가 거기서 미래를 찾을 수 있는 사람이 아니라고 생각하고 있겠지. 다시 말하지만, 언젠가, 가까운 미래에, 밀레와 피사로의 뒤를 잇는 인상주의 화가들이 활동할 무대는 분명, 여기는 아니다. 그런 믿음을 갖는 건 자연스러운 거야. 하지만 몇 년 동안 여기서 녹슨 상태로 근근이 버티다가, 뚜렷한 대책이나 파리의 지인들과 긴밀한 관계도 마련하지 않고 그곳으로 바로 건너가는 건 경솔한 행동이야.

다시 한번 고맙다는 말 전하고, 너와 네 아내에게 악수 청하면서, 아기도 건강하게 지내기를 바란다. 그 녀석이 참 보고 싶구나.

너를 사랑하는 형, 빈센트

643프 ___ 1890년 6월 17일(화) 추정 (미완성 상태로 빈센트의 유품에서 발견)

친애하는 벗, 고갱에게

이렇게 다시 편지 보내줘서 고맙습니다, 내 소중한 친구. 이곳으로 돌아온 뒤로 매일 선생 생각을 했습니다. 파리에는 단 사흘밖에 머물지 않았는데 그 소란스러운 파리의 분위기가 너무 싫어서, 한적한 시골로 와서 머리를 식히는 게 현명하겠다고 판단했습니다. 안 그랬다면 진작에 선생을 찾아갔을 겁니다. 그나저나 선생이 〈아를의 여인〉을 마음에 든다고 했다니, 정말 기뻤습니다. 엄밀히 말하면 선생이 그린 데생을 참고해 그린 초상화거든요. 선생의 데생에 표현된 소박한 특징과 형식에 자유롭게 색을 입히는 방식으로 재해석하기는 했지만, 선생이 그린 데생 원본의 느낌만큼은 충분히 살리려 애쓴 그림입니다.

〈아를의 여인〉은 소위 합작품입니다. 사실 흔치 않은 경우로, 선생과 나의 공동 작품이라고 할 수 있을 겁니다. 우리가 함께했던 몇 달이 요약된 결과물이라고 할까요.

나는 이 그림을 그리느라 한 달 넘게 또 병을 앓았답니다. 하지만 선생과 나 그리고 극소수의 몇 사람은 이 그림의 진가를 알아볼 거라 생각했습니다. 우리의 의도를 알아보고 이해해줄 거라고 말입니다. 여기서 친구가 된 가셰 박사는 두세 번 정도 주저한 끝에 이렇게 말하더군요. "단순히 표현하는 건 정말 힘든 일이군요." 맞아요. 나는 이 그림을 동판화로 찍어내서 다시 한번 그 점을 강조할 생각입니다. 그거면 충분합니다. 원하는 사람이 차지하는 법이니 말입니다.

혹시 올리브나무는 보셨습니까? 지금은 현대인답게 암울한 표정의 가셰 박사 얼굴을 그렸습니다. *뭐랄까요*, 선생이 선생의 그림인 〈올리브 정원의 그리스도〉에 대해 언급했던 것과 비슷합니다. 굳이 이해를 바라고 그린 건 아니라고 말했지만, 난 선생의 의도를 읽었고, 내 동생도 그 의미를 파악했었지요.

요양원에서 지내며 하늘의 별과 함께 있는 사이프러스를 그린 것도 있습니다. 마지막으로 시도한 그림인데, 희미한 달이 뜬 밤하늘, 불투명한 흙색의 테두리를 두른 듯 어둠 속에서 막 모습을 드러내는 가느다란 초승달, 지나치게 밝은 별 하나는 구름이 떠다니는 군청색 하늘에서 은은한 분홍색과 초록색 색조를 지니고 있습니다. 아래쪽으로 이어지는 길옆에 길게 자란

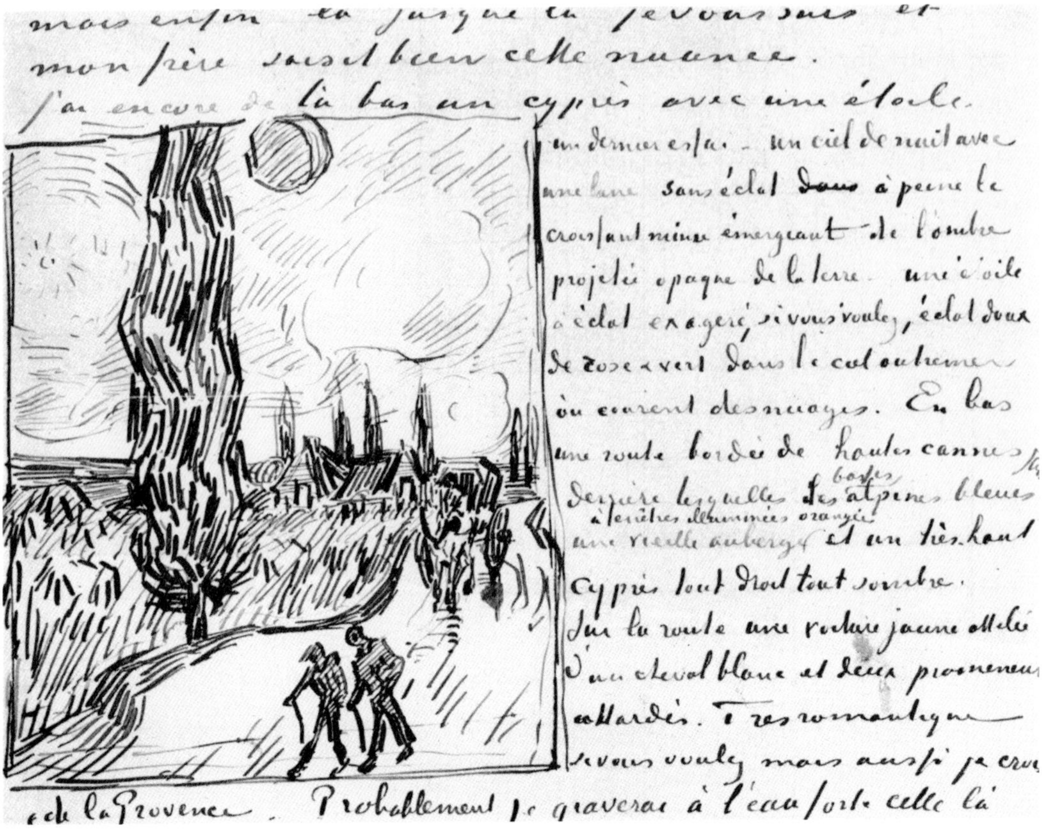
mais enfin là jusque là je vous suis et
mon père saisit bien cette nuance.
J'ai encore de là bas un cyprès avec une étoile.
un dernier essai – un ciel de nuit avec
une lune sans éclat ~~dans~~ à peine le
croissant mince émergeant de l'ombre
projetée opaque de la terre. une étoile
à éclat exagéré, si vous voulez, éclat doux
de rose et vert dans le ciel outremer
où courent des nuages. En bas
une route bordée de hautes cannes
derrière lesquelles ~~les~~ basses alpines bleues
une vieille auberge à fenêtres illuminées orangé et un très haut
cyprès tout droit tout sombre.
Sur la route une voiture jaune attelée
d'un cheval blanc et deux promeneurs
attardés. Très romantique
si vous voulez mais aussi je crois
de la Provence. Probablement je graverai à l'eau forte celle là

노란 풀들이 보이고, 그 너머로 낮게 깔린 파란 알프스산맥이 보입니다. 낡은 여인숙 창문에서 주황색 불빛이 빛나고, 아주 높게 자란 시커먼 사이프러스 한 그루가 우뚝 솟은 장면입니다.

길 위에는 흰 말이 끄는 노란 마차 한 대와 느릿느릿 걷는 행인 두 사람이 보이지요. 뭐랄까, 낭만적이랄까요. 동시에 프로방스 분위기가 살아 있는 그림이죠. 이것도 프로방스의 추억을 떠올리게 하는 풍경화와 몇몇 소재를 담은 그림과 함께 동판화로 찍게 될 것 같습니다. 그리고 나중에 더 연구하고 다듬은 결과물을 선생께 보내드릴 수 있으면 좋겠습니다. 테오 말이, 몽티셀리의 그림을 석판화로 제작 중인 로제라는 친구가 선생이 마음에 들어한 〈아를의 여인〉을 남다르게 생각한다더군요.

아무튼 며칠 파리에 머물긴 했지만 어안이 벙벙했던 탓에, 선생 그림 1점 제대로 감상하지 못했다는 건 이해해주기 바랍니다. 조만간 파리에 며칠 머물 기회가 또 올 거라 생각합니다. 더한과 함께 다시 브르타뉴로 가신다니 저도 기쁘고 반갑습니다. 선생이 괜찮다면, 저도 한 달쯤 그곳에 가서 바다 풍경화 한두 점 정도는 그릴 수 있을 것 같습니다. 무엇보다 선생을 다시 만나고 더 한을 직접 만나는 일이 먼저겠죠. 우리가 함께 무언가 묵직하고 진지한 그림을 그리는 겁니다. 아마 지난날, 거기서, 계속 함께 노력했다면 이런 방향으로 달려왔을 겁니다.

그게, 아마 선생도 마음에 들어 할 구상이 하나 있습니다. 밀밭을 그리는데 (지금 당장 그려서 보여줄 순 없는데) 오로지 밀 이삭만 그리는 거예요. 녹색과 파란색 줄기에 리본같이 기다란 잎사귀는 빛에 반사되어 초록색과 분홍색을 띠고, 살짝 노랗게 익어가는 줄기는 주변에 퍼지는 먼지로 인해 연분홍색 테두리를 두른 느낌이고, 아래쪽에는 분홍색 메꽃이 줄기를 감싼 모습으로 말입니다. 그리고 배경은 생동감과 동시에 차분한 느낌을 살리는 겁니다. 거기에다 인물을 그려 넣고 싶기도 해요. 아무튼 각기 다른 녹색의 색조가 들어가지만, 색감이 같으니까 전체

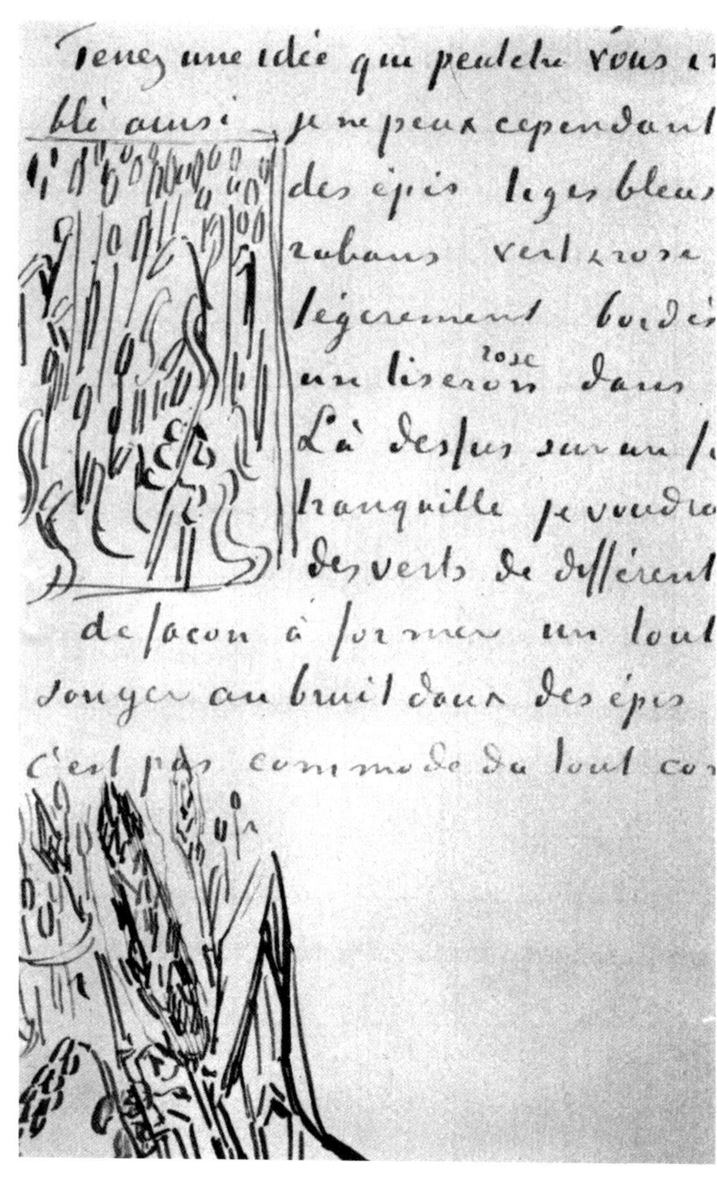
Tenez une idée qui peutêtre vous
blé ainsi — je ne peux cependant
des épis tiges bleu
rubans vert & rose
légèrement bordé
un liseron rose dans
Là dessus sur un
tranquille je voudra
des verts de différent
de façon à former un tout
songer au bruit doux des épis
C'est pas commode du tout co

가 커다란 녹색의 조화를 이루고, 그 떨림을 통해 산들바람에 줄기가 흔들리는 감미로운 소리가 머릿속에 떠오를 겁니다. 이런 색조를 조화롭게 활용하는 건 결코, 쉬운 일이 아닙니다.

(이후 내용 소실)

*****

6월 23일, 테오는 빈센트에게 보슈와 함께 전시회에 다녀온 일과 그와 그림을 교환했다는 소식을 전한다. 전시회에 참여한 작가 중 테오가 언급한 이름은 코스트와 자냉뿐이었다. 그리고 빈센트가 찍어낸 동판화의 품질을 지적한다. "동판화에 관해서 한 말씀 드려야겠습니다. 제가 볼 때 이건 말 그대로 화가가 직접 만든 동판화입니다. 정교한 절차를 거친 게 아니라, 그냥 동판 위에 직접 데생한 것과 마찬가지라는 겁니다. 저는 이 데생이 마음에 듭니다. 보슈도 같은 생각이고요. 아무튼 가셰 박사가 그런 장비를 갖추고 있는 게 신기할 따름입니다. 동판화가들은 시험 삼아 찍어보려고 해도 매번 인쇄소에 가야 해서 불만이 많거든요. 오베르에는 정말 괜찮은 게 많은 것 같은데, 형님도 같은 의견이길 바랍니다. 저희는 벌써부터 형님을 만나러 가는 길이 기대됩니다. 형님을 만날 수 있고, 형님 작품을 볼 수 있고, 아름다운 자연을 접할 수 있으며, 그렇게 시골 구경을 하고 나면 일상으로 돌아와 더 열심히 일할 수 있는 활력을 얻으니까요. 라파엘리 전시회는 막을 내렸습니다. 이제는 사람들이 시골을 찾는 시기가 된 만큼, 저도 이 시기를 누릴 기회를 날릴 생각은 없습니다. 편지에 50프랑 동봉해 보냅니다."

644프 ____ 1890년 6월 24일(화)

사랑하는 테오에게

편지와 동봉해준 50프랑 고맙게 잘 받았다. 보슈와 그림을 교환했다니 아주 잘했구나. 그 친구, 지금은 어떤 그림을 그리고 있는지 궁금하다.

지금은 요가 건강을 회복했기를 바란다. 얼마 전까지 좋지 않았다고 했잖아. 그래, 최대한 빨리 이리로 오면 좋겠지. 자연이 정말 정말 아름답고, 난 너희 식구를 또 보고 싶으니 말이다.

이틀 전에 페롱 원장이 편지를 보냈더라. 여기 동봉한다. 요양원에서 일하는 청년에게 10프랑쯤 주면 충분할 것 같다고 말했어.

그리고 거기에 두고 왔던 캔버스들이 이제 도착했어. 붓꽃도 잘 말랐더라. 감히 장담하는데, 아마 네 마음에 드는 게 몇몇 있을 거다. 장미, 밀밭, 산을 그린 작은 그림, 그리고 무엇보다 별과 함께 있는 사이프러스도 무사히 왔다.

이번 주에는 열여섯 살쯤 된 아가씨의 초상화를 그렸어. 파란 바탕에 파란 옷을 입었는데 내가 묵는 여인숙 주인의 따님이야. 초상화는 모델에게 줬는데 너를 위해서 15호 캔버스에 다른 분위기로 또 그려놨어.

그리고 가로 1미터에 세로가 불과 50센티미터밖에 되지 않는 기다란 그림을 그렸어. 밀밭인데 자줏빛 몸통의 포플러나무가 줄지어 서 있고 그 아래서 분홍색, 노란색, 흰색, 여러 가지 초록색 꽃과 풀들이 자라는 나무숲과 짝을 이루는 그림이야. 그리고 저녁을 배경으로 한 그림이 있는데 어두운 배나무 두 그루가 노랗게 변해가는 하늘과 맞닿아 있고, 노란 밀이 조금 보이고, 자줏빛 뒷배경에는 어두운색의 식물들에 둘러싸인 성채가 보여.

네덜란드 친구는 부지런히 그리는 것 같긴 한데, 자신의 관점이 대단히 독창적이라고 착각하는 듯하다. 내가 볼 때는 코닝의 습작과 별반 차이가 없는 수준인데. 회색과 초록색을 좀 더 쓰고, 빨간 지붕 달린 집과 하얀 길을 그렸어. 이런 경우 뭐라고 말해야 할까. 경제적인 여유가 있다면야 계속 그림을 그려도 무방하지. 하지만 그림을 팔아서 먹고살려면 속이는 수밖에 없으니, 그런 그림을 그리는 이 친구도 딱하고, 그걸 비싸게 살 사람들은 더 딱하고. 그래도 매일같이 열심히 그림을 그리고 있으니 언젠가는 나아지겠지. 하지만 혼자 작업하거나 열심히 하지 않는 동료와 어울리다간 결과가 그리 좋을 게 없다. 내 생각이 그렇다고.

다음 주에는 가셰 박사 따님의 초상화를 그릴 수 있으면 좋겠다. 어쩌면 이 동네 사는 다른 아가씨 한 사람도 모델이 되어줄 수도 있을 것 같다. 보슈와 그림을 교환했다니, 반가운 소식이야! 안 그래도 잘 아는 사이라고 하지만 지난번에 내 그림을 너무 비싼 값에 사준 게 아닌가 생각하고 있었거든.

좀 있다가 파리에서 며칠 지냈으면 한다. 정확히는 코스트를 만나보고, 자냉과 한두 명 정도 지인들도 만나보고 싶어서 그래. 너도 코스트의 작품 하나쯤은 소장하고 있었으면 싶은데, 아마 그림을 교환하는 방법이 좋겠지. 오늘은 가셰 박사가 와서 남부 지방에서 그려온 그림들을 구경하는 날이야.

너희 아들에게 행운을 기원하며 너와 요에게 진심 어린 악수 청한다.

(결말 부분 소실)

645프 ____ 1890년 6월 28일(토)

사랑하는 테오에게

주문할 물감 목록 동봉해 보내는데, 월초에 보내주면 좋겠다. 아니, 너 편할 때 보내라. 급한 거 아니니 며칠 빠르거나 늦거나 상관없다.

어제와 그제, 이틀 동안 가셰 양의 초상화를 그렸어. 곧 보여주마. 분홍색 원피스 차림에 배경이 되는 벽은 벽지가 초록색에 주황색 점이 찍혔고, 바닥에는 초록색 점이 무늬로 들어간 빨간 카펫이 깔렸어. 그리고 진한 자주색 피아노를 치는 모습으로, 세로가 1미터에 가로가 50센티미터야.

아주 즐겁게 그린 인물화인데, 쉽지는 않았다. 가셰 박사가 다음에는 오르간을 연주하는 모습을 그리게 해주겠다고 약속했어. 너에게 줄 그림도 하나 더 그릴 거야. 가만 보니까 이게 가로로 길게 그린 밀밭과 잘 어울리겠더라고. 세로로 긴 분홍색 색조 옆에 가로로 긴 연한 초록색 황록색 그림을 두면 분홍색을 잘 보완해줄 거야. 하지만 대중이 자연의 한쪽과 다른 한쪽과 맺고 있는 모종의 관계를 오롯이 이해하기까지는 아직 갈 길이 멀다. 서로를 돋보이게 해주고 서로를 설명해 주는 그런 관계.

그런데 간혹 그걸 느끼고 이해하는 사람들이 있기는 해. 그것만도 대단한 거야. 그런 사람은 이런 것도 얻게 되는 셈이야. 여성들의 화장에서도 밝은 색조의 아름다운 조화를 느낄 수 있지. 지나가는 사람들의 초상화를 그리더라도, 과거 그 어느 때보다 아름다운 초상화를 그릴 수 있게 되고. 나는 자연을 들여다보고 있으면 그 안에 퓌비스 드 샤반느의 그림 속에 깃들어 있는 우아함이 다 들어 있다는 것을 느껴. 어제는 두 인물을 봤어. 짙은 양홍색 원피스 차림의 어머니와 연한 분홍색 원피스에 장식 없는 노란 모자를 쓴 딸이었는데, 두 사람 모두 아주 건강하고 시골 사람답게 투박하고, 볕에 그은 얼굴을 하고 있었지. 어머니는 얼굴색이 훨씬 더 벌겋고 머리는 검은색에 귀에는 다이아몬드 귀고리를 걸고 있었어. 두 사람을 보면서 들라크루아의 〈성처녀의 교육〉이 떠오르더라. 아무리 봐도 조르주 상드의 얼굴하고 너무 닮았거든. 들라크루아가 조르주 상드의 상반신상을 그렸다는 건 알고 있는지 모르겠다. 「릴뤼스트라시옹」에 짧은 머리를 한 상드의 초상화 목판화 복제화가 실려 있었어.

너와 요에게 마음으로 악수 청하고, 너희 아들에게는 좋은 일만 있기를 기원한다.

너를 사랑하는 형, 빈센트

(6월 30일, 테오가 형에게 보낸 편지는 중요한 내용을 전하고 있다.)

나의 사랑하는 형에게

아이가 심하게 병을 앓는 바람에 걱정이 이만저만이 아니었습니다. 다행히, 처음에는 상태가 심각하다고 판단했던 의사 선생이 어제 요에게 이런 일로 아이를 잃는 일은 없다고 했다더군요.

파리에서 구할 수 있는 최고의 우유라는 것도 독이나 다름없습니다. 지금은 아이에게 당나귀 젖을 먹이고 있는데 그나마 잘 먹고는 있습니다. 하지만 몇 날 며칠을 밤낮으로 아프다고 울어대는데, 도대체 어떻게 해야 할지도 모르겠고, 뭘 해도 상황만 더 나쁘게 하지 않을까 전전긍긍할 수밖에 없었습니다. 우유의 신선도가 문제가 아니라, 소를 먹이고 키우는 과정이 형편없었던 거지요. 아주 끔찍합니다. 그나마 조금 나아져서 얼마나 다행인지 모릅니다. 요는 정말 형님 말씀처럼 정말 대단한 사람입니다. 모성애가 지극한 진정한 어머니인 건 사실이지만 그만큼 피곤에 지친 상태라, 부디 기력을 회복하고 더 고생할 일은 없기를 바랄 따름입니다. 지금은 다행히 잠이 들긴 했지만 잠을 자면서도 악몽을 꾸는지 뭐라고 뭐라고 중얼거리는데 제가 해줄 수 있는 게 하나도 없습니다. 다만, 같이 자고 있는 아기가 부디 몇 시간이나마 엄마를 깨울 일이 없기를 바랄 뿐이네요. 그렇게 둘이서 몇 시간 정도 자고 눈 뜨고 나서 서로를 보고 웃었으면 합니다. 아무튼 요에게 지금은 사는 게 힘든 시기 같습니다.

앞으로 어떻게 해야 할지 모르겠습니다. 해결해야 할 일이 많네요. 같은 아파트 2층으로 다시 이사해야 할까요? 오베르로 가야 할지, 네덜란드로 가야 할지, 말아야 할지도 모르겠습니다. 앞날 걱정 없이 그냥 이렇게 살아야 하는 걸까요? 하루 종일 일하고도 요에게 돈 걱정 하지 않게 해줄 수도 없는 이 상황에서 말입니다. 야체 같은 부소&발라동의 쥐새끼들은 아예 저를 종처럼 부리고 있습니다. 힘든 상황을 그 양반들에게 말해야 할까요? 그래도 거절하면, 이렇게라도 말해야 할까요? 회사에서 나가 독립된 사업체를 차리겠다고요?

이렇게 형님에게 편지를 쓰다 보니 이런 결론에 이르게 됩니다. 이게 바로 내 의무라고요. 어머니, 요, 저, 그리고 형님 우리 모두가 허리띠를 바짝 졸라맨다고 해도 큰 도움이 되지 않을 겁니다. 오히려 제대로 먹지도 못하고 이리저리 치이는 신세를 면치 못할 겁니다. 하지만 용기를 내고 서로에 대한 사랑으로 똘똘 뭉치면 더 먼 곳까지 갈 수 있을 겁니다. 한 입씩 베어 무는 빵의 무게를 잴 일 없이 해야 할 일을 할 수 있을 겁니다.

형님 생각은 어떠세요? 저나 저희 식구 걱정은 마세요. 그저 제 바람이라면 형님이 건강하고 훌륭한 그림을 그리는 것뿐입니다. 형님은 이미 충분한 열정을 불태우고 있습니다. 우리 형제는 아직 한참을 더 싸워나가야 합니다. 왜냐하면 우리는 평생 동안 부잣집에서 노쇠한 말들에게 자비로 던져주는 귀리를 먹을 수 없으니까요. 우리는 쟁기가 멈출 때까지 계속 끌려다니다가, 시간에 따라 그제야 태양이나 달을 올려다보며 감탄하게 되겠지요.

우리는 오베르*의 늙은 상인들처럼 안락의자에 앉아 다리나 비비는 삶보다는 차라리 일하는 말처럼 사는 걸 더 좋아하는 사람 아닙니까. 아무튼 형님은 형님대로 건강에 신경 쓰세요. 저도 최선을 다하겠습니다. 데이지, 방금 갈아엎은 땅, 봄에 싹을 틔우는 덩굴가지, 겨울에 추위에 떠는 앙상한 나뭇가지, 청명하고 파란 하늘, 가을 하늘에 떠다니는 커다란 구름, 우중충한 잿빛 겨울 하늘, 이모님 댁 정원 위로 솟아오르는 태양, 스헤베닝언 바다 위로 지는 붉은 태양, 여름밤, 겨울밤에 뜨고 지는 달과 별, 우리 형제의 머릿속에는 잊을 수 없는 장면이 너무나 많지 않습니까. 일어날 일은 일어나는 법입니다. 그리고 우리가 할 일은 바로 이 일입니다.

* 안트베르펜의 프랑스어 지명인 Anvers를 Auvers로 잘못 표기했을 가능성이 크다.

그거면 될까요? 아닙니다. 저는 저처럼 형님도 이런 이야기를 나누게 될 아내를 맞기를 진심으로 바라고 있습니다. 말도 제대로 못 하고, 아는 것도 변변히 없었던 저는 제 아내를 통해 그 옛날, 우리가 사랑하는 아버지와 어머니가 뿌려놓으신 게 분명한 씨앗을 싹틔우게 되었습니다. 그 씨앗이 자라 제가 대단한 사람이 될 수도 있고, 또 제 아들이 그렇게 자라도록 제가 도울 수 있다면 그 녀석 또한 대단한 사람이 될 수 있을지 누가 알겠습니까. 형님은 형님의 길을 찾았습니다. 형님이 탄 마차는 견고하고 아주 잘 굴러가고 있습니다. 저는 사랑하는 아내 덕에 이제야 가야 할 길이 보이는 것 같습니다. 그러니 조바심 내지 말고, 사고가 나지 않도록 달리는 말을 잠시 멈추고 진정시키세요. 저는 간간이 저 자신에게 채찍질을 하더라도 아무렇지 않습니다.

가셰 박사 따님의 초상화는 아주 근사할 것 같습니다. 빨리 보고 싶습니다. 주황색 점이 찍힌 배경이 어떨까 궁금합니다. 풍경을 그린 크로키만으로도 상당히 근사한 장면이 될 것 같습니다. 정말 궁금합니다. 페롱 원장이 따뜻한 편지를 보내셨더군요. 거기 사람들 다들 성격이 괜찮은 것 같습니다. 그나저나 요가 좀 건강을 회복하고 아들 녀석도 괜찮아지면 형님이 며칠 여기 오시는 것도 좋지 않을까 싶습니다. 일요일 하루만이라도 다녀가시거나 며칠 더 계시거나요. 전시장은 문을 닫겠지만 그렇다고 손해 보실 일도 없을 것 같거든요. 저와 함께 코스트 선생의 그림을 보러 가면 될 테니 말입니다. 아주 근사한 그림이 있습니다. 찾아가서 그 그림이 크기만 맞는다면 저희 화랑 진열장에 걸게 해달라고 부탁하는 겁니다. 그렇게 해서 좋은 반응을 끌어내야 합니다. 그리고 형님 그림도 몇 점 같이 거는 겁니다! 두 분이 함께하시는 겁니다. 사실, 코스트 선생의 그림에 대해 알려준 것도 형님 아닙니까. 코로의 그 [……해독불가……] 를 제가 구입한 건 아십니까? 부소&발라동 쪽에서는 안 팔릴 그림이라고 했었습니다. 그걸 테르스테이흐 씨가 메스다흐 선생에게 5,000프랑의 이득을 보고 팔았습니다. 메스다흐 선생은 얼마나 만족스러웠는지 비슷한 그림 여러 점을 찾을 정도였습니다. 그래서 아르노와 트립 쪽에 연락해서 비슷한 그림을 찾아달라고 부탁까지 했습니다. 저도 아주 만족스러웠습니다. 하지만 부소&발라동 화랑은 내일도 여전히 같은 식으로 돌아가겠지요.

이만 줄입니다. 물감은 보냈습니다. 형님이 손 내밀어 청한 악수, 잘 받았습니다. 아기와 애 엄마가 조용히 자고 있어서 얼마나 안심인지 모릅니다.

형을 사랑하는, 테오

646프 ____ 1890년 7월 2일(수)

사랑하는 테오와 요에게

아기가 아프다는 소식을 전하는 편지, 잘 받았다. 당장이라도 너희 식구들 곁으로 달려가고 싶지만, 이런 마음 아픈 상황에서 내가 도울 게 아무것도 없다는 생각에 떠날 엄두가 나지 않는구나. 얼마나 힘든 상황일지는 상상이 간다. 그래서 할 수 있는 건 뭐라도 돕고 싶다.

하지만 당장 그쪽으로 달려가면 오히려 상황이 더 복잡해지지 않을까 하는 생각이야. 그래도 마음으로는 진심을 담아 내 일처럼 같이 걱정하고 있다. 가셰 박사의 집이 골동품으로 가득 찬 게 좀 유감스럽다. 그것만 아니었어도 아기를 데려와 여기서(가셰 박사의 집) 적어도 한 달 정도 머물면 참 좋을 텐데 말이다. 시골 공기가 건강에 정말 좋기 때문이야. 여기서 다니다가 어린아이들도 보는데, 파리에서 태어나 이런저런 병을 앓다가 여기서는 건강히 잘 지내고 있어. 내가 묵고 있는 여인숙으로 와도 괜찮을 거다. 네가 혼자 있으면 외로울 테니 내가 일주일이나 보름 정도 너희 집으로 가도 되고. 그렇다고 해서 돈을 더 쓸 일도 없으니 말이다.

아무튼 아기가 걱정이구나. 신선한 공기를 쐬어야 할 텐데 말이야. 동네 다른 아이들이 이래저래 돌아다니는 걸 보니 더더욱 그런 마음이 들어. 요도 아마 우리의 이런 걱정이나 위험 같은 걸 생각하고 있을 거다. 가끔은 제수씨도 시골에 내려와 기분 전환도 좀 하고 그래야 할 거야.

고갱에게 편지가 왔는데 내용이 우울하더라. 마다가스카르에 관한 일은 마음을 굳힌 것처럼 은근슬쩍 속내를 내비치기는 하는데, 얼마나 모호하게 설명하는지, 오히려 머릿속에 그 생각밖에 없다는 게 보일 정도다. 뭐 달리 생각할 것도 없었겠지.

그렇지만 계획을 실행에 옮기는 건 택도 없어 보여.

크로키 3점 보낸다. 하나는 시골 아낙을 그린 거야. 하늘색 리본이 달린 노란색 커다란 모자를 쓰고 있고 얼굴은 짙게 홍조가 들었어. 큼지막한 파란색 윗도리는 주황색 물방울무늬가 들어가 있고 배경은 밀알 같은 색이야.

30호 캔버스인데 좀 거칠게 그린 게 아닌가 싶다. 그리고 가로로 기다란 풍경화도 하나 있는데 미셸Georges Michel이 자주 그리는 소재인 들판이야. 그런데 색은 연한 초록색에 노란색과 청록색을 잘 활용했어.

그리고 나머지 하나는 기둥처럼 수직으로 뻗은 자줏빛 포플러나무 몸통이 줄줄이 이어지며 풍경을 가로지르는 초목 지대를 그린 건데, 배경 뒤까지 쭉 펼쳐져 있어. 커다란 나무 몸통 아래로 흰색, 분홍색, 노란색, 초록색 풀들과 길게 자란 다갈색 풀과 또 다른 꽃들이 어우러진 장면이야.

여기 여인숙 주인 일가는 원래 파리에 살았는데 부모도 자식들도 지속적으로 건강이 좋지 않았대. 그런데 여기 내려온 뒤로는 그런 문제가 싹 사라졌고, 특히 막내아들은 태어난 지 2달 만에 왔는데, 파리에서는 엄마의 젖이 잘 돌지 않아 고생했다가 여기 오자마자 문제가 바로 해결됐다더라. 넌 하루 종일 일하는 데다 요즘은 잠도 제대로 못 잘 거 아니냐. 아무튼 내 생각에 요는 파리보다 여기서 지내면 수유 문제도 금방 해결될 거다. 소니 당나귀니 다른 네 발 달린 동물 따위는 필요없게 될 거라고. 게다가 낮에도 같이 지낼 사람이 있어. 하다못해, 가셰 박사

집 맞은편에 여인숙도 하나 있잖아. 너도 기억하지, 맞은편 언덕 아래 있는 거.

앞날, 그러니까 부소 화랑 없는 앞날에 관해서 내가 무슨 말을 해줘야 할까?

그렇게 될 일이라면, 그렇게 되겠지. 너는 그 양반들을 위해 노력을 아끼지 않았고 항상 모범을 보여온 사람이야.

나도 할 수 있는 한, 그만큼은 하려고 애쓰는 중이긴 하지만, 너한테 숨기지 않고 솔직히 말하면, 항상 그럴 수 있을 정도로 체력이 받쳐줄지는 장담 못 하겠다. 내 병이 재발하더라도 이해해주면 좋겠다. 나는 여전히 삶과 예술을 좋아하지만, 아내를 얻게 될 거란 기대는 거의 하지 않는다. 내 나이 마흔이 되면, 아니 아무것도 가정하지 말자. 내 삶이 과연 어떤 모습으로 펼쳐질지, 그건 나도 정말 모르는 일이다.

아무튼 다시 본론으로 돌아가서, 너희 아들 일은 그리 심각하게 걱정하지 않아도 될 거라 믿는다. 단순히 이가 나기 시작하기 때문일 수도 있으니까. 그런 거라면, 여기서 지내는 게 아이에게도 더 도움이 될 거야. 여기는 다른 아이들도 많고, 동물과 꽃과 신선한 공기를 접할 수 있으니 말이다. 너와 요에게 악수 청하면서, 꼬마 녀석에게는 마음으로 포옹을 나눈다.

너를 사랑하는 형, 빈센트

호주 출신에 영어를 쓰는 월폴 브룩이라는 친구가 있는데 아마 널 찾아갈 거야. 그랑드 쇼미에 가 6번지에 산다는데, 너한테 연락을 하면 몇 시에 너희 집으로 찾아가 내 그림을 볼 수 있을지 알려줄 거라고 말해뒀다. 아마 자신의 습작도 들고 갈 거야. 그림이 다소 무미건조하지만,

그래도 제법 자연을 잘 관찰하는 친구야. 여기 오베르에 몇 달 있었는데 몇 번 같이 산책도 했어. 일본에서 자랐다고는 하는데 그림에선 전혀 그런 분위기가 느껴지지는 않아. 언젠가는 그림에도 나타나겠지.

물감과 동봉해준 50프랑, 그리고 「앵데팡당」의 기사까지, 정말 고맙다.

* * * * *

7월 5일, 테오는 아들의 건강 상태가 나아졌다는 소식을 전한다.

하지만 7월 14일, 피사로와의 만남 약속을 취소할 수밖에 없었다. "그래서 그날, 발라동 사장과 클로드 모네 선생을 만나러 가기로 했습니다. 아마 사장 양반이 제 신경을 긁겠지만, 모네 선생의 새 그림을 볼 수 있는 걸로 만족할 생각입니다. 형님이 굳이 파리 나들이를 연기할 이유는 전혀 없습니다. 형님이 걱정스러운 마음에 뭐든 도와주려고 하는데 저희가 마다할 이유가 있겠습니까. 오히려 감사할 따름이지요. 다만, 환자에게는 사람이 많지 않은 게 좋다는 겁니다. 그러니 되도록 일요일 첫 기차를 타고 오세요. 그러면 형님 그림을 보러 탕기 화방에 올 월폴 브룩 씨를 만날 수 있고, 그다음에 제가 일본식 부처를 봤던 골동품 상점에 같이 갔다가, 저희 집에서 같이 점심 식사를 하면서 형님의 습작도 함께 보죠. 형님이 편한 대로 며칠 머물면서, 집 문제를 어떻게 해결해야 할지, 조언도 좀 주시면 좋겠습니다."

그 일요일, 빈센트의 파리 나들이는 테오의 기대만큼 행복하게 마무리되지는 않았다. 물론 파리에 나온 빈센트는 에밀 오리에, 로트렉, 베르나르 등의 친구들을 만났다. 하지만 테오는 연일 화랑 대표와 긴장 관계를 유지하고 있었고, 그런 사실을 형에게도 숨기지 않았다. 그리고, 휴가를 네덜란드에서 보내기로 했다는 소식을 전했다. 빈센트는 크게 실망했을 것이다. 그날, 피갈의 아파트는 긴장감이 감돌았다. 빈센트는 동생네 집에 머물지 않고 곧장 오베르로 발걸음을 돌렸다. 이후에 이어진 편지를 보면 빈센트가 자신에게 수년간 유일한 버팀목이었던 테오의 물질적 지원의 향방을 유난히 걱정했다는 것을 알 수 있다.

647프

사랑하는 동생과 제수씨에게

모두가 다소간 어안이 벙벙한 상태인 데다 각자의 일을 해야 하는 상황이니만큼, 지금 당장 우리가 처한 이 상황을 명확히 규명하는 건 큰 의미가 없을 것 같다. 나로서는 두 사람이 내게 이 상황을 받아들이라고 강요하는 것처럼 느껴져 의외였다. 그런데 나한테 다른 대안이 있을까? 너희 두 사람이 하자는 대로 따르지 않을 대안이 나한테 과연 있을까?

어쨌든 마음으로 진심 어린 악수 청하고, 너희 세 식구를 다시 만나서 정말 반가웠다.

그 점은 알아주기 바란다.

너를 사랑하는 형, 빈센트

648프

사랑하는 동생 테오와, 제수씨 요에게

평소였다면 지난 며칠간, 두 사람이 짤막하게라도 전해올 몇 마디 소식을 기다리고 있었을 거다.

그런데 그런 일을 겪은 터이니만큼, 테오나 요 그리고 아기까지 다들 신경도 날카롭고 지쳤겠거니 생각한다. 나 또한 마음이 전혀 편치 않으니 말이다.

조카 얼굴이 자꾸 눈앞에 아른거리는구나. 그 녀석은 괜찮은 거냐? 제수씨께 드리는 말씀인데, 행여 아이를 더 낳을 계획이 있으시다면, 나야 두 사람이 그러기를 바라긴 하지만, 아무튼 도시가 아니라 시골에 가서 아이를 낳고 그대로 서너 달 정도 머물다 오시면 좋겠습니다. 아이는 이제 갓 석 달밖에 되지 않았는데, 젖을 먹이는 것도 힘들고, 제수씨 역시 테오만큼이나 피곤한 삶을 이어가고 있지 않습니까. 녹초가 되었다고까지 말하고 싶은 생각은 없지만 아마 골치 아프고 신경 써야 할 일이 점점 늘어나 가시덤불에서 씨를 뿌리고 있는 기분이 들 겁니다.

그래서 올해만큼은 네덜란드행을 재고해보라는 말씀을 드리는 겁니다. 여행 경비도 만만치 않게 드는 데다, 고생하고 가봐야 좋을 게 없기 때문이지요. 뭐 굳이 따지자면 손자를 기다리고 계실 어머니께는 좋은 일이 될 수 있겠네요. 하지만 손자를 만나는 것보다 손자의 건강을 더 중요히 여기실 테니 이해해주실 겁니다.

그리고 어차피 나중에 보실 테니 어머니 입장에서도 딱히 손해 보실 일은 없는 겁니다. 아빠, 엄마, 아이 이렇게 세 식구가 한 달 정도는 절대적인 안정을 취하며 쉬는 것만큼 좋은 일은 없을 거라는 건, 아무리 강조해도 지나치지 않은 사실입니다.

나도 사실 좀 혼란스럽기는 합니다. 어떤 조건으로 생활할 수 있는 건지 명확히 해두지 않고 발길을 돌렸으니 말입니다. 전처럼 한 달에 150프랑을 세 차례에 걸쳐 받게 되는 건지. 테오가 아무것도 결정하지 않은 터라 나로서는 당혹스러울 수밖에 없었습니다. 차분한 마음으로 다시 보게 될 기회가 있을 거라 믿습니다. 하지만 네덜란드행이 우리 모두에게 부정적인 영향을 끼치지 않을까 그게 걱정입니다.

내 생각은 지금도, 만약 도시에서 계속 아이를 키우면 나중에 아이가 고생하게 될 거라는 겁니다. 제수씨는 이런 내 생각이 심히 과장된 면이 있을 거라 생각할 수도 있을 겁니다. 하지만 때로는 신중해야 할 필요도 있는 법입니다.

나는 내 생각을 말하는 것뿐입니다. 왜냐하면 내가 조카의 이익과 건강을 걱정하고 있다는 걸 두 사람이 잘 이해하고 있다는 걸 알기 때문입니다. 두 사람이 조카에게 나와 똑같은 이름을 붙여준 터라, 나는 그 녀석이 적어도, 꺼져가는 나보다는 훨씬 덜 불안한 마음으로 살아갔으면 하는 바람입니다.

가셰 박사 이야기로 넘어가자. 그제 박사를 찾아갔는데 만나지는 못했다.

요즘은 건강 상태가 괜찮아서 그림 작업에 집중하고 있어. 그래서 유화 습작을 4점 그리고 데생도 2점 그렸지. 한가운데 여성이 서 있는 낡은 포도밭 데생인데 너도 곧 보게 될 거다.

이걸 커다랗게 캔버스에 옮겨볼 생각이야.

그나저나 가셰 박사를 *절대로* 믿어서는 안 될 것 같아. 우선, 이 양반은 내가 보기에, 나보다 더 큰 마음의 병을 가지고 있는 사람이기 때문이야. 뭐 나 정도는 된다고 치자. 그러니 앞 못 보는 사람이 앞 못 보는 사람을 인도하면 두 사람 모두 구덩이에 빠지지 않겠냐?

달리 뭐라고 말해야 할지 모르겠구나. 물론, 마지막에 겪은 발작 증상은 끔찍했지만, 그건 일정 부분 다른 환자들의 영향 때문이었어. 한마디로 감옥 같은 환경에 짓눌려 있었는데 페롱 원장은 전혀 신경도 쓰지 않고 내가 뿌리까지 썩도록 방치했었잖아.

작은 방 3개짜리 집을 1년에 150프랑 주고 임대할 수는 있어. 더 나은 조건의 집을 찾을 수 없더라도, 물론, 그런 집을 찾을 수 있으면 좋겠지만, 아무튼 그렇더라도 벌레가 득실거리는 탕기 영감 창고보다는 나을 거다. 그런 장소만 있으면 내 거처로 삼고 손질이 필요한 습작들을 마음껏 손보고 수정할 수 있을 테니 말이야. 그렇게 관리하면 그림이 상하는 일도 줄어들 테고, 그림 별로 잘 정리해두면 적절히 활용할 기회도 늘릴 수 있잖아. 왜냐하면(내 그림을 말하는 게 아니야) 베르나르, 프레보, 러셀, 기요맹, 자냉 등의 그림들이 거기서 길을 잃고 헤매게 둘 순 없기 때문이지.

이 그림들은(다시 한번 말하는데, 내 그림을 말하는 게 아니야) 상품이야, 상품. 일정 수준의 가치를 지니고 있고 앞으로도 그 가치를 간직하게 될 거라고. 우리가 경제적인 여유를 누리지 못하는 이유 중의 하나가 바로 이것들을 소홀히 다뤘기 때문이야.

모든 게 순조롭게 잘 풀리도록 나는 어떻게든 최선을 다할 거다.

그래, 무엇보다 아이의 건강을 먼저 생각해야 하는 거야. 제수씨도 자기 입장에서 하고 싶은 말을 하는 거고. 그리고 나는 테오 네가, 나처럼 네 아내와 같은 생각일 거라 감히 짐작해본다. 하지만 이 순간, 내가 할 수 있는 말은 우리 모두가 휴식이 필요하다는 말이 전부야. 나는 실패했다는 기분이 들어. 적어도 나는 그렇게 느껴. 그런 운명을 받아들여야 하고, 그 운명은 달라지지 않을 거라고. 그렇기 때문에 더더욱 *일단 야망은 뒤로하고* 몇 년간 서로를 무너뜨리지 않고 함께 잘 지낼 수도 있을 거란 생각도 든다. 아직 생 레미에 남아 있는 그림이 적어도 8점 정도 되고, 여기서 그린 게 4점이야. 손의 감각을 잃지 않으려고 애쓰는 중이다.

꾸준히 그림을 그려 결과물을 만들어내는 건 결코, 쉽게 얻을 수 있는 능력이 아니야. 그건 절대적인 사실이야. 그런데 그림 작업을 멈추면 그 능력을 얻기까지 들인 노력과 시간에 상관없이 순식간에 그걸 잃게 되지. 전망이 암울해지면 밝은 미래를 기대할 수가 없어.

아직 편지 전이라면 바로 답장하기 바란다. 마음으로 악수 청하고, 머리가 더 정리되고 맑아진 상태로 조만간 다시 볼 수 있기를 바란다.

빈센트

649프 ___ 1890년 7월 10일(목) 추정

사랑하는 동생과 제수씨에게

요의 편지는, 우리가 함께 겪었던 그 어렵고 힘들었던 시간 이후, 내 마음을 괴롭혔던 두려움에서 나를 구원해준 진정한 복음서와도 같은 글이었다. 모두가 생계를 위협받고, 이런저런 이유로 나 자신이 나약하다고 생각하는 이런 상황에서 아주 큰 힘이 되는 편지였어.

여기로 돌아온 뒤로 지금까지 마음이 서글프구나. 내 마음을 짓누르는 폭우는 아마 너희 두 사람도 위협하고 있을 거야. 어쩌겠냐. 알다시피, 평소, 나는 유쾌하게 행동하려 애쓰는 사람이지만 내 삶이 뿌리까지 송두리째 흔들리고 있으니 나도 따라 흔들릴 수밖에.

내가 걱정하는 건(아주 그렇다는 게 아니라 약간은) 내가 너희 두 사람에게 짐이 되고 있는 건 아닌가 하는 거였어. 그런데 요의 편지를 읽고 나니, 내가 두 사람처럼 열심히 일하고 괴로워하고 있다는 걸 두 사람도 잘 알고 있다는 걸 느끼게 됐다.

이곳으로 돌아와서 그림 작업을 다시 시작했는데 붓이 자꾸 손에서 떨어져 나가기는 했지만, 그래도 뭘 그리고 싶은지가 확고한 덕분에 커다란 유화를 3점이나 그렸어.

음산한 하늘 아래 넓게 펼쳐진 밀밭을 2점 그렸는데 슬픔과 지독한 외로움을 표현한 거야. 조만간 보여주마. 내가 가까운 시일에 파리로 가져가고 싶거든. 이 그림이 두 사람에게 말해줄 거야. 내가 직접 말로는 설명할 수 없지만, 내가 이곳 시골에서 느끼는 건강하고 힘이 되는 그런 느낌 같은 걸 말이야.

세 번째 그림은 도비니의 정원이야. 여기 자리를 잡은 후에 그리려고 작정했던 그림이야.

너희가 계획한 여행이 조금이나마 기분 전환에 도움이 되기를 진심으로 바란다.

자꾸만 조카가 눈앞에 어른거리는구나. 그림에 온 힘을 쏟는 것보다, 아이를 키우는 게 훌륭한 일이라고 생각은 한다만 어쩌겠냐. 적어도 내가 느끼기에, 삶을 되돌리거나 다른 일을 하기에는 이미 나이가 많이 들어버렸는걸. 그래서 그런 희망은 이미 버렸지만, 여전히 정신적인 고통은 남아 있구나.

기요맹을 다시 못 보고 온 게 후회스럽다. 그래도 그가 내 그림을 봤다니 기쁘다.

그를 기다렸다가 만났으면 아마 이런저런 이야기를 하다가 기차를 놓쳤겠지.

두 사람에게 행운과 용기, 또 그에 걸맞은 번영이 찾아오기를 기원한다. 그리고 어머니와 누이에게, 내가 항상 두 사람 생각한다는 말도 꼭 전해주기 바란다. 오늘 아침에 두 사람이 보낸 편지 잘 받았고, 곧 편지한다는 말도.

마음으로 악수 청한다.

두 사람을 사랑하는, 빈센트

지금 가진 돈으로는 오래 못 버틸 것 같다. 여기 오자마자 아를에서 보낸 짐가방 운송비를 냈거든. 이번 파리행으로 그래도 좋은 추억거리를 가지고 돌아온 것 같다. 불과 몇 달 전만 해도, 옛 친구들을 다시 볼 거라고는 감히 기대도 못 했었는데 말이야. 그 네덜란드 여성 작가*는 아주 재능이 뛰어난 것 같더라. 로트렉이 그린 피아노 치는 여성의 초상화는 놀라웠어. 보고 있는데 감정이 살아나더라고.

* * * * *

요의 편지는 동생 부부가 자신을 어떻게 생각하고 있는지, 두 사람에게 경제적 지원을 계속 기대할 수 있는지 불안했던 빈센트의 마음을 어느 정도는 달래준 듯하다. 7월 14일에 테오는 이런 편지를 보낸다. "형님이 이곳을 떠날 때와 마찬가지로 여전히 문제가 해결되지 않은 상태라고 여기지는 않으니 저희도 마음이 편합니다. 형님 생각만큼 상황이 그리 심각한 건 아닙니다. 형님이나 저나 건강을 되찾으면, 머릿속에서 점점 필요하다고 생각되는 것들을 실행할 수 있게 될 테고, 그렇게 되면 모든 게 다 잘될 겁니다. 물론 실망스러운 일도 있겠죠. 하지만 우리는 초짜가 아니라, 있는 힘껏 말을 몰아 거의 언덕 정상에 가까이 오른 마부가 아닙니까."

테오는 다음날, 아내와 아들을 데리고 레이던으로 떠난다는 소식을 전한다. 그런 다음 안트베르펜으로 갔다가 일주일 후에 파리로 돌아온다. 그리고 부소&발라동의 대표들에게 답을 기다리고 있다는 이야기도 전한다. "여드레가 지났는데도 이 양반들은 저와 이야기한 부분에 대해 어떤 생각을 하고 있는지 여전히 묵묵부답입니다. 편지에 50프랑 동봉합니다. 이번 여행길에 사업에 관한 좋은 소식이 있었으면 정말 좋을 것 같습니다."

* 네덜란드 조각가인 엘리사벗 사라 클라시나 더 스바르트

650네* ____ 1890년 7월 10일(목)에서 14일(월) 사이

사랑하는 어머니와 누이에게

정겨운 편지, 진심으로 감사히 잘 받았습니다. 얼마나 반갑고 기뻤는지 모릅니다. 작년에 비하면 지금은 마음이 한결 차분해졌습니다. 머릿속을 번잡하게 만들던 생각들도 하나둘 정리가 되었습니다. 솔직히, 예전부터 이런 생각을 해왔었습니다. 예전의 환경으로 돌아가면 분명, 좋은 결과가 있을 거라고요.

어머니와 누이 생각, 자주 합니다. 지금도 두 사람을 다시 보고 싶습니다.

빌레미나가 병원에서 일하게 되었다니 정말 잘됐습니다. 수술 과정을 지켜보는 게 생각만큼 고역은 아니라니 그것도 다행입니다. 아마도 남들의 고통을 줄여주는 일을 선행이라고 여기는 마음이 커서겠죠. 또 그만큼 의사들도 간단하게, 현명하게, 친절하게 수술에 임할 테고요. 저는 *이런 상황을* 올바른 방향으로 바라보는 행동이라고 규정하고 싶습니다. 그만큼 믿음도 있어야 하고요.

그나저나 어머니가 말씀하신 대로, 정원에서 일하고 꽃이 자라는 걸 지켜보는 게 건강을 회복하는 데는 꼭 필요한 일입니다. 저는 지금 언덕을 배경으로 끝없이 펼쳐진 밀밭의 풍경에 완전히 푹 빠져 있습니다. 마치 거대한 바다 같습니다. 섬세한 노란색과 초록색이 여기저기를 수놓고 있고 갈아엎은 땅은 연한 보라색이며, 그 사이사이에 마치 꽃처럼 올라와 규칙적으로 한 자리씩 차지하고 있는 초록색 감자 줄기, 이 모든 장면 위로 펼쳐진 섬세한 하늘은 파란색과 하얀색, 분홍색과 자주색의 색조를 머금고 있습니다.

마음이 너무나 편하고 차분해진 덕분에, 이런 장면을 보면서 꼭 그림으로 옮겨야겠다고 다짐합니다.

테오와 요가 도착하면 좋은 시간 보내시기를 진심으로 기원하겠습니다. 어머니도 이제 저와 마찬가지로, 테오 내외가 아기를 얼마나 지극정성으로 돌보는지 옆에서 지켜볼 수 있으실 겁니다. 아기도 무척 건강합니다.

이제 아나의 아이들도 많이 컸겠군요.

오늘은 여기서 인사드립니다. 그림 그리러 나가봐야 해서요.

마음으로 포옹을 나눕니다.

사랑하는 아들, 빈센트

* 빈센트의 어머니는 이 편지에 이렇게 적어두었다. '오베르에서 보낸 마지막 편지.'

651프 ____ 1890년 7월 23일(수)

사랑하는 아우에게

정겨운 편지와 동봉해준 50프랑 지폐, 고맙게 잘 받았다.

네게 쓰고 싶은 이야기들이 많았는데, 그래봐야 무슨 소용인가 싶어졌다.

그저 대표 양반들이 너를 다시 호의적으로 대해주기를 기대해 본다.

나는 요즘 내 그림에 온 정신을 집중하고 있어. 그래서 내가 정말 좋아하고 존경하는 화가들만큼 좋은 그림을 그리려고 노력 중이야.

그런데 돌이켜 보니, 화가들이 점점 더 궁핍해진다는 생각이 들어.

그래…… 그런데 이들에게 화가 공동체의 효용성을 이해시키기에는 너무 늦어버렸을까? 하기야, 여기서 요행히 공동체를 만들더라도, 다른 공동체가 무너지면 따라서 무너져버리겠지. 너는 미술상들이 인상주의 화가들을 위해 공동체를 조직할 수도 있다고 말할지 모르지. 하지만 그건 일시적일 뿐이야. 한 개인이 나서봐야 아무런 효과도 없고. 게다가 이미 그런 경험들을 다 겪어봤는데, 그걸 다시 반복해야 할까?

고갱이 브르타뉴에서 그린 그림을 봤는데, 상당히 근사하더라고 말해주고 싶구나. 아마 거기서 그린 다른 그림도 그렇겠지.

도비니의 정원(정말 유화로 그리고 싶었던 소재야)을 크로키로 그려서 보냈다. 거기에 낡은 초가집 크로키와, 비 온 뒤 넓게 펼쳐진 밀밭을 그린 30호 유화 2점의 크로키도 같이. 히르스허호가 자신도 네가 물감을 사는 가게에 주문하고 싶다면서 주문서를 전해달라고 부탁하더라.

타세 화방에서 대금 상환 인도 방식으로 이 친구와 직접 거래를 할 수 있을 거다. 그 대신 20퍼센트 할인이 적용돼야 해. 이게 가장 깔끔한 방법일 거야. 아니면 나한테 물감을 보낼 때 같이 보내주면서 청구서를 동봉하거나 총액을 알려주면, 이 친구가 네게 돈을 보내는 방법도 있어. 여기서는 쓸 만한 물감을 구할 수가 없거든.

나는 주문할 물감을 아주 최소한으로 확 줄였어.

히르스허호는 이제야 조금씩 감을 잡아가는 것 같다. 나이 지긋한 교장 선생님의 초상화를 그렸는데 아주 잘 그렸어. 그러더니 풍경화 습작도 몇 점 그렸는데, 색감이 너희 집에 있는 코닝의 그림과 비슷해. 그 그림, 아니면 우리가 함께 봤던 푸르만Jan Voerman Sr의 그림과 완전히 똑같아질 것 같다.

조만간 또 연락하자. 건강 잘 챙기고, 하는 일에 행운이 깃들기를. 요에게도 안부 전해주고, 마음으로 악수 청한다.

너를 사랑하는 형, 빈센트

도비니의 정원에는, 전경에 초록색과 분홍색이 어우러진 풀들이 자라. 왼쪽에 초록색과 자주색의 수풀이 있고 잎사귀가 허연 식물의 줄기가 하나 보여. 중앙에는 장미 화단. 오른쪽에 울타리와 벽 그리고 그 벽 위로 자주색 나뭇잎이 달린 개암나무가 솟아 있지.

그다음에는 라일락 울타리, 한 줄로 늘어선 둥근 모양의 노란색 보리수, 뒷 배경에 분홍색에 파란 지붕이 얹혀 있는 집.

벤치 하나에 의자 3개, 노란 모자에 검은 옷을 입은 인물 하나와 전경에 보이는 검은 고양이 한 마리. 하늘은 연한 초록색이다.

* * * * *

방금 읽은 편지를 쓸 때만 해도 빈센트는 자살을 염두에 둔 사람 같지는 않아 보인다. 게다가 오베르에서 그와 가까이 지낸 사람들의 증언에서도 그의 자살을 예측할 수 있는 징후는 전혀 찾아볼 수 없었다. 하지만 그는 퐁투아즈의 르뵈프 총포상에서 자신이 7월 27일에 사용하게 될 리볼버를 이미 구입한 상태였다.

그의 행동에서 발견할 수 있다는 수많은 자살의 동기 중에서 완벽한 설득력을 지닌 내용은 전혀 없다. 하지만 빈센트가 자신의 발작 증상이 대략 3달 간격으로 재발한다는 사실을 깨달았다는 건 우리도 잘 아는 사실이다. 그는 증상이 재발할까 항상 두려움에 떨며 지냈다. 혹시 재발할 시기가 임박하자, 그 끔찍한 고통보다 죽음을 택하고 싶었던 건 아니었을까? 단지 그렇게 추측만 해볼 따름이다. 수많은 이들이 그렇게 막연히 추측했던 것과 마찬가지로.

빈센트의 사망 당시 정황은 이제 대부분 정확하게 알려져 있다.

그는 평소, 오전에는 그림 소재를 연구하고 오후부터 여인숙 뒤뜰에서 그림을 그리는 편이었다. 7월 27일은 여인숙 주인 일가와 같이 식사를 하자마자 밖으로 외출한다.

평소, 규칙적인 생활을 하던 빈센트의 귀가가 늦어지자, 주인 부부는 걱정하기 시작한다. 그러나 어둠이 내린 뒤에 빈센트는 옆구리를 움켜쥔 채로 나타난다. 여인숙 안주인이 어디가 아픈지 묻자, 빈센트는 기어들어 가는 목소리로 간신히 대답하며 자신의 방으로 올라간다. 여인숙 주인 라부는 뒤따라 올라갔다가 침대에 누워 신음하는 그를 발견한다. 라부의 질문에 빈센트는 자신의 가슴을 드러내 보이며 심장 부근에 난 상처를 보여준다.

오귀스트 라부는 같은 여인숙에 묵고 있는 톰 히르스허흐에게 동네 의사인 마즈리 박사를 불러달라고 부탁하지만, 그날 마즈리 박사는 집에 없었다. 결국 가셰 박사에게 도움을 청했고, 그는 헐레벌떡 여관에 도착해 상처 부위에 붕대를 감아주고 돌아간다. 그가 테오에게 알리기 위해 그의 주소를 물어보지만, 빈센트가 동생의 주소를 알려주지 않자 가셰 박사는 쪽지를 적어 히르스허흐에게 주며 이튿날 문을 여는 화랑으로 보내 테오에게 전달되게 해달라고 부탁한다. "선생의 휴식을 방해하게 되어 진심으로 미안합니다. 하지만 당장, 선생에게 알리는 게 내 의무라고 생각해 이렇게 연락을 드립니다. 밤 9시에 형님이신 빈센트 씨 일 때문에 여인숙에서 사람이 찾아왔었습니다. 따라 가보니, 형님께서 심한 부상을 입고 누워 있더군요. 그런데 동생분의 집 주소를 가르쳐주지 않겠다고 고집을 피워서 부득이하게 구필 화랑으로 이 편지를 보내게 되었습니다."

라부와 히르스허흐는 밤새도록 번갈아 가며 빈센트를 간호한다. 테오는 월요일 오전에 그곳에 도착하지만 가세 박사가 알린 형의 부상 정도를 심각하게 여기지 않았던 것으로 보인다. 왜냐하면 네덜란드에 있는 아내에게 이런 내용의 글을 썼기 때문이다. "딱한 양반, 참 운도 없는 양반입니다. 희망도 없고, 사무치게 외로우셨을 겁니다……. 당신 자신이 얼마나 서글프게 살아왔는지 상상도 못 할 거라고 말씀하시네요. 아! 형님께 용기를 드릴 수 있으면 얼마나 좋을까요! 그래도 크게 걱정하지 않아도 될 겁니다. 예전에도 이렇게 절망에 빠졌다가 다시 일어서신 분이니 말입니다."

7월 28일 내내, 빈센트가 침대에 앉아 담배까지 피울 수 있는 상태였지만 적극적인 치료가 취해지지 않았다는 사실은 여전히 의문이다. 그날 저녁이 되자, 빈센트의 상태는 급격히 악화한다. 그의 임종은 그리 길지 않았다. 빈센트는 그렇게 7월 29일 새벽 1시 30분에 눈을 감는다.

장례식은 30일 오후 3시에 진행되었다. 몇몇 동료 화가가 파리에서 내려와 여인숙 뒷방에 빈센트가 마지막으로 그린 유화가 걸린 벽 아래 사각 받침대 위에 올려진 그의 관을 본다. 가셰 박사는 임종 순간의 빈센트의 초상화를 데생으로 그려 자신의 다른 작품과 마찬가지로 판 리설이라는 이름을 새겨 판화로 제작해 인쇄한다.

탕기 영감, 에밀 베르나르, 라방, 봉어르 등이 테오와 함께 묘지로 향한다. 가셰 박사는 무덤에서 테오에게 몇 마디 말을 건네고, 테오는 그에 대답한다. 여인숙으로 돌아온 테오는 장례식에 참석한 형의 친구들에게 형을 기억해달라는 의미로 그의 그림을 가져가라고 말한다. 가셰 박사는 그중에서 가장 아름다운 작품 여러 점을 챙겼고, 후에 그의 아들이 빈센트의 작품을 죄 드 폼 미술관에 기증한다. 테오는 형의 유품을 정리하다가 자신에게 쓰다가 만 형의 편지를 발견한다.

얼마 지나지 않아, 형의 죽음에 큰 충격을 받았던 테오는 블랑슈 박사의 병원에 입원했다가 위트레흐트에 있는 요양원으로 가게 되고 1891년 1월 25일 숨을 거둔다. 1914년, 그의 미망인은 테오의 시신을 오베르에 묻힌 형의 옆자리로 이장해 묻어준다.

1890년 7월 29일, 빈센트가 사망 당시 품에 지니고 있던 편지

사랑하는 아우에게

정겨운 편지와 동봉해준 50프랑 지폐, 고맙게 잘 받았다.

네게 쓰고 싶은 이야기들이 많았는데, 그래봐야 무슨 소용인가 싶어졌다.

그저 대표 양반들이 너를 다시 호의적으로 대해주기를 기대해 본다.

네 결혼 생활이 평화롭다고 설명하려고 애쓸 필요 없다. 좋은 면도 있고 아닌 면도 있다는 걸 나도 아니까. 게다가 너에게도 요에게도 아파트 5층에 살면서 아이를 키우는 게 보통 힘든 일이 아니라는 것도 잘 안다.

중요한 일이 잘되고 있는데 내가 왜 덜 중요한 일로 고집을 피우겠냐. 내 말은, *다시 차분하게 그 일을 논의하려면 오랜 시간이 걸릴 수도 있겠다*는 거야. 지금으로서는 이 말밖에 할 수가 없구나. 나로서는 그 사실을 깨닫고 두려웠는데, 굳이 그런 심정을 감추지도 않았지. 하지만 그게 전부다.

다른 화가들은, 속으로는 어떤 생각을 하는지 모르겠다만, 본능적으로 돈 문제에 대한 논의를 회피하려고 해. 그래, 우리는 그림으로 말할 수밖에 없는 사람들인 거야.

하지만 아우야, 예전부터 네게 한 말인데, 최대한 잘하려고 생각하며 한결같이 노력해야만 갖추게 되는 진지함을 동원해 다시 한 번 말하마. 나는 항상 너를 단순히 코로의 그림을 파는 미술상 이상의 존재로 여겨왔다. 그렇게 내 그림을 중개하는 과정에서 일정 부분 작가의 역할까지 도맡았고, 그 덕에 몇몇 내 작품은 곤경 속에서도 평정을 유지할 수 있었다. 우리 관계는 그런 관계이기 때문이었고, 적어도 지금같이 어려운 시기에, 적어도 네게 이런 말은 해주는 게 중요하다고 생각하기 때문이다. 미술상들 사이에 이토록 팽팽한 긴장 상태가 유지되는 시기에는 말이야. 죽은 화가들의 그림을 파는 미술상과 살아 있는 화가들의 그림을 파는 미술상 사이에.

그래, 난 내 그림들에 목숨을 걸었고 그 대가로 내 이성의 절반이 무너져내렸다. 좋아, 좋다고. 하지만 너는 단순히 일개 미술상이 아니잖아. 그러니까 넌, 내가 알고 판단하기로 인간미가 넘치는 미술상이지. 그런데 네가 원한 건……

옮긴이의 글

빈센트 반 고흐 편지 전집 번역 의뢰를 받았을 당시, 필자는 영국에 머물고 있었다. 음악에 관한 분야라면 모를까, 일전에 번역한 소설 속에 소품처럼 등장했던 바로크 시대 이탈리아 화가 카라바조 외에 서양 화가에 대해 아는 것도, 큰 관심도 없었지만, 무엇보다 어마어마한 분량 때문에 망설이지 않을 수 없었다. 그래도 빈센트 반 고흐라니 일단 읽어보기나 하자는 마음으로 그의 편지를 읽기 시작했다. 그런데 다행인지 불행인지, 런던으로 건너간 빈센트의 이야기를 따라가던 도중, 그가 해 질 녘, 런던 하늘을 묘사한 대목에 이르자 필자는 격한 감정에 사로잡히는 경험을 피할 수 없었다. 여름 한 철을 제외하고는 한국에 비해 상대적으로 이른 시각에 해가 저무는 탓에, 아쉬움이 많았지만, 노란색, 주황색, 빨간색, 분홍색까지 다양하고 화려한 빛의 스펙트럼으로 그 아쉬움을 달래주던 그 아름다운 런던 하늘이 바로 위대한 화가, 빈센트 반 고흐의 눈을 사로잡았었다는 사실 때문이었다. 그렇게 필자는 런던의 하늘에 취해 반 고흐 편지 전집 번역이라는 대장정에 첫발을 내딛게 되었다.

하지만 아름다운 '입구'와 달리 가는 길은 험난하기 이루 말할 수 없었다. 우선, 그의 글을 우리 말로 옮기기 이전에 그가 전하고자 했던 말을 이해하는 것 자체가 쉽지 않았다. 빈센트 반 고흐는 구필 화랑에서 일을 시작한 열여섯 살 이후, 서른일곱의 나이로 생을 마감하는 날까지 고국인 네덜란드를 비롯해 영국, 프랑스, 벨기에 등지에 있는 스무 개가 넘는 도시를 돌아다니며 살았다. 그 과정에서 그는 무수히 많은 영국과 프랑스의 문학작품을 읽었고, 자연스럽게 자신의 모국어인 네덜란드어와 영어, 프랑스어를 자기 방식대로 뒤섞어 사용했다. 그러다 보니 정확한 의미나 의도를 파악할 수 없는 문장이 적지 않은 탓이었다.

빈센트 반 고흐를 따라다니는 수식어는 크게 세 가지로 볼 수 있다. 미친 화가, 천재 화가, 저주받은 화가. 정신질환을 앓다 생의 말년에 요양원 신세를 져야 했으니 미쳤다고 할 수도 있고, 그림을 제대로 배워본 적 없었지만, 시대를 뛰어넘는 명화를 남겼으니 천재라고 할 수도 있을 것이며, 평생 자기 그림 한 점 번듯하게 팔아 돈을 벌어본 적 없었지만, 사후에 그의 작품은 상상을 초월하는 액수에 달하고 있으니 지지리 운도 없는 저주받은 화가라 해도 틀린 말은 아닐 것이다. 하지만 그가 남긴 편지를 통해 들여다본 빈센트 반 고흐라는 사람은 그 누구보다 평범하며 소심하고, 지극히 인간적인 한 사람의 화가 그 이상도, 이하도 아니었다. 그는 그 누구보다 자연을 사랑했다. 그래서 인물화는 꼭 모델을 세워놓고 그리려고 노력했고, 풍경화는 그 자리에 직접 나가서 그리는 것을 원칙으로 삼았다. 그리고 언제나 자기 자신이 부족하다고 여기면서 그림 그리는 일에 관해서는 노력을 개을리하지 않았다. 그가 죽기 직전까지 바랐던 건, 누가 봐도 그럴듯한 그림을 그릴 수 있는 실력을 갖추고 자신의 그림을 팔아 돈을 벌어 먹고사는, 어쩌면 너무나 평범한 화가가 되는 일이었다.

빈센트의 글을 담담히 따라가는 독자들은 그가 미쳤다고 하기에는 자신이 발작 증상을 보인다는 사실을 알고, 그런 상황이 벌어지지 않았으면 하고 바라고, 그러지 않을 방법을 끊임없이 고민할 정도로 정신이 멀쩡했다는 사실, 천재 화가라고 하기에는 그 누구보다 겸손하고 성실하게 그림 그리는 일에 노력을 기울였다는 사실을 알 수 있을 것이다.

이 책에는 빈센트가 테오에게 보낸 편지 663통을 비롯해서 동료화가, 친구, 다른 가족들에게 보낸 편지 150통이 수록되어 있다. 그의 편지가 갖는 가장 큰 의의라면, 바로 우리가 알고 있는 그의 명화가 어떤 이유로, 누구를 위해서, 어떻게 그린 그림인지 그 탄생과정을 그의 설명을 통해 들을 수 있다는 점이다.

이 책을 우리 말로 옮기는 동안 네덜란드의 한 미술관에서는 소장하고 있던 빈센트 반 고흐의 그림 한 점이 도난당하는 사건이 발생했고, 프랑스에서는 그의 유작에 해당하는 〈나무뿌리〉의 배경이 된 장소가 확인되는 일이 있었다. 마찬가지로 그간 공개되지 않았던 그의 편지나 그의 습작이 우연찮은 기회에 세상의 빛을 보게 될 날도 있을 것이다.

작업을 마치고 뒤늦게 깨달은 게 하나 있다면, 고흐의 편지를 정확히 번역하려면 네덜란드어와 프랑스어에 능통해야 하는 건 기본이고 19세기 서유럽 역사와 문화, 예술에 정통해야 하며 미술사는 물론 회화에 관한 기법에도 능통하고, 실제로 데생과 유화를 그려본 경험을 갖춘 '한국인'이어야 한다는 사실이다. 비록 필자는 이 필요조건을 모두 충족하는 능력자는 아니지만, 빈센트 반 고흐가 그림에 쏟아부은 열정과 노력을 그의 편지 옮기는 일에 쏟아부었다. 그의 속내 이야기를 따라가는 과정이 쉽지 않았던 것은, 비단 언어적인 문제 때문만은 아니었다. 때로는 희망에 부풀었다가, 때로는 심연에 가까운 밑바닥으로 곤두박질치는 등, 수시로 널뛰는 그의 감정 기복을 따라가며 그의 심리 상태를 공감하고 이해하는 과정 역시 만만치 않았다.

세상 그 누구보다 자연과 인간을 사랑했고, 그 자연 속을 거닐며 마주치는 모든 대상을 화폭에 담아내는 걸 좋아했으며, 세상 그 어느 화가보다 성실하고 정직하고, 소박했지만, 생전에는 그 진심과 진가를 인정받지 못한 채, 석연찮은 죽음으로 생을 마감한 위대한 화가의 삶 속으로 떠나는 대장정에 동행하자고 손을 뻗어주신 미르북컴퍼니 관계자 여러분과 마침표를 찍을 때까지 곁에서 참고 기다려준 필자의 가족과 부모님께 깊은 감사의 말을 전하면서…….

2024년 2월

옮긴이 이승재

빈센트 반 고흐 연보

1853년 3월 30일 네덜란드 브라반트 지역의 시골 마을 쥔더르트에서 태어났다.

1855년 2월 17일 여동생 아나가 태어났다.

1857년 5월 1일 남동생 테오 반 고흐가 태어났다.

1861년 쥔더르트 공립 초등학교를 다녔다.

1864년 10월 제르베르헌의 얀 프로빌리의 사립 기숙학교에 입학했다.

1866년 9월 틸뵈르흐 국립중학교로 옮겼다.

1868년 3월 학교를 중퇴하고 집으로 돌아왔다.

1869년 7월 30일 센트 큰아버지의 소개로 구필 화랑 헤이그 지점에서 일하기 시작했다.

1872년 9월 테오가 헤이그에 있는 형을 찾아오고, 서로 편지를 쓰기 시작했다.

1873년 1월 테오가 구필 화랑 브뤼셀 지점에서 일하기 시작했다.

5월 형 빈센트는 승진해서 구필 화랑 런던 지점으로 옮기는데, 가는 길에 파리를 들러서 루브르 박물관과 화랑들을 주의 깊게 관람했다.

1874년 7월 하숙집 딸 외제니 로이어를 짝사랑했지만, 다른 하숙생과 비밀 약혼을 했다는 말을 듣고 충격을 받았다. 그래서 네덜란드의 부모님 집에 잠시 가 있다가 여동생 아나와 함께 런던으로 돌아왔다.

1875년 5월 방황하는 조카를 위해서 센트 큰아버지가 구필 화랑 파리 지점으로 전근시켰다. 하지만 내내 불성실한 근무 태도를 보이다가 크리스마스 휴가에 말도 없이 부모님 집인 에턴으로 가버렸다.

1876년 4월 1일 구필 화랑에서 해고 통지를 듣고서 사직서를 제출했다.

4월 16일 런던 부근 램스게이트에서 모집하는 무급 교사직에 지원해서 근무했다.

7월 존스 목사의 조수로 채용되면서 목회자의 꿈을 꾸기 시작했다.

11월 4일 최초로 신도들 앞에서 설교를 했다.

1877년 1월 아버지가 도르드레흐트의 서점에 취직시켰지만, 적응하지 못하고 3달 만에 그만두었다.

5월 친척들의 지원을 받아서 암스테르담에서 신학대학 입학시험 공부를 시작했다.

1878년 7월 신학대학 진학에 실패, 재도전 의사를 밝혔지만 묵살당해서 에턴으로 돌아갔다.

8~10월 목회자의 꿈을 꺾지 못하는 아들을 위해 아버지의 주선으로 브뤼셀 부근 전도사 양성학교에 입학했다. 하지만 수업 시간에 문제를 일으켜서 쫓겨났다.

1879년 1~6월 임시 전도사로 채용되어 보리나주로 파견되었다.

7월 고행에 가까운 생활 모습으로 신도들 사이에서 신임을 얻지 못해 전도사직에서 해고되었다. 실망한 빈센트가 교구목사에게 조언을 구하려고 브뤼셀까지 100킬로미터에 가까운 거리를 걸어서 갔다가, 그림을 그려보라는 조언을 듣고 힘을 얻어 돌아왔다.

1880년 1월 화가 쥘 브르통이 사는 쿠리에르로 도보여행을 떠났다.

3월 에턴에 돌아왔으나 아버지와 불화가 생겨서, 다시 보리나주로 돌아갔다.

7월 테오와 약 1년간 중단한 편지를 다시 쓰기 시작했다.

10월 데생을 공부하려고 브뤼셀로 갔다.

1881년 4월 브뤼셀을 떠나 에턴으로 되돌아왔다.

7월 남편을 잃고 어린 아들과 함께 살아가던 사촌누이 케이가 에턴으로 휴가를 왔다가, 빈센트가 그녀에게 사랑을 고백하는 바람에 황급히 집으로 돌아갔다. 빈센트는 포기하지 않고 암스테르담까지 찾아가 '그녀를 보게 해달라'며 촛불에 손을 넣는 기행을 보이기도 했다.

1882년 1월 헤이그파 화가인 안톤 마우베에게 그림을 배우기 시작했다. 이때 거리의 여인인 시엔과 동거를 시작했다. 가족의 맹렬한 반대에 부딪쳤지만, 오히려 시엔과 결혼해서 그녀의 아이까지 책임지겠다고 선언했다.

7월 2일 시엔이 남자아이를 출산했다.

1883년 9월 테오의 설득으로 시엔과 헤어지고, 라파르트가 권했던 드렌터로 그림 여행을 떠났다.

12월 상황이 여의치 않자, 뉘넌의 부모님 집으로 들어갔다.

1884년 1월 어머니가 예기치 않게 부상을 당하셨는데, 오히려 어머니를 간호하며 부모님과의 관계가 조금 회복되기 시작했다. 그런데 자주 면회를 오던 이웃여인 마르호 베헤만과 친해졌다가, 그녀의 가족들이 반대해서 마르호 베헤만이 음독자살을 시도하는 사건이 일어났다.

2월 정기적으로 테오에게 데생을 보내기 시작했다.

5월 라파르트가 와서 열흘 동안 체류하며, 빈센트와 함께 브라반트의 농민들을 그렸다.

1885년 3월 26일 아버지인 테오도뤼스 목사가 심작 발작으로 갑자기 사망했다.

4~5월 〈감자 먹는 사람들〉을 그렸다.

9월 빈센트가 모델을 서던 여인을 임신시켰다는 소문이 돌자, 마을 신부가 주민들에게 모델 금지령을 내렸다.

10월 암스테르담 국립미술관에서 본 렘브란트와 할스 작품에 매료됐다.

1886년 1월 안트베르펜의 미술 아카데미에 들어갔다.

3월 미술학교에서도 정확한 데생을 하지 않는다고 갈등이 일어나자, 곧장 파리에 있는 테오에게 갔다.

4월 코르몽의 화실에서 지도를 받으며 에밀 베르나르, 러셀, 로트렉 등을 만났다. 테오를 통해 모네, 시슬레, 드가, 시냑, 쇠라 등을 알게 되었다.

겨울에 퐁타방에서 온 폴 고갱과 교류를 시작했다.

1887년 1월 일본 판화풍으로 탕기 영감의 초상을 그렸다.

봄에 세가토리의 카페 뒤 탕부랭에서 일본 판화전을 개최했다. 베르나르와 아니에르에서 그림을 그렸다.

11월 샬레 식당에서 베르나르, 앙크탱, 로트렉, 고갱과 함께 전시회를 개최했다.

1888년 2월 아를로 갔다.

5월 라마르틴 광장 2번가 '노란 집'을 빌리고, 생트 마리 해안에 가서 그림을 그렸다.

7월 〈알제리 병사 밀리에〉, 〈소녀(무스메)〉를 그렸다.

8월 〈우체부 룰랭〉, 〈농부 파시앙스 에스칼리에〉, 〈해바라기〉를 그렸다.

9월 초 〈외젠 보슈의 초상〉, 〈밤의 카페〉를 그렸다.

9월 중순 〈밤의 카페 테라스〉를 그렸다. 노란 집으로 이사했으며, 톨스토이의 『나의 종교』에 심취했다.

10월 폴 고갱이 아를에 도착했다.

11월 조제프 룰랭의 가족을 그렸다.

12월 말, 귀를 자르고 다음날 시립병원에 입원한다. 고갱은 이튿날 곧장 파리로 떠났다.

1889년 1월 7일 퇴원하여 의사 레이의 초상을 그렸다.

2월 7일 다시 병원에 수용되었다가 일주일 후 퇴원했다.

2월 26일 시민들의 청원에 의해 다시 입원했다.

3월 24일 시냑이 병문안을 와서 함께 노란 집에 갔다가, 홍수 때 침수로 인해서 그림이 손상된 것을 보고 '그간의 모든 노력, 기억들이 사라져 버렸다'는 사실에 큰 충격을 받았다.

4월 18일 테오가 요안나 봉어르와 결혼했다.

5월 8일 생 레미의 생폴 정신병원에 입원했다. 외출이 허락되지 않는 상황이었기에 안뜰에서 붓꽃을 그리거나 병실의 창살을 통해 밀밭, 올리브 밭, 별이 빛나는 밤, 사이프러스가 있는 풍경 등을 그렸다.

7월 중순 채석장 입구에서 그림을 그리다가 발작, 1개월 반 동안 작업을 중단했다.

9월 밀 베는 사람, 자화상, 들라크루아와 밀레를 모사했다.

1890년 1월 17일 브뤼셀의 20인전에 〈해바라기〉 등을 출품했다. 여기서 〈붉은 포도밭〉을 외젠 보슈의 누이인 아나 보슈가 구입했다. 고흐 생전에 판매된 유일한 작품이었다.

1월 20일경 아를의 지누 부부를 방문, 이틀 후 발작이 일어나 일주일간 계속된다.

1월 31일 테오가 아들이 태어나자 '빈센트'라는 형의 이름을 붙여주었다.

2월 22일 지누 부인에게 초상화를 전하려 아를에 가다가 발작, 이튿날 발견되었다.

3월 19일 앵데팡당전에 10점을 출품했다.

5월 16일 파리에 도착. 테오의 집에서 3일을 보냈다.

5월 20일 오베르 쉬르 우아즈에 도착하여 폴 가셰 박사를 만났다.

6월 8일 테오 일가와 함께 가셰의 집에서 하루를 보냈다.

7월 6일 테오의 요청으로 파리에 가서 로트렉, 오리에를 만난다.

7월 27일 일요일, 여느 때처럼 외출했다가 총상을 입고 귀가했다.

7월 29일 오전 1시 반 숨을 거뒀다. 이튿날 마을 공동묘지에 묻혔다.

1891년 1월 25일 테오가 사망했다.

1892년 얀 토로프와 롤란트 홀스트에 의해 최초의 회고전이 열렸다.

1914년 요안나가 테오의 유해를 오베르의 빈센트 묘지 옆으로 이장하고, 하나의 담쟁이덩굴을 심어서 두 사람의 묘가 함께 얽혀서 감싸지도록 했다.

옮긴이 이승재

한국외국어대학교 불어교육과와 동 대학 통번역대학원을 졸업했다. 유럽 각국의 다양한 작가들을 국내에 소개하고 있으며, 도나토 카리시의 《속삭이는 자》《이름 없는 자》《미로 속 남자》《영혼의 심판》《안개 속 소녀》를 비롯하여, 안데슈 루슬룬드, 버리에 헬스트럼 콤비의 《비스트》《쓰리 세컨즈》《리뎀션》《더 파더》《더 선》, 프랑크 틸리에의 《죽은 자들의 방》, 에느 리일의 《송진》 등을 우리말로 옮겼다.

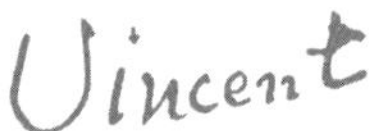

빈센트 반 고흐, 영혼의 편지들 3

초판 1쇄 펴낸날 2024년 3월 30일

지은이 빈센트 반 고흐
옮긴이 이승재
펴낸이 장영재
펴낸곳 (주)미르북컴퍼니
자회사 더모던
전 화 02)3141-4421
팩 스 0505-333-4428
등 록 2012년 3월 16일(제313-2012-81호)
주 소 서울시 마포구 성미산로32길 12, 2층 (우 03983)
E-mail sanhonjinju@naver.com
카 페 cafe.naver.com/mirbookcompany
인스타그램 www.instagram.com/mirbooks